三聯學術

悲剧与文明
解读索福克勒斯

〔美〕查尔斯·西格尔 著
董波 刘嘉 李孟阳 译

Classics & Civilization

生活·讀書·新知 三联书店

Simplified Chinese Copyright © 2024 by SDX Joint Publishing Company.
All Rights Reserved.
本作品简体中文版权由生活·读书·新知三联书店所有。
未经许可，不得翻印。

图书在版编目（CIP）数据

悲剧与文明：解读索福克勒斯/（美）查尔斯·西格尔著；董波，刘嘉，李孟阳译. —北京：生活·读书·新知三联书店, 2024.10
ISBN 978-7-108-07776-9

Ⅰ. ①悲… Ⅱ. ①查… ②董… ③刘… ④李… Ⅲ. ①索福克勒斯(Sophokles 约前496-前406) –悲剧–戏剧文学–文学研究 Ⅳ. ① I545.073

中国国家版本馆 CIP 数据核字(2024)第 030894 号

Copyright ©1981 by the Board of Trustees of Oberlin College, returned to Charles Segal and transferred to the University of Oklahoma Press in 1998. Preface to the Paperback Edition copyright ©1999 by the University of Oklahoma Press, Norman, Publishing Division of the University. Simplified Chinese edition published by arrangement with SDX Joint Publishing Company.

责任编辑	张　婧
装帧设计	薛　宇
责任印制	李思佳

出版发行　生活·讀書·新知 三联书店
　　　　　（北京市东城区美术馆东街22号 100010）

网　　址	www.sdxjpc.com
图　　字	01-2019-5413
经　　销	新华书店
印　　刷	河北鹏润印刷有限公司
版　　次	2024年10月北京第1版 2024年10月北京第1次印刷
开　　本	880毫米×1092毫米 1/32 印张27
字　　数	653千字
印　　数	0,001-4,000 册
定　　价	128.00元

（印装查询：01064002715；邮购查询：01084010542）

"古典与文明"丛书
总　序

甘阳　吴飞

古典学不是古董学。古典学的生命力植根于历史文明的生长中。进入21世纪以来，中国学界对古典教育与古典研究的兴趣日增并非偶然，而是中国学人走向文明自觉的表现。

西方古典学的学科建设，是在19世纪的德国才得到实现的。但任何一本写西方古典学历史的书，都不会从那个时候才开始写，而是至少从文艺复兴时候开始，甚至一直追溯到希腊化时代乃至古典希腊本身。正如维拉莫威兹所说，西方古典学的本质和意义，在于面对希腊罗马文明，为西方文明注入新的活力。中世纪后期和文艺复兴对西方古典文明的重新发现，是西方文明复兴的前奏。维吉尔之于但丁，罗马共和之于马基雅维利，亚里士多德之于博丹，修昔底德之于霍布斯，希腊科学之于近代科学，都提供了最根本的思考之源。对古代哲学、文学、历史、艺术、科学的大规模而深入的研究，为现代西方文明的思想先驱提供了丰富的资源，使他们获得了思考的动力。可以说，那个时期的古典学术，就是现代西方文明的土壤。数百年古典学术的积累，是现代西方文明的命脉所系。19世纪的古典学科建制,只不过是这一过程的结果。随着现代研究性大学和学科规范的确立,一门规则严谨的古典学学科应运而生。但我们必须看到,西方大学古典学学科的真正基础,乃在于古典教育在中学的普及,特别是拉丁语和古希腊语曾长期为欧洲中学必修,才可能为大学古典学的高深研究源源不断地提供人才。

19世纪古典学的发展不仅在德国而且在整个欧洲都带动了新的一轮文明思考。例如,梅因的《古代法》、巴霍芬的《母权论》、古朗士的《古代城邦》等,都是从古典文明研究出发,在哲学、文献、法学、政治学、历史学、社会学、人类学等领域带来了革命性的影响。尼采的思考也正是这一潮流的产物。20世纪以来弗洛伊德、海德格尔、施特劳斯、福柯等人的思想,无不与他们对古典文明的再思考有关。而20世纪末西方的道德思考重新返回亚里士多德与古典美德伦理学,更显示古典文明始终是现代西方人思考其自身处境的源头。可以说,现代西方文明的每一次自我修正,都离不开对其古典文明的深入发掘。正是在这个意义上,古典学绝不仅仅只是象牙塔中的诸多学科之一而已。

由此,中国学界发展古典学的目的,也绝非仅仅只是为学科而学科,更不是以顶礼膜拜的幼稚心态去简单复制一个英美式的古典学科。晚近十余年来"古典学热"的深刻意义在于,中国学者正在克服以往仅从单线发展的现代性来理解西方文明的偏颇,而日益走向考察西方文明的源头来重新思考古今中西的复杂问题,更重要的是,中国学界现在已经超越了"五四"以来全面反传统的心态惯习，正在以最大的敬意重新认识中国文明的古典源头。对中外古典的重视意味着现代中国思想界的逐渐成熟和从容，意味着中国学者已经能够从更纵深的视野思考世界文明。正因为如此，我们在高度重视西方古典学丰厚成果的同时，也要看到西方古典学的局限性和多元性。所谓局限性是指，英美大学的古典学系传统上大多只研究古希腊罗马，而其他古典文明研究例如亚述学、埃及学、波斯学、印度学、汉学，以及犹太学等，则都被排除在古典学系以外而被看作所谓东方学等等。这样的学科划分绝非天经地义，因为法国和意大利等的现代古典学就与英美有所不同。例如，著名的西方古典学重镇，韦尔南创立的法国"古代社会比较研究中心"，不仅是古希腊研究的重镇，而且广泛吸收了埃及学、亚述学、汉学乃至非洲学等各方面的专家，在空间上大大突破了古希腊罗马的范围。而意大利的古典学研究，则由于意大利历史的特殊性，往往在时间上不完全限于古希腊罗马的时段，而与中世纪及文艺复兴研究多有关联（即使在英美，由于晚近以来所谓"接受研究"成为古典学的显学，也使得古典学的研究边界越来越超出传统的古希腊罗马时期）。

从长远看，中国古典学的未来发展在空间意识上更应参考法国古典学，不仅要研究古希腊罗马，同样也应包括其他的古典文明传统，如此方能参详比较，对全人类的古典文明有更深刻的认识。而在时间意识上，由于中国自身古典学传统的源远流长，更不宜局限于某个历史时期，而应从中国古典学的固有传统出发确定其内在核心。我们应该看到，古典中国的命运与古典西方的命运截然不同。与古希腊文字和典籍在欧洲被遗忘上千年的文明中断相比较，秦火对古代典籍的摧残并未造成中国古典文明的长期中断。汉代对古代典籍的挖掘与整理，对古代文字与制度的考证和辨识，为新兴的政治社会制度灌注了古典的文明精神，堪称"中国古典学的奠基时代"。以今古文经书以及贾逵、马融、卢植、郑玄、服虔、何休、王肃等人的经注为主干，包括司马迁对古史的整理、刘向父子编辑整理的大量子学和其他文献，奠定了一个有着丰富内涵的中国古典学体系。而今古文之间的争论，不同诠释传统之间的较量，乃至学术与政治之间错综复杂的关系，都是古典学术传统的丰富性和内在张力的体现。没有这样一个古典学传统，我们就无法理解自秦汉至隋唐的辉煌文明。

从晚唐到两宋，无论政治图景、社会结构，还是文化格局，都发生了重大变化，旧有的文化和社会模式已然式微，中国社会面临新的文明危机，于是开启了新的一轮古典学重建。首先以古文运动开端，然后是大量新的经解，随后又有士大夫群体仿照古典的模式建立义田、乡约、祠堂，出现了以《周礼》为蓝本的轰轰烈烈的变法；更有众多大师努力诠释新的义理体系和修身模式，理学一脉逐渐展现出其强大的生命力，最终胜出，成为其后数百年新的文明模式。称之为"中国的第二次古典学时代"，或不为过。这次古典重建与汉代那次虽有诸多不同，但同样离不开对三代经典的重新诠释和整理,其结果是一方面确定了十三经体系,另一方面将四书立为新的经典。朱子除了为四书做章句之外,还对《周易》《诗经》《仪礼》《楚辞》等先秦文献都做出了新的诠释,开创了一个新的解释传统,并按照这种诠释编辑《家礼》,使这种新的文明理解落实到了社会生活当中。可以看到,宋明之间的文明架构,仍然是建立在对古典思想的重新诠释上。

在明末清初的大变局之后,清代开始了新的古典学重建,或可被称为"中国的第三次古典学时代":无论清初诸遗老,还是乾嘉盛时的各位大师,虽然学问做法未必相同,但都以重新理解三代为目标,以汉宋两大古典学传统的异同为入手点。在辨别真伪、考索音训、追溯典章等各方面,清代都取得了巨大的成就,不仅成为几千年传统学术的一大总结,而且可以说确立了中国古典学研究的基本规范。前代习以为常的望文生义之说,经过清人的梳理之后,已经很难再成为严肃的学术话题;对于清人判为伪书的典籍,诚然有争论的空间,但若提不出强有力的理由,就很难再被随意使用。在这些方面,清代古典学与西方19世纪德国古典学的工作性质有惊人的相似之处。清人对《尚书》、《周易》、《诗经》、三《礼》、《春秋》等经籍的研究,对《庄子》《墨子》《荀子》《韩非子》《春秋繁露》等书的整理,在文字学、音韵学、版本目录学等方面的成就,都是后人无法绕开的,更何况《四库全书总目提要》成为古代学术的总纲。而民国以后的古典研究,基本是清人工作的延续和发展。

我们不妨说，汉、宋两大古典学传统为中国的古典学研究提供了范例，清人的古典学成就则确立了中国古典学的基本规范。中国今日及今后的古典学研究，自当首先以自觉继承中国"三次古典学时代"的传统和成就为己任，同时汲取现代学术的成果，并与西方古典学等参照比较，以期推陈出新。这里有必要强调，任何把古典学封闭化甚至神秘化的倾向都无助于古典学的发展。古典学固然以语文学（philology）的训练为基础，但古典学研究的问题意识、研究路径以及研究方法等，往往并非来自古典学内部而是来自外部，晚近数十年来西方古典学早已被女性主义等各种外部来的学术思想和方法所渗透占领，仅仅是最新的例证而已。历史地看，无论中国还是西方，所谓考据与义理的张力其实是古典学的常态甚至是其内在动力。一方面，古典学研究必须以扎实的语文学训练为基础；但另一方面，古典学的发展和新问题的提出总是与时代的大问题相关，总是指向更大的义理问题，指向对古典文明提出新的解释和开展。

中国今日正在走向重建古典学的第四个历史新阶段，中国的文明复兴需要对中国和世界的古典文明做出新的理解和解释。客观地说，这一轮古典学的兴起首先是由引进西方古典学带动的，刘小枫和甘阳教授主编的"经典与解释"丛书在短短十五年间（2000—2015年）出版了三百五十余种重要译著，为中国学界了解西方古典学奠定了基础，同时也为发掘中国自身的古典学传统提供了参照。但我们必须看到，自清末民初以来虽然古典学的研究仍有延续，但古典教育则因为全盘反传统的笼罩而几乎全面中断,以致今日中国的古典学基础以及整体人文学术基础都仍然相当薄弱。在西方古典学和其他古典文明研究方面,国内的积累更是薄弱,一切都只是刚刚起步而已。因此,推动古典学发展的当务之急,首在大力推动古典教育的发展,只有当整个社会特别是中国大学都自觉地把古典教育作为人格培养和文明复兴的基础,中国的古典学高深研究方能植根于中国文明的土壤之中生生不息、茁壮成长。这套"古典与文明"丛书愿与中国的古典教育和古典研究同步成长!

2017年6月1日于北京

献给乔舒亚和萨德乌斯，
朋友和爱故事的人（*philois kai philomythois*）

目 录

译者序 1
平装版序言 12
序 言 20
致 谢 24

第一章 悲剧与文明化的力量 1

第二章 希腊神话与悲剧的结构进路 22

第三章 王者、仪式、语言 76

第四章 《特拉基斯少女》 106

第五章 《埃阿斯》 198

第六章 《安提戈涅》：爱与死亡，冥王与酒神 281

第七章 《奥狄浦斯王》 390

第八章 《埃勒克特拉》 477

第九章 《菲罗克忒忒斯》：神话与诸神 564

第十章 《菲罗克忒忒斯》：社会、语言、友爱 635

第十一章 《奥狄浦斯在科洛诺斯》：视象的终结 702

缩略语 795
参考文献 798
索 引 807

译者序

查尔斯·西格尔（Charles Segal）在1994年当选美国语文学学会主席的就任演讲中慨叹：这是一个古典学大势已去的时代，因为当代文化最看重的是向前看、不断进步的技术驱动力。在这样一种文化中，研究遥远的过去看起来极不自然：为什么要抛下生机勃勃的当代生活，埋头于死气沉沉的故纸堆中呢？

作为一位古典学家，西格尔的一生正是对这一问题的严肃回答。他1936年出生于波士顿，2002年1月1日因癌症去世，享年65岁。西格尔40年的学术生涯完全投身于古典文学尤其是古希腊罗马诗歌的研究中。"希腊语和拉丁语教授"的称号对他而言恰如其分：从荷马到奥维德，从欧里庇德斯到塞涅卡，几乎没有一位希腊或罗马诗人他未曾深入研究过。孜孜不倦的学术耕耘所奉献出的成果是22部著作，300余篇文章、评论、演讲和会议论文。西格尔写的实在太多了！以至于在他的追悼会上还有同事抱怨：他写得比我读得还快！西格尔的博学不仅体现于发表作品的数量上，在其他学者的眼中，他在文学和艺术方面百科全书般的学识同样令人生畏。尽管生性腼腆，他在给学生上课的时候却会兴致盎然、信马由缰地从奥维德讲到提香、蒙特威尔第和福柯。这种学术风格的养成得益于他在哈佛求学期间老师们的影响。尤其是德国古典学大家维尔纳·耶格尔（Werner Jaeger），他在二战的阴影下逃离纳粹德国，于1937年开始在哈佛大学任教。耶格尔不仅带来了深厚的德国语文学传统，并且以一种古典式的人文风范启发着西格尔这样的年轻人走上古典学的道路。

西格尔治学的一个突出特点是对新理论的持续关注和方法上的兼收并蓄。他所接受的学术训练主要来自注重细节的日耳曼传统和尊重常识的英国传统，但他担心这两种传统过于迂腐、依赖权威、缺乏想象力地重复既有观念，同时却怀疑任何抽象或诗意的东西。于是，从注重语言、意象和戏剧结构的新批评模式开始，西格尔先后将结构主义、叙事学、符号学、文体学、女性主义理论以及弗洛伊德和拉康的精神分析引入对古典文学作品的研究中。由于这种对新理论、新方法的开放态度，西格尔的早期作品受到不少老派学者的怀疑甚至抵制。

尽管在整个古希腊罗马诗歌领域西格尔都学识渊博，尤其对奥维德、欧里庇德斯、卢克莱修等人的研究成就斐然，但他更被明确地称为那个时代最好的索福克勒斯研究者，而《悲剧与文明：解读索福克勒斯》则被公认为他最重要的代表作。这本书缘起于西格尔1974年在欧柏林学院（Oberlin College）所做的以"悲剧与文明"为主题的四次马丁古典学讲座（Martin Classical Lectures）。在此基础上，西格尔将其拓展为囊括了索福克勒斯所有作品的大部头著作，最终于1979年完稿，1981年出版。

西格尔在本书"序言"中宣称，他并不认为索福克勒斯仅仅是一位技巧非凡的诗人、剧作家，本书的主旨就是要证明他配得上被称为一位思想家，并试图揭示索福克勒斯自己的"哲学人类学"。为了实现这一不同寻常的目的，西格尔抛弃了聚焦情节架构、性格刻画、戏剧技巧、语言风格等文本特征的传统文学批评方法。他决定以"文明与野蛮"这样的宏阔概念阐释索福克勒斯，而采取这一视角的最佳理论工具是结构主义。所以本书实际上由两个部分组成：前三章确立了结构主义的分析方法，第四至第十一章则利用这一理论工具逐一检视索福克勒斯现存的七部悲剧。

从70年代初开始，西格尔即深受由克洛德·列维-斯特劳斯（Claude Lévi-Strauss）所开辟的结构主义人类学影响。这一学说认为，在一个社会的亲属制度、政治体制、神话和语言的背后，隐藏着某种稳定的概念模式和思维结构，这种深层结构体现为一系列相互关联的二元对立。但西格尔采纳这一理论所面临的基本难题在于：列维-斯特劳斯通过对亚马逊丛林中的几个原始部落进行田野调查所得出的洞见何以能够解释看起来完全异质且高度发达的古希腊文化？实际上，结构主义方法的确被让-皮埃尔·韦尔南（Jean-Pierre Vernant）、马塞尔·德蒂埃纳（Marcel Detienne）、皮埃尔·维达尔-纳凯（Pierre Vidal-Naquet）等学者应用于对古希腊神话与思想的研究中，且成果斐然、发人深省。1976年前后，西格尔有机会访问巴黎社会科学高等研究院，与韦尔南、德蒂埃纳和维达尔-纳凯等人深入切磋结构主义与古希腊文化的关系问题。

对西格尔来说，结构主义与古希腊文化之间存在着一种内在的契合。列维-斯特劳斯所揭示的社会深层结构中的对立关系正是希腊人用以认识周遭世界时习以为常的观念。比如，列维-斯特劳斯强调的自然与文化、生食与熟食之间的对立在希腊人的语汇中就是 *physis* 与 *nomos*、人与野兽之间的对立。因此，"人们几乎不必借助结构主义就能够认识到希腊思想中对立性的重要意义"（正文第25页）。西格尔将这些基本对立概括为文明与野蛮的关系，这构成了他解读索福克勒斯七部悲剧的主题。在西格尔看来，这一主题是内在于这些希腊文本自身的，结构主义的价值在于证明这样一种人类秩序的内在逻辑的普遍性，并且提供相应的概念工具和分析技巧将隐含的对立关系挖掘出来。

西格尔从结构主义人类学借用的一个重要概念是"符码"（code），它代表着社会文化中的深层结构所体现出的逻辑关系。这些对立关系以相似的方式存在于社会生活的多个方面，并且会被编码（encode）于其神话之中。而"结构主义分析的部分任务就在于解码（decode）这一系统，揭示家庭的、仪式的、语言的、两性的、血缘的等社会秩序的各种符码中所包含的彼此联结的对照关系和类同关系（homology）……一经解码，这些特有的语汇就揭示出社会关切的'深层结构'及其组织现实的范型。每一符码都与其他所有符码类同。这些符码的总和则构成了社会的价值模式及其潜在的精神结构"（正文第26页）。按照结构语义学的术语，这些符码相当于句法分析中的纵向关联关系（paradigmatic）而非横向组合关系（syntagmatic）；它们因为彼此类同而可以相互替代。

西格尔曾不无戏谑地说，古典学在研究方法上的选择就像吃大餐，吃腻了法国菜、意大利菜，就想试试俄国菜、德国菜或英国菜。实际上，西格尔并非不加分辨地追随话语时尚：一方面，他的研究仍然植根于扎实的语文学基础；另一方面，面对新的理论工具，他既认识到它们的开拓性价值，又对它们适用于古典文本的限度保持着相当严肃而审慎的态度。1978年，他发表了广为人知的文章《诊台与构架上的彭透斯和希波吕托斯：对古希腊悲剧的精神分析和结构主义解读》（"Pentheus and Hippolytus on the Couch and on the Grid: Psychoanalytic and Structuralist Readings of Greek Tragedy"）。这是一次古典学方法论上的澄清和自我辩护，同时西格尔敏锐地指出了将结构主义方法应用于古希腊悲剧解读的局限性。结构主义的优势在于揭示文化的潜在意义：包含神话、社会或仪式的信息模式和深层结构，以及饮食、植物、两性、建筑、家庭等各种类同的社会符码。这样的洞察让人把握到作品形式上的一致性，即它是建立在概念统一性基础上的符号系统。但在西格尔看来，在古典学中应用结构主义方法的基本缺陷在于：它强调共时性（synchrony）而非历时性（diachrony），强调纵向关联关系而非横向组合关系。也就是说，这种分析模式不关注作品在时间中的展开，也忽视随着时间推移而变化的自我，因而从这一分析工具得到的是一种静态的框架结构。在本书中，西格尔再次坦承将结构主义方法用于分析悲剧文本的两点重要局限：第一，戏剧冲突的逐步展开和收紧这一历时性特征对于观众的感受至关重要，但结构分析主要关注纵向关联关系的共时之轴。因此，在具体的剧目分析中，西格尔试图在共时性结构和历时性结构之间反复切换，以避免完全静态的观察。第二，结构主义不能构成方法上的独占，必要的时候应当引入其他的阐释系统。尽管明确意识到了这些局限性，结构主义的方法仍然毫无疑问地构成了本书的灵魂。

西格尔选择以文明与野蛮之间的对立来概括悲剧中隐含的结构性两极。结构主义产生于以自我为中心的主体性假设面临危机之际；西格尔将结构主义应用于古希腊悲剧的解读正是要取代这种自我中心性的假设：从关注人物的塑造和心理转向关注结构，在人、社会和宇宙的关系中反思人类的境况。在古希腊的思想中，人类文明处于兽性的野蛮和诸神的至福之间。在存在的轴线上，人位于神与兽之间；在意义的轴线上，人位于秩序与混乱之间。两个坐标轴的交会处正是人类文化的诸种创造：城邦、家庭、仪式、法律、正义、语言。

对希腊人来说，文明意味着一种城邦生活，正如亚里士多德在《政治学》中的断言：人在本性上是一种城邦生活的动物。城邦之内的饮食、婚姻、仪式、技艺、法律和公共生活与城邦之外的荒野形成了根本性的对立。身处城邦之外的，不是神，就是野兽。在索福克勒斯的七部悲剧中，有五部作品的主人公被明确地称为"无城邦的"（*apolis*）或"脱离城邦的"（*apoptolis*）：一出生就被抛弃于基泰戎山野之中的奥狄浦斯，长大后为了躲避弑父的命运不得不再次逃离城邦,晚年更成为一个无家可归的流亡者;在外降妖除怪又屠城灭国的赫拉克勒斯,始终未能重返城邦、回归自己的家宅;违背了国王禁令的安提戈涅被斥责为罪犯、无城邦之人;被遗弃在荒岛上的菲罗克忒忒斯则过着无朋友、无城邦的野兽般的生活。悲剧英雄难以在城邦生活中安身,他们处于文明与野蛮、文化与自然的临界状态。如西格尔所言,"索福克勒斯的主角们是越界者,而悲剧本身则是对越界的表达。神、人、兽之间的界限变得不再稳定可靠,人性和人类文明的基本定义遭到质疑"(正文第12页)。

在悲剧人物为确证人性而展开的搏斗中,他将不得不面对自然的非人化力量、人自身内部的野蛮和高高在上的神力。《安提戈涅》的第一合唱歌"人颂"描绘了人与自然之间壮阔而危险的关系:人类以航船征服大海,以农业役使大地,以网捕捉鸟兽游鱼,以器具驯化野兽牛马,以语言和思想构建政治生活,以屋舍躲避风雨,以医术对付疾病。面对自然的种种挑战,人类以其机巧和智慧一一应对,因此创造出伟大的文明。人,是多么可怕又令人惊叹(*deinon*)的存在啊!但在索福克勒斯的思考中,人对自然的征服始终是一把双刃剑。理性和技术的控制并不完全是人类自由的来源,奠基于其上的文明也始终处于危险的状态。在接下来的戏剧情节中,人用以控制自然、驯服动物的技艺被克瑞昂用作奴役他人的类比;人类创造出的语言能力最终丧失了任何交流的可能,退化为咆哮、辱骂或动物似的沉默;人类引以为傲的智慧只不过是傲慢与残暴之人的口头禅,为舞台上的行尸走肉留下反讽的注脚。"人颂"在结尾处宣告,只有死亡才是人最终的界限,安提戈涅果然只能以主动求死来确证人类的尊严。西格尔评论道,除非人在死亡中面对对自身的否定,否则人的伟大就不能抵达其完全的尺度。这也正是《安提戈涅》的凄凉和黑暗之处。

西格尔认为,索福克勒斯悲剧中文明与野蛮的对立不仅体现在人与自然的关系中,也体现在人自身之中。悲剧英雄似乎不甘于凡俗的城邦与家庭生活,他们游走于大地之上,有时因屠杀怪兽而成为文明的缔造者,有时却把自己变为一头野兽,变为文明的毁灭者。在《特拉基斯少女》中,赫拉克勒斯两次将得阿涅拉从兽身追求者的手中解救下来:一次击败了怪兽河神,一次射死了淫荡的半马人。他阻止了人类少女与野兽的结合,从而捍卫了人兽之间的文明界限。他以家宅将危险隔绝在外,在婚姻关系中保护着妻子得阿涅拉。但正是这位文明的捍卫者,为了占有另一位美貌女子而毁灭了她的城邦,因此成为文明的死敌———一位"城市劫掠者"。他抢夺伊奥勒的方式就如同怪兽河神对得阿涅拉的求爱。剧中的伊奥勒没有台词,一开始甚至连名字都不为人知,她只是赫拉克勒斯的又一个性欲对象,就像野兽在寻找的交配目标。性欲本应在家庭中被文明化,与兽性的欲望隔离开。但在灵魂中不可遏制的兽性冲动的驱使下,赫拉克勒斯把伊奥勒引入家中,打破了这一文明的壁垒,最终导致了家庭的毁灭。与此相伴的是不同符码呈现出的相似倒转:家宅的内部空间遭到外部兽性的入侵,火光成为死亡的不祥预兆,技艺被用作毁灭性的比喻,语言被扭曲而无法交流,药物不过是黑暗的巫术,这一切的总和象征着文明秩序的崩溃。在西格尔看来,悲剧对于人类内在的野蛮与暴力性的刻画,正是公元前5世纪希腊人的伟大成就,因为他们"创造出一种形式,把人面对自身野蛮时的残酷与痛苦升华为最高的艺术"(正文第11页)。

　　索福克勒斯的悲剧英雄不仅生活在人间。他的最终命运往往揭示出他从属于一个他所不能理解的更大的宇宙秩序:他是神的计划的一部分,他必须承受并痛苦地实现某种由神所赋予的命运。菲罗克忒忒斯憎恨迫切需要他回归的共同体,欺骗、暴力与友爱都无法改变他的决定。但从天而降的赫拉克勒斯所代表的神意却是他无法违抗的，他必须带着前者赠送的神弓回到两军阵前，完成神赋予他的毁灭特洛伊的使命。阿波罗怂恿奥瑞斯特斯为父报仇，但模糊的神意并未道出复仇与弑母的重合所导致的全部后果：他将在复仇的正义和母子的亲情之间被割裂。当许洛斯向父亲报告了半马人的诡计之后，赫拉克勒斯对于过去的神谕恍然大悟：自己从属于一个神秘玄奥的秩序，而那正是父亲宙斯的计划。但凡人得阿涅拉不在神的计划之中，她与家宅同归于尽的命运没能获得任何超越性的慰藉。当赫拉克勒斯被抬上奥塔山接受预示成神的焚烧时，许洛斯在一片废墟中向天控诉：这可怕的死亡和许许多多的痛苦，无一不是宙斯所为！

　　西格尔对悲剧的解读与列维-斯特劳斯对神话的分析存在一个重要的差异：按照结构主义的论断，神话中两极对立的矛盾最终将通过调解过程得以克服；但悲剧恰恰是对调解的否定。正如罗兰·巴特所说："神话从矛盾开始，一步步趋向矛盾的调解；悲剧则正相反，拒绝调解，让冲突始终绽露。"悲剧赤裸裸地展示出人类存在所要面临的基本对立，它所强调的不是一个具备统合能力的调解者，而正是那个站在对立面交会处的人，作为矛盾的化身。

　　作为人神之间的一种沟通，神话中的祭祀是调解的典范：人对神发出祈求并奉献动物牺牲，神对人做出反馈以回报祭祀。这一仪式既标记出了人神之间的距离，又将二者联结在一起。但在悲剧中，祭祀却一再被败坏，一再成为血腥暴力的罪恶现场。得阿涅拉送来的毒袍在赫拉克勒斯身上焚烧，祭祀者成为被祭祀的动物牺牲。剧痛中的赫拉克勒斯摔死无辜的传令官，圣洁的仪式沾染了血污。神—人—兽的自然秩序被倒转，调解已不再可能。在文明与野蛮的界限被打破之后，城邦也丧失了在神性与兽性两极之间进行调解的能力。婚姻本来构成了人类在性行为方面的调解,但索福克勒斯的主人公或漠视婚姻,或毁灭家庭,或与母同床,犯下人伦大罪。作为重要的调解工具,悲剧中的语言也像其他符码一样被扰乱。"明智""虔敬""友爱"等语汇的道德意义发生反转,构成了索福克勒斯诗艺特有的反讽。理性的说服、亲情的表达和对正义的辨析统统失效,"文明化的言说方式骤然让位于诅咒、吼叫、骇人的嘶喊或不祥的寂静"(正文第95页)。

即便菲罗克忒忒斯最终接受了回归共同体的神意,他依然无法化解对联军领袖们的憎恨。埃勒克特拉姐弟复仇行动的成功也并未因正义得到伸张而大快人心,他们对弑母毫无悔意的坚定反而使得一切更为黑暗。受到宙斯召唤的奥狄浦斯最终走向了给雅典带来赐福的归宿,却在身后留下了对父邦忒拜最恶毒的诅咒:自己两个儿子的自相残杀。伤口赫然绽露,苦难持续上演。西格尔为此而赞颂悲剧,因为它让我们"凝视作为混乱的生命。如果没有悲剧这种看似悖论的令人愉悦的痛苦,我们的秩序、我们的结构将会伴随着它们自身智性力量的暴虐,变得贫瘠、封闭、唯我和妄自尊大"(正文第75页)。悲剧拒绝实现最终的调解,共同体目睹着秩序被否弃,而观众在观看悲剧时直面文明的否定,这本身就是一种深刻的文明化体验。

在以结构主义方法构思本书约20年之后,1994年,西格尔当选美国语文学学会主席,他发表了题为"经典、普适主义与古希腊悲剧"("Classics, Ecumenicism, and Greek Tragedy")的任职演说,对古典作品的研究方法展开了进一步反思。此时的学术生态已大为不同。西格尔发现,那种对新理论、新方法的拒斥态度已不复存在,相反,部分由于学术发表的压力,彼时的"理论爆炸"已经造成了理论对文学的"暴政"。以至于当今文学的专业研究正在日益变得玄奥难懂,而学生们对文学的兴趣却在不断减退。那些伟大作品所蕴含的思想和生活问题本应让人产生个人情感上的共鸣，但当代的文学批评倾向却使得年轻读者望而却步。他们痛苦地发现：阅读是费力、烧脑、无关个人感受的纯学术活动，他们的关切与文学文本之间存在着不可逾越的鸿沟。研究文学的年轻学者不得不在与主流观念和术语的抗争中争取独立和自由，以便发出自己的声音，并重新找回为文学而写作的快乐。

西格尔此时更深切的担忧在于古典学在当代社会所面临的价值危机。对古典作品过于"学术化""技术化"的阅读方式只不过进一步加大了它与当代读者之间的距离。正如西格尔1999年在本书的"平装版序言"中所反问的："当我们的世界把自己加速推向技术性的未来时，我们还读什么索福克勒斯呢？"当然，古希腊悲剧超越了公元前5世纪的雅典这一时一地的局限而呈现出普遍性的价值。尤其是在目睹当代世界的仇恨、暴力与战争时，西格尔确信，索福克勒斯作品中对人类文明的危机以及人自身野蛮性的反思仍将深深地打动新一代读者。他在讲演中说："我们还在为他们的神话和诗歌所具有的想象力、清晰性和敏锐度激动不已，这些神话和诗歌能够勾勒出人类生活的基本问题：政治秩序和个人自由、独立和集体努力之间的平衡，两性之间的关系，激情和理性的地位，以及什么构成文明和什么摧毁文明。"在西格尔看来，当几乎所有生活领域的价值观都变得支离破碎、混乱不堪时，当利益驱动的技术和大众传媒变得越来越强大时，古典传统一如既往地重要，并且依然没有合适的替代品。

西格尔的文字敏锐而富于洞察力，冷静而暗藏激情，既有细致入微的语义辨析，又有巧妙的结构分析和启示性的总体观察。尽管在确立全书方法论的过程中难免涉及一些结构主义的术语（集中于前三章），但熟悉这些艰涩词汇的回报是令人豁然开朗的洞见和极具吸引力的文学感悟。如果确如某些评论者那样感到本书是"很难撬开的坚果",或许部分在于翻译的问题。

本书各章译者分工如下:董波负责序言和前言、第一至第四章,李孟阳负责第五、第六(九至十五节)、第九和第十章,刘嘉负责第六(一至八节)、第七、第八与第十一章。由于译者学识不足,翻译中一定存在着理解上的迟钝和表达上的笨拙,敬请读者谅解。

董 波
2024年3月

平装版序言

当我们的世界把自己加速推向技术性的未来时,我们还读什么索福克勒斯(Sophocles)呢?然而,越是远离过去,我们似乎就越需要过去。从索福克勒斯的(也是我们的)雅典向北飞一个小时,这个世界正目睹着野蛮的暴行,尽管我们曾希望这样的暴行永远不再上演。我们探索邻近的星球,发现宇宙的起源,即将治愈癌症,但同样的技术掌控力却在慢慢侵蚀我们这个星球上可能的生命,并且允许(甚至鼓励了)数百万人死于苦难与暴力。反思和解决这些矛盾的必要性从未如此强烈,也从未如此富于悲剧性。索福克勒斯无法解决这些问题,但他的戏剧却可以帮助我们直面叹为观止的技术创造和我们对自身、对世界的毁灭性之间的鸿沟。

索福克勒斯的悲剧中有一股深流,它反思这样一种人类境况:人类为了获得秩序与意义而进行持续不断的斗争,无论在个体还是在社会总体之中,抵抗难以消除的野蛮与狂乱暴力的威胁。我以为,这些戏剧展现了文明诸要素的宽广视野——法律、语言、宗教、社会与政治秩序、婚姻与家庭,同时处于一个由此定义的悲剧性框架之中:一方面是主人公们对于理想中的正义、力量与控制的渴望;另一方面则是一个无意义的宇宙的可能。

按照如今人们熟悉的批评术语,索福克勒斯的主角们是越界者,而悲剧本身则是对越界的表达。神、人、兽之间的界限变得不再稳定可靠,人性和人类文明的基本定义遭到质疑。

悲剧上演的一天成为一面镜子,映照出一种潜在的生活样式,它摆荡在升扬与沦落的两极之间。自然也处于变化之中,它时而处于人类的控制之下,时而把人类世界与冥府的诅咒联结起来,或者彰显那被践踏和被压制的存在领域带来的报复。

如原序言所承认的,就方法而言,我很大程度上受惠于所谓"巴黎学派"(Paris School)的进路。但本书自成一体,尤其关注文学形式问题,并集中对诗句的语言进行分析。我对悲剧的某些超越历史的特征更感兴趣,但我同意让-皮埃尔·韦尔南的观点(Jean-Pierre Vernant, 1990):悲剧并非简单赞同雅典城邦的价值,而是探究这些价值中的矛盾和局限性。我也同意西蒙·戈德希尔的观点(Simon Goldhill, 1990):这是一种对在仪式和其他公共展示活动中展现观念性意义高度敏感的文化,而悲剧在其中承担着重要的社会和政治功能。并且,和戈德希尔一样,我认为悲剧在酒神节中的作用是审问与探查,而非简单赞同某种单一的政治观念。

本书的开头是对希腊神话与文学的概观,接下来展开对索福克勒斯七部悲剧的细致讨论。这本来应该是两本书的内容:一本写神话和仪式的模式,作为总体上理解希腊悲剧的背景(前三章的主题);一本写索福克勒斯。但我想要揭示出每部戏剧的纹理中存在的神话与仪式、诗的语言、表面情节之间错综复杂的关联,同时又不想忽视个人、社会和宇宙等相互交织的不同层面的意义。这种对于神话、仪式和潜在的社会概念的广泛关切,取代了注重人物塑造和心理的传统进路,代表着索福克勒斯戏剧研究中的一个新方向。看到希腊悲剧的总体研究已经在这一路向上结出硕果是令人高兴的,其影响甚至波及诸如欧本(J. P. Euben, 1986, 1990)和克里斯托弗·罗柯(Christopher Rocco, 1997)这样的政治理论家。当然,尽管所有这些新的贡献很有价值,每位索福克勒斯的阐释者仍然受惠于前辈学者在文本、语文学和阐释方面的工作,仅举数人为例:鲍勒(Bowra)、杰布(Jebb)、卡默比克(Kamerbeek)、诺克斯(Knox)、劳埃德-琼斯(Lloyd-Jones)、莱因哈特(Reinhardt)、惠特曼(Whitman)、维拉莫威兹(Tycho von Wilamowitz-Moellendorff)。

奉行近来的后结构主义和新历史主义批评的人可能会对我的普遍化和一般化倾向感到不安。但这种普遍化乃是索福克勒斯戏剧的一个重要特征,亦是其持久生命力的原因之一。这么说并非要否认历史时刻的重要性,但那一时刻也强烈地驱动人们透过特殊看到一般,而一般就寓于特殊之中。仅需想想修昔底德在他对战事一季季的记述中努力寻找"人性","*to anthrōpinon*"(属人的)这一点就够了。像其他悲剧家一样,索福克勒斯亦有其一般性的论断,但他混用一般与特殊的典型特征嵌于诗句的语言中。我希望在我对这些剧作的分析中,这一特征能够显现出来。

索福克勒斯每部作品的结尾都呈现出某种程度的开放性,但他没有索性让一切都悬而未决。批评家们不可避免地对于有几分开放、几分完结意见不一。如我在此处和他处所表明的,索福克勒斯的戏剧同时具有完结性和非完结性的要素(Segal, 1996)。大部分剧作以某种仪式结尾——《埃阿斯》(*Ajax*)中的葬礼、《特拉基斯少女》(*Trachiniae*)中的婚礼、三部忒拜剧(The Theban Plays)和《埃勒克特拉》(*Electra*)中的污染与净化问题——而这些仪式的不圆满或紧张使我们能够体会到某些方面的损害和不正义无法完全得到解决。

《特拉基斯少女》和《菲罗克忒忒斯》(*Philoctetes*)中的情形或许最难解决。赫拉克勒斯(Heracles)成神(apotheosis)的暗示笼罩着《特拉基斯少女》的结尾。而《菲罗克忒忒斯》事实上的第二个结尾虽然使剧情与神话协调起来,但菲罗克忒忒斯对于阿特柔斯后裔（the Atreids）以及奥德修斯（Odysseus）的恨、他们三人过去对待菲罗克忒忒斯的方式，这些问题仍然没有了结。我在第四章中断言，《特拉基斯少女》的确暗示了赫拉克勒斯的成神，但这并没有为他凶残的色欲和暴力开脱，成神也并未被当作一种解决方式（本书边码第98—105页）。然而，这一意象最后出现在我们的头脑当中影响了戏剧对两位主角的最终评判。

《菲罗克忒忒斯》中，一方面是主人公生理上和精神上的伤口，另一方面则是来自神圣的"必然性"重新融入社会的要求，两者之间的鸿沟被强烈地戏剧化了，但这一鸿沟似乎在圆满的结局中被抹平。该剧的双结尾虽然实现了社会和神灵的更大目标，但也为菲罗克忒忒斯未被治愈的部分留下了空间。本剧在公元前411年寡头政变之后不久写成，索福克勒斯完全意识到了和解的紧迫需要。但这也是一部在不同的历史背景中获得了新含义的戏剧。实际上，其政治意涵在冷战结束而种族仇恨复萌的今天比起1981年更令人感同身受。《菲罗克忒忒斯》让我们感受到了拒绝被治愈的仇恨伤口，但同时也要求我们承认，主人公悲愤的呐喊必须被历史和进步的需要所压倒，这体现为特洛伊战争必须结束。联想到最近发生在爱尔兰、中南美洲、南非、卢旺达以及前南斯拉夫的事件，这些地方的苦难和愤怒仍然需要表达，尽管这些地方的社会可能正在费力地遗忘或熬过从前的可怕罪恶。这部关于苦痛人生的戏剧在倾听治愈与和解的强烈呼声，这一点在谢默斯·希尼（Seamus Heaney）的《特洛伊的疗救》（*Cure at Troy*, 1991）中得到了感人至深的再现，这是对索福克勒斯作品多义性的致敬，是我们的时代对希腊悲剧最为精妙的诗体改写之一。

我希望我所采取的细读文本的方法仍然有用，尽管如此，我还是想简单谈一下近来学术侧重点的某些变化。最显著的变化出现在性别领域。我在《安提戈涅》(Antigone)和《埃勒克特拉》两章中简短地讨论了女性哀悼的强烈危险性,但这一问题应当得到更详尽的讨论(参Segal,1995,119–37)。R. P. 温宁顿–英格拉姆(R. P. Winnington-Ingram)所著的《索福克勒斯》(Sophocles,1980)在本书付梓之际已然面世,它强调了剧作的古风宗教背景,在很多方面补充了本书的不足。我写忒拜剧的三章——尤其是《奥狄浦斯在科洛诺斯》(Oedipus at Colonus)——侧重于雅典和忒拜之间的对比,如今,弗洛玛·泽特林(Froma Zeitlin,1990)和皮埃尔·维达尔–纳凯(Pierre Vidal-Naquet,1990)已经就这一主题的政治和心理意涵进行了研究;亦参Segal,1994,xxiv-xxviii。《悲剧与文明》以及我的某些其他作品促成了索福克勒斯研究中的另一主要趋向,即索福克勒斯对悲剧自身的反思(pp. 204–6,287–8,376,389,406–8;亦参Segal,1993,148–57;以及Ringer,1998)。这样的反身性或元悲剧(metatragedy)讨论看上去更适用于欧里庇得斯(Euripides)而不是索福克勒斯,但这两位悲剧家之间既存在着鲜明的差异,也存在着显著的重合。

我的隐含观点是:索福克勒斯既是一位伟大的诗人和悲剧家,又是一位严肃的思想家。西方的科学理性继承了索福克勒斯既赞颂又批判的那种文化,所以,今天的人类困境仍然刻写在安提戈涅(Antigone)、克瑞昂(Creon)和奥狄浦斯(Oedipus)这些人物的悲剧性境况中。这些戏剧通过探索我们与自身之内或超出自身的那些无法控制的力量之间的关系,借助从自然世界的节律提取而来的密集而诗性的意象创造出一种对宇宙的觉察意识。《特拉基斯少女》的进场歌所描绘的太阳死亡和再生的每日循环,将一个强大而暴烈的英雄葬身于火的结局置于有关生成与逝去的广阔框架中。《安提戈涅》中的盲先知特瑞西阿斯(Teiresias)从飞鸟的聒噪声中体察世界秩序紊乱的征兆；很快，歌队就看到夜晚的星斗像由致人迷醉的狄奥尼索斯（Dionysus）所率领的狂女们一样在天宇间舞蹈。《埃勒克特拉》则在更静默和暧昧的气氛中，以活力和退隐的并置引入其情节：太阳唤醒了鸟儿的歌唱，而星光淡去的拂晓失落了"夜晚黑色的宁静"（pp. 252-3）。

　　索福克勒斯的最后一部戏剧刻画了年迈的奥狄浦斯，在众多寓意中，他代表努力超越我们自身的盲目，以目睹我们的人生本可获致的某些基本真相，一生的苦难中某个光亮的时刻可能揭示的真相。在《特拉基斯少女》的结尾处，甚至残酷无情的赫拉克勒斯也在号哭中清醒片刻，鼓起最后一腔英雄气，呼求自己"坚强的灵魂"忍住毒袍带来的剧痛（pp. 104-5）。但正如许洛斯最后的台词所表明的，此处的寓意颇为黑暗；相比之下，在《奥狄浦斯在科洛诺斯》的结尾处，年迈的奥狄浦斯不仅得到了对一生苦难的报偿，而且获得了一种新的光亮，他呼告那"不是阳光的阳光"，然后凭借着某种内在视觉，走向自己的神秘失踪之地（《奥狄浦斯在科洛诺斯》1549-50，1586-666）。当然，年届九旬的诗人此刻也想到了他自己。几年前上演的《菲罗克忒忒斯》同样如此，神的礼物带来了最后的光亮，但当主人公决意像埃阿斯那样沉溺于仇恨的黑暗之中时，又令人疑惑地突然坠入了悲剧世界。

　　在这些后期戏剧的结局中，索福克勒斯超越了在早期作品中相当强烈的基于差异与对立的结构。在《奥狄浦斯在科洛诺斯》中，天空之神与地下之神的合作使主人公获得了"来自下面的关照"或（按照抄本的释读）"地下神祇的恩惠"，他们禁止悲悼，而这本是悲剧的标志和自然结局（《奥狄浦斯在科洛诺斯》1751-3；参pp. 381，402-3）。几乎同时代的喜剧诗人弗律尼克斯（Phrynichus）为索福克勒斯所作的悼词称他是"幸福的"或"美满的"，因为他具有"创作众多优美悲剧"的才能并且生活全无痛苦。但他的"幸福"可能还有其他来源，从生理角度难于辨识，但我们或许可以从最后几部悲剧中窥见端倪。《奥狄浦斯王》中的奥狄浦斯最终在他生理性的目盲中发现了人性中忍耐的力量；而在约20或25年后的《奥狄浦斯在科洛诺斯》中，奥狄浦斯最终获得了精神性的力量和超自然的视觉。但英雄的视象在索福克勒斯那里从来都不是自主的，在奥狄浦斯的忒拜，悲剧仍然在上演，尽管他自己的生命轨迹最终超越了悲剧。

参考书目

Euben, J. P., ed.. *Greek Tragedy and Political Theory* (Berkeley and Los Angeles 1986).

——— *The Tragedy of Political Theory* (Princeton 1990).

Goldhill, Simon. "The Great Dionysia and Civic Ideology," in John J. Winkler and F. I. Zeitlin, eds., *Nothing to Do with Dionysus?* (Princeton 1990) 97–129.

Heaney, Seamus. *The Cure at Troy: A Version of Sophocles' Philoctetes* (New York 1991).

Ringer, Mark. *Electra and the Empty Urn: Metatheater and Role Playing in Sophocles* (Chapel Hill 1998).

Rocco, Christopher. *Tragedy and Enlightenment* (Berkeley 1997).

Segal, Charles. *Sophocles' Oedipus Tyrannus: Tragic Heroism and the Limits of Knowledge* (New York 1993).

——— "Introduction," *Sophocles: The Theban Plays*, Everyman's Library (New York 1994) xi-xlix.

——— *Sophocles' Tragic World: Divinity, Nature, and Society* (Cambridge, Mass. 1995).

——— "Catharsis, Audience, and Closure in Greek Tragedy," in M. S.

Silk, ed., *Tragedy and the Tragic* (Oxford 1996) 149–72.

Vernant, Jean-Pierre, and P. Vidal-Naquet. *Myth and Tragedy in Ancient Greece*, trans. J. Lloyd (New York 1990).

Vidal-Naquet, Pierre. "Oedipus Between Two Cities: An Essay on the Oedipus at Colonus," in Vernant and Vidal-Naquet (above) 329–59.

Winnington-Ingram, Reginald P.. *Sophocles: An Interpretation* (New York and Cambridge 1980).

Zeitlin, Froma. "Thebes: Theater of Self and Society in Athenian Drama," in Winkler and Zeitlin (1990) 130–67 (参上文中的 Goldhill).

序 言

对很多古希腊悲剧的评论家来说,观念及观念之诗是欧里庇得斯的领域。索福克勒斯作为诗人与剧作家显示出的庄严气势、非凡技巧,陌生而令人费解,但他并不是一位思想家。我将大胆反驳这一看法,试图以文明与野蛮这样博大而抽象的概念来解读索福克勒斯。但要回答索福克勒斯的悲剧能告诉20世纪(很快就是21世纪)什么,就不能抽离其作品语词和戏剧的文理。它们是复杂、难解而深刻的戏剧诗。尽管一般性的概括令人愉悦而坦然,但我相信唯有全神贯注于文本,才能增进我们的理解。为此,我尝试将此二者结合起来:一方面以宽广的视野考察索福克勒斯悲剧的意义,一方面精研现存的七部戏剧文本。前三章以古希腊悲剧与文化作为一个整体视角,导论性地阐述其中的宏大议题;接下来的八章则将这些问题具体而细致地聚焦每部作品。我的目标是,以索福克勒斯作品独有的悲剧面貌,定义(或可称之为)索福克勒斯的哲学人类学。我希望本书具备两方面的价值:既是对索福克勒斯有关人类境况的解释所进行的整体性讨论,同时又是对各个戏剧分别展开的一系列文学评注。

对这些问题的关切在我于1974年3月所做的四次马丁古典学讲座中举足轻重,这次在欧柏林学院的讲座同样以"悲剧与文明"为题。我深深感激内森·格林伯格(Nathan Greenberg)教授,作为马丁古典学讲座委员会的主席,他可贵的支持和鼓励使我将最初的讲座内容扩展为囊括索福克勒斯所有作品的大规模著作。

我痛苦地意识到,我只处理了索福克勒斯多面艺术的几个侧面。相对而言,我较少关注情节的构造、舞台的动作或诗句的语言本身。我也没有尝试提供每一场景的文本分析。关于这些话题的出色研究可见于最近出版的若干有关索福克勒斯的著作。我的首要关切在于以悲剧的视角探察剧中隐含的文明定义,以及内在于人性悖论的冲突与矛盾。

在论述这些议题时,我受益于由克洛德·列维-斯特劳斯所开辟的研究文化的结构主义进路,这一方法被诸如维克多·特纳(Victor Turner)、埃德蒙·利奇(Edmund Leach)、让-皮埃尔·韦尔南、马塞尔·德蒂埃纳、皮埃尔·维达尔-纳凯等学者应用于古希腊及其他文化的研究中。关于这一方法对早期希腊文学研究的用处与局限性,我另有论述,不再赘言。这里仅指出其两方面的重要优势:它使我们得以将文本中的模式与其他文化领域中思想和行为的更广泛模式联系起来,它使得我们能够对文本提出新问题,使之焕发新貌。

以虚假的历史主义进行自我欺骗的时代早已成为过去,人们无法继续装作早期希腊高度结构化的媒介所构成的繁复诗剧能够透过幼稚的字面解读变得一目了然。批评乃是这些作品对原初观众所传达的意义与其对我们今天可能呈现的意义之间的一场持续对话。每一代人都将带来不同的体验和不同的理解这些伟大作者的概念工具,以使这些旧文本别开生面。雅各布·布克哈特(Jacob Burckhardt)一个世纪以前在其《世界历史沉思录》(*Weltgeschichtliche Betrachtungen*)中对此做了极好的阐述:

> 那些曾被翻检了千百遍的书,每个人都要一读再读,因为对每位读者、每个世纪,甚至每个人的不同人生阶

段,它们都呈现出特别的面貌……过去的艺术与诗所唤醒的意象全然发生变化,未曾休止。索福克勒斯带给刚刚降生的一代的印象可以完全不同于带给我们的印象。这远非不幸之事,只不过是始终鲜活的互动的结果。

当代读者不大可能像半个世纪之前的先辈那样,在索福克勒斯的作品中发现如保罗·肖里(Paul Shorey)所宣称的"美与理性的独特和谐在文学中的最高体现,正如帕台农神庙在艺术中的体现,而这种和谐是希腊精神在其全盛期的特质",或者,像A. C. 皮尔逊(A. C. Pearson)那样褒扬"完美无瑕的适度,即生活本身的真理"。这些特性都说得通,做出这些断言的杰出学者的确感受到文本中某些真实而重要的东西,但这些不会是我们的时代最可能感受到的文本特征。我们对文本所刻画的世界中的不协调、不和谐更有同感。索福克勒斯的作品显然包含了和谐、匀称、平衡的优雅,**但也**包含了暴力、质疑和刺人耳目。体现于布克哈特所说的"始终鲜活的互动",批判性的评价总是在这两端左转右绕,因为索福克勒斯的广博视野同时涵括了人类精神现象中的统一与断裂。

鉴于我确信这些戏剧的重要性并不限于小圈子的专业读者,我翻译出了所有的希腊文。出于同样的目的,我尽可能少用希腊字母,只要没有导致完全无从辨识,我都转写过来。这样做难免有失优雅,对此我感到抱歉,但另一做法代价高昂。这些翻译不求文学上的雅致,只是为了传达文本的字面含义。有时为了保留希腊文的精微之处,我牺牲了英文的流畅措辞。我按照大体被认可的时间顺序讨论这些作品。《特拉基斯少女》是一个例外,我将这一章置于首位,在该章开头做了解释。《菲罗克忒忒斯》对于本研究所处理的问题至关重要,我不得不花两章的篇幅讨论它。索福克勒斯现存作品前后跨越50

年左右，尽管我既不否认也未忽视其思想的发展，但我在此处的主要关切或许更侧重其始终如一的一面而非变化的一面。

有关索福克勒斯的二手文献数量繁多。我选取了很多，并指明了我从那些最有价值的著作和文章中的受益之处。我并不打算在参考书目上一网打尽。有关索福克勒斯的文本、语言、人物塑造、戏剧结构、舞台效果等诸如此类问题上的争议甚多，向前辈学者一一表达同意或反对也并无益处。有关参考书目的更多细节，关于文风和主题更专门的问题可参我在过去几年准备此书期间发表的几篇文章。对古代作品和作者的引用沿用了标准做法，期刊和参考书的缩写也采用标准形式，但仍为非专业读者提供了附录列表。希腊文文本通常采用A. C. 皮尔逊的 *Sophoclis Fabulae*，OCT（Oxford，1924），很多与之相背离的地方（已标注）采纳了杰布或其他人的校订。

致　谢

如在注释中标明的，第二章中几页内容的旧稿曾刊于 *Classical Journal* 69（1973年第4期），289–308。第六章的部分内容，即第十四节，以及第七章的第八、九节的旧稿曾分别刊于 *Miscellanea di Studi in memoria di Marino Barchiesi*（Edizioni dell'Ateneo e Bizzarri，Rome，1980）和 *Contemporary Literary Hermeneutics and the Interpretation of Classical Texts*，ed. S. Kresic（University of Ottawa Press，Ottawa，Canada，forthcoming）。第八章的几个段落选自我之前的研究：*Electra, Transactions of the American Philological Association* 97（1966），473–545。需要指出的是，这篇论文，以及我之前发表的有关《特拉基斯少女》、《安提戈涅》和《菲罗克忒忒斯》的论文，其核心关切与本书相互补充，而非完全重叠。我感谢以上论著的编辑和出版社慷慨应允我在这里再次使用这些材料。

本书的撰述历时约八年，行经四个国家。在此过程中，我对某些个人与机构"欠债累累"，这些债是令人愉快的。为了在此卸下某些债务，我再次意识到，学术虽然常常是个人之责，但在很大程度上也是一项社会协作的事业。没有前辈在此领域的耕耘，没有美国、欧洲和澳大利亚的朋友与同事的扶持襄助，本书将不可能问世。

首先，我要深深感谢欧柏林学院的马丁古典学讲座委员会，尤其是内森·格林伯格、詹姆斯·赫尔姆（James Helm）和查尔斯·墨菲（Charles Murphy）诸位教授，本书正是由应他们之邀所做的讲座扩展而成的。他们的盛情款待使得在欧柏林的一周时光带着某种品达式的荣耀，于数年后从我的记忆中跃然而出。

1974—1975年，美国学术团体协会的研究员身份为我提供了撰写本书第一稿大部分内容所需要的稀有又必不可少的连续的"闲暇"时光。罗马美国学院（American Academy in Rome）古典研究系的主任与教授们，特别是亨利·米伦（Henry Millon）、弗兰克·布朗（Frank Brown）和约翰·达姆斯（John D'Arms），在1970—1972年、1974—1975年和1977年间，先后慷慨地向我开放各项设施和活跃的学术社群。我极为感激法兰西公学院教授让-皮埃尔·韦尔南、马塞尔·德蒂埃纳和巴黎社会科学高等研究院的皮埃尔·维达尔-纳凯，他们使我有机会于1975年秋冬至1976年在高等研究院召开的讨论会上检验我的某些想法。对于他们的盛情、友谊和分享想法的热忱，无论那时还是之后，我的感激无以言表。1978年，在美国政府与澳美教育交流基金的富布赖特-海耶斯项目的资助下，我赴墨尔本大学访问了一个学期，在既相互契合又直言不讳的气氛中工作。我尤其感谢墨尔本大学的格雷姆·克拉克（Graeme Clarke）、乔治·盖里（George Gellie）和罗宾·杰克逊（Robin Jackson），蒙纳士大学的A. J. 博伊尔（A. J. Boyle）和杰拉德·菲茨杰拉德（Gerald Fitzgerald）在我访问期间种种客气而周到的款待。

布朗大学为本书的写作提供了可贵的支持：允准我1974—1975年休假，1975—1976年秋季学期外出，并为手稿的准备提供了物资帮助。理查德·达蒙（Richard Damon）和克莱格·曼宁（Craig Manning）作为布朗的研究助理为我核对出处并进行校对，可靠而勤勉。布朗大学的弗朗西丝·艾森豪威尔（Frances Eisenhauer）录入全书，她一丝不苟、目光锐利，就像一位合作的编辑。我对她多年来为本书和其他课题耐心与尽责的付出至为感激。

我要特别感谢普林斯顿大学的弗洛玛·泽特林教授,她阅读并评论了本书手稿的部分内容,在古希腊神话、悲剧以及有关神话、仪式与文学的理论方法方面提供了极为宝贵的建议。伯纳德·诺克斯(Bernard Knox),索福克勒斯研究领域的"卓越匠师"(*il miglior fabbro*),给出了尤为睿智而敏锐的点评。篇幅所限,我无法列举更多其他朋友、同事和学生在研讨、评论、鼓励和参考材料方面给予我的帮助。我要特别感谢杰弗里·阿诺特(Geoffrey Arnott)、玛丽琳·阿瑟(Marylin Arthur)、查尔斯·贝耶(Charles Beye)、阿兰·伯格霍尔德(Alan Boegehold)、阿尔伯特·库克(Albert Cook)、帕特丽夏·伊斯特林(Patricia Easterling)、约翰·厄文(John Erwin)、查尔斯·弗纳拉(Charles Fornara)、布鲁诺·詹梯利(Bruno Gentili)、尼科尔·洛罗(Nicole Loraux)、格雷戈里·纳吉(Gregory Nagy)、卡洛·帕维斯(Carlo Pavese)、皮埃特罗·普契(Pietro Pucci)、迈克尔·普特南(Michael Putnam)、肯尼斯·雷克福德(Kenneth Reckford)、彼得·罗斯(Peter Rose)、路吉·罗西(Luigi Rossi)、约瑟夫·鲁索(Joseph Russo)、苏珊妮·萨义德(Suzanne Saïd)、斯蒂芬·斯库里(Steven Scully)、尤金·万斯(Eugene Vance)、约翰·范·西克尔(John Van Sickle)、保罗·维万特(Paolo Vivante)、威廉·怀亚特(William Wyatt)。对那些我在这里未能提及的人,我同样感激他们施予的时间、知识与善意:

Χάρις χάριν γάρ ἐστιν ἡ τίκτουσ' ἀεί.

带来善意的永远是善意。(《埃阿斯》522)

我的老朋友和老师塞德里克·惠特曼（Cedric Whitman）已然离世，无法再接受我的感谢了。他的《索福克勒斯》（*Sophocles*）仍然是对这些戏剧展开文学研究的一座里程碑。在本书最后成型之际，他去世了。对他的文学敏感和仁慈的建议，我至为感激。他的过早离世不仅令我悲伤，也令古希腊文学领域的学生们痛失良师。

我同样感激在我的思想成长期把我引入古希腊文学与文化的哈佛老师们：小约翰·H.芬利（John H. Finley, Jr.）、埃里克·哈夫洛克（Eric Havelock）、菲利普·莱文（Philip Levine）以及已故的维尔纳·耶格尔与阿瑟·达尔比·诺克（Arthur Darby Nock）。他们的学识、启迪和身教，以不同的方式将我引向这条"多彩之路"，并教我如何理解和欣赏这一路的发现。本书配不上我的老师们及许多帮助过我的人，这完全是由于我自身的局限；对于其中在事实、判断和阐释方面的错误，我自己承担责任。

由于本书完稿于1979年春季，我未能吸收索福克勒斯悲剧新近的重要研究成果，特别是温宁顿-英格拉姆的《索福克勒斯》（*Sophocles: An Interpretation*）及伯顿（R. W. B. Burton）的《索福克勒斯悲剧中的歌队》（*The Chorus in Sophocles' Tragedies*），也未能引用哈泽尔·哈维（Hazel Harvey）和大卫·哈维（David Harvey）对卡尔·莱因哈特（Karl Reinhardt）所著《索福克勒斯》（*Sophokles*）的英译。显然，对这些伟大、迷人而又费解的戏剧进行阐释的论辩和对话过程是没有止境的。

唯于文学中,生命否定自身,
以此生存得更好。
以此变得更好。
生命并不否定自身,
除非在肯定自身。

——雅克·德里达,《书写与差异》

第一章 悲剧与文明化的力量

一

在阿尔卡狄亚（Arcadia）一处崎岖而荒凉的山坡高处，远远矗立着一座狼神（Lykaios）宙斯（Zeus）的圣所。柏拉图（Plato）曾提到那里经常举行人祭的传说，分食人肉的参与者变成了狼。从这块肃杀之地跨过山谷，在一片美丽的荒野上，那被称为"幽谷"（Bassai）的地方，一个希腊小城为最能代表文明的神祇——援助者（Epikourios）阿波罗（Apollo）竖立起一座精致的神庙。[1] 像古人那样，从菲加里亚城（Phigaleia）向这座巴塞（Bassae）的神庙进发，来访者将体验到文明与野蛮之间强烈的视觉对比。呈现在古人面前的是石柱和三角楣勾勒出的规则的几何线条，背后映衬着犬牙交错的峰顶伸向远方。神庙突兀地矗立于一片荒芜的景象中，它是纯形式和人类构想的例证，全然人为之物，就像阿提卡（Attic）的双耳陶瓶或者悲剧合唱歌的格律。然而，神庙背后触目的山岭中却上演着可怖而原始的祭俗，践踏了希腊人所定义的人类文明的最初律法：吃人禁忌。

我们永远无从知晓古希腊的访客面对这幅景象将作何感想。这一建筑场景本身表征着野蛮与文明空间之间的冲突、自然与

---

[1] 神庙及其位置，参 Vincent Scully, *The Earth, the Temple, and the Gods: Greek Sacred Architecture*（New York, N.Y., 1962; revised 1969）123–5，插图235—237："于荒野腹地中显现的是人性救助者之神。"有关狼神宙斯的仪式，参柏拉图《理想国》8.565d。

文化（*physis* 与 *nomos*）之间的冲突，而这样的冲突遍布希腊思想、艺术与宗教之中。希腊人对他们自己（以及对我们）表达这一基本二元对立的那种用之不竭的能力，在此得到了验证。

希腊神庙不但在视觉上呈现出人与自然之间的差异，而且构成了安全、有形的城邦世界与危险、无形的外部区域之间的精神界限。正是由这城邦之外的区域，agros 衍生出了形容词 agrios，意即"野的""野蛮的"。因此，在如今阿格里琴托城（Agrigento）的郊外，有一座神庙划出了与阿克拉加斯（Acragas）山脉的界线，它呼召诸神的帮助以及人的智慧做好准备，以防范城市边境之外的未知世界。

有一座建筑相较其他最能够概括公元前5世纪雅典的文明成就。它宏伟的饰带上，雕刻着参加游行仪式的理想公民，他们正在颂扬使得城邦成为可能的公共和宗教秩序。东饰带上的诸神安静地端坐着，与南北饰带上骚动的人群形成了鲜明的对比。但庄严行进的人群又与被拉向祭礼、不服管教的牲畜形成了对比。柱间壁则刻画了兽性大发的半马人（Centaur）和拉庇泰（Lapith）青年之间的血腥搏斗，后者令人联想到饰带上的雅典年轻人。这提醒人们：饰带上所描绘的秩序既非不经艰难斗争就可以实现的，亦非毫不费力就可以保持的。面向萨拉弥斯（Salamis）和埃吉那（Aegina）的山与海，西山墙上矗立着这座城邦及其文明化技艺的保护神雅典娜（Athena），她与波塞冬（Poseidon）展开了一场波澜壮阔的竞赛。波塞冬代表着大海不受约束的狂暴力量，也是在深处毁灭性地撼动大地的神祇。竞赛的目的正关乎文明本身：雅典娜的橄榄树和波塞冬的赠礼，究竟什么才是真正造就文明之物。

早前一代，奥林匹亚（Olympia）的宙斯神庙西山墙上，里程碑式地表达出神、人、兽之间有关等级秩序的斗争，反抗无法无天的野兽–人及其色欲的斗争。代表人类形象的拉庇泰人为了保护他们的女人，对抗混合形体的半马人。阿波罗正面向外平静站立，在这场反抗暴力之战中，他表达着既保持距离又不乏鼓励的神意。

最后是与帕台农神庙几乎同一时代的著名的特里普托勒摩斯（Triptolemus）浮雕，它把自然与神祇之间的文明中介角色优美地表现为年轻的英雄形象，他被选为将农业带给人类的代理人。一个人类的少年被少女（Kore，即佩尔塞福涅）和母亲得墨忒尔（Demeter）两位女神守护在中间，这一构图令人想起人类文明的另一标志性制度：家宅（oikos）或家庭。我们会想起，特里普托勒摩斯正是索福克勒斯首次参加戏剧竞赛的剧目名称，他以此剧赢得了头奖。

二

我用"文明"一词来表达人在塑造其独有的人类生活时所取得的成就的整体：人对自然的支配和开发，人所创造的家庭的、部族的和城邦的组织，人所建立的伦理价值和宗教价值，以及本能对理性的服从、"自然"对"习俗"的服从。这样的服从构成了所有这些成就的前提。[2]直到最近，西方人的文明观一直建立在现代进步观念的基础上，体现着对理性力量尤其是科学理性的十足信心，以不断扩大的控制力主宰自然，追求持续增长的利益结果。

对希腊人来说，文明（古希腊语缺乏单一的对应词汇）[3]是

---

[2] 参Sigmund Freud, *Civilization and Its Discontents*（1930），trans. Joan Riviere（Garden City, N.Y., 1958）chap. 3。

[3] 最接近的几个可能：*nomos*和*ta nomima*，意为建立起来的制度、习俗和社会规范；*politeia*，政体形式，尤其是受法律约束的政体形式；*paideia*，借由诗歌与艺术彰显和传达的文化。

某种更为基本也更不稳固的东西。在希腊思想的框架中,人类文明——人的社会组织和文化成就的整体——占据着介于兽类的"野蛮"生活和诸神永远的至福之间的位置。文明是为发现和确证人性而展开的搏斗所体现的成果,这场搏斗既要面对自然的非人化力量和人自身的潜在暴力性,也要面对高高在上的神力。

下一章将会更全面地探究这些与悲剧相关的隐含的文明定义。作为初步的表达,维柯(Vico)的"三种人类习俗"比较接近古典文明观的要义:"所有民族都有某种宗教,都缔结庄重的婚姻,都埋葬死者。无论多么粗野无文,没有哪个民族的任何人类活动会比宗教、婚姻和埋葬的礼仪更精细、更庄重……人性正是始于这三种制度,因此都必须最为虔诚地守护它们,以免世界重新回到野兽般的荒蛮状态。"[4]

尤其体现古典时期雅典特征的,是将文明的定义聚焦城邦。亚里士多德(Aristotle)的《政治学》(*Politics*)是这一看法的终极表达,他实质上把文明的基本单位实体化为城邦。人本性上是一种政治性的存在。他要守法,接受法律的约束;议事、裁判、立法,不幸地,还有诉讼,这些政治行动是最属人的活动。没有城邦这一区隔了人类世界和荒蛮世界的有界限的空间,公元前5世纪的文明生活将不可想象。城墙之内,城邦庇护着它的公民,公民通过家庭相互联结在一起;在城邦的核心位置,围拢着集会场所、公民大会、法庭和剧场;在城墙之外的地域(*agros*),农田滋养着城邦;城邦通过海上贸易和旅行与其他城邦相互联系;城邦保持着政治自治,通过结盟和战争捍卫其疆域。

在索福克勒斯的悲剧中,主人公与文明价值之间出现的

---

[4] Giambattista Vico, *The New Science*, trans. from the third ed. (1744) by T. G. Bergin and M. H. Fisch (Garden City, N.Y., 1961) 53 (book I, sec. III).

问题同样聚焦于城邦。这一点在忒拜剧尤为贴切，但同样适用于《埃勒克特拉》，甚至也适用于三部并非发生在城邦之中的悲剧——《埃阿斯》、《菲罗克忒忒斯》和《特拉基斯少女》。其中，前两部只不过将城邦社会投射于它的延伸形式——特洛伊的希腊联军。《特拉基斯少女》确乎是一部家族悲剧而非城邦悲剧，即便如此，剧中文明价值的崩溃仍然以一个城邦的毁灭为背景。

希腊人借助空间架构来审视人的境况及很多其他事物。在这个框架中，空间的坐标和伦理的坐标相互对应。人一方面受到由下而上的野兽世界的威胁，另一方面又受到高高在上的奥林波斯诸神光辉的照耀。抵达奥林波斯山的神话英雄代表着人类可能实现的最高成就。而品达（Pindar）笔下的坦塔罗斯（Tantalus）和伊克西翁（Ixion）背弃了神灵的信任，被从奥林波斯盛宴的光辉中打入哈得斯（Hades，地府）无边的黑暗。佩洛普斯（Pelops）和柏勒洛丰（Bellerophon）的人生所经历的跌宕起伏，代表着在大地与奥林波斯、下界与天界之间获得适当位置的努力。

人的形体在奥林波斯诸神的形象中得到了理想化的展现，这是人的血肉之躯所能达到的最高点。提修斯（Theseus）、赫拉克勒斯、奥狄浦斯、奥德修斯这些带来文明的伟大英雄，击败了人兽混合形体的野种：弥诺陶（Minotaur）、半马人和斯芬克斯（Sphinx），以及人形的怪兽变体库克洛普斯（Cyclops）。他们代表着人类这样的努力：在威胁将其吞没的混乱之上强加人类秩序。

我之所以用"文明"一词而不用"社会"，是因为我要考虑的不仅仅是悲剧主人公与他人的关系（尽管这很重要），还要考虑他与一般性的人类道德和智识能力的关系、他与自然和神圣秩序的关系、他的理性与非理性的关系、他自立的能力以及他对社会的依赖。

并非所有索福克勒斯现存的戏剧都同样关切广义上的文明。《奥狄浦斯王》《特拉基斯少女》《菲罗克忒忒斯》最为直接地处理了这些主题：人对世界和对他自身的控制力以及这种控制的性质与局限。而《埃阿斯》《安提戈涅》《埃勒克特拉》和《奥狄浦斯在科洛诺斯》则更关切狭义的社会：个人与社会政治组织的关系。但这两组戏剧的划分是武断的，因为较具体的社会议题同样涉及人造就文明的能力这一更大问题。索福克勒斯现存的所有悲剧都关切人的自立与依赖性之间的张力，即人对笼罩其生命的自然和生理必然性的超越能力与他在这样的必然性中所处固有位置之间的张力。在这样的张力中，社会制度扮演着至关重要但又模糊不清的角色。城邦以其奥林匹亚宗教、神庙、健身所、剧院、广场（*agora*）、法律和节日构成了雅典（男性）公民能够自由施展的一个领域，而这样的自由是家宅（*oikos*）之内难以赐予的，因为家包含着生死的无常、对养育（*trophē*）的需求、最亲密关系中或隐或显的敌意、血缘及由此产生和传递的诅咒，以及执行这些诅咒的地下神祇。

三

　　关于人类文明起源和发展的学说令索福克勒斯和他同时代的人着迷。[5] 这是一个足够流行乃至可以出现在喜剧舞台上的主题。我们从诗人斐若克拉底（Pherecrates）的喜剧《野蛮

---

[5] 参 W. K. C. Guthrie, *In the Beginning* (Ithaca, N.Y., 1957) 与 *A History of Greek Philosophy* II (Cambridge 1965), 471–4 and III (1969), 60ff.; E. A. Havelock, *The Liberal Temper in Greek Politics* (New Haven 1957); Thomas Cole, *Democritus and Greek Anthropology*, APA Monograph 25 (Cleveland 1967); Fabio Turato, *La crisi della città e l'ideologia del selvaggio nell' Atene del V secolo* a.C. (Rome 1979). 下文的进一步讨论见第二章第七节。

人》(*Agrioi*)的名字就可以推断出这一点。而柏拉图在《普罗塔戈拉》(*Protagoras*)中恰恰就这一话题提到此剧。索福克勒斯本人所写的最著名的合唱歌之一——《安提戈涅》的第一合唱歌，就是有关人征服自然的颂歌。《菲罗克忒忒斯》显然借鉴了很多同时代关于文化起源的学说。在索福克勒斯至少三部佚失的作品中（如果算上《代达洛斯》[*Daedalus*]就是四部），他都使用了与文明的创造有关的神话。《特里普托勒摩斯》(*Triptolemus*)描写将农业带给人类的神秘人物。《帕拉墨得斯》(*Palamedes*)残篇则提到这位英雄在特洛伊围城的漫长日子里"发明"了骰子（残篇438N = 479P）。《瑙普利奥斯》(*Nauplius*)罗列了主人公促进文明的各项创造（残篇399N = 432P），堪与埃斯库罗斯（*Aeschylus*）的《普罗米修斯》(*Prometheus*)相提并论。[6] 而在光谱的另一端，《采药人》(*Rhizotomoi*)中的某些片段就像《特拉基斯少女》一样，把我们带到理性经验的边缘见识文明中的黑暗技艺：魔药，而非治疗之药（*pharmaka*）。

文化与自然（*nomos*与*physis*）之间的二元对立遍布公元前5世纪的作品之中，而对文明起源的兴趣既反映又强化了这一对立。[7] 伯里克利时代（Periclean）本质上是对理性深感乐观的时代，以人为中心，对人类的文化成就信心满满。帕台农神庙的饰带和山墙上的作品对应的是来自普罗

---

[6] 有关索福克勒斯对文化史的兴趣，参Wilhelm Nestle, "Sophokles und die Sophistik," *CP* 5 (1910), 134–7。有关*Triptolemus*，参残篇539–560N = 596–616P and *TrGF*。

[7] 参Felix Heinimann, *Nomos und Physis* (Basel 1945); Guthrie, *History of Greek Philosophy* II, 340, 353–4, 495–6 and vol. III, chap. 4。进一步讨论以及参考书目见A. Battegazzore and M. Untersteiner, *Sofisti, testimonianze e frammenti*, fasc. 4 (Florence 1962), 72ff.。

塔戈拉、阿那克萨戈拉（Anaxagoras）、米利都的希波达摩斯（Hippodamus of Miletus）、希波克拉底（Hippocrates）和德谟克里特（Democritus）这些思想家的政治、社会和科学学说，是对新的智识潮流的表达。同时，悲剧家和苏格拉底（Socrates）、德谟克里特等哲学家开始强调 *psychē*（灵魂），即个人的内在生命和道德意识，这进一步深化了对人的独特性的体认，并把人与自然的其余部分分割开来。[8]

但这一分割并不总是绝对的。人与野兽的区分并不牢靠，自荷马（Homer）起，这种意识就萦绕在希腊思想中。人兽分野是一种需要小心维护的成果，并没有构成一劳永逸的稳定特性。伯罗奔尼撒战争中，类似科西拉（Corcyrean）革命这样触目惊心的暴行，以及雅典人对待密提林人（Mytilenean）、弥罗斯人（Melian）的方式，充当了"残暴的教师"（修昔底德3.82.2）。它赤裸裸地揭示出这样一个悖论：文明自身可能包含着野兽世界的全部野蛮。因此，临近公元前5世纪末，*nomos* 与 *physis*，法律与自然，发生了一次奇怪的反转：*nomos*，文明的规范，被视为压迫性的、毁灭性的；而 *physis*，自然，成了解放性的力量。智者安提丰（Antiphon the Sophist）名为"真理"（*Truth*）的作品片段是公元前5世纪这一立场最全面的表述，但更强硬地表达了这一观点的，是柏拉图笔下的卡利克勒斯（Callicles）和色拉叙马霍斯（Thrasymachus）。

这一变化在公元前5世纪文化史中为人熟知。之所以在

---

[8] 关于索福克勒斯作品中更个人化的倾向，注意他对 *psychē* 一词的使用：*Ajax* 154, *Antig.* 177, *Trach.* 1260, *Phil.* 1013; frag. 97N。一般讨论见 Guthrie, *History of Greek Philosophy*（见注5）Ⅲ, 467–8; E. A. Havelock, *Preface to Plato*（Cambridge, Mass., 1963）197–8, 211n3，以及他的 "The Socratic Self as It Is Parodied in Aristophanes' *Clouds*," *YCS* 22（1972）5–9, 15–6。

此重述，是因为它构成了索福克勒斯（以及欧里庇得斯）悲剧中所描绘的人兽反转的思想背景。索福克勒斯在《安提戈涅》中，欧里庇得斯在《请愿妇女》（Suppliants）中，克里提阿（Critias）在《佩里托奥斯》（Peirithous）中如此骄傲地赞颂了对兽性的野蛮生活的胜利，而一旦面对兽性与野蛮在人自身本性中的再次发作，这种赞颂又显得何其空洞。悲剧诗人们一次又一次地回到这一悖论。

公元前5世纪雅典文化生活的突飞猛进以及社会、经济和伦理领域的迅速变化，使人们更为强烈地意识到价值观的相互冲突，并大大扩展了人们的自觉。个人与社会看起来处于紧张而非和谐之中。帕台农神庙是雅典理性人本主义信念的纪念碑，展现着人及其创造物之美。然而就在神庙建成的次年，伯罗奔尼撒战争爆发，欧里庇得斯也于此时排演了《美狄亚》（Medea），毫不掩饰地暴露着残忍的仇恨和毁灭性的激情。被赞美为文艺之都的雅典（《美狄亚》824-45），同时也成了实施可怖复仇的蛮族巫女得以逃脱惩罚的庇护所。

四

当人成为"万物的尺度"（借用普罗塔戈拉的措辞），他也更容易被自身本性中暴力的、非理性的冲动所左右。文明的各项制度，nomoi，是人的创造物，失去了作为神的造物那种特有的神圣性，故而，像所有的人类成果一样，脆弱而易毁坏。制度崩塌之际，重新堕入野蛮将迅疾而突然。正是这一过程抓住了欧里庇得斯和修昔底德的想象力，也以不同形式渗透于索福克勒斯剧作的结构与意象中。修昔底德对科西拉革命的描绘（3.81-82）或许是对这一过程最无情的剖析——法律崩坏为无法，文明崩坏为野蛮，语言丧失了伦理上的分辨，而这些本是文明的基础。在修昔底德记述的解剖刀旁边，我们可以摆上欧里庇得斯诗剧的重锤，《赫卡柏》(Hecuba)、《特洛伊妇女》(Trojan Women)、《埃勒克特拉》(Electra)、《奥瑞斯特斯》(Orestes)、《酒神的伴侣》(Bacchae)无不展现了文明的解体和向兽性的退化。索福克勒斯则更为微妙，与事件本身保持更远距离，但对于人类的伟大与堕落并置而存所包含的残酷讽刺性更为敏感。几乎在他所有的戏剧中——尤为显著的是《特拉基斯少女》、《奥狄浦斯王》、《安提戈涅》和《菲罗克忒忒斯》——人的文明化力量变得岌岌可危。

被卷入这些令人不安的学说和更令人惊心的事件之中的观众，在观看《安提戈涅》和《奥狄浦斯王》之际，对于潜伏在人类社会中的暴力将极为敏感。"古典式的宁静"是贴在这样一个时代身上的标签：精神与事实体现出极为巨大的断裂。一位现代思想家对于我们人类血腥历史的原因做出了值得铭记的总结，如果读到这些内容，索福克勒斯的同时代人理解起来不会感到有多少困难：

> 由于人对他人根深蒂固的敌意，文明社会永远面临着瓦解的威胁。共同事业中的利益无法将他们凝聚在一起，本能的激情比理性的利益更强烈。文化必须召唤任何可能的增援，竖起一道道屏障以防范人的攻击性本能，并遏制它的发作……这样，就有了对性生活的限制，也就有了爱邻如爱己的理想化诫命。这一诫命的确合理，恰恰因为它完全与如此这般的原始人性相悖……为防止最恶劣的残忍暴行，文明寄希望于自身获得对罪犯使用暴力的权利，然而法律无法处理人类攻击性更小心、更狡猾的表达形式。我们年轻时对自己的人类同胞抱有的幻想式的期待，是时候让所有人都统统抛掉了；我们必

须认识到,他人的恶意究竟给我们的生活造成了多少艰辛和困苦。[9]

上文的作者当然是弗洛伊德(Freud)。但做适当改动,与这些观念类似的表达亦可见诸欧里庇得斯、修昔底德、智者安提丰、柏拉图笔下的卡利克勒斯和色拉叙马霍斯。

勒内·吉拉尔(René Girard)在一部引人深思的著作中提出,悲剧的核心是暴力与祭祀仪式。[10]他的观点来自弗洛伊德,尤其是晚期弗洛伊德对于攻击性的强调。在吉拉尔看来,希腊悲剧将人的攻击性力量——那种将人导向我称之为野蛮状态的力量——神圣化或神秘化了。悲剧随之在人界消除了暴力并被交给了神。照此看来,当文明出现问题时,希腊的解决方案是将暴力和攻击性仪式化,而这几乎就是弗洛伊德方案的对立面。弗洛伊德要求人把攻击性接受为自身的基本组成部分,并且只要有可能,通过整合自我(ego)的方式来解决它。弗洛伊德的方案与公元前4世纪后悲剧时代雅典的方式颇为相似,此时,解决暴力问题的仪式与神圣化方案开始衰落,取而代之的是苏格拉底式的自制(enkrateia)观念,以及《理想国》(Republic)所描绘的灵魂内部理性对激情的主宰。从这个角度看,公元前5世纪的一个伟大成就是,创造出一种形式,把人面对自身野蛮时的残酷与痛苦升华为最高的艺术。借助古老的

---

[9] Freud(见注2)61–2。
[10] René Girard, *La violence et le sacré*(Paris 1972), trans. P. Gregory, *Violence and the Sacred*(Baltimore 1977). 参 Carl Rubino 的有趣评论, *MLN* 87(1972)986–998, 以及 *Diacritics* 题献给基拉尔的一期:vol. 8, no. 1(spring 1978), 特别注意海登·怀特(Hayden White)对 *Violence and the Sacred* 的评论, pp. 2–9。尽管我发现基拉尔对"程度"和差异问题的集中讨论是有帮助的,但我不完全同意他对希腊悲剧中净化和替罪羊机制的推断。

争斗元素,仪式性的场景将这一抗争的重要性戏剧化地呈现出来,并通过连续感和传统提供了某些最终胜利的保证。与此同时,诗句、缭乱的舞蹈动作、华丽的服装营造出一种千钧一发而又美轮美奂的气氛,无论呈现的是久远的胜利还是当下的胜出。冲突曾被希腊社会高度竞争性的结构暗中掩藏起来,并升华为人们接受的日常生活的纷纭,而在戏剧中经过仪式化的场景、审美框架以及神话性主题的隔离之后,又被呈现出来并被表达为剧烈的(也许是虚构的)对抗。[11]

悲剧宣扬将暴力神圣化、仪式化,这一效果是维护人的人性和文明的手段。人们可能会猜想,雅典在悲剧时代达到的高度文明,是否至少部分缘于戏剧节所起到的宣泄作用。近来有作者强调仪式起到的"宣泄式的纾解"作用,并就此推断,"正是仪式避免了社会的大灾难。事实上,只是到了最近几十年,我们世界上几乎所有的类似仪式才被废除;所以轮到我们这一代来体验这一真理:人们无法忍受稳定得一成不变的日子,哪怕是最富有的生活;但因此导致的骚乱到底会带来宣泄(katharsis)还是灾难,却难有定论"[12]。

在悲剧中,人类世界存在的暴力不仅仅是一种神的力量,如在古风史诗和抒情诗中所描绘的那样,是厄洛斯(Eros)或阿芙洛狄忒(Aphrodite)或宙斯(Zeus)意志的体现。它是一种神秘的力量,但同时内在于我们自身;它既是我们自身的一部分,又是外在于我们的一位神秘访客。我们带着敬畏、尊崇和惊恐接近这种力量,而悲剧帮助我们发现它、承认它、驱除它。内部的和外部的,心理的和宗教的,这两种方式解释了人

---

[11] 可参 Alvin Gouldner, *Enter Plato* (New York and London 1965) chap. 2。

[12] Walter Burkert, "Jason, Hypsipyle, and New Fire at Lemnos: A Study of Myth and Ritual," *CQ* n.s. 20 (1970) 15–6.

类生活中的暴力和苦难,而索福克勒斯是混合这两者的大师。在埃斯库罗斯那里,宗教的解释占据主导地位;在欧里庇得斯那里,心理的解释最为重要。索福克勒斯则兼而有之,平衡两者,这使他成为三大阿提卡悲剧家中现代读者或许最难索解的一位。

五

索福克勒斯的主人公除了代表某人类个体之外,也是一个更大的象征体系中的要素,是对抗的力量相互碰撞并寻求可能的解决之道的场域。这并不是说,我们不把他同时**也**当成一个人。否则,戏剧虚构就抓不住我们,变成冰冷的智识操练,缺乏道德生活,无法实现亚里士多德认为至关重要的悲剧对怜悯与恐惧的"净化"作用。但我们必须注意希腊悲剧中那些将角色和观众拉开距离的形式要素:面具、厚底靴(kothornoi)、风格化的姿势和刻意雕琢且常常令人费解的诗句语言。

正如经常有人指出的,不应期待希腊悲剧描绘了现代意义上的"性格"。甚至到公元前5世纪晚期,尽管希腊人开始关注冲突和决定的内在精神过程,他们至少仍然同样关心行动所处的世间的各种外在场所,行动与人类秩序中家宅和城市之间的关系,或者与宇宙神圣秩序之间的关系。[13]

索福克勒斯作品中的主人公其个体性并非显现于个人的小细节,而是像荷马作品那样,在于某些大的基本姿态。与其说是通过自由展现人格的个体性来揭示个体,不如说个体性存

---

[13] 可参 Jones 93; Vickers 110ff., 158n11, and 230ff.。对此观点的限定,参 P. E. Easterling, "Character in Sophocles," *G&R*, ser. 2, 24(1977)121-9,及 "The Presentation of Character in Aeschylus," *G&R* 20(1973)3-19。

在于理想化了的英雄式自我的视界之中,并由此发现和解决这一自我与对其施加限制的人的世界和神的世界之间的冲突。[14]

索福克勒斯笔下的个人要经历一种与众不同的命运,承受与共同体及其稳固价值的隔离,这一隔离危险而致命。这种命运为他的生命赋予了道德意义。只有完成这一命运,主人公才实现了自身,没有丢弃他本性中根深蒂固的东西。经受这样的命运也意味着在更广阔的神的秩序中占有一个位置。神圣力量展现于主人公的生命之中,正是这种悲剧个体性的标记。反过来,这种个体性召唤着神,而神的出现总是带着扰乱闯入他的生命。主人公站立在神界和人界的交叉点上,在这里,二者的区分变得困难而神秘,原本清晰可知的生命秩序遭遇了更隐秘的存在。[15]

索福克勒斯所描绘的悲剧性格,存在于英雄式的个体性导致的隔离与其命运所实现的更大体系之间的张力之中。主人公的任务就是去发现并接受他的生命是这一更大体系的一部分。在发现的过程中,其生命的外在形式与内在形式重合在一起:其本性和神性的"命运"或"运气"(*daimōn*)被证实原来是同一个东西。如赫拉克利特所说:"性格即人之命运"(*ēthos anthrōpō[i] daimōn*)。当埃阿斯(Ajax)知道特克墨萨(Tecmessa)把

---

[14] 关于以个人写实主义和个体性来解释希腊悲剧人物的危险,参Wolfgang Schadewaldt, "Aias und Antigone," *Neue Wege der Antike* 8 (1941) 110; Kurt von Fritz, "Zur Interpretation des Aias," *RhM* 83 (1934) 116, 126; Peter Walcot, *Greek Drama in Its Theatrical and Social Context* (Cardiff 1976) 86–93(欧里庇得斯的技巧,像索福克勒斯的一样,是"印象主义的而不是具象主义的"; p. 87); John Gould, "Dramatic Character and Human Intelligibility in Greek Tragedy," *PCPS* 204, n.s. 24 (1978) 43–67(希腊悲剧中的人物属于"一个隐喻的'世界',它转录我们的经验并将其重塑为一个新的模子里"; p. 61)。平衡这两种进路的尝试,参伊斯特林的论文(见注13)。

[15] 一般性的讨论见Vernant, "Tensions et ambiguïtés dans la tragédie grecque," *MT* 39–40; A. von Blumenthal, "Sophokles (aus Athen)," *RE* A Ⅲ A 1 (1927) 1092–93。

儿子藏起来以免被他在疯狂中杀掉的时候,他回答:"是啊,那样做才符合我的命运。"(《埃阿斯》534)[16]这一回答既抓住了埃阿斯堕落的全部意涵,又在事实上将其描绘为从内在与外在受到神性或命运的驱动所致。主人公发现自己的生命原来是一个模式、一种命运,他不仅向前把握到未来以完成这一模式,并且向后认识到过去自己的本来面目和所作所为应当承担的责任。奥狄浦斯实现了这两个方向的变化,他一方面说"由我的命运(*moira*)随意摆布吧",另一方面又说"这些苦难只能由我独自承担"(《奥狄浦斯王》1458,1414–5)。

如上文谈及的,悲剧主人公的处境所体现的模糊性和矛盾性,反映出一代人所经历的文化与物质生活广泛而剧烈的变化。悲剧中冲突的场景、对反的辩论(*antilogiai*或*hamillai logōn*)不仅仅是哲学家、实践中的修辞家或智者所使用的思维工具,也反映了人们正在经受的价值观上的两极分化。[17]尽管创作悲剧并不单是为了回应这些冲突,但悲剧的确非常适合描述它们。悲剧结构中内在的对立性可以给这些冲突带来一种既严格地概念化又富于诗性的表达。

索福克勒斯悲剧既宏阔又简朴的形式可以将重大时刻的议题凝练于相当小的范围之内。其由危机到突转(peripety)再到解决向高潮步步推进的结构,极为适合用来探究人的处境和情感在语言、价值上的反转和颠倒。讽刺、悖论与有意的暧昧尤其是索福克勒斯的拿手好戏。

悲剧家倾向于使用那些明显存在反转要素的神话,而包含类似模式的神话或神话片段通过悲剧作品被凸显出来。在精

---

[16] 比较分析参 J. C. Kamerbeek, "Sophocle et Héraclite," *Studia Vollgraff* 98, 亦参 Vernant, *MT* 29–30。

[17] 参 John H. Finley, Jr., "Euripides and Thucydides," *HSCP* 49(1938)35ff. 及 "The Origins of Thucydides' Style," *HSCP* 50(1939)51ff.。

心构建的框架中对有限的情节与情境加以变化,利用套路化的但仍然丰富的语汇来表达模式、对照、类比以及反转,悲剧可以突出和强化事件中的那些对称、转折和颠倒,使它们成为重要的道德模式中的构成要素。[18]其生动的意象和大胆的隐喻带来了一种引人入胜的独特性,使这些结构性关系丰满起来,并赋予它们具有穿透力的诗性和象征性的力量。尤其在索福克勒斯的作品中,人对自我的知识和无知所包含的讽刺与悖论、主人公的生命进入某一模式并获得贯穿始终的意义、神的意图与人的意图彼此交汇与背离,都以多样的视角得到了显明。当我们把自己放置在这些视角之中时,相似或相异的一组组关系就会以不同的方式浮现、转化和重叠。因此,新的结构总在浮现,新的模式总在发展。这就是让-皮埃尔·韦尔南所称的延展性与永恒性的美妙结合。

因此,在随后讨论每部剧作的各章中,我并非以心理写实主义的方式来分析悲剧主人公,而是注重上文描述的对立与边界情境的框架。主人公不仅仅实现了从无知到自知、从幻象到现实的模式,并且展现了人之位置的范式:在神和兽的坐标之间,在神圣秩序和混乱或无意义的威胁之间。两个坐标轴在那些最具人性特征的创造处交叉:城邦、家庭、仪式、法律、正义、语言。正是这些创造及其基础性的结构受到了悲剧主人公的质疑和威胁,但又悖谬地得到确证。

六

在荷马史诗中,人与野兽之间的界限尽管受到威胁但仍

---

[18] 有关希腊悲剧中构造情节的形式问题,参 Anne P. Burnett, *Catastrophe Survived: Euripides' Plays of Mixed Reversal* (Oxford 1971)。

然相对稳定。荷马的程式化语言传达出某种内在的连续性。悲剧并没有使规范稳定下来的类似程式;相反,在激烈的价值冲突之中,在共同体与隔离之间、崇高与虚无之间的摆荡中,规范本身遭到了质疑。

史诗中彼此勾连的程式系统暗示了一个协调一致的宇宙中所有部分的共存。"酒蓝色的大海""涡旋的河流""多风的伊利昂",每次出现都让人想到一个稳定不变的世界、始终如一的巨大形体、无时不在的自然力量,构成了清晰分明或被严格限定的实在。

在悲剧中,世界的清晰性如事件的意义,被隐藏在前景背后,没有哪个角色能够带有些许确定性地看透这一前景。非客观的、第三人称口吻以格律反复的固定语汇去界定人类世界和自然世界中稳定不变的要素。宙斯的意志不像在《伊利亚特》(*Iliad*)中那样被开门见山地点破,只是一点点以隐晦甚至荒诞的方式透露出来。史诗那雄壮的连续叙事让位于曲折的、断断续续的波动。对于那个更大的整体,我们只得到一些片段、一点无声的暗示和稍纵即逝的一瞥,如《阿伽门农》开头的沉默或征兆、《特拉基斯少女》进场歌那不祥的矛盾修辞:夜之死亡生出了燃烧的太阳。当然,合唱歌也打破了史诗那样的连续叙事,带来了一个个断续的景象和生动的时刻。而体现于一种统一表达或诗人一人之口的神话范式功能,给叙事带来了统一性和清晰的意义,但这在悲剧中是找不到的。[19]

悲剧中的真相有多样的表达。真相在不同节律的时间行进中显露出来:《奥狄浦斯王》缓慢而残忍地揭示一个或近或远的

---

[19] 按照结构主义的术语,或许我们可以将这一差异归因于史诗中占主导地位的横向组合关系(syntagmatic)叙事和悲剧中占主导地位的纵向关联关系(paradigmatic)叙事,参 Jonathan Culler, *Structuralist Poetics*(London 1975)13。

隐秘过去;《阿伽门农》里卡珊德拉(Cassandra)突然吐露的预言景象的暗示,报信人对最近发生的关键事件的详尽报告,痛苦的决断时刻,突转之后刺目的真相大白;《埃阿斯》中埃阿斯暗夜中噩梦般的疯狂发作和《疯狂的赫拉克勒斯》中赫拉克勒斯突如其来的狂性大发。但事件的全部意义最终总是得以缓慢地、一点点地、隐晦地实现。从对话到歌唱,从平铺直叙到图景式的意象,复杂的语言形式加深了真相的晦暗与支离,直到彼此勾连的破碎片段终于拼合为可怖的整体图景,在悲剧的洞见中为主人公的生命打上孤独、苦难和死亡的标记:阿伽门农喊着,"啊,我被击中了";赫拉克勒斯说道,"啊,我明白了";伊奥卡斯特(Jocasta)沉默不语;奥狄浦斯猛刺自己的双眼。

七

悲剧主人公悬于其本性的上下两极之间,行走在文明化状态和兽性的暴力潜能之间的危险边界上。正如谷克多(Cocteau)在对一部希腊悲剧的讽刺性改编中提出的,悲剧主人公在多重含义上都是某种降级(déclassé):

> 奥狄浦斯:要知道所有可以划分等级的东西都会沾染死亡。人必须把自己降级,特瑞西阿斯,跳出行列之外。这才是杰作的标志,英雄的标志。降级,这样才能震惊世人,这样才能号令天下。[20]

面对人类境况的极端情形,悲剧主人公松开了扣住我们有逻辑、有秩序的世界的安全带,那是大多数人类生命生活于

---

[20] Jean Cocteau, *La machine infernale*, act 3.

其中的"含混而妥协了的中庸"。[21]

悲剧主人公处于阿尔弗雷德·施莱辛格（Alfred Schlesinger）所称的"道德边疆"。[22]其遭受的经历构成了走向人类经验边界乃至边界之外的，无论是隐喻式的或有时实实在在的旅程。在索福克勒斯所有现存的戏剧中，主人公与场所的关系都表达了他模糊不定的处境。应当提供保护和安全的场所变成了毁灭性的荒蛮之地。埃斯库罗斯《阿伽门农》家中的炉灶和欧里庇得斯《疯狂的赫拉克勒斯》家中的祭坛都体现出这一模式，而我们将在索福克勒斯的《奥狄浦斯王》和《埃勒克特拉》中的细节处看到这一点。《特拉基斯少女》、《安提戈涅》和《菲罗克忒忒斯》中的悲剧境况则将文明与野蛮之间正当的对立关系倒转过来或者使之崩塌。又或者，代表着文明价值的主人公却和与世隔绝之地以及自然中的暴力要素紧密联系在一起。

索福克勒斯七部戏剧中的五部都把主人公明确称为 *apolis*（无城邦的）或 *apoptolis*（脱离城邦的）。[23]埃阿斯像仇敌一样遭神人追猎，从希腊人军营出走，在敌国土地的海岸边孤独地自杀身亡，与故土萨拉弥斯（Salamis）天人永隔。安提戈涅虔敬地下神祇，质疑克瑞昂（Creon）的城邦——神与兽、奥林波斯与哈得斯的调解之所，终于被逐出城邦，葬身荒芜之地的地下洞穴。《特拉基斯少女》在笼罩于神秘的群山和凶险的河流所构成的地貌之中，呈现出得阿涅拉（Deianeira）所处的

---

[21] 参Murray Krieger, "Mediation, Language, and Vision in the Reading of Literature," in C. S. Singleton, ed., *Interpretation: Theory and Practice* (Baltimore 1969) 234。

[22] A. C. Schlesinger, "Tragedy and the Moral Frontier," *TAPA* 84 (1953) 164-75; 亦参Gellie 208。

[23] *Apoptolis*: *OT* 1000, *Trach*. 647, *OC* 208; *apolis*: *Antig*. 370, *Phil*. 1018, *OC* 1357.

室内世界与赫拉克勒斯上演英雄功绩的外部野兽世界之间的紧张。在这里，塑造文明的英雄本人却成为一个流亡者、城邦的毁灭者；从野蛮空间到室内空间的转换受阻之际，驯兽者被野兽征服。在《奥狄浦斯王》中，本居于城邦中央的王者，其身份却被标定在处于忒拜（Thebes）王宫和基泰戎（Cithaeron）荒山之间的坐标轴上。居室和子宫这过于亲密的空间与荒蛮山野的空间被证明既相互对立又实为一体。深宫密室为奥狄浦斯守护秘密，使他既是王宫之主又是大山之子，既是王者又是秽污。

在《埃勒克特拉》中，如同借用了诸多意象的埃斯库罗斯的《奥瑞斯提亚》，城邦与王宫成为可疑的文明之地。一个有罪的篡位者正在王宫中统治。无论在应当提供安全的内部世界或更广大的自然世界，生命与死亡、光明与黑暗都被倒置。合法继承者被威胁扔进不见天日的地牢，或者必须闯回本应属于自己的地方，颠倒生死。

《菲罗克忒忒斯》的主人公被残忍地弃于荒岛，过着离群索居的孤独生活，他虽身处荒蛮之境，却比特洛伊城下的希腊联军领袖更配得上成为英雄和文明价值的代言人，后者只不过是名义上的代表而已。《奥狄浦斯在科洛诺斯》聚焦于这样一个悖论：一个受诅咒的无家可归者和身负污染者居然给作为文明典范的雅典城带来了福祉。剧情开始于城市与野外之间的某个神秘过渡地带：雅典郊外神秘的欧忒尼德斯（Eumenides）圣林。主人公在此与其受诅咒的过去划清界限，也脱离了滋生这一过去的纷争深重的忒拜城。这一神秘过渡的基本象征——"铜脚门槛"（57-8；参1590-4），不仅标志着从野外进入城市，也标志着从人界进入神界，从可见空间进入不可见空间。

如果说英雄部分地属于城邦之外的"原生"世界，由于他的活力、智慧以及忠诚与爱的能力,他同样在城邦之中享有荣耀的地位。[24]英雄会打破带给我们的生活秩序与安全的道德法则,越过界定文明的神兽之间惯常的居间状态。英雄缺乏人之为人生而有之的那种位置和身份上的稳定性,但常人又不具备英雄伟大的潜能或过度的倾向。英雄必须以新的方式重建其人性。

公元前5世纪的城邦还没有稳固到能够摆脱或不再崇敬英雄式的充沛活力、雄健的身体和机敏的头脑,这些仍然是捍卫城邦需要仰仗的力量。我们不仅看到帕台农饰带上身骑骏马优雅娴静的青年,还应看到柱间壁上与半马人展开殊死搏斗的年轻拉庇泰人。在伯里克利(Pericles)眼中,雅典的文化霸权同样需要面对死亡时身体上和精神上的英勇。[25]悲剧英雄哪怕包藏再多凶险,他们仍然身负一项或多项对文明而言不可或缺的特质。安提戈涅与埃勒克特拉捍卫荣誉与血脉亲情。埃阿斯、奥狄浦斯、赫拉克勒斯、菲罗克忒忒斯——某种意义上安提戈涅与埃勒克特拉亦然——曾经或即将拯救容留他们的共同体。英雄尽管身负罪愆、混杂不纯、不容于世,但他的同胞仍然需要他,敬重他,热爱他。

"我是人;人性所有我无不有"(*Homo sum: humani nihil a me alienum puto*)与"人对人是狼"(*Homo homini lupus*)这两个极端,正如奥尔宾·列斯基(Albin Lesky)所言,圈定了整个人类历史进程的范围。[26]在这样的两极之间,索福克勒斯的悲剧主人公演示着其存在的(也是我们的)张力与悖谬。

---

[24] 参 George Gellie, "The Second Stasimon of the *Oedipus Tyrannus*," *AJP* 85 (1964) 123; Pierre Vidal-Naquet, *Sophocle: Les tragédies* (Paris 1973) 29。

[25] 参 Th. 2.40.1 and 2.39.4, 2.43.4–6。

[26] Albin Lesky, "Sophokles und das Humane" (1951), in Hans Diller, Wolfgang Schadewaldt, and Albin Lesky, *Gottheit und Mensch in der Tragödie des Sophokles* (Darmstadt 1963) 85。

第二章 希腊神话与悲剧的结构进路

一

对希腊人来说,文明化就是成为人而不是野兽。亚里士多德将文明之地定位于城邦。人作为文明的存在就是 *zōon politikon*,城邦的动物。城邦是典型的人类空间,图示化地处于野兽和神祇两极之间。在《政治学》的开头,亚里士多德给出了人是政治的动物的著名定义。他断言:凡不能参与城邦生活的,不是低于它就是高于它,不是野兽就是神(《政治学》1.1253a2–7, 25–9)。[1]一个人如果如此卓越,以至于在所有方面优于众人,他会在城邦中无法容身,而被看作"人中之神"(《政治学》3.1284a3–12)。同样,在《尼各马可伦理学》中,人之道德德性的能力处于兽性(*thēriotēs*)与神所拥有的神性德性(*aretē*)或英雄德性之间——"所以,如人们所说,如果具备卓绝的德性(*aretē*),人就成了神,这显然是与兽性截然相反的品质(*hexis*)。因为,野兽既没有德性也没有恶,神也一样。但神性比德性(*aretē*)更尊贵,而兽性是不同种类的恶(*kakia*)"(《尼各马可伦理学》7.1145a15行及以下)。人之特有的优秀或德性,*aretē*,正在于其本性上高于兽性而又必然低于神性。

亚里士多德这一论述反映并概括了希腊文化总体上以对立的角度思考问题的倾向。[2]道德本身就是限度构成的系

---

[1] 参 Vernant, *MT* 126 and 121。

[2] 参 G. E. R. Lloyd, *Polarity and Analogy* (Cambridge 1966); Norman(转下页)

统,是不足与过度之间的一系列边界:"勿过度""勿求成为宙斯""适度最佳"。在定义道德德性、公民德性时,兽性与神性看上去处于不可调和的对立两极,但正如几位批评家所指出的,这一对立与悲剧尤为相关。[3]本章即意在探究某些表达了人与神以及人与兽之间双重对立的语言和神话模式。

这种对两极与中间调解状态的关注显然受到了克洛德·列维-斯特劳斯及其追随者的莫大影响。对列维-斯特劳斯的理论与方法仍然存在不同意见,将其应用于文学研究也争议颇多。杰弗里·柯克(Geoffrey Kirk)、布莱恩·维克斯(Brian Vickers)以及其他学者已经对希腊神话的结构主义解释展开了周密的批评。[4]由亚马孙热带雨林或太平洋西北岸

(接上页)Austin, *Archery at the Dark of the Moon*(Berkeley and Los Angeles 1975)chap. 2, esp. 90–1; Vidal-Naquet, "Les jeunes: Le cru, L'enfant grec et le cuit," in J. Le Goff and P. Nora, eds., *Faire de l'histoire*(Paris 1974) 3.149–150, 亦引Arist, *Metaphy*, A.5.986a 22–6; Paula Philippson, *Genealogie als mythische Form, Symbolae Osloenses*, suppl. 7(1936), especially 14, 34ff.。

[3] 如Vernant, "Ambiguïté et renversement: Sur la structure énigmatique d' 'Oedipe-Roi,'" *MT* 101–31; J. T. Sheppard, *The Oedipus Tyrannus of Sophocles*(Cambridge 1920)101; Knox, *HT* 42–4; R. P. Winnington-Ingram, *Euripides and Dionysus*(Cambridge 1948)chap. 12。

[4] 参G. S. Kirk, *Myth: Its Meaning and Function*, Sather Classical Lectures 40 (Berkeley and Los Angeles 1970)42–83, 132–71, and *The Nature of Greek Myths*(Harmondsworth 1974)81–91; Vickers, chap. 4; Pietro Pucci, "Lévi-Strauss and Classical Culture," *Arethusa* 4(1971)103–17。一份有价值的参考书目,见John Peradotto, *Classical Mythology: An Annotated Bibliographical Survey*(Urbana, Ill., 1973)40–7。某些结构主义用例,参Vernant, *Mythe et pensée chez les Grecs*[2](Paris 1974)and *Mythe et société en Grèce ancienne*(Paris 1974), esp. 226–50; Vernant and Vidal-Naquet, *MT* passim; Marcel Detienne, *Les jardins d'Adonis*(Paris 1972); Vidal-Naquet, "The Black Hunter and the Origin of the Athenian Ephebeia," *PCPS* n.s. 14(1968)49–64 以及 "Le mythe platonicien du *Politique*, les ambiguïtés de l'âge d'or et de l'histoire," in J. Kristeva, J.-C. Milner, and N. Ruwet, eds. *Langue, discours, société, pour Emile Benveniste*(Paris 1975)374–90, 英译见*JHS* 98(1978)132–41; Claude Calame, "L'analyse sémiotique en mythologie," *Revue de*(转下页)

的"原始"传说发展而来的方法对全盛的古典时期的希腊人能说些什么呢?古典学者和文学研究者对此的反应可能和简·艾伦·赫丽生(Jane Ellen Harrison)回首往事时对"异教徒的野蛮伎俩"的反应差不多:她自我保护式地感到厌烦和恶心。[5]尽管我无意以这些异教徒的众多伎俩让读者厌烦,但我的确要坚持强调结构主义方法的某些方面对希腊悲剧研究的潜在价值。在开诚布公地承认其局限性之后,结构主义仍然不失为一个强有力的概念工具,其有效性和实用性为众多令人印象深刻的文献所证明。由于让-皮埃尔·韦尔南、马塞尔·德蒂埃纳和皮埃尔·维达尔-纳凯的工作以及一群受他们的成果激发、干劲十足的研究者,结构主义正被应用于多种古典文本和其他

(接上页)*Théologie et de Philosophie* 2(1976)81-97; Walter Burkert, "Analyse strucurale et perspective historique dans l'interprétation des mythes grecs," *Cahiers Internationaux de Symbolisme* 35-6(1978)163-73; B. Gentili and G. Paione, eds., *Il Mito Greco*(Rome 1977); Charles Segal, "The Raw and the Cooked in Greek Literature: Structure, Values, Metaphor," *CJ* 69(1973/74)289-308; idem, "Pentheus and Hippolytus on the Couch and on the Grid: Psychoanalytic and Structuralist Readings of Greek Tragedy," *CW* 72(1978/79)129-48。对列维-斯特劳斯思想出色的英文简介,见Edmund Leach, *Lévi-Strauss*(London 1970)及 *Culture and Communication*(Cambridge 1976),以及 Michael Lane, *Introduction to Structuralism*(New York 1970)11-39。有关文学中的适用性问题,参Jonathan Culler, *Structuralist Poetics*(London 1975); Robert Scholes, *Structuralism in Literature*(New Haven and London 1974); Frederic Jameson, *The Prison House of Language*(Princeton 1972); R. Mackscy and E. Donato, eds., *The Structuralist Controversy: The Languages of Criticism and the Sciences of Man*(Baltimore 1972); Terence Hawkes, *Structuralism and Semiotics*(Berkeley and Los Angeles 1977); Philip Pettit, *The Concept of Structuralism*(Berkeley and Los Angeles 1977)。

[5] Jane Ellen Harrison, *Reminiscences of a Student's Life*(London 1925)83;亦参Robert Ackerman, "Jane Ellen Harrison: The Early Work," *GRBS* 13(1972)209-30, esp. 228。一份有价值的概述介绍了19世纪神话研究的发展,并描绘了原始"野蛮文化"的"流言"与神话"科学"之间的冲突,见Marcel Detienne, "La mythologie scandaleuse," *Traverses* 12(Sept. 1978)3-18。

文学文本。如果使用得当，它能够带来新的洞察，让我们对文本提出新的问题。但正如任何文学方法一样，使用时必须对其前提与局限性了然于胸。

列维-斯特劳斯的方法以对立观念构成的系统来阐释神话，这对希腊文学特别有用，因为希腊文学就是由对立性组织起来的；对希腊悲剧也特别有用，因为对立构成的冲突对希腊悲剧至关重要。人们几乎不必借助结构主义就能够认识到希腊思想中对立性的重要意义。然而，无论是人类世界中的秩序还是映照人类世界并使之变形的文学作品之中的秩序，都有一种内在逻辑支配着秩序的诸种表达之间的相互关系，而结构主义的分析技巧有助于我们澄清这一内在逻辑。通过结构主义的进路，我们力求理解某象征符号在其中发挥作用的关系系统，而不是符号本身的绝对"意义"。

按照结构主义的观点，神话本身就是与语言类似的一个逻辑关系系统。神话叙事或文学作品的叙事都是符号的系统，其中不存在绝对的所指（signified），而是某个能指（signifier）与某个所指之间约定俗成地建立起来的一套关系。就像人的其他象征形式一样，神话与文学皆以其自身的一致性和内在逻辑映射着现实的模式。结构主义分析力图阐明神话所使用的某种句法。正如罗兰·巴特（Roland Barthes）所言："最终，我们可以说结构主义的对象不是被赋予了意义的人，而是制造意义的人，就好像占据了人类语义学目标的并非各种意义的**内容**，而是产生这些意义（历史的、偶然的变量）的**行动**。制造意义的人（Homo significans）是结构探究将要面对的新人。"[6]

不同于弗拉迪米尔·普洛普（Vladimir Propp）、A. J.格雷

---

[6] Roland Barthes, "The Structuralist Activity," in R. and F. DeGeorge, eds., *The Structuralists from Marx to Lévi-Strauss* (Garden City, N.Y., 1972) 153.

马斯（A. J. Greimas）和克劳德·布雷蒙（Claude Bremond）的叙事学结构主义，列维–斯特劳斯的人类学结构主义并非仅仅关注叙事的结构，而是关注神话和文学与其他文化表达共有的句法结构。文化的价值系统被编码（encode）于神话及其文学重述之中。结构主义分析的部分任务就在于解码（decode）这一系统，揭示家庭的、仪式的、语言的、两性的、血缘的等社会秩序的各种符码（code）中所包含的彼此联结的对照关系和类同关系（homology）。这些领域不仅作为社会总体生活的一部分而发生作用，同时也体现为某一价值系统的符号化表达，也就是"符码"，并与其他每一价值系统保持着对照关系。

"符码"这一术语，不同于"范围"或"领域"，强调的是在社会表达其价值的各种手段中运行着的逻辑关系系统。它也意味着这些价值的不同表达之间存在类同性，无论是在文化整体之中还是文学作品之中。所以，"家庭符码"一词的含义不仅仅是支配着家庭生活的那些具体价值，同时也意味着这些价值作为文化系统的一部分，与仪式或建筑、或语言所表达的价值之间存在着相似性。每一种符码就像一束线，而多束线编织在一起才形成社会价值系统的总体脉络———张逻辑与语义的关系网。结构主义的文学解读尝试考虑这一符码之网，作为阐释之前的预备步骤。因此，它不会像新批评（New Criticism）那样在真空中分离出文学作品独立的言语结构，而是在"多个深层结构"相互交织的语境中看待作品，这样的深层结构遍布共同体的全部精神生活之中。

回到希腊人，他们的价值系统隐含着反复出现的二元对立——驯服的与野生的、熟的与生的，这样的对立关系在社会行动的所有领域都发生作用。在此重述一下结构主义的观点：神话将对立性编码于仪式、食物、性行为、家庭生活、空间关系及其他领域的细节中。每一符码都是整体的模式化范型，并以其自身特有的语汇表达着相似的信息。一经解码，这些特有的语汇就揭示出社会关切的"深层结构"及其组织现实的范型。每一符码都与其他所有符码类同。这些符码的总和则构成了社会的价值模式及其潜在的精神结构。

对于文学研究来说，这一方法存在着显著的风险：过于图示化、抽象化和僵化。然而，将列维-斯特劳斯的符码之间彼此类同的概念应用于希腊悲剧的某个特定方面则卓有成效，即其密集的隐喻。

希腊悲剧诗艺的典型特征是，它有意识地把所有符码编织起来，并使人注意到隐藏在所有这些符码之下的根基性的价值系统。因此，社会和宇宙秩序的整体在相互联结的关系中变得显明，而此刻这一秩序正遭受严重的威胁，或被推向了其可理解性的极限。

悲剧中隐喻密集交织而成的纹理强调每一符码内部对应语汇之间的互换性，因此使得不同符码之间的相互作用成为可能。通过把多束关系与意义扭在一起，隐喻使现实的景象纷纭错杂，让我们突然感受到现实的复杂性及其彼此分离的要素之间的相互联结。然而，文学显现出现实的复杂性，这一作用与列维-斯特劳斯的神话概念近乎相悖。

隐喻中包含的对语言的扭曲使人注意到语言符码本身。文学作品就此反映出语言如何与其他符码彼此关联起来以结构出我们对现实的总体观感。埃斯库罗斯是这方面的指路明灯，尤其是《奥瑞斯提亚》。他隐喻之大胆，题材之包罗万象，把类同符码的相互联结运用到了最为得心应手的程度。他把取自不同经验领域的隐喻并置、交织在一起，把不同的符码强有力地熔于一炉。诚然，应当考虑这种可能性：正是埃斯库罗斯吸收了古风晚期抒情诗的资源，为悲剧发展出这一联结意象的技巧，并一步步训练观众来理解它。不管怎么说，对索福克勒斯和欧里庇得斯而言，这一技巧已然成型。

16

《奥瑞斯提亚》中形象化的语言、展演的仪式和呈现的事件把仪式的、两性的、饮食的、家庭的，以及其他符码中对文明行为的违背反复联结起来。每一符码以其恰当的"语言"表达这种违背。与传统方法相比，结构主义进路能够更全面、更概观地把握这种意象模式的相互联系和隐喻的彼此联结。

当克吕泰墨涅斯特拉（Clytaemnestra）炫耀卡珊德拉之死将会"给我的床榻带来迷人的美味"时（《阿伽门农》1447），她的隐喻有意使人震惊，而震惊的效果部分源于性事与饮食符码的并置。这一点不可避免地让人想起这个家族历史上对两性、饮食和仪式符码的践踏。她向宙斯的可怖呼求违背了仪式秩序以及通过仪式与祷告建立起来的神人之间互惠（charis）的和谐关系（参 euktaia charis，"许愿献礼"，1387）。当她继续把自己身溅阿伽门农血雨的快乐比作庄稼沐浴甘霖之喜时，她又把对仪式的违背建立在了对宇宙秩序和自然过程的更大违背之上。借由"生育"（locheumata，1392）一词来表达禾苗的发芽，她又把对自然秩序的违背延伸到了这一家族和家庭对生命延续职能的违背；这个词也暗示着人的出生，因此让人想起这一家族中父母与子女之间的反常关系。克吕泰墨涅斯特拉本人很快就挑破了这层关系，在接下来的发言中，她为自己谋杀阿伽门农辩护，因为后者像杀死一头牲畜一样献祭了自己的女儿，即她的"生产之痛"（ōdina）（1415–8）。对宇宙秩序的违背通过多种符码传递出重复的信息，这不仅是一种"多重决定"（overdetermined），同时也借由一组具体事例清楚地说明了什么是横向组合关系轴中的添加，什么是纵向关联关系轴中的相似或类同。

这种类型的分析关注的不是作品在时间中的展开，即从开头到结尾的历时性结构，而是贯穿作品所有方面的那些模式，即时间可逆的逻辑关系结构（纵向关联结构）。二者的区别就像前者逐字逐句地理解句子的意义,后者则揭示句子的句法,即建立了各部分相互关联的"深层结构"。这一深层结构指的并非作品的历时性,而属于其共时性,即其整体概观中的底层"句法",而不考虑作品在时间中的发展。列维-斯特劳斯的音乐类比有助于我们的理解:

> 在声音和节奏这一层次之下,音乐作用于一片原始地带,即听者的生理时间;这一时间是不可逆的,因而是一种无可挽回的历时性,然而音乐把聆听时付出的片段时间转变为共时性的总体,封闭于自身之内的总体……
>
> 我们可以说,音乐按照两种体系来运作。一种是生理的,也就是自然的。它产生于这一事实:音乐利用了身体器官的节律,因此不连续现象就具有了相关性,否则不连续性如同仍旧潜伏埋没于时间之中。另一体系是文化的:它由乐音的音阶构成,乐音的数目和音程因文化而异。音程系统给音乐提供了基础水平的表达……这就是乐音在音阶上的等级关系发挥的功能。[7]

然而,关注作品的共时性格局同时也是将结构主义方法用于文学批评的严重局限。戏剧尤其如此,就剧作对观众的冲击力而言,冲突的逐步展开和收紧至关重要。我的方法试图将结构主义阐释的某些成果与更传统的解读方式结合起来。通过在共时性结构和历时性结构之间反复切换,希望能够达到对作品尤为全面均衡的见解:既作为符号的语义学结构,也作为人性的苦难。

---

[7] Claude Lévi-Strauss, *The Raw and the Cooked: Introduction to a Science of Mythology*, I, trans. J. and D. Weightman (New York 1970) 16.

结构主义分析通过把叙事片段简化为"基本的构成要素"来进行。这带来了另外的问题。把神话视为将叙事功能编码的模式固然颇具启发性，但这些基本单位或"神话素"（mytheme）不只是任意的符码，如同构成语言的音位（phoneme）那样任意的声音。除了作为"符码"或承担系统中的关系功能，它们就其自身已包含了意义。例如，奥狄浦斯还是婴孩的时候就被刺穿脚踝，这既从属于与一体和多元相关的整个系列模式，同时也传达出父母在残害自己无助的孩子时的狂暴情感。

把叙事剥得只剩下基本的叙事核也脱掉了其诗的语言的外衣，但至少在希腊悲剧中，诗的语言是意义的基本要素。希腊悲剧经典的"意义"不仅仅在于舞台上发生的事件，也在于表达那些事件的肌理丰富的语言。意义在这里必须被理解为"回响的意义"，语词营造的氛围不断延伸出新的联想和言外之意，而不是缩减为由符号构成的模式。尤其是在希腊悲剧中，语言与神话之间存在着紧密的相互影响。神话会影响并且的确影响着语言，往往通过隐喻暗示着相互关系的纽带。语言也会作用于神话，修饰它、改造它。[8]

话已至此，重要的是认识到这一点：尽管结构主义低估了语言改造神话的能力，但沿袭传统并格式化了的希腊戏剧语言，大可被用于列维-斯特劳斯及其追随者发展出的这套分析方法。如迈克尔·内格勒（Michael Nagler）和诺曼·奥斯丁（Norman Austin）近来别开生面展示的，荷马的各种程式构成的相互联结的关系网，表达出自然、地理和社会习俗的隐含结构。[9] 通过

---

[8] 参 Albert Cook's *Myth and Language*（Bloomington, Ind., 1980），以及 "Lévi-Strauss and Myth: A Review of *Mythologiques*," *MLN* 91（1976）1099–116。

[9] Michael Nagler, *Spontaneity and Tradition: A Study in the Oral Art of Homer*（Berkeley and Los Angeles 1974）chaps. 1 and 2, esp. 16ff., 45ff.; Austin（见注2）chap.1。

口头诗艺来传播文化价值，在语言和行动上大大依赖惯例的措辞和常规的范式，这一做法在公元前5世纪中期仍然行之有效，品达和巴克基利得斯（Bacchylides）的诗作即表明了这一点。直至索福克勒斯成长的时期，人们仍然认为诗作不仅仅是艺术家个人的创造，同时还是传统之声：文化价值仍然凝结在一小部分吸引人的事例中——史诗、抒情诗以及戏剧诗中的神话，在其中，语言结构与文化模式之间存在尤为紧密的类同关系。[10]

社会借助其神话一次又一次地确证其亲属关系、仪式、家庭、两性习俗及其他方面的潜在结构。正是由于这些结构一方面由社会行为的基本假设所塑造，一方面又协助建构了这些基本假设，因此这些结构的作用并不为人们的思想意识完全觉察。它们显现于象征性的行动（仪式）和象征性的叙事（神话）之中。神话（至少部分）重申了构成社会规范的信息，把这些信息反复编码于变化多端的形式之中。按照罗曼·雅各布森（Roman Jakobson）的语言学理论（对列维-斯特劳斯影响很大），社会结构总体是某种超音位（super-phoneme），而神话是这种超音位的音位变体（allophone）。[11] 按照费尔迪南·德·索绪尔（Ferdinand de Saussure）的术语，每个神话构成了一种言语（*parole*），是对总体结构的个体化呈现。而这

---

[10] 沃特·昂（Walter Ong, S. J.），为佩德罗·莱因·恩特拉尔戈（Pedro Laín Entralgo）所著 *The Therapy of the Word in Classical Antiquity*（New Haven 1970）写的前言："首先，在尚无书写的文化中，言语不仅要表达出头脑中的所思所想，还要借助各种格式化了的形式——其主题、程式、谚语、修饰语等——储存和追忆口头表达的知识。如果没有这样的储存系统（后来由书写承担），知识就要反复被吞下、说出（'吐出'），或者干脆消失。言语必须被赋予有助于记忆的特殊模式，因为人只知道他记得的事，而在口头文化中说出往事的唯一资源就是记忆。"

[11] 参 Roman Jakobson, "Linguistics and Poetics"（1960）, in DeGeorge, *Structuralists*（见注6）85–122, esp. 111ff.; 亦参 Culler（见注4）chap. 3。

第二章 希腊神话与悲剧的结构进路　31

一总体结构,即语言(langue),其本身仅以抽象的形式存在,由实现于每则神话之中的各个特殊言语析取组合而来。正如在语言中一样,系统诸要素之间的关系,尤其是显明的对比关系,是创造意义的决定性因素。只要价值系统和符号系统葆有生命力,社会将持续地生成神话,以确证、澄清和发掘这些结构。如列维-斯特劳斯自己所说:"神话将螺旋式地生长,直到生产神话的智性冲动消耗殆尽。神话的生长是连续的过程,而其结构则保持非连续性。如果是这样,我们可以设想,处于言说领域中的神话与物理材料领域中的晶体之间存在着紧密的对应关系。这一类比可以帮助我们更好地理解神话与语言(langue)以及与言语(parole)的关系。神话是统计上的分子聚合与分子结构本身之间的中介体。"[12]

再编码过程的基础是重复或多重决定的影响。重复对于所有的人类沟通可能都是必要的,而且是极为自然的。[13]因为重要的信息需要通过重述来加以强调,其要点体现于多余的相似语汇中。例如在《特拉基斯少女》中,半马人涅苏斯(Nessus)交给得阿涅拉的所谓媚药成分多样:野兽-人涅苏斯本人的血、蛇怪许德拉(Hydra)的毒液以及(在其他版本中)涅苏斯的精液,这种多重决定反映出涅苏斯性欲之畸怪。或者在欧里庇得斯的《希波吕托斯》(Hippolytus)中,父亲提修斯的怒火加上另一个父亲波塞冬的诅咒,其毁灭性被多重决定了。儿子的死亡也以另外的方式被多重决定:提修斯在人类秩

---

[12] Lévi-Strauss, "The Structural Study of Myth", in *Structural Anthropology*, trans. C. Jacobson and B. G. Schoepf (Garden City, N.Y., 1967) 226–7.
[13] 神话中的重复原则,参Richard S. Caldwell, "Psychoanalysis, Structuralism, and Greek Mythology," in H. R. Garvin, ed., *Phenomenology, Structuralism, Semiology, Bucknell Review*, April 1976 (Lewisburg, Pa., 1976) 209–30。

序中的放逐判决,波塞冬在超自然秩序中的诅咒。[14]

重复也建立起社会系统不同领域之间意味深长的类比,以及这些领域与宇宙秩序结构之间的类比。这一做法把系统外推至新的关系中,延展了人们的思考。它强化了这样一种对于世界的意识:这是人之生命与自然生命相互交织之地,从植物世界到星辰。

二

当我们从神话转向文学,意图问题不可避免地浮现出来。没有哪个有关诗人意图的问题会得到完全满意的解答。伟大的神话文学,或许乃至所有伟大的文学,其运作的方式都使得意图问题本身成为问题。

神话模式在对社会结构所有符码无法完全觉察的情况下发挥作用。在悲剧中改写神话的效果之一就是使得这些隐含的、无意识的结构水落石出。这种意识是对象征的情感体验,而不是抽象觉察的概念。神话和神话文学都是社会成员能够触及这些结构的方式之一。神话为他们提供了切实可感的形式,可以被当作社会实际冲突和张力的象征模式来体验。正因为这些模式出自人为虚构又遥不可及,反而可以将诸多领域的经验自由编织在一起,把实际的张力投射其中。也正是通过这种方式,那些人们曾经约略觉察或全无觉察的不同范畴的经验或生活领域之间的联系就可以浮出水面,展现为更清晰的相似关系,就像古典希腊时期婚姻与农业之间的关系。[15]

---

[14] 参 Segal, "Pentheus and Hippolytus"(见注 4)136; idem, "Curse and Oath in Euripides' *Hippolytus*," *Ramus* 1(1972)165–80。

[15] 参,如 Martin Nilsson, *Geschichte der griechischen Religion* I^2(Munich 1955)120–1。

诗人借助隐喻与象征重新阐释神话时,似乎常常意识到这些把隐喻与象征联结起来的各种符码之间的关系。在《奥瑞斯提亚》中,毫无疑问埃斯库罗斯有意识地借用了祭祀、语言、性事和农业作为可比的、相似的形式来表达对社会秩序的破坏。在像古典希腊时期那样的整体化社会中,自然、社会和家庭的秩序在人们的感受里是连贯的统一体。诗人的技巧就在于找到能够再现这一统一体的语汇,并在它清晰可见或飘摇不定、难解或神秘之时一语点破。对诗人及观众而言,这种神话的语言或神话化了的语言,常常处于智性的清晰与情感诉求之间的模糊地带。诗人所使用的神话本身就包含了观众或多或少熟悉的象征语汇,这些象征对某些特别的行动、人物或家庭施以具有特殊意义的标记,有时刻画出一种神秘气息,有时则笼罩着危险和恐惧。现代人身处的社会已大大地去仪式化、去神秘化,缺乏这样的标记。所以,对现代人而言,各种经验领域之间的彼此联结——神圣与世俗、公与私、工作与家庭、社会与自然——已被鲜明的割裂所取代。

古风和古典时期的希腊诗人利用了神话或神话群的内部结构与其一致性。在这个并不严格的、象征性的类比系统中,社会秩序和宇宙秩序的所有部分实际上是可以互换的,每一部分都隐含了其他部分。通过分析文学作品的内在一致性,我们可以做一个估算,多大程度上诗人强加了派生的模式,多大程度上模式是神话本身固有的。但在实践中,两者大大重叠,尤其是诗人常常强化了神话本身已然隐含着的相似关系,埃斯库罗斯在《奥瑞斯提亚》中可能就是这样做的。要想完全确定这些关系中有多少是诗人的头脑确实意识到的是不可能的,我们只能借助文学分析来确定这些关系在文本的语言和结构中是如何发挥作用的,这才是我们主要的也是恰当的关切。

鉴于象征性思考本身的性质,文本生发的意义总体总是高于各个要素的总和,因为当我们改变或扩大参照系时,象征系统中的各个要素在持续不断地产生新的相似关系和对立关系。这些意义可能并不为诗人本人有意识地预见到,或能够合乎情理地分辨出来,这是所有重要的象征形式所面临的处境。在这些作品诞生的2500年后,我们对这些意义的表述与原初观众可能会用的语汇大相径庭,这是理解那些在异时异地产生的所有伟大艺术所面临的处境。我相信,这些结构对于索福克勒斯作品的重要性是可以得到证明的,但是,在此讨论的这一关系系统并非我们自己所承袭的那一参照系,因此,我们必须通过思维分析把原初的创造者及观众所自然领悟并感同身受的那层隐含意义揭示出来,使之显明。

三

将列维-斯特劳斯所论述的自然与文化、生食与熟食之间的对立用于理解希腊人对于文明的看法是富有成效的,因为他们自己就经常用这些语汇来区分自然与文化。[16]这一对立只不过是包含了人与野兽、驯化与野生、*nomos* 与 *physis*(法律与自然)等更多对立关系的子集。它们都可以被纳入一个更宽泛的主题,我称作野蛮与文明。必须强调的是,在此讨论的这些模式与对立内在于这些希腊文本自身,可以从这些希腊文本自身之中生发出来。

所有文学作品都会把派生的审美结构——其艺术形式的结构、意象、措辞——强加于孕育作品的原初社会结构之上,

---

[16] 我采用了我的论文 "Raw and Cooked"(见注4),尤其是Ⅶ-Ⅷ和ⅩⅩⅠ。亦参Paolo Scarpi, *Letture sulla religione classica: L'inno omerico a Demeter*(Florence 1976)esp. 47ff.; Vickers(见注4)196–7; F. Turato, *La crisi della città e l'ideologia del selvaggio*(Rome 1979)65–88.

也就是既存观念所构成的文化背景（*donnée*）以及思想和语言的潜在模式。就悲剧而言，这种派生的审美结构一般来说就是对常规的社会和语言模式的刻意扭曲、颠倒或否定。

"神话的目的，"列维-斯特劳斯在一篇著名论文中写道，"是提供能够解决某一矛盾的逻辑模式（如果碰巧这一矛盾是真实的，则不可能得到解决）。"[17]在列维-斯特劳斯对神话的分析中，矛盾通过对立两极之间的调解过程得到解决。举个简单例子，在普韦布洛人（Pueblo）的神话中，狩猎是生与死这对不可调和的两极之间的调解：一方面，狩猎类似战争，会带来死亡；另一方面，作为营养的来源，狩猎维持和养育生命。通过处理猎手-战士角色的模糊性，神话努力化解这一对立，以便澄清并确证现实中存在某个一贯的逻辑结构。然而，在悲剧中，通过神话或其中某些神话表达出来的那种社会所寻求的稳定的调解力量中断了。与达成和解相反，两极对立瓦解为剧烈的冲突或一方压倒另一方的危险倾斜。[18]悲剧强调的不是一个具备凝聚与统合能力的调解者，而是站在对立面交汇处那个问题重重、矛盾缠身的人物。这样的人物可能同时具备彼此矛盾的属性。比如，在《酒神的伴侣》中，彭透斯王（King Pentheus）既是狄奥尼索斯的对头，又是他的受害者，既是统治者，又是被猎杀的野兽，而狄奥尼索斯则既是彭透斯王的敌人，又是他隐含的另一个自我。[19]

即便悲剧的结尾解决了冲突，悲剧性处境本身的精髓或要旨仍然是对调解的质疑或摧毁。悲剧认识到了解决矛盾的那

---

[17] Lévi-Strauss（见注12）226.

[18] 参Vickers 250–1。

[19] 关于调解者的这一临界功能，参Leach, *Culture and Communication*（见注4）71–5。

一逻辑模式的最终失败,认识到了现实的不可捉摸和模棱两可,甚至当我们捕捉到现实时也是如此,或许正因为我们捕捉到了现实。悲剧是探究调解的终极不可能性的神话形式,它接受了人类存在所要面对的基本对立之间的矛盾。现在,让我们来思考希腊人语言与神话的主要结构中的某些要素,以便更好地体会悲剧施加其上的扭曲和颠倒。

四

希腊-罗马艺术中顽皮的萨提洛斯(Satyros)和西勒诺斯(Silenoi)所传达出的对于自然的态度,与古风以及古典时期他们的前普拉克西特利斯(pre-Praxitelean)原型极为不同。那时候,这类生命的动物性被视为对人性的威胁,而不是从人性约束得到可喜的解放。公元前6世纪时生机勃勃的半马人和萨提洛斯到了公元前5世纪变得面目模糊而色欲勃发,带有更明显的危险性。[20]只有到了希腊化时期,人优越于野兽的信念才让位于对自然的"低级"存在形式——"自然"纯真和未受败坏的简朴——蔚然成风的渴慕。[21]

与弥诺斯人(Minoan)的兽形神不同,希腊人对于融合或同化于动物的生命力或自然过程犹豫不决、态度暧昧。他们的关切更在于把那样的生命力限制在牢固的边界之内。奥林波斯诸神的人形之美确证了人类形象在道德和审美上的优越性,以及由男性主导的城邦生活的社会优越性。狄奥尼索斯和追随他的狂女或野兽也被容留在某处,但与自然的生命力以及他们

---

[20] 参 Sheila McNally, "The Maenad in Early Greek Art," *Arethusa* 11 (1978) 101-35。一般讨论亦参 Henri Jeanmaire, *Dionysos* (Paris 1951) 280-1。

[21] 参,如 Men. frag. 620K (= 534 Edmonds),以及 Carl Schneider, *Geschichte des Hellenismus* (Munich 1967) I, 151-2。

的神融为一体的仪式发生在山上,远在城邦围墙之外。仪式于夜间举行,由火把照亮,而不是在光天化日之下。欧里庇得斯的《酒神的伴侣》有力地证实了古典时期的希腊人对酒神及其崇拜者混合着敬畏、着迷和恐惧的复杂感受。

　　希腊早期诗歌中的神话叙事表达出对于在神祇与野兽这两极之间实现调解所包含的二元对立与逻辑关系的关切。篇幅较长的荷马颂诗、品达的很多颂歌实际上是对调解的神话式表达,贯穿着宇宙秩序的若干不同领域。例如,在品达的《皮托凯歌第一首》(*Pythian Ode* I)中,有"天柱"(*kiōn ourania*)从奥林波斯直抵哈得斯,这是宇宙秩序的视觉象征:怪物般的野兽提丰(Typhos)与众神的辉煌之美相隔着最远的距离。借助语言、赞颂与仪式,一个调解结构建立起来,尘世诗人之歌直达奥林波斯的金色弦琴与永恒的和谐,形成了神人之间的联系。然而,同一首颂歌又与埃特纳(Aetna)火山的怒吼形成对照,正是这座火山把怪物提丰镇压在大地之下的塔尔塔罗斯(Tartarus),远离人与神(《皮托凯歌第一首》19–26;参15)。不同的听觉现象两相对照,强调人与野兽、人类世界与地下世界之间的分离。在赫西俄德的描述中,提丰发出的是多种声音混杂的吼叫,时而似神语,时而如人声(《神谱》830–5)。这就是说,提丰既是语言符码中的反常,又是生物和空间符码中的反常。他的存在否决了神与野兽之间由人类占据的中介位置。在品达的凯歌中,与此相对的另一极,被定义为奥林波斯、宙斯以及阿波罗的"金弦琴……辉煌的开端(*archa aglaias*)"(《皮托凯歌第一首》1.1–2)。这首诗隐含地将不同符码编织起来,其方式可由图表展示出来:

空间		生物形态	语言
奥林波斯	*kiōn ourania* "天柱"	神	缪斯的不朽之歌，金弦琴，辉煌
大地		人	诗人庆祝胜利的凯歌
塔尔塔罗斯		野兽、怪物	混杂的吼叫，不和谐

天柱将结构固化，这种清晰性与确定性是合唱颂诗的特征，因为其任务在于赞颂，而非质疑人与诸神、城邦以及下界兽性之间的关系。

荷马颂诗《致阿芙洛狄忒》(*Hymn to Aphrodite*) 采用了一种相似但更复杂的调解结构。[22] 在这里，神、人、野兽之间的中介联系是性。性的交合，在诗中发生在阿芙洛狄忒与安基塞斯（Anchises）之间，是神降临于人的方式，也使人得以上接于神，将神融入人之生命（参45-52）。性欲的"原生"状态，我们可以称之为一种基本的生命本能，是阿芙洛狄忒的特有领域（区别于婚姻女神赫拉［Hera］）。所以，阿芙洛狄忒由野兽相伴，狮子、狼、豹子成双成对地卧在山上。这种原初的性在城邦世界中无容身之地。所以，交合发生在被称为"野兽之母"（68）的伊达山（Mount Ida）上，一方是居于荒僻之地、与牲畜们独处的牧人（79-81），一方是化身为凡间少艾的女神。阿芙洛狄忒接着编造了一个虚假的故事：她正在文明之地跳舞的时候，被神人之间的使者赫尔墨斯（Hermes）拐走了

---

[22] 更多细节参 C. Segal, "The Homeric Hymn to Aphrodite: A Structuralist Approach," *CW* 67 (1973/74) 205-12。

(117–25)。她被看作强奸的受害者,因而处于社会规范之外的边缘地带,而这些规范保护和约束着她从前伙伴们的性生活,她们有彩礼,是"能够为父母赚来牛群的少女们"(*parthenoi alphesiboiai*,119)。

这首颂诗因此在赫拉与阿芙洛狄忒之间做出了一个隐含的对比:缔结合法婚姻伴随的性行为相对于爱神激发的赤裸裸的肉欲。甚至当阿芙洛狄忒利用婚姻达到其目的时,那也是欺骗与引诱的一部分。因此,当她化身凡人,自称已被选为安基塞斯的合法妻子(*kouridiēn alochon*,126-7)时,她揭示出自己作为爱神与性欲之神的本性,希腊人将其与虚假和欺骗(*apatē*)紧密联系起来。[23]安基塞斯提到了这场未来的婚姻(148),不过对于这种处境中的少女之言的约束力,他很快就抛在了脑后。在阿芙洛狄忒诱惑的魔力下,在爱神的手掌心中,安基塞斯的举手投足完全落入她的势力范围:像《伊利亚特》卷六中的帕里斯(Paris)和卷十四中的宙斯一样,他坚持按照那早已征服他的不可抗拒的性欲行事。这场由阿芙洛狄忒主导的性事因此被刻意安排在家宅和城邦的边界之外,适得其所地发生在荒山之中、野兽的皮毛之上,那些野兽由安基塞斯"于高山之中亲手宰杀"(159–60)。这一细节从属于一系列相似关系:赫拉之于阿芙洛狄忒,正如婚姻中的性之于原始肉欲,正如家宅之于荒山、人之于野兽、文明之于野蛮。

安基塞斯睡醒导致了一个骤然的、无过渡的变化:从兽皮的床铺到奥林波斯神祇的光芒。女神真身显现,其形体和饰物放射出不朽的光辉,与野兽的皮毛形成两极对立(参174–

---

[23]据赫西俄德《神谱》224,毁灭性的夜神生育时,欺骗与爱(*Apatē*与*Philotēs*)相伴而生。参Vernant, *MP* I, 52-3。

5）。从野兽到神祇的迅疾转换，是本诗所采用的一种方式，以展现神人分隔界限的原则性。只有在特洛伊与奥林波斯山之间的这一边缘地带，野兽与神祇以奇异的方式彼此接近，这些界限才被瓦解。偏僻的荒山、牧人、谎言以及背后的赫尔墨斯都是相似的界限被打破的明证。通过否定其反面或显示出违反这一原则所处的边缘状态，神话反而确认了神人分隔的原则。

在《会饮》（*Symposium*）中，柏拉图把爱欲（eros）视为有朽与神性之间的一种调解力量：它是有朽的（有限的）生命达到类同不朽的方式，即通过性生殖实现子孙繁衍。在《致阿芙洛狄忒》的颂诗中，性也具备这样的功能。安基塞斯与女神的结合生下了埃涅阿斯（Aeneas），他被确立在人与神之间、伊达山与特洛伊之间、有朽与不朽之间。他最终将在城邦中占有一席之地，但不会马上进入城邦。他最后将成为一个漫长世系的始祖，其繁衍将给安基塞斯的种族带来人类可能企及的不朽（参196-201）。长命的林中仙女（nymph）是死亡和不朽之间的中间状态在神话中的对应者。埃涅阿斯在进入"美妙青春"（274）之前，都由林中仙女在山林中抚养，而非在人类的家宅（oikos）之中。虽然并非真正的不朽，但林中仙女仍然比人长命。她们是一个凡人孩子的养育者，她们生活在山林之中，她们交游的是半人半兽的西勒诺斯，以及人与神之间的交接之神赫尔墨斯（259-72）。

这首颂诗中的伽倪墨得斯（Ganymede）和提托诺斯（Tithonus）的故事，构成了与这些空间的、生物的和性行为符码中的调解相似的进一步表达。这两个关于有朽与不朽之结合的附加范例体现了神话叙事中的多重决定或重复的特征：它们在另一个层次上确证了安基塞斯-阿芙洛狄忒这一原初模式。尽管是重复原初模式，神话仍以饮食的语汇对其进行了再编码。

提托诺斯与伽倪墨得斯构成了对称关系：美少年伽倪墨得斯被带走之后享有了不朽的青春，"不死不老，像诸神一样"（214）。作为神的执杯者，他本人"从金罐中倒出玫瑰色的琼浆玉液"（206），长生不老的神的饮品。提托诺斯则虽然永生，却不能永远年轻（参223）。与奥林波斯山上真正不朽的伽倪墨得斯不同，提托诺斯被留置在一个遥远、偏僻的地方："大地的尽头，洋流的近旁"（227）。他的食物也不是仅供不朽之神享用的琼浆玉液和仙果珍馐，而是谷物和神的食物的混合（*sitos kai ambrosiē*，232）。也就是说，他介于神的特权（生命不朽）与人类的重负（衰老）之间的地位在空间和饮食两个方面被标记出来。作为重复的信息，空间符码中的"减"对应于饮食符码中的"加"。"大地的尽头，洋流的近旁"等同于说既非大地又非奥林波斯（故此是"减"）；而"谷物和神的食物"把人的食物——谷物——与本来与人的食物不相混杂的神的食物混合在一起（故此是"加"）。

相较于神的完全不朽，提托诺斯会衰老的永生处于下方。山林仙女与西勒诺斯和赫尔墨斯交游，虽非不朽但却长命，相较于束缚在循环轮转之大地的有朽凡人，她们处在上方。提托诺斯与林中仙女占据着互补而对称的位置，各自填充了一个从野兽到神祇这一连续尺度上的空隙。

荷马颂诗《得墨忒尔颂》（*Hymn to Demeter*）隐含着相近的叙事结构，但聚焦埃琉西斯崇拜（Eleusinian cult）。这一仪式符码构成了对神圣与凡俗这一基本关系的调解。[24]获准入会参与仪式的凡人仍然会死，下到"幽暗"的哈得斯（482），但他们会享受到其他"地上的凡人"（*epichthonioi anthrōpoi*，480）无缘得享的幸福（*olbios*，480）。借由两个具有对称性的吃的

---

[24]参Scarpi（见注16）尤其是47–137。

行为，原本通过仪式进行的调解又在饮食符码中再次被确证：痛失女儿佩尔塞福涅（Persephone）的得墨忒尔万念俱灰，造成世间蕃息断绝，在埃琉西斯（Eleusis），当不吃不喝的得墨忒尔接受了一杯 *kykeōn*——一种混合了大麦、水和薄荷的饮料（208–11），她终于重新回到人间并承担起抚育的职责。如果说得墨忒尔因为吃下了凡人食用的谷物而从繁育断绝的荒凉中重新恢复了万物的生机，那么佩尔塞福涅则因吃下甜蜜的石榴籽（372–412）而放弃了她本可以在奥林波斯山上享受的真正不朽。石榴果的种子与性联系起来，使佩尔塞福涅陷于生育、衰老、死亡这一有朽生命的循环，因此一年中的若干时日，她要在地下世界中与她的新郎哈得斯一起度过。世间生命中的季节轮转就此通过这一谷物–少女（Corn-Maiden）的神话被多重决定了：空间上，从奥林波斯到哈得斯（地府）；饮食符码中，从琼浆玉液、仙果珍馐到石榴籽；生物上，从鲜花到果实，从不育的水仙花（与死亡相关联）到甜蜜的石榴果。

正如阿芙洛狄忒颂诗中提托诺斯的情形一样，一个衍生的神话范式被构造出来，以补充的形式在更大范围内对信息进行了编码。得摩丰（Demophon）是埃琉西斯王后墨塔涅拉（Metaneira）所生的男婴，隐藏真容的女神几乎赋予了他不朽。因为母亲的突然闯入，得墨忒尔只好把他放在地上，并声言这样一来"他无法逃避死亡了"，但因为他曾躺在女神的怀抱，虽然无法不朽，他仍将在埃琉西斯每年一度的竞技中获得不朽的荣耀（262-7）。女神随即在光芒四射的神显中展露真容，并发布命令建立埃琉西斯崇拜和神庙。此时，墨塔涅拉的女儿们抱起哭喊的婴孩，但没能抚慰他，"因为抱着他的变成了低下的保姆"（290-1）。

得摩丰的故事构建出与神的联结和分离这一对称关系。得摩丰与承诺中的不朽相分离，脱离了女神保姆的怀抱，当他

第二章 希腊神话与悲剧的结构进路 43

的凡人姐妹们把他从地上抱起,又象征性地重生,恢复了自己的凡人身份。与此同时,借由埃琉西斯竞技的"不朽荣耀",他得以分享本已丧失的不朽,因此保留了与神性的联系。女神谕命建立的竞技,处于诸神的绝对不朽与人可企及的有缺陷的不朽之间。竞技之于得摩丰,如同崇拜仪式和神庙之于大多数人,是人与神、有朽之生命与神圣的永恒之间的调解。

这一仪式符码中的调解与空间和饮食符码中的调解相似,也是其补充;它有所重复,但也扩展和添加了新的细节。值得注意的是,当得墨忒尔坐在刚刚奉她之命建造起来的埃琉西斯神庙时,天界诸神就成群结队地来恳求她重新播撒谷物(302行及以下),也正是"在这芳香的神庙前",哈得斯从地府上升,找到得墨忒尔,向她归还佩尔塞福涅(385)。就此,在得摩丰的故事中本身作为调解的表征而建立起来的神庙,成为奥林波斯诸神来向得墨忒尔致敬的下降之旅与地府之神归还女儿的上升之旅的连接点。这一空间尺度上的结合点也可以成为生与死的交汇之处:生物方面,由田地荒芜向丰饶的谷物转变(449–56);仪式方面,所建立的崇拜将死亡的黑暗与光亮的视象调解起来(480–2);性方面,从已无法生育的老妪到成熟美丽的女人(参101–2及275–80),从少女到新娘,得墨忒尔和佩尔塞福涅构成了互补的变形。

正如《致阿芙洛狄忒》的颂诗所暗示的,性作为不朽与死亡之间的调解者,其作用是暧昧不明的。就埃涅阿斯而言,他可以上达诸神,但对提托诺斯和安基塞斯而言,性又是危险的,具有潜在的毁灭性。在文化世界中,性对于家族和城邦的延续至关重要,但它又属于自然的"野生"世界,如颂诗清楚表明的(69行及以下,123–4,157–60),性与阿芙洛狄忒那些"吃生肉的"野兽密切关联。

荷马颂诗《致皮托的阿波罗》(*Hymn to Pythian Apollo*)阐

明了女性之性如何在文化与自然之间构成另一个暧昧不明的调解。[25] 这首颂诗建立在一个对比框架之上,即作为对立之两极的男性的单性繁殖和女性的单性繁殖:从宙斯的额头出生的雅典娜,对比于赫拉在大地女神和大母蛇(drakaina)的协助下生出的凶恶怪兽提丰。希腊人对雌性的极端性能力感到不安,对性繁殖力的全然主宰令人恐惧。在仅由雌性自生而创造的怪物身上,那种繁殖力似乎已经肆虐成灾。我们可以对照一下赫西俄德在《神谱》(821行及以下)中描绘提丰降生时大地女神盖亚的角色。站在对立面的是宙斯独自生出的孩子——处女神雅典娜,她远离性与生育。她的忠诚完全奉献给她的父亲以及雄性的技艺:战争和技术。而赫拉单性繁殖生下的是可憎的怪物,"既不像诸神也不像凡人"(《致皮托的阿波罗》351),他破坏人类的工作,摧毁他们的畜群和土地(302-4,355)。

阿波罗得以战胜这些怪物,证明了在兽性与神性两个极端之间进行调解的可能性。阿波罗生于男神与女神的异性结合,是美的存在,不像雅典娜那么严肃(这可能是在叙事开头略提及他的性历险的原因,208-13),又比赫拉诞下的神裔——跛脚的赫菲斯托斯(Hephaestus)美得多,后者被逐出了奥林波斯山(316-21)。鉴于阿波罗在奥林波斯山上地位稳固,他以更积极的方式穿梭于神圣与凡俗之间:就空间而言,他在大地上游走;就仪式而言,他在德尔斐(Delphi)创立了神谕与神庙。其外貌呈现为英俊的凡人青年的形象(449-50,464),因此增加了丑陋的冥府怪兽与奥林波斯神祇之美之间的距离。通过一番神样的功业,阿波罗把怪兽打入属于它们的地方,此

---

[25] 这一神话的其他方面,参Joseph Fontenrose, *Python* (Berkeley and Los Angeles 1959) 13–22, 252, 365–74; Ileana Chirassi Colombo, "Heros Achilleus-Theos Apollon," in Gentili and Paione (见注4), esp. 244–7, 258–63。

时的他带有俊美青年（*kouros*）这一最受称羡的人类外形，就此在审美上确立并强化了奥林匹亚秩序。这是理想化了的人类外形，诸神在艺术中被如此呈现，借助这一点，阿波罗缩短了人与神之间的距离，同时又扩大了神与野兽之间的距离。

阿波罗不仅杀死怪兽，还任其腐烂。在列维-斯特劳斯式的分析中，腐烂是制作食物的等级中最低的一等。阿波罗以武力保卫着可耕种的出产谷物的土地，他建立的祭祀仪式也带有烹制熟食的含义。作为崇拜仪式的创立者，他对那些未来的神庙侍奉者显现时，体现出对他们的饮食规范的关切：火，祭祀，谷物（*sitos*）（490-2，497-9；参461）。仪式的、生物的、空间的以及性行为的符码密切关联为某种组合结构，如以下图表呈现：

奥林波斯	神	不朽的食物（仙果珍馐，琼浆玉液）	男性的单性繁殖：雅典娜	奥林匹亚秩序
大地	人	烹制的食物，谷物	异性生殖	阿波罗保卫可耕种的土地；创立神庙与神谕；建立祭祀
地下世界（哈得斯）	怪物，野兽	腐烂	女性的单性繁殖：混乱	

在这首颂诗中，奥林波斯诸神的性符码体现为异性繁殖，但与凡人不同，他们身份的保持并不依赖异性繁殖。有两个奥林波斯男神生自奥林波斯山上的异性结合，但他们形成了鲜明

的对比：阿波罗仅被称作宙斯之子，赫菲斯托斯仅为赫拉之子。前者仅由他与父亲的关系来定义，后者仅由他与母亲的关系定义。赫菲斯托斯被深海中的一位女神收留（《致皮托的阿波罗》318-20），阿波罗则击败了一位本应待在大地深处的女怪。阿波罗走向大海时是自愿为之，他化身为一只海豚，在海面上引导一艘船抵达一片即将建立崇拜仪式的土地，而这一崇拜就将以海豚之名来命名（493-6）。赫菲斯托斯坠入大海时是被暴力抛下的，并且如前所述，他仍将仰赖深海女神的照料，处于与她们的被动关系之中。

这些对比提示出一个等式：雅典娜之于提丰和大母蛇等于阿波罗之于赫菲斯托斯。更完整地说，由男性单性繁殖生出的雅典娜之高于由女性单性繁殖生出的提丰，等于被视为奥林波斯神宙斯之子的阿波罗之高于被视为奥林波斯神赫拉之子的赫菲斯托斯。阿波罗（从正面）和赫菲斯托斯（从反面）填补了从男性单性繁殖一极（雅典娜）到女性单性繁殖一极（提丰与大母蛇）之间的空隙。阿波罗的美及其在奥林波斯山上的地位稳固对应于赫菲斯托斯的丑及其地位的不确定性。在海上的处境与此类似，赫菲斯托斯退化到准婴儿状态，依赖深海女神的照料；而阿波罗与海面之上驾驶船舶（一项文明活动）的成年男性建立起积极的关系，并很快就变化为具有神样之美的英俊青年的外形（464-5）。

对《致皮托的阿波罗》的前述分析可以得出一个推论，即在我们刚才描述的结构当中，女性的位置模糊不清。仅仅通过对赫拉角色的简单描述，就已经明白地看出，女性在文明与野蛮之间、内部空间与外部空间之间占据着一个变化不定的位置。尽管女性处于家宅中心，明显属于文明世界的一部分，她仍然被认为与动物世界的神秘性、他者性及潜在的暴力性息息相关，体现于她的性能力以及与生理过程的紧密关联，尤其是生育。女性同时被认为比男性更少抗拒性欲的激情,因此她具有一种向下的或负面的调解功能:从人类世界的家庭、家族和城邦的有序性到原始自然力危险的无序状态、生成与逝去的循环和对理性指导的冥顽不化。[26]

从对立面来看,女性可能更接近超自然的力量,尤其是在地下世界,尽管女性的这一面向对埃斯库罗斯比对现存的索福克勒斯的作品更为重要,我们将会看到,女性地位这种总体上的模糊性对《特拉基斯少女》、《安提戈涅》和《埃勒克特拉》特别重要。女性在人与野兽的二元对立中构成了一种问题重重的关系,她是"他者",是陌生人:是丈夫家宅(*oikos*)中的陌生人,比如阿尔克斯提斯(Alcestis);是希腊城邦中的蛮族异乡人,比如美狄亚(Medea);是一个在城邦与野外之间流窜的危险人物,比如《酒神的伴侣》中的阿高埃(Agave)。如同阿玛宗人(Amazons)和酒神的狂女,她的地位既在比喻的意义上又在实在的意义上是临界性的。她处于文明与野蛮的边界,摆荡于这样的两极之间:谨守的贞洁与危险的乱交、黄金时代的无忧无虑与野蛮的残忍、负轭的小母牛与不驯服的母狮。《奥瑞斯提亚》,尤其是其中的《欧门尼德斯》(*Eumenides*)主要关注的就是如何调解女性的这一临界地位与其在稳固家宅中居于核心的文明角色。

诚然,这样的分析的确有助于我们理解荷马颂诗的文学结构,并将这些结构与社会文化规范中的其他结构关联起来,但必须注意两点重要的局限。

第一,对共时性与历时性进行的分解割裂存在过度简化

---

[26] 参 Froma I. Zeitlin, "The Dynamics of Misogyny: Myth and Mythmaking in the Oresteia," *Arethusa* 11 (1978) 157ff., 此处包含进一步的参考文献; C. Segal, "The Menace of Dionysus: Sex Roles and Reversals in Euripides' *Bacchae*," ibid. 185ff.。

的问题，一方被视为线性的从开端到结尾的不可逆运动，另一方则是整体中每一部分都包含的恒定的可逆模式。比如，在《致阿芙洛狄忒》的颂诗中，历时性的（或者说横向组合关系的）运动包含了从埃涅阿斯的出生到他成长为特洛阿德（Troad）地区一个英雄联盟的创建者的变化过程。而共时（或者说纵向关联关系）之轴则表达出在性行为、饮食、空间等各种符码中一再出现的神与凡人的分离与结合。然而，在历时之轴的每一个关键节点上，叙事中的共时之轴也是清晰可见的。后者是一个非时间性的截面，既抛开了线性的、历时的运动，又将这一运动凝结为在连续的危机节点上反复出现的冲突，因此它帮助历时性的运动行进到下一个危机，同样的过程又将再次上演。所以，共时之轴与历时之轴的每一次交叉，不仅仅是整个作品的缩影，还是不断向前形成这些要素新的汇集，并将它们重新编码为新的矛盾和新的调解这一动态结构的缩影。这一过程仅在诗作的结尾处才被人为地终结，但显然可以进一步扩展为无限的序列。雅各布森50年前对语言中的共时性与历时性的论述，也可以应用于此处研究的神话叙事类型："系统的历史反过来也是一个系统。纯粹的共时性如今已被证明是个错觉：每一个共时性的系统都有其过去和未来作为这一系统不可分割的结构性要素……共时性与历时性之间的对立乃是系统概念与进化概念之间的对立，这一对立将失去其原则上的重要性，一旦我们认识到每个系统都必然作为一种进化而存在，反过来，进化又不可避免地具有一种系统性的本质。"[27]

第二个局限性对悲剧的阐释尤为重要：几乎在叙事的每

---

[27] J. Tynjanov and Roman Jakobson, "Problems in the Study of Literature and Language" (1928), in L. Matejka and K. Pomorska, eds., *Readings in Russian Poetics* (Cambridge, Mass., 1971) 79–80.

个节点上,其他层面的分析都会闯入。借助其他阐释系统,即便在结构分析内部,也是必要的。这一点在心理学模式和社会的精神动力学上确切无疑,在上述讨论的三首颂诗中显得很突出,特别是在性与繁育的矛盾意义上。

五.

文明与野蛮、人性与兽性的分立同样对应于希腊人与野蛮人的区分。[28]在埃斯库罗斯的《波斯人》(Persian)一剧中,阿托萨(Atossa)做了一个带有象征意味的梦:人被反常地"驾于战车轭下",套着缰绳和笼头(《波斯人》181-96,特别是189-93),这个梦比拟的是野蛮人统治希腊人的反常状况。在欧里庇得斯作品中,野蛮人特别容易做出残忍之举:科尔克斯人(Colchian)美狄亚杀死自己的孩子,《海伦》中的埃及人特奥克吕墨诺斯(Theoclymenus)想要杀死自己的姊妹,陶里克人(Taurian)行人祭。然而,在比野蛮之地更远的地方,在有人居住的世界(oikoumenē)的最边缘,出现了野蛮与文明两极的交汇。比如,希腊北部的群山之中,生活着"好的"和"坏的"半马人,他们结合了人与兽、黄金时代的温和与兽欲勃发这样的对立面。[29]

希罗多德以对称的方式描写了两个住在波斯帝国东部边

---

[28] 参 David Sansone, "The Sacrifice-Motif in Euripides' *IT*," *TAPA* 105 (1975) 293ff.。有关这一问题的一般讨论以及进一步的参考书目,参 *Grecs et barbares*, Fondation Hardt, Entretiens sur l'antiquité classique 8 (Vandoeuvres-Geneva 1962)。

[29] 参 G. Dumézil, *Le problème des Centaures* (Paris 1929) 182ff.; Kirk, *Myth* (见注4) 152-71; Victor Turner, *Dramas, Fields, and Metaphors: Symbolic Action in Human Society* (Ithaca, N.Y., 1974) 253; Page duBois, "Horse/Men, Amazons, and Endogamy," *Arethusa* 12 (1979) 35-49。

界之外的民族（希罗多德3.101）：一个民族"吃生肉"（*kreōn edestai ōmōn*），也吃人；另一个民族完全不吃活物，以煮食禾草维生（3.99-100）。这两个民族一个吃生食一个煮熟食，代表着处于这个遥远而未文明化地域的人类社会对立的两种可能。远离文明中心的"原始人"或是食人者，或是食素者。后者采集的禾谷"从土地中自发生长出来"（*automaton ek tēs gēs*），就像在黄金时代一样，但实际上他们并不生吃，而是煮熟来吃（3.100）。食人族把生病的男人或女人杀死并吃掉，而食素族中的病人则"走到一个偏僻的地方躺下来，没人关心他的生死或病痛"。[30]就像欧里庇得斯在《酒神的伴侣》中对山上狂女的描写，在远离文明的地方生活着的或是黄金时代的原始人，或是兽性的野蛮人。他们同样远离正常的人类状况。对于边缘地带的野蛮与兽性的模糊性，赫拉尼库斯（Hellanicus）的解决之道是把他理想化了的民族——正义、友善而素食的许珀耳玻瑞亚人（Hyperboreans，即极北之地的人）——完全移出现实的地理边界之外（《希腊历史学家残篇集成》4F187b）。

在斯特拉博的引文（Strabo 15.1.57，711C）中，希腊化时期的史家墨伽斯忒涅斯（Megasthenes）以"吃生食"（*ōmophagia*）来描绘一个没有鼻子的遥远种族（*amyktēres*）。[31]与希罗多德描绘印度人相对称，墨伽斯忒涅斯也为我们提供了一个与这个不幸的种族截然对立的情景：一个没有嘴巴的种族（*astomoi*）。他们并不野蛮，而是一个驯化了的（*hēmeroi*）、以

---

[30] 进一步的讨论和参考见Segal, "Raw and Cooked"（见注4）291-2。从这一观点对希罗多德人种志的有趣研究亦见Michèle Rosellini and Suzanne Saïd, "Usages des femmes et autres *nomoi* chez les sauvages' d'Hérodote: Essai de lecture structurale," *Annali della Scuola Normale Superiore diPisa*, Classe di Lett. e Filos. 8.3（1978）949-1005。

[31] Jacoby, *FGrHist* 715F27b.

烤肉的烟和花果的香气维生的种族。他们完全不需要咀嚼和消化这样的生理机能，而他们"吃生食"的邻居则以最低级、最粗野的方式利用这样的机能。如果说这个没鼻子的野蛮种族就像野兽，那么没嘴巴的驯化了的种族则像神祇，他们享用的是燔祭的烟气。

这些人种志式的例证体现出与前文分析的神话相同的"深层结构"，这种模式相当顽强地以各种编码形式将自己强加于数不清的细节之中并复制自身。人们应该赞赏柏拉图对神话展开的猛烈搏斗，还有他对于不可化解的"诗与哲学的古老分裂"的坚持（《理想国》10.607b）。

六

我曾提出，悲剧处理的是文明与野蛮之间的分立似乎已不再适用的场景。如果这一分立被扰动，那么人之为人的本性也将同样被打乱。悲剧不再把文明与野蛮之间的界限定位在社会的边界、人居世界的边缘，而是将其置于城邦之中、城邦的统治者和公民的内心。赫拉克勒斯的狂怒或"野蛮化了的"菲罗克忒忒斯的咆哮也存在于雅典，存在于每个观众的心中。带来狂欢仪式的山林之神却占据了城邦的核心位置，在《酒神的伴侣》中，他颠覆了象征城邦秩序的宫殿。

然而，一般说来，"生的"或"野蛮的"（*agrion*）生命体按照定义，本身就处于城邦边界之外，居于野地（*agroi*）或山间。拉庇泰人奋力反抗半马人侵犯他们的女人（她们是文明共同体中婚姻和家族繁衍的保证），而按照荷马的话，半马人实际上就是"居于山间的野兽"（*phēres oresteroi*，《伊利亚特》1.268）。在远山之中，半马人否定了他们作为文明存在物的形体以及温和的性欲。他们的女性对应者阿玛宗人也生活在人居之地（oikoumenē）的边界之外。正如半马人代表着人类男性的变形，阿玛宗人就像酒神狂女一样，代表着女性的畸变。她们战斗、狩猎，混淆了男性与女性之间的界限特征，因为在拒斥性交的贞洁和性乱交之间反复变换，她们摧毁了婚姻。像半马人一样，她们通过展现对立价值的无效性，确证了男性的价值标准：居于城邦、重甲步兵、由农耕供养的武士。[32]

猎人与牧人尽管不像半马人或阿玛宗人那样完全置身野外，但从荷马到忒俄克里托斯（Theocritus），他们在古希腊文学中的面目始终模糊不清。无论实际上还是在隐喻的意义上，他们占据的都是野蛮与文明世界的边界之地；他们在山野和平原之间穿梭，来往于乡村与城市，直接接触自然。我们可以比较一下《致阿芙洛狄忒》中的牧人安基塞斯或者忒俄克里托斯第七首《牧歌》（*Idyll*）中神秘的牧羊人吕基达斯（Lycidas）所起到的调解作用。狩猎更亲近荒野的气息，因此猎人常常是一个不结婚的处子（希波吕托斯），即便结婚，他也无法把自己的性能量引导到建立稳定家庭上来，他不是自己死掉，就是毁灭他/她的爱人（如阿多尼斯［Adonis］、奥里昂［Orion］、刻法罗斯［Cephalus］和普洛克里斯［Procris］、阿塔兰塔［Atalante］）。[33]

就阿塔兰塔而言，她拒绝结婚不仅对应于她的猎人身份，还有她逃往野外的举动：据忒俄格尼斯（Theognis）的诗作，

---

[32] 参Rosellini and Saïd（见注30）998ff.; duBois（见注29）44："阿玛宗人神话的部分意义在于，通过展现城邦理想形式的一个畸变的替代品来维持性别差异的观念。在古典时期，这也提供了一个关于男人的定义：他是人类文化唯一重要的角色，他是婚姻和文明的主体。"

[33] 一般讨论参Marcel Detienne, *Dionysos mis à mort*（Paris 1977）pt. 2。然而，作为一种贵族化的活动，狩猎可以定义显贵人士的闲暇生活，公元前4世纪尤其如此。参Werner Jaeger, *Paideia*, trans. Gilbert Higher（New York 1943）III, 177–8谈及色诺芬的《论狩猎》（*Cynegeticus*）。

第二章 希腊神话与悲剧的结构进路

她"逃离父亲的家宅,去往高山峰顶,躲避美妙的婚姻,金色阿芙洛狄忒的礼物"(1290-4)。[34] 在埃斯库罗斯的《七将攻忒拜》(Seven against Thebes)中,残暴而放肆的帕尔特诺派奥斯(Parthenopaeus)扬言"要摧毁卡德摩斯的城市,不惜违逆宙斯"(531)。他由来自大山的母亲所生(531),尽管他名字的意思是"处女的"或"少女的",但却充满"野性",有着"戈耳工的眼睛",盾牌上的图案镶嵌着"生吞活人的斯芬克斯,城邦的耻辱"(538-40)。他毁灭众多城邦,却不能在哪个城邦拥有确定的地位:他只是一个侨民(metoikos),客居要报答"养育之恩"(trophai, 548)的城邦。他处于城邦与野外之间,驯化与"野生"之间,这一模糊地位对应于他在性别和代际之间的模糊性:"既是少女的又是雄性的"(536)、既是少年又是成人(andropais anēr,"仍是少年的男人",533)。

青少年这种未经社会化的野性既体现于青年,也体现在孩子身上。[35] 德谟克里特有一句格言,"无限度的欲求,是孩子的特征,不是男人的特征"(ametrōs epithymein, 68B70DK)。他把孩子与无限联系在一起,一般来说这是个不祥的特性。在埃斯库罗斯的《奠酒人》(Choephoroe)中(753-62),奶妈说孩子就像野兽,因为他全无心智(to mē phronoun, 753),完全受他的小肠胃主宰(757)。这种出于本能的不受约束也说明了幼儿赫尔墨斯不服管教、无法无天(《致赫尔墨斯》295-6)。他与文明的关系模糊不清,穴居、偷窃、习惯夜间行动以及普

---

[34] 关于阿塔兰塔,参Detienne, *Dionysos mis à mort* 81ff., 101-17; Giampierra Arrigoni, "Atalanta e il cinghiale bianco," *Scripta Philologa* 1(Milan 1977)9-47。

[35] 参Vidal-Naquet(见注2)159-60。参Plato, *Laws* 7.808d; Plutarch, *De Audiendo* 2.38d。

罗米修斯式的发明进一步说明了这一点。[36]在《致阿芙洛狄忒》中，埃涅阿斯生命的前五年被托付给了林中仙女，她们处于神与人之间。这是童年的前文明时期，仍然不完全适合家中定居，只能生活在空间上类似野外的山林。因此，小孩被定义为居于野兽与人之间的状态，而林中仙女在物种上的地位处于人与神之间，他们二者正相对称。

回到《奠酒人》，奶妈所说的话把饮食、语言和衣着的（洁净）符码一齐带了出来。这些文明举止的符码被恰当地唤起，其中包含着某种讽刺性：奥瑞斯特斯的弑母违背了将一个孩子变成文明人的那种养育（*trophē*）。如此行径使他重新回到半野兽状态，像野兽一样在放逐中遭到复仇神的追猎，而复仇神自身就是"母亲的恶狗"（《奠酒人》1054行及以下）。

生产本身有时由阿尔忒弥斯（Artemis）掌管，她是野兽及其幼崽的保护神。可以感觉到，刚刚生育的母亲更接近野性，更接近那种超越了人兽界限的基本生物功能和本能。因此，在欧里庇得斯的《酒神的伴侣》中，新生育的母亲们可以抱来山间的野狼崽（*skymnous lykōn agrious*）哺喂它们，而对自己的人类婴儿弃置不顾（《酒神的伴侣》699–702）。700行的修饰语"野的"（*agrios*），着重否定了受遮蔽的人类家宅与裸露的自然世界之间的文明区分，虽然文明的价值系统把女性划归于前者。[37]

七

自荷马始，"野的"（*agrios*）就是一个道德判断用语。字

---

[36] 参Laurence Kahn, *Hermès passe*（Paris 1978），尤其是41–73。
[37] 参Winnington-Ingram（见注3）chap. 7, 尤其是92, n3。

面上它描述的是野兽,但它也表达价值,指未文明化的野蛮行为。当阿基琉斯(Achilles)执意毁损赫克托尔(Hector)的尸体,全无"正直的头脑和可被打动的心肠"时,他"野蛮得像一头狮子"(《伊利亚特》24.39-41)。阿基琉斯如此摧残一具尸体,逾越了文明人的界限,进入吃生肉的野兽之列;当他意欲把赫克托尔"生吞活剥"的时候(《伊利亚特》22.347;参23.21,24.39-41,24.207),他名副其实地成了那样的野兽。他也以这样的词语驳斥赫克托尔的恳求(《伊利亚特》22.345-350):

> 你这条狗,不要凭我的膝盖或双亲乞求。只愿我的力量和怒火让我把你开膛破肚,生吞活剥:因为你对我做的事情。不,绝不会有人从你的头颅旁赶开狗群,即便他们带来十倍二十倍的赎礼也不行。

这里道德符码中的拒绝乞求与仪式符码中的拒绝葬礼以及饮食和生物符码中的"吃生肉"类似。此刻,阿基琉斯站在人类行为的极限,对待人类尸首的方式就像野兽对待它捕获的猎物。他同样站在史诗性的英雄气概和史诗性暴力的最极端,最充分地体现出《伊利亚特》中战争和武士的问题性:一方面是神样的"不朽荣耀"(kleos aphthiton),一方面是野兽般远离城邦与家庭的生活。[38]

当《奥德赛》的主人公被冲上一个陌生的小岛,关于岛上的居民,他给自己列出了两种可能:他们或者是"横暴的野

---

[38] 一般讨论参 C. Segal, "Le structuralisme et Homère: sauvagerie, bestialité et le problème d'Achille dans les derniers livres de l'Iliade," *Didactica Classica Gandensia* 17-8 (1977-78) 191-203; James Redfield, *Nature and Culture in the Iliad* (Chicago 1975) 93, 103, 183, 200ff., 此处论及英雄的边缘性。

蛮人、不正义的人"(*agrioi hybristai oude dikaioi*),或者"对异乡人热情好客",拥有"神样的头脑"(《奥德赛》6.120-121)。此处的"野蛮"一词带有明显的道德含义,是"正义"(*dikaios*)的反面。后来,库克洛普斯也被发现是"不懂正义(*dikai*)和法规的野蛮人(*agrios*)"(《奥德赛》9.215)。[39] *Agrios* 也是一个半马人的名字,在弗洛斯(Pholus)的山洞里,他是最先攻击赫拉克勒斯的半马人之一,被火击退。据阿波罗多洛斯(Apollodorus)所说,当时的情景是,"好"半马人弗洛斯正在"招待赫拉克勒斯吃烤肉,而他自己吃生肉"。当弗洛斯不情愿地打开一罐酒的时候,麻烦来了。尽管弗洛斯热情好客,但其他半马人"原形毕露",他们无力抵御这一典型的、具有潜在危险性的文明产品。[40]

Agrios 与文明对立面的联系及其与野蛮的联系贯穿公元前5世纪和公元前4世纪始终,这一点可以通过修昔底德、柏拉图和伊索克拉底(Isocrates)的作品得到充分证明。[41] 智者有关文明起源的作品把野蛮与驯化之间的对立关系扩展到饮食的、植物的以及伦理的符码(参希罗多德8.115.2)。"驯化的作物"是构成文明化饮食的各种植物的统称(柏拉图,《克里提阿》115a)。这一表达在整个古代反复出现,用以描述谷物的种植。泡撒尼阿斯(Pausanias)以此表达得墨忒尔给特里普托勒摩斯的谷物和农业的赠礼(泡撒尼阿斯7.18.2以及8.4.1)。按照一位后古典时期作家所说,她的赠礼使得人类"从游牧

---

[39] 参Kirk, *Myth*(见注4)166–71; Vidal-Naquet, "Valeurs religieuses et mythiques de la terre et du sacrifice dans l'*Odyssée*," *Annales, Economies, Sociétés, Civilisation* 25(1970)1285–6。

[40] 关于赫拉克勒斯和弗洛斯的故事,参Apollodorus 2.5.4以及Kirk, *Myth*(见注4)161。

[41] 进一步的例证和探讨见Segal, "Raw and Cooked," 297, 300–1。

生活的饮食变为了'驯化'(hēmeros)的谷物"(希迈里奥斯[Himerius],《演说集》25.3)。

食物和生活方式上的"驯化"标志着人类从原始状态向文明状态的决定性跨越。悲剧家墨斯奇翁(Moschion)的残篇(残篇6N)描绘了人类如何从"类似野兽"(6)的生活转变为发现"神圣的得墨忒尔带来的驯化作物的营养"(23-4)。这一发现之后,种植葡萄、犁地、城邦和家宅随之而来(24-8),因此,"人类将其野蛮的生活(ēgriōmenos bios)带入了驯化的生活方式(hēmeros diaita)"(28-9)。狄奥多罗斯(Diodorus)在描述文明的起源时(可能引自德谟克里特),衣着、居所、火与驯化的营养(hēmeros trophē)都是人类生活充分发展所需(狄奥多罗斯1.8.5=德谟克里特68B5DK)。佩拉斯戈斯(Pelasgus)在神话中作为某种古老的文化英雄形象出现,人们把发明面包之功归于他,他也被认为"把野兽般的(thēriōdeis)人转变成更为驯化的状态"(eis to hēmerōteron)。

在埃斯库罗斯《欧门尼德斯》一剧的开头,预言能力从大地神和提坦神转移到位列奥林波斯诸神的阿波罗身上,这一过程以"驯化"的完成为标记。阿波罗去往德尔斐的欢庆队伍"由赫菲斯托斯的儿子们相伴,他们是筑路的工匠,驯化那未经驯化的土地"(chthona /an-hēmeron tithentes hēmerō-menēn, 13-4)。这里的预言发布、对奥林波斯神的崇拜、"驯化"和技艺是同一文明秩序中相互关联的不同方面。在本剧的结尾,"未驯化的矛尖、种子的吞噬者"(aichmas…an-hēmerous, 803)复仇神转化为善意之神并融入城邦秩序,从而解除了他们的威胁,并进入到一派农耕景象之中。复仇神软化之际,雅典娜把自己对正义之人的爱比作一个园丁,原文是一位"庄稼的牧人"(*phitypoimēn*, 911)。[42] 这一罕见用语比照出本剧中复仇神之前的野蛮性:阿波罗咒骂他们应该居住在"嗜血猛狮的洞穴",因为洞穴与野蛮联系在一起;阿波罗还称他们为"没有牧人的畜群",为诸神所憎恶的"走兽"(193-7)。

八

"生的"(*ōmos*)是比"野的"或"未驯化的"更强烈地表达价值的用语。[43] "吃生肉的"(*ōmophagos*)这一修饰语在荷马的作品中只用于狼、豺和狮子。"吃生肉者"(*ōmēstēs*)一词形容的是吃人的狮子或鱼,用在人身上的时候,则表达出超越文明限度的强烈憎恨(《伊利亚特》4.35,24.207)。索福克勒斯在一场骇人暴行中特别使用了这一修饰语:提丢斯(Tydeus)啃噬敌人墨拉尼波斯(Melanippus)的头颅,背后隐含着与吃人有关的可怖返祖(残篇731N=799P)。与此类似,我们现在从最近发表的一份纸莎草残片中知道,索福克勒斯称提埃斯特斯(Thyestes)为"吞食生肉的"(*ōmobōros*)。[44]

"生的"所蕴含的伦理价值甚至在公元前5世纪晚期的散

---

[42] 参Vidal-Naquet, *MT* 155; R. F. Goheen, "Aspects of Dramatic Symbolism: Three Studies in the Oresteia," *AJP* 76 (1955) 136。

[43] 进一步的讨论与参考见Segal, "Raw and Cooked," 297-300; Redfield(见注38) 197ff.。把驯化、农业与文明联系起来在希腊化时期仍然是至关重要的,参Albert Henrichs, "The Sophists and Hellenistic Religion: Prodicus as the Spiritual Father of the Isis Aretalogies," *Proceedings of the VIIth Congress of the International Federation of the Societies of Classical Studies* (Budapest, forthcoming)。感谢海因里希(Henrichs)教授在发表之前就允我拜读了这篇论文。

[44] *P.Oxy.* 3151, frag. 13b3, 见此处Haslam的注释。亦参Soph., frag 731.5N = *TrGF* 799.5; Eur., *HF* 889, *Tro*.436, *Ba*. 139, frag. 472.12N。参下文第十节。

第二章 希腊神话与悲剧的结构进路

文作品中仍然得到了有力的表达。修昔底德在描绘科西拉发生的"父亲杀死儿子"和神庙被血污亵渎的场景时总结道,"这场内战进展到了如此生蛮(ōmōs)的地步"(3.82.1)。这种"生蛮"表征出对文明社会基本规范的侵犯:圣地的玷污和亲人的自相残杀。同样,雅典人对密提林人无论有罪或无辜统统斩杀的决定,似乎也过于"生蛮"并带有"大"凶相(ōmon... kai mega)。"生的",就像"野蛮"一样,并非仅仅变成了残忍的隐喻,它还保留了与野兽世界的关联,以及与抗衡野兽世界的文明规范的关联。

"生的"作为一个价值用语,其伦理意义的效力部分来自吃人的联想。荷马笔下的库克洛普斯是居于洞穴的牧人,不吃熟食,但会吃人,只要有机会,就吃活人。欧里庇得斯称他为"游走山间的吃生肉者"(ōmobrōs oreibatēs,《特洛伊妇女》436)。奥德修斯靠酒、火和制造工具(注意弄瞎他眼睛的木钻的比喻,《奥德赛》9.384–388)击败他,这些都是人类文明发展的典型特征。

就像荷马的作品一样,悲剧中表达野蛮与文明之对立的最强烈的价值用语是ōmos("生的")及其复合词。它被指定用于最邪恶的罪行,尤其是与家庭规范有关的严格禁忌。仅举一例,在《奠酒人》中,是那"生蛮与血腥的争斗"要求在母亲杀死父亲之后,孩子又屠戮自己的母亲(《奠酒人》470-4):这个家族中的生蛮状态取代了文明秩序,而食物生熟的主题则唤起了对那一秩序之残忍的记忆。

一个像赫拉克勒斯这样的英雄在实际意义上击败了野兽,并将文明秩序强加于野性自然的混乱之上;社会作为一个整体也在比喻的意义上完成了同样的任务。伊索克拉底鼓吹希腊人对野蛮人的战争就是文明的扩展,此时他借助了同样的类比:这是"所有人对凶蛮野兽的最要紧、最正义的战争"

（*tēn agriotēta tēn tōn thērōn*，《泛雅典娜节演说辞》163）。随着一种真正的人类生存方式逐渐代替了远古"混杂的、野兽般的生活"（*thēriōdēs bios*），人性成为其自身的文化英雄。公元前5世纪关于这一问题的思索有意识地将神话中击败怪兽的肢体搏斗替代以智性上的成就以及人类独有特征的发展：思想、语言、法律和技术。[45]但人与野兽、驯化与野生的对立模式仍被继续使用。

希波克拉底的《古代医学论》（*On Ancient Medicine*）以饮食用语描绘了这场文明秩序的斗争。人类抛弃了野的、生的、未混合的野兽食物，代之以在漫长时间中"由技艺发明和制作的"（*heurēmena kai tetechnēmena*）驯化的烹制食物（《古代医学论》3）。让人免于粗野的、兽类的（*agriē kai thēriōdēs*，7）饮食是医生的功劳，他是"有技艺的工匠"（*cheirotechnēs*）。伊索克拉底则描绘了得墨忒尔的作物和粮食（如前所述，时常被称为"驯化的"）如何"成了我们避免野兽般生活方式的原因"（*thēriōdōs zēn*，《泛希腊集会辞》28）。希波克拉底在《古代医学论》中继续提出了这样一个对比关系：病弱者的饮食相对于健康者的饮食就如同野兽的饮食相对于人类的饮食（8）。

我们可以将这些对应关系总结为下表：

	文明	野蛮
伦理符码	人与英雄	野兽
	秩序与法律	暴虐、蛮力、无法（*hubris, bia, anomia*）
	以武力战胜野兽	

---

[45] 如 Eur., *Suppl.* 201-4; Critias 88B25DK; Democr. 68B5.1DK; Pl, *Protag.* 320c-322e; Isoc., *Nic.* 6, *Antid.* 254, *Bus.* 25。一般讨论可见第一章注释5；另见 Redfield（见注38）191。

续表

	文明	野蛮
人类历史	人类在思想、语言、宗教上的发展	混杂的兽性生活；无发展
性行为符码	乱伦禁忌	无约束
饮食符码	熟食	生食
	禁止吃人	吃掉别的野兽
	谷物（驯化的）	肉（生的）

九

因违背文明的基本法则而令自己置身于文明界限之外者，摧毁了人与野兽之间好不容易建立起来的区隔。在欧里庇得斯的《奥瑞斯特斯》中，主人公野蛮化了（ēgriōmenos），在弑母之后陷于一种半疯狂的状态（226，387）。与此类似，处于毁灭性的、渎神的（anhosion）疯狂中的赫拉克勒斯杀死了自己的妻儿，"其野性像一头暴烈的狮子"（欧里庇得斯，《疯狂的赫拉克勒斯》1210-2）。疯狂本身来自神，显示着神的怒火，所以，早在荷马作品中（参《奥德赛》23.11-14），疯子就是文明秩序毁灭的鲜活化身。仪式以某种方式确认了这一秩序，因此疯子必须被排除出仪式。他处于社会秩序的界限之外，因不洁净而有悖于仪式，被剥夺了人类思想与语言的完整能力，这样的疯子置身于人与野兽之间。[46]

---

[46] 参Josef Mattes, *Der Wahnsinn im griechischen Mythos und in der Dichtung bis zum Drama des fünften Jahrhunderts*（Heidelberg 1970）54-7；进一步讨论见Segal, "Raw and Cooked," 301ff.。

巴克基利得斯的《第十一颂歌》(*Ode XI*)很好地说明了，在诗的语言和结构中，疯狂如何把文明秩序的所有主要符码都牵涉进来。[47] 提伦斯（Tiryns）的国王普罗托斯（Proetus）的女儿们在赫拉的神庙里口出妄言，结果她们被女神"套上疯狂的枷锁"（46），像野兽一样发出恐怖的尖叫，流窜到城墙之外，游走在"枝繁叶茂的深山"（55）和阿尔卡狄亚的"密密丛林"中（93-5）。后来，她们的父亲献上吉祥的祭品，才恢复了被女儿们的轻言诳语所打断的仪式秩序（104-12, 47-54）。她们的父亲和叔叔——普罗托斯和阿克里西俄斯（Acrisius）之间的争吵，也被巴克基利得斯编排进故事中。普罗托斯为了躲避与兄弟的冲突，离开了阿尔戈斯；这是兄弟相煎与内战故事的变体，在《安提戈涅》中也似曾相识。普罗托斯后来建立了提伦斯，拥有"神筑的道路"和库克洛普斯建造的高墙（72-81）。他的女儿们的疯狂，就像忒拜的卡德摩斯的女儿们、奥尔科墨诺斯（Orchomenos）的弥尼阿斯（Minyas）的女儿们一样，是整个城邦混乱无序的源头。"尚未负轭的"少女还没有完全文明化，与文明的关系祸福难料。她们因愚蠢言语激怒了家宅和婚姻女神赫拉，被罚游荡于群山之中，这是城邦之外的负面空间。这一叙事通过家庭的、空间的、生物的、仪式的以及语言的符码表达出未婚少女的边缘性。她们"尚未负轭的"地位、未婚的状态、穿梭于城邦与野外、精神的不稳定、不当的仪式举止、不得体的话语，凡此种种以相似的方式体现出她们的边缘性。

如果加以解码，那么这一神话传递出来的信息实则是这

---

[47] 其意象和结构的更多细节，见Jacob Stern, "Bestial Imagery in Bacchylides' *Ode* Ⅱ," *GRBS* 6（1965）275-82; C. Segal, "Bacchylides Reconsidered: Epithets and the Dynamics of Lyric Narrative," *QUCC* 22（1976）122-8。

样一种说法的重复表达：正在经历从少女到性成熟这一过渡阶段的女性是危险的，需要在家庭空间中圈禁起来。只有借助众神的特别恩惠和父亲的耐心尝试，这些"尚未负轭"的女性才能从野兽状态被带入家宅与城邦的文明空间中。人与兽、驯服与野生、城邦与山野、仪式的有序与打乱、公共秩序的一致与混乱、家庭的和谐与纷争之间的正当分殊因她们的疯狂而淆乱。巴克基利得斯所用的修饰语特别强调了被打破的地理与农业符码：他把城邦与动物的驯化（80，114）和农作联系起来，同时又把普罗托斯的女儿们疯狂游荡于其间的群山与荒野丛林联系起来（55，93–5）。

这一结构中还存在着男性与女性之间的鲜明对立。"尚怀有少女心智"（*partheniā[i] psychā[i]*，47–48）的女孩子吹嘘她们父亲的财富超越了宙斯（47–52），赫拉因此给她们套上"强制"之"轭"（46），这从反面对应由这位女神所掌管的婚姻之"轭"。然而，对本首颂歌中的男性人物，普罗托斯和阿克里西俄斯，"高高在上的御者"（*hypsizygos*，3）宙斯预先阻止了"残酷的必然"（72），平息了一场萌发中的争吵。两兄弟的故事既以离开阿尔戈斯开始，又以离开阿尔戈斯作结（60，81）。但这一远离城邦的行动却产生了一个创造性的后果：建立一个新的城邦——提伦斯，它安然矗立于"最美城墙"的环抱之中（76–9）。对老王阿巴斯（Abas）的这两个儿子来说，文明的基本符码——城邦、农业（参70行"大麦丰饶的土地"）、仪式以及重甲兵的争战（参62）——并未受到威胁。宙斯把男性统治者之间的争斗控制在一定限度之内，而女孩子们则奔向了无限度的野外空间。当普罗托斯在一时冲动的狂暴中想要自杀时（85–8），他的武士，执长矛的伙伴们，以温和的话语和强有力的臂膀阻止了他（89–91）。

父亲祈求宽恕的祭祀把女孩子们重新带回文明生活的范

围之内。他为阿尔忒弥斯建立了一座圣所（temenos，110），这令人记起这一神话的开端（110-2，参40-2），也回应了女孩子们在另一位女神——赫拉的圣所（temenos，48）带来灾难的愚蠢举动。正如男性的建城对应着女孩们在城外的疯狂游荡，父亲建立一座圣所弥补了女儿们在另一圣所的无礼行为。

其后，当诗人回到颂歌当下的场景，他请求女神——在神话中那位父亲刚刚求得了她的宽恕——与他一起来到获胜者那"繁育马匹的城邦"（114；参神话中"养育马匹的阿尔戈斯"，80）；"居住于麦塔蓬提昂（Metapontion）并给那里带来好运"，这是诗人向阿尔忒弥斯的祷告（116-7）。就此，颂歌的结构勾画出居住地从野外到城市的运动，人与诸神的居住（naiein）这一动词在颂歌转折的关键点时时出现（61，80，116）。

希腊神话常常强调，一个共同体如果没有把疯子驱逐出去就会面临危险。[48]疯子遭受了诸神的重重一击；[49]但正如在阿高埃、埃阿斯和此处普罗托斯的女儿们的情形中看到的，来自众神的这种特殊关照打乱了人与野兽之间的分界。在有关普罗托斯的女儿们其他版本的神话中（巴克基利得斯可能在46行和84行有所指涉），她们的疯狂体现为幻象的形式：她们真的是野兽，像母牛一样哞哞叫，因此人兽之间的混淆更进一步。在生理上和精神上，疯子都远离了文明空间，身体或心灵在游荡。正如酒神的信徒和伴侣（"狂女们"）在人与兽、城市与乡野之间地位模糊，疯子自顾自地远走于山林

---

[48] 参Aesch., *Ag.* 1407-21; Dem. 25.33。参K. J. Dover, "Some Neglected Aspects of Agamemnon's Dilemma," *JHS* 93（1973）59。

[49] 更多例证参Mattes, *Wahnsinn*, 71-2, 87, 93, 99。

之间。[50]他/她在仪式上的表现，比如舞蹈或音乐，都是颠三倒四、寓意不祥的。他/她是（或变成了）一个捕猎者，暴露在自己内在狂性的"风暴"或"浪涛"之下，丧失了言语、地位、荣誉（timē），或遭进一步贬低，丧失了性别身份，甚至不再有人形（普罗托斯的女儿们；另参《酒神的伴侣》中彭透斯的"野兽"形象）。[51]

如果这疯狂的野兽-人就是文明的英雄本人，人兽之间的混淆对文明的威胁就会骤然加剧。在索福克勒斯的《特拉基斯少女》和欧里庇得斯的《疯狂的赫拉克勒斯》两部作品中，这种颠倒就是赫拉克勒斯悲剧的推动力。在《疯狂的赫拉克勒斯》中，英雄的疯狂既是家宅中灾祸的起因，又是灵魂内在失序状态的体现。它既是宇宙、诸神和人类的非理性的结果，又是对这种非理性的隐喻。它是文明多方面崩溃的核心节点。它导致亲人浴血、家庭毁灭，毁灭的甚至是家庭的建筑实体——家宅（996-1000）。

赫拉克勒斯狂性大发及其伴随的后果以戏剧性的方式呈现出对文明秩序连续不断的践踏：

---

[50] 如Virg., *Ecl.* 6.48–51；参A. Henrichs, "Die Proitiden im hesiodischen Katalog," *ZPE* 15（1974）300–1。同时也注意她们在荒野中的游来荡去与所建立的仪式中有条不紊的舞蹈（Bacchyl. 11.112）之间的对比，农作与放牧（70, 95）之间的对比，粗野的与优雅的话语（50-2, 90）之间的对比。普罗托斯女儿们的游荡在赫西俄德的《列女传》（*Catalogue*）（frag. 37.15M-W）的描绘中或许是比喻性的，而在巴克基利得斯笔下（Bacchyl. 11.93）则是实打实的（关于游荡，见Mattes 107以及63-9, 97）。人们也会想到荒原上的李尔王或是泰特斯·安德洛尼克斯（Titus Andronicus）；参Northrop Frye, *Anatomy of Criticism*（Princeton 1957）223。

[51] 狩猎：Eur., *HF* 898 and *Ba.* 977；风暴：Aesch., *PV* 883–4; Soph., *Ajax* 206-7; Eur., *HF* 1091, *Or.* 297；荣誉：Aesch., *Suppl.* 562–3, *PV* 599。参Mattes, *Wahnsinn* 61-2, 95, 111–3。

人兽区分的瓦解（869-70）

集体歌舞的变乱（892，897）

像捕猎野兽一样杀人（898；参860）

上界与下界的颠倒（872，907-8；参822，834，844，883，1110，1119）

炉灶与祭坛丧失神圣性（922起）

言语的毁灭（926，930，935）

仪式的洁净遭玷污（937，940，1145）

祭祀的败坏（995；参453，1023），伴以家宅毁灭和屠戮亲人（儿童作为祭祀牺牲）

曾驯服了"狂野大海"（851）的英雄，自己却狂性大发，转动着"戈耳工似的狂野眼珠"（990；参883-4）。戈耳工的故事本是英雄战胜野蛮和畸怪力量的神话典范，在此重现却被用来刻画一位英雄，他因陷入疯狂使自己变成了戈耳工似的形象，置身于文明世界的界限之外（参867，883，990）。他驯服狂野大海与大地（20，851-2）的力量被自己的疯狂所吞噬，这股狂性带着大海的狂暴席卷了他（参837，1087，1091），从而抹除了人与野性自然之间的分界，而这一界限本是由他的各项英雄功绩所建立起来的（如359-430，尤其400-2）。这位英雄阻止了他的妻子儿女作为祭献的牺牲被送往哈得斯，"被绑缚"于残忍的死亡（454-5），但现在，他亲手操办这邪恶的祭祀仪式，对待与自己关系最亲密的人就像对待鸟兽一般（898，974，982）。欧里庇得斯以转盘和打铁（978，992）这样的技艺隐喻来描绘这场杀戮。其中的讽刺意味再次深化了这一悖论：一位屠戮怪兽者自己变成了怪兽。这一颠倒的祭祀中用来净化的烟火实际上变成一种污染，它向下飘去，飘向了哈得斯和兽性，而不是向上飘向奥林波斯与诸神（936-7）。

悲剧刻画疯子的方式可以概要地总结为以下图示：

野兽	疯子	人
野外（*agrios*）	城邦边界之外（放逐）	居于城邦之中
互相残杀	变乱了的祭祀（伊菲革涅亚，阿伽门农，卡珊德拉，埃阿斯）	以恰当方式举行祭祀
嚎叫，低吼，等等	无条理的语言	言语
被人捕猎	作为猎物	作为猎手
无禁忌	杀死血亲（"血腥争斗"，《奠酒人》474；参欧里庇得斯《疯狂的赫拉克勒斯》889）	禁止弑亲
无家宅（山洞，山野）	毁坏家宅	居于家宅并捍卫家宅
（不适用洁净）	仪式上的不洁净（偏离公共秩序）	洁净（和谐的公共秩序）

十

对希腊人来说，野性与"生蛮"最可怕的体现是吃人。我们已经在荷马的库克洛普斯以及希罗多德的人种志中注意到了吃人与"生蛮"之间的联系。提埃斯特斯的神话把吃人、通奸、兄弟相残、祭祀与好客编织在一起，呈现出人性与兽性可能达到的最残暴的颠倒。餐桌、婚床与祭坛的法则统统遭到践踏。无怪乎不少于八位剧作家——如果算上埃斯库罗斯的《奥瑞斯提亚》曾述及这一传说,则是九位——撰写了提埃斯特斯的悲剧。[52]

吃人打破了人与野兽之间的区分,混淆了 *physis* 与 *nomos*,即自然状态与人类社会的秩序结构。有关文明与吃人之间关系的表述,最早出现于赫西俄德的《工作与时日》(*Works and Days*, 276-80):

> 克洛诺斯之子宙斯为人类订立了这项律法(*nomos*):鱼、兽和有翼的鸟类相互吞食,因为它们之间没有正义(*dikē*),但他给了人类正义,这是最好的。

若干世纪之后,柏拉图使用基本上相同的标准来定义文明状态:吃掉同类(*allēlophagia*)的禁忌区分了人与野兽(《厄庇诺米斯》975a-b)。在《理想国》中,吕卡昂(Lycaon)在以他命名的山上吃人,此举是对全部文明化人性的否定。[53]吕卡昂是僭主的原型,他的人形外表掩藏了内在"多面野兽"的可怖。与吕卡昂以及僭主式灵魂的兽性(*to thēriōdes*)形成两极对立的,是接近神性的哲学生活,这是人最高的目的,也是唯一正当的目的,"要尽一个有朽凡人最大的可能,变得像神一

---

[52] 相似的神话参帕耳尼俄斯(Parthenius)笔下的克吕墨诺斯(Clymenus)和哈耳帕吕刻(Harpalyce),*Erot. Pathem.* 13; 参 N. B. Crowther, *CQ*, n.s. 20(1970)325ff.。

[53] 关于吕卡昂神话,参 Giulia Piccaluga, *Lykaon, un tema mitico* (Rome 1968),作者视吕卡昂为人类文化前农业(因此也是前文明)阶段的历史反映(pp. 84ff.)。Walter Burkert, *Homo Necans* (Berlin 1972) 98-108, 作者此处强调了野蛮与吃人的主题,并注意到对正常文明习俗大量而复杂的翻转;另参 Detienne, *Dionysos mis à mort*, 135-6。

样"(《理想国》10.613a-b;参2.383c)。

在与人性价值联系在一起的饮食符码中,吃人代表着与神的仙果珍馐相对立的另一极:生食、腐烂、兽性相对于不会腐坏的纯净、香气和神性。变形为兽的吕卡昂,与成神的诸英雄形成了鲜明对立:赫拉克勒斯、布里托玛耳提斯(Britomartis)、安菲阿拉奥斯(Amphiaraus)、卡斯托尔(Castor)和波吕杜克斯(Pollux)(泡撒尼阿斯8.2.3–6)。在提丢斯的故事中,同样是某个吃人之举标记出神与兽之间的两极关系:按照斐瑞库德斯(Pherecydes)的说法,提丢斯之所以失去不朽这一赠礼,正因为他啃噬敌人墨拉尼波斯的头颅,"像野兽一样"(*dikēnthēros*)。索福克勒斯在一部已佚失的戏剧中(frag. 731N = 799P)生动地刻画了这一场景。[54]

吕卡昂在饮食符码中的悖逆与神话中的另一位作恶者坦塔罗斯的行径非常接近。相同的信息经过编码,以略有差异但又非常相似的语汇表达出来。坦塔罗斯给凡人提供了神的食物——琼浆玉液与仙果珍馐,给诸神提供的则是由他儿子的血肉做成的食人宴,这场宴席因此在两方面(多重决定)都背离了人性的界限而近于兽性。坦塔罗斯非但没有获得琼浆玉液、仙果珍馐本应带来的不朽,相反,他从奥林波斯坠入哈得斯。在那里他遭受着饥饿的永恒折磨,那是恰当的祭祀本可带来的丰饶与欢宴的反面。而以人肉宴席诱惑诸神的吕卡昂,不但自己变形为狼,更危及人类生存的延续,因为他的所作所为促使朱庇特毁灭人类。在这两个神话中,变乱的等级秩序,神/人/兽,都与饮食符码中的仙果珍馐/熟食或祭祀/生食或吃人,以及空间符码中的奥林波斯/大地/哈得斯

---

[54] 参 Marie Delcourt, "Tydée et Mélanippe," *Studi e Materiali di Storia delle Religioni* 37 (1966) 139–88,尤其是164ff.。

形成了同构关系。

在举行仪式时，祭祀将这一秩序神圣化。在祭祀中，人承认自己相对于神祇的低下，因此要向神祭献牺牲；但同时，人又确认了其相对于野兽的优越，他以一种有秩序的仪式结构宰杀野兽，而非像野兽们在野外、在自然（*physis*）世界中那样，"野蛮地"杀戮。[55] 祭祀相对于吃人等于文明相对于野蛮。在吕卡昂神话中，那些参与了邪恶祭祀的人失去了他们作为人的地位，却体验到了自己身体中的兽性，而这种兽性隐含在吃人行为本身之中。

在品达的《第一首奥林匹亚颂歌》（*Olympian Ode* I）所描绘的坦塔罗斯神话中，为神准备的人肉宴席映衬着另一个故事：借助波塞冬的爱欲"恩惠"（*charis*），佩洛普斯在不朽与死亡之间进行了正面的调解（参《奥林匹亚颂歌》1.38-40，49-66，77-78）。通过在他的坟墓边举行的葬礼竞技，以及"一座陌生人簇拥的祭坛"（《奥林匹亚颂歌》1.93），佩洛普斯实际上享受到了近乎不朽的荣耀，与他父亲对于不朽的双重滥用形成对比：以人肉这不洁的食物奉于诸神，而把仙果珍馐交给凡人（《奥林匹亚颂歌》1.63-66）。坦塔罗斯试图让凡人享用的仙果珍馐相对于人类该吃的食物，正如他奉献给诸神的人肉宴相对于诸神真正的食物。进而，吃人之远离神性，正如哈得斯之远离奥林波斯。坦塔罗斯偷窃琼浆玉液送给自己的凡人伙伴们，以使他们不朽，此举应和了普罗米修斯的盗火。普罗

---

[55] 参 W. Burkert, *Homo Necans*, 45ff., 71ff.; *Griechische Religion der archaischen und klassischen Epoche*, Die Religionen der Menschheit 15（Stuttgart 1977）104-5, 以及此处引用的参考文献；"Greek Tragedy and Sacrificial Ritual," *GRBS* 7（1966）87-121. 对这一点的结构主义阐释，参 Detienne, *Jardins d'Adonis*（见注 4）71-113; *Dionysos mis à mort*, 139ff., 164-207。

米修斯的行为，经过宙斯的惩罚性干预之后，导致了神与人的"分离"，并通过祭祀的庄严仪式确立下来。[56] 坦塔罗斯的行为，遭到诸神的惩罚之后，带来了正当秩序的重新建立：坦塔罗斯被打入哈得斯，而佩洛普斯被遣送回地面。但佩洛普斯仍然可以通过英雄的行为、神的恩惠和众人的崇拜重返神的世界。

作为一种仪式，祭祀中神与兽之间的调解包含着也象征着所有其他仪式。祭祀是调解行动的典范。例如，柏拉图就让第俄提玛（Diotima）用这样一种神与人之间高度智性化的调解形式（《会饮》202e）描绘精灵（daimonion）："精灵就是要对从人到神的事情以及从神到人的事情加以解释和传达，一方提出要求并祭祀（thysiai），另一方则发出命令并回报祭祀（amoibas tōn thysiōn）；精灵介于二者之间并补足了他们，所以整体自身就联结（syndedesthai）在一起"。面对这一双向过程，祭祀行为同时建立起人类境况的上方界限和下方界限。它标记出人类与诸神的距离，但同时，借助在仪式中形成的关系，它也建立起向神靠近的可能性："祭祀创造出人神之间的一种沟通，超越了祭祀所无法填补的那一距离"[57]。

鉴于祭祀有这样划定秩序的功能，祭祀之被打断在悲剧中扮演着如此核心的角色就不难理解了。[58] 悲剧从仪式和祭祀神话中引出的不是人类境况的稳定性，而是其模糊性。一方

---

[56] Hes., *Theog.* 535ff.; *Erga* 42ff.; 参 Vernant, *MP* I, 32ff., 51–2 and Note 59。

[57] Jean Rudhardt, "Les mythes grecs relatifs à l'instauration du sacrifice: Les rôles corrélatifs de Prométhée et de son fils Deucalion," *MH* 27（1970）14.

[58] 参 Burkert, "Greek Tragedy"（见注55）; Anne Lebeck, *The Oresteia: A Study in Language and Structure*（Washington, D.C., 1971）60–73; Vickers 356–9; Froma I. Zeitlin, "The Motif of Corrupted Sacrifice in Aeschylus' Oresteia," *TAPA* 96（1965）463–508 and "Postscript," *TAPA* 97（1966）645–53.

面,人远离了野兽世界的生食,另一方面,人又缺乏诸神享用的不朽之食,尽管他向上仰望着不灭的神界。人既不像诸神那样高于自然过程,又并非野兽那样,是对这一过程无所质疑的被动参与者。作为文明的基本工具,火与祭祀关系密切,但正如韦尔南指出的,这一关联同时把祭祀与欺瞒、哄骗和诡诈联系起来。[59] 普罗米修斯这个神与人之间的调解者、祭祀的创立者,其自身就是一个十分模糊不清的形象。通过潘多拉,普罗米修斯又与另一对应的制度——婚姻联系起来:婚姻确认了人在性行为方面处于神与野兽之间的位置。借助有关普罗米修斯和潘多拉的复杂神话,赫西俄德定义了人类的境况。这些神话表明:那些不安分的斗智和诡诈之举使人远离野兽,靠近神祇,文明得到了折中。

在悲剧中,祭祀显现出其黑暗的一面,它并未指出人在一个清晰界定的等级关系中的稳定位置,反而表明了人在神样的力量与失控的暴力之间摇摆的可能性。祭祀一次又一次地成为映衬最可怕罪行的幕布:赫拉克勒斯和美狄亚屠戮孩童,克吕泰墨涅斯特拉和得阿涅拉谋杀亲夫。埃斯库罗斯的《阿伽门农》聚焦祭祀如何迅疾变为恶行。国王遭屠杀,像动物一样成为祭坛上的牺牲,王者因此骤然堕入野兽之列。这一双重的违背(人/兽,人/神)将家宅、炉灶和城邦等文明之所转变为野性与生蛮之地,在这里,更基本的约束也将遭到践踏。我们记得,阿伽门农遭"祭祀"时的热血喷溅随即成为令人毛骨悚然的模仿,变成了滋润土地的血雨、蕃息生命的自然过程(1388-93)。本应确保城邦与家宅安全的仪式,只不过为黑暗罪行铺就了舞台。

---

[59] 参 Vernant, *Mythe et société*(见注4)177-94; "Sacrifice et l'alimentation humaine à propos du Prométhée d'Hésiode," *Annali della Scuola Normale Superiore di Pisa*, Classe di Lett. e Filos. 7(1977)904-40。

十一

关注结构而非个体角色的做法,与希腊文学批评的主导传统相悖。传统进路可能立足于自我的中心性与强有力这一假设之上,但这恰恰是悲剧试图去质疑而非肯定的。

结构主义本身产生于以自我为中心的主体性假设面临危机之际,这种假设自笛卡尔以来在西方居主导地位。但结构主义在希腊思想对于区分主观与客观以及建立知识范畴等级体系的关切中有其根源。[60] 结构主义迄今为止是否完全应对了这场自我和知识的危机尚不明确,但这一危机处于希腊悲剧,或许是所有悲剧的中心。悲剧并未假设一个掌控着结构化世界的完整自我;相反,悲剧呈现出自我以及围绕着自我、源于自我的结构面临瓦解的威胁。以结构主义的术语观之,悲剧看起来所关切的与其说是一个始终如一的有序人格,不如说是结构与混乱相对立的各种象征,以及个人与社会所发明出来用以抵御混乱的各种心智和语言系统。

某个埃阿斯或某个奥狄浦斯成为文化与自然、文明与野蛮、秩序与无序之间两极关系崩塌的交汇点。主人公的悲剧境况正是这些两极对立的紧张关系达到极致之所,最终无望地分崩离析,无法获得调解。文明空间与野蛮空间被混淆;内与外、城邦与乡野、王者与法外之徒之间因界限模糊、差异不复存在而变得危机重重。古老的、不受质疑的规范与法则突然变得陌生,不足以应对悲剧呈现的新的不合常规的情境。诸如"生的""驯化的""野的""野蛮的"等词语并非仅仅是隐喻而

---

[60] 参 Carl A. Rubino, "Le clin d'oeil échangé avec un chat: Some Literary Presentations of the Problem of Self and Other," *MLN* 88(1973)1238–61,尤其是1243, 1258ff.。

已,它们抓住了希腊人在直面自身外部或内部的野兽世界时感受到的那股强大力量。这些对立关系以及它们的分支,对于理解今天我们自己在文明与野蛮之间的摆荡仍然是意义深远的。

悲剧的悖论在于,通过向我们暴露我们自身的混乱和暴力,又将我们从自身之中拯救出来。悲剧摧毁了我们的结构,因此赐予我们一种拯救性的知识,认识到那些结构的脆弱性以及人为性。这样,悲剧使我们免受这些结构所困。它使我们对他者保持开放。他者经由苦难而来,也只能借助苦难而被领悟。我们的文化结构和语言结构试图永久地缝合世界上的他者在侵害我们时所造成的伤口。悲剧在文明内部发生作用,以使文明始终体会到一个并非出于它自身创造的世界存在的复杂性。"我们有艺术,"尼采写道,"因此我们的生命得以不死。"但我们有悲剧艺术,因此我们不会忘记生命中存在着我们的结构无法囊括的向度。悲剧把结构抛开,并重新开启了那痛苦的可能性:凝视作为混乱的生命。如果没有悲剧这种看似悖论的令人愉悦的痛苦,我们的秩序、我们的结构将会伴随着它们自身智性力量的暴虐,变得贫瘠、封闭、唯我和妄自尊大。

第三章　王者、仪式、语言

一

如我所言，希腊悲剧发生在城邦界限之内又超乎其外；在城邦的边界上，两极关系交汇，定义不再清晰，人类制度的有序构成变得暧昧不明。在这里，透过悲剧主人公的苦难，人们发现并重新经历了自身人性特征的珍贵及其脆弱性，这些特征既是最显而易见的，也是最模糊不清的。

哈姆雷特（Hamlet）是西方戏剧中另一个困于两极和相反的身份之间（"悟性上，多么像个天神"，但不过是"尘泥的精华"）的伟大范型。像他一样，奥狄浦斯也站在这样一个岌岌可危之处：理性上本可以明晓的人类秩序分崩离析，变为神秘难解之物。这两个人物都被迫深入家系和王国秩序的表面之下，揭露出摧毁这一秩序的黑暗而恐怖的真相。当哈姆雷特跟着一个可能是地狱魔鬼的魂灵迈出第一步的时候，他冒着遭受天罚和变疯的危险，这是奥狄浦斯加上神学和心理色彩的对应情境：这位索福克勒斯笔下的主人公走出了文明城邦的边界，这既是一个比喻，又是一个实际的旅程。他离开城邦，放逐在外，走过交叉路口，在忒拜的城墙之外遇到斯芬克斯。哈姆雷特大胆地跟着鬼魂，走到最荒凉的城墙垛口（"你要把我引向哪里？说话！我不会再往前走了"），远离朋友们的呼唤和协助，这里虽然仍是城邦的一部分，但却完全暴露给那处于神恩与罪恶之间的超自然存在。当霍拉旭（Horatio）说起"潮水"和"悬崖绝顶"("纵然没有别的动机,这地方也会让人心生不顾一切的古怪念头"),或者李尔说起"离悬崖边上只有一尺"的"白垩峡谷的可怕峰顶"的时候,那不仅仅是字面上的地方而已。[1]

哈姆雷特和奥狄浦斯都背负着他们的王者地位所赋予的职责与危险,充当人与超自然之间的调解者。哈姆雷特要担起责任以"纠正""受诅咒的时世",将已变成腐臭的"蔓草未芟的花园"的丹麦清扫干净。同样的重任落在他们两人身上:为一个被弑杀的国王复仇。正是奥狄浦斯自己身负这斑斑血迹及其带来的可怕污染。在索福克勒斯笔下,公民开场时的请愿创造出对奥狄浦斯王权的神圣性生动而富于画面感的再现,他的地位暴露在人与超人的力量之间。他担当着王者的职责,必须设法疗救因王权与天神的关系而引起的灾祸。

英雄-王象征性地将人的处境的危险性集于一身:他处于自然与超自然的强力之间,处于自主的力量与面对未知的无助之间。他美德上的过度、苦难和死亡搅动了整个宇宙。

奥狄浦斯或许是这一模式最惊人的范例,如此惊人,以至于后世对于奥狄浦斯悲剧的改写即便非常不符合索福克勒斯的风格,也仍然保留了这样的印记。在塞涅卡(Seneca)的版本中,奥狄浦斯接受惩罚与宇宙力量直接相关。他的放逐立即触动天地,玉宇澄清,使"周天变得更加温和"。"我自己祛除了带来死亡的大地玷污"(*mortifera mecum vitia terrarum extraho*),他这样说着完成退场。[2] 甚至在高乃依(Corneille)和伏尔泰(Voltaire)文雅润饰的版本中,经过塞涅卡的传承,

---

[1] Shakespeare, *Hamlet* I.iv.69ff.; *King Lear* IV.vi.57 and 25. 参 Gellie 88:"作为一个王者,他(奥狄浦斯)必须把自己推到安全界限之外,他必须利用自己的机智和想象力越过已知和可知之间的鸿沟。"

[2] Seneca, *Oedipus* 1054, 1058, 1059-61. 对这一段要点的详解,参 C. Segal, "Tragic Heroism and Sacral Kingship in Five Oedipus Plays and Hamlet," *Helios* 5(1977)1-10.

这一古代模式也有微弱的遗存。在高乃依的改写中，奥狄浦斯王的神圣之血滴落入土，结束了"上天之战"。[3] 伏尔泰摒弃了神圣之血，但他的理性化的、新古典主义的戏剧形式仍然采用了电闪雷鸣这样带有神秘意味的舞台效果：这样一来，"大地与天空之神"才显示他的愤怒已然平息，当"蔓延之火不再燃烧"，"更安详的太阳正在升起"。[4]

相较于其他人，索福克勒斯笔下的主人公更多地暴露于生存的极端处境之下，对这些极端处境的反应也更为剧烈，更容易从一极骤然冲向另一极。出于同样的原因，他遭受的困苦也正是整个人类所处的危险境况的样板。他的能量在以最高的电压流动，一个小故障就能让整个系统短路，瞬间电极颠倒，把他打到相反的一端。

王权就其自身力量而言，是暧昧不明的。古人经常观

---

[3] Corneille, *Oedipe* V.ix.:

> 那儿，他的双眸被其野蛮的手挖出
> 渗出的血把灵魂归还给忒拜人。
> 这珍贵的血刚一触地，
> 上天的怒火便不再令他们陷于战争，
> 三个垂死之人，在宫殿中治愈
> 以他的名义忽然间向我们宣布和平。
> 克里昂对你们说：整个城邦……

[4] Voltaire, *Oedipe* V.vi:

> 人们哪，一阵宜人的平静驱散风暴；
> 更安详的太阳升悬于你们头顶；
> 蔓延之火不再燃烧；
> 你们此前洞开的墓穴又再关闭；
> 死神逃离，而天空与大地之神
> 用惊雷之声宣布着他的善意。
> （此时，人们听到雷鸣，看到电闪。）

察到，最高的树、最高的山更容易被闪电击中。《阿伽门农》进场歌中那孤独的鹰-王有着"无处排遣的伤痛"（*ekpatia algea*）。古代晚期的一位作者评述道："为了显示国王是个孤家寡人（*idiazonta*）……他们把他描绘成一只鹰，因为这种鸟栖止在孤绝之地（*en erēmois topois*）并且比所有鸟都飞得高。"[5]国王之死的悲伤故事在古希腊就像在伊丽莎白时期的英格兰一样家喻户晓。当听到遥远的陶里克人也关心特洛伊战争的时候，欧里庇得斯笔下的皮拉得斯（Pylades）评论说，"凡是见过点世面的人都知道国王的不幸"（*ta tōn basileōn pathēmata*）（《伊菲革涅亚在陶里克人中》670-1）。

王者地位特别仰赖运气之轮，当其骤然转动的时候，权位就会脆弱不堪。[6]希罗多德喜欢强调这一点（如1.207）。国王（和英雄）的特殊能力，无论是身体上的还是精神上的，使他有资格打破常人必须遵守的禁忌。他与神祇的特殊关系（在索福克勒斯笔下，体现于预言、征兆或其他形式的神的干预）把他置于人类力量与知识的临界点。为了他的人民，他要承担在神圣与世俗之间进行斡旋的危险职责。就像在《奥狄浦斯王》中，祭司这样描绘奥狄浦斯："人中的第一人……在面对诸神的时候。"（33-4）奥狄浦斯对其人民疾苦的体会超过了任何人，他体会到城邦的苦痛，比发生在他自己身上更令他感受深切（59-64, 93-4）。这其中特有的讥讽之意只不过是对国王地位的悲剧性强化：他暴露于社会秩序和神秘王国之间，处于

---

[5] Horapollo, *Hieroglyphica* 2.56, 引用于W. Headlam, *CR* 16（1902）436。关于悲剧中王者的孤立处境，亦参Bowra 189。

[6] 参Masao Yamaguchi, "Kingship as a System of Myth: An Essay in Synthesis," *Diogenes* 77（1972）43-70, esp. 62; Northrop Frye, *Anatomy of Criticism*（Princeton 1957）207："典型的情形是，悲剧英雄位于运气之轮的顶端，处于地面上的人类社会和天上某些更伟大事物中间的位置。"

安稳的文明制度与未知世界之间。[7]

就像祭祀中的牺牲一样,英雄-王是神圣力量由之通过的媒介。这一力量并不关心其流动的方向,究竟是向上的神化,还是向下带来受诅咒的、不可触碰的神圣化(sacer, hieros)后果。他踏出一步,越过边界,就会释放出社会力图抵御的暴力和无序。[8]

古风民族的神话思维尤其关注那些对立交错之点,即对立之物的界限彼此交接的"对立统一"(coincidentia oppositorum)以及"合二为一"之处。[9]因此,古代的宇宙论中有着非常丰富的神话涉及东西方交汇之地、太阳死去又重生之地、生死相交之地。[10]悲剧英雄就处于这样一个交汇之地,他的受难是各种对立状态象征性的过渡之点:人与兽、人与神、上界与下界、光明与黑暗,等等。英雄生命中的主要女性人物也被引向类似的对立面的融合:某个克吕泰墨涅斯特拉、某个得阿涅拉、某个乔特鲁德(Gertrude)都既是"永恒的背叛之妻",又是"永恒的养育护佑之母"。[11]在这种两极的交错

---

[7] 关于这一点的总体讨论,参Jacques Lacarrière, *Sophocle dramaturge* (Paris 1960) 103–30, esp. p. 123:"《奥狄浦斯在科洛诺斯》中的奥狄浦斯与《奥狄浦斯王》中的奥狄浦斯将具备同样的特征,然而这些特征体现的会是众神的协助,而非他们的诅咒。"

[8] 参Henri Hubert and Marcel Mauss, *Sacrifice: Its Nature and Function* (1898), trans. W. D. Halls (London 1964) 58–9, 97。

[9] Gregory Nagy, "Phaethon, Sappho's Phaon, and the White Rock of Leukas," *HSCP* 77 (1973) 151; Mircea Eliade, *Patterns in Comparative Religion* (Cleveland and New York 1963) 419–23, 428–9.

[10] 例如Hom. *Od.* 10.80ff.; Hes. *Theog.* 743ff., Parmenides 28 Bl.9ff. DK; Pi., *Ol.* 2.61ff.。总体论述见Leonard Woodbury, "Equinox at Acragas," *TAPA* 97 (1966) 605–16。

[11] 一个心理学的视角,参Gilbert Murray, "Hamlet and Orestes," in *The Classical Tradition in Poetry* (Cambridge, Mass., 1930) 233。

中,心理学(以其有关矛盾心理的概念)范式与结构主义相互补充。

对立面的交错进入到了描绘悲剧结局的语言与意象中。在埃斯库罗斯的《阿伽门农》中,我们已经看到,国王蒙难的一幕其语境体现为从神骤降为兽,从神圣的尊荣骤降为野兽的牺牲。三部曲以跨越大海的烽火开头,此后,火与水这两个对立的元素就会在伦理决断的紧要关头再次出现,以创造出一个宇宙的框架,对应国王/牺牲所遭受的倒转了的仪式性杀戮。[12]

英雄-王身处既定界限的内与外,这样的模糊位置对宇宙和社会秩序提出了挑战,而他的厄运又展现出这一秩序的必要性。在某种意义上,他的人生的悲剧性模式就像普通人每天生活秩序的摄影负片一样。因此,目睹一位受崇敬的人物高高在上,超越(又低于)常人,却遭受苦难,这样的悲剧体验紧紧抓住了观众,使其创造出对宇宙秩序新的领悟,更深切地体会到了各种相互交织的"符码",重新感受人类在其中的处境。

国王违背秩序的方式越令人震惊,其前因后果就越能够全然改变观众的"宇宙意识"。[13] 奥狄浦斯的乱伦与弑父构成了这样的典范。英雄所造成的正是这一"宇宙意识"(这并不一定是解决极端的两极之间的冲突),他所做的只不过是遵循自身特殊天性的指令以及这一天性为他设定好的命运。

只有在越过了文明界限并因此遭受恶果之后,英雄才算完成了他在宇宙秩序中的任务。他承担着悖谬的职责:通过否定宇宙秩序来展现这一秩序的必要性。他"把所有传染性的毒

---

[12] Aesch., *Ag.* 651, 958-60; 以及773-8与800ff., 描绘了从高到低的骤降。
[13] Yamaguchi(见注6)51. 有关神的王权与神的乱伦这一模式与奥狄浦斯的关系,参Lowell Edmunds, "The Oedipus Myth and African Sacred Kingship," *Comparative Civilizations Review* 3(fall 1979)1-12。

气吸于一身,以便将它们转化为稳定性与繁殖力"。[14]这并不是说,他悲剧性的苦难展示了逾越界限的危险,因而把我们吓回稳定界限的安全保护之中。英雄背负的诅咒与命运摧毁了"差异"(借用吉拉尔的术语)的结构,摧毁了构成文明的各种区分的体系,但他不一定会回到出发点。他的世界无法再缩回到不受质疑的常规框架的保护之下。

将这种英雄受难的模式与关系到 pharmakos(替罪羊)的祭祀仪式相比较是颇有吸引力的,韦尔南、吉拉尔、让-皮埃尔·格潘(Jean-Pierre Guépin)及其他人就是这样做的。[15]这样的仪式常常涉及对规范性行为约束的放松。而悲剧的净化作用源自对混乱的驱除,这通过仪式性、象征性地展现混乱来实现。但这种类比并不意味着悲剧起源于这样的仪式,也不意味着悲剧在古代社会仅仅具有仪式性的功能。

仪式倾向于守护和肯定宇宙与社会秩序。悲剧则是革新性的、多义的,对这一秩序深表质疑。仪式体现或反映出的神话,其意义基本上是统一的。而悲剧的意义则是复杂的、问题重重的,它接受新的阐释,并可作为焦点汇聚彼此冲突的观点和分立的价值。

在悲剧中,英雄的自我失去了其单纯性,与其内部的"混乱敌手"构成了一对存在。[16]同样的外表、同样的面具,

---

[14] Girard 154; Girard继续说道(p. 155),"国王像任何祭祀牺牲一样具备一项真正的职能。他是一种把毁灭性的、传染性的暴力转化为积极文化价值的催化剂。王权可以被比作将家庭废物转化为肥料的工厂"。

[15] 同上,第二章与第三章;Vernant, "Ambiguïté et renversement: Sur la structure énigmatique d' 'Oedipe-Roi,'" in *MT* 115ff.; Walter Burkert, "Greek Tragedy and Sacrificial Ritual," *GRBS* 7 (1966) 87–121; Jean-Pierre Guépin, *The Tragic Paradox: Myth and Ritual in Greek Tragedy* (Amsterdam 1968), esp. 16ff., 24ff.; 亦参前书第二章,注40, 67。

[16] 参Yamaguchi(见注6)67; Girard, chap. 6, esp. 222ff.; 关于救助者与替罪羊(*pharmakos*)的重合,亦参Murray(见注11)64–6。

隐藏的是最大的纯洁与最大的败坏：想一想奥狄浦斯和希波吕托斯。这样一个人物既处于文明秩序的中心，又处于其边界。他的模糊身份是对逻辑范畴的威胁，而文明需要这样的逻辑范畴以抵御自然吞没一切的同一性。很多社会把双生子、成对之物视为危险的来临，视为一个需要通过精细的仪式来抵偿的诅咒，甚至不惜毁灭他们以消除这一诅咒。[17]

对这样的人物来说，知识的统一性分裂为关于幻象与现实的悲剧性知识。以统一来认识现实的知识属于神；人类知识则是分割的、模糊的。赫拉克利特说，"对神而言，万物皆善且正义，人却以为某物正义而他物不义"[18]。索福克勒斯的悲剧常常涉及神圣知识与人类知识的不同视角。但悲剧中现实的一体性绝然不同于赫拉克利特关于神圣知识的哲学一体性。对于悲剧英雄来说，他的世界的一体性只不过是隐藏的、可怕的二元性的表象而已。把这一虚幻的一体性粗暴地撕裂为二元性，表面上的秩序撕裂为冲突，正是悲剧体验的要义所在。[19]

悲剧英雄有责任直面自身内部最残酷的分裂，忍受他的 *Selbstentzweiung*（自我分裂），体验作为矛盾和冲突的自我。这种体验是他呈现给自己的谜。他意识到一个自我的存在，那也是他的敌人。[20] 他不但不能逃避或压制这一认识，反而要遭受其全部后果。他的生命变成了与自己的罪恶双身、自己的暗

---

[17] Victor Turner, *The Ritual Process*（1969; reprint Harmondsworth 1974）42ff.
[18] Heraclit. 22 B102DK, 亦参B40, 41, 72, 78, 93, 114; 应用于索福克勒斯，参J. C. Kamerbeek, "Sophocle et Héraclite," *Studia Vollgraff*, 84–98; Hans Diller, "Göttliches und menschliches Wissen bei Sophokles"（1950）, in Hans Diller, W. Schadewaldt, and A. Lesky, *Gottheit und Mensch in der Tragödie des Sophokles*（Darmstadt 1963）26–7。
[19] 参Reinhardt 204; Vernant, *MT* 110。
[20] 参Peter Szondi, *Versuch über das Tragische*[2]（Frankfurt a.M. 1964）23; E.R. Schwinge, *Poetica* 3（1970）621, 629, 此处引用了阿多诺（Theodor Adorno）："强健自我的体现是能够接纳自己思想中的客观矛盾，而不是强行消除。"

影的公开共存。在悲剧中,正如城邦的统一性分裂承认了潜在的野蛮行为,国王/英雄(或王后/女英雄)本是城邦或本地秩序的守护者,却同样分裂、绽开,以揭示暴力、毁灭性的激情与盲目。在受难的过程中,他迫使这另外的自我分身而立,赫然可见。

因此,在《奥狄浦斯王》中,国王与污染者合为一体的主人公后来被分裂为某种双重性,象征着人的谜一般的、相互矛盾的本性。在《阿伽门农》中,当国王与野兽这对立的两极从其隐藏着的可怕结合中原形毕露的时候,阿特柔斯家族的种种悖逆之举重见天日,等待着最终的净罪。在《酒神的伴侣》中,欧里庇得斯巧用一种奇异的迷惑手段,把神以及因祭祀他而被杀的人类牺牲联系在一起。在《美狄亚》中,女主角最终被呈现为既高于人又低于人:坐在神赐的马车上宛如半神,但仍不过是一只野兽,一头残杀自己孩子的"母狮"。

然而,索福克勒斯的模式不同于欧里庇得斯。《酒神的伴侣》中的彭透斯仅在他生命最后一息的片刻意识到,本是国王的自己变成了被捕猎的野兽,成为狂女们祭祀她们的神的牺牲品——那位他曾加以迫害并拒之于城邦之外的神。而索福克勒斯笔下的奥狄浦斯,他所经历的悲剧性体验打开了幻象与真实之间的裂缝,将会像特瑞西阿斯一样,带着这一知识度过老年,成为这一知识的预言者、阐释者和呈现者。

在神与兽、国王与祭祀牺牲这样的基本对立关系的转换和混淆之中,索福克勒斯的主人公有力地展现了自阿诺德·范·热内普(Arnold Van Gennep)以来的人类学家所称的"阈限"(liminality):人类生活的临界状态,即游走在熟知的范畴之间,或超越这些范畴,进入不规则的、间隙的、模糊的、唯一的、不可分类的事物之中时体验到的虚无。如我们在第一章简短提及的,这种体验不仅混淆了内与外、城邦与乡野的空间区隔，也打乱了文化与自然之间的固有界限。如维克多·特纳观察到的那样，这也迫使文化转向自然，并且为了获得否定结构可能带来的好处而摒弃结构。在这样的临界状态，文化与自然不再构成必然的对立关系。自然此时可以为文化举起一面镜子，照出后者的造作和人为性，就此为社会习俗的建构注入新的活力。"因此，在临界状态以及接近临界状态的仪式诸阶段中，人们会发现大量对野兽、鸟类和植物的象征性应用。动物面具、鸟类羽毛、草编的东西、叶子做的外衣，包裹和遮盖着新入会者和祭司这些人类。如此一来，在象征意义上，他们的结构性生命被动物性和自然扼杀了，与此同时，同样的力量又在使其重生。死于自然，以由之重生。结构性的习俗一旦断裂，便显露出两种人类特征。其一是智力被解放，其临界产物乃是神话和原哲学的思辨；其二是体力，通过模仿动物的样子和动作体现出来。这两者会以各种方式结合在一起。"[21] 悲剧当然就是这样一种文化与自然结合之例，通过不断的相互变换而结合。但在某种程度上，所有艺术形式都是临界性的空间，臆造出模型以悬置旧的模式，允许熟悉的被未知的外来事物所穿透，并试验其他把握世界的方式。在古代雅典，公众是悲剧的仪式化媒介，他们把这一临界空间赫然置于城邦中央。

特纳再次提醒我们，兽性的隐喻并不仅仅是修辞性的或惯用的主题，而是对社会的结构关系有着深刻的重要性。与此同时，这样的结构在临界时刻的瓦解亦有其创造性的一面，即早前描述的，对于宇宙意识的悖谬式的提升。与这一积极方面不无关系的一个事实是：悲剧体验并非使人消沉，而是以某种

---

[21] Victor Turner, *Dramas, Fields, and Metaphors* (Ithaca, N.Y., 1974) 253; 亦参其 "Metaphors of Anti-Structure in Religious Culture," in Allan W. Eister, ed., *Changing Perspectives in the Scientific Study of Religion* (New York 1974) 63-84。

方式提升了我们对生命的感受。在悲剧自身的虚构框架内部，主人公进入这一临界状态，被剥除了权威、力量和幸福与成功的种种外在表征，但反过来却获得了一种神圣力量、一种精神能力、一种更深刻的知识，抑或人性新的深度。《奥狄浦斯王》和《奥狄浦斯在科洛诺斯》两剧中的主人公或许是最清晰可见的例证，但这一模式某种程度上也适用于所有其他索福克勒斯的主角。

临界状态的双重功能——毁灭秩序并创造出秩序与能量的新源泉——不仅与悲剧主人公自身有关，同时也关系到总体上悲剧表演的社会背景。戏剧表演处于社会结构以及对这一结构的否定二者之间的边界上，在某种程度上，就像所有艺术形式得以实现的仪式化情境一样，戏剧表演能够映射出其所处的系统及其价值，这种方式是其他制度（例如公民大会或法庭）无能为力的。[22] 悲剧主人公与宇宙和社会秩序的悖谬关系类似于悲剧表演与社会的仪式结构之间的悖谬关系。悲剧人物与悲剧表演都享有边缘性所带来的自由。悲剧情节，即 drōmenon 或 drama，意为"演出来的事情"，是确认秩序与稳定性的仪式的一部分。戏剧节在由冬入春的日子里来临，这是一年当中的关键节点，此时他们崇敬的是与野外以及野外的荒蛮力量联系最为紧密的神祇（仅次于阿尔忒弥斯）。

歌队占据的特殊空间与英雄-王的特殊地位类似。从空间角度来看，王权本身是某种"政治-仪式空间"，只有在这一空间中，沸腾的激情和原始的暴力才有可能，人类在此跨向其存在的极限。[23] 无论是为歌队划定的物理空间，还是在隐喻意义上被消除的王者地位的"空间"，都在上演着对人类境况根

---

[22] 总体论述，参 Turner, *Dramas*（见注 21）255ff.。
[23] 参 Yamaguchi（见注 6）59。

本界限的跨越。

不过,如亚里士多德所提出的,在悲剧对污染的想象体验中,有某种清洁、净化或宣泄。[24]共同体目睹其秩序被否弃,经历了其宇宙意识最深沉的体验。按照我们一直探讨的悖谬逻辑,在悲剧中直面文明的否定就是一种深刻的文明化体验。[25]

正是在悲剧之神的仪式中,人与野兽、人与神的界限崩塌了。狄奥尼索斯指向正常的文明范围之外,他占据的空间位于城邦与野外之间、集体与个体的献身之间。[26]他打开了城邦或隐或显的内在冲突的可能。在《酒神的伴侣》中段,欧里庇得斯写下一段长篇对话,其中不但酒神的信徒们给野兽幼崽喂奶(699-702),甚至"高山与群兽都加入酒神的狂欢中",与人类的崇拜者们一起迷狂(*symbakcheuein*)(726-7)。在本剧的意象与幻觉中,狄奥尼索斯本人既是野兽又是神祇,把对立的两极反常地结合起来,正如他的信徒们既是野兽也是人。[27]这时,人类社会已不再依赖神、人与野兽之间的等级划分。正如一位注疏家评论道:"当亚里士多德断言离群索居者不是野兽就是神的时候,他也许忘记了有某些社会群体可以同时把人

[24] Thomas Gould, "The Innocence of Oedipus: The Philosophers on *Oedipus the King*," pt. 3, *Arion* 5(1966)522–3.

[25] 参A. C. Schlesinger, *The Boundaries of Dionysos*, Martin Classical Lectures 17(Cambridge, Mass., 1963)chap. 5, esp. 57–64。

[26] Girard 181ff.; R. P. Winnington-Ingram, *Euripides and Dionysus*(Cambridge 1948)176–7; Walter F. Otto, *Dionysus, Myth and Cult*(1933), trans. R. B. Palmer(Bloomington, Ind., 1965)110ff., 120ff.; Jeanne Roux, *Euripide, Les Bacchantes* 1(Paris 1970)63:"普世的神,他在城邦生活的日常框架——家庭、部落、亲族——之外组织他的宗教。" p. 64:"他不在意逻辑与常识基础上的严格的社会等级,而正是这一等级赋予了每个人在城邦共同体中的特定角色。"

[27] 参Winnington-Ingram(见注26)chap. 7; C. Segal, "Euripides' *Bacchae*: Conflict and Mediation," *Ramus* 6(1977)103–20。

变成神或兽。面对狄奥尼索斯的 thiasos（迷狂），一切都缴械投降了，包括神智与个体性；它使得个体得以超越其局限，但超越的方向无关紧要；最低级的被允许设定容易而免于评断的标准。"[28] 在同一个灵魂中，最低的与最高的同存，在同一副面具下，掩藏着狄奥尼索斯的迷人与可怖。

远方来的神秘异乡人，带来的是酒和狂欢这样暧昧而危险的祝福。狄奥尼索斯在城邦之内有自己的一席之地，占据着剧场这一公共空间，但他也属于城邦之外的山野。[29] 即便当他被接受为城邦宗教的一部分时，他仍然保留了自己危险的一面。[30] 后文中我们将会看到《安提戈涅》如何利用这一张力。在这位神祇的扈从中，有一些人兽混合的身形——萨提洛斯和西勒诺斯本身在萨提洛斯剧中就是主要角色，他们在狄奥尼索斯戏剧节上伴随着每位诗人的三部悲剧。

在这位神祇的护佑之下，戏剧表演可以表达出所有被城邦的规训生活所压抑的东西：释放情感，承认宇宙可能陷入混乱，丧失对自我、对世界的理性控制，展现社会和个体人格中女性要素的力量。[31] 悲剧的宇宙，正如它的保护神一样，在某

---

[28] Winnington-Ingram 176–7.

[29] 参 Paul Vicaire, "Place et figure de Dionysos dans la tragédie de Sophocle," *REG* 81（1968）351–73; Louis Gernet, *REG* 66（1953）392–3。

[30] 欧里庇得斯《酒神的伴侣》显然暗示了这一点；柏拉图的 logos 所体现的观点，可见 *Laws* 2.672a-b。

[31] 参 Winnington-Ingram 152ff.; E. R. Dodds, *The Greeks and the Irrational*, Sather Classical Lectures 25（Berkeley and Los Angeles 1951）270–82; Alvin Gouldner, *Enter Plato*（London 1965）110ff, 116ff.; Laszlo Versényi, *Man's Measure*（Albany, N.Y., 1974）112–4: "（狄奥尼索斯）代表着逾越所有界限的生活爆炸，无区分、无形式的生活，脱节、无方向、无条理的生活。"（p. 113）亦参 C. Segal, "Sex Roles and Reversals in Euripides' *Bacchae*," *Arethusa* 11（1978）186–8; James Hillman, *The Myth of Analysis*（1972; reprinted, New York 1978）258ff.。

种意义上代表着一个相反世界,它与正常的现实世界共存,但通常隐而不显或被否认。清晰分明的边界和彼此分离的形式在这里让位于一体与混合;二元性屈服于模糊不清的一体性,表面上的统一又分裂为看似(seeming)与是(being)、外部与内部、偶然与本质之间的辩证法。

狄奥尼索斯质疑幻象与现实之间的明确区分。《酒神的伴侣》又一次为其致幻能力提供了有力而可怕的再现。拜其赠礼——酒和狂舞——所赐,他掌管着这样一个过程:离开现实生活之清醒世界,走向狂欢的、迷乱的、致幻的疯癫。[32]

面具是古代悲剧表演的核心要素,就像悲剧其他形式性成分一样,构成了仪式和剧场惯例的一部分。但面具也超越自身指向了某种神秘之物:触手可及,却不是真实的;虽有实体,却非实质。这是一个人造物,是出于人手的工艺品;它又是一个符号,象征着人类生活的脆弱表象、存在本身面具般的特征,以及在我们日常的、有序生活的各种形式之下潜藏的幻象的虚空。[33]狄奥尼索斯戏剧节或勒奈亚节(Lenaea)上的悲剧表演,作为一种仪式和群体行为肯定了这些形式的稳固性,但面具提醒我们模仿的空洞性和虚构特征,虽然正是模仿塑造了舞台上和"现实"中的人类行动。

面具暂时否定了运作的逻辑连续性,以便揭示出纯粹符号的随意性带来的陌生感所包含的真实。同时面具也是用来超越自然与文化之间的区分的工具。[34]我们与现实的实践性、操控性关系的正常连贯性被中止了,随之而来的是能指与所指之间熟悉的实用性对应关系。语义系统中"提供信息的"符号本

---

[32] 参Henri Jeanmaire, *Dionysos* (Paris 1951) 294-5。
[33] 参Versényi(见注31)114-5。
[34] 参Girard 233; Victor Turner, *The Forest of Symbols* (Ithaca, N.Y., and London 1970) 105。

来支配着文明秩序所有的符码,现在却屈从于一种自主的审美－符号功能。[35]

在狄奥尼索斯剧场中,观众马上就会发现自己面对着另一个区分。个体角色相对于歌队的集体身份,前者着装个个不同,被推向了人类理解力的极限,歌队则由十二或十五个人组成,穿着整齐划一,在某种意义上代表着公共意识的声音(当然,这不一定是诗人本人的心声)。这些视觉上的细节本身再现了表演情境中隐含的张力:一方面是伴随着悲剧主人公的僭越之举,规范性在虚构中的瓦解;另一方面则是规范性的再度确立,体现于表演的仪式面向,以及歌队集体通常代表的对既有价值——节制、界限和传统的虔敬的肯定。

悲剧表演的竞争性安排、由主执政官之一主持的细致挑选和评判、公众庆祝与纪念获胜诗人的胜利乃至剧场的建筑格局本身,都表达出城邦一体性的组织化力量,以及对人与神、城邦与自然之间和谐关系的渴望。但剧作本身却呈现出秩序(无论是社会秩序还是宇宙秩序)的破裂或所面临的威胁。

因此,悲剧的内容与其所处的社会与仪式性环境相矛盾。希腊悲剧中高度结构化的语言惯用法、其共同体与仪式性背景,以及各类视觉景观(包括服装、布景、姿势,以及剧场的有序化空间)强化了这一对抗关系:是受集体庇护的安全,还是深入孤单与未知世界的危险之旅。比索福克勒斯有过之而无不及的是,欧里庇得斯有意识地在戏剧自身中映照出这一张力,把向未来仪式的延续与当前受难的终止对立起来。例如,在《希波吕托斯》中,拒斥性欲力量的主人公之死,被与他未

---

[35] 这一想法的形成部分受益于布拉格学派和俄国形式主义学派,参 Roman Jakobson, "Linguistics and Poetics," in R. and F. DeGeorge, *The Structuralists from Marx to Lévi-Strauss* (Garden City, N.Y., 1972) 92ff.; Robert Scholes, *Structuralism in Literature* (New Haven and London 1974) 26ff.。

来在少女行将出嫁时的仪式中所扮演的角色对照起来（《希波吕托斯》1423-30）。在《美狄亚》的结尾，兼有女神与野兽两种属性（母狮；1342-3，1358）的科尔克斯的暴烈女巫，宣告了自己被屠戮的孩子们的纪念仪式。仪式将在赫拉的圣地举行，这位女神守护着婚姻的神圣性，美狄亚既捍卫了它，又残暴地践踏了它。在这些场景中，就像索福克勒斯的《埃阿斯》和《特拉基斯少女》中的某些类似情形一样，仪式既代表着某种矛盾关系的解决，又使这一矛盾关系更尖锐地凝结成型。[36]

就悲剧预设了某种社会背景和表演仪式（无论如何淡化和世俗化）而言，这种内容与背景的张力或许潜藏在所有悲剧当中。在古代剧作中，人类文明最神圣的法则遭到了亵渎。这些戏剧中的所作所为，如果是有意为之，就会带来亚里士多德所强调的 to miaron（血污），那是不可消除的污染，是无法洗刷的可怕罪行。[37] 子弑父，父杀子。儿女杀生母。诸神被藐视。圣所、祭坛和炉灶被践踏。乱伦、淫荡、放肆僭越的言语或侮辱变成了常规。[38] 无辜者被他们不应蒙受的痛苦和疾病折磨得惨叫。目睹这些剧情的观众接触到了这"不可清洗的"污染，必须在戏剧所处的仪式背景中消除它们。

在歌队那块神奇的圆形场地上，仪式本身被败坏了。祭祀被亵渎；国王丧失了仪式上的纯净；囊括神、人和野兽的等级秩序本应在仪式中得到确认，此时却被推翻了。

---

[36] 关于仪式的模糊性，参 C. Segal, "Pentheus and Hippolytus on the Couch and on the Grid: Psychoanalytic and Structuralist Readings of Greek Tragedy," *CW* 72（1978/79）138-9。有关美狄亚，参 Pietro Pucci, *The Violence of Pity in Euripides, Medea*（Ithaca, N.Y., 1980）chap. 4, esp. 131-6。

[37] Aristotle, *Poetics* 1453b34-54a4；参 Gould（见注 24）514-23。

[38] 亚里士多德《诗学》第十四章中罗列的事例具有启发性。

悲剧的社会功能与仪式的关系同样适用于其与神话和语言的关系。神话为悲剧提供了材料,但神话走向了对立面的解决,而悲剧自身则通过重塑神话来搅乱、扭曲或否决调解。如罗兰·巴特所评论的那样:"神话从矛盾开始,一步步趋向矛盾的调解;悲剧则正相反,拒绝调解,让冲突始终绽露。"[39]

戏剧节上的喜剧和萨提洛斯剧同样呈现出对社会秩序和仪式秩序的违背,但它们却走向相反、互补的方向。旧喜剧中的动物歌队打破了人与野兽之间的界限。类似阿里斯托芬的《和平》(*Peace*)或《鸟》(*Bird*)当中的情节模糊或翻转了人与神之间的区分。《马蜂》(*Wasp*)当中的代际角色互换以及《吕西斯特拉特》(*Lysistrata*)当中的两性角色互换,翻转了家庭与社会符码中的关系,但并没有带来像《酒神的伴侣》中彭透斯遭受的那种噩梦般的后果。《阿卡奈人》(*Acharnians*)或《蛙》(*Frogs*)中的祭神行列扭曲和戏仿了仪式秩序。《马蜂》或《骑士》(*Knights*)这样的剧作把法庭和民主本身贬低成了笨拙、无知、愚蠢的笑料。但这些颠倒最终却是肯定性的而并非危险的:它们表现出存在的无限可塑性,而不是对紧密联系的等级秩序的不祥侵犯。[40]

喜剧的世界面向无限的可能性敞开;悲剧的世界则被某种神秘的宇宙秩序牢牢限定,而这一秩序必须受到尊重。因此,喜剧中对立面融合体现出的是对生活的某种乌托邦式的信心。狄奥尼索斯式的对立不会遇到反抗;生机勃勃的活力可以越过惯常的界限而不会招致正义(*dikē*)报应的反射作用。性欲可以充分施展而不会带来逾越界限的危险,变成负面的、

---

[39] Roland Barthes, *Sur Racine* (Paris 1963) 67.
[40] 喜剧中兽—人—神的等级关系,参 Cedric H. Whitman, *Aristophanes and the Comic Hero*, Martin Classical Lectures 19 (Cambridge, Mass., 1964) 44–6, 48–52。

兽性的暴力。萨提洛斯剧中蠢笨而好色的萨提洛斯们就像是悲剧主人公的一个喜剧版的颠倒。他们身上那种神与兽的冲突古怪而搞笑，但并无悲剧性。

喜剧主人公也可能会越过神圣秩序和社会秩序的界限，但他的动力和最终的命运是回归或恢复那一秩序，而不是在秩序之外探索无限可能。他的过失或蠢笨不是不可修复的 *hamartia*（错误）。喜剧世界的弹性边界总是可以延伸到适合他的地方，并且迎回一个比之前更强更好的他。[41] 在阿里斯托芬的《和平》中，主人公骑着他那匹古怪粗鄙的佩伽索斯飞临奥林波斯山，并且获得了宙斯的神圣特权。类似的人物在"严肃"文学和神话中的命运是从天空摔下，落入衰弱和灾祸（《伊利亚特》6.200-202；品达，《伊斯米亚颂诗》7.44-46）。

除了少数例外，喜剧中的神是完全可理解的。他们过于人性化的欲望是一望可知的弱点，而不是某种神秘宇宙当中未知的不可控力量的黑暗象征。喜剧打乱语言或造成语言的含混，只不过是这一世界的弹性界限的又一反映，在这个世界中，什么都是可能的。动物张口说话，人对神出言不逊，但没有遭到可怕报复的风险。奇形怪状的组合词和粗鄙的俏皮话会扭曲语言，但带来的混乱不会导致不可理解或无法交流。尽管存在各种奇思异想的夸张，喜剧的虚构框架仍然再度确认了现有的仪式背景，其中反射着欢闹的宴会仪式或婚礼，这些仪式恰恰凝聚而非分裂了共同体。

正如悲剧主人公败坏的祭祀打破了由仪式确立的社会秩序，即其仪式符码，他借以沟通的媒介也打破了语言的秩序。语言不仅仅是悲剧的媒介，它自身就是悲剧情境中的一个要

---

[41] 同注40，各处，尤见第二章。

素。希腊悲剧诗的各种隐喻把宇宙的、社会的、语言的秩序扭在一起共同受难。被折磨的 *logos*（言说）就像被搅乱的宇宙和遭破坏的城邦，也承受着自身的煎熬。

悲剧借助绵密而富于意象的语言，把仪式的、言语的、家庭的和政治的符码捻在一起，构成了一个共同的、复杂的信息。悲剧就像所有文学一样，发挥着一个特殊的功能：唤起对符码自身的关注。歌队场地中央举行的仪式，以某种扭曲或败坏的方式反映了表演本身所处的仪式背景，与此相似，戏剧的复杂语言又将观众熟悉的交流媒介交还给他们，但期待中的回响却发出了刺耳的合声。在经过悲剧面具的放大和已有传统的风格化塑造之后，悲剧的语言提出了一切人类交流中存在的问题，这反过来又是所有社会的基础。一方面，悲剧语言达到的高度确证了人类 *logos* 强加秩序的力量；另一方面，悲剧中语言的含混、绵密、句法与语词困难以及讽刺，又威胁着 *logos*，尽管悲剧语言最大程度地丰富和利用了它的资源。

就像悲剧结构中的所有其他要素一样，*logos* 变得自我分裂了。它进入到幻象与现实在悲剧中的区分。构成悲剧情境的各种冲突把语言扭曲成悖谬和矛盾修辞，例如安提戈涅的"敬神的不虔诚"、奥狄浦斯的"未结婚的婚姻"、埃阿斯的"黑暗是我的光明，幽暗最为灿烂"。[42]

在《蛙》中，埃斯库罗斯指责欧里庇得斯笔下的女人说"活着就是没活着"（1082）。喜剧在此对悲剧要处理的分裂现实加以批评，而阿里斯托芬将这种批评戏剧化了。就像喜剧的仪式一样，喜剧的 *logos* 在面对混乱时力图恢复一致性，确立简洁性。而在悲剧中，简洁性是首当其冲的牺牲品。《蛙》的这一段落值得稍作逗留。在这里，对悲剧语言的驳斥很快就衍

---

[42] Soph., *Ajax* 394; 参 *Antig.* 74, 924; *OT* 1214; *El.* 768。参 Kamerbeek（见注 18）95。

生出对其他悖理之处的驳斥。埃斯库罗斯说，欧里庇得斯的女性角色还在神庙中生孩子（违背了仪式的洁净）、乱伦（打破了家庭符码），并最终使在城邦中的生活过不下去，因为城邦充斥着官僚和骗人的民粹领袖（《蛙》1080-6）。喜剧效果部分来自诗人搞笑而不合逻辑地从一个符码迅速跳到另一个符码：仪式、王权、语言、公共秩序。然而，这一跳跃也有其内在逻辑，它洞察到了所有符码的同等性。

正如悲剧中的行为代表着对宗教规范的否定（如打破乱伦和谋杀的禁忌），悲剧的语言呈现出对语言规范的扰乱：模糊、混淆、挣扎的尖叫、痛苦的怒吼、恐惧或疯狂时的前言不搭后语。讲逻辑地说理行不通了；朋友或爱人（philoi）的话也不再能够说服。文明化的言说方式骤然让位于诅咒、吼叫、骇人的嘶喊或不祥的寂静。

正如世界一体性的破裂揭示出"看似"（seeming）与"是"（being）的二元性，logos的一体性也分解为二元对立与含混。语言非但没能在思想与世界之间充当中介，反而纠缠在一系列冲突之中，使得对现实的感知更加迷乱而晦暗。诸如正义（dikē）、法律（nomos）、爱（philia）、智慧（sophia）、高贵（gennaios）、美与高尚（kalos）这样的关键词成了意志与立场彼此冲突的焦点，这样的冲突包含着巨大且具有破坏性的向度。[43] 语言非但不能作为沟通的媒介，反而成了阻塞的源头。语言非但没能向身边的人打开自己的思想世界，反而更加灾难性地把人封锁在自己的世界中，仅存孤立的价值与情感。在《安提戈涅》、《埃勒克特拉》和《菲罗克忒忒斯》中，声

---

[43] 例如Aesch., *Ag*. 1026, *Ch*. 461; Soph., *El*. 1424ff.; 参Vernant, *MT* 15-6; Kirkwood 137-43 and 240-1; Vickers 27; Joachim Dalfen, "Gesetz ist nicht Gesetz und fromm ist nicht fromm. Die Sprache der Personen in der sophokleischen Antigone," *WS* n.s. 11 (1977) 5-26。

言"法律"、"正义"和"虔敬"的话语歧义而混乱；在欧里庇得斯的《希波吕托斯》中，"好名声"（*eukleia*）、纯洁、敬重（*aidōs*）的理想反而刺激了道德价值毁灭性的反转。[44] 在《奥狄浦斯王》中，讽刺无处不在：语词在角色口中是一番含义，对于观众又是另一番含义。

正如悲剧主人公被悬置于神与野兽之间，他的话语也被悬置于清晰与模糊之间、言之成理与沉默不语之间。埃阿斯的口不能言或公牛般的怒吼表达着他最深的苦难，就像卡珊德拉的 *otototoi*（结结巴巴的恸呼），或李尔的"号叫、号叫、号叫"。[45] 那就像疯狂一样，标记出他与社会的彻底隔绝。丧失语言交流能力本身就是一种放逐，放逐于哪怕是最熙熙攘攘的城邦之中。

悲剧主人公与语言的关系就像他与神话、社会和诸神的关系，反映出同样的不稳定性。神谕的言说（*logoi*）把某个赫拉克勒斯或某个奥狄浦斯抬升到了近乎神的地位，不过是要把他打入野兽的行列，像它们一样口不能言。[46] 在埃斯库罗斯笔下，变身为母牛的少女伊奥（Io）发狂地喊叫，急切地想要听到某种比宙斯更古老的智慧的言语，以知晓自己将如何成为一位神样后裔的母亲，一个伟大族群的创立者（《普罗米修斯》593行及以下）。只有在这一建立文明的举动中，她眼前的苦痛才能得到解决，那才是对她现在人兽一体的身形的最终矫正。而在欧里庇得斯笔下，当美狄亚将要逾越文明行为的界限手刃自己的儿女时，她也逾越了文明语言的界限。歌队试图劝阻美

---

[44] 参 C. Segal, "Shame and Purity in Euripides' *Hippolytus*," *Hermes* 98（1970）278–99。

[45] Soph., *Ajax* 317–22; Shakespeare, *King Lear*, V.iii.369–70.

[46] Aesch., *PV* 566ff., 588–9; Pierre Pachet, *Poétique* 12（1972）543, 此处谈到了伊奥的言不成句（*aphasia*）是由于"堕入了动物状态"。

狄亚的罪恶行径，她们的理由遭到了美狄亚的驳斥；她说出一句惊人的矛盾修辞，本身就体现出语言中介功能的丧失。

περισσοὶ πάντες οὑν μέσῳ λόγοι.

所有的中道话语都是过度。(《美狄亚》819)

在这里，"中道"(meson)消失了，只剩下"过度的"或"超常的"(perissos)。[47] 索福克勒斯在其他地方用这个词描述"过大的"事物，体现出悲剧主人公不适度的本性。在欧里庇得斯的《酒神的伴侣》中，这个词被用来描述怪诞而恐怖的人兽颠倒、仪式与疯狂的倒转，它伴随着阿高埃"超常"或"过度"的行为：捕猎并祭祀自己的儿子/野兽/牺牲品（1197）。[48]

在某种意义上，《奥狄浦斯王》的情节原本就是语言之事：破解谜语和阐释神谕。这部剧的意义很大程度上是个解释学问题。语言之谜在这里就是存在之谜，语言就像存在本身一样成了一个谜。它同时意味着太多和太少。在一个古希腊悲剧的现代改编版中，德国戏剧家盖哈特·霍普特曼（Gerhart Hauptmann）利用了谜语的这一双重重要性。随着他在《阿特柔斯家族四联剧》(Atridentetralogie)中恐惧感的不断上升，谜语浮现为"在这个奇异世界中"生活的基本品质：

Thestor: Quäl mich mit Rätseln nicht!
Peitho: Ein frommer Wunsch, in dieser fremden Welt, die ganz nur Rätsel ist.

---

[47] 关于 perissos 对索福克勒斯悲剧中英雄概念的重要性，参 Knox, HT 24-5。
[48] 参 Winnington-Ingram（见注26）69, 137。

塞斯托：别用谜语来折磨我。

佩托：真是个虔诚的希望，在这个奇异世界中，一切都是谜语，没有其他。[49]

或者，再次回到《哈姆雷特》。因为丹麦的腐朽，人有时还不如一头"缺乏理性话语的野兽"；[50]主人公的话被扭曲为谜语，极为真实地暗示着他的"疯狂"。他说，奥菲利亚，

说着犹疑的话，
只有一半意思。她说的什么也不是，
但那些不成形的话
令听者们拼凑起来；他们惊讶得张大嘴，
按照自己的想法把那些词句修修补补；
她说话的时候眨眼、点头、做手势，
真会让人觉得话里有什么意思，
虽然不能肯定，但却非常不幸。（第四幕第五场，6-14）

在索福克勒斯笔下，奥狄浦斯的命运就像埃斯库罗斯笔下的卡珊德拉，他的世界提出的难题对于人类语言的规范性准则来说太过于反常。那些使得文明得以可能的"差异"被奥狄浦斯的经历消除了：儿子与丈夫、父亲与兄弟混淆不分，形成了可怕的前文明的一体性或"平等关系"（参《奥狄浦斯王》425，1403-8）。所有描绘他的语言开始于表面上的统一和

---

[49] Gerhart Hauptmann, *Iphigenie auf Aulis*, III.i, in *Sämtliche Werke*, ed. Hans-Egon Hass（Frankfurt a.M. 1965）III, 899.

[50] Shakespeare, *Hamlet* I.ii.150; 亦参IV.iv.35ff.。

清晰，但需要他承担起自己的人生使命去打破这一表象，抵达隐藏的"差异"。在 *tyrannos*（僭主）下面潜藏着 *basileus*（国王）（奥狄浦斯既是合法的国王，又是一个篡位者）;[51]在"丈夫"下面潜藏着"儿子"；"妻子"下面潜藏着"母亲"；"知道"（这是他的首要 *logos*——他名字第一个音节的意义）下面潜藏着他关于自身存在的无知：他是谁，他是什么。穿越于"差异"两端之间，奥狄浦斯挑战着文明由之建立的边界以及定义这些边界的言说（*logoi*）。《阿伽门农》中卡珊德拉那骇人而被误解的预言，就像《奥狄浦斯王》中特瑞西阿斯不被理解的启示一样，语言的崩溃被置于悲剧意义的核心。只有在绝望中狂乱的呼喊或激愤预言的惨烈才能道破其中的恐怖。

《奥瑞斯提亚》作为一个整体囊括了一场大规模的语言破坏与再造。在这里，语言具备有形的现实性、绵密的纹理与具体性，把语词与对象、言谈与情景交织在一个新的意象化统一体中，形成了介于咒语、魔法、仪式和诗艺之间的新语言。[52]

《阿伽门农》中著名的地毯场景把仪式的、家庭的、两性的符码交织在一起。在一场倒转的祭祀中，国王错过了神与野兽之间的调解，导致毁灭的命运；与此同时，这一场景也展现了对语言的破坏。地毯本身是一个视觉上的映射物和一个有形的符号，象征着克吕泰墨涅斯特拉令人生腻的、诱惑性的修辞。它本身也是一个标记和工具，体现出所有文明秩序都必然依赖的符号系统的崩溃。言语中的浪费、傲慢和奢侈如同发生

---

[51] 参 Knox, *Oedipus* 53-7。
[52] 参 Rosenmeyer, *Masks* 126："对埃斯库罗斯来说，语言不是工具，而是一种实体，一种有生机的自足之物，与《奥瑞斯提亚》舞台上排演的非凡事物相得益彰。歌队编织的语词纹理，就像演员台词的句式一样，强烈激发着观众，如同看到一席猩红的地毯，或恶毒的报仇神正站立在屋顶。"

在家宅和王国中一样危险。地毯宛如从宫室延伸出来的红流，暴露了那一宅邸内部的真相，国王却无从知晓。当他踏上地毯，注定再也无法回到日光之下时，他在那一刻迷失了，为信息中隐含的矛盾而感到困惑，随后又在克吕泰墨涅斯特拉的内室之中陷入罗网/长袍可见而有形的缠绕。他的男性地位由于等级关系的巨大反转而被否决了，这正体现、预示于他在地毯之争中败下阵来。行经地毯直到室内所发生的暴力，如同克吕泰墨涅斯特拉的言辞（无论在家中还是城邦中，神圣空间还是世俗空间）对语言施加的暴力。在城邦的危机时刻，人与人、人与神之间没有清晰的沟通渠道。国王与王后的消息，如同出自诗人本人一样，只能借助晦涩、扭曲而难解的言辞才能传达。简单的话语已无法抵达真相。正如约一代人之后的德谟克里特所说的那样，"真相埋藏在深处"（68B117DK）。

在阿伽门农与克吕泰墨涅斯特拉直接对话的开头，他努力避免踏上她已铺就的地毯，此时对语言的关切显露出来（《阿伽门农》914–25）：

> 勒达的女儿，我的家宅守护者，
> 你说话的方式切合我的离别；
> 因为你（的话）拉得太长。
> 但称赞要适当，荣耀应来自他人。
> 此外，也不要以妇人的方式，
> 娇宠我，也不要像个蛮族人
> 张大嘴向我喊出落在地上的问候，
> 也不要用地毯铺路
> 引起嫉妒，只有对神明才应这样表达敬意，
> 身为凡人，踏上如此美丽的东西，
> 怎能不令我心生恐惧。

请把我作为人,而非神明来礼敬。

在这里,恰当的言辞与男女之间、神人之间、希腊人和蛮族之间、过度和适中的财富之间的恰当关系紧密相关。在一个典型的埃斯库罗斯式的节点上,不同的人类行动交叉,此处的隐喻把几方面符码联结在一起。

919—920行值得特别注意:

μηδὲ βαρβάρου φωτὸς δίκην
χαμαιπετὲς βόαμα προσχάνης ἐμοί

以蛮族人的方式
不要张开大嘴朝地上为我大喊。

就在阿伽门农第一次明确提到地毯之前,不同寻常的遣词造句令人瞩目,也让人想起铺下地毯的动作,这构成了一种逾越界限的沟通方式。前半句(919)提到的"蛮族人的方式"不但暗示了东方君主浮华的危险性,也暗示着蛮族语言的不可理解。夸张的"大喊"伴随着东方式的一揖到地的 salaam(鞠躬礼),以隐喻的方式与铺在地上的地毯联系起来。这既标志着一种夸张的致敬,又暗示着克吕泰墨涅斯特拉心中的念头:接下来会有什么别的东西"落在地上",染成红流。

不恰当的问候方式——"大喊"(*boama*),同时也是张口结舌,无声地"张开大嘴"(参*pros-chanē[i]s*)。这个大胆的矛盾修辞强化了言语背后隐藏着的欺骗恶行,也反映出语言的矛盾处境:语言的过度导致了其贬值或被取消。铺下地毯的动作被展现出来,和与之相伴的语言一起创造出一个沟通失败的象征。张开大嘴以"落在地上的"大喊来问候,在言语上强化了

第三章 王者、仪式、语言

地毯本身作为沟通破灭象征的视觉意义：地毯展现出语言因夸张而被悖谬性地否定。符号互动的过度只不过揭示了这些符号内在的欺骗性。言语行为与动作行为朝着相反的方向用力。两者都包含的夸张非但没能增强语义系统的沟通能力，反而揭示出其空洞性，因为信息发出者利用的是信息的模棱两可，而非其传达真相的单一能力。

如此看来，克吕泰墨涅斯特拉在地毯场景中的胜利是纯粹修辞的胜利。言辞撇开了内容，意图繁茂地生长，利用自身的增殖能力由词句生出词句，修饰引出修饰，直到听者深深地陷入没完没了的繁冗辞藻之中，就像罗网中的无尽纠缠。女性的危险生育能力能够生产出多余的词汇，这些词汇就像她的淫欲或她的后代的过度滋长一样令人惊骇（参《奠酒人》585-638）。这一场景在三联剧中举足轻重，因为这是对语言符码最强有力的表现，也是被打乱的所有符码的聚合之地。

由此观之，三联剧不但涉及法律与仪式的衍化，同样关乎语言的衍化。在《阿伽门农》中，言辞被不祥地压抑，歌咏或哀悼失当，只有卡珊德拉嘶吼出无人听懂的预言打破了虚假和伪善；这一切让位于《奠酒人》中对血债血偿的仪式性咏唱，虽合法但原始；直到《欧门尼德斯》中，言辞才最终解决了原初的冲突。报仇神在追捕猎物时呕哑嘲哳的吼叫（《欧门尼德斯》131-3）变成了祝福的颂歌。[53] 她们对劝说女神佩托（Peitho, 972）的野蛮拒绝在广场保护神宙斯（Zeus Agoraios, 973）那里得到了补救，广场保护神为共同体带来文明的意志，使得城邦得以可能（968-75）。只有当奥林波斯神的说服力压倒了地下神祇不可理喻的顽固不化以及他们对血亲复仇固执、

---

[53] 参John J. Peradotto, "Cledonomancy in the *Oresteia*," *AJP* 90 (1969) 17, 20-1。

本能的追求时，城邦才拥有了在宇宙的对抗性力量之间至少能够把握并维持自身地位的手段。有效的公共话语的建立与稳固的司法制度的建立显然是相辅相成的。当这些被创立起来或重新被创立起来之后，城邦才获得了充当宇宙对立关系中中介角色的基础。张力依然存在：阿波罗粗暴地剥夺了母亲与儿女的血亲关系；战神山法庭将向报仇神宣布判决。但我们在本剧的结束场景中看到的是：试图象征性地构建人与神之间的调解，而这正是城邦的基础。

卡珊德拉的语言概括出悲剧情境的悖谬性：试图交流不可交流之事。我们看到，在她的言辞中，人类话语的文明形式遭到抵制，并构成了对自身的否定；她试图去调解神与兽之间遥远得无望的对立以及可怕的结合，而正是这两方面共同摧毁了沟通与社会关系。她张嘴说话本身就是希腊舞台上最令人目瞪口呆的时刻之一。预期中会保持沉默的无台词角色突然爆发出吱吱嘎嘎的尖叫，她出人意料地充当了有台词的第三名演员，据说这是索福克勒斯的发明创造。喷涌而出的声音几乎算不上是言语：*otototototoi popoi da / ōpollōn ōpollōn*（《阿伽门农》1072）。这一串无法辨识的音节，如伯纳德·诺克斯所说，"是悲哀与恐惧的程式化呼喊，这样的例子在古希腊语中司空见惯，根本不是语词，只不过是一些音节，却表现出任何语词都无法充分传达的情感"。[54] 含混不清的喊叫就像是由疼痛的动物所发出，卡珊德拉因此与不能说话的野兽联系起来，如同《普罗米修斯》中的伊奥；但这喊叫同时也是揭示神秘的神圣知识的前奏，这一知识超越了言辞，因为其中的洞见与恐怖不

---

[54] B. M. W. Knox, "Aeschylus and the Third Actor," *AJP* 93（1972）111，关于卡珊德拉沉默的戏剧意义，亦参116-7；Oliver Taplin, *The Stagecraft of Aeschylus*（Oxford 1977）318-9。

是语言的逻辑结构所能含括的。她的喊叫既是预言性的又是恶魔般的，既是神圣的又是兽性的，正如她的阿波罗既是奥林波斯山上的预言之神，又是一个残忍而有力的、被欲望激怒的雄性（1202行及以下）。她一开始的喊叫中唯一可辨识的是一个神的名字，因为他，未来变得可知并可借由语言来传达，这就是阿波罗。但她发出的声音既指向"阿波罗"又意味着"毁灭者"，既是她的情人又是她的灾祸（*ōpollōn*）。神原本维护秩序与清晰的角色被危险地反转，语言符码中的混乱与仪式和两性符码中的混乱平行向前。

悲剧知识绕过了日常语言的边界，因此，需要视觉化的戏剧表达。只有语词是不够的，语言意味着将经验编码、规则化为结构，这与悲剧性形成了内在冲突。埃米尔·施塔格尔（Emil Staiger）写道："悲剧从未清晰而直接地成为言语表达的诗歌。能够做出悲剧表达的人已经远离了他人可以理解的存在领域。理解依赖一个有界限的世界的共同体。然而，悲剧之悲正在于这些界限本身被炸得粉碎。"[55]

希腊心智对对称与界限的认识能力与需求，对整个西方文明历程具有预示性和典范性的意义。希腊人在界限和理念秩序上的辉煌成就对于西方历史如此关键，但在悲剧中，却统统让位于一种黑暗意识。怀疑与自我审问从心智的其他层面浮现出来。基于差异与程度之别的秩序化框架破裂，某种东西绽露出来，犹如存在的原浆。这是哈得斯与狄奥尼索斯、爱欲与死亡的王国。自我不再能够镇定自持地静观这个世界，而是失去控制、陷入纠缠、沦为黑暗冲动与激情的猎物。由社会地位、高贵出身、能力与智识所定义的自我死亡了，生出一个新的未

---

[55] Emil Staiger, *Grundbegriffe der Poetik*（1946），8th ed.（Zürich and Freiburg i. Br. 1968）190; 亦见 p. 183; Szondi（见注20）54–5。

知的自我：孤独，痛苦，暴露在一个不可理解的无垠宇宙之中。清晰可见的现在，在由理性界定的明确的时空坐标的保护下启动，但被吸入吞噬一切的黑暗，那黑暗来自死亡和过去，来自非存在的无限虚空，来自袭传罪恶的非理性。

在这里，救主-王是遭鄙视的放逐者和污染源（《奥狄浦斯王》），希腊阵线中不可撼动的坚定勇士是叛变了的暗夜凶手和受憎恨的敌人（《埃阿斯》），带来文明的驯兽英雄是禽兽般的毁灭者（《特拉基斯少女》），王室贵胄之女是罪人（《安提戈涅》《埃勒克特拉》），未来特洛伊战场上的英雄蛮如野兽（《菲罗克忒忒斯》），或者，从相反的一面看，不洁净的贱民却身负对城邦的神秘祝福（《奥狄浦斯在科洛诺斯》）。世界自身被两极对立所分裂且再无调解之道，推翻了人类所做的区分，可能会回归先于逻辑的一体性、那绝对的他者，未知且即刻不可知的混沌的面容，却也是神之面容。

第四章 《特拉基斯少女》

一

媚药、魔法、怪兽之间的蛮荒之战、性暴力与性欲、牛身的河神、半马人、许德拉看不见的毒血,所有这些造就了《特拉基斯少女》这部索福克勒斯现存作品中独一无二的悲剧。[1]剧中的二元对立存在于人的文明化力量与他既反抗又容有的残忍暴力之间,存在于他对家宅和城邦的秩序化创造与内外遍布的洪荒力量之间,这里的尖锐对立超过其他任何索福克勒斯戏剧。

全剧的内容不仅分立为两个不相等的部分——得阿涅拉的部分和赫拉克勒斯的部分,还体现为家室的写实主义与高度象征性的神话之间的分立。我们瞥见了家宅和炉灶这一女性世界,其深入的程度是索福克勒斯极少呈现的。而半马人涅苏斯这一怪兽形象,尽管并未现身但在剧情中无处不在,在人类行动的前景中投下了远古的怪兽身形所构成的幻影世界。

大段的叙事台词,加上典雅的诗性语言以及使用复合形容词的倾向,使得某些学者把这部剧定在较早的时间点,因为它似乎体现出索福克勒斯所谓的埃斯库罗斯时期的"沉重感"

---

[1] 对一般性阐释问题更全面的研究以及参考文献,参我的论文"Sophocles' *Trachiniae*: Myth, Poetry, and Heroic Values," *YCS* 25(1977)99-158。本章中提出的一些相关问题,也请参我的论文"Mariage et sacrifice dans les *Trachiniennes* de Sophocle," *AC* 44(1975)30-53。下面我将分别以"Segal, *YCS*"和"Segal, *AC*"指代这两篇论文。

(*onkos*)。[2]然而，这些风格特征也有可能是诗人试图呈现一幅神话式景象的结果，希望找到一种诗体的表达来描绘深藏在我们自身之中的力量与本能，如同半马人的剧毒媚药深藏于内室之中。也许大段叙事有损于这部作品戏剧表演的成功。但其力量正是来自表面的暴烈情绪与其普遍象征的冲击力之间的紧密互动。我首先讨论这部剧，并不是因为我认为这是现存的索福克勒斯最早的作品（像很多学者一样，我会将其定在公元前430年代，处于《安提戈涅》和《奥狄浦斯王》之间），[3]而是因为它包含着对本书所关心的对立关系最为鲜明的表述。

在给假设中的"无城邦之人"（*apolis*）下定义的时候，亚里士多德断言，他必然或高于人或低于人。"任何不能（与他的同胞）结成共同体的，或者因为自足（*autarkeia*）而不需要这样做的，都不是城邦的一部分，所以他或者是野兽，或者是神。"对亚里士多德而言，自然本身已经确认了城邦作为兽性与神性两极之间的调解者的角色。但在悲剧之中，如我们已看到的，人在野兽与神的尺度上的位置并非这样稳固。在这里人性是有问题的。悲剧聚焦的是人物的模糊性：他不能或不会停留在界限之内，无论是人性的界限还是城邦的界限。亚里士多德继续说道，人如果"趋于完善"，就是最好的动物，而缺乏

---

[2] Plutarch, *De Prof. in Virtute* 7.79B; C. M. Bowra, "Sophocles on His Own Development," *AJP* 61（1940）385–401 = *Problems in Greek Poetry*（Oxford 1953）108–25; Lesky, *TDH* 170.

[3] 为本剧确定写作年代，参Segal, *YCS* 103–104，以及该处引用的文献；Lesky, *TDH* 192–193, 207–208认为本剧紧随公元前438年的《阿尔克斯提斯》之后写就。最详尽的讨论，见E. R. Schwinge, *Die Stellung der Trachinierinnen im Werk des Sophokles*, Hypomnemata 1（Göttingen 1962），他把本剧定于公元前450年之前，亦参Kirkwood 289–294，定在《埃阿斯》与《安提戈涅》之间。Thomas F. Hoey, "The Date of the *Trachiniae*," Phoenix 33（1979）210–32对近期文献进行了全面总结，并论证了应当定在早期。

法律和正义（nomos 和 dikē）的人就是最糟糕的动物。如果他滥用了人特有的理智美德与卓越，他就变为"最邪恶、最野蛮的（agriōtaton）动物，在食、色两方面陷于极恶"[4]。

希腊神话中有一个人物是亚里士多德所说的人类境况之不确定性的最佳例证：赫拉克勒斯。他凭着手里的弓箭和大棒，清除了世界上的野蛮（agriotēs），使人们能够安全地过上文明的生活。公元前5世纪早期，品达在若干首非凡的颂歌中赞美了这一文明成就。[5]作为对他的奖赏，赫拉克勒斯在奥林波斯山上获得了不朽，与赫柏（Hebe）永远幸福地生活在一起，赞颂着"宙斯的神圣律法"（《涅墨亚颂歌》1.72b）。但另一方面，赫拉克勒斯又有亚里士多德所列出的两种欲望——不知餍足、索求无度。就像在剧中被称赞的那样，他可以是"最好的人"，但他也可以成为（只需重复亚里士多德的用语）"在食、色两方面陷于极恶"的动物。这就是在喜剧传统中被嘲弄的赫拉克勒斯（《蛙》和《阿尔克斯提斯》是最为人熟知的例子）。这一形象不是品达称颂的"英雄神"（《涅墨亚颂歌》3.22），也不是斯多葛派的"神圣者"，而是一个英雄-兽。在维吉尔笔下，他既是怪兽的征服者，又是伟大城邦的毁灭者（《埃涅阿斯纪》8.290-291）。如菲利普·斯莱特（Philip Slater）所说的，他是一种文明化的力量，但并不是一个文明化了的人。他的无穷生命力大部分转化成了建设性的事业，但他某些部分的动物性活力却逃避或抗拒升华，[6]由此有了本剧以及欧里庇得斯的《疯狂的赫拉克勒斯》中所描绘的那些暴力行为，它们推翻了城邦秩序、宗教秩序和家庭秩序。

---

[4] Aristotle, *Politics* 1.1253a3ff.; Knox, *HT* 42–4. 见上文第二章第一节。
[5] 尤见 Pindar, *Olympians* 3 and 10; *Nemean* 1。
[6] Philip Slater, *The Glory of Hera*（Boston 1968）387–8.

"在食、色两方面陷于极恶",但正是在这些方面,希腊文化在文明与野蛮之间划出了最清晰的界限。对立于野兽的性乱交,人类建立了婚姻制度。对立于动物世界的残忍捕杀与吞食生肉,人类建立了祭祀制度:以预定的、规范化的方式杀死动物,然后作为神圣仪式的一部分烹制其肉并吃掉它。如我们已经看到的,这样的区别遍布从荷马和赫西俄德开始的希腊文学中。《奥德赛》中的克尔克(Circe)则把性行为和饮食两方面的越轨结合在一起。她利用那些人的贪吃把他们变成了牲畜,同时她又极富性魅力,她的引诱威胁着英雄的返乡之旅,并相当程度上拖延了这一行程。我们将会看到,这些奥德赛式的主题与《特拉基斯少女》有着特别的相关性。

城邦、家庭、婚姻、火与烹制食物,以及随之而来的祭祀、定居的农耕生活,这些交织在一起,构成了文明。在论述社会结构中"各种符码"的同一性时,韦尔南与德蒂埃纳断言:"婚姻相对于性行为的关系如同祭祀相对于以动物为食。"[7]赫西俄德的普罗米修斯神话把祭祀与火、女人、婚姻以及在家庭中通过婚生后代来实现自我的不朽联系起来(《神谱》535–616;参《工作与时日》42–105)。在赫西俄德所描述的先于当今人类生活的三个人类种族中,黄金种族不需要耕作(《工作与时日》116-7),白银种族"不愿意崇拜神灵,也不在至福者的神圣祭坛上祭祀,这本是给凡人的律法"(135-7),青铜时代的人不吃谷物(146)。另一方面,"劳苦谋生的人类"(*andres alphēstai*)这一表达方式(《神谱》512),包含着对农耕的喻示,在《神谱》中引入了祭祀的缘起,这一表达在赫西俄德作品的其他地方未曾出现过。

---

[7] 韦尔南所写的序言,见 M. Detienne, *Les Jardins d'Adonis* (Paris 1972) xi; cf. xxvi。

《特拉基斯少女》是索福克勒斯存世的唯一一部人类共同体（无论是城邦还是武士们的英雄社会）没有给主角带来什么重大影响的作品。特拉基斯是个最模糊不过的政治体（参39-40）。这不是一部有关城邦的戏，而是关于荒原的。剧中的城邦或是遥不可及，如赫拉克勒斯的提伦斯，或是劫掠的对象，如欧律托斯（Eurytus）的奥卡利亚（Oechalia）。

赫拉克勒斯在经历了15个月的战斗和历险之后得胜归来，从攻陷的奥卡利亚带来了年轻美貌的伊奥勒（Iole）和她的随行侍女。在回归之前，他准备在跨过海面的克奈昂海角（Cape Cenaeum）以公牛献祭。巴克基利得斯曾经描绘过这次祭祀的一些细节（16.17行及以下），但它对于索福克勒斯更为重要。祭祀行动成为这一过程的焦点：从外部世界回到内部世界，从无遮蔽的荒野回到庇护安全的家宅与城邦。这一空间模式可以与《奥德赛》以及索福克勒斯的最后一部悲剧《奥狄浦斯在科洛诺斯》相比较。但与这两部作品中的主人公不同，赫拉克勒斯没能成功完成从外部世界到内部世界的过渡。他从未进入目标中的家宅。不同于年迈的奥狄浦斯，对赫拉克勒斯而言，不存在城邦与野外之间的仪式性调解。本应承担这一功能的祭祀活动反向而行。赫拉克勒斯在剧中的最后一次移动也是向外的：远离城邦，去往奥塔山（Mount Oeta）的偏僻危崖。他通过服从一项神秘命令，在这里架起火葬堆焚烧自己的躯体，而建立起了与神的仪式性沟通，但不同于奥狄浦斯，他仍然身处城邦之外。

婚姻和祭祀在剧中的作用是，它们构成了对文明的互补表达。得阿涅拉正是为了保护自己的婚姻，才在赫拉克勒斯的祭祀长袍上涂抹了她所以为的媚药。祭坛之火将点燃药膏的毁灭性力量，它由半马人的血和赫拉克勒斯箭尖沾上的许德拉的毒液混合而成，其中起作用的成分是许德拉的血。因此，就像

《奥狄浦斯王》一样，这部剧向前的运动同时也带来了回退的运动。在家庭与婚姻的人类制度背后，赫拉克勒斯久远的胜利关联着的远古野兽世界逐渐展开。庆祝最新胜利的祭祀把英雄一下子带到了他本应征服的蛮荒野兽面前。半马人的毒药首次出现时被称为"古老野兽的古老赠礼"（556）。贯穿全剧，涅苏斯都被冠以"野兽"或"野兽半马人"之名。[8]

尽管处于彼此分隔的世界，赫拉克勒斯和得阿涅拉却进行着互补、对称的行动。他们都被拉回到一个野蛮而古老的世界，一个他们表面上已经抛在身后的世界。得阿涅拉两次被从兽形的追求者手中解救下来，她保护自己家庭的方式却是求助自己深藏在家宅之中的野兽之血。文明的捍卫者赫拉克勒斯，为了占有伊奥勒而毁灭了欧律托斯的家与城邦。作为一个"城市劫掠者"（244，364-5，750），他成为文明的对头，就像那些他曾经降服过的威胁文明的野兽一样。而他自己遭受的惩罚就像一座城市被"劫掠"（1104）。他对伊奥勒的求爱与怪兽河神阿克洛奥斯（Achelous）对得阿涅拉的求爱颇为相似。阿克洛奥斯"向她（得阿涅拉）的父亲求亲"（10），但被赫拉克勒斯的暴力干涉所解救（18-27，497-530）。具有讽刺意味的是，相较于这位怪兽敌人，赫拉克勒斯后来的求爱完全没有尊重和体谅女孩的父亲。赫拉克勒斯对伊奥勒求爱时既未提出请求也不容忍拒绝（359-65）:

---

[8] "Beast": 556, 568, 662, 707, 935; "Beast Centaur": 680, 1162, 亦参1059, 1096。Bacchylides 64.27 Snell（Pindar, frag. 341.25 Bowra）把涅苏斯称为"野蛮的兽类"（*phēr agrios*）。《伊利亚特》1.268把半马人称作"山中野兽"。而伊阿宋的老师克戎（Chiron）却被称为"神圣的野兽"（*phēr theios*），见Pindar, *Pyth*. 4.119。对半马人的一般讨论见上文第二章第五节，涉及《特拉基斯少女》的讨论，见Page duBois, "Horse/Men, Amazons, and Endogamy," *Arethusa* 12（1979）35-49，有趣的是，他将问题聚焦于族内婚与族外婚，即同哪些种族是可以交换妇女的，哪些不可以。

> 他未能说服那生养她的父亲把孩子给他，让他得以秘密结合（字面义为"床"），为此他找了一个微不足道的罪责和口实，去攻打她的祖国并洗劫了这座城。

"秘密的床"（而不是"秘密的侍妾"）这一用语凸显出赫拉克勒斯的动机只不过是原始的性欲。伊奥勒仅仅是个性欲对象，一个 *kryphion lechos*（秘密的床）。相比而言，得阿涅拉会把她贞洁的婚床称为被选定的（*lechos kriton*, 27），而非秘密的。

国王欧律托斯生养他的孩子伊奥勒（*ton phytosporon / tēn paida dounai*, 359–60），这一描述同时意味着家的保护、养育职能，但这些将被这位"求爱者"毁灭。这里的"生养者"一词用的是 *phytosporos*，字面意思为"播种者"，这就把定居的家庭与农业的稳定性和日常照料联系起来，就像得阿涅拉在开场时所描述的那样（31行及以下）。将在家庭中生育婚生子女与农业联系在一起的做法甚至被写入了古代的订婚仪式之中（新娘的许配是"为了播种 [*arotos*] 婚生孩子"）。[9] 然而赫拉克勒斯对出于性欲的求爱羞辱了"新娘"，激怒了她的父亲，无法建立一个本应赋予女孩受尊敬地位的新家。剧中假定传令官利卡斯（Lichas）甚至不知道伊奥勒的名字，也未曾打听过她的家系（314行及以下；参380-2），而这本是希腊婚姻中最基本的信息。[10] 她作为一个没有名字、没有身份的女性而来，只是

---

[9] 参 M. P. Nilsson, *Gesch. d. griechischen Religion* I³ (Munich 1967) 120–1; Vernant, "Hestia-Hermès," *MP* I, 140–1; 参 Plutarch, *Coniugalia Praecepta* 42, p. 144B。

[10] 要知道这事应该怎么办，可以比较当阿波罗在佩利昂山（Mt. Pelion）上对库瑞涅（Cyrene）萌生爱意的时候，他是如何急切地询问这位林中仙女的家系的：Pindar, *Pyth.* 9.33-34。尽管这女子在这个偏僻之地很容易受欺凌，但阿波罗对她的爱是虔诚的（39），怀有恭谨之心（*aidōs*, 41），其爱之"钥匙"是"秘密"（39）。

出于性欲被寻求,如同野兽在寻找交配对象。鉴于文明生活诸领域之间的相似性,这位"新娘"的祖国(patris, 363)和城邦(polis, 364)遭到毁灭也就是顺理成章的事情了。再回过头去看,阿克洛奥斯几乎就是个斯文情郎。过去遥远神话中的怪兽形象复归,代表的是当下内心中怪兽般的淫欲。

二

赫拉克勒斯历险归来,带回一件财产(ktēma, 245),那本应成为家中财富积累的一部分。但对一位忠诚持家(oikouria, 542)的妻子来说,这件财产是一份残忍的回报。她以一件深藏家中的宝贝回应之,那是由她照管的一件储藏起来的东西:家中珍宝(keimēlia)。[11] 家宅与炉灶是由妇女分管的内部空间,这里本应免于厄洛斯与阿芙洛狄忒式本能力量的影响;得阿涅拉非但没有保护这一内部空间,反而将野外的荒蛮和狂暴的性欲激情纳入进来。[12] 为了把丈夫迎回家里,她准备的礼品不是一件体现其持家技艺的织物,她送的长袍因涂抹了远古怪兽的毒液而不再与安全的内部空间相联系。她送出的不是一件家居之物,而是"编织的罗网"(hyphanton amphiblēstron, 1052)、在野外狩猎的工具。在这一反转中,人成了猎物,罗网/长袍成了野兽,将要"噬其肉""饮其血"(1053-7;参769-71)。

---

[11] 参 Vernant, *MP* I, 156-8。
[12] 总体论述参 Vernant, *MP* I, 124-70, 尤见 129ff.; 关于公元前5世纪时妻子的美德(aretē), 见 T. E. V. Pearce, *Eranos* 72(1974)21ff.。参 Eur., *El.* 73-6; Lysias 1.7; Xenoph. *Oec.* 7.3; Plato, *Meno* 71e. 有人认为"妻子"(damar)一词衍生于"家"(dōma): 参 E. Benveniste, *Le vocabulaire des institutions indo-européennes*(Paris 1969)I, 296, 305。

用来涂抹长袍的羊毛来自羊群,属于自家财产的一部分(*ktēsion boton*,690)。涂抹媚药/毒药打破了内部与外部之间的区分。得阿涅拉从隐秘的(689)家宅内部空间走向外部的羊群,这里严格说来应当归属于男人而非由女人照管。[13]德摩斯梯尼(Demosthenes)演说中一个著名的段落(《反涅埃拉》122)声言,妻子的角色就是"婚内生孩子,并忠实看护内部财产"。家宅内部不动的珍宝(*keimēlia*)与外部边界上的动产,都被强行征用来毁掉这些财产的主人(令人想到与《阿伽门农》中精美地毯的相似性)。无论是袍子还是羊群,都表明家宅(*oikos*)中有序的、受到庇护的生活接触到了外部野蛮世界有毒的、混乱的要素,这些要素闯进来压倒了这个家。

这一内向运动和外向运动的对称性非但没有形成丈夫与妻子之间的互补关系,反而抵消了他们的结合点:家与床。赫拉克勒斯与阿克洛奥斯激烈搏斗的目的就是一张婚床(514),然而婚床竟成了夫妇两人决定性的分离点。赫拉克勒斯被抬进来,后来又被抬出去,躺在一张取自房内的床上。值得注意的是,正当得阿涅拉看到许洛斯是在院子里而不是在房间里收拾这张床的时候,她决心一死了之(900-3)。

得阿涅拉说到了爱欲的暴力(441行及以下),但她没能认识到自身中的这一可怕力量,所以她无法描绘出那场以她本人为奖品的野蛮竞赛(21-5)。当歌队以唱词的形式叙述那一场景时,她被形容为一个无助的旁观者,就像一头失去母亲的小牛犊(526-30)。而在出场时以及全剧中间的两长段台词中,她对野蛮怪兽所说甚多,比对任何人都多。家宅与炉灶的守护者,却说着蛮荒神话的语言,这同时也是不折不扣的性本能力量的语言,是她自己隐藏着的性暴力的语言。赫拉克勒斯需要

---

[13] 参 Vernant, *MP* I, 156-8。

的是她的沉静与安稳，她只能回报他原始的性欲，这就此毁灭了他们两人。对于半马人肆无忌惮地表现出来的那种冲动与欲望，家宅毕竟也要加以容纳，然而它们在家中的地位暗藏矛盾，这正是得阿涅拉悲剧的核心。

得阿涅拉把半马人的毒血窝藏在家居之地的深处。她要用解药以保证家室内部安全，而这解药却要回到荒野中的一次强暴。她唯一一次放任自己明确表达出了性妒忌，她发现自己不可能与赫拉克勒斯的情妇"共享家室"（*synoikein*, 545）。"共享家室"这个词还被用于描述半马人的毒药所具有的野蛮而兽性的力量：袍子成了与赫拉克勒斯"共享家室"的野兽（1055），噬其肉、饮其血。这个隐喻揭示出彻底走向反面的家宅：这一内部空间成了野兽再次攻击婚姻的场所。

最先传来的有关赫拉克勒斯的消息透露，他已获得胜利并在准备祭祀。报信人说他"活着，取得了胜利，并且从战场上为这里的神带回了头批收成（*aparchai*）"（182-3）。这头批收成是什么？我们很快就会知道，其中包括了从奥卡利亚劫掠来的少女。祭祀庆祝的是一个城市的毁灭及其居民成为奴隶。后来，祭祀真正进行时，仪式术语 *aparchē*（头批收成）再次出现，并实现了其毁灭性的意味（760-1）。[14]

报信人之后是利卡斯，他称祭祀有着"果实成熟的祭品"，*telē enkarpa*（238）。这个术语也属于仪式的技术性表达，指的是果实和谷物，也就是耕种土地得来的祭品。[15] 得阿涅拉

---

[14] 关于 *aparchē*，参 Jean Rudhardt, *Notions fondamentales de la pensée religieuse et actes constitutifs du culte dans la Grèce classique*（Geneva 1958）219-1。

[15] 有关这些祭品的植物属性，参对237—238行的批注，亦参 Johannes Haussleiter, *Der Vegetarianismus in der Antike, Religionsgeschichtliche Versuche und Vorarbeiten* 24（Berlin 1935）14-5（"来自花和果实的香烟"）。

在进场词中把赫拉克勒斯比作农夫,建立起了他与农业以及与此相关的定居生活之间的模糊联系。这些果实成熟的祭品将在多重含义上成为祭祀的血与肉。

得阿涅拉问利卡斯,克奈昂的祭祀是出于神谕还是誓约。利卡斯回答说,那是出于赫拉克勒斯"用长矛去攻取和掠夺你眼前这些女人们的国家时"立下的誓约(240-1)。这一细节马上把祭祀与奥卡利亚的陷落联系起来。仪式的败坏已经隐含于其背后的动机之中。

利卡斯说,赫拉克勒斯正在划定圣地的界限(237-8)。此处的动词是 *horizein*,其用法不同寻常。它的意思不是"使神圣化",而是"划出边界"。这意味着确立界限以区隔神圣与世俗——一个建立宗教仪式基本秩序的文明化举动。[16] 划定边界就是为了区分人与野兽的这一特别举动而创建一个人类空间。索福克勒斯在其他地方使用这一动词的意思是:在城邦和家庭之中建立秩序。安提戈涅就用这个词来描述正义女神在人间"建立"法律(《安提戈涅》451-2)。在一部不知其名的剧作中,埃勾斯(Aegeus)用这个词来描述一个父亲把自己的土地分配给儿子们(残篇872N=24P)。柏拉图用 *horizein* 来表示建立城邦的初始行动(《理想国》4.423b)。但在我们这部剧中,这个动词参与到庆祝一个城邦的毁灭,这也预示着接下来一个家的毁灭。利卡斯此时断言赫拉克勒斯"活得很红火,身强体壮,没有病痛"(235),这个说法很快被推翻:这场祭祀将带来"残酷的病痛"(975,1030)以及"无比沉重的"灾难

---

[16] 参 Rudhardt(见注14)228-9。在印度教仪式中,"建立圣坛时要在地上画一个有魔力的圈": Henri Hubert and Marcel Mauss, *Sacrifice: Its Nature and Function*(1898), trans. W. D. Halls(London 1964)28。有关为宗教仪式划定界限的总体讨论,参 Edmund Leach, *Culture and Communication*(Cambridge 1976)85-93。

(746, 982)。

得阿涅拉急切地询问那些被俘女人的身份,利卡斯的回答则加深了祭祀仪式主旨的模糊性(242-5):

> 得阿涅拉:神灵在上,这些女人是谁的女儿,她们是什么人?她们很可怜,如果她们的情况没有误导我。
>
> 利卡斯:他劫掠欧律托斯的城邦时为他自己和诸神挑选出来的财产(*exeileth' autō[i] ktēma kai theois kriton*)。

最后一行句法上的模糊性引起了对头批收成的祭献的怀疑。[17] 她们既是神的财产,也是赫拉克勒斯的财产。劫掠那座城的细节也对如此祭献的恰当性提出了质疑。

得阿涅拉自然很想知道赫拉克勒斯出门在外的15个月中的其余时间是怎么过的。利卡斯给出了一个详细说明,复杂而含混,[18] 最后又回到这些被俘少女。此处所用的语言又一次把败坏的婚姻与败坏的祭祀纠缠在一起,形成了一个典型的索福克勒斯式的晦涩段落,其中的每个字都很重要(283-90):

> τάσδε δ' ἅσπερ εἰσορᾷς
> ἐξ ὀλβίων ἄζηλον εὑροῦσαι βίον
> χωροῦσι πρὸς σέ: ταῦτα γὰρ πόσις τε σὸς
> ἐφεῖτ', ἐγὼ δὲ πιστὸς ὢν κείνῳ τελῶ.
> αὐτὸν δ' ἐκεῖνον, εὖτ' ἂν ἁγνὰ θύματα

---

[17] 参 J. C. Kamerbeek, *The Plays of Sophocles*, Part Ⅱ, *The Trachiniae* (Leiden 1959) 有关该行处。

[18] 对这段欺骗性言辞的语词困难和含混不清之处,一个很好的评论见 Ursula Parlavantaza-Friederich, *Täuschungsszenen in den Tragödien des Sophokles* (Berlin 1969) 26-9。

> ῥέξῃ πατρῴῳ Ζηνὶ τῆς ἁλώσεως,
> φρόνει νιν ὡς ἥξοντα· τοῦτο γὰρ λόγου
> πολλοῦ καλῶς λεχθέντος ἥδιστον κλύειν.

> 你看见的这些女人，她们曾经幸福，却遭遇了一种没有人会羡慕的生活，来到了你这里。这些是你丈夫（posis）给我的命令，而我正在完成，忠诚于他（pistos）。至于他本人，要知道，一旦他向他的父亲宙斯做过纯净的祭祀（hagna thymata），就会来到这里。在描述的详情中，这是听起来最令人愉悦的，现在说得如此美好（kalōs）。

利卡斯对这个"美好描述"的最后总结却凸显出他描述得有多糟糕。言辞与行动完全不一致。有关他随后祭祀的最令人愉悦的消息很快变成了许洛斯对实际发生的事情所做的令人毛骨悚然的描述。对"说得好"的强调，讽刺性地预示了本剧对语言的大规模扭曲，利卡斯的报告只不过是其中的第一例。利卡斯吹嘘自己对赫拉克勒斯的忠诚，得阿涅拉马上怀疑他是否"忠于事实"（398），这又衍生出对赫拉克勒斯是否忠诚的更苦涩的怀疑："我们所说的忠诚（pistos）而高贵的丈夫。"（541）利卡斯在这里说"你的丈夫"（285），但得阿涅拉很快发现这不过是徒有虚名，因为"赫拉克勒斯被称作我的丈夫（posis），却是那个年轻女子的男人（anēr）"（550-1）。

利卡斯说，赫拉克勒斯"在克奈昂完成纯净的祭祀之后"，马上就会回来（287-8）。祭祀某种意义上成了回家团圆的前提条件。但祭祀恰恰使得团圆不再可能。

祭祀的牺牲和整个庆祝的状况一样，都远非纯净（hagna, 287）。在利卡斯最初对攻城的描述中，句末的字眼

"夺取"强调性地提示出祭祀背后的暴力（244）。赫拉克勒斯本人刚刚从不纯净的状态中恢复：利卡斯解释说，在给昂法勒（Omphale）服完奴役之后，他必须等自己恢复"纯净"（*hagnos*）之后才能回到希腊攻打奥卡利亚（258–9）。那次奴役的不纯净如同祭祀的不纯净，是英雄价值多方面崩溃的焦点：自由人变成奴隶，男人侍奉女人，希腊人臣服于蛮族人，强者变为弱者。

赫拉克勒斯在克奈昂举行的祭祀基本上是一场在古代世界中常见的去神圣化的仪式，目的是去除其历险中的杀戮和暴力所积累下来的极大不纯净。利卡斯在说到奥卡利亚人时语气阴森，"他们都成了哈得斯的居民"（282，就像《埃阿斯》中提及牧人之死时一样），这已足够说明赫拉克勒斯实际上积累了多少不纯净。去除暴力的仪式是赫拉克勒斯回到家与城邦的和平世界的重要一步。[19]但这一仪式又一次起到了反作用：非但没有排除不纯净，反而强化了不纯净；非但没有使赫拉克勒斯去神圣化，反而使他神圣化了（*sacer*）——作为牺牲，而非祭祀者；非但没有使他回归人类秩序，反而使他成为一个被献祭的野兽牺牲，又一次远离了人类秩序。只有在本剧结尾，祭祀仪式才获得了另外的意义：作为一种赎罪仪式，他与自己的兽性自我相结合而产生的暴力才最终被解除。但此处在克奈昂的仪式中，本应通过献祭在神圣与世俗之间进行调解的英雄–王却以自己变成牺牲的方式完成了调解：牺牲"进入祭祀的危

---

[19] 参Girard 66:"就赫拉克勒斯而言，他的嗜血的功绩使他变得极不纯净。"总体讨论参Hubert-Mauss（见注16）56–9，尤见pp. 58–9:"一个已然令人瞩目的事实是，一般而言，祭祀可以服务于两个如此相互矛盾的目标：一方面是引入神圣状态，一方面是消除罪恶状态……因此我们将会在同一个祭祀中看到神圣化仪式和赎罪仪式的结合。"

险领域,死在那里,实际上它在那里就是要去死"[20]。

这场祭祀同时也是得阿涅拉与赫拉克勒斯之间的结合点:得阿涅拉期盼着赫拉克勒斯归来;而赫拉克勒斯即将回家,回到她身边。送出的长袍把得阿涅拉从家宅带到他的祭祀仪式中(604-15):

> 把这件长袍给他,并告诉他别让任何凡人抢在他之前穿上肌肤,不要让阳光、圣所或神坛的灶火照到它,直到那杀牛的日子,他才站到大家面前来,引人注目地穿着它给神看。我曾经立过誓,如果有一天我看见或听说他平安回家了,我就会光明正大地给他穿上这件长袍,让神看见一个穿着新外衣的新祭者。你要带上一个证物,他很容易就能认出来,印在这个封口上(这是我戒指上的印纹)。[21]

圣所(herkos,607)令人想起带来秩序的划界行动(horizein),即为圣地确立界限(237-8)。但这个词herkos,也被用来描述妻子的印章(615),是忠诚守护家宅的证明。这两个秩序的标志一个在外,一个在内,它们合为一体只不过带来了所象征之物的毁灭。那枚封印是用来确证妻子守护内部世界的标记,或许也延伸到妻子的性事——家宅另一方面的"财产",实际上确保了半马人的淫欲和剧毒之血能够原封不动地从室内隐蔽处交到赫拉克勒斯手中。

对祭坛之火的描述与此相似,外部和内部空间又一次被

---

[20] Girard, 98.
[21] 在其他版本的神话中,赫拉克勒斯要求得阿涅拉送来一件专门用于祭祀仪式的长袍("他习惯在祭祀时穿的长袍和斗篷",Diodorus 4.38.1),或者一件"鲜亮的外衣"(Apollodorus, *Bibl.* 2.7.7)。

打乱。祭坛之火被称为 ephestion selas，字面意思是"炉灶中的火焰"；前面作者曾经两次用同样的词描述家中的炉灶（206，262）。在这两段文字中，炉灶与家的内部安全同样被打破了。在206行，家中炉灶边的欢呼（ephestiois alalagais，如果文本无误的话）很快变成了家宅毁灭时的恐怖嘶喊（参805，863-7，904，947–1017）；歌队齐声赞颂预期中的男女团圆（207-16），结果变成了相互杀戮。在262行，根据利卡斯的编造，欧律托斯在"炉灶边（接待）老朋友"（ephestion xenon palaion）赫拉克勒斯，这一场景却陡然变成了内部空间与外部空间的剧烈冲撞：在利卡斯口中，被逐出门外（269）的赫拉克勒斯毁灭了这个家（256-7），并且在放牧与狩猎的山石之间谋杀他人（271–3）。

回到607行，"炉灶中的火焰"（ephestion selas）这一用语暗示出家宅内部之火（赫拉克勒斯将永不得见）与露天的祭坛之火之间的同一。[22]这一炉灶/祭坛之火点燃了野兽之毒。结果将祭祀者与牺牲、人与野兽、文明英雄与其野蛮敌手混为一体。[23]涅苏斯在人兽之间的模糊地位在赫拉克勒斯身上找到了回响：他身处家宅与野外、文明秩序与动物本能之间。我们或许会想起欧里庇得斯《疯狂的赫拉克勒斯》中的灶火，获胜归来的英雄把庇护安全的家（他刚刚成功捍卫的）变成了血腥的屠宰场，自己的儿女被他当作外部的敌人肆意杀戮。[24]

---

[22] 赫斯提娅（Hestia）的位置在家里的正中心，"oikos 的中间"（Hom. h. Ven. 5.30），是家宅固定于地上的标记，同时也标志着家的延续性、永久性和内部性。参 Vernant, *MP* I, 125–6; Benveniste（见注12）305–6。

[23] 在与祭祀有关的神话中，光明与秩序之神和他"造成混乱的敌手"合二为一，参 Hubert-Mauss（见注16）86–9。

[24] 祭坛之火或炉灶之火反转的其他事例，参 Pierre Pachet, "Le bâtard monstrueux," *Poétique* 12（1972）542。

第四章 《特拉基斯少女》

在炉灶/祭坛这一等式的另一面，作为祭坛的炉灶不但可以成为内部与外部空间的沟通之点，同样可以成为上界与下界、奥林波斯诸神与地下神祇之间的沟通之点。[25]但这两个交流系统在这里同时崩塌。来自野外的毒液成功地进入内部，混淆了生者与死者，并使一位哈得斯居民带着新的力量复活了（1159-63）：

> 很早以前，我的父亲宙斯曾向我预言：我不会死在任何活人手里，而是会死在一个哈得斯居民——死人手里。这个野兽半马人就像天神预言的那样杀死了我，一个死人杀死了活人。

以杀牛来庆祝胜利的做法（609）令人想起赫拉克勒斯之前在赢取阿涅拉时对另一头"牛"的胜利。牛的身形或幻影（*phasma taurou*, 509; 参11, 518）是阿克洛奥斯的伪装，第一合唱歌生动地描绘了这场战斗。对得阿涅拉的求爱击败了公牛一样的对手，然而这一合法求爱却被推翻，代之以把伊奥勒当作秘密床榻的不正当求爱（360, 514），因此现在这场对公牛的献祭某种意义上变成了这一牛形怪兽的事后胜利。眼前的胜利者是个穿着新长袍的新祭者（611-2），他将会像被宰杀的公牛一样吼叫（805）；噬人的病痛（*diaboros nosos*, 1084）把主祭者变成了在祭祀结束后将被吃掉的动物（770-1, 987, 1053-5）。病痛本身几乎成了一种活物：涅苏斯的兽性暴力在他的屠杀者身体中复活，大啖其血肉（1053-5）。

---

[25] 炉灶与祭坛标记出"下界神灵与上界神灵的交流通道"，参Vernant（见注9）I, 168。这样的"沟通系统"隐含于类似性质的仪式中，参对罗伯特·贝拉（Bellah）著作的总结，见Vickers 127-8及159 n17。

新祭者穿上身的新长袍所具有的仪式特征在得阿涅拉后来的表达中凸显出来：*peplos endytēr*，节庆场合穿的长袍。在最初讲给利卡斯听的时候，她用了一个相关的动词——*amphidyō*（穿上），"别让任何凡人抢在他之前穿上肌肤（*amphdysetai chroï*，605）"。这个短语看上去是个没什么大不了的迂回说法，直到我们意识到这件长袍在他肌肤上造成的后果。当他穿上身（*endys*，759），皮肤开始沁出汗珠，袍子贴紧，咬进肉里（766-70）。[26] 节庆长袍变成了死亡长袍（758）。赫拉克勒斯一开始看到这件装饰华丽的外衣（*kosmos*，763-4）时的喜悦变为恐怖：主祭者看上去如同装扮起来等待宰杀的牺牲，就像涅斯托尔的祭祀中被精心装扮的公牛，在接受祭祀的诸神眼中的美物（*agalma*）(《奥德赛》3.432-438)。

当利卡斯带着长袍离开，歌队唱起一首颂歌，歌唱人们在特拉基斯安居的文明生活，还有这里的地势崎岖（633-9）。行船的海港，近邻同盟议事会（Amphictyonic Council）的集会，以及对汇聚着美善神话人物（如637行持金箭的阿尔忒弥斯）的欢乐世界的召唤，表达出歌队对幸福回归的期待，好像前面场景中的仪式真的能让赫拉克勒斯复归家宅与炉灶。但她们也说起岩石间的神秘温泉（热与水在本剧中是噩兆）和奥塔山的危崖。在合唱歌次节，她们期盼着迎接赫拉克勒斯回家的欢乐笛声（640行及以下；参216行及以下），但他的回归之音远非悦耳，接下来的颂歌中演唱的也将是悲悼的挽歌（846-70，947-9，962-70）。[27] 她们唱着，赫拉克勒斯将返回家园，

---

[26] *chrōs*（肌肤）一词在本剧中只出现在这两处，索福克勒斯现存作品和残篇中的其他地方也只出现了两次。

[27] 这种音乐意义的反转，亦参 Eur., *Phoen.* 786-90, 1028, 1489-91; *HF* 871, 878-9, 891-2. 总体论述参 Pachet（见注24）542; A. J. Podlecki, "Some Themes in Euripides' *Phoenissae*," *TAPA* 93（1962）369-72.

带着体现他全部勇武（aretē, 646）的战利品。然而我们知道，这些战利品在家中全无容身之地。接下来的一行把赫拉克勒斯称为 apoptolis，被逐出城邦的人，但这个字眼也提醒着我们他与城邦的暧昧关系。得阿涅拉在这里是他"亲爱的伴侣"（650），但我们会想起一百行之前她讽刺性地说起"忠诚的丈夫"，以及剧中其他扭曲的婚姻用语。歌队继续唱道："被激怒的阿瑞斯解除了她悲苦的日子"（653-4）。然而，解脱或解除在本剧中的含义同样模棱两可（参21，554），得阿涅拉被认为将从恐惧和苦痛中解脱，结果却像赫拉克勒斯的解脱（参1171）一样，不过是幻觉和虚空而已。被激怒的（oistrētheis）阿瑞斯不像是个吉利的神。这个分词暗示出战争和性欲的暴力（经常带有"强烈欲望"［oistros］的含义），不可能从中轻易解脱。索福克勒斯在其他地方把阿瑞斯称为"在诸神中没有尊严的神"（《奥狄浦斯王》215），他带来的是毁灭而不是和平。[28] 这个杀牛的日子（609）正是受苦的日子，歌队却期待着从中得到解脱。从这场大灾难中能够得出的教训将是：人们无法考虑两天或两天以后的事情，"明天尚不存在，除非能过完今天"（943-6）。

在这首合唱歌的结尾，歌队又回到了上一场景中的仪式语言（657-62）：

> 愿他归来，愿他归来。让载着他的多桨的船不停不歇，直到结束旅程抵达这座城，离开岛上的炉灶，他在那里是个祭祀者。愿他归来时服服帖帖，交融于涂满媚药的诱惑，那野兽的劝说。

---

[28] 亦参 Ajax 706 以及 Kamerbeek（见注17）。除非另有说明，对 Kamerbeek 和 Jebb 注疏的参考都是指所讨论的那一行文本。

船只与炉灶代表着人类文明成就对立的两极：分别在外部世界和内部世界强加秩序。但在"岛上的炉灶"（也就是克奈昂的祭坛）边发生的事情反而会使赫拉克勒斯远离家宅与城邦，尽管人们正在这里翘首期盼着他的归来。

"祭祀者"（*thytēr*, 659）一词重新带回了那场败坏的祭祀中所有的暧昧之处。后三行歌词中几乎字字隐含的色情意味意在指向家庭的重聚，但却表明了当野兽的暴力开始在家中发挥威力时家庭的解体。"交融"（如果文本识读正确的话）不会是爱之交融，如赫拉克勒斯与伊奥勒之间所发生的（463），而是像在下一首合唱歌中真相大白的那样，毒血融进赫拉克勒斯的血肉（836）。"服服帖帖"（按照抄本的识读）指向了涅苏斯的毒血所导致的野兽与人讽刺性的颠倒。像得阿涅拉一样，歌队此处犯了一个可怕的错误，居然相信色情的"交融"与"劝说"能够引向家和炉灶。许洛斯后来解释道，"涅苏斯很久以前劝说她，用这样的春药燃起你对她的情欲"（1141–2）。理性的劝说就像有一个"兽性的替身"，即色情的"劝说"（劝说女神佩托充当了阿芙洛狄忒的助手），半马人正是借此最终影响了得阿涅拉。劝说本是从言辞到行动的逻辑能力，在这里却服务于野兽而不是人，服务于激情而非理性。[29]

早前对祭祀的欢乐期待如今发生了剧烈翻转，这在言语和场景中都有紧密的对照。[30] 前后两部分中，得阿涅拉都有

---

[29] Dio Chrys. 60.4 似乎意识到了他们见面时的这一维度，他把涅苏斯对得阿涅拉施加的"暴力"解释为他在说服她时有诱惑力的花言巧语（*logoi epitēdeioi*）。有关660—662行的文本和一般性的解释，见 Kamerbeek（见注17）; Segal, *YCS* 112 及 40。

[30] a. πέρσας πόλιν（750, 244）

b. νίκης ἄγων τροπαῖα（751）
    καὶ ζῶντ' ἐπίστω καὶ κρατοῦντα κἀκ μάχης（转下页）

长段台词（141-77；672-722），歌队都提议保持审慎的沉默（178-9；731-3），都有送信人带来消息（180行及以下，734行及以下）。利卡斯又一次承担了信使的职责（189，757），但

（接上页）ἄγοντ' ἀπαρχὰς θεοῖσι τοῖς ἐγχωρίοις.（182-3）

    c. ἀκτή τις ἀμφίκλυστος Εὐβοίας ἄκρον
        Κήναιόν ἐστιν, ἔνθα πατρῴῳ Διὶ
        βωμοὺς ὁρίζει τεμενίαν τε φυλλάδα（752-4）
        ἀκτή τις ἔστ' Εὐβοιίς, ἔνθ' ὁρίζεται
        βωμοὺς τέλη τ' ἔγκαρπα Κηναίῳ Διί.（237-9）

    d. ταυροκτονεῖ μὲν δώδεκ' ἐντελεῖς ἔχων
        λείας ἀπαρχὴν βοῦς（760-1）
        τέλη τ' ἔγκαρπα（238）
        ἀπαρχὰς（183）
        ἡμέρᾳ ταυροσφάγῳ（609）

对应的中译为：

a. 劫掠城市（750, 244）

b. 带着胜利的战利品（751）
活着，取得了胜利，并且从战场上
为这里的神带回了头批收成（182-3）

c. 来到海浪两面冲刷的海岬尤卑亚
名叫克奈昂，在那里为他的父神宙斯
划定了祭坛和一片圣林（752-4）
有一个海岬名叫尤卑亚，他在那里划定
祭坛，奉献果实成熟的祭品给克奈昂的宙斯（237-9）

d. 他宰杀了十二头未配过种的公牛
掳获物中的头批收成（760-1）
奉献果实成熟的祭品（238）
头批收成（183）
杀牛的日子（609）

他所期待的感激（*charis*, 179，191，471；参201，228，485）远非他实际得到的。得阿涅拉曾催促他尽快带着长袍赶回去，"这样一来，（赫拉克勒斯的）感激（*charis*）加上我的，算在一起，一份就可以变成双份（*exhaplēs diplē*）"（618-9）。这双份的感激"算在一起"加在利卡斯头上时却陡然生变：人类同情心和彼此交流的任何可能被全然否定，只剩下一幅兽性的画面，伴随着赫拉克勒斯的痛苦和利卡斯的死亡。

通过利卡斯的被杀，由不纯净的祭祀释放出来的暴力显示了其自身究竟为何物，并继续带来新的败坏。[31] 克奈昂的祭祀非但没有吸收和去除聚集在赫拉克勒斯身上的暴力，反而以更强的力量回击到祭祀者身上；当暴力由利卡斯丧命（也是伊菲托斯［Iphitus］之死）的山石之间转移到家宅和城邦之时，将触发更剧烈的爆炸。

祭坛上的火燃烧着"血红的火焰"（*phlox haimatēra*, 766）。"血红"不仅仅指仪式的实际情形，更令人想起化身为猛兽的毒袍，它将圣洁转化为亵渎；神圣之火在多重意义上释放出了猛兽的野蛮。袍子上的毒药经火苗的炙烤而释放出来，就像木匠的手工活一样紧紧贴在赫拉克勒斯的身上（767-8）：文明的技艺讽刺性地与人–兽怪物的复仇携手合作。接下来几行（769-71）中撕咬啃噬的暴力画面立即吞没了这稍纵即逝的文明微光。当剧痛"噬咬"（*adagmos*, 769-70）着他，许德拉的毒液"享用"（*edaimuto*, 771）着他的血肉，祭祀者此时真的变成了被祭祀的野兽。利卡斯所承诺的纯净的牺牲（*hagna thymata*, 287）现在变成了赫拉克勒斯，接下来还有利卡斯自己。

在合宜的祭祀中，油脂燃烧冒出来的烟要和香气混合起来，把美妙的气息送到诸神那里，完成上下等级之间的和谐

---

[31] 参 Girard（见注19）66-7。

交汇。[32]品达曾经描绘过一场这样的愉悦祭祀,他说"上升的火焰(*phlox anatellomena*)直抵苍穹,带着烟的香气"(《伊斯米亚颂诗》4.71-72)。然而,这里的烟却附着在地上,那是一团昏暗阴沉的烟雾(*prosedros lignys*),笼罩着狂乱和剧痛中的赫拉克勒斯,使他几乎认不出自己的儿子(794-5)。这不纯净的火点燃了古老怪兽那火焰般的毒血,实现了一次颠倒的调解,不是从下到上、从人到神,而是从上到下、从人到兽。[33]此处与《安提戈涅》中那场被打乱的祭祀形成了紧密的对照,那场祭祀同样反映出上界与下界之间的不和谐以及城邦中的"疾病"与"紊乱"(《安提戈涅》1015)。那里的火焰拒绝"从祭祀牺牲上燃起,腿肉渗出的汁液滴到火炭上,冒着烟噼啪作响,胆汁溅到空中四散,滴油的腿骨从盖着的油脂中裸露出来"(《安提戈涅》1005-10)。塞涅卡写作《提埃斯特斯》(*Thyestes*)的时候,头脑中可能正想着这些段落;他描绘了一场以人为牺牲的残暴祭祀,火焰冒出漆黑的烟(*piceos fumos*),盘旋在家神神像的周围,形成了一团丑陋的云(772-5)。

歌队之前两次召唤笛声加入到他们过早的欢乐中(217,641),但理应伴随祭祀的笛声和"神圣音乐"的回响(643-4)却被非人的痛苦嘶吼(787,805)取代。[34]在她们欢欣鼓舞的颂歌中,歌队发出了欢快的叫喊(*ololygmos*, 205),伴随着祭祀场上实际发生的杀戮。[35]刚要听到有关赫拉克勒

---

[32] 参Detienne(见注7)73ff.;亦见上文第二章第十一节。

[33] 参Segal, *AC*各处,尤见于40-1。

[34] 注意在《阿伽门农》那场败坏的仪式中,同样没有笛声,Aesch., *Ag.* 152,参Anne Lebeck, *The Oresteia*(Washington, D.C., 1971)34。

[35] 参考埃斯库罗斯对*ololygmos*一词的使用,Aesch., *Ag.* 594-7, 1235-7。亦参Eduard Fraenkel, *Aeschylus, Agamemnon*(Oxford 1950)此处(I, 296-297, II, 572-3);亦见Lebeck(见注34)61; S. G. Kapsomenos, *Sophokles' Trachinierinnen und ihr Vorbild*(Athens 1963)57-68。

斯的消息时,歌队号召大家别再说不吉利的话,遵守神圣的仪式性静默(euphēmia, 178)。但本应给她们带来欢乐的祭祀现场却只有剧痛中的尖叫。仪式性静默(euphēmia)变成了人群眼见利卡斯惨死的一片狼藉时发出的不祥的哭号(aneuphēmēsen oimōgē[i], 783)。[36] 当时听说赫拉克勒斯要回来了,所有人都急切地围拢在传令官身边兴奋地倾听(194-7),现在所有人都打破了静默,号啕大哭(783)。送信人曾经描述了利卡斯如何把消息带给激动的人群(188)[37];如今,人群听到赫拉克勒斯的呼喊和尖叫时(786),吓得步步后退(785)。那里没有人类的言语,只有惨叫声在莽莽群山中回荡(787-8),而就在那山岩之上,赫拉克勒斯摔死了无辜的利卡斯。[38]

当报信人出场报告好消息时,他头上戴着花环(178)。参加祭祀的人们也头戴花环。[39] 但克奈昂的这场仪式告诉了我们关于头发的其他信息:赫拉克勒斯把利卡斯摔到山石上,"脑壳破裂,头发浸透了白色的脑浆,血同时喷涌而出"(781-2)。被认为代表着"古典式宁静"的诗人并没有让我们躲开令人毛骨悚然的细节。人的血,而非动物的血,本身就是对祭祀的污染,而脑壳破裂、脑浆喷涌的细节尤其让人心惊胆战。利卡斯成为第二个人类牺牲,他甚至更为亵渎神灵,因为动物牺牲的头骨应当保持完好,而脑浆飞溅的景象则是

---

[36] 有关 *euphēmia* 的仪式性倒转,参 R. C. Jebb, *Sophocles, Part V, The Trachiniae* (Cambridge 1892) 以及 Kamerbeek (见注17)。

[37] 同时参考品达,"祭坛边挤满了陌生人",Pindar, *Ol.* 1.93。

[38] 在奥维德笔下,这一山石的背景更为突出,Ovid, *Met.* 9.204ff., 他描写利卡斯试图躲进一个山洞里,平添了几分同情:"他突然看见了利卡斯,正畏畏缩缩地躲在一个岩洞下面",*Met.* 9.211-212。

[39] 参 Paul Stengel, *Die griechischen Kultusaltertümer*, Müller Handbuch d. Altertumswiss. 5.3³ (Munich 1920) 108-9。

骇人的渎神。[40]

文明与野蛮在这里的颠倒还体现于另一层面：赫拉克勒斯的所作所为令人想到《奥德赛》中的库克洛普斯，一个非人性的野蛮的典范。赫拉克勒斯"抓住（利卡斯的）脚"（779）实际上就是库克洛普斯那场可怕杀戮（《奥德赛》9.289）的翻版。赫拉克勒斯的祭祀因此使得那场残酷屠杀噩梦般地重新上演，那个一半是野兽的怪物不敬神灵、吃人、吃生肉。

利卡斯之死只不过是赫拉克勒斯更早的残暴行径的再次上演。传令官本人在解释伊奥勒的到来时曾经讲述了一个精心编造的复仇故事，其中就包括把伊菲托斯摔下提伦斯的山顶（269-73；参357,780）。虽然特拉基斯的报信人否认伊菲托斯"被摔死"（357）是奥卡利亚遭毁灭的原因，但前面这场谋杀不但指明了赫拉克勒斯的暴力行凶，同时还揭示出克奈昂这场欢庆的祭祀隐含的错误基础。如同索福克勒斯作品中的谎言一样，利卡斯的虚假陈述包含了某些真相，而这一真相将反作用于说话者本人。

祭祀过程中，既属于涅苏斯又潜藏在赫拉克勒斯本人身上的野兽力量发挥了作用。此时，比喻性的爱欲之病（*nosos*,445,544）第一次变成了真正的蹂躏主人公肉身的疾病（784）。然而它仍然部分体现为灵魂内在的不易察觉的疾病，无药能治。[41]实际上，药本身就是病根，野兽诱人癫狂的药（*pharmakon*）中，野兽自身既是这药的来源，又是一个施药者（*pharmakeus*, 1140）。

---

[40] 参Burkert, *Homo Necans*, 63-4; Marie Delcourt, "Tydée et Melanippe," *SMSR* 37（1966）169-73。

[41] 有关"疾病"的字面意义和隐喻意义，参Penelope Biggs, "The Disease Theme in Sophocles' *Ajax, Philoctetes, and Trachiniae*," *CP* 61（1966）223, 228ff.; P. E. Easterling, "Sophocles, *Trachiniae*," *BICS* 15（1968）62-3; Segal, *YCS* 113ff.。

这一模式在当下场景中一次又一次地重复：妻子送的长袍成为复仇神"编织的罗网"，缚住了她的丈夫（1052）。此处，网与织机的组合对应本剧中男性与女性、外部空间与内部空间的毁灭性组合。来自家室的礼物成了令人憎恨的女神们大肆捕猎的工具，以惩罚对家庭的犯罪。索福克勒斯的用语也回应了在另一场反常的祭祀中捕获了阿伽门农的网（《阿伽门农》1580-1；参1382）。[42] 如此一来，充满爱意的、女性化的得阿涅拉却与她的对立形象形成了参照：埃斯库罗斯笔下密谋杀人、有着男人心肠的克吕泰墨涅斯特拉。如这里以及三十行以后再次出现的，赫拉克勒斯就像一头野兽牺牲被大肆噬咬（1054-6，1084，1087），甚至当他历数自己征服野蛮怪兽的功绩时依然如故。[43]

这一人性与兽性、仪式与亵渎的结合同时也是肉欲的又一次噩梦般的展现，在其中赫拉克勒斯和得阿涅拉已经落入了他们的野兽敌人的手中。热气、汗珠、紧裹的袍子都反映并戏仿了性的潜在毁灭性。灾祸既在隐喻中，又在活生生的现实中上演。[44]

得阿涅拉的纯洁既是她力量的源泉，也是她厄运的源头，奇怪的是，她选择对炽热肉欲的力量视而不见。她回顾自己的少女时代，作为一次逃避现实的怀乡，她说自己就像一片草场，被遮蔽了"太阳神的热度"（*thalpos*, 145）。因此，尽管报信人警告她欲火可能会熊熊燃烧（368），她却轻描淡写地表示自己可以容忍情人间的"融合"（463）。但炽热情欲就像疾病

---

[42] 参卡默比克对1050—1052行的注疏；H.D.F. Kitto, *Poesis*, Sather Class. Lectures 36（Berkeley and Los Angeles 1966）176。
[43] 塞涅卡欣赏并模仿了这一讽刺，*Hercules Oetaeus*, 794-7。
[44] 其中的性意味，参Segal, *YCS* 110-1; D. Wender, "The Will of the Beast: Sexual Imagery in the *Trachiniae*," Ramus 3（1974）1-17。

一样从隐喻走向现实,直到其可怕后果如此活生生地出现在她和我们面前。

赫拉克勒斯被自己内心的欲火所驱使,攻陷了奥卡利亚(368),[45]现在,庆祝胜利的祭火正在炙烤着他,他开始受到野兽毒液的灼烧。远离太阳的温暖照射($aktis\ therm\bar{e}$,685-6),毒药不起作用;一旦受热($ethalpeto$,697),毒性即开始发作。[46]随之而来,赫拉克勒斯遭受了另外一种热的煎熬:令人发狂的痛苦痉挛($ethalpse$,1082)昭示着对他内在淫欲之火的报应。这两种形式的热——字面上的和隐喻的,一起抹杀了赫拉克勒斯通过诸多火热的辛劳(1046-7)征服野兽;"火热的",一个多么惊人的形容词被用在了如此悲苦的抗议中。[47]

在兽性、半马人及他的血制成的媚药以及暗夜之间存在一条联系的纽带。半马人及他的行动自然亲近黑暗;他对光的使用,无论来自火还是太阳,都是毁灭性的。他和他的血反复被称为黑色的(573,717,837;参856)。准备启用春药之时,得阿涅拉说到"黑暗中所做的羞耻事"(596-7)。光明与黑暗之间的悖论是野兽战胜文明英雄所导致的颠倒的一部分。春药恰如其分地属于某个黑暗而隐秘之处。一旦暴露于日光和火光之下(685),它就会把祭坛和炉灶的文明之火转化为毁灭性的

---

[45] 认同卡默比克(见注17),反对皮尔逊的 *OCT*,我遵循了抄本在368行的释读: $entethermantai$;参463行的 $entakei\bar{e}$。

[46] 参考得阿涅拉少女时的林地,遮蔽了"太阳神的热度"($thalpos$, 148),参考 Aesch., *PV* 590–591, 649–650。亦见 Sophocles, frag. 474P (*Oenomaus*),此处情人们被爱欲灼烧($thalpetai$)和炙烤。

[47] 参卡默比克。得阿涅拉在919行以下的"热泪"是荷马的程式化表达,但此处的热同样与性欲的错乱和危险有关,在这里将告别的婚床看到的不是性爱的圆满,而是死亡。我不能接受对1046行的修订尝试,见 B. Jaya Suriy, *CR* n.s. 24 (1974) 3。

力量。黑暗似乎战胜了光明；祭祀之火与肉欲和噬人疾病的不纯净之火混合在了一起。

本剧关注自然的基本力量，其特点体现于它把这些颠倒转纳入了宇宙论的视角之中。歌队的进场歌以令人不安的对太阳的呼告开始（94-6）：

> ὃν αἰόλα νὺξ ἐναριζομένα
> τίκτει κατευνάζει τε, φλογιζόμενον
> Ἅλιον Ἅλιον αἰτῶ

> 赫利奥斯，赫利奥斯，我恳求你，微光闪烁的夜被杀死时生下了你，又躺下安息，你熊熊燃烧。

在某些印欧神话中，国王的出生点燃了太阳之火，或者国王的祭祀点燃了新生的黎明之光。[48]然而，燃烧的太阳在这里似乎预示着国王将死于柴堆上的烈焰之中，就像他的祭坛之火带来的是毁灭和兽性，而不是宇宙能量的重生和向神性的提升。

这几行诗是关于生命由暴力死亡中诞生的悖谬。晦涩的诗体语言将死亡与降生交织在一起。两个表达轻柔动作的动词——"生"（*tiktei*）和"安息"（*kateunazei*）——被包裹在两个表达毁灭性行动的中动态或被动态分词——"被杀"（*enarizomena*）和"燃烧"（*phlogizomenon*）——之中。似乎整个自然界都在伴随着一种毁灭性的性能量的脉搏而跃动。无情的时间这一重要主题，[49]在这里得到了最直接的视觉形式的体

---

[48] 参 Gregory Nagy, "Six Studies of Sacral Vocabulary Relating to the Fireplace," *HSCP* 78（1974）71–106, esp. 76 and 99ff.; Paul Friedrich, *The Meaning of Aphrodite*（Chicago 1978）37。

[49] 关于剧中的时间问题，参 Segal, *YCS* 107–8。

验：太阳每日的升沉。时间给生死的搏斗和性欲的力量加入了紧迫感。得阿涅拉觉察到了时间的无情节律——当她发现自己容颜渐老而赫拉克勒斯另宠新欢。"我见她青春初始，而我青春已逝。"接着她突然以复数相称，道出了女人的一般处境，并以性意象的方式呈现出来："这样的女人花开正艳，引人目不转睛，其他则不屑一顾"（547-9）。

鉴于阳光、出生与死亡之间这样不祥的关联，在迎来赫拉克勒斯回归消息的那一天（203-4），"初升的太阳"（原义"初升的眼睛"）将向我们显现噩兆也就不足为奇了。得阿涅拉将会"采摘"这一光明的消息（*karpoumetha*, 204）；但花朵在这里并不带有愉快的寓意（参549, 999, 1089; *enkarpa*, 238）。"眼睛和外形极为明亮的"（379）伊奥勒使赫拉克勒斯脆弱地暴露于内外交织的危险之火，并在进场歌中受到太阳的毁灭性影响（94-6）。它的光亮只能带来死亡（参685-6, 1085）。

让事物见光从来都是危险的。动词 *phainō*（"显现、揭示"）从出现在全剧的第一行起就带有不祥的意涵。[50] 得阿涅拉把毒药暴露于日光之下，这带来的后果是：赫拉克勒斯暴露出他那经受可怕摧残的肢体，让旁观者观瞻他的惨状（1078-80）。我们已经看到，从有关他抵达的最初消息开始，视觉和日光就与灾难联系在一起（203-4）。还有伊菲托斯被杀时走神的目光（272），赫拉克勒斯眼睛痛苦地转动（794-5），他亲眼看到的疯癫之花（997-9），以及那葬送他的盲目痴狂（1104）。

---

[50] Segal, *YCS* 143–5.

三

败坏的祭祀向内对应赫拉克勒斯紊乱的欲望之火,向外则代表了人与自然秩序已然破裂的关系。果实成熟的祭品(238)给祭祀者的世界带来的只有死亡。

荷马曾经讲述了得阿涅拉的父亲奥纽斯(Oeneus)如何没能进行合宜的收获祭祀(thalysia),女神阿尔忒弥斯因此遣来一头野猪大肆毁坏田地(《伊利亚特》9.533-542)。本剧中得阿涅拉导致的祭祀败坏有着类似的效果。本应促进生育的祭祀却走向其反面,这一败坏祭祀的主题曾在埃斯库罗斯那里得到丰富的展现。[51] 伊奥勒被反复以成长、种子、花朵这样的语汇描述,[52] 她就是那头批收成中的一份,构成了徒有其表的祭品,但她的到来却毁灭了家室中能够生育的那对男女。

出生与养育的意象自始至终描述着恐惧、焦虑、分离与死亡。[53] 得阿涅拉在开场白中用农耕的比喻描述自己的婚姻(31-3):赫拉克勒斯就像一块偏远田地的农夫,只在播种和收割的时候来,但这一景象并没有反映出农业的养育特征及其稳定性,却预示出得阿涅拉自己在家庭生育和抚养职能上的模糊地位。按照传统的想象,如果说妻子和母亲是一块受耕的田地,那么得阿涅拉这块地就处于被耕种和驯化的土地边缘,与荒野相接壤(aroura ektopos, 32)。

从一开始,这场性质模糊的婚姻就反映出人类试图控制

---

[51] 见上文第二章注40、70。

[52] 参304, 306, 359, 401, 420, 549。

[53] 例如28, 108, 325, 893-5; C. Segal, "The Hydra's Nurseling: Image and Action in the *Trachiniae*," *AC* 44(1975)612-7; Easterling(见注41)59:"在正常的幸福婚姻中,人们希望看到的是养育孩子而不是养育恐惧。"亦见Wender(见注44)5。婚姻与农业的等同,见注9。

家庭内外之暴力的危险性。在所有埃托利亚（Aetolia）少女中，得阿涅拉"对婚礼怀有最痛苦的恐惧"，在她描述了追求者的形象之后（9行及以下），这恐惧显得合情合理。在随后的"婚姻"中，赫拉克勒斯与得阿涅拉的团圆（domos ... mellonymphos，205-7）曾给这个家带来了快乐，但当得阿涅拉见到赫拉克勒斯真正的"新娘"（843，894；参460）时，快乐变为了悲痛。得阿涅拉反复被称为赫拉克勒斯的妻子（damar，406，650），但赫拉克勒斯带回家的伊奥勒将是第二个妻子（428-9）。damar一词也可以表示"侍妾"，但索福克勒斯利用这一婚姻用语的模糊性，暗示出这个新的新娘和新的婚姻（842-3，893-5）给这个家庭制造的混乱。得阿涅拉是家宅中的女主人（despoina，430，472），但她的付出所得到的回报（542）却是一个年轻貌美的敌人（551）。

当得阿涅拉说到她的丈夫与别的女人"结婚"（gamein）时，这个动词可能是一个有尊严的妻子对丈夫的不忠表示宽宏大量时出于礼貌的委婉语。临近结尾，许洛斯在解释得阿涅拉的动机时，说她以为自己在长袍上涂抹的是春药（stergēma），是"从内部看婚姻"（tous endon gamous，1139）。赫拉克勒斯却把一种只可能存在于家庭外部的性行为带回家庭之内。当然gamos（成婚）并不一定意味着"合法结合"，[54]这两个地方（460，1139）是索福克勒斯作品中仅有的gamos或gamein意味着"性结合"而不是"正当婚姻"的地方（参504，546，792）。当gamein被用于描述纯粹的性行为时，它通常代表非法的或暴力性的结合，如埃吉斯托斯（Aegisthus）"娶了阿伽门农的结发妻子"（《奥德赛》1.36），或者阿伽门农"凶恶地强娶"卡珊德拉（欧里庇得斯，《特洛伊妇女》44），或者

---

[54] 参卡默比克（见注17）对841—846行的注疏。

阿波罗强奸克瑞乌萨（Creusa）（欧里庇得斯，《伊昂》10）。即便是在《特拉基斯少女》这两个段落，上下文也清楚地指明了这个词的特殊含义。语言的强迫对应着制度本身的强迫。赫拉克勒斯的色欲强加给这个家两场婚姻（gamoi）、两个妻子（damartes）；其结果是这个家的毁灭，毁灭于攻击婚姻的野兽之毒。当得阿涅拉采取措施准备捍卫自己家宅的时候，却最终毁掉了它。她面临着新的"婚姻"带给这个"家宅"的矛盾，这两个词对她而言有着密切的关联。得阿涅拉最终死于自己的婚床上，但她显然正是为了维护对婚床的权利而死。她给自己描绘出"两个女人抱在一张床单之下"的场景（539-40；参916，922）。接着，在回顾了自己对赫拉克勒斯"疾病"的矛盾情感之后，她说自己并不气愤（545-6），"但至于她人分享家宅（syoikein），什么样的女人才能做到，共享这同一份婚姻（koinōnousa tōn autōn gamōn）。"这里的婚姻（gamoi）指的或许就是460行那样的身体结合，就像540行的拥抱。但当这与"分享家宅"相提并论的时候，得阿涅拉所思所想的是婚姻的排他性意义：她作为妻子（damar）在家宅中的权利。

当最终必须要付诸行动时，她把问题降低为身体的、生物性的自然选择：相貌、年龄和身材（547-9）。在前面几行，她说伊奥勒"不再是少女，已经负上了轭"（536），这个隐喻揭示出残酷的性竞争：对一方是徒有虚名的"丈夫"，对另一方是"情人"（550-1）。新妻子（damar）像被驯服的野兽一样"负上了轭"，她把赫拉克勒斯的家宅简化为事实上摧毁了它的野蛮兽性。

得阿涅拉差一点和阿克洛奥斯成亲，这一点始终提醒着我们：婚姻需要跨越秩序与激情之间的鸿沟。本剧以向新娘求爱开头（9-27），这次求爱体现出人与残酷的自然力量之间的基本竞争，这一竞争后来在赫拉克勒斯的家中再次上演，只不过形式没有那么华丽，结果没有那么喜人。很早之前，得阿涅拉被这位怪兽求爱者吓得发狂（24），现在，当她听到有关伊奥勒的真相时，她再次陷入慌张（386），但这次不是因为有人要强取豪夺，而是因为伴侣的背叛。她以送出长袍作为回应，让利卡斯心中喜悦（629），看上去这代表了一种正当的欲望（*pothos*，630-2），在回应赫拉克勒斯对伊奥勒那不正当的毁灭性的欲望（368）。

第一合唱歌把我们从婚姻中受约束的性引向其中可能包含着的暴力。尽管第一节以奥林匹亚的神话开始，但其抑抑扬格的紧张韵律却把我们带回到得阿涅拉在开场白中侥幸逃脱的原始野兽世界。阿克洛奥斯像幻影一般显现出全部的野蛮兽性，"力大的河神，四腿的牛身，头顶长着犄角"（507-9）。他和赫拉克勒斯迎头恶战，"拳头、弓箭、牛角混作一团"（518-20）。得阿涅拉远坐一旁，"像个被丢弃的小母牛"（530），她正等待着兽性的激情与行动，那是数行以后"负轭"的伊奥勒骤然激起的嫉妒（536）。

这首合唱歌以颂扬库普罗斯爱神的胜利开头，但阿芙洛狄忒无论多么为婚姻所必需，她也不是掌管其稳定、牢固其状态的女神。此处她哄骗（另一个带有色情意味的词；参662）了宙斯本人，打破了奥林波斯山上以婚姻相结合的基本模式。在后面的一首合唱歌中，当新的婚姻给这个家造成伤害时（842），库普罗斯被认为"显而易见是这些事情的幕后主使"，尽管她行事无声无息（861-2）。这场毁灭性的婚姻反转了生育的职能，新娘只能"为这个家生下一个复仇女神"（893-5）。丈夫与妻子的爱欲（631-2）结合实现了：在一场被戏仿的残酷性事中，毒袍与身体紧紧相拥，血肉交融（767-8，833，836）。得阿涅拉的自杀补足了赫拉克勒斯的痛苦：她以准备死亡的方式重演自己的新婚之夜。[55]她精心整理好床铺（916行及以下），解开长袍，袒露身躯，将匕首深深插入（924-6，930-1）。就像海蒙（Haemon），当然还有维吉尔的狄多（Dido），性的圆满被代之以死亡的圆满。

鉴于赫拉克勒斯公开展现他的狂暴色欲，与他的野兽对立面形成了一种悖谬性的相似，于是，得阿涅拉被迫承认自己的性欲本能，她原本对此一无所知，过着一种令人费解的纯真生活。尽管性隐喻充斥于她的话语，但她似乎只是隐约意识到它们的力量。她无法清晰地讲述那场以她为奖品的野蛮竞赛（22），因为她被吓得呆坐一旁（24；参523行及以下）。她怀旧般地回顾自己少女时代的那片"草场"（144行及以下），描述得如此美妙，如同埃阿斯可悲地说起自己儿子那纯真美好的幼年（《埃阿斯》552行及以下）。然而，如未经修剪的草场般的少女生活也有其暴力的一面：她还是个少女（pais et' ousa，557）时就在那深流涌动的河水中遇到了胸口多毛的古老怪兽。性欲以怪兽的形象呈现于她面前，使她无法全然理解。甚至婚姻本身也沾染了焦虑和恐惧，令她压力重重（5，152；参8-9，148-52）。她未能完全意识到自己深藏的性欲本能，被保护着不受野兽世界（那是赫拉克勒斯施展身手的地方）的伤害，当她如今必须面对情欲之时，却无力抵抗。她是如此害怕半马人和他双手淫荡的侵犯，却灾难性地轻信了他的春药。她可以带着一种无助的恐惧把自己视为赫拉克勒斯会为之战斗的人。但当她发现自己面临的处境是要为他而战时，为时已晚。她的悲剧的确如人们常说，是后知后觉的悲剧；其他姑且不论，她应当有所知觉的，是鲁莽地使用（参584-97）媚药所具有的致命效果，以及它本来所属的那个世界的黑暗力量。

---

[55] 参Wender（见注44）13。

在得阿涅拉"后知后觉"的悲剧中,观众将会看到(即便她本人看不到)一个逐渐加深的裂痕:她敏锐的情感与将她视为性对象和生儿育女工具的男性视角渐行渐远。我们可以辨识出三个主要阶段。第一个阶段,得阿涅拉是一个温柔而宽宏大量的妻子,虽然忧心,但并不妒忌。第二个阶段,当自身的性欲力量开始在她身上发挥作用,她下定决心启用半马人的媚药。她只是一时口出怨言(540-2),但她的决定并不包含恶意或仇恨。只是因为她对将要使用之物的效果天真无知,才使得她在把长袍呈交给利卡斯时所说的话一语双关地带有了悲剧性的讽刺意义(600-32)。最后,第三个阶段,在见证了药膏的效果之后,她才明白自己一直在和什么打交道,于是自杀殒命。她把毒药从家宅的黑暗处拿到日光之下,方才明白这药的阴毒效力;这也正对应她内心的一种变化:终于走出黑暗的无知状态,一切真相大白,但那一片澄明就像本剧中所有的光亮一样,带来的只有毁灭。

得阿涅拉逐渐意识到自己身上性本能的力量给她的语言带来了变化。原本一派天真的色情言语变得越来越带有不祥之感。[56]当得阿涅拉最终说到爱神厄洛斯的时候,她不肯直面爱神对自己的控制。她说:"没人起来反抗厄洛斯的拳头,他就像个拳手,统治着所有神,还有我。"(444)她反问道:"那么,他怎能不像统治我一样统治着其他女人?"她得出结论说:"我准是疯了(*mainomai*),如果我责怪我的丈夫,他如今染上了这种病,或是责怪这个女人,她又没对我做任何可耻可恶的事情。"(445-8)这里的逻辑不同寻常。她只是在一个短语中(*kamou ge*, 444)一闪而过地提及爱欲力量对她的影响,她却以

---

[56] 参考 *pothos*,"欲求":103, 107, 629-32; *tēkein*,"交融":463, 662, 836。有关"交融"的色情含义,见 Soph., frag. 941.7P,以及皮尔逊的注。亦参 Pindar, frag. 123.10-3 Snell。亦参形容词 *takeros*,见于 Ibycus 287.2, Anacreon 459, Alcman 3.61(皆出于 Page, *PMG*)。

这种力量为伊奥勒和赫拉克勒斯开脱。[57]但爱欲对她的统治很快就成为悲剧的推动力。如我们已经看到的,在接下来的两首合唱歌中,爱欲的力量越来越清晰可见,直到库普罗斯最终被揭示为这一切"无声无息的幕后主使"(861-2)。

得阿涅拉把厄洛斯比作战无不胜的拳手,这在赫拉克勒斯和阿克洛奥斯的拳头大战中变成了活生生的现实(517行及以下)。得阿涅拉在446行的比喻中设想自己疯了,当她试图点燃赫拉克勒斯对她的欲望之火时(1142),真的变成了可怕的爱之疯狂,那爱之毒药还导致赫拉克勒斯在痛苦中陷入盛放的疯癫(999)。"染上了这种病"也不再仅仅是一个比喻。她宽赦了伊奥勒,说她没有对自己做任何可耻可恶的事,因而没有罪责(metaitia, 447);许洛斯却用同样的话指控得阿涅拉:她导致了利卡斯的死亡,而他"没有任何对你做坏事的罪责(aitios, 773)"。然而,在本剧的结尾处,许洛斯却归咎于伊奥勒,"我母亲之死是她一人的罪责(metaitios)"(1233-34)。

第一合唱歌标志着得阿涅拉的自我意识在两个阶段中的过渡点。它描述了赫拉克勒斯与阿克洛奥斯之间的凶残战斗,其结果是得阿涅拉从处女步入了婚姻。她过去隐藏着的性欲暴力如今走到了台前。这首合唱歌之后,她不再说伊奥勒的"爱之交融",而是说她像一头"负轭的"小母牛(536)。紧随其后,她就说起了"古时野兽的古老赠礼",好像这场以合法联姻为结局的惨烈战斗激起了她遥远过去的更原始的性欲本能。

进入第三个阶段,令她恐惧的是她发现了野兽的歹意,而她曾试图将野兽的力量收归己用(705-18)。她看到野兽的魅惑在自己身上发生的作用,也看到在她的施药对象身上发生的作

---

[57] 这番话赢得了利卡斯的赞扬,他说得阿涅拉的"想法合人情"(473),就是说她通情达理,然而这些合人情的想法最终却是要人命的。

用。"他魅惑了我"(*m'ethelge*),她这么说,所用的词语恰恰曾被报信人用来描述赫拉克勒斯的淫欲:"正是为了这个女孩,他杀死了欧律托斯,攻占了城楼高耸的奥卡利亚,厄洛斯是那唯一的神,魅惑(*thelgein*)他挑起战斗"(352–5)。半马人在她身上施展的魅惑就是释放出她自己的性欲,之前被赫拉克勒斯的力量和她的居家生活所遮蔽的性欲。如她自己所说,她知道得太晚了(710–1)。许洛斯详细描述了骇人的惨状:那魅惑/媚药所释放的火、血、尖叫与痛苦。就像《奥狄浦斯王》中的伊奥卡斯特一样,得阿涅拉竟无一语,转身赴死(813–21)。

在与过去的野兽相遇时,得阿涅拉越过家宅的安全界限回到了荒野之地,走进她年少时的危险河流之中。阿克洛奥斯本身就是"河流的蛮力"(507),他属于人形神之前的神话时代,呈现出自然要素与人形扭在一起的原始形象:"从他乱蓬蓬的胡须中蹿出汩汩细流,如同泉水一般。"(13–4)[58]"这就是我的追求者",得阿涅拉悲苦地评论道(15)。涅苏斯在深流涌动的尤埃诺斯河(Evenus)中从事着他的活计(559),这场景与巴克基利得斯所描绘的长满玫瑰的河岸(16.34)大为不同,不但如此,涅苏斯恰恰就死在这激流中央(*en mesōi porōi*, 564),这或许是索福克勒斯加到神话上的情节,他并未过于操心涅苏斯(更不用说得阿涅拉)如何到达对岸。[59]

---

[58] 有关阿克洛奥斯的怪诞外形,参 Segal, *YCS* 105, 26; Paolo Vivante, *The Homeric Imagination* (Bloomington, Ind., 1970) 113, 此处引用了《伊利亚特》21.237,并且观察到索福克勒斯的描绘某种程度上原始得多。同时阿克洛奥斯也更受约束(frag. 270 Lasserre-Bonnard)。

[59] 这个改写也可能说明强奸没有进行下去:参565行"淫荡的手"。有关索福克勒斯对这部分传说的改写,参 Charles Dugas, "La mort du Centaure Nessos," *REA* 45 (1943) 24–5; Bruno Snell, "Drei Berliner Papyri mit Stücken alter Chorlyrik," *Hermes* 75 (1940) 177–83; Franz Stoessl, *Der Tod des Herakles* (Zürich 1945) 52–6。

四

赫拉克勒斯被得阿涅拉释放出来的女性性欲所击败,这一点在他受到昂法勒奴役的故事中已经有所预示(69-70,248-50,356-7)。作为女性性欲的化身,昂法勒是伊奥勒的翻版,也是得阿涅拉自我隐藏的一面,在半马人毒药的作用下,赫拉克勒斯的忠实伴侣的这方面特质开始浮现出来。赫拉克勒斯那已达极致的勇武的男性气概在女性性能力的精粹面前不堪一击。[60] 得阿涅拉与阿克洛奥斯和涅苏斯的遭遇提醒我们,尽管她既要担当居家主妇又是养育孩子的母亲,女性的性欲仍然存在于她身上。希腊的社会规范强制性地要求色情肉欲与家庭的分离、性诱惑与母性角色的分离,但赫拉克勒斯把伊奥勒引入家中,打破了这些坚固壁垒,因此制造出混乱与毁灭。

如果说昂法勒暗示了得阿涅拉隐藏的女性特征,她也揭示出赫拉克勒斯男性特征的另一面。作为一个英勇的征服者,他依赖身体的武力,但他也很脆弱,因为他受制于身体的自然冲动。就像旧喜剧和萨提洛斯剧中色眯眯又贪吃的赫拉克勒斯一样,与坚忍的多里斯式(Dorian)英雄形成鲜明对照,这里的赫拉克勒斯居然被一个蛮族女人奴役,她是吕底亚的统治者(70,248; 参236,252)。[61] 因此,昂法勒的故事悖谬性地提示

---

[60] 参G. Dumézil, *Horace et les Curiaces* (Paris 1942) 57-8, 他提醒注意与库丘林(Cuchulain)的相似性,并且评论说:"这是雌性特质之整体针对雄性特质之整体所作的冒险,而后者由一个选择的范式代表。"

[61] 有关萨提洛斯剧中的赫拉克勒斯和昂法勒,参Ion of Chios, frags. 18-33 N, esp. 29 and Achaeus, frags. 32-5。这一主题尤见于那不勒斯藏普洛诺姆斯画匠(the Pronomos-painter)于公元前5世纪晚期制作的螺纹双耳调缸(volute-crater),参Erika Simon, "Die Omphale des Demetrios," *Archäolog. Anzeiger* (1971) 199-206; B. Snell, *TrGF* I, 189, 以及对斯涅尔(Snell)的评论,见T.B.L. Webster, *Gnomon* 44 (1972) 739。赫拉克勒斯穿着(转下页)

出发生在两个主角自身之中的对立面置换。尽心尽责的家庭主妇要寻求和包养女人一样的不可抵挡的风情万种；威严强悍的武士（就像奥德修斯之于克尔克，埃涅阿斯之于狄多）滞留一整年（69, 248）只为服侍一个东方的女王。

捍卫自由人男性所代表的城邦价值的人不仅自己做了奴隶，当他从昂法勒的奴役中解脱出来的时候（248-50），却要奴役一个希腊城邦（257, 283, 467）。利卡斯声称，赫拉克勒斯的动机是欧律托斯把他这个自由人叫作奴隶（267）。就像接下来杀害伊菲托斯的故事一样，这个谎言也包含着某些真相：给放荡的吕底亚女王做奴隶预示着他将在情感上成为自己肉欲的奴隶这一事实。[62] 将肉欲比作奴役并非罕见。据柏拉图说，在与他人对话时，索福克勒斯本人就曾做过这样生动的比喻：把爱欲称为"一个狂暴而野蛮的主人"（《理想国》1.329c）。

鉴于所有的漫游和历险，赫拉克勒斯需要一个安居之家，家可以延续他的血脉和功业。我们一开始通过得阿涅拉的眼睛看到的赫拉克勒斯，是一个反抗自然狂暴力量的保护人，以及某种意义上算是个农夫（30-33）。这是剧中颇有人性色彩的一笔：即便是这样的大人物，在他自己行将殒命之时，也感受到了家庭关系的必要性。在本剧开头，得阿涅拉描述了赫拉克勒斯在出发展开新的冒险之前如何划分自己的财产（161-5）。在临近结尾处，他又喊叫着让许洛斯召唤自己的亲族过来，"以便你们可以听听我所知道的神谕中我如何死去的故事（*phēmē*）"（1147-50）。那一刻，他显得就像一个大家长，关心着自己的

（接上页）昂法勒的吕底亚长袍而昂法勒手提赫拉克勒斯的粗木棒成为希腊-罗马艺术中一个受人欢迎的主题。总体讨论见 C. Caprino, s.v. "Onfale," *Enciclopedia dell' Arte Antica* V（1963）695-8。

[62] 参 Easterling（见注41）61-2。

故事如何能在家族内代代流传，留下他的记忆。然而，正是赫拉克勒斯本人亲手毁掉了使这样的团聚有可能的安居生活：许洛斯指出，他的家已经四散了（1151-6）。[63] 他杀死伊菲托斯的行为使自己的家被拔掉了根（*anastatoi*, 39），这个词令人想起早期希腊的迁徙时代。[64] 赫拉克勒斯作为一个陌生人来到一个陌生的城市（40），很快他自己将成为拔除另一个城市的人（*anastaton*, 240）。当他终于踏足这片寄居的土地，却不知道自己"身在何方"（984）或此处所居何人（1010-11）：这是对返乡的奥德修斯又一次残酷的颠倒（参《奥德赛》13.187行及以下）。

得阿涅拉同情无家、无父、漂泊无定的伊奥勒和她的同伴们（299-300），这预示着她自己的家也将被连根拔起，败落荒芜（参911，300）。赫拉克勒斯发誓要把欧律托斯连同他的妻儿都变成奴隶（257），他就此毁掉了别人的家和自己的家。暴力反作用于自己的妻儿身上。得阿涅拉目睹伊奥勒的处境，不禁为自己的家祈祷（303-5）："啊，翻云覆雨的宙斯，但愿我永远不会看到你这样对待我的孩子们，如果一定要这么做，但愿等我死了。"具有讽刺性的是，就像她关于袍子的祈祷（609行及以下）一样，这个祈祷也应验了，只是并非以她希望的方式。宙斯对自己孩子的关心显得模棱两可（参139-40，824行及以下，1268行及以下），起决定作用的究竟是宙斯造就秩序的意志还是厄洛斯或库普罗斯的狂暴力量，殊难区分（参250-1和860-2; 354-65和1086，1022）。

---

[63] 也存在描述赫拉克勒斯在特拉基斯生活模式的其他版本，见 Dio Chrys. 78.44。开场部分保姆对得阿涅拉所说的话似乎表明其他儿子也在场。另参 frag. adesp. 126N（Dio Chrys. 78.44）。

[64] 参 Hom., *Od*. 6.7; Th. 1.12; R. P. Winnington-Ingram, "Tragica," *BICS* 16（1969）45; Segal, *YCS* 104。

家宅被家宅毁灭是得阿涅拉的悲剧。她声称送出长袍的动机是为了庆祝赫拉克勒斯"平安回到家中"(610-1)。利卡斯带去长袍，许洛斯在下一场景中解释说，这是"自家的仆人从自家来"(*ap'oikōn...oikeios*, 757)。赫拉克勒斯把伊奥勒带回来，他则和一个更可怕的住客——摧残他肉体的疾病(*synoikein*, 545, 1055)，"分享家宅"。他希望在家中能常伴左右的美妙躯体(539-46)变成了恐怖的疾病，那是汇聚在伊奥勒身上的爱之疾病的丑怪身形。

然而，赫拉克勒斯的家不是寻常的人类家庭。它源自宙斯，它的命运体现着宙斯的意志。因此，这个家也构成了神圣秩序问题的焦点。受苦受难与父亲是否关心儿女的问题联系起来。在进场歌中，歌队宽慰得阿涅拉说，"有谁见过宙斯如此不关心他的儿女？"(139-40)但当她们看到宙斯自己儿子的神谕以这样令人惊恐万状的方式得到实现时(824-6)，这个充满信心的反问得到了一个不同的答案。她们的提问撇开了悲剧中的现实，但正如索福克勒斯的歌队经常体现出的特点，她们始终与误解的表象保持着安全的距离。她们一开始的信心在处于困惑和痛苦中的许洛斯那里得到了回答：在本剧结尾，许洛斯控诉诸神的"无情"(*agnōmosynē*)，"他们生了孩子，被叫作父亲，却眼睁睁地看着这样的苦难"(1266-9)。我们也会想起，那首赞颂库普罗斯的合唱歌开始于她统治宙斯(497-500)，这也意味着，她扰乱了奥林波斯山上神圣家庭的典范。

本剧提示出这样一种可能：以家庭关系的角度观察道德秩序的整体。赫拉克勒斯在自己家庭上的失败只不过是宙斯在自己家庭上失败的缩影。与此同时，无论是人还是神，这两位父亲都表现出了某种程度上的责任感，尽管问题重重。赫拉克勒斯为儿子的婚姻做出安排以便延续血脉；而宙斯的计划中包含了赫拉克勒斯的成神，最终可能不会像另一个深受折磨的儿子许洛斯所认为的那样,对儿子的照顾如此疏忽。

因此,许洛斯的存在不仅体现着家庭内部关系的完整性,他还像赫拉克勒斯一样是个受苦的儿子,是首要的幸存者,承受着家庭和宇宙秩序垮塌的冲击。当他最后质问宙斯不负责任的父道之时,这两重父子关系扭结在了一起。

就像《奥德赛》中的特勒马科斯(Telemachus)一样,许洛斯的身份最初也是由家庭决定的。但就像特勒马科斯,他能够走出家庭,而他的母亲不可以(67行及以下)。从空间的角度和家庭的角度,他都充当着赫拉克勒斯和得阿涅拉之间的调解者。不像得阿涅拉,他能够进入赫拉克勒斯的世界;也不像赫拉克勒斯,他在这个家中依然有根。他结合了母亲的温良情感(这从他对双亲不断加深的悲痛中显现出来)与父亲的行动力和决断力。他对得阿涅拉罪责的最初反应也显示出他身上留存着父亲的某些暴烈脾气。

本剧的情节创造出一种可悲的对位关系:一方面是家庭的毁灭,另一方面是在场最年轻的家庭成员的成熟。他从青少年进入到需要面对冲突和责任的成年以及未来的婚姻,这些都被压缩于一个危机时刻。他在剧中开口说话时几乎还是个孩子,他让母亲"教他那些可教的东西"(64)。他经历了悲剧性的学习过程,但太晚才懂得母亲犯错的真相(934)。他年轻,也懂得学习;赫拉克勒斯不可能再改变,但他能。所以他在734—821行对母亲残忍控诉,但得知真相后却在赫拉克勒斯面前为母亲做出高贵的辩护(1114-42)。他被置于不可能被调解的对立面之间,被迫做出奥瑞斯特斯式的抉择,却没有一个阿波罗为他指路(1065,1067-9,1125,1137)。他要承受这样的剧痛:亲眼目睹家庭毁灭、父母双亡,只在顷刻之间(940-2)。

赫拉克勒斯给这个家带来的混乱还把许洛斯卷入了有

某种乱伦危险的境况。[65]他与死去的得阿涅拉并排躺在一起（938-9），就像海蒙躺在安提戈涅身边（《安提戈涅》1235行及以下）。他被迫娶一个曾经躺在赫拉克勒斯身边的女人（1225-26）。这些暗示不必做过度解读，许洛斯并不是进行心理分析的候选对象。但乱伦主题的确再次提示出运转在家庭表面之下的性欲力量，即便幸存的家庭成员答应（通过赫拉克勒斯对伊奥勒的安排）保护财产（245）并维持家庭的延续。

许洛斯从对母亲不明真相的仇恨中清醒过来，但他对母亲的同情之爱仍然要抵抗来自父亲的盲目而顽固的仇恨。家庭的延续在许洛斯与伊奥勒的婚姻中得到确保，但依然被父亲无理性的暴力和对属己之物的原始占有欲所笼罩。即便赫拉克勒斯成神并通过后代子孙建立起多里斯族，这依然与毁灭性的激情和盲目的英雄准则纠缠在一起。这个粗暴形象看上去与他曾经征服的怪兽世界更近，离他所保护的文明秩序更远。这就是宙斯意志有缺陷的载体。

五

对希腊文化来说，《奥德赛》就是家庭成功抵御敌人并重现其生命力与完整性的伟大原型。就像珀涅罗珀（Penelope）一样，得阿涅拉在丈夫长期不归时独自坚守着这个家。就像特勒马科斯一样，许洛斯远行寻找自己的父亲。就像奥德修斯一样，赫拉克勒斯从他的漫游中沉睡着，渡水而归。[66]所有这些相似性都被倒转。本剧中的珀涅罗珀扮演着克吕泰墨

---

[65] 参 Slater, *Glory of Hera*, 376-7。

[66] 也正像在《奥德赛》中一样，本剧的大量情节都涉及祈祷一个父亲的回归，参 285-7, 655, 757。与《奥德赛》的其他联系，见 G. Schiassi, *Sofocle, Le Trachinie*（Florence 1953）xxiv-xxv; Stoessl（见注 59）35。

涅斯特拉的角色，与特勒马科斯相像的许洛斯如同杀死母亲的奥瑞斯特斯，与奥德修斯相像的赫拉克勒斯没能见到需要致敬的肥沃而熟悉的土地，他迎来的只有在异国他乡的野兽的复仇（39-40；参983-6）。这里没有子承父业的果园和耕地，没有活的橄榄树做成的床，只有毁败之家彼此分离的床，分别上演着痛苦与死亡；在这个家中，生就是死，就是诅咒（834，842，893-5）。忠诚的妻子不再享有被称作母亲的权利（817-8）；家的繁育能力被从野外引来的可怕而野蛮的"怪胎"（*thremmata*）——许德拉、地府的三头狗和涅墨亚的狮子（574，1099，1094）倒转。[67]得阿涅拉摇摆于珀涅罗珀和克吕泰墨涅斯特拉这两极之间，摇摆于被动性与攻击性之间，她站在一个安居之家的稳固规范之外。鉴于赫拉克勒斯早已不再是那个教化人类的大恩公，她远离了爱意盈盈的妻子角色。

我们已经看到，进场歌的诗句把家庭内部夫妇之间的冲突上升到自然力量在宇宙层面的冲突。随后的情节不仅仅是一部家庭悲剧，而是自然的方方面面都卷入其中的灾难。太阳与日光的毁灭性意涵指向了后来的祭祀，祭祀本身则构成了一个联结点，把这几重关系的崩溃扭在一起：仪式中人与神的关系，家庭中人与人的关系，把赫拉克勒斯在野外世界那些塑造文明的胜利颠倒过来的人与野兽的关系。太阳在熊熊燃烧的火焰中象征性地死亡（*phlogizomenon*, 95），或许也预示着赫拉克勒斯在祭祀时（766）遭受"血红火焰"（*phlox*）的炙烤，以及最后

---

[67] 如果接受抄本在117行对*trephei*的识读，可能存在着另一个有关"养育"的倒转。杰布（Jebb）像其他编者一样，更倾向于读为*strephei*（转向），但他提出了一个可能的对照，见欧里庇得斯的《希波吕托斯》367行："啊，养育凡人的困苦啊。"

在奥塔山柴堆上死于烈焰之中。[68] 半马人与幽暗和黑夜联系在一起，但却是光亮与黑暗一起杀死了赫拉克勒斯（609，740，944-6）。女性的黑夜"生下太阳又让太阳休息"（94行及以下），预示着得阿涅拉将寻求最后的安息，借助太阳与火焰的力量杀死丈夫。阴阳交替的自然节律呈现出的一致性只是在引向毁灭。

作为财产由父亲分配的土地（162-3），按照祭祀仪式的秩序划分出边界的土地（235-8），城邦中祖先留下的土地（466；参478），所有这些都将反映一种否定，阻止人与围绕着他的更广大的世界形成一种富有成果的关系。库普罗斯的牺牲品也包括"撼动大地的神"（502）波塞冬，加上宙斯和哈得斯，这三位神的权力范围以划定的奥林匹亚式秩序囊括了整个世界。"从地上到地上"泡沫涌起，显示出毒药的效果（701-4）："从碎末撒落的地上翻腾而出一团团泡沫，就像巴克科斯的葡萄酿成的醇酒……被泼到地上。"按照索福克勒斯为毒药构建的象征意义，这一对农业景象的仿写给丰产加入了腐蚀性的性暴力。在接下来的合唱歌中，歌队通过耕地的隐喻认识到了神谕的意义：12个月的耕作季节（*arotos*）带来的是死亡，而不是辛劳的解脱（824-5）。赫拉克勒斯曾将大地上（1061）"由大地所生的"巨人一般的怪物（1058-59）扫除干净，但他自身依然存在的不纯净以及得阿涅拉内在的不纯净却让怪物般的幻影从地上升腾起来（701）。

悲剧的结局瓦解了那些基本的对立：白天与黑夜、阳光与幽暗、祭祀者与牺牲、人与野兽、受庇护的内部世界与原始野蛮的外部世界、人类的作物与毒兽的产物。它们之间的差异遭到了毁灭性的废除。

---

[68] 参 T. F. Hoey, "Sun Symbolism in the Parodos of the *Trachiniae*," *Arethusa* 5（1972）143。

六

怪兽之毒深藏于家室之中,反转了内部世界与外部世界之间的常见关系:女主内,男主外,女人在家料理家务。前面的戏剧场景呈现出这一对照的极端形式:得阿涅拉是块受耕的土地,赫拉克勒斯则是来来去去的农夫(32-3)。关于丈夫的去处,得阿涅拉仅有最模糊的概念:他跨越大陆,[69]在宽阔而波涛汹涌的海面上漂荡(100-1,112-9),在冥府和最遥远的地方(1097-100)与怪兽搏斗。与这一空间关系的对照联系在一起的还有性欲的双重标准:她承受着繁重家务的劳苦,他在吕底亚以可疑的方式服侍着昂法勒,又在尤卑亚占有了伊奥勒。得阿涅拉求助于野兽的赠礼则以一种更极端的方式重现了内外之间原有的二元对立,但对立关系却转变为毁灭性的分离:赫拉克勒斯由儿子和仆人扈从着,从家宅走向"宙斯的奥塔山那至高的危崖"(1191);得阿涅拉则终结于她开始的地方,一个人"独守空房"(dōmatōn eisō monē, 900)。

在开场白中,得阿涅拉描绘了阿克洛奥斯野性的河流世界;在第二段长篇台词中,她又回顾了年少(to neazon)时的另一番景象。她把自己的少女时代比作一片围护起来的处女草场,"没有太阳的炽热,没有雨,没有风的吹袭,过着欢乐的生活,没有劳苦,直到那个女孩被叫作女人"(144-9)。这样优美而哀伤的诗句,描绘出一个生命周期不停向前的女人(正如她自己感受到的),充满渴慕地回首过去那受庇护的内部世界,就像荷马笔下的奥林波斯山,没有生成、时间和

---

[69] 他此时看起来像是"一个神话巨人而不是得阿涅拉的人类丈夫",参卡默比克(见注17)对50行的解读。亦参 H. Lloyd-Jones, "Sophoclea," *CQ* 48(1954)91-3。

变化。[70]她在开场白中勾画出的图景已经证明了这个世界的非现实性。梦境一般平静的草场被粗暴地转换成利卡斯和赫拉克勒斯所在的放牧牛群的草场,还有喧闹的人群(188)。当得阿涅拉听到赫拉克勒斯回归的消息,她宽下心来兴奋地呼告宙斯,"奥塔山未经修剪的草场的主人"(200)。宙斯的草场尽管没有修剪过,却正是她那受保护的处女草场的对立面。宙斯和奥塔山不会带给她任何欢乐。试图把奥塔山等同于她受到保护的世界("未经修剪的草场"意味着一块处女地)[71]只不过使她陷入必须否定其中一方的矛盾之中。当她得知赫拉克勒斯回归的残酷真相时,她呼告了宙斯和奥塔山的另一面(436-7):"不要骗我,我求你,以宙斯之名,他会从奥塔山的峡谷掷下闪电。"这残暴的诗句出自温柔的得阿涅拉之口,令人惊讶。少女时代处女般纯真的草场远远退去。看来天空之神(145,437)危险的炽热(*thalpos*)终于触及了它,裹挟着本剧中"热"所蕴含的毁灭性的肉欲(参368,697)。

受到保护的草场与赫拉克勒斯、奥塔山和宙斯暴露在外的世界之间的对照,以及与炽热的肉欲风暴之间的对照,制造出一个不易弥合的鸿沟,而本可以调解对立状态的家庭则遭受了它们结合在一起时所造成的毁灭与混乱。"家中的事情"(624-5)并不像得阿涅拉后来让利卡斯相信的那样妥当。

无论是追寻被保护的草场还是使用锁在家室深处的春药(579,686),得阿涅拉都在向内部回退。前一个回退被误导,后一个回退是灾难。前一个隐藏了后一个的危险后果。两个运动以相反的方向展开,而在对立面的融合中它们又相互补充。

---

[70] 有关这种纯真童年的图景,亦见 *Ajax* 552-9, frag. 583P, 总体可见 *Ichneutae*。亦参 Musurillo 33-4。

[71] 参考 Eur., *Hippol.* 73-87; Segal, *YCS* 148-9 以及 *HSCP* 70(1965)121-4。

前者是对性成熟的拒绝，后者是性欲的过度释放，两者在根由上都包含着逃避。于前者，得阿涅拉渴慕着她再也回不去的人生阶段；于后者，她陷入不切实际的天真，轻信淫邪的半马人能够帮助她捍卫婚姻，而忘记了他曾试图践踏婚姻。尽管那片草场令人想起奥林波斯"不可撼动的根基"，以及阿尔基诺奥斯（Alcinous）的肥沃田园，[72]但它实际指向了下面的野兽世界，而不是上面的神圣世界，远离了家宅和牧场那安居生活的一派生机，进入了出生和养育都意味着死亡的荒野。因此，对草场的幻想反映出得阿涅拉在希望与现实、纯真与成熟之间的不平衡。无论是派人离家去打探赫拉克勒斯消息时一开始的无助（54行及以下），还是对涅苏斯更具灾难性的信任，全都印证了这一点。因此，草场也将映照出它的对立面：被隔离的热度最终变成了炽热淫欲的完全爆发；在奥林匹亚式的宁静中，逃避时间变成了彻底臣服于她深知又惧怕的人生无常（参1–5，943–6）。

两位主角就像两条渐近线，朝向对方却永远无法相交。[73]

---

[72] *Od.* 6.41–46, 7.112–31.

[73] 韦尔南的重要论文（见注9）与《特拉基斯少女》高度契合。按照此文的提法，家庭中的男性方面与女性方面非但不是互补的，而且是相互消除的。男人的能动性导致了危险的不忠和不稳定性；女人的内在性则成了诱人的陷阱。家庭成功地将两方面结为一体的那种整合能力被损毁了。参Vernant, *MP* I, 147–8: "看起来赫斯提娅的特别功能是正式确立不同炉灶之间的'不可沟通性'。它们各自扎根于特别的位置，永远不可能相互混合；相反，它们保持'纯洁'，即便是在两性的结合和家庭的联姻中也是如此。在正常的婚姻关系中，炉灶纯洁性的保证是妻子整合到她丈夫的家庭中（……在婚姻和生育过程中，她不再代表自己原来的家庭。可以说她被'中立化'了。她不能扮演任何确定的角色，而纯粹是被动的。只有男人是主动的）。"在《特拉基斯少女》中，丈夫与妻子的互动反转了这种情形，结果带来了毁灭的可能。因为伊奥勒，赫拉克勒斯破坏了家内炉灶的神圣性，他过度的能动性扰乱了得阿涅拉"正当的"被动角色，消除了她的"中立状态"。因此释放的恶魔般的性欲使赫斯提娅的处女空间反常地充满肉欲，并同时创造出一种"不可沟通"的毁灭性形式，最终排除并杀死了父亲。

第四章 《特拉基斯少女》

在相隔遥远的地点或人之间建立通道和交流是赫尔墨斯的职能，但此时召唤这位神灵也只是为了递送那件标志着双方沟通失败的礼物（620）。即便期盼已久的赫拉克勒斯回归的消息传来，内部和外部世界之间依然存在着一个无形的障碍。得阿涅拉问道，"如果情况很好的话，为什么他自己不在？"（192）不在，但尚未真正不在；情况很好，但厄运难逃。语言本身显示出混乱，但混乱很快就超出了言语的范畴。即便赫拉克勒斯已经很近了，他在公共世界中的功绩和声望也形成了一道障碍；报信人解释说："所有的墨利斯人（Malis）都在他身旁围成一个圈，不让他往前走，每个人都不放弃想要倾听的欲望"（194-7）。很快，这一公共欲望（pothein）就将不祥地应和赫拉克勒斯和得阿涅拉的暧昧欲望（368, 431, 630-2, 755）。"所有人"也很快就会面对另一性质完全不同的公共事件而哀号不已（783）。然而，听到报信人的消息，兴高采烈的得阿涅拉呼喊着让女人们欢叫起来，不管在屋里还是在院外（202-3）。但正如得阿涅拉这里提到的 stegē（屋檐）和 aulē（院子），内部与外部的连接点都是灾难之地：她叹惋地说，伊奥勒是个"被带到屋檐下（pēmonē hypostegos, 376）的隐痛"，而正是看到许洛斯在院子里（en aulais, 901）收拾赫拉克勒斯的床，她在自杀前开始对自己的送葬哀悼。[74]

正如家宅的忠实守护者把野兽的毁灭性力量纳入家室中央，返乡的英雄既是一个"在外者"（ektopos），又是一个"城邦之外的人"（apoptolis）。随着得阿涅拉的死亡，炉灶和家宅这受保护的世界看上去被与赫拉克勒斯相关的游历和远离的主题所压倒。歌队祈祷"炉灶上刮起一阵强风"，"把她们从家里刮到这个地方之外"（apoikizein ek topōn, 954-5）。我们可能还

---

[74] 关于内部空间的危险性，亦见 542, 579, 610-3, 686, 689。

记得赫拉克勒斯令伊奥勒的城邦刮起毁灭的狂风（327）。"炉灶上刮起的强风"（*anemoessa ... hestiōtis aura*）本身就是个矛盾修辞，它预示着外部世界与内部世界的毁灭性结合将出现于赫拉克勒斯在"炉灶/祭坛"边的祭祀中（607）。[75] 欧律托斯虐待炉灶边的老朋友（262-3），这个被认定的原因导致了他自己（还有赫拉克勒斯的）家宅的毁灭。在炉灶边的幸福欢叫（206），以及在（赫拉克勒斯随手毁掉的）岛上的炉灶（658）欢迎英雄归来的快乐祈祷，都讽刺性地预示了家宅彻底覆灭时的内外夹杂。

得阿涅拉曾在前面说，赫拉克勒斯"走出家门"（155-6）进行他"最后的旅程"。而她自己"最后的旅程"（几乎相同的用词）"挪着走不动的脚步"（874-5），只是带她倒在了婚床上。[76] 许洛斯在临近结尾的时候对赫拉克勒斯解释说，她的死，不是任何外面的（*ektopos*, 1132）人所为；这个词得阿涅拉在开场白中也用过，她悲叹赫拉克勒斯很少回到婚床那块"外面的耕地"（32）。向心运动与离心运动之间的抵触把他们永远分隔开来。

这些空间上的分隔构成了以下图示：

得阿涅拉 作为内部的毁灭者	内部与外部的互补	赫拉克勒斯 作为外部的毁灭者
女性的迟疑与慌张	家庭作为调解者	自然与外部世界； 男性的暴力
受庇护的处女草场	耕作过的田地	风，暴雨，酷热

---

[75] 有关952—953行的含义，参Kamerbeek。

[76] 同时注意赫拉克勒斯的"临终之事"与公共领域和自然力量之间的联系（1149, 1256）。同时参考他悲愤地提到自己在大地的最远处（*eschatoi topoi*, 1100）杀死恶龙。

续表

对性的恐惧	婚姻	狂暴的性欲；不受约束的本能（野兽，河流）
将野兽的毒药藏于密室的女人（以被误导的方式保护家宅）	女人作为家宅的守护者（参542）	赫拉克勒斯对家宅的漠视
炽热的欲望之火；毁灭性的祭坛/炉灶	稳固的炉灶和文明之火	赫拉克勒斯远离炉灶

中间一栏代表着社会以家庭和婚姻制度容纳了女性与男性的冲动。左右两栏列出了对立的两极，在本剧中，它们因敌意和相互毁灭而分崩离析，没能实现和谐与调解。

如果说得阿涅拉的内部世界向外延伸，在扭曲的沟通中毁灭了在外历险的丈夫，赫拉克勒斯现在则要派人回到家中，把得阿涅拉从家里带到他手上（1066），这个人也就是得阿涅拉曾打发出门寻父（64-93）的那个人——他的儿子。在这场内外世界平衡的全面崩溃中，丈夫与妻子之间活的调解者的破坏性使用，反而成了父子关系最真实的证据："证明你真是我的亲生儿子，把那个生你的女人（*tēn tekousan*）交到我手中。"一切分崩离析，许洛斯无从忘记他的痛苦，"无论是内部的还是外部的"（*oute endothen oute thyrathen*，1020-2）。当听到赫拉克勒斯归来的消息时，歌队向阿波罗兴奋地欢叫（*klanga*），她们呼告的是"站在"（*prostatēs*）门口的阿波罗（208-9）——家宅的保护者。而得阿涅拉将死之际，只听见她在室内家祭的祭坛边喑哑的"哭号"(brychato bōmoisi, 904),她在歇斯底里地重现着赫拉克勒斯在外面的祭坛边摧肝裂胆的哭号(805)。

七

好半马人克戎结合了神、人、兽最好的方面,可以充当自然与文化之间正面的调解者。[77] 因此,马基雅维利可以把半马人引为足以胜任的统治者的象征。[78] 然而,一般而言,半马人是一半神族血缘(伊克西翁试图强奸赫拉的结果)加上人与野兽的身形相混合的产物,反映出极端条件之间未经调解的冲突。[79] 索福克勒斯的公民同胞在帕台农神庙和提修斯神庙(Theseion)看到的有关半马人和拉庇泰人的雕塑或绘画传达出的似乎是"文明与野蛮之间的差异……自制与放纵、负责任的守护与不负责任的激情、合法婚姻与非法的强暴之间的对照"[80]。赫拉克勒斯把这些他已制服的怪兽总结为"不可接近的两形怪物,成群结队的野兽,肆意破坏,无法无天,狂暴无比"(1095–6)。

在剧中一个主要的人兽倒转场景中,半马人变得像一位兽身的医生,为自己的病人"涂抹"药膏,却把他变成了一头野兽,受控于疾病的"约束"(831–40):

---

[77] 参 Detienne, *Jardins d'Adonis* 165ff. 以及第二章第五节。

[78] Macchiavelli, *The Prince*, chap. 18: "有关这个半兽半人的老师的寓言意在指出君主必须懂得如何使用这两种天性。"

[79] 参考 *King Lear* IV.vi.124ff.: "腰以下她们就是半马人,虽然上半身全是女人;只有腰带以上是属于神的,下面全是恶魔的。"

[80] Susan Woodford, "More Light on Old Walls: The Theseus of the Centauromachy in the Theseion," *JHS* 94(1974)162.

> 如果半马人以制造假象的厄运为他涂抹死亡的乌云[81]，毒液融进他的两肋，那毒液由死神生出，又由鳞光闪闪的毒蛇滋养，他怎能看到明天的太阳，交融于许德拉最可怖的形状？那黑毛怪兽花言巧语又致人死命的刺棒搅作一团，踩躏着他，在他的血肉上翻腾。

这头半马人野兽在毒蛇和许德拉的帮助下，以人的语言来"诱骗"（*doliomytha*，839；参 *dolopoios*，832）。从前的征服者赫拉克勒斯隐喻性地变成了一匹马，被"翻腾的刺棒"（或马刺）即毒药本身控制（840）。家庭生育与抚养（*teketo, etrephe*）的成果只不过意味着它的毁灭和解体（834，893）。同时，动词"交融"的反复出现把人兽颠倒追溯到了主人公内部，他放弃了文明的约束，任自身的淫欲之火融化（463；参662）。

在我们刚刚讨论的段落中，半马人抄捷径，将生物的、性欲的、家庭的、仪式的符码彼此联结在一起；这一状况也适用于人相对于野兽最自豪的优越性：《安提戈涅》的伟大"人颂"着力赞美的智力与技术。[82]《特拉基斯少女》中关于狂热情感和理性失控的主要象征物是毒药/媚药（*thelktron*）。它不仅源自半马人，事实上就是他身体的一部分，他的血液。得阿涅拉依赖媚药，就像赫拉克勒斯被他的兽性肉欲所击败。得阿涅拉同样抛弃了理性，向野兽的黑暗力量俯首称臣。求助于魔

---

[81] *Kentaurou*（半马人）此处也可以搭配 *nephela*（云），参 Kamerbeek（见注17），所以831—832行也可以译为"如果厄运给他涂抹半马人致命的云"。几位评注家都提出，应注意此处的"云"让人想起半马人的起源涅斐勒（Nephele），即赫拉为挫败伊克西翁的强暴而制造的云影，出自 Pindar, *Pyth*. 2. 36~37: 见 Letters 78。这样一来就强化了涅苏斯与不受约束的毁灭性淫欲之间的关联。

[82] 关于技术的倒转，参 Segal, *AC* 46。

法损害了她的逻辑能力和道德判断,使她融进了另一个怪兽般的自我:杀夫的克吕泰墨涅斯特拉或女巫美狄亚。

在半马人释放出的非理性力量的影响下,得阿涅拉使自己陷入逻辑矛盾和情感矛盾之中。她说:"我憎恶邪恶的大胆妄为以及敢这样做的女人。不过,不管怎么样,如果我能压倒这个女孩,给赫拉克勒斯用上春药和媚术,事情已经设计好,除非我看起来在做一件鲁莽的事(*mataion*),如果不行,我就停下来。"(582-7)交替重复使用"如果"句式,从将来时的行动(如果我能压倒……)骤然转变为完成时的行动(事情已经设计好),暧昧不清的"如果不行,我就停下来"(想停下来时已经太晚),这番话接连不断地暴露出她逻辑上和情感上的混乱。她痛恨邪恶之举和鲁莽的行动,但接下来的几行,却只想着要"胜过"或"压倒"(*hyperballesthai*)那个"女孩"(*paida*, 585),这也再次提示出得阿涅拉感到那个少女给她带来极大威胁(547行及以下)。她怀疑自己要做的事是不是过于 *mataion*,"鲁莽"或"粗暴",而正是这个词,她在二十行之前用来描述半马人"用他粗暴的(*mataiais*)双手"对她进行淫荡的侵犯(565)。她承认自己仅凭表象而并无经过验证的知识(590-1),但她似乎对自己所描述的危险处境漫不经心。这段自我反思以无比率直的声言结束,"如果你是在黑暗中做羞耻的事你就不会蒙受羞耻"(596-7),这让人想起欧里庇得斯的《希波吕托斯》中菲德拉(Phaedra)那令人怀疑的道德准则。[83]事实上,她的黑暗行动并非虚言(参685-92)。后续的剧情告诉我们,那也是黑色野兽和黑色毒药带来的毁灭性的黑暗(606行及以下;参573, 717, 837)。

---

[83]参Eur., *Hippol.* 509ff.; Segal, "Shame and Purity in Euripides' *Hippolytus*," *Hermes* 98(1970)278-99。

在另一方面,她的处境与菲德拉相仿:使用有魔力的春药这一行动本身就象征着激情与盲目的希望正在侵蚀她的推理能力。当激情一意孤行地只想胜过对手,"春药"和"媚术"这两个词恰恰前后包裹住了"压倒这个女孩"的声言(*philtra*, *thelktra*,584–5)。春药和媚术让她进入半马人和许德拉黑暗的神话世界,她就此深陷自己头脑潜意识中的非理性暴力。

随着利卡斯上路,歌队唱着期盼的歌(以意义模糊的交融、劝说、涂抹和欺骗结尾,660-2),得阿涅拉开始以另一种方式面对现实。当她开始描述那团羊毛在阳光下消失不见的怪事时(673-9),她重新经历了一遍自己在黑暗中的所作所为(685-92),再次推演羊毛分解的过程,"一件无法理解的事"(693-4),不厌其烦地深入细节(695-704),以又一次意识到头脑的混乱而结束(705):"那么,哎呀,我不知道该转向什么想法(*gnōmē*)"。上一场景中看似大胆而自信,实则空洞无物的推理(582-95)烟消云散了。她开始冷静而精确地从各种可能性(707-8)和过去的经历(714-6)中思量,终于得到了那个不可避免的结论:她将会害死赫拉克勒斯(713)。现在,她"拒绝在思考(*gnōmē*,713;参705)中受到欺骗"。她构想出清晰的问题(707-8,716-8)进行推理,得出了清楚明确的判断(参*doxēi goun emēi*,"至少,就我的判断而言",718)。她"已下决断"(*dedoktai*,719)与赫拉克勒斯一起去死时,马上照应了"判断"(*doxa*)一词。她以一个清晰的行动理由为大段痛苦的自我拷问作结,这是以"因为"(*gar*)开头的普遍道德原则(721-2):"因为自许本性并不低贱的人过着有低贱名声的生活是不可忍受的"。我们进入到了与前一场景中闪烁其词的权宜之计和道德暧昧焕然有别的新境界。她认识到自己之前被一种非理性力量的咒语迷惑了,就像她曾希望发出的咒语一样强大:半马人魅惑了她(*thelgein*,710),正如她想要魅惑赫拉克勒斯（*thelktroisi tois eph' Hēraklei*，585；参575）。她知道（710-1；参934）得太晚了，心智（*phrenes*，736）清醒得太晚了。

《安提戈涅》中的伟大颂歌集中赞扬了人的聪明才智（*sophia*）和技艺之工巧（*to machanoen technas*，《安提戈涅》365-6）。但在《特拉基斯少女》中，文明被颠倒，"技艺"与"设计"都带有不祥的寓意。"设计"（*mēchanē*）一词两次被用于描述得阿涅拉在袍子上涂抹毒药（586，774）。动词"谋划"（*technasthai*）也两次被用于描述她把半马人的血抹在祭祀长袍上（534，928）。

得阿涅拉发现（*anagnorisis*）她中野兽圈套的方式呈现出倒转的技艺意象：锯木（699-701）、农业（703-4）、木工（767-8）。羊毛分解后变成锯末一般，所用的词*ekbrōmata*原义是"咬出来的东西"（700，索福克勒斯作品中仅此一处用例），这预示了赫拉克勒斯被凶猛的疾病"噬咬"，因此野兽与祭祀者反转过来。在她第一次描述羊毛消失时这一意象表达得更为明显：那团羊毛被吞噬或吃掉了（*diaboron, edeston*，676-7）。碎末落在地上（*propetes*，701），躺在那里，正如赫拉克勒斯无力地躺落到地上（*propetēs*，976，索福克勒斯作品中此词仅出现这两次），被他的无情病痛所蚕食。[84]

毒袍粘在赫拉克勒斯身上就像"木匠严丝合缝的手工活"（767-8），这让我们想起得阿涅拉隐喻性地说起"适合"以"礼物回赠礼物"（494；参623，687）。[85]

---

[84] 参Kamerbeek对701行的注："羊毛的命运必须被理解为一个前兆，预示了赫拉克勒斯自己的命运。"

[85] Kamerbeek评论494行的*prosharmozein*（适合）一词时说："这个动词……让我们想起长袍或春药（参687）或同时想起二者；另一方面，这个动词与*dōra*（礼物）合用，可以被理解为'送一份适合的回礼'。"

当许洛斯即将从克奈昂带回可怕的消息时，语言的破碎却伴随着又一次不祥的"结合"。得阿涅拉害怕家中会发生什么沉重的事情（730），而歌队却提议慎言（731）："更多的事情还是不要说了，沉默最适合（harmozoi）你"。这是一百行之内这个动词第三次出现。所有这些"结合"或"适合"都在那"严丝合缝的长袍"（767-8）替代性的"拥抱"中最终完成，然而，正是这些"结合"瓦解了这个家。

在心智或思考（phrenes, gnōmē）之后，人类文明技艺最基本的要素恐怕要算人的双手了。但在这部剧中，"凭借双手的力量到处取胜"（488）的英雄却被厄洛斯（489）和野兽击败了。他呼唤有着灵巧双手的工匠（cheirotechnēs, 1000）来疗救他的病，此时他看上去完全受制于邪恶毒药的效力。赫拉克勒斯战胜怪兽靠的是手的力气而不是灵巧。他重拳出击，打败了阿克洛奥斯（518）。他悲叹自己曾经征服其他怪兽的大力双手（1047，1089，1102），但这些征服至少部分被"巧手之功"推翻了：得阿涅拉形容自己在长袍上涂抹药膏之举出自"双手的技艺"（chersin ha technēsamēn, 534）。后来，那张袍子做成的"网"就像有力的双手（cheirōtheis, 1057）一样降服了赫拉克勒斯。这一人胜于兽的基本标志或许在结尾处遭到了最可怕的颠倒，这时赫拉克勒斯只想把自己的双手用于残忍的身体暴力。这双人类之手曾保护得阿涅拉逃脱半马人的粗暴双手（565; 参517），现在却要带给她胜于野兽的更大暴力。他命令许洛斯，"用你的双手把你母亲交到我手上"，有学者称这"或许是希腊悲剧中最野蛮的片段"。[86]诚然，得阿涅拉以强有力的手（923）完成了高贵的死亡，但赫拉克勒斯尤在叹息她"没有死在我手上"（1133）。

---

[86]参Kamerbeek，对1066—1069行的注。

讽刺的是，本剧体现悲剧性英雄气概的最伟大行动出自一个女人之手；尤为值得注意的是，它被以技艺的隐喻来描述：用于神庙或房屋那样实体结构的"建造"行为。"女人的手敢于建造（*ktisai*）这样的行动吗？"（898）鉴于技术遭到颠倒，将人类的英雄气概与技艺相结合是颇为反常的：这样的行动仅出自一个小角色之口，一个女人、保姆。赫拉克勒斯这边也有可以相提并论之处，他凭右手的起誓确证了家庭中一个父亲的权威（1181, 1184），尽管此前的暴力之手削弱了这一点。虽然如此，弥合性的两手相握依然伴随着对污染的恐惧，许洛斯即将亲手点燃父亲的火葬堆（1194, 1214），可能沾染污染。

火在本剧中所起的作用恰恰是文明工具的反面。[87]从字面意义上说，火破坏了仪式秩序（参766），它服务于野兽的设计（685, 696），释放出来自赫拉克勒斯过往的怪兽般的毒药。从比喻意义上说，它象征性地与文明秩序的内部威胁结合在一起，这就是家宅容纳着的炽热而有毒的肉欲（参145, 368, 697）。因此，火构成了内部与外部空间对照关系的一部分，受保护的内部炉灶之火让位于克奈昂由兽性肉欲所引起的毁灭之火，以及来自宙斯的危险天火（436-7）。[88]

农业从本剧开头就分隔了文明与野蛮，分隔了阿克洛奥斯荒野的河流世界与人类婚姻。赫拉克勒斯的家被以耕地的隐喻呈现出来，但赫拉克勒斯是一个模糊不清的农夫，就像他也是一个模糊不清的丈夫（31-3）。当得阿涅拉明白半马人的媚

---

[87] 关于本剧中的火，参Segal, YCS 141-3。另外注意阿尔忒弥斯的神圣之火，"两手各拿一支火炬"（*amphipyros*, 215）；这把火过早庆祝的幸福团圆被肉欲和毒药之火以及败坏的祭祀之火所毁灭。

[88] 炉灶之火在内部与外部之间飘移不定，参206, 262, 607, 954。Vernant, *MP* I, 129-30, 指出了纯净的炉灶之火与生成性的且不够纯净的男性性欲之火之间的对照。

药将毁灭而非拯救她的家,媚药以败坏了的葡萄藤种植的景象向她显现出恶毒的力量。"从……地上翻腾而出的一团团泡沫,就像巴克科斯的葡萄酿成的醇酒……被泼到地上。"(701-4)酒就像谷物一样,是文明的标志。欧里庇得斯笔下的库克洛普斯既不种地也不喝酒(《独目巨人》120-4)。"野蛮"生活中的菲罗克忒忒斯被剥夺了大地的收成和葡萄藤(《菲罗克忒忒斯》707-15)。得阿涅拉的"酒"标示出家庭与农业这两个文明符码以残酷的方式交织在一起,导致了它们的毁灭。

同样是在这个比喻中,得阿涅拉一开始把自己视为被动的受耕田地这一传统形象(31-3),现在她却传承了"大地"(*gē*,701)的破坏性力量而非其创造性力量:如同"田地"毁灭了"农夫",也正如家宅中的生育与抚养变成了死亡(834,893-5)。这里同样涉及仪式符码,冒泡的毒药就像败坏了的奠酒,呈现出的是野性与毁灭性,而非耕作和繁育的产物。这"一团团"酒一般的泡沫(*thrombōdeis*,702)令人恐怖地联想起鲜血在本剧中特有的邪恶效果。在接下来的合唱歌中,这一恐惧被以诗的语言变形并转嫁到了赫拉克勒斯本人身上,毒药现在变成了"那黑毛怪兽花言巧语又致人死命的刺棒"(*kentra*),在其牺牲品的肌肤上"翻腾"(*epizesanta*,838-40)。"翻腾"的致命效果现在就直接作用于"农夫"本人身上,这与语言以及人-兽定义的进一步颠倒关联起来。"翻腾的刺棒"和"从……地上翻腾而出的"歹毒之"酒"成了虐待赫拉克勒斯的主人;同时,赫拉克勒斯也被一种内在的紊乱所征服,因为"翻腾"是这一时期作家(包括索福克勒斯本人在内)惯用的隐喻,以表达狂暴激情的作用。[89]

---

[89] 参 Segal, *YCS* 109, 137; Kamerbeek 对839—840行的注。隐喻性的用法,参 Herodotus 7.13.2; Soph., *OC* 434, 亦参 Plutarch, *Amatorius* 24.769F:"但厄洛斯好像导致了一种内心翻腾(*zesin*),如同液体冲进了另一股液体。"

酒与半马人不合。泼洒的酒被用来形容涅苏斯的媚药，这是文明败坏的象征，也正体现在这些神话怪兽的身上。醉酒的半马人在婚礼上企图劫走一位新娘；涅苏斯追随他同伴们的足迹（或蹄迹）：他意欲当着丈夫的面强奸一位新娘。"从巴克科斯的忒拜"来的赫拉克勒斯击败了一头怪兽，赢得了与得阿涅拉的合法婚姻（511）。但当他自己与半马人换位，成为半马人毒血的牺牲品，巴克科斯的葡萄（704）对他而言不再指向城邦，而是指向荒野。赫拉克勒斯回归家宅的酒神狂欢（219）很快将变成悲痛的哭号（947行及以下）。

酒与家宅的毁灭还有另一层联系。在利卡斯解释劫掠奥卡利亚的原因时，他编造赫拉克勒斯是因为在宴席上遭到羞辱而发怒，当时他喝酒喝了个够（268）。谎言又一次包藏着真相，它让我们一瞬之间瞥见了那个醉酒惹事的赫拉克勒斯，一个 *Hēraklēs ō(i) nōmenos*（"醉酒的"赫拉克勒斯，268）的欲望使他接近他所征服的那些半马人。

涅苏斯在"深流涌动的尤埃诺斯河"上做摆渡人的生意（559），甚至为此挣一份工钱（*misthos*，560），像是个受人尊敬的社会成员。[90] 然而他的摆渡"既不摇动船桨也没有风帆"（560-1）。可堪比拟的是欧里庇得斯《酒神的伴侣》中狂女们不用网的捕猎，以及用"并非铁制的撬棍"摇动彭透斯躲藏的那棵大树（1206，1104）。即便涅苏斯从事某种接近文明的职能，也缺乏其基本特征：使用工具。他的摆渡人活计，就像他的身体外形一样，是对文明的滑稽模仿。他背着得阿涅拉刚走到河中央（564），就兽性毕露，抛掉了这层准文明举止的伪装。

---

[90] 涅苏斯举止中的摆渡主题，参Snell（见注59）178 n1; Bacchyl., frag. 64.9 Snell（Pindar, frag. 341.7 Bowra）; Segal, *AC* 46。

赫拉克勒斯也有他的"摆渡"（802；参571），像涅苏斯一样，也表达出与文明的暧昧关系。他将"由船运送"（ochēma naos, 657）回特拉基斯，抵达之时会被野兽击败（660-2）。他在痛苦中吼叫挣扎，很难把他抬到岸上（803-5）。尽管他打败了"牛头"怪兽（13；参223），在海洋和大地清除了各种危险的怪物（1102），但他仍然受困于"海峡"（99-100）以及惊涛骇浪中"大海的艰辛"（112-9），他从未从中逃脱过（参1170行及以下）。吹拂的海风（ouros）本应带来文明英雄回家团圆的顺利航程，在本剧中却一再标志着家的崩塌（468, 815, 827, 953-5）。

本剧中的大海并不受控于航海技艺的自然力量，就像《安提戈涅》的"人颂"中列出的第一项成就那样。相反，大海与不受控制的激情与野蛮联系起来，这在利卡斯之死的场景中得到了鲜明的呈现（780）。[91]这一事件之前，歌队咏唱了海港（naulocha），但赫拉克勒斯仍然"漂荡在海上……远离城邦"（apoptolin pelagion, 647-9）。他的亲爱伴侣正在城中等他归来（650, 657），但船所离开的"岛上的炉灶"（也就是祭坛）将斩断与文明秩序的全部联系，它本维系于海水那头的炉灶。

与海洋密切相关的是商业，这对城邦不可或缺（参柏拉图，《理想国》2.371a-e），对于雅典这样的海上帝国来说尤其如此。然而本剧却包含着对这一文明行为最令人震惊的颠倒：得阿涅拉起初盼望着成功（eu prattein）和换来收益（kerdos empolāi, 92-3），却发现她引进家门的伊奥勒"就像船主接收的货物，是用来交易的东西，一件让我糟心的商品"（537-8）。"成功"和"收益"（eu prattein, kerdos）一起出现在利卡斯的谎

---

[91] 对于大海意象的简要讨论，参Musurillo（见注70）65-6。

言里（230-1），其中前者的不祥回响贯穿全剧。[92]利卡斯讲述了赫拉克勒斯本人在服侍昂法勒时如何被买来卖去（250-2，276）。得阿涅拉的内部世界则贮藏着一件从外面运进来的不当货物，而她本人，料理家务的人（542），却变成了一个商人。如此一来，当赫拉克勒斯回到本应安全的家宅时，等待他的"收益"就只有缓和痛苦的昏迷了（988-91）。

文明的颠倒尤其体现于药物之中。索福克勒斯有着丰富的神话和隐喻素材可利用。自荷马始，药物（pharmaka）就是暧昧不清的[93]：它既可以治病又可以害人。克尔克和美狄亚的故事不仅把药物与性欲、野兽世界以及家宅毁灭联系起来，并同时提示出，药物正是部分通过受害人本人的淫邪和欲望而发生作用。[94]

半马人的媚药（pharmakon）只为它要治疗的"疾病"（685，1142）提供营养，是对真正的药物噩梦般的颠倒。药膏的融化代表病人肉体和精神的双重疾患，它导致了，也彰显了身体以及灵魂的失序。[95]在某些传说中，像阿基琉斯和得摩丰

---

[92] 有关 *eu prattein*（成功），参230-1, 297, 1171; 另参293—294行的 *eutychēs praxis*（行好运）和192行的 *eutychein*（幸运）。

[93] 总体讨论见S. Eitrem, "La magie comme motif littéraire chez les Grecs et les Romains," *SO* 21（1941）39-41。关于这一模糊性的更大范围，参 Jacques Derrida, "La pharmacie de Platon," *Tel Quel* 32（1968）3-48。

[94] Whitman 116评论道："赫拉克勒斯的新病可以被设想为旧病的延续。"

[95] 有关这场疾病在身体紊乱与情绪紊乱之间的摇摆，参Biggs（见注41）230-1。如果保留抄本662行对 *synkratheis*（混合）的识读，或许这里还存在着对药物的另一个倒转：不是药物"被混合"，而是受害者"被混合"于药膏。在其他地方，索福克勒斯隐喻性地将这个动词与表达"悲痛"或"怜悯"等情绪的词合用，*Antig.* 1311; *Ajax* 895, 并参 frag. 944P 连同 Pearson 的注，以及 Pindar, *Pyth.* 5.2.。同时应注意"涂油"（*chriein*）一词及其复合词在全剧中带有强烈暗示性的用法，参661, 687, 689, 832。

那样的英雄受神"涂油"而获得不朽;[96] 此处,一位英雄被野兽"涂油"(661,832),并陷入近乎野兽般的痛苦之中。赫拉克勒斯呼唤一位善于疗救的医生使用魔法驱走(katakēlein)他的痛苦与疯狂(atē,1000–2),殊不知他疯狂的根由正是一位野兽施药者(pharmakeus,1140)[97]所施下的魔法(kēlētērion,575)。

疾病从一开始作为淫欲的隐喻(445,544)变成了真正的身体病症(开始于784行)。然而,即便病已经实实在在,也仍然难以捉摸,无药可医;这一方面是因为药物本身就是灾病的来源,另一方面也因为这是已病之人的疾病。疾病于是有了生命,像一头野兽(agria,1030),咬、吸、跳、跑、绽放、紧抓、蠕动(769行及以下,987,1010,1026,1053–6,1083–4,1089)。[98]疾病自身变成了某种"野兽",它是涅苏斯的兽性暴力;"古老的野兽"在赫拉克勒斯身体里获得了新生,那是由他自身的淫欲释放出来的兽性。利卡斯曾兴高采烈地宣布赫拉克勒斯即将回归,"他生命绽放,没有疾病的重负"(235)。实际上,赫拉克勒斯却滋养着"绽放的疾病"(999,1089),其恶毒远非利卡斯所能想象。这场病把原因和结果联系起来,把肉体的紊乱与精神的紊乱联系起来,从而同时揭示出内部和外部的视角。当古老怪兽的血与毒渗入英雄自己的血液中,这些对立面合为一体。杀死所有野兽的毒(716)现在杀死了赫拉克勒斯自己。

---

[96] 参 Hom. *h. Cer.* 237; Apollon. Rhod., *Arg.* 4.870–871。参 N. J. Richardson, *The Homeric Hymn to Demeter*(Oxford 1974)对237行以下的解读。

[97] 这个词在此首次出现,且在悲剧中未见于他处。参 Kamerbeek(见注17);亦见 Segal, *YCS* 111。

[98] 疾病变成野兽的讨论,参 P. Rödström, *De Imaginibus Sophocleis a Rerum Natura Sumptis*, Diss. Uppsala(Stockholm 1883)27。

八

野兽闯入人类世界，无论是字面上还是比喻义上，都扭曲了人类语言的形状。哭号、吼叫、嘶喊、砰砰的重击成为盖过一切的声响。我们已经看到，仪式性静默（*euphēmia*）如何变成了人群面对利卡斯之死时的哭号（178，783）。弥尔顿在这段文字中找到了灵感，用来比喻地狱的"狂野呼叫"。[99] 应和着神圣乐曲的欢快悦耳的笛声（639-42；参217-8）让位于利卡斯的嘶喊和赫拉克勒斯的哭号所构成的刺耳声响。得阿涅拉在描述半马人的药膏抹在羊毛上的效果时，说她"看到的话却说不出，人的头脑不可理喻"（693-4），这一惊人的通感强化出这些事情不可解的性质：它们超出了日常言语的界限。[100]

三个主要角色都在某个时间点变得只能含混不清地发出痛苦或悲悼的哭喊（参805，904，909，936-42，1004行及以下）。"过得好"（*eu prattein*）这样的重要语汇已经意义模糊，亲属关系的基本用语变得空洞无物（参541-2，736，817-8）。赫拉克勒斯哭得像个小姑娘（1071行及以下），舌头早已不听使唤，失去了英雄的自我克制。

《特拉基斯少女》在索福克勒斯现存剧作中的不同寻常之处

---

[99]《失乐园》2.542-547：

> 就像赫拉克勒斯从奥卡利亚归来
> 戴着冠冕凯旋，忍受着袍子上的毒，
> 痛苦中连根拔起特萨利亚的松树，
> 又把利卡斯从奥塔山顶
> 扔进了尤卑亚的大海。

[100] 参C. Segal, "Synaesthesia in Sophocles," *Illinois Class. Studies* 2（1977）88-96。

在于，它既通过口头的言辞又通过书写来表现沟通的败坏。[101]
得阿涅拉两次提到赫拉克勒斯离家时留给她的一块字板（47,156行及以下）。这块字板（deltos engegrammenē, 157）显示出一个有责任感的赫拉克勒斯，他关心自己遗产的分割，也关心自己家室的未来（161行及以下）。但家中还有一块"字板"，得阿涅拉形容自己牢牢记住了涅苏斯的叮嘱，就像"一块铜板上抹不掉的字迹"（683）。得阿涅拉甚至把这些叮嘱称作"法律"或"命令"（thesmoi），她把这样的庄严用语赋予那一番花言巧语，而事实上正是这番话推翻了根基深厚的法律秩序。

赫拉克勒斯与得阿涅拉之间另外的沟通工具也并非言语：两位主角在剧中并没有话语交流，只有那件长袍，封上印纹（614–5）作为信任的标志（623）。字板和封印的信件都失败了，这揭示出家宅与外部世界的沟通出现了深深的断裂。赫拉克勒斯和得阿涅拉实际上说着不同的语言。[102]得阿涅拉所理解的是爱的礼物，赫拉克勒斯收到的却是死亡的赠礼。至于他们之间的信息交换中介，她会利用信使来唤醒彼此的爱欲（631–2）；而临近结尾，如果赫拉克勒斯得逞，他将让得阿涅拉成为"信使"，向所有人报告他还有能力进行正义而残忍的复仇（1110–1）。

劝说、药物、魔法以及有毒的爱欲共同作用削弱了作为理性沟通工具的语言。半马人的"劝说"既是他的言语又是他的药物。二者借助受害者本人潜藏的强烈性欲与非理性作用于

---

[101] 关于书写的主题，参Segal, *AC* 48–9。
[102] 参J. Lacarrière, *Sophocle dramaturge*（Paris 1960）51–2，"彼此生时分离，死亦分离。得阿涅拉与赫拉克勒斯的交流完全是'异代间的'。当得阿涅拉说'爱情'，赫拉克勒斯理解为'性'；当她说'女人'，他理解为'雌性'"（p. 51）。亦参T. F. Hoey, "The *Trachiniae* and the Unity of Hero," *Arethusa* 3（1970）11。

得阿涅拉（710），又作用于赫拉克勒斯（661-2）。涅苏斯在力量比拼中失败了，故求助于语言。他那有魔力的魅惑引诱了（"劝说"）得阿涅拉，通过言语获得了其淫荡的双手（565）没能实现的效果。[103]

在涅苏斯言语的魅惑"劝说"着得阿涅拉时，其药物字面意义上的魅惑"劝说"着赫拉克勒斯，并在本义与隐喻义的复杂交错中，将他从色欲与"许德拉最可怕的形状"的融合中融化（836-7），[104]这正是赫拉克勒斯本人的内在兽性被释放出来的象征之一。在色欲冲动之下，向来快人快语、行事直截了当的英雄也被拖入谎言与诈骗之中（参dolos，"狡计"，277）。

述说双方灾难的两首合唱歌都强调了劝说能力的暧昧性。无论660—662行还是831—840行，都不是人在说话，而是野兽在说话，说着诱惑的话（peithein, parphasis，660-2）和欺骗的话（dolo-的复合词，832，839）。[105]是野兽在"驯服"他人（参[赫拉克勒斯]……充满爱欲的[panameros]，660），是野兽在使用"刺棒"（840）。

对理性的人类行动的所有表达都适得其反。言语就像药物一样，处于最原始的层次：二者最终都是野兽的毒血（572，717），借助受害人本人的血起作用（1054），燃起本就在那里

---

[103] "劝说"（peithō）的色情意涵不言自明，参J. de Romilly, "Gorgias et le pouvoir de la poésie," *JHS* 93（1973）161 and nn. 35–6; Segal, *YCS* 111-2。
[104] 抄本对*phasmati*（幻影）的释读当然是正确的，它强调了毒药幻影般的性质：参509以及831行的"致命的云"。参H. Lloyd-Jones, "Notes on Sophocles' *Trachiniae*," *YCS* 22（1972）266; A. A. Long, "Poisonous Growths in *Trachiniae*," *GRBS* 8（1967）276-7; Segal, *YCS* 118。
[105] 我认同皮尔逊在662行的做法，采纳了帕莱对*parphasei*（劝诱）的识读：参*YCS* 112-3 and 40。"劝诱"（*parphasis*）是另一个带有色情意味的词，参*Iliad* 14.216–217, 208。

的有毒欲火，毁掉言语的清晰表达。半马人对得阿涅拉的劝说和魅惑在语言上是模棱两可的：涅苏斯承诺药物可以影响赫拉克勒斯的头脑，"让他再也不想看除你之外的女人"（575-7）。诱骗与药物、劝说与药膏实际上是可以互换的，它们都是古老野兽的语言，共同毁灭了文明的秩序与理性。

半马人的药物所起的作用揭示了它的本质：狂暴情欲的黑暗魅惑（thelxis）。在本剧的象征手法中，淫欲是一种黑色毒药，玷污头脑，戕害心灵。这一象征结合了在爱的"劝说"之下内心的自我欺骗和与爱相伴相随的外在欺骗及计谋（peithō, apatē, dolos）。半马人、他的毒血、他和得阿涅拉对毒血的使用，将行为举止的复杂性具体化为可见的情景，勾画出极端而危险的爱欲幻象：欺骗、劝说、诱惑、心爱之人的魔力、暴烈情感影响之下理性与非理性之间的心旌摇荡，以及扫除任何压抑来迎合动物本能的力量。

当赫拉克勒斯没能说服欧律托斯把伊奥勒交给他做侍妾的时候（359-60），他全无耐心，表现得就像柏拉图在《理想国》中所说的"憎恨言辞的人"（misologos）和没有教养的人（amousos），"不知利用言辞的劝说，而是像一头野兽（thērion）那样凡事诉诸强力与野蛮"（bia, agriotēs, 3.411d-e）。语言在得阿涅拉那里也经历了类似的反转。与伊奥勒结合的谎言与秘密（kryphion lechos，"秘密的床"，360）随后带来的是得阿涅拉屈从于半马人的"秘密"（556, 689）以及她最终死亡的"秘密"（903）。[106]

丈夫与妻子的第一次接触是通过利卡斯虚假而错乱的报

---

[106] 有关秘密的主题，参Kirkwood（见注2）232-3。也应注意384行的 lathraios（暗中的）和533行的lathrāi（lathraios的副词形式），以及得阿涅拉有关在黑暗中行动的话，596-7。参Segal, YCS 144。

告完成的，这预示了接下来更致命的沟通扭曲。利卡斯试图以赫拉克勒斯回归带来的单纯快乐掩饰他的谎言（289-90）："要知道他即将到来。在说得好（logou kalōs lechthentos）的完整描述中，这是听起来最令人愉悦的。"就像说话聪明的人那样，他想给听者带来快乐。此处令人想起修昔底德对"说话动听"（kath' hēdonēn legein）的警告。[107] 然而特拉基斯的报信人纠正了他，这位报信人并不乐意报告令人不快的消息（ouch hēdomai），但他起码有话直说（orthon, 373-4）。

得阿涅拉同样以暧昧表达来回应。其话语的双重含义（600-32）对应叙事过程中的双重含义，作为礼物的长袍既是也不是她所声称的东西。事实上，此时的长袍有三重不同的意义：对利卡斯而言，它是得阿涅拉的感恩祭礼；对得阿涅拉而言，它是媚药；对已死的涅苏斯和观众而言，它是致命的毒。

沟通的破坏对信任这一主题尤为重要。诸如 pistis、pistos、pisteuō 这些词既表示对消息真实性的信任，也表示对丈夫或妻子之忠诚的信任。语言的符码和家庭的符码彼此对应。对言辞（logos）的信任一旦遭到破坏，家庭成员之间的相互信任随之消失。修昔底德对科西拉革命的著名描述从城邦而非家庭的角度呈现出类似的状况。价值的崩溃伴随着语言作为思考与沟通工具的崩溃。在修昔底德的分析中（3.82-83），正如在索福克勒斯的剧作中，语言被用来服务于激情。其结果是信任（pistis）的崩塌，而这本是城邦成员之间、家庭成员之间必须存在的，如果他们不想彼此毁灭的话。[108]

利卡斯的谎言是言辞（logos）领域最初的传染源，它把

---

[107] 如 Th. 2.64.8, 3.38.2ff.。
[108] Th. 3.82.5ff.; 3.83.2-3.

传染也带到了信任（*pistis*）领域。[109]他声称自己在传达指令时忠于（*pistos*）赫拉克勒斯（285-6）。他称呼赫拉克勒斯为"你的丈夫"（*posis sos*，285），这成为家庭关系破裂的先兆。得阿涅拉随即找到理由质疑他是否忠于真相（*to piston tēs alētheias*，398）。利卡斯忠于真相的方式很快使得得阿涅拉开始讥讽自己丈夫的忠诚（541），以及丈夫（*posis*）这一称呼本身（541，550-1）。

送出的长袍本应是家庭成员之间彼此信任的实物见证，却意味着得阿涅拉信任的是野兽而不是自己的丈夫。因此，当她开始考虑使用长袍的时候，她和歌队一起反思可信性（*pistis*）的问题（588-91）。传令官利卡斯将捎去口信和对礼物的回礼（493-6），他要转达的是语义模糊的口信，他要递送的是"古老野兽的古老赠礼"（555-6）。礼物应该"紧扣"（*prosharmosai*，494）需要，但这借助礼物的沟通却变成了对长袍上的毒药毁灭性的"劝说"；礼物要在黑暗中藏好，直到是时候紧扣（*harmozein*，687）在身上。[110]"礼物"一词在下一场景中不祥地回响（603，668，691-2，758，776），直到得阿涅拉对这件礼物的犹疑最终得到确认：许洛斯宣告，这是一件死亡的礼物，一件死亡长袍（*thanasimos peplos*，758）。

---

[109] 注意在开场中关于传言（67）和神谕（77）是否"可信"的评论。
[110] 关于"紧扣"这一动词以及相关话题，参 Segal, *YCS* 138。本剧还存在另一方面的沟通扭曲，体现于 *stellein*（"送出"或"装扮"）和 *stolos* 这两个同源词的使用，后者既可以表示"长袍"又可以表示旅程中的"随从"或"伴随物"。得阿涅拉说："利卡斯来时带着这么多的随从，让他空手而归是不对的"（495-6；参226）；结果就是赫拉克勒斯以长袍"装扮"（*stellein*）起来（611-2），传达得阿涅拉想要利卡斯"送出的话"（*logōn epistolas*，493）。而这身装扮（*stellein*）又可以追溯到父亲第一次将她送出（*patrōon stolon*，562）家门，她作为新娘第一次遇到了涅苏斯并得到了毒药。

语言和长袍这两种交换形式中的模糊性,在得阿涅拉交出长袍时的话语中以及利卡斯的答复中达到了高潮(600-32)。利卡斯称赞他所从事的文明沟通的技艺(technē):"如果我从事信使这一赫尔墨斯的可靠技艺,你的差使我绝不会出错,转交给赫拉克勒斯这个盒子,把你所说的信任的话语紧扣在他身上(eph-harmosai)。"(620-3)没有哪个自许的沟通技艺专家更会骗人或被骗了。这一技艺悄悄地成了野兽的工具。话语的暧昧颠覆了真正的沟通:"连接信任的话语"(623)变成了把虚假而歹毒的媚药"连接"到身体上(687;参767-8)。掌管沟通技艺的神——信使(pompos;参620,617)赫尔墨斯同时也负责把死人引向哈得斯。作为一个信使,利卡斯事实上也承担了这一职责。[111]

语言的败坏所涉及的对比不仅仅存在于清晰的言辞与不可信的言辞之间,还存在于言辞与根本无言辞之间。伊奥勒一开始就保持着近乎埃斯库罗斯式的沉默,这给家庭,也给沟通带来了第一个威胁。她被当作一件俘获的财产,似乎已经丧失了说话的能力。自从她的家、她的城邦遭临大难,她只能哭泣(322-7)。曾赋予她一个人类身份的那个文明框架已然坍塌,她因此变成了一头"负轭的小母牛"(536),且沉默不语。

围绕着伊奥勒的沉默也击垮了得阿涅拉的家。利卡斯回避得阿涅拉有关这位美貌女俘的问题,推说自己不知道,"因为我没有详查"(317)。作为赫拉克勒斯的好伙伴,他"以沉默做了自己该做的事"(319)。真相大白之际,利卡斯承认赫拉克勒斯"没有让他隐瞒"(480)。欺骗只是他自己的想法,因为他"怕这些话会伤她的心"(481-2)。我们后来知道,对赫拉克勒斯来说,言辞只不过是"装饰"(poikillein,1121)而

---

[111]见卡默比克对620行的注。

已;利卡斯起码对言辞的力量略知一二,无论说出口还是保持缄默。

在交谈之后,利卡斯带走了那件要转交给赫拉克勒斯的礼物。当得阿涅拉对刚刚送走之物的真相有了新的发现,歌队试图以沉默来遮掩过去(731-2):"在接下来的话语(*logos*)中适合保持沉默,除非你要对你儿子说些什么。"但许洛斯有自己的话(*logos*)要说,他要说的就是否认她做母亲的名义(736,817-9)。她的回答是——她什么也没说,在这部充斥着暴烈声响的剧作中,这是一次最关键的戏剧性沉默。歌队问道:"为何你要在沉默中溜走?"但在儿子眼中,沉默只不过进一步确认了她的罪责。"难道你不知道沉默就等于认同了你的控告者吗?"(814)。儿子刚刚否认了得阿涅拉身为母亲的权利,现在又以家庭之外的身份与她交涉,变成了她的"控告者"(*katēgoros*)。打破沉默的是舞台后传出的一声叫喊,她死了,这"含糊"的声音、"不幸的痛哭"(866-7)回应着"无声的主使"库普罗斯(861-2)。当赫拉克勒斯终于现身时,许洛斯的哭喊和语无伦次的话被打断,他应当保持沉默,以免他的话"惊醒发疯的父亲身上的残酷病痛"(971-7)。如今能带来好处的唯有沉默(988-91)。

只是临近剧终之际,人类言语才打破了可怕的沉默或野兽般的哭号,闪烁其词地开始重建自身。许洛斯坚决要求赫拉克勒斯保持沉默,以便他可以听到有关得阿涅拉的真相(1114-21,1126),这弥补了他对得阿涅拉离开时沉默不语的有罪解释。那时,沉默就是"认同"(*synēgorein*,814)控告者;现在,新的神谕作为新的更高形式的话语(*logos*)"认同"(*synēgor*)了旧预言,使赫拉克勒斯得以理解自己死亡的意义。此时,旧的(*palai*,1165)放松了对新事物的恶意控制:某些混乱以外的东西正在从半马人从前的邪恶劝说中浮现出来(1141;参555-

6, 1159）。

"野兽的劝说"（660-2；参1141）曾造成了由人到动物的向下调解；而神谕的话语（logos）则以神的视角向人揭示了他的命运。[112]现在，不再是人类言语加上野兽般的嚎叫，而是自然世界窸窸窣窣地吐露出有关主人公的高贵和英雄气概的信息，至少使我们一时瞥见了那个赫拉克勒斯，我们期待看到的那个"最好的人"。"鸽子"（应指女祭司，非实指鸟类）[113]、野橡树和多多那"多言的橡树"（polyglōssos drys）曾向赫拉克勒斯述说，他现在才完全理解那些话的含义。正如黄金时代的神话那样，人与自然之间的障碍被消除了，带来的是美好而非毁灭性的结果；借助野兽，人接触到了神，而非自己潜藏的兽性。而本剧到此为止，情形恰恰相反。

赫拉克勒斯把这些预言写了下来（1167），就像得阿涅拉牢记涅苏斯的叮嘱，"如同铜板上抹不去的字迹"（683）。但这次书写实现了它真正的职能，保存了神的话语，而不是黑暗怪兽留下的毁灭言语的信息。

然而，没有任何话语（logos）跨越了赫拉克勒斯和得阿涅拉之间的鸿沟。许洛斯付出了全部努力让赫拉克勒斯平静下来，在沉默中倾听他解释母亲的处境（1114-39），然而得阿涅拉得到的不过是赫拉克勒斯的沉默。[114]奥德修斯和珀涅罗珀的家终获团圆，他们再次聚首在床上亲密交谈。那是一张活的橄榄树做成的床，是一个兴旺繁盛之家的恰当表征。赫拉克勒

---

[112] 有关神谕，尤见于Kirkwood 78-9; H. Weinstock, *Sophokles*（Wuppertal 1948）27ff.; Lacarrière（见注102）15-6.
[113] 参Kamerbeek; Jebb, Appendix 203ff.; Lesky, *TDH* 209 n66。
[114] Kirkwood, "The Dramatic Unity of Sophocles' *Trachiniae*," *TAPA* 72（1941）209指出得阿涅拉与赫拉克勒斯之间还存在另一个有关沉默的对照：她在沉默中赴死，他则对她的结局沉默不语。这又是自私与不自私之间的对照。

斯和得阿涅拉死在各自的痛苦之床上，彼此从未说过一句话，他们之间的交流陷入虚假、暧昧、诅咒之中，那印信所代表的忠诚错付于一座空宅（参614-5，542）。

九

然而半马人的"劝说"并未扫除一切。多多那提示出人与自然的较低等级存在更愉快的关系，与此相似，在本剧一个最阴沉的时刻，半马人的一个不同形象——克戎出现了。当得阿涅拉发现涅苏斯的药究竟为何物的时候，她描述了许德拉的血如何同样毒害了克戎（714-5）。这个半马人并非涅苏斯那样的野兽，而是一位神，她叫他"克戎神"（*theos Cheirōn*）。[115] 他不是致命之毒的施药者（*pharmakeus*），而是如品达所说，是"为肢体止痛的温驯技师"阿斯克勒皮奥斯（Asclepius）的老师（《皮托凯歌》3.6）。得阿涅拉提到克戎是作为毒液致命之效力的另一例证。他是一个好半马人，代表着野兽与神祇之间一系列良性的调解，然而得阿涅拉无缘得见。她的半马人涅苏斯实际上也会哄骗说自己是一个善良的半马人，教导别人（681）、帮助别人（570）、劝说别人（570），然而当他意欲强奸一位新娘时，他事实上恰恰展现出了那部分恶毒半马人的原形。

像祭祀一样，神谕也是人与神之间的一种沟通方式，但与祭祀不同的是，神谕不可能被败坏，只可能被误解。在本剧前面的部分，神谕与祭祀被紧密关联在一起：得阿涅拉问利卡斯，赫拉克勒斯的祭祀是否起因于一个誓言或"某个预言"（239）。赫拉克勒斯曾告诉得阿涅拉，有神谕表明他攻打奥卡利亚的冒险将导致他生命的终结或从此享受永远的幸福（76-81）。而当

---

[115] 参考品达的 *phēr theios*，"神圣的野兽"，*Pyth.* 4.119。

赫拉克勒斯把已死的涅苏斯与那个没有什么活物能杀死他的预言联系起来的时候,他获得了有关自己受难之意义的新知识(1157–72)。得阿涅拉听说的以及赫拉克勒斯本人知道的两个预言,从不同的角度表达出赫拉克勒斯野蛮行径的灾难性后果:一意孤行地毁灭一座文明城市,以及被野兽半马人所征服。

只有死者才能杀死赫拉克勒斯的神谕展露出它隐藏着的意义。的确是赫拉克勒斯已死的久远的过去中的某个东西杀死了他。半马人的礼物是古老的,野兽本人是久远的(555)。在那个发现的时刻(1141),"古老的"(*palai*)是一个关键词。半马人和他的礼物属于一个更早的、更原始的但仍然存活的世界。涅苏斯活在我们生存的世界被深埋着的遥远地层中,但他正如我们所说的那样,可能以出人意料的毒力象征性地归来。赫拉克勒斯曾征服了兽性力量的远古世界,但他没能彻底征服自身内部的远古兽性。半马人的毒药与赫拉克勒斯内在的淫欲之火以及不受约束的冲动齐心协力地让兽性复活。赫拉克勒斯以一个成长了的人类自我面对这一更原始的自我,忍受苦难然后征服这"古老野兽的久远赠礼",以旧的神谕验证新的预言(1165),再次赢得了他对野兽的古老胜利,并成为真正的文明英雄,配得上宙斯之子和"最好的人"之名。我们目睹了赫拉克勒斯人性的丧失,又看到了它的复归,如同奥狄浦斯的情形一样,这一过程需要新与旧的对抗与融合(参《特拉基斯少女》1165和《奥狄浦斯王》916)。此处,就像在《奥狄浦斯王》、《埃阿斯》和《菲罗克忒忒斯》中那样,神谕是睿智的,并告知了我们真相,只不过我们一直抗拒它或不愿去揭露它。[116]

---

[116] 有关赫拉克勒斯最后对神谕的理解,参Segal, *YCS* 133–4;亦参Kirkwood, *Study* 50:"仅仅对赫拉克勒斯而言,令人困惑且误导性的神谕以及涅苏斯真实的谎言才可能赋予意义与模式。而对得阿涅拉而言,席卷而来且无力应对的一系列事件只意味着毁灭。"

在我们所分析的文明符码的结构中,预言与祭祀构成了对称关系。那场败坏的祭祀把凯旋的英雄与他的兽性双身结合为一体。而他被焚烧于火堆之上也像是某种祭祀(1192),而且就像在祭祀中一样,必须有一个牺牲之外的人充当祭祀者并点燃祭火。[117]奥塔山上的火由神指定,回应了克奈昂那场服务于野兽计谋的不纯净的"血火"。在那里,祭祀之火触发了疾病,把英雄打入下降之路,向着他的兽性对立面堕落;而在奥塔山上,火焰是一种神秘的疗法(1208-10),赫拉克勒斯拥有这种秘密知识,这来自他与神灵的特殊关系。

"这是我能得到的唯一治疗,我的苦难仅有的医生",赫拉克勒斯不无神秘地说(1208-9)。许洛斯无法理解,他问道:"我怎么可能焚烧你来医治你?"(1210)赫拉克勒斯的回答出人意料地通情达理(1211):"如果你害怕做这件事,起码做其他的吧。"这平静的语气本身就暗示着治愈,因为如我们看到的,原来的疾病既是身体的也是精神的。

这一神秘知识(1208-9)表明,赫拉克勒斯已经找到了他在阵阵剧痛中曾绝望地呼唤的治疗方法(1000-3)。他在这里表达"医治"的词不是暧昧不清的 *pharmakon*,而是 *paiōnion*(1208),是奥林波斯的疗救之神(Paian)或疗救神阿波罗的医治能力。[118]赫拉克勒斯第一次出现在舞台上时,狂喊(1013-4):"我要死了,啊!没有人用火或剑来个了断,帮一帮我这个悲惨的病人吗?"而此时他对等待疗救之火怀有冷静的信心,与之前的呼唤用火有着天壤之别。那时他臣服于野兽以及自己内心的兽性,此时他触摸到了神和自身的神性。

---

[117] 需要由赫拉克勒斯之外的人来点燃火堆,这一点在神话传统中得到了突出强调,参 Diodorus 4.38.4 和 Apollodorus, *Bibl.* 2.7.7。

[118] 例如 Pindar, *Pyth.* 4.270;参 LSJ s.v. *paian*。

索福克勒斯从未明确说出赫拉克勒斯将在奥塔山的火祭之后成神。赫拉克勒斯的成神是有关本剧的评论中最具争议性的问题之一。[119] 尽管用 *exō tou dramatos*（"戏剧之外"）的材料来解读作品总是危险的，但几方面的因素强烈暗示着索福克勒斯希望我们把赫拉克勒斯的受难置于更广大的传说框架中加以审视。成神不会减轻这些苦难，或把严酷的结局转变为任何接近幸福结局的东西。它也不会使赫拉克勒斯更温和：悲剧中的英雄，正如在英雄崇拜中一样，总是严酷而疏远的。但成神的确提示出一种对称的设计：既包含了向下的调解，也包含了向上的调解。

撇开1206—1210行相当清楚的成神暗示不谈，我们可以提出四点论据来支持这一看法。第一，包含成神的传说是索福克勒斯时代被广泛接受的版本，并且索福克勒斯本人曾在《菲罗克忒忒斯》中加以采纳。[120] 索福克勒斯的公民同胞可以在雅典城的首要神殿的正面——帕台农的东山墙上看到神化了的赫拉克勒斯。[121] 第二，全剧对神谕的强调以及结尾处对火葬堆的强调将结局呈现为神所制订的计划的一部分，其中必然包含赫拉克勒斯的神化。如果索福克勒斯没有打算让我们想到火葬的目的——成神，那么我们很难理解他为何如此强调火葬堆。没

---

[119] 关于成神问题的讨论及参考文献，参 Segal, *YCS* 138ff.; 诺克斯对 G. Ronnet 所著 *Sophocle, poète tragique* 的评论，见于 *AJP* 92（1971）694-5; Walter Burkert, "Die Leistung eines Kreophylos," *MH* 29（1972）74-84，尤参 83—84 页对史诗传统的讨论。

[120] 这一传说也在地方崇拜中被铭记，参 Arrian 的记述，收录于 Stobaeus 1.246.18 Wachs.："据说每年都会在奥塔山山顶为赫拉克勒斯和菲罗克忒忒斯举行祭祀，以纪念古时事迹，祭坛原地还保留着余灰。"有关考古证据，参 M. P. Nilsson, "Der Flammentod des Herakles auf dem Oite," *Archiv f. Religionswissenschaft* 21（1922）310-6。

[121] 参 Evelyn B. Harrison, "Athena and Athens in the East Pediment of the Parthenon," *AJA* 71（1967）43-5, 57。

有成神作为背景,关于火葬堆的种种细节就毫无意义。[122]第三,赫拉克勒斯与宙斯的父子关系自始至终得到了强调,这也使得赫拉克勒斯最终跻身于奥林波斯诸神的行列。第四,索福克勒斯另外六部剧作中有两部超出戏剧框架,指向了对主角的死后崇拜,即《埃阿斯》和《奥狄浦斯在科洛诺斯》。六部作品中,有三部的结尾提及了剧情发生之后的事件,但仍然是神话的一部分:《埃勒克特拉》、《菲罗克忒忒斯》和《奥狄浦斯在科洛诺斯》。因此,在《特拉基斯少女》中提到赫拉克勒斯的成神不会与他在存世作品中对神话材料的处理方式相矛盾。

赫拉克勒斯的成神对已死的得阿涅拉、无根的伊奥勒、痛失双亲的许洛斯来说不构成任何安慰。赫拉克勒斯从神灵那里得到了神谕,但对其他人来说,神灵的安排仍然是黑暗的,主人公与宙斯的父子关系只会引发神对最亲近之人的明显忽视。然而,个人层面的破裂在重建遭毁坏的文明秩序的连续性中得到了弥补。

在祭祀神话中,牺牲与神可以互换。由于"神圣存在与牺牲这一神秘的双重性……神看起来逃脱了死亡"[123]。牺牲的功能是调解,并且牺牲"对于经由自身的沟通方向漠不关心"[124]。然而,在《特拉基斯少女》中,辨认牺牲与神(或此处出身神裔的英雄)首先打乱了神性与兽性之间的区分。神似乎被野兽征服了。神样的英雄在克奈昂与野兽牺牲合体,却要在奥塔山上把自身中的牺牲和自身的兽性分离出去。在那高高的山巅上,在"宙斯的绝顶危崖"(1191),净化之火将最终使他的神性显现出来。火葬堆的祭祀仪式(1192)最终将

---

[122] 参 Segal, *YCS* 140。
[123] Hubert and Mauss(见注16)85.
[124] 同上注,97页。

把赫拉克勒斯与他的怪兽双身涅苏斯分离开来，恢复曾被毁灭了的差异。

然而，必须牢记的是，索福克勒斯的神远非我们的圣徒。他的神灵不是和善、仁慈的存在。变成神不意味着突然变得温和、善良，不如说这意味着进入诸神所在的那个代表着力量与永恒的神秘而遥远的世界。神化了的赫拉克勒斯就像神化了的奥狄浦斯一样，并没有丧失他的残忍。

赫拉克勒斯最后的话表明他心里已经做好了成神的准备。他命令不许悲悼（1200），他自己也严酷地保持沉默（1259行及以下），这预演的神圣静默（euphēmia）曾在克奈昂那场败坏的祭祀中被粗暴地打破（783）。奥塔山的仪式将再现克奈昂的仪式，却以完全相反的意图得到了完全相反的结果。赫拉克勒斯扮演着替罪羊的仪式功能。他的结局，以及他忍住痛苦嘶喊的英勇，吸收了他曾释放出的暴力。[125] 这最后一幕中被抑制的暴力——赫拉克勒斯的死亡——被置于一个确定的仪式性框架之中：一个心甘情愿被祭献的人作为牺牲最终变成了神，而不是一个顽抗挣扎的人变成野兽。

本剧的结尾也可以理解为对悲剧自身文明化力量的反映。悲剧呈现出的宣泄过程将释放出来的暴力再次吸收进一个有足够弹性可以容纳它的秩序结构中。悲剧打破了人与野兽之间的界限，释放出可怕的混乱，但与此同时，其审美形式又确认了能够容纳和消解暴力的框架结构。然而在这一虚构框架内部，无辜的和有罪的都为文明界限的恢复赔上了性命，赫拉克勒斯吸纳了暴力，通过在奥塔山的火中死去，净化了自己。

伴随着向涅苏斯和魔法春药的回归，赫拉克勒斯开始了他向上进发的最后行动。当他听到"涅苏斯"这个名字，他明

---

[125] 参Girard 223; Segal, *YCS* 146-8。

白了神谕即将实现。此时这位一身蛮力的主人公出人意料地说出了一句体现智性感知力的关键话语：oimoi, phronō，"啊呀，我明白了"（1145）；接下来几行（1150），他又说，"这些神谕我知道（oida）"。

赫拉克勒斯对自己置身其中的灾难"知情"（1145）与得阿涅拉此前对自身处境的困惑（375）形成了对比。她的敏感使她对另一个女人的痛苦感同身受，越是理解（phronein）就越是痛苦：她可怜伊奥勒，"就好像只有她一人知道如何去理解"（phronein oiden, 313）。对这两个女人、无助的受害者而言，理解对她们无济于事，这是真正的悲剧。然而，赫拉克勒斯对自己命运的理解（1145），以及他对"解脱劳苦"（"因为死人再也不会有痛苦了"，1173）这一神谕之意义的新认识，至少部分被不久之前他怀有杀心的盲目仇恨打了折扣。这时，他想要得阿涅拉领教的是他致命双手的凶狠复仇（1107-11），然而他的这一面应当用来对付"外面的"怪兽，而不是自己家中的妻子。

"我完了，我完了，"赫拉克勒斯喊叫着，"我不再有光明了。"（1144）然而，在笼罩全剧的黑暗中，另一种亮光出现了——"这些事一起变透亮了"（lampra），接着他开始透露有关自己的结局一定会怎样的神秘知识（1174）。那曾经点缀着伊奥勒致命美貌的亮光（lampra, 379）和点燃毒药的火光（685-6, 691, 697），此时显示出一种指向神灵的内在光明。赫拉克勒斯的苦难开始于祭坛上的火光（607），那场败坏的祭祀是为了庆祝兽性淫欲自我迷恋的胜利。他的苦难将终结于神命的火炬之光（lampados selas, 1198; ephestion selas, 607）。心智的恢复似乎最终克服了野兽借助春药的黑暗魔法对头脑（phrēn）的损害。在莎士比亚的《奥赛罗》中，爱的魅力、怪兽、毒药、黑暗和魔鬼这些主题与《特拉基斯少女》形成了某些有趣的对应,如同其中的伊阿古(Iago)被揭开真面目的时刻,此时我们与主人公一起摆脱了野兽的魅惑,从暴力的阴云笼罩进入到一片澄明之光中。

十

赫拉克勒斯恢复了心智上的清明以及在仪式秩序中的地位,与此同时,他还重新获得了在家庭秩序中的地位。此时此刻,他再次表现得像一个从过去延续到未来的文明家系的创建者。他说起了"儿子"和"父亲",并号召自己的家族重聚(1146-50):"来,我的儿子,你将不再有父亲了。把你的一众兄弟们都叫来,把不幸的阿尔克墨涅(Alcmene),宙斯徒有虚名的新娘叫来,这样你们都可以听我讲述我所知道的神谕"。曾像野兽般凶残的英雄重新获得了宙斯之子的地位(1148),尽管因遭到宙斯的明显忽视而倍感辛酸(1149-50)。

赫拉克勒斯现在要建立一个新的家庭(oikos)来替代他毁灭的两个家庭(oikoi)。许洛斯与伊奥勒之间新的结合将作为儿子对父亲表达好意(charis)的一部分(1229,1252)。现在,野兽在克奈昂的"劝说"让位于父亲"劝说"一个顺从的儿子(参1179,1224,1229)。儿子孝顺父亲的法(nomos,1177)回应了半马人的无法(anomia,1096)。

在本剧的开头部分,透过留给得阿涅拉的那个写字板(157),我们看到了一个尚未败坏的赫拉克勒斯,他关心自己家庭的未来秩序以及财产的恰当传承。然而,得阿涅拉却顺从于另一个(比喻性的)写字板(683),它带来的不是家庭的秩序而是毁灭。当赫拉克勒斯理解了他在多多那记录下来的那个神谕(1167)时,家庭秩序又得到了部分重建。

尽管存在毁灭与重建这个模式,但家中那个最深的伤口始终没有愈合。首先，赫拉克勒斯对得阿涅拉未置一词。断裂依旧赫然绽露着。其次，丈夫与妻子之间信任（pistis）的崩塌并未在父子之间的交流中得到完全弥补。尽管赫拉克勒斯在劝说许洛斯，但孩子仍对需要庄严发誓大吃一惊（1181-3）：

> 赫拉克勒斯：首先把你的右手放在我手里。
> 许洛斯：你为什么要如此激烈地（agan，字面义"过分地"）强求信任（pistis）的标志？
> 赫拉克勒斯：那你为何不交给我（你的手），显得缺乏信任（apistein，或意为"违抗"）？

父子之间之所以对"信任"焦虑不安，正是因为赫拉克勒斯强加给儿子令人生厌的婚姻——新家庭与旧家庭的毁灭牵连太深（1233-7）。

第三，赫拉克勒斯对伊奥勒和许洛斯相结合的欲求没有摆脱他之前行为所表现出的那种自私的占有欲。[126]他对许洛斯说（1225-26）："别让除你之外的人娶走这个在我身边躺过的女人。"赫拉克勒斯没能超越自我中心以及对过去的占有欲。如一位阐释者所言，他还是"一位典型的武士英雄，把保护自己的财产视为……他的荣誉地位必不可少的组成部分"[127]。与

---

[126] 参 J. K. MacKinnon, "Heracles' Intention in His Second Request of Hyllus: *Trach*. 1216-51," *CQ* n.s. 21（1971）33-41。但我不同意他的观点——认为许洛斯只是娶了伊奥勒作为侍妾。不仅本剧中使用的 *damar*（妻子）一词与此相悖，也不符合神话传统，参 Apollodorus 2.7.7 以及 J. G. Frazer 在此处的注，见 *Apollodorus, The Library*, Loeb Classical Library（London 1921）I, 269。

[127] MacKinnon（见注126）41；亦参 Kamerbeek 对1225—1226行的注；Kitto（见注42）170-2; Weinstock（见注112）24（赫拉克勒斯的举动"完全保持着天真的人类自我形象"）；近来的讨论见 Christine E. Sorum, "Monsters and the Family: The Exodos of Sophocles' *Trachiniae*," *GRBS* 19（1978）69ff.。

这一远古的男性占有欲相伴的似乎还有片刻肉欲之火的闪现，他仍然记得她"在我身边躺过"。

评价赫拉克勒斯并不容易。有些人看到了温和与关切的萌生，一种至少要把他给人类生活带来的浩劫控制在一定范围之内的欲求。[128] 按照索福克勒斯的惯常做法，神的视角与人的视角在这里彼此交错。赫拉克勒斯几乎不情愿地充当了某个更大连续体的工具，那是超出他自身生命的秩序。一方面，他所说的仍然像一个充满占有欲的好色武士，想把自己在战场上凭血汗赢得的"财产"（$kt\bar{e}ma$, 245）传递给自己的亲骨肉。另一方面，他的行动实现了神的意志，这是历史事件的必要模式。许洛斯和伊奥勒仍将成为一个武士和英雄的伟大种族的创建者，尽管这有悖于他们的意志。赫拉克勒斯的所作所为确保了这一创建能够实现，即使不得不借助威胁和诅咒来强制执行（1238-40）。还处在活生生的丧亲之痛中的许洛斯对这一命令心生厌恶。我们同情他的感受和他的纠结。但索福克勒斯笔下永远遥不可及又不可揆度的神明是站在赫拉克勒斯一边的。人类幸福甚或人类正义与神圣意志之间的鸿沟始终幽暗深远。此时，在结尾处，父亲与儿子、残酷的武士与敏感的青年，站在这一裂缝的对立两端。

索福克勒斯并没有为赫拉克勒斯的暴力以及对得阿涅拉残忍的漠不关心开脱。这些特征属于神要求于他的更大命运的一部分。过度与力量的特质把他抬升到奥塔山并最终抵达奥林波斯山，但也正是这些特质毁灭了他。有关他的一切，正如埃阿斯一样，都是过大的、令人震惊的、模棱两可的。[129] 他对

---

[128] 参 Bowra 192-3; Segal, *YCS* 151-2, 110; Easterling（见注41）67-68表述了一种敏锐的平衡观点。
[129] 在这方面，赫拉克勒斯与索福克勒斯笔下其他常常"过大的"主人公并无区别，参 Knox, *HT* chap. 1, esp. 24ff.。

伊奥勒的处理方式是令人震惊的。或许他对"虔敬"的重新定义也是令人震惊的,他说虔敬就是"给(我的)心带来快乐"(1246)。[130]这一声言尽管充满了个人中心的自大,但也反映出赫拉克勒斯所认同的秩序超越了大部分凡人的界限。神谕是说给他的,只有他才能理解并实现这些神谕。在他的黑暗激情中闪烁着英雄气概的微光,他仍然配得上被称为"最好的人"。

许洛斯联系着这分裂家庭的对立两极,承受着来自双方的痛苦。他以父亲遭受苦难的名义控诉母亲(807–20),他又悲悼母亲之死,丧母之痛痛彻肺腑(936–46)。他离开家去寻找父亲(64行及以下),又从家里扛出一张床让赫拉克勒斯躺在上面,完成从外部世界到内部世界、从克奈昂回到特拉基斯(901–3)的最后旅程,在这张床上死去。赫拉克勒斯野蛮地迫使许洛斯在母亲与父亲之间做出非此即彼的选择(1107行及以下)。然而他对得阿涅拉的辩护(1114–39)部分恢复了已坍塌的家庭秩序,起码在剧中一位重要的幸存家庭成员的记忆中(我们对得阿涅拉的其他儿女一无所知,除了的确有这些儿女,31、54)。如果参照本剧情节背景中的《奥德赛》原型,许洛斯就是那个走向成熟的特勒马科斯,却以失去双亲为代价。像特勒马科斯一样,他离开家,寻找父亲,协助父亲完成最后的英雄功业(ponos)。但与特勒马科斯不同的是,对许洛斯而言,由儿子肩负的家庭延续责任建立在他所从出的家庭毁灭之上。

伴随家庭秩序得到恢复(尽管痛楚犹在),同样有迹象表明文明与野蛮之间也在恢复平衡。文明的技艺(technai)重新获得了某些应有的地位:得阿涅拉"设计"了自己高贵的死亡(928;参898);赫拉克勒斯预见到了某种神秘的奥林匹亚式的"治疗",它将征服野兽施药者(pharmakeus)的剧毒(1208行

---

[130]对1246行一个看起来更积极的观点,见Easterling(见注41)67。

及以下；参1140）。

十一

赫拉克勒斯的台词本可以结束于1255—1256行，有一句非常恰当的退场词："把我抬上去，可以从病痛中安息了，这个人的最终结局。"相反，索福克勒斯给了他五句抑扬格的诗行作为最后陈词（1259-63）。这段话照应着前面的某些段落，至关重要，那时，野兽的胜利打乱了文明秩序所有不同的符码（659-62，695-704，831-40）。

> ἄγε νυν, πρὶν τήνδ' ἀνακινῆσαι
> νόσον, ὦ ψυχὴ σκληρά, χάλυβος
> λιθοκόλλητον στόμιον παρέχουσ',
> ἀνάπαυε βοήν, ὡς ἐπίχαρτον
> τελέουσ' ἀεκούσιον ἔργον.
>
> 来吧，我坚强的灵魂，趁这疾病还未重新发作，套上嵌着石头的钢铁马勒停止哭喊，你将完成这件高兴的事，尽管是强制之举。[131]

"嵌着石头的"马勒令人回想起那件毒袍的效果，嵌入赫拉克勒斯的血肉就像严丝合缝的木匠活（*artikollos*，768：在希腊文中，这个词可以用来形容修整石头和木头的手艺）。马勒作为制服野兽的意象纠正了之前野兽以他的"马嚼"或"刺棒"

---

[131] 对这一段落更详尽的研究，参Segal, *YCS* 136-8。亦参我的"Eroismo tragico nelle 'Trachinie' di Sofocle," *Dioniso* 45（1971-1974）107ff.。

（*kentra*，840）对人的征服。

技术符码中的秩序重建伴随着生物和语言符码中的秩序重建。人高于野兽的等级关系被重新确立：曾像公牛一样吼叫、像小女孩一样啼哭（805，1070–5）的英雄将噤声的坚强命令下达给自己的灵魂（*psychē*），他的灵魂尽管残酷（*sklēra*），但仍然是人类知觉的感官。他率先实现了坚忍沉默的英勇精神，稍早之前他也曾敦促许洛斯这样做（参 *astenaktos*，"勿发悲声"，1200；参 1177）。由"强制之举"艰难赢得的喜悦回应了克奈昂那场败坏祭祀的过早喜悦，这将通过另一场迥然不同的祭祀来完成。

当赫拉克勒斯来到舞台上时，那位老人提醒许洛斯"咬紧牙关（*stoma*）"不要出声（977–8），以免惊醒他"头脑狂蛮的父亲的残忍痛苦"（*agrian odynēn patros ōmophronos*，975）而大喊大叫。此时，不再野蛮的赫拉克勒斯给自己套上了噤声的马勒。他不再是被牛虻驱赶的马匹或公牛（*oistrētheis*，1254，此前用来修饰搅乱世界的战神阿瑞斯，653），终于成为驯服野兽的人，是比之前更深刻意义上的驯兽者：他击败了自身中的兽性而成为内心的驯兽者。他在本剧结尾时拥有的马勒使他成为马–人涅苏斯的征服者，且远比尤埃诺斯河的弓箭意义重大。他防卫野兽的武器不再是来自原始猛兽世界的毒药，而是精工细作的人类手艺，是一件并非用于杀戮的工具，却将动物的蛮力转化为服务于人类的目的。另外，作为对公共秩序和王室权力的传统隐喻，马勒同时与人的自制和恢复了的王室权威建立了联系，就此提示出远比赫拉克勒斯本人的新气象更加宏大的向度。[132]

赫拉克勒斯的灵魂是"强硬的""坚定的"（*sklēra*），如同

---

[132] 也应注意马勒被用于对公共强制和权威的隐喻，参 Soph., *Antig.* 109 与 *El.* 1462。

钢铁的马勒本身。而他对自己灵魂的喊话有着特别的意义。这或许是史诗的英雄气概的回声。然而，就像理解神谕时的灵光乍现（1145），这也同时标志着一个以身体强力著称的英雄其内在精神的突然闪耀。他诉诸自己的灵魂，因此指向了人类独有的内部世界，这也是与野兽判然有别之处。[133] 赫拉克勒斯从尤卑亚到克奈昂的痛苦旅程跨越了水平轴线；此时，他将展开纵向的运动，向上抵达奥塔山的峰顶，从兽性上升到神性。[134] 与此同时，他也将上演一场艰难而必不可少的转化，从充斥着肉欲、强力和流血的古风时代的英雄气概，旧的史诗世界的英雄气概，进入真正的悲剧性的英雄气概。这种英雄气概尽管仍然与"外部"的"生蛮"暴力密切关联，但它或许能够在城邦之内找到自己的荣耀之地。

十二

当然，得阿涅拉的苦难仍然封闭于家宅之中。她的死延续了一种循环，如歌队所言，那种循环体现着凡人生活方方面面的变动不居与命运之轮的流转。[135] 这一循环触及了得阿涅拉悲剧性的根本特征，并表达出与赫拉克勒斯悲剧性的本质差异。它也反映出女性经验的循环性与内部性，与赫拉克勒斯目标导向式的确定的线性特征形成了对照。[136] 她的语言本身就

---

[133] 灵魂（psychē）作为道德意识的核心概念出现于公元前5世纪早期，尽管它通常与苏格拉底联系在一起，参 Pi., *Pyth.* 3.61; Soph., *Ajax* 154, *Antig.* 177. 更多参考文献见 Segal, *YCS* 136 n89。

[134] Segal, *YCS* 141ff. 以及 *AC* 47ff.。

[135] 关于人类命运的循环，参卡默比克对129—131行的注；参 *El.* 1365–6.

[136] 关于圆圈和循环运动与女性围绕炉灶的世界之间的关联，参 Vernant, *MP* I, 148ff.。

体现出自然的永恒复归带来的循环节律，照应着歌队唱词中总结的日与夜以及人类命运的循环往复（94行及以下，129-35）。"我从恐惧中滋养恐惧"，"夜晚带来了夜晚又带走我的悲愁"，"走进家门接着又走出家门"（28-9，34），诸如此类的表达证明她完全陷入了生活的循环节律之中。[137] 对她而言，没有超越，没有向上的线性运动抵达神所赋予的命运。她的悲剧是内在的悲剧。她仍然被困在家宅之中。她曾逃避性地向往自然世界中平静的内部空间（144行及以下），但却被无情的现实雨打风吹，那一直是她最为关心的问题，或者是自然世界袒露出的暴力的现实也让她担忧。

两位主角在空间上的分野——圆圈与直线，向内运动与向外运动——促成了他们分离的悲剧。这一点从全剧的第一场开始一直贯穿到结局：得阿涅拉陈尸于家中，而许洛斯最后的台词指向了去往奥塔山峰顶的旅程，这是神明那神秘而残酷的超越在本剧中的终极象征。两个人物都毁灭于他/她的核心价值，在一个非悲剧性的世界，这些价值本应彼此强化和补充。赫拉克勒斯哭得像个小姑娘，并且被他曾经征服的野兽世界所击败。以身强力壮著称的英雄，眼睁睁看着自己庞大的身躯被践踏，无助地成为装满痛苦的空壳。得阿涅拉，家庭的护卫者，生命的养育者，却杀死自己的丈夫，毁灭自己的家庭，换来儿子的诅咒。每个人都成为自己的兽性双身：文明的保护者赫拉克勒斯毁灭了城市，充当野兽复仇工具的得阿涅拉毁灭了她的丈夫。在语言崩溃之后，他们各自围绕着祭坛在痛苦中哭号，那代表着他们的首要关切：赫拉克勒斯在祭坛边庆祝胜利，得阿涅拉在室内的祭坛守护着家庭（805，904）。

---

[137] 有关得阿涅拉与循环往复之间的关系，参Hoey（见注68）142。

这部剧让我们直面这样的矛盾：杀死野兽的人自己变成了野兽；而杀死自己丈夫（那个"最好的人"）的女人则是一个深受喜爱的悲剧人物。和赫拉克勒斯一样，得阿涅拉将死时也保持了高贵的沉默（813）。在说出她实际在舞台上的最后话语时，她表达了以高贵而光荣的方式走向死亡的果决（719-22）："我决心已定，如果他被击倒了，我将与他一同赴死。因为一个绝不肯处身卑贱的女人要过有卑贱名声的生活是不可忍受的。"因此，她的死绝非如野兽的死一般，而是英勇无畏地遵从了高贵与名誉（timē, cukleia）的文明规范。面对所有性别上的不利之处，她仍然像赫拉克勒斯一样表现出英勇的坚忍（898）："女人的手有胆量（etlē，"坚忍"）去构建这样的行动吗？"她自愿完成了赫拉克勒斯交代许洛斯准备好去做的行动：synthanein，"与他一起死"（720，798）。[138]

尽管曾依赖半马人那毁灭文明的"技艺"，得阿涅拉最终仍然证明，自己像赫拉克勒斯一样塑造着文明。正如前往奥塔山的赫拉克勒斯成了野兽世界的真正征服者，死在家中的得阿涅拉终于把自己从野兽的力量中解放出来，那是她多年来埋藏在家室深处准备随时使用的力量。对赫拉克勒斯来说，是祭祀仪式及其涉及的方方面面，对得阿涅拉来说，是维护家庭与婚姻，这两方面构成了决定性的试验场，执行着他们都必须承担的任务，无论成功或失败：一次又一次地定义文明与野蛮之间的边界，作为我们的秩序、我们的人性之基础的边界。

得阿涅拉最终拒绝被性冲动所利用，尽管这种驱动力曾在她的生命中发挥重要作用。[139]然而想要从欲望与生殖的自

---

[138] 关于这一点，参 Segal, *YCS* 156。
[139] 这一段重述了 Segal, *YCS* 158 的观点。

然循环中脱身,她只有在逃避的幻梦中拒斥它(144行及以下),或者在死亡中完成这一循环的最后一步。就像在《埃阿斯》中一样,两人只有通过死亡才能重获自由,摆脱给他们的生活造成灭顶之灾的原始力量。像埃阿斯一样,得阿涅拉是时间与变化的牺牲品,但要逃避时间与变化,只能选择死亡——人类能得到的最后的自由。这是这部悲剧最黑暗的一面,与《埃阿斯》别无二致。然而即便如此,她就像赫拉克勒斯一样拒绝成为性冲动的牺牲品,虽然那曾指引她的生命进程;并且像赫拉克勒斯一样,决心以高贵的死亡战胜野兽扬扬得意的狡计。

十三

然而,无论是得阿涅拉还是赫拉克勒斯,索福克勒斯都在他们身上留下了未能完全愈合的东西,一种无法完全实现的平衡。得阿涅拉虽然被免除责任,但她没能等到那个她最在乎的人为她洗刷清白。赫拉克勒斯的最后话语尽管表露出胜利的欢欣与英勇,但就像老年的奥狄浦斯一样,他将迎来的是黑暗而神秘的命运。新的家建立起来,却付出了致命的代价。许洛斯不但痛失双亲(在某种意义上都死于他本人之手),而且违背他本人的意志被强加了一场令人生厌的婚姻。

新家的两位成员各自经历了他们曾挚爱的家的毁灭。许洛斯抗议说,他宁死也不愿"与他最憎恶的人住在一起(*synnaiein*)"(1236-7)。此时,他不但表达出建立这个新家给他的感情造成的巨大伤害,并且再度勾起了将事情导向如此境地的肉欲与毁灭。许洛斯说不愿与伊奥勒住在一起,回应着得阿涅拉不得不与丈夫的新情妇"住在一起"(*synoikein*,545)的苦涩话语。这也令人想起这场嫉妒的后果,那"复仇神的网"就像疯狂的野兽或恶魔般的寄生虫一样和赫拉克勒斯住在一起（synoikoun, 1055），噬咬着他。"除非复仇的精灵（alastores）令他陷入疾狂（nosei），否则谁会选择这样的命运？"许洛斯这前一句话又相应地保留了情节中神怪的超自然的一面，[140]并且把作为隐喻的淫欲之疾的后果展现在我们面前：毒袍带来的活生生的肉体疾病。许洛斯的话就这样再次唤起了贯穿全剧的那些残酷隐喻，与它们相伴的是毁灭性的暴力与内在的混乱。未愈合的伤口难以愈合。

一方面是赫拉克勒斯与神的意志表现出的残酷的冷漠，一方面是得阿涅拉、伊奥勒和许洛斯这样的男女脆弱而易受伤害的生命，索福克勒斯并未试图缓和二者之间的冲突。许洛斯结束语中提到的"少女"（1275）或许是指整个歌队而不是伊奥勒，[141]但五十行之前赫拉克勒斯的命令——"娶她为妻，不要违抗你的父亲"（1224）——表明伊奥勒没有被忘记。赫拉克勒斯的言辞，正如他的行动，把伊奥勒完全定义为处在绝对父权的支配之下，当她被迫从一个家转移到另一个家，她的自我和少女身份遭到了践踏。[142]对这些"小人物"而言，建立在神灵层面的平衡看起来只不过是巨大而残忍的困惑。

因此索福克勒斯并没有把最后的话交给赫拉克勒斯，而是交给了许洛斯；前者已经超越了凡人的痛苦，后者还深深地沉浸其中："你们目睹了新的死亡，巨大的死亡，还有很多

---

[140] 比较其他悲剧情节背后的超自然力量带来的相似感受，参 *Ajax* 1028-37; *Electra* 1420ff., 1477-8。参 Jean Carrière, "Sur l'essence et l'évolution du tragique chez les Grecs," *REG* 79（1966）13-6。

[141] 参 Jebb 与 Kamerbeek，以及 Jebb's Appendix 207。

[142] 赫拉克勒斯对许洛斯的命令（1224）——"娶她为妻"（*prosthou damarta*），也令人想起他曾粗暴地执意把伊奥勒带到原来的家庭中（428-9），某种意义上作为他的第二个"妻子"（*damar*）。

新遭受的苦难，没有一件不是出自宙斯"（1276-8）。[143]然而，与许洛斯悲愤控诉的宙斯相对照，还存在着另一个宙斯，一个把赫拉克勒斯召唤到奥塔山上并向他颁授神谕的宙斯，这个宙斯使他能够以力量与勇气直面自己最后的苦难。

所以，在神的层面上的确实现了平衡，神灵本身就是平衡，曾肆意作乱的狂暴能量在此止歇。但得阿涅拉的死和许洛斯的最后陈词在人类层面上毁掉了这一平衡。

本剧在某种超越了人类生活的结构与未曾结构化也不可能结构化的悲哀之间，创造出一种辩证的紧张，对于那些身处悲哀中的人来说，"宙斯"只不过意味着漠不关心、一种武断而遥不可及的力量，还有痛苦。这种紧张来自悲剧中的永恒对话：混乱与秩序之间的，苦难与意义之间的，活生生的个人痛苦与更大的超越个人一体性的承诺之间的。索福克勒斯的悲剧揭示了这一结构的不可避免，同时又抗议着它的残酷和它造就的苦难。人类苦难刺破了神圣秩序，内在性刺破了超越性，正是这些根本要素构成了索福克勒斯的（以及其他的）悲剧。

神谕以及赫拉克勒斯的结束语暗示着，宇宙无形的和谐中，可能有某根弦会对人对意义的需求以及人成就伟大的能力做出回应。但索福克勒斯结构本剧的方式揭露出，这样的可能性仍然不够。人类层面的代价，对得阿涅拉和许洛斯而言，实在太大了。我们最终又被抛回人类生活之中，文明的男女通过

---

[143] 结束语的归属问题，像往常一样，在抄本中并不清楚。尽管有些学者将其归为歌队长对歌队（由特拉基斯的女人们组成）所说的话（如Budé版的Kamerbeek, Mazon, Dain; Lesky *TDH* 217, Easterling [见注41] 68），但我毫不迟疑地认为这些话属于许洛斯。唯有他有足够的资格做出这样的宣告：这个年轻人的生活被这场家庭悲剧彻底改变了，而这场悲剧要求他来承担最后的结局。唯有在他的口中，这些话才获得了最充分的悲剧意义。

人类的语言与人类的制度彼此给予纯粹属于人类的慰藉。许洛斯为得阿涅拉辩护清白，尽管这对赫拉克勒斯来说不值一文，却听进了歌队的心里。只有对她们，许洛斯才能说出最后的话，为他所目睹的死亡与苦难进行最终的哀悼（1275-8）。他和他将要建立的家庭提供了人类延续的手段，得以平衡赫拉克勒斯由神指定的命运。有些人的苦难不在神所预见的计划之中，对于他们而言不存在任何慰藉，只有那些幸存者记忆的延续，就像《哈姆雷特》中的霍拉旭，"在这残酷的世界上痛苦地活下去"。所以，许洛斯结尾时是在对家中的少女们说话。他想到了赫拉克勒斯，也想到了得阿涅拉，在最后的诗行，他悲悼那"巨大的死亡"。

第五章 《埃阿斯》

一

英雄身处神性与兽性之间的凶险之地。在《特拉基斯少女》中，英雄的这个特殊地位体现在力量与性的方面。在《埃阿斯》中，这点体现在时间与变化之中。在古希腊思想里，免于变化的自由是神性的首要特征。在《埃阿斯》里，变化规定了有朽生命的基本处境：荣辱之变、强弱之变、敌友之变。相对于人间诸种变化，自然进行着不断重复、无尽不竭的循环变化。埃阿斯以永恒流变的循环和不变的变化作为他表面上屈服于时间的理由，这正是他讨论无常变化的伟大讲辞（646-92）中的核心反讽。

正如《特拉基斯少女》里的赫拉克勒斯，埃阿斯既超越又内在于其亲属关系、社会关系以及对依附者的责任。就像在赫拉克勒斯那里，一位女性角色反衬出埃阿斯的英雄式自足。就像得阿涅拉，特克墨萨（Tecmessa）并未挣脱那些已为英雄所摒弃的关系。对她和得阿涅拉而言，也对《奥狄浦斯王》中的伊奥卡斯特（Jocasta）而言，女性的内在悲剧自有其英雄式维度；这点在安提戈涅和埃勒克特拉（Electra）身上充分体现出来：她们将男性英雄为着某种理想不顾一切的奉献与女英雄对个人关系、对友爱（philia）的忠诚合二为一。

不过，与《特拉基斯少女》旨趣相异，《埃阿斯》呈现的是一个男性世界。特克墨萨或会激起埃阿斯的怜悯之情，但她不过是埃阿斯的英雄式欲求的一位孤立无援的（尽管不是完全被动的）牺牲品。那位昂首提刀步入荒芜海岸的孤独英雄象征着男性英雄的高傲本质。他的自杀确证了多里安战士的贵族式坚忍，与所谓的伊奥尼亚（Ionian）文明的阴柔截然不同。"阴柔"（malakia）是伯里克利在修昔底德记录的"葬礼演说"中的措辞，以捍卫雅典文化所继承的伊奥尼亚传统，以对抗斯巴达尚武精神中严酷的多里安伦理。埃阿斯的"坚忍"，正如《特拉基斯少女》中赫拉克勒斯的"野蛮"，属于一个更古老也更凶蛮的英雄伦理规范。相对于自佩西斯特拉图斯（Peisistratus）到伯里克利缓慢形成的雅典文明标准来看，这虽光辉灿烂却又失之粗鄙。[1]与索福克勒斯笔下埃阿斯的同时代人不同，索福克勒斯的同时代人更看重得阿涅拉或特克墨萨那样的感情丰度，以及此类人物对阴柔的坦率追求（594）。索福克勒斯本人对此类品质评价之高，可以清楚地从他对这些女性充满同情的描绘中窥知一二。

从特克墨萨相对阴柔的行事方式来看，如果她象征着文明化共同体中更高级的情绪感受，那么奥德修斯则象征着通情达理和左右逢源的能力。他的文明化特质与特克墨萨的相辅相成。他也反对老派英雄主义的顽固不屈、难以变通（1361）。不过，像他这样一个通情达理、节制得体之人，无须承受特克墨萨的悲剧式苦痛。但与得阿涅拉不同，特克墨萨无须像男主角一样作出英雄式的决断。就《埃阿斯》的悲剧维度而言，关键之处不在于文明化价值本身的出现，而在于这些价值与不屈不挠的史诗英雄主义之间的冲突，后者因其坚忍不屈而注定具有一个光辉灿烂的结局。

由于变化，这位不屈英雄与其对自身本质的理解形成一连串的矛盾。[2]他在夜间突袭自己军队的统帅，而不在光天之

---

[1] 参Segal, *YCS* 25（1977）121-3。
[2] 参Rosenmeyer, *Masks* 181。

下进行战斗。他呈现的是不受控制的暴力与孤注一掷的绝望，而不是纪律化的坚定与稳重。他展露的是残忍自负，而非慷慨大度。从心理学来分析，他向那坚挺直立之剑（其英雄生活方式的象征）的纵身一跃反映出一种带有阳具崇拜色彩的自恋情结、一种对自身理解的自我夸大的变形；与此相应，夺去他的阿基琉斯兵甲意味着一种象征性的去势。[3] 拥有这些兵甲证明了其自我形象的价值，即他乃最伟大的阿凯奥斯（Achaean）战士，失去它们则意味着他的英雄式伟大和卓越（aretē）被褫夺了外在证明。

无法由此证明自我价值，这位自视在战士中最高贵、最有价值的主人公以英雄价值图谱另一端的方式行动，亦即奥德修斯式的机巧与诡计，例如他在《伊利亚特》"血夜擒多隆"（Doloneia）中所呈现的行动方式。更重要的是，我们见证着这位重甲步兵战线的扛鼎砥柱如何一步步成为被城邦唾弃之人，如何成为一名无邦者（apolis）。

正如自萨拉米斯追随他的歌队所哀叹的，埃阿斯超凡卓越的事迹换来的却是阿特柔斯后裔的敌意，他们不再是朋友（618-20）。此前，英雄埃阿斯在《伊利亚特》中的伟业是保卫和救回战友的身体（618-55，717-53）；如今，他差点因背叛而遭受惩罚，使自己的身体被昔日的朋友抛弃，而其葬礼的顺利进行却需要其死敌的援助。

因此，埃阿斯完全符合索福克勒斯式英雄的典型特征：通过表面上丧失一切界定自身之物，英雄在一个更深、更真的意义上成就了自身。奥狄浦斯通过逐渐转变为污秽物（pollution）和凶手，成就了一个更本真的英雄式自我。同样地，通过在其孤独的疯狂中逐渐融合进与其相反的兽性，通过

---

[3] 参 J. Starobinski, *Trois fureurs*（Paris 1974）19-26。

杀兽如杀人，埃阿斯一步步接近某种内在于其自身的永恒乃至神圣的品质。通过成为奥德修斯式的修辞家——但如下文所示，他仍然与奥德修斯有所不同——埃阿斯走向了与其卓越（aretē）截然不同的一端；但也因此，他实现了一种独特的埃阿斯式英雄主义，并且呈现了其最极端、最纯粹的形式。

这一过程使所有传统的经验范畴和价值体系变得可疑。英雄埃阿斯承受其悲剧式苦痛的周遭境况乃是人的典型处境：人不得不活在一个充满含混性、永恒变化的现实当中。正如《特拉基斯少女》中"最优秀的人"乃是受欲望驱使而又凶残嗜血的赫拉克勒斯，在《埃阿斯》里，最终被视为"在所有方面都是高贵的、其生前不亚于任何人"（1415-7）的埃阿斯有叛国之嫌，在整个军队中蒙羞，在众目睽睽之下无法控制因其谵妄所致的暴行。

二

文明化的共同体是空无与永恒之间的缓冲带。任何社会都远远超出单个生命的时间界限，而作为某社会的成员，这一文明化的人不仅免于无意义的无尽变化，也获得了某种持久性而不必费力追寻无限与永恒。然而，要成为社会的一员并享有调解的时间带来的福祉，个体也必须接受某种程度的变化。维系城邦的纽带使个体进入代际更替与延续之中，也使之面临着人际关系中可能出现的变化。特克墨萨以生育的隐喻（522）来描述其与埃阿斯之间基于 charis 亦即恩惠或互惠的纽带。随后她旋即补充了江河之流的隐喻。在此剧的尾声，透克罗斯（Teucer）关于人事迁流的哀叹呼应了这些诗行（1266-7）："唉！恩惠（charis）转眼流逝，叛离（prodous' halisketai）亡者而去。"自然界的流变与法律意象的"叛离"并置，联结了人事之变迁与自然世界的流变。埃阿斯拒绝了两方面的变化。[4]

凭借"纪念仪式"(*mnēmeia*)等记忆方式,文明对抗着湮没一切的时间。透过共同体的记忆,个体得以摆脱时间的影响。当埃阿斯拒绝流变的人际关系中的偶发变动并与无尽的自然循环相抗衡时,他不仅越过人的界限而趋向似神的永恒性,而且使自身陷入与神性完全相反的境地,完全暴露在法规之外、价值中立的自然循环当中。没有"永世纪念的坟茔"的记忆保存(1166-67),他面对着时间的全部力量,面临着其存在与身份的彻底湮灭。

《埃阿斯》远非一部笨拙地拼凑起来的"双联剧",[5]其结构事实上呈现了两种时间的相互作用:一是作为存在之绝对限度的时间,一是作为经过人类社会各种建构被调解的时间。在悲剧的前半部分,埃阿斯在绝对的事物、空无或永恒、持存或流变中权衡人(包括他自己)的努力和成就。他的结论是拒绝人性与自然而去寻求属于他自己的稳定性与持存性。悲剧的后半部分缩窄了这一视野,回到了人的诸种界限。孤独的无邦者重新被他所拒绝的人际纽带定义。他重新被社会接纳后,迫使社会对其本质及其与时间的关系进行重新规定:恩惠、记忆、荣誉。由于埃阿斯已死,这不再是自然与社会或宇宙时间与人

---

[4] 关于本剧中时间与变化的主题,参 Rosenmeyer, *Masks* 155-98以及Knox, "Ajax," 1-37的卓越研究。

[5] 关于本剧双联剧结构的问题,参 W. B. Stanford, ed., *Sophocles, Ajax* (London 1963) xliiiff.; A. C. Pearson, "Sophocles, *Ajax* 961-73," *CQ* 16 (1922) 128ff; Gellie 23ff.; James Tyler, "Sophocles' *Ajax* and Sophoclean Plot Construction," *AJP* 95 (1974) 24-42。某些学者(例如盖里和皮尔逊)承认后半部分的相关性,但认为(必须进行的)法庭式辩论削弱了戏剧效果;与此不同,莱因哈特的看法似乎更接近真相,他认为,后半部分不仅对埃阿斯身体的命运而言很重要,而且对呈现"埃阿斯试图向之复仇的另一个虚伪狡诈的世界"(jene falsche Gegenwelt…, an der Aias hatte Rache nehmen wollen)而言也很重要(42)。

类时间的关系问题，而是不同社会观念与不同社会等级的关系问题。埃阿斯的形象在悲剧的前半部分构造了社会内部与外部、人与神、人与兽之间的一系列张力。后半部分的范围几乎完全在社会之内：法律与正义的定义、权威的形式、惩罚与奖赏。不过，尽管埃阿斯业已死去，其尸体的在场仍然强有力地让这些张力一直留存至剧终。

奥德修斯是对时间的社会性理解的完美化身：时间应和着有朽者境况的迁流变动，应和着周遭的不和谐。正如《奥狄浦斯王》里的克里昂，奥德修斯自限在其社会关系网的安全范围内，使自身适应也能够适应变动不居的时间。如我们在序曲所见，他两次遵循雅典娜对 *kairos* 或曰"正确的时间"或"恰当的时刻"（34, 38）的理解。他用过去与未来、经验与期待的界限来刻画其顺从的态度，而这与埃阿斯的反抗截然相反："因为无论在过去还是未来的一切事情里，我都处在你（雅典娜）的掌控之中"（34-5）。在雅典娜向奥德修斯展示了埃阿斯的疯狂之后，她说，埃阿斯曾是最有先见之明的人，最懂得如何做合时宜的事情（*ta kairia*, 119-20）。但埃阿斯只在过去留心 *kairos*，而雅典娜提及此点也只为与其当前的狂乱（诸神力量的表征）形成对比（118）。当埃阿斯随着时间的推移恢复神志后（306），他看到的只是满布其帐榻的血腥与不幸，并在极长的时间里一言不发（311）。这一"极长的时间"远远无法计算或量度，就像奥德修斯的 *kairos*，是埃阿斯深重苦难的无尽之地。

正如奥狄浦斯，埃阿斯在一日之内从荣耀的高台跌入羞辱的谷底。"一日""一晚"这些语词在整部悲剧内回响。[6] 它

---

[6] 关于"一天"这个主题的出色探讨，参 Whitman 67ff.; Rosenmeyer, *Masks* 166 认为这个主题是对时间无意义性的反省。

们在卡尔卡斯（Calchas）的预言中起到推动戏剧情节的作用：埃阿斯将会得救，如果他能"在这一天"活下来（753，756，778）。从这一基本时间单位来看，埃阿斯又一次和奥狄浦斯相似，典型地展示了人如何受制于一天之内的无常变幻，成了人作为短暂存在物（ephēmeros）或一日之造物的范例。[7] 就在埃阿斯力求突破其自身的短暂并进入某种超出有朽者境况的永恒性的时候，他展现了有朽者最根本的限度。宁死而不屈一日之辱的人是光辉的、英雄式的短暂存在物（ephēmeros），他轻蔑地对抗着时间，却又始终受制于时间。[8]

虽然大部分解释都强调埃阿斯的孤傲独立，埃阿斯的悲剧性却并不源于其孤傲独立，而是这种孤傲独立与构成其本质存在的人伦关系之间的冲突。作为阿凯奥斯人的扛鼎砥柱，与茕茕孑立的阿基琉斯不同，他是整个军团的一员，并为此而战斗。

在《伊利亚特》卷九，埃阿斯谴责了阿基琉斯的桀骜不驯（agrion thymon），因为这一精神气质使他与其同伴分离开来（9.629）。他对阿基琉斯的劝谕诉诸同伴间的友爱以及军团单独向这位愤怒的英雄授予的荣誉（9.630-642）。在索福克勒斯戏剧的结尾，透克罗斯生动地重述了已故的埃阿斯对整个军团的贡献（1269-70）。的确，他强调了埃阿斯在单挑中的英勇（1283），但这也属于他为集体事业所做的贡献。他凭一己之力

---

[7] 对比 Ajax 399 与 Antig. 789-90。参 Michael Wigodsky, "The Salvation of Ajax," Hermes 90（1962）150-1; Jacqueline de Romilly, Time in Greek Tragedy（Ithaca, N.Y., 1968）96。关于早期古希腊诗作中人作为"一日存在物"（ephēmeros）这个概念，参 Pindar, Ol. 2.31ff. 以及 Nem. 6.6ff; Hermann Fränkel, "Man's 'Ephemeros' Nature according to Pindar and Others," TAPA 77（1946）131-45。

[8] 参 Whitman 70-1。

将阿凯奥斯人的船舰从赫克托尔的猛攻中拯救出来（1274-9），并敢于代表整个军队独自面对赫克托尔（1283-7）。在《伊利亚特》中，当他首次在战场露面，海伦以一行不朽的诗句特别点出埃阿斯（《伊利亚特》3.229）：

οὗτος δ' Αἴας ἐστὶ πελώριος, ἕρκος Ἀχαιῶν.

此乃埃阿斯，庞然硕大，阿凯奥斯人之壁垒。

荷马常用大（megas）来修饰埃阿斯。索福克勒斯努力地让我们看到这位为集体服务、忠心耿耿的战士同时也是一位痛苦绝望、孤独离群的悲剧英雄。如我们所见，雅典娜本尊赞美了埃阿斯的远见与行动的审慎合宜（119-20）；稍后，卡尔卡斯对透克罗斯的善意忠告证实了军队对埃阿斯的敬意（749-55）。在其抑抑扬格的开场曲中，歌队以确凿无疑的口吻替大人辩护，驳斥了小人的诽谤：举着塔堡般的盾牌的埃阿斯乃不可撼动、稳如泰山的荷马史诗式战士（158-9）——"没有大人，小人不过是塔堡的腐土劣垒"。在冥府那次沉默无言的相遇中，就连奥德修斯也称赞埃阿斯是希腊人的塔堡（《奥德赛》11.556）。索福克勒斯不把埃阿斯而把其敌人比作塔堡，这意味着埃阿斯与其共同体及其英雄价值之间关系的瓦解。

埃阿斯最深重的苦痛正源于这一颠转："你看看我，我这个勇敢坚强的男人，无畏任何敌人，如今向毫不骇人的野兽展示了骇人的（deinos）的力量。唉！我就是个可耻的笑话！"（364-7）特克墨萨哭着说，这位"高尚而为集体服务"（chresmodos）之人居然说出这样一些他之前肯定不会说的话（410-1）。然而，他尽管打算自尽，但仍然做了一些高尚而有利于集体（chreston, 468）之事：挥刀闯向特洛伊，独自一人杀入敌营（467），就像先前他与赫克托尔单挑（1283）那个属于他的辉煌时刻。渴求最高荣誉（timē）的英雄将在不名誉中死去（atimia，426，440）。这座阿凯奥斯人的壁垒，这位用其巨盾保护他们的英雄，将失去其同伴的保护（apharktosphilon，910）。失去同伴的屏障，人便无法生存。埃阿斯在空无一人的海滩上死去，这既象征着这种孤立状态，也是对它的回应。作为投放在其同伴身前的庇护物（参probola，1212），这位护卫者必然害怕自己被投弃（probletos）为野狗猛禽的猎物（830）。与《伊利亚特》开篇遥相呼应，作为史诗英雄的埃阿斯可以想象降临在自己身上最悲惨的命运。

三

埃阿斯经受的最为微妙、最为关键的颠转出现在关于时间的长篇讲辞中（646–92）。尽管学界对此难题并无一致的意见，大部分学者似乎同意此篇讲辞是一段诡骗之辞（Trugrede）。[9] 埃阿斯无意屈服，但不得不欺骗其同伴以求实

---

[9] 埃阿斯在此篇讲辞中的意图是本剧讨论最多的问题。Ignacio Errandonea, "Les quatre monologues d'*Ajax* et leur signification dramatique," *LEC* 36（1958）23-7 对这些年的论辩进行了有用的梳理；H.F. Johansen, *Lustrum* 7（1962）177–8; Knox, "Ajax," 11ff. and nn. 70–5, pp. 32–4; John Moore, "The Dissembling-speech of Ajax," *YCS* 25（1977）47–66; Martin Sicherl, "Die Tragik des Aias," *Hermes* 98（1970）14ff.（此文又英译为 "The Tragic Issue in Sophocles' *Ajax*," *YCS* 25 [1977] 67ff.); Stanford（见注 5）Appendix D 281–8; Kurt Von Fritz, "Zur Interpretation des Aias," *RhM* 83（1934）113ff.; A.J.A. Waldock, *Sophocles the Dramatist*（Cambridge 1951）67–79。Gellie（见注 5）12 简洁地表述了解释上的困境——"埃阿斯无法改变，同时也无法说谎"：如果他无法改变，那么他就在说谎；如果他没有在说谎，他就已经改变了。大体上，学者分为如下两个阵营：第一种观点可追溯到 F. G. Welcker, "Über den Aias des Sophokles," *RhM* 3（1829）43–92,（转下页）

现其英雄式死亡。至少,他必须让他们自己骗自己,让他们听到他所说的正是他们乐意听到的。但就连他的谎言——如果它确实是——也道出了真相。他没有一个字是虚假的。[10]为了表明其英雄式的伟大,他不得不暂时伪装成他的敌人和与自己相反的样子(参187-9):他伪装为奥德修斯以求在更深的意义上成为埃阿斯。[11]他不像奥德修斯那样撒谎:"自其口道出的

(接上页)229-364,他认为,埃阿斯无意欺骗任何人,他并未让步,有意选择死亡,只不过特克墨萨和歌队渴望听到他们想听的,他们自欺欺人地相信埃阿斯的意思是屈服。这种观点得到如下学者的支持,尽管他们的表达有差异:Kirkwood 161-2; Kitto, *Form* 190-1; I. M. Linforth, "Three Scenes in Sophocles' *Ajax*," *UCPCP* 15.1(1954)10-20; Eilhard Schlesinger, "Erhaltung im Untergang: Sophokles' Aias als 'pathetische' Tragödie," *Poetica* 3(1970)374-5。另一种观点认为,尽管他并未在自杀的问题上妥协,埃阿斯对特克墨萨心生怜悯并哄骗她和歌队,以便无人妨碍他自杀,参Adams 34; Whitman 74-6; Letters 138ff.。Von Fritz 和诺克斯对埃阿斯有意欺骗的观点提出了重要的反驳。有些学者承认欺骗并不适当,于是指出这是戏剧手法的需要:索福克勒斯陷入了一个两难,一方面特克墨萨和歌队必须受骗,另一方面埃阿斯的确打算自杀;于是,他至少得让其他人自己骗自己。这是 Waldock 78-9 的看法,与此类似但有所差别的是 Gellie 1415; Lesky, *TDH* 184-5, 190 有进一步的参考文献; Tycho von Wilamowitz-Moellendorff, *Die dramatische Technik des Sophokles*, Philol. Untersuch. 22(Berlin 1917)62-5。关于这种基于戏剧手法的解释,Knox 的解释最有吸引力,他认为,这篇讲辞完全是一篇独白,并不意在欺骗任何人。不过,尽管这种说法满足了我们关于埃阿斯心志坚定的感觉,它未能很好地解释为何歌队会认为埃阿斯正在改变他的心意。其他认为这篇讲辞意在欺骗的说法,强调矛盾是埃阿斯悲剧的核心组成部分。这种理解最有影响力的是 Reinhardt 34 ff., 另见 Von Fritz 118ff.; Moore passim; Sicherl 17ff.; Lattimore, *Poetry* 71("他说的一切都以真相进行欺骗,一切都具有两面性——这使其语言显得像神谕、精灵报梦的谜语和预兆"); Georges Dalmeyda, "Sophocle, Ajax," *REG* 46(1933)6(埃阿斯"不得不进行欺骗",但他的欺骗"具有讽刺意味"[avec uneironieamère])。

[10] Moore(见注9)56很好地强调了这点。
[11] 参 Von Fritz(见注9)124; Whitman 75; Gustav Grossmann, "Das Lachen des Aias," *MH* 25(1968)84。

谎词无一不是瑰玮壮丽的。"[12]事实上他无法完全骗过最懂得他的人。紧随其后的颂曲表达了歌队的欢欣之情（693行及以下）。[13]但当传令官登台并向特克墨萨传述，她已准备好接受最坏的结果（787，791）。

物质世界种种强大的对立物既是言辞本身的主体，也与其相似。我们所处的物质世界中的这些对立物被强行统一到自然之中，正如掩饰与真相被强行并入埃阿斯言与意的两可之中。事实上，这一含混性可能比任何关于埃阿斯真实想法的确定性（无论在何种意义上）更为重要。埃阿斯的悲剧式英雄主义以及由此而来的孤隔与独立筑起了一道他与旁人之间无法逾越的隔阂。由这种隔阂产生的有缺陷的交流既混合又混淆了真实与表象、屈从与坚忍、真与假、向自然节律敞开与自我强加边界的闭锁。讽刺的是，如莱因哈特所言，埃阿斯悲剧式孤隔的全部真相就在顺从与重返共同体的幻象。[14]由于语言的这一含混性，埃阿斯坦率直白的英雄主义内部形成了分裂，它的简单直白反而成了问题。

尽管埃阿斯寻求自我了断的决心坚定不移，并不因他对同伴的关心而有所动摇，但那些爱戴敬重他的人陷入了谎言的迷网。无论埃阿斯是否出于自愿，源于其英雄主义的孤隔与不可沟通性构成了这个谎言的有利条件。沟通的失败与由此而来的欺骗事实上标示了语言的双重失败。首先，埃阿斯似乎是在

---

[12] Lattimore, *Poetry* 71; 另见Kitto, *Form* 190: "瑰丽壮美的意象表达着他那未被驯化的骄傲。"
[13] Moore（见注9）65评论道，在这种欢欣之情中，歌队"及其希冀令人心生同情"。不过，回过头来看，特克墨萨在807—808行中的说法暗示，关于埃阿斯的"拯救"，她并未彻底被骗。
[14] Reinhardt 37.

自言自语；一直到684行，他的言辞在本质上是一篇独白。[15]其次，他周围的人基于一种对生活的非悲剧式看法，歪曲并裁剪了埃阿斯的意思。[16]在埃阿斯看来是已成定局之处，他们看到的却是时变与遗忘可能带来的希望（710-8）。

正如在《奥狄浦斯王》里，原初（同时也是虚幻）的统一体分裂为悲剧的二元对立，只有通过英雄的受苦这个统一体才能复原。戏剧与语言、行动在舞台的公共空间里确证了此前的午夜迷狂中隐秘且不可见的经验。质朴坦率的英雄第一次看到，与英雄行动相关的那些清楚无误的严苛规定如今变得模糊不清。[17]无论他是否有意为之，直言直行的埃阿斯这次却受益于言辞进行假象构造的内在潜能。

如果埃阿斯以其诡骗之辞（*Trugrede*）进行欺骗，尽管他并未说出任何虚假之言，他唯一的动机是为了不伤害他的亲朋密友：由于怜悯，他误导了他们。[18]由是观之，此篇富有感染力的讲辞里的含混语言以一种扭曲变形的方式实现了有效的交流。无论对他的亲朋（*philoi*）还是所有与他相关的人，他对他们的友爱关系都采取了这一复杂而间接的形式。只有通过一段含混的错误（或悖论性的真实）言辞（*logos*）——它隐藏的与它展示的同样多——埃阿斯才得以表达他对最亲近之人的感受。就连这一最基本的交流也在隐藏

---

[15] 参Knox, "Ajax," 14ff.; Stanford 285。

[16] 参Reinhardt 35; Edward Fraenkel, "Zwei Aias-Szenenhinter der Bühne," *MH* 24（1967）82：特克墨萨和歌队"在自己的而非埃阿斯的观念范围内理解他（埃阿斯）所说内容……在这篇言辞的主要部分里，我们要处理一个模棱复杂的双重构造物：一方面是说话人的孤寂心绪，另一方面是他的言辞对其他人的影响，尽管他忽视了他们的存在"。

[17] 参Von Fritz（见注9）120。

[18] 参Moore（见注9）57 ff.。

与展露之间徘徊不定。

尽管与埃阿斯的军武准则（code）极不相容，语言的欺骗性使他找到重返英雄式质朴的道路。语言本身的闪匿能力既削弱了也证实了这位战士的斯巴达式言辞："名门之后，生必高贵，死必高贵；此乃吾言，汝已得听"（479-80）。别言之，作为其悲剧的一个方面，英雄必须承受其本性与其表达本性所必须使用的言语媒介之间的冲突，直到在将死之际，他能够通过一篇其媒介与意图重合无别的讲辞而重新弥合言与行。那一刻必然是彻底的孤独，因为其讲辞的听众不是那些可能会误解其言辞含义的人，而是诸神和自然中那些缄默无言的力量（831-65）。在此处，埃阿斯的英雄行动将最终穿透语言表征的双重力量并达致一个绝对的现实。

四

在索福克勒斯笔下，为了完全呈现埃阿斯苦难的悲剧维度，埃阿斯不仅在某种程度上扎根于源自军武情谊的共同体纽带，也扎根于家庭（oikos）的个人情感纽带。如果说透克罗斯守卫着前者，特克墨萨则是后者的中心。埃阿斯与他人建立最亲密的人际关系的所有能力都与她密不可分。她那长篇而动人的恳求基本上重现了赫克托尔和安德洛玛刻（Andromache）在《伊利亚特》卷六的情景。不过，荷马式的悲欢（《伊利亚特》6.484）并未阐明这里黯然悲伤的戏幕，君主与女奴之间也并未完全享有荷马笔下那对夫妻之间的脉脉柔情。不过，埃阿斯能与赫克托尔之间存在可比性这一事实本身相当关键。在这一极其孤独的时刻，埃阿斯可以与这位英雄相提并论，赫克托尔的悲剧正关乎他身处其中的人际纽带，即家庭责任与公民义务。[19]

埃阿斯的悲剧式孤绝在人间的时空坐标中获得界定。埃阿斯前往自尽的孤海远滨，将时间与空间整合为一。那里是他与其英雄世界中永恒的绝对物建立联系之地，是他最大限度地摆脱凡间庇护的地方。在他最后的讲辞里，在他行将跃向宝剑之际，其故乡萨拉米斯的神圣平原（pedon）以及其先祖家灶底座（bathron, 859-60）的稳固性尽管与他对永恒的渴求相契合，与他完全暴露在人间之外的赤身状态形成鲜明的对比。事实上，他的临终之言呼召处在时间和由时间规定的纽带之中的人间，呼召这个受记忆与情感触动的世界，呼召一种关于此地之神圣性的感受（859-61）："啊，光！啊，萨拉米斯的神圣平原，我的故土！啊，我祖传家灶的底座！还有光荣的雅典，养育我的同宗亲族！"[20] 就连特洛伊的山川、河流、土地也是他的"养育者"（trophēs, 863），正如861行里的雅典是"同宗养育的亲族"（syntrophongenos）。"养育"一词使人想起埃阿斯在人生循环序列之中的位置。歌队多次使用该词：三次出现在其对埃阿斯决意自杀的哀叹中（624, 644），两次出

---

[19] 关于此处与《伊利亚特》的关联，参 G. M. Kirkwood, "Homer and Sophocles' Ajax," in M. J. Anderson, ed., *Classical Drama and Its Influence, Studies Presented to H.D.F. Kitto* (New York, N.Y., 1965) 51-70; 以及 Bowra 21-2; S. M. Adams, "The *Ajax* of Sophocles," *Phoenix* 9 (1955) 101-2; W. Edward Brown, "Sophocles' Ajax and Homer's Hector," *CJ* 61 (1965/66) 118-21 也点出索福克勒斯和荷马在处理两具英雄尸体上的异同：赫克托尔的葬礼被他的敌人拒绝，但在其亲友（philoi）的不懈努力下得以进行；埃阿斯的尸体被自己人拒绝下葬，却在他视之为敌人的奥德修斯的帮助下得到保存。

[20] 的确，如 Knox, "Ajax," 27 所说，埃阿斯的"临终之辞是为永恒、不变、不受时间影响的事物而发"；但这些描述永恒的形容词也指向他的人类交往与宗亲关系。

现在与埃阿斯母亲及其家庭的语境中（639-40）："他不再与养育他的天性进行紧密的对话（converse），而是在外面与之对立（homilei）"[21]。反讽的是，这一"对话/对立"描述的正是埃阿斯摆脱该词（像"养育"一词那样）所暗示的人际关系。

埃阿斯养育了他的儿子，而他希望其子有天将"在其敌人面前展示他所受惠的养育以及从谁的手里获得的这份养育"（557）。不过，埃阿斯的养育是特殊的。此前，他将其子所受教育描述为小雄马的驯服，并讲述了其父"野蛮之道"（ōmoi nomoi，548-9）的教育经验。正如训育者埃阿斯拒绝被教导（549-95），他对其子的操训也反映了他与共同体之间含混关系的"野蛮特质"。这位庞然壁垒将无法用他那塔堡般的盾牌保护他的儿子，但需要透克罗斯"守卫（其子的）生长养育之门"（pylōron phylaka…leipsō trophēs，562-3）。然而，正是埃阿斯所断绝的那些与养育相关的亲族关系确保着他舍身保卫的荣誉。被她的男人哄骗并被他"从长久以来的恩爱中抛弃"（807-8）的特克墨萨在其台词的尾声里只道出了事实的一部分（970）——"他的死不是因为阿特柔斯的后裔，不，而是因为诸神"，因为透克罗斯旋即登台并以血亲之爱（philia）的亲密关系呼告埃阿斯（977）——"我最亲的埃阿斯，在血脉上与我同宗的埃阿斯！"

五

埃阿斯既是忠贞的，是"为集体服务的"战士，是"阿凯奥斯人的壁垒"（1212；参159），但他也是被共同体抛弃的

---

[21] 参 J. C. Kamerbeek, *The Plays of Sophocles*, Part I, *Ajax*（Leiden 1963）对此处的注释，认为 homilei 兼作两个从句的动词。

人。这两个形象之间的张力象征性地呈现在剑与盾的对比中。埃阿斯高塔巨堡般的盾牌，用阿德金斯（Adkins）的话来说，是实践其"合作"之德的工具，也是其在特洛伊的战士社会中安全与尊严的标志。在本剧伊始（19），奥德修斯称他为"持盾者埃阿斯"（Aias sakesphoros）。这令人想起这位英雄在《伊利亚特》中出众的防御能力。[22] 在埃阿斯谈到亲属关系、养育和个人义务的地方，他称其同伴为"护盾者"（andres aspistēres, 565-6）并将他自己命名为"广盾"（参epōnymon, 547）的那张"坚不可摧的七层盾"（575-6）传给了他的儿子。这张盾牌是唯一不陪葬的甲胄兵器（577）。在本剧结尾，当埃阿斯通过葬礼重新被共同体接纳时，正是那块盾牌清楚地规定了衣冠冢里与尸体相伴之甲胄的含义（hypaspidion kosmon, 1408，"其盾牌所保护的精良装备"）。[23] 此语不仅让我们想起埃阿斯孤单地分发其甲胄兵器，也令人想起留在地面上的那把武器。这是他与无常人世之间的联系，也是他父子相承（这其实使埃阿斯无法脱离生死循环）的纽带。

另一方面，埃阿斯的剑，"杀人者"（sphageus），表征着埃阿斯毁灭和自我毁灭的一面。"以剑杀人的手还淌着血"和"提滴血之剑越过平原"：这些是我们最初对埃阿斯的生动印

---

[22] Fraenkel（见注16）84-6很好地阐述了盾牌作为埃阿斯身份的一部分的含义；另见Kirkwood（见注19）60, 63; Stanford 277-8; Rosenmeyer, *Masks* 180-1；最新有David Cohen, "The Imagery of Sophocles: A Study of Ajax's Suicide," *G & R* 25（1978）24-36，以及Oliver Taplin, *Greek Tragedy in Action*（Berkeley and Los Angeles 1978）85-7。另请注意1270行（原文未引用行数，仅供参考。——译者注）中的动词"向前伸出"（proteinō）：在该处，埃阿斯为阿伽门农去"冒"丧失其性命（psychē）的"危险"，这令人想起荷马对他的典型描述——为他的盟友"向前伸出"他那巨大的盾牌。

[23] 此处译文出自Stanford对1408行的极佳评注。

象（10, 30）。补充一些细节之后，歌队回到了剑的主题（229-32）："这位光辉之人，这位用那疯狂迷乱之手及其玄黑之剑屠杀畜群和骑马牧者的人，恐怕已决心赴死了"。正是提着那致死的双刃剑（amphēkes enchos），埃阿斯闯入暗夜，孤身复仇（286-7）。

随着剧情的展开，剑越发与埃阿斯注定孤独的死亡相关，与其在自杀中显示自身永恒的独特性以蔑视变化和时间的决心相关。"斩断"与"磨利的刃锋"隐喻着他果断疏远忧心其性命的同伴（参581-4，651，815，820）。埃阿斯将会把剑隐埋在"无人踏足之地"，深藏土里，无人得见（657-9）。这把献给"暗夜与冥神"（660）的剑属于埃阿斯那个孤傲残忍的疯狂午夜。它象征着埃阿斯卓越德能（aretē）的毁灭性，象征着其命运与不屈性格的诅咒。一方面，埃阿斯的盾牌为他在基于合作之德的共同体、在赞许与荣耀的耀眼光芒中赢得了一席之地；另一方面，他的剑则属于他内在恶灵荫蔽无光的领域，属于一个可怕的超自然世界的神秘力量。透克罗斯喊道，此剑的锻造者乃厄里尼厄斯（Erinys），其工匠乃冥神（1034-5）。

与这把牢牢插在地上的剑相关的是死亡的"捷然一跃"（833）、"捷足的"复仇神（837；参843）以及埃阿斯对抗运动与变化的"迅捷"（853）。当埃阿斯将剑固定在地上并使之成为一切事物的中心时，他在像阿基琉斯那样坚决表明其渴望永恒的意愿，尽管这是在死亡、暗夜和冥府中的永恒（680）。[24]

---

[24] 关于这把剑的稳固性及其隐含之义，参Knox（见注4）20的出色评论。关于埃阿斯自己负责将剑插在地上，参Cedric H. Whitman, "Sophocles' *Ajax* 815-24," *HSCP* 78（1974）67-9。

与盾不同,他不会将剑遗赠给在世的亲属。无论在字面还是隐喻的意义上,剑使得他与特克墨萨、与特克墨萨引导他去感受的那些更为温柔的情感分离开来。在她发现埃阿斯的尸身时,她说了两句互为关联、披露内情的话:

> 此处躺着我们的埃阿斯,刚刚被杀,被包裹在隐匿之剑的怀抱(periptychēs)中。(898–9)

> 他不应被看见。但我将用这抱身披风(perptychei pharei)殓盖他,因为对他的亲朋而言,这般境况惨不忍睹。(915–7)

"隐匿之剑"致命的"怀抱"与特克墨萨用以"殓盖"可怕景象的那件被充满爱意地铺开的"抱身披风"形成强烈对比。这边是一件张开其温柔怀抱之女性的衣服,那边是一把刚硬不屈的男性武器。特克墨萨的掩盖是友爱(philia,参917)的亲密行为,而埃阿斯的掩藏(658,899)却是拒斥其亲朋(philoi)的行动。

利剑与披风的并配使埃阿斯的悲剧处境凝为剧场上一个强有力的视觉象征。这种将重大的、最基本的形象进行尖锐的并置颇受早期古典艺术中肃穆风格(Severe Style)艺术家的青睐;的确,画家布里格斯(Brygos)在公元前470年左右将这一情景生动地呈现在一只颇负盛名的陶瓶上。[25]将两个角色联结起来的举动既表达了两者的亲密,又表达了双方之间无尽的距离。

---

[25] 插图见Taplin(见注22)图11(Metropolitan Museum, New York, Bareiss Collection L.69.11.35)。关于更详尽的讨论,参笔者 "Visual Symbolism and Visual Effects in Sophocles," *CW* 74(1980/81)128–9。

特克墨萨用其柔软披风包裹埃阿斯，与得阿涅拉那件短袍（其毒焰焚绕着赫拉克勒斯）的怀抱极不相同，这预示着其战友将坚定不移地保卫其尸身。透克罗斯的力量与奥德修斯的辞令将实现特克墨萨用其披风所想做的事情。女性自发的情感性举动指明了方向，而男性在共同战斗中成就事业。尽管缺乏体力或个人权威为尸体提供长久的庇护，特克墨萨的温柔之举对埃阿斯的葬礼来说极为重要。它表明，英雄在死后仍然应该得到其亲朋（*philoi*）的忠诚。首先在一个瞩目的象征性行动里，随后在唇舌之战中以及在面对威胁所展现的坚定不屈里，他们围着他，庇护他免受时间与朽坏最后的蹂躏。

然而，剑在作为仪式性礼物的交换中的互惠性仅限于男性战士的狭义英雄交往准则（code），他们下次见面时可能会杀死对方。埃阿斯说，他从其死敌赫克托尔那里获得的这把作为礼物的剑是"不算礼物的礼物"（662，665）。我们还会再次从埃阿斯（817-8）及稍后从透克罗斯（1026-33）那里听到这份礼物。在礼物交换中，从敌对到友好的明显转变颇具迷惑性。正如埃阿斯自己指出的（818），赫克托尔始终是最令他痛苦的对手，而这次交换对赫克托尔而言同样是致命的（1029-31）。这种交换的恩惠（*charis*）全然是否定性的；与此不同，特克墨萨的恩惠意在生命的孕育与延续（520-4）。类似的交换短暂地出现在《伊利亚特》中（7.299-305）。此前在《伊利亚特》卷六，在格劳孔和狄俄墨得斯之间还曾出现更为复杂的武器交换，那是属于武士荣耀的光辉时刻，更是《伊利亚特》少有的恰如其分地展示了武士精神内涵的时刻。但就连在荷马笔下，战场上的这类交换也与随后发生在特洛伊城墙内更深的人类悲剧——赫克托尔与安德洛玛刻的对话——形成了强烈的反差（参《伊利亚特》6.369-375以及7.307-310）。尽管埃阿斯得到了赫克托尔的剑，他只显示出战士对荣誉准则（code）的那种毁灭性的、无惧死亡的献身，却没有赫克托尔与安德洛玛刻相遇时的那种柔情——他与特克墨萨的相遇与此何其相似却又截然不同。

六

空间与时间刻画了埃阿斯与其他男性的距离。埃阿斯的英雄主义唤起城邦、塔堡、壁垒等意象。然而，一系列与暴力和毁灭性现象相关的意象刻画了埃阿斯的疯狂：风暴、烈焰、黑暗。当埃阿斯悲剧式地宣示自己的荣誉并宣称自己已摆脱了变化，他将自己从自然中分离了出来。由于他的决定具有不容变更的持久性，他拒斥了自然的循环变化。表示"环绕"的词语所描述的事物都与他无关：要么是与之敌对的人，要么是与之敌对的自然。[26] 正当奥德修斯、特克墨萨和歌队都"绕着"和"兜转着"去查明埃阿斯所做的事情和所在的位置，这位英雄像《特拉基斯少女》结尾处的赫拉克勒斯一样沿着直达其目标的通途或道路走去（hodos, exodos）："我将到我必须到达之地"（690）。[27] 伟大英雄处在永恒变化、无尽循环的自然之中，但通过这把稳插地上之剑，埃阿斯蔑视并反抗着这种基本境况，他超出了人性本身，基于其英雄意志的明晰透彻及幽暗隐秘的逻辑，他成全并完善了自身。然而，这把剑也使他成为某种低于人的存在："你们看看我，"他在登台不久就喊道，"这

---

[26] "环绕"（kyklos）及其同源词的用法如下：19（奥德修斯对埃阿斯的小心追踪）；353（埃阿斯疯狂的浪潮）；672（自然充满敌意的一系列循环）；723（透克罗斯被军队充满敌意地包围）；749（卡尔卡斯从围坐着的一众统帅中起身宣告那致命的预言）。

[27] 798行和806行中径直的"离去"（exodos），与23行中奥德修斯的"迷路"和886行中歌队错误地构想埃阿斯的"迷路"正相反。

位面对敌人从不畏惧的男子汉,竟向毫不令人畏惧的野兽展示了我双手可怕的力量。"(365-6)

当埃阿斯描述季节更替时(646行及以下,670行及以下),他并未像品达在类似的语境中谈论大地变动不居的样子。[28] 大地不过是一个充满敌意的所在(819),在其中他能隐藏或插紧其剑(658,820,906-7)。当他以相对友善的口吻呼唤大地时(859),他也只是为了向它告别,因他将踏上"通往地下"的旅程(832,865)。

在埃阿斯论述时间的讲辞中,自然的他者性与其对英雄式独立的追求之间的张力达到了顶点。这篇雄文伟辞描述了自然世界的循环节律,呈现了从幽暗封闭的营帐走向整个现象世界的埃阿斯所具有的博大眼界。与《伊利亚特》中阿基琉斯的语言相似,埃阿斯的语言应和着阿基琉斯的悲剧性洞察。[29] 他的自杀不是盲目的反抗,而源自某种痛苦的洞察。不过,当埃阿斯从自我封闭的狭小营帐走向人类世界诸种极端,这反而让他更进一步远离此世。他对世间诸种变化过程的理解、他对世间之美的生动意识——这是他最后两段长篇讲辞的主题之一,而这极大地引发了观众的同情——映衬着他关于自身的全新理解,而又反过来提供了一个关于他脱离此世的更决绝的理解。[30]

---

[28] 参 Pi., *Nem.* 6.9-11 及 *Nem.* 11.37-43。埃阿斯的语言中与品达最相似之处是他在671行提到的"良果丰硕之夏",然而该处所说的似乎是一个时间概念而非空间概念。

[29] 参 Adam Parry, "The Language of Achilles," *TAPA* 87(1956)17;另见 Paul Friedrich and James Redfield, "Speech as a Personality Symbol: The Case of Achilles," *Language* 54(1978)263-88, esp. 266ff. 中更细致、更精微的讨论。

[30] 关于埃阿斯逐渐形成的悲剧性知识,参 Sicherl(见注9)37:"他的伟大基于如下这个事实,他充分意识并把握到那种既摧毁了他、但也拯救并提升了他的真理——这与奥狄浦斯并无二致。"Reinhardt(见注5)36 注意到一种悲剧式反讽,即埃阿斯逐渐意识到自己与世界格格不入("认识到这位英雄与世事之间的永恒冲突")。另见(转下页)

他的独特品质是某种"超出常规范围之物"(perissos),"特大之物","巨人般的存在","非凡之物";[31]对他而言,文明提供的缓冲措施显然是由渺小而懦弱的灵魂提出的妥协的中间派或者是旨在维持安全界限的奥德修斯式的"通情达理"(参677)。

埃阿斯论述时间的讲辞拒斥了人类存在的三个根本维度:神界秩序、社会秩序以及自然秩序。正如在其他悲剧里,三个秩序互相指涉,并互相发挥着隐喻的作用。例如,埃阿斯用"崇敬"(sebein)一词表达他对社会秩序的假意接受("我们应当学会如何服从诸神并崇敬阿特柔斯的后裔",666-7)。政治层面与属神层面的并置其实是埃阿斯对这两方面的有意混淆:他无视这两方面。[32]

基于同样的原因,当先知卡尔卡斯回顾关于埃阿斯对诸神傲慢不敬(hybris)时,所有表明其傲慢行动动机合理性的论证都蕴含着一个典范真理。埃阿斯的本性蔑视由人类处境规定的、象征着诸神并由诸神规管着的诸种界限。正如在《安提戈涅》和《奥狄浦斯王》里的特瑞西阿斯,卡尔卡斯极为关键地提醒人们留心这些界限。在希腊诗文常见的"双重决定"的过程中,他的预言,即埃阿斯要么留在其营帐中,要么死去,只不过确证了埃阿斯命数的必然性。[33]神谕所示

(接上页)Kitto(见注9)188-189以及Michael Simpson, "Sophocles' *Ajax*: His Madness and Transformation," *Arethusa* 2(1969)88-103。

[31] 参Knox, "Ajax," 21 and *HT* 24-5.

[32] 关于埃阿斯之屈服的悲剧式层面,参Von Fritz(见注9)124-5以及Moore(见注9)59。关于在"专荣"(prerogatives)中政治秩序和自然秩序的相互关联,参Knox, *HT* 24。

[33] 关于神谕,参Wigodsky(见注7)各处,以及其引用的文献;Schlesinger(见注9)375ff。De Romilly(见注7)16-21强调神谕的作用是构成一种强烈的紧迫感。

并不残酷；在神看来，神谕意在帮助而非反讽。正如序幕里的雅典娜，神谕只不过道出了真相：它清楚有力地表明了人类境况的种种界限并展示了埃阿斯拒斥这些界限所意味着的傲慢。虽然如此，与索福克勒斯其他神谕剧的角色不同，埃阿斯自己从未听闻任何预言。他的行动完全源于自身，但与此同时，他的行动遵循着某个更大的模式（尽管他会否认），自我属于其中的一部分。

埃阿斯的悲剧依循的模式一直在古希腊文学传统中反复出现，从荷马的阿基琉斯到忒俄克里托斯的达芙妮（Daphnis）。他的英雄式渴望与生命本身相冲突。他对其独立意志的奋力追求不仅拒斥死亡，也拒斥了生存。"埃阿斯可能是悲剧英雄中最纯粹的形式，因为他本能地选择了死亡。"[34] 寻求自我实现的冲动既意味着成为荣耀的高尚之人，也意味着与幽暗的、自我毁灭的力量结合。

索福克勒斯悲剧的复杂性存在于这两个极端之间，一直处于变动的平衡之中。观众会选择站在生命的一边还是英雄式独立的一边？选择的困难导致了戏剧解释的多样化。正如安提戈涅、埃勒克特拉和菲罗克忒忒斯，埃阿斯宁愿死也不愿其英雄式意志受损。对于一个时间性存在而言，死亡是最终的结局，而在悲剧角度而言，死亡是唯一自由的行动。悲剧英雄个体中那种无法还原的独特性本身扰乱了自然秩序所维持的平衡与规范；英雄为其对秩序的扰乱做出赔偿，就像阿纳克西曼德（Anaximander）著名残篇所言的宇宙力量那样为它们扰乱宇宙平衡而"向另一方做出赔偿与补偿"（12 B1 DK）。不过，在索福克勒斯那里，"正义与赔偿"发生在人性内部。本剧或其他

---

[34] Gellie 192.

悲剧中的"必然性"或"必然的机运"（anagkaia tychē）并不是一个宿命论系统中管控一切的命运，而更像是英雄性格的内在必然性。

在埃阿斯论述时间的讲辞里，自然的诸种进程只反映了自然循环的毁灭部分。在湮灭与涌现、日与夜（646-7，670-3）的自然循环里，埃阿斯的"湮灭"将是永恒的（参658，647）。他疯狂的午夜将不会迎来白昼之光。冥府的永恒黑暗跟随着他的生命之"光"（856-65）。透克罗斯伏尸喊道，埃阿斯"播种"的是他在"毁灭"中留下的苦痛（1005）。为其孕育一子的特克墨萨运用生育的隐喻极力奉劝埃阿斯遵循生命的要求（522）。但当埃阿斯谈及服从之时，他含蓄地将钢铁的坚硬与女性特质相对比，将刚硬的男性利剑与特克墨萨的女性阴柔相对比。

与从普罗米修斯到菲罗克忒忒斯的所有悲剧英雄一样，埃阿斯将整个自然世界搭建为自身苦难的背景架构。[35]他的思绪横越东西，在其临终告别时纵览天地山川（845-7，856-65）。对其身体的寻索涉及天地四方，"朝西的空谷……向阳的山谷"，而这些描述会在后面反复出现（805-6，874，877-8）。

尽管如此，埃阿斯的行动方向与他提及的那些过程相反。正如菲罗克忒忒斯对利姆诺斯岛（Lemnos）上的嶙峋山景所说的话，埃阿斯看到的只是其孑然孤立与英雄式反抗在自然世界中的投影。[36]对歌队而言，大海、白雪、日光意味着某种欢欣

---

[35] 参 Musurillo 20-1; Helmut Kuhn, "The True Tragedy," pt Ⅱ, *HSCP* 53（1942）80-3。

[36] *HSCP* 53（1942），83："就连向他敞开并倾听其怨言的宇宙空间也象征着其悲剧式的孤独与自由"；另见页61-2。

之美（695-6，708-14），但对埃阿斯而言，它们标志着受到变幻与流逝的束缚（670-3）。"午夜之环"是阴沉悲惨的（aianēs，672）[37]，就连相继而来的日光之照耀也如烈焰般残暴（phlegein，673）。他的大海在风暴中颠簸不止，仿佛在痛苦中"哀号"（674-5）。风暴像人那样会在睡眠中平息下来（ekoimise，674；hypnos，675），但我们会想埃阿斯是否已经在设想那种远离一切变化的永恒睡梦（参koimisai，832）。被他抛在身后的朋友留在这个处于流变中的世界，像渔民在海边"无眠地捕捞"那样（879-80）不停地寻找他的尸身。

时间与变化是自然在不同极端之间往返的方式，但埃阿斯不允许对立项之间的任何调解。[38]当他说"可怕而强大的事物屈服于专荣（prerogatives）"（669-70）时，这与他不久前忍受可怕事物的强大能力形成强烈对比，正如他所说的淬火之钢（650-3）。[39]他自己几乎就是"可怕的"（deinos）自然现象之一，有缺陷而残暴（我们或许会想起他与风暴之间的相似性，206，257行及以下）；但他的"专荣"（timai）与众不同，无法接受任何意义上的屈服。

从一开始，埃阿斯就遭遇了埃勒克特拉只在其悲剧尾声才发现的事情——无穷尽无意义的时间的那张无特征的脸："日复一日地，我们时而被推往死亡，时而又从死亡那里被拉回——这样的日子有何欢乐可言？"（475-6）我们可以对比埃

---

[37] 我同意卡默比克（见注21）对 aianēs 的解释, Stanford, "Light and Darkness in Sophocles' *Ajax*", *GRBS* 19 (1978) 193&n8 也有相似的意见。F. Ellendt, *Lexicon Sophocleum*² (Berlin 1872) 在此词条的释义上引用 Hermann 的意译，"长期地沉重烦扰的"（Diuturnitate molestum et grave）。

[38] 关于埃阿斯作为"可怕"（deinos）之人，另见336行以及Sicherl（见注9）30对此更宽泛的讨论。

[39] 注意650—653行与667—670行之间的呼应，这进一步将埃阿斯与自然力量关联起来。

勒克特拉所说的话:"有死生命总有悲苦,将死之人又能从时间那里获得什么好处?"(《埃勒克特拉》1485-6)雅典娜如是总结了《埃阿斯》的序幕:"人世浮沉一日间"(131-2)。基于循环往复的时间进程,雅典娜推论人需要践行节制与审慎(*sō phronein*, 132)。埃阿斯作出了不同的结论。雅典娜说,时间进行修复("拉回")的同时也在进行破坏(131)。[40] 歌队在其欢曲中总结道,时间使一切朽坏,既然埃阿斯以始料不及、未曾希冀的方式发生转变,没有什么是必然不可能的(714行及以下;*ex aeloptōn*, 716)。同样,对埃阿斯而言,在多变的时间领域里,没有什么是意料之外、未曾希冀的(*aelton ouden*, 648)。不过,歌队所幻想希冀的变化指向某种恒定性,它只存在于埃阿斯的悲剧现实世界里,在那里一切都不受时间影响,一切都是不变的。

七

大海与岸滨构成了埃阿斯悲剧的景观。正如现象世界的其余部分,海与岸既显得是一个冷酷无情、价值中立的背景,又似乎是一个由人类情感与人类形式规定的环境。大海既可以

---

[40] 此处的意象可能是天平两边的平衡(见卡默比克),不过也可能是游戏棋子。J. C. Kamerbeek, "Sophocle et Héraclite," *Studia Vollgraff* 89–91 认为此处呼应了赫拉克利特关于万物皆流变的学说。Rosenmeyer(*Masks* 168)评论道,这位英雄"并不是在计数,而是在生活,而当生活成了日复一日的龌龊营生,他就舍弃了生活"。埃阿斯对时间的反抗完全不是流俗的哲学式悲观主义所表露的那种苍白无力的逆来顺受,与下面这段简洁精确的铭文所说的截然相反(Kaibel 438):"大地孕育万物又覆盖万物。因此,不必抱怨从地上进入地下。死亡就是你的结局。"第一行,πάντα χθῶν φύει καὶ ἔμπαλιν ἀμφικαλύπτει 与埃阿斯伟大言辞中的646—647行相似,但埃阿斯说的是"伟大的时间",而非"大地",这点非常关键。

作为镜子投映着埃阿斯的暴力，又可以作为逃向一个更安全、更隐秘的过去的途径。

对歌队而言，大海是人类互通的场所（134-5）或是一个逃离绝望境地的途径（参246行及以下）。但埃阿斯最初对自然世界的绝望呼告强调的是无人岸滨的荒凉之境、海上通途的野蛮波涛、洞穴与树丛（412-5）。在此景象里唯一温柔的是斯卡曼德（Scamander）的淙淙溪流，它对希腊人——埃阿斯当前的敌人——和蔼可亲（417-20）。然而，他对自然的最后呼告不仅包括太阳、土地及其故土萨拉米斯，甚至包括特洛伊的河流、泉水和平原（856-63）。埃阿斯的世界的每个部分都有生命的温度，只是埃阿斯摒弃了它们，并完全清楚他所失去的东西。

此剧开篇将我们置于大海与人烟之间的边界上，"在埃阿斯船只的营帐旁，在他驻守的最后位置"。这个最后位置（*taxis eschatē*, 4），标示着埃阿斯在人间与自然世界、有所规定与无所规定之间的含混地位，同时将其暴露在外的空间位置与权威问题关联起来，因为位置（*taxis*）指一个人在战线中的位置（参*tachthen*, 528）。埃阿斯船只所处位置意味着他与希腊舰队权力结构之间的含混关系。当透克罗斯最后捍卫他时，"驻守边界"象征的恰恰是与其边缘性相反的一面，因为正是在这个地方埃阿斯击退了赫克托尔的猛攻（1276行及以下）。正如埃阿斯凭其军武之力而被视为"阿凯奥斯人壁垒"，他们也信任他能守住这个无遮无掩的"最后位置"。

埃阿斯所处的沿海位置最初以海边的船只与营帐来进行界定（*skēnai nautikai*, 3；*ephaloi klisiai*, 190）。当歌队（尽管有所迟疑）希望他不要因逗留在海边的营帐而失去荣誉（190-1）时，他却要在"无人踏足之地"，在"岸滨草地"（654-9）维护这一荣誉。对他而言，正如对其英雄原型——《伊利亚特》

里的阿基琉斯而言，一望无际的大海是一个与永恒交融的恰当场所，而人间无法提供这种永恒。在这些荒凉的岸滨草地，在这些开敞的未定义之大海的延展之地，埃阿斯将逃脱使其发生蒙羞之事的那个"马群狂奔的草地"（143-4）或军队会嘲弄他的那个"微风蔼蔼的幽谷"（197）。

如前面两段所暗示的，歌队眼中的自然世界与埃阿斯的截然不同，因为尽管这些描述映照出一个充满敌意的世界，同情埃阿斯的歌队试图借助自然世界把他从幽暗营帐里恍惚求死的神志中唤起。埃阿斯论时间讲辞的合唱曲里的泛泛海波，带着其投映着埃阿斯自杀的孤旷汪洋之境，荡漾着回到有着亲属关系和节日庆祝的人间（597，695，701-6）。他们提及的茵茵草地与皑皑雪山充满着人类的共同经验，无论在战争中（600-5；参1185-91）还是在歌队舞曲中（695-700），都是共患难的同伴。[41] 正如合唱曲中更为幸福的海洋世界与埃阿斯的疯狂所属的狂暴汹涌之海（参206-7，257行及以下，351-3）形成了强烈反差，将埃阿斯母亲的悲痛比作夜莺血啼（627-32），暗示了回荡着人类悲苦的自然世界与歌队在167—171行（参139-40）将埃阿斯描述为残酷捕猎的猛禽（鹰或隼）之间形成的强烈对比。在埃阿斯与其同伴之间完全清晰的交谈里，他在开头短暂谈及其水手熟练掌握的航海技术，旋即无情地请求他们"杀死我吧"（361）。

"你们驻守海波涤荡的萨拉米斯的稳固基座"：凡人向埃阿斯所说的第一句话（134-5）为他提供了人间的一个安全之所。与此相应，在埃阿斯于无人踏足的滨岸草地上与他们告别

---

[41] 第一段（600-5）与埃阿斯讨论时间的言辞有更紧密的关系，尤其是语词的呼应，"时间……无数个月份"（*chronos...mēnōn anērithmos*，600-1）与"无数的时间"（*kanarithmētos chronos*，646）。

时，平原或"稳固基座"（*bathron*，860；参139）无法为他提供他所寻求的永恒。不久前，埃阿斯提了自然的其他方面（845-8）："你啊，太阳啊，驾驭你的马车越过陡峭苍穹吧！当你到达我的故土，请你拉住那金光灿烂的缰绳，将我的迷狂与厄运告诉我的父亲和可怜的母亲。"他那可亲可爱的先祖故土与"陡峭苍穹"的荷马式陌远形成强烈反差。在埃阿斯于此剧所说的最后一句话（865）里，故土家乡的坚实平原与稳固基座在被排除在冥府之外前曾短暂地填满了他的思绪。

埃阿斯最后的告别关乎他的养育者、他走过的土地以及他喝过的水。在他先前的歌词里，他认为自己既被希腊军队也被特洛伊平原所抛弃（457-9；参413-20，460行及以下）；如今，曾经对希腊人（418-20）很好（但不包括他）的特洛伊地区也属于他的养育者之一（*trophēsemoi*，863），相当于其故土人民于他的养育（*syntrophon genos*，"与我同宗养育的亲族"，861）。牢牢插着其剑的特洛伊土地始终与埃阿斯为敌（参819，1208-9），但他当下的视界无关乎不同空间的边界，因而特洛伊与萨拉米斯的差别就变得并不起眼。

当他与其子道别时，埃阿斯似乎短暂地构想了一个颇为温和的自然秩序（558-9）："在此（即未成年）之前，在温柔祥和的风中茁壮成长，享受你年轻的生命，这也是你母亲快乐的源泉。"[42]但这段"吹温柔祥和的风"的幸福童年只不过是埃阿斯下段讲辞（674）中"猎猎恶风"之前的短暂插曲。这些可怕的（*deina*）恶风与埃阿斯的英雄式命运所承受的那个世界里的"可怕事物"（"我是那个勇于面对可怕事物的人"，

---

[42] 另对比得阿涅拉少女时代的那片有遮挡的草场（《特拉基斯少女》144行及以下），这个意象的语言与此处相似，也描述了某种危险不稳的状态。

650）有着相同的特质。埃阿斯儿子的平和童年是抵挡这个宇宙基本暴力的短暂庇护所，但对埃阿斯而言，那个似乎保护着"大众"免受现实世界中无意义之流的"友爱港湾"其实"并不可靠"（682-3）。

歌队四处寻找并试图挽救这位独自走向海边"无人踏足之地"的英雄，他们"踏"遍了西边所有岸滨（参 *astibēchōron*，657；*estibētai*，874）。他们的搜寻预设了一个朴实幸福的海洋世界，尽管辛劳但满是欢乐（879-87），与他们注定失败的徒劳无功形成鲜明对比（*ponos*，866；参 *philoponos*，879）。辛劳的渔夫"无眠地捕捞"以维持生计（879-80），而埃阿斯不仅拒绝了生命及其折中之道，也拒斥了相继而来并形成循环节律的夜晚与睡梦（参675）。类似地，这一为了生计而进行的常规有效的捕捞与埃阿斯残忍的捕猎（64，93）形成强烈对比，最后埃阿斯自己成了被捕的猎物（5，20，32，59行及以下，997等各处）。[43] 在歌队最后的合唱曲里，他们不再执着于埃阿斯的死亡，转而歌唱一个抵挡大海的庇护所形象：属于苏尼翁（Sounion）与雅典的神圣的、光辉的、文明的地方（1219-22）。

埃阿斯与其所身处世界之间的反常关系源自他对其会死去的本性、其作为"短暂存在物"（*ephēmeros*）的根本境况的拒斥。当他站在死亡的边界上（845-7，856-9），他对太阳及马车的呼召确证了他拒绝屈从于生命循环的节奏，拒绝像夜晚屈从于"白马般的白昼"（672-3）。他不再念及那"由年岁养育"（622）的至亲，他已陷入疯狂的幽暗（85，216-7，301）并到达他在遗言中所说的那陌远灿烂的太阳，此时，他已踏上

---

[43] 关于捕猎的隐喻，参 Stanford 274; Knox, "Ajax," 21 与 105。

通往死亡与冥府的道路（854，865）。[44]

光照显露在这非自然的幽暗之中，如此不同寻常且异常残暴。埃阿斯的午夜疯狂是某种宇宙烈火，是某种灾难的冲天火光（atan ouranian phlegōn，195），而他自己是"喷涌烈焰之人"（aithōn，221，1088）。[45] 用墨涅拉奥斯（Menelaus）的话来说，他的野蛮行径本身就是某种神已"扑灭"（1057）的烈火。他的疯狂是一场风暴，其上的乱云迸发出耀目的闪电（257-8）。特克墨萨说，"在夜晚的陡峭边缘，当（天空中的）夜灯不再闪耀"，埃阿斯的疯狂即降在他自己身上。当他恢复神志，他不同寻常的呼喊将日与夜并置，这并非天体规律的节奏性更替，而是一种效果强烈的矛盾修辞。冷光迸裂闪过其厄运的幽暗，仿似埃尔·格雷考（El Greco）画作中被锯齿状的光芒撕裂的天空："啊，黑暗，我的光，最闪耀的幽暗，带我去与你同住，带上我！因我不再配寻求神族或任何会死的短暂存在者的任何帮助"（393-400）。最后一句预示了埃阿斯将与他的同伴、那些"短暂存在之人"（hamerioi anthrōpoi）、那些被动接受会死的生命的节奏之人分隔开来。[46]

就他所有的恐怖与残暴而言，那个属于埃阿斯的疯狂及光辉般幽暗的黑夜（393-5）呈现了他与神圣暴力的某种联系：无论他被视为高于抑或低于人性境况的存在物，他都是神圣

---

[44] 另请注意他的疯狂袭击与黑暗、夜晚、黑色之间的关联，参 21, 47, 231, 376, 1056。光与暗的象征意味有许多讨论，参 Stanford 275-6 以及 "Light and Darkness"（见注 37）189-97; Musurillo 10ff., 20; Schlesinger（见注 9）366。

[45] 对这两段的解释，参卡默比克与 Stanford 对此处的评注；关于后一个文段，也参 John Ferguson, "Ambiguity in *Ajax*," *Dioniso* 44（1970）15-6。

[46] Sicheri（见注 9）30 认为（但并未进一步发挥）在 393 行及以下的光暗轮转交替与中间长篇论述时间的言辞中生死的交替节律（646 行及以下）之间可能存在关联。

暴力的玩物。[47]当奥德修斯在序幕里遭遇不可见的雅典娜时,他为自己的"看不见"(14-7,21,23)感到不安,于是求助于那个看到并"清楚知道"埃阿斯行动(29-31)的哨子以及他所提供的证人般的视觉"明晰性"。[48]奥德修斯的审慎($s\bar{o}phrosyn\bar{e}$)不容许光与暗的混淆,尽管他有属神力量与属人的"阴影"般生命所提供的双重视野(125-6)。

如果一位英雄身上的对立已然合并(393-5),对他而言,矛盾修辞(oxymoron)就是相当称手的修辞方式。荷马笔下的那位庄严地从幽暗中呼唤光照的英雄,甚至以死亡为代价(《伊利亚特》17.645-647),既是午夜诡计(ennychioi mēchanai,180-1)的嫌犯又是其受害者。"独自一人,在夜色下,鬼鬼祟祟":这三个雅典娜描述埃阿斯偷袭(47)的词是对埃阿斯过去所理解的英雄主义的全盘否定。

英雄埃阿斯是"瞩目之人"(periphantos,229),他光辉地展露在所有人的眼前。但歌队在赋予他这个修饰语的合唱曲里咏唱的却是其"黑剑"所犯下的暴行以及他确凿的耻辱与死亡。和所有希腊英雄一样,他的价值系统有两个基本点:被他人以荣誉相敬重,面带自豪地敬重他人。[49]但如今他感到困惑,"当我**出现**在父亲特拉蒙(Telamon)面前时,我应当向他**展示**怎样的眼睛?他将如何忍受,当他**看到**我没有带着荣耀的奖品**出现**(462-4)"?对他而言,重要的是清楚地**看到**他的儿子在眼前(538),重要的是当他的儿子看到昨夜屠杀之景时并

---

[47] 参Schlesinger(见注9)367。
[48] 注意在118行与125行中重复出现的"看"(horan),参Schlesinger 364-5。
[49] 对比菲德拉(Phaedra)对看、被看以及与别人对视等主题的关切,见Eur., *Hippol*.280, 416, 662, 720, 947, 另对比321;参我在*Hermes* 98(1970)282及注3和页288—292中的评论。

不畏惧（545-7）。但自此以后，埃阿斯一直将他的"眼睛"隐藏在幽暗的营帐中（190-1）。歌队希望他在看到他们的时候会感到羞耻（*aidōs*, 345）——英雄价值系统中一个有力的词汇。此时，特克墨萨将他展现在他们眼前，并说道："看，我打开了（营帐）。你们可以看看他所做的事和他自身的惨况。"（346-7）埃阿斯的回答是，"看看绕着我旋转的是怎样的一场灾祸风波"（350-2）。

在其世界如此彻底的颠转中，白昼、日光与视象的回归只意味着他的死亡。在这个意义上，他的黑暗正是光明（393-5），因为它暂时保护着他免被那些将他视为英雄的目光的摧毁。因此，当他决定以他能想象的唯一方式去恢复他被视为英雄的权利时，他才会考虑太阳及其光辉（673，847，857）。当他将剑"隐藏"在无人可见之地（658-9）的时候，当他通过决绝而阴沉可怕的死亡使自己成为"对其他人来说难以观看的景象（原文字义为眼睛）（*omma dystheaton*, 1004）"的时候，他重新获得了他作为在人们眼中"瞩目之人"（*periphantos*）的地位。[50] 他将剑交给暗夜与冥府深藏地下（658-60），就像他在临终讲辞里联合了赫利奥斯和哈得斯（854-65），这使他回到唯一对他有意义的光明之中：不是光与暗的自然交替（647，672-3），而是英雄主义的内在光芒，与此相对的是其在疯狂里神丧志灭时的幽暗之光芒与耀目之黑暗。埃阿斯的这一隐藏使其英勇瞩目可见（*periphantos*），但这恰恰体现了他对英雄准则（code）的含混理解。

---

[50] 另对比977：这一"最亲爱的眼"对他所爱之人而言是"可怕的""难以观看的景象"（1004）。关于于此处"眼/面庞"（*omma*）可能存在的双关义，参Ferguson（见注45）21-2。另请注意雅典娜在66行中让埃阿斯的疾病"瞩目可见"（*periphanēs*），以及在597—599行中"光辉灿烂的萨拉米斯……总是瞩目可见"（*periphantos aei*）。

关于他的自杀，歌队不仅斥责他混淆了光明与黑暗，也批评其精神中不屈不挠的"刚强"与"野蛮"（925-32）：

> 可怜的人，刚强的心啊（stereophrōn），在某刻你将结束充满无尽苦痛的悲惨命运。野蛮的心啊（ōmophrōn），在整个夜晚里、在整个白昼的照耀中（pannycha kai phaethonta），你一直呼喊着诅咒阿特柔斯的后裔承受毁灭性的苦痛。

但在最后，当他拒斥的人间集结在他身旁以捍卫他的身体与名誉时，他与黑暗和光明的关系又回到人类文明的架构之中。尽管他远非那种提供"午夜之乐"的宴饮伴侣（参1203），埃阿斯绝非墨涅拉奥斯指控的"大吵大闹、侮辱他人的闹事者"（1088），而是"对抗午夜恐怖的壁垒"（1211-2），是一位保护其同伴抵挡赫克托尔猛攻的毁灭性烈焰（1278）的英雄。

八

埃阿斯的营帐是其人际关系的核心所在，它如我们所见，位于希腊营地的边界上，对抗着怀有敌意的大海与特洛伊平原（3-4）。那营帐同时也是其疯狂与"野蛮"的核心所在。由于他的疯狂，被野兽的血与血块染污的营帐成了文明的人无法居住的屠宰场。受保护的内部与午夜迷狂和憎恨的黑暗内部世界形成了对比。

序幕着重点出了营帐内部那些阴沉可怕的事物。一想到将埃阿斯唤出帐外，奥德修斯就不寒而栗（7，9，11，73-4，76，80，88）。我们首次见到埃阿斯是当他从帐内出现，手提滴血剑，满身染血。这一令人印象深刻的情景提示我们营帐内部发生的事情。特克墨萨哀号着说:"被他亲手杀死的牲口淌着血,这些是此人举行的'献祭':这些就是你们会在营帐内看到的东西。"(218-21)稍后,她补充了关于内里情形(*eisō*, 235, 296)的可怕细节。当短暂爆发的疯狂退去,埃阿斯冲出门外(301),呢喃着一些难明的字句,然后又再次冲回居所(305)。当他回过神来,他看到他的住处满是疯狂与灾祸(307)。满是迷祸(*atē*)的营帐不再是人的居所,而是令人毛骨悚然的、人兽混杂不分的屠宰场。埃阿斯疯狂的象征及其疯狂发生的场所是他瞬间变成的那野兽怪物般的自我的合适庇护所,也是他最后绝望地否定了一切他曾珍视之物的场所。

离开他的营帐也意味着离开其内心的动荡、其迷祸(*atē*)的封闭场所,从迷狂中回到现实。一旦离开,他不再对抗错误的敌人;他舍弃了午夜迷狂而去面对自然秩序中真实的光暗更替。埃阿斯从内在的毁灭性力量转向外部时间与变化的毁灭性力量。

对埃阿斯怀有敌意的雅典娜促成了其从内部到外部的转变。就像《伊利亚特》卷一那个劝阻阿基琉斯的雅典娜,她是现实世界的一个原则。当把埃阿斯从帐内召唤出来,雅典娜实际上也在象征的意义上开始将埃阿斯重新归置到会死去的生命的基本处境之中。尽管埃阿斯最终拒斥了奥林匹亚统治秩序的上方世界而转投地下冥府的幽暗,他所选择的幽暗不再是疯狂的幻象而是最终尽管阴沉可怕的真实死亡。当疯狂的埃阿斯离开营帐进行精神错乱的报复时,他的这次行动是一次错误的离开,一次"无谓的"或"徒劳的"出发(*exodoi kenai*),并未真正逃离营帐里面的事物。虽然如此,在最后一次旅程里,埃阿斯清楚无误地区分了光与暗、生与死。

宣告埃阿斯必须留在其帐内不得离开(741-2)的神谕预告了最后他与众人的分离。如今他已成局外人,被放逐出人间秩序与神界秩序。他没有留在帐内(735)注定了他的厄运

（793-4）。处在如此境地中的埃阿斯不仅无法被限制在其营帐之内，也没有道理留在那里：营帐内部杂乱不堪、满布杀戮，到处是前一个可怕的夜晚留下的血腥残骸。他无法留在这个弥漫着其可怕行为带来的血腥气味的营帐之内，正如他无法屈从并尊崇阿特柔斯的后裔或践行"审慎"。

与索福克勒斯笔下的其他神谕类似，这个神谕不仅是一个预言，而且提供了一个观察行动者的性格与处境（这蕴含着行动的必然性）之事实状况的清晰视野。埃阿斯踏上其毁灭性旅程（*exodos olethria*，798-9）的消息使得特克墨萨发出了透着悲剧性的预感（798-800；参735-9），正如之前歌队发出的一样，而她在数行后再次重复了这句话：他悲惨地离开了（*exodos kakē*，806）。在特克墨萨看来，向外的旅程是悲惨的（*kakē*，806），但它能使埃阿斯免遭他人谴责其卑贱（*kakia*，参486，551），反而能得到他人对其高贵（*kalos*）的赞美，而这是他唯一的标准（479-80）。

提供庇护的营帐反讽地成为猛兽式野蛮的孤独之处。帐内人兽颠转，仪式不洁，语言胡乱。在其中，埃阿斯"与神圣疯狂同住一处"（*theia[i] mania[i] xynaulos*，611），降格为野兽，被驱赶或被捕杀（详见下文）。在此处，他也是"其思绪的孤独牧人"（*phrenos oiobōtas*，614-5），而其行为"在那些不算朋友的人之中并未换来友情"（619-20）。在语言上呼应埃阿斯的"与疯狂同住"（611），他的死亡呼喊使他在神性与兽性中不可调解的位置达至顶点，提供了某种庇护（892）："谁住在附近（*paraulos*）并在树丛中呼告？"[51] 如果说这位被夺去朋友庇护

---

[51]"附近"（*paraulos*）也可表示"刺耳"（*aulos*，"笛"）以及"在庇护所或居所附近"（*aulē*，"厅堂"）。古本旁注写了这两种可能；后一种可能有 *OC* 785与 *Phil.* 158两处文本的支持。或许此处有意表达这种双关的含义，参1411行及以下那可怕的"箫管"。

（910）的人还有任何庇护所的话，它只能存在于莽莽树丛，而不在营帐的围场之中（参796）。

一旦行动离开营帐附近，它就不再回来。敌友一道离开营地去寻找埃阿斯进行自杀的荒凉之地。[52] 不过，在这个文明之地与野蛮之地的翻转中，在贫瘠岸滨遭受着野兽威胁的尸体（830，1065）成了社会行动的一个新的核心所在，成了界定文明的关键之处。在此处，正如在《奥狄浦斯在科洛诺斯》中更令人瞩目的那样，莽莽荒地在事实上构成了神圣之所，在其中，我们关于文明价值的感受既成为问题又获得了加强。尸体成了乞援仪式（1173）、法庭式论辩以及一个由儿子、母亲、兄弟围着尸体重聚所带来的家庭关系的重生的中心点（1168–81）。

正如埃阿斯那充斥着疯狂之恶果的营帐将这位英雄置于一个与人类居所关系含混的地方，疯狂本身也将他置于常规社会的栅栏之外，并将他变成可怕与恐怖的事物（82–3）。使人兽混杂不分的疯狂来自诸神，但它与郊野诸神有着独特的相似性，此处是陶罗波罗斯的阿尔忒弥斯（Artemis Tauropolos, 172–9），在别处是潘（Pan）、迪克图纳（Dictynna）以及群山之母。[53]

对我们而言，疯狂源自文明的复杂性；对希腊人而言，它是对文明的否定。因此，当埃阿斯在激情午夜中爆发出其凶残欲望时，他清除了划分人兽的所有界限。[54] 埃阿斯在仪式

---

[52] 对比985，透克罗斯下令寻找欧律萨克斯，后者独自一人在营帐附近（*monos para skēnaisi*）。

[53] 例如 Eur., *Hippol.* 1411–50，参 W. S. Barrett, *Euripides, Hippolytus*（Oxford 1964）对1411—1444行的评注。

[54] 参 Michel Foucault, *Madness and Civilization,* trans. Richard Howard（1965, reprint New York 1973）193："就连那种由社会中最人为的因素引起的或维持的疯癫也以暴力的形式出现，野蛮地表达着人类最原始的欲望。"另见 Rosenmeyer, *Masks* 179："埃阿斯回归原始状态并选择在一个人兽不分的世界中生活。"

上不洁，与他常常游荡的郊野相亲，处在亲属与城邦的束缚之外，这个疯狂之人缺乏文明所提供的抵抗自然暴力的保护。[55] 疯狂的埃阿斯，像那疯狂的赫拉克勒斯、伊俄或俄瑞斯忒斯，在一场"风暴"中颠簸不已（206-7，257，274），缺乏营地或同行者的"庇护"（910）。[56]

埃阿斯的疯狂也与其战士身份有特殊的联系。正如杜梅齐尔（Dumézil）已论明的，伟大战士的勇武之力常常以野兽般狂暴的形式出现，提供着暴烈力量，就像那（古代斯堪的纳维亚神话中的）"狂暴斗士"（*Berserkir*）所拥有的力量，而这事实上将战士与野兽紧密地关联在一起。[57] 杜梅齐尔引用了一段瑞典传说，"自其民视之，他们卸甲而行，野如狼犬，杀人如麻，刀枪不入，无人能挡。此乃'暴杀狂怒'（*beserkr furor*）"。[58] 他评论道，"奥丁的暴杀性（*berserkir*）与狼、熊等类似，不仅其力量与残暴与之相像，在某种意义上他们就是这些动物本身。他们的狂暴将其内心与之共存的第二自我外在化"。不过，在埃阿斯的悲剧处境里，这种无度的狂暴杀向的

---

[55] 见前文第二章第十节，以及该处引用的文献。

[56] 关于疯狂的风暴，另见 Aesch., *PV* 883-4; Eur. *HF* 1091, *Or.* 279-80。更宽泛的讨论见 Josef Mattes, *Der Wahnsinnimgriechischen Mythos*（Heidelberg 1970）112-3。

[57] Georges Dumézil, *The Destiny of the Warrior*（Chicago 1970）141. 另见 Pierre Pachet, "Le bâtardmonstruex," *Poétique* 12（1972）533, 此文强调战士需要这种"狂暴残忍的能量，它使英雄得以战胜最可怕的对手，但也可能会使英雄成为其城邦无法控制的危险"。接续杜梅齐尔的思路，Pachet 认为，像赫拉克勒斯这样（而我们可以加上，像埃阿斯这样）的神话，其功能之一是表明，通过某种仪式和一系列的对抗（尤其是与女人的对抗），"英雄大量过剩的能量可被利用而为共同体服务，可在每种情况下都被重新整合到一个社会群体中，而这种力量所超出的，就其定义而言，正是共同体的界限"（页533）。

[58] Dumézil（见上注）同上书。

不是共同的敌人，而是他自己的军队。悲剧的疯狂并非意在证明战士的强力，就像阿基琉斯如狼般的米尔米东人的暴怒（《伊利亚特》16.156及以下），而在以无助、羞耻、荣誉（timē）的丧失湮没战士的尊严。[59]

与此同时，使英雄成为自己之反面的疯狂扎根在埃阿斯的内心。雅典娜只是为其疯狂"锦上添花"而已。当他将其狂怒的矛头转向野兽时，她一方面帮助了埃阿斯，另一方面贬损了他。[60] 他的疯狂既卑微又宏伟；它是使他虚弱无助的可悲"疾病"，又是一次对其所受的不义并恢复其受损荣誉的绝命一搏。歌队试图将埃阿斯的英雄主义与其疯狂区分开来（参612-3）：这属于常识性的，而非悲剧性的观点。对埃阿斯自己而言，这两者存在一种危险的亲缘关系。[61] 埃阿斯的黑暗乃是其光明，这一矛盾（393-5）令人既心生悲悯又感到高贵伟大。它是埃阿斯心魂中的痛苦，使他处在既低于又高于现实的矛盾之地。[62] 其本性中深藏的源泉，与杜梅齐尔所论战士之狂暴相关，与其疯狂有着某种相似性，并以此为乐（参271-2）。当他完全恢复了神志，他后悔的并不是突袭本身而是其失败（447-8）。就算他已回归常态，卡尔卡斯警告，他曾是被神击

---

[59] 关于这位疯人丧失的荣誉，参Aesch., *Suppl.* 562-3以及*PV* 599; 另见Mattes（见注56）95, 98-9讨论埃阿斯的部分。

[60] 参Lattimore, *Poetry* 73。

[61] 参Penelope Biggs, "The Disease Theme in Sophocles' *Ajax*, *Philoctetes* and *Trachiniae*," *CP* 61（1966）224ff.。

[62] 关于埃阿斯午夜疯狂的经验，参Foucault（见注54）111认为这类疯狂也可能揭示了一种与"极其深奥难解的短暂存在"有关的悲剧经验……在这个意义上，悲剧式人物比任何人都更深地进入到存在之中，也更是其自身真相的承载者，因为他像菲德拉（Phèdre；此处指莱辛《菲德拉》中的而非欧里庇得斯《希波吕托斯》中的菲德拉。——译者注）一样对着无情的太阳激昂地说出黑夜的全部秘密，而疯人完全与存在隔绝。

落的那些无度的庞然大物(perissa sōmata,758-9)。在卡尔卡斯看来,埃阿斯是"失智的"(anous,763),因他曾吹嘘他无须神明的帮助。[63]

埃阿斯疯狂的双重意涵,既如英雄般高贵又如野兽般卑微可笑,与雅典娜在本剧中的双重含义相类似。一方面,她的出场强化了埃阿斯的英雄式渴望,用惠特曼的话来说,使得他及其对手都定格在永恒的维度中。[64]只有埃阿斯可以看到她(15);的确,他甚至敢于给她下达命令(116)。但另一方面,雅典娜象征着宇宙秩序中的非人格界限,就连埃阿斯这样的人物也无法藐视它们而不受惩罚。

埃阿斯将雅典娜视为心怀嫉恨的女神,她"毁灭性地凌辱了他"(aikizei olethrion,402;参450-3)。[65]但他自己的暴力却凌辱了他人(aikizein,65,300),尽管雅典娜试图劝阻他(111)。如果雅典娜在某种意义上映照出埃阿斯英雄式自我中的准神性,她也映照出其求索绝对事物的毁灭性力量,那些若不加节制就将吞噬人类生活的魔鬼式能量。

就像在《菲罗克忒忒斯》中,苦难的自然与超自然来源汇合为一:有着伟大精神的英雄无助地承受着他自身的暴烈情

---

[63] 然而,这个程式化的表述并未暗示,如 Erik Vandvik, "Ajax the Insane," *SO*, suppl. 11(1942)169-75所论,埃阿斯自始至终都是疯子。Simpson 的观点远为有理(见注30,各处),他认为埃阿斯疯狂的意义是逐渐形成的或澄清的。另见 Biggs(见注61)226.

[64] 关于雅典娜在本剧各个层面的功能,参 Whitman 66, 71,尤其页70:"与希腊多神论的可塑性完全相符的是,雅典娜的形象在这里能够被用来象征两位英雄的内心世界,并在本剧之初就勾勒出他们两人伟大而不受时间影响的特征。"另见 Adams(见注19)97-8; Gellie, 45; Grossmann(见注11)尤其讨论了序幕中的雅典娜;Schlesinger(见注9)382-3; Simpson(见注30)91; Tyler(见注5)24-31; Ruth Camerer, "Zur Sophokles' Aias," *Gymnasium* 60(1953)310。

[65] 参 Adams(前注)100。

感。疯狂既接近神圣事物又近似于一场疾病。[66]英雄仿似神的同时又宛如小孩。当他豪气冲天地拒斥会死的生命的有限处境时,他渴望获得神明般的独立,但与此同时,他心中郁积着一种使他"刚强"、"野蛮"、无情的苦楚。

当雅典娜离场、埃阿斯的愤怒退潮之后,他独自面对其本性中的汹涌情感以及其渴望与现实之间的鸿沟。他的疯狂既是对自身荣誉感与共同体不公之间差异的自然心理反应,也象征着这一差异。[67]作为一种摆脱所有文明化生活的形式,他的疯狂替他抵挡着这种差异之下的全部事实。[68]当他的疯狂消散后,首先,在他对自身的英雄式理解与其平辈所作的轻蔑的评判之间存在的鸿沟便无法填平:他只能看着他自己所承受的痛苦(260)直到他抽身离开他的绝望,那种与他曾违抗的现实之间新的、相当矛盾的关系,那个矛盾修辞,"啊,黑暗,我的光,最耀眼的幽暗"。

如卡尔卡斯所言,渴求"超出属人境况的思考"(*mē kat' anthrōpon phronē[i]*, 761, 777)的埃阿斯在丧失理智(*phronein*, 82; *sōphronein*, 132;参677)中成为某种低于人的存在。我们或许会想起,在柏拉图笔下,身处冥府的埃阿斯"选择过狮子的生活,因为每当他想起那场关于阿基琉斯甲胄的裁定,他都不愿做人(*anthrōpos*)"(《理想国》10.620b)。

在疯狂中,埃阿斯不仅混淆了人与兽,也进入了野兽的世界。在其午夜迷狂中,他越过"马群发疯的草地"或"马群狂奔的草地"(*hippomanēs leimōn*, 143)。埃阿斯之属人地位的含混性在其性格的"野蛮"中有着极深的根源(*ōmōs*:参205,

---

[66] 关于作为疾病的疯狂,参Biggs(见注61)224ff.; Gellie(见注5)78; Vandvik(见注63)172。
[67] 参Biggs(见注61)226。
[68] 同上书,227。

548，885，930）。[69]如我们所见,"野蛮"指示着那种与食肉猛兽相称的低于人的暴力。埃阿斯用以教育其子的"野蛮法律"（ōmoi nomoi，548）是一个自相矛盾的语词。紧接着,当埃阿斯称这种教育为"对小雄马的驯服"时,他再次使用了动物的隐喻（549）。就埃阿斯的性格而言,他的"野蛮"意味着他缺乏变通,而这是文明人的另一个根本特征（参《安提戈涅》1023–30）。其他人会变通,埃阿斯不会（注意717行与750行里两个以 meta- 为前缀的复合词）。

九

"在索福克勒斯别的悲剧中,"扬·科特（Jan Kott）说,"人与非人之间的种种对立从未形成如此强烈的对比。"[70]不过,本剧的种种对立之间并不只形成对比,它们也融合在一起。在这里,捕猎与养牧的隐喻有着特殊的作用。埃阿斯是一位猎人,同时也是一只被追猎的野兽;他是一位牧者,同时也是一只被牧养的动物。[71]最初的二十行对话中包含了不少于七个关于捕猎或追猎的隐喻。[72]围绕界定属人境况种种界限（参118行及以下）的序幕奠定了三个基本点:女神处在界限的上方,节制审慎的有朽者位于中间,在其不自量力的发疯中变形为兽的英雄位于最下方。当奥德修斯（首个发言的有朽者）将

---

[69] 参 Knox, "Ajax," 21; Biggs（见注61）224。Stanford xxviii-xxix 引用了帕库维乌斯（Pacuvius）的《甲胄裁决》（*Armorum Iudicium*）关于埃阿斯的"残暴而无情的自傲"（*ferocem et torvam confidentiam*）。

[70] Jan Kott, *The Eating of the Gods*（New York, N.Y., 1972）59.

[71] Stanford（见注5）274–5 简要地列出并讨论了这些意象。另见 Schlesinger（见注9）363–4。

[72] *thērasthai*, 2; *kynēgetein*, 5; *kynagia*, 37; *kyōn*, 8; *ichneuein*, 20; *ichnē*, 6 以及32; *basis* 8 以及19。

雅典娜的声音比作"铜口战鼓"（17），他进一步拉开了在变形为兽的埃阿斯与属人的光辉英雄世界之间的距离。[73]

埃阿斯在疯狂时是"咆哮如牛"的牧人（322），同时又像他牧养的野兽那样"被套上轭具"并"被驱赶"（53-4，60，123，275，756，771）。[74]他也杀害了另一位牧人（27，53-4，231-2）并试图用操控牲口的带子捆住（他臆想的）人（241）。茕茕孑立的他"独自牧养自己的思绪，使他的朋友悲痛万分"（614-6）。[75]在614行中"牧养自己的思绪"一语既可以指牧人又可以指被放牧的动物。这显露出这位英雄在人兽之间的含混地位。埃阿斯的牧养最阴沉可怕的颠转发生在本剧的尾声，当他裂开伤口的"箫管"（syrinx）"喷涌着"黑血（1412-4；参918-9）。箫管或长笛是牧人常用的乐器，但此处它奏着死亡的律调。[76]

埃阿斯的疯狂也毁灭性地将两种利用动物的方式合二为一：一是相对原始的捕猎，一是相对文明的牧养。他那些"被捕的猎物"，或长着角，或毛发细厚（eukerōn agran，64；eueron agran，297）；这些修饰词通常用于那些驯服的牛群，而不属于被捕猎的野兽。当恢复神志时，埃阿斯觉得自己荒唐透顶，竟用他那有力的双手对抗这些令人无所畏惧的动物

---

[73] Reinhardt 27贴切地评论道，"骑士世界的声音与图像的完满呈现"（Klang-und Bilderfülle aus der ritterlicher Welt）。

[74] 关于在这个"驱赶"中人兽颠转的含义，另参Aesch., PV 309, 580, 681-2，更一般的讨论见Otfried Becker, Das Bild des Weges, Hermes Einzelschrift 4（Wiesbaden 1937）179 n69以及195-6。

[75] Mattes（见注56）99说："他独自离去，如同一头离群的病牛。"（Er entfernt sich wie ein krankes Weidetier von der Herde）

[76] 关于此处syrinx的双重意涵，参R. C. Jebb, Sophocles, The Plays and Fragments, Part Ⅶ, The Ajax（Cambridge 1907）对此处的评论；Stanford对此处的评注也同样有用。

（*aphoboi thēres*，366）。歌队猜测，是陶罗波罗斯的阿尔忒弥斯"驱赶他去对付畜群中的牛群"（174-5），而且因为他从这次愚蠢的捕猎中收获了其战利品（407），他应当向雅典娜献上金色的狩猎纪念品（93）。后一个隐喻中存在着一个属兽的与属神的、血腥猎杀与黄金之美的怪异并置。当雅典娜描述她如何"驱赶走向悲惨的围栏"（*herkē kaka*，60），埃阿斯同时显得像是被赶进围栏（*herkos*）的被猎野兽，又像是被牧动物被关进畜牲棚舍（参108行中他关着"牛群"的"有围栏的居所"［*herkeios stegē*］。

当人变形成兽时，埃阿斯显得像一位处在神圣愤怒中无助的祭牲。但在他远离其人性的过程中，存在着某种光辉伟大，也存在着某种令人悲悯的特质。就在将他描述为陶罗波罗斯的阿尔忒弥斯的祭牲之前，歌队突然从其悲绪愁情中振奋起来，并在愤慨中呈现了荷马笔下的埃阿斯形象：在他面前"鸟群将默然畏伏，缄默无声"（167-72）。[77]我们应当注意到这与三十行前歌队自比发抖的鸽子的对比（139-40）。

同样，牛轭的意象不仅呈现了埃阿斯处于野兽般疯狂时的无助（275），也与他人对其不幸遭遇的忧虑相关（24，944）。尽管他像无助的祭牲那样被驱赶或被轭套着，但当他恢复神志时，他迈着果敢坚定的步子向"他必须到往"的地方大

---

[77] 169行的文本有商榷的余地。我和大部分校勘者一样，在"鹰鹫"（*aigypion*）后面插入"而/但"（*d'*）。参*Antig.* 110ff. 以及 Aesch., *Ag.* 49ff. 中雄鹰的意象。更一般的讨论参 P. Rödström, *De Imaginibus Sophocleis a Rerum Natura Sumptis*（Stockholm 1883）32。通常，"鹰鹫"（*aigypios*）既能指某种秃鹫，也能指某种鹰。尽管此处可能是后一种意义——参 Stanford（见注5）以及 Kamerbeek（见注21）——我们会疑惑选用这个相对含混的词（例如，不用"雄鹰"[*aietos*]，这个词在品达《伊斯米亚颂诗》6.50-54那里其实与埃阿斯的名字在词源上有关联）是否可能暗示埃阿斯英雄主义中具有破坏性或自我毁灭的方面。

步而行（654-5，690）。[78] 他为自己套上了"朝着新方向、围绕新思路而形成的轭"（736）；该隐喻在此处专指属人的诸种品质（另参24，944）。

最能表现这一野兽意象之内在意蕴的翻转出现在透克罗斯找到埃阿斯的尸身之后，当他下令将欧律萨克斯（Eurysaces）带出营帐之际（985-7）："难道你们不马上把他带来这儿，以免某些敌人把他抢走，就像从母狮怀里夺走幼狮那样？"在这个类比中，现在，一个男人保护着野兽，而作为保护者的他也需要保护，与此同时，这位孤单的男战士充当着那位无人保护的幼童的母亲。当埃阿斯逐渐回归人类社会，就连郊野之物也变得温情脉脉、富有同情心。[79] 同样，在临近结尾之处，当一个男人而非一位神明将埃阿斯界定为一头被皮鞭操控的巨牛时（1253-4），我们敏锐地察觉到这一翻转的不当并支持透克罗斯的激烈反抗。如今，埃阿斯重获其英雄地位，野兽的比喻就变得不再恰当。

十

当埃阿斯的疯狂破坏了人兽的正常关系，他与共同体的关系就呈现为一种异常的技术形式。在序幕里，作为工具使用者的奥德修斯稳稳地处在文明的中心，与埃阿斯那比喻意义上的兽性形成鲜明对比。当埃阿斯怒发冲冠，奥德修斯"老练地进行捕猎和量度"（*palai kynēgetounta kai metroumenon*，5）。这

---

[78] 关于这里的轭，参Ferguson（见注45）13以及15；关于论时间的讲辞中表示"走向、到往"等动词的重要性，参Becker（见注74）205ff.。

[79] 然而，在较早之前，一次捕猎将透克罗斯与埃阿斯隔绝开来，并阻止他及时回到他身边并保护他远离其内心野蛮而孤独的冲动：灾祸爆发之际，透克罗斯为他的敌人外出打猎（*thēran*）。

两个动词颇为庄重地占了一整行。埃阿斯的捕猎与奥德修斯的不同,处于文明架构之外。

当奥德修斯说雅典娜的声音"宛如伊特鲁尼亚的铜口战鼓"(17),他用了伊特鲁尼亚人(Etruscan)在冶金技艺上颇有名声这个典故。与此不同,由于埃阿斯与他人交往的能力从来不强,如今还因疯狂而遭到削弱摧毁(参292行),他任其营帐无使者传令,不闻战鼓之声(289-90)。被女神"驱赶"的埃阿斯如同野外猛兽(53-4,59-60);奥德修斯被女神之手"引领"(*kybernōmai*,35),这意味着更为复杂的智性掌控并指向更为高级的文明技艺。与此相反,埃阿斯在其疯狂的风暴中颠簸不已(206-9,351-3)。的确,奥德修斯同样"套着轭"(24),但这是他自愿承受的轭(24),而且在123行是他而非埃阿斯谈及埃阿斯的"轭"。最后,他在雅典娜对其力量的展示中看到的不仅是无情暴力的演示(尽管这就是雅典娜在118行表现其力量的独特方式),也是一种技艺或技术(*technē*,86)的实践。

当埃阿斯从其疯狂的风暴与波涛中摆脱出来时,他以航海的术语来呼唤他的船员(357):"掌握航行技艺(*technē*)、给予帮助的同志们!"但很快,他就哀叹自己无法寻求人或诸神的所有帮助(*onasis*,398-400),而且,当他坚定了其英雄决心,回望那残暴的大海(647-75)时,友爱已不再是安全的港湾(682-3)。

冶金术在埃阿斯与文明的含混关系中扮演着特殊而重要的角色。钢铁不断出现在与其毁灭性狂怒和情感上的"刚硬"相关的段落中(147,325,651,820),[80]而且在论述时间的

---

[80] "铁"(*sidēros*)及其复合词在《埃阿斯》中出现了四次,在其他现存作品中只出现了两次,且出现在残篇中。

核心讲辞中有一个重要位置。当提及最刚硬的心被软化（649）之后，埃阿斯接着说（650-2）：

> κἀγὼ γάρ, ὅς τὰ δείν' ἐκαρτέρουν τότε,
> βαφῇ σίδηρος ὥς, ἐθηλύνθην στόμα
> πρὸς τῆσδε τῆς γυναικός.

> 就连我也一样，虽然我曾忍受过可怕之事，如热铁淬火，但如今我已在言辞（口舌）上被这个女人弄得女里女气。

这几行讲辞运用了一系列未言明的对比：水与火、男子气与女子气、刚强与阴柔、稳固与变化。[81] 但这里的对立项趋于一致。埃阿斯援引文明化的意象，正如他用自然变化中的有序进程（669行及以下），以拒斥他们并确证他自己的自主性。"如热铁淬火"一语处于如此位置一度令人以为应该和"我被弄得女里女气"一起理解，因而指的是对铁进行软化或柔化而非硬化。这一含混性对应埃阿斯此处言语的含混性，以明显的屈服来掩盖其坚定的决心。[82] 被软化的"口"（stoma）同样可以指剑的"刃口"，如我们很快会知道，这个刃口一直保持着其坚

---

[81] 参Camerer（见注64）308-9。

[82] 650—651行所表达的确切含义并非没有疑问。最可能的解释是，索福克勒斯指的是通过淬火使热铁变硬，而非让铁块变得柔软可塑。因此651行中的明喻就应当和前一行中的"忍受"（ekarteroun）放在一起理解。参杰布对此处的评注及其 Appendix 229-30; Fraenkel（见注16）79-80; Camerer（见注64）316-7提醒我们注意此处措辞与《特拉基斯少女》1259-62之间的呼应，但后者的冶金意象并不含混，因为赫拉克勒斯似乎在继续而非远离他的文明角色。卡默比克（见注21）承认这种可能存在的含混性，而我认为这是此处措辞的一个重要方面。

硬度以完成最后那个不妥协的姿态（参815）。那把用以表明埃阿斯最终从神与人的种种约束中独立出来的剑"才以噬铁砺石磨利"——颇近埃斯库罗斯雄伟笔力的一行诗（820）。当埃阿斯谈及淬剑时（651），他记起另一种淬浸，在其疯狂暴怒中"淬血"的杀戮（*haimobaphēs*，219）。雅典娜在序幕中问他（95）："你是否把剑浸插在阿尔戈斯人的军队中？"只有这把剑再次被浸插——在埃阿斯自己的血泊中（参828）——时，它才能最终抹去此前浸插所带来的羞耻。

在埃阿斯论时间的讲辞之前，打铁与医术这两种技术悖谬地反映了埃阿斯从共同体的脱离（581-2）："如果一个医生在一个需要切割的伤口上唱治疗咒语，他的医术就不太高明。"特克墨萨回答说，他的语气"磨得尖锐"（*tethēgmenē*，584）。不过，其实是磨利的剑而非口舌将给出埃阿斯最后的答案（820）：是武器而非医生的手术刀进行"切割"（参*tomō tatos*，"最能切的"，815；以及 *tomōnti*，"需要切割的"，582）。当医学意象在剧中重新出现时，它不仅互换了兽与人，也暗示了一个不可行的社会秩序：用以操控巨牛的鞭子是墨涅拉奥斯粗暴地威胁透克罗斯的一剂猛"药"（1253-6）。

透克罗斯说，赫克托尔那把作为埃阿斯致命痛苦的剑由复仇神铸造，而"冥神，凶野的工匠"（*dēmiourgos agrios*）制造了对赫克托尔而言同样致命的皮带（1034-5）。[83] 与其说此处的技术反映了人在此世的力量，不如说它阐明的是他对恶魔式力量的屈从。透克罗斯随后关于诸神"设计"（*mēchanan*）此类事物的说法如今反而让奥德修斯关于诸神"巧妙设计"（*technō-*

---

[83] 注意"铸铜"（*chalkeuein*）与"手艺人"（*dēmiourgos*）在 Plato, *Rep.* 3.395a（原文似误，应为3.396a。——译者注）中的结合。"铸铜"（*chalkeuein*）事实上是柏拉图细数城邦中技艺实践的首个例子。

menos, 86) 之权能的默许变得更加沉重而可怕。

在本剧最后一首合唱曲中, 属人的创造性显得像一个诅咒。歌队将埃斯库罗斯的《普罗米修斯》或《安提戈涅》第一合唱曲中为人所熟知的对文化英雄或文化创造者的赞美转化成对创造战争武器之人的诅咒。[84] 正如在埃阿斯 (650-2) 与透克罗斯 (1034-5) 所用的冶金意象, 此处的技术也首先被视为毁灭性的。在这个方面, 这首合唱曲为阿伽门农的进场及其代表的对人类社会的狭隘理解 (1226行及以下) 作了颇为恰当的铺垫。

十一

在《埃阿斯》里, 正如在其他剧目里, 英雄与社会之间的关系与语言紧密相关。[85] 埃阿斯缄默不语、不喜交流; 最出色的交际者奥德修斯是老练的语言大师, 但他并不是为了埃阿斯及其朋友污蔑他的那些诡诈邪恶之事 (148-53, 187-91), 而是如本剧结尾处所显明的, 为了维护既循人道又合法度的制度。埃阿斯的缄默不语与奥德修斯的头头是道是语言的两极。索福克勒斯充分利用了荷马已有所着墨的对立: 在其笔下, 埃阿斯在冥府中面对奥德修斯缄默不语, 是史诗传统中最可彰显人物性格的篇章之一。与索福克勒斯时代相近的品达也曾生动地再现了埃阿斯刚正坚定的行动败给了奥德修斯的如簧巧

---

[84] 关于这个传统主题, 参 A. Kleingünther, *Prōtos Heuretēs, Philologus*, suppl. 26.1 (1933)。关于此段的文学形式, 对比 Horace, C. 1.3.9ff. 以及 Nisbet & Hubbard (Oxford 1970) 在该处评论中引用的相似段落。

[85] 关于埃阿斯在交流上的困难, 参 Reinhardt 22f.; Gellie 14; Biggs (见注61) 225。

舌。[86]在索福克勒斯笔下，这种缄默有着更深的悲剧意蕴，与埃阿斯的疯狂及其在人兽之间摇摆的位置紧密相关。就连他被人称呼的名字，"名带噩兆的埃阿斯"（914），也是某种口齿不清的痛苦哭号，哎哎（*aiai*），一个不断重现的沉重可怕的双关语（370，430-1，904，914）。

当埃阿斯陷入其疯狂的幻觉时，他孤单地承受那无言的痛苦。每个关键角色的发言都基于其自身关切或价值，但无人能洞穿并抵达埃阿斯的内心。[87]当埃阿斯与其他人说话时，他是在下达要求服从或沉默的简单粗暴的命令，他意在结束而非开展对话。歌队错误地认为，埃阿斯是那种可以被朋友说服的人（330）。所有人都在和埃阿斯说话，但没有哪个人说的话真正在其心中留下印象。埃阿斯只得通过那些在根本上属己的、无法与他人交流的沉思，靠自己考虑问题并作出决定。我们已注意到在那篇作出其致命决定的关键讲辞中表现出的含混性。其他人可能会听到或无意中听到这些话，但在某种意义上这些话是埃阿斯说给自己的灵魂听的。

埃阿斯无法使用流畅圆滑的语言，这对其不容变通的特性而言必不可少。我们可以在奥德修斯身上看到新式民主社会中的适应能力与交际技巧。对奥德修斯而言，语言是成就变化的工具。坚定地恪守其目标的埃阿斯则代表着一个相对陈旧但稳定的贵族世界。[88]在剧终处，奥德修斯平和冷静、连珠炮似的逐行对驳（*stichomythia*），与埃阿斯格格不入（1318-69）。当他交替对话时，他并非意在说服，而意在加强他的命令或表

---

[86] Pindar, *Nem.* 7.24ff, 8.22ff.; *Isth.* 4.36ff.

[87] 参Reinhardt 30。

[88] 参Knox, "Ajax," 22; John H. Finley, Jr., "Politics and Early Attic Tragedy," *HSCP* 71（1966）11-2; Norman O. Brown, "Pindar, Sophocles, and the Thirty Years' Peace," *TAPA* 82（1951）18ff.。

达他的不耐烦（530-45，585-95）。

在埃阿斯那里，语言总是不稳定地处在危机之中，悬而未决。在埃阿斯登台之初，他听到对他说的第一句话是："你的话不错"（94）。不过，当他在迷幻中因得见雅典娜而感到快乐时，他所说的话一点也不好。在他对雅典娜的回答里，他轻蔑地吹嘘他所做的血腥之事（96）。埃阿斯在这里和其他地方大放厥词，甚至向雅典娜下达命令。[89]雅典娜离场之前留下的警告正是针对那些在诸神明前大放厥词之人（127-30）。

在羞耻文化里，语言表达敬意、授予地位的功能至少与其交流功能同等重要。埃阿斯关心的正是语言进行赞美或谴责、给予荣誉或耻辱的权能。[90]军中可能存在的敌对性嘲笑或侮辱将会折磨埃阿斯及其同伴。歌队说，如果埃阿斯平安无事，他将让其敌人畏缩不语（171），但如今其罪行带来的憎恶让他沉默不语（214），而他的疯狂也让他的言语前后不一（292）。稍后，当特克墨萨试图让埃阿斯想起他作为人应当承担的责任，她援引那些"别人会说"的、引发羞耻的话（500行及以下）中蕴含的荷马式道德观。不过，就连这样的恳求也无功而返。这一幕在交流的无情破裂中结束（589-95），在其中埃阿斯重申了要求女人保持沉默的古老格言——他曾在疯狂中对特克墨萨咕哝过这句话（293）。

疯狂本身"教导"着一种暴力的语言。它源自残暴无情

---

[89] 参762-77以及386, 423。Bowra 32认为此处与埃斯库罗斯《七将攻忒拜》424-5中的卡帕纽斯（Capaneus）呼应；然而，我无法同意Bowra的看法，他认为透克罗斯关于埃阿斯的"过分之辞"的解释并不值得称赞。序幕中埃阿斯的自夸和雅典娜对自夸的警告已作好铺垫，使我们相信透克罗斯的故事是真实的。透克罗斯所说的话也呼应了序幕中的自夸主题（参766以及96）。

[90] 参367, 382-4, 454；以及956-61, 969, 989, 1043。

的鬼怪而非人本身（243-4）。埃阿斯只能在蹂躏牛群时对着敌人"拔出"他的诅咒（303）。他那疯癫错乱的狂笑响彻序幕。[91]但后来，埃阿斯及其朋友的耳畔却萦绕着敌人的侮辱性嘲笑（454，957，961，969，989，1011，1043）。埃阿斯的每一句话都是呻吟、恐吓、喊叫，伴随着间歇性的长久沉默（308，311，312，317）。他在大放厥词与缄默不语两个极端之间摇摆。当他恢复神志时，其惯常用语不再适合：他将说一些他此前从未说过的话（410-1）。

埃阿斯挣扎着找回其神志，同时也在寻求着语言。他结结巴巴地重新学会使用他的舌头。当他得知事件始末，"他立即发出恶毒不祥的呻吟，我从未听过他如此呻吟，因为他一直认为只有灵魂低劣、格调低下的人才会发出这类哀号悲叹"（317-20）。但那时他又再次发出口齿不清的喊叫，如一头咆哮的公牛（322）并一直发出单音节的词或呻吟之语（333，336，339）。他痛苦地试图表达自己，"透克罗斯，我在叫（你）。（在）哪儿呢，透克罗斯"（342）。当他最终说出一句意义完整的话时，歌队认为这表明他已经恢复神志（*phronein*，344）。

在最初的场景里，只有特克墨萨说的话具有治疗和安慰效果。正是她力劝歌队保持耐心，并让他们心怀希望地看到，"像埃阿斯这样的人能被朋友说服"（330）。但如我们所见，在整个长段里，埃阿斯的言辞透露出的只有严厉无情（581-2，586行及以下；参650-1）。荷马笔下的赫克托尔和安德洛玛刻是本幕的原型，他们能够听懂并触动对方；埃阿斯和特克墨萨

---

[91] 参Grossmann（见注11）各处，尤其79-83; Gellie 281 n6评论道："在303行中特克墨萨所转述的埃阿斯的大笑回溯性地指向序幕的情景。"

就像赫拉克勒斯和得阿涅拉，他们说着不同的语言。[92]言辞无法穿透他们各自的世界之间的障碍。埃阿斯下一篇讲辞长达四十行，事实上是一篇独白（646-84）。言辞直率的男人"欺骗"了（特克墨萨的表述，807）言辞温婉的女人。埃阿斯深藏在自己的羞耻之中，对他死后特克墨萨将承受的那些充斥军中的"痛苦之辞""恶毒之名""难听之语"充耳不闻（494-5，500-5）。埃阿斯的死亡将她的语言简化为单音节的呻吟和断续不连的疑问，与埃阿斯此前的呼喊如出一辙（参891与333，385；921与342；810与690）。

在《埃阿斯》里，就像在《特拉基斯少女》当中，我们可以辨认出一个包含不同言辞形式的等级体系，而这与那个被亵渎的神、人、兽的等级体系相关。卡尔卡斯的神谕处在最高层级；相反的一端是埃阿斯那口齿不清、公牛式的咆哮，他母亲的无声哀恸（624-34），或那些尖刻诅咒以及召唤地下世界神祇的咒语（参835-44，1034，1387行及以下）。

埃阿斯的疯狂，发生在仪式秩序、语言秩序与生物秩序同步的短路中，混淆了兽语与神言。"某个神而非某个人教了他"邪恶之语，他在暴打"牛群"的同时以此谩骂它们（242-4）。本可带来拯救（779；参692）的神谕之言事实上证实了他的厄运。[93]

在死亡之际，埃阿斯只对遥远的神明或自然力量说话，他排斥相对委婉的语言。他请求诸神派出一位信使将其死亡的"噩耗"带给透克罗斯（826-7），但特克墨萨找到其尸身的第一反应是那把剑本身已宣告了死亡（906-7）。不过，透克罗斯后来提到"如同来自某位神的迅捷消息"被带到阿凯奥斯阵营

---

[92] 参Reinhardt 31-2。
[93] 参Wigodsky（见注6）153行及以下，尤其157。

中（998-9）。正如埃阿斯已否认私人言辞具有的脉脉温情，他只能看到公共言辞中的严厉无情。的确，剧中的公共言辞多少都隐藏着凶险之音，由窃窃私语、流言、侮辱、指控构成（150-1，186，188，723行及以下）。但长者能用语言调解纷争（*synallagē logou*，732），而卡尔卡斯与军中其他人员不同的是其言辞意在促进友爱和提供帮助（748行及以下）。

在埃阿斯强烈的孤独感瓦解了话语之后，重建正常话语的方式与英雄离开舞台的方式有所不同。在本剧的后半部分，话语变得相对正常。透克罗斯、阿特柔斯的后裔、奥德修斯全都接受在公共或法庭场合使用的基本交流体系，尽管他们在辩驳的风格与模式上多少有所不同。[94]

虽然如此，此处的交流同样存在瓦解的可能，但其原因与埃阿斯的沉默、矛盾修辞或独白所引致的瓦解有所不同。阿特柔斯的后裔认为，语言是权威的延伸，事关"听"与"服从"（1069-70，1352）。因此，他们与透克罗斯的辩论很快就从理性论辩变质为侮辱、吹嘘、自夸自大（1122行及以下），变成对恶语虚言的指控（1148，1162，1223-8）。[95]歌队关于此类难听"刺痛"（*daknein*，1118-9）之言的警告令我们回到本剧开头语言向兽性的堕落。当墨涅拉奥斯将暴力（*biazesthai*）置于语词之上（1159-60；参*bia* 1327，1334-5），当他与透克罗斯分道扬镳之际，他颠覆了讨论的理性基础。[96]

和他兄弟一样，阿伽门农第一段长篇谴责预示着交流的

---

[94] 正如Rosenmeyer, *Masks* 190所说："个人灵魂的修辞让位于公共论辩的修辞。"
[95] 激烈争吵的语言被反复强调，参1110, 1116, 1124, 1142, 1147。
[96] 关于暴力与说服的对比，一个公元前5世纪的常见主题，参Democritus 68 B181 DK；它是《菲罗克忒忒斯》中的主题之一，详见下文第十章第二节。

瓦解。他责难透克罗斯是一个野蛮人,他无法也不愿听透克罗斯说话(1259–62):"你何不叫另一个不是奴隶的人来谈你的事情?我无法明白你说的话。我听不懂外族的语言。"阿伽门农在严格意义上否认了他和透克罗斯讲的是同一种语言。

审慎节制的奥德修斯阻止了语言彻底瓦解为暴力。他重新带回了使文明化社会得以可能的理性交流。他不仅引入了和解性的语言,也试图理解并因此克服了一辱还一辱的争吵机制(1322–3):"我会原谅一个以严词反驳恶言的人"。奥德修斯在这里所说的回应了透克罗斯在其与墨涅拉奥斯对抗的尾声所作的尖刻驳斥(1162,1323),但他平和的通情达理与墨涅拉奥斯的专横跋扈、与透克罗斯情绪性的义愤填膺有所不同。与埃阿斯冷淡内向且有偏向性的语言截然相反,奥德修斯的语言公正而灵活,照顾到辩论双方。奥德修斯始终坚持在表达真实建议时态度友好(1328–9,1351)。他的语言是捍卫神与人的法律和正义免受阿特柔斯后裔亵渎的恰当工具。[97] 在文明化的共同体中,这是仲裁的语言。埃阿斯的语言更为磅礴堂皇,但也更危险不稳。

在埃阿斯与文明化交流充满问题的关系中,与语言紧密关联的是恩惠(charis)。此词意指人际关系的情感关联,涵盖最亲密的人际关系和相对疏远的社会义务。如我们所见,特克墨萨在结束她对埃阿斯的恳求时将恩惠与人易受时间与变化影响的特性——由于人处在那些受时间影响的关系之中——关联起来(520–3):

---

[97] 参 1335, 1342, 1343, 1344, 1363 及 1390,1118–9, 1125–6, 1130, 1136。另可对比赫西俄德《神谱》79–97 中优秀君王的正义与有效力的言辞之间的关联,其中君主的权威来自宙斯。

> 但请顾念并记起我。如果一个人曾感受到愉悦（trepnon）的好处，他就应该时时顾念，因为恩惠（charis）总孕育着恩惠（charis charin gar estin hē tikous' aei, 522）。但如果他并未在其心中留下关于过去所经历的美好的记忆，他就不是高贵的人。

522行使用同源复叠修辞，这一形式本身就表达了恩惠（charis）中体现的相互给予和索取。特克墨萨所用的"孕育"隐喻属于恩惠（charis）的情欲意涵。她由此试图重新让埃阿斯回到繁衍与生育的循环之中，而这是她和得阿涅拉尤为关心的。[98]然而，正如埃阿斯论述时间的长篇讲辞表明的，她对变化问题的解决并未让他满意。埃阿斯这里给出的粗鲁的、第三人称的回答中包含了军事意象（527–8），"她会从我这儿得到奖赏，如果她能很好地执行命令"，将其恩惠（charis）中体现的感情丰富的语气消减为兵营中的严厉苛刻。

埃阿斯对变化的拒绝在其致死的英雄主义中呈现为特克墨萨生生不息之生命力的颠转。当她意识到其离去可能意味着死亡，她承受着消极的焦虑的"生育之苦"（ōdinein, 794），并认为自己过去的恩惠（charis, 808）已被抛诸脑后——这也让人想起埃阿斯面临被人抛弃的危险。[99]生育的意象带着尖刻的讽刺重新出现，当她找到了他的尸体，最终见证了她自己的毁灭与受骗（791, 807）时，她喊道（952–3）："这种痛是

---

[98] 关于522行，卡默比克评论道："没有其他文段比此处更能体现恩惠（charis）的互惠性。"另见Kirkwood 105ff.。另请注意，埃阿斯对其子的呼唤，"唉哟，噗唉噗唉"（iō pai pai, 339），是在333行和336行中重复了痛苦的"惨啊，我多惨"之后说的第一句咬字清楚的话。在Adams 30看来，这触动人心的呼唤是"索福克勒斯戏剧效果中最精细的"一处。

[99] 参830, 965, 1054, 1333, 1388, 1392。

雅典娜，宙斯的可怖女儿，作为恩惠（charis）生产（phyteuei）给奥德修斯的。"埃阿斯唯一一次向他人请求恩惠（charis）是他叮嘱萨拉米斯人和透克罗斯去保护他儿子的安全，作为一种"在你们当中共享的恩惠"（koinēn...charin, 566）。但当他最后吩咐他们埋葬"与我相像的""与我共享坟墓的"（koin'emoi, 577）武器甲胄时，埃阿斯口中"共同"（koinos）一词的用法颇为矛盾，而这反映了关于分享这个概念完全不同的理解。[100]

与奥德修斯截然不同（参《奥德赛》24.515），埃阿斯断除了他在代际间与其子和其父的关系。当他在此处请求恩惠（charis）时，埃阿斯解释说，小孙子欧律萨克斯——不是他的，是他年迈的父亲的——将会回到家中照料他的耄耋父母（570-1），"他会成为他们晚年的照料者，一直如此，直到他们到达冥神的房门"。"一直如此"（es aei）一词在570行力重千钧。[101] 随后提及死亡冥神的一行几乎是不假思索的补充语，但这一强烈的并置重复着在彻底毁灭与永恒之间的摇摆——对埃阿斯而言，这一摇摆悲剧性地使属人的恩惠（charis）的居间位置变得不可能。死亡与永恒的绝对物从未远离埃阿斯的心中，它们一直处在家庭和社会的延续性的对立面。

与特克墨萨相似，透克罗斯将恩惠（charis）与记忆和时间的流变关联起来（1266-70）：

> 啊，埃阿斯，死去的埃阿斯，恩惠（charis）流逝

---

[100] 对577行的后一种改写是Stanford的观点。另注意在267行及以下以及284行中"共同"（koinos）一词的用法。
[101] 参Knox, "Ajax," 18。

(*diarrhei*；参 *aporrhei mnēstis*，523）、叛离得何其快，如果站在你面前的这个人吹嘘不小而且一点都不顾念（*mnēstis*）你——那个你为之带枪作战、为之冒生命危险的人。[102]

透克罗斯将恩惠（*charis*）的覆盖范围从私人感情扩大到英雄共同体。

虽然如此，对阿特柔斯后裔的统治者而言，记忆是消极、负面的，它充分保留着的是过去的不满和怨恨，而非特克墨萨视若珍宝却一朝痛失的那些恩惠（808）。当奥德修斯站在埃阿斯的一边，阿伽门农义愤填膺地惊呼："想想你正在对怎样的人给予恩惠（1354）！"阿伽门农的恩惠狭隘又自私。就算他接受奥德修斯的说法，他也只是将此视为他允诺奥德修斯的一份有限的私人恩惠（1371），他无法改变他对埃阿斯的怨恨（1370-3）。阿伽门农对复仇的顽固执着使他无法理解恩惠的真正意义。他的恩惠深陷怨恨，而特克墨萨的恩惠充满爱意。他将这份恩惠赐给奥德修斯而非埃阿斯。由此他重演了最初剥夺埃阿斯应得恩惠的场景，即对阿基琉斯甲胄的判定。这个共同体未能在恰当的地方给予真正的恩惠（*charis*），未能发现它与其对伟大杰出者所应尽的义务之间的真正关联。

虽然如此，透克罗斯当前的情感力量与正当的义愤将特克墨萨的亲密的恩惠（*charis*）带入范围更广的社会领域之中。奥德修斯平和的说服力巩固了埃阿斯对恩惠的正当诉求。正如在对阿基琉斯甲胄的判定中，奥德修斯在阿特柔斯后裔主理的

---

[102] Knox, "Ajax," 20将523行和1267行中的"流逝"放在一起理解，并表明这与815、819、821、907行中埃阿斯那把牢固地、不可挽回地插入地中的剑形成对比。

裁判委员会面前以言辞赢得了胜利,不过这次胜利是为了埃阿斯,而不是与之对抗。

十二

神圣领域中的仪式相当于属人领域的恩惠(*charis*)。如我们所见,埃阿斯的疯狂包含着对仪式秩序和社会秩序的破坏。断然拒绝特克墨萨所恳求的恩惠(*charis*)的行为被呈现为一场净化仪式(参654-60)。但恢复神志的英雄并未因此直接重新进入社会秩序之中。埃阿斯清洗其不洁所用的是浓血而非清水。滴血之剑(219)的清洗方法是将其插入埃阿斯的肉身之中,但这次插入所包含的暴力与孤独感并不逊色于染污它的那次。

本剧的下半场与葬礼仪式有关,但仪式的最终完成始终与英雄选择的自我隔离之间存在张力。这一张力贯穿最后一幕,因为使埃阿斯葬礼仪式得以可能的奥德修斯在最后才登场。

在他首次登台时,埃阿斯出现在被扭曲的仪式当中。他向雅典娜问好并将"(在其神像的头部)献上全金的战利品以表达对她在这次猎杀中(显出)的恩惠的感激"(92-3):

> καί σε παγχρύσοις ἐγὼ
> στέψω λαφύροις τῆσδε τῆς ἄγρας χάριν.

在这个可怖的献祭中,人与兽被混淆,语言的恰切性被埃阿斯随后的吹嘘破坏,文明与郊野的空间关系被一场四面紧闭封护的"猎杀"搅乱。埃阿斯事实上破坏了战利品中应当献给诸神的分配比例(参《特拉基斯少女》244-5),并由此犯下暴行(*aikizein*,65,111,300),而这个暴行将通过神的介入复临在他头上（aikizein, 402）。

这些"被献祭"的野兽与滴血之剑（95），与许诺的还愿品——"全金的战利品"不同，使得这次献祭带着与埃阿斯精神错乱相应的某种阴森可怕的特征。疯癫者的献祭只能败坏仪式进程。不久后，歌队将埃阿斯的疯狂归咎于陶罗波罗斯的阿尔忒弥斯的愤怒，因为"没有为胜利的恩惠奉上战利品"（tinos nikas akarpōton charin, 176）。在这两个地方，神人之间的恩惠（charis）或情真意善的互惠性被破坏了（参93），[103] 而这一破坏表现为疯癫者在仪式上的不洁。被视为埃阿斯之疯狂的制造者——阿瑞斯（Ares）和恩尼阿里乌斯（Enyalius），同样站在文明的边界上（179–81）。[104]

稍后，当歌队误以为埃阿斯否弃了他早前关于自杀的计划，他们认为他将怀着"对神法最大限度的虔敬"进行恰当的献祭（panthyta thesmia, 713–4）。但这一描述出现在一首献给潘神——群山与野地之神——的颂曲中（693行及以下），他恰恰切中埃阿斯的真正意图，这是歌队不曾意识到的。另一个可与此相比的相似之处是《奥狄浦斯王》中歌队对喀泰戎山（Mount Cithaeron）的赞美：当时，他们对英雄从染污到净化的过程感到迷惑。在这里，歌队说，阿瑞斯重新出现并将他们从痛苦中解救出来（706）；不过，在他们最后的合唱歌里，歌队将咒骂阿瑞斯的破坏力（1196）。

奉献、献祭、净化以及葬礼是《埃阿斯》主要考虑的仪式。献给雅典娜和阿尔忒弥斯的誓词显示出一种被败坏的恩惠（charis）；当埃阿斯自己将剑"奉献"给地下世界时，净化

---

[103] 关于"恩惠"（charis）之中的互惠概念，参Kamerbeek。
[104] 和卡默比克以及Stanford一样，我遵从手稿的读法，区分了179行中的阿瑞斯和恩尼阿里乌斯。关于阿瑞斯的不祥含义，另见《特拉基斯少女》653。

与和解的含义含混不清（658-60）。这一奉献同样遵循着剧中光照与黑暗颠转的模式：远非让埃阿斯看见太阳的光照，这次奉献使他向下走进幽暗领域，走向那把剑的源起之地，在那里复仇神铸造了它（1034-5；参854-65）。埃阿斯自己是地下神明最后的祭品，最后的合唱歌将此描述为"向怨灵的奉献"（*aneitai stygerō[i] daimoni*，1214）。[105]

埃阿斯在疯狂时不仅混淆人兽，而且事实上在一场反常的仪式中献祭了这些野兽。砍杀（*sphazein*）及其复合词描述了献祭活动中的杀生行为，该词在《埃阿斯》中出现的频率比在索福克勒斯其他悲剧中都要高。[106]"刚被砍杀屠杀"（*neo-sphagēs phonos*，546）的牛群并不是愉悦之景而是按照其父那些"野蛮之道"（545-9）来教育欧律萨克斯的现成教材。这些牛群也被称为祭牲（*chrēstēria*，220），该词这种引人注目的用法通常用于指那些求问神谕之前被献祭的牲口。[107] 埃阿斯切掉它们的舌头（238），这也是献祭行为中的常规部分。

220行中祭牲（*chrēstēria*）的反讽与"拯救性"神谕的反讽若合一契。更反讽的是，歌队口中虔敬地进行祭祀之礼的埃阿斯事实上在沉思自己孤独的死亡（711-3）。

---

[105] 卡默比克也提醒我们注意712行与970行；杰布引用了Eur., *Phoen.* 947-8。

[106] 除了219行和546行，另见815, 841, 898, 919。关于献祭的含义，参《特拉基斯少女》756。当砍杀（*sphazein*）在索福克勒斯其他作品中出现时，它或指杀死动物或半兽（*Trach.* 573, 717; *El.* 568），或指一种污染或毁灭家庭的残暴杀戮（*El.* 37; *Antig.* 1291; *Trach.* 1130）。关于进一步的讨论以及相类似的情况，参J.-P. Guépin, *The Tragic Paradox* (Amsterdam 1968) 14; Lattimore, *Poetry* 7576 and 26; Adams 36; Sicheril（见注9）36。

[107] 参杰布和卡默比克对220行的评注。

埃阿斯用那把作为"祭者"或"祭刀"(sphageus)的剑来"献祭"自己,这对应他反常地"献祭"野兽。这一祭祀工具的埋葬(658-9)既拙劣地模仿着祭礼[108],又将致死的"献祭"与稍后探讨的不洁和驱动力的主题关联起来。在某种意义上,歌队在711—713行所吟诵的形象是正确的:埃阿斯正举行一场献祭;他用自己的方式与诸神和宇宙秩序进行和解。这是一次私人献祭,献祭者与祭品合二为一;除埃阿斯以外的共同体——此类献祭通常的受益者——被排除在外。

正如在《特拉基斯少女》里,献祭者同时也是(doubles)被献祭的野兽。在此处,描述埃阿斯——被猎杀、被驱赶、被轭驾、咆哮——的野兽意象在他对神人秩序的拒斥中有着更深的意义。如我们所见,他事实上"被献给"了神(1214)。当他在疯狂的午夜里将野兽作为人对待之后,他自己在一场发生在文明化社会的空间与道德界限之外的、不神圣的献祭中成了被献祭的野兽。

在这种隔离的状态下,埃阿斯的死亡引发了另一场仪式:面对投石而死的威胁,他是代罪羔羊或净罪者(pharmakos),满负城邦的不洁并被作为整体的共同体驱逐出去。[109]曝其尸于荒野也是对放弃城邦身份所赋权利之人的一种惩罚。不过,当埃阿斯在本剧尾声成了人间身份最低的净罪者(pharmakos),正如赫拉克勒斯在《特拉基斯少女》里被称赞拥护为"最优秀之人"(1416),"在所有方面都高贵"(ho pant' agathos, 1415)。埃阿斯处于被染污的代罪羊与净化的祭牲之间,混淆

---

[108] 参Soph., *El.* 435-6; *Eur.*, Suppl. 1205-7,一般的讨论见Sicherl(见注9)23, 36 n3; Camerer(见注64)310。

[109] 参407-9。关于投石作为对不洁被逐者的惩罚,参Aesch., *Sept.* 199; Soph., *Antig.* 36以及 *OC* 435; Eur., *Or.* 50 以及 *Ion* 1222;一般的讨论见Pearson(见注5)130-4; Guépin,(见注106)104。

了兽神的两极。埃阿斯"被献给怨灵"并通过那把由复仇神铸造的剑而与地下世界的力量产生关联，他仍然能呼告赫利奥斯并请求宙斯保护他的肉身（829-31）。作为被染污的代罪羊，他神憎人厌；作为被献祭的而且是自我献祭的祭牲，他与众不同地变得圣洁（sacer），带着由其英雄式自立或自足（autarkeia）而形成的神圣感，他触及了神圣的无时间性。特克墨萨在描述他在死亡中的胜利时，把握住的正是埃阿斯与诸神的特殊关系：他如愿死去（966），摆脱了敌人的嘲弄与侮辱（969-73）。她表述为一句值得铭记的诗（970）：

θεοῖς τέθνηκεν οὗτος, οὐ κείνοισιν, οὔ.

对神而言，他已死去，但对他们而言，并不如此。[110]

埃阿斯与染污和净化的关系同样存在某种含混性。[111] 由于他那把剑的可怕插入（95，219），他的手已被染污（*cheira chrainesthai phonō[i]*，43）；为了净化，他并未将其插入清水之中（参651），而是以一种与其"野蛮之道"相切合的血腥暴力的方式进行。作为军中最污秽之人，他无法以常规的属人仪式进行净化。他将进行净化（参*hagnizein*，655）的清洗之地（654）是他被完全隔离之所；与常规净化仪式的参与者不同，他不会回到共同体。他对海水清洁功能的拒绝与他对季节轮转、自然更替的拒绝同样坚决。浓血而非清水将洗净他的污秽。最后，他将接受使他重归共同体的神圣沐洗（*hosia loutra*，1405；参*loutra*，654），只是到那时冲洗的不过是他的尸身。

---

[110] 庄严的效果进一步被966与970两行中的"已死"（*tethnēiken*）所构成的某种与环形结构相类的结构所加强。.

[111] 参Knox, "Ajax," 11以及n65; Sicherl（见注9）23。

他自己清洁的方式（*lymath' hagnisas ema*，655）绕过了仪式形式并将自己带入一种在神圣力量、其祭礼主持者及祭牲（*sphageus*，815）之间不可调解的关系之中。

埃克特（C. W. Eckert）的研究指出另一种理解《埃阿斯》中染污与净化主题的方式。[112] 埃克特认为，杀死牛群与人并如僭主般专横地对待女人的英雄的疯狂与净化和更新的节日相关，尤其那些与新年——在衰败生命与新生能量之间显而易见的关键转折点——相关的节日。这些仪式创造了一个向混沌的短暂回归，而在那里一个新的、更具生命力的秩序将重生。

在这些仪式中，祭品也被称为祭牲（*sphagia*），与《埃阿斯》中一样；献祭在夜晚而非白昼进行；祭礼主持者自己被染污并处在一个需要净化的状态。[113] 日耳曼传说中有类似的仪式模式。在希腊，典型的例子就是赫拉克勒斯杀死其后代以及俄瑞斯忒斯屠杀羊群（欧里庇得斯，《伊菲革涅亚在陶里克人中》，285–300）。疯狂是处于危机中的家庭或王国的混沌的一部分。英雄牺牲自己成为某种净化之灵，净化共同体的恶并使之恢复生命力。他从疯狂、血腥、无序回到清醒、健康、英雄地位的过程是家庭与城邦重生的缩影。在心理学的层面来理解，如博格特（Burkert）的著作所言，这种疯狂，当它呈现在仪式当中时，有助于纾解并控制敌对行为（aggression），净化共同体中被其压抑的暴力。[114]

在其与有意拆解以恢复秩序的仪式形式、与人物的个人生活这两种关系中，战士的疯狂也有积极的一面。这种疯狂表达

---

[112] Charles W. Eckert, "The Festival Structure of the Orestes-Hamlet Tradition," *Comparative Literature* 15（1963）321–37.
[113] 同上书，330页，以及该处进一步的参考文献。
[114] Burkert, *Homo Necans*, 64–6, 206–7.

的是在英雄以及英雄世界中潜在的混沌,[115]但其对现存形式的拆解同样蕴含着对秩序形成全新理解的可能性。面对英雄诸种价值之间令人绝望的冲突,埃阿斯的疯狂可能是不可避免的、必然的,甚至是创造性的解决办法。在这里,他所实现的英雄主义不再依赖旧有英雄准则规定的、体现在作为奖赏的阿基琉斯甲胄中的那些外在的、物质性的承认。旧有的准则(code)只有当英雄的同侪皆是正派体面之人时才有效力。当他们腐化时,这准则就不再有效。由此,埃阿斯和荷马笔下那位在他之前的阿基琉斯一样,必须踏上自我确证的孤独之途,远离或对抗共同体。他的英雄主义变成一种内在的和自我确证的英雄主义。[116]

在突破到一个更为内在和独立的自我评价的进程中,疯狂扮演着不可或缺的角色。一个强有力的净化者狂暴地扫清心灵中对过去成就的记忆,并为一个激进的反思与行动方向的变更做好准备。在经历了疯狂及野兽式毁灭的阈限状态(liminal state)后,埃阿斯以一种更为明晰和冷酷的决心重新确立了其英雄地位。尽管在以阿特柔斯后裔为代表的常理规范的意义上,埃阿斯死亡的高贵性仍然含混不清,但他的自杀使得复归仪式(恰当地埋葬尸身)以及诸种价值的廓清(代表某种雅典民主特质的箭士击溃了专制的阿特柔斯后裔)得以可能。

当然,本剧远不止演绎或阐明一种宣泄疯狂的阈限仪式。戏剧与仪式有着共同的(尽管也是独立的)关切并遵循着类似的逻辑。[117]这种类似性在一个以类比为主要思想模式的社会

---

[115] Simpson(见注30)92。
[116] 同上书,96页强调埃阿斯从混乱、冲突、口齿不清的疯狂中发展出更高的清晰性与言辞技巧,"上升到关于真实的更高视野,而这成了他自杀的正当理由"。Jones 178ff. 将这个转变放在从耻感文化到罪感文化的变化框架中。
[117] Eckert(见注112)335-6。

中并不令人感到意外。

无论伟大文本沿用了多少神话的或仪式的结构，它们都在以一种截然不同的方式呈现自身。尤其是悲剧，相应于悲剧英雄在最高与最低社会秩序层级之间所处的模糊位置，它反映出这些结构的同时也使得这些结构变形扭曲，成为问题，产生距离，变得复杂、含混。由此，要把握《埃阿斯》深层的仪式模式则必须对照悲剧主角具体的完满性——尽管他犯下许多错误，他的死亡始终令人同情。

当那庞大血腥的尸体主导着本剧结尾场景时，"更新"与"重生"呈现出其矛盾的含义。在此处，正如在索福克勒斯所有悲剧里，重生模式与某些更黑暗更深层的事物在相互对抗。在《埃阿斯》里，共同体与宇宙秩序的重新确立和悲剧英雄对进入生活常规节律的抗拒之间存在着张力。埃阿斯复归社会与仪式秩序中还有其他矛盾。在所有英雄中最缄默不语的埃阿斯需要与之对立的敌人奥德修斯那极具说服力的言辞来成全其葬礼。这位为自己的临阵坚定不移而颇感自豪的战士不得不安排其他人保卫自己的儿子（*phylax*, 562），而随后保护（*phylasse*, 1180）他的恰恰是他的儿子，后者被告知，"不要让任何人动摇你"（1180-1）。[118] 这位"阿凯奥斯人的壁垒"被一对妇孺保护着，他们是埃阿斯家中最软弱无力的成员，也是他们使埃阿斯进入到他所拒绝的时间与变化的节律之中。

十三

在本剧最后，埃阿斯完全恢复了他的名誉，并通过仪式

---

[118] 与此不同，注意这把剑不可动摇的稳固性，参815, 819, 821, 907。参Knox, "Ajax," 20以及注102。

得到净化（参1045）。这当然与雅典对埃阿斯的英雄崇拜有关，也与当地诸位英雄所激发的强烈崇敬有关。[119] 索福克勒斯反复强调埃阿斯与雅典的特殊关系（860-1，1217行及以下）。他与其麾下之人都来自地生人厄瑞克透斯后裔（Erechtheids, 201-2），也就是阿提卡最纯的血脉。由于英雄崇拜围绕其坟茔进行，葬礼问题自然相当重要。与其他（一般而言的以及被崇拜的）英雄相似，埃阿斯的生与死都有神圣力量的参与。虽然埃阿斯一度疯狂，但就连雅典娜也赞许他先前行为的审慎（119-20；参182），就连卡尔卡斯也表现得相当友好（749-55）。事实上，尽管神谕预示了其厄运的确定性，它也表明了诸神的关切。

虽然如此，埃阿斯并未被简单地重塑为一位城邦共同体的英雄。他最后的姿态再次证明他属于荷马式英雄的那种孤傲独立、古风凛然、自我中心的英雄主义。他仍然保持着他那常规之外的、遥远而陌生的、庞然硕大的形象，如伯纳德·诺克斯所言，他仍然是"最后一位英雄"。[120]

赫伯特·穆苏里洛（Herbert Musurillo）追问道："何以一位如此桀骜不驯、癫狂不羁、妄作不定的战士会成为一位值得崇拜的英雄？"[121] 这并不是本剧的核心问题，毕竟一位受崇拜

---

[119] 埃阿斯的确是十位族名英雄之一：对比 Hdt. 5.66 以及 Pausanias 1.5.2。有大量关于向埃阿斯所作的特殊献祭，包括萨拉米斯战役之后的一次献祭（Hdt. 8.121）；参 Pausan. 1.35.3, schol. on Pindar *Nem.* 2.19。尽管一些学者否认了对埃阿斯的英雄崇拜与本剧的关联（例如 Pearson［见注5］129；Kitto［见注9］182），多数意见（我也赞同）承认英雄崇拜对本剧的重要意义：Rosenmeyer, *Masks* 186-9；Whitman 61，强调了刚刚过世的克蒙（Cimon）对本剧可能存在的影响；Letters 139-40; Adams 24; Bowra 16; Jones 188-9; Dalmeyda（见注9）14。

[120] Knox, "Ajax," 20.

[121] Musurillo 22.

的英雄并不因其通情达理或节制审慎而被尊重，但它的确在某种意义上触及了本剧的问题：希腊悲剧的其中一种效用是将城邦带到内在于其文化的诸种对立当中。埃阿斯的深重苦难与暴力行为中，回响着公元前5世纪中期雅典城里主要的价值冲突。最桀骜不驯、最特立独行的英雄要求共同体尊重他，但共同体不得不拒绝他，否则其制度将荡然无存。这位不洁的癫狂之人、这位潜在的凶手仍然在神圣秩序中获得了一个特殊位置，并被尊为"在世时最优秀的凡人"（1416-7）。就连与之对立、具有埃阿斯拒斥的那些娴熟的法庭辩论术和公共技艺的奥德修斯也承认他的伟大。本剧不仅夸张地呈现了贵族式与民主式理想之间或品达式与雅典式英雄之间的冲突，也呈现了竞争性的与合作性的两种德能（aretai）之间的冲突。此外，这些碰撞不仅呈现在埃阿斯与奥德修斯的基本矛盾中，也呈现在埃阿斯自身的冲突之中（参457-70）。[122]

透克罗斯在1168—1179行中关于埃阿斯葬礼的安排对潜在的英雄崇拜仪式而言相当重要。如皮特·布里恩（Peter Burian）近来论证的，仪式的三种元素被联结在一个不寻常的组合中：乞援以及英雄的身体保护乞援者的力量、对死者的奉献物，以及诅咒的能力。[123]这个场景展现了基于其"从地下对敌人施加诅咒并对其所爱之人给予保佑的英雄式力量"，埃阿斯的"英雄身份得到确立"。[124]这就像是英雄肉身的安息之地

---

[122] N. O. Brown（见注88）18ff. 令人信服地表明，本剧并不只有一种类型的英雄卓越（aretē），而是两种，这涉及在老派的和崭新的价值界定之间的历史性转折。Knox, "Ajax," 24ff. 很好地阐述了这点，强调这样一位埃阿斯在民主制时代的年代错误或不合时宜。另见Whitman 45ff. 以及Rosenmeyer, *Masks* 171-2。

[123] Peter Burian, "Supplication and Hero Cult in Sophocles' *Ajax*," *GRBS* 13（1972）151-6.

[124] 参Kirkwood 94-6。

在我们眼前被重新确立为神圣之地。通过被带回到他曾抛弃的共同体中，并在那些曾被他舍弃之人的保护下，埃阿斯获得了他汲汲追求的永恒性。他的英雄身份使他在死后进入属人的时间与生育之中。家庭的延续性，所有那些特克墨萨徒劳地恳求他顾念的恩惠（521行及以下）围绕并保护着属于他那具仍易受威胁并需要庇护的身躯。

埃阿斯请求宙斯允诺他一次体面的葬礼（prostrepō，831），如今他保护着乞援者。他在孤形吊影之际对阿特柔斯后裔作出的尖刻诅咒得到了一种诅咒力量的回应，这种力量可以保护围着其尸身的乞援者（1175-8）。当埃阿斯的敌人凌辱其尸身的企图被挫败时（1388-92），835行及以下的诅咒重现在埃阿斯的卫士透克罗斯的口中。正如其剑所隐含的诅咒（1034-5），埃阿斯在835行及以下的诅咒旨在进行毁灭。透克罗斯在结尾处的两次诅咒有着更为积极、更具融合性的功能（1175行及以下、1387行及以下；参1177，1391）。在得体的葬礼仪式框架下，这两次诅咒确立了埃阿斯的地位。

埃阿斯的英雄化包含着另一种张力。在品达笔下，诗人赞颂的英雄与颂曲的永恒化力量紧密相关。英雄通过名声获得的诗歌化的与仪式化的不朽性不仅牢牢扎根在共同体当中，也超越了个体的死亡。然而，埃阿斯仅仅凭借其孤傲独立的自杀获得了其英雄地位。正如索福克勒斯所解释的，这种孤傲独立在崇拜的仪式语境与神话的悲剧语境之间形成了一种张力。他拒绝了会使他成为英雄的社会；他将自身置于能为其死亡提供某种安慰的仪式与社会规范之外。这些是索福克勒斯笔下不断重现的张力，并在其最后两部悲剧中呈现得尤为明显。

埃阿斯有意选择荒野之地——一个处于社会与仪式秩序之外的地方作为其在世上最后的处所。当他的朋友将他重新带入这个秩序当中时，他们只面对再次将他驱逐的危险。在整个城邦中对尸身进行仪式性哀悼（851-2）在最初似乎是遥不可及的希冀，如今却以最引人注目的方式得以实现。"不幸的埃阿斯，如此之人承受如此的命运，理应被哀悼（*thrēnoi*），甚至被你的敌人哀悼"，特克墨萨俯伏在刚刚找到的尸体上如此哭悼（923-4）。这个诉求并不只是修辞性的：埃阿斯的"敌人"奥德修斯请求分享葬礼的荣誉与悲痛（1378-9）。早前，当墨涅拉奥斯到来之际及当他受挫之时，歌队最大的愿望只是一个仓促的葬礼（1040，1164-5）。意外的是，在透克罗斯那首带着葬礼的庄严律调的抑抑扬格尾曲中（1402-17），埃阿斯象征性地获得了完满的荣誉。作为向仪式秩序复归的一部分，埃阿斯那意义含混而充满暴力的净化性净礼如今成了平静的洗净（654-5，1404-5）。在埃阿斯疯狂中熊熊燃烧的午夜之火如今成了仪式的焰火。在那些与葬礼仪式相关的甲胄中，盾牌有着最为显著的作用（*hypaspidion*，1408）。别言之，纪念埃阿斯勇武之力的焦点是那些体现着其合作德能以及由此激发的恩惠的部分（参1266-70）。

不过，就连在这里，埃阿斯仍然显示出深藏其激情中的野性。我们被迫记起埃阿斯的自杀（1411-3）：

> ἔτι γὰρ θερμαὶ
> σύριγγες ἄνω φυσῶσι μέλαν
> μένος.

> 温热的血管（字面义是箫管）仍喷涌着血力。

他血液中的"黑色血力"（*melan menos*）令人想起死者的暴力，也令人想起驱动着暴力的情感之力（*menos*）。埃阿斯伤口中的箫管（*syrinxes*）令人想起歌队在其因误会英雄自称的"净化"

144

第五章 《埃阿斯》　267

而错付的快乐中呼唤的郊野之神（693行及以下）。

葬礼仪式以及对死者的关切使得亡者在记忆中存活下来。[125]凭借记忆，文明调解着自然的价值中立的变化与诸神的无时间性。埃阿斯将获得一个永远受凡夫纪念的（*aeimnēstos*, 1166）坟茔。然而，记忆作为受时间限制的凡夫的造物，同样受制于迅速的变化。这个坟墓正是败坏与"崩毁"（*euroeis*, 1167）之地。特克墨萨此前抱怨过制约记忆的流变（523），而透克罗斯呼唤那"记事的复仇神"（1390）以对抗阿特柔斯的后裔，因他们并未顾念他们欠埃阿斯的恩惠（参1266-9）。

为了拥有记忆所能赋予的永恒性（1166），埃阿斯不得不在生死的变化循环与人间种种关联（就像记忆那样，恩惠是这些关联的一部分）中占据一个位置。就连透克罗斯最后的纪念之语也将埃阿斯置于时间的维度之内（1417）：

Αἴαντος, ὅτ' ἦν, τότε φωνῶ.

我要谈谈埃阿斯，当他还在世的时候。[126]

时间从句以及"当他还在世的时候"的未完成时让我们注意到埃阿斯生命的属人界限，尽管他在被长久记忆的英雄往事中有一席之地。当歌队结束本剧时，他们再次强调了属人的可变性

---

[125] 这部分属于向死者表达敬意的葬礼演说（*epitaphios logos*）的功能，参 Th. 2.43.23; Plutarch, *Pericles* 8. 参考 Whitman 262 n71。

[126] 1417行文本有待商榷，部分校勘者对此行的真实性表示怀疑，参杰布对此行的评注以及附录239-40。他引用了Seyffert对此行充满敬意的说法："在我们看来，这是诗人最美的修辞之一"（*unum ex pulcherrimis, ut nobis videtur, poetae ornamentis*）。1416行中"已死"（*thnēton*）可能在文本上是有误的。我将1417行中的*Aiantos*解读为1416行中的"更好的"（*lo[i]oni*）的比较属格。

（1418-20）："世人有许多可看可学之事。但关于未来之事，无人能在他看到未来之前预言我们将会如何。"正如永恒记忆与最初试图将埃阿斯葬入坟墓所用的软土形成鲜明对比（1166-7），在最后，埃阿斯那将被珍藏于众人之心的名声仍然要面对伟大事物无可挽回的短暂性以及凡人面对不可见的未来时感到的无助。

最后一首合唱曲（1185-222）进一步界定了社会仪式体系如何重新接纳埃阿斯。此曲直接呼应透克罗斯在1168—1183行的讲辞中暗含的对埃阿斯的英雄化以及其身体呈现的半神圣状态。第一歌节提及在特洛伊的漫长苦难并谴责了战争的发明者。此后，歌队转向被战争摧毁的生活中的种种愉悦。其中首先被提及的是所有风俗制度中最具社会性的愉悦，会饮之乐。歌队细数了在战争中丧失的那些令人愉快的事物：花环、箫音、酒浆、情爱（1199-208）。与此形成强烈对比的是在特洛伊战场上所承受的痛苦；然而，埃阿斯曾是这片战场上的保卫者（1199-216）。随后，在第二次从亲友之地向敌人之地的转换中（第一次是从宴会厅到特洛伊），水手希望他们可以回到那片与苏尼翁和神圣雅典相邻的故土（1217-22）。

除了和平与战争、庇护与暴露、愉悦与辛劳的并置，合唱曲也唤起了与埃阿斯的野蛮截然不同的文明化生活的种种意象。会饮中的节庆花环（1199）令人想起埃阿斯在疯狂时呈献给雅典娜的战利品花冠（93）。"把酒交谈（*homilein*）的欢乐"（1200-1）与埃阿斯拒绝饮食时（*asitos*、*apotos*，324）表现出的孤傲独立截然不同。与情爱（*erōtes*，1205-6）相反的是埃阿斯在其核心讲辞的尾声所说的对死亡的阴沉可怕的爱（684-6），当特克墨萨俯伏在其尸身上时，她宣称埃阿斯实现了这种爱，"他为自己赢得了他所爱欲（*ērasthē*）的目标,他所希冀的死亡"(967),[127]"他的死亡是我的痛苦,敌人的甜蜜,他自己的快乐"(terpnos):这些话出现在关于情爱的评论之前(966-7)并指向一种与这首合唱曲极为不同的快乐(terpsis,1201,1205,1215)。在整部剧中,埃阿斯对日常生活的快乐极为冷淡(114,475,521)。在序幕里,雅典娜剥夺了埃阿斯血腥复仇中那些无法补救的阴沉可怕的快乐(anēkestos chara,52)。在这首合唱曲中,城邦娱乐活动中相互分享的快乐属于那个面临威胁的文明秩序的一部分。英雄之死激起了我们对其危险性以及对秩序与混沌之间隔离带的脆弱性的所有担忧。城邦娱乐活动的快乐,"午夜之乐"(ennychia terpsis,1203-4)处在埃阿斯孤单的午夜疯狂的另一端。然而,正如第二歌节旋即提醒我们的,埃阿斯是"抵挡午夜恐惧的壁垒"(1211-2):入夜后,他并不在莺歌燕舞中消磨时间,而是守卫着军队以防敌军夜袭。[128]

合唱曲如此提醒我们埃阿斯的合作之德能,为透克罗斯在下一幕的辩护中铺平了道路(1266行及以下)。不过,它也呈现了那些纠缠在埃阿斯心中、存在于文明与野蛮之间的种种张力。这位被驱逐的自杀者如今既被庇护着(1168行及以下)又提供着庇护(1211-3)。拒绝一切愉悦的英雄如今被视为其同伴失去的快乐(1215-6)。大海象征着其疯癫的狂野骚动,如今与家园、朋友、神圣之地、雅典本身相关。但与埃阿斯相关的所有这些积极面正面临威胁。埃阿斯的葬礼仍然悬而未决。那堕落的幸存者与扬扬得意的胜利者,提出一

---

[127] 关于埃阿斯可怕的"爱欲"(eros),参Sicherl(见注9)27。
[128] 在1211行及以下,索福克勒斯可能暗中指向《伊利亚特》(17.746)中的一个明喻,两位抵挡敌人进攻的埃阿斯被比作一片草木覆盖的海岬抵挡着洪流之水。果如是,此处的呼应可能加强了埃阿斯有价值的、乐于合作的一面,就像他在荷马笔下呈现的那样。

种与埃阿斯向歌队提供的（1211-3）截然不同的"恐惧的壁垒"（problēma phobou，1076），威胁着此前军队曾要"抛弃"（problētos，830）给野狗凶禽的那个"壁垒"（probola）。歌队在最后转向属于神圣雅典的那些文明的、有人栖居之地，尽管并不现实（1221-2），这与埃阿斯向故土萨拉米斯和光荣的雅典孤独的临终告别形成鲜明对比（859-61）。稍后，在埃阿斯伤口上那些"温热的血管"的残忍"吹奏"（1411-2）与宴会中吹奏的甜蜜箫音（1202）之间的对比使埃阿斯最终留在郊野"之外"，远离充满节庆音乐的城邦。

通过对比情爱与快乐、内部与外部情景、眼下与陌远的景致、庇护与暴露、葬礼与宴会的不同形式，合唱曲在一个更宽广的层面追问埃阿斯的孤傲独立及其与肯定生命的文明价值之间的关系。在这些对比之下，自杀者埃阿斯作为自杀者与被尊崇的英雄、罪犯与保卫者、被逐的污秽者与有仪式供奉的英雄之间形成了更深刻的对比。

十四

在本剧上半部分，这些张力首先呈现在埃阿斯意志的单一性中。在下半部分，当透克罗斯抵达营地、卡尔卡斯宣告其神谕、激烈的辩论展开之后，焦点转到与坚持这种孤傲独立的体系相对抗的政治、社会体系。本剧的下半部分本身大体平分为两个部分。第一部分（719-1039）主要从与他相关的亲密关系、宗亲关系以及由家庭赋予与索取的互惠关系（807-8）来看待这位孤傲独立的英雄。第二部分始自墨涅拉奥斯进场到本剧结束（1040-420），将围绕个人的焦点扩大到作为一个整体的共同体。它进一步探讨了一个社会秩序中的对立观点，因为社会秩序必须既面对毫不妥协的英雄主义中的那种野蛮的伟大,又必须面对死亡带来的虚无。这种规整的划分,鉴于其作为一个整体的所谓"双联剧"结构,多少有人为的区分。在序幕里,奥德修斯的形象已经体现出相对宏大的社会关切;埃阿斯血脉同宗者的代表透克罗斯以截然不同的方式留在舞台上直到剧终。

透克罗斯和阿特柔斯后裔之间的对抗构成了社会对待死亡的不同观点。阿特柔斯的后裔声称对文明化的人性的外在形式有充分的知识经验,但事实上他们的虔敬是外在的金玉,其中有着专横的独裁主义的败絮(参1062行及以下,1159-60,1326-7,1334)。他们将合法有效的行为准则,例如审慎(*sōphrosynē*),歪曲为寡头制的口号。[129] 尽管他们不妥协的精神在表征上与埃阿斯的相似,但事实上这只是出于狭隘的个人报复心,完全不及埃阿斯的精神伟大。[130] 墨涅拉奥斯"自视甚大"(1087-8),他并不像埃阿斯那样坚持一种悲剧式的孤立以对抗一个无法接受的世间秩序,相反,他只是在一个无助的敌人面前幸灾乐祸。他们的世界中没有这种伟大的位置。他们只会将埃阿斯贬低到他们自己的狭隘范畴中,试图以微末操控伟大(1253-5)。在此种社会里,伟大英雄将不得不成为一个无邦者(*apolis*),一个无邦的被逐者。在捍卫他们的立场时,他们只能貌似有理地诉诸那个败坏了的、已惩罚过埃阿斯的体制:那个将甲胄颁给奥德修斯(1239行及以下)、作出偏私投票与判断的裁审团(参*psēphos*,1135;*dikastai*,1136;*kritai*,1243)。

因此,在本剧先前部分显露的冲突只得继续存在到本剧

---

[129] Knox, "Ajax," 17; Helen North, *Sophrosyne*, Cornell Studies in Classical Philology 35 (Ithaca, N.Y., 1966) 61.

[130] 参Kirkwood 107; Dalmeyda (见注9) 13。

的尾声。除了奥德修斯，所有参与者都是同一价值体系的囚徒，也正是这些价值使得伟大之人与共同体中的其他人之间形成了凶残血腥的裂隙。阿特柔斯后裔为狭隘而形式化的军队纪律进行辩护。透克罗斯捍卫着宗族（genos）或家族的诸种权利，承担着为其成员举行葬礼的责任，并持守着一种在最后将奥德修斯拒之于葬礼之外的集团排外性。只有奥德修斯能够左右逢源。凭借他对凡人境况的同情理解，他克服了阿特柔斯后裔生硬严苛的党派性；他凭借其开明慷慨以及对待（甚至存在于敌人中的）伟大的公平公道，平衡了家族的狭隘忠诚。

如果埃阿斯视诸神为与之敌对的、格格不入的力量，阿特柔斯后裔供奉诸神只是为了他们的目的。他们将诸神的意志等同为他们所要求的对军队的好处（1057，1060，1129-32）。在这个方面，他们不仅预示了《安提戈涅》中克瑞昂权力主义的法治主义，也预示了《菲罗克忒忒斯》中奥德修斯汲汲于成功的机会主义。[131] 墨涅拉奥斯重复了埃斯库罗斯《欧门尼德斯》中雅典娜关于权威必要性的规训，但只用它们来为他自己关于权威的独裁式理解进行辩护（1071-86）。[132]

在第二场言辞遭遇战中，透克罗斯避开了宗教犯忌问题，转而进行激烈的诉诸人身的论驳。他抖搂着阿特柔斯后裔私下"不虔诚"的秘密（1291-8），并以对家族忠诚的极力维护结束他的论驳（1310-5）。但奥德修斯切近了问题的核心。他

---

[131] 关于《菲罗克忒忒斯》中奥德修斯的这个方面，参我的论文，"Philoctetes and the Imperishable Piety," *Hermes* 105（1977）138-42。

[132] 参 Aesch., *Eum.* 696ff.。Lesky, *TDH* 187 评论道："在《欧门尼德斯》的雅典娜口中关于畏惧的有益价值的大智大慧，此处，在那个恼人地重复着的关键词'恐惧'（deos，1074，1079，1084）中，成了一位骄傲自满的狭隘暴君的虚言。"

重复了墨涅拉奥斯对诸神律法的虚伪援引，却以此彻底摧毁了阿特柔斯后裔立场的道德根基（1334-45；参1130，1343-4）。虽然如此，即便阿伽门农最终退让，他并不理会奥德修斯的伦理与宗教论证。自我主义、个人承诺、狭隘偏见始终统治着他（1370-3）。

我们已经看到本剧初期颠转的技术意象如何反映了埃阿斯与文明化价值之间的含混关系。类似的颠转也适用于阿特柔斯后裔。墨涅拉奥斯用船陷浪中（1083）或船失去控制的意象来表示所有有效交流的崩裂失控（1142-6）：

> 一次我看见一个人坚持让他的船员在一场风暴中航行，但当他发现自己被困在狂暴中无法脱身，你再也听不到他的声音（*phthegma*）。相反，他藏在帆缆下面，让船员随意踩踏。

寓言形式本身就透露着墨涅拉奥斯的蔑视。值得赞扬的是，透克罗斯鄙视这种低级的"谜语"（1158），而且直言不讳地说（1154）："我的朋友，不可屈枉死者。"[133]

阿伽门农将埃阿斯比作一头由小鞭子驱上直道的巨牛（1253-5）。这个比喻强调人对野兽的操控，并似乎有意与埃阿斯混淆人兽及其对鞭子的破坏性滥用（110，242）相比较。但阿伽门农冷漠的纪律和埃阿斯的疯狂一样与文明化的人性有着相当大的距离。反讽的是，埃阿斯的"庞然"或"伟大"（1253行中的*megas*同时具有这两种含义）恰恰避开了阿特柔

---

[133] 墨涅拉奥斯在1147行对透克罗斯"狂舌"（*labron stoma*）进行了抨击，这可能是另一个与寡头制相关的传统主题，对比Pi., *Pyth.* 2.87从另一方面暗示了理性对话的崩溃。另注意与在119行中的"咬"（*daknein*）以及1245行中"刺"（*kentein*，赶牲口的尖头棒的刺戳）相关的动物意象。

斯后裔的控制。[134]这种对比令人想起《伊利亚特》中的一个著名段落,其中呈现了埃阿斯身上同时具有的固执与伟大两种英雄特质:他临敌不惧,如同一头粮田上的驴,群童的攻击也无法驱赶它,除非到了它乐意走动的时间(《伊利亚特》11.558及以下)。在本剧的架构内部,由阿伽门农的比喻表达的权利主义的观点与一种截然不同且更合理的介于"渺小"与"伟大"之间的关系相冲突。在后一种关系中,埃阿斯作为"阿凯奥斯人壁垒"的英雄角色得到承认(158-61):"没有大人,小人不过是塔堡的腐土劣垒。大人与小人相辅相成,才能最好地持守正途。"[135]

与透克罗斯和阿特柔斯后裔的激情与私人忠诚相对的是奥德修斯的平和仁慈与自我克制。他有着本剧角色常常欲求但很少做到的节制或审慎(*sōphrosynē*)的品质。[136]他能欣赏埃阿斯的德能与伟大,也能体恤其错误与野蛮。奥德修斯头脑清楚而有所敬畏,能言会道而尊道循德,能柔能刚而不失对英雄式执着的敬重,他可算是索福克勒斯笔下人物中最能体现人类文明化程度的角色。[137]他获得了两边的尊重:歌队和阿伽门

---

[134] 参Whitman 78。

[135] 阿伽门农在1254行中重复的"笔直"或"直立"(*orthos*,参161)可能是另一个对阿特柔斯后裔立场的反讽性削弱。关于大人与小人的主题,参Biggs(见注61)226。

[136] Knox, "Ajax," 25说,奥德修斯"代表着宽容与克制,而这是新时代,尤其是雅典民主制中的氛围"。另见N.O. Brown(见注88)21; Whitman 65-6。关于埃阿斯和奥德修斯之间世界观的根本差异,参Rosenmeyer, *Masks* 194-8; Kirkwood 101-2; Gellie 26-8。

[137] 正如Whitman 71-2指出的,尽管奥德修斯极为通情达理,他始终不是衡量埃阿斯的标准,而这也从另一方面意味着索福克勒斯式的英雄与文明之间的含混关系。Reinhardt 25-6将《奥狄浦斯王》中伊斯莫涅和安提戈涅的差异与克瑞昂和奥狄浦斯的差异、奥德修斯和埃阿斯的差异进行了比较。

农都称他为"王奥德修斯"（*anax Odysseus*，1316，1321），透克罗斯称他为"最优秀者""最高贵者"（*aristos*，1381）。

奥德修斯的非悲剧式人性映衬着埃阿斯注定失败的伟大。奥德修斯与埃阿斯的黑暗的英雄主义之间有差别，但并不势均力敌，尽管他尽力在埃阿斯舍弃的世界中争取到最大的荣誉与认可（1339-42；参98，426，440）。奥德修斯超出了使埃阿斯与军中其他成员割裂开来的分歧，自己宣称埃阿斯"在我们所有来到特洛伊的人中，他仅次于阿基琉斯"（1340-1），而这预示了透克罗斯最后对埃阿斯的颂曲（1415-7）。1340行中的第一人称动词将埃阿斯置于他之上，由此变更了关于阿基琉斯甲胄的判定。不过，使得奥德修斯对埃阿斯心生同情并守护其葬礼的那些品质也使他与埃阿斯的英雄主义判然不同。如果拒绝奥德修斯参加葬礼对埃阿斯而言是合适的，那么通情达理地默默接受这一拒绝对奥德修斯的性格而言也是合适的。奥德修斯离场前如是说（1400-1）："我希望（参与到葬礼之中）。但如果你们并不喜爱（*philon*）如此，我会离开，如你们所言。"就连他所用的词——"亲爱的""友善的"（*philon*），在一个无人称句法中，也呈现出一种克制忍耐的品质，这与透克罗斯在葬礼中流露的那种排他性的友爱（*philia*）精神截然不同（*philos*，1413）。

看法的部分差异在终幕里"承受辛苦""辛苦工作"（*ponein*）一词含义的转变中有所呈现。透克罗斯用该词维护家族在军中的权利（1310-2）："对我而言，高贵的是在所有人面前为他（埃阿斯）辛苦工作（*hyperponein*）而死，而不是为了你的老婆，或者我应该说为了你兄弟的？"另一方面，奥德修斯在一般道德原则的层面上为埃阿斯而战（*hypermachein*）：赞许伟大并抨击使褊狭怨恨至死不休的不义行为（1344-9）。虽然如此，阿伽门农在奥德修斯的行为中只能看到一种自我中的个人主义（1366-67）：

> 阿伽门农：都一样；所有人都为自己而辛苦工作（ponei）。
> 奥德修斯：除我自己之外我还应该为谁辛苦工作（ponein）？

奥德修斯在这里重复了1310行中透克罗斯的"为……辛苦工作"（hyperponein），但他的态度颇为不同。能柔能刚且富于同情心的奥德修斯从最初为了对抗埃阿斯而进行的"辛苦工作"（ponein，24，38）转向为了自己而进行"辛苦工作"（1366）。他那所谓的"开明的自利"或"高等的自私"[138]停留于他在序幕中表达的对属人的短暂性的领会之上（121-6）："我同情他（埃阿斯），尽管他是敌人……在这里，我更关心自己的而不止是他的命运。因为我看到我们所有活着的人不过是意象或虚影。"对阿特柔斯后裔而言，埃阿斯的虚无性与虚影性（1231，1257；参126）提供了一个复仇的机会。"如果我们无法在他活着的时候使他屈服，"墨涅拉奥斯冷酷地对透克罗斯说，"我们将在他死后统治他。"（1067-8）阿伽门农重复了这种情绪化的立场，并对奥德修斯反对他们求取这种"不体面的好处"感到惊讶（1346-9）。

当阿伽门农离场后，奥德修斯跟透克罗斯说，他愿意"参与葬礼""参与他们的辛苦工作"（synthaptein、symponein，1378-79）并且"不愿错过那些凡人理应为最优秀之人进行辛

---

[138]"开明的自利"是Knox, "Ajax," 25的说法，"高等的自私"是Kirkwood 108的理解。另见Jones 187（与*OC* 565-8中的忒修斯进行了比较）以及卡默比克关于124行与1366行的评注。

苦工作"(1379-80):

καὶ ξυμπονεῖν καὶ μηδὲν ἐλλείπειν ὅσων
χρὴ τοῖς ἀρίστοις ἀνδράσιν πονεῖν βροτούς.

因此，奥德修斯的参与基于普遍的凡人（brotoi）对伟大之人（aristoi）应当表达的尊重。透克罗斯的眼界没有这么宽广。他最后所说的话，"为这位在一切方面都高贵之人进行辛苦工作"（tō[i]d' andriponōntō[i] pant' agathō[i]，1415），尽管重复着奥德修斯"为伟大之人进行辛苦工作"的告诫，却只面向他的亲友（philoi，1413），亦即那些与埃阿斯在血缘或故乡上存在关联的人。

十五

从生命到奥德修斯在序幕中（125-6）所言的死亡之虚影空无的转变，是凡人必须经受的所有变化中最残酷的一种。这种先见并未将奥德修斯引向埃阿斯那种为了英雄的绝对价值而拒绝时间与变化的刚强执着，而是引向一种基于对属人境况的深切理解的、富有同情心的刚柔并济。埃阿斯的勇武与价值体现在他的"坚定不移"。他之前的敌人的德能体现在他能被伟大之人的勇武德能（aretē）"感动"："他的勇武德能比他的敌意使我更为激动（kinei）"[139]，他对阿伽门农说。奥德修斯让他对敌人的尸体表达敬意，这令阿伽门农义愤填膺（1356-7）。

---

[139] 此处的理解遵循皮尔逊对1357行中"使……激动"（kinei）的订正，而非手稿的"克服/战胜"（nika[i]）的解读。关于此行的问题，见杰布。

埃阿斯赞同古老智者比亚斯（Bias）所说的尖刻智慧之语，并认为在这个世界上，人们应该时刻想到朋友有朝一日会成为敌人，敌人也会变成朋友（678-80）。埃阿斯的"朋友"，亦即希腊人，的确成了他的"敌人"。他过去的敌人赫克托尔曾经与他友好地交换武器（661-5）。恰当地说，奥德修斯充分呈现了这个变化的完整循环：他宣告他如今是埃阿斯最亲的朋友，正如往日他是埃阿斯最可憎的敌人（1377）。[140] 不过，与赫克托尔的转变不同，这种转变蕴含着埃阿斯自身的某种永恒意味。赫克托尔的礼物是一次英勇高尚的献礼，是一时的激动，而就连埃阿斯也意识到暗藏其中的憎恨并未有任何变化（665，817-8；参1024-35）。奥德修斯的转变涉及其内心深处的态度，并不依赖外在的物质标记或战场上的惯例。

拒绝接受变化可以是英雄式的或悲剧式的，但这并不是文明人的标志。[141] 基于这个标准，埃阿斯与阿特柔斯后裔，以及在某种程度上，透克罗斯，都不算文明人。阿伽门农和埃阿斯一样刚硬固执。"无论何时何地，埃阿斯都将是我最憎恨的敌人"，他在最后的对白里说（1372-3），由此，他令人不快地拒绝了埃阿斯关于变化的理论（678-80）。

埃阿斯曾以为，透克罗斯是一名像他那样的战士，能够保障他的葬礼（826-30）。但在这个埃阿斯无法存活的世界上，只有忠诚、激情和勇气是不够的。对于纪念埃阿斯的荣誉所要求的伟大而言，奥德修斯所具有的通情达理、处理事

---

[140] 关于这些转变，参Knox, "Ajax," 910, 1920。我们也可比较在749—752行中卡尔卡斯的立场在事实上和比喻意义上的转变（"从……中站起"，*metastas*，750），当他从围坐的首领中起身向透克罗斯提供帮助。

[141] 参Sicherl（见注9）35："由此，在一种新的、更高的人性中，英雄时代的友敌观被抛弃了。但这也摧毁了像埃阿斯那样的悲剧的可能性。"另见注136—137。

务的能力、说服力以及同情心同样是必需的。就连在他追寻独立的过程中，悲剧式的无邦者（*apolis*）也需要一位城邦人（*politikos*）、一位能使用城邦技艺之人所具有的合作德能。

奥德修斯富有同情心的刚柔并济代表着世俗人文主义所能为埃阿斯面对人类生存的终极虚无性威胁提供的安慰。但在最后，奥德修斯的普遍主义仍然向以家族为中心的仪式与宗亲关系让步了。《埃阿斯》最后的张力呈现在奥德修斯与透克罗斯两端之间：一边是奥德修斯的胸襟宽广、通情达理，他能够平静地离开拒绝他参与的葬礼，尽管是他使葬礼成为可能；另一边是家族团体的着根性（rootedness）、亲密性与安全性，这源于与血缘和生育有关的那些不变也不可变的事实。

最后的葬礼意味着一个能够容纳并肯认埃阿斯孤傲独立的英雄主义的文明共同体，正如悲剧表演背后秩序井然的仪式"语境"能够容纳并为其中的苦难与对秩序的否定赋予可理解的框架体系。虽然如此，作为尸体的埃阿斯似乎也在以他死亡的严重性挑战着仪式体系。温婉的特克墨萨带来的外袍殓盖并隐藏了这位"心性野蛮"的被逐者（898-9, 915）那具被严重刺穿的尸体。不过，正如尸体将因最后的净化再次显露，喷涌着埃阿斯胸中"黑色血力"的"箫管"将吹奏与狄奥尼索斯剧场演奏者的箫音截然相反的残酷之音。

第六章 《安提戈涅》：爱与死亡，冥王与酒神

一

就像索福克勒斯悲剧中的其他主角一样，安提戈涅与文明化价值（civilized virtues）之间的关系暧昧不明。她所做的一切，并不是为了像埃阿斯那样彰显高度个人化的一己荣耀，更多的是为了捍卫文明化伦理（civilization）中一个合法且必要的维度，即家庭权利和死者所应得到的正确对待。她以文明化伦理中的一个原则为名向另一个原则发起挑战，由此制造了一个质问社会秩序本身的悲剧性冲突/分歧。安提戈涅的对手并不是奥德修斯那种为一个节制有度且不乏人情味的社会代言的人，而是一个不懂变通的王，这个王就和《埃阿斯》中阿特柔斯家族的人一样，实际上颠覆了自己所应当捍卫的文明化价值。[1] 与奥德修斯带领整个社会走出价值冲突的僵局形成对照的是，没有人能够化解克瑞昂和安提戈涅之间的死结。特瑞西阿斯最有可能充当这个角色，但是他的介入对于挽救安提戈涅的生命来说为时已晚。但无论如何，他的力量来自他作为众神喉舌的身份，而非凡人的品质。

《安提戈涅》中最有名的唱段，也是希腊诗歌中最著名的篇章，咏唱着对人和启迪者的赞美（332-75）："许多事情都让

---

[1] 将克瑞昂与奥德修斯进行比较的优秀论述，参 J. H. Kells, "Problems of Interpretation in the *Antigone*," *BICS* 10（1963）59-61。

人惊奇（震悚，deina），但没有什么比人本身更让人惊奇（恐惧）。"这段合唱的颂诗作为整部戏剧的第一合唱歌，表现了智者派对于人类起源的设想，同时让我们在城邦文明成就的宏观视角之下思考剧中的人物行动。

这首颂歌赞美了人类在航海、农业、驯化动物、建造房屋、医药和法律上取得的发明成就，看上去似乎偏向克瑞昂的立场，毕竟他在登场之初，犹如智者派启蒙运动中世俗理性主义的化身。[2] 但事实绝非如此。剧中随之展现的戏剧行动对颂歌中褒扬的一切成就加以限制甚至是进行了全盘的否定。索福克勒斯的戏剧反讽揭露出人类智慧所谓光辉灿烂的幻象不过是一面图景更为幽暗的镜子而已。而这首人类胜利之歌，正如林福斯（Linforth）所言，其实是一句冗长的让步之语。[3]

在这首颂歌出现的节点，无论是城邦与家庭，还是统治者与邦民，都展现出了它们最暴力和非理性的一面。奥狄浦斯两个儿子波吕涅克斯（Polyneices）和厄忒俄克勒斯（Eteocles）关于王位继承的争吵，将城邦和家庭的基础一并连根拔起。进场歌以动物寓言式的意象化手法生动地表现出波吕涅克斯暴力的进攻，他就像在城邦屋顶上方发出刺耳声音的秃鹰，或是一头渴望鲜血的口渴的野兽（112-27）。克瑞昂很快就表现出与这一描写相呼应的举动（201-2），但这位统治者随后的台词却让人类免遭野兽伤害的自我保护不再成立（205-6）。人类降格

---

[2] 关于克瑞昂以及智者派的理性主义，参 Wilhelm Schmid, "Probleme aus der sophokleischen Antigone," *Philologus* 62（1903）1-34；R. F. Goheen 的 *The Imagery of Sophocles' Antigone*（Princeton 1951），其中页 152 的第 28 条注释中有更多的引用文献（本书之后所说的 Goheen 都指的是这本书）。

[3] I. M. Linforth, "Antigone and Creon," *UCPCP* 15, no. 5（1961）199. 尽管林福斯认为这首颂歌流露出一种"真诚的欣赏"，但他也指出关于危险的暗示在之后变得愈加明显，参页 196—199。

为野兽的意象在此之后不断重现，一处出现在对安提戈涅悲恸之情的描述中（423-5），另一处则表现在克瑞昂的暴怒（473-9）。安提戈涅的反抗在克瑞昂的城邦管制之下，已然表现出其局限性，而克瑞昂的怒火，不管是在此处还是在之前一幕里，都不禁让人疑义这位所谓的管控者是否能够管控他自身的情绪。

这首颂歌将人类褒扬为万物中最让人震惊的存在（*deinon*，332-3）。这个形容既意味着"令人恐惧"也意味着"令人惊奇"。而人本身的悲剧性也恰恰来源于他在万物之中最让人惊奇和震悚的独特地位。[4]这一"令人震惊之处"（*deinotēs*）指出了克瑞昂文明化权力（civilizing power）的问题所在：伦理考量之外，存在着一些原始而巨大的力量。假使这种令人惊讶的力量使人类从自然施加在其他生物身上的桎梏中挣脱出来，人将有可能展现出更为极端的暴

---

[4] 见Eilhard Schlesinger, "*Deinotēs*", *Philologus* 91（1936-37）59-66；他认为这个词表示的是人的"kulturschaffende Tätigkeit"（文化活动），这一能力尽管可以让人征服自然，却也将人融合进他所驯服的自然要素中："索福克勒斯虽然也认为人是最骇人的，但他并不认为这种可怕存在于人性未加管束的幽深处（欧里庇得斯是这种看法），而更多地存在于人之为人的两种可能性之中，这是最让人感到惊叹的自然现象，因为它具有将人引领至文明巅峰的可能，而是否能够达成取决于社会道德思想的实践。"亦参Paul Friedländer, "Polla ta deina", *Hermes* 59（1934）54-63；Gilbert Ronnet, "Sur le premier stasimon d'*Antigone*", *REG* 80（1967）100-5；Giacomo Bona, "*Hypsipoli e Apolis* nel primo stasimo dell' *Antigone*", *RFIC* 99（1971）131-3；Goheen（见注2）53及141注释1；C. Segal, "Sophocles' Praise of Man and the Conflicts of the *Antigone*"（1964），收录于Thomas Woodard, ed., *Sophocles. A Collection of Critical Essays*（Englewood Cliffs, N.J., 1966），71—2（此后引用简称为Segal）。须注意克瑞昂此前那个"可怕的好处"（*ta deina kerdē*, 326），在此我们不采用Brunck所说的*deila*，而以更准确的释读为依据，我们采信的文字为*deina*，这也是大多数编辑所采用的释文，见R. C. Jebb, *Sophocles, The Plays and Fragments*, Part III, *Antigone*（Cambridge 1891），以及J. C. Kamerbeek, *The Plays of Sophocles*, Part III, *Antigone*（Leiden 1978）。

力，从而让人看上去比其他恐怖的自然现象更加"令人恐惧"（*deinoteron*）。

索福克勒斯在此呼应了埃斯库罗斯《奠酒人》（*Libation Bearers*）中的颂歌，海洋里、陆地上、天空中"令人恐惧"的怪兽不过衬托的是男男女女心中满含暴力的激情和冲动（585-601）。对埃斯库罗斯来说，人在自然中的独特之处更多是一种劣势而非优势：人总是在其激荡和突兀的欲望之中茕茕孑立。而在索福克勒斯的颂歌中，这种冲动和胆气（*tolma*）让人得以挣脱城邦文明的束缚，进入一个非城邦的（*apolis*）状态。这正是克瑞昂归咎于安提戈涅的一点，他这样问道："你竟胆敢（*etolmas*）违背这些法律？"（449）在随后的自辩中，她解释道："在克瑞昂看来，我像是做了一件错得离谱且胆大妄为（*deinatolman*，915）的事。"这种"令人震怖"的胆气，在她做好准备要按照在伊斯墨涅（Ismene）看来是"糟糕的计划"行事并注定承受"可怕的命运"时已然可见一斑。

克瑞昂言语中使用的意象与颂歌里关于人的各项主题相互呼应：航海、耕作、贸易。但这些意象并不旨在反映出人的自我控制和理性思维，反而表现了人无法掌控的内在暴力和在神面前的无助。[5] 鸟类和驯马这些意象意味着人出于自身目的驯服野兽的能力（342，343-4，351），它们一致地表现出城邦内的暴力和激情。忒拜王权的竞争是鹰与蛇之间的竞争（125-7）[6]。

颂歌如此夸耀着人类："人类教会了自己使用语言，他们像风一样快地思考，还拥有了创造出城邦的讲求法律的性情。"（354-6）但语言、法律以及思想都在这部戏剧中变成了

---

[5] 关于这些意象，见113-4，116，140，423-5，998行及以下，1039-40；关于这些的一般讨论，见Goheen 26-35。

[6] 见Kamerbeek。

危险的元素，毕竟这出戏是以灾难留下的教化思想的警示作结（1354）。歌队所说的"性情/脾气"（*orgai*）一词也指代三个主要角色的愤怒——克瑞昂（280）、安提戈涅（875）和海蒙（766）。愤怒亦让另外一位专横的国王吕枯尔戈斯（Lycurgus）受到惩罚，他仿佛退化为野兽，因为自己"无礼的愤怒"冒犯了狄奥尼索斯，从此背负上"套轭"。在吕枯尔戈斯和克瑞昂那里，理性的语言都崩解为侮辱性言辞。[7] 癫狂（*mania*）而非思想，特别是厄洛斯与酒神的癫狂，逐渐地主宰了人的行动。[8]

人类拥有"高于期望（或者说'超出希望'，*hyper elpida*，365-6）的机巧"。但当安提戈涅被守卫们带到克瑞昂面前，并对他所谓的理性发出质疑时，克瑞昂倒是为自己"希望之外和之上的满足"（392）沾沾自喜。人间的世事无常（"凡人永远没法发誓说什么事情是不可能的"，388）很快就反转了守卫和克瑞昂以及歌队的乐观态度。在之后的颂歌里，希望可能是一种助力（*onasis*），但也难保不是头脑简单、一厢情愿的自欺欺人：正因为拥有希望，人似乎难免会被意气和自欺所影响，就像那些他们捕到的"头脑简单"的鸟儿一样（343）。在这一幕中，克瑞昂进场的台词正好在守卫们提及"希望"之前，其中恰恰糅合了他偏爱的智性的语词（*symmetros*，意指量化的尺度）和一种不祥的非理性（*tychē*，仰赖时运，387）："发生了什么事？要按时机（*symmetros tyche [i]*）来说我来得算是什么

---

[7] 关于克瑞昂受到侮辱时的反应，见 Segal 74-5。注意吕枯尔戈斯的 *kertomiai glōssai*，"侮辱的舌头"，962-3。至于克瑞昂，参 280 行及以下，565 行及以下，740 行及以下，1033-63。

[8] 关于疯狂，见 135，492，790，959-62，1151；要注意父子俩的会面从一开始就徘徊在疯狂和愤怒的边缘（633，765-6），而这也是会面的最终结局（1228 行及以下）。

时候？"[9]时运这个东西随即展现出它特有的悲剧一般的毁灭性，正如克瑞昂站在了"时运那剃刀锋刃"之上（996），说不准是福是祸（1158-9；亦参328，1182）。

克瑞昂将"机巧"（machanoen，365）中的才智捆绑进了以城邦为中心的道德规范中（参175-7），但它却潜在地被一种"不可能的爱"所挑战，在这种情感之中，"机巧"变得毫无用处（amechana，90，92）。在此之前，歌队曾经赞扬人类"机智地逃脱了压倒一切的疾病"，"毫无道理可言的疾病"（nosoi amēchanoi，363-4）；但凭借技术逃脱"疾病"往往并没有那么容易（参421）。一个身体康健的人往往是疾病的源头（732，1014，1052，1142）。总有许多办法（pantoporos）的人类"要是有一天没有办法了（aporos，360-1），那么他们就什么都不是"，但这种扬扬得意的"办法"也同样是通往黑暗"道路"的"途径"（这是poros的另外一个含义），正如克瑞昂最终的走向一样（1212-3，1274）。[10]未来，to mellon，并不是一个人类能安住其中、友好而克制的世界，反而是一个让人类面临无助和毁灭的、陌生而动荡频生的宇宙（参to mellon，611；mellonta tauta，1334）。克瑞昂所处的世界的毁灭（1344-6），最终将让他无法看见一丝未来：他也无意再看见新的一天（1331）。

---

[9] 注意《奥狄浦斯王》1113行中symmetros的用法，第七章对此有所讨论。
[10] 关于"道路"的主题，见R. di Virgilio, RFIC 94（1966）31-2和n1。360—361行出现的poros，意为"方向""道路"，也解作"来源"，它作为复合词缀使用时悖谬会更为显著，如果我们按照塞德里克·惠特曼1978年10月在布朗大学的公开讲座上所讲，那这几句话亦可翻译为"没有资源的人最终一无所获，这就是他的未来"。注意poros所蕴含的限制与方向的含义，和Alcman fr. 5.2, col. ii中不成形的空间的无限混乱形成了对比，关于这一点可参J. -P. Vernant & Marcel Detienne, *Les ruses de l'intelligence*（Paris 1974）134页及以下。

在这之后，这出戏剧展现出了另一种不同的自然观。海蒙为了减轻他父亲的怒气，将自然世界引作顺应变化与时世的范型（712-8）：

> 顺应着急流的树木得以保全（*hypeikei*）它的细枝嫩叶，而那些硬扛着水流的则被连根拔起。那些把船舵拧得太紧又一点儿不肯放手（*hypeikei*）的水手总是难逃覆舟的命运，船底朝天地结束余下的旅程。所以你得让自己的怒气稍稍退让（*eike*），给变化（*metastasis*）的情况留些余地。

这里提及的与自然世界的和谐关系，不禁让我们把克瑞昂的不懂变通和那首"人颂"夸耀的对自然的征服联系到了一起。航海的意象在这两处都显得至关重要。在一句与颂歌首词相呼应的台词——"让步实在教人害怕（*deinon*，1096；参690）"里，这个世界没有那么容易掌控的一面最终迫使克瑞昂让步。而他结局的灾难，亦犹如一场可笑的驶向"冥王哈得斯的港口"（1284）的航行。

相较于克瑞昂的言辞和态度将他与"人颂"中富有攻击性的、机关算尽的理性主义相关联，安提戈涅则作为人所主导的自然世界中的一分子出现在剧中。从她表现出的悲痛来看，安提戈涅既是哀悼雏儿丢失、徒余空巢的雌鸟（423-5），也是一头被狩猎的野兽（433）。她把自己的命运与尼奥贝（Niobe）相比较，并且与自然世界的有机进程结合到了一起："岩石生长（*petraia blasta*）犹如紧紧缠绕的藤蔓，制伏了那个女人"（826-7）。这一意象颠覆了"人颂"里表现的对自然的征服，因为在这里，正是仿若拥有植物生长本能（*blasta*）的岩石"制伏"（*damasen*）了人类。

在公元前5世纪有关自然（physis）与法律（nomos，也有"习俗"的含义）争论的背景之下，安提戈涅站在了自然的一边。她捍卫人在出生的既定条件之下所能拥有的生命中的各种联系和维度，而不接受那些人靠着力量和强力创造的一切。然而自然的节奏并没有教会她如何让步，就像它当初没有教会克瑞昂一样。安提戈涅关于尼奥贝的这个譬喻让她更像是那"僵硬生长"的岩石一般，而不是海蒙所说的那种以退让求得生存的树木。文中交缠的藤蔓是形容岩石之坚硬这一譬喻的一部分（826）。提及尼奥贝的这个段落集中表现了安提戈涅对于生命的回应与回绝之间的张力。[11] 一方面它向下指向自然世界及其丰富的变化，另一方面它又向上指向永恒不变的生命形式，这是一个不受时间影响的神话和死亡的世界，安提戈涅在其中看到了那个在神的力量之下"消亡的"自我，看到了自己的命运（daimon，832-3）[12]。她和埃阿斯有点类似，却更令人心碎，因为她更多地受制于血缘的人际关系，并且处在一个自然的节律和神所触及的恒定秩序之间模糊不清的位置之上。她尚未婚配，却已是痛失幼雏的母鸟（423），亦是因无法撼动的悲恸而石化的人类母亲。

---

[11] 关于安提戈涅自比于尼奥贝所产生的讽刺意味，见Segal 73；Emil Staiger, *Grundbegriffe der Poetik*（Zürich and Freiburg i. Br. 1968）155："痛苦的安提戈涅并未将自己与忒拜的其他少女相比较，而是与因痛苦在希皮洛斯山上化为岩石的尼奥贝相比较。"亦见Seth Benardete, "A Reading of Sophocles' *Antigone*" II, *Interpretation* 4（1975）49-50。这篇文章对本剧有着细致而有趣的解读，分三部分刊出：第一部分在 *Interpretation* 4.3（1975）148-96；第二部分出处同前，5.1（1975）155；第三部分出处同前，5.2（1975）148-84。之后我将这几篇文章各自引为"Bernadete 1，2，3"。

[12] 456行和892行都体现了安提戈涅对于"一直"和永恒的特别关注，这是她与索福克勒斯笔下其他英雄都有的共同特质，参Knox, "Ajax", 18-9。

在《安提戈涅》这部剧中，就像《埃阿斯》以及其他许多希腊早期诗歌一样，人的属性由时间和转瞬即逝的生命所定义。[13]在颂扬爱欲之神的力量的同时，歌队把会死的凡人比作"蜉蝣"（hamerioi）这种生命为一日之变所支配的生物（789，参《埃阿斯》399）。"变化"（metastasis）一词，也正是海蒙在劝诫克瑞昂作出让步时所使用的语词。西蒙尼德斯（Simonides）在描述人类生命往往受制于飞速的时间变化时也使用了这个词（521）："生而为人的我们永远无法断言明天会发生什么，我们也从来没有见过一个快乐的人能说得上自己能快乐多久。毕竟，即使是一只长翼的飞虫的变化（metastasis）对我们而言也是十分迅疾的。"

即使在征服自然的过程中，人类也须顺应一年中季节的物候节律，而自然本身却是永恒不变的。因此，尽管大地盖亚（Ge）是亘古不灭和永不疲倦的（aphthitos, akamata, 339），但耕地的犁头却自有其辛劳，"年复一年地来来回回翻耕土地"（340）。"不知疲倦的大地"终将耗尽其征服者的力气。在合唱歌第二节的末尾，耕地的牛虽然背负着人给它的套轭，却也变得一样"不知疲倦"（akmes, 353）了。

安提戈涅和埃阿斯一样，她英雄般的意志超出了时间而指向永恒。在她阐述自己原则的两个最强有力的表述（76，456）中，"永远"（aiei）是她衡量时间的尺度。虽然她也像克瑞昂一样，对时间作出量化的计算，但在她的时间计算里，"更多的时间"（pleiōn chronos, 74）实际上意味着逝者的"永远"。她从时间中得到的"好处"（kerdos）和克瑞昂所设想的"好处"（461-4；参312，1037，1047，1055-6，1061）大有不

---

[13] 见第五章注释7。

同。[14]在这两个段落中,她所朝向的"永恒"并不是天上那位"高举奥林波斯的灿烂光辉且不会在时间中老去"(609-11)的宙斯,而是那处在幽深而空寂的阴曹地府中的宙斯(452)以及下界的死人们(75)。

对看守人来说,"长时间"意味着他在难熬的夜里度过的那些不得安宁的时辰(422);对于克瑞昂来说,它意味着人间正义降临之前的等待("早晚会受到惩罚",303);对于歌队和海蒙来说,它又意味着人性判断的弱点,意味着容易犯错的年轻意气(681,728)。唯有安提戈涅的视角超出了人类能力的种种限制,不再局限于那些向权力低头的犹豫和焦虑。在克瑞昂的第一场发言中,他自信地使用了"永远"一词来描述他在城邦中享有的权力(166;参184),但痛苦却难免摧折他,让他意识到自己生命状态不过如蜉蝣一般转瞬即逝(718)。特瑞西阿斯警告他,距离大难临头他已经没有多少能看见太阳在天空东升西落的日子了(1044-66),而克瑞昂在末日来临的时候,却也希望自己别再看到第二天的光亮(1332)。安提戈涅似乎也不例外,虽然她所有的行动都指向永恒,但她也像临终的埃阿斯所说的那番话那样,困在了时间和永恒之间。她也许能够把自己比喻成尼奥贝变的岩石,但这一比喻也让我们想起她从未实现她的女性身份,毕竟她变成了"哈得斯的新娘"(423-5,569,905行及以下,1240-1)。

人作为一个如此受制于时间及变化的存在,就一生的自我实现和毁灭来说,他不仅要准备好作出退让,同时也应准备好进行学习。学习和受教(*manthanein*, *didaskesthai*)是贯穿整部

---

[14] 歌队在最后反复提到 *kerdos*(好处)——"如果不幸中有什么好处的话,那你所说的也算是一种好处"(1326)——标志着克瑞昂对于好处的种种计算已然全部反转。关于 *kerdos* 在剧中的重要性,见 Goheen 15ff.; Segal 66; Kamerbeek, 导论35。

戏剧的主题之一。[15]这出戏剧以"老来习得的智慧"作结，不禁使人想到学习/教训也是在时间中实现的。它不光是一种智能，也是一种在经历中保持灵活和开放的能力。

从这个意义上说，学习恰恰是空有一腔理性论的克瑞昂做不到的事情。特瑞西阿斯像海蒙一样劝诫他要有所退让、不要顽固不化（*akinētos*，1027），却引得克瑞昂对他一通破口大骂（1033行及以下）。因而，克瑞昂和时间的关系表现出了"人颂"中人为把控和时间之间的张力，又以一种非常糟糕的方式消解了这一张力。人类对"亘古不灭""永不疲倦"的大地的征服和之后颂歌（606-8）里"青春永驻"又"永不疲倦"的神明所拥有的力量（*dynasis*）是截然相对的，可以说颂歌几乎是一则反对人类控制世界的声明。而在后面的颂歌里，"可怕"（*deinos*）的力量并不属于人类，而是一种命运的神秘之力，是神明所赐予的（*moiridia tis dynasis deina*，951-2）。人类通过自我教育（*edidaxato*，354-6）取得的骄人成就和思维（*phronēma*）力量与晚年的克瑞昂将要经受的艰难的思想（*phrnein*）教育（*gēra[i] to phronein edidaxan*，1353；参608行的*agērōs*["不老的"]）相比，简直不值一提。

安提戈涅悲壮地走向了永恒的时间，而克瑞昂则陷入了另一个极端，愤懑不平地挣扎在衰老和青春之间（719-20）。他对自己身为长辈却要被年轻的儿子"教育如何理智行事"（*didaxomestha phronein*）这一事实（726-9）大为光火，却也不得不从晚辈和长辈那里学习"如何退让"这艰难的一课。年轻的儿子和年长的先知是这样告诉他的："我的孩子，学着明智一些吧（*teknon phronēson*）……忍让死者吧。"（1023，1029）

---

[15] 见Reinhardt 94，100-1，他着重提到了克瑞昂因为"领悟得太晚"所造成的悲剧。

然而，他粗暴地拒绝了"有益的智慧"，从而彻底颠覆了"人颂"中令人骄傲的种种功绩。特瑞西阿斯敦促他去"医治"已经造成的伤害（1027）且不要再去"招惹"（kentei，1030）逝者。第一个隐喻呼应着颂歌中战胜疾病的胜利（364-5），而第二个隐喻则是把原本只适用于兽类的贬低话语用到了人的身上。

二

克瑞昂处理尸首的方式消弭了人类文明在人之死和动物之死两者间所作的区分。他以一种极为冒犯的方式否定了这一分野——将人类的尸体降低至动物腐尸的状态。这出在希腊诗歌史上对人类成就极尽溢美之词的戏剧，其中心情节展现的却是人之为人所遭受的亵渎。[16]

甫一开场，安提戈涅便复述了克瑞昂的命令（28-30）："任何人不得埋葬他（波吕涅克斯）、哀悼他，无人替他哭丧，他将暴尸荒野，他会是发现其尸首的猛禽的珍馐，让它们纵情地饱餐。"安提戈涅抓住了命令中最直指人心的身体性语言。她对城邦价值的理解是个人的、具体的并且是发自肺腑的。她想象着越来越多的秃鹫贪婪地群集在曝于荒野的尸体周围。[17] 安提戈涅使用的"喂食"（bora）一词通常用在动物

---

［16］见Vickers 539："克瑞昂任由尸体腐烂，让它变成动物的食物，他这样做实际上是在文明的进程中逆行，所谓文明指的是人类战胜环境的不利条件的过程，而第一合唱歌所赞颂的正是这种胜利。"亦见Segal 82-3；Gellie 33。
［17］但特瑞西阿斯之于未得埋葬的尸体的描述所蕴含的各种含义也客观地证实了安提戈涅的想象，见1016ff.。

身上[18]，而"宝物"（thēsauros）则有着宗教的意涵。[19]这样的并置尖锐地流露出她的不满以及人和城邦价值遭受的暴行。"喂食"和"宝物"之间的反差蕴含的讽刺有力地传达了对人的贬抑。

在下一幕中，克瑞昂想暴尸荒野的"意图"是一种"理性思维"（phronēma，207），这个词正是"人颂"中用来描述人之所以比野兽更加优越的"智能"（355）。此处克瑞昂在安提戈涅提到的鸟之外还加上了狗，使得（野兽）"吞食"（尸体）这一动作更具有画面感（edeston，206）。他所描述的视觉冲击更加露骨：邦民们"仰头望着"（idein）尸体被禽鸟和野狗分食与"亵渎"（205-6）。句末"亵渎"（aikisthen）这个词从荷马的时代开始就带有强烈的贬义。在《伊利亚特》最后一章，正是为了避免让赫克托尔的尸体被进一步"冒犯"，众神才出手干预了阿基琉斯的行为。203行带有法律色彩的"法令"一词与"亵渎"所放任的宗教性破坏相龃龉。将人类尸体囊括在内的"宝物"本身已经暗含了对文明价值的破坏，这一点在此处变得更为突出，因为连国王自己都说出了这样的话，却全然没有意识到这其中的悖谬所在。

海蒙进一步强调了尸体不得埋葬带来的可怕之处，他转

---

[18] 1017行与1040行重复出现了 bora 一词。参欧里庇得斯的《奠酒人》46-7、《腓尼基妇女》1603、《伊昂》423。关于这个词的含义，见我在 Hermes 97（1969）297-8 的论述；亦见 Vidal-Naquet，MT 148 以及 n73。

[19] "甜美的宝物"这样的表达非常值得细究；Schneidewin-Nauck 的 Sophockles, Antigone(Berlin 1886) 一版删掉了这个词；参 Anna Parodi 一文，"Antigone nel prologo della tragedia di Sofocle"，Dioniso 35（1961）95 及 n28。关于这个词可能潜在的严肃宗教引申义，见 Pindar, Pyth. 6.8, Hdt. 1.14.2。Bernardete 1.153 对这个词有另外的看法，他认为这里意指"尽管波吕涅克斯身死但他依旧很宝贵"。

述道，城邦众人"都在为这个女孩叹惋，她不愿在战场的厮杀中殒命的亲兄弟暴尸荒野，被啖食生肉的野狗和禽鸟撕裂，这样的她难道不值得一份黄金般的光荣吗？"（696-9）。此处的语言效果和埃阿斯那"纯金的供品"与丧命于其"沾满血"的剑下的亡魂（《埃阿斯》，91-5）之间形成的反差有异曲同工之妙。697行加上的"啖食生肉"（ōmestai）的形容让人想起荷马笔下尸体横遭撕裂的狂暴行径。[20] 所谓"啖食生肉"也意味着一种对文明和兽性之间基础界限的破坏。与践踏文明价值形成对照的是前一行流露的对家庭关系的尊重——"她自己的手足兄弟"（autadelphon，696），这和安提戈涅在自己的第一句台词里对伊斯墨涅的称呼是相互呼应的（autadephon，1）。在索福克勒斯存世的作品中，他只在另一处用过这个词来表达"兄弟"之意，那就是在前一幕里，安提戈涅在克瑞昂面前为自己的行为辩护（502-3）："还有什么事能比我把自己的亲兄弟（autadelphon）安葬在坟墓里为我赢得更光荣的名声（eukleesteron；参erga euklesstata，695）呢？"海蒙在戏剧中段所说的那番话，不只是个人意见，也是对这座城邦的整体判断。它与前文描述尸体遭到亵渎的情状形成了呼应，不仅捍卫了安提戈涅对于光荣（kleos，timē）的主张，也让我们看到文明在基本价值遭到侮辱时如何重新巩固自身的地位。

在见识到了野狗和飞禽之后，我们发现克瑞昂的法令造成的亵渎甚至延伸至整体宇宙秩序上。特瑞西阿斯说："正是因为那些飞禽和野狗，祭坛和炉灶到处都是奥狄浦斯那不幸身亡的儿子身上的腐肉（bora）。"（1016-8）这段话刻画了神、

---

[20] 例见《伊利亚特》11. 453-454；12. 67、207、347；24. 212-213。参C. Segal, "The Theme of the Mutilation of the Corpse in the *Iliad*", *Mnemosyne* suppl. 17（Leiden 1971）61。

人、兽之间最基本的文明化调和的崩塌，它以"教化""知道""技艺"（992，996，998）这几个带有智性的词作为开头，这些都让人回想起"人颂"所褒扬的高尚成就，同时还出现了"航行"（994）和"医药"（1015）等词。文明的扰乱一度表现为葬礼仪式的破坏，但如今它已然波及了人神之间其他的调和形式——献祭和预言（1003行及以下，1019-22）。

非常奇怪的是，尽管同时代作品中一些类似的片段都提到了预言（埃斯库罗斯，《普罗米修斯》484-500，其中484—492行特地提到了占卜；欧里庇得斯，《奠酒人》211-3），但"人颂"却并未将其列为文明化技艺之一。特瑞西阿斯都把自己的知识称为一种"技艺"（technē，998；参366），这样的遗漏显然非比寻常。不久之后，克瑞昂对预言术的鄙视报应在了自己头上（参631，988行及以下，1034行及以下，1055，1059）。而报信人前来讲述突如其来的惨剧时，他也说出了警句一般的话——"无人是（命运的）先知"（1160）。就连克瑞昂自己在宿命之下走向洞穴的那一刻，也高喊道："哎呀不幸啊，我就成了先知了吗？"（1211-2）。

克瑞昂对葬礼和预言的态度流露出的是人类对于掌控世界的过度自信。这一点在他愤怒地作出反驳时达到了顶峰："你们不能把那人埋进坟墓，即使宙斯的鹰把他捉去、把他身上的腐肉（bora）带到宙斯的王座面前，也不行。"（1039-41）人的身体像动物一样被不敬地对待，这正是他所想象的这一向上的运动的亵渎之处，和他当时企图倒逆燔祭的烟雾正常向上散发的举动形成了呼应（1006行及以下）[21]。此处一再提及

---

[21] 见前文第四章第二节关于《特拉基斯少女》765行及以下的讨论；亦见 T. F. Hoey, "Inversion in the *Antigone*", *Arion* 9（1970）337-45; Michael N. Nagler, *Spontaneity and Tradition, A Study in the Oral Art of Homer*（Berkeley and Los Angeles 1974）156-9。

"宙斯"（Zēnos, Dios）的名字，又把他的鹰变成了食腐的飞禽，渎神的意味就变得更加恶劣了。克瑞昂破坏了两项明确人、兽、神明之间界限的仪式行为：一是献祭，这是人神之间一种向上的调和方式；二是葬仪，它让人与野兽得以区别。宙斯的鹰是将人与野兽、神明分别开来的等级秩序的护卫者（参品达《皮托凯歌第一首》），现在却变成了捕猎的飞禽。特瑞西阿斯关于祭坛的说法让葬仪和献祭之间形成了平行的呼应关系，克瑞昂对于人兽之间分野的破坏也和他打破人神界限的行径是相互对应的。作为人神之间另一种勾连形式的预言亦被扰乱，饱食人肉的鸟无法再给出占卜术中常规的兆示（1021-2）。[22]

众神给出的回答让克瑞昂自己吞下了这一切伦常颠倒的苦果。当他终于想要浇奠波吕涅克斯的尸首时，他才亲身体会到可怕的兽性是如何侵入自己的生活的。尸体那时已经"被野狗撕裂"（kynosparakton，1198），这个词只在索福克勒斯现存的作品里出现过一次，不禁让人想起克瑞昂的法令如何将人贬低为野兽。之后，儿子袭击了父亲，公元前5世纪的作家一般会将这样的举动视作只会发生在动物和蛮荒自然（physis）世界里的进犯。[23]此外，海蒙在这场袭击里疯狂得如同野兽一般，带着"凶狠的目光"（agria ossa，1231-2）对自己的父亲痛下杀手。

安提戈涅的举动却也和克瑞昂的所作所为很类似，她将人类世界分别和更加低劣与更加高等的世界相提并论。波吕涅克斯下葬的过程有三方肇事者潜在牵涉其中：野兽，人，神明。带着典型的以人为中心（且以男性为中心）的视角的克

---

[22] 见Jebb; Bernadete 3. 160-2。
[23] 参阿里斯托芬《云》1423-9，《鸟》757-9。见K. J. Dover关于上述段落的论述，*Aristophanes, Clouds*（Oxford 1968）260-1。

瑞昂曾经问道："哪个（男）人（andrōn）胆敢做这样的事？"（248）当被进一步告知更多细节时，他立刻将野兽排除在外（257-8）："没有任何走兽或野狗前来撕咬尸体的迹象。"歌队提出有可能是神明所为（278-9），他们的口气带着一种恭敬的试探，并且用的是召请式的庄重言辞——theēlaton，"神赐的"，这个词在《奥狄浦斯王》里往往用来形容诅咒和预言（255，992）。[24] 克瑞昂却暴跳如雷地对歌队众人大加斥责，奚落他们的智慧（281），说神明怎会愿意埋葬一个叛徒（280-8）。他又把注意力放到了"人"的身上，放到了"城邦里"（289-90）那些不肯引颈受"轭"（289-92）的"人"身上。最后出现的"套轭"的意象反映了克瑞昂对待尸体的心态，他把臣民都视作受到控制和服从命令的动物。

这一幕以克瑞昂对守卫语出威胁作结。自开场和"人颂"后便离场的安提戈涅又重新回到了舞台上。她是在第二次掩埋尸体的时候被抓获的。安提戈涅何故折返再度埋葬尸体成了整个戏剧情节里最费解的一点。[25] 也许就像守卫说的，第一次撒

---

[24] 在索福克勒斯的《菲德拉》中（残篇619.3N=680.3P），疾病、神赐（theēlatous nosous）的事物都必须尽可能地出现。希罗多德7.18.3中薛西斯的梦是一种 theēlatos，而它的神性非常关键，值得具体讨论，7.16.2及以下。

[25] 我和Kamerbeek对429—431行的看法一致，我不认为两次埋葬是一个"假想的问题"，我的书评见 *Phoenix* 33（1979）271。其他有用的相关研究参 D. A. Hester, "Sophocles the Unphilosophical", *Mnemosyne*, ser. IV, 24（1971）25ff.; Marsh McCall, "Divine and Human Action in Sophocles: The Two Burials of the *Antigone*", YCS 22（1972）103-17; Th. Zielinski, *Tragodoumenon, Libri Tres*（Cracow 1925）16-8; R. P. Winnington-Ingram, *Sophocles: An Interpretation*（Cambridge 1980）125-6及n31。请Winnington-Ingram见谅，我不认为安提戈涅在428行"诅咒那些干过此事的人"就等于排除了神性葬礼的可能性（即神明干预葬礼）。安提戈涅在434—435行对两场埋葬的承认也不一定意味着两场埋葬都是她所为，就像Robert Coleman在另一篇出色的研究文章所指出的那样，"The Role of the Chorus in Sophocles' *Antigone*", *PCPS* 198（1972）10-2。尽管她承认了（转下页）

第六章 《安提戈涅》：爱与死亡，冥王与酒神

下沙土已然可以避免污秽了（256）。其中的困难并不是一个伪问题，也不是观众不会注意到的无关紧要的细节。索福克勒斯借守卫之口着重点出了发生了两次埋葬的事实（434–5）："我们谴责她**先前**和**当下**的行为，她也并不否认。"安提戈涅也许纯粹是出于保护尸体的感性需求而有了两次埋葬尸体的举动，即便如此，她还做了必要的洒下酒水的浇奠仪式。但她并没有多说什么类似"我做了这些事"的话，而索福克勒斯也从来没有**排除**神明完成埋葬行为的可能性。歌队所言说的不一定是对的。神明出手干预的可能性尽管微乎其微，却引入了一个比克瑞昂引以自豪的理性主义要高的维度。

克瑞昂将神的不参与作为他眼中道德秩序的一种凭依（280-303）。埋葬尸体留下的证据（即克瑞昂的条文主义能承认的证据）所蕴含的不确定性，一方面限定了克瑞昂对公民秩序的设想，另一方面也引入了城邦世界和更为宏大的现实世界之间的巨大沟壑。我们兴许可以把安提戈涅迫切地揽下埋葬之罪的举动看作神意的一部分，看作神明时不时和人类玩的神秘游戏的其中一个环节。[26] 安提戈涅的行为以及歌队略带迟疑的解释在克瑞昂心中激起的激烈反应是一种我们在《奥狄浦斯王》那里见识过的悖论，这个悖论关乎智慧本身，也就是因为自矜于智慧而失智。

事实上，如果克瑞昂留心守卫所言的种种话，各种迹象

（接上页）"两次行动"这一点非常难解，但如果把它看作其反抗精神的体现而不是关于发生的事实的声明则十分合理。同样的悖谬在443行安提戈涅反抗的自白，以及当伊斯墨涅在536—539行殷切地恳求她时，安提戈涅对于做这件事的强势反应亦可见一斑。（假设两场埋葬并不全是安提戈涅所为）有没有可能是她自己自作主张地把众神排除在了埋葬行为之外？如果是这样，那么她的举动矛盾地呼应了克瑞昂的行为，这是不是她"不敬的虔敬"另一个悖谬的层面？

[26] 见Reinhardt 80, 82。

其实更接近于歌队的猜测。正如马什·麦考（Marsh McCall）所指出的那样，时间上的线索虽不能完全证明神明参与其中，但依然多少指向了他们在第一次的埋葬中所起的作用。[27]当安提戈涅被当作犯事的罪人而带上前时，文中描述非人为奇观的笔调与前文歌颂人类理性的颂歌形成了强烈的对比："这神异的奇景（daimonion teras）让我神思不定"（376-7）[28]。第二次埋葬发生的情形同样神秘不已：一阵奇怪的风沙带来了"神赐的病痛"（421）。围观者的身体受到的"亵渎"（aikizein）似乎是对"亵渎"尸体的回应。之后，尸体"腐烂"的恶臭又以玷污（mydōn，410，1008）的祭台上"腐化"污渍的面貌重新出现。这些细节虽然不见得能够证实神明在第一次埋葬行为中有所参与，但它们确乎说明了一点，那就是在"广天和大地之中有更多"克瑞昂的人生哲学"所想象不到的事物"存在。两位主角的头一回碰面就产生了价值观的冲突，这牵涉的其实绝不仅是个人性格的问题。

如果说埋葬一事超出了克瑞昂自吹自擂的智性考量的能力范围，那么它同样也否定了另一项基本的人类成就，那就是对工具的使用。文中没有提及任何斧头、铲子或车轮（249-52）。工具的缺失也许意味着可能是野兽所为（参257-8），但同样也意味着可能是万物的谱系里另一端的存在——神明所为。在第二场埋葬里，没有任何工具只是徒手（429）扬撒着

---

[27] McCall（见注25）103-7；亦见 S. M. Adams,"The Burial of Polyneices", *CR* 45（1931）110-1；H. D. F. Kitto, *Sophocles, Dramatis and Philosopher*（London 1958）56-7（神圣的葬礼是一场"不张扬的奇迹"）。
[28] 367—367行的文本，见 Kamerbeek 和 Jebb。此处与"人颂"的对比，见 Bernardete 1.196，他把367—367行的"神圣的才华"与安提戈涅在"人颂"中身为 deinotēs 的源头这一呈现联系了起来。

尘土的安提戈涅流露出一种英雄般的孤勇。[29]当克瑞昂最后前去掩埋尸体时，他吩咐侍从拿上工具（1109-10），但这显然已经无法扭转打破仪式所引发的灾难了。安提戈涅没有任何防护的双手，加上423—425行中飞禽的比喻和433行狩猎的意象，突出了这样一个讽刺的现实：一个不过是在践行基本文明行为的人却被城邦的法令贬低到连人都不如的地步。不过，这样的倒转却和安提戈涅的行为产生的价值悖谬形成了呼应：虔敬变成了不敬（74，924）；法令和律法相悖，城邦的律法又与地下神祇的"不成文法律"相互冲突（450行及以下）。克瑞昂的城邦无法在野兽和神明之间调和，践行着文明中最基本行为的人被苍白无力的人性所驱逐，从而进入了野兽的世界。然而仿若野兽所为的行径却很有可能是神明的杰作。

克瑞昂用人为和理性的架构来定义城邦，反而暴露了这种架构的脆弱性。于是，他必须踏上一条悲剧道路，通过想清楚自己的力量和不足来发现自己的人性。希腊思想中的道德和公民秩序虽然和神圣秩序紧密相关，但这种联系并不具备任何绝对的确定性。人们在自主性方面仍有一大片有待发掘和经受考验的空间，这正是属于悲剧性痛苦的天地。克瑞昂在严苛的唯法条论的限制下任由波吕涅克斯的尸首曝露在外，这也许有一定的合理性，但这样的举动与更广泛的神圣秩序之间的关系却仍有需要解决的问题。[30]这座城邦的法律并没有清晰地指

---

[29] 然而，安提戈涅确实在430行进行浇奠仪式时使用了"焊工精致的铜制水壶"。

[30] 将不得埋葬作为对叛国者的惩罚这一做法有大量的文本依据可循，参 Th. 1.138.6; Xen., *Hellenica* 1.7.22; Hyperides, *For Lycophron* 20。见 A. C. Pearson, "Sophocles, *Ajax*", 961-973, *CQ* 16（1992）133-4; Hester（见注25）19-21; L. A. MacKay, "Antigone, Coriolanus and Hegel", *TAPA* 93（1962）168与n6; Coleman（见注25）7。

出神明的权力，希腊的国王就不能像《圣经》里的大卫那样心安理得地夸下海口：

> 今天耶和华要把你交在我手里，我必击杀你，砍下你的头。今天我还要把非利士人军队的尸体给空中的飞鸟和地上的野兽吃。这样，全地的人就都知道以色列中有一位神……因为战争的胜败在于耶和华，他必把你们交在我们的手里。(《撒母耳记上》17：46–47)

三

"人类教会了自己言说，学会了像风一样快地思考"："言说"（phthegma）是"人颂"下半部分的起首词（354）。索福克勒斯的同时代人将语言视作文明发展中至关重要的一步，在这里它和"创造城邦法律的性情"（355）有着密不可分的关系。[31]《安提戈涅》在尤其关注语言承担的公共和教化功能的同时，也展现了因私人与公共、家庭与城邦而分化的语言。城邦权利和家庭权利之间的冲突也让语言产生了两极分化。

在第一幕中，法令，作为一种公共性的言说，似乎是一个不甚清晰、隐匿名姓的公共声音的一部分（7–8），安提戈涅问道："他们所说（phasi）的，将军向整座城邦的人民（pandemō[i]polei）颁定的法令是什么？"与这条招来纷纷流言的法令形成对照的是两姐妹的个人焦虑。让伊斯墨涅颇为不安的是她们没有得到任何关于自己至亲的传闻（mythos philōn,

---

[31] 见亚里士多德《政治学》1.1254b 5ff.；伊索克拉底《致尼科克勒斯》（Nicocles）6–9。亦见德谟克里特68B5DK；柏拉图《普罗塔戈拉》322a；杰布对354行的解读；对于下文的一般论述，见第十章注16。

11)。而安提戈涅则在之后的几行台词中更为鲜明地呈现了公共言论与私人言论（logos）之间的反差。她先是第一次提到了克瑞昂的名字（在8行中她仅仅称他为"将军"），然后详述了法令的细节，其中的内容"据他们说"（phasi, 27）是尸首并没有得到埋葬和哀悼。然后，安提戈涅第三次重复用到了"他们说法令如何"的讲法（31-2）："据**他们说**（phasi）这就是高贵的克瑞昂针对你和我**颁布的法令**，没错，**我说**（legō），尤其是对我。"（参phasi…kērygma, 7-8；phasin ekkekērychthai, 27）这不仅仅是流言或法令所发出的公共声音与亲友间私人叙说（myhos philōn）之间的区别，更是"据他们说"和第一人称自主的"我说"（legō）之间的区别。当公共言说（logos）的消极面，也就是城邦及其统治者所"禁止"的事情（44, 47）被进一步放大，这样非此即彼的两极化就会愈演愈烈。

进场歌把言说（logos）的分化又重新带入我们的视线。兄弟阋墙让言说变成了"被纷争撕裂的争吵"（neikea amphiloga, 111）和狩猎的野兽们发出的吼叫，好比波吕涅克斯这个"争议颇多的人"（neikea）以"尖叫的老鹰"（113-4）般的形象出现在文中。进场歌中提及的兄弟间的争吵与前文从姐妹间亲密谈话演化而成的争吵形成了对应（84-7）：

> 伊斯墨涅：那么至少别把你要做的事告诉任何人。把它当作秘密一样藏起来，我也会守口如瓶的。
>
> 安提戈涅：呵，尽管大声吆喝吧。你要是保持缄默不宣之于众（kēryxē[i]s），那么你在我眼里就更可恨了。

安提戈涅所说的"宣之于众"（kēryttein, 87）是克瑞昂的法令里一再使用的动词。她篡取了他的言辞，向城邦的言说（civic *logos*）发出了挑战。面对安提戈涅开放式的言说，伊斯墨涅的回答带着忧虑——她们没有至亲的任何传闻（*mythos philōn*，11）。当兄弟间的亲情变成了仇恨，姐妹间担心亲人的私密谈话也变成了一种要向所有人公开"宣布"并"提出要求"的尖刻的言论（*logos*）。开场时姐妹之间与进场歌中兄弟之间相互呼应的语言的倒转让私人和公共的交流都陷入危机之中。

如果说安提戈涅在自己的私人领域里篡取了诸如"法令""律法"一类的词（参450行及以下），那么克瑞昂的言谈则完全属于城邦的范畴。毕竟对他而言，讲话就是为了下达命令，而与之形成对比的，则是安提戈涅在伊斯墨涅对违抗法令面露迟疑时愤而所说的话——"我不会命令你做这样的事"。我们会发现，克瑞昂颐指气使的态度和安提戈涅向伊斯墨涅谈起她的计划时的说话方式是如此不同（41）：

εἰ ξυμπονήσεις καὶ ξυνεργάσει σκόπει.

你考虑一下是否愿意与我共同吃苦做这件事。

她的请求没有直接的命令，却以一个带有"*syn-*"（一同）复合前缀的动词"加入"作为提出请求的话头。然而三十行以后她便拒绝了这样的共同行动（69-70）："我不会命令你了；即使你愿意做这件事，我也不见得会因为你和我共担（*meta*）这样的行动而感到高兴。"在第一幕的尾声，不论是亲密的对话、有理的劝说还是专断的命令都未能承载安提戈涅想要传达的意思。不过，随着两位主角愈发难以和他们亲近的人进行沟通，二人亦自相矛盾地步入了相同的说话方式中。

克瑞昂最开始讲出的话体现出他表达的特点，里面净是些看似严肃却又司空见惯的泛泛之论。在他的价值天平上，最低劣的是那些不对城邦敞开言说（logos）的人，或是眼睁睁地看着灾难降临在同胞身上却依旧沉默不语的人（185-6）。我们也许可以将一百多行之前安提戈涅对于言说和沉默的不同看法（86-87）与之进行对照。

克瑞昂的言说是统治的工具。对他而言，也是和《埃阿斯》中阿特柔斯家族的人类似，交流是单向的：领袖说话，下属"听从"（klyein，666）。他和守卫在第一场的碰面充满了对言说的不耐烦和粗暴态度（241-4，283，315），之后又以对言说和聆听大加嘲讽的对话作结（316-20）。他和海蒙以及特瑞西阿斯的对手戏也差不多是这样（731行及以下，1053行及以下）。语言反映了他对驱使着人们的"好处"的怀疑（参1045-7，1061，1077-8）。安提戈涅所说的话则不是什么醒世恒言般的泛泛而谈，而是被禁止的哀悼的恸哭（423）。她的哭声被比作失去了幼雏的母鸟发出的哭喊，这便和"人颂"中被征服的自然世界形成了一种亲缘性。她在第一幕里"暗中酝酿"（kalchainous' epos，20）着要说的话，一方面要将她的语言方式与第一合唱歌里被征服的海洋联系起来，另一方面也要将她和大海与黑暗在剧中所象征的神秘力量联系起来。[32]

对安提戈涅来说，言语次于感受。她相当无情地对伊斯墨涅说，"口头上的朋友不是我所喜爱的朋友"（543）。克瑞昂显然不会对这些情绪化的言说（logoi）有什么共鸣，他还经常语带讥讽地打断别人说话，就在他下令"尽快按他说的"把安提戈涅带到地下墓室去（883-6）时，他这样说道："要是哭哭唱唱能有用处，那么人在死到临头的时候就会一直啼哭和哀悼（aoidas kai goous），你们难道连这都不知道吗？"

在克瑞昂看来，安提戈涅的傲慢（hybris），或说对公共

---

[32] 关于 kalchainō 与大海之间的联系，参 Goheen 45。

秩序的冒犯不只在于她做了这件事（此处指埋葬波吕涅克斯的尸体。——译者注），亦在于她讲述这件事的方式——"她对自己干的事又是夸耀又是大笑"（482-3；参435）。她对他所说的话（*logoi*，499-500）公开予以拒绝，这无疑挑战了他的核心原则。克瑞昂把因恐惧而闭口不言的人看作最低劣的人（*kakistos*，180-1）。安提戈涅则说，其他人会因为对她的同情而开腔说话，"只要胆怯没有封住他们的嘴巴"（505）。她接着说，暴政的特权在于它能为所欲为，想要什么就说什么（506-7）。她说："他们眼见了真相，只不过他们的舌头退缩了。"（509）翻译为"退缩"的动词 *hypillein* 一般用来形容动物因畏惧而将尾巴夹到两腿中间的动作，它在第一进场歌中也用来描述犁头在土地上翻耕的动态（340）。如果我们将它连同克瑞昂早前说的嚼铁和辔头的譬喻（477）放到一起看，这个词其实反映的是人兽之别的瓦解，而这种区别本身正是文明之所在。人们也许会想到柏拉图《理想国》中的专制之城，其中只有兽与兽的关系，丝毫没有人与人的关系。[33]

在海蒙出场的一幕中，一段针锋相对的轮流对白表现了克瑞昂对于言说（*logos*）的糟糕态度（733-5，752-8）。当海蒙试着用极尽恭顺的态度来打破父亲独断专行的言谈（*logos*）时，克瑞昂反倒把海蒙的话看作是为了女人提出的牢骚满腹又奴颜卑膝的请求（756）。[34] 海蒙的反驳刺中了真相的命门（757）："你是只想说，而不想让说出的话得到回答吗？"这位老国王就像他儿子指出的那样，他经过思考说出的话依然充斥着一种少不更事的鲁莽（735；参719-20，726-7）。语言中的阶级混淆与

---

[33] 例如《理想国》3.410d-e，412d-e，8.565d-66a。
[34] 克瑞昂所用的动词 *kōtillein*（756）在索福克勒斯笔下只在这部作品中出现过，它意味着一种女子气的花言巧语的哄骗，参赫西俄德《工作与时日》374行以及忒俄克里托斯《牧歌》15.89；亦参忒俄格尼斯363。

代际中的阶级混淆相互呼应。语言和家庭由此在克瑞昂治下积弊丛生的城邦秩序中与政治交织在一起。

与"人颂"中赞扬的理性言说（logos）形成对比的是另外一种话语：安提戈涅在20行呈现的"暗暗的"诉说；由波吕涅克斯的名字展开的词源游戏（110-1）进一步强化的兄弟争吵；言语威胁（128-9，480-3，756行及以下）；城邦内悄无声息蔓延、偷偷地争论着克瑞昂的法令的"黑暗的流言"（700）；还有面对逝者的尖声哀悼——尽管克瑞昂不让哀悼尸体（29，204），最终在他为妻儿的尸体恸哭时，也来到了他自己的家宅中（1207，1210-1，1226-7，1302，1316）[35]；不祥的预言；可怕的诅咒（427，1296，1304-5）。"人颂"那过分灿烂的言辞令人沮丧地退化成了欧律狄刻走进屋内之后的"沉重的静默"和"万千徒劳的呼喊"。最后，在歌队的结语中，夸夸其谈的人（hyperauchōn）讲出的大话（megaloi logoi）得到了教训，并且以一种生动的拟人化形式劝谕人们在"年老时习得智慧"（1350-3）。

语言、仪式、家庭之间的倒转全都紧密地结合在一起。克瑞昂鄙夷的一句"且让她在守护亲缘（Dia syn-haimon，658-9）的宙斯神面前唱她的赞歌吧"惊人地将死亡的祭仪形式与围绕家庭的宗教行为放到了一起。[36]他在这里挖苦地提及的宙斯指的是治家者宙斯（Zeus Herkeios），他是家庭的守护神，其祭坛往往会放在家宅的院落里。实际上克瑞昂曾在另一处贬低血亲关系（syn-haimōn，486-9）的言论里提到过这位守护家宅和亲缘的神祇。家宅和家庭这类遭到鄙视的内部空间却不见得能被轻而易举地忽视，因为克瑞昂最终也在

---

[35] 关于为逝者哭悼这一主题，亦参423-7，883，1179，1206。
[36] 参杰布对于487行的释读。

这个空间里发现了"自家的悲哀"(penthos oikein, 1249；参 oikeinkakon, 1187)，在"庇护所""家宅""最幽深的内室"(hypo stegēs, 1248; endomois, 1279; enmychois, 1293)等内部空间出现的无声的静默和悲痛的哀号击溃了国王在城邦的公共空间里发表的扬扬自得的法令以及警句式的言谈。在克瑞昂的家宅中，父亲、母亲、儿子的角色经历了一系列冷酷的逆转：欧律狄刻对儿子的悼念呼应着安提戈涅对兄弟的哀悼(kōkysasa, 1302；参anakōkyei, 423)。她站在祭坛旁(bōmia, 1301)"咏唱"着对克瑞昂这位"弑儿的凶手"的诅咒（1304-5）：我们自然会想起当时克瑞昂是如何嘲讽安提戈涅"在守护亲缘的宙斯面前唱她的赞歌（eph-hymneitō, 658；参eph-hymnēsasa, 1305)"的。此时此刻，克瑞昂自负而蛮横的命令和自以为是的惯见变成了充满尖锐痛苦的破碎呓语。[37]

特瑞西阿斯的劝诫里提到的飞鸟不仅与那种摧毁人类相互沟通的激情相呼应，同时也扰乱了向人们传达神意的声音。曾在"人颂"中使得人有别于野兽的语言如今分解为人与神沟通的中介。特瑞西阿斯说："我一坐上那古老的观鸟座位——这是我收容飞鸟的庇护所——我就听到不同寻常的鸟叫，它们发出凄厉的尖叫，像是被虻虫刺痛而近乎野蛮地发狂"(999-1002)。[38]最后一句尤其紧实有力：*klazontas oistrō（i）*

---

[37] 尤其参照1284行及以下和1289行所说的不祥的新故事(logos)；亦参1320行。须注意1252行欧律狄刻徒劳(boē)的哭喊以及海蒙在1209行的痛哭。前者开腔时带着对于"我们家苦难的声音"(1187)的恐惧，她还听到了海蒙的声音在其中起到重要作用的一则消息（1214, 1218）。亦参哀悼(kōkyein)的主题，这一主题在戏剧接近尾声的过程中变得愈发引人注目，参1079, 1206, 1227, 1302, 1316。
[38] 群鸟"避难的港湾"必定让人联想到剧中关于理性控制或缺乏控制的其他领域，比如大海，见334—337行，还有大海与克瑞昂在290行表现出的权力自信和1284行的权力崩塌之间的关联。

kai bebarbarōmenō（*i*）。进场歌和谐地唱和着，兴高采烈地庆祝着打败了"尖叫的飞鹰"（*oxea klazōn*，112），这是对两兄弟刺耳的争吵的譬喻（参*Polyneikēs ... neikeōn ex amphilogōn*，"争吵不休的人……争吵中满是分歧的话语"，110-1）。当城邦秩序面临的威胁已经既非由人所为也完全不在城墙之外时，愤怒的飞鸟的尖叫（*klazontas*，1002）又重现在我们眼前。1002行的用词近似于一种动物性的狂热与疯癫，仿佛丧失了使用可理解的话语（*bebarbarōmenos*）的能力。[39]

鸟群在失语的同时也和它们的人类伙伴一样，失去了构建和谐共同体的能力，它们就像进场歌里的鹰那样，用致命的利爪互相撕扯着对方（1003）。晦涩、疯狂、暴力、兽性、社群性的解体统统糅合在一起，这一切在狂乱的儿子发声"乞怜"（fawn）着身为国王的父亲（1214）的那一刻也降临到人类社会之中。接着，对父亲发难的儿子用凶蛮的双眼（1231）看着他[40]，一个字也没有回答（*ouden anteipōn*，1232），像动物一样对他吐口水（1231-2），这么做是对克瑞昂的尖锐回击，因为他"唾弃"了安提戈涅，让她去往冥土（653-4）。克瑞昂家宅里"击穿"了他的耳朵的"痛苦的声音"（*phthongos oikeiou kakou*，1187-8）和儿子"乞怜"的声音赋予了语言一种不祥的独立意志，仿佛人类赖以掌控世界的工具不再听从人类的指挥。[41]

"人颂"中言说（*logos*）取得的惊人成就与波吕涅克斯

---

[39] 关于飞鸟的"野蛮性"及其语言，见 Benardete 3.160-161。
[40] 关于1231—1232行的野兽的眼睛，Goheen 34指出"此刻儿子带着非人的愤怒对自己的父亲怒目而视，而这位常常在他人面前兽性大发的父亲也许已经来不及作出任何的赎罪了"。
[41] 1214行的连词省略（asyndento）和简省的笔调（*paidos me sainei phthongos*）制造了一种突如其来的恐怖效果。

进攻时鹰一般的尖叫之间的对比是一直贯穿歌队合唱歌的主题。奥狄浦斯家族的诅咒在第二合唱歌里被视为"言语的疯癫、心灵的狂怒"（logou anoia kai phrenōn Erinys，603-4），这些都是特瑞西阿斯用来警告克瑞昂本人的话（1089-90）。在第三合唱歌中，厄洛斯挑起了进场歌里血亲之间的争吵（neikos）（793；参111）。而在第四合唱歌里，吕枯尔戈斯王的故事（955-65）再一次将疯狂、辱骂、愤怒汇聚到了一起：他不仅口出不逊（kertomioi glōssai，962-3；参kertomiois orgais，956-7），还破坏了缪斯们的和谐之音（965）。最后的合唱歌似乎恢复了狄奥尼索斯音乐的面向，把他称作"众星……合唱的领队，夜间歌声的指挥"（1146-8），但只有在戏剧的尾声，当我们彻底地远离破碎而嘈杂的人类世界时，酒神在星辰间的舞蹈才能让我们领略到宽广而宁静的和谐。

言说（logos）也以另外一种方式影响着《安提戈涅》的种种冲突，这些冲突反映的是神话（mythos）与言说（logos）之间的差异，是分别以"神异"与"理性"的方式理解现实世界的差异。这是让索福克勒斯同时代人讨论不休的二元对立问题。怀着理性主义自信的"人颂"是全剧唯一一首没有涉及任何神话传说的合唱歌，仿佛自我褒扬的理性精神已然代替了神话传说作为认识和形塑现实世界的基本规范。

克瑞昂对于神话与神圣事物的拒斥让他在谈到宙斯和冥府时面带鄙夷且出言不逊（参486-7，658-9，1039-40；575，580-1，776-80）。他那句冷酷的话——"海蒙还有别的可以播种的地"（569）——就把爱欲（eros）归入了世俗的理性主义范畴。以哀歌和悲悼（aoidai, gooi，883）表达悲痛的抒情只会让他更加愤怒和不耐烦。他本人从来没有以抒情的韵律讲过话，直到他的理性世界在剧末彻底瓦解。曾经讲究条理的理性话语如今崩塌了，变成了含混不清的喊声：*io io*, *aiai, aiai*; *oimoi*; *pheu pheu*（1283-4，1290，1294，1300，1306）。

另一方面，神话的世界在安提戈涅的眼里是活生生的现实。她在不安的歌队（823-38）面前把自己比作尼奥贝。歌队在眼下的瞬间和神话无尽的时间之间筑起的藩篱在安提戈涅的眼里如若无物。对她而言，地下世界的神祇——阴间的宙斯、哈得斯和阿克戎——都栩栩如生地存在于剧中其他人物无法感知的现实之中（参451-2，542，810-6）。与这种所谓"神话"（*mythos*）的感知并行的，还有一种对于祖辈历史及其背负的古老诅咒的深情和认同感，这是安提戈涅从第一句话一直到最后一句话反复提及的一点（2，857-66）。她觉得冥府中的逝者音容犹在（898，904，913-5）。另外，尽管我们已经在行文中两次了解到家族过去发生的苦难（626-7，1303），但对克瑞昂来说，生命依旧停留在一个凝滞且能以常理视之的当下，抑或一个以好处（*kerdos*）来理性衡量的未来。

四

在"人颂"提及的人类文明成就中，有一样东西的缺席十分令人在意：火，作为赫西俄德和埃斯库罗斯笔下关于人的叙事里一切技术的来源，完全没有在这里出现。但就剧中的语言和意象来说，火承担了非常重要的作用：火并不代表人类对于环境的控制，它所意味的要么是人类身上危及文明的野蛮本性，要么是超越人类本身的力量。第一种火是波吕涅克斯在自己土生土长的城邦里燃起的火（122，131，135，200-1）；第二种火是另外一个极端，它是酒神的"歌队"在遥远的夜空

"由星辰喷出的火光"（1126-30）。[42]吕枯尔戈斯王和忒拜如今的国王多少有些类似，他们都负载着"套轭"，也就是说，他们都被某种兽性的惩罚折磨着——为了"平息酒神的怒火"（965）。特瑞西阿斯在描述燔祭的火焰时把它称作"赫菲斯托斯"（火神，1007），这并不只是一种"荷马式"的转喻，[43]而是在表明，火是庄重且神圣的，它不只是人类的发明或便利的工具。

守卫甘愿"穿过烈火"（265）来证明自己所言非虚的话并没有打动克瑞昂。这段话在第二合唱歌中得到了呼应，烈火与始料未及的灾难所呈现的非理性力量有关（617-9）。[44]克瑞昂把火用了一个冶炼的直喻里，其中隐含了将人当成野兽对待的意味——烈马能够（477-8）被辔头所驯服（473-6）："要知道，太尖锐的思想（*phronēmata*）常常一败涂地，即使是最坚固的铁，要是在火里淬炼得太硬，你也常常会见到它们破碎折断。"即使在此处，技术的形象也是负面的：手工制具毁坏，淬火也不见得奏效。[45]

---

[42] 希腊神话中喷吐火焰的生物往往是怪物，它们危险而力量强大，比如奇美拉（荷马，《伊利亚特》6.181-182；赫西俄德，《神谱》319）和提丰（埃斯库罗斯，《七将攻忒拜》493, 511），见 Hoey（见注21）344，关于剧中火的重要意义，见 Benardete 3.162-163。

[43] Kamerbeek 对1007行的解读亦是如此。波吕涅克斯进攻时用"赫菲斯托斯的树脂火把"来对付忒拜可能也会带来相同性质的危险，而歌队在123行对此充满义愤的描述则着重强调了这种不虔敬的办法，见 Benardete 3.162。

[44] 关于618—619行解读的种种疑难，见 H. Musurillo, "Firewalking in Sophocles' *Antigone*", 618-9, *TAPA* 94（1963）167-75，他认为这里之所以提到这一点是一种就"火上行走"这一行为的提醒，而不是一种"行走于火上"的仪式性考验。

[45] 克瑞昂此处的比喻（473-6）反映了不懂变通的危险之处，后来当海蒙用船和拉得过紧的帆（*enkratē poda/teinas*, 715-6）来劝诫他时，*enkratēs* 一词的重复出现更加强调了这一点，突出了克瑞昂不肯妥协的顽固个性。

按照"人颂"的讲法，正是居所将人的生活与野兽的生活区别开来。野兽在山间行走，栖息在野外的巢穴之中，而人类则"培养了建造守法城邦的性情，从而免遭野外风霜肆虐的侵袭，为自己创造坚固的居所"（354-60；参 *agrauloi*, 399, *dysauloi*, 356）。但是，人类居所的图景早已在波吕涅克斯野兽一般地进攻忒拜时面临动摇（112-3, 120-1），让"城邦守法的性情"变得岌岌可危。保护忒拜城的大门和城墙（101, 141-3）可以防御敌人，却也将怀着正当理由回归庇护之地的朋友拒之门外。克瑞昂的法令让城邦的人暴露在野外世界的暴力之中（411, 416, 418, 357）。"人颂"里所说的"像风一般的思想"与守卫们为了躲开腐尸的臭气而暴露"在背风处"的状态（411）形成了讽刺的呼应。让安提戈涅为死者和地下的神明撒下尘土的那阵风沙是"天空（降下）的麻烦"，或者说，正像这条短语所意味的那样，是"上天的悲哀"（*ouranion achos*, 418）。[46]

尸体曝露之地是城邦庇护空间截然的对立面。索福克勒斯一而再再而三地提醒我们这个地方是多么荒无人烟（参 1110, 1197-8）。[47] 最先出现在家宅和宫室环境下的安提戈涅（"在庭院大门之外"，18）现在被囚禁在一个"凡人不怎么走

---

[46] 关于 *ouranio nachos* 的含义，见 Jebb，尤其可参 Kamerbeek，关于涉及天体词汇的意义，见 Benardete 2.3-4。在伯纳德特看来，这个短语更像是在说安提戈涅寻找尸体时拥有不须神明帮助的准确方向感，但这两个观点却是不相容的。守卫无论如何都似乎在强调此处的一种超自然力（415-21）。Hoey（见注21）342 对这场风沙有另一种解读：当"尘土面向天空飞扬起来"时，这其实是另一重反映了人神关系遭到扰乱的"颠倒"，如果读者注意到601行以下的 *konis* 一词的话，这样的"颠倒"随之演化成了遮蔽天光、残杀人命的"血腥的尘土"。
[47] 杰布对于1110行有如下解释：此处所说的区域是忒拜平原最边远和最高的一片土地（1197），这正是波吕涅克斯的尸体所在的地方。

的那条路"（773）通往的地方，那是一个人类无法居住的洞穴，是一个无法给活人以庇护的可怕而"巨大的穴居"（*oikēsis*，892）。这个洞穴（773，887，919）之荒凉（*erēmos*）和波吕涅克斯横尸荒野的地方不相上下。海蒙向他的父亲指出，他这样独断专行的统治方式只会留下一个遭到遗弃的城邦（739），文明的栖息所提供的庇护将荡然无存。特瑞西阿斯那些处于城邦与荒野边界的鸟也用它们狂乱的叫声（998行及以下）兆示着国王已经把疾病和骚乱带进了这个城邦（1015，1080）。之后，克瑞昂走进黑暗的洞穴，亲身感受它的"野蛮"之处（1231-2）并走到野外的路上（1274）。在"人颂"里，行走或前进的意象一直伴随着人的"机敏"（360-1）出现。但照歌队对安提戈涅的批评来看（852），恰恰是"无畏地大步前行"且不囿于克瑞昂的法律（*nomoi*）限制的法外之徒（*hyperbainein*，449，481，663；参59-60，1351）才能在文明城邦之中获得更多合理化的空间。[48]

垂直方向移动的空间界限与水平方向的移动一样充满了悖谬："处在城邦高位"的人和"没有城邦"的人（*hypsipolis*，*apolis*，370）也许是同一个人，抑或处境相似，或会互换位置。[49] 对立的事物又再次混同。"没有城邦"和"处在城

---

[48] 关于僭越的形象，见Goheen 10-1。有的批评家倾向于把852行及以下解读为对安提戈涅有利的内容，但歌队的描述则与之相悖。相关研究的讨论见Hester（见注25）35及n 1-2。

[49] Gerhard Müller, "Überlegungen zum Chor der Antigone", *Hermes* 89（1961）405-406指出*hypsipolis/apolis*与*pantoporos/aporos*在句法表达和音步上的紧密呼应，表达了人在文明和野蛮上所表现出的相同的能力正如在安提戈涅和克瑞昂身上均有体现的机智和无助一样。这其中真正的关联暂时地在索福克勒斯最典型的真实与虚幻不断切换的悲剧笔法中隐藏了起来，但死亡最终会揭示何为真正的*apolis*（无邦无国）和何为真正的*hypsipolis*（在城邦中处于高位），并将虚幻与真实彻底切分开来。Kells（见注1）58把这些语词看作歌队价值体系的一部分，这套价值（转下页）

邦高位"的绝对分界已然模糊。统治者与意见一致的臣民（*homopolis leōs*，733；参739）发生冲突。埋在废弃山洞里的女孩却在城邦及其价值体系的中心获得了一方合法之地。如果说克瑞昂最终并未彻底变成一个"没有城邦的人"（*apolis*），那么他在家中妻子的诅咒和自戕之下，也不再配享祭坛或炉灶了（参374，1301）。

歌队描述的在安提戈涅的灵魂里呼啸的"那阵风"（929-30）让人回想起波吕涅克斯暴烈的进攻（135-7）和不讲道理的家族诅咒，第二合唱歌里色雷斯那风浪翻滚的海面（588-93）是后者的象征。安提戈涅被埋在荒凉的洞穴之中，这在某种程度上（也只是在某种程度上）就她对死亡的奉献和对活着的亲人的排斥而言都是象征性的求仁得仁。她"行敬神之事却得不敬神之名"（924）又"虔敬地犯法"（74）的矛盾性，以及她对伊斯墨涅的苛刻、对荣誉（参*kleos*，502）的执着、对死亡与冥府的投入，这一切都让她像索福克勒斯笔下的其他主人公一样表现出了一种极为复杂的英雄主义。[50]尽管她大多数时候占理，但这不意味着她总是对的。安提戈涅在自己最后的台词

（接上页）体系仅以城邦为基准来定义道德之善。Bona（见注4）144-8指出歌队只是在展开谁是*hypsipolis*而谁又是*apolis*的问题，但他们自己尚且没有答案。

[50] 关于安提戈涅对荣誉的执着和她性格中难解的严酷之处，见Hester相关综述（见注25）21, 41ff., 58-9；Kells（见注1）53-57；Knox, *HT* 92, 29-30。从黑格尔开始，身为读者的我们如何平衡对于安提戈涅和克瑞昂的同情已有诸多讨论；近来学者们形成的共识是，尽管克瑞昂本人并不在意权利的平等，但他却并不是没有同情心的人："这个问题必定让观众犯难，毕竟双方都有很多可说的……但若没有这一点，这部戏剧就会在戏剧和人性旨趣上都丧失魅力"（Bowra 67）。亦见B. M. W. Knox, *Gnomon* 40（1968）748-9（这部分是对G. Müller评述《安提戈涅》一剧的评论）；J. C. Hogan, *Arethusa* 5（1972）93-100；Segal 62-4；Vickers 526-46；Suzanne Saïd, *La faute tragique*（Paris 1978）119-32。

里像埃阿斯那样提到了祖辈的城邦（937），还把自己称作王室血脉的唯一后裔（937）。不过，她为自己选择的英雄楷模却是小亚细亚山上地处偏远的女王，这位楷模的身体化为岩石，永远得经受雨雪风霜，而这在人类的种种成就里恰恰是他们想方设法要遮挡的东西（828-30；参356-9）。

五

> 人所拥有高明的机巧，常常难以预料，有时令他爬向不幸，有时让他过上高尚的生活。若他尊奉大地的法律（nomous chthonos）并且坚持他向众神起誓的正义（theōn enorkon dikan），那么他就能在城邦中身居高位；但如果他胆大妄为（tolma），卑劣行事，那么他就没有城邦了。他要是犯了这样的事，我不愿他来分享我的炉灶或获得我的忠告。（365-75）

对于"大地的法律"和"向众神起誓要坚持的正义"，安提戈涅和克瑞昂都曾表态要尊奉这样的规矩，但两人却都没有这样做。因此，他们二人都是hypsipolis（处在城邦高位）和apolis（没有城邦）的，尽管是以完全相反的方式体现的：克瑞昂对于文明的狭隘看法让看似"处在城邦高位"的他"没有城邦"；安提戈涅一字不差地勇敢捍卫着"大地的法律"的程度远远超过了歌队的想象，这让她在事实和法律上"失去城邦"（apolis）的时刻依然"高居于城邦之中"（参692行及以下，733）。我们随后就会发现克瑞昂是城邦的祸根（1015，1080）。身为经历过内战的城邦领袖，他似乎重新统一了一度分裂的城邦。但这种统一如今又因为一位奥狄浦斯的家族成员而彻底粉碎，更讽刺的是，这位家族成员拥有的是城邦上下一致（homoptolis，733；参692-700）的人民的声音。[51]

"Nomos"（nomoi为复数形式）一词有非常丰富的意涵："制度""习俗""公认的规矩""城邦的法律"。它的释义大多和文明之所以成为文明的价值有关，也就是前文"人颂"中人所习得的"用法律管理城邦的性情"（astynomoi orgai，355-6）。颂歌在法律是人的创造（这基本上是智者派的看法）还是神的恩赐（"向众神起誓的正义"，369）这个问题上犹豫不决。这样的犹豫和"nomos"一词本身的多义性[52]为两位主角自身与城邦关系上的颠转留下了很大的空间。

对安提戈涅来说，"nomos"是个人的，是基于家庭关系的，众神和一切永恒之物是它的源泉（450行及以下，519，905-8，913-4）[53]；对克瑞昂来说，"nomos"是世俗的，是基于城邦的：总而言之，它要求顺从和纪律（参175-91）。他把自己的法令认定为"nomoi"，实际上就是把自己的个人意见看作"nomos"。他那番关于自己的政治哲学的简短发言以"我"开头，也以"我"结束（184，191；参173，178）。神圣秩序被归入了他的公民秩序之中。这一点在他谈到波吕涅克斯攻城之举时表现得很清楚，他觉得神龛、庙宇、大地与律法（nomoi）的立足点并无不同。当歌队暗示可能有神明参与波吕涅克斯尸

---

[51] Bernadete 2.41指出，海蒙在这里有意地夸大了城邦支持安提戈涅的团结一致的程度，这尽管并非不可能，但很难证明为真。无论如何，这几行诗意味的是，克瑞昂意识到或说他必须意识到，自己的统治带来了城邦统一性的分裂。

[52] Martin Ostwald, *Nomos and the Beginnings of the Athenian Democracy*（Oxford 1969），其中第二章对nomos的13种不同含义进行了区分说明。

[53] 注意正是安提戈涅对于nomoi的怨言导致她最终走向了那座活死人墓，见847—848行，我不必再在这里深入905—920行的问题，我同意多数学者近来对此的看法。关于近期的讨论和参考书目，见Hester（见注25）55-8，Kamebeek和Winnington-Ingram（见注25）145及n80（忽略诗行的释读）。

首的掩埋时，他勃然大怒地质问："神会埋葬他吗，这样一个跑来焚烧石柱环绕的庙宇、祭品、土地，还破坏它们法律的人？"（284-7）287行的遣词造句十分值得注意：

ὅστις ἀμφικίονας
ναοὺς πυρώσων ἦλθε κἀναθήματα
καὶ γῆν ἐκείνων καὶ νόμους διασκεδῶν.（285-7）

我们也许可以将上文译为："那个跑来焚烧石柱环绕的庙宇、祭品，还破坏土地和法律的人。"[54] 如果是这样的话，那么克瑞昂并没有把大地看作自然的一部分，反而视之为城邦法律的外延。他在199行特别提到的"祖国的土地"（*patrōa gē*，参110, 113）也是基于同样的预设。但是，在"人颂"中，土地尽管被人征服了，它依然是名为 *Ga* 的神，它是"永不湮灭的、永恒的、最高的神"（338-9）。安提戈涅在兄弟埋葬的偏僻之地用双手抓起尘土的土地是坚实而干燥的地面（*styphlos gē*, 250），它没有被耕种过，"没有被拖车和车轮碾过的破碎痕迹"（251-2）。

克瑞昂的"正义"（*dikē*）和他眼中的大地的法律一样，尽管起初看上去是一种让城邦团结一致不偏不倚的"正义"，但这种"正义"逐渐变得越来越私人化和情绪化（参400, 1059），离"人颂"所称赞的"向众神起誓的正义"（369）也越来越远。他甚至要求人们在"不管是正义甚至是与之**相反**"（666-7）的问题上都要服从城邦。安提戈涅的"正义"则是死

---

[54] 杰布把 *gēn* 和 *pyrōsōn* 连到一起解作"焚烧土地"之意，而卡默比克则把它看作与 *diaskedōn* 并用的轭式修饰法，将这里翻译为"让他们的土地荒芜、破坏他们的律法"。

人和地下神祇配享的正义（94，451，459-60），它是私人的、专属的、戒备森严的（参538）。

然而，克瑞昂和安提戈涅都遭遇了另一种"正义"（*dikē*）和"法律"（*nomos*）。安提戈涅"绊倒在了正义之神崇高的宝座下"（853-5）。这份正义属于奥林波斯诸神的范畴，与她那"与地下诸神同住的正义之神"（451）主持的"正义"（*dikē*）截然相反。而克瑞昂触及诸神"法律"的经历又跟"盲目"之神（*atē*）及地下世界的力量（比如与厄里尼厄斯，613-4）[55]脱不开干系。他在恐惧中不得不向"既成的法律"妥协（1113-4），从而寻求重新建立"法律"（*nomoi*）作为"秩序井然的社会法度"的文明化功能[56]，但那时再想扭转自己的命运又已经太迟了。他和安提戈涅都体会到了不顾正义的爱欲的力量（791）。克瑞昂也受到了与诅咒和沉迷有关的法律（613-4）的影响，这种法律比起他强制推行的法律，可谓既不讲求顺从也不讲求理性。"唉，看样子你看见正义的时候已经太迟了"（1270），歌队在尾声这样和克瑞昂说道。克瑞昂和安提戈涅未能将"法律"或"正义"完满地体现为一种文明化的原则，二人所遭遇的"法律"和"正义"都摧毁了他们各自所珍视的独特观点。克瑞昂的结局也说明了，仅仅"遵守既定的法律"是

---

[55] 关于613—614行见Ostwald（见注52）22-3。

[56] 出处同前，31，注释1；Müller（见注49）421-2认为在这种与1113行"既成法律"的关系中存在一种双重含义，将安提戈涅和克瑞昂区分开来（*Doppelsinn*），前者为了守护这些法律甘愿赴死，而后者却很晚才意识到安提戈涅自始至终所了解的一切到底是什么。她的命运潜在地与一些轮廓更模糊、格局更小的人形成了对比：这些人只有在迫不得已的情势下或最终面临毁灭的时候才能真正明白安提戈涅对于法律的直觉性认知。就克瑞昂破坏*nomoi*（法律）的问题，R.T. Trousson的"La philosophie du pouvoir dans l'*Antigone* de Sophocle"一文有很好的见解，*REG* 77（1964）31ff.（"克瑞昂的错误在于高估了自己所负责统治但从属于神圣秩序的那部分权力"）。

不够的。安提戈涅身上悲剧般的英雄主义则开启了另一种"法律"和"正义"（613-4，791）。

六

与公元前5世纪的其他文化历史不同——我主要指的是埃斯库罗斯、普罗塔戈拉和德谟克里特的思想——"人颂"没有提及宗教的发展情况，也没有提及作为人类文明创造之一的敬神仪式。[57]但正如我们所看到的，虔诚和崇敬成为两位主人公价值观念冲突的主要问题。如果克瑞昂的歌队所言非虚的话，那么波吕涅克斯对神明及其神殿都犯下了不敬之举（110-27，134-7，285-7）。但这一点丝毫不能动摇安提戈涅，她的崇敬完全以血亲关系为准则：*homosplanchnous sebein*，也就是"尊敬从同一个子宫所出之人"。她觉得自己兄弟受到的渎神的指控全然是毫不相干的事，因为就像她自己高傲地面对指责她的人所说的那样，"哈得斯的法律一视同仁"（519）。

而克瑞昂则完全没有理解"虔敬的犯事"和"不敬的虔诚"（74，924）到底是怎么一回事。也许我们可以把前文这一表达和克瑞昂的金钱腐蚀论（300-1）进行比较："它让人们知道怎么做坏事（*panourgias*），还了解到各种行为里不虔

---

[57] 见前文，第一章第三节以及注释5-6；亦见后文第九章注释1。《安提戈涅》的359—361行兴许在"人将会毫无准备地在日后化为乌有"这句话里隐晦地提到预言的问题，但如果是这样的话，这样的措辞将会彻底排除掉神灵干预的因素。按照368—369行的上下文来看，这几行不可能是在暗指任何宗教的制度，即使我们按Pflugk的释文*perainōn*来读亦是如此。杰布亦接受Reiske的释读*gerairōn*，我亦更倾向于采纳这一释文。

敬（dyssebeia）的知识"。他的理性思维消解了安提戈涅矛盾修辞中的复杂性。"做坏事"和"不虔敬"是相互独立的行为，两者的定义都以城邦为依据（参296）。即使他言之凿凿地提到了宙斯（304），克瑞昂在下面几行里展现的"尊敬"和"誓言"（horkios，305；参369）体现的依旧是其自我权力的力量。之后他还戏谑地对宙斯受到的尊敬进行了一番嘲笑（487，1040-1）。克瑞昂的主要诉求一直是"对于王权的尊敬"（166）。他还向海蒙发问："我尊重（sebōn）自己的权力有错吗（tas emas archas）？"然而诚实的回答激怒了他，克瑞昂自负地宣称，"你全无敬意（ou sebeis），至少当你践踏众神的权利时是这样"（744-5）。海蒙无法打动他的父亲，克瑞昂在这一幕的最后几句话两次重复嘲讽了安提戈涅"对冥王的敬意"（777，780）。[58]

在"人颂"中，大地既是被征服的自然的一部分——人类年复一年地用那被征服的"马匹的后代"（338-41）所耕种的土地正是人类食物的来源，同时也是一位女性神祇——"众神之中最为崇高的大地（hypertatan Ga），她永不湮灭，永不疲倦"（337-9）。因此，土地耕作这一基本的文明化技艺既可以视为对神明力量潜在的冒犯，也可看作对永恒不朽的事物一种

---

[58] 关于克瑞昂模棱两可的敬神态度，亦见514，730-1，相关综述见Segal 68-9，Knox，*HT* 101-2；Joachim Dalfen, "Gesetz ist nicht Gesetz und fromm ist nicht fromm. Die Sprache der Personen in der sophokleischen Antigone," *WS*, n.s. 11（1977）14-20；Rudolf Bultmann, "Polis und Hades in der Antigone des Sophokles"（1936）, in Hans Diller eds., *Sophokles*, Wege der Forschung 95（Darmstadt 1967）315ff.。在我看来，MacKay（见注30）166ff. 的论述似乎对克瑞昂抱有过于乐观的看法，这种态度就克瑞昂所犯下的暴行而言过于温和了。关于这种虔敬的吊诡之处，我们也许可以对读一下佩拉斯戈斯（Pelagsus）在埃斯库罗斯的《乞援人》921行对埃及传令官所说的话："你虽提请神明，但你并不尊重神明。"

无足轻重的小打小闹（339）。[59]歌队随即开始赞美"高度城邦化的人类"，因为他们"尊荣"（采用杰布解读 *gerairōn* 的释义）"大地的法律"（*nomoi chthonos*，368-70；参187）。但可解读为"大地的法律"的"*nomoi chthonos*"又从337行"最崇高的大地"指向了安提戈涅为之献出生命且最终长眠的黑暗的地下世界。[60]作为被动的自然的大地和作为女神的大地之间的张力于是在下界神祇破坏性的"收割"（601-3）过程中扩展出了一个与众不同的农业视角："大地的"地下联结不过是"人颂"中自信的"言说""风一样的思想和用法律管理城邦的性情"（354-6）这一切的暗色陪衬。"风一样"（*anemoen*）的形容词将文明的智慧与上界的空气联系到一起。但下面几行中"天空之下风暴肆虐"所蕴含的敌意却让上界和第一曲节中"最崇高的大地"的说法变得相当矛盾。克瑞昂迟迟不愿埋葬尸首的行为实际上折辱了宙斯的权力，从野兽到神明、从大地到天界由此形成了一条向上的渎神的轨迹（1040行及以下）。

本该袅袅上升从而在人神之间建立"恩惠"（*charis*）或一种有利的中介关系的祭品却噼啪作响地向下流动，就像《特拉基斯少女》里赫拉克勒斯献祭供品之后萦绕不去的香烟一样（794）。本该上升的东西却往下走，本该下降的东西却在上升（1008-11）。正如特瑞西阿斯不久后告诉克瑞昂的一样（1068-73）：

---

[59] 见 Gerhard Müller eds. *Sophokles, Antigone*（Heidelberg 1967）84以及诺克斯评论的修订版（见注50）751-2；Bona（见注4）134；Benardete 1.189-192。

[60] 见 U. von Wilamowitz-Moellendorff, *Der Glaube der Hellenen*（Berlin 1931）I, 210-1；Bona（见注4）144及n4；Hoey（见注21）339；Benardete 1.191。

> 你曾把一个在地上的人扔到下界，让活着的灵魂在坟墓安家（katoikizein），你还把一个属于下界神灵的尸体留在人间，剥夺了他应得的祭祀、葬礼和尊严。你做这样的事，无论是你还是上天的神明都没有得到合法的配享，但你还冒犯了他们（这些地下的神明）。

那阵风沙预示了最高与最低之间关系颠倒所带来的后果。大地（chthōn）的尘土在"太阳光芒四射的圆球正高挂中天"（416-7）之时反常地扬起又肆虐地飘上天空（ouranion，417-8）。这阵沙尘暴进而让安提戈涅得以用沙土覆盖尸体，这正是"属于下界的人"和地下的神明应得的东西。这场风沙本身"是天空下的麻烦"（ouranion achos），这一暗示性的短语也可解作"自上天降下的（或说由上天降下的）麻烦"，或是"上天的悲哀"。它在后两种意思里意味着上界的奥林波斯神和下界愤怒的神灵达成了某种合作关系。几行之后，守卫把它称作一场"神圣的病痛"（theia nosos，421），而在它迅速散播至整个城邦后，这场风暴也确实成了一场"上天的悲哀"：当飞鸟从天空把腐肉带到地面的祭坛时（116-7，1082-3），它们也就扰乱了祭祀仪式常规的向上发挥的调和作用（1005行及以下）。

家宅夹在城邦的奥林波斯秩序和掌管家庭、死亡、人丁兴旺与自然长养的土地神祇之间，它由此变成了上界与下界之间张力的动荡中心。[61]在第二进场歌所说的家族诅咒中，上界与下界、阳光与土地互相经受着破坏性的颠覆（599-603）：

---

[61] 注意伊斯墨涅在527—528行满怀姐妹之情的登场，她淌着泪（katō）并且眉眼（hyper）之间笼罩着一股愁云（nephelē）。

> νῦν γὰρ ἐσχάτας ὕπερ
> ῥίζας ὃ τέτατο φάος ἐν Οἰδίπου δόμοις,
> κατ' αὖ νιν φοινία θεῶν τῶν νερτέρων
> ἀμᾷ κόνις...

172

　　阳光曾一度伸展普照在奥狄浦斯家最后的根苗上，但如今下界神明血腥的尘土又将它收割去了。

第一句中的"阳光"一反常态地处在"根苗"之上。而在第二句中，土地（"尘土"，*konis*）就像第二场（415-21）里风沙扬起的尘土一样，它的出现是为了向下致命地收割活人的性命。[62]与照在根苗上的阳光相对的反而是下方（参*nerterōn*）"向下"（*kat-*）割倒光线的尘土这样一种不祥的倒置。[63]

　　在之后的一幕，海蒙对克瑞昂展开了一场重要的游说，他是这么说的："父亲，众神把智慧种（*phyousi*）到人们心中，让他们成为世上存在的生灵中的最高贵者（*hypertaton*）。"

---

[62] 我依据的是杰布和卡默比克释读手稿的释文，此处读为*konis*（尘土）而不是603行修订的*kopis*（匕首）。尘土一词出现了三次（246-7，256，429），它与波吕涅克斯被禁止举行的葬礼之间的关联也是此处解作尘土的文本支撑。到了第二合唱歌的时候，我们已然能够预料到，尘土的不祥意味与家族诅咒有所关联。而"砍伐"（mowing）一词也和诅咒相关，参《埃阿斯》1178。亦见Hoey（见注21）342-3；Benardete 2.27-28；N. B. Booth, *CQ* n.s. 9（1959）76-7，这篇文章是对H. Lloyd-Jones, *CQ* n.s. 7（1957）17-9的回应；P. E. Easterling, "The Second Stasimon of *Antigone*," *Dionysiaca. Nine Studies in Greek Poetry Presented to Sir Denys Page*（Oxford 1978）146-9。

[63] 如同杰布注解599行所说，*nin*的先行词既可以是*phaos*，也可以是*rhizan*。杰布和卡默比克认为*phaos*是它的先行词，但两个词也很可能融合为一个词。结合皮尔逊的*OCT* I我倾向于认为这个句子在*domois*之后的*etetato*处句读。

（683-4）智慧的"高度"（hypertaton 特地放在了这一诗行的末尾）和将人与土地绑缚在一起的"生长"或"种植"（phyousi）形成了对比。在"人颂"中，"智慧"（phronēma）是人类自己的创造（354-6），而这里的"智慧"（phrenes）是神明的馈赠。农业在"人颂"中被定义为人对土地这位"最高的神"（337-8）的征服，但这里却是众神在另一种看待人与自然关系的框架里实施"种植"的行为（参710行及以下）。如果我们换一种说法来描述这两个片段之间的关系的话，那就是人创造的智慧与神所"种下"的智慧形成了对比，用犁头征服的土地和作为"最高的神"的土地形成了对比。用理性去统治地表上的一切是"可怕的"，人类的智慧不足以了解地下包括死亡（361）在内的黑暗秘密，甚至也不能了解地上众神种种神秘的举动。[64]

之后海蒙又在这段话里把他的父亲斥责为"践踏"众神法律之人（745），但当忒拜被"尊为最高贵的城邦"（hypertatan poleōn，1137-9）时，又是神明让其祭祀的火苗在"双峰的岩石上闪烁（hyper）"（1126；参 hyper klityn，1145）。狄奥尼索斯是凡人母亲所生，她后来在天神的闪电下殒命（1139），酒神的出身和他在"埃琉西斯的得墨忒尔的山谷里"（1120-1）占据的地位将他和大地联系到了一起。很快，克瑞昂自己就进入了大地之中，这也是他第一次象征性地深入到下界"哈得斯的港湾"（1284）之中，一直到歌队在最后把他的命运看作是对那些言辞超出上限（hyperauchoi，1351）之人的警诫。"人颂"中"最高的土地"所蕴含的悖谬于是渐次展现出多层次的意涵：这些悖谬贯穿了至上与卑微、强力与无助、奥林波斯诸神与冥界神祇、城邦性的宙斯与家宅中不讲理性的

---

[64] 见 Benardete 1.189-191 以及 2.3。

复仇神、理性与非理性、生命的滋养和对死亡的奉献之间的种种张力。

"土地"的双重含义直击悲剧冲突的核心。对克瑞昂而言,"土地"是政治边界的问题,是人们为之争夺、予以保护、施行统治的领土。从属于忒拜的"土地"意味着要在政治意义上遵守这片"土地的法律"(368)。[65] 但对安提戈涅来说,"土地"是她的"祖先之地"(*patria gē*),是她与忒拜的邦民之间的血肉联结(806,937),是以家庭为纽带所构筑的不可让与的权利。克瑞昂最终被迫对波吕涅克斯给出他在这片"土生土长的大地"(*oikeia chthōn*,1203)上应得的配享。

安提戈涅在挑战克瑞昂对于"土地"及其"法律"的观念的同时,也是在挑战克瑞昂对政治伦理的基本预设。在一系列"*men…de*"这样的对立鲜明的从句里,克瑞昂的区别对待可见一斑:其中一位手足拥有葬礼的全套祭奠(*tapant' aphagnisai*,"用一切合宜的仪式供奉他",196),而另一位得到的却是完全的漠视。但对安提戈涅来说,血缘就像土地一样,是一件绝对的事物,和这些区别没有任何关系:"哈得斯追求的是平等的法律"(519)。与此同时,她所用的动词 *pothei*(想要,渴求)让她的"准则"(*nomoi*)更像是一种私人的和情感的态度,而不是非个人的和理性的态度。在克瑞昂看来,背负着"双重命运的"同宗血亲自相残杀与法律的更迭息息相关,这正是他掌握忒拜王权的依据所在(170-4)。[66] 家庭之内的相同和不同不幸地混淆在一起,尽管歌队带着同情和震悚

---

[65] 关于克瑞昂的"土地"的政治含义,见110,187,287,736,739,1162。

[66] 克瑞昂声称自己拥有 *kratos* 或说174行的王权(*kat' achisteia*)时使用了这个雅典法律的专业词汇,见 Jebb 和 Kamerbeek。

(143-6)见证了这场"同父同母所出的"兄弟的自相残杀,[67]但这一切丝毫没有影响到安提戈涅。克瑞昂以城邦法律为依据,可以将血亲兄弟分开(ton d'au synaimon, 198)。面对这样一场两兄弟城邦地位分裂,又在死亡中团聚的双重打击,安提戈涅却想要尽力重塑"同一子宫"(参homosplanchnoi, 511)的原初统一性。她被幽禁在洞穴之中的事实让同一子宫所出的一体化和死亡神秘的一体化混合在一起。对她来说,土地就像血液一样,它承载着生与死的力量,超越了社会所强加的任何次要的和"传统的"分野。[68] 这样的土地既是生命的赋予者,也是死亡的接收人,它就像佩尔塞福涅一样"接纳逝者"(894),也像她的母亲得墨忒尔的山谷或怀抱(kolpoi),既是土地性的也是身体性的,"对所有人都一视同仁"(1120-1)。

同样地,克瑞昂对待尘土(konis)的态度就像他对待死亡本身一样:他觉得这是他可不予承认或随意处置的(246-7, 256, 429)。[69] 而尘土也并不全然在他的掌控之下。它奇异地从一阵自地面飘上天空的旋风中扬起,让安提戈涅得以规避克瑞昂的法令(415-21)。在第二合唱歌中,家族诅咒扬起的"血腥尘土""割下了"活着的人(601-2)。之后还出现了一个类似的意象,它再次与"人颂"所歌颂的以犁头作为理性驾驭的譬喻形成对比:克瑞昂的刻薄譬喻曾这样提到安提戈涅——"他(指海蒙。——译者注)还有别的地能够耕种"(569),而

---

[67] 这一带有毁灭性和不祥意味的"二重性"是贯穿全剧的主题,尤其是在戏剧的第一部分,它和奥狄浦斯家族的诅咒相关,参13-4、51-5、145-6。相关综述见吉拉德一书的第2章及第3章注释17。
[68] 见MacKay(见注30)168:"克瑞昂和安提戈涅之间的争端就诗歌形式和象征形式而言,是一场关于公民身份到底是功能性身份还是继承得来、不可让与的家庭身份的争端。"
[69] 关于克瑞昂借冥府来威胁他人的问题,见Knox *HT* 100; Segal 82。

她把自己的家族诅咒称为"我们全盘的宿命里那个被翻耕三次的劫数"（858-60）。

七

葬礼仪式的破坏很快就波及了仪式的各个面向和领域。剧中的第一首颂歌为仪式行为提供了城邦的框架：歌队在欢欣鼓舞的公共舞蹈里召请胜利女神和酒神这位忒拜的守护神，然后号召所有的邦民列成阵队用"彻夜的舞蹈游行至众神的庙宇中去"（147-54）。与这场兴高采烈的公共性和城邦性的感恩仪式形成鲜明对比的是，安提戈涅私自在荒凉的山野中偷偷摸摸地为兄弟举行的极具争议的葬礼。

情节骤变所产生的新的戏剧方向将净化、埋葬、献祭的仪式统统联系了起来。从以上三个方面看，城邦在神明、凡人、野兽这一等级秩序中所发挥的调和作用都被推翻了。因为尸体曝露未得埋葬的缘故，家宅和城邦的祭坛（*bōmoi*, *escharai*）都摆不上令人满意的祭品，反而"塞满了飞禽和野狗带来的奥狄浦斯那命运悲惨的儿子的腐肉"（1016-8）。[70] 城邦因此沾上了污秽，"染上了病"（1015）。献祭也遭到了打断（1019-20）。遭到影响的人无法在祭坛上正常地焚烧祭祀（1005-11）。本该飘向上空的香甜气味却被"腐烂的污渍"取而代之，让人想起克瑞昂任由其"腐烂"（*mydaō*, 410, 1008）的尸体。野兽的腐尸所散发的"不洁的气味"飘进了城邦及各

---

[70] 这些或公共或私人的祭坛的性质以及它们的玷污问题，见杰布对1016行和1083行的注解。正如杰布对1080—1083行所指出的那样，索福克勒斯也许是在影射另一些战士不得埋葬而引起的更大的亵渎影响，而不只是指波吕涅克斯，这样的行为导致了对忒拜发起的第二场远征以及这座城邦之后的毁灭。

家各户的炉灶上（*hestiouchon es polin*, 1083, "飘到了每一座有着逝者的炉灶的城邦里"，杰布译文）。这样的流动抹除了提供庇护的圣洁的内部空间与荒蛮的外部领域之间的障碍。而这种破坏同时让人回想起守卫们闻见的臭气，他们碍于克瑞昂的法令，不得不在一片裸露而荒凉的地方（410-2；参 *osmē*，"气味" 412, 1083）看守一具"不神圣的尸体"（1071, 1081）。与之同样讽刺的是，野兽们去"敬奉"尸体，消解了人类之手所献上的"敬奉"（将 196 行、247 行与 1081 行进行比较）。

克瑞昂为了避免污秽所做的仪式，与他在一般意义上表现出的虔敬和敬畏是一致的。他和奥狄浦斯一样，都肩负被除污秽的责任，但殊不知他其实亦是污秽本身。但他的认知非常狭隘，只知什么构成了污秽、什么构成了洁净。克瑞昂不仅没有考虑到未经埋葬的尸体会传播污秽的可能性，他甚至用了一种拘泥于法条的权宜之计来趋避杀害安提戈涅带来的污秽。他把她监禁起来，只给刚够的食物，这样一来"整座城市就不会受到污染（*miasma*）"（776），这样的手法兴许可以和后一部戏剧中菲罗克忒忒斯的办法相提并论（《菲罗克忒忒斯》274-5）。[71] 他凭着一种类似彼拉多口吻的假仁假义昭告众人："就这个女孩来说，我们是洁净的。"（*hagnoi*, 889）

这样的理性主义表现得最为激烈而自负的地方是在克瑞昂对特瑞西阿斯这位十分了解污秽的人愤怒地大加斥责的时候。他告诉这位先知："我永远不会因为恐惧污秽（*miasma*）而颤抖，然后让他（波吕涅克斯）得以下葬。因为我很清楚，没有人能够污染神明。"（1042-4）这种一言以蔽之的言论流露的是一种普罗塔戈拉或普罗迪科斯式的理性主义原则。正如威

---

[71] 见 J.-P. Guépin, *The Tragic Paradox*（Amsterdam 1968）104。

尔翰·内斯特勒（Wilhelm Nestle）所注意到的那样，这是希波克拉底《论神赐疾病》（"On the Sacred Disease"）一文所秉持的精神。[72]但不管是何种理性，在情绪化的愤怒或"因恐惧污秽而发抖"这样带有蔑视的话语之下都会被削弱，尤其在前一句里那种大摇大摆的狂妄自负的影响下——"你不能用葬礼掩埋他的尸体，不行，就算是宙斯的秃鹰想要把他当作食物送到宙斯的王座前，也不行"（1039-40）——更是如此。这样的自作主张就像他之前惩罚安提戈涅讲出的粗暴誓言——"即使她从血缘上讲，比所有祭祀守卫家宅的宙斯神的人都和我更近"（486-7），还有他在658行说的"看护血缘关系的宙斯"这样缺乏尊重的祈求一样。公共领域的污秽（参1015）和家族的诅咒一道击垮了他，欧律狄刻在回想起克瑞昂家族的不幸和赌咒发愿时所坐的正是家神的祭台（*bōmia*，1301），甚至也许是治家者宙斯（*Zeus Herkeios*）的祭台。

《埃阿斯》中使用的替罪羊（*pharmakos*）的戏剧模式对《安提戈涅》的戏剧行动亦有影响。葬礼的执行者面临着投石的死亡威胁（36），这和《埃阿斯》对身染污秽的流亡者作出的惩罚是一样的。某种程度上，安提戈涅是清除城邦污秽历史的人类祭品。[73]

戏剧行动还包含了另一个人祭的故事，那是克瑞昂另一个死去的儿子，索福克勒斯称他作墨伽柔斯（Megareus，1303）。欧律狄刻最后的哀叹也许是在讲述这个儿子为了拯救

---

[72] 见 Wilhelm Nestle "Sophokles und die Sophistik", *CP* 5（1910）138-9。
[73] 关于 *pharmakos*（替罪羊）模式与本剧的关联，见 R. Y. Hathorn, "Sophocles' *Antigone*: Eros in Politics", *CJ* 54（1958-59）113；Guépin（见注71）89；Girard（见注67）190-1。也许值得注意的是，雅典的祭祀仪式需要两个 *pharmakoi*，一男一女。

第六章 《安提戈涅》：爱与死亡，冥王与酒神

忒拜，于是深入恶龙巢穴只身犯险的故事（1301-5）。[74]不过，也只有忒拜龙牙（*Spartoi*）嫡传的后裔才能担任这样的献祭角色。

尽管如此，城邦试图用洁净仪式来制止因兄弟阋墙与手足相残而起的暴力的努力最终还是因为安提戈涅的死惨烈失败了。用刚刚够的食物埋葬她好使"整个城邦避免污染"的克瑞昂其实为城邦带来了更大的污染（998行及以下），这场污染甚至波及整个人类世界（1080行及以下）。被驱逐的替罪羊变成了更加危险的新污染的来源。克瑞昂拒绝好好埋葬尸体，其实也就是否定了城邦的祭祀形式，因而不得不面对自己家庭中更加残忍的仪式性颠覆。他的妻子变成了败坏的祭品（*sphagion*，1291）的"受害者"。[75]她在家宅内（1301-5）的祭台旁（那很有可能是治家者宙斯［*Zeus Herkeios*］的祭台）祈求诅咒落到克瑞昂这个"杀子凶手"的身上，这让家宅变成了一个收容死者却受到玷污的"港湾"（1284）。

克瑞昂选择了安提戈涅，让她去做污秽、污染（*miasma*）的源头，城邦的"疾病"（732；参421）。但最终将谁选为污秽却是由神明而不是人类决定的，这个污秽正是克瑞昂自己。他是疾病的真正源头（1015，1052，1142）。他被自己的儿子咒骂、唾弃，又遭到妻子的诅咒，孤零零地留在一所已被败坏的祭品（1291）和亲人血液的污渍所污染的家宅中，"杀子凶手"（1305）的污名将一直跟着他。最后，他将自己控诉为无意间杀害了妻儿的凶手，这个家里唯一留下的人

---

[74] 见杰布对1303行的注解以及卡默比克对995行的解读。后者认为993行和995行暗指"在特瑞西阿斯的煽动下墨伽柔斯的献祭性死亡"（172）。亦见Coleman（见注25）6，n22以及24-5。

[75] 学者对于1301行的*bōmia*的注解是"像祭台上的祭品（*hiereion*）一样被戕害"。

（1339-41）。比起安提戈涅，他更像是负载了城邦污秽的替罪羊（*pharmakos*）。就像他自己最后说的那样，他实质上已经变成了流亡之人；他既没有去处，也没有可以求援的人；他的世界只剩下混乱（1341-5）。和奥狄浦斯在《奥狄浦斯王》里的情形一样，苦难那"难以承受的分量"已经"跳到"了他的头上（*potmos…eisēlato*，1345-6）。这就是他在剧中最后说出的话。歌队在最后所做的，便是将克瑞昂列为不敬神明的例子（"人面对神明一定不能做出不虔敬的事"，1349-50），他成了道德的替罪羊，承受隔绝于众人的苦痛，给其他人留下如何活下去的一课。

即使克瑞昂接受了先知的警告传达出的神明的审判，他依旧走了一条老路。在戏剧的最后，他在接受歌队的劝告后下令埋葬波吕涅克斯，并且说道（1111-2）："既然我已经做了这样的决定（*doxa*），而我又是那个囚禁她（指安提戈涅。——译者注）的人，现在我就放她自由吧（*eklysomai*）。"他说得仿佛他依旧是那个拥有完全掌握城邦权力的人一样。克瑞昂释放人的举动就像他当初斥责他人时一样，依旧使用的是自负的第一人称未来时态（参658，774）。他之所以改变心意，是出于政治决定或判断（*doxa*），之后还提到要"遵守既成的法律"（*nomoi*，1113）。但"放其自由"（*eklyein*）的后果却不是克瑞昂所能控制的：同样的动词也用来描述海蒙（1268）和欧律狄刻的死亡（1302，1314），它"释放"了一种克瑞昂未曾遇见的非理性、情绪化的暴力（参40，597）。

克瑞昂在这样的冲劲之下作出了新的决定（1111），但他只是在表面上依从了这个决定，并没有真正执行这一决定的精神实质。他居然先去料理了一下污秽的尸体，然后才去释放那个可能尚存一丝生息的女孩（1196-205）。早在一百多行之前，歌队就已然扭转了这样的顺序（1100-1），这让克瑞昂颠三倒四的举动更加令人难以置信了。[76]他是否救出了安提戈涅并不是我们要问的问题。早在特瑞西阿斯斩钉截铁地对克瑞昂预警其儿子的死亡时，他就已经将安提戈涅被囚禁的事实与尸体带来的污秽紧密地联系起来了。特瑞西阿斯甚至将安提戈涅摆在第一位（1066-71）。然而，现在把城邦与公民秩序的污染看得比个体生命还要重的克瑞昂毁灭了自己和自己的家庭。讽刺的是，比起活人更关注死人的克瑞昂做的事情其实与安提戈涅无异。安提戈涅虽然有些狭隘，却是全心全意为了至亲（*philoi*）而付出，而克瑞昂这么做，只是因为他漠视人本。

克瑞昂不再对波吕涅克斯的尸体有怨愤的原因十分关键（1199-205）：

> 去问问赫卡忒这位道路的女神还有普鲁托是否已宽宥息怒，我们用圣洁的净水和新摘的枝条洗刷了他的身体，并把剩下的都焚烧了，我们还用本地的泥土堆起了高过头顶的坟堆，然后走进了那间属于那个姑娘的、用石头堆起的空荡婚房中。

虽然克瑞昂焚烧了尸体，但他始终没有按照安提戈涅所希望的方式将尸体交给地下的神明（参23行及以下）。至此，剧中只提到了埋葬尸体和撒下尘土。早在特瑞西阿斯发出关于献祭仪式和奥林波斯神坛上的腐肉的警告时，克瑞昂的反应就已经揭示出他对上界神祇深深的不敬，所以他在此处的仪式行为并没有向他本该安抚的地下众神予以深切致意，尽管他提到了赫卡

---

[76] 见卡默比克一书引论26，n2以及31-2；杰布准确地注意到在1111行克瑞昂"最迫切的念头是救出安提戈涅"，但他显然没有为这个想法付出行动。亦见Bowra 111。

忒和普鲁托的名字（1199-200）。[77]"剩下的东西我们都烧了"
（1202）：

> ὃ δὴ λέλειπτο συγκατήθομεν.

索福克勒斯克制的笔调有力刻画了一个"被狗撕裂的尸体"
（kynosparakton sōma，1198）"依然躺在那里"的阴森景象，这
不仅冒犯了地下诸神，同时也成了克瑞昂已然来不及纠正的
污染。[78]

八

安提戈涅为了逝者，舍弃了她对生者的忠诚与爱，这其
实扰动了上界与下界的平衡。她与她所支持的文明化价值核
心——家庭——之间的关系，因而也变得扑朔迷离。她全情投
入到了"与地下诸神同处一室的正义"（451）之中，为了自己
的家庭甘冒生命的危险，最终既无法和活人又无法和死人"共
享一个家宅"（metoikos，850-2）。相反，她得到的是一个似人
非人、死气沉沉的地下"居所"（kataskaphēs oikēsis，891-2；
亦参868，888，890）。

安提戈涅夹杂在两者之间：一是第二合唱歌中出现的冥
府的神祇，也就是追讨着这个诅咒绵延的家族的厄里尼厄斯；
二是活着的人构成新家庭，她却只能通过死亡与之团聚（1235-

---

[77] Benardete 3.163对于焚烧尸体而非埋葬尸体的问题有一些有趣的见解，
尽管他对其中含义的解读与我这里的观点不尽相同。
[78] 卡默比克对于1202行作出了这样的评注："报信人并没有省略掉那些骇
人听闻的细节。这个句子是我们所听到关于波吕涅克斯最后的事情，它
反映了克瑞昂的残酷。"

41)。处在这样的两难中的她打破了家庭本该在过去与未来之间起到的缓冲作用,与此同时,在家庭与城邦的冲突之间,她也打破了上界与下界的调和。就像歌队在另一处和她说的那样,"走到了勇敢的极端(thrasos,就像tolma所意味的'无所顾忌地胆大妄为'那样)"的她,"已经走到了正义之神的宝座的对立面"(853-4)。在安提戈涅那场就尚未成文的法律所发表的精彩讲话里,"坐在崇高宝座的正义之神"与"与地下诸神同处一室的正义之神"相互补充。安提戈涅正是为了地下的正义献出了她的一切。她不会把主持城邦秩序和建立文明的法律的奥林波斯的正义之神放在眼里。

如果说安提戈涅只是没有向奥林波斯的正义之神致意,那么克瑞昂则对上下两界诸神都毫无敬意。他觉得无论是对"哈得斯"和"地下神祇"进行威吓或戏弄,都会奏效(308行及以下,580-1,654,777-80)。特瑞西阿斯不光用预言揭示了克瑞昂造成上下两界颠倒的事实,他对那具不洁尸体的描述也和安提戈涅悲叹自己"嫁给"了阿克戎的话语形成了照应:

> *akaltos, aphilos, anhymenaios … agomai*(876)
> 无人哀悼、无人为友、无以嫁娶

> *amoiron, akteriston, anoison nekyn*(1071)
> 一具不得埋葬、未得祭奠、全然不洁的尸体(据杰布译文)

这样的呼应再次显示出克瑞昂颠倒了上界与下界、生命与死亡。

克瑞昂干犯上下两界的平衡的后果是冥府诸神对他降下惩罚。特瑞西阿斯曾这样告诫道,"冥府那些迟早会降下毁灭的复仇者们和诸神,还有复仇女神,都在等着你呢"(1075),

让人回想起第二合唱歌中"不放过家族诅咒的危险的复仇女神"(603)。早前曾犹豫不决、不知是否该暗示神明会有所干预(278-279)的歌队此刻也反应迅速地警告克瑞昂不要冒犯"诸神属下疾足的毁灭者"——厄里尼厄斯(1103-4)。[79]

复仇神带来的报应可谓恰如其分,毕竟克瑞昂对尸体的不敬双重侵害了家庭的权利。第一,对于同样一套关乎亲缘关系的法律,克瑞昂只有在考虑到自己的城邦权力(173-4)时才予以尊重,但当它和家庭问题挂钩时,他就漠然视之了。根据这些法律,无父无母又没有兄长的安提戈涅在婚姻问题上是任由克瑞昂处置的。[80]事实上,克瑞昂已经因为"养育"了安提戈涅(533;参*esō*,"在内",491)而把她看成自家人。对雅典的观众来说,安提戈涅嫁给克瑞昂的儿子也就是她的表兄海蒙,几乎会是一件不难想象甚至板上钉钉的事情。但克瑞昂并没有把安提戈涅交给海蒙,而是把她交给了哈得斯。克瑞昂摆出了一个血缘家庭独裁家长的做派,从而破坏了一个包括安提戈涅在内的更大家庭(*oikos*)的诉求和神圣性。

第二,婚姻仪式和死亡仪式、婚庆和葬礼、新娘的婚房和坟墓统统混为一谈,这让截然相对的两种事物陷入一种不祥而有害融合,其中一方为生命诞生提供了庄严的条件,另外一方则对生命的消逝做出祭奠。剧中的道德和仪式框架内具有讲究对称的正义性(*dikē*),克瑞昂迟早会在自己的亲身经历和婚姻之中体验到这种正义性,而安提戈涅也在克瑞昂混淆生死的举动之下受尽折磨。克瑞昂并没有"孕育出高贵后裔的种

---

[79] *Blabai*(伤害)在此处人格化地化为厄里尼厄斯,与1075行形成呼应,关于这一问题见卡默比克对1104行的注解。
[80] 关于安提戈涅作为*epiklēra*的法律地位以及克瑞昂在雅典法律下对此应承担的义务,见P. Roussel "Les fiancailles d'Haimon et d'Antigone", *REG* 25(1922)63-70。

子"（1164），反而像安提戈涅一样，处在生死之间的尴尬位置上：他变成了一具"行尸走肉"（*empsychos nekros*，1167），一个"烟雾下的影子"（1170）。克瑞昂虽然还活着，却已经渴望看见人生最后时刻的光芒了（参808行及以下，1330行及以下）。

尽管克瑞昂的随从在进行"圣洁的净化仪式"（*lousantes... hagnon loutron*）[81]时召请了被忽略的地下神祇赫卡忒和普鲁托，但"被无情的野狗撕裂的尸体"（1197-98）本身已有的渎神和不洁的特点遗害颇深。冥府的神祇不是那么容易安抚的。克瑞昂的净化仪式本已是一种区别对待（*aphagnisai*，196），却又试图宣称自己是"洁净的"（*hagnos*），没有受到安提戈涅之死的污染（775-6，889），如此桩桩件件让他变成了事实上的污染之源。"野狗或走兽"所做的，是另一种形式的"清洗"（*kath-hagnizein*，1081-2）。

歌队在"人颂"中说，"冥府是唯一一个人们无法避开的地方"（361-2）。这句话始终萦绕着整部戏剧的悲剧行动。克瑞昂和安提戈涅一样走进了大地黑暗而神秘的洞穴中。他实际上向下走到了一个山洞中，或者说是一个像洞穴一样的坟墓里，这也正是他囚禁安提戈涅的地方。他在这里感受到了最为极端、最为野蛮的爱和死亡。报信人说："我们去了属于那个姑娘的、用石头堆起的空空荡荡的冥府婚房。"（1204-5）克瑞昂听见了让他惊恐万分的声音，于是吩咐随从"下到洞穴的入口"（*dyntes pros auto stomion*，1217）。接着他就意识到

---

[81] 也许有人会疑问，为什么1200行的冥王普鲁托（仅出现在这部剧中）可能讽刺性地呼应着三十多行以前报信人第一部分的话里提到的克瑞昂家族消失的"财富"（*ploutos*，1168）。这两个词构成的文字游戏并不罕见，参《奥狄浦斯王》30以及Gellie 269-70。

了黑暗的空洞里面到底有什么。[82]克瑞昂发现自己的儿子虽然还活着，却已经在地下与死人一道了，他在那里悲呼"自己在地下团聚的希望就这样破灭了"（1224）。[83]克瑞昂随之第一次在剧中卑微地以乞援人的姿态请求儿子从墓穴里出来（*exelthe*，1230），但一切为时已晚。对于克瑞昂的请求，海蒙报之以"野蛮的目光"（1231行及以下）。为了躲避儿子致命的袭击，克瑞昂冲出了洞穴，但海蒙掉头又走回洞穴之中："他在一具尸体上变成了尸体……在哈得斯的家中完成了圆满的婚礼。"（1240-1）哈得斯不再是克瑞昂的权力工具，而是一个能够摧毁他的自成一体的力量（1284-5）。之后他"向上逃走"时，克瑞昂又吓得发抖（*aneptan phobō[i]*，1307）；这样的比喻让人联想到安提戈涅为不得埋葬的飞鸟感到悲痛时的无助（423-5）。

这场属于克瑞昂独子的"婚姻"是对这个家的最后一击。这场以死亡作结的婚礼不仅没有巩固和延续这个家庭，反而开启了这个家庭走向毁灭的序幕。在作为文明基本单位的家庭的映衬下，城邦的秩序性结构也面临质疑。一场本该延续忒拜皇家血脉和家世的结合带来的却是这个家族的毁灭。

克瑞昂在戏剧的开始是将军和统治者，是"这个国家的国王"（155），是"整个城邦的领袖"（178），是人与自然界

---

[82] 洞穴的细节描写以及海蒙走进去时的情形仍然十分模糊，参Tycho von Wilamowitz-Moellendorff, *Die dramatische Technik des Sophokles*（Berlin 1917）11-4；Carl Robert, *Oidipus*（Berlin 1915）I, 372ff.。

[83] 正如杰布所指出的，1224行的意思可以是（a）"他地下那位新娘的陨灭"或（b）"他的婚床的毁灭（只能）发生在地下世界"。近年来编者们倾向于采用（a）所表达的意义：杰布、Mazon和卡默比克都是如此；但这个句子很可能同时包含了这两种意思，毕竟戏文中尤其强调了安提戈涅在地下世界与冥王缔结婚姻这一点（例如817行）。关于贯穿全剧的婚姻与死亡意象的融合，见Goheen 37-41。

限的捍卫者（参100，117行及以下），是城邦这艘船自信的领航员（162行及以下，178，189-90）。但他的结局却是在城墙之外的"野路"上（1274），在大地之中不成形状的洞穴里暗自神伤，这些地方都是他所维护的人造庇护之所的对立面。之后，他走向了自家荒凉的内室，正是在这里幽深处（*mychoi*, 1293）发生了最可怕的灾难，让他的家宅变得与"哈得斯的港湾"（1284）别无二致。1284行出现的港湾的意象隐喻的是远离暴虐的海浪的安全环境，而大海在第二和第四合唱歌中都象征着世上一切非理性、神秘、充满暴力的事物。[84]在此处它则比喻人造庇护所的全面溃败。

克瑞昂的世界也确实变得完全颠倒了。"笔直"（*orthos*）是他最喜欢的词语之一，现在却"变歪"了："我手里的一切都变歪了（*lechria*）"（1344-5）。[85]当克瑞昂感受过坟墓的黑暗之后，这位曾自负地宣称自己会把安提戈涅带到岩石墓穴

---

[84] 港湾作为一个封闭性模棱两可的意象，常常与大地在死亡中形成的封闭的空虚意象成对出现，关于这一点参《奥狄浦斯王》1208行；埃斯库罗斯《波斯人》250行。1205行的"哈得斯空虚的婚房"可能也与之相关，从而让克瑞昂与安提戈涅的相似与不同又多了一个向度。这些空虚的封闭意象的呈现要么常用于指涉提供庇护的子宫，要么则用在吞噬人的坟墓上。试将《奥狄浦斯王》1262行、《特拉基斯少女》692行（那个装着爱情迷幻毒药的盒子）和901行与《埃阿斯》1165行、1403行以及《菲罗克忒忒斯》1081行进行比较。关于其象征含义见 John Hay, *Oedipus Tyrannus: Lame Knowledge and the Homosporic Womb*（Washington, D.C., 1978）87ff., 104ff.。

[85] *Orthos*（笔直）是克瑞昂自信地发表那通关于神明调整国家之船航向的见解（*gnōmē*）时最先用到的词，见162—163行，190行又重复了一次；亦参83、635-6、685、706，相关的还有178行和1164行的 *euthynein*（惩罚）。当特瑞西阿斯告诉克瑞昂只有当他听从先知的意思，他"掌舵的这艘船才能笔直地前行"时，笔直航行的船这一比喻再次出现，但意义变得很不一样。克瑞昂在掌控力上自信心的覆灭尤其体现在报信人在情节突变时最先说的那番话里："机运（*tychē*）变得笔直（*orthoi*），机运时而使人好运，时而让人不幸，从来如此"。

（774）的统治者现在虚软无力，让仆人领着走路（1324）。曾经对自己的智慧和决断（phronein，169，176，207）引以为傲而且常常不耐烦地骂别人愚笨（参anous，81）的人，现在面对歌队的忠告又变得犹豫不决了（参1098-104），他在最后也成为一个人须被教导"智慧"（phronein，1348-52）的例子。

如果说克瑞昂是因为自己对于权威和理性的价值观而招致毁灭，那么为了爱和家庭奉献了一切的安提戈涅则最终把冥府看作自己的家，把哈得斯看作自己的新郎。每一位人物都承受了与自己观念相左的核心价值所带来的不幸；每一个人，也在与自己的价值截然相反的问题面前，成为加速彼此悲剧命运的工具。不过，克瑞昂始料未及的灾难只是一场纯粹的毁灭，而安提戈涅自我选择的死亡却是一场笃定的申明。

九

安提戈涅走向洞穴和冥府的孤独旅途遵循那种在古代文学（自吉尔伽美什史诗、《奥德赛》、《埃涅阿斯纪》以降）中随处可见的古代英雄模式，即对未知事物的危险探求。不过，她的英雄之旅也呈现着明显的女性特质。她以家族之名蔑视城邦，她扮演少女科瑞（Kore the Maiden［即佩尔塞福涅。——译者注］)，被带到冥府与死神结婚，当大地经历荒芜和哀恸后，伴随着春日宜人的绿植生命，她重返人间。安提戈涅的洞穴是两个世界的联结之地：在生与死、在奥林波斯山上神祇和地下神祇、在诸神与凡人之间。安提戈涅进入洞穴的幽暗之中，开启了在生与死、熟悉与未知、生机与荒芜之间的旅程。这一经历多少以少女-佩尔塞福涅降入幽冥成为哈得斯新娘的故事为原型。

不过，安提戈涅与科瑞不同，她并不会重返大地开启新生。她不断称自己为"哈得斯新娘":这个词表明她自比佩尔塞福涅,尤其考虑到与佩尔塞福涅的这种关联常常出现在那些夭折少女的葬礼仪式和墓葬题词当中。[86]不过尽管内室的得墨忒尔在第五合唱曲中有重要位置,该处并未明确表示她的女儿会重返大地。当安提戈涅马上要进入冥府——她那"地下婚房"(nympheion,891,1205)之际,她呼召佩尔塞福涅的名字,呼求的是亡魂的女王佩尔塞福涅,"她已接待过无数个亡魂,包括我那些逝去的(亲人)"(893-4)。

佩尔塞福涅的神话范式放大了特瑞西阿斯预言的上界与下界的颠倒。不仅葬礼与献祭仪式发生颠转,少女神科瑞降冥出阳的循环也被颠倒。这里的科瑞一直留在阴间,并将她那在世的配偶拉下来。我们或许会再次想起安提戈涅对亡魂祭礼以及"那与阴间诸神同住一处的正义女神"(451)的独特热忱。

在科瑞神话中,得墨忒尔的母亲角色始终是重返生活与光明之希望的源泉。在本剧中,这一角色是欧律狄刻,这个名字的字面义"统治众多者"指亡魂的女王。在剧终处,她显得像安提戈涅的尼奥贝而非歌队的得墨忒尔(参1120行及以下),哀悼她孩子们那无望的死亡,并转身回到那毁灭之屋中笼罩死亡的内室。这位悲悼之母(mater dolorosa)也被扯进黑暗的、冥府般的闭洞幽穴。没有得墨忒尔那样的母亲呼唤科瑞复活。第四合唱曲中与母亲相关的角色,达那厄(Danae)、克里奥帕特拉、厄多忒亚(Eidothea),或遭受苦难或身陷囹圄,而最后一个事例中的母亲毁灭了应当由她养育的孩子。

安提戈涅兼具(doubles)伤心忧愁的大母神(Great

---

[86] 参Guépin(见注71)141及n35。关于安提戈涅作为哈得斯新娘及其与佩尔塞福涅的关联,参杰布对1204行的评注,卡默比克对801—805行的评注;H. J. Rose, "Antigone and the Bride of Corinth," *CQ* 19(1925)147-50; Roussel(见注80)71也指出婚礼与葬礼的颠转。

Mother）角色。她自比石化的尼奥贝，将自己呈现为悲悼之母（mater dolorosa）和冥婚处女的双重形象。在逻辑上，安提戈涅无法同时是科瑞和得墨忒尔。但神话意象恰恰是通过这种不合逻辑却富有意味的对立统一而发挥作用。在这里，神话原型分裂为自我中自相矛盾但同时共存的两面。科瑞在较早阶段也是母亲。同样，安提戈涅在此处如一位母亲或妻子担起埋葬和哀悼亡子的职责，如同地母（Earth Mother）在哀悼自己的后代。这位被死亡迎娶的少女，本应在新年初岁复活更新，却继续在幽冥下界与亡亲相伴。

索福克勒斯的戏剧结构呈现了安提戈涅生命的真实性与她自比的神话模式之间的差异。她是一位处女，既非神话中的悲悼之母又非嫁给冥神的少女。她与死亡的合一，尽管在比喻上是一场婚姻，但其实是一个孤凄无情的结局。她未来的丈夫，一位在世的有朽者，而非下界那位可怕的神，同样选择了这个幽穴和相似的命运，不过没有期许未来的合一。在科瑞神话中涉及的那种生命循环、周而复始的模式也与克瑞昂城邦中呈现的荒凉衰败之境形成鲜明对比。它也与一系列宇宙变化过程割裂开来：天地间的通途，生与死、重生与毁灭之间的交替。

这位科瑞式少女不再作为生命不息的原则，她用哀悼之母、永恒哭泣的尼奥贝这个形象来表达她自己具体的悲哀。在黑暗旅途之后等待她的不是新生，而是无尽的哀伤与失丧。海蒙跳入洞穴迎娶他那触不可及的科瑞少女一般的冥亡之妻，只能在葬礼般的两性结合中拥抱他的新娘（1236–41）。在科瑞少女神话中，哀伤的得墨忒尔的离去危及地上生命的延续，但当宙斯"将神圣的佩尔塞福涅从幽冥领进光明中"时，她舍弃了她的哀伤（《得墨忒尔颂》337–8；参302–9）。于是，得墨忒尔再次让肥沃耕地长出作物，让宽广大地郁郁葱葱、繁花似锦（471-3）。不过，在本剧中，"将那少女（korē）从下界冥间带上来"的神定意旨并未实现（1100-1）。这几行直译为"带那少女（korē）上来"，其中表示上升的动词（*anhiēmi*）见于与内室仪式相关的文本：得墨忒尔在为冥间的女儿哀悼，拒绝"升高"那勃勃生长的谷物（《得墨忒尔颂》307，332，471）。然而，索福克勒斯笔下的科瑞少女离家别国，在事实与比喻意义上沉入黑暗与荒芜之中。

每个男性角色都可在这位女性角色中发现切合他的经验与态度的一面。海蒙，爱欲的俘虏，与作为冥界新娘的安提戈涅结合在一起。克瑞昂在这位闺房女子身上看到的不是科瑞或得墨忒尔，而是她们的配角（complement），那位哀恸的、"广泛统治的"亡魂女王欧律狄刻（Eury-Dike），她的孤凄弥漫他所统治的整个疆域。克瑞昂弃绝了基本的亲属关系和家庭纽带的圣洁，他将面对妻子的尸体，"那（波吕涅克斯的）尸体的真正母亲"（1282）。作为属地的（chthonic）女性力量与母性复仇的呈现，她把屋内的栖居之地（*mychoi*，1293）变成尸体的黑暗之地（1298-300）。

因此，克瑞昂家庭惨剧的中心点必然在欧律狄刻身上。信使所作的可怕报告并不是对歌队而是对欧律狄刻说的，当时她刚从屋内（1181-2，1184）出发去向帕拉斯雅典娜祈祷（1184）。在某种意义上，这些对奥林波斯雅典娜——这座满是荣耀的城邦女神的祷告在克瑞昂向属地的赫卡忒和普鲁托所作的为时已晚的祷告中得到回应（1199-200）：家门和城门之内的灾祸（*oikeion kakon*，1187；*penthos oikeion*，1249）远超城门外的荣耀。克瑞昂在外保卫了"七城门的忒拜"的城门堡垒免受外敌的入侵，正如歌队在进场曲中所唱（101，122，141）。欧律狄刻只用一会儿工夫就跨过其家门（*pylē*，1186）向外走去，其后，她便返回室内（1255），并将克瑞昂拉到那冥府的幽暗之地，把他拉入那幽暗而强烈的痛苦之中，而这是她"在怨愤的心中暗暗隐藏的"痛苦（*katascheton / kryphē[i] kalypteikardia[i] thymoumenē[i]*，1253-4；注意强有力的头韵）。

这些颠转以及与之相应的上升或下降呼应了本剧最后两首合唱曲中的几个神话。第四合唱曲中的三个神话——达那厄、吕枯尔戈斯以及菲纽斯（Phineus）两个儿子的失明，全都与囚禁和光明的褫夺有关。第一个关于达那厄的神话与安提戈涅的处境最为相似。像安提戈涅那样，达那厄以囚笼的穹顶"替换了天光"（944-6），并被"囚匿在坟墓般的屋子里"（946-57；参886-7）。但这位有朽者朝向黑暗的下降与宙斯所降下的福分相抵消：宙斯的"浮金种子"（*gonai*，950）完成了一次情欲的结合和向生命的复归，而这正是安提戈涅所拒绝的。[87] 正如安提戈涅自比尼奥贝，其中暗含的对比引人悲悯：安提戈涅将成为冥府哈得斯而非奥林波斯宙斯的新娘。正如尼奥贝的这个明喻，此处的类比暗示了生育力与生命更新之节律的破坏（参827-32）。不过，在吕枯尔戈斯王的例子中，穴中的囚禁只是一次惩罚，这更切合克瑞昂"下降至洞穴中"的情况。

第三个阴森的神话即克里奥帕特拉两个儿子在色雷斯被其继母害致失明的故事，在这里，洞穴的主题在野蛮残忍与神圣血脉之间摇摆。风神玻瑞阿斯（Boreas）与雅典的俄瑞堤伊亚（Oreithyia）的女儿克里奥帕特拉"同她父亲的风暴一起，在遥远的洞穴里长大"（983-5）。不过她与远北的玻瑞阿斯的亲属关系也使她与自然的狂暴有关联（*thyellai*，"风暴"，通常指具有摧毁性的大风暴）。与克瑞昂城邦所驯服的自然截然相

---

[87] 达那厄进行生育的金子同样与130行中忒拜入侵者溃逃时"金器摩擦的刺耳响声"形成鲜明对比，后者导致了安提戈涅一家的绝后。

反，而和尼奥贝相似（与野蛮的力量相类），克里奥帕特拉被驱逐出最文明的城邦，她母亲的雅典，"身世古老的厄瑞克透斯家族的种子"（*sperma archaiogonōn antas' Erechtheidān*，981-2）。此处的"种子"与"家族"呼应了前一诗节中婚姻与生育的主题。

克里奥帕特拉两位失明的儿子"源自一位嫁得不幸的母亲"（依据杰布对 *matros echontes anympheuton gonan* 的解读，980）。不过 *anympheutos gona* 直译为"未婚孕生"。这不仅与下一行中她所属的厄瑞克透斯家族的"古老身世"形成对比，而且当合唱曲从天空神的"孕种"（*gonai*，950）过渡到凶残继母的幽暗穴洞，它也抵消了达那厄从宙斯所得的众多"生育"（950）并呼应了冥王那位"非新娘的新娘"安提戈涅未实现的"生育"（*nympheusō*，816；*an-hymenaios*，876；*nympheion*，891）。洞穴中那阴森的冥府"新娘礼"（*nymphika*）必然抹去了"生育"（1240；参 *nympheion Haidou*，1205）。在与"生育"相关的语义范围内，"龙种"（*spora drakontos*，1125）相关于克瑞昂众子在当前与过去的死亡（参1302-5）。因此，达那厄、克里奥帕特拉、尼奥贝紧密联结，构成了多义的神话范式，象征着对多育婚姻的种种希望及其在安提戈涅和克瑞昂家中的灾祸。她们也将科瑞和得墨忒尔神话中的深层模式更直观地呈现出来。在这些关于贵族女性遭遇神明的神话里，克瑞昂和安提戈涅的对抗扩展到家庭与洞穴、城邦与荒野自然、中部希腊（阿尔戈斯、雅典）与陌远外沿（色雷斯）之间对立统一的关系之中。

第五合唱曲，即狄奥尼索斯颂曲，再次回到了自然的孕育力（1131行及以下）和星体的意象（1126行及以下，1146行及以下）。进行净化的狄奥尼索斯的繁星夜空（1144，1146-7）与克瑞昂那比喻意义上的从幸福到悲惨的下降（1155行及以下）

以及他事实上从地面到洞穴的下降(1204行及以下)形成对比。

这个洞穴与其潜藏的黑暗力量将最终考验克瑞昂关于人类权能的概念以及安提戈涅的悲剧式英雄主义。对她而言,这是悲剧式的自我孤绝和自我实现之地,是她为所爱之人的献身与冷酷赴死的英雄主义之间张力所在的含混之地。[88]对克瑞昂而言,洞穴象征着他所压制的所有人与事。这是黑暗激情的地下贮藏所,是爱欲与死亡、爱神与冥神的邂逅之地。克瑞昂以一个粗鲁的、来自人类文明技艺的意象摒弃了爱神("他还有别的地可以耕种",569),而爱神在洞穴中重临并击倒了他:爱神夺去了他的儿子,并将他交给安提戈涅,让他们在亡魂之地举行了一场颠倒的婚礼(1240-1)。

十

克瑞昂和安提戈涅的冲突不仅是城邦和家庭的冲突,也是男人和女人的冲突。[89]克瑞昂视其政治权威等同于其性别身份。"如果她能赢得这场胜利(*kratē*)而不受惩罚,那么我不再是男人,而她成了男人"(484-5)。*Kratē*意即"胜利""力量",这个词不断用来描述他在城邦中的统治权(如166,173)。[90]因此,在他眼中,安提戈涅构成了对他而言最重要的

---

[88] 关于这个洞穴与安提戈涅的"居间处境",参Reinhardt 90(关于他们居间性和漂泊无根性的寓言,"Gleichnis ihres Zwischenzustands, ihres wurzellosen Schwebens")。对洞穴的这种着重强调可能是索福克勒斯所创造。依据奇奥斯的伊翁(740,Page本),厄忒俄克勒斯的一个儿子在某个赫拉神庙中把她与伊斯墨涅一同火葬。

[89] 关于男女冲突,参525, 678-80, 741, 756行以及61—62行中的伊斯墨涅和290行中的克瑞昂。更一般的讨论,见Segal 69-70;卡默比克对484—485行的评论;Goheen 88; Kells(见注1)51-2。

[90] 关于484行中*kratē*的含义,杰布评论道,"凭力量达成的事情,因此也意为征服、胜利";另见《埃勒克特拉》689。

第六章 《安提戈涅》:爱与死亡,冥王与酒神

价值和他自身形象的挑战。他后来说，"只要我还活着，我不会让一个女人统治（*arxei*）我"，再次将性别冲突与政治权力联系起来。

在同一段发言里，克瑞昂面对一个与他对抗的尤其属于女性的原则，安提戈涅"对同出于一个子宫者的尊重"（*homosplanchnous sebein*, 511）。在此基础上，安提戈涅为自己辩护，对抗基于男性公民的城邦伦理规范。在她看来，亲属关系是与女性生殖能力有关的功能：她用子宫（*splanchna*）定义亲属关系。因此，在她关于不成文法的宏大讲辞的结尾，她称波吕涅克斯为"那位（生自）我母亲的死者"（*ton ex emēs/metros thanonta*），因此，她不会就这样离开让他成为"一具尚未埋葬的尸体"（*athapton…nekyn*, 466–7）。鉴于她对克瑞昂的违抗延续到后面的轮流对白中，在约五十行后她口中的 *homosplanchnos* 一词在词源学的意义上将"兄弟"界定为"一位来自同一子宫之人"（511）。*Homosplanchnos* 令人想起另一个同样意为"兄弟"的词 *adelphos*，由前缀 *a-*（"同样"，相当于 *homo-*）和词根 *delphos*（"子宫"，等同于 *splanchna*）构成。[91] 基于对亲属关系的这种理解，她在个人层面上重启了埃斯库罗斯的《奥瑞斯提亚》中阿波罗与复仇女神的争论；[92] 然而，与奥林波斯的阿波罗和奥林波斯的雅典娜不同（《欧门尼德斯》657–66，734–41），她认为血缘关系并不取决于父亲的精血，

---

[91] 在埃斯库罗斯《七将攻忒拜》1031—1032行，安提戈涅因波吕涅克斯的葬礼而大声哀悼其家族的厄运："那同一个可怕的子宫（*koinon splanchnon*）我们从那里出生，诞生自我们那悲惨的母亲和不幸的父亲"。*Homosplanchnos* 出现在《七将攻忒拜》889—890行，同样与乱伦家族的诅咒有关，但其含义略有不同，指向了那双重的弑兄行为。关于 *splanchna* 作为子宫与生育的含义，另见 Pindar, *Ol.* 6.43 与 Nem. 1.45。

[92] 参 Froma I. Zeitlin, "The Dynamics of Misogyny: Myth and Mythmaking in the *Oresteia*," *Arethusa* 11（1978）149–84。

而是母亲的子宫。

安提戈涅将亲属关系界定为"尊敬同出一个子宫者"（*homosplanchnous sebein*），这深深切中公元前5世纪城邦中的价值冲突。在该世纪初，克里斯提尼民主制（Cleisthenian democracy）得以建立，部分是由于部族关系与血缘关系形成的权力被摧毁；对城邦的忠诚涵括并超越了血缘关系。本弗尼斯特（Benveniste）关于希腊亲属关系词汇的研究认为这个冲突在更早的时间段就爆发了。[93] 希腊亲属关系词汇明确区分了男性族系与女性族系。古印欧词汇中意为"兄弟"的词 *phratēr*（即 *bhratē*，拉丁语作 *frater*），在希腊语中成为意为胞族（phratry）成员的词（*phratēr*；参 *phratra*）。胞族的男性成员基于男性父系联合为一个整体，而他们都"神秘地源自同一个父亲"。[94] 尽管以亲属关系为基础，胞族超出了 *oikos*（家庭）的范围而延伸到城邦，并在其中掌有政治权能。[95] 意为"兄弟"的古语——*kasis* 或 *kasignētos*，最初可能指母系中的兄弟，后来逐渐转义为严格意义上的父系兄弟，而最初意为"姐妹"的印欧语词（等同于拉丁语中的 *soror*），此后就被弃用了。[96] 后来希腊人渐渐用新词 *adelphos*，意即"同属一个子宫"（*a-delphys*），指以母亲为纽带的亲属关系，来表示

---

[93] 参 Émile Benveniste, *Le vocabulaire des institutions indo-européennes*（Paris 1969）I, 212-5, 217-22。

[94] 同前 I, 222。另见 213 页："*phratēr* 并不指血缘上的亲兄弟，而指那些以一个神秘的亲属关系关联起来的人，他们认为自己都是同一个父亲的后代。"

[95] 在克里斯提尼时期，胞族与德莫的重要政治单位之间的关系并不完全清楚。看起来，两者互有重叠，而胞族具有一定的政治含义，参 W. K. Lacey, *The Family in Classical Greece*（Ithaca, N.Y., 1968）92, 95-7。

[96] 参 Benveniste（见注 93）I, 221-2, 212-4。

具有血缘关系的兄弟。[97] 与 adelphos 对称的是 homogastrios 或其同形词 ogastōr，字面义为"共享一个子宫的"，源自 gastēr（"肚腹""子宫"）。安提戈涅的 homosplanchnos 严格对应 homogastrios。无论 homogastrios 和 homosplanchnos 是否在历史上源于前印欧母系亲属系统并保留在希腊语中，与此处并不直接相关。就《安提戈涅》而言，重要的是父系与母系的区分是公元前5世纪中期的雅典听众面对的一个切身问题。

安提戈涅并未在严格意义上用母系与父系亲属关系的词汇来描述她与克瑞昂的对抗，但这个区分显然与此冲突相关，因为克里斯提尼的改革瓦解了部族或亲族（genos）的排他性血缘关系，而这些血缘关系更显然是基于母系的纽带。[98] 正如弗洛伊德很久之前指出的，父系只是推理所得的关系，而母系是直接可见的关系。母亲必然是所生孩子的母亲，但父亲的身份并不像母亲那样确凿无疑。[99] 与克瑞昂对城邦的极端忠诚及其抽象的推理思维相应，他相当依赖父系血缘与权威（639-47；参635）。尽管他在某一方面是非理性的（参182-3），他对父权制的强调与其反女性、反母系的态度（如569）是一贯的。[100] 因此，他与安提戈涅的冲突不仅是家庭与城邦之间的，在更深的意义上是不同生活观念之间的。

这一冲突必然牵涉克瑞昂的儿子，因他是其权力在城邦与家庭中男性一脉的延伸。与奥瑞斯特斯（Orestes）在《欧门

---

[97] 同上注，219。
[98] 参 Lacey（见注95）90-9。
[99] 关于公元前5世纪中期希腊人眼中的父子关系及其与其他议题的关系，参 Zeitlin（见注92）各处，尤其168—174页及180—181页关于该处注释所引的文献。
[100] 关于克瑞昂以家庭作为城邦秩序之范式的抵牾之处（参659ff.），见 Benardete 232-5。

尼德斯》中的胜利呈现了男性青年与其母亲关系的分离以及他进入胞族和城邦的男性社会的开端不同[101]，海蒙之死反映的是男性团体的政治关系让青年远离其母亲而未能成功进入城邦，以及一次向子宫的回归——子宫象征着地下幽穴、生死的神秘基座、仍然由女性控制的原初生育力即"众生之母"，而克瑞昂将很快遭遇女性毁灭与复仇的一面。海蒙因此不仅拒绝了他的父亲，也拒绝了成年男性在城邦中的政治责任，亦即继承他父亲在忒拜的王位。在实质与象征的行动中，他应验了克瑞昂最糟糕的恐惧，即与这女人的"联盟"（740；参648-51）。

安提戈涅以只基于血缘与子宫而成的关系作为其 *philia* 的基础。涵盖"爱"、"忠诚"、"友爱"与"亲属"概念的"*philia*"是区分克瑞昂和安提戈涅的另一个根本差异。在其表达"对同出一个子宫者（*homosplanchnoi*）的敬意"（511）之后几行的对话深化了两种观点之间的冲突（522-3）：

克瑞昂：敌人（*echthros*）不是被爱之人（*philos*），就算他已经死了。

安提戈涅：我的本性不是在恨而是在爱中分享（*synechthein, symphilein*）。

在此处，克瑞昂重复他在第一段言辞（182-3）中对 *philos* 的政治定义，但现在遭到安提戈涅强烈个人忠诚的反对。子宫的"同一性"再次敉平了区分 *philos* 与 *echthros* 的差异性原则。克瑞昂对"葬礼的政治化"处理将两个兄弟作为敌对的政治力量进行区分："他给予这位荣誉，而剥夺另一位的荣誉"

---

[101] 见 Zeitlin（见注92）90-9。

（22）。[102] 然而，对于安提戈涅，那些"同属一个子宫的"人值得相当的荣誉（*timē*）和友爱（*philia*）。同出母胎者（*homosplanchnoi*）应当伴随着姊妹分享的爱（*sym-philein*）。

然而，安提戈涅对同一性的要求忽视了一个关键性的差异。正如第一合唱曲指出的，那个子宫是恐怖与污秽的来源：两位兄弟是"同父母的悲惨之人，互相举起双重胜利的矛，因而双方都赢得了共同的死亡"（143-6）：

> τοῖν στυγεροῖν, ὦ πατρὸς ἑνὸς
> μητρός τε μιᾶς φύντε καθ' αὑτοῖν
> δικρατεῖς λόγχας στήσαντ' ἔχετον
> κοινοῦ θανάτου μέρος ἄμφω.

最后一行中"一"与"二"的对比、双数形式的使用、"共同"与"双方"的相互作用都强调了污秽："他们在同一日互相毁灭，获得了双重的命运，在同一双手的污秽中互相杀害"（170-2）。在"同一性"中如此亲密相连的人竟遭受如此惨烈的"区分"，这本身体现了遍布家庭的分裂。安提戈涅的悲剧任务是坚持最终的"一"或"同一性"并因此敉平这种差异。

安提戈涅开篇的首段言辞就表明了这种斗争。她对伊斯墨涅令人惊讶的称呼，"共同（子宫）的姐妹"（*koinon autadelphon*，1），试图重申家庭基于血缘的统一体，对抗伊斯墨涅描绘那"同一天"死于"双手"的"两位"兄弟（13-14）的残酷现实。安提戈涅的"共同"姐妹也与歌队口中两位兄弟的"共同死亡"（146）形成比照。本剧首行对亲属关系的描述

---

[102] 见 Benardete 1.152, 176, 183。

强调了血缘纽带并因此指向了奥狄浦斯家庭中对同一性更深层的恐惧，即乱伦的婚姻与兄弟相残。[103]"源自奥狄浦斯的不幸"出现在其讲辞的第二行。就连在第三行中论及她自己与伊斯墨涅时所用的双数形式也有其深意，因它再次指向那污秽的兄弟相残（令人想起前引的143—146行）并转向安提戈涅的忠诚，因她正离开在世的亲属而走向已逝的兄弟。克瑞昂的道路正相反：他坚持"差异"并由此推出合乎逻辑的结论，以对抗诸神最终维护的那基于"同一性"的诸种纽带。下表简要总结了上文的论述：

克瑞昂	安提戈涅
现身城邦的是 *philoi*	亲属是 *philoi*
与母亲分离	重返子宫与母亲（大地）
父系亲属关系（胞族）	母系亲属关系（*homosplanchnoi*）
大地作为政治领域	大地作为血缘亲属关系之所在
大地作为可耕耘的区域	大地作为亡者的接收地
上界（奥林匹亚宗教）	下界（冥间诸神）
对自然的操控	与自然的融合与共情
利用死亡	接受死亡

---

[103] 见如51-2, 56-7, 146, 172, 关于两位兄弟；864-5, 关于奥狄浦斯的乱伦。以*auto-*构成的复合词也表明了安提戈涅藐视权威地埋葬其兄弟，参503、696以及821、875、900。注意克瑞昂在306行中所用的*autocheir*对葬礼的罪性所烙下的印记。也可参700、1175、1315以及Benardete（见注11）1.149；卡默比克（见注4）对49—52行及172行的评注；Knox, *HT* 79; W. H. Will, "*Autadelphos* in the *Antigone* and the *Eumenides*", *Studies presented to D. M. Robinson*（St. Louis 1951）553-8. 关于家族诅咒的*koinos*，参146。该词在539行和546行中也描述了安提戈涅对亲属关系不同寻常的忠诚。参克瑞昂的"政治用法"（"共同法令"，162）以及该词在1024、1049、1120行中超出两位主角视野的更宽泛的含义。

续表

克瑞昂	安提戈涅
对爱欲（eros，参569）的拒绝	作为"冥婚新娘"的悲剧式死亡
Logos（非此即彼）	*Mythos*（悖论）
未来或深奥的现在 对时间的计算	过去（死者、继承的诅咒） 无时间的
意在操控的理性	感性

十一

与奥狄浦斯家中未得名位之女（Kore）的死亡相应的是克瑞昂家中未婚之子的早夭。此处，克瑞昂的力量在其最软弱之处一败涂地，这也是他自己与代际循环的联结之处。克瑞昂在剧中与剧终和海蒙的两次碰面都是他面对超出其控制的尖锐冲突。海蒙是克瑞昂通过生育而与家庭形成关系的纽带。在某种意义上，安提戈涅与洞穴代表着家庭、大地与死亡等力量而行动，尤其当他们剥夺了克瑞昂最后的属人关系。"你要从你的胯间（*splanchna*）拿出一个，"特瑞西阿斯警告说，"一个尸体赔付另一些尸体。"（1066-7）通过海蒙，克瑞昂也深刻体会了与胯间（*splanchna*）在肉身和生物意义上的关联。[104] 如我们提到，该词通常指子宫而非下身。因此它模糊了克瑞昂对男女的严格区分并使他在更根本的意义上直面生死。

正如在他最开始对海蒙说的话中明确透露的（639行及以

---

[104] 索福克勒斯现存作品中 *splanchna* 只在这两段中表示这个含义。该词以另一种意义出现在 *Ajax* 995 中。

下），克瑞昂十分担心家庭的团结。心思细腻的海蒙充分利用了他与其父在这点上的一致性：他以"父亲，我是你的"发起他的请求（635）。但克瑞昂的忧虑仅仅使观众有更多的悲悯之感，因为他的败落恰恰源于他疏远了每个在世的和逝去的家庭成员（1302-3）。他呈现出某种柏格森（Bergson）所谓"聪明人在理解生活上天生的缺陷"：到了不可挽回之际，他才正视血缘关系对家庭纽带而言的意义。因此，他的家庭并非文明化价值的中心，也不是代际间传递新生的所在，而是像安提戈涅和奥狄浦斯的家庭那样，成为死亡与野蛮之地，成为洞穴般的"冥所"。

海蒙从他父亲的家庭逃往洞穴，使其家庭暴露在可怕的野蛮之中。在第四合唱曲里，这种野蛮出现在地处文明边界、遥远的色雷斯。同样，此处的野蛮行动（参 *agria damar*，"蛮妇"，973）直指眼睛（*ommata*，974；参 *agria ossa*，"野蛮眼睛"，1231）。儿子那双违抗父亲的"野蛮眼睛"讽刺地与早先痛苦的父子冲突相应：此前，海蒙大声威胁他的父亲，"你永不会再用你的眼看到我的脸"（764）。"双眼"标划了从怒目而视到血腥复仇行动的递进过程。如今"家中的恶祸"（*ta endomois kaka*，1279-80），成了压垮这位君主摇摇欲坠的力量的最后一根稻草。父子之间更深的敌意在暗中潜藏（参弗洛伊德的等式，眼睛＝阴茎），但我们无法在此处讨论这点。

当克瑞昂使用生育的字眼时，这仅仅增强了他的专制原则。因此，当他与海蒙相遇时，他赞许"顺服的后代"，字面义为"顺服的出生"（*gonai*，642）。他用他所喜爱的言说方式推出一个普遍结论，"孕育（*phiteusai*）无用的后代"只会"为自己生出（*physai*）麻烦，沦为敌人的笑柄"（645-7）。海蒙的回应与此不同：神明在人心中"种植"（*phyousi*）智慧（683）。

在他看来，生育是人与自然关系的隐喻。[105]动词"*phyein*"义涉生长、出生、生育，不仅溯及生育更神秘的方面（参144，866），也涵盖安提戈涅关于生育、亲属关系以及"与生俱来的自然"或*physis*完全相反的态度（参523，562）。

克瑞昂对顺服的要求将家庭秩序同化为城邦秩序并敉平了两者的差异：权威的缺失，*anarchia*，"会破坏城邦，颠覆家庭"（672-4）。他鄙夷亲属关系，诋毁安提戈涅对"看顾亲属血缘的宙斯"的崇敬（658-9），并宣告他的原则：家里优秀的男性在城邦中也是正义之人（661-2）。正如在这段讲辞里，克瑞昂在此处表达"秩序"的词是"*kosmos*"（660，677，730），该词也用以描述安提戈涅对尸体的埋葬（396，901）。前者将亲属关系置于城邦"秩序"之下；后者违抗城邦而去"安排"一位已逝亲属应得的仪式。

克瑞昂自始至终都将亲属的语词整合进其政治框架之内。在其开篇讲辞里，他称其处理尸骸的法令条款与其对城邦律法（*nomoi*）的崇尚"如出同源"（*adelpha*）或"亲如兄弟"（191-3）。当他盘查儿子的忠诚时，他所用的字眼是"最终表决"（632）、一位政治"盟友"（740）或"一场官司"（742）。另一方面，克瑞昂在这幕里用生育、出生和抚育等语言（660）来表达理性的城邦权威，这与此前第二合唱曲中家庭一词所表达的不祥的、非理性的意义形成鲜明对比（参*genean*，*genos*，596）。我们应当注意从该合唱曲到关于政治智慧的格言式辩论的过渡：歌队将海蒙介绍为"（克瑞昂）子女中最后生的（*gennēma*），正哀悼其新娘，因婚床的失丧而悲痛欲绝"（626-30）。这些介绍

---

[105]另注意克瑞昂在727行中将*physis*作为权威的标准；参海蒙721行所说的话。Goheen 89注意到，安提戈涅"本能地将*physis*与*nomos*等同起来，这部分地相应于她将自身等同于一个涵纳万物的既神圣又自然的最终秩序"。

紧接在第二合唱曲之后，当欧律狄刻暗示另一个儿子的早夭时，显露了其不祥的含义；当克瑞昂面对他的家庭所遭受的最后的毁灭性打击时，他依次哀叹了"母亲"和"孩子"（1300）。

在此前的讲辞里，克瑞昂消极地将生长的意象糅合进他的政治智慧中：败坏出现在"如邪恶的货币（nomisma, 295-6）般欣欣向荣（eblaste）"的城邦里。其后，海蒙进一步说，"孩子最大的快乐莫过于一位正值壮年的（thallōn）父亲的美好名声"（703-4）。但这个关于父子相爱的说法结束在两父子可怕的决裂之中；其后，克瑞昂从"高贵的子嗣中正值壮年（thallōn）"之人转变为"行尸走肉"，几近死亡（1164-7）。

词根"thall-"也出现在"新折嫩枝"（neospasin thallois）中，克瑞昂以此焚烧波吕涅克斯的遗骸（1201-2），只是一切都已太迟。为火葬堆增添新近"盛长"的枝条意味着克瑞昂始终不肯面对人力不及的生死力量。这也预示了他将会痛苦地偿还那笔他一直顽固地拒绝承认的亏欠死者的债。正如以迟来而无用的净化礼平息怒火中烧的地下诸神（1199-200）将引向克瑞昂那"难以平息的冥府港湾"（1284），这勉强而为的仪式中的新折枝条呼应了倏忽身亡的王后那"新割的创伤"（neotomoisi plēgmasi, 1283）——她是"尸身之母"，为两儿之死而惩罚克瑞昂（1304-5）。坚称长幼有序（639-47，726行及以下，728，735）的克瑞昂将为儿子的夭折、为"少年的少时厄运"（neosneōisynmorō[i], 1266）而痛哭流涕。

在全剧里指亲属关系的词 syn-haimōn 或 hom-haimōn，字面义为"血脉相同"。但"血"，haima，也令人想起家族内延宕的残暴激情，比克瑞昂所想象的更为混乱（658-62）：波吕涅克斯嗜其同胞之血（121, 201），奥狄浦斯家族所受诅咒的"染血微尘"（601-2；此处西格尔所据希腊文原文 κατ'...ἁμᾷ κονίς 与中译本所据 κατ'...ἁμᾷ κοπίς 不同，另外此处的"染血"原文

为 φοινία 而非 ἁμάο。——译者注），菲纽斯残暴家庭中那可怕的"血污之手"（975-6）。克瑞昂对安提戈涅家族忠诚的嘲笑相当于侮辱了那监察着血脉同源者（synhaimon）的神（488，659）。

这些被嘲弄的血缘关系通过海蒙——与克瑞昂血脉最深之人——的死"报复"了克瑞昂。海蒙的名字本身就是一个与此相关的不祥双关语："海蒙用自己的手血染了自己"（Haimon...autocheir d' haimassetai, 1175）。隐含在剧中的 Haimon、haima 与血的各处颠转[106]甚至体现在对海蒙之死的描述里，因他的死是对生育行为的戏仿：他在死荫中"抱住"（1237）他的新娘，将"一股急涌的血流洒在她惨白的脸庞上"（1238-9）。

在剧情突转之际，奥狄浦斯一家潜藏的非理性力量转而对抗克瑞昂：这些力量不仅体现在"血"与子宫（splanchna）里，也显现在对亡者（kōkytos）的"哀悼"里——这哀音从安提戈涅转到克瑞昂身上（204；参1227，1316）。这个不幸家族所背负的诅咒也显现在"以自己的手"（autocheir）这个词里，从安提戈涅一家到克瑞昂一家（1175，1315）。[107] 克瑞昂释放安提戈涅的地下"蔽所"（stegē, 1100）重现在那个即将被欧律狄刻那饱含着"（克瑞昂）自家悲痛"（oikeion penthos, 1248-9；参 oikeion kakon, 1187）的哀音所充满的"蔽所"。克瑞昂所欲驱逐到城墙外之人（172）不仅进了他的城（1015-8），还入了他的室（1284，1315）。在进场曲中以璀璨之光为意象赞颂的城邦胜利的光辉（100行及以下）转变为欧律狄刻在

---

[106] 关于该词的文字游戏，参 Benardete 3.176；古人已注意到此点，见 Apollodorus, *Bibl.* 1.16.3，并参洛布版中 Frazer 在该处的注释。
[107] 注意172行，克瑞昂用他自己的手（autocheir）在安提戈涅家中制造了兄弟相残的血污（miasma）。在306行，他同样用自己的手对付藐视其法令的对尸体的不法埋葬。另参900行。

家中悲痛自杀之际的幽怆目光（1301-2），也转变为克瑞昂所不愿见的维系生命的日光（1328-32）——这应验了特瑞西阿斯的预言（1064-7）。[108]

本剧具有"可怕的对称性"：克瑞昂对血缘关系的过分贬低与安提戈涅对它的过分拔高在前者对天神的忠诚和后者对冥神的忠诚的惨烈冲突中互相消弭，双方各自表达了其性别所属的狭隘而绝对的态度。若不计两者的差异，克瑞昂和安提戈涅的命运可以说是互衬互映。安提戈涅为那不可由生育更新的血缘关系而牺牲生命和婚姻的意愿形成了一个不合乎理性但合乎逻辑的连锁反应。这个连锁反应通过毁掉克瑞昂自己家庭的生育延续性，毁掉了克瑞昂：母子一同被扯入灾祸当中（参1300）。

克瑞昂最初将他的家庭界定为秩序与服从的模范，与安提戈涅的家庭截然相反。在伊斯墨涅身上，他看到一条毒蛇盘桓在他的家中（531行及以下），也看到那受诅咒的迷祸（*atē*）的根源，而他不会孕育这种疯狂（533；参660）。但他的家庭其实蕴含着其自身的迷祸（*atē*）。*Atē*在第二合唱曲中刻画了奥狄浦斯家族所受的诅咒（584，614，625），而在安提戈涅的首次发言中刻画了她自身（4）。其后，克瑞昂将不得不承认*atē*"并非其他人的"而正是他自己"错误"的结果（1259-60；参1096-7）。[109]

---

[108] 注意1329—1330行的 *phanētō...hokallist'...hameranagōn*（让它显现……最美的……日子，领［我走向我的宿命］）与100行及以下的 *to kalliston... phanen...hameras blepharon*（最美的……日光之目……照耀……）之间的联系。关于这两处文字之间的长途关联（*Fernverbindung*），索福克勒斯不太会期望大部分听众都跟得上。

[109] 关于克瑞昂的*atē*和安提戈涅的*atē*之间的互动，参Saïd（见注50）199ff., 364-5。

渐渐地，克瑞昂的家庭加剧上演了其反面，即奥狄浦斯的家庭的混乱，尽管克瑞昂小心翼翼地将自己和城邦与之分开。他与海蒙的对抗重演了安提戈涅家庭内部亲属间染血招污的冲突。就在克瑞昂和海蒙不快的对话之后，歌队向厄洛斯唱了一首颂曲，因厄洛斯的力量"激起了同血同源者之间的冲突"（*neikos syn-haimōn*, 793-4），而这正呼应了在进场曲里"多冲突"的波吕涅克斯（*Poly-neikēs*）与其兄弟之间的冲突（110-1）。描述亲属间染血招污之杀戮的词汇也从奥狄浦斯的家庭转移到克瑞昂的家庭。克瑞昂以有节制的抑扬格描述奥狄浦斯两个受诅儿子之死，而这在后来呼应了他受自身痛苦的折磨而爆发的痛哭（以抒情诗格［lyric meter］表达）：

在同一天，在双重的命运中，他们死于彼此残杀，双手沾染着兄弟的血污。（170-2）

哎，你们看见这同族的（*emphylioi*）彼此残杀。（1263-4）

最后，欧律狄刻像约卡斯塔那样默然离场，用自己的手杀死了自己，在克瑞昂的家中重演了奥狄浦斯家庭的命运（*paisasa...autocheir hautē*, 1315；参 *paisantes...autocheiri*, 171-2）。

十二

家庭和城邦都无法证明自己是文明化价值的核心，这部分造成了本剧的悲剧性境况。安提戈涅对家庭的奉献，正如克瑞昂对城邦的效忠，成就的不是生命而是死亡和灾祸。尽管安提戈涅以灿烂高贵之言辞表达了其天性中对爱而非恨的诉求（523），她所表达的爱是基于她与亡者的关系而非与生者的关系。伊斯墨涅看到了这点："你的热心是为那冰冷的亡者而发。"[110]（88）在她最后的发言里（904-15），她试图使自己的爱合理化，但其逻辑，或其不合逻辑之处，令编校者和注解者感到疑惑。[111]

尽管我们并不清楚先于索福克勒斯剧作的故事传说，我们不能排除这样一种可能性：索福克勒斯本人创作了安提戈涅为破除走向衰亡的家庭所受的诅咒而牺牲她未来新的家庭这个主题。[112] 根据与索福克勒斯同时期的一个神话版本，安提戈涅在后七将（Epigonoi）攻忒拜的时候仍然活着，并在赫拉的一座神庙中被烧死。[113] 在欧里庇得斯那里，安提戈涅偷偷与海蒙结婚并产下一子。[114] 如果572行的"啊，最亲爱的海蒙，你父亲多么不尊重你"，是安提戈涅说的话（尽管手抄本并不如此理解），那么她在生与死、婚姻与冥府之间的张力就更为

---

[110] Parodi（见注19）试图缓和安提戈涅对伊斯墨涅所说之话的语气，但这并不令人信服。例如，她并未注意到86—87行。

[111] 参Kamerbeek和Jebb，以及杰布在258—263页的附录。

[112] 这个神话故事有许多变化，无法确定哪个是先于索福克勒斯的准确版本，参T. von Wilamowitz（见注82）15页及以下；Robert（见注82）I, 349，参375, 445；Roussel（见注80）76页及以下；Kamerbeek，"导言"1-5。另参下两个注所引书目。

[113] Roscher, "Antigone", *Lexicon* I.1（1884-90）372-373; Meuli, "Laodamas", *RE* XII.1（1924）696-697.

[114] 参*Antig.* 1350的古本旁注以及*Hypoth. Antig.*9；参杰布的"导言"xxxviii页及该处nl；E. Bethe, "Antigone", *RE* I.2（1894）2402-3。在Hyginus, *Fab.* 72，当他们的婚礼被发现，海蒙杀死了安提戈涅。Roussel（见注80）79-81不同意Robert（见注82）I, 366-7的看法，认为安提戈涅与海蒙的联姻在索福克勒斯之前就已经存在于神话之中，但他的说法缺乏实质证据。

强烈。不过，这一张力尽管强调了她的悲剧性，但并未缓和她站在亡亲而非生者一边的最终决定。

一方面，家庭激发了安提戈涅的爱与英雄主义；与此同时，家庭是神秘诅咒的载体，也承担着该诅咒背后的怨恨与非理性之恶。当安提戈涅承认她埋葬了波吕涅克斯，歌队与克瑞昂联合起来，称她为"一个野蛮父亲的野蛮后代"（*gennēma ōmon ex ōmou patros*，471）。[115]"后代"（*gennēma*）预示了后来在第四合唱曲里"gone"（950，981，982）和表"生长、孕育"义的词根 *phy-* 所表达的关于生育的黑暗主题。正如奥狄浦斯家庭的暴力再次从兄弟相残转到安提戈涅和其他地方，"生育"也回荡着一种不祥之音：在歌队唱完关于奥狄浦斯家中的诅咒与疯狂（*atē*）的颂曲之后，他们转向克瑞昂并称海蒙为"你最后孕育的儿子"（*paidōn tōn sōn / neaton gennēma*，626–7）。

在471行，安提戈涅作为"野蛮父亲"的 *gennēma*（生育、后代）的"野蛮特质"在两个家庭即将来临的厄运之间建立了关联。克瑞昂将她兄弟的尸首弃给"啖生肉的狗群"（*ōmēstōn kynōn*，697）。自471行中歌队的观点来看，城邦外动物世界的"野蛮性"凶险地蛰伏在家庭园囿内的"野蛮性"之中和安提戈涅的身上。但697行"啖生肉的狗群"与克瑞昂家中最末的后代一起守卫着安提戈涅。现存索福克勒斯作品中这个形容词只此一见，而本剧中除了 *ōmon* 外只有此处出现"野蛮"。自此，克瑞昂的家庭出现分裂，而这与安提戈涅家中的分裂具有同样的毁灭性。

当特瑞西阿斯描述那"满布飞鸟与狗群所宴飨之物（*bora*），不幸的奥狄浦斯的后代（*gonos*）"染血祭坛时（1017–

---

[115] 参 Hannah Arendt, *The Human Condition*（Garden City, N.Y., 1959）27–34。

8),作为悲剧命运的预言者,他追述了这个家族所承受的恐怖诅咒。Gonos一词令人想起前一首合唱曲和627行中的不祥生育,以及该家族生育力和延续性的断绝。在这个刻画生动的段落里(1017-22),"鸟兽们吞食着被杀者的血膏"(1022)一行对野兽生啖人肉之景象的强调表明,在克瑞昂的城邦中,有一种至少与安提戈涅家中的"野蛮"(471-2)同样凶险的野蛮。[116]瑟特·伯纳德特(Seth Benardete)说,"律法具有培育男子气概的政治效能,而它本身呈现为一种动物化的工具"。[117]在歌队看来,如果说安提戈涅使其家庭的教化(civilizing)功能转为其家庭诅咒的非理性暴力,那么克瑞昂就有心制造一种更为根本的毁灭,这可怕地体现在特瑞西阿斯所说的生啖人肉之中。在双方的激愤与过度之中,家庭与城邦陷入一个由诸种对立构成的矛盾统一体,其中,每一个人都同时是开化的和野蛮的。

安提戈涅自其父亲所得的"野蛮性"为我们提供了在心理学意义上解释其家庭诅咒的可能性:这是一种源自其祖辈的特质,是奥狄浦斯家族代代相传的具有暴力和强烈情感色彩的片面性。但这也是其血统中所存留的更为原始的过去,即兄弟相残与乱伦的血污,而这如今变为克服其古老遗存、以理性取代非理性、以律法取代诅咒的努力。在此意义上,本剧延续了埃斯库罗斯《奥瑞斯提亚》中充分呈现的各种冲突。在他最后的剧作《奥狄浦斯在科洛诺斯》里,索福克勒斯将延续其与埃斯库罗斯的对话,再次将注意力放在奥狄浦斯的家庭,但给出了一个更为令人愉悦的结局。

---

[116]注意,在1022行中,重复了词根 bora(117)的动词 bebrōtes 强调了吞食的主题。关于 bora 的动物性意涵,见注18。
[117]Benardete 3.13.

安提戈涅与文明化价值观念之间的含混关系——她既捍卫又破坏这些价值观念——显露出文明自身另一种深刻的悲剧式分裂。英雄体现了这种分裂并将其转化为行动。自历史的角度来看,英雄处于古今社会的融合与冲突之中,处于古旧部族的价值观念与城邦中合作性的、以理性界定的价值观念的冲突之中。

克瑞昂对城邦的排他性忠诚也是对大体上由主导着城邦的男性共同体所构建和维系的紧密关系的忠诚。城邦的公共领域、公民大会、集市广场与剧场是男性或仅限男性参与的机构拥有完全自治权的地方,完全独立于由女性主导的家庭(oikos)、生育、生产与抚育的空间。[118] 由于家庭生活与公民大会或剧场生活之间存在差异,喜剧从中找到笑料,如阿里斯托芬在《地母节妇女》《吕西斯特拉忒》《公民大会妇女》中所做的。在悲剧中,这种差异的碰撞体现为家庭在有组织的城邦生活、艺术或战争等男性行动中对那些践踏家庭之人的复仇。

因此,克瑞昂对女性的攻击性不仅仅是威权人格的另一个心理特点:他坚守男性对女性的绝对优越性,而这正对应城邦对家庭的绝对优越性。在心理学意义上,他的态度反映了公元前5世纪希腊男性似乎对成熟女性心怀的不安与含混态度。[119] 在文化层面,它表达了在父系社会中男性知识人独有的自治权与受管束的女性具有的难以抑制而又被渴求的生殖力量之间的张力。女性的这些力量将男性抛回到他们对自然世界的依赖之中,尽管他们试图控制这个自然世界。

剧中的男性角色,克瑞昂和海蒙,体现着不同但互为关

---

[118] 参Hannah Arendt, *The Human Condition*(Garden City, N.Y., 1959)27-34。

[119] 关于公元前5世纪悲剧中对女性的这些含混态度,参Philip Slater, *The Glory of Hera*(Boston 1968)以及 "The Greek Family in History and Myth", *Arethusa* 7(1974)9-44; 以及Zeitlin(见注92)各处。

联的对待这一张力的方式。尽管海蒙宣称他忠诚于其父（"父亲，我是你的"，635），这位年轻人为了他未婚新娘所在的那洞穴般的反常之家（oikos），不顾自己的家庭及其父系权威。同样，他的新娘离开自己的家庭来到她丈夫的所在。他因对其未婚妻强烈的爱而背离文化规范，过于重视与这位女性的关系因此颠倒了合两家之好的常规仪法。[120] 就像《特拉基斯少女》中的赫拉克勒斯，克瑞昂低估了女性及与之相关的创造生命的过程（569），并未料想到他家庭中爱欲（eros）的破坏力。

新郎进入新娘之家的反常行动对应另一个更具毁灭性的融合：闺房成了死神之家，无法孕育新生命的砂砾地成了婚床（1204）。这一颠转深深地植根于安提戈涅与其家庭含混的关系。安提戈涅并未根据任何一种"具有聚合力的友爱关系"（desmoi philias synagōgoi）——普罗塔戈拉所谓的社会所需的整合力量[121]——横向地理解她的家庭关系；相反，她以纵向的方式理解她的家庭，并向下与冥府中的友爱者（philoi）结为一体。对她而言，友爱（philia）与家庭（oikos）并未将个体与生活在一个由各个家庭成员互相关联的复杂网络之中的他人结合起来，反而将分裂与单个家庭联为一个以死亡为中心的

---

[120] Kurt Von Fritz, "Haimons Liebe zu Antigone," *Philologus* 89（1934）18–33 = *ANtike und Moderne Tragödie*（Berlin 1962）227–40认为爱欲的主题相对而言不太重要（21-2, 28-30 = 228-9, 236-7）。但考虑到第三合唱曲以及海蒙之死中强烈的性爱意象，我们无法否认该主题出现在这场灾祸中并起到一定的作用。关于Von Fritz的说法，参Kamerbeek一书的导言（2）；Coleman（见注92）各处。

[121] 我们或许可以比较弗洛伊德关于爱欲移散（diffusion）和升华为诸种友爱关系和那些使社会得以可能的"限制欲求"的各种关系的观点；参 *Civilization and Its Discontents,* trans. Joan Riviere（Garden City, N.Y., 1958）49。关于友爱在本剧中多面的价值，参Knox, *HT* 80ff.; Dalfen（见注58）23–6; Victor Ehrenberg, *Sophocles and Pericles*（Oxford 1954）31; William Arrowsmith, "The Criticism of Greek Tragedy," *Tulane Drama Review*, 3.3（1959）42–3。

整体。更讽刺的是，安提戈涅献身于那具有整合力的基于友爱（*philia*）的亲属关系，而这份忠诚和奉献却是通过一种死亡之爱（*Liebestod*）的分离性爱欲（*eros*）来达成的（参781行及以下，1234–43）。

在对待海蒙的问题上，克瑞昂陷入了对待家庭的两种相反态度。一方面，他将家庭（*oikos*）的诉求置于城邦（*polis*）的绝对诉求之下。另一方面，他宣称父亲在家庭中应当获得绝对的服从。[122] 他与海蒙的交锋完全呈现了这一矛盾。克瑞昂蔑视安提戈涅在意的亲属血缘关系（658-9），但始终要求海蒙对父亲的意志毕恭毕敬（*gnōmē patria*，640；644）。他要求顺从他的后代（*gonas katēkoous*, 641-2）与父亲共友同仇（*ex isou patri*, 644）。这表明他心目中的家庭和城邦一样，都是狭隘的父权制的。在他首段讲辞中，他拔高了"祖国"（fatherland）的权利而贬低亲属关系的权利，就像他在641—644行对海蒙宣称的那样："如果有人把朋友（*philos*）放在祖国（*patra*）之上，这种人我瞧不起"（182-3）。国土和家庭都从属于"父祖"（182，640，644）。

克瑞昂用"*gonai*"来表示他所谓的顺从的后代，该词字面义是"生育"。如我们已经看到的，该词词根"*gon-/gen-*"让人想到女性分娩的神秘力量和不祥的、无法控制的家族诅咒的力量（参598-9, 627, 981-2, 1018）。克瑞昂为了父系权威而颠覆了超出男性统治范围的力量（641-2）："因此，男人（*andres*）祈求所生育的可以顺从他们。"

于是，在家庭与城邦之争的背后，也蛰伏着母亲权利与父亲权利之间的对抗。安提戈涅对家庭的看法远超越父亲威权本身。她看重真正的血缘关系，而不是将家庭理解为城邦中

---

[122] 参 Benardete 2.34。

父权制秩序的缩影（897-9）："我怀着强烈的愿望，希望当我到下面去的时候，我可以是我的父亲所爱的人（*philē*），还有我的母亲啊，可以成为你所爱的人，以及我的亲哥哥啊，可以成为你所爱的人。"就连她的愿望也用与女性家庭角色相关的词汇来表达，"我怀着（*trephō*）"。因此，作为母亲典范的欧律狄刻，她在克瑞昂的败亡中扮演着如此重要且具有决定性的角色。

克瑞昂需要通过儿子的继承来永葆家族的生命线，正如他继承了奥狄浦斯一家，"因为我是死者的至亲（*anchisteia*）"（174）。但在这一诉求中，克瑞昂并未依赖代表着安提戈涅对血缘关系之忠诚的子宫（*splanchna*）的生育力（511）。正如武拜王位的争夺已然表明的，拥有后代既是政治问题也是家庭问题；而克瑞昂害怕失去"出自他*splanchna*的儿子"（1066），即他最末的后代或"生育"（*gennēma*，627-8）。

克瑞昂将家庭纳入城邦的看法与他坚持的家内绝对父权的观念存在矛盾，而这点相应地体现在剧情结构中，因为矛盾的是，克瑞昂的败亡不是城邦的，而是家庭的。此外，这一败亡更进一步削弱了他对家庭的父权制式的理解，因为它发生在母子的近亲关系当中。在其灾难的顶点，克瑞昂说出了这样的话："我看到我面前躺着的尸体。哎呀，哎呀，孩儿他妈啊，不幸啊；哎呀，我儿啊。"（*pheu pheu mater athlia*；*pheu teknon*，1300）

十三

欧律狄刻，一个处在家庭背幕之中的幽暗角色，一位典型的悲痛忧伤的母亲，至此突然显出其重要性。当报信人宣告她的死亡，他称呼她为"这尸首的真正母亲"（1282），这个修饰语（pammētōr或pammōteira）罕见于希腊古典文学。在埃斯库罗斯笔下，这是地母盖亚的修饰名号；后来也被用来描述夜神和众神之母瑞亚（Rhea）。[123]当它被用来修饰欧律狄刻时，它似乎赋予了她某种已被克瑞昂破坏的自然力量，只为了让她更可怖地在大地深处面对这些力量。于是，欧律狄刻这个角色背后潜藏着神秘的女性象征，指向那不受人控制的、无法避免的自然进程：第一合唱曲中的地母（大地、盖亚），第二合唱曲中的复仇女神，对唱曲中的尼奥贝，第四合唱曲中菲纽斯的"蛮妻"，第五合唱曲中埃琉西斯的诸女神。

欧律狄刻简赅地提及儿子墨伽柔斯的早夭（1303-5），暗示了夫妻之间可能存在的怨恨和敌意。这一张力极深地植根于城邦价值与家庭价值之间的冲突之中。在一个与索福克勒斯同时代的传说版本中，"野蛮的龙种"之一（参1124-5）不得不牺牲自己以拯救城邦。只有克瑞昂和他的后代可以做到，而他儿子中的一位（欧里庇得斯称之为墨诺扣斯[Menoeceus]）跌死在龙的"深暗领地"。索福克勒斯并未详述这个传说，但如我们所见，他两次间接提及克瑞昂另一个儿子的死亡（626-7，1301-5）和克瑞昂与忒拜此前经受的苦难（993-5）。1301—1305行模糊地暗示不远的过去曾发生的灾祸。该段中的墨伽柔斯可以等同于欧里庇得斯的墨诺扣斯。尽管具体细节模糊不清且含义不详，欧律狄刻明显因丧

---

[123] Aesch. *PV* 90; *Homeric Hymns* 30.1，另参Sikes-Allen-Halliday对该处的注释（Oxford 1936）; Meleager, *Anth. Pal.* 5.164.1; *Epigrammata Graeca* 823.4 Kaibel; *Orphica*, frag. 168.27 Kern。更一般的讨论，参Roscher, *Lexicon* I.2（1886-90）1570"盖亚"词条; Benardete 1.192。该修饰语似乎只有此处被用来修饰一位会死的女人。

子而指责克瑞昂。[124]欧律狄刻所说的最后一个词,"杀子者"(*paidoktonos*,1305),以及她所说的"先前死去的墨伽柔斯的光荣命运(手抄本作*lechos*,'床')",暗示着潜藏的敌意及其为城邦牺牲的儿子的各种根源。痛失后代的母亲们对男性政治抱负的怨恨对应埃斯库罗斯15年前笔下的克吕泰涅斯特拉(参《阿伽门农》1415行及以下)。

第一合唱曲中被征服的大地以更为神秘的方式在忒拜的起源——地生之龙(*drakōn*)中重现。在那里,大地是孕育众多怪物与巨人的子宫。[125]"种子"或"播种"(*spora*,1125)令人想起本剧中具有极大含混性的生育主题。在进场曲中,歌队牢牢地站在城邦的一方,歌颂忒拜对阿尔戈斯的胜利,视此为忒拜之龙(*drakōn*)对阿尔戈斯之鹰的胜利(125-6)。[126]冥地(chthonic)与奥林波斯之间的冲突在此处具体化为诗歌的意象:龙(*drakōn*)是地生的,而鹰意味着奥林波斯的宙斯(参1039-40)。然而,这两端变得模糊,因为忒拜城也与冥地相关,而克瑞昂也会侮辱奥林波斯的宙斯。墨伽柔斯的故

---

[124] 具体参欧里庇得斯《腓尼基妇女》915-1018以及1090-2。在埃斯库罗斯《七将攻忒拜》474行中,克瑞昂的儿子,即"克瑞昂之种,龙牙人的一族",被称为墨伽柔斯,但除了厄特克勒斯委派他坚守城门,埃斯库罗斯并未告诉我们更多的信息。关于该故事以及墨伽柔斯即墨诺扣斯的可能性,参Francis Vian, *Les Origins de Thèbes, Cadmos et les Spartes* (Paris 1963) 212-215; Jebb关于1303行的注释;卡默比克关于995行的注释;Benardete 2.30, 3.183-184。Robert(见注82)I, 356行及以下和卷II 125页注45中对两者同一性表示怀疑;"Louis Méridier in *Euripide*", Budé ed., 5 (Paris 1950) 138。

[125] 例如,注意在《特拉基斯少女》1058-9和欧里庇得斯《酒神》538行及以下和995-6中"地生的"的不祥含义,参C. Segal, "Euripides' *Bacchae*: Conflict and Mediation," *Ramus* 6 (1977) 108-9, 115; Vernant, *MP* I, 27-8。关于克瑞昂并未将龙种神话纳入其对忒拜城的理解之中,参Benardete 3.156, 183-4。

[126] 关于文本问题和对难解的125—126行的解释,参Jebb和Kamerbeek。

事尤其唤起忒拜神话中不祥的要素及"被播种之人"(即龙族人[Spartoi]与种子[sperma]和播种[spora]同词根)。龙(drakōn),忒拜的地生者,以及墨伽柔斯之死都指向大地和忒拜城中被克瑞昂蔑视的各种强大力量。

忒拜肥沃的土地通过欧律狄刻进行报复,既绕开了克瑞昂以男性为中心的政治理性主义,也避开了"人颂"中对自然的统治。特瑞西阿斯的预言并未提及欧律狄刻的自杀,她的自杀挫败了男性统治者的父权制权威和男性权威角色(包括国王和预言者)。他们忠于奥林波斯诸神,而她的亲属则是大地与家庭。她的死亡公然违抗城邦中理性的正义秩序,而实现了另一种正义。她的正义是"城邦之为城邦,要承受一种苦难,一种没有神正论可以理解的苦难"[127]。

在某种意义上,欧律狄刻是一位年长的安提戈涅。[128]两位女性都痛失了两位暴死的男性亲属:安提戈涅失去了波吕涅克斯和厄特克勒斯,欧律狄刻失去了墨伽柔斯和海蒙。两者因各种政治原因痛失亲属,而这些失丧都归咎于由男性掌控的城邦世界。最终,通过与两位女性相关的封闭空间——一边是洞穴,另一边是家中的内室(mychoi, 1279, 1293)——她们孕育了这个男性世界的毁灭。这些内部空间属于家庭,但它们也是女性特有的、子宫般的原初空间,是男性彻底依赖女性的所在,是生前在子宫中神秘而封闭的黑暗,也是死后在地下世界中的黑暗。安提戈涅和欧律狄刻都与作为生死之神秘源头的大地相关:被埋葬在地下的安提戈涅是冥王的新娘(我们会想起诸如安菲阿拉奥斯和特洛菲尼乌斯[Trophonius]等人物形象),又好比石化的尼奥贝;欧

---

[127] Bernadete 3.177.
[128] 参Ronnet(见注115)27。

律狄刻是"真正的母亲"。

生死的诸种力量不仅强调了洞穴的主题（可能是索福克勒斯的创造），也强调了克瑞昂的家庭转变为"冥港"。对安提戈涅而言，洞穴首先与地下世界和她为之而死的血亲（同子宫者，homosplanchnoi）相关。对欧律狄刻而言，洞穴般的家中内室意味着子宫。但两位女性角色和洞穴的两个方面——地下世界与子宫——是相辅相成的。在这些内部秘所，无论是大地的还是家庭的，受抑制的女性力量和激情都能在其中找到宣泄之道，而这通常以灾祸的形式出现。除了得阿涅拉，我们或许会想起克吕泰涅斯特拉及其地毯和网络、美狄亚、菲德拉以及赫卡柏的黑暗帐篷。安提戈涅"为了敬重同子宫者"而献身家庭，使得那被克瑞昂秩序化的、建有七重门的、在宗教的意义上受奥林波斯神祇庇护的城邦直面那些在地下和灵魂中更黑暗的力量，[129] 直面内部深处——子宫与大地的未知黑暗中生命诞生和终结之际的黑暗。

《安提戈涅》的神话背景还包含另一个不祥的母亲角色，她拥有可怕的力量，即第四合唱曲中菲纽斯的凶蛮妻子。她是典型的邪恶之母的另一个呈现，用织器——这与女性在家庭的幽暗内部空间相关——使两位继子失明（976；这是否象征着去势？）。正如安提戈涅和欧律狄刻的例子，女性的激情和潜藏的暴力显露在其与两位男性后代的关系之中（dissoi Phineidai, 971）。

这些女性角色的文化意涵与其心理意义相辅相成。它们

---

[129] 参Laszlo Versényi, *Man's Measure*（Albany, N.Y., 1974）197-8, 209; K. Kerényi, "Dionysos und das Tragische in der Antigone," *Frankfurter Studien* 13（1935）8："他们之间的斗争重启了古老的诸神之争：提坦的自然力量以及那些管理着非精神性的生命和血缘关系的神祇让步于新一代的神明、那些在古典美的世界中统治着的精神性力量。"

体现了男性取向的理性主义在面对生死奥秘时的悲剧式失败。正如狡诈的美狄亚知道的，女性通过后代进行的复仇伤害的是男性最软弱、最具依赖性的地方。

无论克瑞昂如何叫嚷，本剧的决定性行动都取决于两位女性——安提戈涅和欧律狄刻——和克瑞昂的儿子，他在城邦范围外的幽暗洞穴中为爱欲（eros）舍弃父系家庭。在字面意义和比喻的意义上，忒拜王的家庭如今与那手染血污的叛乱者波吕涅克斯及其姊妹（她是受城邦石刑威胁杀死的罪犯和污物）所在的、被诅咒的家庭融合为一。

正如安提戈涅离开家庭藩蔽的内室而独自对抗整个城邦（36），[130] 她迫使克瑞昂走上或"匍匐在"同样的最终"道路"（807；参1210，1213，1274）。这是毁灭（atē）的道路。在第二合唱曲中，它出人意料地匍匐在人类生活之上（585，613，618）。当克瑞昂走入他的洞穴时，他与城邦共同体的紧密关系分离开来，正如安提戈涅在走入她的洞穴时与家庭的紧密关系分离开来，但他在这种个体化原则（principium individuationis）中的经验并未带来新的英雄式力量，反而带来一种真正的彻底毁灭（1325）。

"人无法逃离的只有冥府"（361-2）：最终，死亡是人的量度，是人性的试金石。[131] 但文明也包含着人虔敬地进行（在《安提戈涅》之后某个后辈作家所说的）"生活的劳作"（ta

---

[130] 另参178行与203行，克瑞昂在该处强调整个城邦在其律法下的团结。不过，后来海蒙对与安提戈涅（693，733）和克瑞昂（733-9）相关的公民团结提出了不同的看法。

[131] 参Schmid（见注2）15，"由于冥府一词，对理性主义成功的承认透着一丝寒光"（Auf diese Anerkennung der Erfolge des Rationalismus fällt aber ein kalter Strahl durch die Worte Haida）。关于死亡与冥府主题的重要性，另参Ehrenberg（见注121）26-7; Kerényi（见注129）9-10；另见前注51。

erga tēs zoēs）的力量。[132] 基于相反的理由，克瑞昂和安提戈涅皆与这些"生活的劳作"有着含混的关系。克瑞昂通过将生死的诸种神秘力量以及可由它们传递的非理性力量排除在其律法（*nomoi*）之外，失去了使其成为人的理性根基；安提戈涅为了亡者所属的律法（*nomoi*）而牺牲了其生存和爱的能力，成了一个纪念碑式的，但也冷酷如石的英雄主义的典范。她因此施展出女性的各种毁灭性能力，也显露了大地及其作为死者之承载者而非新生之源头的否定性功能。我们可以比较第二合唱曲中阴暗的地下世界与第五合唱曲中埃琉西斯的得墨忒尔"向一切张开的怀抱"（参894）。

十四

"人无法逃离的只有冥府"，歌队在"人颂"的最后一节如此咏唱（361-2）。"没有一个会死者或不死者能够躲避你，厄洛斯啊"，歌队在第三合唱曲的首节如此总结。无法躲避的爱对应着无法逃避的死亡。但无法控制和非理性的力量在这两个断言之间的四百行诗中令人不安地增长。"人颂"中的这个简单界定，死亡之不可避免性，隐约地显现为对人的含蓄定义中最重要的部分，而本剧将在冲突的合奏中打磨出这个定义的全部细节。

本剧的合唱颂曲也有重要功能，它们标示着暴力与非理性逐渐走向高潮，与对话中的抑扬格三音步诗句相辅相成。[133]

---

[132] Anonymus Iamblichi 7.3 and 7.5 in DK, vol. II, 403. 关于此处讨论的部分议题，参 Segal 83-5。

[133] A. J. A. Waldock, *Sophocles the Dramatist*（Cambridge 1951）115 行及以下将颂曲贬低为不过是"抒情的间奏""抒情的装饰""不切题的"（115, 117, 121），而 I. Errandonea, "Das 4. Stasimon der Antigone von Sophokles,"（转下页）

厄洛斯和冥府，爱与死亡，是处于两个极端的两个绝对项，是人的文明化技艺无法控制的。此外还必须加上狄奥尼索斯，融合自然各种能量的神祇，他在本剧最初和最后的颂曲中扮演着突出的角色。

在开场的黑暗、在那现实中和具有象征意味的夜晚的黑暗降临忒拜之后（16），歌队在进场曲中入场咏唱："阳光啊，照耀着这有七座城门的忒拜最可爱的光啊，金光闪烁的白昼的眼睛啊。"（100-4）但除了这份光明，我们很快会读到熊熊燃烧的烈焰，这标示着攻城的波吕涅克斯那毁灭性的憎恨（124，131，135）。与此同时，英雄们披坚执锐的夺目光辉转眼成为流血杀戮的兽性（参106-9，115-6与112，120-1）。在日夜交替的节律中，光与暗、城邦的欢欣与个人的痛苦、史诗式的战事与兽性、必死的决心与生命的更新的各种对比富于意象地蕴含着悲剧式悖论的缩影。光的熄灭萦绕在歌队后面的思绪之中。黑暗无光的洞穴等待着两位主角降临。第一首颂曲以忒拜守护神狄奥尼索斯之名，其结尾号召进行"通宵达旦的歌舞"（152-3）。但狄奥尼索斯既是酿成毁灭的神祇，又是制造欢欣的神祇。在该颂曲较前的段落，与狄奥尼索斯相关的意象描述了城邦中制造分离而非形成团结的诸种力量。波吕涅克斯"在盛怒中，像酒神崇拜者（*bakcheuōn*）那样发狂地冲锋，向我们喷出仇恨的风暴"（135-7）。

关于第一合唱曲和"人颂"，我们无须更多的讨论。[134] 第

（接上页）*SO* 30（1953）17正确地批评了这种看法；另参Errandonea关于第三合唱曲与第四合唱曲之间段落的评论，"Sophoclei Chori Persona Tragica," *Mnemosyne*, ser. II, 51（1923）183-5。更宽泛的讨论参Goheen第四章。关于本剧各首颂曲之间关系和此处讨论段落的进一步讨论，参C. Segal, "Sophocles' *Antigone*: The House and the Cave," *Miscellanea di Studi in Memoria di Marino Barchiesi*（Rome 1978 [1980]）1181-7。

[134] 参Segal（见注4）各处。

二合唱曲以黑暗的大海和自然暴力等生动意象开篇，唤起对奥狄浦斯家庭的非理性暴力诅咒。[135] 无法控制的大海在此处呼应了克瑞昂关于"作为航船的城邦"的首次发言中自信满满的航海意象以及"人颂"中赞美的对大海的控制。对光与农业的否定出现在描述从拉伊奥斯延续到安提戈涅身上的诅咒的大胆比喻中："这光照耀着奥狄浦斯家中的最后**根苗**，但下界诸神的血尘腥土**刈除**了它，伴随着言辞的疯狂和灵魂的暴怒"（599-603）。血尘腥土令人想起安提戈涅撒在其兄渗血尸体上的尘土。安提戈涅行动的神秘源泉和其家的神秘诅咒融进了与大地、黑暗、农业和颠转的生育力、地下世界相关的各种象征之中。

正如第二合唱曲，关于厄洛斯的第三合唱曲不以人能控制之物而以他不能控制之物来界定人类生活。不是爱欲（*eros*）本身而是爱欲与死亡的相互作用甚至是同化才是《安提戈涅》中的悲剧性。就在克瑞昂谈及安提戈涅对冥府的矢志不渝（776-80）后，我们就听到歌队对厄洛斯的颂曲；随后，反复出现的安提戈涅作为冥府新娘之形象的意蕴被充分呈现出来。[136] 只有与冥府中已逝的爱者（*philoi*）合为一体，只有在一种通过死亡来完成的充沛爱欲中（1236-43），安提戈涅天性中友爱（*philia*）的能力才得到充分的发挥。[137]

---

[135] 关于第二合唱曲中光暗交替的意象，尤参Goheen 58ff.; 另见前注108。关于该合唱曲更宽泛的讨论，参Easterling（见注62）141-58。

[136] 关于与大地联姻的主题，参654, 750, 804-5, 816, 891-2, 1205, 1240-1, 1224, 1303。参Errandonea, "Sophoclei Chori"（见注133）193; Goheen 37-41评论道："但正是在构造基本生活不同领域之间强大张力的过程中，婚姻与死亡的融合意象在本剧中的意蕴被充分呈现出来。"

[137] 关于本剧中主要对立项中哈得斯与厄洛斯的亲缘性，参Bultmann（见注58）319："但他们也同属于另一世界的力量（jenseitige...Mächte），限制着人间的一切并使之相对化。"另参Albin Lesky, "Sophokles und das Humane"（1951）in H. Diller, A. Lesky, W. Schadewalt, *Gottheit und Mensch in der Tragödie des Sophokles*（1963）68。

古希腊文学随处可见警惕厄洛斯的规劝。萨福将厄洛斯描述为自然中的基本力量，一种扫荡山川的风暴（断章47LP；参断章130LP）。在品达笔下，人们能在"相当强烈的疯狂中"找到对"各种不可触及的爱"的热望（《尼米安颂曲》11.48）。柏拉图提出一种"音乐式爱欲"的理想形态，一种发端于被理性引导的灵魂而抵达善与美永恒形象的爱（《理想国》3.403a-c）。此外，他在《会饮》中为厄洛斯编织了一段谐肃兼具的神话。安提戈涅的爱欲更接近品达笔下那危险的、无法触及的类型，一种"对不可能之事的爱"，一种"无法驯服的"（amēchana，90）爱。

　　尽管赞美厄洛斯的颂曲初看来只是将之与安提戈涅和海蒙关联起来，它也与克瑞昂相关。他蔑视厄洛斯的权能，正如他蔑视所有与生死相关的那些自然的，因而也是神圣的力量（569，633-44，648-52，746，756）。"在战斗中无法被战胜的"厄洛斯（781；参800）质疑着克瑞昂嚣张的观点，直到他明白就连他也无法"对抗必然性"（1105）。在厄洛斯看来，人近似于野蛮的动物。厄洛斯降临在人与野兽身上，飘过大海，出现在野兽出没的"荒野蔽林"（785-6）。厄洛斯消弭区分人兽的藩篱，冲击着第一合唱曲各处和克瑞昂的世界观暗含的理性主义对自然的统治。厄洛斯掌控的大海（hyperpontios，785）并不是"人颂"中被驯服的大海。

　　夜间警戒的厄洛斯"整夜坐在少女温柔的脸上"（783-4）。这再次将我们领入黑暗之中。与厄洛斯的通宵警戒形成对比，在进场曲中，城邦公民一同守夜，"通宵歌舞"，欢庆忒拜的胜利（152；参784）。厄洛斯律法的权能（archai thesmōn，799-800）属于另一个世界，迥异于克瑞昂在城邦和家庭中施行统治的律法和权能（参archais te kai nomoisi，177；anarchia，672）。歌队在此处发现自己也被拖出"律法之外"

(*thesmōn exō*，802）。

在本剧开头，"热爱着那些不可能之事"（90）和"热恋着死亡的"（220）安提戈涅是非社会的、不合作的爱欲之化身。当本剧往前推进并超出人类控制的范围时，克瑞昂也感受到爱欲制造混乱的力量，但它是追逐死亡而非生命的爱欲。在剧情突转之际，爱欲与疯狂进行复仇，并成为引发在洞穴中击倒克瑞昂灾祸的主要推动力。[138]于是，他祈求死亡，并将死亡视为他所热爱或渴求的事情：在倒数第二段的发言中，他说，"我所欲求的一切（*erōmen*）都已包含在我的祷告之中"。

当安提戈涅正要降入洞穴真实的黑暗之中时，与黑暗相关的非理性力量变得越发强大。她反复说她将不再看得到阳光（808行及以下，878-80）。在第四合唱曲，索福克勒斯笔下最复杂的颂曲之一，厄洛斯引发的疯狂让步于狄奥尼索斯带来的疯狂。[139]以航船对大海施加的控制（945-6）、达那厄的高塔、困锁吕枯尔戈斯的岩洞、侮辱的言辞与酒神崇拜者的荒蛮烈焰（955-65），这一切构成了对"人颂"中文明化成就的怪诞戏仿，正如高傲的统治者克瑞昂逐渐近似于骄横跋扈的特拉

---

[138] 关于第三合唱曲，参Von Fritz（见注120）26ff. = 234ff.。他也指出海蒙如何成为惩罚克瑞昂的另一个工具和Labdacids诅咒的另一个受害者。

[139] 关于第四合唱曲中的疑难，参Goheen（见注25）15-6。Errandonea两篇论文（见注133）中第一篇的16行以下和第二篇的181行以下以及"Über Sophokles, Antigone" 944-87, *Philol. Wochenschrift* 50（1930）1373-5; Müller（见注49）414-5; Kitto, *Form* 171ff.; Hester（见注25）38-9简要回顾了此前的学术观点，可资参考，尽管我无法接受他认为这首颂曲是"为了缓和最后对决中的张力而唱的抒情插曲"（39）；如果说这首复杂晦暗的颂曲有什么没做的话，那正是缓和张力。更恰切的是Coleman（见注25）20-2的观点，他总结说（22）："苦难没有最终的道德含义和可靠的正当理由——对此的承认使第四合唱曲成为古希腊悲剧中最令人不安的颂曲，而其令人困惑的悲观主义其实是向不幸的王子所作的一个阴郁的告别。"

基斯王。[140] 吕枯尔戈斯的故事发生在北方，而被置于一个更为荒蛮的背景之中——第二节起首提及的博斯普鲁斯海峡幽岩（967行及以下）。这个背景彻底否定了第一合唱曲中赞美的、进场曲中克瑞昂在表面上捍卫的有城墙围蔽的城邦空间。[141]

在这个北方背景里，居住着用梭尖使菲纽斯两个儿子失明的凶蛮妻子（966-76）。家庭和城邦的内部庇护所如今与外部的荒野融为一体。同时，这个家庭中象征和平的女红——古老的编织活动，如今成为毁灭性的手段，摧毁了家庭的一个更基本的功能——保护和养育子女。

这个严酷的外部世界作为背景象征性地与这濒死之家内部的败坏空间相互关联：这"双海"的"幽岩"（另一组与家庭毁灭相关的意象）切合此处双目失明的创伤。正如在第二合唱曲中，大海与黑暗标示着人类生活的非理性要素。我们会想起本剧开篇中安提戈涅"暗暗思忖的字眼"（20，注意 *kalchainein*［使……变如大海般暗淡，转义为使……苦恼］中的大海意象）。

第四合唱曲中的诗句——"被诅咒的（*araton*）失明创伤是对眼窝的复仇（*alastores*）"（972-4），[142] 令我们回想起安提

---

[140] Bengt Alexanderson, "Die Stellung des Chors in der Antigone," *Eranos* 64（1966）99-100，强调克瑞昂与吕枯尔戈斯的各处关联；参吕枯尔戈斯"侮辱的舌头"（*kertomiaiglōssai*, 961-2）和克瑞昂在如1039-40等段落中的暴烈言辞。Alexanderson很好地注意到，这里神话传说虽然在表面上与安提戈涅相关，但也同样与克瑞昂有关；而这一理解对应第一合唱曲中含混的 *hypsipolis/apolis*。另参Müller（见注49）414。

[141] Müller（同上注）416页注1："特拉基斯牛峡的荒野为流血事件提供了背景：在此处没有人性。"

[142] Müller（同上注）416对此有很好的意译："两个眼窝像是复仇幽灵（Fluchgeister; *alastoroisin*, 974）的诅咒。"另外注意动词 *arattō* 以不同的形式重现在两处导致失明的行动（52, 975）。这是第四合唱曲和安提戈涅诅咒的另一个关联。关于菲纽斯两位儿子的故事中失明主题的重要性，参Goheen 71-2：他在此处读出对克瑞昂的深层警示，即便这首颂曲在表面上是作为对安提戈涅的教训。

戈涅家庭的诅咒：此处惊人地呼应了奥狄浦斯的失明（49行以下）和安提戈涅身上的"诅咒"（araios，867）及其（如我们所见）与第二合唱曲中的海洋及黑暗相关的象征含义（参966-7及589行及以下）。但失明也指向了颠覆克瑞昂家庭的巨大混乱（1231行及以下）。位于特拉基斯的那个家庭中妻子的凶蛮和该处的自然环境为安提戈涅和克瑞昂在家庭和城邦中所施的暴力提供了一个可资类比的神话传说。随着我们耳畔萦绕着一个关于褫夺视力的可怖的神话，失明的特瑞西阿斯登台（989行的 typhloisi 呼应了973行的 typhlōthen）宣告祭坛圣火的不祥熄灭（988行及以下）。黑暗如今降临在克瑞昂身上。特瑞西阿斯警告说，在灾祸降临他的家庭之前，他没有多少天太阳可以看（1064行及以下）。

当人类世界深深坠入地下闺室的黑暗时，第五首和最后一首合唱曲以黑暗中爆发的灿烂光辉来赞美狄奥尼索斯。歌队迷醉于酒神崇拜者在帕尔那苏斯山上举着火把的游行："帕尔那苏斯双峰上的夺目烟火照耀出你，到那时，这里有科律喀斯的仙女们、巴库斯的信徒们在跳舞"（1126行及以下）。她们唤起宙斯在高天的形象——"深哮"的雷电之神，这态度迥异于克瑞昂对宙斯在诸天上王座的蔑视（1117，1139；参1040-1）。颂曲以狄奥尼索斯的一个光辉形象作结，他是"喷火众星的歌队队长"（1146-7）。这令人想起进场曲中忒拜人在城墙内的夜间火焰，欢庆他们战胜了同室操戈中发狂的暴力（152-3）。如今我们来到城墙外。第五合唱曲中的崇拜者不是男性公民，而是一群远在荒山野岭的女人。她们对宇宙的狄奥尼索斯的崇拜平静而高远，是仇恨满腔的忒拜人无法理解的。

当我们从狄奥尼索斯颂曲回到人的行动，这首颂曲颠转了从黑暗迈向光明的步伐，而这一反转并不意外，因歌队此前就是从"太阳的光辉"(100)转向"通宵的舞蹈"(153)。[143]就在这首颂曲之后,报信人宣告克瑞昂成了"行尸"(1167)并讲述了他降落到洞穴的经过。克瑞昂后来说自己已经"进过冥府之港"(1284)。如今他直面自己家中的黑暗空间:欧律狄刻在死亡中松开了她的两瓣"黑色嘴唇",彻底毁灭了克瑞昂。

在克瑞昂与被俘的安提戈涅结束对话之际,他无情地宣告:"哈得斯会阻止这场婚姻。"但哈得斯远非"阻止她的婚姻",而是圆满了它(1235-41)并同时拆毁了克瑞昂的婚姻。作为她的"新郎",哈得斯不祥地成全了安提戈涅对死亡的爱欲(220;参90)。在某种意义上,她通过死亡与所有她所爱的人联合为一(897-902),而克瑞昂被剥夺了他所爱的一切。[144]

最后三首合唱颂曲逐渐显露出厄洛斯、哈得斯和狄奥尼索斯的影响力;这补充说明了人的动机,而不是与之相抵触,并与古希腊文学中常见的"双重决定"或"多重决定"一致。[145]神圣力量影响人事的证据逐渐增多,这作为另一种方式表明了人类事件保留着理性控制的踪迹并与未知事物保持着关联。我们所谓的各种与生俱来的冲动或层累的心理力量最终打破了持久的抵抗,而这些冲动或力量在古希腊诗人看来属于宇宙秩序的一个基本部分。这些力量是诸神;换言之,他们是关于力量的种种现实。基特(Kitto)写道:"我们在古希腊悲剧中反复遇到的一个观念是当某人迫于生活中的某种根本必然性或为了应对可以说是我们最深层最神圣的各种本能而做出行动时,他就在与诸神一同行动,而诸神也在与他同行。"[146]

---

[143] 关于这个突转,参Benardete 1.167,他也指出148行与1115行之间的呼应关系。
[144] 关于安提戈涅和克瑞昂两者之死的对比、关于完满与空虚的对比,参Reinhardt 102-3。
[145] 参上文第二章第一节及注13—14。
[146] Kitto, *Form* 155;另参他在176页更进一步的评论。

十五

安提戈涅的悲剧式英雄主义和她与生命及文明的积极价值之间的含混关系的最深层面在于她以可怖的方式接受这些自然的神圣力量,即厄洛斯和哈得斯,尤其是哈得斯。安提戈涅作为女人,愿意亲近这些无限存在者,而克瑞昂的男性理性主义则选择避开它们。作为生育的一方,女人与生死有更直接的关系。对安提戈涅而言,亲属关系意味着基于生育的关系纽带。安提戈涅说,"做这件事(即埋葬波吕涅克斯)并死去是高贵的"(72)。她认为早死是一种"好处"(461-4)。"你选择生存,我选择死去",她对伊斯墨涅说(555)。几行之后,她补充道,"我的灵魂很早之前就已死去,所以我要帮助死去的人"(559-60)。她对死亡和爱有一种天生的亲近感,因为它们和她一样能抵达不受时间控制的存在。正如她在为不成文法所作的伟大辩护中所说的,她为之而死的律法"永远活着"(456-7),而如她在第一幕中所说,她将在冥府"永远躺下"(76)。

安提戈涅对生存的量度并不依据一个人生命的相对长度,而依据绝对的和永恒的存在。这是她献身冥府的**英雄式**层面。她选择死去的被爱者(*philoi*)而拒绝生者,因为他们属于永恒。她在以长短格说出的最后一段话中解释说,她本可拥有另一个丈夫或子女,但永不会有另一个父亲或母亲(905-15)。她的推理在情感上——尽管不是在逻辑上——是一致的(因此许多学者企图将这段作为篡文而删去),而这强烈的情感一致性是索福克勒斯英雄主义的一个基本特质。它不合情理,也拒绝变得合情合理。永恒、存在和非存在无法被理性化或在逻辑论证的范畴内被把握。

索福克勒斯悲剧式英雄主义的力量体现在其充满激情,

无所畏惧地面对那些质疑并威胁着人类生存的有序架构的各种力量：时间、死亡、爱、恨。因此，悲剧英雄总在某种意义上超出文明的藩篱，而文明的存在建立在对这些力量的遮蔽或限定之上。公元前5世纪的伟大特性之一在于，它容许双方充分地展开对话。基于这种对话，这种在有限与无限之间展开的辩证、这种在人的文明化秩序化能力与所有这些能力无法理解的事物和所有无法被纳入由其雄心勃勃创立的架构中的事物之间展开的辩证，悲剧得以形成和发展。

歌颂狄奥尼索斯的第五合唱曲最为强烈地对比了人类文明的秩序和控制与文明之外的各种自然力量。[147]有趣的是，常常被视为古典式平和典型的诗人会写两首在古希腊文学中赞美厄洛斯和狄奥尼索斯的最激动人心的颂曲。第五合唱曲从理性主义转向癫狂，从格言警句式的说教转为洋溢勃发的抒情。伴随着这一转变，超自然力量闯入了克瑞昂严谨有序的城邦。

---

[147] 第五合唱曲竟然未获得足够的重视。Kitto, *Form* 和 Müller（见注49）匆匆略过这首合唱曲，后者（418）注意到此曲与诸如《埃阿斯》693行及以下或《奥狄浦斯王》1086行及以下中的海帕基司合唱颂歌（hyporchemes）之间的相似之处。Bowra 110–1承认他对其中表露的"狂野的欣喜之情"感到惊讶，并教导性地认为这首颂曲是对过度自信的反映，而这包含着"一种有待接受的教训"。Goheen 45在跨越大海的主题中看到这首颂曲与厄洛斯的颂曲存在关联（参785与1117–9）。Errandonea, "Sophoclei Chori"（见注133）198–200说在我看来过于狭隘地只将这首颂曲与特定角色关联起来。Kerényi（见注129）10–4对这部悲剧中的狄奥尼索斯元素作出了一些看似有启发性但其实充满想象的评论。Paul Vicaire, "Place et figure de Dionysus dans la tragédie de Sophocle," *REG* 81（1968）358ff. 强调酒神迷狂的特征，但在我看来过于强调狄奥尼索斯在城邦祭祀中积极的、"整合的"本质（369）。我相信，这首颂曲意在烘托一种不和谐的情绪，而这对应剧中行动的进程，反映了外部世界和人内心中美与暴力、平静与激情的复杂混合：自然，就像第一合唱曲中的人那样，在好与坏之间徘徊。与进场曲中式拜内部的狄奥尼索斯式情绪形成的对比在此处尤为重要，参Rosivach（见注108）21。

关于城邦在自然世界中的位置，这首颂曲的癫狂诗句与酒神式舞蹈提供了一个不同的视野。颂曲的结尾部分将我们领到超出人类地理范围的宽广夜空和由星宿构成的狄奥尼索斯的夜间歌队（1146–54）：

> 喷火众星的歌队队长啊，
> 彻夜歌声的指挥者啊，
> 宙斯的儿子，我的主，出现啊
> 快带着你的仙女们，你的伴侣，
> 在她们彻夜舞蹈的疯狂之中
> 她们赞美分配者伊阿科斯。

这位狄奥尼索斯既是地方的又是普天的神。他是"卡德墨亚仙女的快乐"，是其"在伊斯墨诺斯流水旁的忒拜母邦"的守护神（1122–3），[148] 也是"多名的"神，其权能遍及意大利至欧波亚（Euboea）（1116行及以下，1126行及以下）。在最后的曲节中，他是诸天之神，但也是伊阿科斯，是出入冥府的埃琉西斯女神们的伴侣（1120–1）。[149]

---

[148] 关于狄奥尼索斯与忒拜本土的关联，另参152–4, 1136–7。参Vicaire（前注）360–5; Goheen 146 注34; Ehrenberg（见注121）6，关于狄奥尼索斯被整合为城邦神的问题有很好的讨论。另一方面，狄奥尼索斯与忒拜的关系仍然有某种含混性，正如欧里庇得斯的《酒神的伴侣》清楚表明的。他与忒拜的关系，毕竟涉及其母塞墨勒的暴死，这点在1139行的 *matri...keraunīai*（被雷劈的……母亲）中有所暗示。在另一版本的传说中，狄奥尼索斯向忒拜派去斯芬克斯，参欧里庇得斯《腓尼基妇女》1031行的古本旁注。

[149] 参Vicaire（见注147）361; Guépin（见注71）269–70; 品达, Isth. 7.3–5 及该处的古本旁注。关于伊阿科斯与狄奥尼索斯的同一性及其问题，参晚近 Fritz Graf, *Eleusis und die orphische Dichtung Athens in vorhellenistischer Zeit*（Berlin and New York 1974）51ff.。

狄奥尼索斯融合了全剧中充满张力的各项对立：奥林波斯神衹和下界神衹，城邦与自然，开放与封闭，光与暗。他的天性与特质神秘地统合着两个极端：其发狂崇拜者的冲动狂野和夜空的辽阔平静。在这位神这里，文明与野蛮之间筑起的常见边界消弭不见。[150]正如欧里庇得斯在《酒神的伴侣》中阐明的，他的存在质疑着文明本身。

狄奥尼索斯狂欢的夜景延续着安提戈涅夜间安葬波吕涅克斯的黑暗和前一首颂曲中囚牢的黑暗。但狄奥尼索斯的黑暗指向的是完全在城邦和这部悲剧之外的领域。这里的黑暗被科律喀斯仙女们的火炬（1126行及以下）和星宿的光芒照亮。在前一首颂曲里的囚禁和安提戈涅命运的主题之后，这广大的背景令人振奋，但灾难的最后阶段以对称的方式回到洞穴与家庭的黑暗空间之中（1204行及以下，1279行及以下）。战争或激情中骇人的疯狂是如今的欢乐（1151）。[151]进攻忒拜时不和谐的冲突与叫嚷让位于狄奥尼索斯引领的歌舞游行队伍中的"夜之歌声"（1146行及以下）。神的音乐回应了前一首颂曲中吕枯尔戈斯对其"爱箫管的缪斯们"的侮辱（965）：地天自然中的广大自由和无所不包的和谐与"轭困着"残暴君主的地下石牢（958）构成两个相反的极端。

这首颂曲以颠转的方式重构了本剧第一颂曲的内容。在"浑身带火""怒发冲冠的"（*pyrphoros, mainomenā[i] synhormā[i]*，135-6）波吕涅克斯和得胜的忒拜城中，"彻夜的歌舞欢庆"体现的酒神式狂野如今不再意味着激烈的攻防而是宇宙式的平和广大。城邦域内的光芒并未充分展示酒神的特质。因为对于引

---

[150] 参上文第三章和注释26-7。
[151] 关于疯狂的主题，参135，765，790，959，962；并参492与633。关于135行及以下，杰布评论道："这是唯一一处索福克勒斯将邪恶的疯狂与这首颂曲召唤之神的文字关联起来的地方。"（154）

领着由提伊亚仙女和夜空星宿组成的歌舞队的狄奥尼索斯而言，光明与黑暗、理性与疯狂并没有在冲突中毁灭对方，而是相互共存。

通过与自然的共感而平衡对自然的控制，通过癫狂而平衡理性，狄奥尼索斯也为本剧的性别对立增添了另一个维度。他的神圣性包括母系的得墨忒尔（1120）和一众女性追随者的团体——那些被严酷的君王用暴力和侮辱制止的"受神感召的女人"（*entheous gynaikas*）（964–5），正如克瑞昂对待安提戈涅那样。狄奥尼索斯是理性的界限，正如安提戈涅对子宫所创造亲属关系的女性式耿耿忠诚相当于男性对城邦忠诚的界限。他不仅引领着女人远离家庭，离开她们"当在的"范围而来到山岭空地，还使她们能够手无寸铁地击败男人（《酒神的伴侣》758–64）。但当安提戈涅自比尼奥贝时（823–33），她凭直觉形成的与自然的共感没有任何狄奥尼索斯式融合的快乐。她仍然与下界相连，远离狄奥尼索斯的星宿歌队。[152] 与狄奥尼索斯更宏大的宇宙的合一形成鲜明对比，安提戈涅力求原初的、在子宫中的合一，以对抗城邦律法强加的差异化。她的努力并非朝向众星闪烁的广天而是死亡的洞穴/子宫中的无尽黑暗。

伴随狄奥尼索斯的各项对比也延伸到忒拜和安提戈涅身上。忒拜人以"城邦及其全体居民"（*pandamos polis*，1141）

---

[152] 参欧里庇得斯《伊翁》1078行及以下（苍穹和月亮与歌舞队一起舞蹈）；然而，这里也有不祥地透露着反常仪式的言外之意：以赫卡忒开始而以死亡结束（参1048行及以下）。另参《海伦》1454–55，将要拯救海伦的腓尼基船只是"一众舞蹈优美的海豚的歌舞队队长"（*choragetōnkallichorōn / delphinōn*），这可能令人想起《安提戈涅》。关于狄奥尼索斯与星宿的关联，尤其是与所谓"狄奥尼索斯的照料者"的毕宿星团或许阿德斯姐妹（Hyades）的关联，参 Phyllis Ackerman, "Stars and Stories," in Henry A. Murray, ed., *Myth and Mythmaking*（New York, 1960）96–7。

的名义呼唤狄奥尼索斯来净化城邦的"暴病"(1137–45)。但城邦想从酒神那里求得的和酒神真正赐予的并不必然相同。歌队求助的祷告与酒神的残暴特征形成鲜明对比,尤其是劈死塞墨勒的雷霆(1139)——这或许会令人想起宙斯的力量,那被克瑞昂极为轻慢地对待的力量。酒神将来到"那呻吟的海峡"(*stonoenta porthmon*,1145):此节颂曲的结束部分带有不祥之意,令人想起前一首颂曲中那不祥的大海(尤其对比 *stonos*,"呻吟",593)。

这首颂曲的开篇与结尾都提及了埃琉西斯的狄奥尼索斯,"在向一切敞开的埃琉西斯的得墨忒尔的怀里"(1120–1),作为"分配者伊阿科斯"的狄奥尼索斯(*ton tamian Iakchon*,1154)。与前一首颂曲中令吕枯尔戈斯疯狂并囚禁他的那位毁灭性的、施行复仇的狄奥尼索斯不同,这首圣诗向我们呈现了一位植物神,而这相关于在埃琉西斯秘仪中欢庆的葡萄藤之繁盛(1133)和从死亡中获得的生命的更新。[153] 安提戈涅呼唤了那"使众生安息"(*pankoitas*,810)的哈得斯,又说佩尔塞福涅在其黑暗王国中"接纳了许多"她的亡亲(893–4)。但安提戈涅理解的死亡,不像埃琉西斯的得墨忒尔和伊阿科斯–狄奥尼索斯所理解的那样,是永恒的,而不是生死循环节律的其中一环。埃琉西斯的得墨忒尔如母亲般的丰盛慷慨(参 1120–1)只衬托出安提戈涅的孤凄,如少女科瑞那样不会从黑暗下界回到灿烂广天。作为冥王的新娘,她的不育显得更为荒凉凄惨,尤其是与得墨忒尔和作为福禄的分配者、埃琉西斯女神之子及其丰盛母性的受惠者的伊阿科斯–狄奥尼索斯相比。

---

[153] 关于狄奥尼索斯作为丰收之神,尤其是在忒拜的角色(在史前时代他的角色可能是大地之母的年轻伴侣),参 B. Moreux, *REG* 83(1970)1–14; H. Jeanmaire, *Dionysos*(Paris 1951)211–4; E. R. Dodds, *Euripides, Bacchae*[2](Oxford 1960)76–7。

作为冥王新娘的安提戈涅之死不仅不同于与得墨忒尔和伊阿科斯相关的自然循环更新，也不同于集体崇拜的方式：她孤单一人，而由星宿或酒神女信徒组成的歌舞队在狂喜中融为一体。神人行动的这种差异也能在克瑞昂和忒拜公民中找到：他们希望在酒神那里获得神圣帮助以"净化"城邦的"疾病"（1142-4；参1015），但这一希望消散在下一幕中"难以净化的冥府之港"（1284）。于是，最后一首颂曲里苍穹中奥林波斯式的合一又再次回到冥间死亡式的合一。

由"喷火星宿"组成的狄奥尼索斯歌队使得剧场的仪式空间和城邦的公共空间向上界的无限存在敞开，正如安提戈涅使本剧的城邦世界向下界的无限存在敞开。但狄奥尼索斯的星宿也有其危险的一面，因为"喷火"暗示了如奇美拉那样的怪物所具有的野兽式的毁灭性。狄奥尼索斯或许贯通了奥林波斯和冥界的神性，但他那"喷火星宿"的陌远歌队在第二曲次节里并未明确表明他们居于两个领域之间并沟通奥林波斯山上的永恒神祇和那永远的逝者。在某种意义上，这一对比在宏大的视野里重申了第二合唱曲中的各项对立（603-10）。各项对立在狄奥尼索斯那里发生融合，但这并未有助于本剧悲剧处境中两极分化的各种对立，直到两边都同化入冥府那洞穴般的"虚无"之中（1284，1325）。

这首颂曲还触及这个悲痛之城的另一个张力。歌队谈到忒拜的最初起源，"野龙的播种"（*agriou epi sporā*（*i*）*drakontos*，1124-5）。在进场曲中，忒拜起源的这种"野蛮特质"部分属于一个分裂之城中禽兽般的兄弟相残：忒拜成了"难以征服的心怀敌意之龙"（*antipalou dyscheirōma drakontos*，126-7）。在最后的颂曲中，忒拜起源中的野蛮特质与"母邦"及其伊斯墨诺斯河的"流水"共存（1123-4）。狄奥尼索斯居住（1123）在这两个地方。正如忒拜的蛮龙，酒神质疑着城邦的清晰界限。那处在城邦生活核心的事物在狄奥尼索斯、龙和安提戈涅身上显现出来，而这由于某种原因难以被整合进文明空间的藩篱之中。

在其与大地和洞穴的关联中，龙延续了上界与下界、城邦与人身上更野蛮黑暗且亟待处理的各种特质之间的张力。[154] 如果我们可以重构一个假设性的空间结构，为城邦牺牲自己的墨伽柔斯/墨诺扣斯（1303）就处在城邦及其外部的野蛮空间的边界之上，而野龙正栖身在外部的荒蛮之地。他向龙窟的纵身一跃正试图促成城邦与大地的和解。这拯救了城邦，但也留下了具有毁灭性的东西，而克瑞昂将在洞穴和欧律狄刻的暗室、在人类文明构造的庇护体系也会依赖原初自然力量之处遭遇这些带来毁灭的余留物。[155] 依据神话，忒拜人是从被播种的龙牙中生出的（大地的毁灭与创造力量的一次和解），而龙本身可以被视为弥合城邦与其所在的自然世界之间鸿沟的一个神话式的尝试。为了平息大地被抑制的各种力量，人祭仍然是必要的。

在呈现作为星宿"歌队队长"的狄奥尼索斯时，最后一首颂曲将表演本身及其在城邦的仪式空间整合进悲剧行动的意义之中。在进场曲里，波吕涅克斯以发狂的酒神信徒的身份登

---

[154] 在欧里庇得斯《腓尼基妇女》1010中，人类祭祀仪式包括跳入龙的"深暗领地"（*sēkon es melambathē*）。于是，城邦此前面对的这个威胁也与大地的洞穴有关。欧里庇得斯没有特别把龙窟称为洞穴（参 *thalamai*，《腓尼基妇女》931）；但龙本身与大地有密切的关系（"地生的"，《腓尼基妇女》931, 935），而且，作为狄尔克河水的守护者（932），他也与地下空间相关。向龙献上的祭祀必须把其血洒入"大地"（933）。

[155] 在这个关联中，我们也许会想起列维-斯特劳斯对奥狄浦斯神话的分析（见第二章，注12）及其关心的地生人问题或男人生育的问题。我们的分析方向把二分的前项从地生本身转到反映在奥狄浦斯神话中的文明、家庭与荒野之间的含混关系。

场，向忒拜喷涌仇恨的怒火。最后远去的狄奥尼索斯率领"喷火的"星宿，但这迥异于波吕涅克斯攻向忒拜的毁灭之火。进场曲中的公民来到诸神的圣殿，"彻夜舞蹈"（152-3），但狄奥尼索斯的星宿歌队并不局限于属人的空间。本剧第一首颂曲始于对太阳光辉的呼唤（100），而后转向疯狂、夜间歌舞队和火等主题。在城邦有限的空间里的光辉是不完备的。对于同时引领着癫狂信徒的歌队和夜空中步伐更平稳的星宿歌队的狄奥尼索斯而言，光与暗、理性与癫狂并不必然是对立的。在将城邦权能的范围扩大到生命与死亡时，克瑞昂安排了一位"日间监察员"（hēmeroskopos），在荒野山丘看守尸体（253）。这位监察员的目光并不敏锐。而在靠近结尾的地方，酒神——其仪式涉及人与自然力量的融合——成了"观察者"（episkopos），但他并不看守衰败的尸体，而是看守被星宿照亮的宏阔夜空（1146-8）。

正如颂曲中的荒野山岭与星际空间扩展了城邦的公共空间，由宁芙仙女和提伊亚仙女组成的歌舞队——酒神的"不死跟随者"（1134）——把我们带到进场曲的公民歌舞队的欢庆仪式之外（151-4），带到由诸神和星宿组成的歌舞队那里（1147）。这里，悲剧的仪式形式再度表现出悲剧接受自身对立面的能力。第一首和最后一首颂曲中的歌舞对狄奥尼索斯的赞美崇拜反映出悲剧表演本身进行的对狄奥尼索斯的崇拜——悲剧上演的戏剧节日正是在酒神的庇护下进行。

此处对狄奥尼索斯的崇拜包含着一种矛盾。通过有序旋律而维护着宇宙与城邦之间和谐一致的歌队赞颂着践踏（尽管不会粉碎）城邦界限的狄奥尼索斯。赞美狄奥尼索斯的这首颂曲不仅是进场曲在本地城邦的语境中对狄奥尼索斯赞颂的增补，也是对"人颂"颂扬的理性秩序的补充。一方面是有序的城邦空间，而这是城墙、高塔和边界——空间的、宗教的和概念上的边界——构成的;另一方面是由山岭和天空构成的那宏阔的、未被定义的空间。这首颂曲有助于指出这部(或可能是全部)悲剧的主题不只是关于一件特定事件或某个具体人物,而是关乎世界本身、宇宙架构中的永恒力量以及生活必须面对的各种无法调解的对立。[156]

在厄洛斯和哈得斯、生与死的永恒冲突面前,文明化的力量似乎不堪一击、相形见绌。但本剧要呈现的不是人类文明的坍塌,而是其所面对的各种尖锐对立和具有不同面相的神祇(属奥林波斯的和属提坦的狄奥尼索斯、属天的和属地的宙斯)。随着本剧各首颂曲的不断推进,其中的张力越来越明显。

通过其合唱曲,城邦获得了关于它所身处的各种张力的自我意识。通过在艺术中将这些张力具体化,城邦得以面对它们并寻找调解它们的方式,尽管剧里的悲剧英雄无法获得这种调解。在其社会和仪式语境中,本剧为其社会争取到它在虚构情节中拒绝给予其角色的东西。剧作的语境证实了其内容否认的事物。

在最后一首颂曲中带领着陌远的"喷火星宿"的狄奥尼索斯也是悲剧演出本身赞颂的那位狄奥尼索斯。正如巴克基利得斯所说,他是在以其名义举办的节日中的"戴冠歌队的君主",带领着赞美其力量的酒神颂舞(《巴克基利得斯》18.51)。作为星宿歌队队长和夜晚歌声的领头,狄奥尼索斯的角色反映出人类歌队的舞步及其合唱传达的音韵声律。在歌舞队合唱的有限地理空间里,城邦通过想象抵达了在它之外的那些未被界定、没有界限的空间:夜空、野地、山岭。在城邦欢庆赞颂酒神中,其艺术和仪式构成了对这位身份含混之神的迷醉癫狂的

---

[156] Max Scheler, "On the Tragic" (1923), in Lionel Abel, ed., *Moderns on Tragedy* (New York, 1967) 254.

有序模仿。在短暂的时间内，审美形式与城邦空间的界限容纳着无限事物。公共剧场的大合奏在某一刻映照着（doubles）宇宙的大合奏，在其中众星跳着喷火的舞步。

如果说人的行动表明男女角色都被拉回到家族延续着的诅咒、野蛮状态和憎恨的黑暗之中，颂曲则会在罕有的时刻使我们得以一窥奥林匹亚的光辉（610-1）并向我们揭示自然世界中黑暗汹涌的浪潮与节庆的快乐、癫狂与秩序。但颂曲也向我们表明，忒拜所受攻击中的野蛮狂怒是一种被释放出来的酒神式能量，而这是最后一首颂曲赞颂的神所带领的狂欢队伍中一个相对不平和的方面。宁静与狂喜在狄奥尼索斯身上的激烈融合是人无法获得的，而最终可以在城邦围墙内（除了上演悲剧的地方）获得这种融合。悲剧艺术使城邦得以面对因人在自然中的位置而造成的各种矛盾。剧中人类角色最后经历的痛苦就发生在这个与狄奥尼索斯相关的背景里，在平静的苍穹下，在不朽星宿的夜间歌舞中。

第七章 《奥狄浦斯王》

一

希腊戏剧中没有哪个人物能比奥狄浦斯更有力而悲情地体现出人类文明化力量之中的悖论。奥狄浦斯以智慧统治着一个古老而伟大的城邦，又曾杀死半人半兽的神话怪物，他集中了人类想象中所能获得的一切。不过，这位解谜者却并不了解自己身上最根本的事。一个人的出身往往赋予了人身份，并将他与无所差别的自然世界以及不加区分的无名的野兽世界区别开来，但奥狄浦斯对自己的身世毫不知情。

奥狄浦斯的身世之谜所掩盖的是一场惊人的破坏文明化规范的行为——一对父母将头胎孩子遗弃于荒山野岭中。在古典时期的希腊，尽管将孩子弃留在野外的行为并非罪大恶极，但奥狄浦斯的生身父母是城邦的统治者伉俪，并不是贫困而别无他法的穷苦百姓，却也将自己的初生儿遗弃在外，这确是前所未有的。[1] 失去家宅庇佑的奥狄浦斯被迫变成了野外的活物，他成了大山的孩子，成了机运的孩子。牧羊人从死神手里救下了他，他们在城邦之外生活，处在野蛮世界和教化世界之间的模糊位置上。奥狄浦斯被他的"家宅"（oikos）抛离，没有姓名，没有可以追本溯源的身份，仅仅以最卑微的人的

---

[1] Marie Delcourt, *Oedipe ou la légende du conquérant*（Liège and Paris, 1994）第3章指出，奥狄浦斯和帕里斯是唯二两位被亲生父母弃养在野外的人物（这和被叔叔、祖父或继父弃养是相当不同的）。

形式存在于世。他所拥有的名字"奥狄浦斯"（Oedipus）意为"肿胀的脚"，就连他自己也痛苦地意识到，这词源的含义其实证实了一个残忍的行径：他被迫从文明化的世界剥离，并且走到了一个不正常的孤立境地。

奥狄浦斯成为被家庭和城邦所驱逐的流亡之人，他注定要犯下的弑父和乱伦这两件事，恰恰违反了文明中最基本的法律要义。索福克勒斯同时代人将这两条大忌看作人类和动物行为之间的分野。[2]

不过，虽然奥狄浦斯的名字暗指他生在野外，但他在本质上是一个经过教化的人。他的名字也可以被译作"了解自己的脚"（oida，意为"我知道"，pous，意为"脚"）；从词源的释义上讲，这恰恰呼应了奥狄浦斯面对斯芬克斯那个关于人在时间之中不断地变换身份的谜语时给出的解答，谜语中脚的数量的变化（从四只到两只到三只）暗指人的身份不断变化的特点。在舞台上，奥狄浦斯通过呈现他所遭受的苦难而非言语，来为我们解开这个谜题。他虽然聪明但急躁易怒，他虽然讲人道却也很有烈性，他虽然富有同情心却隐约相当无情（一如他在威胁克瑞昂和老牧人时那样），奥狄浦斯身上集中了人类天性的种种矛盾。正如韦尔南所说，在他的城邦中，奥狄浦斯同时占据了最高位和最低处——他既是国王，也是替罪羊（pharmakos），这一意象往往和"荒野""野蛮"（agrios）相

---

[2] 参Aristophanes, *Clouds* 1427-28; *Bird* 755ff. 及1343ff.；另见K. J. Dover, *Aristophanes, Clouds*（Oxford, 1968）对于1427行的解读；J. P.Vernant, "Ambiguïté et renversement: Sur la structure énigmatique d' 'Oedipe Roi'", *MT* 128-9；亦参Knox, *Oedipus* 43及n79，其中引用了Dio Chrys. 10.29-30。亦参Seneca, *Oedipus* 639-40 "就连在野兽中也不常见，但他为自己生下兄弟"（quique vix mos est feris/fraters sibi ipse genuit）及*Hippol*. 913-4 "就连维纳斯的野兽也避免亵渎禁忌，而潜意识的羞耻守卫着生育的律法"（ferae quoque ipsae Veneris evitant nefas/generisque leges insciusservat pudor）。

关。[3]奥狄浦斯的苦难所演绎的是城邦如何对其潜藏的野蛮状态进行仪式性地驱逐。但在虚构的戏剧叙事中,驱逐替罪羊也意味着驱逐或试图驱逐那些往往给人类生活带来毁灭的非理性和不受控的力量,而奥狄浦斯的人生也几乎是因为这些力量遭到了毁灭。

但是,仅仅从仪式对这部剧作出解读,并不足以解释索福克勒斯在整个戏剧架构中设计的矛盾和复杂之处。奥狄浦斯作为一个祭品/替罪羊(*pharmakos*)被放逐,这一点的含义模糊不清又充满了问题。事实上,在戏剧结尾,奥狄浦斯并不是被放逐。在荷马叙述的版本里,奥狄浦斯仍旧继续统治着忒拜。[4]而在索福克勒斯给出的结局中,奥狄浦斯处在被放逐和圈禁之间,处在流亡在外和困在家宅内室之间,按克瑞昂的话来说,奥狄浦斯重新躲入家宅好让大地和天空免遭其玷污。因此,从某种程度上说,奥狄浦斯延续了过去的人生里那些模棱两可之处。但当英雄已然无家可归,并且极端渴望流亡和居无定所的生活时,却也是家宅(*oikos*)让他最完整地体会到自己的职责和保护的所在。

奥狄浦斯可谓尝尽了感情用事之激烈所带来的自我折磨的苦果,而这与他在家庭、城邦邦民和忒拜城的新王接待他时展现的温和与节制的性情大相径庭。在奥狄浦斯以一个被放逐

---

[3] 见 Vernant, *MT* 117ff.; J. P. Guépin, *The Tragic Paradox* (Amsterdam 1968) 86ff., 其中包含引用的出处; Thalia Philies Howe (Feldman), "Taboo in the Oedipus Theme", *TAPA* 93 (1962) 139; Francis Fergusson, *The Idea of a Theater* (Princeton 1949) 26ff.。关于 *pharmakos* 祭仪的更多讨论, 见 Ludwig Deubner, *Attische Feste* (Berlin 1932) 187ff.; Erwin Rohde, *Psyche*, trans. W. B. Hillis (London 1925) 296, n87, 321 以及相关引文; Walter Burkert, *Griechische Religion der archaischen und klassischen Epoche*, Die Religionen der Menschheit 15 (Stuttgart, Berlin, Köln, Mainz 1977) 139–42。

[4] *Odyssey* 11.275–276.

的弃民的身份站在城邦前的那一刻，他出于对自己子女的考虑，反而表现得和这个有着最温暖的人类纽带的背景格格不入。当他在人类世界里将自己处境中的"野蛮性"表露得最为清晰时，换句话说，他也成了将文明化英雄这一角色的悲剧性矛盾表现得最为淋漓尽致的人。

戏剧开场的第一句诗就呈现了奥狄浦斯之于城邦文明关系的讽刺和吊诡之处。国王向那些以乞援姿态聚集在他面前的人群这样说道：

> ὦ τέκνα, Κάδμου τοῦ πάλαι νέα τροφή.

> 老卡德摩斯的孩子们，新一辈和老一辈的后裔。

Trophē，意为"子孙、养育的婴孩"，此处集体形式的用法很不寻常，这个词也有"养育"的意思。[5] 这正是一个文明化的家庭（civilized house）能够给下一代带来的首要和基本的好处，这样的好处却是作为被放逐之人的奥狄浦斯从未享受过的。但是，这个城邦现在无法养育它的年轻人了，他们要么死在子宫中（26-7），要么死在泥土里（180）。[6]

---

[5] 关于这一行诗的问题及 *trophē* 的含义，见 A. D. Fitton-Brown, "Oedipus and the Delegation", *CQ* n.s. 2（1952）2-4; Kamerbeek, *The Plays of Sophocles*, Ⅳ, *Oedipus Tyrannus*（Leiden 1967）相关处，他准确地引用了拉辛（Racine）的《以斯帖记》（*Esther*）里的话 "del'antique Jacob jeune posterité"（古老的雅各的年轻后裔）。关于这一行诗的风格与主题分析的研究，见 Gellie 一书264—266页的精彩见解。H. F. Johansen, *Lustrum* 7（1962）235准确地批驳了 Fitton-Brown 对这一"优美又明晰的诗行"的疑惑。关于 *trophē* "子嗣"的引申义，亦参 Eur. *Cyclops* 189。

[6] 奥狄浦斯在1314—1315行说的"不祥的风暴孕育的……黑暗的云"也涉及了天空的意象。关于疾病及其含义的总体论述，见 Marie Delcourt, *Stérilités mystérieuses et naissances maléfiques dans l'antiquité classique*（Liège and Paris 1938）31ff.，亦见 Gellie（见注5）79-81。

奥狄浦斯治下的忒拜子民有着悠久的共同历史（参 *palai*，"老的"），而奥狄浦斯虽然身为国王却是外邦人，只能以一种矛盾且危险的方式与之共情。忒拜人有一位共同的祖先——"老卡德摩斯"，而奥狄浦斯只知道他的祖先有科林斯人的血统。当他被称作"土生土长的忒拜人"（*engenes Thebaios*，452-3）时，这既是对他的命运的冒犯，也是对他的命运的预言。城邦中老少混杂形成的稳定连续性与奥狄浦斯乱伦婚姻之下造成的代际混乱形成了对比。一个有序的城邦往往融合着过去、现在和未来的几代人，但奥狄浦斯将理应相互分立和相互接续的几代人糅合到了一起。

奥狄浦斯在开场是这样介绍自己的："我名叫奥狄浦斯，我的荣光众所周知。"他并没有说"我是奥狄浦斯"。而荷马笔下的奥狄浦斯是这样说的："我就是奥狄浦斯，我的名声响彻云霄"（《奥德赛》9.19）。奥狄浦斯骄傲的自夸掩盖了他名字中灾难性的含混之处，"所谓（光荣的）奥狄浦斯"（*ho pasi kleinos Oidipous kaloumenos*）。从奥狄浦斯的名字开始，他的一切都反映出他与本该养育他成长的人类共同体之间的矛盾关系。

这个城邦没有抚育奥狄浦斯的代价是一场污染。克瑞昂焦急地等待着来自德尔斐神庙的消息，"在这片土地上孕育的（污秽）"（97），"须得驱除干净，否则它便不能养育那些未得救治的人"（98）。颇为讽刺的是，城邦所养育的这位有如污秽一般的邦民却从来没有获得过他该有的养育。

戏剧的开场着重突出了城邦之中的文明化空间（civilized spaces）：祭坛（16）、集市广场（20）、雅典的两座神庙、阿波罗发布神谕的神龛（20-1）。在这之后歌队还提到了广场上的阿尔忒弥斯的神庙（161）。但这些市政场所都处在神秘力量的威胁之下，一如斯芬克斯还活着时的情形，这股神秘的力量虽然生于城邦（97-98）之内，却亦反映出人与自然关系之割裂。这座城邦面临着荒芜（*erēmos*，57）的危险。奥狄浦斯统治的这座城，和《安提戈涅》中克瑞昂治下的那座城一样（尽管起因不尽相同）正濒临灭绝；这片土地变得日益贫瘠（*kene*，54-5）和空荡，毕竟"一座高塔和一艘船要是没有人一起住在里面（*synoikei eso*，54-7），简直什么都算不上"。城邦仰赖的庇护已然被"一场鲜血的风暴"（101）戳破，自然世界的暴力在象征意义上豁开了城墙上的缺口。在戏剧的结尾，在他那受伤的眼睛里落下的"黑色的暴雨和鲜血淋漓的冰雹"（1278-9）中，奥狄浦斯王以一己之身全然领受这场内部风暴的形式将之驱除。

尽管奥狄浦斯没有得到正常的养育，他却也无法理解特瑞西阿斯对"生养他的城邦"（322-3）流露出的忘恩负义。特瑞西阿斯实际上是得到了"养育"的，而这一事实将会彻底割裂奥狄浦斯与其城邦之间的纽带（356）。虽然他奚落特瑞西阿斯，说他是"被无法打破的黑夜所养大的"（374），但奥狄浦斯很快会发现自己生养成长的真相也是自己命定的劫数。奥狄浦斯对自然规律的背反当然不只是巧合，在他复述那个让他离开科林斯的神谕时，他把波吕玻斯称作"生我养我的人"（827）。

奥狄浦斯从一个并非买卖得来而是家养（1123）的奴隶那里开始慢慢地追索着自己被养育的历史。但当他发现自己是"忒拜唯一得到了最好的养育的人"（1380）时，他同时变成了一个身染污秽的流亡之人，背负着所有能说得上名字的罪孽（1284-5），被养成一个徒有好看的外貌，内里却有可怖的创伤在溃烂的人（1394-6）。即使奴隶也是在家宅中成长（*oikoi trapheis*，1123）起来的，而奥狄浦斯却正因为"最好的养育"（1380）被驱逐到这个家宅之外，甚至比之奴隶还不如。这所谓最高级的养育吊诡地让他置身于"城镇、望楼和众神的圣像"(1378-9)之外,让他回到城邦之外的山野中去——基泰戎山;而这个真正养育了他的地方,将完成普通意义上的家宅所未能做到的事——"迎接"奥狄浦斯归来。

奥狄浦斯虽然身为国王,却对于家宅的抚养相当陌生,他甚至是自己治下的这些城邦和市镇的外人。索福克勒斯带着辛辣的讽刺意味,不断地让"外乡人"(xenos)和"城里人"(astos)这对概念相对抗(参219-22,452,455)。奥狄浦斯混淆了近与远,他"对这血案既不知情,对这神谕也不明白"(219-20),这使得他最后不但和城邦邦民也和外乡人割裂开来(816-9)。在这个段落里,当他担心有可能是自己杀死了拉伊奥斯时,他仍然躲在自以为的"拉伊奥斯是个外乡人"的设想之下,而尚未想到其中最骇人的真相。在讲完他当时在十字路口杀害了所有人的情形之后,奥狄浦斯这样作结:"要是拉伊奥斯和我这个外乡人(xenos)有什么血缘关系(syngenes)的话,那能有谁会比我更加悲惨呢?"(813-7)

奥狄浦斯替"卡德摩斯的城邦"解围(lysis),赢得了人们的感恩和爱戴(35),他自己也不吝重提这份自豪("解救了邦民",392)。但当他将忒拜城称作他的父城(patrōōn asty)时,等待他的却是流落山野的流放(1449行及以下)。他弄瞎了自己的双眼,是因为他难以忍受再看见忒拜城里的城堡和望楼(1378)。而城邦里也没有哪个邦民(astoi)愿意与他的女儿扯上关系了(1489)。此刻站在城邦(asty)中心的国王在他的周遭设下了种种距离。若我们稍作回顾,就会发现老牧羊人所许下的愿望——希望自己在奥狄浦斯成为国王时(762)"尽可能远离这个城邦的目力所及之处"(apoptos asteōs)——是多么具有先见之明了。[7]

凭借自己惊人的智慧和毅力，奥狄浦斯超越了自己幼年遭受的严酷的磨难和冷眼，从一个命途多舛的婴儿成长为一个手握权力的统治者。但他某种程度上仍然没有逃开早年种种可怕的遭遇。他依旧是那个被自己的父母"遗弃"（719，1452行及以下）在"人迹罕至的山野"中的小孩。这也是他为什么很快一意孤行地认为克瑞昂是要"不体面地"（*atimos*，670）将他驱逐出境（*ekballein*，386，399）。然而是阿波罗的神谕而非克瑞昂让他"被迫不体面地流亡"，这无疑否定了他在忒拜获得的荣光（1201-3）。唯一能够让他摆脱早年具有决定性意义的人生经历的办法就是以一种全新却依然可怕的方式再一次经历这样的人生。奥狄浦斯发现自己恰恰就是忒拜的污秽，这既是早年被驱逐出文明化家宅庇佑的结果，也是这一事件的重演。

奥狄浦斯杀死拉伊奥斯所用的权杖（*skēptron*）体现了其悲剧性存在始终摇摆于两个极端之间。一方面这件东西代表了君王的权力；另一方面，按照特瑞西阿斯的预言，这也是他将从明眼人变成盲者、从富人变成乞丐远走异国他乡（*xenēn epi gaian*，455-6）所倚靠的探路的拐杖。

由于奥狄浦斯打破了乱伦和弑父的禁忌，他变得和埃阿斯一样，无从受惠于城邦的文明形式在野兽和神灵之间所起到的调解作用。在接近真相、情节突变的时刻，奥狄浦斯把自己称为"机运（*Tychē*）的孩子，是慷慨的给予者"（1080-1）。机运并不会夺取他所害怕失去（*ouk atimasthē-*

---

[7] 关于奥狄浦斯身为 *tyrannos*（僭主，篡权的统治者）和 *basileus*（通过继承得来的王位）的经历所包含的种种讽刺性的反转，见 Knox, *Oedipus*, 55-7, 32。

第七章 《奥狄浦斯王》 397

somai, 1081；参670, 787）的荣耀（*timē*）。歌队把这一希望理解为奥狄浦斯会证明自己是神的孩子（1098行以下），毕竟神话中的英雄往往如此。[8]但这部悲剧反转了司空见惯的神话套路。身为机运的孩子意味着生活在人类处境之下而不是之上，意味着他将像野兽一般在旷野中毫无秩序和限制地生活。

在此之前，伊奥卡斯特为了竭力避开积累的间接证据，一厢情愿地诉诸单纯的"机运"和"偶然性"（977-83）：

> 人到底有什么可畏惧的呢？凡人都受机运的主宰，无法清楚地预见未来。最好是尽可能随意地活着（*eikē kratiston zēn*, 979）。你也别害怕娶母的婚姻。很多人也曾梦见过和他们的母亲同床而眠。但不在意这些事情的人能活得最轻松。

按照神谕所揭示的天意来看，伊奥卡斯特跳入了另一个与之相反的极端，走向全然由机运主导的无序而"随意"的生活。对于其他公元前5世纪的作者而言，"随意地活着"描述的其实是一种毫无秩序、"犹如野兽一般的"未开化的人类生活。[9]

看似主宰了奥狄浦斯生活的机运，包含了神性和兽性两个极端。以一个自信而有能力的君主形象出现在开场的奥狄浦斯与"机运"和阿波罗站在一起："啊，我的主宰阿波罗！希

---

[8] 见Delcourt（见注1）4ff.; Otto Rank, *The Myth of Birth of the Hero and Other Writings*, ed. Philip Freund（New York, 1964）; Lord Raglan, *The Hero*（London 1936）。

[9] 见Aesch. *PV* 450；亦参Eur. *Suppl.* 201-202; Hippocrates, *Ancient Medicine* c. 3。

望他（克瑞昂）能带回光明的消息，如阿波罗明亮的眼睛一样，让我们有得救的指望。"但在这部句法结构特别复杂深浓的戏剧中，这几句话也可以读作"愿他能带着得救的指望走着光明的路，就像阿波罗明亮的（能拯救人的）眼眸一样"。最后，当阿波罗的神谕和机运在同一件事上应验时（参1329），"行走""光明""拯救"统统都被颠倒了。"救星"般的国王原来就是污秽本身，诅咒着自己的救命恩人（48，1030，1180，1349-50）的命运。奥狄浦斯拯救忒拜所仰赖的机运恰恰会毁灭他自己（参442-3），并且只有当他走向自我毁灭的时候，他才会成为忒拜的救星。[10]在特瑞西阿斯的预言应验之时，奥狄浦斯会挖出自己"明亮的双眼"并行走在黑暗中（454-6，1483；参81）。

奥狄浦斯的名字来自"机运"（1035-7）：

奥狄浦斯：我在襁褓中所受的屈辱（oneidos）实在可怕。[11]

报信人：的确，你正是因为这个机运（tychē）才被唤作这个名字的。

奥狄浦斯：看在众神的面上，请告诉我，这是我父

---

[10] Alister Cameron, *The Identity of Oedipus the King*（New York 1968）68指出众神实际上拯救了忒拜，奥狄浦斯也拯救了它：在戏剧的行进中，他重演了442—443行的一幕。关于*tychē*的作用，见Knox, *Oedipus* 164-8, 176ff.; Bowra, 198-9, 207-8; Victor Ehrenberg, *Sophocles and Pericles*（Oxford 1954）69-70。

[11] 皮尔逊认为*kalon*一词在此具有讽刺意义的看法非常具有吸引力，尽管这种用法只见于尤斯塔修斯（Eustathius）的引文之中。我所依据的手稿版本中还有*deinon*一词，"我在襁褓中蒙受了……可怕的折辱"，杰布的版本 *Sophocles, the Plays and Fragments*, Part I, *Oedipus Tyrannus*（Cambridge, 1893）也采用了包含这个词的版本。

亲还是我母亲干的?

这是剧中奥狄浦斯头一回流露出自身弱点所带来的情感包袱。他颇带讽刺地谈到"屈辱实在可怕",还提及自己婴孩时期的细节(襁褓),无一不是在表达自己从家宅被驱逐至荒野的经历给他带来的深埋心中的痛苦。

就在快要发现他名字中暗藏的真相时,奥狄浦斯一门心思都放在了命名这件事上。"是出于何种原因,波吕玻斯把我称作他的孩子呢?"(1021)他的名字本身就是一种"非名字"(antiname),一种责难,一种耻辱(*oneidos*)。而正如奥狄浦斯在戏剧结束时哀叹的那样,他名字中带有的"耻辱"(*oneidos*,1494,1500)会传给他的女儿们。他离开科林斯是因为他再也无法忍受私生子的污名(784),但一切为自己正名的努力,却不过是让神谕中的"耻辱"——应验(797)。奥狄浦斯后来的在与特瑞西阿斯的交谈中(372-3,412)证明了这一点。他是这样自大地对特瑞西阿斯提出挑战的:"你是拿我了不起的地方来侮辱我。"(441)但"伟大的奥狄浦斯"(参1083)这个名字,最终也被证实是一场耻辱和责难(1035-6)。奥狄浦斯经历的命运颠覆性是如此之大,以至于很有可能惹来身居其下位者的侮辱和嘲讽;但当克瑞昂在1422行重返舞台时,他小心翼翼地在自己的开场白里撇清了这种嫌疑(1422-3)。

"说出机运之下的你是谁":五十行之后,当奥狄浦斯确信自己是"机运的孩子"后,这其中的反讽意味变得更加强烈了。在最残酷的意义上,他的确是"机运的孩子":他的名字是偶然得来的,而不是从还没给他取名就抛弃他的父母那儿来的。在《奥德赛》中,主人公的品性与他的名字总是密不可分。当奥德修斯在山洞中被像野兽一样对待时,他便失去了自己的名字，变成了什么人也不是的无名之辈（*Outis*）。[12] 在希罗多德那里，没有名字是北非阿特拉斯山区野蛮人的属性（4.184）。而根据庞波尼乌斯·梅拉（Pomponius Mela）与希罗多德相差无几的记述，这些人并不像其他人那样会在睡眠中做梦（1.43）。奥狄浦斯不仅仅被剥夺了文明身份最基本的标志，他的名字本身即是对他的诅咒：它指向了奥狄浦斯最初的被放逐。特瑞西阿斯语带双关地作出不祥的预言（418）：那"足迹紧随着你的可怕诅咒"（*deinopous ara*），将把"脚足肿胀之人"（Oedi-pous）奥狄浦斯驱离故土。

奥狄浦斯在家宅中极不正常的位置造成了家庭和语言规范上的混乱，也造成了正常人类关系与亲属名姓的混乱（参 1214-5，1256-7，1405-8）。同样地，"奥狄浦斯"这个在机运之下偶然得来的、本身充满矛盾的名字也一同混淆了语义、家庭和空间意义上的规范。在正常的情况下，小孩子会在一个名为"*aphidromia*"的仪式上取名，孩子出生后的第五天会被带到灶台边，被放到灶台上之后他便会获得自己的名字。[13] 而奥狄浦斯是在山野之中而非遮风挡雨的家庭空间之内取得自己的名字的。名字本身的字义就已然揭露出这个孩子与家宅和父

---

[12] 见 G. E. Dimock, Jr., "The Name of Odysseus", *Hudson Review* 9（1956）52-70; Norman Austin, "Name-Magic in the Odyssey", *Calif. Studies in Class. Antiquity* 5（1972）1-19. 与本剧找寻名字的情节相反，名字的丧失是理查王在莎士比亚剧作《理查二世》第4幕第1景255—259行中失去王权和国王身份过程中的一个环节："我是一个无名无号的人，连我在洗礼盘前领受的名字，也被人篡夺去了。唉，不幸的日子！想不到我枉度了这许多岁月，现在却不知道应该用什么名字称呼我自己。"

[13] Schol. on Plato, *Theaetet.* 160e; Hesych. s.v. *Amphidromion ēmar*. 更多论述及参考书目 J.-P. Vernant, *MP* I, 161-4; N. J. Richardson, *The Homeric Hymn to Demeter*（Oxford 1974）231ff.（讲得墨忒尔颂歌的在 231—255页）; Lise and Pierre Brind'Amour, "Le dies lustricus, les oiseaux de l'aurore et l'amphidromie," *Latomus* 34（1975）51ff.。

母之间的非正常关系。

"说出你是谁"呼应着伊奥卡斯特对奥狄浦斯说的倒数第二段话:"不幸的人,愿你永远都不知道你是谁"(1068)。奥狄浦斯并没有理会这一悲呼中的含义,他下令把牧人带到他面前(1069)并且说:"且让她在自己富足的家庭里自得其乐吧。"(*plousiōi genei*, 1070)但这"高贵的家庭"包含了作为其子的奥狄浦斯自己。Genos,被译作"家庭",既有"后裔/子嗣"的具体含义,也有抽象和群体意义上的"亲缘关系""种族"的意思。从这一点上说,这出戏剧融合了这三种词义,而这三种意义都有着不祥的共通点。当奥狄浦斯想起那个关于"难以长久的种族"以及他就要孕育的"家庭"(*genos atlēton*, 791-2)的预言时,他不禁觳觫。"高贵的"一词也让人想起与"财富"和开场里提及的哈得斯之间的晦暗联系(Plouton 和 *ploutos*,参29-30)。[14] 在这一幕之前,"家庭"(*genos*)这个词催促着奥狄浦斯去追根究底"自己到底是谁"。科林斯的报信人如是说:"波吕玻斯和你的家庭出身(*genei*)没有一点关系。"(1016)从亲缘关系上看,波吕玻斯的疏远对应的是伊奥卡斯特过分的亲密。奥狄浦斯作别她时所说的话也可以解作"且让她在自己富足的家族里自得其乐吧"。"家族"(kinship)一词虽然看似转向了安全的境地,但在这一幕的结尾,却最终和奥狄浦斯所说的"月份是我的亲属"形成了相当讽刺的呼应(1082-3)。

奥狄浦斯破坏了对城邦文明的规范而言至关重要的"差

---

[14] 关于此处Plutos与Plouton的文字游戏,见Gellie 269-70。亦注意380行奥狄浦斯不堪一击的"财富"。显然只有在冥府而不是在家宅,伊奥卡斯特才能享受她那富裕家庭的好处(*plousiōi genei*, 1070);奥狄浦斯自戳双目的主要动机也正是基于冥府团聚这样的想法(1369-74)。

异性",这一点主要是通过他与"平等性"的各种关系体现出来的。奥狄浦斯将危险的"平等性"引入了语言和亲缘关系的范畴,却在审判程序中拒绝承认"平等性",甚至一度接近与众神"平起平坐"的危险位置。

Isēgoria,意指言说的平等权利,是雅典民主制最主要的成就之一,公元前5、前4世纪的政治思想家亦十分关注平等的原则。[15] 在《政治学》一书中,亚里士多德指出,若有城邦公民杰出到了有如神在众人之中的地步,为了平等起见,这样的人是应当被逐出城邦的(3.1284a11及以下)。陶片放逐法是雅典用以维持平等的制度(3.1284a19及以下)。按照韦尔南的说法,奥狄浦斯是两种情形的融合:他既是因为超出了作为人的上限(犹如神一般处在众人之中)而遭到驱逐,也是因身处低于人的下限而遭到驱逐。他作为"替罪羊"(*pharmakos*)承载了整个城邦的污秽。[16] 希腊语中的"*isos*"一词涵盖了政治状态和逻辑意义;它既有"平等"的意思,也有"相同"的意思。奥狄浦斯概念中的平等令人害怕,因为它使得"与众神平等"和"与无名之辈平等"两者别无二致(参31,1187-8)。[17] 奥狄浦斯通过证明自己所经历的不幸与早前战胜斯芬克斯的成就相比丝毫不逊色,以另一种方式回答了斯芬克斯的谜语,而这种程度相等的力量虽然再一次拯救了忒拜,却也毁灭了奥狄浦斯自己。

---

[15] 见Knox, *Oedipus* 147ff., 亦参他的另一篇文章, "Sophocles' Oedipus", *Tragic Themes in Western Literature*, ed. Cleanth Brooks (New Haven 1955) 15ff.。更多参考文献见F. D. Harvey, "Two Kinds of Equality", *C & M* 26 (1965) 101–46.

[16] 关于陶片放逐和*pharmakos*(替罪羊)放逐之间的对称性,见Vernant, *MT* 125–6;Burkert(见注3)140。

[17] 见Vernant, *MT* 108。

这场带着毁灭性质的拯救通过两个近似同音词之间的文字游戏呈现出其双重含义：*exisōsei* 意为"将使你平等"，*exesōs*（*a*）意为"我拯救"。在剧中的425行，特瑞西阿斯警诫奥狄浦斯道，他还不曾领会到"那使你与你的子女平等无二"的罪恶究竟是什么。[18]而在443行，奥狄浦斯这样为自己辩护——他将自己看作以自我毁灭为代价拯救城邦的人（442-3）：

> 特瑞西阿斯：然而正是这机运（*tychē*）害了你。
> 奥狄浦斯：只要我能拯救城邦（*exesōsa*），我无所谓。

425行出现的具有毁灭性的"平等"和解开443行的"平等"之谜的办法，两者在读音上几乎相同，这既让身为城邦污秽的奥狄浦斯处在人类社群中的最低下限——因为"使你与你的子女平等无二"意味着乱伦，却也让奥狄浦斯作为犹如神明一般的城邦救世主（31）处在人类社群中的最高上限。此外，奥狄浦斯通过解开斯芬克斯的谜语拯救城邦：对于这个将人生似是而非地划分成三个不同阶段的谜语，奥狄浦斯报之以一个在差异中统一的回答——"人"。人的存在经历了从野兽到接近于神的进化，这使得他以及作为"人"的微观化身的奥狄浦斯，既成为"一"，也成为"多"。

奥狄浦斯分别与特瑞西阿斯和克瑞昂的交锋对司法与政治的平等性造成了破坏。奥狄浦斯拒绝给予他的对话者以平

---

[18] 关于425行的文字，我依据的是手稿原文以及杰布的版本 ἅ σ' ἐξισώσ-εισοίτε καὶ τοῖςσοῖςτέκνοις, Pearson 采取的是OCT（Oxford Classical Texts）中维拉莫威兹的释读，将此处读作 ὅσ' ἐξισώσεις, 意思是"你该把自己和子女看作处于同等的位置"。我认同Jebb的释读，上述这种读法虽然变化不大但却没什么必要，也削弱了句子的意思。关于这一主题亦见 1250，1405ff., 1485, 1496-9。

等的言说和聆听的权利（408-9，544；参627）。克瑞昂在自辩中所说的要点之一，便是他在奥狄浦斯治下（563，579，581；参611）同样平等地享有应得的荣誉、财产和权力。就这一分配方式而言，奥狄浦斯确实扮演了一个优秀统治者的角色，就像《神谱》里平分特权的宙斯一样。但当奥狄浦斯发现平等分配之中存在可疑的漏洞时（参635），仅仅将克瑞昂放逐的做法——就像后来克瑞昂将他放逐那样（386，399，622）——尚且不能让他满意，他想更进一步将克瑞昂置于死地（623）。

"平等"是克瑞昂离开伊奥卡斯特和奥狄浦斯时留下的最后一个字眼（676-7）："我这就走，既然你们不理解我；但我在这些人（眼中）依然是平等的。"克瑞昂的意思是，（按照古本注释者对这段话的理解）他现在仍然是与其之前获得的荣耀相匹配的，又或者（按照杰布的解释）在歌队眼里他是正当的。不管采取上述哪种解释，奥狄浦斯在"不理解"的同时也是"不为人知的"（agnōs 此处包含这两种含义），他是否是一个追求城邦的公平公正的优秀统治者，这一点始终是暧昧不明的。

特瑞西阿斯第一场长篇演讲是从讨论统治者（tyranneis，408-9）的司法平等开始的。十五行过后我们会发现，城邦中的教化平等与奥狄浦斯在其家宅之中制造出来的混乱的"平等"产生了冲突，即"使你与你的子女平等无二的罪恶"（425）。如果说作为国王和救世主的奥狄浦斯几乎处在一个和众神平等的位置，就像荷马史诗里的英雄（31）一样，[19]"如同天神一

---

[19] 见16行的古本旁注："他们聚集在国王宫殿前面祭坛旁的情形犹如他们在众神的祭坛前一样。"亦见Knox, *Oedipus* 159, 181-2; Vernant, *MT* 114; Whitman 126。

般",那他也可以说如同野兽一样,将它们随性的生殖行为带进人类的家庭之中,如他在结尾哀叹的那样(1498-9),因为他与"孕育他的人"孕育出子女。奥狄浦斯在开场对乞援的人们这样说道:"你们当中没有人的疾苦能比得上我的。"(61)尽管他这样说是出于一个关切人民的国王对子民作出安慰,但他身为一个土生土长的忒拜人,却说自己在"疾苦"上与平民"平等",实际上是将他自己放到了城邦中的最低点,而非最高点。

城邦生活的其他方面所体现的"平等"也具有类似的性质,剧中结构的语言使其相互交织。奥狄浦斯颠覆了家庭、城邦、商业、道德和逻辑意义上的"平等"概念。在说到自己在岔路口上向陌生人复仇时(810),奥狄浦斯讲的是他"并不只是以同样的分量(份额)予以回击",使用的正是从商业和法律范畴引申而来的譬喻。作为一个文明化的英雄,奥狄浦斯是讲求理智的人,他能够对社会以之为基础的"平等"进行计算和分配,但他也是一个血气方刚的人,对于侮辱,他"不会只是以同样的分量"加以报复(即有过之而无不及。——译者注)。通过解开一个与平等性、同质性和数量相关的谜语,他拯救了城邦并获得了王位,"世上有一种生物只有一个名字,但它有时有两只脚,有时有三只脚,有时有四只脚"[20]。随着戏剧的展开,奥狄浦斯须应对另一个让人迷惑不解的"平等"

---

[20] 斯芬克斯谜语的开场白见于多个古代文本(参Eur., Phoen;50行的古本旁注以及相关推测;阿忒纳乌斯[Athenaeus] 10.456B),它可能早于索福克勒斯的戏剧;这段话的部分诗句也出现在了约公元前470年的著名红彩陶瓶上,上面画着奥狄浦斯和斯芬克斯,这个瓶子现藏于梵蒂冈博物馆。见Carl Robert, *Oidipus*(Berlin 1915)Ⅰ,56及Ⅱ,24注21;Eduard Fraenkel, *Aeschylus, Agamemnon*(Oxford 1950)581;Kamerbeek,引论5。亦参欧里庇得斯作品中的谜语,Oidipous, frag. Ⅱ Austin = P. Oxy. 2459. 20ff.。

问题："如果他这次说的还是这个人数,杀人的就不是我。因为一无论如何不等于多。"(843-5)。然而,在这一次的计算中,奥狄浦斯失算了。他将相同与不同、统一与多样之间最基本的对立之处统而论之,而这之间再没有什么能减缓天性与境况的极端性对他的影响。

奥狄浦斯对真相的追索也始于对"一"与"多"这对概念的混淆。他向克瑞昂询问,拉伊奥斯在去往德尔斐神庙的路上惹来杀身之祸的这趟旅途中是否有随从护送:

克瑞昂:都死了。只有**一个人**害怕了,逃回来,他看见的事也只有**一件**能说得肯定。

奥狄浦斯:哪**一件**?要知道,一条线索能让我们找出**许多**情况,只要我们抓住希望的苗头。

克瑞昂:据他说是**强盗们**(*lēistai*)杀了国王,并非被**一个人**突袭,而是惨遭**一群人**(*plēthos*)的毒手。

奥狄浦斯:若非有人出钱指使,**那名强盗**(*ho lēistēs*)怎敢如此胆大妄为?

人们基本上都能注意到奥狄浦斯在此处惹眼的错误,尽管克瑞昂再三指出"一"与"多"的区别,但奥狄浦斯仍然以单数形式指称强盗,但这一错误尚未真正展现出其力量。"一"这个字眼在八行的诗文里出现了四次,而四行之中出现了两次的"一"与"多"的明显区别,但奥狄浦斯仍然说的是单数形式的"那名强盗"。尽管奥狄浦斯才智过人,却对"一"与"多"之间的差别熟视无睹,因此他也无法看见自身融合了"一"与"多"的残忍真相。整部戏剧一再借助数量问题来反映身份问题之中复杂的双重性。身处危急关头的奥狄浦斯似乎总会从一二三开始数数:"一个人······第二件办法……不，还有第三个办法"（280-3）；"一个人……两群羊……三个夏半年"（1135-7）。但他所有的算数算到最后，所得的结果为零（1188-9）。[21]

"据他说，强盗们……"，克瑞昂如此转述这场凶杀。奥

---

[21] 关于这一列的计算模式，亦见605-6、715、1062、1275、1280、1398。重要的单复数变换亦见于60-9、292-3、750、1097（父亲母亲的复数形式）。相关综述见Knox, *Oedipus* 151-4及252注147；Kamerbeek, *Introduction*, 13; Vernant *MT* 105n12；W. C. Greene, "The Murderers of Laius," *TAPA* 60（1929）75-86。关于122—124行，W. B. Stanford在他的著作 *Ambiguity in Greek Literature*（Oxford 1939）166中评述道："奥狄浦斯在克瑞昂之后使用了单数形式，这强调了复数形式的重要性，并且它的出现是索福克勒斯有意为之。"较新近的研究可见Sandor Goodhart的文章 "Lē(i)stasephaske: Oedipus and Laius' Many Murderers", *Diacritics* 8.1（Spring 1978）55-71，聚焦于数字问题的逻辑结构；而John Hay的 *Oedipus Tyrannus: Lame Knowledge and the Homosporic Womb*（Washington, D.C., 1978）一书则关注的是从一到多这一转变过程中"不加区分和无差别的越界问题"（104）："（奥狄浦斯）回到了个体发育之前的状态中，这类似于宇宙在演化成天体之前的混沌状态，那时候它是一体的，同一的，一致的，完整的。在经历一番萌动之后，他又回到了有所区别和复数的世界中去，但某种程度上，他已经接触到了宇宙的秘密以及物质的秩序。"亦见本人在 *CW* 72（1978-1979）432-3上的书评。奥狄浦斯似乎会利用复数形式的掩护来逃避自我身份可怕的一体性，这种一体性和他缔结的乱伦婚姻蕴含的可怕的一体性是同出一辙的。奥狄浦斯正是因为太早或太充分地体会到这种与自己的出身相融合的一体性，进而对数字形成了一种错觉，并以之为策略去掩盖自我身份表面单一性之下称谓的复数性（儿子与丈夫，兄弟与父亲，合法的继承人与篡位者）。与之相反的是，他所不能面对且必须逃避的是"同构性的子宫"（homosporic womb）带有的可怕的同一性，这既是诞育他也是他播种的地方。从另一个角度讲，男性正常的成长路径包含了与母亲的分离，以及对生命中重要女性（妻子与母亲）进行区分，但奥狄浦斯将两者合而为一。伊奥卡斯特企图用一种无关紧要的乐观主义去对抗计算的逻辑（参977行及以下），然而讽刺的是，她这么做却是在推进这样的计算逻辑，并让相应的可怕结果更快地暴露于人前。奥狄浦斯和伊奥卡斯特一度不自觉地互换了位置：奥狄浦斯用理性分析排除了面前唯一成立的结论，而伊奥卡斯特本能的求生意识则让她对这样的结论置之不理。为了活下去她宁愿牺牲逻辑，但她却只是在无知中进一步加速了这一无法改变的事实而已。

狄浦斯也用同样的表达方式——"据他说,正如你转述的,强盗们"——在842行短促地训斥了伊奥卡斯特(*lē[i]stas ephaske*, 122; *lē[i]stas ephaskes*, 842)。现在,究竟应当是单数还是复数变得非常关键,而这件事也从遥远的第三方转向了更近的第二人称。奥狄浦斯所思索的到底是"一个"还是"多个"的问题将会产生至关重要的后果。然而在得出结论之前,他依然在无望而漫无边际地搜寻强盗,因为混淆了一与多、强与弱而步入歧路。他紧揪着克瑞昂不放,把他看作从自己手中窃取城邦的"强盗"(*lēistēs*, 535),却又笃信要是一个人拥有足够多的朋友和财力(540-2),那么想要颠覆政权是很容易的。奥狄浦斯很快就觉察到了自己身负着另一种不同的多样性,"那让(他)与其子女等无二的巨大(*plēthos*)的不幸"(424-5)。

古老的谜语仍旧继续着:"在一切地上爬行的、空中翱翔的、水中遨游的众生之中,只有它不断变换着自己的形态(性质)。"独属于奥狄浦斯的命运集中在一个充满悖谬而又不断变换的中介词之上——第三只脚。奥狄浦斯从家宅被驱逐至"人迹罕至的山野"(719),这让他直到生命的最后一刻都不得不一直带着他的"第三只脚"。如果说他把王杖用作支撑着跛足的拐杖,那么在这个意义上,在大多数人都用两只脚行走的人生中,奥狄浦斯用的却是三只脚。奥狄浦斯因这一伤害而残疾,也许在很大程度上,他终其一生都从未用双脚走过路。精神分析派也许会把这其中所蕴含的惨淡的正义解读为潜意识的愿望得以达成:奥狄浦斯也许应当把第三只脚用以对抗那个在特定的人生阶段本该对他负有生养义务的人,在奥狄浦斯"穿过自己的道路"(*hodoiporōn*, 801)并想要"通过"(*parastechōn*, 808;参 *steichōn*,"行走""途经",798)这条道路时,正是这个人挡住了奥狄浦斯的去路。[22]

奥狄浦斯自身也是一个怪异的第三项,[23]一个连接二和四的奇数,一个区分人类与野兽的语词。同样,奥狄浦斯由于模糊了"差异"而再次站在了"中间"地带。而在数字和空间运动意义上的特殊性之下,潜藏着的是奥狄浦斯人生之中最为致命的一点,即他总是将"一"与"多"等而视之:国王与替罪羊、儿子和丈夫、无所不知和一无所知、伟大与渺小。在短短的一天之内(438),他将人生的三个基本阶段统统经历了一遍,先是回溯其幼年,然后走向无助的老年。[24]而在他的陷落之中,他也同时一齐经历了三个不同的生命状态:神、人和兽。

当相对立的事物在这部戏剧中合并为一时,它们走向了相互抵消。尽管奥狄浦斯把他的希望寄托于计算出一与多之间的不同,他却在歌队将二者等而视之的算法里变得什么也不是:"啊,凡人的子孙呀!你们的生命,我看什么也算不上(*enarithmō*, 1188;参 *arithmos*, 844)"(1186-8)。这其中的谜语实际上是围绕相同与不同展开的文字游戏;提出谜语的人混淆的不仅仅是空间运动各种不同的表现形式,同时也混淆了人与兽之间最基本的区别。奥狄浦斯基于无矛盾律

---

[22] 关于798行及以下"行走"各种动词,见Hay(见注21)83。诚然,拉伊奥斯不是徒步行进的,他驾驶着马车 *apēnēs embebōs*(803)。

[23] 见Seth Benardete, "Sophocles' Oedipus Tyrannus",辑录于Thomas Woodard eds., *Sophocles. A Collection of Critical Essays*(Englewood Cliffs, N.J., 1966)105–21,尤其是111页:"他的弱点让他身处于人的种群特性之外,从而让他得以看清这样的种群特性究竟是什么。"

[24] 参1292-3。亦注意赫西俄德把人描画为冬天的三脚鼎,《工作与时日》533-5。关于奥狄浦斯在自己的人生里重新体验了斯芬克斯的谜语这一点,见Lattimore, *Poetry* 91; Oliver Taplin, *Greek Tragedy in Action*(Berkeley and Los Angeles 1978)152–3; Kamerbeek 25。

（noncontradiction）这一条人认识现实的基本逻辑原则来确认自己的无辜。然而，无矛盾律在此却让位于一种天马行空的、不讲究理性的悖论逻辑：相反的事物可以是相同的，"一"同时也可以是"多"。"等于一"和"等于多"同时产生了一个可怕的折中办法，就是它们可以都"等于无"（1186—88）。现在，奥狄浦斯退回到一种比数量计算更为本质的状态：他想要通过为自己的女儿们请愿，来打破这种不同与相同变得同质化的局面。他向克瑞昂乞求怜悯："别让她们因为我的苦难而变得和我一样。"（1507）

二

那个既抬举又摧毁奥狄浦斯的谜语其实关乎人类在自然世界中不甚寻常的地位。人从四足行走的野兽进化出独一无二的双脚，而且因为唯独人懂得如何使用工具，也只有人还具备了奇怪的第三只脚。这第三只脚既能杀人，又能支撑跛行之人。奥狄浦斯既用他的手杖（skēptron）击杀了他那同为国王的父亲，也用它昭示了自己身为国王的权柄。[25]手杖虽宣示了秩序，却也破坏了秩序。而在结尾那位乞丐的手杖（参456）更是集中体现了贯穿奥狄浦斯一生的种种二元对立：家族与流亡、强大与无助、权威与神圣纽带的消解。

奥狄浦斯手中的第三只脚包含了存在于人类的文明化力量及其破坏力中的矛盾：作为制造者的人（homo faber）也是作为杀戮者的人（homo necans）。一方面人类通过人造工具来补足自身在自然上的不足，另一方面人类在想方设法地解开自

---

[25] 关于 skēptrōn 的多重含义，见 Benardete（见注23）106；Taplin（见注24）110；Hay（见注21）31-3。

然隐藏的秘密、对各种谜题作出解答的过程中，也是在对自然施以暴力。尼采注意到人凌驾于自然的"不自然性"与奥狄浦斯在出生和性交这些基本的自然过程中呈现的"不自然"有着深刻的联系：

> 奥狄浦斯是自己父亲的凶手、自己母亲的丈夫，奥狄浦斯是斯芬克斯之谜的解答者！这神秘的三联命运究竟告诉我们什么呢？有一种原始的民间信仰，尤其是波斯的民间信仰，说聪明的祆教僧（*magus*）只能从乱伦的交配生育出来。想到解谜和娶母的奥狄浦斯，我们就会立刻得到解释。大凡在某种预言的魔力打破了现在与未来的界限，破坏了顽强的个性原则，总之，道破自然的内在魔谜的场合，就必先有一种非常的反自然现象，例如奥狄浦斯的乱伦，作为前因；因为，若不是违反自然，也就是说，若不是以非自然来克服自然，人怎能够强迫自然交出它的秘密呢？我在奥狄浦斯的可怕的三联厄运中看出这个道理，他解答了自然之谜，二重性的斯芬克斯之谜，就必须以弑父娶母的行动打破最神圣的自然秩序。真的，这个神话好像要在我们耳边私语，告诉我们：聪明，尤其是狄奥尼索斯式的聪明，乃是反自然的坏事；谁凭自己的聪明把自然抛入毁灭的深渊，谁就势必身受自然的毁灭。"聪明之锋芒反刺着聪明人，聪明是一种反自然之罪行"——这就是这个神话对我们高声疾呼的可怕的话。[26]

---

[26] 弗里德里希·尼采，《悲剧的诞生》ix，见 *The Birth of Tragedy and the Genealogy of Morals*, trans. Francis Golffing（Garden City, N.Y., 1956）61。

又或许我们可以引用弗洛伊德的话:"人凭借着义肢而成为神。当他戴上附属的器官时的确状貌雄伟,但这些器官并不在他的身体上生长,有时仍为他带来许多麻烦。"[27]

就像《特拉基斯少女》中的赫拉克勒斯一样,奥狄浦斯虽然打败了怪兽赢得了胜利,却模糊了人与野兽之间的界限。他的婚姻本身就是在家庭结构上制造的混乱(457-60,1249行及以下,1403-8,1497-9)。他犯下的乱伦是一种套轭,破坏了而不是肯定了那些区分人性与兽性(826)的人伦品质。[28] 套轭的意象同样也描绘了父母面对子女所作出的不自然的行为,就像伊奥卡斯特在一百多行之前使用了这一意象那样,当他们把孩子遗弃在人迹罕至的山野时(718-9),它刺破了婴儿的脚踝。

套轭的隐喻将家庭规范内的颠覆与生物意义上人之于野兽的优越性联系到了一起。我们定然会回想起,在开场中,奥狄浦斯家宅之内的污秽所产生的瘟疫,使得土地、牲口和妇女不再孕育果实(25-7),[29] 而由此牵涉到了最根本的文明化活动——农业、家禽的畜养以及家庭。

三

王室内的乱伦,意味着在象征着社会秩序之典范的场所

---

[27] Sigmund Freud, *Civilization and Its Discontents*, trans. Joan Riviere (Garden City, N.Y., 1958) 35;亦见 Gilberte Ronnet, "Le sentiment du tragique chez les Grecs", *REG* 76 (1963) 329。

[28] 关于"套轭"作为一种带有兽性色彩的性隐喻这一点,亦见《特拉基斯少女》536, frag. 538.11N=583.11P (Tereus)。在欧里庇得斯的《腓尼基妇女》25行也用了 kentra 和野兽相关比喻来描述刺破的脚踝,意即"铁制的尖棒"。

[29] 见 Gellie 267-8;亦见上文注6。

中，代际的禁忌被打破，由此导致了人与自然秩序之间大规模的颠覆——瘟疫和贫瘠。[30]在进场歌中，这样的破坏具象化为外部的暴力侵入城邦的界限。这正是为什么我们在剧中能感受到瘟疫灾情之急带来的压力。颂歌从彰显秩序与文明的场所，比如德尔斐神庙、提洛斯岛、忒拜城（151-4）依次转向文明化的女神雅典娜，继而是阿尔忒弥斯，她在此处不是荒野而是城邦的女神——她"光荣地（*Eukleia*）高坐在我们广场（*agora*，161）圆形的宝座上"。人们召唤阿尔忒弥斯和阿波罗来保护城防，当灾难（*atē*）来临的时候，他们能让"此地免遭灾异之火的侵袭"（*ektopios*，166）。

当歌队在下一个曲节里提到"数不清的痛苦"和"灾难"时，灾异的火焰愈来愈烈，暴露在外部的空间变得愈发危急："你会看到我们的灵魂犹如迅疾的飞鸟，一个接一个地与肆虐的大火赛跑，急冲向西方之神的岸边"（174-7）。大火在这里指的是瘟疫，而逃离的灵魂被比作飞鸟，它们逃向西边意味着步入死亡无边的黑暗中，这是人类极限最终的对立面。越过海洋的逃离呈现的是一个十分具体的诗歌意象：广阔的外部世界消弭了城邦的秩序边界。合唱歌里的下一行——"不计其数的人在城邦中毁灭"（178-9），与上文的"数不清的痛苦"（168）相呼应。危险的西岸如今处在城邦的内部，因为"祭台的边缘"在字面意义上也等同于"祭台的边岸"（*aktan bōmion*，183），索福克勒斯在此颇为大胆地在譬喻的层面模糊了内部与外部、城邦与郊野之间的界限。

在歌队不断地沉浸在哀悼之音的同时，充满敌意的外部世界逐渐获得了力量。第三曲节以燃烧的战神阿瑞斯开篇。他

---

[30] 更多引用文献见 Howe（见注3）127ff.；Delcourt（见注6）31ff.；Benardete（见注23）107，他引用了 Xenophon, *Mem.* 4.4.20-23。

们希望他能回到太平洋上"安菲特里特的宽大卧榻"（194-5）那里去，或是"难找到避风港的色雷斯海上"（196-7）。就像早前飞鸟逃向西岸的意象一样，水与火在文明化的城邦世界的尽头与偏远而恶劣的地界相融合，威胁着边界已然遭到破坏（194）的城邦。

歌队随即向宙斯、阿波罗和阿尔忒弥斯祈愿（200行及以下），但三位神明都带有危险的属性：宙斯拥有"带着火焰的闪电"（200），让人想起瘟疫之"火"（166，176）和那位在开场即带来瘟疫的"手持火把的凶神"（27）。在《伊利亚特》卷一，阿波罗的箭也是带来疾病的箭。阿尔忒弥斯不再是端坐在集市广场上的女神，她带着明亮的火光（pyrphoroi aiglai, 206-7）跑遍了吕克奥斯的山岭。最后，狄奥尼索斯出场，也许他是最合适担当净化之神的神明（参《安提戈涅》1144），狄奥尼索斯身为象征酒和狂喜的神，他带领酒神女祭司们所进行的仪式是属于城邦之外的。[31] 酒神也是"熊熊燃烧"（phlegonta, 213）着的，这一形容和形容瘟疫"不祥地'燃烧'（phloga, 166）"的说法相呼应。在颂歌的最后一行，酒神"举着火把和众神轻蔑的神一起行进"。这里"众神轻蔑的神"大抵指的是190行及以下出现的不祥的阿瑞斯[32]，但狄奥尼索斯在奥林波斯众神中的地位也是相当含混的。无论如何，结尾所呈现的意象更像是奥林波斯山上起了争执，而不是相安无事。这位神明手持的熊熊燃烧的火把仍然预示着酒神祭司们的暴力而非愉悦

---

[31] Paul Vicaire, "Place et figure de Dionysos dans la tragédie de Sophocle," *REG* 81（1968）366认为这里的酒神是以城邦神祇的身份发挥出保护和净化的作用的，这种看法似乎忽略了此处狄奥尼索斯身上的悖谬以及不祥的意味。

[32] 214—215行的文本有一处缺漏，但须填补的词不太会影响到我们的解读，见Kamerbeek（见注5）。

的释放。

在之后的颂歌中，奥狄浦斯作为污秽的影响显现在田地和港口这两个土地和水域的文明秩序上。报信人说，即使是最遥远的两条河流——伊斯特尔河（即今天的多瑙河）和法息斯河都不能洗净这个家宅的罪孽（1227-8）。夸张化的修辞往往以这两条河来代表希腊文明边界以外的一切偏僻野蛮之地，这不禁也让我们联想到进场歌中阿瑞斯的色雷斯海。奥狄浦斯自残的伤口涌出的血如"暴雨和冰雹"（1279），正像城邦内部"血的风暴"（101）一样，将本应滋养土地而不是带来破坏的雨水取而代之。

只有把奥狄浦斯这样的自然世界和人类世界的异类去除，城邦才能重新与广大的外部世界建立丰产的关系。最后，克瑞昂会将奥狄浦斯带入家宅之内，这样就不会在太阳底下暴露出无论是大地、神圣的雨水（参1227）和天光都不会悦纳的"染上污秽的咒诅（*agos*）"（1424-9）。

文明与野蛮之间界限的模糊既是内部问题也是外部问题。它不光涉及奥狄浦斯"执拗的天性"（674-5），也和他在人兽之间模糊的身份定位密切相关。奥狄浦斯与他不该与之为伍的人同住（414；参367），他甚至看不到"居住"在他身上的可怕愤怒（*orgē*）（337-8）。按照特瑞西阿斯的说法（343-4），这样的愤怒"最为凶蛮"（*agriōtatē*），因为它包含了奥狄浦斯犯下的乱伦和弑父的野蛮性的内核。无论奥狄浦斯面对的是特瑞西阿斯、克瑞昂、伊奥卡斯特（914）还是老牧羊人（参1146，1160），每一次在问话最关键的时刻，他在本应以冷静和理性面对的紧要关头反而往往让自己的愤怒（*orgē*）和激情占据上风。在国王与先知——这两位文明秩序最庄严的代表——彼此面对的时刻，是愤怒而非智慧与知识变成了推动的力量。

然而吊诡的是，正是奥狄浦斯智慧上的成就使他倾向于将自己放任于这种激情之中。和那些依靠继承和神启而取得地位的人相比，奥狄浦斯是一个通过个人奋斗成就自我的人。正是出于这样的缘故，他时刻维护着自己的头衔和功绩（390行及以下，440行及以下），对一切针对其弱点和不足的指责十分敏感（536行及以下）。当伊奥卡斯特几乎是以母亲的方式来平息奥狄浦斯和克瑞昂之间的争吵时（这是整部戏剧头一个让三位演员同时出场的场景，634行及以下），她成功地让奥狄浦斯冷静了下来；但这一冷静的时刻也让人不禁联想到在此之前愤怒以极其危险的方式展现出来的时刻——在岔路口，奥狄浦斯因愤怒而萌生暴力（807；参781）。

索福克勒斯通过一系列动物意象来一同呈现奥狄浦斯内在和外在的野蛮性。就在特瑞西阿斯指出"最凶蛮的愤怒"后，第一合唱歌便把不知名的凶手描述为一头"岩石中的公牛"在"野树林"（*agrian hylan*，476-9）中徘徊。这是剧中首个把被驱逐或将要被驱逐的奥狄浦斯与荒山野岭联系起来的段落，之后还有几处亦是如此（参719，1391，1451）。凶手须逃得"比马还快"（466-7），否则阿波罗就能"追上他"（469），就像按奥狄浦斯自己的说法，机运"追上"了拉伊奥斯（263）那样。奥狄浦斯运用自己的聪明才智打败了"有翼的少女"（507-10）；但神谕却也像斯芬克斯一样长着翅膀（482），在它们的见证之下，奥狄浦斯已然成为一头在山野中孤独流浪的公牛。在预言应验、剧情急转直下之际，他将"咆哮出可怕的事"（1265），而"咆哮"这个动词在其他地方常常特指公牛的咆哮（《埃阿斯》322，《特拉基斯少女》805）。

"是在家宅中，还是在乡野，抑或是在国外，拉伊奥斯在何处遇害？""在家宅中或在乡野？"（*en oikois ē en agrois*，

112）：徘徊在家宅（oikos）和乡野（agros）之间的可能性让奥狄浦斯展开了对这位将野外力量引进城邦之中的凶手的追查。当奥狄浦斯回忆过去，"捕捉"到自己的身份与凶手在时间上的契合，"捕捉"到自己在时间流逝之中从流亡者到国王的转变时，他也同时还原了自己与凶手在城邦与山间、家宅与乡野这些空间属性上的匹配度。

这些顾虑都潜藏在以下这一为112行设下了铺垫的疑问中（108–11）：

Oἰ.: οἳ δ' εἰσὶ ποῦ γῆς; ποῦ τόδ' εὑρεθήσεται
　　ἴχνος παλαιᾶς δυστέκμαρτον αἰτίας;
Κρ.: ἐν τῇδ' ἔφασκε γῇ: τὸ δὲ ζητούμενον
　　ἁλωτόν, ἐκφεύγει δὲ τἀμελούμενον.

奥狄浦斯：他们在哪里？要到哪里去寻找这陈年罪恶的模糊踪迹？

克瑞昂：（阿波罗）说就在我们这片土地上。只要找起来就能抓得住；但我们要是忽视了什么，它就会逃脱。

在这段引文中，第二行句子的含义相当深浓，*ichnos palaias dystekmarton aitas*，此求诸理性质疑（"干扰""原因"）的语言覆盖了某些更为原始的、接近动物性的"踪迹"，而这些踪迹恰恰指向奥狄浦斯行走方式中隐藏的身份秘密。将理性的词汇与动物性的指涉放到一起并展现两者之间意义上的相互渗透并不仅仅只是一种风格化的表达。它以一种尚未形成区分的一体化呈现出了奥狄浦斯的悲剧中相互龃龉的两个极端——他既是自傲的"追踪者"（参221），又是被追踪的野兽。同样，在之后的诗行里，分词的中性词性"*to* zētoumenon",意指"被追踪的""被质询的对象",与"须抓住"却可能"逃脱"的动物的中性词性相融合。[33] 从阳性到中性、人类到野兽的词性变换,与数量("一"与"多")和语态("猎人""追踪者"与"猎物""被追踪之物")的变换是一致的:"发现者"变成了"被发现的事物"(1397,1421),或说"弃儿",一种被人发现的对象(heurēma,1106)。只有当巨大的苦难把主人公从他兽性的形象中剥离之后,一度在理性的质疑和野兽的意象之间绷紧的戏剧语言才再度分化。

奥狄浦斯在109行关于凶杀地点的两个问题得到了截然不同的回答。第一个问题"杀人者在哪里"的回答是"就在这片土地上"(110);而第二个问题,"拉伊奥斯在何处遇害",得到的回答是"在远离城邦的地方",也就是说,外部世界(114-5)。这两个回答决定了奥狄浦斯身份矛盾的结构。报告拉伊奥斯之死的仆人是一名"家仆"(oikeus,756),而新王的即位却使得这位仆人不宜再在内宅中居住,因此这位仆人请求移居到田野和牧场(agroi)去,"尽可能远离城邦目力所及之处"(761-2)。

奥狄浦斯的追踪也渐渐集中到了那些和他一样,处在城邦与野外之间模糊地带上的人。在这场搜寻的高潮,一切都完全取决于那些"来自乡野的人"(agroi,1049,1051)。大约二十行以后,伊奥卡斯特离开了舞台,这是她最后一次需要忍受那些"野蛮"的痛苦(agria lypē)的驱使了。那位"在家宅中成长的"(oikoi trapheis,1123)牧羊人,作为奥狄浦斯的反

---

[33] 大多数的翻译都没有体现出这种并置的效果,总是使得其中任一关键词的词义变得模糊。Knox, *Oedipus* 81 注意到了其中的政治或法律意涵:"正在调查的事物会带来抓捕和判罪……;被忽略的事情则让人得以逃脱或被判无罪";亦见111ff., nn. 6—8, 234。

面,将揭露出奥狄浦斯处于家宅与野外之间的骇人真相。当奥狄浦斯让这位流亡的仆人(761-2)从野外回到家宅中接受质询时,这一趟回归之旅在意象上以反转的方式重现了他幼年从宫殿到基泰戎山这一不同寻常的人生之路。

在随后的颂歌当中,歌队既把奥狄浦斯称为光荣的"忒拜城的统治者",也把他称作在"野性的痴恋"(1202-6)驱使之下(与其父)"同享家宅"(*synoikos*)的污秽。此时,野蛮性不仅占据了家宅的中心,也占据了城邦和奥狄浦斯自我的中心。奥狄浦斯曾凭借他的聪明才智(*sophia*)成为城邦之益(*hadypolis*,510),但由于他对自我认识的无知,变成了流放者,身上再没有值得城邦仰赖的"益处"(1335;参1339,1390;亦参151-2,999)。而在下一幕场景中,当奥狄浦斯咒骂着为他解开镣铐的人时,他把自己看作一名"流离之人"(*nomas*,1350;参761),如同之前牧羊人发现他时那样。这一行为当中所蕴含的"*charis*",也就是理应获得感恩的善意(1352),与老牧羊人在请求离开城邦去往牧场(764)、奥狄浦斯允诺科林斯的报信人将给予其回报时所展现的恩惠(*charis*,1004)如出一辙,然而它们最终统统陷入了一种围绕着奥狄浦斯的文明规范的坍塌。

对于希腊人而言,幼儿尚且算不上充分文明化的城邦成员,他们和外部"野生"的世界保有着一定的密切关联。他们并不理智,不能说话,还不能够充分控制自己的身体机能,如此一来,就像《奠酒人》里的保姆所说的那样,他们亦是"野兽"。[34]世界上包括希腊人在内的大多数群体都存在标志

---

[34] Aesch., *Ch.* 752-60;亦参 Plato, *Timaeus* 44a-b;综述见上文第二章第六节。

着从童年走向成年、从野蛮走向文明的成人礼。[35]而剧中奥狄浦斯的自我发现则是一场反转的成人礼。一般来说，儿童从幼年走向成年的历程往往也是从野蛮趋向文明、从自然步入文化的过程，但奥狄浦斯在戏剧向前推进的过程中不断得到的却是回溯过往的知识，在这样一个过程里他从成年退回幼年，并且从城邦与家宅中安全的所在走向这片在某种意义上可称得上是奥狄浦斯的父母（1092）的荒蛮的山野，这正是"他得以出生的地方"（1393）。奥狄浦斯本身不寻常的情况使得代际更迭的路径变得十分模糊。不管是戏剧首行"新"与"老"的并置，还是真相大白的高潮时刻，两者都逐渐呈现出不祥的意味。科林斯的报信人觉得自己是在召唤奥狄浦斯回家时（"这样你回家时我就能帮上忙了"，1005-6），他让奥狄浦斯想起的那个"家"并不是家宅或宫殿，而是那座荒凉的山野。

奥狄浦斯主要在两个地方找回自身的过去，这两个地方都和城邦或家宅中提供庇佑的空间相对立，一是他所曝露的山野，二是那条他与拉伊奥斯狭路相逢的窄路。伊奥卡斯特紧凑地接连提及过这两个地方——"三岔路"（716）、"人迹罕至的山野"（719）。在那个当下，山野还只是一个背景，但三岔路是奥狄浦斯获得的第一条线索。

三岔路是城邦与城邦之间的无人之地（733-4），一个神秘的充满危险的过渡地带，甚至到了今天依然带着荒无人烟而

---

[35] 见 Arnold Van Gennep, *The Rites of Passage*（1908；英译本，Chicago 1960）; P. Vidal-Naquet, "The Black Hunter and the Origin of the Athenian Ephebeia", *PCPS* n.s. 14（1968）49-64 以及 J. Le Goff and P. Nora eds., *Faire de l'histoire*, "Les jeunes: Le cru, l'enfant grec et le cuit"（Paris 1974）3, 137-68; H. Jeanmaire, *Couroi et Courètes*（Lille 1939）; A. Brelich, *Paides e parthenoi*, Incunabula Graeca 36（Rome 1969）。

令人却步的色彩。在此处上演一场极端的暴行再合适不过了。尽管奥狄浦斯最先提及的拉伊奥斯队伍中的人是一名传令官（802），但双方并没有进行任何言语上的交谈。[36]

传令官的沉默不言意味着一种文明化的相互问候和相互称呼的缺失，而这也为随后可怕的暴力拉开了序幕。拉伊奥斯的随从想要将奥狄浦斯从路上驱赶（elaunein）出去（804-5），这个动词通常适于指代对牲畜的"驱赶"（参1139），这不禁让人联想到不久前伊奥卡斯特所描述（718）的奥狄浦斯脚踝上戴着的可怕"套轭"。拉伊奥斯用刺棍（kentra）击打奥狄浦斯，这也是一个常用于控制牲口（809）的工具。[37]奥狄浦斯则用拐棍回击（skēptron），"套轭"引起的跛足使他不得不随身带着这个工具。这两件标志着人类区别于野兽且高于野兽的工具却也变成了模糊其间界限的道具。

这一条汇聚着三条道路的岔路口正是奥狄浦斯在自然世界中不甚正常的位置在空间上的写照，他在这个位置通过包含着三重含义——拐杖、权杖和手杖——的权杖（skēptron），向我们展现出自身或人类在"不自然"的处境之下的种种后果，

---

[36] 我们可以把这里与欧里庇得斯《腓尼基妇女》39—41行伊奥卡斯特所说的版本进行对比：转述中直接引用了驾驶拉伊奥斯马车的车夫所说的话，当时车夫让奥狄浦斯不要挡住国王的去路；奥狄浦斯走开了，"什么都没有说，尽管心里产生了傲慢的想法"，在马匹踩到他的脚的那一刻他击倒了拉伊奥斯。亦见大马士革的尼古拉乌斯（Nicolaus of Damascus）所述版本，Robert对此有相关讨论，Robert（见注20）I, 81-2。在欧里庇得斯的《乞援人》669—674行传令官没有给出回答的沉默被视为对文明行为的践踏。

[37] 欧里庇得斯更加明确地呈现了这一幕中人兽的颠倒，在他的笔下，并不是来自伊奥斯的那一击，而是奔马的乱蹄踏伤了奥狄浦斯的脚才引发了这场争吵（《腓尼基妇女》41-2），这无疑象征性地重演了父亲旧日对儿子的行动能力所犯下的罪。在Peisander的故事版本中，索福克勒斯笔下的"刺棍"变成了皮鞭（古本旁注《腓尼基妇女》1760）。

亦显得合情合理。如此狭窄的空间无法同时容纳两种"自然"和"高度"(*physeis*,参674-5,740-3,803)。[38]拉伊奥斯虽然年迈,却跟他尚未认亲的儿子一样,骄傲且易怒(805-13)。在显而易见的对立、机运巧合以及阿波罗有意的设计[39]的共同作用之下,两人在此处狭路相逢;也正是在这里,机运加诸人的限制使得他们更加接近野兽无常的命运。两位国王呈现出了充满原始意义的一幕:父亲拿着原本用于牲口的工具攻击他的儿子,儿子则用父亲在他腿上造成残疾的标志杀害了父亲。

在戏剧的结尾,奥狄浦斯提到了这条三岔路,他说,这条路"从他手里饮下了他自己,以及他父亲的血"(1400-1)。这个地方本身变成了一头残暴的野兽,啜饮着受害者的血液,

---

[38] 关于*physis*此处的含混意味,见H. D. F. Kitto, *Sophocles, Dramatist and Philosopher*(London 1958)60。

[39] 奥狄浦斯之所以和拉伊奥斯在岔路上相遇是因为后者刚从询问神谕的路上返程(787行及以下),并且得知了一些"让人害怕且难过"的预言(790-3)。诗人并没有告诉我们为什么拉伊奥斯要去德尔斐神庙(见Kamerbeek一书第9页以及对114行的评注),但我们有理由猜测他想向阿波罗神询问关于斯芬克斯的事(参126行及以下),就像奥狄浦斯在戏剧开头派克瑞昂前去询问关于瘟疫的神谕一样。我们也应该注意到的是伊奥卡斯特的话里强调了拉伊奥斯得到的神谕(711行及以下)。在欧里庇得斯的《腓尼基妇女》36行,拉伊奥斯前往德尔斐是为了询问关于自己遗弃的儿子的事。这个故事更早一点的几个版本把这场会面放在了Potniae,放在了忒拜(Thebes)与普拉蒂亚(Plataea)两城交界的路上,拉伊奥斯以*theōros*(观看者)的身份前往德尔斐,而奥狄浦斯则是去奥尔霍迈诺斯(Orchomenos)寻找马匹,参埃斯库罗斯frag. 173N,《奥狄浦斯王》733行的古本旁注,亦见Robert(见注20)I,82-3,273,以及2.32 n49;Kamerbeek 6。索福克勒斯定然意识到了加入德尔斐神庙的元素便于实现戏剧效果和深化主题。但是索福克勒斯自己并不是头一个添加这一变化的人,他可能是对一些受到德尔斐信仰影响进而有所变化的材料进行了改写,见Jebb xviii-xix;Robert(见注20)I,102-4;Cameron(见注10)10。

就像《特拉基斯少女》里（1053-4）的捕兽网和长袍一样。我们自然知道，斯芬克斯在其他版本的故事里往往会吃掉那些受害者。但三岔路蕴含的意象上的暴力仍然指向凶杀行为本身内在的野蛮性，这使得英雄的想象难以与其兽性的一面分割开来。之后，拉伊奥斯颠倒了人兽之别的刺棍又再次出现在奥狄浦斯自我折磨的回忆和懊悔中（1317-8）[40]——"那如牛虻刺咬的疼痛"（kentrōn oistrēma）。不过，这其中有着至关重要的区别：正是在奥狄浦斯感受到自身内在的野蛮性并因此痛苦不已的时刻，他展现出了最具人性的一面。而他和拉伊奥斯在岔路口因为无知而表现出来的外在行为让两人降格为被非理性和暴力主宰的野兽。在奥狄浦斯**知晓**的这一刻，这一觉知（knowledge）将赤裸裸的痛苦转变为人性维度之下的"记忆"、"悲伤"和"忍耐"（mnēmē, penthein, pherein, 1318-20）。

奥狄浦斯与拉伊奥斯在岔路口的相遇在字面意义上和象征意义上重述了他的过往。彼时他已是一个"孤零零的了无牵绊的人"（846-7），他从城邦和家宅离开，并且就像阿波罗的神谕里所讲的那样，再也不会回去了。正是拉伊奥斯之前的所作所为，让奥狄浦斯如今形单影只地手握着致命的棍棒/权杖，苦苦寻觅着曾将他驱逐出去的父亲和家宅（参718-9）。二人碰面时展现的野蛮性可以说既是两人早前关系导致的结果，也是这一关系在成年世界噩梦般的投射。

当拉伊奥斯看着奥狄浦斯在路边"经过"（parasteichonta, 808），拿着本用于牲口的工具去击打他时，这位老国王象征性地重演了过去加诸儿子身上的伤害。现在指着成年儿子的头的

---

[40] 809行"双重的刺棍"可能也呼应着1320行"双重的悲痛"和"双重的苦难"。

这柄刺棍,却也像当初扣住幼年儿子双脚的"套轭"一样,阻拦着奥狄浦斯"经过"。而奥狄浦斯作为坚持要向前走的新一代,凭着婴儿推挤着让自己出生那样的劲头,也推挤着让自己通过这条狭窄的道路。在拉伊奥斯之后,奥狄浦斯会发现自己往前走的路又一次被堵住了,而拦住他的这个东西(即斯芬克斯。——译者注)名字里包含着"限制"(sphinx, sphingein)的意味。奥狄浦斯之于拉伊奥斯的胜利和他之于斯芬克斯的胜利以不同方式隐喻着奥狄浦斯人生道路和自我存在的同一核心内容,即对生命和力量的不懈追求,并以之反抗身处的环境带来的种种抵制和侵犯,包括他的父母。

"是在家宅中,还是在乡野中?"奥狄浦斯为了城邦而询问拉伊奥斯之死(112)时,他所表现出的冷静而克制的语气却在这个问题从城邦转向自身(437,1009)时变得急切而不耐烦。奥狄浦斯的自我寻找既是在寻找自己的名字,也是在寻找自己所属的位置。要知道"他是谁"(1036,1068,1184-5,1273-4)也意味着要知道"他在哪"(367,413)。"一无所知的奥狄浦斯"(397)亦是"知晓何处的奥狄浦斯",奥狄浦斯的名字也可从词源上解作"知道地方"(oidi-[oida]pou)。[41] 他总是不断地询问关于地方的问题:"凶手们在哪里?"(108);"智慧的先知你在哪里?"(309);"(拉伊奥斯丧命的)地方在

---

[41] 注意924—926行,诺克斯对《奥狄浦斯王》184行评注道,这是"知道什么地方"这个动词的精妙变位,见Knox对182—184行的讨论;Benardete(见注23);Vernant, *MT* 113-4;Philip Vellacott, *Sophocles and Oedipus: A Study of the Oedipus Tyrannus*(London 1971)131-4. 亦注意剧中128—130行 *empedon ... pros podi*,随着真相逐渐揭开,*oida* 一词及其复合词在40多行里出现了5次之多(1008, 1014, 1038, 1041, 1048);其余"知道"的动词在之后的30行里出现了6次(1054, 1065, 1066, 1068, 1078, 1085)。

哪里？"（732）；最后，"我在哪里？"（1309）。[42]这些问题逐渐从第三人称变成第二人称，最终对第一人称发问（分别参108，367，413，1309）。当奥狄浦斯以第一人称问出这个问题时，他首先说出的词是"不幸"（dystēnos, 1308），而这正是伊奥卡斯特最后对他的"称呼"（1071-2）。[43]当他问道，"我的声音掠过了我自己，飘浮在空中，这是怎么一回事？"，这位富有智慧和见识的英雄此刻徒然地面对着失明所带来的迷失感，他甚至感到自己的声音飘浮在周遭犹如脱离了肉体一般，不再是他存在的一部分。而在下一行，他只能向那个"（他的）命神（daimon）所出现"的神秘而非人的所在大声疾呼。在戏剧的末尾，这位年老的国王不论在大地之上还是普天之下（1427-9）都不再拥有属于自己的一席之地，而新王则谨慎地试探着神灵的意思，看看"我们所须做的是什么"（1442-3）。

伊奥卡斯特也曾发出"在哪里"的疑问。当科林斯传来好消息时，她在喜悦中欢呼道："噢，神谕呀，你在哪里呢？让我们听听这个人说了什么，然后看看神圣的神谕将会带领我们去向何方吧。"（946-7，952-3）但神谕并不像奥狄浦斯如释重负（971-2）时说的那样已经与波吕玻斯一同长眠于地府；像前一段颂歌里所暗示的那样，神谕与天神制定的"高高端坐的"法律（863行及以下）一样统治着这个世界，这里的"高高端坐的法律"恰恰是那让奥狄浦斯在以野兽与天神为两端的天平上处境尴尬的"脚"的反面。

---

[42] 奥狄浦斯的"知道何方"也和索福克勒斯笔下的英雄对自己"所处"之地的感觉有关，见 Otfried Becker, *Das Bild des Weges*, Hermes Einzelschrift 4（1937）197-8。

[43] 牧羊人在1155行所说的 dystēnos（不幸的）既可以看作是他对自己的哀怜，也可以被理解为以主格形式名词对奥狄浦斯发出感叹；见 Jebb。后一种理解更成立一些，因为主格分词 prochrē(i)zōn 在同一行里，这个词明确指涉的是奥狄浦斯。

和其他如罗慕路斯、居鲁士、伊昂等具有神性的弃儿一样，奥狄浦斯既是神的孩子也是野兽的孩子。年幼的居鲁士被遗弃在山野中，被母狼（Spako）抚养长大，希罗多德曾两次提及那是"野兽遍布的一片山林"（thēriōdestata，《希罗多德历史》1.110-111）。[44] 但奥狄浦斯的悲剧是一个反转的弃儿叙事。当他最终明白自己身为何人、身处何地时，他非但没有获得反而失去了国王的宝座，他并没有从荒野走向宫殿，却是从宫殿走向荒野。索福克勒斯运用这种神话传说的母题并不在于彰显英雄的神性，而更多的是在探讨"像神一般"的国王身上的兽性所引出的种种矛盾。

奥狄浦斯是一个向内走的局外人和异乡人（xenos），但当他发现自己确实是局内人和城邦人（astos）时他却注定要被放逐。[45] 而奥狄浦斯是否能保持住城邦内的位置则取决于老牧羊人是否"放弃"（ekballein）掉他最初讲的故事（848-9）。作为一直努力对抗放逐（ekballein，386，399）的人，奥狄浦斯发现自己曾是被抛弃在无人山间的婴孩，如今恳求忒拜人将他放逐（1290，1412，1436），因为他的位置已然在城邦之外（1410）。即使是他和克瑞昂以及歌队关于向外走和向内走的那些无关痛痒的对话（676，678-9）都是这一戏剧框架下意味深

---

[44] 关于此处与希罗多德的联系，见 J. T. Sheppard, *The Oedipus Tyrannus of Sophocles*（Cambridge 1920）对719行的解读（147）。

[45] 关于内外的颠倒，见 Thomas Hoey, "Introversion in the *Oedipus Rex*", *CJ* 64（1968/69）296-9。在荷马的作品中，外乡人（xeno）也可能是那些在城邦中居无定所的逃亡者（outlaws），他们在"海上随意漂泊"，在游荡中"拿自己的生命冒险，为其他国家的人带来麻烦"（《奥德赛》3.71-74）。戏剧从一开始就在逐渐铺垫"既近又远"这样强烈的讽刺；尤其可以注意137—138行、264—265行以及同处的古本旁注。亦见Stanford（见注21）167。从另一个角度讲，这种既熟悉又陌生（反过来也成立）的矛盾状态也与本剧对虚幻和现实这一问题的哲学思考有关。

长的组成部分。在结局部分,克瑞昂所说的"赶快把他带到屋子里去"(1429),呼应着之前歌队对伊奥卡斯特说的话(678-9)和眼盲的特瑞西阿斯对他的导盲人所说的话(444-5)。而像这样的导盲人,正是如今失去把握自己行动能力的奥狄浦斯所需要的。

四

奥狄浦斯从生到死都是一个没有家宅的人。他身上所背负的诅咒使得人们总是要将他从家宅中驱逐出去(241)。奥狄浦斯并不知道自己要和谁一同居住并分享他的家宅(414),当他最终得知自己在家宅中所处位置的真相时,他却只能与"野蛮的疯狂"(1205-6)共处一室。正是因为无法确定自我的身份,奥狄浦斯才从科林斯离开了自己的家(998,1010)。正是在家宅的中心(1241,1244;参1262),奥狄浦斯确凿地得知了他是"一个家宅在域外之地(ges apoikos)的人",就像他在结尾所说的那样(1518)。

第一合唱歌开篇唱道,山野是神灵所处的地方:那里有德尔斐的石窟(petra,464)和发布神谕的宝座,因而是人类和神明之间的过渡地带。但神谕的神圣性是以一种野兽般的方式呈现出来的:六行之后,阿波罗"跳跨"到凶手身上(epenthrōskei,469)。国王则是有如"岩石间的公牛"(petraios tauros,478)一般在"蛮荒的森林和洞穴"间匍匐前行的凶手。[46] 在《安提戈涅》一剧的"人颂"中,文明"驯服了穴居野外、漫游山间的野兽……为那不知疲倦的山牛套上轭头"

---

[46] 见Hay(见注21)113-4;亦见P. Rödström, *De Imaginibus Sophocleis a Rerum Natura Sumptis*(Stockholm 1883)33。参Theocr., *Idylls* 14.43,其中讲到"森林里的牛"一旦解开绳子,就很难再抓住它了。

(《安提戈涅》347-52)。而在这里，这位国王却始终挣脱不开与山野荒蛮之地的联系（参719）。就像报信人说的那样，奥狄浦斯是在他"照看山里的羊群时""在峡谷层层的基泰戎山上"被发现的（1026-8），他最终也会意识到自己是山的孩子，而正如歌队所唱，奥狄浦斯将尊奉这座山为"他的故乡，他的保姆和他的母亲"（1091-2）。

这首颂歌里过早流露出的喜悦可以说是全剧最为华彩的讽刺之笔。这座山并没有在一片清净安详之中呈现出田园牧歌式的氛围，反而将奥狄浦斯关进那个曾驱逐他的家宅所包裹得更晦暗的秘密之中。歌队给这座山赋予了三种尊称："故乡（或'父辈的'，patriōtan）、保姆和母亲"，然而这三者都让人联想到奥狄浦斯自我身份的可怖之处。歌队在之后几行里所提及的那些可以看作是奥狄浦斯的抚养者的神，统统都是属于野外的神祇：宁芙女神、潘神、赫尔墨斯、狄奥尼索斯，"他们都住在高山之上"。[47] 同时出现在这里的阿波罗，或称洛克西阿斯，则是剧中充满矛盾而不祥的存在。歌队口中阿波罗所喜爱的那片"野外高原的牧场"实际上玩了一个关于"nomoi"（法律，牧草地）一词的文字游戏，剧中有意让这个词和前一首颂歌中意为"法律"的 nomoi（865）形成对比。这些野外的牧场（agro-nomoi）影射着下一幕中奥狄浦斯度过其童年的牧场，在这一点上，基泰戎山与养育之间的关系形成了一个灾难性的闭环（1127、1134、1143；亦见1349-50）。[48] 当奥狄

---

[47] 可与《安提戈涅》的第五进场歌进行对读。关于舞台设置见 Vellacott（见注41）233。

[48] 1350行 nomad（a）一词的释读不是完全确定的；Elmsley 修订为 nomados 一词，也被普遍接受。这个词也许有两层意思："牧羊人"或"游荡的"（后者释义见Jebb）。"游荡"的意思则和上一行紧锁的"脚枷"形成了矛盾修辞（oxymoron）的效果。

浦斯刺瞎自己的双目，从家宅中走出并说出自己降生的山岳的名字时，他揭露了自己脱离人类和文明、渴望求死的真正原因（1391-3）："啊，基泰戎啊，你为何收容了我？你当时为什么不把我捉住并立即杀了？这样我就永远没有机会让人们知道我是从哪儿出生的了。""我所出生的地方"（enthen ē gegōs），既指向犯下乱伦的子宫这一极度私密的庇护所，也指向山林荒无人烟的外部空间，两者既相互对立，亦有相同之处。在文明和野蛮、养育和遗弃、富饶和颓败两者分野的崩塌之处，最具护佑意义的内部空间对奥狄浦斯来说却是一个让他同时成为国王和替罪羊的矛盾。

横遭突变后的奥狄浦斯并没有在自己故土的城邦中要求一幢属于自己的家宅（oikētēs，或者说，成为一名住在家宅中的人）。他真正的家在山上（1451-4）："还是让我住到山里去吧，那里有座因我而闻名的基泰戎山，这座山在我的父母还在世的时候就被指定为我的坟墓，我可以在那里死去，按照那些要杀我者的意愿。"这段苦涩的话颇具讽刺性地与第三进场歌中乐观的展望相呼应（参1452-3，1091-2）。生与死的颠倒和家宅与山野之间的颠倒同出一辙。奥狄浦斯之所以把基泰戎山称为"我的"，是因为他的父母在世时便将此地奠定为他的死亡之地。他从其父母那里继承的并不是一所房子（参oikētēs，1450；亦参1374-5）而是一座山。奥狄浦斯苦苦寻觅的"生养他的父母"（436-7）最终变成了"摧毁他的人"（1454）。

读者也许料定1454行的奥狄浦斯将会痛苦地咀嚼着他正"从给予他生命的人那里获得死亡"这一事实。然而索福克勒斯笔锋一转，写下的却是奥狄浦斯"从给予他死亡的人那里获得死亡"。父母摧毁了他们的孩子，而他们的孩子亦为人父母。奥狄浦斯杀死了"那些他不该杀的人"（1185）。在得知真相的时刻，破碎的诗行又让"杀害"与"出生"（*ktenein... tekontas*，1176）并列在一起。两个语词读音上的相似更加突出了其中的吊诡之处。[49]当奥狄浦斯为了伊奥卡斯特而满怀怜悯和悲伤地喟叹时，他使用描述性的"*tekousa*"（意为"那个生下我的人"）而不是"*mētēr*"（意为"母亲"）来指代她并非偶然（1175–6）：

> Οἰδίπους: τεκοῦσα τλήμων;
>
> Θεράπων: θεσφάτων γ᾽ ὄκνῳ κακῶν.
>
> Οἰδίπους: ποίων;
>
> Θεράπων: κτενεῖν νιν τοὺς τεκόντας ἦν λόγος.

> 奥狄浦斯：（这样做的）她，那位生了孩子的母亲，这么不悦吗？
>
> 报信人：是的，她害怕那不祥的预言。
>
> 奥狄浦斯：什么预言？
>
> 报信人：预言说这个孩子会杀死那生养他的人。

这让人想起奥瑞斯特斯和克吕泰墨涅斯特拉在《奠酒人》弑母一幕之前发生的对话。克吕泰墨涅斯特拉说，"我抚养了你（*ethrepsa*）"，而奥瑞斯特斯回击道，"没错，但你作为把我生出来的人，却抛弃了我"（《奠酒人》913–4）。

关于生育和杀害、家宅和野外、庇护和暴露的种种吊诡

---

[49] 关于异序词（anagram）的修辞，见 Pietro Pucci, "On the 'Eye' and the 'Phallos' and other Permutabilities in *Oedipus Rex*," *Arktouros, Hellenic Studies Presented to Bernard M. W. Knox on the Occasion of his 65th Birthday*（Berlin and New York 1979）131–2。关于生死颠倒的问题，亦参 1453–4，见 P. W. Harsh, "Implicit and Explicit in the Oedipus Tyrannus," *AJP* 79（1958）258。

的反转，都只能部分解释伊奥卡斯特在得知真相之前与奥狄浦斯对话中的那些不动声色却几近反常的骇人之处（984-8）：

> 奥狄浦斯：你说的这一切都有道理，要是那生我的人（tekousa）恰巧已不在人世的话。但如今，既然她还活着，即使你说得对，还是有必要戒慎恐惧。
> 伊奥卡斯特：可是，你父亲的死总是一件大的喜事（ophthalmos，"眼睛"，字面义）。
> 奥狄浦斯：我同意，但是我仍然害怕那活着的女性。

奥狄浦斯思考过程里的种种假设以一种如此富有逻辑、冷酷的方式逐渐展开，我们几乎快要被他的思路所说服，以至于忽略这些话里骇人听闻的内容：儿子居然为父亲的死感到高兴，还对母亲尚在人世感到惶恐不安。伊奥卡斯特在这之前才说出了关于儿子和母亲同榻而眠的那段著名的台词。以上的对话难道不是在释放一种无意识的幻想吗？这仿佛是将孩子对于父母矛盾心态的戏剧化的内心缩影展现在我们眼前。

这段话颠倒了文明化家庭的"正常"功能，即护育幼儿的生命、关爱年长的父母。就其两方面来说，奥狄浦斯的家庭作为国王的家庭，本该起到模范的作用，但却表现为对所有文明化价值的彻底颠覆。在这段话无意流露出的情感倾向里，我们看到曾经试图杀掉自己孩子的父母如今遭到了报应，因为他们的儿子希望自己的父母双亡。而在这一特殊的情境中看，似乎是再"自然"不过的事了。

家宅与山野的对立形成的横轴，和神灵与野兽对立而成的纵轴相互交错。基泰戎山因而也变成了一个空间上的端点，另一端则是奥林波斯山。两座山定义奥狄浦斯一生跨越的两个极端。第二进场歌唱道，"高高端坐的法律"（hypsipodes nomoi）

"在广天之下诞生","它们的父亲是奥林波斯,不是凡人"。生育、"父亲"和"高高端坐"的雅称统统是奥狄浦斯的反面,他的出身和"脚"包含着秘密,这个秘密让他跌落到比人还要低贱的层面,并且把他驱逐至"人迹罕至的山野",也就是既是他的保姆也是他的母亲的基泰戎山(719,1091行及以下)。高空和奥林波斯山的秩序也和"傲慢"(*hybris*)中隐含的过度且危险的"高度"相关联。"傲慢",如果"到了过头的地步,上升到顶点就会坍塌下来,脚再使劲也爬不上去了"(873–8),这会"催生出独裁者"(这是另一重暗指"生育"[50]主题的典故,而奥狄浦斯也被称作"*tyrannos*")。在之后的一幕中,关于高处的意象直接困住了奥狄浦斯,伊奥卡斯特说他在"各种悲伤的刺激下(*hypsou agan*),把自己的精神抬得过高了"(914–5)。

高处在奥狄浦斯的叙事里是相当危险的。从高处掉落而死,[51]这对于伊奥卡斯特和斯芬克斯来说是现实,对于奥狄浦斯来说则是隐喻。奥狄浦斯是一位射得过高的弓箭手(1197),还是一座保护土地的"高塔"(1200–1;参56–7),从引申的意象来说,他甚至从"高耸的屋顶"坠入深渊(876–7;参 *hyperopta*,883)。[52]

奥狄浦斯是一个集合着最高级的存在,但这些最高级处在与人类价值相对立且没有任何缓和的极端。[53]他从凡人

---

[50] 比如793,1007,1012,1404,1514;亦参1482。

[51] 伊奥卡斯特和斯芬克斯都是以坠落作为自杀方式的,参Vickers 183-4。关于剧中坠落和高处的不祥的联系,亦见Lattimore(见注24)96ff.; Musurillo 89–91。

[52] 亦参380–1,其中奥狄浦斯指责特瑞西阿斯,说他是被"超越技巧的技巧"(*technē technēs hyperpherousa*)这样一种嫉妒心所鼓动。关于876行及以下对奥狄浦斯的影射,见G. H. Gellie, "The Second Stasimon of the Oedipus Tyrannus", *AJP* 85(1964)113–23。

[53] 见Vernant, *MT* 122。

第七章 《奥狄浦斯王》 433

中最优秀的第一人（33，46）变成了最卑劣、最令人厌恶的人（参1344-6，1433；亦参334，440，1519）。在科林斯他也是最尊贵的邦民（776），但"伟大的奥狄浦斯"（441）是既"伟大又渺小的"（1083）。而容纳奥狄浦斯的"宽阔的港湾"（*megas limēn*，1208）并没有凸显他作为舵手的技艺（22行及以下，46行及以下），而是标志着他所身负的诅咒（1209行及以下）。古老的财富和幸福（*olbos*）掩盖了"一切凡有名称的灾难"（1282–83）。

下面的图表呈现的是决定了奥狄浦斯自我身份的横纵轴：

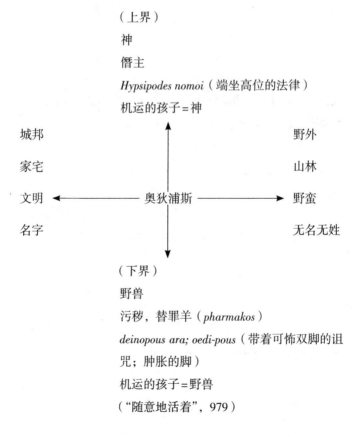

当两条坐标上相反的两极趋向会合的时候,"无限的奥林波斯山"便和基泰戎山平起平坐了(1086-92):"如果我是先知,有先见的智慧,基泰戎山啊,你将不逊于奥林波斯山,奥狄浦斯会尊你为他的故乡、他的保姆、他的母亲"。在前一首颂歌中,奥狄浦斯处于"高高端坐的法律"主导着的上界,从而不受人世迭代和时间流变的影响。奥林波斯山作为像人一样的神灵们居住的宝地,往往被看作一个能够以理性进行理解的宇宙。而另一方面,基泰戎山是和奥狄浦斯命运中一切黑暗而无理的乖戾之处联系在一起的。它其中的世界秩序并不从属于奥林波斯的谱系,而更接近于为命神所主导。其中映照出的"野性"而残酷的命神(ōmos daimōn, 828),同样属于野蛮和兽性的价值体系。而这些命神并不是光明灿烂的奥林波斯神,反而是从隐秘处"跳出"的幽微难测的力量(263, 469, 1300-1, 1311-2)。

正如《特拉基斯少女》和《菲罗克忒忒斯》所描写的那样,神谕往往是人与神、混沌与清晰两者之间的中介。但奥狄浦斯的两种极端却难以调和,神谕从而变得具有毁灭性。不论是"可以言传的"或是"无法言传"的谶语都有其命定的劫数(参300-1, 1314)。特瑞西阿斯不会讲出超出界限的话(343),但奥狄浦斯本人却完全不将界限放在眼里,不论是言语的界限(1169-70)还是情感的界限(673-4)。在奥林波斯和基泰戎山之间,在奥林匹亚的秩序和黑暗的混沌之间,帕那索斯山(Parnasus)上发出神谕的德尔斐的石窟(463-4)似乎成了人与神之间的中介。然而,对于奥狄浦斯来说,帕纳索斯的神谕只能说出"无法言传之事"(arrēt' arrētōn, 465);正是在德尔斐的岩石上,作为凶手的奥狄浦斯将如同一头岩间的公牛(475行及以下),在荒蛮的丛林中流浪。奥狄浦斯与德尔斐神谕的中介性之间有着暧昧不明的关系,而这一关系一直持续到了戏剧的终结。当克瑞昂提倡界限的概念（1442-3）并且决定询问众神的意见时（1438-9，1518），奥狄浦斯则将自己称作"最为神所憎恶"之人（1519）。如此一来，他不仅彻底坐实了自身处境的极端之处，也使得他与神的憎恶之间再无任何缓冲的余地。

五

时间和空间一样，囊括了奥狄浦斯自我身份所触及的各种冲突。"人与世间万物的本质最终会在时间之中揭晓。"[54]要说古希腊戏剧中有哪位凡人真正经历了存在于时间中的悲剧，那必是奥狄浦斯。他和埃阿斯一样表现出了人生如白驹过隙的意义所在——尽管人如同毫无定数的一日蜉蝣，却也像品达所言，会在"一天的平静中走向完满，（身为）太阳的孩子，带着未经消磨的美德"（《奥林匹亚颂歌》2.31-33）。[55]特瑞西阿斯警告道，眼前的这一天将会昭示污秽的所在（351-2；参374-5）。"今天生你，今天也亡你。"（438）"将使……出生"这个动词，既影射着奥狄浦斯出生的黑暗秘密，也让人联想到主宰着所有人的时间流变。在第二进场歌的结尾，"有死的天性"（*thnata physis*）也同样意味着凡人的"出生""成长"，这与身处时间之外的神明形成巨大的反差（869-72）。在面对神谕提及他的未来时，奥狄浦斯是这样说的——"但愿我永远看

---

[54] Jacqueline de Romilly, *Time in Greek Tragedy*（Ithaca, N.Y., 1968）107, 关于时间的一般问题，亦见《奥狄浦斯王》107-10；亦见 Tom F. Driver, *The Sense of History in Greek and Shakespearean Drama*（New York, 1960）154-9, 161。

[55] 亦见 Homer, *Odyssey* 18.136-137；Soph., *Antig.* 788-9，一般论述见前文第五章注7。

不到那一天"（830-1）。但这一天不仅指向未来，也指向过去。人的一生在时间中展开，却也可能在任意的一天戛然而止。伊奥卡斯特这样讲述着自己当年抛弃孩子的情形："我和我的孩子在他出生不满三天时就分开了。"（717-8）而牧羊人在回忆救起孩子的同时却宁愿自己在那一天死去（1157）。仅仅是这一天就拥有着将那些缓慢流逝的岁月全数抵消的力量。这也是奥狄浦斯在结尾时所经受和彻底明白的一点（1282-5）："之前的美满都是恰如其分的美满，但从这一天起，悲恸、痴妄、死亡、耻辱——一切叫得出名字的苦难都在这里了，没有哪一种苦难缺席不至。"

在这部戏剧中，时间的运作并非只是被动地表现为帮助人们去发现自己到底是谁，它同时也具有神秘而危险的主动性。[56] 时间揭露秘密，让真相浮出水面，主宰着人们认识世界、自我成长的步调。但时间在揭示秘密和暴露真相时仿佛具有人格化的力量。克瑞昂援引了一句关于时间的俗语来为自己辩护（"只有时间能证明一个人的正直"，613-5），这句话在歌队提醒奥狄浦斯对自己发现的能力过分自负时显得更加意味深长："能看见一切的时间找到了你。"（1213）

奥狄浦斯自己也把时间纳入了他的计算和"丈量"之中，他将老牧羊人的年岁和科林斯人的年纪对应起来（*xymmetros*, 1112-3）。[57] 对于奥狄浦斯在拉伊奥斯死后对时间的疑问，克瑞昂的回答可以说是很好地表明了难以撼动的时间之久远（561）：

---

[56] 希腊人实际上会把时间看作一种主动态的力量，参 Pindar, *Nem.* 1.46ff., *Ol.* 10.54ff.; 见 D. E. Gerber, "What Time Can Do", *TAPA* 93（1962）30-3; Paolo Vivante, "On Time in Pindar", *Arethusa* 5（1972）107-31。

[57] 关于丈量及其讽刺义，见 Knox, *Oedipus* 147-58。

μακροὶ παλαιοί τ᾽ ἂν μετρηθεῖεν χρόνοι.

一年又一年的时间，它的漫长和久远将会被丈量出来。

科林斯报信人谈及波吕玻斯的去世时所说的那番话——"漫长的时间丈量出了他的年岁"（*symmestroumenos chronō[i]*，963），可谓点出了会死之人的局限性。

当奥狄浦斯用时间来丈量一切时，他采取的是主动而非被动的姿态。他逃往科林斯，带着决然的毅力，"借着星辰丈量着科林斯的土地"（794-6）：

τὴν Κορινθίαν,
ἄστροις τὸ λοιπὸν ἐκμετρούμενος, χθόνα
ἔφευγον.

有着铿锵有力的多音节的"丈量"一词主导了这个句子，但令人悚然的意指流亡的短语"我逃向"却延宕至下一行的诗句中，和带有宇宙气象的"星辰"和"大地"形成了对比。如此用词暗合着奥狄浦斯的智慧所蕴含的广阔视野，但也正如我们已然了解的那样，他的丈量往往不够仔细。当奥狄浦斯在开场作为一个心思周全且富有自信的统治者发表演说时，他提出了两种"丈量"的方式（*xymmetroumenos*，73；*xymmetros*，84）。第一个表述包含了这部戏里常见的双重含义（73-4）：

καί μ᾽ ἦμαρ ἤδη ξυμμετρούμενον χρόνῳ
λυπεῖ τί πράσσει.

这句话字面上的意思是:"这些已然被时间丈量出的日子,使我忧心不已,就像他(克瑞昂)正在做的事情一样。"但这句话也可以解读为"这日子使我忧心不已,而时间亦丈量着我"。奥狄浦斯被"时间一同丈量",就如同他被"亲属般的月份"(1082-3)以同样讽刺的方式决定着他究竟是"渺小或伟大"一样。他在之后的一段话里继续说道,"既然我已经拥有这样的出身(ekphys),我便不会再**呈现为**(come out)另外一个不同的人(而拒绝)去了解我的身世家系(genos)"(1084-5)。在此之前,他也曾用同样的动词来计算"已经呈现的时间"和拉伊奥斯死后"流逝的时间"(chronos...exelēlythōs,735)。奥狄浦斯猝不及防地眼见着这股神秘的力量正在戏弄他的人生(738)——"噢,宙斯,你到底安排了什么来对待我?",而随之而来的答案头一回让他感到了战栗的恐惧。在决定性的揭晓真相的一幕中,另一个相关的动词也突出了时间昭示下的真相浮现的一刻(1182):"天啊,天啊,所有的事情都**昭然若揭**了。"

"机运是我的母亲,而亲属般的月份决定了我的高低贵贱。"(1082-83)"决定/定义"、"设限"(di-[h]ōrizein)和"丈量"一词属于同一种涉及智性能力的词汇;而奥狄浦斯在这里再一次犯下了灾难性的计算错误。伊奥卡斯特在第一场偶然谈及过往罪恶的叙事场景中曾用到这个动词:"这便是神谕所决定(diōrisan)的事情了,你不必费心注意它。"(723-4)但她所说的故事(711-2)却证明了她关于神谕局限性的看法和奥狄浦斯在伟大与渺小问题上的盲目自信一样错得厉害。

奥狄浦斯的伟大和渺小并非由以月份为单位的时间跨度所决定的,而偏偏由转瞬即逝(ephēmeros,参351,1282-5)的一天所决定。在时间的洪流中,伟大抑或渺小往往是互相转换的。伊奥卡斯特告诫奥狄浦斯和克瑞昂"莫把一点微不足道的不悦闹成大问题（mega，638）"[58]。如此本该被看作"微不足道"的痛苦（algos）却会将奥狄浦斯在1082—1083行关于"渺小与伟大"的期待通通粉碎，从而反证出人微不足道的渺小之处（1187-8；参1018）。正像特瑞西阿斯一再说的那样，在这一天里（438-42），让奥狄浦斯变得伟大（megan）的机运却也摧毁了他。让奥狄浦斯免遭死亡的机运也为他"留下了最深的苦难"（kak' es megista，1180）。

奥狄浦斯回答了一个关于人从渺小到伟大所走过的人生阶段变换的谜语，而他悲剧性的境遇呈现的亦是一个关于从伟大到渺小的黑色谜语。伟大或渺小自然是奥狄浦斯人生里具有决定性的上限或下限（1083），但在某种意义上，它们也是他所设想的对立面。童年的"小奥狄浦斯"会在史上最"伟大"的科林斯邦民（776），也就是忒拜城的"大"奥狄浦斯之后出现在人们眼前。而回归幼年时代的"渺小"无疑在任何意义上都是对其"伟大"的彻底颠覆。第二进场歌中谈道，只有神明是"伟大"的，他们不受从幼年到老年之间种种变化（megas...theos oude gēraskei，872）的影响，奥狄浦斯把这样的变化仅仅看作智力难题，却尚未以其亲身体验予以理解。[59]

颂歌承接着奥狄浦斯在"伟大和渺小"的问题上流露出

---

[58] 638行伊奥卡斯特的"痛苦"（algos）或病痛和她与奥狄浦斯在1066—1067行的对话形成了冲突："你要明白，我是在给你最好的劝告。"——"所谓'最好'的早已是我的一块心病（algos）了。"诚然，疾病是从开场伊始（10-1）就贯穿全剧的一个主要意象。在638行这里，疾病和病痛（algos）非常危险地从公共领域转移到了私人领域，从城邦转移到了奥狄浦斯身上，这其实是从一个微观的视角反映了情节中所发生的一切。

[59] 注意986行奥狄浦斯所谓的父亲死时的"大眼睛"（megas ophthalmos）与987行再次出现的megas一词。关于剧中"伟大/巨大"的主题，见H.-J. Mette, "Der 'grosse Mensch'," *Hermes* 89（1961）332-4。

的信心，歌队用"明天的月亮"快乐地咏唱着奥狄浦斯父系一辈所承袭的神性。而"明天"（aurion），却预兆着人之朝生暮死（ephēmeros）这一主题里种种不祥的变化。西蒙尼德斯这样写道，"生而为人，你永远无法预料明天会发生什么……（人世的变化）甚至比一只长翼的飞虫扇动翅膀的变化还要更快些"（521P）。歌队沉浸在幻想的狂喜中，料定奥狄浦斯将会证明自己是"永生的水泽仙女"（makraiōnes，1098）的孩子，但奥狄浦斯尽管身居所有人之上，最终也无法摆脱人的年岁和寿命（aiōn）的长短兴衰的桎梏。而奥狄浦斯受制于时间和变化的痛苦，却也肇端于歌队对他身上的神性抱有希望。奥狄浦斯比埃阿斯的处境更加艰难，他在自己的"昨天"和"明天"之间摇摆不定，而这之间却缺少一个稳定的"今天"来给予他一个安稳的身份作为缓冲。

讽刺的是，在解开斯芬克斯关于年龄的谜语时，奥狄浦斯正是因为在答案中同时包裹了过去和未来，才获得了成功。但在剧中其他地方，当新老事物同时出现时，它们却旨在强调人之为人的岌岌可危之处。剧里的第一句诗，将新和老（nea palai）放在一起，此后它不断地与贯穿全文的"衰老"（palai）一词形成预兆一般的呼应。[60] 伊奥卡斯特责备奥狄浦斯未能"用老办法来判断新情况"（916；参666-7）。然而事实是，她恰恰是拒绝将新老事物一同进行合理化的考量而决定要"随意地活着"（979）的那个人。伊奥卡斯特对奥狄浦斯的责备是

---

[60] 伊奥卡斯特在这一幕中虽然想让奥狄浦斯转移对"年老"（palai）的注意力，她自己却使用了这个词3次（916，947，973），但奥狄浦斯拒绝了她的好意，还把这个词扔回给她，决心要正视那场古老的疾病，他的无知长久以来（algynei palai，1067）让他痛苦不堪。而在戏剧的尾声，palai也是一个题眼，它示意着奥狄浦斯为了揭开在尘封已久的过往中所蕴含的毁灭性力量所走过的路，参1214，1226，1245，1282，1394-5。

错的,因为他其实"用了老办法来判断新情况"。直到最后,奥狄浦斯都依照着"复杂的推理路径"去寻找"陈年的因由"(109)。他在解开斯芬克斯的谜题的时候就已将新老并举,而当他尝试解开自身谜题的时候他再次将新老并举——奥狄浦斯主持的那一场问讯让老牧羊人回忆自己年轻的时候,也将成年的奥狄浦斯带回幼年的岁月之中(1141-85)。[61] 多年以前,牧羊人的山上,"从春到冬,六年半的时间里",平淡之中四季更迭、草场枯荣,这些都是奥狄浦斯如今以时间为准绳用力地审视一切的背景,其中的每一秒都有其意义。时间往往表现为富有稳定的规律性和连续性,直到它的中断对奥狄浦斯而言变得具有决定性意义。

将新事物和老事物进行比较和适应是人更新自我认识的一个过程,新老交替也是人的代际自然更迭的一种表现。但从剧中的第一行开始,奥狄浦斯将新与老放在一起,体现的却是断裂和失常,而非有序的更替。他身上的伤和他拿着的拐棍混淆了人生不同阶段的自然进程,而他所犯下的乱伦则在家庭范围内有序的更迭和代际的区分上造成了混乱。奥狄浦斯的苦难让"一代代的人活得什么也算不上"(1186-8)。

不过,歌队在戏剧结尾的消极态度从另一个重要的方面来说似乎太过严重了。当奥狄浦斯的女儿们登场时,克瑞昂解释是他传唤她们来的(1476-7):"这是我为你安排的,我知道如今带给你快乐(tēn parousan terpsin)的事物是你从老早之前(palai)就渴望的。"属人的时间能够建立爱的纽带,也能让人理解和同情他人的不幸。"老"(palai)这个词放在句末,充分体现出了这里的双重含义,它既可以用来修饰克瑞

---

[61] 注意1141行的"长时间";1145行的"年轻";1153行的"老人";1161行的"很久以前"。

昂——他老早就"知道"了女儿是奥狄浦斯的慰藉,也可以用来修饰奥狄浦斯从他的孩子身上所获得的"快乐"——这是他一直渴望的。

六

隐含在奥狄浦斯衡量时间之中的颠覆仅仅是他以优越的智力成为文明化的英雄这一过程中出现的种种讽刺的一小部分。他身为一个知道者,却缺乏关于姓名、生身地和身世这些最基本的人伦知识;他是一个在禁地耕作的耕农,一个将自己看作费心追踪猎物的猎人,一个无法诊断自身难以言说之疾的医生,[62]一个以火为自身象征的用火之人,但他却在自然的暴力和神明的力量面前变得无助。[63]奥狄浦斯是所有人类文明成就的集大成者,但这些成就也反映出人类以智力把控自己的世界和人生的矛盾所在。

在这部剧中,人的智慧最突出的成就是解开了斯芬克斯的谜语。这和赫拉克勒斯打败怪物一样,是一种文明化的基础行为,即将那些处于外部"野蛮"世界的带有威胁的半兽怪物抵挡在城邦之外。就剧中所有涉及智力和智术的问题而言,斯芬克斯一直保持着富有神秘色彩的一面——她始终是一个难以用理性解释的存在。[64]斯芬克斯的谜语指向人类自身存在的奥秘,以及人处于时间之中捉摸不定的身份问题。光靠智力是

---

[62] 见Knox, *Oedipus* chap. 3, 116ff.; P. Vidal-Naquet, *Sophocle, Tragédies* (Paris 1973), Introduction 30。

[63] 参27,200,206行的"手持火把的神明";167,174—178,190—192行的瘟疫的火焰和阿瑞斯;469—470行阿波罗的火焰;1425行当奥狄浦斯身为"污秽"的身份被揭穿时,他想要躲开太阳那"滋养一切的火光"。

[64] 见Delcourt(见注1)105。

难以解决这些问题的。

"解开"谜语的动词是"*lyein*",其字面义是"松开""释放"。[65] 剧中,作为"解开"谜语之人的奥狄浦斯所表现出的智慧却被山野之中的"解绑"彻底推翻。报信人答应奥狄浦斯,他会将其从旧日的恐惧(1003)里"解放"出来,但他随即又将话题带回到发生在基泰戎山上的另一件"解绑"的事(1034)上去了。虽然奥狄浦斯"解开"了斯芬克斯的谜语,却不见得保证他能"松开"神谕的束缚(参407),而神谕本身也是谜语的一种(394,亦参下文第八节)。报信人在言语上"解开"了奥狄浦斯的身份之谜(1003),"解开"斯芬克斯谜语的巧思,"解开"城邦的瘟疫之困(101,306,392),"解开"神明幽微难测的神谕(407),这一切仿佛层层叠叠的镜子,彼此之间来回地反射和映照。不过,这一切最终归于奥狄浦斯自身最本质的谜题,即在难以看透的世界秩序之下无辜受难的奥秘和人类命运的幽微难测。这才是最需"解开"的难题。伊奥卡斯特向阿波罗祈祷,希望求得"除秽的解脱","从污秽中得到解救"(*lysis euagēs*,921),但阿波罗所降下(101)的"解脱"之法将把奥狄浦斯指证为"污秽"或"咒诅"(*agos*)。

在这个对立的两极都纷纷崩解的世界里,拯救和毁灭竟离奇地变成了同一件事。一如他当初在山上"解开"奥狄浦斯的镣铐一般,老牧羊人如今又"解开"了他的恐惧,这在某种程度上就像奥狄浦斯凭一己之力"解开"斯芬克斯的谜语一样,带来的更多是伤痛而非释然。无论是在过去还是在当下,这位科林斯人将奥狄浦斯的"安全"或"救赎"(*sōzein*)变成

---

[65] 关于剧中拯救和松绑的讽刺意味,见Knox的*Oedipus*一书137—138页中的精彩评注。与松绑相关的不祥的意涵,亦见879—881行,其中歌队在讲述完狂妄的危险之后,在878行用"有用的脚"影射了奥狄浦斯,接着祈祷"神明永远不要放松对城邦有益的竞争"。

了比死亡（1179-80，1456-7）还要更糟的毁灭，所以奥狄浦斯才会诅咒那个"解开"他身上"残酷镣铐"（1349-50）的人。被誉为"救世主"（48）的奥狄浦斯，若是和其他"救难"的存在——阿波罗（149-50）、特瑞西阿斯（304）、那位科林斯报信人还有老牧羊人相较而言，他看上去都是这些人的对立面。科林斯人的"解救"以一种矛盾的方式（1003，1034）迫使奥狄浦斯通过面对早年的历史，再次"解封"斯芬克斯的谜题。而这一次，奥狄浦斯知道，谜底正是他自己。

即使是在开场的部分，奥狄浦斯对于斯芬克斯谜语的"解答"也充满了悖论。在提及奥狄浦斯之前将忒拜从疫灾中解救（35）的基础上，祭司对他请求道，他们并不是把他"看作和神明无异的天神，而是把他看作在人生无常的境况中（无论是偶然的时刻抑或要紧的关头）和遭逢神意的时刻挺身而出的第一人"（31-4）：

> θεοῖσι μέν νυν οὐκ ἰσούμενόν σ᾽ ἐγὼ
> οὐδ᾽ οἵδε παῖδες ἑζόμεσθ᾽ ἐφέστιοι,
> ἀνδρῶν δὲ πρῶτον ἔν τε συμφοραῖς βίου
> κρίνοντες ἔν τε δαιμόνων συναλλαγαῖς.

"人生无常中的第一人"，这些"偶然的无常"，或者说 *symphorai*，也可以意味着"不幸"（参99，454，833，1347）。[66] 在几行之后，祭司说，拿"经验丰富的人"来说，"他们意见

---

[66] 见Sheppard（见注44）101，他就33—34行所涉及的以及城邦中神样的邦民的问题，恰如其分地引述了亚里士多德《政治学》3.1284a3ff.。除了文章中引用的段落外，亦见515行，如果释文可信，亦可参1527行来了解关于 *symphora* 的不祥含义；1527行中人神之间的界限仍旧是个疑问，参1528行。

第七章 《奥狄浦斯王》

中的宝贵之处最有裨益"（xymphoras... tōn bouleumatōn，44-5），他又把奥狄浦斯称作"凡人中最优秀的一位"（46），就像之前把他称作"第一人"（33）那样。然而奥狄浦斯建言中的宝贵之处却是黑暗的；"带来裨益"的是神谕（481），它将会揭示一代又一代人并没有繁衍兴旺到"和众神平齐"（31）的地步，反而是"什么也算不上"（1187-8）。

上文所说的"遭逢神意的第一人"包含着更加不祥的寓意。剧中并没有展现直接和神明的接触：即使是天降的瘟疫也遵循着有因有果的既定法则。[67] 奥狄浦斯用对待自然世界的那一套智慧和冲劲来处理超自然的事物。但奥狄浦斯在不知不觉中接触神明的遭遇却无时无刻不在嘲讽着那些他被祭司夸耀的功绩。

与神明的接触也包括祭司提及的奥狄浦斯与斯芬克斯这趟"带有敌意的相遇"。Synallagai一词在《特拉基斯少女》中表达的正是这个意思，歌队用它来形容得阿涅拉和涅索斯（Nessus）的碰面（845）。根据祭司所说，在这场会面中，奥狄浦斯是胜利的一方："我们没有向你提示过那谜语，你也不见得对它略知一二，你是凭着神的援助，感悟出了谜底。"（37-9）但就奥狄浦斯的实际经历来看，神助（prosthēkē theou，神的增补）的缺失是再明显不过的事了。[68] 他照应了祭司所说的话——奥狄浦斯确实"一无所知"（397，37）——只不过神在这里并不起作用罢了。其实，奥狄浦斯甚至让自己身为人的智慧（gnōmē，398）对比出了神的办法的无能为力（394-8）。

Synallagai（相遇），亦可解作"和解/妥协"（参《埃阿

---

[67] 见U. von Wilamowitz-Moellendorff, Griechische Tragödie übersetzt I（Berlin 1899）12-3（对《奥狄浦斯王》译本的导读部分）。

[68] 卡默比克指出了38行与396—398行之间的冲突。

斯》732，744）。但是，奥狄浦斯与神之间和解的希望在揭示其个人历史的种种偶遇（synallagein，1110，1130）中消失殆尽。他认为自己从未见过老牧羊人（1110）的笃定随即不攻自破；不光是这一点，在这几句诗里，所有带有智识色彩的词语统统被削弱了力量（"掂量""似乎看起来""追究""衡量""已经知道""理解"，1110–6）。

七

"并非看作天神……而是凡人中的第一人"：希腊语中的分词（men...de）更加突出了其中的对立，这一对立将奥狄浦斯身为国王的身份圈定在了下文充斥着局限性和对立面的语境之中："人生的命运……与神灵的相遇"（33–4）；"被我们所指导……神的援助"（38）；"从神那里得到的消息……从人那里得到的消息"（42–3）。这些冲突并没有经过仪式的调解，毕竟对大多数人而言，人通过仪式能更加容易地和神灵接触。乞援的邦民来到奥狄浦斯宫门前的祭坛上，几乎把他当作神一般（16；参31）。但是，身为替罪之人（pharmakos），神的最极端的对立面，奥狄浦斯是没有权利接近任何祭坛的。

奥狄浦斯的过去是被破坏或被曲解的仪式中的一个断面。拉伊奥斯没有听从神灵关于养育孩子的警示。弃婴于山野其实是一种拘泥于律法的逃避办法，以求免去亲缘关系的血污及自身的后顾之忧。这或许可以和克瑞昂把安提戈涅关到石穴里的情节相比较。他只给她提供少量够吃的食物，"这样一来全城邦不至于遭受污染"（《安提戈涅》773–5）。[69]在上述两种情形里，基于理性主义的权宜之计最终都导致了灾难性的失败，

234

---

[69] 见Vellacott（见注41）188。

并且在拉伊奥斯的例子里,其结果是家宅和城邦都出现了令人发指的污秽。

本剧以一场细致的乞援仪式作为开场。奥狄浦斯的开场白里提及的乞援人的座位、橄榄枝、焚香、花冠、颂歌和哀号丰富了视觉上的临场感。在这一幕结尾,他让乞援人从跪坐的姿势站起来,并拿起他们手中乞援的树枝。整幕戏以充斥着仪式主题的环形结构收尾(参3,"乞援树枝",142-3),虽然中途一度被克瑞昂的登场所打断,他头戴月桂花环(83),这样的设计是意在让我们依然记得与神灵的相遇中存在的仪式性的框架以及种种迫在眉睫的重要问题。戏剧以一场不同寻常的乞援作结——曾经迎接乞援人的国王如今自己成了乞援人(*prostrepsomai*,1446)。

净化是整部剧最主要的仪式,而且它包含了更多大规模的颠覆。戏剧开场以城邦之名所进行的仪式在结尾变得个人化。阿波罗的神谕命令道,"祛除瘴孽"(97-8),却对拉伊奥斯和杀死他的凶手未置一词。不过那时克瑞昂和奥狄浦斯都以为阿波罗所说指的是杀害拉伊奥斯的凶手(100行及以下),却不知污秽其实有着另一个同样可怕的源头。[70] 他们的猜想既对也错。当神谕明确指涉杀害拉伊奥斯的凶手时,它的语言——"去除这片土地上**抚育**的污秽,除了治愈它,不要在此之外再放任其滋长"(97-8)——其实指向了污秽的另一个源头,也就是"抚育"(nurture)这一动词所引起的乱伦。这一朝向公共大众的指令掩盖了影射奥狄浦斯个人生活中最为私密和隐秘的细节,也就是他父母从来没有给予过他的"抚育"。

祭司在开场中(29)说,瘟疫"掏空了卡德摩斯的家宅"。但在戏剧的结尾,这一短语既在私人意义上指向奥狄浦

---

[70] 见 E. Schlesinger, "Erhaltung im Untergang," *Poetica* 3(1970)380-1。

斯自己家宅中的痛苦，又在整体的意义上指向全体忒拜邦民。现在，国王自己承受着当初在戏剧开头对杀死拉伊奥斯的凶手说过的那些诅咒。这些诅咒包括被排除在"向神明祈祷、献牲、奠酒"（239-40）这些公共仪式之外。而奥狄浦斯在结尾也说，他的女儿们无法和邦民愉快地交谈（homiliai）了，也不能参加节日活动（heortai）。她们无法前去享受公共的盛大演出（theōria），只能坐在大门紧闭的家中（1489-91）。国王的家宅（oikos），此刻不再象征着共同体的中心，而是变成了一个全然孤立的地方。这个家宅并不是健康和繁荣的焦点，却是传染和疾病的焦点，国王和王后的结合加剧了人与自然之间的毁灭与冲突，而不是带来兴旺。

奥狄浦斯的处境所蕴含的悲剧性讽刺在于，国王必须完美执行的仪式只会彻底摧毁他。无论是成为忒拜城的救世主（sōtēr）还是找到救世的神明（150），抑或救世的先知（304），统统都会毁灭奥狄浦斯。拯救城邦的唯一办法，就是将他与城邦的纽带彻底切断。就像《特拉基斯少女》中的赫拉克勒斯一样，他必须和他那可怖的另一面共处，并且承认，"自己"就是一个被遗弃山林的遭到诅咒的孩子，是杀害了国王、"如同一头岩间的公牛在荒山野林和洞穴间逡巡"（477-8）的凶手。当发现并且接受自己就是一直以来所害怕的那个人之后，奥狄浦斯既是国王也是充满罪孽的替罪羊，既是仪式的主持人也是献祭的受害者，他便完全地负起了他人生的责任，去面对身份杂糅、混淆甚至互为正反两面所引起的暴力。在这样的行动之下，暴力才再次得到控制，神明才得到了安抚。[71]

在戏剧的中心位置，也就是赞美"高高端坐的法律"的颂歌临近尾声时，歌队陷入了对正义的沉思。她们这样唱道：

---

[71] 见Girard一书第3章。

"要是这样(正义和崇敬)的行为不受褒扬,那我又何必起舞呢?"(895-6)歌队随着奏乐起舞的仪式囊括并指代着戏剧中所有出现的仪式。它提醒我们,乐歌中的仪式代表了仪式之内的仪式。结尾的仪式作为剧中附带的一种虚拟戏剧行为,实际上和更为宽泛的节庆的祭祀结构是相互对应、一脉相承的,而戏剧作为嵌套在这一结构中的一部分,有其自身的仪式性功能。社会正是通过悲剧中具有反思意义的仪式来审视自身的统一性,以及祭祀/节日形式所能发挥的调和作用。艺术与仪式、文字与表演,一同在这一时刻向城邦和其身处的宇宙秩序之间的关系投去匆匆一瞥。仿佛在这一刻,表演艺术的魔力让我们能够稍微模糊地感知到那些隐形的纽带。

不过,合唱歌描述和表演出来的虚构仪式却和酒神节观众所经历的大型仪式大相径庭。歌队的领队问道:"我为什么要起舞呢?"毫无疑问,合唱歌**伴随着**舞蹈的表演。合唱歌之下的虚拟世界既是处在酒神祭仪下现实城邦世界的镜像,也是它的反面。合唱歌所赞美的社会宇宙秩序以及祭祀形式充满了问题;其中酒神式的舞蹈所庆贺的人与神明的和谐关系被扰乱了。正因如此,歌队在第二曲节退回到"虚构的"仪式中,不断地细数神谕的种种。"我将不再回到大地无人踏足的中央",歌队这样唱道,除非这些事情一一应验——"关于拉伊奥斯的古老预言不再作数。不再有地方可以看到对阿波罗的崇敬,对众神的崇拜正在衰落"(906-10)。就在这一刻,伊奥卡斯特出现在舞台上,她的乞援仪式(*hiketis*,"乞援人",920)里的一字一句、一举一动都呼应着开场的乞援仪式。但这一场仪式却有一种格格不入的怪诞。它本想表现出和谐,却反而揭露出冲突。其中与开场的呼应之处让我们意识到,这已然和秩序井然的城邦举行庆典的一派景象有多远的距离。伊奥卡斯特想要向阿波罗求得"除秽的解脱……因为大家如今都因恐惧而战栗——当看见船上领航的舵手茫然无措时"（921-3）。这一比喻和乞援的祷告把我们带回到那个描绘着风雨飘摇的城邦的开场（23-4）。但是，那时能够"校正"航船/城邦（39，46，51；参56）的领航人如今也泥潭深陷、自顾不暇。科林斯报信人的登场，以及他所甩出的那个关于奥狄浦斯"无所不知"的晦暗玩笑，其实就是伊奥卡斯特所祈求（924-6）的答案。阿波罗确实为她的祈祷给出了"除秽的解脱"（参1003），只不过不是她所想的那样罢了。[72]

在这一幕中，可怕的真相公之于众，又以洋溢着虚妄的喜悦的第三合唱歌作结。歌队是这样唱的，"她们跳着舞来赞美"（*choreuesthai*，1093）身为奥狄浦斯的保姆和母亲的基泰戎山。颠倒的仪式再次指向人与神明相遇所产生的悲剧性破裂。如此充满喜悦的舞蹈实际上回答了前一首颂歌提出的问题——"我为什么要起舞呢？"（896）但除了伊奥卡斯特，所有人都对真正的答案视而不见。错位的仪式映照出真相。这场舞蹈并不是一场发生在城邦内安全的公共空间里的仪式，反而是一场发生在荒凉的山野上具有隐喻性质的舞蹈，借用1091—1093行的诗句来说的话，它其实是这座山的"舞蹈"。这场舞蹈所赞美的不是城邦，而是它的对立面——山野，其险恶之处一直为本剧的戏剧行动投下阴影。

此处最为恰当的仪式不是舞蹈，而是下一首颂歌中出现的挽歌。当歌队充满恐惧地望向失明的奥狄浦斯时，她们唱道："啊，拉伊奥斯之子，但愿我从来都没有见过你，我为你

---

[72] 见Cameron（见注10）67-8，尤其是68："这个科林斯人身为对'除秽的解脱'这一祈求给出答案的人，确实是一个很奇怪的人物。但这正是这一人物的作用所在，其讽刺性无疑是来自神明。"祷告获得讽刺性的回答这类情形，可参《埃勒克特拉》660，保傅入场显然也是对于克吕泰墨涅斯特拉所祷告的事的回答。

哀悼,哀号的悼亡之歌(*iēlemon*)仿佛从我的嘴里倾泻而出。"(1216-20)开场的祷告和悼念(5)的接收者都是奥狄浦斯。如今,他自己也成了发出祷告和叹惋的人。

八

神谕作为一种处在人与神明之间的中介具有特殊的地位。我们在第二合唱歌的结尾可以看到,神谕和城邦仪式紧密地交织在一起:歌队对于自己为何起舞产生疑问(896),而紧接着这一疑问的是对于发布神谕的圣祠是否还享有尊荣(896-910)的担忧;之后,伊奥卡斯特以乞援人的身份祈祷求得解脱和净化(911-23)。[73]这一幕重新强调了整部戏剧最为重要的那些仪式性主题——乞援、净化、神谕——而国王与这一切的关系也将迎来巨大的转折。

在本剧的开头,奥狄浦斯作为整个城邦的代表求问神谕。剧情的展开将我们带回到他在科林斯遭到羞辱后,孤身一人为自己寻求神谕指引的那一幕。如今流亡的奥狄浦斯在求取神谕途中的势单力薄和拉伊奥斯出行时从者如云的排场形成强烈的对比。与此同时,他这一趟前往德尔斐神庙的孤独旅途也变成了造成他与城邦关系变化的关键因素。关于拉伊奥斯和奥狄浦斯的预言都将我们引向了城邦之外的荒蛮之地:拉伊奥斯将他的儿子遗弃在荒山野岭中(711行及以下);奥狄浦斯则离开科林斯城的庇护,走向两条神谕交汇的地方——那个荒无人烟的交叉路口(787行及以下)。

全剧总共包含三条神谕:一是关于现在的忒拜城,一是

---

[73] 注意895行和909行重复出现的"荣誉"(*timiai, timai*)如何将歌队的担忧、舞蹈和神谕的两个方面联系起来。

关于过去的奥狄浦斯，还有一条是关于更久以前的拉伊奥斯。这三条预言却在一个时刻汇聚到了一起：伊奥卡斯特想方设法否定神谕的力量（709-10，723-5），却在不经意间让奥狄浦斯得到了证实神谕所言非虚的线索。她说出了关于三岔路口最关键的一句话，开头便是"匪徒们杀死了他（拉伊奥斯），按照传闻所说……"（715-6）。但这里末尾的从句，"按照传闻所说"（*hōsper g' hē phatis*）也可以解作"按照神谕所说"，因为 *phatis* 一词不光有"传闻"的意思，也有"预言""神谕"的含义，而且该词在全剧总共出现了五次，除此之外的其余四次都是后一种意思（151，310，323，1440；参495）。尽管伊奥卡斯特想要说明神谕不足为信，她反而证实了它离奇地真实可靠。岔路口的"匪徒们"确实做出了与"神谕/传闻"所言一致的行径。公共的传闻同时也是关乎拉伊奥斯家族的私人预言。公共仪式语境中的神谕（21，151行及以下，897）同样将城邦的领袖比作山中孤独的公牛，它远远地在"荒蛮的山林野地"中徘徊流浪，城邦里的"每一个人"都追赶着它（463-82）。

第一合唱歌的颂歌主要集中了神谕所提出的几个中心问题。我们听到颂歌唱起来的时候，特瑞西阿斯凭着自己"预言本领的智慧"所发出的警告言犹在耳（461-2）。第一曲首节和次节（463，473-5）开首词所突出神的光明话语和凶徒所犯下的"不可言说"的罪行（*arrēt' arrētōn telesanta*, 465）形成了对比。动物的意象与荒凉的周遭环境亦和人类世界及受到供奉的圣殿形成对比："岩石"（464，478）既指向神圣的场所，也指向它的反面——蛮荒的山野之地。形容公牛和凶手的"形单影只"一词，按字面义解释，其实是"孤寡"（*chēreuōn*）之意，却也是奥狄浦斯亲缘关系近得过分的婚姻的反面，一场非婚的婚姻（*gamos agamos*, 1214）。这让国王变成了与其相对立的一头野兽，变成了荒山野岭中被追逐的猎物，靠着"悲惨的双脚"徘徊流浪（479）。颂歌中的隐喻让奥狄浦斯既是须对神谕负责的国王，也是神谕所揭露的负罪的凡人；他既是阿波罗神殿中的乞援人（通过他的代理人克瑞昂），也是神殿之外流落于野外丛林的流浪者；他既在城邦之内，也在山野之上。

帕那索斯山分别有两个面向。它那白雪皑皑的山麓（473）意味着偏僻和荒凉，但它也是"大地的中心"，人群的聚集之所，人神的相遇之地。因此，按照戏剧事件的空间维度来看，它处在奥林波斯山和基泰戎山之间，也就是在永生神灵居住的山和象征着人跌入混乱的兽性的山之间。它所展现的对立是地理、仪式和生物意义上的对立，而它对两者界限的贯通也成为联结两者的可能。

在所有这些高与低的对立和颠倒之中，阿波罗的神谕和斯芬克斯的谜语既两相对立，又有共同之处。斯芬克斯抬举了奥狄浦斯，而阿波罗则贬低了奥狄浦斯。奥狄浦斯在孤身一人与斯芬克斯的对峙中获得了胜利，这和他头一回单枪匹马地前往德尔斐神庙的情形极其相似。这场胜利让奥狄浦斯成为国王，也为他讨来了一场将他置于人伦秩序之外的婚姻。在奥狄浦斯和特瑞西阿斯的争吵中，他将自己解开谜语的办法和预言术（*technē*，390-8；参380）相提并论。但是，特瑞西阿斯的预言有如"谜语一般"（*ainikta*，439；参*ainigma*，393）[74]，就像斯芬克斯的谜语有如预言一样（1200）。斯芬克斯所抛出的谜语需要通过"预言"（*manteia*，394；参462）来理解。两者

---

[74] 关于谜语和神谕有所重合的情况，见索福克勒斯残篇771P；亦见Kamerbeek, "Sophocle et Héraclite," *Studia Vollgraff* 88，其中引述了Heraclitus 22B93DK。在埃斯库罗斯《阿伽门农》1112—1123行中，谜语和神谕亦密切相关；在这一段落中，人与神明的沟通、人与神圣话语（*logos*）的交流都体现出了暧昧不明的特点，见Fraenkel对于《阿伽门农》1112—1113行的注释（见注20）；亦见Taplin（见注24）44, 152-3。

都需要被"解开"(参392;亦参306,407)。按照欧里庇得斯的《腓尼基妇女》(1760)古本评注的传统来看,"她(斯芬克斯)并不是野兽(thērion),而是一位神谕的展示者(chrēsmologos),告诉了忒拜人许多难以理解的预言,并杀死了那些曲解神谕的人"。[75]谜语和神谕愈发变得互为镜像。待两者都被正确地"解答"("解开")时,奥狄浦斯便大难临头了。

无论是神谕还是斯芬克斯都矗立在人类世界的边缘地带,神明与人类、神明与野兽都在这里交会。神谕向上指向神圣而神秘的秩序,斯芬克斯则向下指向黑暗、怪异、非人的世界。神谕是神与人之间的中介,而斯芬克斯则介于人和兽之间。半人半兽的她被描述成"野蛮的"和"茹毛饮血的"。她狼吞虎咽地吃掉受害者,又用利爪和强有力的下颌将她的人类猎物撕得粉碎。[76]斯芬克斯以其谜语破坏了语言规则,以其外形破坏了生物秩序,又以其父母乱伦而诞生的出身(赫西俄德,《神谱》326行及以下)破坏了亲缘伦理的纽带;当她在城外的"斯芬克斯山巅"(Phikeion Oros)的制高点折磨着这座城邦时,她破坏的是城邦和郊野之间的关系,而在故事的其他版本里,她又现身于城邦中心的柱梁之上。[77]斯芬克斯和奥狄浦斯类似

---

[75] Schol. on Eur., *Phoen*.1760及45;见Delcourt(见注1)135。

[76] 见Aesch., *Sept*. 541; Pindar, frag. 177 Snell; Eur., *Phoen*. 1025, 1505, *El*. 471-2。更多细节见Robert(见注20)I, 517ff.; Lesky, "Sphinx", RE III A 2 (1929) 1712ff.; Höfer, "Oidipus(und die Sphinx)"; Roscher, *Lexicon* III. 1 (1897–1909) 715ff.。欧里庇得斯笔下的奥狄浦斯对于怪物模样的斯芬克斯有详尽的描述,参*P. Oxy*. 2459=Eurip., *Oidipus*, frag. I Austin。亦参Seneca, *Oedipus* 92ff.。

[77] 参Asclepiades, frag. 21,古本注者对欧里庇得斯的《腓尼基妇女》45行的注解中引用了这一处。见Robert(见注20)II 52ff.,以及nn.11–12, II, 23–4;亦参54页图20赫莫纳(Hermonax)绘制在陶罐上的图案。亦见其 *Die griechische Heldensage* = Preller-Robert, *Griechische Mythologie* II.3(Berlin 1921)892–3。斯芬克斯与斯芬克斯山(Phikeion Oros)之间的关联,最早可追溯至赫西俄德(《神谱》326)。

的混杂形态（狮子、鸟和女人）让她的经历和奥狄浦斯的经历一样显得矛盾重重。当她的谜语被解开的时候，斯芬克斯从高处跌入死亡。[78]当奥狄浦斯的谜语被解开时，他从城邦的最高处跌入最低处（876-9）。斯芬克斯和山野的联系[79]说明她从属于奥狄浦斯当初被遗弃的基泰戎山那个荒蛮的世界。但她给人带来的挑战正是将人和兽混同一体造成的混乱。

斯芬克斯颠覆了神谕的调和作用，这一点在语言层面上体现得尤为明显。对于歌队来说，她是 chrēsmōdos，即唱出神谕的歌者（1200）；她说出的话说不定和神谕一样，是六音步的长短短韵格。但她也是一位"残忍的"（36）、唱着"晦涩的歌"（130）的歌者，也被称作"吟诵着叙事诗歌的狗"（391），或是"唱着谜样神谕的长钩爪的女伶"（1199-200）。[80]在欧里庇得斯笔下，她的歌是"最不成乐"的（《腓尼基妇女》807），但他在其他地方又常常提及她音乐性的一面。在欧里庇得斯失传的《奥狄浦斯》一剧的残卷中，他把谜语描述为一种可怖而尖锐的哨声。[81]斯芬克斯的歌是文明化艺术的反面：这使得她能够以捕食和破坏人类群体为生。不过，野蛮和文明如此违反常理的结合也与奥狄浦斯自身的情况形成了对应关系。他空有一身智慧和权柄，却常常被蛮拗的脾气（344）和

[78] 阿波罗多洛斯 3.5.8.7；见 Lesky（见注 76）1723。

[79] 出处同前，1703，1709，1715；亦见 Kamerbeek 一书引论第 4 页。

[80] 关于斯芬克斯的"音乐"，见欧里庇得斯《腓尼基妇女》808 行及以下，1028-9，1505 行及以下；关于斯芬克斯"食人音乐家"（une ogresse musicienne）的形象，见 Delcourt（见注 1）133，同时亦见 133—135 页对斯芬克斯与哈尔皮女妖以及塞壬的亲缘关系的讨论；在 "Tydée et Mélanippe"，*SMSR* 37（1966）139-40，Delcourt 将她和其他"吃人的死亡的拟人化身"（"personifications de la Mort dévoratrice"）相比较。亦见 Lesky（见注 76）1705。

[81] Eur., *Oidipous*, frag. II Austin, surixasa（=P. Oxy 2459.4）。

执念冲昏头脑。虽然他发现了牧羊人的年纪和他自己的过去有着互相暗合（*xynaidei*，字面义为"和……相唱和"，1113）的"和谐"之处，却让他最后发出了野兽"嚎叫"（1265）一般的杂音，正应验了特瑞西阿斯当初的预言：基泰戎山将会和那些呼喊着奥狄浦斯城邦地位没落、不配被城邦邦民提及的声音相唱和。

歌队的唱词往往颂唱的是有序世界中"和谐的平静"（*symphōnos hēsychia*），就像品达在《皮托凯歌第一首》（1-40；71）中所呈现的那样。但悲剧的世界容不下这样的和谐。不同于品达那"堂皇气派的七弦琴"奏出的诗篇，悲剧并不旨在安全的公共空间之中对神明和统一的城邦大加颂扬。当合唱歌的旋律和主人公受尽苦难的悲剧抑扬格韵步一同出现时，便和其他事物形成了悬殊的对比。悲剧中的神话故事和合唱歌里的不同，它们的目的从来都不是将城邦与其英雄和神明之间的相安无事树立为榜样。品达和巴克基利得斯笔下的混乱和失序亦被合唱歌本身蕴含的稳定结构中和掉了。但悲剧的表演和悲剧的主角一样，是要直面自身的对立面的——歌队自问道，"我为什么要起舞呢？"（896）这首合唱歌的音乐有其"野兽的一面"，体现在与奥狄浦斯身世的"和谐"一致上（421，1113），也体现在歌队不合时宜地对基泰戎山大加赞美的载歌载舞之中（1093）。看似关于共同体的团结性的进场歌其实是一首悲伤的歌（*stonoessa...homaulos*，187）。合唱歌的内容融合了一首献给阿波罗的颂歌，它通过声音和视觉形象的结合闪现在合唱歌中（*paian...lampei*，186），而这首颂歌奠定了贯穿全剧的矛盾重重的阿波罗祭仪和祈祷的基调（473-6，909，919-20）。忒拜城里的阿波罗神祭祀歌所揭示的一切，和德尔斐庙中阿波罗的神谕一样（187，475），也和忒拜文明空间之外的斯芬克斯所说的谜语般的真相一样，与其说是让表象和现实之间的关系显得更清晰，倒不如说是使这一关系显得更模糊。

斯芬克斯在语言秩序上所起的调和作用与她在空间秩序上的作用来得同样负面。她在这两个层面上都让奥狄浦斯深陷上下颠倒之中。虽然奥狄浦斯因打败斯芬克斯这位形貌如鸟的"有翼的妖女"（508）而备受赞誉，但他却被斯芬克斯在奥林波斯山上的对手和影子所打败（此处应指阿波罗。——译者注），被那盘旋在放逐之人的头顶的"神谕"（481-2），以及那位解释神谕的人——知晓鸟卜之术的解读者（484；参310，395，398）——所打败。"带来好兆头的鸟"（ornis aisios，52）曾陪伴奥狄浦斯战胜斯芬克斯，但它同时也是一只"意味着坏兆头的鸟"（这一短语同时包含这两种意思）。早在开场一节，忒拜城的孩子们就被比作虚弱的幼雏（16-7），而在进场歌中，忒拜人也被刻画成逃离大火的飞鸟（175-8）。

这些鸟的意象凸显了人在超自然力量面前的无助，从而使得奥狄浦斯之于斯芬克斯这位似鸟的女子的胜利也变得不值一提了。奥狄浦斯曾一度因神谕没有应验而喜出望外，对"头上的飞鸟"（964-6）不屑一顾；但实际上他弄错了，他以为的那位已入黄土"之下"的父亲（968）并不是神谕所指的那一位。第二进场歌已然对奥狄浦斯在高低之间的尴尬位置着墨甚多，这一处境又由于他"被抬举得过高"（914）而变得更加危险了。在第一进场歌中，歌队众人"怀着不确定的希望四处分散"（486-8），但在剧情突变之后，当奥狄浦斯对身处何方已经茫然无知，并且发现自己的声音仿佛离开了身体一般飘散不定时（1308-10），这种空间上的迷失感就不仅仅是一种不祥的预兆了。

神谕、特瑞西阿斯、鸟群以及斯芬克斯，这一切都将关于人的真相置于动物性（以斯芬克斯为例）和神圣预言（以阿波罗及其"飞来飞去"的神谕和鸟卜的预言为代表）之间意味不明的层面上。斯芬克斯是唱出神谕的歌者（1200），但她也指向野兽的范畴。特瑞西阿斯是阿波罗的使者，但和奥狄浦斯一样，他也未能免俗于人之常情的愤怒。[82] 尽管他服从了奥狄浦斯的传唤前来，但他没有将真相和盘托出。特瑞西阿斯揭露的事情和他掩盖的事情一样多。他既自愿又勉强，既庄严又易怒，既清楚又神秘，既疏离又小气。他揭露真相的方式抵消了真相本身的可信度。语言之于特瑞西阿斯而言，并不单纯只是表达真相的工具，而是真相本身就存在于语言自身错综复杂且不乏瑕疵的形式之中，就像人一样（439）。对他来说，和这部剧中一切关于人类的真相一样，现实总是被幻象所遮掩。若将这层掩饰扯下，我们既会迎来毁灭，也会迎来"救赎"；这也正是悲剧主角所要实现的——站立在"可怕的消息"之上，并且继续向前走（1169；参1312）。

奥狄浦斯和特瑞西阿斯两人在视觉失明这一点上可谓相辅相成。他们都不愿意和神明合作，他们的身上也都体现出了关于人类真相和语言的种种矛盾与瑕疵。鸟的意象从斯芬克斯到先知、从野兽世界到德尔斐神庙的转变，恰恰表现了整部戏剧是如何处理知识和无知的含混之处、宇宙到底是混乱的还是可解的这些大问题的。我们可以通过下面这个图表来表示其中的关系：

低（野兽）	奥狄浦斯	高（神明）
替罪羊（Pharmakos），污秽	←被谜语打败→	谜语的解答者，"神一样的人"
有翼的妖女=斯芬克斯		神谕中的鸟

---

[82] 关于特瑞西阿斯与真相之间的暧昧关系，见Reinhardt 116ff.。

续表

低（野兽）	奥狄浦斯	高（神明）
斯芬克斯（野兽）	←谜语/神谕→	阿波罗（神明）
愤怒，幻象	←奥狄浦斯和特瑞西阿斯→	清晰，真相
非表意系统	←语言作为引发歧义的载体/语言作为揭示真相的工具→	可读懂的话语
不可理解的事物，混乱	←奥狄浦斯表现出了解鸟类的智慧（sophos）/特瑞西阿斯表现出解读鸟群的兆示的智慧（sophos）→	有秩序的世界

可以看到，中间一栏并存的两种极端构成了整部剧的戏剧行为。按韦尔南的说法，在这个悲剧空间之中，主角本身就是这两种极端的张力所在。

奥狄浦斯的失明所隐含的悖论让人们熟知的一切二元对立都陷入混乱失序之中。他的失明反倒意味着一种洞察黑暗中终极问题的领悟力：为什么身处如此苦难之中依然要活下去？当活着就是承受如此巨大的痛苦时，生命的价值到底是什么？奥狄浦斯以他的双眼及其所见间接地回答了他缘何没有自杀的问题（1369-77，1384-90）。

奥狄浦斯的悲剧性知识在这里也许能够和普罗米修斯的技术性知识进行对比。埃斯库罗斯笔下的普罗米修斯给人们带去"盲目的希望"（typhlas elpidas），带走人们对于死亡的预感（《被缚的普罗米修斯》248-50），让人生变得好过一些。但这份消极的馈赠却莫名地和普罗米修斯另一份关于知识和见识的礼物形成了冲突（《被缚的普罗米修斯》442-4，496-9）。若以普罗米修斯式的精神来掌控世界，那么这需要在某种程度上对个体死亡的终极问题视而不见。这样看来，这种方式本身在于放弃一部分知识，对每个个体生命中不可避免的终点避而不谈。

然而，特瑞西阿斯的悲剧性知识则关乎死亡的确定性，这对人生意义提出了形而上的追问。而这种内在知识的代价则是丧失看见有形世界的视力。普罗米修斯和特瑞西阿斯分别体现了人生悲剧的两种截然不同的定义。奥狄浦斯变得越来越像特瑞西阿斯，为了获得关于自我的认知，放弃了掌控他人的权力。为了获得支配自我世界的能力，他必须首先和自我和谐共处。普罗米修斯式的对物理世界内部运作的认知其实是建立在一种将死亡的知识置之不理的决心之上。人若想要征服自然，就必须全身心地无视死亡，并离开那条通往自我的全知境界的幽暗而神秘的道路。

九

没有哪部悲剧比《奥狄浦斯王》更以语言为核心了。奥狄浦斯身为解开难题的高手，却无法解密自己名字的含义。正如人通过祭祀和神谕与神进行沟通一样，人与人之间的沟通实际上是一个不断崩解的过程，要么因为恐惧或无法言说的知识而过早地噤若寒蝉，要么出于激情或愤怒而变得言过其实。来自上界的阿波罗神谕和来自下界的斯芬克斯谜语提供了两种人类言说的不同范式，但两者也都简化了语言在表情达意上的作用。有些神谕总是具体得吓人以至于叫人难以理解，而有些神谕则把与奥狄浦斯人生息息相关的具体指涉隐藏在一望而知的泛泛而谈之下（"去除这片土地上滋长的污秽"，97）。至于谜语，它的每一个能指（signifier）都有多重含义，大大削弱了语言本身指示性和区分性的功能。谜语常常误用，甚至可以说是滥用语言，因为它总是无所不用其极地利用语言的含混性而非准确度。因而谜语投射出这样一个世界：它的意义在于变幻不定的"谜样"的语言，而非清楚明确、能够读懂的语言。

语言和现实互相揭示，但也互为象征和比拟。本剧将个人身份、语言和世界秩序联系到一起，多方位地呈现出其主角无法在文明化的生活里找到调解方式的挫败。神谕总是在混乱的世界秩序与宿命的世界秩序两种图景之间来回摇摆，而谜语/预言则在不加区分和过分具体的世界之间不停切换。奥狄浦斯顺着神谕和谜语指引又重新回到了自己的身份起源问题上，同时他发觉这个问题的肇端和终结竟然惊人地一致。他既是丈夫也是儿子，既是父亲也是兄长；奥狄浦斯发觉自己的童年和成人世界折叠到了一起。这就好比他过去解开的谜语，而现在他又得重新再解答一遍，但这一次的答案将会在戏剧行为中变得更加个体化、更加深刻。

"人生"，用杰弗里·哈特曼（Geoffrey Hartman）的话来说，"就像诗歌的意象一样，是过分具体的端点之间不确定的中间点，它时时刻刻都处在被这些端点吞并的危险之中"。[83] 奥狄浦斯在剧中的人生境遇也和语言的挣扎遥相呼应。他努力地在自己身处的毫无对立区分的世界里建立出一种区分彼此的秩序。在彻底的空虚、无意义和那看似掌控引领这一切却又难以捉摸的神意的笼罩下，这个世界的空间濒临消失，而奥狄浦斯创造了赋予这个世界意义的空间和距离。哈特曼接着说道，"索福克勒斯从众神那里攫取的空间是人类生命仅有的一点空间。这样的空间是虚无缥缈的，并且终将在戏剧走向真相大

---

[83] Geoffrey H. Hartman, "Language from the Point of View of Literature," *Beyond Formalism*（New Haven 1970）348.

白、神谕应验的那一刻彻底瓦解"。[84]

因此,语言变成了人类理解现实世界的方式的缩影。它反映出:人的智力无法成功地胜任作为认识和调度世界与自我的工具这一角色,它既不能在混乱的同一性面前创造和保持差异性,也不能在陌生冷漠的他异性面前营造出任何温暖的熟悉感。奥狄浦斯是解开语言谜题的人,却在关于自我存在的种种谜题面前败下阵来,直到他以自己的人生经历找到了对应着斯芬克斯谜语更深层的答案,而这已不再仅仅是字面上的答案。

在这一刻来临之前,所有意在传达真相的言语都因为说得"过多"以至于不被人理解(767-8,841)。[85]当剧中的人物都开始逃避或排斥直白的话语时(参365,1057),语言变得徒劳无用(*matēn*),然而一度遭到摒弃的"逻各斯"(*logos*)却气势汹汹地回归了。言说和行为(*logos*和*ergon*)构成了矛盾关系(219-20,452,517)。描述亲缘关系的模糊用语让整部戏剧弥漫着一种阴郁的讽刺意味(264-5,928,1214,1249-50,1256,1403行及以下)。一件事究竟是"能够言说"还是"无法言说"变成了头等大事(300-1,465,993,1289)。而奥狄浦斯自己,一度是公共宣言(93,236)的权威发声者,如今却要说出不可言说之物(1289,1313-6);他甚至被禁止言说,他人也被禁止与他对话(1437,238)。在流亡之后,奥狄浦斯最先说出的是几声含混不清的悲叹("*aiai aiai, pheu pheu*",1307-8)。他自己的声音仿佛离开了身体(1310)。如今言说成为他与亲友和至爱相认的唯一办法(1326,1472-

---

[84] 出处同前,350页。
[85] 根据Sheppard(见注44)对841行的解读(149),他指出了841行和767—776行间的联系,但他仅从心理层面上,也就是"伊奥卡斯特的心理状态"上对*perissos*一词进行了解释。

3），因而奥狄浦斯的言说，和他与祭仪及神谕之间的关系一样，也从公共领域转向了个人领域。

关于言说的基本分类是混杂不清的。抛出谜语的斯芬克斯被称作先知（1200），而神谕又被称作谜语（439；参390行及以下）。国王的法令（*kērygma*，350，450）变成了对讲出这一法令的人的诅咒（744-5）。科林斯人的祝福（*euepeia*，932）揭开了奥狄浦斯名字中的"刁难"，并且引向了伊奥卡斯特最后对奥狄浦斯的称呼；她话里"唯一的字眼"将奥狄浦斯永远地定格在了他当下的状态——"不幸的人"（1071-2）。

在此，言辞（*logos*）并不是《安提戈涅》中"人颂"（353）所大加褒扬的光辉成就，而是"可怕的"（*deinon*）事物，甚至比《安提戈涅》中的来得更加黑暗。叙述和聆听处在恐惧（*deinon*，1169-70）的顶点时，"言辞"取代了两者的功能，并且独立于奥狄浦斯的意志而存在。索福克勒斯在《特拉基斯少女》里报信人询问利卡斯的一处情节（《特拉基斯少女》402-33）使用了类似的戏剧手法。[86] 主角作为暂时沉默的见证者站在场边，静待人生里最重要的"言辞"来临，当自身的谜题不断往下揭开时，在那最为关键的几分钟时间里，他不再直接参与到解谜之中。

尽管奥狄浦斯在言语上看似节制，但其实他逐渐走向了语言最强烈的极端。"听到的这番话，既没有使我壮大胆子，也没有让我担惊受怕"——这是奥狄浦斯准备接受克瑞昂从德尔斐神庙带回的阿波罗神谕时所表现出的状态（89-90）。但当他准备听取另一位"知晓一切可以言传和不可言传的事物"

---

[86] Reinhardt 135注意到了此处的对应关系并对此进行了讨论。但我并不完全接受莱因哈特的结论，因为他的结论是建立在索福克勒斯的悲剧观遵循线性发展的前提上。

（300-1）的先知时，他的态度很快就从敬重的礼遇变成了刻薄的谩骂。奥狄浦斯一开始毕恭毕敬地迎接特瑞西阿斯，但短短不到二十行以后，他便劈头盖脸地对其大加辱骂："噢，你这下等人中最卑贱的人。"（334）

在奥狄浦斯和语言之间的关系中，最为讽刺的无疑是他的名字。尚在襁褓中的奥狄浦斯没有被赐予名字，也就是说他未曾获得一种"言辞"（logos），唯独只有那被弃置山野时身上的"套轭"留下的伤疤。他的名字是一种非难（oneidos，1035-6）。自称作"光荣"的奥狄浦斯（8）会把他的名字留给基泰戎山（1451-2），由此两者将联系到一起。没有什么比这位无名的统治者因为自己的"称呼"（8）而感到骄傲来得更理所应当的事了。正如奥狄浦斯在结尾所说，要想了解自己名字中的真相，其实就是要说出"其中包含的各种罪恶的名称"（1284-5）。这些"名字"中过剩得吓人的意涵和他自己从零开始获得命名的过程是相互统一的，而在这一过程中，名字是一种羞辱，一种厌弃。

奥狄浦斯和《奥德赛》的主角一样，通过了解和接受自己名字中的真相，在野兽世界的随意性之上重新建立了一个区别分明的架构。但悲剧中的文明重建比在史诗里来得要更加如履薄冰。奥狄浦斯的最终目的是打断自己人生和语言中流于"表面"的统一性，让它呈现出具有二元对立的真实性。他不仅是国王，也是替罪之人；不仅是丈夫，也是儿子；不仅是僭主（tyrannos），也是君主（basileus）。[87]他的悲剧使命正是要将表面上的同一性替换为二元性甚至是三元性。谜语消弭了语

---

[87] 注意此段落中相互矛盾的"他的妻子，他孩子的母亲"，与 gynē 和 mētēr（928）有相当紧密的并置关系。而报信人的回答也同样模糊不清："愿她和她的（亲人）永远幸福……作为他完整而完满的妻子（pantelēs damar）。"（929-30）

言上的分野，这和其他形式的区别的消失是一脉相承的——自我与他人、稳定和变动、理性与疯狂，正是因为这些区别的存在，才使得我们的世界里的道德和智慧变得清晰可感。正如奥狄浦斯自己说的那样（845-7），这是把"一"等同于"多"所引起的问题。对索福克勒斯而言，或者对柏拉图而言亦是如此，"一"与"多"之间的关系恰恰是人认识自我和世界的关键。

奥狄浦斯不仅破坏了言说的限制，也破坏了沉默的限制。他在三岔路口说的话不近人情，否则说不定既能让拉伊奥斯免于一死，也能救自己一命。特瑞西阿斯警诫道，"即使我用沉默将事实掩盖，它们仍会真相大白"。奥狄浦斯则回答道，"那么你就该告诉我终将大白的真相是什么"（342）。有一些事情是"难以言说"的，但奥狄浦斯不愿遵循这样的约束。只有克瑞昂这样拥有理性的非悲剧性人物，知道如何在"自己所不知道的事上保持沉默"（569）。他是在一场徒劳的自我辩白中讲出了这番话，并且在剧末的另一个场合里又重复了一次（1519）。若是在理性氛围的辩论场合里（583-4），克瑞昂是愿意进行"详细地叙说"的（*logon didonai*），但他的尝试也和特瑞西阿斯过于激烈的做法一样，在奥狄浦斯暴烈的愤怒面前完全败下阵来。

沉默让奥狄浦斯迷惑不已，他只好用强迫的方式将言说逼引出来。他重复了四次：第一次是歌队，面对他们的沉默，奥狄浦斯下达了命令（233-43）；之后则是特瑞西阿斯（340行及以下），奥狄浦斯迫他将骇人的说辞重复了不止一次而是三次之多（359-65），犹如"对说出的话进行了一场审判"（360）；[88] 接着是伊奥卡斯特（1056行及以下，尤其

---

[88] 此处我依据的是Brunck的修订，皮尔逊的OCT版本。Heath解作*legōn*，杰布也接受了这一释读并给出了一个较切近的释义"在言语中（转下页）

是1074-5);最后是老牧羊人,奥狄浦斯甚至对他用上了体罚(1153)。[89]但若沉默的是神明,那么在时机未到之前是无法强求他们开口的,这也正是让奥狄浦斯的百般努力化为乌有的缘由所在——"不幸的人啊,为什么,为什么你父亲的犁能够一声不响(*siga*)地忍耐着你用这么久?"(1210-2)

十

随着语言的交流功能陷入混乱甚至走向瓦解,语言与有形世界之间的基本关系也面临着威胁。说、听、看都不再是理所当然的了。奥狄浦斯的世界仿佛从他治下的忒拜城的版图缩小为一片山野之地,而在这里,曝露在外的幼儿大声啼哭却无人听见,也无从学习人类的语言。

在戏剧的开头,说和听(*klyein, akouein*)局限为统治者与其臣属的交流:前者说后者听从(216-7, 235;参84, 91, 294-5)。但在奥狄浦斯与特瑞西阿斯的会面里,听和说在认知和沟通上的双重功能却开始崩塌。奥狄浦斯习惯了别人"听"他说,却不愿"听"特瑞西阿斯说(429)。"耳朵、脑子和眼睛都是瞎的",奥狄浦斯如此挖苦特瑞西阿斯(371),但特瑞西阿斯立刻用同样的话回敬奥狄浦斯(372-3)。这三个词几乎与当初奥狄浦斯第一次听说拉伊奥斯时的回答一一对应(105):"我**听说**过(拉伊奥斯其人),所以我**知道**他,但

(接上页)进行审判",但这样的翻译不够尖锐,在我看来也少了一些力量。注意在这一幕中,当言语迅速地贬低为侮辱(*oneidos*, 372)时语言的情感力量是如何替代了它的认知和智性功能的(尤其是359—365行)。

[89] 老牧羊人所使用的 "*aikizein*"(愤怒)这一动词意味着一种受到折磨的威胁,这种折磨可能是非常残忍而粗暴的,参《安提戈涅》206, 419以及本书第六章注20。

我从来没有**见过他**。"在第一合唱歌中，将视觉和声音相结合的通感意象对德尔斐神谕的字句进行了令人震惊的描述：神谕（*phama*）出现且"闪现"（*elampse*，473-5）于人前。[90]这样一来歌队就能"看见正直的言辞"（505；参187）。但不管看还是听，两者都没有给奥狄浦斯带来任何帮助。在克瑞昂出场的一幕中，奥狄浦斯拒绝聆听的态度产生了重要的戏剧作用（543-4）。而在之后伊奥卡斯特参与的一幕里，奥狄浦斯变得十分在意自己是否对听到的事情确认清楚了（729，850），直到"骇人听闻"的真相已然无可挽回地来到他的面前（1169-70）。

奥狄浦斯一直身处一个所听所见皆是虚幻且充斥着错位的认知和残缺的沟通的世界里，于是他发现自己似乎不再需要提供认知的身体器官了（1224）——当报信人描述奥狄浦斯自戳双目、伊奥卡斯特死去时，他大喊道："你们将听见怎样的事情，将看见怎样的情景？"而奥狄浦斯亦悲叹，自己的命神"跳入骇人的境地（*deinon*；参1170），没有人能听见，也没有人能看见"（1312）。过了一会儿，他又问道，"既然世间已经没有什么令人高兴的事值得让我看见，我又何苦还需要这视力呢？"（1334-5）要是奥狄浦斯能够自己做主的话，他兴许也会把听觉像视觉那样一并舍弃——"我宁愿变得既瞎又聋，毕竟要是能把思绪安置（*phrontida...oikein*）在远离各种坏事的地方，总归是好的"（1384-90）。

幼年时期曾失去家宅的人如今作为成年人再次失去了家宅，而家宅正是人学习用感官进行认知和沟通的场所。奥狄浦斯想通过摒弃对现实的认知来安置（*oikein*）内心，好让自

---

[90] 见 W. B. Stanford, *Greek Metaphor*（Oxford 1936）47ff., 尤其是56页; C. Segal, "Synaesthesia in Sophocles", *Illinois Class. Studies* 2（1977）89-91。

己免受折磨。这一举动除了应验特瑞西阿斯的预言以外（371，1389），还有另一层暗示其存在和认知现实的重要含义：正因为奥狄浦斯被驱逐出了家宅，人群中再也没有他的"位置"，所以他也不知自己"身处何方"了（参1309-11）。他的修辞以一种内在的、身体性的方式呈现了父母遗弃骨肉的行径和城邦对替罪羊（pharmakos）或污秽所进行的仪式性的驱逐。奥狄浦斯对物理世界现实的摒弃实际上重演了早前人类世界对他的放逐，同时也呼应了他新近的状态——身为在大地和广天之下都不能现于人前的污秽（1425-8）。

但奥狄浦斯并没有切断自己的生命联结。听和摸两种知觉仍然与他作为人的诸如悲伤、怜悯、快乐的各种情绪紧密相关。他在失明的黑暗中仍能听到歌队的声音（1325-6）。[91] 当他听见自己视若珍宝的女儿在哭泣时，奥狄浦斯意识到克瑞昂是在怜悯他，因为就像克瑞昂补充说的，他"知道"只有孩子能给奥狄浦斯带来喜悦（terspin，1471-7）。一开始奥狄浦斯似乎重复的是老牧羊人的肢体动作，后者以乞援人的姿态握着伊奥卡斯特的手请求告老归家，"离开城邦的视线范围"（760-2；参1437-8，1449-50）。但在这一幕后没过多久，这位身为污秽的被放逐之人就请求触摸一下宝贝女儿们的手，和她们一起为自己的不幸哭泣（1466-7）。家宅确是奥狄浦斯的诅咒，但它也是唯一一个看见他、听见他并且接纳他的地方（1429-31），是他即使身为污秽也依然可以与人相互触碰的地方。[92]

---

[91] 在开场中，由于熏香（thymiamata，4）的缘故，气味也是在场的要素之一。关于认知的问题，见 Marjorie W. Champlin, "Oedipus Tyrannus and the Problem of Knowledge", *CJ* 64（1968/69）337-45。

[92] 关于触碰的重要性，见Taplin（见注24）66-7。Gellie 102注意到开场里奥狄浦斯身为父亲的担忧以另一种方式重新浮现，在结尾处，"他原来服务大众的力量萎缩到仅仅局限在一个由一个残废的父亲和两个乱伦生下的女儿所组成的小家庭圈子里"。

奥狄浦斯并没有像父母的家庭当初抛弃他那样抛弃自己的家庭。尽管早年家庭的驱逐（425）导致的乱伦让他与"他的子女平等无二"，但他也恳求别因为自己的不幸而让孩子变得和他"一样"（1507）。言说的悖谬一度让奥狄浦斯感到崩溃，而他现在所能体会的是文明化语言的另一层面向：一是尚未放弃他的歌队的善意的声音（1325-6）；二是克瑞昂允许他听到的女儿的声音（1472）。当奥狄浦斯对于自己在家庭中的位置一无所知时，时间和知识对他而言是具有毁灭性的，但在克瑞昂"一直以来知道"对奥狄浦斯来说只有他的女儿能让他感受到喜悦因而允准他们相见时，时间和知识带来的是理解和同情。国王曾经的视力和权杖如今被盲眼的黑暗、摸索的触碰（1466）和拐杖所代替。与此同时，完全属于自己家庭内部温声细语的言语交流如今多多少少在真正的意义上（尽管有些令人感伤）填补了王权的敕令与山野的悲鸣之间的鸿沟。在这一场由强变弱的戏剧性反转中，奥狄浦斯从手握权杖的国王变成挂拐的盲眼乞丐，他向斯芬克斯的谜语给出了自己最终的答案。为王的奥狄浦斯变成了为人的奥狄浦斯。

奥狄浦斯也变成了第二个特瑞西阿斯。但他因失明而得的内在的视力并不是神赐的礼物，而是他身为人的遭遇和痛苦带来的艰难教训。透过这双目光如炬的盲眼，奥狄浦斯看见的不是老先知所预见的未来，而是自己的过去的意义以及当下自身在虚弱中蕴含力量的现实状况。[93]

---

[93] 见 S. C. Humphreys, "Transcendence and Intellectual Roles: the Ancient Greek Case," *Daedalus* 104. 2（1975）106："埃斯库罗斯与索福克勒斯最为典型的差异在于《被缚的普罗米修斯》是唯一一部强调了受苦受难的英雄之孤立无援的存世的希腊悲剧作品，这部作品的主角是知道自己未来的命运的。普罗米修斯可以不失尊严地去思考自己的不幸，因为他知道这一切终究会结束。而索福克勒斯笔下的英雄们——除了年老的奥狄浦斯以外——却是在没有任何预知之明的情况下获得同样的尊严的。"

在戏剧的结尾，奥狄浦斯原先傲慢且缺失的认知逐渐完善为"自己缘何拥有一条如此不同的命途"的知识。他意识到并且有所担当地接受了这样的事实：他的人生自有其格局和定数，它终会在各种相互交织的内外动因、不同的人和机缘巧合的作用下变成现实。奥狄浦斯大声叫喊说他要在山上这个父母为他选择的墓穴居住（1451-3），但他又猝不及防地改口，并且说出了全剧最为深刻地体现出其"自知"的一番话（1455-8）："我太知道（oida）这一点了，疾病之类的事并不能置我于死地，要不是我注定要经历一些可怕的灾难，我是不会免于一死的。不论我的命数（moira）走向哪里，听天由命吧。"在这一节点上，奥狄浦斯意识到他的人生很有可能是不怀好意的神明对他开的残酷玩笑，于是他转向克瑞昂，询问自己孩子的情况。他终于在这样的姿态下离开了山野——这片双亲将其作为家宅的替代留给他的地方——并回归到自己支离破碎的家宅里余留下的触碰和言说当中。

但污秽仍在。无论是与欧里庇得斯《疯狂的赫拉克勒斯》里内心纯洁的赫拉克勒斯相比，还是与《奥狄浦斯在科洛诺斯》中对自己在神明意志之下担任何种角色都充满笃信的奥狄浦斯相比，[94] 剧中的污秽尚未被克服。最后的姿势饱含着人与人之间的爱与触碰，以抵挡污秽中的罪恶，但它就其本然的状态而言，始终是短暂的。

当奥狄浦斯将人生中的幼年与成年这两端结合起来时，当他连带着以父亲和国王的身份成为犯下乱伦的弑父者时，他的人生作为一个充满悲剧性却并非毫无道理的范式中的一部分而开始变得有其意义。在此之后，他的人生布局变得清晰，其

---

[94] 参Eur., *HF* 1155ff., 1214ff., 1231ff., 1398ff.,以及*Suppl.*764ff.; *OC* 1130ff.。相关论述见Vickers 153-6。

中包括了他被遗置于山野的遭遇、他之于斯芬克斯的胜利、他统治忒拜的前因后果，以及他想被放逐山林的愿景。无论是把这些作为独立事件来看待，还是在它们相互联系的全局框架下考虑，这一切都反映了奥狄浦斯的本质所在——他的伟大寓于虚空，他的力量寓于脆弱。

只有人能跨越这样极端的冲突，因而，也只有人才拥有蕴含着将并存的对立转换为觉悟这一能力的悲剧命运。奥狄浦斯在自己的人生里不仅对斯芬克斯的谜语作出了回答，同时也不失自知地重现了斯芬克斯的谜语，而这个谜语恰恰是关于人在时间中存在的谜语，也是关于人同时作为一与多的谜语。奥狄浦斯所说的那让他伟大又渺小的月份确实是他的"亲属"（1082-3），因为时间及其带来的变化不仅呈现出了人与死亡之间的悲剧性关系，也呈现了自我认知的苦痛和不确定性。

从国王变成污秽，从拥有视力变成盲人，从钟鸣鼎食之家流落至野兽丛生的蛮荒山野，从而变成被厌弃的流亡者，奥狄浦斯变成了比特瑞西阿斯更加深刻地统合一切冲突和对立的存在。他意识到自己的身份并非一个稳定不变的整体，反而是各种极端的扭合之处。奥狄浦斯代替了盲眼的先知成为人类悲剧性知识的典范，他在一种充满挣扎却不乏自知的交融而非无意识的巧合之中将种种对立结合起来。奥狄浦斯先是追查杀害拉伊奥斯的凶手，然后担心自己便是凶手，紧接着发现自己确实是凶手。[95] 他在剧中的苦难构成了一个解开斯芬克斯之谜

---

[95] 见 Peter Szondi, *Versuchüber das Tragische* (Frankfurt a.M. 1964) 70: "奥狄浦斯王并没有意识到自己作为路边的过路人的身份会意味着灾难，但当这一点是朝向自我身份的知识的时候，灾难就来临了。神谕让人之为人的三重命运显得更加具有悲剧性了，而这三重命运其实是同一种命运，因为对立的事物更加紧密地结合到了一起，而二元性也不停地趋向统一。"关于失明与视力的悖谬，亦见 W. C. Helmbold, "The Paradox of the Oedipus", *AJP* 72（1951）293-300。

的"答案",这个答案比他年轻时在忒拜城外满怀自信地给出的那个答案更具意义。通过践行自己所给的答案,奥狄浦斯变成了真正意义上的文明化英雄,他是文明之于人类所蕴含的悲剧意义的承受者。普罗米修斯作为典型的文化英雄,仅仅以技术化的文明给予人类以"盲目的希望",使得他们无法预见自己的死亡。奥狄浦斯则撕开了这层面纱,以自我选择的失明为人们带去洞见的视力。

里尔克曾经写道:"我们被放入并栖身于'盲目的命运'之中,这一点从某种意义上来说终归受限于我们的视野……唯有通过我们命运的'盲目',我们才能与世界上那些美妙的压抑无言的一切产生深刻的联系,也就是说,和那完整的、无垠的、超越我们的一切产生联系。"[96] 但对索福克勒斯来说,所谓"压抑无言的一切"并不"美妙",而是既恐怖又奇妙的(*deinon*)。福佑并不能解释存在的奥秘,但不幸和诅咒却能。唯有凭借着一双盲眼,悲剧的主人公才得以通过宇宙各种偏僻而奇诡的造化了解其广阔的生命。

奥狄浦斯在舞台上的命运也反映出剧院里的观众自身在时间和世事变迁中的虚无体验。当他们观看演出时,他们也同样从盲目地观看转变为对盲目这一戏剧事实的观看,从日常生活舒适的笃定走向动摇,意识到这些笃定有多么地脆弱,而现实与幻觉之间的隔膜又是多么地纤薄。自信将自己的生活牢牢把握着的观众和奥狄浦斯一样,也被"击中"或"动摇"(*ekpeplēgmenos*, 922)了,索福克勒斯同时代的人会用这个词来描述审美和情感上的反应。[97] 每一位观众既是寂静的人群

---

[96] Rainer Maria Rilke, *Letters*, trans. J. B. Greene and M. D. Herterfan, Norton (New York, N.Y., 1948) II, 308 (To Lotti von Wedel, May 26, 1922).

[97] 例如:Aristoph., *Frogs*. 962; Gorgias, *Helen* 16 及 *Palamedes* 4; 参 *Vita Aeschyli* 7 与 9。

中参与的一员，也是疏离的一员，庆祝着节日但也参与到戴着面具的演员的痛苦中去，暂时地失去了自己的身份，失去了由家庭、朋友和社会地位给予的安全的定义，变得像奥狄浦斯一样没有名字、没有存在之地，出身、财富和地位带来的经历在非存在的空虚映衬下变得无足轻重。[98]

和所有的悲剧艺术一样，这部剧首要揭示出了仪式、社会和道德结构的脆弱性，这些结构既将悲剧包括在内，也是它的生命之源。正如诺克斯所指出的那样，无论是在个人还是历史或是共同体的意义上，"在酒神节的剧场里观看奥狄浦斯的观众都是在观看他们自己"。[99]

不过，《奥狄浦斯王》最终呈现的并不是全然的混乱和绝望，反而是一种带有自知力量的英雄主义。奥狄浦斯在接近尾声时说："除了我自己以外没有哪个凡人承受得住我的苦难。"这里的动词"pherein"意为"承受"和"忍耐"，而这也正是全剧的主旨。正像所有与奥狄浦斯切身相关的事情一样，这一主题也跨越了脆弱与刚强这两个对立点。[100] 就像当初在开

---

[98] 约翰·厄文在一篇未发表的文章里曾经就《奥狄浦斯王》作为一种戏剧体验范式的问题进行阐发，他认为奥狄浦斯自我身份的丧失其实在审美和心理层面上和观众沉浸于戏剧虚构的情节时自我身份的丧失是一样的。我非常感激厄文教授能够让我在文章发表之前读到这篇文章。

[99] Knox, *Oedipus* 77.

[100] 出处同前，第5章，尤其是189页及195—196页；Cameron（见注10）119-20; Kamerbeek一书引论25页，在他看来，这部戏剧"不仅说明了人类的无知与神性的全知形成的反差，人类命运和福祉的脆弱和似是而非与存在的冷酷现实的反差，同时也体现了人性在无常命运之下执着和坚持的伟大"。E.R. Dodds亦有此见，见其文"On Misunderstanding the *Oedipus Rex*," *G&R* 13（1966）48。他认为这部戏剧不仅仅是关于"失明和人类在绝望处境的不安全感"，它同时也关乎"人性的伟大……内在的力量，一种不惜一切代价追求真相的努力，以及在得知真相之后接受并承受真相的勇气"。

场作为一个备受信任的统治者一样，奥狄浦斯所承受的"悲伤更多是为我的子民而不是为我自己"（93-4）。但这份悲伤（*penthos*）最终恰恰来源于他自己的人生。他"哀悼着双重的悲痛，承受（*pherein*）着双重的不幸"（1320）。"*Pherein*"这一动词既用于描述奥狄浦斯"英雄般的忍耐力"（1293，1320，1415），也在戏剧从主动态转为被动态时，描述着他在"飘零无依地降生"、"被横扫出门"、无处可去的情况下的无助（*pheromai*，1309-10）。特瑞西阿斯和伊奥卡斯特都曾用不同的方式告诫奥狄浦斯要"让自己的人生轻松一些"（320-1，982-3）。但不管按照命运还是自身的性情，奥狄浦斯都不见得拥有能这样活着的中间地带。就像克瑞昂跟他说的那样，奥狄浦斯的天性"痛苦得教人难以忍受"（674-5），而他亦对遇上拉伊奥斯一事一知半解而"心怀不安"（770）。

奥狄浦斯的一生似乎有太多事情都为运气和随机性所左右（参伊奥卡斯特的*eikē*，979），他不仅意识到了这一命数，同时也创造了自己的命数。奥狄浦斯忍受的能力与其探索和认知的决心是紧密相连的，他想要了解自己在神明创造的神秘秩序与混乱之下的人生形态，想要明白内在本性与外部事件、起因与结果、承受的苦难与备受折磨的伤痛之间的种种关联。尽管奥狄浦斯一开始愤怒地抗拒特瑞西阿斯为他预言的痛苦（*pēmonai*，363），但在结尾，他却选择将这些痛苦认归自己所有（*authairetoi pēmonai*，1230-1），并亲手将这些痛苦加诸自身（1331行及以下）。[101]这一切"自我选择的痛苦"既回应了无力面对自身命运苦难的伊奥卡斯特所受的"野蛮的痛苦"（1073-4），也和奥狄浦斯自己在"各种各样的痛苦（*lypaipantoiai*，914-5）使他太过激动"时极大的情绪起伏形成了对比。

---

[101] 见 Howe（见注 3）134ff.; Gellie 101。

奥狄浦斯比任何一个希腊悲剧的主角都更好地说明了个体发生论（ontogeny）所讲的其实都是系统发生论（phylogeny）；悲剧的英雄既是异于常人的个体，也是全人类范围内神话般的典范。斯芬克斯的谜语通过人生不同阶段的一般经历先后定义着人和奥狄浦斯的人生；奥狄浦斯在解答谜语的过程中也发觉自己是同时糅合了人生三个阶段的怪胎。他并没有解出最终的谜语，也就是那始终如星辰般遥远的神明的旨意，但他在踏出流亡这场人生命数的第一步时，也用星辰来丈量科林斯（779）到自己脚下的距离。奥狄浦斯跟从着自己的命数并像一个榜样和符号那样在充满自我拉扯的苦难之中完成了自己的命数。找寻并接受自己隐藏的身世和另一面黑暗的自我亦是重新演绎斯芬克斯的谜题，即踏上关于自知的悲剧之路。

在时间与变化的问题之外，在身份的多义和变换之外，奥狄浦斯的悲剧同样也在发问：人生到底是困于自己的命数，还是仰赖他人的造化，还是如伊奥卡斯特所说，是全然随机的呢？换句话说，奥狄浦斯问的是，人生的苦难到底是来源于一个过分精确的宇宙，还是一个全无条理的宇宙？到底是来源于绝对的必然性还是完全的随机性？这个问题很可能永远没有答案。但冒着全然难料的风险来直面这些可能性已是在真正意义上与骇人的斯芬克斯面对面，与此同时，也相当于离开了家宅与城邦给予的明确和安全的空间，跨越了人、兽与神明之间危险的界限。

第八章 《埃勒克特拉》

一

批评家们曾一度将《埃勒克特拉》看作一部带有赞许意味甚至基调乐观的悲剧，这一情形直到最近才开始有所变化。过去的批评家们认为，弑母并不是本剧着墨的重点，要报复克吕泰墨涅斯特拉的复仇女神在剧中又不甚显眼；因此，他们觉得索福克勒斯给出的是一个耳熟能详的传说故事在道德意义上显得客观中性的"荷马式"演绎，它讲述的是阿特柔斯家族如何从罪孽深重的过往中获得正义和幸福的解脱。最早严肃地反对这一看法的观点出自 J.T. 谢帕德（J. T. Sheppard）在 1918—1927 年间发表的一系列文章，但它们很快就被人们遗忘了。[1] 然而在过去的 20 年间，越来越多的学者开始对这部悲剧是否在于融合了"弑母行径与积极的精神基调"这一问题持保留的态度，谢帕德的观点不再像以往看上去那样孤立无援了。[2]

---

[1] J. T. Sheppard, "The Tragedy of Electra, According to Sophocles," *CQ* 12 (1918) 80–88; "*Electra*: A Defense of Sophocles", *CR* 41 (1927) 2–9; "*Electra* Again", CR 41 (1927) 163–5（此后分别引用为 Sheppard Ⅰ, Ⅱ, Ⅲ）。之后本注及注 2、3 涉及的著作我将以作者名字或短标题进行引用。

[2] 例如，R. P. Winnington-Ingram, "The Electra of Sophocles: Prolegomenon to an Interpretation", *PCPS* 183 (1954–55) 20–6，这部分内容在他的 An Interpretation (Cambridge 1980) 第 10 章中得到了进一步的补充；Holger Friis Johansen, "Die Elektra des Sophokles, Versucheinerneuen Deutung", *C&M* 25 (1964) 832; C. P. Segal, "The Electra, of Sophocles", *TAPA* 97 (1966)（转下页）

我想从本章的开始就直陈我的观点：我和谢帕德一样，更倾向于认为《埃勒克特拉》是一部比较阴郁的戏剧。在我看来《埃勒克特拉》所关注的是：一个曾经拥有爱的能力的人格走向自我毁灭的过程；一场在苦涩且英雄气概式微的世界里最终变得一败涂地的复仇；在本身互相友爱或是本该相亲相爱的人之间的欺骗与误解；语言的迷惑性和沟通的障碍带来的真相与虚幻之间的模糊。

在本剧里，追讨弑母之人的复仇女神确实没有她们在埃斯库罗斯甚至是欧里庇得斯那里来得有分量。但她们在文本中的存在也足够让我们对"免受惩罚的复仇、高贵的女主人公、具有赞许意味的悲剧"引发的不安进行严肃的叩问了。[3] 在

（接上页）473–545; Hans-Joachim Newiger, "Hofmannsthals *Elektra* und die griechische Tragödie", *Arcadia* 4（1969）138–63; G. H. Gellie, *Sophocles, A Reading*（Melbourne 1972）106–30; J. H. Kells, ed., *Sophocles, Electra*（Cambridge 1973）1–2 及书中多处。

[3] 此处引用出自 T. M. Woodard, "*Electra* by Sophocles: the Dialectical Design", p. 2, *HSCP* 70（1965）233n98，其中包含了对近些年来学术讨论的有价值的概述；亦见 Segal, "Electra", 474–75。在近些年的讨论中，认为弑母是一场并不甚复杂的肯定性行动的学者见 Adams 59；M. Linforth, "Electra's Day in the Tragedy of Sophocles", *UCPCP* 19.2（1963）119–21; Musurillo 100 ff., 100n1 有相关引用文献；A. S. Owen, "TAT' ONTAKAI MELLONTA, The End of Sophocles' *Electra*," *CR* 41（1927）51–2; Vickers 572。持相反意见的观点除了注2提及的作者，见 A. Lesky, *TDH* 237–8; H. Lloyd-Jones, "Tycho von Wilamowitz-Moellendorff on the Dramatic Technique of Sophocles", *CQ* 22（1972）225; Richard W. Minadeo, "Sophocles' *Electra*: Plot, Themeand Meaning," *C & M* 28（1967）114–42，尤其是115–6, 133, 139–42（之后将引为 Minadeo）。维拉莫威兹的观点见 "Die beiden Electren", *Hermes* 18（1883）237，他认为戏剧以埃吉斯托斯而非克吕泰墨涅斯特拉的死亡作结是在淡化弑母的行径，这一观点遭到了不少学者的批评，主要有 J. C. Kamerbeek, *The Plays of Sophocles*, V, *The Electra*（Leiden 1974）17; J. de Romilly, *L'évolution du pathétiqued'Eschyle á Euripide*（Paris 1961）1314; Kells 168–9（集中讨论了957行）; 亦见 Segal, "Electra" 一文523页及注64。复仇女神亦是如此，比起埃斯库罗斯的版本，尽管她们在本剧中的作用没有那么重要，但可见度依然很高，（转下页）

《奥瑞斯提亚》三联剧之后，再没有哪位悲剧诗人在细节上如此煞费心思了，即使是寥寥几笔也足以呈现出道德与心理上的痛恨之感。正如乔治·热利（George Gellie）最近提醒我们注意的，"悲剧中最为人熟知的复仇女神更热衷的是追逼杀害克吕泰墨涅斯特拉的凶手"。[4]

《埃勒克特拉》有三重焦点：在礼崩乐坏的世界里恢复正义；主人公内心的情感挣扎和矛盾；人与人、人与自然世界、人与神明之间关系的混乱或造成其混乱的各种形式，尤其是语言和仪式。[5]埃勒克特拉所面临的悲剧性抉择在于，到底是选择克律索特弥斯的妥协，还是坚持她对父亲和正义信念的忠诚。不过，即使她决定全然地付诸后一种选择，那也同样意味着一场灵魂的自我毁灭，同时要把自己原有的爱的能力倒转为它的反面。[6]

埃勒克特拉对死亡胜于对生命的追求不仅是她的灵魂也是她整个世界观的基本底色。因此，我们不应该只从心理层面（目前这仍然是解读这部戏剧的主流模式）来理解这部戏剧，也应该从神话与神明的角度以及文明的宏观视野问题来入手。H. D. F. 基托（Humphrey Davy Findley Kitto）的观点颇具代表性，他把索福克勒斯的作品称为"宗教戏剧"，认为主角的内心挣扎和在自我毁灭与自我实现之间的摇摆离不开人、自然及

250

（接上页）参112，276，491，1080，1388，1417。见卡默比克对488—491、784、1417行的评注。我目前读到的最新的重申传统观点的是P.T. Stevens, "Electra, Doom or Triumph", *G & R* 25（1978）111-9，但他没有考虑到1424—1425行（p. 113）和766—772行（p. 115），因此他的观点只停留在一种主张的层面上，未能从戏剧的总体上提出一种较令人满意的观点。

[4] Gellie 110；见Winnington-Ingram, *Sophocles*（见注2）218。
[5] 见Gellie 116，他强调"本剧有着双重的导向，向外指向复仇行动，向内则指向埃勒克特拉的内心挣扎"。
[6] 关于这种观点，见Gellie一书相关章节，106ff.，尤其是122ff；Johansen 31；Segal, "Electra", 540ff.. Hofmannsthal似乎也理解了《埃勒克特拉》一剧的这个层面，见Newiger 156-8，其中引用了相关段落。

神明秩序之间关系的大问题。

和我们在其他几部戏剧中看到的一样，人类世界的不和谐反映在了这部戏剧的空间维度上：家宅与城邦的内部空间和拥有自然力量的外部世界之间的关系呈现在水平坐标上；而上部和下部世界，即奥林波斯山与冥界之间的关系，则表现在纵向坐标上。就这几点来说，《埃勒克特拉》与《安提戈涅》最为接近。

埃勒克特拉困于城邦和家宅，等待着弟弟奥瑞斯特斯从外邦归来将她解救。剧中的第一幕便突出了内外空间的交错。奥瑞斯特斯和保傅彼时从外面进入阿尔戈斯，他们对话所用的语言纵横于天地之间。两人提到了特洛伊和阿尔戈斯的神迹，进而将阿伽门农的家置于城邦宽广的时空视角之下（1–14）。他们仿佛站在高处，指点着城邦及其外围的界限。[7] 他们在时间上的视域，近则言及阿伽门农在特洛伊的战役（1）以及奥瑞斯特斯以替父复仇为目标被抚养长大的早年历史（14），远则谈到了阿尔戈斯的古迹和传说（4–5）以及阿特柔斯家族的历史（9–10）。其中最为重要的是，两人都说到了"行动"和"表现"，即 *ergon* 与 *erdein*（22，60，76，83）。

相比之下，埃勒克特拉则凭着从内室发出的哭喊登场。我们对她的第一印象正是她困于宫室内殿之中无助而满怀悲恸的声音（77-9）。面对奥瑞斯特斯想要停下来听一听的冲动，保傅优先考虑的是采取行动的必要性以及取胜和夺权的胜算（84-5）。而在埃勒克特拉向阴间的神灵哭丧的时候（110行及以下），奥瑞斯特斯及其同伴谈论的是阿波罗神以及如何执行他的指示（35-7，51行及以下，82-3）。这一幕表现了本剧根本上的对立，这一对立是允许行动的自由的外部世界与宫室内

---

[7] 见卡默比克对4行的评注。

殿封闭的内部世界之间的对立；在后者的空间之中，唯一的行动方式唯有乏味的挽歌（121行及以下）。[8]

但是，内外之间的张力在某一点上与其他戏剧的情形不同。在其他戏剧中，主角要么从一开始就处在城邦之外，他可能是流亡者或是被逐之人（如埃阿斯、赫拉克勒斯、菲罗克忒忒斯和老年的奥狄浦斯），要么则处在与城邦和家宅的问题的关系之中，他们在实际意义或象征意义上总是从身处之地的中心走向边缘（如安提戈涅及奥狄浦斯王）。埃勒克特拉留在了家宅与城邦的中心，不论从字面义还是从象征义上看，她都被自身与囚禁着她的家宅（*oikos*）之间的关系所定义。当歌队唱到关于"阿特柔斯后裔"所享自由的最后几句歌词时，我们兴许可以想象埃勒克特拉正像开头那样，孤身一人站在宫室之前，然后跟着奥瑞斯特斯和埃吉斯托斯走进它的阴影之中（1493行及以下）。[9]

在其他几部戏剧中，城邦与家宅象征着庇护和文明的稳固，而它们往往将茕茕孑立的主角排除在外。但在《埃勒克特

---

[8] 关于这一系列的对立，见 Woodard, "*Electra by Sophocles*: the Dialectical Design", *HSCP* 68（1964）163-205 及 70（1965）195-233，之后我会引用为 Woodard Ⅰ 和 Ⅱ。

[9] 关于结尾及其晦暗的基调，还有埃勒克特拉的孤立状态，见 W. M. Calder, Ⅲ, "The End of Sophocles' *Electra*", *GRBS* 4（1963）213-16; Segal, "Electra", 529ff.; Newiger 145-6; Johansen 9-10 及 27-9; Wolf Steidle, *Studienzum Antiken Drama*（Munich 1968）94-5 及 n170。Vickers 573 认为"戏剧的结尾有一种道德的虚空"。而最近如 Bengt Alexanderson 重提的那种更积极的观点，见其 "On Sophocles' *Electra*", *C & M* 27（1966）79-98，则受到了 Hans Strohm, *Anz Alt* 24（1971）151 的批评。Woodard（Ⅱ）227 认为，"奥瑞斯特斯和埃勒克特拉都经历了死亡继而重生的过程，就像年生植物一样，又如昼夜的轮换一般"。但正如 J. Carriére 在 "Sur l'essence et l'évolution du tragique chez les Grecs", *REG* 79（1966）19 及注 45 所指出的那样，即使奥瑞斯特斯"重生"，这种重生也是哈得斯范畴下的重生（a kind of demon of Hades）。

拉》里，生长于家宅和城邦之中则意味着受困于令人窒息的罪恶和死亡的氛围之中。[10]要是没有奥瑞斯特斯的干预，埃勒克特拉所面临的将是被囚禁于"国界之外的地牢"的危险，那样她将永远都"见不到阳光"（380-2）。城邦之外的流放只会加剧她如今在家宅之内所忍受的黑暗和行尸走肉般的痛苦。从城邦之外前来的拯救者甚至都被拖入了这样的黑暗之中（1493-8）。内外之间一开始的截然相对似乎让位于一种循环的怪圈，以至于最后的"解脱"变得令人犹疑（参1487-500，1508-10）。

尽管城邦是所有行动的舞台，但它本身仅仅是影子一般的存在。在《奥狄浦斯王》《安提戈涅》和《特拉基斯少女》中，家宅的失序是共同体不和谐的政治生活的缩影。而克吕泰墨涅斯特拉王后床上的姘头却也坐在了国王的宝座上（266-74）。正是在这张床上，她在不祥的梦中幻象里看见了阳具象征的生殖力及其瘆人的繁衍速度（410-23）。阿伽门农要重新回到阳世，与她"再次相见"或说"再次结合"（*homilia*，本身亦有性的意味），他要"将他曾经挥舞过但如今被埃吉斯托斯把持着的权杖牢牢抓住，并稳稳地插在炉灶旁；权杖向上长出蔓生的藤蔓，越长越多，直至它的树荫将整个迈锡尼大地笼罩在黑暗中"（419-23）。[11]

自然范畴下繁殖力的颠倒使得道德秩序也充满了矛盾与冲突。报弑父之仇的方式竟是残忍的弑母。埃勒克特拉在应对克吕泰墨涅斯特拉的自卫时所依凭的"法律"不过是在继续着暴力的循环而已（579-83）：

---

[10] 参Sophocles, *Antigone* 582-625。
[11] 见卡默比克对417-9行、421-3行的评注；Segal, "Electra", 487ff.。关于这个梦的心理暗示，见George Devereux, *Dreams in Greek Tragedy*（Oxford 1976）220-55。

> 他（阿伽门农）就应该在你手里受死吗？根据的是什么法律（nomos）？当心！免得你为凡人制定法律时，怕不是给自己留下痛苦和悔恨的后患。如果我们杀人是为了偿命，若你想求得正义（dikē），那你必是第一个去死的人。

剧中这段对话的最后几行以一种几乎是统摄性的口吻（"凡人""所有人"）重申了"法律"和"正义"，但埃勒克特拉的警告最终变成了现实，不近人情的"以眼还眼"（lex talionis）已呈现在眼前。奥瑞斯特斯以剑尖逼宫埃吉斯托斯时，他亦大谈道理（1505-7）："将所有想要在法律（nomoi）之外有所动作的人立刻处决，这是对所有人而言的正义，这样一来恶行便不会猖獗。"如此泛泛而论的种种行动并不比年轻气盛的许洛斯在《特拉基斯少女》结尾恼怒地对宙斯大加指责高明多少。在此之前，奥瑞斯特斯急切地想要付诸行动，失去了对言辞的耐心，对他母亲的道德问题不予理会（1288-9）："多余的话不必再说，别跟我讲我的母亲是个恶人了。"

埃勒克特拉与正义之间的关系也并非毫无疑义。她并没有回应克吕泰墨涅斯特拉对阿伽门农杀害自己女儿的控诉（573-6）。和奥瑞斯特斯在1289行的表现一样，她对母亲的积怨让她将正义的问题全盘地置之不顾（558-60）："你承认你杀害了我的父亲。还有什么比这更可耻的？遑论这事（凶杀）办得**正当与否**？"[12] 在埃勒克特拉这一长段独白的尾声，歌队（如果我们对文本的释读是正确的话）描述她"呼

---

[12] 关于埃勒克特拉与正义（dikē）关系的种种悖谬，见Winnington-Ingram 22ff.; Johansen 18ff.; Segal, "Electra", 534-7; Newiger 148; Minadeo 133-4。

吸间都带着激愤",并对她在正义问题上流露的看法表示怀疑（610-1）。[13]

在埃勒克特拉与克律索特弥斯随后的对话中，正义的问题变得愈发尖锐（1041-3）：

> 埃：你难道不认为我说得合乎正义？
> 克：但正义也会有带来伤害的地方。
> 埃：我并不想生活在这样的法律之下。

埃勒克特拉当然没有错，但这几句诗却指出了她对正义的思考悲剧性的一面。在这个充斥着暴力和不公的城邦之中，对于正义和"生命"（zēn）的保障是无法共存的。生命价值与道德价值相互龃龉，而埃勒克特拉选择了后者。它所暴露的是

---

[13] 610—611行到底指的是埃勒克特拉还是克吕泰墨涅斯特拉，评注家们的意见不甚统一。R. C. Jebb, *Sophocles, The Plays and Fragments*, Part Ⅵ, Electra（Cambridge 1894）ad loc.认为指的是埃勒克特拉，而卡默比克、凯尔斯和更早的G. Kaibel的 *Sophokles Elektra*（Leipzig 1896）均认为歌队指的是克吕泰墨涅斯特拉。D. B. Gregor在 "*Sophocles' Electra* 610-11", CR 64（1950）87-8提出的认为应归于克吕泰墨涅斯特拉的论述似乎不见得具有决定性，比如，"埃勒克特拉讲的话并不是一时冲动的气话而是冷静的发言"（87），这一点我们无法确定。也许正如卡默比克指出的那样，歌队不太可能质疑埃勒克特拉对正义的考量；但她们也确实在早些时候批评了她过度的感情用事（213-20, 369-71），尽管她们在第一合唱歌里（1093行及以下）赞美了她的敬畏心（*eusebeia*）。凯尔斯给出的解释——这可能是一个克吕泰墨涅斯特拉突然发火的姿势——也是有可能的；从另一方面来看，埃勒克特拉一直是主要的焦点，在之前的五十行里，我们所见所听的也是她不断增加的激愤。亦见Minadeo 123; Segal, "Electra", 536及n83; N. B. Booth, "*Sophocles, Electra* 610-11", *CQ* n.s. 27（1977）466-7亦认为所指之人应为埃勒克特拉。正如D. J. Lilley, *CQ* n.s. 25（1975）309-11所言，这一诗行就语气而言似乎过分冷静客观，很难将之视为克吕泰墨涅斯特拉所讲的话。亦见A. D. Fitton-Brown, *CQ* n.s. 6（1956）38-9。

一个靠着以血还血的复仇来维持正义的社会的弊病所在,因为在这样的情况下,复仇者面临着变成与加害者无异的风险。在公元前5世纪晚期的雅典,像这样对正义和惩罚重新作出严肃评估的风潮正盛:我们也许不免想起柏拉图《普罗塔戈拉》里的讨论,以及那篇归于智术师安提丰名下的《论真理》残篇。[14]

二

埃勒克特拉在生命与正义的两难面前表现得和安提戈涅非常相似。尽管安提戈涅为之奉献生命的家受到了诅咒,却依然是一个爱的场所(《安提戈涅》523),而且她也希望通过爱来重新修复家室一度被破坏的完整性。但埃勒克特拉家中内部的巨大裂痕却因为她的行为变得再也无法弥合。诚然,安提戈涅家中过近的血缘关系几乎可以说是埃勒克特拉家中过远的距离感的反面了。

埃勒克特拉的处境也是她周遭世界的缩影。生活的基本节奏被全盘扰乱。抚育和毁灭、繁衍与死亡、生长与衰败、新生与杀戮都被颠倒了。神话传说给出了故事的基本设定,而埃斯库罗斯的《奥瑞斯提亚》三联剧里的意象对它作了进一步丰富的发挥(参《安提戈涅》1382-98)。强制不得婚配的女儿们唯有通过参与兄弟的弑母行为来为自己的家"重添生机"(951-3, 961-6)。对于保傅和埃勒克特拉来说,将奥瑞斯特斯抚养至成熟的青年人($hēb\bar{e}$, 14),或说让他成长至"生命的花期"($bio[i]thallonta$, 951-2),首先意味着他已然拥有杀人的

---

[14] 比如柏拉图《普罗塔戈拉》324a-d;德谟克里特68B 181DK;安提丰(Antiphon the Sophist)87B44, A and B DK,尤其是后一残篇。

准备了（phonos, 14, 953）。这样的颠覆在克吕泰墨涅斯特拉的梦境和祈祷中表现得更加强烈，梦中幻象所昭示的阴暗的真相强行突破了意识和逻辑话语的理性控制（见417–23，635行及以下，1404–5，1416–23）。[15]

这些颠覆既是一种譬喻，也是一种行为。奥瑞斯特斯在开场就表达了自己在"口头上变成死人"（59）的担忧，这样的表达暗指萨尔墨西斯（Salmoxis）和阿里斯提亚斯（Aristeas），两人离奇的消失和重返人间的传说故事代表了死亡与重生、大自然在贫瘠的冬季之后展开的周而复始的自我更新的神话范式。[16]

而白天与夜晚更为短暂的交替和四季轮回的颠倒是相互呼应的。本剧以黎明时分"明亮的阳光"开场（17–8），但下一行中"黑夜的星光不再"又让光明的回归带有几分诡异的否定意味。对埃勒克特拉来说，夜晚和白天在千篇一律的无尽悲伤中（86–94）失去了它们的分别。《埃勒克特拉》最终结束于一场缓慢而刻意地重返家的黑暗和尚未被"看见"的罪恶的回归（1396，1494，1497）。[17] 人的行为一旦脱离了仪式的赦免和法律的判决，便将所有情感暴力和个人责任沉甸甸的重量完全地加诸行为人身上，而做出行为的人在这一重要时刻不但各自为政（1398行及以下），也与众神远隔（1424–5）。与《奥瑞斯提亚》结局的那场订立人神契约、走向神圣之地的仪仗游行不同，索福克勒斯笔下的结局却是一队仅有两人的私人"队

---

[15] 见凯尔斯对417行及以下的评注，以及Segal, "Electra", 487ff., 493–4。亦注意510行和764行将家宅"连根拔起"的主题，见《安提戈涅》599。

[16] 见Richard Kannicht所著 *Euripides, Helena*（Heidelberg 1969）一书对《海伦》1055—1056行的讨论；Segal, "Electra", 491及nn.20–21。古本注者认为可能与毕达哥拉斯有关。但是，闪耀的星群这一比喻也许亦令人联想到《伊利亚特》中杀戮的战士，如5.4–8，11.61–66，22.26–32，22.314–319。

[17] 关于本剧与《奥瑞斯提亚》三联剧结尾的对比，见Winnington-Ingram 25; Segal, "Electra", 527–8; Minadeo 141–2。

伍"孤零零地步入这个充斥着诅咒的家,去承受残忍尖锐(但不知是否必要)的暴行(1503-4)。

这个既抚育着未来的下一代也有能力纪念和追思上一代的家,本该在生者与死者之间实现平衡,让两者各得其所。但在这部戏剧里,这样的平衡彻底毁了。新一代还活着的家庭成员否认他们所受到的养育之恩,而死去的家人也不得安眠。埃勒克特拉在指责母亲时完全失控,她几乎把伊菲革涅亚这样的"已死之人"想象成她仍然活着还能说话(548)的样子,只是不能面斥其母而已。[18]

就像《哈姆雷特》里的情形一样,故去国王的死而复生往往是要惩罚杀害他的凶手。歌队举出安菲阿拉奥斯被害的故事作为例子:"他如今在地下——活人(pampsychos)当着死人的王。"(841)[19] 当克吕泰墨涅斯特拉死于自己儿子之手时,歌队激动不已地看到死者的复生已然实现(1417-21):"诅咒成真了。躺在地底的人又活过来了。那死去已久的人一报还一报地让凶手的鲜血流干殆尽。"

埃勒克特拉是生与死、上部与下部世界相互颠倒(1090行及以下)的中心点。某一瞬间她看起来甚至像是来自地下的

---

[18] 人死不能复生,这既是137—139行歌队安慰埃勒克特拉时的惯用话语(topos),也是940行的一种修辞手法,但当奥瑞斯特斯在埃勒克特拉面前由死转生并向她走去时(1219行"活着的人没有坟墓",1152行她其实已经因为他而"死去"了),它反而以一种自相矛盾的方式在舞台上有了一种精彩的呈现。

[19] 按照Kaibel(见注13)以及杰布对841行的评注,我倾向于接受古本旁注对pampsychos的三种解释中的第二种,即"保全了自己性命(psychē)的人",LSJ,在该词条下译为"完整的生命"(with full life)。凯尔斯的版本译作"在众多的灵魂之中"(amid a throng of souls),似乎与上下文不太适合。这一灵魂(psychē)所拥有的不祥的人生似乎回答了770行克吕泰墨涅斯特拉询问奥瑞斯特斯的性命(psychē)的问题,同时参《埃勒克特拉》786行"饮下自己的生命之血"的表述。亦参980行。

第八章 《埃勒克特拉》

复仇神，要将她罪人的血"啜饮干净"（785-6；参1417-21）。她像安提戈涅一样信奉地下世界的力量，却是在另一种意义上如此。她和尚在人世的亲人之间的关系是基于共同的仇恨，而非共同的爱（《安提戈涅》523）。安提戈涅走进地下世界黑暗的洞穴是为了给死去的兄弟带去哀荣，但埃勒克特拉却不肯放过自己仍然健在的兄弟那抔虚假的骨灰，并且满心欢喜地看着他有如魂魄一般步入冥府那样走进家门（1384-97，1417-21，1491行及以下）。

这个城邦不仅无法发挥作为人与宇宙秩序中介的作用，同时也承受着英雄气概和英雄语言的分崩离析带来的痛苦。关于伟大壮举的共同记忆极弱。而让人们回想起更好的自己的崇高历史亦缺乏与之相称的表达。本剧以回望阿伽门农和特洛伊战争作为开场，这对迈锡尼来说正是一枚英雄主义的试金石："当年在特洛伊统领大军的主帅，阿伽门农的儿子啊。"（1-2）虽然奥瑞斯特斯渴望获得他应有的荣耀（*timē*，*kleos*，60，64，71），但他却是用"欺骗"（*dolos*）、"偷偷摸摸的诡计"（*kleptein*）和"鬼鬼祟祟"（*krytein*）（37，55-6）这些不怎么磊落的手段来达成目的的。在索福克勒斯的作品里，这些手段往往和真正英雄的高贵品质（*physis*）背道而驰。《菲罗克忒忒斯》里的涅奥普托勒摩斯就是最明确的例子。[20] 涅奥普托勒摩斯和与之情况迥异的得阿涅拉的例子让人意识到，密谋诡计隐含着脱离执行者掌控的危险。不光是奥瑞斯特斯的手段与其目的不相匹配，这一手段本身也让他岌岌可危地变得与他要惩罚的人相差无几，毕竟杀害阿伽门农的凶手，和59—61行的

---

[20] 可将《埃勒克特拉》59—81行与《菲罗克忒忒斯》79行及以下、108行及以下进行对读。亦见F. Solmsen, "Zur Gestaltung des Intrigenmotivs in den Tragödiendes Sophokles und Euripides"（1932）, in E.-R. Schwinge eds., *Euripides, Wege der Forschung* 89（Darmstadt 1968）326-44。

奥瑞斯特斯一样，一再地表现为用计、撒谎、隐瞒。

奥瑞斯特斯和涅奥普托勒摩斯一样，自幼丧父，从未见过自己非凡的父亲。但两者的相似点也仅止于此。涅奥普托勒摩斯拒绝使用卑鄙手段，即使目的堂皇，但奥瑞斯特斯却是自作主张地想到了这些手段。涅奥普托勒摩斯心里有一位英雄作为榜样，甚至是有太多的英雄作为榜样，这让他时刻回想起自己与生俱来的品质和那些英雄壮举。奥瑞斯特斯却只有一位旧日宫里的仆人和他那牢骚满腹的姐姐。涅奥普托勒摩斯在英雄之举和诡诈之言之间努力寻得平衡；在奥瑞斯特斯这里，也多亏了他那位保傅，直到剧终他也依旧是失之偏颇和充满悖谬的。

剧中有关于英雄品质的一切都放在了埃勒克特拉身上。但她英雄般的声望却涉及另一场常规伦理价值的颠覆，即男性与女性的角色互换。在这个困住埃勒克特拉的城邦里，一个"毫无胆气"（analkis，301）的王篡取了正当的国王宝座，他只懂得"挑起和女人的斗争"（302），而不是与特洛伊的战士战斗（1）。全剧充满英雄气的言论首先出现在两位女性的交谈中（393-403）。埃勒克特拉拒绝接受一种"明智"（参phronein）的妥协立场。而当再次见到她的姐妹时，她要以一介女流之身来展现男子的勇气（997-8）。面对克律索特弥斯女子柔弱和胆怯的断言，埃勒克特拉用推崇光荣和胆识（andreia，字面义为"男子气"，983）的英雄价值观予以反击。她在阿尔忒弥斯这位不曾被驯服的处女神面前起誓，对女性身上传统的消极被动（1238-42）嗤之以鼻，但奥瑞斯特斯却提醒她，在这个家里，"女人身上也有着"（1243）战神阿瑞斯的斗争精神。和埃斯库罗斯笔下描绘的一样，克吕泰墨涅斯特拉和埃吉斯托斯二人的两性角色是相互倒置的。[21]奥瑞斯特斯和

---

[21] 例如Aesch., Ag. 11，351，1625-7。

埃勒克特拉之间也有不少令人不安的倒置的暗示。奥瑞斯特斯和那位怯懦的篡位者一样,也和"女人挑起战争"(参302)。

这些颠倒渲染的尖锐情绪形成了一种悲剧的必然性(*anagkē*),它不仅笼罩在戏剧行动之上,也生发出一种弥漫的徒劳感,我们能清晰地在视觉上感受到女主角的德性和美丽、她那曾经"光彩夺目的容貌"(1177)被逐渐消磨的过程。[22]家、城邦、祭祀和语言——文明秩序里这四个最为基本的领域——现在统统让人充满疑问。

三

本剧比之《奥瑞斯提亚》更甚,它将所有自然和道德秩序的破坏都集中在家宅之中。埃勒克特拉亦是从家庭崩塌的角度来看待自己的个人悲剧的。她不会生儿育女来绵延阿伽门农的血脉(964行及以下)。而当她悲痛地看到奥瑞斯特斯的骨灰瓮时,她将自己的损失和整个家庭(*genos*,1119-22)的损失混为一谈:"把骨灰给我,"她乞求道,"这样我就能用这抔尘土一道哀悼我自己和我的整个家族。"在弑母的高潮,歌队在他们带有奇怪的胜利感的呼喊中将"家庭"和"城邦"相提并论(1413-4)。"家庭"一词,*genea*,承接的是埃勒克特拉用替"生下(*gennēsas*)他们的父王"复仇作为弑母理由的那套说辞(1410-21):

> 克:(场下)我的孩子,我的孩子啊(*teknon*),可怜

---

[22] 关于本剧中的 *anagkē*(强力、限制、必然性),见221,256,308-9,620,1193,亦参575。亦见Sheppard(I)87;Winnington-Ingram 23-4;Segal,"Electra",508-9。

可怜生下你（tekousan）的母亲吧！

埃：他没有得到过你的怜悯，也没有从他的生身父亲（gennēsas）那里得到过怜悯。

歌队：啊，不幸的城邦啊，啊，不幸的家族啊，你们日复一日的命运快要消磨到尽头啦，快要消磨到尽头啦！

克：（场下）啊，我被刺了！

埃：刺吧！你要是还有力气，给她再来一下！

歌队：诅咒成真了。躺在地底的人又活过来了。那死去已久的人让凶手的鲜血一报还一报地流干殆尽。

儿子替被害的父亲复仇而杀死母亲，以此封缄家庭崩坏的举动在一连串"新生""为人父""家庭"的语词复变中彻底完成：*teknon...tekousa*，*gennēsas...genea*。生身母亲和生身父亲都被彻底摧毁了。如此颠覆在1413—1414行怪异的矛盾修辞的表述中一览无遗：这个家所获得的解脱看上去不过是将命运"消磨到了尽头"。随后1415—1416两行又与《阿伽门农》死亡的一幕形成呼应（《阿伽门农》1343-5），与此同时，歌队立刻以带着几分埃斯库罗斯风格的调性重新提起这个家身负的诅咒（1417-21；参《阿伽门农》1509-12；《奠酒人》65-9，400-4，886）。在埃斯库罗斯笔下，动手击杀的描写是通过被动语态，也就是借垂死于克吕泰墨涅斯特拉手上的阿伽门农之口呈现出来的。但在本剧，这一切是由埃勒克特拉宣之于口的，如此一来，她在情感上也毫无保留地参与了这场弑母。

这个家的罪恶和苦难矮化了它所在的城邦。尽管歌队呐喊着"啊，城邦"（1413），但这一段落的所有力度都来源于家庭。不论是歌队在剧中早些时候（161-2）满怀希望地回忆起"迈锡尼的这片光荣之地"，还是埃吉斯托斯在临近剧末的地方（1459）独断专行地语及"所有的迈锡尼人和阿尔戈斯人"，都难以让我们对整个更大的政治实体留下具体印象。开场所介绍的公共地标——神庙和市场——都被"多仇杀的佩洛普斯后人的家"的阴影所笼罩,而这恰恰亦是奥瑞斯特斯的任务(10-6)。

奥瑞斯特斯的行动描述了一个从外部的公共世界走进家宅的黑暗之中的动态过程。家对他来说称得上是一种生存现实。在临近开场的尾声,奥瑞斯特斯在提到自己的祖国及其土地上的神明之后转到了自己的家:"啊,我父亲的家室,我此番前来是受神明的驱使,是以净洗之人(*kathartēs*)的身份来伸张正义。请别让我不带荣耀(*atimos*)地离开这片土地,但求让我成为我应有财富的持有人,自家的奠立者。"然而,他对这个家所施加的"净化"却包含着希腊悲剧中最为闻名的一场玷污。

奥瑞斯特斯和克吕泰墨涅斯特拉很像,总是着重强调自己对这个家的物质财产和地位的所有权;埃勒克特拉则与之不同,她对财富相当轻蔑(452,457,960),要谈也只会谈到情感上与之有关的部分,也就是她内心复杂的爱恨纠葛。埃勒克特拉全然是被自身与家庭之间的关系所定义的。她在剧中的首次开腔正是自内室传出的哭声,保傅听见了却把它当成是女仆的声音(78-9)。他的推断也许只是一个不想让奥瑞斯特斯从手头任务分心的托词,但这也传递出一个颇为讽刺的真相。就像埃勒克特拉自己之后哀叹的那样(189-90),她确实被当成一个受某种奴役(*douleia*,814,1192)所累的仆人一般对待。埃勒克特拉不得出门(310行及以下,328行及以下)、粗衣陋食、却被迫要在那张对这位国王的女儿来说"空荡无物"的餐桌旁服侍一二(190-2)。[23] 这些身体上的折磨甚至还要加上

---

[23] 见Kellsad loc., 他就女儿在家中获得的抚育问题引述了《奥狄浦斯王》的1463—1465行。关于剧中的*trophē*, 亦见603, 1058-62, 1147, 1183, 1190。

精神上的折磨——她不得不与弑父凶手（262-5，817-8）共处同一个屋檐之下（*synoikos*）。

在这个家门之内，埃勒克特拉目睹了家庭神圣性的分崩离析：新王将父亲的衣服、王座、婚床据为己有（266-73），不敬的祭礼庆祝着谋害亲夫的杀戮（271-81），遭受虐待和嘲笑的女儿在哭泣，杀夫的妻子却在放声大笑（277，283）。那些"炉灶边"渎神的"奠酒仪式"（*parhestioi loibai*，269-70）亵渎了炉灶和婚床这两个家中最神圣的场所。炉灶边的母亲阻碍了子女通往成人的道路。篡夺了家中男性权力的克吕泰墨涅斯特拉并没有将这一权力交给从她子宫出生的儿子，而是交给了她的情人，这位更为年长的男性让合法的继承人无法接过他父亲的角色。篡位者在这个遭到破坏的家室内部占据的是男性的中心地位，但他同时也站在了一个违反常理甚至令人发指的位置之上：他没有按照公元前5世纪从夫同居的一般做法那样，把妻子带到自己的家灶，反而是他自己移居到了妻子的家灶那里去，将她的权力和她的家（*oikos*）一道借为己用。只有在可怕的夜梦里，真正合法的国王才从杀了自己且犯下不忠的妻子的"炉灶旁"拾起他的权杖（419-20）。[24] 不光是女儿无法和母亲共处一室，母亲也同样意识到与女儿共处一室令人难以忍受，因为自己的女儿看起来已经更像是带有破坏力的守护灵（*daimon*）甚至是复仇女神，而不是一个活生生的人（784-6）。[25]

---

[24] 关于对女性和男性分处家宅内外的传统模式的颠覆，见 Jean-Pierre Venant 的重要文章："Hestia-Hermes: Sur l'expression religieuse de l'espace et du mouvement chezles Grecs", *MP* I, 124-70，尤其是131ff.，134-8；亦见 Vickers 396ff.。关于权杖和灶台与性相关的象征意义，见 Devereux（见注11）230ff.，238ff.。

[25] 见卡默比克对784行的评注，引述了 Winnington-Ingram 著作的第5页。

歌队的合唱歌为这个家门中极为反常的家庭关系描绘了更为宏观的神话框架：伊提斯和普罗克涅的故事——母亲为了报复父亲对自己姐妹的强暴，杀了自己的儿子（107，148-9）；埃里菲勒的故事在要素上也和克吕泰墨涅斯特拉以及奥瑞斯特斯的情况十分相似（837-47）；还有佩洛普斯家族早年历史的种种（504-15）。在进场歌中，埃勒克特拉将普罗克涅的故事和尼奥贝的故事并举（145-53）。尽管后者的故事和一个没有生儿育女的少女之间似乎没有太多可比之处，但埃勒克特拉也是一个泪流不止的有如坟墓一般的存在（151-2）。她也许像普罗克涅那样，也能被称作"一个失去孩子的人"（teknoletira，107），但这个形容词同样影射着这个气数将尽的家门里母亲角色的反常举动。

本属于家门之外的事反而被错误地当成家中最私密的事来处理。儿子于是变成了"逃离母亲养育恩情的流亡者"（776），此处政事与家务语言的混杂令人不安，但这也意味着城邦与家庭道德准则的相互混淆。母亲比起身为母亲本身更像是"僭主"或"统治者"（despotis，597-8）。埃勒克特拉所"学到"的，或说从母亲那里继承的"禀性"则是寡廉鲜耻和诉诸暴力与恶意的能力（307-9，343-4，605-9，619-21）。[26]

在进场歌讲述的普罗克涅的神话故事里，人类的家宅崩塌为暴力的自然原始状态。第二合唱歌中（1077行的夜莺让人联想起普罗克涅），野外的动物居然很奇怪地推崇着一种据公元前5世纪的人本概念来看只有人类文明才有的伦常。[27] 尼奥

---

[26] 剧中关于"秉性"（nature）以及从父母那里习得的性情，见Segal, "Electra", 498-500。

[27] 关于公元前5世纪人类学意义上野蛮与文明之间的区别，见第一章。尤其参阅 Aristoph, *Birds* 1346-68, 以及 *Clouds* 1409-29; Democritus 68B 275-280DK; Antiphon the Sophist, 87B 49DK；亦见Segal, "Electra", 498。

贝是埃勒克特拉难以走出悲伤的自然象征。不过，在这个神话里，人类与自然世界的藩篱不复存在，但在埃勒克特拉眼中，岩石的不朽和自然的无言让尼奥贝上升到了神性的高度（150-2）："啊，尼奥贝，你忍受一切，令人同情，啊，我把你看作在石墓中哭泣的神灵。"

野外世界与文明化空间的颠倒在埃勒克特拉登场的哀叹中同样令人瞩目。她向着阳光和天空高喊，接着就提到了自己在"充满悲哀的家中那张可恨的床"（92-3），她孤独地自视着自己发出犹如哀歌的呜咽，只为她那"不幸的父亲，他没有在野蛮人的土地上被嗜血的阿瑞斯纳为宾客（exenisen），但我的母亲和她那一同分享枕席的埃吉斯托斯，却用血腥的斧头劈开了他的头颅，就如同伐木工砍倒橡树那样"（94-99）。"Xenizein"这一动词相当不同寻常，它的意思是"接待宾客，殷勤好客地礼遇陌生人"，而它在剧中的用法倒转了安全的家宅与敌邦之间的关系。阿瑞斯在诸神中最为凶蛮，但即使是这样一位甚至不招其他奥林波斯神待见（《伊利亚特》5.890-891）的神，也给这位国王奉上了比阿伽门农的自家人更加亲厚的待客之道。我们回想《特拉基斯少女》的第二合唱歌就会发现，被歌队在城邦与郊野充满危险的转折处（《特拉基斯少女》647-54）提及大名的阿瑞斯，为那位"无国无邦"的英雄准备了一份冷酷而讽刺的"解脱"。而在埃勒克特拉所打的比方里，异邦的战场与休养生息的家宅内堂、野蛮之地的海岸与平安到达的故乡，全都互换了地方。

"如同伐木工砍倒橡树"（98-9），作为形容阿伽门农惨遭杀害的荷马式譬喻，引出了相反事物间另一种致命的融合。森林里文明化的劳作与那场让国王在自家门里被灭口的暴行形成双重的映衬。之后埃勒克特拉为她料想中已死的兄弟哀悼，形容他"像一阵风暴被卷走"（1150-1）。她把家中挚爱亲人的死看作自然界的暴力对人类安全空间的入侵。这种荷马风格的联想和伐木的譬喻一样，以颠覆英雄价值的方式进一步地颠覆了野性之地和文明化空间。[28]

埃勒克特拉向我们示范了极端的内部世界会是什么样的。[29]歌队在剧中一早就告诫过她，她的悲伤过了头（*perissos*），超出了其他人内心所能承受的限度，即使他们的失落相差得不多（154-8）。[30]她被禁足屋内（326-8），被当成家养的奴隶对待（814，1192），只有在埃吉斯托斯出门去了乡下的时候才能大胆地走出来（310-5；参516-8，627），埃勒克特拉受到的负面形式的威胁既是内部的也是外部的：在"国界之外的地牢"被囚禁（381-2）。面对好心好意且有所警觉的克律索特弥斯将埃吉斯托斯的计划和盘托出的时候，埃勒克特拉却怨怼地祈求这一切干脆快点成真："这样我就能尽可能远地逃离你们所有人了。"（391）

在本剧的前半部分，"送"（*pempein*）这一动词反复出现，它加重强调了内外之间的移动。当权之人要把埃勒克特拉"送"到她永远看不见太阳的地方去（380）。克吕泰墨涅斯特拉要"送"克律索特弥斯去祭酒上供（406，427），因为阿伽门农"送"来了一场教人害怕的夜梦（460）。尽管克吕泰墨涅斯特拉想要消除家与坟墓这两个神圣却遭玷污的空间之间的距离，她这么做却反而成全了埃勒克特拉的首度胜利：她第一次挫败了家宅之内的人接触外界的企图，并且说服自己的姐妹把

---

[28] 参荷马，《伊利亚特》6.345-348，13.139；《奥德赛》20.63。亦见Segal "Electra" 511-2。

[29] 关于埃勒克特拉和奥瑞斯特斯在空间范畴上的差异，见Woodard（I）167及其他多处。

[30] 关于155行义十分复杂的句法"(*achos*) *pros hotisy tōn endonperissa*"，见Jebb和Kamerbeek；关于语气的问题见Kells。

克吕泰墨涅斯特拉的供品扔在"它们永远无法接近父亲安眠之所（eunē，字面义为'床'）"的地方（434-8）。

而在戏剧的中段，回应克吕泰墨涅斯特拉秘密祷告的是一位据他自己说被"送"来（epempomēn，680）告知奥瑞斯特斯已死这件"真相"的外邦人（xenos）。埃勒克特拉这时虽然才准备要回过"魂"来，竟觉得自己像"死了"一样；"陌生人"是最亲近的朋友；从"外面"来的人既拯救也毁灭了家宅的内部空间以及它的守护者（676-80）：

> 保傅：无论是刚才还是现在，我要说的都是，奥瑞斯特斯已经死了。
> 埃：不幸呀，我完了！我从此什么都不是了！
> 克：（向埃）你爱干什么干什么去。但这位外乡人，告诉我实情。他到底是怎么殒命的？
> 保傅：这正是我被送来的缘故。我会告诉你整件事的经过。

没过多久，克吕泰墨涅斯特拉一方面要款待这位带来儿子死讯的陌生人，另一方面她又相当刻薄地让女儿待在外面，让她痛哭"自己和所深爱之人的不幸"（802-3）。我们不禁想起埃吉斯托斯威胁要把埃勒克特拉关在不见天日的牢房的那番话："在这片土地之外，悲伤地唱着自己的不幸。"（382）但克吕泰墨涅斯特拉对自己家宅内部的安全感在这一刻显得最为岌岌可危。她颠倒了内外，颠倒了"亲人"和"外人"，这一切迅速地造成了家宅之内最为极端的颠覆——家里"亲人弃之于外，却住满了破坏之人"（1404-5）。

这一幕以埃勒克特拉跌入绝望的谷底并感受到前所未有的危机感告终。克吕泰墨涅斯特拉和"外人"走进厅堂，而彼时"丧失了挚爱亲人"的埃勒克特拉在门外已经做好了死在"屋里随便一个人"手里（817-22）的准备。但在接受门外这一使她与家室的内部空间相隔绝的位置的同时，她亦表现出了一种新的英雄气概。此刻她拒绝"进入门内"，和杀人凶手们"共处一室"（*ou ... synoikos eiseimi*, 817-8）。这份气概体现为一种行动的决心，克服的是自己姐妹身上的胆怯，好比她让克律索忒弥斯走进屋内去找母亲，而她自己将独自完成复仇（1052；参1033）。[31]

如此种种颠倒都汇聚且相互作用在一个通往家宅之内的信物上——那位可疑的外乡人所带来的骨灰瓮确认了儿子从这个家中被除名。当奥瑞斯特斯让人跟屋里人通报他的到来时（1103），歌队把埃勒克特拉指为"最近的人"（*anchistos*, 1105），意思也可以是"最亲近的人"。[32] 物理上的距离与情感上的距离形成了相反的对照，而后者正是姐弟二人重建至亲（*philoi*）在家宅之内原有的亲近关系所必须走过的一段路。当她拿着自己"死去"兄弟的骨灰瓮而不知他其实正活生生地站在她面前时，埃勒克特拉哀叹当初把弟弟送走以免他死在这个家里的努力都付诸东流了。她不断地重复着"送走"（*ekpempein*）这个动词，短短五行说了三次之多（1128，1130，1132）：将他送走是为了让他活命，但她如今迎回的却是死人（1128）。他死在了"这个家宅之外，在远离（自己的）姐姐的异国他乡以流亡之人的身份"死去（1136-7），他的尸首都

---

[31] 关于这几个段落的讨论亦见Steidle（见注9）92，n161。他认为埃勒克特拉逐渐变得能够将自己与家宅内室分离开来，直到她最后终于站在一座空空荡荡的宅子前面。

[32] 关于*anchistos*意为"关系最近的亲人"（next of kin）的含义，例见欧里庇得斯《特洛伊妇女》48及希罗多德5.79；亦见卡默比克对1105行的评注。

没能让疼爱他的姐姐亲手净洗（1138-9）。在这个当下，埃勒克特拉一度与家宅败坏的内部空间划清界限的自豪感轰然倒塌，她断断续续地叫着这位"已死"之人的名字，请求把她"接进"这个骨灰瓮的方寸之中（1165；参1142）。她在此刻达到顶点的悲痛之情，重现了僭主要把她关进地牢的恐吓之语（379-82）。但此时此刻，这样一种似死非死的囹圄恰恰是埃勒克特拉备受折磨的精神状态的投射，因为她意识到（兄弟的）死亡让她寄托于爱与正义的最后希望彻底破灭了。

在这些内外空间的颠倒中，类似"母亲在家"（mētēr d'en oikos，1309）的表述是非同小可的：这标志着内部起保护作用的场所遭到了破坏。相反地，那些从内（endothen）及外（exodos）具有威胁性的动静则让奥瑞斯特斯和埃勒克特拉保持高度警惕（1323-4）。埃勒克特拉于是吩咐这些"外乡人""走进去，因为你们带来的东西，他们既不能把它从这个家里赶走，也无法满心欢喜地接受"（1323-5）。内外之间的关系在这一刻变成了如何实施弑母的策略性问题（1367-74）。[33]在走入专属于母亲的内室空间杀母之前，奥瑞斯特斯先是向端坐于宫殿大门（propyla，1374-5）之前祖先座上的诸神和"父亲的神坛"（patrōa hedē，1374）致意。

奥瑞斯特斯进去以后，埃勒克特拉便开始精神高度集中地去听。这一场景正是对开场彻头彻尾的反转——姐弟二人已经互换了位置（参77行及以下）。内部空间的不可见更进一步加重了它的神秘与黑暗。"里面有人在喊"，埃勒克特拉这么说道，正对克吕泰墨涅斯特拉对这个家"已无爱人，尽是破坏者"（1404-6）的形容。这是从室内最先传出的言语。它们可以被看作一种舞台指示，而此刻它需要的是一声犹如划破内外

---

[33] 关于1367—1374行蕴含的悲剧讽刺性与含混性，见凯尔斯和卡默比克。

之间虚空的闪电一般的尖叫。分别在路两侧的姐弟二人凭借着明示其共同血亲被刺的声音联系到了一起。

原本领地在外部世界战场（参95-6）的阿瑞斯在这个遭到破坏的内部空间里"吸入着残酷争斗的鲜血"（1385），因为杀人凶手"沾满鲜血的双手滴落着献给阿瑞斯的供品"（1422-3；参1243）。当奥瑞斯特斯从内室重新登台时，听到他说"家里边的事儿（ta en domoisi）全妥了，假如阿波罗的预言不出错的话"（1425），我们很难不联想到这个"家里边"种种可怕的"事儿"。[34]

复仇的最后一击延续了这样无休止的内外颠倒。当埃吉斯托斯回来并询问埃勒克特拉时，她回答道："我知道得很清楚。要不然，我就是全然地对我最亲爱的人（philtatōn）的命运（symphora，亦为'不幸'）置身事外（exōthen）了。"当被问及这些人都在哪里时，埃勒克特拉刻意冷酷且语带讥讽地回答道："都在里面，他们想办法去到了那位好客女主人的身边。"（1451）于是大门洞开，里面的可怕景象呈现在眼前，滚动布景台（ekkyklema）将克吕泰墨涅斯特拉被布覆盖着的僵直的尸首推到台前，就像埃勒克特拉自己说的那样，这一幕"着实阴森吓人"（1455）。[35] 唯有当埃吉斯托斯不得不走进屋内（1491），这场复仇才算彻底完成。这也呼应着在全剧回响着的不祥的指令（尤其参1373）。凶手和受害者在实质意义上走进

---

[34] 关于1424—1425行的多义性，见Kirkwood 240-1；亦见Kells与Kamerbeek（"这不是一种自信的口吻……反而充满了焦虑"）。即使像Linforth（121, 124）以及Alexanderson（见注9，92-3）这样倾向于以更加积极的观点解读本剧的学者，也承认这几行的口吻充满了歧义和不祥的意味。亦见Segal，"Electra"，534 及 n 79。

[35] Steidle（见注9）94对这一段落有如下描述："diese man darfwohlsagen – in ihrer Wirkung grandiose Szene der Toröffnung"。关于此处的讽刺意味，见同一出处的评论。

家门内的黑暗之中（1493-4），尽管这是一场针对阿伽门农被害的诗学正义，但它同时也让我们回想起这个如冥府一般阴暗的家宅里曾经语及地下众神的段落（1384-97，1417-21）。

上文与最后走向内部黑暗的戏剧行动尤为相关（1395-8）："迈娅之子，赫尔墨斯，在黑暗中掩盖了诡计，为他们的目标带路，事不宜迟。"从竞技体育而来的"目标"（terma）一词，不禁令人想到在德尔斐神庙举办的盛大而精彩的赛事。但不受拘束的行动本身亦构成设计让奥瑞斯特斯进入屋内的要素，它缩短了通往这个昏暗逼仄的空间的阴森道路。和"佩洛普斯家后人犯下的恶行"（1498）一道，这个词亦让我们想起了佩洛普斯当年赛马的那件事（504行及以下），自那时起，"带来许许多多痛苦的义愤，就再也没有离开过这个家门"（513-5）。

当克吕泰墨涅斯特拉将亲缘关系的语言替换为政治性的语言之后（见下文），"外人"接近这个家宅的方式也令人不安地增加了政治和家庭的向度。[36] 就像《奥狄浦斯王》里的科林斯报信人那样（《奥狄浦斯王》925），保傅进门的时候向"异邦的妇人们"询问这是不是"国王埃吉斯托斯的宫室"（tyrannou dōmat'Aigisthou，660-1）。他"猜测"克吕泰墨涅斯特拉是埃吉斯托斯的妻子（damar），尽管这个词从他嘴里说出来想必十分苦涩；他还说她有王者的威仪（tyrannos，663-4）。保傅说他"从一个与她及其配偶（666-7）十分亲近（philos）的人那里"带来了"甜美的消息"，显然这个派他前来的人是一位不寻常的"至亲"（philos），而常常表现为错误和谬传的

---

[36] 亦注意克吕泰墨涅斯特拉在273—274、1154、1194行身为"母亲/非母亲"的主题。关于亲人/所爱之人（philia）的对立和颠覆，见Segal, "Electra", 501-4。

言说（*logoi*）在本剧中是如此地矛盾重重，显然很难称得上是"甜美的"（对比 *pikron* "苦涩"一词，1504）。当奥瑞斯特斯乔装打扮上场后，他把歌队称为"妇人们"，把保傅的"异邦的"形容词去掉了。更重要的是，当他问"埃吉斯托斯的住处何在"（1101）时，他省去了"国王"的头衔。埃吉斯托斯在这个家里的存在无疑教人痛恨不已；奥瑞斯特斯要找出他的家宅所在，也确实像他自己在1101行所说的那样，是他"由来已久"（*palai*）的目标。[37]

但是，尽管克吕泰墨涅斯特拉的母性角色有如此这般颠覆，她却并没有完全丧失母性的情感。即使带着怨恨，她也有犹豫不定的时候，而这一点在埃勒克特拉身上却是看不到的。她也有歉疚和迟疑，甚至在她得知奥瑞斯特斯的死讯时，她的释然里也夹杂了母亲丧子的苦痛（766–71）：

> 克：宙斯啊，我到底是该把这看作一个喜人的消息，还是一个可怕（*deina*）但有好处（*kerdē*）的消息呢？这实在痛苦，但也许我的不幸救了我自己一命。
>
> 保傅：这个消息为何让您如此沮丧呢？
>
> 克：身为母亲实在是可怕。即使你的孩子伤害了你，你也不会恨他。

通过揭示克吕泰墨涅斯特拉柔软和母性的一面，索福克勒斯让我们审视，弑母对作为制度的家庭意味着什么，又对居于其中的人们的感情意味着什么。在这之前，克吕泰墨涅斯特拉指责

---

[37] "衰老"和"老年的"（*palaios*，*palai*）是剧中尤为重要的点，参4，484–5，764–5，1049，1199，1311，1417–21，1490。

阿伽门农居然"忍心"将自己的女儿献祭（etlē，531）。[38]而在本剧的结尾，当母亲哀求自己的儿子饶恕她的性命时，她又重新唤起了蕴含在最紧密的血缘关系里的深刻情感共鸣。"可怕的"（deinon）一词不断出现，一再强调克吕泰墨涅斯特拉得知儿子死讯时内心的情感冲突；与此同时，以tek-（产下）为词根的词语重复出现了三次，在一种触目惊心且不加修饰的喊叫声中凸显了弑母行径的可怕之处（1410-1）："我的孩子，我的孩子（teknon, teknon），可怜可怜这个生下你的人（tekousan）吧！"[39]克吕泰墨涅斯特拉所说的"身为母亲（tiktein，字面义为'生产'，770）真是可怕"，出人意料地变成了谶言。她通过掌控家宅这个给予其权力、物质和性快乐的场所所得的"好处"（这也是她在一百多行以前所祈求的事物）与令人感到害怕的（to deinon）身为母亲的情感纽带是相互冲突的。这股力量让人又敬又怕，世上没有任何理性化的计算和比较能够动摇它所能包容的一切。[40]

---

[38] 见Jones 157；亦见Adams 72，尤其是关于766—771行克吕泰墨涅斯特拉的反应。

[39] 见Ursula Parlavantza-Friedrich, *Täuschungsszenen in den Tragödien des Sophokles*（Berlin 1969）35："这里两次重复的teknon（孩子）可谓强烈地突出了称谓的力量和含义之所在。"Owen 52评论道，克吕泰墨涅斯特拉"尚有一丝人性的一面犹如过眼云烟"，如果我没有遗漏其他地方的话，1410—1411行的文字就足以让这一观点不成立。关于克吕泰墨涅斯特拉具有同情心的一面，亦见Adams 72。

[40] 关于770行deinon的力量，见Jebb和Kamerbeek；Minadeo 138-9。弗吉尼亚·伍尔芙曾引用770行"*deinon to tiktien estin*"一句并评论道："'母性之中有一种奇怪的力量。'奥瑞斯特斯在房里杀死的人——埃勒克特拉让他彻底弄死她——'再来一下'。她并不是什么残暴到底的女杀手。不是的。这些观众面前在阳光下站在山坡上的人物是活生生的、复杂微妙的，而不只是人形的画像或石膏模型。"出自*The Common Reader*）第一辑（1925；New York, N.Y., Harvest Books, n.d.）28。

家宅本该营造的爱的关系遭到了破坏，这样的破坏也出现在了性的方面。夫妻间死亡的斗争也像是一场病态的性角力（参494），一如我们已经在埃斯库罗斯那里看到的那样（《阿伽门农》1388-92）。母亲以早已性成熟的女儿被迫的守贞为代价来追求自己的性放纵（962-6，1183；参164-6）。就像埃勒克特拉相当尖刻地指出的那样，克吕泰墨涅斯特拉和埃吉斯托斯勾搭在一起，生下新的子女于是厌弃旧有的子女（587-90；参97，272）。另一方面，埃勒克特拉本身的名字有着"不婚的"[41]"永远与不幸为伍"的意思（599-600；参562，652）。她对克吕泰墨涅斯特拉的怨恨不仅来源于后者不像母亲也不像妻子的行为，同时也带有性方面的深层较量和憎恶。对她来说，"最让人不齿"（hybris）的是那个"父亲床上的凶手……母亲和凶手同床共枕"（271-4）。这样的景象对她而言是赤裸裸的现实；她确实亲眼所"见"（271）。这种争夺甚至延伸到了死去父亲的身体上。她让母亲的供品远离"父亲安眠的卧榻"（436），取而代之的不光是她献上的一缕头发，还有她的腰带（zōma，452），这正是象征性的以童贞献祭。

这个家没有在代际之间形成进一步的区分，反而将之混淆。女儿身陷与母亲的冲突中，而在某种程度上这场冲突的焦点在于父亲的"床"。她从母亲那里学到的是"那些不得体的事"（proseikota，618）。敌意、暴力、胁迫（dysmeneia，anagkē，bia，619-21）代替了爱成为父母言传身教的模板。埃勒克特拉仍然是克吕泰墨涅斯特拉的女儿，某种程度上，她的悲剧正在于她所厌恶的这些与母亲的相似之处（参608-9）。戈顿·科克伍德（Gordon Kirkwood）评论道，"埃勒克特拉仿佛意识到了自

---

[41] 埃勒克特拉名字所蕴含的词源游戏至少能追溯至公元前6世纪，见 Xanthus, frag. 700 *PMG*；Kamerbeek 的导论第2页。

己身上从母亲那里继承来的恶,而这让她痛苦万分"。[42]

埃勒克特拉对复仇的热情让她无比危险地接近所要报复的罪恶边缘(608-9, 619-21)。[43] 两位女性都因自己的情绪而失控甚至濒临疯狂(135, 294-9, 1153)。当奥瑞斯特斯死而"复"生时,埃勒克特拉被"喜悦全然占据了身心"(1278),而克吕泰墨涅斯特拉则是对他的"死""开心得疯了"(1153)。埃勒克特拉在结尾处的祈祷与克吕泰墨涅斯特拉在643行以下的祈祷的照应,也许不仅仅是一种诗学正义的体现,甚至也不仅仅是最后一幕筋疲力尽的埃勒克特拉与埃斯库罗斯《阿伽门农》里精疲力竭的克吕泰墨涅斯特拉存在着偶然的相似性(《埃勒克特拉》1483行及以下;《阿伽门农》1654行及以下)。更值得注意的是,埃勒克特拉间接参与了杀害克吕泰墨涅斯特拉这一点也和埃氏笔下克吕泰墨涅斯特拉杀害阿伽门农相互呼应(1415-6;《阿伽门农》1344-5)。[44]

复仇者与犯罪者逐渐变得相像的趋势在《埃勒克特拉》里尚且没有像在《奥狄浦斯王》里那样明显。但这一主题在两处都意味着觉察或醒悟(anagorisis)的阴暗面。在埃勒克特拉坚定不移的态度的映衬下,身份是一个难以理解的复杂问题。母亲与女儿的"相像",虽然在心理层面上说得通,却并不能仅仅从心理状态的角度去分析。这也反映出事物的对立之别一旦崩解,语言和人类认识现实世界的能力便会受到影响。

---

[42] Kirkwood 140;亦见 Newiger 147-9。

[43] 见 De Romilly, *L'évolution du pathétique*, 14: "索福克勒斯笔下的埃勒克特拉具备一切实施杀人的激情;我们甚至难以想象一堵墙就把这个难以安抚的女孩与她提及的那些受害者分隔开了。"

[44] 关于这些呼应关系见 Wilamowitz "Die beiden Elektren," 246n1; Johansen 28; Gellie 127; H.D.F Kitto, *Sophocles, Dramatist and Philosopher* (London 1958) 52; Segal, "Electra", 501, 525; Minadeo 135。

四

歌队说，"时间是很好相处的神。"（179）这是她们提供给无法忘怀过去的埃勒克特拉的方便法门。在本剧中，亦如在索福克勒斯所有的剧作中那样，时间并不见得"好相处"。[45] 正像死人似乎要还阳（1417行及以下），过去并没有止于安眠之中；它以恐怖的噩梦和难以磨灭的仇恨回归。旧恨之深（*palaion misos*），已然深入埃勒克特拉的容颜和灵魂深处（1309行及以下）。作为奥瑞斯特斯的母亲，克吕泰墨涅斯特拉无法逃脱她的过去；因此，在这个家扭曲的父母关系里，即使她的子女明显冤枉了她，她也仍然无法对他们产生恨意，以抵消失去十月怀胎的孩子的痛苦（770-1；参775行及以下）。克吕泰墨涅斯特拉感到时间正时刻"监视着她"（*ho prostatōn chronos*，781-2），隐隐地威胁着要惩罚她旧日的罪过。讽刺的是，*prostatōn*不仅意为"监视""迫近"，也意味着"保护"。

有的时候，时间似乎停止了，剧中的人物仿佛卡在了不由自主的重复行动中。比方说，即使是在克吕泰墨涅斯特拉听到奥瑞斯特斯的死讯后，她仍然在对埃勒克特拉说话的时候带上了他，仿佛他还活着似的（794-5）：

> 埃：你继续侮辱人吧！毕竟现在的你按机运来说，可算得上是获得成功的幸运之人了！
> 克：难道你和奥瑞斯特斯不会阻止这一切吗？

---

[45] 关于《埃勒克特拉》的时间问题，见Woodard（Ⅱ）196ff.；Whitman 170-1；R. M. Torrance, "Sophocles: Some Bearings", *HSCP* 69（1965）307ff.；Kamerbeek对781—782行的评注。关于这种谈论时间的方式，见W.K.C. Guthrie, *Orpheus and Greek Religion*, rev. ed.（New York, N.Y., 1966）85。

克吕泰墨涅斯特拉的双重修辞（pauseton，"难道你俩不会阻止这一切吗？"）再现了她与这对复仇搭档之间缠斗日久的情状，仿佛没有什么别的新事会造成干扰，她甚至仿佛不能摆脱这份伴随她活了这么久的恐惧。时间无休无止的氛围反映出将她困于其中的充满罪疚和焦虑的内部世界，这个世界对时间的流变无动于衷。因而，她所说的这番话将家庭内部母亲与子女之间的争执重新演绎了一番，从另一层面来说，这也反映出愧疚之中的自我隔绝模糊甚至是剪断了她与现实世界的联系。

而对埃勒克特拉来说，时间之往复与稠密表达的是她要让过去始终留存的英雄般的决心（86行及以下，164-72，784行及以下）。但这种时间的静止也同样影响了其他的角色和事件。阿伽门农的坟墓是"古老的"（archaios taphos，893），克律索特弥斯是这么说的，她还形容那里有不知何人献上的"新淌下"（neorrhytoi）的牛奶（893-5）；但是，罪恶也仿佛如同发生在昨日一样新鲜，最终，新鲜流淌着的不再是牛奶，而是鲜血，它们"再次"流淌了起来（palirrhyton），因为"过去被杀害"（hoi palai thanontes）的人又"活"了，要对凶手复仇（1417-21）。"在言语中已死"（59）的奥瑞斯特斯也死而复生，而伴随它的似乎是一个从很久以前就开始并延续至今的举动。他在"死"讯之后重返舞台，带着声称装着自己骨灰的骨灰瓮，这样对歌队发问（1101）：

Αἴγισθον ἔνθ᾽ ᾤκηκεν ἱστορῶ πάλαι.

我从很久以前就开始寻找埃吉斯托斯的住处了。

奥瑞斯特斯问的这个问题仿佛他已在之前问过许多次了。这个在当下发生的单一而具体的行动仿佛是一个在执念之下循环往复的举动。无独有偶,克吕泰墨涅斯特拉与埃勒克特拉在戏剧前三分之一处发生的争执,尽管起因于戏剧情境的一个特定的时刻,但却是一场多年以来一再重演的说出口或未出口的对话。这一幕将她们牢牢抓住,将两人的关系冻结在了一个没有尽头的定格之中,她们被捆绑在怨恨与愧疚、恐惧与复仇的苦难的相互依赖之中,这样的关系充斥着她们的每一次碰面,给她们在家宅中日复一日的相处刻上烙印。

克吕泰墨涅斯特拉是如此急切地想要逃离过去获得解脱(*lysis*,字面义为"松绑",447,635行及以下),以至于她和埃勒克特拉一样深受过去的束缚。她与埃吉斯托斯的关系每一天都在提醒着这个过去(参652-3)。事实上,在埃勒克特拉看来,她庆祝的正是杀害阿伽门农的那一天(278-81),并且在这个当下错误地把"那一天"看作将使人"从恐惧中脱身"(783)的一天。"这天"和"这一天"的反复出现点出了由生到死的决定性转折(对674行和1149行的埃勒克特拉是如此,对918—919行的克律索特弥斯也是如此,但两人都错了),或者说,也是一个由恨及爱的转折(1363)。尽管这个举动标志着这个有着"日复一日的命运"的家将迎来等待已久的改变,但它却在语言和行动上都有吊诡之处(1413-4)。每一个戏剧性转变发生的特殊的"一天"在某种程度上也不过只是无尽的循环往复里的一天而已。保傅总是一再打断姐弟间的相认,并用同样的话术将他们推逼到弑母这件事上(1362-6):

> 埃:要知道,在一日之内我先极恨你,后极爱你——你是唯一这样的人。
> 保傅:够了,这中间发生的事,有的是周而复始的日夜将它们讲清楚。

此处循环的时间和埃勒克特拉在精神上备受折磨的体验在这短短的一天时间里交叠在一起。就在她似乎逃开了死人的世界、逃开了这个家包裹起来的死气沉沉的时间的这一刻，埃勒克特拉又被拉回到了她一开始事事都毫无变化、重复不息、了无希望的状态里（86行及以下）。

甚至在埃勒克特拉喜出望外地发现自己的弟弟仍然活着的那一刻，她也说自己的苦难"没有得到解脱，仍然无法忘记"（"难以忘记"，146，168；"不得解脱"，447；参635）（1246–8，1287）。这也是在外部的干预出现之前，她一再重复着述说自己绝望的原因。她要把眼下全部的时间用来讲述自己不幸的需要（1254–5），而这规制了她"刚刚"才获得的说话的自由（1256）。没过多久，奥瑞斯特斯在一个截然相反的意义上使用了几乎一模一样的表述。他强调了现在该采取行动的紧迫性，也就是时机（*kairos*，1292；参1368），请她"明示眼下做什么最得宜"（*paronti nun chronō[i]*，1293）。埃勒克特拉却恰恰相反，她始终如一地沉湎于古老不变的仇恨（*misos palaion*，1311）之中，而按她自己的说法，这种仇恨有助于"当下的命运"（*parōn daimōn*，1306）。

在时间的变与不变之间充满矛盾的摇摆不定贯穿了戏剧的终场。一方面，戏剧行动走向"结束"，走向一种"达成"（*telos*），*telos*也正是整部戏剧的最后一个词，就像歌队所说的，"阿特柔斯的后裔……以现在的付出所达成的事（*teleōthen*）获得圆满"。另一方面，埃吉斯托斯最后所说的像预言一样的话里（1498）却也体现出了佩洛普斯家族的暴行和仇恨所余留的隐患。这种不变的积极一面很快在埃勒克特拉回应埃吉斯托斯时显露了出来；后者对前者的顺从沾沾自喜，作为回应，埃勒克特拉也语焉不详地说到了某种"达成"（*telos*，1464–5）："我也达成了自己的本分，时间让我晓得（*nous*）如何顺应更强者（更好的人）。"言辞上的障眼法让埃勒克特拉得以通过一种看似接受变化的态度来掩饰其精神（*nous*）上带有英雄气概的守持不变（*nous*作"明智"和"理性"解）。在埃吉斯托斯看来，她的回答的意思大概是"我的一切都结束了，在时间中我学会了变得理智，以及顺从统治者"。但她真正的意思是，"我做的一切已经达成了目的（*telos*），我忍耐已久的理智（*nous*）在时间中已经在更高贵更好的那一方找到了真正的同盟"。

尽管时间具有求成的目的性，埃勒克特拉却在最后就时间带有的循环性和深重的徒劳感发表了一通关于时间的艰深且含混的议论。当时埃吉斯托斯请求让他稍讲一句话，埃勒克特拉打断了他（1482-6）：

> μὴ πέρα λέγειν ἔα,
> πρὸς θεῶν, ἀδελφέ, μηδὲ μηκύνειν λόγους.
> τί γὰρ βροτῶν ἂν σὺν κακοῖς μεμιγμένων
> θνῄσκειν ὁ μέλλων τοῦ χρόνου κέρδος φέροι;

> 看在诸神的分儿上，我的兄弟，别让他再说话了，别让他再长篇大论了。有死之人尚且杂处于不幸中，对他这个将死之人来说，时间能带来什么好处（*kerdos tou chronou*）呢？[46]

这里复杂的句法和普遍化的措辞让整段话读来十分艰深和含混。不论是删减（按最精简的文本证据来看）或增订都令人不甚满意。这段话和1464—1465行的句子一样，它们的双重含

---

[46] 就这一段落的详细分析见Segal, "Electra", 520-2以及引用的相关文献；亦见凯尔斯对1485—1486行的评注。

义都取决于以何种价值衡量时间。一方面，埃勒克特拉所说的对象特指埃吉斯托斯及当下的情况，她是在督促尽快执行正义。杰布的翻译特别强调了这层意思："有死之人尚且深陷于命运，暂缓对这个将死之人来说又有什么用呢？"另一方面，"杂处于不幸（或曰'罪恶'）的有死之人"也包括了奥瑞斯特斯和埃勒克特拉。凯尔斯（Kells）就强调了这一点，他翻译为："当有死之人都身陷困境时，这个必定要死的人又能从时间那里赢得（获取）什么好处呢？"[47]

直到最后，奥瑞斯特斯为了特定目标把握时机（kairos）、采取行动的线性时间观与埃勒克特拉循环式的时间观始终处在一种辩证的关系中。与之相似的是，他在开场中关于"好处"的野心勃勃的计算在这里碰上了她所认为的人对"好处"的追求终究不过是一场空的消极看法。[48]在胜利时刻的背后，埃勒克特拉以她往日的精神勇气流露出了一种悲观，即人注定会在冷漠且遥不可及的诸神意愿下经受苦难。这些想法和用词都让人回想起另一位英雄人物在他最后的伟大时刻坚定且清晰地说出的看法，那就是《伊利亚特》最后一卷中的阿基琉斯；他说宙斯的瓮罐不会让凡人只拿好处而不用受难。[49]

歌队在开场就说，"时间是好相处的神"（179）。对深处家宅的女人们来说，她们一同得到庇护，说着普普通通的话，默然接受着生活里的不公，时间可以带来遗忘，抚平伤痛，帮助她们回到规律的日常生活的琐碎和愉悦中去。但对埃勒克特拉则不然，对索福克勒斯笔下的人物也并非如此。埃勒克特拉的本性高悬在霍夫曼史塔（Hofmannsthal）所描述的那种品质

---

[47] 亦见卡默比克。
[48] 关于kerdos（好处）的重要性，见Segal, "Electra", 522及n63。
[49] 亦注意寓言中两个罐子混淆在一起的意象（ammeixas,《伊利亚特》24.530；参《埃勒克特拉》1485, memeigmenōn）。

之上,他说,"人的存在建立在一种深层的冲突之上……人若是想活下去,须得逃离自身,要改变:他必须忘记。人类的一切尊严都离不开一种执着('beharren'),离不开'不遗忘',离不开忠贞"。[50]因此,埃勒克特拉在悲剧中的作用并不局限于一场单纯的胜利;她无法把自己的时间观窄化为一种着眼于当下行为的"时机"(kairos)或是着眼于未来的"好处",这比起把自己的时间观窄化为奥瑞斯特斯到来之前的那种埋头于家务事、不去想可怕过往的日常往复好不了多少。对她来说,时间不仅意味着拥抱记忆,也意味着拥抱永恒,拥抱"所有的时间",不光因为它的广远浩瀚,也因为它有着最终落入虚无的危险。

《埃勒克特拉》和《埃阿斯》一样,主角对于永恒的认识超越了其他人的理解。文明在于在无尽的永恒或死亡与个体生命可供把握的长度之间进行调和,而后者有限的满足与哀伤正是埃勒克特拉所否认的时间的"好处"。文明把所有的时间(ho pas chronos)分解为有意义的且可把握的单位。而悲剧则威胁着这些建构,并迫使人们再次面对自然世界的无尽循环与没有区别对立的永恒时间所带来的虚无的忧患:

> 白昼何以为白昼、黑夜何以为黑夜、时间何以为时间?
> 那不过徒然浪费昼夜的时间。(《哈姆雷特》2.2,88-9)

非悲剧人物,比如本剧的奥瑞斯特斯和《埃阿斯》中的奥德修斯,存在于一个完全不同的时间维度之中,全然没有那令人不

---

[50] Newiger 156亦引用了这段文字。

安的"所有时间"的认识,只管去达成他们的事功,取得他们寻求的好处(*kerdos*)。

埃勒克特拉在1485—1486行所说的话和索福克勒斯另外两处段落相照应,一处是埃阿斯所讲,另一处是安提戈涅的话。两者都与埃勒克特拉颇为相似,他们都作出了宁愿赴死也不愿妥协的选择,他们宁愿相信自己对世界的认知具有某种永恒,也不愿屈就"正常"人生里有限和充满让步的幸福。埃阿斯在下文中是这样反思时间、生命和喜悦的关系的(《埃阿斯》473-80):

> 人要是只想活得长命百岁却在苦难中没有丝毫改变,这样的生活是可耻的。高兴的事在日复一日里能增添什么?不过是把人带向死亡或是又将他拉回而已。我不会认同任何一个用空虚的希望慰藉自己的凡人的。高贵的人要么必须活得好,要么必须死得好。你听到我要说的全部了。

埃阿斯在这里讲出了自己的英雄伦理的绝对要求。如果英雄伦理要求他去赴死,那他对这样的死亡早已乐在其中。他渴望荷马笔下的战士"不朽的光荣"(荷马的 *kleos aphthiton*)的永恒性,又因为当前自身的羸弱产生了失败感和负罪感,两者结合成了一种关于时间的粗糙的认识:时间不过是一场在没有快乐的时日里空虚的行进罢了,人生前途在这样平凡的循环里不过是梦幻泡影而已。

正如埃勒克特拉拒绝接受克律索特弥斯具有妥协性的庸常逻辑和人生价值(埃阿斯斥之为"虚无希望的慰藉"),比起时间即时的"好处",安提戈涅更看重死亡的永恒性(《安提戈涅》460-4):"我知道我总有一死——这我怎么会不知道呢？——即使你没有下这道命令。但如果我在命数将尽之前死了，我会把这看作一种好处（kerdos）。对于任何像我一样在罪恶之中活命的人来说，他死了难道不是得了一种好处吗？"但安提戈涅也不像埃勒克特拉，她并没有光说人生无用，而是隐约将人生有限的长度和那些"永生的不成文的诸神律法"进行比较（《安提戈涅》454-7）。埃阿斯也间接地将终有一死的须臾人生和高贵之人应当追求的永恒的光荣世界相比较。但埃勒克特拉对于时间和死亡的看法就没有这样积极的依托。

埃勒克特拉在表演的最后时刻说了这样一番话，这也是她在舞台上最后的台词。埃阿斯和安提戈涅的面前仍然横亘着一条完整的英雄道路。但在埃勒克特拉这里，这已然到了尾声。她所说的话缺乏英雄的笃定，也缺乏导人向上的斩钉截铁的力量和自我实现的意味。相反，这些话体现出了一种气势渐弱的徒劳和不确定之感。

从一个小的方面来说，埃勒克特拉的最后一番话重新强调了开场以及保傅谈奥瑞斯特斯之死的长篇大论里的诸多对比。在这两段话里，两位男性角色因为一场讲求时机（kairos）、相互配合的行动达成了一种伙伴关系，而埃勒克特拉却只能形单影只地矗立在自己的痛苦和绵延的沉默中。[51]但苦难最终变得更加微妙，悲剧性也更加深浓，因为它不仅仅来源于错误和情感，也来自埃勒克特拉的某些知识。正是这些知识否定了奥瑞斯特斯津津乐道的"时间的好处"（参61）。然而，相当悖谬的是，奥瑞斯特斯带有目的性的时间，也就是行动而不是言辞的"时机"（kairos）却在埃勒克特拉的一边，它们实现了她最强烈的愿望。也许是在某一刻，埃勒克特拉瞥见

---

[51] 关于这段话精心设计的情感效果，见 Parlavantza-Friederich（见注39）36-7。

了关于时间的黑暗的真相,从而避开了所有人的耳目独自行动。在此之后,她便再也没有说话了。

按照最后一幕这样的解读来看,埃勒克特拉的孤立愈发地内在化和精神化,而不是体现在身体上或是被外力所迫。她的悲剧性的实现所带来的孤独让她最终陷入比困于家宅时更加无望的孤立中。文中暗示着她和她的兄弟存在新的隔阂,尽管她曾把两人的团聚看作自己的救赎。保傅所说的日夜平分的循环往复,奥瑞斯特斯走进黑暗的家宅中,埃吉斯托斯在当下的一刻料想着佩洛普斯后人未来的罪恶,这一切都抹去了前进与倒退的区别。循环性时间的深渊将主人公想要抑制重复的罪咎的种种努力统统吞噬。

五

《埃勒克特拉》和其他几部剧一样,自然与文化之间的张力亦是重要的主题,但在这里它既没有像在《特拉基斯少女》里那样投射在一个到处是半人半兽怪物的鬼影幢幢的神话世界里,也没有像《埃阿斯》或《菲罗克忒忒斯》那样投射在文明世界边缘辽阔而荒凉的景象之上。《埃勒克特拉》更接近于《安提戈涅》和《奥狄浦斯王》,都聚焦伟大城邦的皇室家庭,聚焦人性品质与人际关系如何在内部空间中造成人内心深处的野蛮与文明之间微观化的冲突。

埃勒克特拉所提及的尼奥贝和普罗克涅的故事(107-8,147-52)将展现母爱和育儿的庇护之所转移到了野外的山林之地。在同一首颂歌里,她将家中父亲遭遇的凶杀比喻为伐木工劈开橡树(97-8)。之后她又把奥瑞斯特斯的丧生比作是无情的暴风造成了这一切(1150-1)。全剧上下反复出现无法驾驭大海的意象,它们出现在一连串刻画着埃勒克特拉在各种层面上孤立无援的隐喻中：她那"用放低的风帆航行"的怯懦的姐妹（335）；佩洛普斯谋害了掌驭赛车的米尔提洛斯（504–15）；她的兄弟死在了"马群奔腾的波浪"里或"马群形成的海难"中（733，1444）；她似乎孤身一人"在暴风雨里翻滚"（1074）；克吕泰墨涅斯特拉破坏了这个家，因为她把家底都"从舱底掏空"了（1291）。

德尔斐的战车比赛在全剧的中心情节中占据了相当大的部分，因为它正是奥瑞斯特斯夺回家宅一计的支撑所在，也是一场关于人驾驭蛮力的盛大庆典。但从这场虚构的比赛传递出的象征意义来看，人的控制亦不足以约束野兽不受管控的暴力。这场灾难本身带有的航海意象（例如参733）和人控制自然的另外两个重要方面相融合，那便是《安提戈涅》"人颂"里特别点出的大海和马匹。佩洛普斯这场不光彩的比赛同时也带上了大海和马的意象，因为狡诈的驾车人后来"葬身海底"（pontistheis，508），而歌队把这一事件称作"折磨人的愤怒再也没有离开过这个家宅"（514-5）的症结所在。两场比赛既可以通过因果关系联系到一起，也可以从叙事架构的角度联系到一起。[52] 在这两件事里，狡计和欺骗都从旁助益了个人显达和家族势力。奥瑞斯特斯其实可以被看作第二个米尔提洛斯，他是佩洛普斯家门不幸的无辜受害者。歌队把描述米尔提洛斯的字眼原封不动地拿来描述奥瑞斯特斯的死，说他"从根儿上被切断了"（prorrhizos，512，765）。但米尔提洛斯在赛车中出于一己之利的暗中操纵也指向了佩洛普斯家生生不息的

---

[52] Sheppard（Ⅱ）7指出了两个文段的关联，并指出这样的前兆"并不是什么好兆头，因为它将奥瑞斯特斯和那个让这个家族受到诅咒的人联系到一起"。维拉莫威兹企图淡化对504–515行的诅咒的解释（但在我看来这种解释不太成立），也许是为了和认定奥瑞斯特斯的行为一定是"值得称赞和令神明满意的"（"Die beiden Elektren"，217–8）的观点保持一致。

阴谋诡计，就像在开场里奥瑞斯特斯虽然难免有所担忧，但仍然决心投身于欺骗或诡计（*dolos*）的使用（36行及以下，59行及以下）。

在文明化技艺的颠覆中，冶炼术虽然着墨不多，却至关重要。铜和黄金都有特殊的显著地位。两者指向的是文明的乱象而非文明的建树。那柄"全铜制的"或说"挥舞着的黄铜"斧头落在了阿伽门农的头上（195，484-5）。相应的反击则来自"两侧镶铜的骨灰瓮"和"足蹬铜鞋"的复仇女神（54，491）。黄金则象征着财富和让其得以积累的既定秩序，这不免更加糟糕了。戏剧开头"多金的迈锡尼"（*Mykēnas tas polychrysous*，9）这一浮丽的短语不仅意指稳定与权力，也指向下一行的"多仇杀的佩洛普斯后人的家"，这句话以复合形容词（*polyphthoron*，10）起首，点出了佩洛普斯家在黄金的驱驰下产生的财富、贪婪、欲念和仇恨的阴暗面。而更久远的过去还埋藏着米尔提洛斯"全金的战车"，以及与之相对的埃里菲勒的故事：她的金项链变成了"金编的罗网"（*chrysodeta herkea*，838），害死了她的丈夫安菲阿拉奥斯。[53]

迈锡尼古老的财富（72，648）更多地意味着腐败和暴行而非稳定。埃斯库罗斯以长久以来对巨额财富危险之处的担忧为素材，在佩洛普斯家族的叙事主题上对这一点进行了诸多发挥。[54]索福克勒斯也有与之呼应之处，他沿用了一个不同寻常的形容词"自古而富有的"（*archaioploutos*），并于奥瑞

---

[53] 关于此譬喻见卡默见克对838行的评注，其中引用了埃斯库罗斯《奠酒人》617行。在这层文本联系中，金子也许会让人联想到这个家族过往黑暗历史中金山羊的故事，参欧里庇得斯《埃勒克特拉》698—746行；Carl Robert, *Die griechische Heldensage*（Berlin 1920）I, 294-7; J. D. Denniston, *Euripides, Electra*（Oxford 1939）*ad loc*。

[54] 例如埃斯库罗斯，《阿伽门农》767-73，939-40。

斯特斯在复仇神和赫尔墨斯的指引下重新进入家宅的关键时刻用这个词来形容他的家宅（1393）。[55]合法的继承人不仅被剥夺了继承权（"被驱逐"，589-90），还饿得半死、穿得又脏又差（191、361-4、1177-96）。为了说服克律索特弥斯，埃勒克特拉将"父亲财富的所有权"引为论据，毕竟这涉及女儿们最终的婚配（960-6）；不过，为了"拯救父亲的家宅"、财富，还有其他一切，他们显然必须破坏掉母亲在家中的神圣地位。[56]

虽然《埃勒克特拉》不像《奥瑞斯提亚》三联剧那样拥有丰富的意象，但人与野兽之间的颠倒也反映出了文明化秩序岌岌可危的地方。开场中奥瑞斯特斯心心念念的古老的阿尔戈斯，它的中心地带有一片少女变成野兽的树林（"牛虻追蛰的"伊奥，5），还有屠狼之神吕克奥斯（即阿波罗）和赫拉"光辉"的神庙。赫拉正是城邦里的婚姻之神，而这座城邦里的王室生活也确实延续了其家族有伤风化的历史。[57]这一切都是

---

[55] 注意361—362行所说的"丰盛的餐桌"以及192行在她的哀叹中出现的空荡无物的餐桌；参450-8。在1090—1092行中，歌队祈祷埃勒克特拉能够"在双手的力量与财富上都过得比（她的）仇敌们要好"，这样的说法也许就蕴含了一些不祥的回响，因为"手"意味着家族之内亲人之间犯下暴行（例见296—297以及卡默比克对476、489、1394、1422行的注解），从而去除了埃勒克特拉在326、431、458行对抗克吕泰墨涅斯特拉时的无辜感。

[56] 部分学者（比如 Adams 73；Linforth 102-3）根据957行提出，埃勒克特拉真正想杀的只有埃吉斯托斯，而并不想杀自己的母亲。但她之前在437、582—583、603—605行讲出的满含怨愤的话，以及之后的行动路径，都不见得能证明这一观点。对亚当斯和林福斯的有力反驳，见凯尔斯与卡默比克对957行的评注；亦见 Johansen 21-2；Gellie 119。

[57] 吕克奥斯（Lykeios）这一别名确实带有一定的歧义（参泡撒尼阿斯2.19.3），但保傅所用的修饰词"杀狼的"（*lykoktonos*）在词源上更加强调了阴暗的复仇的一面。亦见埃斯库罗斯《阿伽门农》1257行以及 Eduard Fraenkel 对此处的注释。更多相关论述见 Segal, "Electra"，477及n11；Wilamowitz, *Der Glaube der Hellenen*（Berlin 1930）1, 147及n23；Nilsson, *Gesch.d.gr. Rel.*, 537-8。

奥瑞斯特斯即将进入的腐朽世界的象征。即使这样，保傅那些唠唠叨叨的时间语词——"现在""已经""之前""不再"——让他无法长时间心怀景仰地注视着这些"光辉的"庙宇和广场。[58]我们也不免将这座家宅和它的大门看成一个敌人会随时从中现身的危机四伏的空间（20）。

奥瑞斯特斯却毫无惧色，他把同行之人比作一匹老当益壮的马，说他在"可怕的（deina）境地里没有失去勇气（thymos），反而竖起了耳朵"（25-8）。这个关于战场及其骇人之处的直喻虽然援用的是能帮忙的家养动物，但也和表面上一片祥和的城邦和家宅形成了阴暗的对比。

精神饱满的马的意象预示了奥瑞斯特斯在此首次提到的德尔斐比赛的谎言。他教保傅这样说自己：他"丧命了……就在皮托竞技会上，从疾驰的赛车上摔了下来"（48-50）。当奥瑞斯特斯的计策开始实施时，这个马匹不受控制的场面变成了保傅最为生动的一段叙述（723行及以下）。德尔斐庙的节庆充满暴力和危险这一面和它更为安静和讲求智慧的另一面，也就是神谕的展示（32行及以下），形成了对比。这其中"高贵的马"凭借类似的气度和文明化的品质在险境中展现出的真正品质和德尔斐庙前马匹不受控的粗暴表现亦形成了对比。这场捏造而成的马匹失控的意外无论是在表达还是在主题上都呼应着佩洛普斯在奥林匹亚竞技场上的那场弥漫着凶险与不祥的马车比赛，其中也涉及一场欺骗（504-15；参510，50）。这场比赛所引发的"义愤"（aikeia）正是阿特柔斯家族罪恶的开端，紧接着的是阿伽门农被刺引发的"义愤"（511，515，488）以及

---

[58] 见15行 nyn oun；17行 ede；20行 prin oun；22行 ouketi。也许这些场景的描画确实引人将它们和实际的场所进行一一对应，虽然光靠演员的姿态和观众的想象力已足够了。

随后埃勒克特拉所受的"教人愤怒不已"的对待（191）。德尔斐神庙前这场子虚乌有的比赛虽然以重建正义之名回应着之前的罪恶，但也延续了从佩洛普斯到奥瑞斯特斯一直没有离开过这个家族的暴力和欺骗。就像佩洛普斯的那场取人性命的赛马一样，成功和失败都是充满悖论的。当前的胜利会变成日后的灾难。

奥瑞斯特斯所说的马匹不受控的谎言发生在偏远的德尔斐神庙，它是举行竞技体育的公共场所。这个家宅和它所身负的诅咒被动物的意象所围绕，将兽性带到了家宅（oikos）的中心。不仅埃勒克特拉是一只失去青春年华的鸟（107，243-4），她的母亲也把她看成一个被放跑的牲畜（516），后面她又成了啜饮受害者鲜血的动物（783-4）。[59] 在这个家里，人的言说，和本该存在于家中的爱（philia）一样，在克吕泰墨涅斯特拉于恐惧和威吓中"狂吠"（299）的那一刻，转向了兽性的维度。而根据埃勒克特拉多少有些稚气的回忆，在更早之前，阿伽门农也把自己的女儿当成一头"野兽"（thēr，572）来对待，把她献祭给掌管狩猎和野生动物的女神（566-76）。

第二合唱歌给以上的颠覆设下了一个让人惊讶的转折，因为此处的鸟正是表现父母与子女之间互爱与互助的典范，而这却是人类世界极其欠缺的。[60] 但若动物都比人来得更文明，那么本身是死物的斧头也带上了野兽一般的动物性：它身为诡

---

[59] 关于516行的暗喻，参721行关于马匹的比喻；亦参《安提戈涅》587以及残篇401P；希罗多德2.65；色诺芬Cyn. 7.7。关于"啜饮鲜血"的形容，见《安提戈涅》531-2。关于野狗及犬吠的不祥意味，参《奥狄浦斯王》391（关于斯芬克斯的）以及残篇211P。相关综见P. Rödstrom, *De Imaginibus Sophocleis a Rerum Natura Sumptis*（Stockholm 1883）28-9。其他动物意象亦参196、567—568、837、1054行。

[60] 关于1058行及以下的解读，见Kells；Segal, "Electra", 488-9。

计和欲念的产物，就像活物一般"冲了出来"。歌队亦问道，到底是神还是人执行了此事，但上下文却没有具名，似乎是一种处在人兽之间的事物（196-200）做了这件事。

即使是神的力量在剧中也会走向它的反面，表现出兽性的一面。除了阿尔忒弥斯要求国王将自己的女儿当作牲畜的替代物来献祭（571-2）之外，睚眦必报的复仇神在进入家宅时也像追踪人迹的猎犬（1387）。狩猎意象的反转对应着安菲阿拉奥斯"陷入网中"的被俘（839-40），并且预示着埃吉斯托斯也将"在网中"（1476）被擒。当奥瑞斯特斯重新登台时，他不仅是在找寻埃吉斯托斯，同时也是在"追踪"他（mateuein，1107）。这里和弑母的一幕一样，复仇者犹如狩猎人的猎者，但他们很快反过来成为被狩猎的人，如果1387—1397行与埃斯库罗斯的叙事之间的对应成立的话。[61]阿瑞斯"呼吸着鲜血"的描述，其实是在神的身上使用了野兽的意象（1385）。这些文本细节都引导我们将弑母不仅视为一种对家庭神圣性的破坏，更是一种对神、人、兽之间生物等级秩序的破坏。

在埃斯库罗斯笔下，困住阿伽门农的网是复仇神或正义之神编织的（《阿伽门农》1580，1611）。但这些都是埃吉斯托斯的比喻。我们同情这个被害的英雄，他从天神一般的国王跌落为被宰杀的牲畜。然而，《埃勒克特拉》一剧特地点明了诱捕埃吉斯托斯的罗网是人造的，他这样喊道："我掉进了什么人的圈套？"（1476-7）在埃斯库罗斯剧中为自己遭受的罪恶疾呼神明裁断的埃吉斯托斯（他那张"正义的罗网"，《阿伽门农》1611）在这里被人造的工具擒获。这一转变是索福克勒斯世界中神圣正义的典型悖谬。而欧里庇得斯一贯将这两极之

---

[61] 见凯尔斯对1384ff.的评注；亦见卡默比克对1107行就 *mateuein* 作出的解读。

间的差异放大。克吕泰墨涅斯特拉大摇大摆地展示出了文明秩序中的陷阱——"她光鲜亮丽地身穿华服、乘着马车""直奔罗网",犹如一头待捕的野兽(欧里庇得斯,《埃勒克特拉》965-6)。

剧中人兽之间的颠倒涵盖了家宅之内大部分基本关系:母杀子(普罗克涅和伊提斯);妻杀夫(安菲阿拉奥斯困于网中);子杀母(复仇神在1386行状如野兽);父杀女(566-76行伊菲革涅亚被当作献祭的牲畜)。

而结束的一幕则将这些颠倒从家宅扩大至城邦。索福克勒斯在此将《奥瑞斯提亚》三联剧已然着墨甚多的城邦秩序与家庭秩序的同源性发挥得淋漓尽致。在命令大门洞开的同时,埃吉斯托斯使用了"马嚼子"(stomion,1462)的譬喻,料想自己的政治权力与其家庭权力一样,如今已经稳固。他的这些话呼应着埃斯库罗斯笔下的埃吉斯托斯,后者将自己新近获得的权力比喻成"驾驭马匹"(《阿伽门农》1624,1632,1639-40)。[62] 这一呼应并不是为了给此处的埃吉斯托斯增光添彩,毕竟这个"马嚼子"没有起到什么作用:我们自然会想起,德尔斐神庙那场比赛里的"没有马嚼子的马驹"(724-5)。尽管埃吉斯托斯想成为野兽的控制者,他却很快就像野兽一样落入了"人造的罗网"(1476)之中。他陷入"罗网"的这一事实正是对其企图颠倒人与兽的地位的一大讽刺。

虽说斩杀埃吉斯托斯算是师出有名,但新的统治者作为正义(dikē)的代表,也逾越了人与野兽之间的界限。埃勒克特拉最后的话要求摧毁将人与野兽区别开来的那道最根本的制约——葬礼的形式(1487-8):"杀了他,你杀了他以后把他扔给该埋葬他的人。"虽然我们一点也不会同情埃吉斯托斯,但

---

[62] 卡默比克亦指出了这一对应关系。

此处对于他的尸首有意为之的过激行为却让城邦文明秩序的彻底重建蒙上令人存疑的阴影。[63]

六

除了葬礼以外，剧中文明城邦仪式秩序的崩坏亦体现在祭品这一点上。索福克勒斯吸收了埃斯库罗斯版本的传说叙事里祭品方面各种丰富且复杂的颠覆。[64] 索福克勒斯最令人印象深刻的一点在于，阿伽门农献祭自己女儿这一故事是由这位国王最坚定的支持者——埃勒克特拉讲述的。她认为，为了补偿阿尔忒弥斯的愤怒，献祭女儿而非牲畜是必要的，国王这么做全然没有罪过。基于埃勒克特拉这段话里激昂的仇恨所在的上下文，那么我们就不能对这样的简单化仅作表面理解。此处人兽之间的混淆不免让人对结尾的葬仪以及她所作所为的绝对正义产生类似的疑惑。

---

[63] 我基本上和古本注者的意见一致，认为埃勒克特拉在1488行所说的"埋葬者"指的是"飞禽和野狗"，但我也依然认为这种表达存在一些微妙之处，我在文章"Electra"，520-1以及n60对此有所讨论。近年来的相关讨论见卡默比克对1487—1488行的评注；Alexanderson（见注9）94；Gellie 128及n25, 291。

[64] 见Froma I. Zeitlin, "The Motif of the Corrupted Sacrifice in Aeschylus' *Oresteia*", *TAPA* 96（1965）463-508 及 "附言", *TAPA* 97（1966）645-53；亦见Vidal-Naquest, "Chasse et sacrifice dans l'Orestield' Eschyle", *MT* 135-58；Walter Burkert, "Greek Tragedy and Sacrificial Ritual", *GRBS* 7（1966）119-20。Jones 157-8对索福克勒斯和埃斯库罗斯对献祭主题处理方式的不同有一番很好的讨论，虽然在我看来他对索福克勒斯的解读过于简单化了，他把埃勒克特拉对阿伽门农的辩护表面化地理解为这是诗人对埃斯库罗斯版本里所呈现的道德困境的回应。献祭同样是欧里庇得斯《埃勒克特拉》的中心主题（参774-843），见Froma Zeitlin, "The Argive Festival of Hera and Euripides' *Electra*", *TAPA* 101（1970）651ff., 尤其是658页注释42，其中有与索福克勒斯的对读。

为了在这部以单一人物为中心的戏剧中营造出更加精练和规整的戏剧效果，索福克勒斯大幅简化了埃斯库罗斯神话框架里伊菲革涅亚被献祭一事本身所蕴含的复杂因果联系以及自由和责任的问题。即使如此，活人献祭的主题依然显得专制、压抑和残酷。维拉莫威兹的观感是对的：整个情节让人感到无所适从又迷惑不解。[65] 我们如今对索福克勒斯的印象是，他的笔下往往呈现出各种冲突和悬而未决的苦难，这不至于让我们将这样的情节看作一种扰乱其庄严静穆之感的瑕疵，但即使是在这样的印象下，其中仪式秩序、家庭秩序、语言秩序和社会秩序的崩坏依然令人震惊。这里甚至没有任何点明阿尔忒弥斯女神下达了这个命令的暗示，只有一句目的从句表示阿伽门农贯彻的是女神的意愿（570–6）：

> 因为这句（自夸的）话，盛怒的女神扣留了阿凯奥斯人，于是我的父亲将女儿献祭，作为对那头野兽的补偿。对整支军队来说，此外没有别的解决办法（*lysis*）了，无论是回家还是前往伊利昂（特洛伊）。因此，尽管有诸多限制和反对的声音，他还是献祭了她，而并不是因为墨涅拉奥斯的缘故。

最后一句"不是因为墨涅拉奥斯的缘故"看上去几乎是赘笔。572行"献祭"（*ek-thyein*）这一动词是一个复合词，意味着"某种残忍和暴力的事"。[66] 欧里庇得斯在《独目巨人》（*Cyclops*）中也用了这个词（371）来描述"毫无怜悯之心"的

---

[65] Wilamowitz, "Die beiden Electren," 249–50; 亦参220。
[66] 见杰布对此的评注。亦见V. di Benedetto, *Euripidis, Orestes*（Florence 1965）对《奥瑞斯特斯》191行的讨论。

怪物茹毛饮血地生吞乞援的活人的情景，这一幕充满了屠戮和嚼食活人血肉的恐怖的细节描写（《独目巨人》369-73）。几行之后，埃勒克特拉又引出了血腥的"以眼还眼"（lex talionis）的原则来针对她的母亲，"你想求得正义那你必是第一个去死的人"（582-3）。

从另一方面来说，克吕泰墨涅斯特拉也重复了阿伽门农不正当的献祭行为，她在庆祝丈夫被害的仪式里宰杀了牲畜（280-1），这是对女儿受到虐待的另一重侮辱（282-6）。在她与埃勒克特拉发生争执之后，她又吩咐端上"果品齐全的供品"（thymata pankarpa，634-5），然而果实丰美的意象是一种反讽，它呼应的是这个地方总是让正当的男女结合和生息繁衍演变为死亡的事实。女儿固执的现身打断了安静的祭祀（euphēmia，630，641-2）；克吕泰墨涅斯特拉欲望中不义的本质也让她无法将自己的祷告说出口（637-54）。[67] 如果阿伽门农败坏的祭祀仪式在指涉神明时显得太过自以为是（569-70），那么克吕泰墨涅斯特拉在致意诸神时又显得过于鬼鬼祟祟了。

剧中仪式和道德秩序作为戏眼的高潮是弑母，它呈现得如同残忍的献祭仪式。这个由阿瑞斯掌管的仪式残忍而血腥（1422-3）："沾满鲜血的双手正往下滴着献给阿瑞斯的供品"。[68] 阿瑞斯属于战场而不是家宅。人们会想起奥瑞斯忒斯第一场发言（25-8）里战场意象不祥的暗语，以及他之后提出"阿瑞斯也在女人中间"（1243-4）的警告。身居偏僻之地而神

---

[67] 亦参欧里庇得斯，《埃勒克特拉》805-10，其中埃吉斯托斯和奥瑞斯忒斯在献祭仪式中分别祈求不同的事物。

[68] Musurillo 104（在引用1419—1421行后）有悖常情地提出，剧中"血腥献祭的意象"说明，弑母的行为"完美地与人间正义和神性正义的原则相契合，它对于无论个人情感还是维护体面都不可或缺"。

谕一贯玄奥难解的阿波罗在此刻现身的凶蛮的阿瑞斯身旁显得
黯然失色。阿瑞斯嗜血的特点和冥府的力量有着紧密的联系，
并且在事实上形塑了弑母的行为（1384-8，1417-23）。若像凯
尔斯所说的那样，剧中最后一个词语 teleōthen，"完成的"，呼
应着 teleios（"使用足岁的野兽进行献祭"），那么献祭的寓意便
在此得到了延续。[69] 这样一来，想要报复不当的献祭的复仇
者反过来变成了另一场献祭的受害者。

奥瑞斯特斯在那场自我编造的死亡中被撕裂
（sparagmos，748），又在仪式的哭号（ololygmos，750）中被
哀悼[70]，我们也许应该在这样的模式里看待他：出于在衰退
的城邦中重建秩序和繁荣的需要，受害者被献祭牺牲。就像
那些假死以获得更大荣耀的"圣人们"一样——毕达哥拉斯、
萨尔墨西斯、阿里斯提亚斯——奥瑞斯特斯下降到冥府的黑
暗，只为在更加明亮的光芒中"像星星一样闪耀"（66）地重
获新生。就像欧里庇得斯《海伦》（Helen）中的男主角墨涅
拉奥斯那样，他其实和计谋中呈现的自己十分接近，奥瑞斯
特斯经历了仪式性的死亡，被除了过往的累赘，重获充满能
量和活力的新生（参 gonai，"降生"，1232）。[71] 但正如我们
之前提到的，这个家所经历的净化是充满矛盾的（69-70），
在这个家宅中，星辰光芒不再，最终带着它过往的罪恶和罪

---

[69] 见凯尔斯对1508行及以下的评注；参埃斯库罗斯，《阿伽门农》972-3。
Hormē，意为"冲动""攻击"，让人回想起那把"冲上前去"像狩猎的
野兽一样的斧头（hōrmathē，196）砍下的拟人化的一击。亦参70行及
Minadeo 137。

[70] 750行的 ololygmos 和748行的 sparagmos 一样，也可视作献祭仪式所用的
语词，参荷马，《奥德赛》3.450；埃斯库罗斯，《阿伽门农》594-7以及
Fraenkel 对《阿伽门农》597行的评注；更多参考文献见 Burkert（见注
64）108n48。

[71] 见注16。

咎变得黯然。奥瑞斯特斯作为祭品而非受害者的身份最终毫不留情地消解了他假装屈服于死亡这一计谋带来的宣泄性力量（1422-3）。

仇恨与杀戮是净化和新生的对立面。因此，关于死亡与重生更为积极的神话范式在这个叙事里只是留下了轻描淡写的一笔，在这之下死亡和毁灭反而勾勒得更加鲜明。

仪式化的开场和结局塑造了整部剧的戏剧行动。保傅在开场催促奥瑞斯特斯赶紧"做"（*erdein*）事，就在他们遵照阿波罗的神谕给阿伽门农献上祭品的过程中，保傅所使用的动词意味着一场神圣仪式的开展（*archēgetein*，83）。没过多久，埃勒克特拉就把她满含悲伤的哀歌讽刺地描述成"整夜的庆典"（*pannychides*，92）。[72] 这是展现一系列混乱、堕落且扭曲的仪式的第一个例子。克吕泰墨涅斯特拉不让埃勒克特拉好好地为亡父献上祭品，但她自己却把凶杀的那一天当成节日来庆祝（275-85）。挽歌（*thrēnos*）本该用于表达集体或家庭的悲痛，就像《伊利亚特》卷二十四哀悼赫克托尔那样，但在这里却变成了一位孤苦伶仃的女子不为人知的嗟叹（94，100-1，285-6，1122）。埃勒克特拉是这样试着说服克律索特弥斯的：只有冒险杀死篡位者，名正言顺的继承人才有指望在公开的节日里获得光荣的一席之地（982-3）。

祷告和与之相伴的无声的仪式也同样有不祥的气氛。克吕泰墨涅斯特拉在戏剧中段那场面向阿波罗的秘密祈祷有着阴暗的后续：埃勒克特拉在弑母发生之前，同样向阿波罗祈祷（637-59，1376-83）。埃勒克特拉凭着"对宙斯的虔敬"赢得

---

[72] 见Kells以及86ff.。关于83行的*archēgetein*，见杰布对此行的评注。卡默比克对杰布的反驳并不太成立。《奥狄浦斯王》751行所呈现的与杰布的观点并不相左。

了最高的奖赏（1095-7），但这样的虔敬却不得不以流血、弑母、暴尸的方式呈现。[73] 她向阿波罗祈祷所得到的回应是阿瑞斯呼吸着鲜血，而厄里尼厄斯悄然在黑暗中进入家宅（1384-97）。就在埃勒克特拉祈祷之前，奥瑞斯特斯向"父亲祖上的神位"（patrōa hedē，1374）献上供品，和之前埃勒克特拉提及"父亲的遗产"和"父亲家"的拯救一样（960，978），他略过且无视母亲在家中享有的位分和相应的神灵。

死去的国王和父亲的祭祀揭示了埃勒克特拉身处的世界中社会和宇宙秩序的崩坏。正如吉尔伯特·穆雷（Gilbert Murray）所说，对埃斯库罗斯而言，阿伽门农的尸体所遭受的粗暴对待"几乎是整个故事中最核心的恐怖之处。无论在何种情况下提起，它都是一件难以忍受、令人疯狂的事，它让奥瑞斯特斯几乎崩溃"。[74] 在埃斯库罗斯笔下，得知凶手让阿伽门农无法得到净洗的事实激起了奥瑞斯特斯复仇的激愤。奥瑞斯特斯和埃勒克特拉在一场求神应答的仪式中向阴间的神灵进行祈祷（《奠酒人》489-92）：

> 奥：大地啊，请让我的父亲还阳观看这场战斗。
> 埃：佩尔塞法萨啊，请赐我们甜蜜的胜利！
> 奥：父亲啊，记住你那些被剥夺的净洗。
> 埃：记住那张罗网。

---

[73] 埃斯库罗斯《奠酒人》140—141行与《埃勒克特拉》307—309行的呼应在此显得尤为重要：索福克勒斯笔下的埃勒克特拉觉得节制和虔敬的品德已然不复存在于自己身处的世界里了。相关综述见Sheppard（Ⅰ）84及（Ⅱ）6；Kamerbeek对307—309行的评注；Segal, "Electra", 499-500以及n33。参249-50，589-90，968-9。

[74] Gilbert Murray, "Hamlet and Orestes", *The Classical Tradition in Poetry* (Cambridge, Mass., 1930) 220.

在索福克勒斯这里，这些仪式的宗教意义虽亦不可忽视，但比起它们带来的情感和心理冲击以及人物和意象之间的细微互动，仅仅是次要的。在迫在眉睫的弑母即将发生的紧张氛围之下，唯有通过激动的祈祷蕴含的意象性语言，曾被亵渎的死不瞑目的逝者才能够重新活过来（1417-20）。

葬礼的种种仪式成为舞台行动的要素，它们在舞台上所引起的情绪强有力地呈现在埃勒克特拉面对奥瑞斯特斯自我编造的死亡和下葬的反应中。《埃勒克特拉》的这一情节为这些仪式的情绪感染力赋予了新鲜感和直观体验。兄弟新近的离世所带来的悲伤加强甚至加倍了《奠酒人》里对于死去已久的父亲的悲恸，这种哀伤连时间都尚且未能缓和一二（参《奠酒人》433行及以下；《埃勒克特拉》864行及以下）。

奥瑞斯特斯礼敬逝者发生在这样一个情境中：他似乎过分轻易地做好了跨越生死区隔的心理准备。他在开场中问道："我要是只在言语里死去但行动上却赢得了拯救和光荣的名声，那有什么可痛苦（*lypē*）的呢？"但他的计划确实给埃勒克特拉带来了痛苦（*lypē*）（822，1170）。尽管如此，只要是对奥瑞斯特斯意味着痛苦（*lypē*）的事，即便能有更大的好处，埃勒克特拉也会拒绝（1304-5）。[75] 死亡和下葬诸事中痛苦和利益的结合也同样定义了克吕泰墨涅斯特拉面对的道德和情感困境。当听见奥瑞斯特斯的死讯时，她说："我到底该把这看作一件幸事，还是一件可怕但有好处（*kerdē*）的事呢？如果我是凭着自己的不幸救了自己一命的话，这也未免太痛苦（*lypēron*）了。"（766-8）在这个通过错谬的埋葬为家宅带来新

---

[75] Gellie 123 评论道："当埃勒克特拉把自己的爱投注在不值得爱的事物上时，她的感情更加让人唏嘘不已。"亦见 Solmsen, "Intrigenmotiv"（见注20）339。关于 *lypē*，亦见 120, 355, 363, 533。

生命的过程里，奥瑞斯特斯让埃勒克特拉被迫承受了一场情感的死亡（1152，1163-70），其中包含了死亡会带来的所有痛苦（*lypē*）。埃勒克特拉是这样地渴求死亡，因为她"看见死人没有任何痛苦"（1170）。

阿波罗要求奥瑞斯特斯礼敬父亲的坟墓，要"奠上酒水并献上剪下的厚厚发卷"（52），这与埃勒克特拉那份只有头发和"没什么华美装饰的"腰带（452；参360）的乏善可陈的供品形成了尖锐的对比。自称已身死异国他乡的奥瑞斯特斯以类似的方式被异乡人以礼相待，而这些礼节却是阿伽门农在自己家里也未能享受到的（757-60，445）。阿伽门农要是死在了特洛伊说不定还更好一些——至少他能得到一场体面的葬礼（95-6）而不是承受肢解（*maschalismos*）的暴行，这是将尸体残忍地分割以防止其灵魂游荡的行径（445）。但阿伽门农确实在梦中回到了"阳间"，因而也间接地为自己的死促成了复仇（417-23）。

在开场的结尾，奥瑞斯特斯和保傅按照阿波罗的吩咐（*loibai*，52），动身为死去的国王奠酒（*loutra*，84）。84行所用的词*loutra*的字面义为"濯洗"或"仪式性的净洗"，用它来表达"奠酒"之意可谓非同寻常。[76] 这一非常规的用法其实暗示着葬礼的仪式遭到了另一层亵渎。埃勒克特拉此后曾描述克吕泰墨涅斯特拉在肢解尸体之后"为了净洗罪孽擦去了头上的血迹"（*epi loutroisi*，445）。如此毛骨悚然的净洗里所隐含的去罪的念头却不过是进一步地加重了血污并让它变得更加骇人罢了。这一细节佐证了埃勒克特拉的主张，大约不到十行之后，

---

[76] 见凯尔斯对82行及以下的评注，其中援引了欧里庇得斯《腓尼基妇女》1667行。也许我们该考虑一下，对被肢解的尸体进行冲洗以净化谋杀的污秽是不是完全不可能的。

她声称克吕泰墨涅斯特拉没有资格在死去的国王的坟上献上葬礼供品或进行净化的奠酒仪式（*loutra*）。

埃勒克特拉与仪式行为的关系和其他所有角色一样充满吊诡和矛盾。确凿无疑的是，开场中她献给亡父的抒情调挽歌（*thrēnos*，86-120），充满激情却又无力而绝望，和保傅与奥瑞斯特斯那目的明确且讲求实用的祭奉姿态（60-1，84-5）大相径庭。但是，她在剧中第一场重要的行动就是挫败一场仪式。当她劝阻克律索特弥斯不要将母亲的供品带到父亲的坟前时，埃勒克特拉赢得了首场重大胜利，但她也由此落实了一场破坏仪式和家庭秩序的行为。这些仪式本该让家庭成员通过缅怀共同的血亲关系和纪念共同的悲哀的方式团结在一起，但它们最终呈现的却是恐惧和仇恨。姐妹联合到一起反对她们的母亲。母亲的祭奠竟是"带有敌意"的（*dysmeneis choai*，440）。父亲本该是"最受敬爱的人"（*philtatos brotōn*，462），却被当成"敌人一样"（*dysmenēs*，444）地羞辱和肢解，于是变成了"最遭恨的人"（*dysmenestatos brotōn*，407）。原本存在于家宅安全的内部空间的爱和善意（*philia*）现在被本属于战场的敌对状态替代了。

当这一幕中首次出现葬礼的仪式时，索福克勒斯着重突出了血缘关系之间特殊的亲密性（324-7）：

275

> 歌队：我现在看见你同父（同）母所生（*physin*）的**血亲**（*homaimon*）姐妹——克律索特弥斯正从家中走出，她手里拿着特地献给地下之人的供品。

325—326行的遣词造句十分引人注目：

> τὴν σὴν ὅμαιμον, ἐκ πατρὸς ταὐτοῦ φύσιν,

Χρυσόθεμιν, ἔκ τε μητρός...

克律索特弥斯的名字以明确的倒装形式放在了"父亲"和"母亲"之间,而在第二个被修饰词"母亲"这里则省略了"同样的"这一形容词,这样的话,整个句子读起来便是"(我看见)你同一个父亲所生的血亲姐妹,克律索特弥斯,也是(你的)母亲所生"。描述亲缘的语言和仪式都将姐妹和母亲分开来了。

克吕泰墨涅斯特拉想要触及家宅之外亡夫的坟墓,并对死者愤怒的灵魂(471行及以下)进行安抚,这样的行为也许能在家宅与神明、封闭的内部世界与外部的宇宙秩序之间重新建立起某种和谐。埃勒克特拉在路上就把家中派出(pempei,406,427)的使者(指克律索特弥斯。——译者注)中途截住了(404-5),进而将内外空间上的沟通以及家里生者与死者的仪式性沟通彻底堵死了。

在这一幕中,埃勒克特拉乞求克律索特弥斯"(把供品)掩藏(krypson)在风里或深埋的尘土下"(436-7)。这个动词受限于风与尘土之间的轭式修饰(zeugma),在句法上体现出供品无法在上部世界与下部世界、内部与外部、家宅与户外之间充当媒介。[77] 埃勒克特拉对克律索特弥斯的供品大加讥讽:"日后等她死了,这些(祭品)就贮藏在地下留着给她了。"(437-8)[78] 在这些"不怀好意"的祭酒被倒掉的地方,将"从地底"为埃勒克特拉长出(gēthen,453)"有利的帮手"(此处指奥瑞斯特斯。——译者注),好让她更方便地上供(451-4)。她的下一句话则祈求奥瑞斯特斯"活着"回来,并"凭着占上

---

[77] 注意掩藏的举动和55行(奥瑞斯特斯那个掩人耳目的骨灰瓮)以及638行(克吕泰墨涅斯特拉遮遮掩掩的祷告)这样操纵或败坏仪式的举动存在一定的联系。
[78] 见卡默比克对437—438行的评注。

风的力量"(*ex hyperteras cheros*, 455)将敌人踩在脚底。之后他们就能用比眼下更贵重的供品将阿伽门农"打扮(*stephein*, 458)得风光体面"(455-8)。

我们从随后歌队唱词里看到,对克吕泰墨涅斯特拉来说,正义(*Dikē*)"手里"拿的东西将会比虚弱的克律索特弥斯奉上的供品显得更加危险,那便是"正义的力量"(*Dika dikaia pheromena cheroin kratē*, 476;参431)。即使奥瑞斯特斯"身死",这样的希望也仍旧没有破灭,歌队在下一首合唱歌中祈祷埃勒克特拉"将来在力量和财富上都能活得大大地高于(*kathyper*)你的仇敌,一如现在你在他们手底下(*hypocheir*, 1090-2;参1265)被他们超过的程度"。但在那一刻到来之前,埃勒克特拉必须参与这场看似已然磨灭了她所有的希望和力量的仪式,毕竟她从乔装打扮的兄弟那里接过了他的骨灰瓮,还把它捧在手里,仿佛"什么都不是"(1129)。这一幕乍看似乎颠覆了她成功地阻挠克吕泰墨涅斯特拉为阿伽门农献上祭品的行为。在这一刻,埃勒克特拉"从家中光鲜地送出"的东西(即奥瑞斯特斯。——译者注,1130)又回到了黑暗中(参405-6,419行及以下)。而她自己也像瓮中的灰烬一样变得什么都不是,今后永远留在"下界"之中(1165-6;参438)。

克吕泰墨涅斯特拉的祭祀仪式和她的祷告一样,是为了从过去的凶杀和污秽中寻求"解脱"(*lysis*)。埃勒克特拉所求之事确实理直气壮,当她描述完克吕泰墨涅斯特拉如何可憎地濯洗(*loutra*)了肢解后的尸体的毛发后,她向自己的姐妹问道:"你觉得这能让她从凶杀的罪孽中解脱(*lytēria*)出来吗?"(446-7)。"净洗"(*loutra*)和"解脱"(*lytēria*)在语音上的相近反而在接连的诗行里彰显了两者的脱节。肢解所呈现的败坏的"净洗"先一步剥夺了任何使得"解脱"成真的可能性,更抵消了434行那场具有赎罪性质的祭奠,其中的净洗仪式（loutra）具有实质意义且程序得当。但现在，无论在仪式、道德或心理层面都再也没有什么能洗去这些污秽了。逝者将永远都怀着愤怒和敌意（dysmeneis, 407, 440, 444）。下一幕中克吕泰墨涅斯特拉的"求取解脱的祷告"（lytērioi euchai, 635-6）将无法驱走在字面义和比喻义上都包围着她和她的世界的黑暗。讽刺的是，埃勒克特拉在结尾所祈求的"解脱"（lytērion, 1490）看上去显得更有盼头一些。

剧中的核心情节——奥瑞斯特斯的"死"让葬礼的颠覆变成了一种猝不及防的戏剧性体验。当克吕泰墨涅斯特拉把自己的女儿请到"屋外（ektothen）去痛哭她自己和所爱之人的不幸"（803-4）时，她忽略了一个事实：埃勒克特拉所爱之人（philoi）也正是她自己所深爱的人。母亲面对儿子的死（804-7）居然一笑置之而非哀之以泪，埃勒克特拉在回答中对此大加讥讽，如此的反常让人回想起克吕泰墨涅斯特拉当初亦是"笑"对自己丈夫的被害，因为她在他身死的那一天大举庆祝（277）。[79] 奥瑞斯特斯的尸体在德尔斐得到的"异邦人"的照料不禁让埃勒克特拉发出了痛苦的哀号（865-70；参749-60, 1141）。在奥瑞斯特斯和保傅看来精心策划的计谋在埃勒克特拉这里变成了即时的情绪反应。她想要用双手去触摸（866），让我们想起克律索特弥斯第一次出场时聚焦于对手以及触碰和拿着供品的描写（326, 431, 458；参455, 476）。

克律索特弥斯第二次登场时告诉我们丧葬仪式执行的情况，这是对她第一次出场时那场被打断的献祭的补充（893-6）："我来到父亲颇有时日的坟前，看见有牛奶新从坟头流淌下

---

[79] Kamerbeek注意到了277行与807行两处"笑"的呼应关系。277行仪式层面的败坏也体现在poioumena这个词上，它本身带有与祭祀行为相关的词义，见LSJ S. V. A II 3。关于祭祀仪式遭到破坏的其他方面，见Kaibel关于此处的讨论（112-3）。

来，父亲的坟冢上还装饰了一个由各色鲜花扎成的花环。"盛开得鲜艳喜人的鲜花不免让我们感到惊喜。但埃勒克特拉对死亡的执念却不允许如此快乐的基调持续下去。这个世界"盛开"的其实是罪恶之花（参43，422；260，952）。克律索特弥斯非常确信供品来自奥瑞斯特斯而非埃勒克特拉，因为后者"即使是祭神也不能离开家门一步，否则就要受罚"（911-2）。宫殿里的生活并没有给予埃勒克特拉以一个女子理应从她的亲人（*philoi*）那里获得的保护，反而破坏了亲人（*philoi*）之间最基本的关系，也破坏了这层关系为家室女子提供的重要功能，即为她们的亡人举行悼念的仪式。

克律索特弥斯的猜测似乎让人感觉，奥瑞斯特斯已如他在开场所言，顺利实现了为阿伽门农的坟冢"加冠"（*stephein*，53；参*peristephēs*在895行的"为坟头加冠"）的愿望了。从反面来说，他的举动为克吕泰墨涅斯特拉企图用一份道德上有污点的祭品进行"加冠"（*epistephein*，411）的失败画下句点。之后，呼应着"新鲜流淌的牛奶"（*neorrhytoi pēgai*，894-5）的是"在报复中回流的血液"（*palirrhyton haima*，1420），这是奥瑞斯特斯向父亲的坟墓献上的最后的祭品。

两姐妹和没有实际执行的丧葬仪式（克吕泰墨涅斯特拉被打断的献祭）结合到了一起，而奥瑞斯特斯圆满的祭奠则分化了他和自己的姐妹。仪式再一次未能伸张亲情之爱（*philia*），反而让它变得破碎不堪，直到不知情的埃勒克特拉对着空无一物的骨灰瓮哭丧，这才将本该自然而然地在家庭的仪式共同体中团结起来的人重新凝聚到一起。

奥瑞斯特斯进场时手持骨灰瓮，一如克律索特弥斯进场时手里拿着克吕泰墨涅斯特拉给的上坟供品。但上述两场原本想要为逝者举行的仪式都被打断了。不过，当与骨灰瓮相关的假造的祭祀最终披露出前因后果时，克律索特弥斯的供品背后不甚体面的真相反而显得没那么糟糕了。[80]

虽然奥瑞斯特斯和埃勒克特拉直到骨灰瓮的一幕才终于相见，他们却没有意识到，两人在各自偷偷地执行祭奠的过程中已然结成了同盟。奥瑞斯特斯在父亲坟冢上秘密地献上祭品，并且"藏"起了骨灰瓮（55）；埃勒克特拉则要把母亲的供品"埋藏"在风和尘土之中（436）。两人都在父亲的坟墓上秘密地献上了自己的头发，并且怀揣着日后重获"财富"的希望（52-3，72，457-8）。

骨灰瓮一幕里被打断的仪式和之前被打断的仪式有所不同，它一度冲破了被仇恨与杀意笼罩并且吞噬了亲情之爱（philia）的复仇枷锁。然而，骨灰瓮一开始也把埃勒克特拉带入极为痛苦的生死颠倒之中（1165-70）：

> 将我纳入你的骨灰瓮中吧，让虚无融入虚无之中。从今往后（的时间里），我要和下界的人同住。当你们还在人世时，我和你们同享相同的东西。如今我也不愿在死时离开你的墓穴。因为，死人在我看来没有痛苦。

骨灰瓮中虚假的骨灰和它对生死的操纵超越了颠倒的祭奠仪式的主题。它恰如其分地见证了生死的对立分离；它既是埃勒克特拉虽生犹死的象征，也是她和奥瑞斯特斯迫不得已地活在谎言、欺骗与浓烈的仇恨之中的象征。骨灰瓮代表了爱与"生"在一个被仇恨与死亡主导的世界里复苏的悲剧本质。

---

[80] 关于骨灰瓮的讨论见Segal, "Electra", 515-7；Parlavantza-Friedrich（见注39）40-8对骨灰瓮这一情景中的觉察与欺骗之间的张力进行了很好的分析, 亦见Friedrich Solmsen, "Electra and Orestes, Three Recognitions in Greek Tragedy", *Meded. der Koninkl. Nederlandse Akad. van Wetenschappen*, Afd. Letterkunde, n.s. 30. no. 2（1967）26-30 = 54-58。

不过，当埃勒克特拉放下骨灰瓮时，她放弃了与逝者某种最重要的联结。在彻底接受了奥瑞斯特斯就在眼前的事实的那一刻，她高喊道，"啊，生命，活着的身体对我而言最是珍贵！"（1232-3）在此之前，奥瑞斯特斯一直只把骨灰瓮看作一个必不可少的道具，一种利用人们对于死亡一贯的态度来为自己挣得"好处"和"光荣"（59-61）的手段。但现如今，眼看着埃勒克特拉"光彩夺目的容貌"（1177）被消磨殆尽，他意识到了自己的一番筹谋在心理和生理上引发的可怕代价。[81] 在想到埃勒克特拉过去承受的种种的匆匆一念中，奥瑞斯特斯说，"我以前对自己作的恶一无所知"（1185）。就像在《菲罗克忒忒斯》中那样，好胜心切的年轻英雄发觉自己最初的计划其实是以一场不幸作为前提的。不过，《菲罗克忒忒斯》里的年轻人确实改变了最初的目标和态度；而这里情形相似的主人公仅仅推迟了计划，稍微改变了最终的目的罢了。

七

骨灰瓮起到了好几种作用：它代表了生与死、强与弱、真相与表象之间的冲突；它是全剧实现其动人的骗局、将真相与谎言进行悲哀的互换的制动性因素。骨灰瓮"里面"的东西其实正在"外面"。装着奥瑞斯特斯骨灰的这个小小的罐子——"小小的容器里装着小小的分量"（1142；参757-8，

---

[81] 在赫西俄德的《列女传》（*Catalogue of Women*）中，埃勒克特拉"在形貌上（*eidos*）甚至能够匹敌永生的女神们"（frag. 23a，16M-W）。1187行的埃勒克特拉看上去"*emprepousa algesi*"（看得出承受了许多磨难）（见 Kamerbeek），这也许和663行克吕泰墨涅斯特拉尊贵的打扮（prepei）亦形成了讽刺的对比。这一描写也是在效仿埃斯库罗斯《奠酒人》17—18行。亦参索福克勒斯，《埃勒克特拉》639。

1113）——实际上却是一个装着无限之物的容器。它的物质性（剧中多次提到它的大小和重量）凸显的是，其可量化的维度反而能唤起不可估量的人类情感。

正是通过这个骨灰瓮，奥瑞斯特斯和埃勒克特拉不仅在外在形式上也在核心本质上相认了。[82]它是在罪恶与死亡环伺之中觅得和分享的爱的图腾。它包含了埃勒克特拉曾经感受过的和如今还能感受到的任何一种爱沉淀下来的实质。它让埃勒克特拉的世界里最原始的两股力量——爱与死——在针锋相对的情势下融合到了一起。若就内心世界而言，它将埃勒克特拉情感的两个相反的极端也带到了一起。当她许愿自己死去并走进骨灰瓮里狭窄的囹圄时，她一头扎进了不幸的最深处，唯有旗鼓相当的巨大快乐才能让她的自我重新浮现，但随即又在周遭的杀戮和悲伤之中变得灰暗。[83]骨灰瓮一方面丈量出了她的弱势和"什么都不是"（1166），另一方面，在内外与生死之间真正的关系揭晓的时刻，它也意味着她全然的"重生"（1232-3）。她先是在接过疑似奥瑞斯特斯的遗骸时濒临崩溃，然后又在狂喜中用双手拥抱真实且活生生的奥瑞斯特斯，如此一连串的事件和之前在分崩离析中夹杂着内在的新生这一叙事节奏是齐头并进的：当听到奥瑞斯特斯在德尔斐遇难的消息时，她消

---

[82] 这一段有几句话是来自我自己的文章"Electra"，516。

[83] Solmsen在"Recognitions"一文（见注80）33—61页中，将索福克勒斯版本中即刻相认的喜悦与欧里庇得斯《埃勒克特拉》中一再延宕的相认进行了对比；但他没有对这份喜悦一再遭到打断的残酷现实进行更多深入的探讨（1236，1238，1243-4，1251-2，1259，1292，1309ff.）。Gellie 123的分析更加切中要点："埃勒克特拉此刻焕发的幸福之情与奥瑞斯特斯暗淡的外表形成了对比，而这种幸福感与当初她所承受的不幸一样强烈。"De Romilly, *L'évolution du pathetique*, 46-7注意到，埃斯库罗斯版本里直接抒发的情感氛围是如何在索福克勒斯的笔下转变成关乎外在与现实、真相与假象的智识问题的。

沉得失去了活下去的欲望（804行及以下）；但之后她又振作精神，重新坚定了要亲自手刃埃吉斯托斯的决心（947-1020）。

如果说骨灰瓮将兄弟姐妹联合到了一起，而它原有的意义却是将子女和母亲永远分离。它对于爱（philia）的伸张不过是一段不期然的、计划外的甚至是不讨喜的插曲罢了。还活着的弟弟刚从头上剪下的发卷并不能让埃勒克特拉信服，但冰冷的铜罐却立刻让她确信无疑。舞台视觉化地呈现了这样的颠倒：埃勒克特拉紧握着装着弟弟骨灰的金属器皿不放手，但他其实正活生生地站在她面前。

掩人耳目的骨灰瓮不仅仅是一个推动情节的便利法门，它像某位批评家曾说的那样，更是一种"艺术原则，它所建立的新形势之下的现实情况与不带任何欺骗的情境下的现实不相上下"。[84]在保傅一番长篇大论之后，奥瑞斯特斯拿着骨灰瓮重新登场之前，舞台上没有任何东西得以将真相与谎言区分开来。在报信的一幕中，埃勒克特拉和克吕泰墨涅斯特拉都没有担任欺骗者的角色，两人却都在不知不觉中增强了谎言的力量。[85]

克律索特弥斯通过头发认出了奥瑞斯特斯，她把这样的标识称为aglaïsma（908），意为"使……明亮""让人欣喜之物"。不过，对埃勒克特拉而言，这个词却和她阴暗的恨意有莫大的关联：她曾诅咒凶手们"享受不到欢愉（aglaia，211；

---

[84] Parlavantza-Friedrich（见注39）48。
[85] 注意903—905行的语言："啊，那熟悉的模样立刻抓住了我的心神，（我想）我看到了我最亲爱的人——奥瑞斯特斯的标识。"（ἐμπαίει τί μου/ψυχῇ σύνηθες ὄμμα, φιλτάτου βροτῶν/πάντων Ὀρέστου τοῦθ᾽ ὁρᾶν τεκμήριον.）Psychē一词既可以是"抓住"（empaiei）的宾语，也可以被"熟悉的"（synēthes）所修饰。索福克勒斯惯用的手法是通过复杂的句法让词与词之间形成相互交织的关系，从而反映出戏剧人物内在生命的状态，譬如灵魂（psychē）与灵魂（psychē）之间特殊的紧密关系，人物内心情感从"眼睛"到"形貌"（两者都由omma表义）、从灵魂到心境（psychē）的震颤。

参1310)的好处"。同样，坟冢上的祭品（参405行及以下）以及克律索忒弥斯认定证明着"奥瑞斯忒斯尚在人间"（923-933）的种种迹象在埃勒克特拉看来都是另一种意思。在她眼里，克律索忒弥斯喜出望外地凭着供品料定奥瑞斯忒斯曾经来过的猜测并不是什么靠得住的相认的证明。她与自己兄弟的团聚肇端于骨灰瓮建立的灰暗的联系。骨灰瓮之于埃勒克特拉是一个"清楚的信号"（emphanes tekmērion，1108；参1115），它取代了在姐妹眼里作为"信号"（tekmērion，904）的那绺头发。"父亲带有图章的戒指"（1223）是"清楚的"（saphes）最终信号，它恰如其分地象征着她和奥瑞斯忒斯将要重新夺回并正名的权力。[86] 克律索忒弥斯的认亲是情绪化和个人化的，当她看到似曾相识的模样时（900-6）她的内心不禁怦怦乱跳，但奥瑞斯忒斯和埃勒克特拉却是在家庭及其父权的标志下相认的。

骨灰瓮和带有图章的戒指是相认的双重信物，它们让全剧不断发展的叙事架构得以完满。戒指作为男性权力和所有权的符号，对应并取代了女子无望地对着一个空空如也的物品的悲叹，这件物品不过是一个意味着所爱之人不复存在的乏善可陈的纪念品。行动与财富，是父亲和国王的产物，它们和痛苦（lypē）之下的柔软与脆弱形成了对比，而这种痛苦正源自奥瑞斯忒斯轻率的计划。

骨灰瓮颠覆了血缘关系之间爱的正常状态，这样的颠覆延续到了弑母本身的阴暗与凄凉之中，因为在奥瑞斯忒斯刺向克吕泰墨涅斯特拉的那一刻，她正在为葬礼装饰着骨灰瓮

---

[86] 1223行的saphes（清楚的）一词除了使人联想到1108行和1115行作为清晰的信号的骨灰瓮，还让人回想起904行克律索忒弥斯所说的那绺作为标识的头发。关于这一问题亦参774，885ff.，以及Solmsen, "Recognitions" 21ff.=41ff.；Parlavantza-Friedrich（见注39）39。

（1400-1）。曾经明目张胆地破坏悼念仪式的母亲（804-7）现在成了她为之准备葬礼的儿子手下的受害者。[87] 她未能将儿子干燥的骨灰下葬，反而让自己的鲜血洒落一地，这正是地下的神灵等待已久的祭品（1422-3）。

最后，在戏剧的结尾，埃吉斯托斯惺惺作态地提出要加入为死者诵唱仪式哀乐的行列中，"作为亲属（to syngenes），让他也受到我的哀悼（thrēnoi）"（1469）。但很快，他原本要致以哀悼的人反而对他痛下杀手，让他承受了葬礼仪式上的义愤（1487-9）。这些贯穿全剧的暴行之间有如此多不祥的关联，实在很难让人相信，埃勒克特拉在剧中最后谋划的这场行为真的能为之带来她所祈求的，"从旧日罪恶挣开的解脱"（1489-90；参635-6）。

八

戏剧的开场把复仇说成是一场彰显阿波罗意志的行动。奥瑞斯特斯告诉我们，他是如何前往德尔斐询问"该以怎样的方式对杀害父亲的人执行正义的惩罚"（33-4）。据他所说，阿波罗的回答是，他得用上诡计和谎言，出其不意、攻其不备地将埃吉斯托斯抓住，从而完成这场"正义的杀戮"（endikous sphagas，36-7）。在单复数的交替转换中（34行复数的"凶手们"，37行的 sphagai "杀戮"同为复数，是一种诗性的复数形式；但36行指代埃吉斯托斯的"他"则是单数），奥瑞斯特斯让弑母的问题变得愈发不清晰。除此之外，一些另外的事实问题也相当模糊：我们无法确定哪些是阿波罗的原话，哪些又是

---

[87] 见凯尔斯对1400—1401行的评注。

奥瑞斯特斯自己的解读。[88]至于奥瑞斯特斯询问的到底是他该"如何"对凶手们（这里的复数形式意味着可能他的母亲也被囊括在内）实施复仇，还是他是否"应该"实施复仇，这一点也引起了诸多讨论，学者们亦莫衷一是。但这其中至少有一点是确定的：神谕的具体细节十分模糊，剧中也没有任何地方指出阿波罗明白无误地允准了弑母的行为。[89]

在开场的后半部分，奥瑞斯特斯对神谕的叙述里夹杂了一些祭奠死者的仪式描述："用祭酒和剪下的发卷作为供品来装点父亲的坟墓，一如他（阿波罗）吩咐的那样。"（51-3）在这一幕的结尾，当奥瑞斯特斯因为听见埃勒克特拉的哭泣而有所动摇时，保傅提醒他道："在完成阿波罗吩咐的事情之前，别进行其他的行动，让我们先从浇奠你父亲的坟墓做起。因为在我看来，这能为我们要做的事赢得胜利。"（82-5）正如维拉莫威兹所指出的那样，阿波罗居然吩咐了这么一件明确的事情，这是很不寻常的。[90]这场祭奠的事无巨细和弑母的含糊其词形成了对比。但即使是在这里，保傅的最后几句话也将"成功"、"胜利"和"力量"置于"虔敬"之上。

一如埃吉斯托斯在结尾所言（1500），从佩洛普斯的家族

---

[88] 把弑母看作一件体现"简单正义"的事的人也许会同意Adams 59—60页的看法，"阿波罗神在这部戏剧中和我们离得非常近"。这种看法和Owen 52的看法一样，它对开场中关于阿波罗的种种说法的理解仅仅流于表面。关于其中的悖谬，见Sheppard（Ⅱ）一文多处；凯尔斯对335行及以下的评注；Minadeo 116。

[89] Alexanderson（见注9）80ff.重申了传统的观点（即不对阿波罗的命令作复杂化的理解），而Parlavantza-Friedrich（见注39）39及Gellie 107尽管有些犹豫，但也谨慎地在特定前提下持相同看法。维护Sheppard看法的观点见Kells引论4ff。Minadeo 131-2也指出埃勒克特拉是在没有意识到（或说并不在意）阿波罗允准与否的情况下继续实施弑母一事的。

[90] Wilamowitz, "Die beiden Elektren", 214n1.

历史来看，神谕的危险可谓人尽皆知。因为他的父亲提埃斯特斯就是依循阿波罗的指示去引诱自己兄弟的妻子，所以埃吉斯托斯本该知道，用乱伦来报复手足相残会带来惨重的后果。索福克勒斯的《提埃斯特斯》(残篇247P=226N)[91]就是以这一故事作为主要情节的；这部戏剧和《奥狄浦斯王》《特拉基斯少女》《菲罗克忒忒斯》一道，都在提醒我们，不要指望神谕能够轻而易举地厘清和判定复杂的道德问题。而《埃勒克特拉》本身也提供了一个例子，那就是奥瑞斯特斯的父亲。阿伽门农仰仗阿尔忒弥斯的权威，献祭了自己的女儿伊菲革涅亚。担任本剧先知角色的是正义女神（*Dika promantis*），而她带来的是暴力（475-6）。索福克勒斯笔下的神谕，并不见得解决了罪咎和责任带来的冲突，反而把这一切留待更加尖锐的手段来解决。即使奥瑞斯特斯在弑母之后立刻援引了神谕也无法将这样的悖谬减轻分毫（1424-5）。

《埃勒克特拉》的诸神和索福克勒斯其他剧中的神灵一样，都是遥不可及和神秘莫测的存在。我们对奥林波斯诸神的事知之甚少，仿佛人间失去了与奥林波斯山的联系。相应地，地下世界的神明在破坏力惊人的阿瑞斯（1243，1385，1422-3）和幽灵向导赫尔墨斯（1391-7）的带领下，反而能随意地入侵家宅和城邦。

阿波罗是全剧最为重要的神明。他不仅是发布神谕的神，他也是净化之神（从645行及以下克吕泰墨涅斯特拉的祈祷中可以看出），其神像矗立在家宅之前（637）；在埃勒克特拉的最后一场祈祷里，吕克奥斯的阿波罗更是消灭仇敌的毁灭者（1379行及以下）。[92]这位光明和净化的神也支持着阴谋诡计

---

[91] Sheppard（Ⅱ）2.
[92] 见索福克勒斯《奥狄浦斯王》203行，同时参考杰布和卡默比克的评注；亦见前文注57。

(37），甚至允许弑母这样带有污点的行为。

和《奥狄浦斯王》里的阿波罗一样，剧中的阿波罗最为突出的是他象征着无法预测的现实，象征着某人在一个特定的时间点必须要实现某种目标的"必然性"。他隐没在一切行动之后的存在意味着一种奥秘：人的一生在相互联系的事件下形成独特的命运，同时被刻上悲剧性的印记。阿波罗在某种程度上是一种神秘的冲动的具象呈现，许多悲剧人物的一生往往备受这种冲动的折磨，哈姆雷特就是其中之一：

> 这是一个颠倒混乱的时代，唉，倒霉的我却要负起重整乾坤的责任！（朱生豪译）

虽然内心对个人命运的挣扎在《埃勒克特拉》中并没有完整地上升到意识层面，但"必然性"却是一股客观存在的力量，它既植根于埃勒克特拉激动的情绪之中，也多少投射在了阿波罗神及其神谕之上。

像歌队一再祈愿的那样，挥舞着雷电的宙斯理应根据罪恶降下惩罚（823-5，1063-5）；但剧中的宙斯不过只是一个名字而已。[93] 歌队赞扬埃勒克特拉对宙斯的虔敬（1097），但我们也注意到，她对于必然性的理解使她没有将这样的虔敬付诸行动（307-9）。

阿尔忒弥斯则危险又刁钻，从埃勒克特拉谈到滞留在奥利斯的舰队来看，她看上去只是一位盛怒（mēnis）的女神，一位善妒的野外世界的守护神，她甚至并不反感把年轻人当作祭品。尽管索福克勒斯并没有对她的愤怒和阿伽门农的冒犯的

---

[93] 关于剧中的宙斯和正义，见 A. Maddalena, *Sofocle*（Turin, 1959）188-90。

程度的不对等多作强调，但这一点仍然存在；我们也会联想到《菲罗克忒忒斯》里难以捉摸且不怀好意的克律塞，从更宽泛的层面来看，甚至能延伸到宙斯在《特拉基斯少女》里模棱两可的家长作风或是阿波罗在《奥狄浦斯王》中所起的作用。

奥瑞斯忒斯和保傅利用德尔斐庆典的方式和他们利用德尔斐的神谕的方式是类似的。盛大的集会、精彩的比赛、公众面前的优异表现、喧腾的优胜宣告（683-4）与如今准备用来实现行动的"掩饰"、"诡计"和寂静形成了极大的反差。

只有在保傅口若悬河的高谈阔论里，德尔斐的庆典才显得具体可感，这恰恰说明了语言即使在背后没有任何事实根据的情况下，也依旧具有编造出扣人心弦的故事的力量。这段演说中与荷马、品达、巴克基利得斯相呼应的地方体现了全剧上下"言说"（logos）与"行动"（ergon）之间最显著的分野。英雄史诗的语言原本体现着城邦最高尚的价值观，却被它当下所服务的情势削弱。而在诗歌用语的层面，史诗和颂歌高格调的用词与用于谎言与欺骗的低格调措辞相互对垒。[94]

紧随着比赛的讲述的是骨灰瓮，它正是"小小的铜罐装着最高大的身躯"这一反差的物质化体现（757-8）。它由坚硬的铜做成，里面却空空如也，并没有装着真正的奥瑞斯特斯，这个承载着细致的叙述的舞台道具足以引发埃勒克特拉最强烈的情感起伏。骨灰瓮象征着语言的矛盾性，不仅象征其扭曲和

---

[94] 开场中英雄的行事风格和不英雄的密谋诡计（参1-2，49-50）之间存在的张力已然为这场对比埋下伏笔。亦参66，98，1151行的荷马式明喻，以及描写赛马比赛的诗歌语言，尤其是698—722、736—756行，以及这些段落的学者评注。其中尤其关键的是692行及以下胜利者颂歌式的语言描写、720—722行的对应关系，以及《伊利亚特》23.323及334行及以下对安提罗科斯取得胜利的描写，见卡默比克对693—695、700—701、712、714、718、720—722、729—730行的评注。

操纵的力量，也象征它表现现实的能力。

无论是在谎言之中，还是在贯穿全剧的力求正义和秩序的种种努力之中，崇高的英雄气魄都被一种卑鄙所嵌套；就像在家宅之内，埃勒克特拉的爱在罪恶环伺之中也只能紧抓着仇恨和死亡不放（307–9）。在很多意义上，这个容器所承载的内容和它本身都是不成比例的。但是，只有当这个谎言成功地不被拆穿，确保这个空的骨灰瓮被收下，正义（不管它是多么地模糊）才能重返这个家庭。

保傅先是把比赛描述成"全希腊最负盛名的赛事典范"（凯尔斯语），"*to kleinon Hellados/proschēm' agōnos*"（681–2）；但这一短语也可以解作"赛事光荣的托词（或伪装）"。*Proschēma*意为"在……之前阻挡视线"的东西，它进行掩盖，而非揭露。克吕泰墨涅斯特拉曾用这个词来还击埃勒克特拉525行的控诉。奥瑞斯特斯借助外在的表演或这场"光荣"的活动的"伪装"来取得胜利、用不英雄的手段来获得英雄的地位，埃勒克特拉则通过消磨自己"光彩的外在"（*kleinon eidos*, 1177）来保持她的英雄气概不受玷污。在戏剧中段出现的这个*proschēma*让英雄与道德价值的真相变得模糊不已（参679行克吕泰墨涅斯特拉所要求的"真相"[*alēthes*]）。[95] 在复仇完成的时刻，面纱得以被揭开（*kalymma*），从而让表象和真实趋向统一（1468）。此时此刻，"比赛"将公开地昭示一件事关生死的大事——在1491—1492行，奥瑞斯特斯对埃吉斯托斯这样说："这场比赛（*agōn*）并非关乎言辞，而是关乎你的性命。"但真相依然模糊不清（1493–500）。

在戏眼安排的这场关于德尔斐庆典的谎言十分典型地体

---

[95] 见卡默比克对679行的评注："很明显，诗人有意让观众意识到接下来将会有一场欺骗。"

现了仪式与文明秩序的堕落。它反映出这个社会无力举行具有效力的公共仪式。与奥瑞斯特斯公开地被悼念形成对照的是，750行异邦众人的惊叫（ololygē），母亲在家中奇怪的反应（760行及以下，791-807），还有埃勒克特拉在此处和骨灰瓮一幕意识到徒留自己一人的悲伤（813行及以下），以及剧末从"内宅"传来的痛苦的叫喊声（1404行及以下）。新的上位者带有嘲讽意味的庆贺与礼敬着阿伽门农之死的合唱歌（266-81）多少有些相似，它们和那些要让地下死者听见的"纷说的责难声"一样，都是对健康的公共祭典和公共话语的拙劣模仿。

在《埃勒克特拉》情节中段出现的仪式与语言的悖谬反映出悲剧本身所形塑的美学和道德的悖谬。保傅的言说自觉地造就了一场公开且具有对抗性的仪式，就像奥瑞斯特斯拿着骨灰瓮登场时也自觉地形成了一个故事中的故事。就像在酒神节上一样，申明秩序的仪式形成了虚构的故事，言说呈现真相与秩序之面貌的能力和其编造谎言、呈现混乱与暴力的能力存在着巨大的张力。悲剧，好比德尔斐的竞赛（agōn）和之后的骨灰瓮，通过遮蔽真相来肯定真相，通过暂时陷入无序来摆脱无序。

我们作为观者的目的和作为参与者的埃勒克特拉一样，都是要将真与假、好与坏区分开来。只有经历过这样的痛苦的考验，不论这种痛苦是通过间接代入还是通过艺术表现而感受到的，我们最终才能获得对正义与高尚灵魂的清晰认知。就像索福克勒斯的其他戏剧那样，在本剧中，分野的消失却也矛盾地成为重新建立区别的方式；道德和心理真实的混淆让我们最终得以揭开更深层的真相。正如细致的言说（logos）让位于强力而直接的行动（ergon），骨灰瓮里隐藏着充满活力的新生命，但一具胜利地"曝光"于人前的真正的尸体却抵消了这一点，此人的死被正义所包围（1442-80）。透过保傅言过其实的谎言，悲剧的言说（logos）以质疑文明的种种基本建构的方式来彰显文明化的力量。庆典仪式及其所蕴含的神圣与城邦秩序和英雄价值都不过是为颠倒生死的幻象提供框架而已。错误的言说（logos）以及它想要达成的不光彩的行为却是重建正义所不可或缺的。骨灰瓮正是传递真相的谎言的具象体现。它将生命的象征装进最小的囹圄（757-8）来呈现失去与苦难，就是为了将真正的力量、忍耐与自我奉献解放出来，这一切能够纠正错误、维系忠诚，不仅仅是出于恨，也是为了爱与真相。

九

骨灰瓮作为真与假的言说和语言与行动的交错点，体现了言说（logos）参与行动变化的作用。语言不仅仅是沟通的工具，同时也是危险的武器。它正是埃勒克特拉对抗其敌人最有力的武器。他们尝试限制她说话的自由（参310-3，382，554行及以下）。她所拥有的言说的禀赋使她能够解读克吕泰墨涅斯特拉的梦，从而获得为复仇而斗争的第一手优势（417）。她和姐妹的沉默正是这场行动最终得以实现的关键。[96]克吕泰墨涅斯特拉感受过埃勒克特拉"言说"（logoi）的力量，她深感"痛苦"（557），并意识到其中所含的愤怒（hybris，613；参522-3，794），但这些是埃勒克特拉唯一能够回应母亲"所作所为"的手段；在这部戏剧里，"行为会为自己找到言辞"（624-5）。

戏剧中段的情节事实上是一场关乎言辞（logoi）的激烈斗争，其中的针锋相对揭示出母女关系颠覆之剧烈（516-629）。保傅编造奥瑞斯特斯之死的言说（logos）对应的是克吕

---

[96] 除了469行外，亦见1011-2，1033，1251行及以下，1288行及以下，1322，1335，1372。

泰墨涅斯特拉含混不清的祈祷（680行及以下）；他开头所说的"我将讲述一切"（*to pan*，680）的承诺消解了克吕泰墨涅斯特拉的"沉默"（657），因为她指望着神明们"能看到这一切"（*panth'horan*，659；参639）。即使这场言说产生的效果让埃勒克特拉始料未及地如遭雷击，但她所说的话依旧引起了克吕泰墨涅斯特拉的恐惧，后者对保傅说："外邦人，你可真是了不起，要是你能让她别再满嘴地叫喊的话。"这里重复了她不久前在祈祷时所用的短语，*polyglōssos boē*（641=798）。

"低劣的言辞"或"侮辱"将母亲与女儿分开（*kakōs legein, kakostomein*，523行及以下，596–7），"正确的言说"又将两姐妹分开（*eu legein*，1028，1039行及以下）。埃勒克特拉无法接受姐妹所讲的"言辞"（1050，1057），而克律索特弥斯也同样不能接受她的"方式"（*tropoi*，1051）。此处她们再一次上演了第一场见面中"言辞"与"行动"之间的分歧（397，401）。她们之间根本不存在什么能够持续下去的对话。即使在尝试说服对方的时候，埃勒克特拉也在语言上进行了压制，她只提了"埃吉斯托斯"而并未提到"克吕泰墨涅斯特拉"的名字。也许像热利所说的那样，"埃勒克特拉永远只讲真话"[97]，但她未必会讲出全部的真相，而在这部剧中，正是谎言带来了胜利。尽管她在957行承诺"我不会再向你隐瞒任何事情了"，但她言语上的遮遮掩掩亦让人想到开场奥瑞斯特斯在弑母一事上的闪烁其词（33–7；参14）。最重要的言语是不能说出口的，克吕泰墨涅斯特拉那"遮掩的言说"（638）亦是如此，尽管她仍然希望神明能够明白她的意思。

奥瑞斯特斯的"复活"似乎重建了言说（*logos*）作为挚

---

[97] Gellie 112. 关于埃勒克特拉此处对弑母一事闪烁其词的态度，亦见注56。

爱亲人之间沟通方式的可行性。但这场重新构建的开放性言说好景不长。它一面是"挽歌"（1122行及以下），另一面则是"不祥的言语"（*dysphēmia*，1182）。尽管这场行动超越了克吕泰墨涅斯特拉那场伪善的祭奠（*euphēmia*，630）和克律索特弥斯那场过分轻率的祭祀（*euphēmia*，905），奥瑞斯特斯承诺的磊落的言辞（1212）仍然迟迟没有兑现。即使在埃勒克特拉获得"说话的自由"的时候（1256），她也依旧被沉默所规制（1236，1238，1262，1322，1335行及以下，1288，1353）。但是，在戏剧的尾声，在大家都紧张地等待内宅传出叫喊的时刻，也是她建议众人"不要作声"（1398行及以下）。当尖叫突然迸发，歌队听到"本不该被听到"的声音而害怕发抖（1406-8）。直到最后，恐惧压制了言说，埃勒克特拉示意不必多言（1483行及以下），于是奥瑞斯特斯不耐烦地打断了埃吉斯托斯的讨价还价（1501-2）。

纵观全剧，埃勒特克拉始终在不节制的言说和过度的沉默之间摇摆。在借着最初的悼亡歌表达自己的哀痛时，她想象自己的悲伤好像脱去人形的普罗克涅不断往复喊着儿子名字"伊提斯、伊提斯"的啼叫一样，或是像尼奥贝难以表达的哭泣一样，又或是像水滴在石头上（151-2），将永无休止地重复下去。她既能在宫殿大门前将自我沉没到冰冷彻骨、如死一般的寂静中去（817-22），却也会毫无顾忌地高兴大喊，不理会这会给自己要保护的人引来什么样的风险（1232行及以下）。无论埃勒克特拉是尝试（与克吕泰墨涅斯特拉进行）理性的争辩还是（对克律索特弥斯进行）循循善诱的劝说，都像奥狄浦斯在面对特瑞西阿斯和牧羊人那样，最终都在激烈的冲突中结束，将理性和人性最突出的言说的力量弃之不顾（294，299）。[98] 在前

---

[98] 亦参135，294，473，879，941，1153关于疯狂的主题。

一个情境中，双方一开始根据理性话语原则达成的协议让位给了威胁和侮辱（552-7，601-9）。"言语"和"行动"被混淆了（613-33），埃勒克特拉像一头野兽一样"呼吸间都带着怒火"（609-10），[99] 最后在充满敌意的沉默中全盘拒斥了言说（633）。在后一个情境中，起初的和谐演变成了言说和智慧的分裂（1038-9；参1048），最终又变成了对言说的拒绝（1050-1，1056-7）。这两个场景都侵蚀了言说以文明化沟通形式发挥作用的中间地带。

在骨灰瓮一幕里，言说（*logos*）的失败却有了较积极的意义。原本冷酷地操纵着"言辞"（*logoi*）的奥瑞斯特斯第一次在说话这件事上失去了控制，"在言语上变得无助"（1174-5）。[100] 那一刻他陷入了埃勒克特拉的那一套话语之中——无助（参1161）、无力（参1175及604，1415），满怀嗟叹（1184）。但很快他就重新恢复了掌控力，并且对情感洋溢的言说作了一番检视，看它是否与自己对行动的迫切需求相契合，也就是更加注意"行动"（*erga*）而非言语（*logoi*）（参1251-2，1292-3，1353，1372-3）。尽管埃勒克特拉干涸的情感一直渴望着言语，但在获得言语上的解放之后，她却迅速转向了行动。不过，言辞也摧毁了她，因为即使在行动最让人高兴的时候（1359-60），她也向保傅抱怨了这一点。同在舞台上出现的还有第三位男性角色——悄无声息的皮拉得斯，他是一个只有行动而没有

---

[99] 即使610行指的是克吕泰墨涅斯特拉（见注13），我的观点——此处讲道理的争辩退化成意气用事的争吵——依然成立。埃勒克特拉在616行及以下体现的激烈的一面更多的时候像一个螺旋弹簧一般收敛，这和622、626—627行克吕泰墨涅斯特拉直接的爆发形成了对比。

[100] 我遵循凯尔斯的读法，把*logōn*一词和*poi*以及*amēchanōn*放在一起。关于这几行的重要性，见Segal, "Electra", 514以及531-4对于*logos/ergon*（言说/行动）的综述；亦见Woodard（Ⅰ）175ff., 191ff.以及（Ⅱ）213。

台词的存在（参1372-3）。

在奥瑞斯特斯目标明确的言说（logos）取得成功的情况下，埃勒克特拉全然沉浸在了行动（ergon）的暴力中。她的行动（ergon）带来了"自由"（1509）的悲剧代价。当她完全身处言说的领域时，她显得高贵、大气，甚至带有一种柔和感，她也因此和典范母性形象普罗克涅和尼奥贝产生联系。当言辞和行动杂糅在一起时，后者严酷的现实性便支配了前者精神中蕴含的正直与高贵。因此，当她在这场行动的高潮（1415-6）喊道"可以的话，再给她一击"，埃勒克特拉便从像普罗克涅和尼奥贝那样悲叹不息的"痛苦之母"的形象走向了另一个全然不同的故事原型——一个兼具毁灭性和复仇心的女性形象，那就是《阿伽门农》里的克吕泰墨涅斯特拉，埃勒克特拉在象征的意义上在不断地重复她的行为（参《阿伽门农》1343-4）。完全在行动下失色的言说（logos）失去了自主性，而人本可借此自主性超越流血复仇的封闭循环。行动将一切都吞噬了，没有为新的愿景留下任何能够超脱当前黑暗的情势（参1493-4，1497-8）和必然性（anagkē，256，309，1497）的余地。

奥瑞斯特斯通过牢牢地抓住这全神贯注的时刻（euthys，立即，1505）及在这当中完成的杀戮（kteinein，1507）结束了本剧。只有埃吉斯托斯将目光放到"未来"（1498）之上。奥瑞斯特斯在这一幕中两次都语带讥讽地提到了预言（1481，1499）。预言是一种超越当下的言说，是所有的言辞（logoi）里最具有迷惑性的一种。即使奥瑞斯特斯觉得自己能够将言说（logos）操纵自如，他在开场和弑母这两件事上也仍然依赖着这种最艰深和最难以把握的言说形式（31行及以下，1424-5）。

埃吉斯托斯在这里扮演了一个不太像样的先知，他对"佩洛普斯族人现在与未来的苦难"作出了预言（1498），这对埃勒克特拉想要"从旧日的苦难中解脱"的希望（1489-90）以及奥瑞斯特斯心无杂念地专注于此刻的行动（*ergon*，1501行及以下）都形成了影响。作为已经受到正义惩罚的有罪之人，埃吉斯托斯一时复刻了另一位作出预言的受害者形象——《阿伽门农》里的卡珊德拉，她冲进了宫室之内，在说出没有人能理解和认同的真相之后遭到杀害。

言说（*logos*）和行动（*ergon*）之间相反的作用力与言说（*logos*）本身内在的悖谬在埃勒克特拉的人格特点上展现得最为淋漓尽致。[101] 对她来说，真假、爱恨、亲疏之间的鸿沟豁开了最深广、最令人绝望的深渊。埃勒克特拉背负着摇摆于表象与真实之间的言说（*logos*）带来的悲剧压力，她甚至几乎变成了自己邪恶的对立面——克吕泰墨涅斯特拉。就这一点而言，言说（*logos*）本身也面临着变成带有毁灭性的对立面的危险，即涵盖着背叛和凶杀的行动（*ergon*）。

欺骗性的言说所取得的胜利让这一切走向了终极的混乱：亲人与敌人、人与野兽、活人与死人、高尚与邪恶，这些都是文明旨在奠定的事物之间的对立区别。本剧最后一场"醒悟"（*anagnorisis*）是埃吉斯托斯恍然大悟地明白了颠倒正反的谜样"词语"是怎么一回事（1476-9）：

> 埃：真不幸啊，我是掉进了什么人的罗网中？
> 奥：你难道没有注意到，你早前一直在自己的话里把活人等同于死人吗？
> 埃：哎呀，我明白那话（*to epos*）是什么意思了。

---

[101] 见 Woodard（I）168："埃勒克特拉作为主角的作用其实在于极力铺陈各种残酷的情况下浮现的外在的分歧，就像开场中埃勒克特拉和奥瑞斯特斯之间的生离死别一样。"亦见 Gellie 218。关于 *logos*/*ergon* 的概论可参 Minadeo 著作多处。

和《特拉基斯少女》一样,这里所"揭开"的正是人对于暴力和毁灭,甚至可能是自我欺骗的感知能力(比较《特拉基斯少女》1078行"*ek kalmmatōn*"与《埃勒克特拉》1468行的"*pan kalymma*")。当"面纱从活人与死人(1468行的"眼睛"均能指代两者)的眼前"移开以后,悲剧的最后一场行动——正义的谋杀——便得以实现,或说至少得以着手实现,在母亲被杀的尸体暴露在舞台之前。[102]

这场"醒悟"跟剧中其他的"醒悟"没有太大差别,它没有让附着于言说的歧义性消失。直到最后一刻,"言说"(*logos*)依然保持着欺骗的力量。它既像是一块扭曲的镜面,又像是一块清澈的玻璃。诸如"可见的"(*emphanes*)、"清晰的"(*saphes*)、"证明"(*tekmērion*)这类词语的反复出现,以及对"掩盖"(*kryptein*)的不断强调,都突出了穿透表象抵达真相的困难。[103]因而,骨灰瓮尽管是重建正义的关键之物,却也模糊了生死的界限。让奥瑞斯特斯一会是死的一会又是活的(1228-9)的"器具"(*mēchani*),让埃勒克特拉经受了一场真与假、生与死无尽循环的痛苦。[104]正如她在相认一幕的结尾所说的那样,在言说(*logos*)几乎快要摧毁她的那一刻,"事实"(*ergon*)让她无比快乐(1359-60)。

正如我先前提到的,《埃勒克特拉》关注表象和真实两者与言说和语言的关系,这一点与欧里庇得斯的《海伦》是紧密

---

[102] Sheppard(Ⅱ)8评论道,它是"沉默的见证者"。

[103] 视觉:422–5,761–2,878行及以下,903–4,1459–60,1466–9,1475;听觉:884,926,1406行及以下;*phaneros*: 833;*emphanes*: 1108–9,1454;*saphes*: 23,885,1115,1223,1366;*semeia*: 24,886;*tekmērion*: 774,904,1108–9;*kryptein*: 55,436,490–1,638,825,1294;见Kamerbeek对923行的评注。

[104] 见Kells对1228—1229行的评注。

呼应的，后者亦是在索福克勒斯这部戏剧写作的那几年间写成的（参《海伦》1049-52；《埃勒克特拉》59行及以下）。[105] 不过，在《海伦》一剧中，言说（logos）欺骗的力量又被它建构的力量中和了。而在本剧中，真假交织的言说却让埃勒克特拉陷入生不如死的状态（参804-23）。海伦言如其人地以优雅而巧妙的方式运用着她的话术，从而创造了一场死亡与重生的仪式，这场仪式演绎了跨越神秘海域后的愉快归途、从冥府的游荡中回升至人间以及一场神圣的婚姻结合这一系列的故事（mythos）。[106] 没有什么能比《埃勒克特拉》结束时那场进入被死亡充斥的黑暗家宅的行动更加深刻的了。埃勒克特拉"光彩的容颜"（1177）和海伦不一样，并不依靠神力维持。《埃勒克特拉》中的言说（logos）没有海伦那样的风度和美丽（charis）予以加持，无法超越裹挟着这个家庭及其成员的那些仇恨、复仇和荒芜的往复循环。在欧里庇得斯的笔下，海伦的诡计一方面被其赋予生命的作用所中和，另一方面又和那个前去特洛伊的多情而模糊的海伦形象相区别，它可以说象征了艺术神奇的重建力量；带有欺骗性的美反而真实地展现了人间的美好、高尚和忠贞。然而，索福克勒斯的戏剧彰显的却是悲剧艺术的矛盾性力量，它对人生的苦难进行了集中的本质化呈现，同时又展现出了这个似乎充斥着苦难的世界里昂扬前进甚至超越其上的精神力量。

骨灰瓮也许是全剧中表现这一矛盾最丰厚的意象了。它将大和小、英雄主义和阴谋诡计、实质和虚影、真实与象征之间的对立都融合到一起了。它既是象征着虚假死亡的符号，也

---

[105] 见上文注16。
[106] 见 C. Segal, "The Two Worlds of Euripides' *Helen*", *TAPA* 102（1971）553-614，特别是600-4，610-2。

是让奥瑞斯特斯"死而复生"的手段。当看到这样具体可感的物件而不仅仅只是克律索特弥斯口头的叙述时,埃勒克特拉得以打破将自己与兄弟分开的言语(logoi)的藩篱。至少,她暂时地将欺骗和谎言的工具(54行及以下)转变成重新创造爱与真相的方法。

骨灰瓮同样也是剧中恰如其分地表现语言含混性的象征。作为一件艺术品,它本身的故事既包含着真相又同时在揭开真相。它是一件精雕细刻的造型艺术品(参"*typōma chalkopleuron*",54),虽然装载了虚假的内容,但正是以此这一谬误重新建立了真相。即使如此,也只有当埃勒克特拉将物件放到一旁去拥抱活生生的身体的时候,真相才真正揭晓,仿佛虚构的叙事一旦完成了它的任务,就必须不带留恋地让它消失。

就像《李尔王》中那场哄骗的跳崖自尽一样,虚构与真实在骨灰瓮的象征意义上的交织在本质上是**戏剧性**的,或者说,它从视觉上对戏剧虚构叙事本质进行了探索。[107] 身为观众的我们看到的是,埃勒克特拉因为一件死物而痛苦得几近崩溃,而她真正的亲兄弟其实正活生生地站在她面前。为了让这一幕释放出最大的戏剧张力,她必须为了真正的"奥瑞斯特斯"而在骨灰瓮上寄予最激烈的情感,直到她终于相信活人的存在,并为之摒弃虚假的符号。唯有全情投入骨灰瓮引发的幻觉和情绪之中,埃勒克特拉才能把幻象转换成真相。与此同时,作为看客的我们也在经历一个类似的过程,我们屈服于其

---

[107] 见 Jan Kott, "Theatre and Literature", *Papers in Dramatic Theory and Criticism Presented at the University of Iowa*, April 7, 1967, ed. David M. Knauf(Iowa City 1969)37-45;亦见 David Cole, *The Theatrical Event*(Middletown, Conn., 1975)第1章,其中讨论了戏剧表演中"想象的实存"这一概念。关于骨灰瓮所体现的相关特点,见我的"Visual Symbolism and Visual Effects in Sophocles"一文,*CW* 74(1980/81)136。

中的情感力量甚至是虚构的痛苦，就是为了让最终的真相重塑现实世界，并从中获得裨益。这一矛盾是所有文学虚构作品的矛盾性之所在，而它在这里呈现为相应的视觉化和戏剧化表达：骨灰瓮和活着的人，它们同一时间触手可及地出现在我们眼前，让表面的"虚构故事"和掩藏其下的"真相"之间的张力具象化。"意义"因此便存在于虚假与真实所呈现的意象的张力之中。

骨灰瓮在表象与现实、语言与行动之间发挥的中介作用亦让它成为艺术本身的象征。从更宽泛的角度来说，它指向人在一般意义上对现实进行象征化再现的双重性。骨灰瓮本身没有什么内在价值，仅仅通过它装载的内容以及它附属且依凭的言说（logos）所表达的意涵来显示自己的价值，因此它也意味着所指/能指（signified/signifier）关系中能指的含混性。语言和其他的象征都是任意产生、可被操控的符号；它们既可用于真相，又可用于宣传，既能出于正义，又能服务于压迫。从一开始，奥瑞斯特斯就把骨灰瓮用作谋求权力和成功的不道德手段。而最终，他必须放下骨灰瓮，好让他的姐姐不再拿着那个装着假骨灰的金属容器，而是用双手拥抱自己兄弟那具活生生的温暖的身体。令人欣慰的是，骨灰瓮在埃勒克特拉身上引起的情感共鸣超越了奥瑞斯特斯使用它时冷酷的理性算计。换句话说，它作为一个在情感层面上承载着宗教和家庭纽带的文化象征所起的作用，远远超过了它作为展现言说（logos）的力量的寓意，它是语言操纵和控制现实的反面。

但骨灰瓮的作用不仅仅止于相认的一幕。暂且不谈它让姐弟之间的相亲相爱（1232-3）获得了"新生"，它亦被引进了家宅之中去完成最后母子之间的骗局。起初骨灰瓮也引起了克吕泰墨涅斯特拉的强烈反应（"身为母亲真是可怕"，770-1），但这些都没有打破虚伪的言说（logos），它将骨灰瓮包裹起

288

第八章 《埃勒克特拉》　557

来，让众人无法触及拿着它的真实的奥瑞斯特斯。直到最后，骨灰瓮对克吕泰墨涅斯特拉来说都依然是一个谎言的工具，一个崩坏的爱（philia）的图腾。

尽管骨灰瓮让奥瑞斯特斯得以进入家门，但它对于这个家的其他成员的影响则一直徘徊不去。克吕泰墨涅斯特拉一直处在它带来的影响之下，即使在弑母发生的那一刻她也一直将注意力放在骨灰瓮上：奥瑞斯特斯发起一击时她正在为了葬礼装点这个骨灰瓮（1400-1）。这一象征在这一刻完全地展示了其悖谬之处，这一点其实和克吕泰墨涅斯特拉对于"死去的"奥瑞斯特斯自相矛盾的态度是相关的。两相对抗的埃勒克特拉和克吕泰墨涅斯特拉各自都能透过骨灰瓮体会到家庭关系的真相。

另一方面，并未投身于正义与罪恶之争的克律索特弥斯则自始至终都没有接触过骨灰瓮。她和奥瑞斯特斯的接触仅限于远离家宅的父亲坟冢上的那些供品。即使在此处，她根据看到的景象所讲出的言语（logos）也从未像骨灰瓮那样以一种具象的视觉符号呈现出来。她说的话（logos）虽在事实上无误，却被埃勒克特拉那番虽有谬误但情感激烈的言说（logos）比了下去，后者尽管不符合客观事实，却蕴含着深刻的象征性真相——在阿尔戈斯，希望与生命已然消失殆尽。唯有这场与象征着死亡的骨灰瓮的惊人相遇和由此引发的一系列反转才能彻底扭转不失真相的谎言与寓意重生的死亡之间的矛盾关系。

在剧中这场蒙骗和谋杀埃吉斯托斯的最后的骗局里，骨灰瓮已然被弃之不用。埃吉斯托斯可能并未得知，信使其实是带着奥瑞斯特斯的"骨灰"而非尸体前来的。因此，他其实做好了裹尸布盖着的人会是奥瑞斯特斯的心理准备。克吕泰墨涅斯特拉的尸体则带来了更具戏剧性的一幕。自然流露的舞台效果与其中的深意交相辉映。

骨灰瓮承载的是浓烈的爱（philia）和血亲的纽带，亲人可以拿起它、触碰它、处置它，但如若被用作对外人埃吉斯托斯复仇的工具，就不合适了。因此，埃吉斯托斯并不是死在这个象征着喜悦和痛苦的图腾之下，而这份喜悦和痛苦唯有家宅之内的血亲在骨灰瓮呈现的失去和失而复得的经历中才能感受得到。他的死来自那位蒙着布的女人（此处指克吕泰墨涅斯特拉。——译者注），她正是埃吉斯托斯在迈锡尼享受的财富和权力的奖赏和工具。这意味着戏剧行动从言说（logos）的领域转向了纯粹的行动（ergon），从欺骗转向直接的行为，容器内的假骨灰如今被曝露在外的真正的尸体所替代。

剧情在某种意义上愈发地接近真相和可感的现实了，它从三场骗局徐徐展开：首先是保傅在戏剧中段那番精心设计的假话，然后是装着子虚乌有的骨灰的骨灰瓮，最后是克吕泰墨涅斯特拉的尸体。[108]当我们从听来的故事走向可见的符号，从容器走向真正的尸体，死亡在物理意义上的现实性就变得更近了。

但是，由物及人、从表象走向真实的戏剧行动依旧充满了矛盾。现实与情感的设计和象征性的间离效果一次又一次地向更深的层次推进。代表着这个堕落世界的混乱价值观的最终的可怕标志是，子女居然可以将母亲的尸体用作最后施行暴力和"正义"的诡计。一方面，将克吕泰墨涅斯特拉的尸体用作伏击埃吉斯托斯的诱饵是一种基于她曾在新伴侣的陪同下残忍对待自己丈夫尸体的诗学正义（267-81，442-7）；另一方面，

---

[108] Woodard（I）196："尸布之下克吕泰墨涅斯特拉的尸体和奥瑞斯特斯的骨灰瓮起到了相同的作用，两者都是颠覆幻象与真实的中心点。"但必须补充的是，子虚乌有的骨灰和真实的尸体两者所呈现的最为本质的戏剧效果都是为了骗人耳目。

此举亦可看作对抗文明化行为、血缘的神圣性和葬礼仪式的另一种义愤(1487-90)。

十

《埃勒克特拉》的戏剧力量很大程度来自主角埃勒克特拉的丰富性——身为一个情感极其强烈的女子,她的爱的能力最终转向了死亡和仇恨。身处在这样一个道德崩坏的世界,与时俯仰的克律索特弥斯能够活下来,野心勃勃的奥瑞斯特斯也可以,唯独埃勒克特拉不行。

剧中生与死、言说(logos)和行动(ergon)的颠覆让埃勒克特拉个人不幸的悲剧上升为整个城邦和整个文明的悲剧。言说(logos)的失败不仅仅是个人层面上沟通交流的失败,同时也是人的文明化力量的失败:它揭示了人操纵言说(logos)的心理架构并将自我从现实剥离这一能力的问题所在。

骨灰瓮象征了这一切的颠覆。它是一个人用以控制自己对于现实的隐忧的工艺品;一个包含宗教意味的物件,能够承载最强烈的情感;一个生命中看似不可得的爱与喜悦的替代品;一件精雕细琢的容器,既是工具,也是言语和行动背后复杂计谋的象征。它坚硬的外壳下其实空空如也,但作为纯粹的象征,它既能揭示真相,也能骗人耳目,既能使人在可怕的孤独中形影相吊,也能引导亲人相认,既能伸张爱的意义,也能成为弑母的帮凶。

言说(logos)不断变换的作用不仅是对艺术和悲剧话语的特殊性的反思,也是对公元前5世纪最后几十年的雅典城邦的反思。[109] 这个伟大的城邦和拥有伟大灵魂的女主角一

---

[109] 关于这种解读观点见Segal, "Electra", 545。

样,也被某种限制甚至扭曲了其本质和目的的"必然性"(参256,309,620)裹挟了。这让我们想起修昔底德对战争的看法,他把战争看成是一位"使用暴力的老师"、"严酷的老师"(*biaios didaskalos*),它让城邦的创造力变成了破坏性。而在剧中,"赫拉光荣的神殿"(8)、"光辉的迈锡尼大地"(160-1)和"光荣的著名庆典,德尔斐的竞技会"(681-2)正是埃勒克特拉所必须表现出的不孝的虔敬的背景。正如这些"光荣的"(*kleinos*)背景环境与在它们之中上演的那些不光彩的行为形成了反差,描述着皮托竞技赛的英雄式话语也和它所起到的欺骗性的作用形成了反差,阴暗的个人目的和庆典的公共性质也形成了对比。这一幕实际上微观化地呈现了伟大将领(1-2,695)所统率的"光荣的希腊远征军"(694-5)和被夺权的王子所做的非英雄行为之间的差异。但这些公共的荣光并不是唯一一件逐渐消失和遭到损毁的东西。这一切的消失以象征化的表达在埃勒克特拉身上集中地呈现,她那"光彩的形象"(*kleinon eidos*,1177)在经年的等待中被消磨,她的美貌全因她了无生趣地将全盘心思放在了一场行动之上而逐渐凋零,这场行动本身不见得带来任何好处,只是能让人从过往的罪恶中解脱(1489-90)出来,但这样的解脱也仍然带着悖谬和限制条件。

人与自然世界和超自然世界之间无法实现任何形式的调和,这使得《埃勒克特拉》剧中人的行动变得贫瘠而孤立。我们几乎全然被戏剧行动的前景纳入其中。《奥瑞斯提亚》三联剧结束于歌队胜利的歌唱和仪式性的列队游行,但在此处却降格为矛盾重重的话语和不情不愿地走向家宅的个体行动,而这个家宅与神圣秩序之间的联系依旧不清不楚、飘忽不定。索福克勒斯似乎有意去掉了埃斯库罗斯版本的故事里精心添加的许多丰富的传奇色彩。合唱歌的唱词很零散,且大部分内容都局限为对当下情势的讨论。即使是出现在文中为数不多的神话故事也只是一笔带过。[110]在索福克勒斯的所有作品里,本剧与神明相关的内容是最为简省的。与《奥瑞斯提亚》三联剧中如灯塔一般恢弘的言辞不同,甚至和索福克勒斯的其他作品如《特拉基斯少女》《奥狄浦斯王》或《埃阿斯》亦大相径庭,本剧在空间上的狭窄限制和它没有过多地涉及神话与神明这一层面是相符的。人物只能面对他们自身,但在这样高度集中和贫乏的世界里,他们似乎也没有太多脱胎换骨的办法。

在本剧的戏剧行动中,文明化秩序的破坏体现在空间、仪式、家庭与动植物以及语言等各个维度上。这一切都映射出了一个扭曲的、个人的、政治的和自然的世界。《埃勒克特拉》最特别的一点在于,这些扭曲都汇聚到了一个角色的人物形象上,同时凝练地集中在空间和行动的层面上。就埃勒克特拉的人物塑造而言,弗吉尼亚·伍尔芙曾经说过,索福克勒斯将"每一笔都刻画得入骨":

> 他笔下的埃勒克特拉在我们眼前好像被死死地捆住了,只能这里挪一点,那里挪一步,但每一步都用尽了力气,或者说,她被束缚到了这样一种地步,以至于她拒绝一切能带来解绑的暗示、重复和可能性,她只能呆若木鸡地被死死地捆住。事实上,她没有什么言语的危机可言,有的只是绝望、喜悦和仇恨的呐喊。[111]

索福克勒斯最后两部流传下来的作品《菲罗克忒忒斯》和《奥狄浦斯在科洛诺斯》大约写作于《埃勒克特拉》成文以

---

[110] Segal, "Electra", 544.
[111] 弗吉尼亚·伍尔芙(见注40),27页。

后的十年间，在这两部作品里，精简化的世界又重新变得开放了。一度在《埃勒克特拉》里显得遥不可及的神明又重新来到了台前。人的行动再一次在一个更加宏大的超现实框架中拥有了它的位置，从而为一个更加广阔且依旧神秘的神圣目标服务。

颇为矛盾的是，人的行动在宗教层面上的深化并不意味着人的文明化力量的减弱。对索福克勒斯而言，力量从来都不是自发产生的。就像《安提戈涅》里的"人颂"所点出的那样，只有当人意识到且不断地将自己头脑和内心的非凡力量发展下去，而且对周遭的广阔世界里的种种规律和神明那不断地影响着其人生的神秘力量予以承认时，人才是真正地实现了文明化。

第九章 《菲罗克忒忒斯》：神话与诸神

一

菲罗克忒忒斯所在的"四面环海的利姆诺斯"大概不会有祭坛之类的建筑物。索福克勒斯不仅浓墨重彩地将一座著名的岛屿诗化为一块荒渺无人之地，在创造他笔下的英雄时（他的奋力求生反映着初民建立文明的努力），他还有意忽略崇拜诸神的制度，而在公元前5世纪这是思考文化起源的关键问题。[1] 在这个方面，这位英雄是"野蛮的"、粗野的、未开化的（*agrios*）；该修饰词正是他自己以及其他人对其性格的描述用语（226，1321）。[2] 不仅如此，他的"野蛮"是"多因素决定的"，尤其被"野蛮的疾病"（*agria nosos*，173，265）所决定，这种疾病既是他被放逐到无人岛的原因也是其结果。在这十年间，歌队说，他没有面包、没有"神圣土地的种子"（707），更没有

---

[1] 例如 Aesch., *PV* 484–99; Plato, *Protag.* 322a; Diodorus 1.16.1; Eur., *Suppl.* 211–3; Democritus 68A74–75DK; Prodicus 84B 5DK; Critias 88B25.12ff.DK。参 A. T. Cole, *Democritus and the Sources of Greek Anthropology*, APA Monographs 25（1967）第2与第3章。在荷马式的《阿波罗颂》中，克里特水手一到达异域海岸就会建立圣坛（502–10）。关于本剧中的智者派元素，见 Peter Rose, "Sophocles' *Philoctetes* and the Teachings of the Sophists," *HSCP* 80（1976）49–105, 尤其49–64（下文简引作 Rose）。

[2] 关于菲罗克忒忒斯的野蛮状态，参 Vidal-Naquet, "Le 'Philoctète' de Sophocle et l'éphébie," *MT* 168–72; C. Segal, "Divino e umano nel *Filottete* di Sofocle," *QUCC* 23（1976）73（下文简引作 Segal, "Divino"）; F. Turato, *La crisi della citta e l'ideologia del selvaggio*（Rome 1979）127–36。

酒。被称为"在杯中与奠酒仪式中的愉悦之物"(oinochyton pōma, 714-5)的酒,在索福克勒斯笔下,特别显出其宗教仪式的含义。缺乏面包的菲罗克忒忒斯被剥夺了最能体现属人文明程度的食物以及最能体现大地(它本身就是属神的或"神圣的")的富饶慷慨的基本标志。[3]缺乏酒的他就无法对诸神进行最简单的献祭。

文明与野蛮的种种颠转以及赫拉克勒斯的在场让《菲罗克忒忒斯》与《特拉基斯少女》具有了某种亲缘性:一面是属于古风怪物的野兽世界,另一面是荒渺无人的岛屿、其居住者的粗野生活及其野蛮的疾病。只有在这两部戏剧中(除去《埃阿斯》其中一部分),城邦的文明空间被置于背景中,而由山河荒海构成的荒野之景占据着戏剧的前景。在这两部戏剧中,残暴不仁的疼痛冷酷无情地让英雄直面其动物本性的事实。《特拉基斯少女》中的赫拉克勒斯恶疾缠身。不像《阿伽门农》里的卡珊德拉因神灵感应而无法表达自己,赫拉克勒斯失去语言表达能力只是因为身体的剧烈疼痛。这种疼痛是活的,有生命的,在两部剧中都被比喻为一头"吞噬一切的野兽"(《特拉基斯少女》1084;《菲罗克忒忒斯》7)。在其生命和艺术里,索福克勒斯似乎特别关心疾病及其治疗与兽性和神性的关系。他将蛇形的治疗之神迎进他的家中,也因为这一举动,他本人在死后被尊奉为神,某种被称作英雄、德克希翁、接纳者的神。[4]

《菲罗克忒忒斯》的赫拉克勒斯与此前剧作里的赫拉克勒斯多少有某种相似性,正如《奥狄浦斯在科洛诺斯》的奥狄浦斯与《奥狄浦斯王》的奥狄浦斯之间的相似性。在这两个地方,此前的英雄如今完全将自己与"野兽的双身(double)"分

---

[3] 注意在帕台农神庙东腰线上(nos. 2526)得墨忒尔和狄奥尼索斯的关联,这种关联也见于 Eur., *Ba*. 274-85,一般认为这个文段受到普罗迪科斯的影响。

[4] 参 A. Lesky, *TDH* 173-4。

离开来,并有效地弥合了野兽与神明之间的距离。这个距离在《菲罗克忒忒斯》中是至关重要的问题,并自始至终与赫拉克勒斯和他的弓矢相关。在两部戏剧里,英雄始于某种野兽式的存在而终于由诸神意志直接规定之命运的实现;英雄的任务是依据神圣意图去理解并接受他的人生。在两部作品中,这些意图呈现为对英雄自身意志或自主性的暴力摧毁;但在《特拉基斯少女》里,如我们所见,诸神的意图更为模糊,而对英雄施加的暴力也更为可怕。《特拉基斯少女》中的赫拉克勒斯是所有人类苦难的典型:他渴求无忧无虑的永恒生活,却以痛苦与死亡结束一生。他唯一的"解脱",亦即所谓的神化,蒙上了一层不确定性。在《菲罗克忒忒斯》里,苦难同样强烈,但在一个更高贵的命运中实现对痛苦的克服和超越,对"不朽卓越"的追寻(《菲罗克忒忒斯》1420)这个希望并非遥不可及。虽然如此,在两部戏剧中,苦难的解脱必须首先对自我中的那个超出常规生活范围的部分进行价值认可。这种价值认可与赫拉克勒斯对其有死性与肉身性的超越有关。这点在《特拉基斯少女》中并不清楚,但《菲罗克忒忒斯》清楚地呈现了这种价值认可。

赫拉克勒斯进行文明构造的角色,在《特拉基斯少女》中并不确定,这一角色被重新赋予到菲罗克忒忒斯身上——此前是他的作战伙伴,如今象征着他另一个自我。怪物的残暴杀手如今被完全社会化并毫无疑问地被神圣化。由此他带来了在致死的苦难中获得的进行文明构造的力量(参《特拉基斯少女》1259-63)。他的复归标志着菲罗克忒忒斯在利姆诺斯经历了长时间的肉身和精神的双重考验后获得了这些内在品质。九年的时间象征性地凝结为戏剧中一天经历的忍耐、变迁以及选择。但与野性对抗的这些时日,正如赫拉克勒斯在《特拉基斯少女》中漫游以及与怪物战斗的时日,既使灵魂变得凶残冷漠，也使之变得不愠不火。在后一部戏剧里，赫拉克勒斯的任务是向菲罗克忒忒斯解释他所忍受的时光并不是无意义的，就算只是勉强度日的幸存者，只要他是属人的存在，他的身上必然有精神的和文明的部分。

那些使人征服自然世界的特征摇摆在一系列对立项之间。火，文明的基本工具，在两部剧中都象征着人性中具有毁灭性的、野兽般的激情。许德拉的毒液在《特拉基斯少女》中是进一步征服地上怪物的工具，但也象征着内在于赫拉克勒斯灵魂的野兽性。弓矢曾经是驯服土地的武器，如今，最初是菲罗克忒忒斯在利姆诺斯继续野蛮地活下去的手段，直到赫拉克勒斯，那位在前一部剧中受伤、兽化的英雄，向他表明如何将弓矢变成治疗而非保住那由野兽的攻击造成的创伤的手段。

在戏剧氛围和风格上，两部戏剧判然不同。对大部分读者而言，《特拉基斯少女》似乎在其神话以及戏剧表达上最具古风，而《菲罗克忒忒斯》则最为现代。《特拉基斯少女》中的野兽世界显得像穴居时代的幸存地，一个我们会天真地相信简单明了的古典启蒙理性主义所追寻的时代。初看，《菲罗克忒忒斯》中几乎完全没有原始时代那些恐怖可怕的巨兽。不像忒拜联剧中的那些诅咒，这里没有存在于模糊记忆中的先祖诅咒逼迫着行动者。相反地，整个舞台充满人际关系与行动者的决定。从现代角度来看，本剧中的核心张力存在于那个令人反感但又不可或缺的异化的个人与需要他但又利（滥）用他的社会之间，用埃德蒙·威尔森（Edmund Wilson）的著名表述来说就是，存在于"创伤与弓矢"之间。[5]

不过，这种现代性充满迷惑性。和所有索福克勒斯的作品一样，《菲罗克忒忒斯》不仅仅是对性格或人际关系的研究，

---

[5] Edmund Wilson, *The Wound and the Bow* (Boston 1941) 272–95.

尽管这些也很重要。的确,菲罗克忒忒斯和涅奥普托勒摩斯之间逐渐形成了友谊;后者在寻求确立他的英雄身份,也在寻求一位能充当其父亲的人物,而前者与自己的英雄往事、与自己的共同体之间存在矛盾关系——这些都是《菲罗克忒忒斯》的主题。不过,正如在其他戏剧中,纯粹属人的主题始终与属神的主题相关。属人境况及其社会处境从来不是独立自主的。"什么是人?"这个问题在索福克勒斯笔下涉及一种更宏大的命运之实现,也涉及一种独特怪异的性情之秉有。[6] 在索福克勒斯那里,成为一位英雄意味着接受、承受并痛苦地实现某种由神明(亦即某种无法被英雄直接理解的存在)赋予的命运,而这将使他与大众分离,并使他成为既值得效仿又令人害怕的人物。

社会问题、个人问题以及古代神话模式的纠缠混合使得《菲罗克忒忒斯》成了一部具有多重含义的作品。弓矢既是一种技术力量的象征,又是属于一位伟大者、一位已逝君王的神奇护身符。利姆诺斯是野蛮之地的一个缩影,在其中原始人对抗着怀有敌意的自然环境,但这也是一个神话寓言中灵魂游历会经过的岛屿:在这里,旧我死去并复活,一个新世界秩序将会象征性地重生。[7] 创伤意指一个"被野蛮化的"灵魂的心理

---

[6] 参 Hans Diller, "Menschendarstellung und Handlungsführung bei Sophokles," *Antike u. Abendland* 6 (1957) 168-9; Jones, 第1章, 尤其 16ff.; Charles Garton, "Characterization in Greek Tragedy," *JHS* 77 (1957) 247-54。Letters 283 的表述妥帖均衡:"别言之,尽管本剧,作为一部人物剧,通过三位个性互相冲突的人物之行动而展开,诸神高高在上的干预始终清楚可见,他们抓好人物身上的缰绳,巧妙地利用地上的每次转弯与偏斜,驾驭着他们的任意妄为,也领他们并肩回家。"一般的讨论见本书第一章第五节以及注13—14。

[7] 参 C. Segal, "Philoctetes and the Imperishable Piety," *Hermes* 105 (1977) 153(下文简引为 "Piety")。另见下文第九节。

疾病，同时也指一种虚弱，一个受创的世界秩序逐渐减弱的生命力——在其中，一位具有合法性的君王，或者说剧中的那位英雄君主道德价值的合法持有者，受到创伤、变得虚弱、遭到放逐。

令许多现代读者和批评者感到烦恼的这三个主题，神谕、创伤以及剧末的机械降神（deus ex machina），是本剧最具索福克勒斯风格的特点，也因此最难从现代的角度进行理解。行动的两个层面，属人的和属神的，是不可分割的。这两个方面属于一个总体宇宙论意识，而这部悲剧再现的神话事件也处在这个宇宙论意识之中。本剧不仅结束于一位神祇在舞台上的显现，而且它最后的抑扬格三音步诗行是对永不消逝的"虔诚"的劝勉（1440-4）。[8] 在对那些既近又远的神圣力量的祈祷与呼告中，主要人物离开了舞台（1445行及以下，1454行及以下，1464行及以下，1469行及以下）。

正如其他剧目中的英雄，菲罗克忒忒斯绕开了存在于野兽与神明之间的那些被调解的、文明的事物。他的武器具有某种神样的力量，但他只用它来维持一种野兽式的生存，在洞穴中独居，靠打猎勉强度日。文明人会学习如何抑制其毁灭性与侵略性欲望并使之转化为对社会有用的力量；与此不同，远离社会的菲罗克忒忒斯独自过着一种肉食动物的生活。他是一位缺乏社会活动的猎人/杀手，这使他更接近他猎杀的野兽，而非他视之为敌人的人类。然而，他注定夺取特洛伊并赢得不朽荣誉。

本剧中，菲罗克忒忒斯的弓（他拥有这把弓只是因为他过去与赫拉克勒斯的友谊）使得友谊关系获得了更新，而这伴

---

[8] 关于1440行及以下及其在整部剧中的意义，参我的"Piety"（前注）133-58及下一章。

随着仪式行动的更新（仪式行动指那些与"神圣事物"[hosia，662]相关的通过姿势和言辞进行的交换）：菲罗克忒忒斯将弓交给涅奥普托勒摩斯，而后者将"礼敬它，如同礼敬一位神"（657）。不仅弓矢的交换确立了英雄之间的友谊，正如它此前在菲罗克忒忒斯与赫拉克勒斯之间所做的那样，它也象征着仪式的更新，利姆诺斯岛上那位英雄正因其缺乏仪式及其更新而表现出野蛮的一面。

菲罗克忒忒斯在蛮荒之地的放逐具有宗教与世俗两个层面的含义，而这也构成了他与环境之间的独特关系。他是初民的原型：为了获得生活必需物，他不得不对抗并不友好的自然。但他身处之地是真正的"无神的自然"（entgötterte Natur；参席勒《希腊诸神》。——译者注），一个与神启和菲罗克忒忒斯一样遥远的地方。无特征的、无人格的、无人尊崇的、无语的利姆诺斯，它仿似原子论者所说的那个去神话化的世界，或者是智者派的人类学口中那个充满挑战，等待着人的统治与开发的自然环境。[9]

二

我们首先看到的不是英雄本人，而是他那些简朴无华的物品，标志着他的意志与他为生存所做的努力。无法果腹的食物，难遮头的掩蔽所，"勉强过活的物资"（oikopoios trophē，32），生火木料（36），还有一只由单块木料雕成的杯子（autoxylon ekpōma，35）——形容词"单块木料的"强调了工具的原始状态。主题与词汇（例如制作这个杯子所用的"装置"或"手艺"[technēmata]）都隐约指向智者时代的文化史。

---

[9] 关于菲罗克忒忒斯所在的利姆诺斯的这个方面，参Rose 58-64。

在《安提戈涅》中呈现的对人类文明的解释里，索福克勒斯颂扬了人的"机巧的工艺和技艺装置"。[10] 在寻找菲罗克忒忒斯病足的外部迹象（涅奥普托勒摩斯嗅到难闻的气味，38-9）时，尤其体现着人类的足智多谋的奥德修斯推测他可能拥有某种治疗性的植物或止痛药（44），他甚至可能正在搜集这些植物。[11] 菲罗克忒忒斯后来承认这类原始药物的存在（649-50；参698）。此外，索福克勒斯提醒了我们医学在智者派的人类学中的位置，而这个话题也在"人颂"中有所涉及（《安提戈涅》353-4）。[12]

和初民一样，菲罗克忒忒斯生活在一个洞穴里。[13] 涅奥普托勒摩斯发现了生火木料（36），而菲罗克忒忒斯后来详细地告诉了他如何通过两石相击（295-9）（重新）发明火，他生存的必需物（297）。他用几乎一样的话来描述当他发现自己遭到背叛并落入陷阱时试图进行的自杀，"两石相叠"（参1002，296）。他本可继续忍受非人的自然，但他人的背叛恢复了他那令人无法忍受的旧伤，并迫使他进行那绝望的最后一跃——九年以来他一直无法下定赴死的决心。

菲罗克忒忒斯当然可以为他坚强的心智（eukardia）感到自豪，正是这种心智使他能够在嶙峋不毛之地勉强度日。在这种境况里幸存下来已经是一种英雄式的成就。因此，更令人瞩目的是在菲罗克忒忒斯为求生存所用的拙劣手艺（technēmata）

---

[10] Antigone 365. 关于本剧中与"技术"（technē）相关的词汇，参 Vidal-Naquet, MT 174 n80。

[11] 关于对菲罗克忒忒斯的洞穴的不同反应，参 Jens-Uwe Schmidt, Sopholkles, Philoktet, Eine Strukturanalyse（Heidelberg 1973）24-5。

[12] 参 Rose 59。希波克拉底学派的《古代医学论》当然是经典论据。

[13] 参 Aesch., PV 452-3; Democritus 68B5DK（vol. 2, p. 136, line 9=Diodorus 1.8.7）。

与"机巧多端"（*polymēchanos*，1135）的奥德修斯用来对付自己人而非原始自然的"邪恶的机巧狡诈"之间形成的强烈对比。当菲罗克忒忒斯就其"最令人憎恨的无赖般的精明诡计（*technēma*）"而强烈谴责涅奥普托勒摩斯时（926-7），他无法回避前者的指控，因为他运用了人类创造力中令人不齿的潜能。

熟悉索福克勒斯的观众可能会想起20年前欧里庇得斯《菲罗克忒忒斯》的开篇。在那里，这位英雄仪容不整地登台，"身披兽皮"，却赢得了奥德修斯的怜悯和同情（《金嘴迪翁演说集》59.5）。索福克勒斯笔下的奥德修斯对菲罗克忒忒斯的"手艺"进行冷静理性的描述，正如他对其突然出现进行的风险评估（41-7），这构成了本剧其中一个核心悖论的基础。

正如前一部戏剧里的埃阿斯，菲罗克忒忒斯在某种意义上是最后一位英雄。他有对理想的绝对忠诚，有一种坚定的正义感、一种温和质朴的人性，以及对人生的一种坚忍态度，亦即英雄式的忍耐德性（*tlēmosynē*或*karteria*）。此外，他与逝去的上一辈英雄互相认识，也是他们的朋友。

然而，像所有索福克勒斯笔下的伟大英雄一样，他的身份蕴含着一系列对立项。如果他是其时代中最"文明的"人，他也是最野蛮的人。对他而言，荒芜的利姆诺斯风景反映了一个对苦难漠不关心、冷酷无情的社会秩序。斗争与征服而非诸神的礼物维持着他的生活。

菲罗克忒忒斯对技术的重新发明既重演了原始人对自然的胜利，也重演了向缺乏诸神的仁慈与慷慨的原始世界的倒退。这种生活模式只能满足幸存者的基本生活，未能获得文明生活的技艺与共同体。与此相类的是普罗塔戈拉神话中人类生活的前文明阶段，那时人类分散（sporadēn）居住。[14] 他独自（monos）过着被遗弃（erēmos）的生活。后一个形容词，如约翰·琼斯（John Jones）所说，"如同本剧中反复敲响的钟声"。[15] 失朋丧邦（aphilos erēmos apolis，1018）的他既缺乏友爱（philia）的私人关系也缺乏城邦中的公共关系。用歌队的话来说（702），菲罗克忒忒斯虚弱得如同"丧亲之孺"。他缺乏家庭（oikos）的照料，他所在之地没有像母亲般照料家务的女性，只有遥遥往昔中那危险的克律塞（Chryse）。生自"最高贵的家族之一"（prōtogonoi oikoi，180-1），菲罗克忒忒斯"远离人类而与斑驳多毛的野兽"（183-4）同住一处。在其生活的空间结构中，一方面是充满敌意之海，另一方面是他在狩猎的荒芜嶙峋之地，这两个空间都在文明的藩篱之外。

驻扎在特洛伊的希腊军队要为菲罗克忒忒斯的孤寂负责。他在利姆诺斯的生活标志着希腊军队的冷漠无情，无法理解需要他们帮助的人。[16] 英雄对涅奥普托勒摩斯绝望的恳求，"切莫把我抛弃，使我远离人的足迹（anthrōpōn stibou），请带我到你的家（oikos）中，使我得救"（486-8），重复了奥德修斯开篇对利姆诺斯的描述，"没有有死者的足迹（astiptos），无人居住"（2）。奥德修斯描述的岛屿特征如今重现在其唯一一位人类居住者的口中。他极其渴望离开他孤独的处境，这使他容易受到欺骗和操纵。因此，其外部物质生活导致的"野蛮"既象

---

[14] Plato, *Protag.* 322a-b; 另见 Rose（见注1）64ff.。

[15] Jones 218; 另见 R. C. Jebb, *Sophocles, The Plays and Fragments*, Part IV, *The Philoctetes*（Cambridge 1898）对30行的评注。注意在172，183，470，471，487，954，1018等处重复出现的"单独的"（monos）或"独处的"（erēmos）。

[16] 参 Karin Alt, "Schicksal und *Physis* im Philoktet des Sophokles," *Hermes* 89 (1961) 173-4 对这种"属人的欠缺"（menschlichen Unzulänglichkeit）的讨论。

征也映衬着其疾病导致的内在"野蛮"。同样的矛盾出现在他的弓矢当中：这把维持着其残暴生活的武器既是诸神的礼物，也标志着他与他人建立友谊的能力。沼泽野兽许德拉的毒药使这些弓得以箭中必杀敌，但它们百发百中的能力也许因为有着神圣来源及其与奥林波斯阿波罗的关系。

因此，菲罗克忒忒斯的岛屿生活，就如同他的灵魂一样，包含着两个极端。但这要看接近他的人唤起哪个方面的能力，兽性的抑或神性的，毁灭的精神抑或向"永恒德能（aretē）"的迈进。当他对着嶙峋地势、汪洋海景、飞禽走兽以及他原始生活的洞穴说话时（952，936-7），他重演了向孤独野兽般生活的复归。如今，他没有交谈的伙伴（938），他只能与山林野兽建立情谊或相聚交往（synousiai，936），就像此前他与其"野兽"（参173，265，313，698）般的疾病一样（tēs nosou synousia，520）。只有最后当他重新建立对人类友谊的信任，他才能重新开启与存在于其内心和此世的神圣事物的对话。

菲罗克忒忒斯作为文明人这个身份的每个方面都是模糊不清的。他直立行走猎杀野兽，但他又是野兽般疾病的猎物，因此他跛脚而行。如果L本对214行 "agrobatas"（野地行走的）的解读方式是正确的，他的行走也有某种野蛮的特质（参 oreibatēs，"穿行山林的野兽"，955）。作为一位猎人，他的生活方式却属于更原始的采食者，而非"谋生者"（aneres alphēstai），亦即真正文明的耕作者，正如歌队在707—711行的描述。[17] 此处描述其"食物"（phorbē）的词暗指猎物或腐肉，

---

[17] 关于这种在农业之前原始的食物采集，参 Th. 1.2.2, Hdt. 1.202.1, 1.216.3, Diodorus 1.8.5（= Democr. 68 B5DK）以及 Cole（见注1）29, 37更一般的讨论。关于"谋生者"（aneresalphestai），另见 Vidal-Naquet, *MT* 169 n38。

重现在本剧中强调基本生存的必需劳动或猎杀所得猎物的语境之中。[18]这种被简化的生活极其危险,一旦猎人失去他的弓矢,他就可能被猎杀,反而成为被他食用的野兽(epherbomēn,957)的食物。他的孤独生活如同牧人的生活,在文明的边界上游走,但其田园牧音却不属于牧笛之声:它是其疼痛的"可怕尖叫"(213-8;参188-90)。[19]挣扎在生存的边界上,菲罗克忒忒斯在利姆诺斯没有多余的精力吹笛作乐(参209-18)。

菲罗克忒忒斯建造了一个庇护之地,但它是野蛮的荫蔽洞穴,就像库克洛普斯"住在洞穴里,而不在庭宇的庇护之中"(欧里庇得斯,《库克洛普斯》118)。他也没有酒、农业、安排妥当的城邦生活以及航海的工具与知识(荷马,《奥德赛》9.125-129,275-278;欧里庇得斯,《库克洛普斯》113-24)。[20]在荷马笔下,奥德修斯必须通过逃离那个居住着一位如狮子撕咬猎物那样将他吞噬的怪物的洞穴以证明他的属人身份(《奥德赛》9.292-293)。在智者派人类学中,初民"居住在山区洞穴和背阴溪谷"(莫斯吉翁,残篇6.4-6,自瑙克《希腊悲剧残篇集》),"如同野兽"(《荷马颂歌》20),直到雅典娜和赫淮斯托斯教给他们制作文明的"耀目作品"。

菲罗克忒忒斯的洞穴有一个"家宅"(oikos)的模样,但这是一个自相矛盾的"非家之家"(aoikos eisokēsis,534),这个家也并未提供"构成人类家庭的基本物资"(oikopoios...

---

[18] 例如43-4, 162, 274, 308, 700, 706, 712, 956-7, 1108-9。另见 *Ajax* 1065以及 *Antig.* 775。

[19] 关于此处牧歌意象的其他方面,参C. Segal, "Synaesthesia in Sophocles," *Illinois Class. Studies* 2(1976)92-3。

[20] 关于欧里庇得斯《库克洛普斯》的这个方面,参晚近的G. Serrao, *Museum Criticum* 4(1969)51-2; Turato(见注2)69ff.。

trophē，36）。[21] 火使洞穴变得适宜居住（*oikoumenē...pyros meta*），提供了一切家具陈设，只是无法缓解疾病的痛楚（298-9）。洞穴的嶙峋本性对应于独居者所在岛屿的荒芜本质（16，159-60，272，952，1002，1262）。这是一个"野营帐舍"（*aulion*），"该词适用于简陋的或临时搭建的用于露营的居住区"；[22] 就算如此，它也"充满苦痛"（1087）。"心智野蛮"的神圣之蛇象征着此地的冷酷残暴（*ōmophrōn*，194），它是圣坛的"管家"（*oikourōn ophis*，1328），它的非法闯入使英雄沦落到如此境地。"看管照料"（*oikourein*）在别处意味着人类的家庭（*oikos*）生活，[23] 但此处却意指一条毒蛇所管理的一个无遮无掩（"一座无掩蔽的圣坛"，1327）并缺乏人类居所之温暖的"家"。与这种自相矛盾的野蛮式"家庭照料"相对的是涅奥普托勒摩斯在人际重燃的相互同情，而菲罗克忒忒斯相信他将"以令人难以置信的方式照料着（*oikourēma*，867-8）我的希望"。

尽管重返一个人类家庭（*oikos*）并不容易，菲罗克忒忒斯坚持着某种作为文明人的标志的"家庭"感。他远在马里斯的家（*oikos*）代表着他冀而不得的远离野蛮状态的"解脱"（311，487，496）。菲罗克忒忒斯试图摆脱他的孤独与被遗弃的状态（470-1），他唤起了那些他触不可及的属于文明人性的基本关系。他称涅奥普托勒摩斯为"孩儿"（*technon*），并

---

[21] 关于534行中"居所"（*eisoikēsis*）的读法与词汇分析，参 A. A. Long, *Language and Thought in Sophocles*（London 1968）32 n16。D. Page, *PCPS* 186（1960）51提议读为"离家"（*exoikēsis*），H. Lloyd-Jones, *Gnomon* 33（1961）545的读法类似。

[22] 杰布对30行的评注。参19, 30, 152, 954, 1087, 1149。另见 Vidal-Naquet, *MT* 170 n45。

[23] 关于"照料家务者"（*oikouros*）其同源词在此处的意义，参 *Trach.* 542, *OC* 343, frag. 487.4P（447.1N）。

以"你的父亲、你的母亲、你家（*oikos*）中与你相亲的一切"（*prosphilēs*，468-9）的名义求助他。基于这个非家之家的简朴粗陋，这位被弃者得以动人地表达一个家庭应当包含的感情或友爱（*philia*，468，492）。最终，他自己的例子将让这位年轻人想起他高贵的家族遗产，那种在家庭中由父亲传给儿子的"高贵"（*gennaiotēs*）或"内在高贵"（475，799，1402；参 51，995-6）。在履行将菲罗克忒忒斯护送回家的承诺时（*pempein pros oikous*，1368，1399），丧父后生不仅真正复活了一系列的文明价值，也恢复了自己家族的英雄精神。

作为基本生存的文明与作为个人和社会道德的文明在弓矢的象征中汇聚一处。在菲罗克忒忒斯对它的使用中，它既是他的物质财产，也是一种对其生存而言必不可少的技术。不过他仍然对弓矢代表的那个更大的神人秩序缺乏内在责任感。作为阿波罗赠予赫拉克勒斯的礼物，这把弓使土地变得安全，使文明生活成为可能，也使人能参与到奥林匹亚与混沌和暴力的对抗之中。[24] 依据品达，赫拉克勒斯用它对抗巨人（《伊斯特米颂曲》6.33-35），但菲罗克忒忒斯用它捕杀小型猎物以维持他可怜且孤单的生存。在欧里庇得斯《菲罗克忒忒斯》的序幕里，这位英雄向奥德修斯指出这把弓如何提供他"生活物资和衣物"（金嘴迪翁59.11）。很可能基于欧里庇得斯或埃斯库罗斯的版本，阿基乌斯（Accius）让这位英雄哀叹他如何用"这些箭矢对付一副有羽毛但无甲胄的肉身，无任何荣誉可言"——西塞罗引用这些诗行尖酸地嘲笑自己从公共生活中退

---

[24] 参Apollodorus 2.4.11以及Diodorus 4.14.3；杰布对197—198行的评注。另见P. W. Harsh, "The Role of the Bow in the *Philoctetes* of Sophocles," *AJP* 81（1960）412; Knox, *HT* 140; Segal, "Piety," 152-3。

休后的生活。[25]弓矢曾经赢得的英雄荣誉（gloria、kleos）与它在利姆诺斯的非英雄使用之间的对比似乎是悲剧神话概念的一个核心元素。

弓矢提供（32,953,1126,1160）的基础生活物资（trophē）与那种本应提供给其使用者的养育物资极为不同。后一种"物资"，在"教育"或"养育"的次要意义上，是本剧的主旨，出现在开篇第一句，奥德修斯称涅奥普托勒摩斯为"由最优秀的父亲养育的（trapheis）"（3）。但菲罗克忒忒斯首要考虑的恰恰是字面意义上的而非象征意义上的养育。他对弓矢的拥有只与他在利姆诺斯生活的整个模式相应：原始猎人与采食者的基本生存技术，缺乏更深层次的文明化技术，亦即柏拉图笔下普罗塔戈拉所谓的"城邦技术"，那种使城邦集体的生存得以可能并塑造"城邦秩序结构和使人团结一致的友谊纽带"的技术（《普罗塔戈拉》322c）。

在行动过程中，弓矢经历了双重发展。这位英雄与涅奥普托勒摩斯的相遇使其恢复了获得人间热情和情感的能力，而这种能力最初曾为他从赫拉克勒斯的手里赢得这把弓（参654-70）。赫拉克勒斯在剧终处带来的消息使他重获了存在于弓矢和他自己身上的神圣性。赫拉克勒斯恢复了菲罗克忒忒斯拥有这把弓的属灵权利，并将属于这把弓的那些对文明而言必需的部分与他重新联结（此前与他相分离）：技术的娴熟程度（technē）、英雄的朋侣情谊及其个人责任（philia）。

涅奥普托勒摩斯对这把弓的"荣誉"（kleina toxa，654）与神圣性的互惠性承认（他"敬拜它如同敬拜一位神"，657）开启了他通向成年英雄之路的仪式，遵循着他光辉灿烂的父亲

---

[25] Cicero, *Ad Fam.* 7.33, Accius, frag. X Ribbeck: *pinnigero, non armigero in corpore / tela exercentur haec abiecta gloria*（"这些弓箭用以对付一副有羽毛但无甲胄的肉身，一切的荣誉消散无踪"）。

阿基琉斯的模式。[26]离开他的"假"父亲奥德修斯,他也离开了奥德修斯对这把弓的理解,亦即作为一种通过欺诈、谎言与背叛而获得成功的工具。这种对此弓相对狭隘的工具性理解——尽管奥德修斯和菲罗克忒忒斯有着相似的理解,但其含义不同——被一个更宽泛的理解所取代:它是诸神的一份礼物,永恒不朽,背负着一个神赐的命运。

这把弓应当出现的地方是特洛伊战场而非贫瘠荒芜的利姆诺斯。不过特洛伊配不上这把弓,直到它的拥有者为它的回归创造出一个属人的和英雄的基础,而这发生在他与这位年轻伙伴重建那种赫拉克勒斯曾与他建立的友爱(philia)当中。[27] 奥德修斯试图通过"捕猎"其合法拥有者而获得这把弓,不仅反映出他不配拥有它,也削弱了那所谓的通过在特洛伊的军队建立的文明秩序。正如在索福克勒斯早前的剧作里——尤其在《安提戈涅》、《奥狄浦斯王》以及《特拉基斯少女》里——对文明进行有效的定义之前,文明之地向蛮荒之野敞开,而这两极互相渗入对方的范畴。

三

从这些范畴来看,《菲罗克忒忒斯》与《安提戈涅》和

---

[26] 关于本剧成年仪式的方面,尤其参 Vidal-Naquet, *MT* 172ff.。

[27] 一些学者强调了菲罗克忒忒斯相对温和仁慈的一面,例如 H. C. Avery, "Heracles, Philocretes, Neoptolemus," *Hermes* 93(1965)280ff.。但菲罗克忒忒斯的这个方面只是潜在的,而且被包裹在必须被化解的怨恨之中。事实上,在他那种与社会隔绝的严酷生活中,热情友好的能力反而在根本上让他的孤立状态充满悲剧的意味。当然,菲罗克忒忒斯理应愤懑不爽,而且他有理由的愤怒是其灵魂伟大性的一部分,参 Hartmut Erbse, "Neoptolemos and Philoktet bei Sophokles," *Hermes* 94(1966)196-7; G. Perrotta, *Sofocle*(Messina-Florence 1935)471。

《奥狄浦斯王》之间的紧密关联在于它们都批评人类通过理性主义与技术获得自立能力所产生的骄傲。自然世界的平静安宁仍然让菲罗克忒忒斯处于野蛮残暴的状态（227），除非他找到通达一个更大的秩序的方法，而该秩序能赋予其生命某种超出物理生存（sōtēria）的意义。参与这个更大的秩序涉及那种不灭的虔敬或崇敬（eusebeia），而这是赫拉克勒斯对菲罗克忒忒斯和涅奥普托勒摩斯最后的告诫（1440-4）。[28] 没有这种崇敬之心，菲罗克忒忒斯将只能继续"患病"。一个有火光的温暖居所是菲罗克忒忒斯能在其岛上获得的最佳住处，它"提供一切，除了治愈疾病"（288-90）。

对神的崇拜与虔敬是文明生活品质的基石。但如果在赫拉克勒斯的教诲中，崇敬必然涉及这位英雄的眼界从自身存活扩大到永恒神圣的事物，它也将指向社会中那种使他被放逐的虚伪。除了声称他是唯一奉公守序之人（6），奥德修斯以他对神的崇拜作为借口：由于菲罗克忒忒斯那可怕的惨叫，那"不吉利的野蛮呼喊"（agriai dysphēminai, 10），军队无法举行奠酒礼或祭牲礼。当他得知自己被奸计所骗，逼迫他重返特洛伊，菲罗克忒忒斯当着奥德修斯的面驳斥他（1031-4）："你这个最受诸神憎恨的人啊，你现在怎么不觉得我是个散发恶臭的跛脚佬了？这可是你之前抛弃我的借口。"如今让他手无弓矢留在利姆诺斯，这不仅重演了当初对他的抛弃，甚至加剧了当中的残忍无情。无论过去还是现在，无论在利姆诺斯还是在特洛伊，无论是否有这把弓，菲罗克忒忒斯都如同是对所谓文明社会的一个谴责：这个文明社会让一位残疾人流落荒岛，却赞美拔高一位奥德修斯。

捕猎主题的焦点是本剧对文明价值的反讽。作为他其中

---

[28] 参 Segal, "Piety," 133-58。

一种获取食物的手段，捕猎意味着这位英雄的坚忍与悲惨。但在文明价值的层面上，捕猎占据着一个模糊的位置。[29]如我们所见，歌队将这位虚弱猎人的餐食，"满足口腹的食物"（710），与耕地者或"收获丰厚之人……在神圣土地里播种的作物"（706-7）进行了对比。由于捕猎所属的文明阶段比耕作所属的要低，它们呈现了著名的希腊式观念：农业是最高的文明活动，是所有秩序稳定的社会生活的典范。[30]正如欧里庇得斯笔下那半野蛮的库克洛普斯（荷马笔下的库克洛普斯有酒），他并未"播种得墨忒尔的谷物"或享用"巴库斯的饮料，那葡萄藤流出的甘美果汁"（《库克洛普斯》121-4）。歌队可怜他被迫戒酒十年，然而令人瞩目的是自荷马以降利姆诺斯都是著名的产酒之地。[31]居住其中的神祇，那神秘的卡比洛斯众仙（Cabiri），曾是酒与制酒的保护神，还有托阿斯（Thoas），神话传说中的利姆诺斯王，是狄奥尼索斯之子。虽然如此，它在本剧中的荒芜贫瘠还和"盛产葡萄的佩帕瑞托斯（Peparethus）"形成强烈对比，出现在那位冒牌商人精心编织的意在欺骗菲罗克忒忒斯的发言中，而佩帕瑞托斯正是他准备前往的"家"（548）。因此，就连这项日常活动在本剧中也被

---

[29] 参如 Pierre Vidal-Naquet, "The Black Hunter and the Origin of the Athenian Ephebeia," *PCPS* 194（1968）4964; Marcel Detienne, *Dionysos mis à mort*（Paris 1977）第二节，尤其64-98。

[30] 例如 M. I. Finley, *The Ancient Economy*（Berkeley and Los Angeles 1973）123。

[31] 对比 Homer, *Il.* 7.467–469, 23.749; Aristoph., *Peace* 1162, 以及赫淮斯托斯与狄奥尼索斯为纳克索斯或利姆诺斯而敌对的故事，schol. on Theocr. 7.149。对此的讨论和进一步的文献，参 L. Preller and Carl Robert, *Griechische Mythologie*（Berlin 1894–1924）I, 176–8; U. von Wilamowitz-Moellendorff, *Der Glaube der Hellenen*（Berlin 1931–32）II, 60 及 n2; G. Dumézil, *Le crime des Lemniennes*（Paris 1924）31-2; "Thoas"（2）, *RE* 6A（1936）297-9。

拖入围绕着所有文明体制的含混性之中。

当然，菲罗克忒忒斯远比库克洛普斯凄惨。他被比作一位牧人，却没有牧群和音乐（213-9）。他"犁地"以确保其食物的"踪迹"只是其病足的行走印记，一个无法进行种植的"垄沟"（参162-3）。对他而言，在这座贫瘠岛屿上"盛开"的是他的"疾病"本身（258-9），而这使他与文明社会及其事物相隔离。就像《特拉基斯少女》中盛开的"疯狂之花"以及《埃勒克特拉》中邪恶事物"茂盛生长"，这里颠倒的农业意象触及这位英雄悲剧式受苦的要害。[32]

菲罗克忒忒斯被排除在农业的富饶与节律之外，过着孤独的猎人生活，离群索居，与他猎杀的那些"斑驳或毛乱的野兽"（182-7）相伴，既向着它们像它们那样吼叫（186-7，936-9），听不见也不说人话。[33] 奥德修斯的诡计使菲罗克忒忒斯下降到一个甚至比此处还要低的位置：他的弓矢被剥夺了，他将成为他猎杀之野兽的猎物，成为一个被他此前捕猎的野兽追踪并吞食的猎人（956-8）。如果说他事实上会被野兽"捕猎"，他和他的弓则在象征意义上被奥德修斯"捕猎"。在序幕里，奥德修斯反复说"抓住"（*labein*）菲罗克忒忒斯及其弓矢。[34] 他以类似的字眼想象他与这位被逐者的相遇（*heloito*、*labein*，47）。虽然如此，由于事关阴谋诡计（*kleptein*，55，57，77），这些通常表示抓取的词汇部分构成了这个丰满的捕

---

[32] 参 *Electra* 257ff. 及 *Trach.* 999; J. C. Kamerbeek, "Sophoclea Ⅱ," *Mnemosyne*, ser. 4, 1 (1948) 200 及 203。关于生长隐喻的另一方面，参第十章第七节。

[33] 关于捕猎意象的一个详细表目，参 M. H. Jameson, "Politics and the *Philoctetes*," *CP* 51 (1956) 225 及 n22。

[34] "抓取"那把弓：68, 81；"抓住"那个人：14, 101, 103, 107。另注意在90行和102行中"引导或带来"（*agein*）一词的含义。David Seale, "The Element of Surprise in Sophocles' *Philoctetes*," *BICS* 19 (1972) 96.

猎意象。当奥德修斯为了偷窃、诡计、骗术和利益躲在言辞背后，[35] 涅奥普托勒摩斯一股脑将真相和盘托出："那么这把弓必须被猎取（thēratea, 116），如果确实如此。"随后，站在涅奥普托勒摩斯身旁的冒牌商人称奥德修斯俘获先知赫勒诺斯为"一次精巧的捕猎"（thēran kalēn, 609）。这个隐喻描述了潜藏在奥德修斯及其手段之下的残暴不仁。人成了为实现具体目标而被追寻的对象。捕猎意象将这种对人类的工具化理解与其隐含的对文明价值的普遍颠转关联起来。它颠转了野兽对人的隶属关系，而这构成了关于文明的一种定义。

涅奥普托勒摩斯对菲罗克忒忒斯态度的转变也改变了他与捕猎主题的关系。当涅奥普托勒摩斯超出了奥德修斯对神谕的自私解释，他也不再将菲罗克忒忒斯降格到这场捕猎暗含的次人地位。在其神谕式的和英雄式的六音步诗行中，他对菲罗克忒忒斯的权利有着全新观感，他也开始怀疑这场"捕猎"的有效性（839-40）："我认为我们为了获得这把弓所进行的这场捕猎（thēran）全然是徒劳的，如果我们无法与他一起返航。"虽然如此，由于奥德修斯计谋的成功，菲罗克忒忒斯，这个被捕的猎物，痛苦地将捕猎意象连续两次用到自己身上（1004-9）：

> 我的双手，你将承受失弓之痛，因它被这里的这个人猎取（synthērōmenai）。你，你这个无法进行健康的或自由的思想的人，你怎能偷偷潜到我身旁，将我猎取（ethērasō），利用这里的这个男孩做你的掩护（problēma）。我虽与他不相识，你配不起他，我却配得起。

---

[35] 例如"智谋"（sophisma）：14, 77, 119；"技术"（technē）：80；"利益"（kerdos）：111。

菲罗克忒忒斯被围逼、尾随、抓获并被束缚，因此他连自杀的能力都没有，再次像一头落入陷阱的动物。正如菲罗克忒忒斯对他的看法，奥德修斯坚持他对人类的工具化态度，他甚至用涅奥普托勒摩斯作为他的"掩护"或"护帘"，他得以藏在背后静待猎物；与此不同，菲罗克忒忒斯以其价值（kataxios，1009）看待这位后生。

从隐喻回到现实，当菲罗克忒忒斯发现自己遭到背叛并描述了猎人如今蒙受被猎的屈辱时，这种捕猎变得更为残酷（957-8）："亡灵啊，我将提供一餐盛宴（daita）给那些供我吃食的生物，那些我此前猎杀但如今猎杀我的野兽。"旋即他称野兽为猎人（"有翼的猎人"，ptanai thērai，1146），并勾画了细节（1155-7）："来吧，现在慢慢靠近吧！你们终于可以纵情吞食我颤抖的血肉，如今是以死报死的时候了。""颤抖的血肉"（sarkos aiolas，1157），如耶布所想，可能指他有病的皮肤，斑驳而虚弱。但这个形容词的首要意思是斜撇之光迅疾闪动的效果，而且它意指肉食野兽的快速行动，冲向雪白的肉体，尽情撕咬。在大部分情况下，这里触目惊心的细节反映了自视为一块腐肉的恐惧。它也可能暗示菲罗克忒忒斯倾向于将自己等同于蛮荒之力以及由此种"内在"野蛮暗示的某种内在的自我毁灭的特质。涅奥普托勒摩斯对菲罗克忒忒斯的怜悯颠倒了这个关于被捕野兽的意象。尾随者奥德修斯（1007）当他的捕猎行动宣告彻底失败而涅奥普托勒摩斯归还了那把弓时发现自己"被恐惧尾随"。[36]

较早之前，当涅奥普托勒摩斯对这位野蛮猎人爆发出强烈的同情时，他就开始扭转捕猎的意义并建立了人类交往的

---

[36]《菲罗克忒忒斯》1007行中的动词"尾随"（hypelthein）与追踪被捕猎物有关，该词出现在1231行奥德修斯所谓他自己的恐惧中："某种恐惧偷偷爬到（hypēlthe）我的身旁。"

不同可能性。当菲罗克忒忒斯遭受其疾病的一阵猛击时,他爆发出阵阵可怕的尖叫(745–6,754),此后他将那把弓托付给他新交的朋友(762行及以下)。在第二次惨叫中,涅奥普托勒摩斯问,"这是那疾病可怕的呼猎声(deinon to episigma)吗?"对此菲罗克忒忒斯的回答重复了"可怕"(deinon)一词,"是可怕但无法表达的。但请可怜我"(755–6)。"呼猎"(episigma)是一个与捕猎相关的隐喻。[37]该词描述呼唤猎犬去追逐猎物。紧跟在这个捕猎隐喻之后的是一个人对另一个人简单直接的恳求,"但请可怜我",希腊语是三个直白之词。本剧角色中第一个使用明显捕猎意象(110)的涅奥普托勒摩斯面对一个当面的恳求,他无法继续扮演奥德修斯强迫他扮演的猎人角色。他内心的烦扰出现在一个关于悲剧式决定的尖锐问题中,"我该怎么办啊"(ti drasō,757)。在其对菲罗克忒忒斯苦难充满同情的回应中,他呼喊道:"哎呀,哎呀,可怜悲惨的人呀!你无数的苦难证明了你的悲惨"(759–60):

> ἰὼ ἰὼ δύστηνε σύ,
> δύστηνε δῆτα διὰ πόνων πάντων φανείς.

不仅感叹词"哎呀,哎呀"(iō iō)从诗行中间爆发出来,那重复的"悲惨"(dystēne)以及"d"与"p"构成的头韵都增加了感情的强度。在这位年轻"猎人"的回应中,奥德修斯的计划遭到双重逆转:这位猎人对其猎物深感同情,而他事实上将那一度到手的猎物(116),那把被觊觎的弓,归还给了它合法的拥有者。此前通过背叛猎取的东西如今在充满同情的氛围中被自由而充满信任地赠予出去。

---

[37] "呼猎"(episigma)是Bergk相当可信的订正,参Long(见注21)79。

755行中的意象对捕猎主题而言有另一重意义。这位野兽猎人已被他自己的疾病"猎得"。就像赫拉克勒斯在《特拉基斯少女》中的疾病，他的疾病被描述为"吞噬的"（*nosos diaboros*, 7; *adēphagos nosos*, 313）或"撕咬的"（*dakethymos*, "灵魂的撕咬者", 706），而他自己被它"撕咬"如同被一头发狂的野兽撕咬（745；参313以及 *boskein*, "养牧", 1167）。[38] 他的脚"居住着一头野兽"（*entheros*, 698）。[39] 在象征的意义上，他是非人力量的猎物，因此他在双重意义上不属于奥德修斯的人类捕猎对象。作为一头被猎的生物，他值得双重的同情：他既作为奥德修斯狡计的牺牲品而被人捕猎，同时他又被他那属于一个隐秘难解的神圣命运的疾病所猎。捕猎的第二重意义开启了他与涅奥普托勒摩斯的一个崭新关系：涅奥普托勒摩斯作为猎人发现他的猎物在另一个意义上被猎取，于是放弃了在序幕中（116）接受的猎人-动物关系，取而代之的是一种存在于那些能够请求和给予怜悯（一种独一无二的属人礼物）的人之间的情谊（756）。[40]

四

索福克勒斯在《安提戈涅》中论述文明的伟大颂曲始于

---

[38] 关于这野兽般的疾病，另见 265-6, 268, 520, 650, 743-4, 758-9, 791-2, 807-8; 另见 Long（见注21）77; Kamerbeek（见注21）198-204; Musurillo 119。

[39] Kamerbeek（见注21）200将"有野兽出没的"（*entheros*）界定为"野兽（即疾病）在逼近、埋伏、潜藏之地"（in quo bestia [i.e. morbus] imminet, insidiatur, latet）。

[40] 关于怜悯作为有教养的、仁慈的灵魂所具有的品质，参 Eur., *Electra*, 294-5: "怜悯源于智慧（*sophoi*）而非粗野无礼（*amathia*）。"关于怜悯的重要性，参晚近的 Rose 66-8, 74-5。

人对海洋的征服。对菲罗克忒忒斯而言，身处被排除在人类世界之外的"四面环海的利姆诺斯"（1-2），航行是重返文明的途径。但这种技术，就像与之紧密相关的商业技术一样，引出了关于何者文明、何者野蛮的问题。它不断重现在那些英雄被其此前的战友残忍拒绝的段落中。他为涅奥普托勒摩斯重述了十年前的那个可怕时刻，当他在利姆诺斯醒来并看见他"曾航行（naustolein）的船只渐行渐远，一艘不留，无人在此地帮助我或与我分担我所受疾病导致的辛劳"（277-82）。涅奥普托勒摩斯执行着奥德修斯的计谋，不得不避开这位受害人对航行的殷切盼望。他以蹩脚的借口搪塞了他的请求，说什么风向不好（635-40），但菲罗克忒忒斯悲观地教导说（641-4）：

> 菲：当你逃灾避难的时候，怎样的航行都是好的。
> 涅：不，但（风向）也还是对他们不利。
> 菲：山贼海盗从不会说风向不好，如果有机会施暴用武，烧杀掠夺。

在那个背叛的时刻，菲罗克忒忒斯向奥德修斯劈头说道，欺骗与强迫（klopē、anagkē）是他航向特洛伊的标志，而菲罗克忒忒斯的航行是心甘情愿的——只是这却换来被遗弃在苦难与耻辱之中（1025-8）。虽然如此，涅奥普托勒摩斯在最后准备与菲罗克忒忒斯一道返航希腊，履行了他此前为欺骗而许下的承诺，并重复了当时返航诺言中的每一个词（645与1402）。尽管这场返航之旅对英雄的复归而言相当重要，而且对英雄重建属人层面的信任也是必要的，却被赫拉克勒斯阻止了。菲罗克忒忒斯最终从利姆诺斯出发的航行（euploia，1465）并不由单个人的目标而由"那宏大的命运(megalē Moira)、朋友的忠言以及统治一切的神"(1466-8)领航。歌队的结束语"让我们起航吧!"令人想起此前这句话被用来催促一次虚假的起航(参645,1402,1469)。他们向海上作为"他们返航拯救者"的宁芙众仙所作的祈祷(1470-1)将航行的主题从人推进到神、从非道德技术推进到对人类理性之外力量的承认。[41]

当菲罗克忒忒斯在剧初描绘利姆诺斯的地形时,他强调此处没有港口,罕有水手靠岸,没有"牟利的往来"(300-3)。这些缺点标志着此地的野蛮。在修昔底德的"述古"中,商业的缺乏标志着希腊较为粗野的时代。

菲罗克忒忒斯疾病之"风暴"得自那大海的克律塞(pontia Chryse)。这个海洋意象对应这座岛屿未开化的方面。另一方面,一系列精妙的隐喻揭示出以商业与海事活动作为文明的消极面。[42]奥德修斯在追逐利益或好处(kerdos,111)时并不讲道德原则。奥德修斯将商人(empolos)作为其狡计的工具,而商人与涅奥普托勒摩斯"暗中进行的对话"引起了菲罗克忒忒斯的怀疑(578-9)。此前,菲罗克忒忒斯就辱骂这位宿敌为"西西弗斯之子,拉埃尔忒斯交易来的(empolētos)"(417)。"我被卖了"(pepramai,978)是当他看到他如何被诡计所骗时他义愤填膺的呼喊。他那被夺去的弓甚至成了某种船,被那精于发明且诡计多端之人(polymēchanos,1135)"划"(eressesthai)走了。技艺或机巧(mēchanē)的消极含义同样是涅奥普托勒摩斯口中关于他乘着一艘"配有华彩装饰的船"(poikilostolos naus,343;希腊文原文意为"有华彩船首的

---

[41] 关于虚假的起航,另见 461, 526ff., 1060-1, 1134-5, 1179-80, 1218-9。关于航行计划落空这个主题的另一方面,参Seale(见注34)98-100,此文认为,索福克勒斯有意构造这个模式以左右观众心中的不确定性。

[42] 关于"好处"(kerdos)与品格低劣的语言,参晚近Rose 92。

船"。——译者注）航往特洛伊的奥德修斯式谎言的特征。这个形容词的前半部分，"华彩的"（*poikilos*），常常暗指巧计与花招。当奥德修斯在序幕中向涅奥普托勒摩斯描述其冒牌商人的策略时（130），奥德修斯正是在巧计的意义上使用这个形容词。

对于希腊贵族制中基于土地的价值，海洋与商业贸易总令人生疑。这些航海与贸易的意象使本剧中文明与野蛮之间的区分变得模糊。引领船只驶往那难以抵达的利姆诺斯海岸的智能善于摆布他人并为自己求利；这位在其疾病的颠簸浪涛面前无能为力的船难生还者（271）比那位从事海上往来、牟利与算计的大师有着更合乎人道和更文明的精神。

五

菲罗克忒忒斯对火的重新发明，如我们所见，重演了初民凭技巧对自然的胜利（295-7）。但在这里，正如贯穿本剧始终的那样，这些与智者派的文明史有关的主题反映了某种力量与虚弱自相矛盾的共存。在序幕里，用涅奥普托勒摩斯的话说，菲罗克忒忒斯的"宝库"包含着属于那些"制作可悲作品的人类的种种技艺"的引火物（*phlaurourgou...technēmat'andros*，35-36）。那无法移译的形容词"*phlaurourgos*"，"可悲的手艺者"（杰布的译法）、"低等技术的工人"，以及奥德修斯反讽性的词汇"宝库"或"储物室"（*thēsaurisma*，37），既意味着这种新技术的成就也意味着其限度。如菲罗克忒忒斯自己说的，火带来了生存（*sōtēria*），但无法治疗疾病（297-9），而这既是他野蛮状态的原因也是其境况。

火除了作为人类技术的一种工具，还是有火山活动的利姆诺斯岛上的一种基本元素。这就是799—801行中所谓的利姆诺斯之火。在这里，这位疾病缠身的英雄（参299）请求涅奥普托勒摩斯"用人们会在祈祷中召唤的利姆诺斯之火"来"焚烧"他。[43]这种利姆诺斯之火并不属于天堂和奥林波斯诸神,但它属于大地及其神秘的深渊,因它与岛上的莫叙克洛斯山(Mt. Mosychlos)喷发的火山火有关。我们或许会想起在欧里庇得斯《库克洛普斯》(279-97)、品达《皮托凯歌第一首》中与火山火相关的野蛮残暴与庞然巨怪。克洛丰的安提马库斯(Antimachus of Colophon)以利姆诺斯之火象征激情的暴力(残篇46 Wyss = 44 Kinkel)。[44]虽然如此,被火焚烧而死让人想起赫拉克勒斯在奥塔山上的火葬堆,由此那位英雄将上升至奥林波斯。事实上,菲罗克忒忒斯显然把他请求涅奥普托勒摩斯焚烧自己与他点燃赫拉克勒斯葬礼之火相提并论了(801-3):"烧死我吧,高贵的年轻人;我也曾认为值得为宙斯之子这样做,为了报答他赠给我的那些你现在拿着的武器。"在这个语境下,奥塔山火葬堆与赫拉克勒斯之弓既令人心生怜悯又具有反讽的意味。约七十行之前,怂恿涅奥普托勒摩斯实施其诡计的歌队曾歌唱过他重返那"有着挂铜盾的英雄,与诸神相近,在奥塔群峰上,他全身闪耀着圣火(*theion pyr*)"的故土(727-9)。但菲罗克忒忒斯向涅奥普托勒摩斯所恳求的被火焚烧致死在这里是对其老友火堆之死的拙劣模仿。与上达奥林波斯诸神和英雄美名的奥塔山之火不同,在此处被呼求的利姆诺斯之火指向地下,指向一种贫瘠的动物式生存,指向一种不名誉的抱疾死亡以及在一座荒芜岛屿上的苦痛不幸。通过呼求这把弓的神圣性以及菲罗克忒忒斯赢得此弓所凭的高贵性(668-70),

---

[43] 对"召唤"(*anakaloumeno[i]*)一词的解释遵循Walter Burkert, "Jason, Hypsipyle, and New Fire at Lemnos. A Study of Myth and Ritual," *CQ* n.s. 20 (1970) 5。

[44] 参杰布对986行的评注;另见Nicander, *Theriaka* 472的古本旁注。参奥德修斯用文明化的烈焰对勘库克洛普斯, *Od.* 9.328, 375-94。

眼前的道路既破灭了重演此前的英雄模式的希望，同时也刻画了彼此的距离。

将这把弓托付给一位朋友（804）是迈向那英雄和神圣的奥塔山之火的重要一步。当这份信任被背叛，菲罗克忒忒斯以另一个与火相关的意象表达了他的怨恨（927-9）："你这火，你这彻头彻尾的怪物，令人惧怕的恶行中最令人憎恨的发明（technēma）！你对我做了什么！你怎能如此欺骗我！"火与技艺（pyr、technēma）的紧密并置重复着序幕的模式（参36-7）。[45] 但如今这种并置指示着文明的崩坏。数行之后，菲罗克忒忒斯对这座荒芜岛屿的港湾与海岬说出了著名的话，"由于我没有任何人可以与之说话"（938）。火与技术在这里呈现的不是那些塑造文明人类共同体的足智多谋以及互相信任，而是机巧、欺骗以及与共同体瓦解相伴而来的冷漠的、不讲道德的算计。

稍后，在相似的情景里，菲罗克忒忒斯以另一个与火有关的诅咒回应了奥德修斯用武力带他到特洛伊的威胁（986-8）："利姆诺斯的土地和那统治一切的、由赫淮斯托斯赋形的强光啊！这是否还能忍受，如果他要用暴力带我远离你的国度？"这次呼唤对应他在927行中用与火相关的字眼对涅奥普托勒摩斯的侮辱。菲罗克忒忒斯似乎逐渐远离了文明之火。如果他已重演了初民对火的掌握，他也仍然保持着与那些尚未被掌握的残暴的自然之火之间的关联。就像那位与他一样跛脚的火神，由于与火的破坏性的自然力量之间的亲密关系，他与众不同。

如果利姆诺斯这种自然的地上之火标志着菲罗克忒忒斯与众人的分离，神圣的祭火则意味着菲罗克忒忒斯与众神的分

---

[45] 另注意火与机巧设置（mēchanasthai）的并置，295ff.。

离。他所生的火无法治愈他的疾病（299）。打断对祭品的焚烧是奥德修斯将菲罗克忒忒斯驱逐到利姆诺斯的借口（8-11）。菲罗克忒忒斯在利姆诺斯赖以生存的火刻画出他与奥塔山圣火的距离，但那打断在特洛伊焚烧祭品的借口（8-11，1031-4）则从另一方面刻画出希腊军团与文明价值以及与诸神的含混关系。[46]

神圣之火与自然之火的差别类似于《特拉基斯少女》中克奈昂的败坏之火与奥塔山上的纯净之火之间的差异。在菲罗克忒忒斯的疾病发作之前，歌队将这种纯净之火与英雄回归故里及其本土神明——马里斯的宁芙众仙联系起来（727-9）。很可能赫拉克勒斯在此处的那"闪耀一切的强光"指向986行中"赫淮斯托斯赋形的火"的那"征服一切的强光"。但赫淮斯托斯的利姆诺斯之火与暴力、背叛以及疾病持续的"野蛮"相关。因此，当菲罗克忒忒斯在向涅奥普托勒摩斯的请求中呼求利姆诺斯之火时（799-803），其目的在于求得一死而非获得永恒生活。这毁灭性的怨恨和激情中的自然之火出现在他对奥德修斯最后的蔑视中（1197-9）："永远不，我永远不走，就算携火的掷雷者来此处用雷暴的强光将我烧死，我也不走。"就像之前，神圣之火仅仅是一种毁灭的自然力（801-3，927-9以及986-7），尽管它如今能以奥林波斯神明之名来证明其永不妥协的刚毅操守。早前，那英雄的与圣化之火只是欺骗诡计的一部分（727-9）。它完整的属天含义

---

[46] 关于本剧中火与文明这一意义的各个方面，参Segal, "Divino," 74-5。正如Marie Delcourt, *Stérilités mystérieuses et naissances maléfiques dans l'antiquite' classique* (Liège and Paris 1938) 29-30 所说，的确，对接触传染的恐惧在希腊人当中非常强烈，以至于他们会把病人移到家外（参Plutarch, *De occulte vivendo* 3.3）。但这一动机未能完全解释菲罗克忒忒斯被抛弃的方式和他被抛弃的地方。

并未向菲罗克忒忒斯显明，直到赫拉克勒斯自奥林波斯降临并在菲罗克忒忒斯灵魂中重新唤起他曾在奥塔山点燃的火所蕴含的意义。

这是菲罗克忒忒斯悲剧的矛盾的一部分：使他在与文明世界分离的利姆诺斯过着赤贫生活的自然之火也标志着其英雄主义——其诸种激情的剧烈程度，为实现其理想而永不妥协的力量以及其不可战胜的精神力量。他曾经与那将赫拉克勒斯送上奥林波斯的神圣之火接触（728），如今却生活在一个洞穴里，既在真实的意义上也在象征的意义上与这座荒芜的利姆诺斯岛上的自然之火相邻近。人类文明处在赫拉克勒斯的奥林波斯之火和蛮荒野地的利姆诺斯之火之间，与两者距离相等。位于这个居间点上的是炉灶的家庭之火以及祭坛的圣化之火。不过，如我们所见，这位穴居英雄在此处可悲地缺乏的恰恰是炉灶与祭坛。

六

文明与野蛮之间的张力在与利姆诺斯相关的神话和崇拜仪式中有一个复杂丰富的背景。作为一位公元前443/2年的希腊司库（hellenotamias）以及一位公元前441—前439年萨摩斯动乱中的将军，[47]索福克勒斯有着大量机会熟悉埃吉那东部地区的崇拜仪式及神话。自密尔提亚戴斯（Miltiades）在一个世纪前征服了该岛屿后，利姆诺斯就成了雅典的附属地，而其对赫淮斯托斯的崇拜仪式可能在雅典有一定影响。[48]

---

[47] Lesky, *TDH* 172中有细节描述和进一步的参考文献。
[48] Wilamowitz, *Glaube der Hellenen*（见注31）Ⅱ, 142 认为，在密尔提亚戴斯征服利姆诺斯之后，赫淮斯托斯的崇拜仪式在佩西斯特拉图斯家族的影响下被引入雅典。

对文明生活的破坏是该岛神话中最为人熟知的主题：利姆诺斯妇女谋杀了她们的丈夫。埃斯库罗斯在《奠酒人》的中心合唱曲中以这个神话作为违法暴力的核心典型之一（629行及以下）。索福克勒斯写了一部《利姆诺斯妇女》，其中的"克律塞"似乎是岛上城邦的名字（在该剧看来此城有人居住）。[49] 当该地的前希腊居住者"佩拉斯吉人"杀死他们来自雅典的妻妾与后代（希罗多德，《历史》6.138）时，该岛在神话时代的残暴性也出现在后来的信史时代中。两个故事可能反映出当地（女性）权力的敌意。可能对特洛伊的征服以及对利姆诺斯的征服与希腊向东北地区的扩张存在历史的和神话的相关性。利姆诺斯妇女的罪行致使该岛所有的火焰被扑灭。在被称为"携火节"（*Pyrophoreia*）的年度节日中，圣坛之火将熄灭九天，直到被从得洛斯岛带来的圣火重新点燃。[50] 佩拉吉斯妇女的罪行，正如奥狄浦斯在《奥狄浦斯王》中的罪行，使岛屿出现了一场并不来自土地、畜牲和妇人的瘟疫（希罗多德，《历史》6.139）。不过，通过向利姆诺斯宁芙众仙进行献祭，美狄亚得以终结一场使科林斯饱受其害的饥荒。[51] 在《菲罗克忒忒斯》的最后，我们会记起，利姆诺斯的宁芙众仙标志着英雄从荒僻废墟和某种死亡中回到生活和荣誉之中。

正如最后一项细节所暗示的，利姆诺斯不仅意味着一个真实无妄、有史可稽之地，也是一系列对立物在神话中的一个聚合点。本剧两次提及神秘的利姆诺斯之火，将这座岛屿与那些在有火山之地（如埃特纳［Aetna］或利帕里群岛［Lipari

---

[49] 索福克勒斯也写了一部《利姆诺斯妇女》（Frags. 384–389P = 353357N），其中克律塞是某地的名字，而此岛也有人居住（参 frag. 353N："啊，利姆诺斯和克律塞附近的巉岩"）。

[50] 参 Burkert（见注43）116。

[51] Scholion, Pindar, *Ol.* 13.74g.

islands]）所感受到的自然力关联起来。[52] 不过，这座岛屿也因其肥沃葡萄园而闻名。在《伊利亚特》中，伊阿宋之子经常出口此处的葡萄酒，获利颇丰。它处在希腊人与野蛮人、神话与历史的交界处。在《奥德赛》的得摩多科斯（Demodocus）所讲的故事里，赫淮斯托斯欺骗了阿芙洛狄忒和阿瑞斯，谎称自己将去往利姆诺斯岛上那"建造精美的城堡"，"大地上所有城市中他最喜爱的那一座"（《奥德赛》8.283-284）；不过，正如那被愚弄的阿瑞斯在数行后所说的，那里的居民是"讲蛮语（*agriophōnoi*）的辛提埃斯人"（8.294）。

作为一个野蛮与文明混杂、人类的技术（*technē*）从自然未开垦的荒地中出现的地方，利姆诺斯适合作为赫淮斯托斯之子卡比洛斯的诞生地，而根据一种古代的说法，卡比洛斯是第一位人类。[53] 当宙斯将火神赫淮斯托斯从奥林波斯抛下时，他跌落在利姆诺斯岛上。也是在这个岛上，普罗米修斯把从奥林波斯偷来的火带给了人类。[54] 尽管邻近希腊与安纳托利亚文明的中心地带，利姆诺斯是赫拉寻找睡眠神之地，而睡眠神通常栖居在大地的各个边缘，在"黑暗夜神之家"。[55] 通常描述利姆诺斯的修饰语是"多产的"（*ēgatheē*［作者译为"goodly"，但该希腊文词一般意为"十分神圣的"，英译一

---

[52] 关于利姆诺斯火山火和莫叙克洛斯山的疑难，参Dumézil（见注31）26-7; C. Fredrich, "Lemnos," *MD* (*A*) *I* 31 (1906) 254-5。

[53] Photius, S.V. Kabeiroi; Page, *PMG*, frag. ad esp. 985; 参Burkert（见注43）10。

[54] 关于利姆诺斯作为普罗米修斯之火的存放处，参Accius, *Philoct.*, frag. II, 532-6 Ribbeck（Cic., *TD* 2.10.23）以及Preller-Robert（见注31）I, 179 及n3。

[55] Homer, *Il.* 14.230-231. 关于睡眠神在神话中的居处，参Hesiod, *Theog.* 758-61。Leaf关于《伊利亚特》14.230评论道："我们甚至无法猜想为何利姆诺斯会被选为睡眠神所在之处。"荷马作品的古本旁注对此帮助甚微。

般作"godly"。——译者注]);但还有另一个更模糊的修饰语 *amichthlaoessa*,可译为"不友善的"或"云雾缭绕的"、"烟熏火燎的"(*omichlē*,雾)。这个地方也是那些谋求联合的重要事件发生之地,例如希腊人在这里发誓进攻特洛伊人(《伊利亚特》8.230)。在《伊利亚特》里,菲罗克忒忒斯就已在这个岛"承受强烈的痛苦"(2.722),尽管该岛仍然被称作"多产的",而非荒芜的。它还是阿基琉斯卖掉被他俘虏的赫库帕诸子之地,其中包括吕卡昂(《伊利亚特》21.40–41)。与利姆诺斯相关的这些丰富多样但也常常自相矛盾的神话可能让索福克勒斯将一座岛屿变成一片荒地:大约在创作《菲罗克忒忒斯》35年前,他每年向岛上的非居民征收900德拉马克的贡赋。[56]

岛上包围着菲罗克忒忒斯的那种非人类的野蛮与那位神秘的女神紧密相关:克律塞女神,"那金色的",在本剧开头被称为"心灵野蛮的""野蛮的"(*ōmophrōn*,194)。有趣的是,这不是菲罗克忒忒斯而是涅奥普托勒摩斯对女神的描述,当他试图理解菲罗克忒忒斯的种种苦难。在涅奥普托勒摩斯看来,这些苦难是诸神的"神圣"(*theia*,192)工作(*theōn meletē*,196),是一种等待并朝向那个命定时刻的苦难:特洛伊将在菲罗克忒忒斯的弓矢中陷落(196–200)。对于苦难的这个神学解释并不十分有说服力,此外,克律塞的残暴如何与"诸神的工作"相关也并不清楚。[57]他尽管以一种更自信的方式再次阐述了他的理论,这次努力并没有很大改善:当菲罗克忒忒斯接

---

[56] 按照《雅典贡赋表》(*Athenian Tribute Lists*),在公元前454/3年(大约在索福克勒斯担任希腊司库之前10年)对赫淮斯提亚斯城(Hephaistias,这座城或许代表着整座岛屿)征收900德拉马克的贡赋,参B. D. Meritt, H. T. Wade-Gery, M. F. McGregor, *ATL*³, (Princeton, N.J., 1950) 23。
[57] 关于此处的神学议题和涅奥普托勒摩斯与此问题的关系,参Segal, "Piety," 142ff., 150–2。

近那条守卫着克律塞圣所的蛇时,他的苦难"是神赐命运的后果"(*theia tychē*, 1326)。[58]尽管诸神在剧终进行直接干预,克律塞仍然象征着无法被制服、无法被接近的严酷无情,也象征着那怀有敌意的、未被驯服的精神——这种精神保护着这些北部的岛屿及其财宝(注意其名字中的"金"字)免受侵略者的掠夺。[59]在公元前5世纪关于菲罗克忒忒斯被咬伤故事的另一个版本里,克律塞可能是一个相对温和的角色,一个与事件无关的旁观者。[60]

除了在《菲罗克忒忒斯》剧终处提及的利姆诺斯的宁芙众仙之外,这里还有其他相对友善的女神的踪影,一个是赋予该岛名字的利姆诺斯女神,还有与丰饶肥沃相关的卡比利亚的宁芙众仙。[61]但在本剧中她们身影迷离,而孕育丰饶的盖亚女神,母亲大地女神,则更为模糊或陌远(391行及以下,700)。本剧中唯一的女性角色远非慷慨的母亲,而是遥远而神秘的克律塞。闯入属于她的那片由一条凶险之蛇(有阴茎崇拜的母亲的可怕力量?)守护的圣地是一项严重的罪过,其惩罚乃是脚上的软弱无能(去势的象征)。[62]

---

[58] 关于此前对"神圣机运"(*theia tychē*)的各种解释,参Segal, "Piety," 150–2, 以及该处引用的参考文献。

[59] Ludwig Radermacher, Zur Philoktetssage, in *Pankarpeia: Mélanges Henri Grégoire* (Brussels 1949) 503–9.

[60] 参考文献见Segal, "Piety," 152及n49。

[61] 参Stephanos of Byzantium, s.v. Lemnos及s.v.Kabeiria; Dumézil(见注31)40, 48。

[62] 关于跛脚或伤腿蕴含的性含义,尤其与赫淮斯托斯相关的,参Richard Caldwell, "Hephaestus: A Psychological Study," *Helios* 6 (1978) 49ff. 及该处引用的文献。关于可资比较的文献,参Géza Róheim, *The Eternal Ones of the Dream* (New York, N.Y., 1945; reprint 1971) 8ff.。

尽管与构造文明的女神雅典娜的关联不强[63],克律塞与陶洛斯的(Tauronian)阿尔忒弥斯或布劳戎的(Brauronian)阿尔忒弥斯有着更多的相似性,她守护着岛屿的各个入海口,顽强地为它抵挡入侵者。[64]菲罗克忒忒斯称她为"大海的"(*pontia*,269-70)女神。她甚至可能是色雷斯的本狄斯,她是本地居民可能会在抵抗希腊入侵者时呼求的女神。[65]

神话中三个远征东北的神话都始于一位英雄式战士通过为这位女神建立圣坛而平息她的怒气。伊阿宋、赫拉克勒斯以及阿伽门农都不得不完成这项任务。[66]她似乎是这些远征者必须在这些陌生而危险之地面对的某种力量。由于克律塞的力量,这个地方对征服的坚决反抗重申着自己的地位并向征服者报仇。

克律塞蛇的噬咬不仅导致也预示了菲罗克忒忒斯被抛弃到这个荒芜陌生的海岸:这位英雄面对着自然和人的全部野蛮。不仅克律塞是"心灵野蛮的"(194),这个属于她的修饰语也被用于强调菲罗克忒忒斯的孤立状态,当他"无人关怀独自受难"(*kēdemōnes*,195,该词语义与王权和照料有关)。在她与大海的关联中(269-70),她几乎是利姆诺斯环境的拟人化呈现:她切断了菲罗克忒忒斯与人类社会的关联。随后的一行接续了海洋的主题(*salos*,271),但这转而隐喻着那场将这位英雄隔离到这座荒凉岛屿的沿岸岩穴中的疾病(272)。

菲罗克忒忒斯照料或清洁克律塞圣坛的事实,如某些版

---

[63] 参*Phil.* 194及1326 以及*OT* 188的古本旁注。进一步的参考,见"Chryse," *RE* III.2(1899)2488.30ff. 以及Frazer对Apollodorus 3.26的评注。我们会疑惑,"金色"这个头衔是否在委婉地描述克律塞身上隐秘黑暗的品质。

[64] 参Preller-Robert(见注31)I^4(1894)328及n5。

[65] 参Von Sybel, S.V. Chryse, Roscher, *Lexikon* I(1884-90)901。

[66] 参*Phil.* 194及270的古本旁注;Philostratus the Younger, *Imag.* 17。

本的神话所说的,并未缓和女神那冷漠无情、不合理性的攻击。不过,在其中一个版本的神话中,当他试图为赫拉克勒斯建立一座圣坛时,她使他受伤了[67]:女神可能厌恶四处征服的希腊英雄入侵她的土地。

克律塞不仅是一位女神的名字,也是利姆诺斯附近一座小荒岛的名字。索福克勒斯在其佚失的《利姆诺斯妇女》中提到它(残篇353N = 384P)。有些古代说法甚至将克律塞蛇的噬咬或希腊人对菲罗克忒忒斯的抛弃定位在此处而非利姆诺斯。[68]迟至公元1世纪,一个为菲罗克忒忒斯而建的圣坛才在这里被发现。[69]索福克勒斯已将克律塞岛的贫瘠转化到利姆诺斯上,但并未将女神克律塞的角色转化过来:她不断喷涌着那个领域中无法同化的蛮荒特性。由这个关联来看,我们可以更好地理解赫拉克勒斯在剧末重新整合的角色:他不仅是一位成功的男战士(他征服了另一种可怕的女性力量)[70],也是一位具有希腊式文明化能力的英雄(他那高能有效的奥林波斯式乐善好助回应着那充满敌意的大海以及那居住着克律塞及其毒蛇的怀有恶意的土地)。

与这位神秘的荒野女神相对的是那些与利姆诺斯相关的文明化的角色。其中最主要的是赫淮斯托斯,与这座岛屿的利姆诺斯之火有关。[71]当宙斯将他从奥林波斯山上抛下,接待

---

[67] Schol. on *Phil.* 270.

[68] Schol. on *Phil.* 194.Hyginus, *Fab.* 102; Eustathius on *Il.* 2.723; Stephanus of Byzantium S.V. *Neai*. 另见Türk, S.V. Philoctetes, in Roscher, *Lexikon* Ⅲ.2(1902)2318–9。

[69] Appian, *Mithridates* 77.

[70] 关于赫拉克勒斯奢华以及男性对女性(尤其是母亲般的女性)力量的种种焦虑,参Philip Slater, *The Glory of Hera*(Boston 1968)第十二章。

[71] 参Preller-Robert(见注31)I⁴(1894)174–5; L. R. Farnell, *Cults of the Greek States* V(Oxford 1909)393–4。

他的是利姆诺斯岛上的辛提埃斯人，如我们所见，在荷马笔下他们被视为半野蛮的"讲某种蛮语的人"（agriophōnoi，《奥德赛》8.294）。依据赫拉尼库斯（《希腊历史学家残篇集成》4F71a），他们发明了火和武器的冶炼，这些创造活动归因于赫淮斯托斯。阿基乌斯在其《菲罗克忒忒斯》中，可能依据埃斯库罗斯的模式将利姆诺斯变成普罗米修斯将火带给人类的地方。[72] 就像因其出产的金属而闻名的厄尔巴岛，利姆诺斯被称为"埃塔烈亚"（Aithalea），"烈焰岛"，而其主城被称为"赫淮斯提亚斯"（Hephaistias）。[73]

火的使用者，就像辛提埃斯人，常常有邪恶的一面，可能因为人们觉得他们与这种基本自然力过于接近。[74] 另一个在这片地区的神话手艺人，像罗德岛的特尔奇尼斯（Telchines，施魔法，该名源自 thelgein，念咒语）和伊达山的达克提尔斯（Dactyls），都有些与魔法相关的不祥力量。[75] 神话中的另一些利姆诺斯人，卡比洛斯众仙，与技术的诸种起源相关。[76] 他们的名字似乎源于一个闪米特词，意思是"伟大的诸神"。他们在利姆诺斯靠近赫淮斯忒亚城（Hephaesteia）和萨莫色雷斯岛（Samothrace）的地方有一个主庙。据说是赫淮斯托斯的后代，他们也被称为卡尔基诺斯人，"螃蟹般的"，一个暗示他们也像

---

[72] 见上注54.

[73] 参杰布对 *Phil.* 986-7 的评注；Preller-Robert（见注31）I⁴（1894）179。

[74] 参 Hellanicus, *FGrHist* 4F71c; F. G. Welcker, *Die Aeschylische Trilogie, Prometheus, und die Kabirenweihezu Lemnos*（Darmstadt 1824）206-7 注意到与神话中描述狮子、狼以及危险的辛尼斯（Sinis）的荷马修饰语"辛提埃斯的"（sintis）的关联。

[75] 参 C. A. Lobeck, *Aglaophamus*（Regensburg 1829）1181ff.; U. von Wilamowitz-Moellendorff, "Hephaistos," *NGG*（1895）243; H. Herter, S.V. Telchinen, *REA* IX（1934）197-224; Caldwell（见注62）47。

[76] 参 Preller-Robert（见注31）I, 847-864; Burkert（见注43）9ff.。关于近来的参考文献，参 *Kleine Pauly* 3（1969）34-8 中与 Kabeiroi 相关的条目。

赫淮斯托斯一样跛脚的修饰语,是铁匠们与众不同的特征。[77]他们是爱酒的神灵,与农业和冶金业的技术有关,而且掌握着与狄奥尼索斯的肢解有关的"秘仪"。就像辛提埃斯人,他们与人类作为文明存在者,即火的使用者与土地的耕作者的起源相关。当人类文明被利姆诺斯妇女的罪行否定后,他们舍弃了这座岛屿。

所有这些似乎让我们多少远离了《菲罗克忒忒斯》。但菲罗克忒忒斯与利姆诺斯岛的火神(希腊人的赫淮斯托斯)之间有些值得注意的亲缘性。[78]他和赫淮斯托斯一样跛脚;这种特征属于那神奇的铁匠或金属手艺者,因其对火和熔化金属的特殊能力而与众不同。就像赫淮斯托斯,菲罗克忒忒斯由于陷入到与一位女性神祇有关的困境中而从其共同体中被逐出,他的复归也极其困难。[79]在这两处,复归是必然的,因为这位神或这位英雄掌有一种不可或缺的技术——与神秘之火的点燃有关。我们或许会想起令菲罗克忒忒斯颇感自豪的事情:他在其岛上重新发明了火(295-9)。

在赫淮斯托斯和菲罗克忒忒斯之间,神话传统建立了一系列明显的关联。在一个传说中,菲罗克忒忒斯被利姆诺斯的土壤治愈,而这是赫淮斯托斯从奥林波斯跌落后抵达的

---

[77] Hesychius, s.v.Kabeiroi; 参 Lobeck(见注75)1249ff.。关于与铁匠相关的那种意义不明的步态,参 Marcel Detienne, "Le phoque, le crabe et le forgeron," *Hommages à Marie Delcourt, Coll. Latomus* 114(1970)219-33; Preller-Robert(见注31)175 及n2; Farnell(见注71)375; Frazer对 Apollodorus 1.3.5(vol. I, pp. 22f. of the Loeb Classical Lib. edn.)的评注。

[78] 参 Wilamowitz(见注75)231-2, 238ff., 有趣地讨论了利姆诺斯的赫淮斯托斯以及可能在爱琴海东北部本土的一位前希腊火神。

[79] 与此处可资比较的文段,参 Friedrich Marx, Philoktet-Hephaistos, *NJbb*13(1904)685; Wilamowitz(见注75)217ff., 尤其219-23。

土地。[80]这个故事的另一版本将他的康复归功于皮里奥斯（Pylios），赫淮斯托斯的一个儿子，[81]或归功于那些利姆诺斯岛上赫淮斯托斯的祭司，他们尤其成功地处理了那条水中蛇或水蛇（hydros）的噬咬之伤。[82]

菲罗克忒忒斯最初可能是一位特洛阿德地区的神祇，与火和铁匠有关。[83]但索福克勒斯或许基于其先驱埃斯库罗斯和欧里庇得斯如今佚失的作品，将这些陌远的神话材料进行了转化并使之与人更为亲近。这位文化英雄处在社会之外，并不是因为那些与类魔法式的用火技术有关的禁忌，而是因为其同胞的残暴以及此种对待对他性格的长期影响。他不是那种像特尔奇尼斯或卡比洛斯众仙的恶魔式力量，也不是一位像赫淮斯托斯的神，而是一个人，一个有着人的反应和情感的人。无论利姆诺斯神对火有怎样的神奇力量，这对菲罗克忒忒斯而言都是一个来之不易的成就。利姆诺斯及其神祇的原初力量与他相去甚远；利姆诺斯之火并未在其生存斗争中帮助他。如果跛脚的铁匠代表着文明进步所依赖的技术，为了在困苦中谋求生存的菲罗克忒忒斯只拥有这种技术最基本和原始的形态。远没有赋予其超自然的力量，火，就像他那把弓一样，不过是其悲惨脆弱的生命的另一面，而且火其实在生存上将他置于与利姆诺斯火神完全相反的另一端，尽管后者可能与他的出身有关。

菲罗克忒忒斯故事中一个关键的细节——他那病足散发

---

[80] Philostratos, *Heroikos*, 2.171.28ff. Kayser; 另见 Türk（见注68）2319-20。

[81] Westermann, *Mythogr. Graeci*, 197.2.

[82] Eustathius, on *Il.* 2.724; Philostratus, *Heroikos* 2.171-172; 参Farnell（见注71）386。

[83] 见上注87以及Marx（见注79）673-85。O. Gruppe在*Bursian's Jahresbericht* 137（1908）596-8中的疑虑被Fiehn. s.v. "Philoktetes," *RE* A XIX.2（1938）2505打消。另参Radermacher（见注59）508-9。

的恶臭——将他与另一个重要的利姆诺斯神话紧密地联系起来。这种恶臭（dysosmia 或 dysōdia）也在利姆诺斯妇女的神话中扮演着重要角色。利姆诺斯妇女拒绝拜祭阿芙洛狄忒，于是女神惩罚她们患上这种使共同生活难以继续的痛苦恶疾，[84]结果对文明生活造成了极大的破坏：男人们拒绝和他们的老婆同床，而女人杀死了家中的男性成员。这个传说仍然生动地保留在崇拜仪式中。"就算到现在，"公元前5世纪利姆诺斯史学家米尔斯鲁斯（Myrsilus）写道，"每年中有一天女人们会因为某种臭味而远离她们的丈夫和儿子。"[85]在另一个利姆诺斯神话中，卡比洛斯众仙"因为女人无法无天的行为"（tolmēma）离开此地。[86]因此既在家庭内部又在其外部，文明都崩裂解体了。

菲洛斯特拉托斯（Philostratus）描述了利姆诺斯人每年象征性地重建文明生活的净化仪式："因利姆诺斯妇女对其男人犯罪……利姆诺斯被净化了，而每年一次岛上的火都会被熄灭九天，一艘圣船会从得洛斯岛带来火种。"在妥当的净化仪式后，这从海的那边带来的纯净之火（katharonpyr）将分给各个家庭和手艺人，而"他们说他们从此开始了新的生活"。[87]由于利姆诺斯妇女的罪行导致了火的熄灭，文明生活的基本活动诸如煮食、向诸神献祭、家中围炉而坐等统统消失。从外部引

---

[84] 参 Myrsilus of Methymna, *FGrHist* 477F1a and b; schol. on Eur., Hec. 887以及 Apollon. Rhod. 1.609。更一般的解释参考 Preller-Robert（见注31）II .43, *Die griechische Heldensage*（Berlin 1924）850–1; *RE* IX. 1（1914）437–8, s.v.Hypsipyle; Dumézil（见注31）1314, 35ff.。

[85] Myrsilus, *FGrHist* 477F1a = schol. on Apollon. Rhod. 1.609e.

[86] Photius, s.v.Kabeiroi.

[87] Philostratus, *Heroikos*, 2.207–208 Kayser. Burkert（见注43）精彩地探讨了利姆诺斯妇女神话与利姆诺斯崇拜祭仪之间的关联。另见 Farnell（见注71）381ff.; M. P. Nilsson, *Griechische Feste*（Berlin 1906）470–1。关于在一般的净化仪式中时间重生的观念，见 Mircea Eliade, *Patterns in Comparative Religion*, trans. R. Sheed（New York, N.Y., 1958; repr. 1963）398ff.。

入的火使得这些活动重新恢复。[88]在这个仪式中，正如在那些我们已经探讨过的利姆诺斯神话中，该岛处在文明与野蛮的边界几乎消失的地方，其荒野自然以更暴力的方式逼迫着人。于是，在这里，文明的基本构成元素显出了更清晰的轮廓，这更加珍贵，同时也更易被摧毁。

从这个角度来说，利姆诺斯与菲罗克忒忒斯倒退的生活模式之间的关系变得更清楚也更重要。就像利姆诺斯人，他们承受着文明彻底崩塌的痛苦，被舍弃在这个岛上，不得不费力地重建文明的基本构成物，火（295-9）。一系列传说在菲罗克忒忒斯与（历史上较早的）利姆诺斯妇女的罪行之间建立了独特的关联。在围攻特洛伊期间，菲罗克忒忒斯据说在伊阿宋和利姆诺斯女王许普茜皮勒（Hypsipyle）所生之子欧厄诺斯（Euenos）的陪同下攻击了安纳托利亚沿岸多个岛屿。[89]在另一个说法中，克律塞的圣坛（菲罗克忒忒斯被咬之地）是伊阿宋建立的。小菲洛斯特拉托斯讲述了这个故事：

> 在航往特洛伊期间，阿凯奥斯人途经诸座岛屿，他们曾搜寻当年伊阿宋航行到科尔基斯（Colchis）时为克律塞而建立的圣坛。菲罗克忒忒斯凭着当年他与赫拉克勒斯一起远征冒险的记忆，帮他们找到了它。但一条水蛇靠近了他并在他的一条腿上注入了毒液。[90]

---

[88] 参Burkert（见注43）79；Welcker（见注74）248。

[89] Philostratos, *Heroikos* 2.172 Kayser; Fiehn（见注83）2505。某些传统说法甚至认为菲罗克忒忒斯是阿尔戈号船的船员之一，尽管在确定年代上有许多困难，参Preller-Robert（见注31）II, 3.787 and nn. 2, 3。

[90] Philostratus the Younger, *Imag.* 17.2. 值得注意的是菲罗克忒忒斯和那些利姆诺斯的妇女一样与阿芙洛狄忒起了冲突，参Martial 2.84。

对菲罗克忒斯和利姆诺斯妇女而言，那破坏利姆诺斯祭祀仪式的恶臭是那在妥当仪式中飘向奥林波斯诸神的甜美香味的反面。我们会想起在《特拉基斯少女》中（766）来自那反常祭祀的浓烟、在《安提戈涅》中被亵渎的葬礼仪式，以及在祭坛前噼啪作响的浓烟（《安提戈涅》1006-8）。菲罗克忒斯对祭祀之火的所谓干预（参8-9）意味着他的野蛮破坏了文明在野兽和神之间的调和作用。

当他以仪式的干预为理由让菲罗克忒斯留在岛上时，奥德修斯把他在嗅觉上对疾病的反感置换为对其"喊叫"与"哀号"中"不祥的蛮声"的厌恶（*agriai dysphēmiai*，9-11）。但当戏剧再次回到这个主题时，菲罗克忒斯着重提及难闻的恶臭（*dysōdes*，1032）。较早之前，当他们在暗中讨论如何强迫菲罗克忒斯上船时，双方都颇为微妙地暗示他身上的臭味（473-5，483，519-21）。涅奥普托勒摩斯在后一个段落（520）中所用的"交往""朋侣情谊"（*synousia*）也更一般地指社会中人与人之间的基本交流，而这种恶臭带来的痛苦将摧毁这种交流。当涅奥普托勒摩斯经受住其疾病强烈发作的检验后，菲罗克忒斯将气味与声音联系起来：这是这位年轻后生"高贵本性"的标志，他说，因为他并未离去，"尽管他满耳朵嚷叫，满鼻子恶臭"（*boēs te kai dysosmiēs gemōn*，876；参520）。当涅奥普托勒摩斯及其同伴希望帮助这位痛苦不堪的人站起来时，菲罗克忒斯拒绝了他同伴的帮助，"以免他们更快被恶臭（*kakē osmē*）熏倒，因为他们还要承受和我一起在船上同住（*synnaiein*）的辛苦（*ponos*）"（890-2）。在这里，他只强调了臭味；而他的用词，"同住"（*synnaiein*），强调了恶臭对共同生活的基本阻碍。虽然如此，反讽的是，并不是恶臭使涅奥普托勒摩斯在此处耽搁。让菲罗克忒斯与他一道上船的轻松或艰难（参*eucheres*，875）在于道德上的或精神上的两难，而不是物理性的原因（902-3）。[91]索福克勒斯将这个细节中内在的情感意义与其在9—11行中外在的仪式意义相对抗。菲罗克忒忒斯在利姆诺斯岛上与诸神和能通达他们的仪式相距甚远，正如利姆诺斯携火节中的崇拜者，承受着丧失文明的痛苦。这个荒芜偏僻之地中的利姆诺斯之火，如我们所见，与他残暴不仁的疼痛（800-1）以及他自己的憎恨和愤怒的暴力（927，986-7）紧密相关。与此大相径庭的是利姆诺斯祭仪中的纯火，它标志着光与生命在一个年度节庆中的重生，它也与将赫拉克勒斯带到奥林波斯的那"闪耀全身"的圣火不同（727-9）。在本剧结束之际赫拉克勒斯从奥林波斯降落到利姆诺斯这个荒岛，来到这位被抛弃的英雄身旁，带着那恢复生命的火，并使英雄重建他与那更纯的仪式之火（他自己曾在奥塔山上点燃的）之间的联结。

一系列相互关联的神话使利姆诺斯之火这个主题与天地之间、死亡与复活之间的对立形成了联系（见附录）。那条咬伤菲罗克忒忒斯的蛇以水的名称命名（hydros）。不仅赫淮斯托斯及其祭司能够治好这种咬伤，而且，按照菲洛斯特拉托斯，唯一能治愈这条"水"蛇的咬伤的是火神的利姆诺斯之土。[92]水火的对立，与赫淮斯托斯在《伊利亚特》卷二十一对付斯卡曼德河相似，也是天地对立的一种：[93]这条蛇从地中现身；赫

---

[91] 关于874-5与902-3之间的呼应，参Perrotta（见注27）447以及注12。也请注意875行中"轻松地"（eneucherei）与473行中的"艰难"（dyschereia）；另外，519行的"容易"（eucheres）。

[92] Philostratus, *Heroikos* 2.171.2932 Kayser. 见注78。

[93] Wilamowitz, *Glaube d. Hellenen*（见注31）I, 20的评论略嫌过火，说当人们用赫淮斯托斯指代火，他们说的不是希腊的神。关于赫淮斯托斯和斯卡曼德在《伊利亚特》卷二十一中战斗的宇宙含义，参M. N. Nagler, *Spontaneity and Tradition*（Berkeley and Los Angeles 1974）149-58。赫淮斯托斯被忒提斯在大海中救起（*Il.* 18.395ff.），可能如Preller-Robert（见注31）I, 175暗示的，反映了在两种基本自然力——火山火与大海——之间一种非常不同的关系。

淮斯托斯从天而降到利姆诺斯，在利姆诺斯被放逐一段时日后，他又重返奥林波斯。

在塞尔维乌斯（《埃涅阿斯纪注》3.402）讲述的一个可能相当古老的菲罗克忒忒斯传说中，菲罗克忒忒斯不是被一条蛇咬伤的，而是被赫拉克勒斯一支涂有许德拉毒液的坠落之箭击中腿部而伤的。原因是他用脚踩在赫拉克勒斯在地上的坟茔而使之暴露，并由此阻碍了赫拉克勒斯通过赫淮斯托斯之火从地面上升到奥林波斯。一条与水和地上的黑暗有关的蛇形生物（许德拉）惩罚了他。后来，菲罗克忒忒斯丧失了那构造文明的火，无法通过火建立一条使人通向神的调和之路。

菲罗克忒忒斯在利姆诺斯的苦难不仅与赫淮斯托斯的苦难（被逐与复归）相应，也与赫拉克勒斯的苦难相应：经历了如同死亡一般的在利姆诺斯的放逐生活后，通过火，他回到生活中。事实上，他以独特的方式回到"生活"：从那黑暗的洞穴中，那个属于死亡而不属于文明式生存之地，他被召唤回人间。菲罗克忒忒斯在奥塔山上点燃圣火帮助赫拉克勒斯上升到奥林波斯。他过去的这次点火见证了赫拉克勒斯如今在他身上恢复的那些与友谊、同情和尊重相关的合作之德。事实上，奥塔山上的一个仪式将菲罗克忒忒斯与赫拉克勒斯放在一起去纪念这个事件：每年山顶圣坛上都会摆放向两位英雄的祭品。[94]

重生与更新在利姆诺斯神话中有着重要位置，尤其那些与利姆诺斯妇女和火的重燃相关的神话。如博尔科特（Burkert）证明的，这些神话与一个为人熟知的仪式类型相呼应：经过一段荒芜和哀悼的时间后，人们庆祝快乐和生命力的回归。[95]与

---

[94] Arrian in Stobaeus 1.246.18W. 参Marx（见注79）684。
[95] 参Burkert（见注43）各处；Dumézil（见注31）20, 25, 35ff.；另见Fredrich（见注52）75。杜梅齐尔（Dumézil）列出了相关文本（第二、三章）并对其他解释方式进行了有用的梳理（第四章）。

卡比洛斯众仙相关的秘仪也与那些旨在恢复土地丰饶的农业仪式有许多相似之处。乔治·杜梅齐尔在卡比洛斯身上辨认出那个为人熟知的丰饶神形象：丰饶神每年都会在仪式中死去并伴随着庄稼的发芽而复活。[96]利姆诺斯土地的治疗性特质，尤其是它与赫淮斯托斯之间的关联，可能属于同一个语境。[97]赫西俄德的一个神话讲述了瞎眼的奥利翁（Orion）如何来到利姆诺斯并在那里遇到赫淮斯托斯，后者领他到太阳那里恢复了他的视力。[98]赫淮斯托斯自己被流放利姆诺斯九年，期间，在他返回奥林波斯之前，他获得了他的神奇力量。[99]我们或许会想起利姆诺斯岛上的圣火每年熄灭九天，当然还有菲罗克忒忒斯九年的荒芜生活。

神话与仪式中那些直接的、常规的和确凿的东西在悲剧的重现中变得模糊并成为问题。尽管一个与死亡和复活有关的深层模式在本剧中颇为重要，它只以矛盾的方式出现：涅奥普托勒摩斯最初让这位英雄向"生活"复归的努力是一次欺骗，而将他从洞穴中唤出并把弓矢归还给他的真诚行动却并未带来令人满意的结局。可以确定的是，没有哪种比我们在《埃勒克特拉》所见的生与死的颠转更具戏剧性，但就算有一个"大团圆结局"，这种预期的模式也存在令人惊讶的反转。在悲剧中，神话语境中的一系列对立变得模糊。例如，火不只是一种关于拯救和文明化的力量，也是一种对应于菲罗克忒忒斯野蛮性暴力（参800-1，927-8，986-7）的暴力，并因此对应于他作为一位文明化的赫淮斯托斯式英雄的角色的矛盾。

因此没有哪种文明与野蛮的简单对立足以解释这出戏剧。

---

[96] Dumézil（见注31）30, 54-5; Fredrich（见注52）77ff.。
[97] Fredrich（见注52）72ff. 及254ff.，引用了 Dioscurides, *Materia Medica* 5.113。
[98] Hesiod 4B7DK.
[99] Homer, *Odyssey* 8.280-282, 294.

那貌似文明的世界有其野蛮性,反之亦然。那跛脚的角色,仿似那位遥远的火神,过着一种幸存者的可悲生活,被火的反面、被海洋与水蛇的水制服,而他自己进行文明化的火处在反社会的、野蛮的一面。

当然,我们不能确切地说有多少这类神话要素有效地参与到索福克勒斯对本剧的构思中。长期以来,荷马、英雄诗系、品达乃至在对本故事进行戏剧化上与索福克勒斯关系最近的先驱者——埃斯库罗斯和欧里庇得斯都在很多方面对神话进行了人文的转化。索福克勒斯对利姆诺斯神话和历史的熟悉程度仍然可能在某种程度上影响了他对本剧的情景设置,比如将其设定为一座被抛弃的荒岛等。利姆诺斯那跛足、被放逐的铁匠之神,它那具有神秘治疗效果的土壤,它那些陌远的与丰收和技术相关的半神,例如卡比洛斯众仙和辛提埃斯人,它那无法平息的本地女神以及她那条与幽冥沼泽相关的蛇,利姆诺斯妇女犯下的可怕罪行,还有那关于失而复得并被净化的火及其带来丰饶物资的仪式。索福克勒斯本可以在其中为本剧关于孤独与社会、愤怒与友谊、文明价值的振兴与废除、进行文明化力量的含混性等主题找到一个焦点。

七

我们曾提到,菲罗克忒忒斯是野蛮的(*agrios*),不仅在他与人类社会的关系中,也在他与诸神的关系中。[100]在最后一次试图说服菲罗克忒忒斯的努力中,涅奥普托勒摩斯说,他

---

[100] 关于本剧中神人之间错综复杂的关系,参 N. T. Pratt, Jr., Sophoclean Orthodoxy in the *Philoctetes*, *AJP* 70 (1949) 273-89; Robert Muth, Gottheit und Mensch im Philoket des Sophokles, *Studi in onore di Luigi Castiglioni* (Florence 1960) 2.641-658; Segal, "Piety," passim。

的疾病来自诸神,"来自神赐的命运"(*ek theias tychēs*, 1326)。数行前,他曾解释说,当人们必须忍受"诸神所赐的命运"(*tas ek theōn tychas dotheisas*, 1316-7)时,菲罗克忒忒斯那野蛮状态(*ēgriōsai*, 1321)体现在他对其不幸紧抱不放并倔强地拒绝出于好心的建议、善意(*eunoia*)以及友情(1316-23)。在他最激动人心的请求中,涅奥普托勒摩斯再次将神人并置:"相信诸神和我的话,带你面前的这位朋友(*philos*),航离此岛。"(1374-5)航离这座贫瘠荒芜之岛意味着同时接受他在神圣秩序和属人社会中的位置。这意味着再次成为人类,摆脱无价值的、动物式的幸存者的生存,并接受赫拉克勒斯阐明的那些通往不朽的目标与义务。

赫拉克勒斯的讲辞最终的确将菲罗克忒忒斯整合到了社会和神圣秩序中。这篇讲辞也正好在一个更高的层面上补充了涅奥普托勒摩斯的讲辞。涅奥普托勒摩斯提供了眼前的一份属人友谊并在通常的、陌远的意义上谈论诸神(1316-7,1326-8)。赫拉克勒斯本身就体现着神圣者与不朽者在人间生活中的显现。赫拉克勒斯召唤并更新的友谊尽管作为英雄关系的典型具有重要意义(参662-70),如今不过是一份陌远的记忆。尽管如此,这份对人类文化而言相当重要的记忆是一种具有生命力和行动力的力量。这份记忆必须被保存,赫拉克勒斯的特殊指示也是如此:菲罗克忒忒斯将把攻陷特洛伊的战利品带到他的火堆上,"作为对这把弓的纪念(*mnēmeia*)"(1432)。

作为一位代表神圣意志(在其中菲罗克忒忒斯将再次获得一个角色)的发言人,赫拉克勒斯有一个与他截然相反的奥德修斯。正如索福克勒斯笔下其他某些相对缺乏同情心、强调权威的人物,例如《埃阿斯》中的墨涅拉奥斯和《安提戈涅》中的克瑞昂,奥德修斯一上来就把自己的目标等同为诸神的目标,并让诸神作为其自身意志的延伸。他对神谕的处理表明他倾向认为政治权宜优先于对宗教的崇敬。[101]

可以确定的是,菲罗克忒忒斯非常自然地对诸神感到不满。但他也有某种本能的宗教崇敬感(662,738)并尊重一位乞援者的权利(773,930,967)。他对神圣正义反复而强烈的诉求暗示了某种比奥德修斯对神圣话语的权宜操作深刻得多的宗教关切,尽管这令他颇为苦恼。[102]这位热情激动的咒神者是信神者常常藏匿的一面;愤世嫉俗和敷衍仪式之人可能更具有非宗教的精神。即便在其最痛苦、最孤独的时刻,菲罗克忒忒斯始终对神圣意图在当下的运作保持着某种(尽管不太清楚的)洞察(1035-9):

> 对我不义的你必将毁灭,如果诸神至少还关心正义。但我清楚知道他们真的关心,因为你不会为了一个像我这般可怜的人特地远航至此,除非由于某种神赐的鼓动(*kentron theion*)催促你来找我。

基于这个文段,赫拉克勒斯最后关于宗教的崇敬和不朽的虔敬所说的话(1440-4)并非对牛弹琴。正如在本剧其他地方,此处的赫拉克勒斯是菲罗克忒忒斯那更高贵的、真正显示其人性的、文明的自我的声音。

涅奥普托勒摩斯告诉我们,菲罗克忒忒斯的创伤源自"神赐的命运"(1321;参1315-6)。不过,这种来自一位陌远而独断的女神的残酷折磨有着(或显现出)某种意义:它象征

---

[101] 关于奥德修斯与诸神的关系,参Segal, "Piety," 138-42;关于他与神谕的关系,参140-1及注19。
[102] 另见 *Phil*. 254, 315-6, 446-52, 776-8, 992; Perrotta(见注27)421-2; Segal, "Piety," 148-50以及该处引述的文献。

着人类性格和人类种种情感的涌动迸发。[103]那使他令人极度厌恶的流脓的伤是其憎恨日益加深的溃疡。由此而言，在众多关于疾病对人类灵魂的侵蚀性影响的伟大研究中，本剧可与托马斯·曼的《魔山》分庭抗礼。

这场疾病不只是一个象征。它是神降惩罚的客观存在。在这里，正如在《奥狄浦斯王》中，除了内部与外部原因、属人与属神的因素之外，我们别无所知。像奥狄浦斯一样，菲罗克忒忒斯与生俱来的本性恰恰是其痛苦或受苦的根源（参《奥狄浦斯王》674-5）。正如在奥狄浦斯那里，菲罗克忒忒斯的生活环境、命运或命数逼迫着他的天性走上它当前的道路。不过，对索福克勒斯而言，其反面同样存在：这种天性引领它自己走向适合它的命运；它塑造着它自己的诸神。在索福克勒斯那里，关于哪些因素共同作用使我们成为我们自己的问题从未被充分回答。总有某些东西我们无法理解和掌握，而这就是那神灵（*daimon*）或"神赐的命运"或"神圣的鼓动"，它潜藏在那可控的、理性上可解释的人类生命活动的背后。

从外部来看，菲罗克忒忒斯的创伤是一场源自一位女神的神秘愤怒的病痛折磨。自内部来看，它与菲罗克忒忒斯那愤愤不平的灵魂相关，那在其心中积怨多年的有毒憎恨。在这种内在的意义上，创伤本身是野蛮的（*agrios*，176，265），反映着菲罗克忒忒斯的性格特点。同样，这位英雄所感受到的痛楚（*algos*）既指向内在的情感状态，也指向外部肉身的受苦。[104]

---

[103] 关于创伤与神圣正义的问题，参 Segal, "Piety," 150ff. 以及该处引用的参考文献。

[104] 痛楚（*algos*）在 86, 368, 806, 1011, 1170 中是一种情感性的痛苦；在 734, 792, 827, 1326, 137, 879 中是物理性的痛苦；在 339-40 中两者皆有。另参 Long（见注21）132，他太过轻易地打发了痛楚（*algos*）（转下页）

在整部剧作里，痛楚（*algos*）在两种意义上来回转换，而且至少有一个文段包含了菲罗克忒忒斯受苦的两个方面（339-40）。

当涅奥普托勒摩斯试图说服他离开该岛但并未成功时，这两种意义交替出现在短短的二十行中。无法与特洛伊的阿特柔斯后裔和好的菲罗克忒忒斯说（1358-9）："过去那些咬（*daknei*）我的事情带来的痛楚（*algos*）不算多，但我似乎预见到我还必须忍受这些人带给我的痛苦。"然后他请求涅奥普托勒摩斯带他回到希腊的家里，而非特洛伊；但涅奥普托勒摩斯恳求他去特洛伊，"去找那些会让你和你那流脓的腿不再痛苦（*algos*）并将你从疾病（*nosos*）中拯救出来的人"（1379-80）。内部与外部的痛楚，正如情感的和肉身的疾病，必须同时治疗。神遣之蛇所导致的物理咬伤（参265-7，705）对应1358行（另参378）中"过去那些咬人"的痛苦。这种隐喻意义上的噬咬还令人想起这场疾病隐喻着野蛮凶残的动物。要治疗菲罗克忒忒斯，涅奥普托勒摩斯必须再次感受他最初在奥德修斯的欺骗（86；参66）中感受的痛苦，并拒绝为那些"不健康的"勾当充当掩护（*mēden hygies phronōn*，1006）。

痛苦与疾病不仅反映着菲罗克忒忒斯的内在野蛮，也是诸神意志的真实体现。因此，完全的治疗必须按照字面义也依据隐喻义进行。它必须包含神与人的和解。在属人层面上，要菲罗克忒忒斯航往特洛伊的先决条件是，如涅奥普托勒摩斯在这

（接上页）的隐喻意涵：事实上，肉体或精神的痛苦之噬是一个常用意象（*Il.* 5.493以及 Hdt. 7.10）。这个事实并未减弱它在本剧中象征痛苦、情感疾病与肉身疾病使所具有的崭新而独特的力量。关于这个创伤作为菲罗克忒忒斯内在痛苦的象征意味，参Penelope Biggs, The Disease Theme in Sophocles' *Ajax, Philoctetes*, and *Trachiniae*, *CP* 61（1966）232-3; Segal, "Piety," 149-50。

个场景中所说的,"对诸神以及我的话的信任"(1374)。

这个创伤的神秘性对本剧具有相当根本的含义。许久以前,莱辛比某些现代学者更好地把握到了这一点[105]:

> 这位诗人在加强和扩大身体痛苦观念方面显出多么神奇的本领啊!他选用的是一种创伤(连故事的情景也可以看作是由诗人选择的,这就是说,正因为这个情节对他合适,他才选用了整个故事),而不是一种身体内部的疾病,因为创伤比起身体内部的疾病可以产生一种更生动的形象,尽管身体内部的疾病也是很痛苦的。……而且这种创伤还是一种天神的惩罚,是一种超自然的毒汁在永无休止地折磨人。只有这种比较强烈的痛苦的袭击才有固定的周期,时起时伏,每逢痛了一阵之后,受难者就麻木地入睡,在睡中他恢复了他的疲竭的精力,然后又踏上痛苦的老路。……此外,一种自然的毒如果把一个人折磨九年而没有致他于死命,也会显得不真实,比起希腊人所臆造的一切神奇传说都更不真实。

菲罗克忒斯无法背负着由这个神秘创伤象征的憎恨与愤懑回到属人世界。他必须与他的过去、与曾拒绝他的共同体、与诸神——这个创伤的始作俑者和解。就算在特洛伊获得治疗也无法抹去这十年间的可怕苦难。

索福克勒斯从未完全阐明菲罗克忒斯受伤的确切原因。

---

[105] Lessing, *Laocoon* 第四章第一节(中译文见莱辛《拉奥孔》,朱光潜译,北京:人民文学出版社,1984年,页24-5)。另参 Letters 278:在科学记载中,没有哪种蛇咬伤会折磨一个人十年之久,相反会在数小时内夺去他的性命。Perrotta(见注27)437-8批评了之前的研究中试图寻找菲罗克忒斯疾病的现实性。

在欧里庇得斯的版本中，约20年前，有一场为了赢得战争而不得不在克律塞圣所举行的祭祀，只有菲罗克忒忒斯曾与赫拉克勒斯到过那里，知道具体位置。[106] 反讽的是，菲罗克忒忒斯与共同体远征目标的一致却换来被共同体彻底孤立。尽管索福克勒斯并未描述菲罗克忒忒斯被咬的处境（奥德修斯在任何时候都不愿澄清的那些细节），他让这位英雄愤懑不平地比较了他为远征心甘情愿的付出与奥德修斯的不甘不愿（1025-8）。他此前对促进军队的成功所持有的热忱如今对应他拒绝帮助的强烈程度。他曾被迫为军队充当仪式的替罪羊，这让人想起与此对应的较早前另一个人类祭品，伊菲革涅亚；如今他视军队为他的死敌。

虽然如此，在诸神正义的难解形态中，军队此前对这位英雄所做的事情如今在关于那把弓的神谕中再度上演。又一次，菲罗克忒忒斯拥有某种对于顺利赢得特洛伊之战而言不可或缺的东西。但如今，使他与神人分离的疼痛与疾病在神圣计划中有一个全新的意义。此前，涅奥普托勒摩斯曾模糊地意识到特洛伊的荣耀之冠当属菲罗克忒忒斯（841）。这个属人的、适合英雄的奖励让位给一个在特洛伊的更基本的任务，在事实上和象征意义上治好他的"疾病"。这个奖励只属于菲罗克忒忒斯，而不属于军队。它属于神圣因果关系和超自然事件的领域（参1437-8），并与远征最初的目标无关。

菲罗克忒忒斯的创伤与引起它的神圣命运体现了那未知的、看似任意的周遭处境，而这种处境刻画了人类生活的独特命运。处境与性格之间的相互作用使我们成为我们所是。在

---

[106] 参对《菲罗克忒忒斯》的韵律假说（metrical hypothesis）以及在94行的古本旁注。另见 Also Hyginus, *Fab.* 102; Philostratus the Younger, *Imag.* 17; Dio Chrys. 59.9。进一步的讨论和参考书目，见 Segal, "Piety," 151-2 及 n47。

这个意义上，这份创伤与奥狄浦斯的诅咒有部分相似。两者都表达了索福克勒斯的看法："生活充满危险，当中的问题事关重大。"[107]那些他们对此并无切身经验的人将这种任意性归为"神圣命运"，如涅奥普托勒摩斯所说的，或"具有必然性的命运"，如特克墨萨在《埃阿斯》中所说的（《埃阿斯》485，803，*anagkaia tychē*）。涅奥普托勒摩斯，甚至在某程度上是特克墨萨，能接受这种任意性，因为他们关心的是此世中该有的生命与延续性。然而，这位悲剧英雄本质却是其对此世不抱希望的拒绝。对他而言，正如对奥狄浦斯而言，约卡斯塔那"处在偶然中的声明"是不可接受的。命运或必然性不是一种合理的解释，除非正如在菲罗克忒忒斯那里，神圣者突然介入而揭示出诸神意志中的其他方面，揭示出此世生活中某些至今仍被遮蔽着的意义。在这点上，当这场冲突得到解决而这个世界向这位英雄让步，他才不再是悲剧式的。

这就是本剧结尾发生在菲罗克忒忒斯身上的事情。他是埃阿斯，不过是诸神在最后时刻对他做出让步的埃阿斯。他未被迫进入与不可调和的现实之间的最终冲突中，后者本可使他人生最后的时光在受苦、患病、离群索居中度过。但诸神的让步只是因为菲罗克忒忒斯不像埃阿斯，他有一位存在于他过去的赫拉克勒斯和一位活在他心内的赫拉克勒斯。这种英雄情谊的火花仍在牵动着涅奥普托勒摩斯，他能在其中发现它并以此重燃生命的温度。

八

就像菲罗克忒忒斯的创伤，他的弓既有一种心理学意义，

---

[107] John A. Moore, *Sophocles and Arete*（Cambridge 1938）54–5.

也有一种神学意义。作为个人交换的焦点，它是对菲罗克忒忒斯帮助赫拉克勒斯的奖励（670），也标志着对涅奥普托勒摩斯逐渐增加的信任：他慷慨地将弓以及他的其他财物交给他处理（658-9）。在其疾病发作之际，菲罗克忒忒斯将弓交给涅奥普托勒摩斯，不仅因为自身的无助，也意在提醒两者之间的互惠互信（762-6）："拿着这把弓……就如同现在你向我请求它那样。收好并保护好它，直到眼前这阵病痛消散。"当他的创伤以一种消极的方式将神与人关联起来，并显示着一位被亵渎的神祇的愤怒时，这把弓是神赐的特殊恩惠的来源，并最终使得一位愤懑不平的英雄与一位怒气中烧的神祇和解。

因此，他的创伤与弓矢的作用是进行相互联结和补足性的调解。这使菲罗克忒忒斯与神人相隔离的创伤得到那使他通过赫拉克勒斯而与诸神、通过其在特洛伊的英雄式未来而与众人相联结的弓矢的回应。创伤的调解功效是自上而下的。它将菲罗克忒忒斯在利姆诺斯降低到野兽般的地位，并使之成为与野兽相似的存在：它噬咬侵蚀着他，就好像一只食肉野兽在追踪它的猎物。如果对698行的 *enthēros* 的解释是正确的话，他的病足中似乎居住着一头疾病的"野兽"。[108] 另一方面，这把弓不仅是赫拉克勒斯从火堆升至奥林波斯时给他的礼物，也是（作为阿波罗赠给赫拉克勒斯的文明化的礼物）一件为人类消灭地上野兽恶怪的暴力的武器。最初，他只是为了食物和基本生存而用这把弓来征服利姆诺斯岛上的野兽；但最终，这把弓使他得以离开这座荒岛并赢得由此弓前主人许诺的在特洛伊的不朽卓越（1420）。于是，这把弓在神与人之间进行调解，正如他的创伤在人与兽之间进行调解。正如洛克特提斯的创伤将他与利姆诺斯自然之火建立关联（799-800），这把弓让他与赫

---

[108] 参 Kamerbeek（见注323）200-1；L. Radermacher, *RhM* 85（1936）13。

拉克勒斯火堆的神圣之火产生关联（727-8）。

本剧中的每个主角都通过他与这把弓的关系而界定自身。[109]对涅奥普托勒摩斯而言，它带着某种遥远的，但又是他所渴求的那种更高贵的光辉灿烂的英雄主义光环。它展开了一个更宏大的维度，与其出身相称，并向他照耀了第一缕来自这个世界的光芒——像阿基琉斯和赫拉克勒斯那样的人在其中建功立业，而他也将注定在其中找到自己的道路（参654-75）。尽管最初他对这把弓的追寻部分是为了奥德修斯的"好处"（*kerdos*，111），他从中发现了他自身的阿基琉斯式德能（*aretē*）中激动人心的东西。这把弓勾起了情感热切的爱欲（*erōs*，660），不再是算计与欺骗的目标。

受年轻人之热忱的鼓舞，菲罗克忒忒斯再次感受到这把弓往日闪耀着的神圣和英雄光辉。此前他被迫将弓的功能贬低为利姆诺斯岛上的觅食工具（932-3，1126，1282）；与此截然相反，他如今谈论的是与此相关的卓越（*aretē*）与善举（667-70）。索福克勒斯接续了赫拉克利特在"弓"（*biós*）与"生活""生计"（*bíos*）上玩的双关语（931-3,1282）[110]；但这点并不是哲人关于宇宙神秘律法的幽暗呈现，而是关于将一件英雄武器贬低为实现无价值任务的工具。

在某个方面，菲罗克忒忒斯对弓的使用类似于奥德修斯的使用。两个人以不同的方式，躲避并扭曲了其神圣的和英雄的意义。一个用神赐的文明化礼物去维持在荒岛上野蛮而离群的生活，另一个对一位无助的瘸子施暴，并利用了一位有着高

---

[109] 关于这个方面，参Segal, "Piety," 144-5。
[110] 关于这个双关游戏，参David B. Robinson, Topics in Sophocles' *Philoctetes*, CQ n.s. 19（1969）43-4：菲罗克忒忒斯所说的似乎比他所知的更真切。另见J. C. Kamerbeek, Sophocle et Héraclite, *Studia Vollgraff*（Amsterdam 1948）84-98。

尚天性的年轻人。

反讽的是，菲罗克忒忒斯唤起了这把弓过去的英雄岁月（"宙斯所生的赫拉克勒斯的神圣武器"，942-3），而这发生在他拒斥属人的朋侣情谊并回到他与山林野兽的交往之中（946行及以下）。这个文段标志着个人间友谊以及英雄价值在本剧中的低潮。如他所想的，当他被那个他向之托付弓矢（象征着一种此前存在于他和赫拉克勒斯之间的[670]友谊的纽带和善举）的人背叛后，他看到的是恶行、狡诈与欺骗（*panourgia*、*technēma*、*apatē*，927-9）的彻底胜利，而这与这把弓曾代表的英雄价值截然相反。在弓作为英雄身份的标志（260-2）与弓作为当前抢夺的物品（932）之间的对比刻画了这种英雄精神的削弱程度：

> 孩子，阿基琉斯之子，你的父亲，或许我是他曾跟你说过的那个赫拉克勒斯武器的主人。
>
> 归还它，我请求你，归还它，我恳求你，孩子。[111]

稍后，由于被夺去了弓矢而陷入彻底的孤独中的菲罗克忒忒斯，正如他刚刚对他那岩石嶙岣的住处（1081行及以下，1087行及以下）说话并使这无生命之物具有了那些他在同胞中鲜可发现的爱和同情，对着他的弓说话（1128-31）："亲爱的弓啊，被人从我充满爱的手中夺去……或许，如果你有任何意识

---

[111] 另一个暗示英雄式过去与堕落的当下之间鸿沟的地方是262行中庄严的扬扬格——*tōn Hērakleiōn onta despotēn hoplōn*（赫拉克勒斯武器的主人）——与932行中因菲罗克忒忒斯的坚决态度而形成的急促起伏的三短节音步——"归还它，我请求你，归还它，我恳求你，孩子"——之间的对比。

(*phrenes*)的话，你会同情地看着我．"但菲罗克忒忒斯的话中仍带着某种严酷无情，因为处在与人间相隔极远之地的他拒绝了歌队口中属人的友善感（*philotēs*，1121-2），而选择了他与这把无生命的武器之间的友爱（*philia*）。重新找回这把弓的英雄式意义需要承受孤独冒险与作出勇敢决定所带来的风险。这个任务如今落在涅奥普托勒摩斯的肩上，而在这个任务完成之时，这把弓将能再次成为人与人之间信任、同情和友谊的纽带。

在过去，这把弓为一众最具泛希腊特征的希腊英雄服务，其中一个帮助希腊人对抗野蛮人，因为赫拉克勒斯也在特洛伊战斗过。但奥德修斯害怕菲罗克忒忒斯用它来对付自己，一个希腊同胞（75-6，104-7）。他的惧怕在本剧稍后会成为现实，当菲罗克忒忒斯准备对着他的宿敌（1299-1304）射出一支"无法战胜的箭矢"时（105）。涅奥普托勒摩斯已经理解到这把弓所赋予的英雄义务，于是打断道："对你我而言，这都不是一种高贵的行为（*kalon*，1304）"。与用这把弓去维持基本生活一样，用它去报私仇也并不恰当。涅奥普托勒摩斯与这把弓的全新关系证明了他是阿基琉斯之子，一位净化了其制造分离和离群索居的灵魂的阿基琉斯。回过头来，我们看到菲罗克忒忒斯本能地将这把弓交给他照料是正确的。

菲罗克忒忒斯提议用这把弓抵抗希腊人对涅奥普托勒摩斯的报复（1405-8）。这一提议退回到其英雄性格中无法宽恕、与人隔绝的一面。尽管这把曾被如此使用的弓如今将帮助另一个人而不仅仅为一位孤独的被逐者觅得勉强糊口之食，菲罗克忒忒斯提供的用法将使那场旷日持久的争执继续下去，这将扰乱而非创建文明秩序，还将抵消这场战争迄今为止所取得的成就，并进一步助长希腊诸邦间一度在特洛伊消弭了的分歧。这不过是菲罗克忒忒斯在利姆诺斯使用方式的延伸，与创立秩序的精神相抵触，而这正是他那位良师益友在制造它并把它传给他时所具有的精神。他给涅奥普托勒摩斯的提议恰恰出现在赫拉克勒斯现身之前,这项提议甚至会将他新建的友谊封闭在由他的憎恨筑起的围墙之中。涅奥普托勒摩斯面对忠诚与价值的一系列冲突并因此而受困于一个无法解决的困难,接受了菲罗克忒忒斯关于使用弓箭的提议,这是唯一与荣誉相称的选择。赫拉克勒斯的现身表明这是一个悲剧式的选择,而从他的角度来看,这是一个错误的选择。这位神祇能说明这把弓最深的意义,并在这个充满复杂冲突的人间斩断阻碍这种意义之实现的乱麻。

当菲罗克忒忒斯和涅奥普托勒摩斯参与到那场确认他们的弓箭情谊的准仪式中时(654-75),英雄豪气的氛围只萦绕在他们两人之间。尽管他们一时因新生的友情与互信而处于高涨的情绪中,他们仍然是被孤立在一座孤岛上的两个个体。与菲罗克忒忒斯的英雄式过去进行的初步和解将扩大到一次共同的向英雄价值与社会的复归,而这是赫拉克勒斯将要做的事情。赫拉克勒斯完成了这个由涅奥普托勒摩斯开启的进程。在弓箭仪式一百行之后,菲罗克忒忒斯将对神圣的嫉妒"心怀敬重"(*proskyson*,776-8):"对(诸神的)嫉妒心怀敬重,这样这把弓或许不会成为你苦难的来源,不会像我和它此前的主人那样。"菲罗克忒忒斯这里将这把弓视为痛苦的来源和诸神的恶意。其疾病的苦痛使他忽视了这把弓的积极意义。不过,如我们所见,涅奥普托勒摩斯已向他表明这把弓的另一面,亦即它所召唤的英雄荣耀以及它所建议的对神明的"心怀敬重"(*proskysai*,657)。

当菲罗克忒忒斯和涅奥普托勒摩斯称这把弓为神圣的或圣洁的(191,657,743),两个人仍然不知道其神圣性的原因:涅奥普托勒摩斯是因为在此刻它仍然是奥德修斯计谋的工具,菲罗克忒忒斯是因为他赢得此弓所凭之举属于一个他必须恢复的遥远过去。赫拉克勒斯在剧末的现身使这把弓再次成为神人之间的联结点，并让菲罗克忒忒斯想起这把弓的功能是践行友善或善举（euergetein，670），而这正是他当初赢得这件武器的原因。

这把弓身上有一部分与神、英雄式卓越（aretē）的内在神圣性以及那让弓及其拥有者成为攻陷特洛伊不可或缺因素的外在的、神秘的神圣意志相关。[112]另一部分则属于人类的关系纽带：英雄情谊与社会责任。如果赫拉克勒斯主要让菲罗克忒忒斯想起这把弓的神圣潜力，涅奥普托勒摩斯让他想起的即是其属人的含义。

本剧开头，这把弓体现着一种错误的人际关系，一种基于欺骗、操纵与自求名利的关系。如今，它标志着一种要求果决、勇气和自我牺牲的全新友情和信任。当涅奥普托勒摩斯最初顺从奥德修斯的计谋"像一个小偷"（klopeus，78）那样取得弓矢时，菲罗克忒忒斯像一位朋友那样光明正大地把弓交给他。"拿着这把弓，如你刚才请求我的那样，收好并保护好它，直到眼前这阵病痛消散"，菲罗克忒忒斯恳求这位年轻人（762-6）。同一句话，"拿着这把弓"，在同一个诗韵位置再次出现在一百五十行之后，标志着这段全新友谊在两方面经受的考验："拿着这把弓，你已经剥夺了我的生活。归还它，我请求你；归还它，我恳求你，我的孩子"（931-2）。"拿着"一词让人想起奥德修斯在序幕中的语言，"拿下"（labein）这个人，"拿走"他的武器，也让我们再次想起涅奥普托勒摩斯必须克服的那种工具性的、去人性化的态度。[113]

---

[112] 关于英雄的内在神圣性及其与赫拉克勒斯和这把弓的关系，参Whitman 183, 187。
[113] "拿着这把弓"（ta tox' helōn），762行和931行。

在某种意义上，赫拉克勒斯既为涅奥普托勒摩斯也为菲罗克忒忒斯而现身。在一个堕落的世界里，他重新肯定了英雄行动与英雄情谊的价值。赫拉克勒斯既对年长之人说话也与年轻人交谈（1409-33，1433-7）。最后，他以双数或复数的"你们"统称他们（1436-7，1440-1，1449）。涅奥普托勒摩斯和菲罗克忒忒斯对他表达了庄重有礼的赞同（1448）。索福克勒斯并未暗示菲罗克忒忒斯将此前的善举（670）延伸到他对赫拉克勒斯的忠诚之外。然而，赫拉克勒斯将个人的忠诚置于一个极宏大的框架中。像索福克勒斯笔下所有神圣者那样，他将某个人的生活抛入最广阔也可能是最危险的视野之中。此前，当菲罗克忒忒斯将这把弓托付给涅奥普托勒摩斯时，他提醒他注意那神圣嫉妒（*phthonos*）以及这把弓给他和赫拉克勒斯带来的种种苦难（*ponoi*，776-8）。在最后，赫拉克勒斯将这些苦难解释为对不朽卓越和荣耀生活（*athanatos aretē, eukleēs bios*）的英雄式追求的一部分（1418-22）。在菲罗克忒忒斯复归到这把弓期待拥抱的那个更大的神人世界中时，赫拉克勒斯以他自己的苦难为典型来解释菲罗克忒忒斯所受的苦难。由此，他提供了一种苦难的净化方式。赫拉克勒斯再次将菲罗克忒忒斯的注意力引到他人的而非自己的悲伤与痛苦中，不谈那些使他受制荒岛之事而援引在此之外的事情，由此他在根本上对菲罗克忒忒斯的创伤进行了有效的情感治疗，而这既发生在他许诺的在特洛伊的物理治疗之前，也与之相辅相成。

九

四面环海的利姆诺斯既是一个真实存在又是神话当中的地方。在后一方面，它类似于《奥德赛》中的神秘岛屿，或欧里庇得斯《海伦》中的遥远埃及海岸，或《暴风雨》中普洛斯彼罗的岛屿；这些地方暴露出潜藏在自我当中的一系列矛盾，或显露出一个身份的零点，而一个全新的自我将从中诞生。对菲罗克忒忒斯和涅奥普托勒摩斯而言，在这个地方，一种失落了的高贵能够从中恢复。英雄主义的氛围萦绕着菲罗克忒忒斯及其武器，而这因岛屿的野蛮性变得模糊。因此，当他将自己介绍给涅奥普托勒摩斯时，他哀叹自身荣耀（kleos，251）的丧失。[114] 在他因抛弃而表达愤懑（erēmos，265，269）和因疾病显露出野蛮之前（265，267），他的英雄式过去曾短暂地闪耀过。尽管他自视为一位"高贵之人"（esthlosanēr），一位高贵并配得上涅奥普托勒摩斯的友谊和帮助（904）之人，他的英雄式自我退到其"动物式双身（double）"之中，成为利姆诺斯野蛮洞穴的居住者。这座岛屿（nēsos）和他的疾病（nosos）都影响了他。正如在《特拉基斯少女》中的赫拉克勒斯和《奥狄浦斯在科洛诺斯》中的奥狄浦斯，他的任务是在那更大的属神秩序中找到自己的位置。为此他将必须摆脱存在于其动物式自我中的野蛮性，并重新恢复属于他的真正荣耀（kleos），而正是这种荣耀使这把弓的拥有者与众不同（参"最高荣耀"[kleos hypertaton]，1347，1422）。

与其他剧作一样，《菲罗克忒忒斯》在情景设置与英雄之间建立了象征性的相似性或紧密关系。[115] 除了"赫淮斯托斯赋形之火"的自然力（987），这座岛屿似乎在最初未曾有诸神现身，因为诸神通常出现在长期有人烟之地。在这个不神圣的海岸受苦，菲罗克忒忒斯在绝望中回忆过去，他渴望着故乡中斯佩耳刻俄斯（Spercheios）的神圣水流（hieran libada，

---

[114] 参"荣耀的"（kleinos）一词的用法，它描述了菲罗克忒忒斯（575）及其弓矢（654）。
[115] 参Diller（见注6）166; Segal, "Piety," 153-4 以及注54中引用的文献。

1213-4）。野蛮的外部环境既映照着也加剧了痛苦带来的内在野蛮。承受着他腿上那"野兽"、那撕咬其灵魂的野蛮疾病带来的痛苦，当他发现自己被众人背叛时，他回到岛屿野兽的身旁（936行及以下、1080行及以下、1146行及以下）。他居住的岩穴以及四周的嶙峋之境映衬着他自身严酷无情的"魂景"，他那花岗岩一般的英雄主义的和野蛮的品质。[116] 在其因看到自己被奥德修斯陷害而生的义愤和憎恨中，他威胁要从穴岩边跳起并以头撞向那块岩石（*petrā[i] petras anōthen*，1002）。正是从这个岩室中（*petrēreis stegas*，1262）涅奥普托勒摩斯将会把他呼唤出来，从死到生，从怨怼到信任。

在外部切断菲罗克忒忒斯与他人联系的海洋不仅是这座岛屿位置偏远的基本特征，也是他内心自绝于众神和众人的延伸。[117] "独自一人，他听着拍岸之涌涛"，而与此响应的只有他身上的痛苦带来的大声呻吟（*stonos antitypos*，694）。当他想象大海不那么令人生畏的方面时，它不过是其劲敌发出嘲笑的背景（1123-6）："唉呀，他坐在海岸边某个灰白色的沙地上，嘲笑我，手中挥舞着为我提供食物的简陋工具"。此处的景致令人想起荷马笔下的海景，尤其在《伊利亚特》卷一349—350行中阿基琉斯独自在沙滩上的画面，而这意味着对英雄世界的反讽式否定。

如我们所见，这片海并未提供文明交流的方式，而为奥德修斯的诡计与"好处"提供了便利。事实上，一位专业的航海者或商人在实施这个诡计的过程中扮演了重要角色。人对海洋的利用中的两个极端，商人与海盗，在奥德修斯身上合而为

---

[116] 尤其参160, 272, 296, 937, 952, 1081-2中的岩石以及关于此更一般的讨论 Segal, "Divino" 74; "Piety" 154。

[117] 关于这片海域的其他方面，参 Segal, "Piety," 154-6。

一，两者具有同样的负面性质。

在最后，当菲罗克忒忒斯准备离开他的岛屿时，他呼唤那被大海"雄猛地击打的"嶙峋海岬；而在这个海岬里，当他的头被风浪抽打时，他的哭声常常与浪涛拍打海岬的声音互相呼应（1453-60）。但如今，当赫拉克勒斯现身而他复归到神人秩序当中时，他眼中的景致再次带有某种神圣性。他呼叫打理溪流草地的宁芙众仙（1454），这些打理那些滋养他生命的新鲜溪水的自然诸神。这片孤立他的大海（304行及以下、1123行及以下）再次成为一种交流的方式。他祈求顺风航行（*euploia*），与此前他向涅奥普托勒摩斯的请求相比（641），如今他的祈祷有更多的希望与期待。除了打理新鲜溪水的宁芙众仙（1454），还有掌管咸湿海水的宁芙众仙。歌队对这些，如今是"返航的救助者"（*nostou sōtēras*）的海洋宁芙仙女的祈祷正是本剧的结束（1469-71）。那去人性化的利姆诺斯景致其实为那些为返航保驾护航的神祇提供了居所。

在最后，打理新鲜溪水的宁芙众仙（*Nymphai enydroi*，1454）提醒了我们利姆诺斯并非没有神祇，也并非一个毫不舒适的所在。奥德修斯在他最初对洞穴的勘察中留意到它的宜居特点，包括该处的一股清泉（*poton krēnaion*，21；16-22）。当菲罗克忒忒斯描述在那里生活的困难时，关于寻找饮用水的问题他给出了完全不同的答案（292-5；参712-8）。不过，在最后，在他的告别中，他以拟人的方式直接呼唤了这些泉水，而且他甚至知道这股泉水的圣名，以吕克亚的阿波罗为名（1461-2）。虽然如此，在本剧的大部分时候，利姆诺斯缺乏诸神的慷慨赐予。进场曲以回声宁芙（Nymph Echo）收尾，但这不过是她对菲罗克忒忒斯"痛苦叫喊"的尖叫声的回应（188-90）。

正如在《奥狄浦斯王》里，牧人处在文明共同体与郊野之间的含混地带，而菲罗克忒忒斯比"郊野放牧"（*agrobotas*，214）的牧人更野（*agrios*）。他是一位猎人，不是驯化畜群的看管者。当他对同胞感到绝望时，他回身转向那些在山林的野兽，而不是他后来呼唤的那些在野地或溪谷的野兽（*thēres oreioi*，937；*ouresibōtas*，1148）。当他打算将自己拖回那无弓的岩穴时，他哀叹他已无力射杀飞鸟或出没山林的野兽（*thēr oreibatēs*，955），而预见到自己将被这类生物猎杀，成为它们的食物（957-8）。如果畜群数量减少，牧人可能会腹中饥饿；但如果菲罗克忒忒斯失去对那些其生命所依赖的动物的控制，他将被杀死、撕咬、吞食（955行及以下）。因此，菲罗克忒忒斯所在岛屿的"经济状况"并不只是一个生存物资的问题，而是原始自然的一个真正野蛮的境况：吃或被吃。

与大海一样，利姆诺斯的土地缺乏属神的慷慨赐予和属人的开垦种植。歌队向大地唱了一首颂曲，"群山女神，一切的养育者，宙斯自己的母亲，守护着宽阔而盛产金子的帕克托洛斯（Pactolus）河"（392-4）。[118] 除了作为涅奥普托勒摩斯谎言的掩护，这首颂曲赞扬的不是平原上被耕种的土地，而是山上的地母（*oresterea*，391），在那里菲罗克忒忒斯与其被猎猎物有着含混的朋侣情谊（937，955，1148）。这与《安提戈涅》中关于地母的伟大颂曲表达的情感多么不同：作为人类文明的一个附属物，尽管被人及其年复一年的耕种所征服，她

---

[118] Tycho von Wilamowitz-Moellendorff, *Die dramatische Technik des Sophokles* (Berlin 1917) 279 认为这首歌颂地母盖亚的颂曲令读者尤为烦扰。Reinhardt 182 认为，这首颂曲部分描述了人类如何为自己的阴谋诡计而对神圣事物进行操纵性的利用。关于地母的神圣性，另见《奥狄浦斯在科洛诺斯》39-40，1574，1654，其中大地具有更庄重严肃的意义。关于这个时期对地母的崇拜，参Wilamowitz, *Glaube der Hellenen*（见注31）I, 202-8; Gerhard Muller, *Sophokles, Antigone* (Heidelberg 1967) 83-4, apropos of *Antig.* 338。

仍然是"诸神中的最伟大者,地母,永不逝去,不知疲倦"(*theōn...tan hypertatan, Gan aphthiton, akamaton*,《安提戈涅》338-42)。帕克托洛斯及其金子在这里可能也意味着一种菲罗克忒忒斯的境况无福消受的奢华,而且这个意象是关于一块贫瘠不毛却盛产金属的土地,而不是一片富饶且生长谷物的土地。讽刺的是,吕底亚式财富的阴柔与菲罗克忒忒斯格格不入,而且金子也意味着与文明消极面(体现在奥德修斯狡计中)相关的那些好处和利益。奥德修斯的父系之名,"拉埃尔特斯之子",相当不悦耳地出现在描述地母特征的最后一行(402),这提醒我们奥德修斯的诡计及其以谎言的方式进行实施,而这正是这首颂曲的意图。在这里,地母作为"屠牛猛狮的女主人"(400-1),尽管与索福克勒斯试图融汇盖亚、瑞亚和库柏勒这三个女神的名字相关,这个特征一下子使我们从农业的文明化技术回到菲罗克忒忒斯在此处徒劳地试图逃离的野蛮暴力之中。因此,这首颂曲加强了这一印象:此刻体现在奥德修斯身上的文明形象仍然是欺骗性的和不充分的。

下一首颂曲出现在向涅奥普托勒摩斯介绍那把弓的仪式与疾病发作之间。这首颂曲呈现了一个关于土地的更正面的形象。滋养万物的土地(*phorbas gaia*,700)向菲罗克忒忒斯提供可用于治疗他那被野兽支配的腿的软叶或草药(698-9)。不过,五十行之前,菲罗克忒忒斯自己并不太愿意描述这种有疗效的草药的来源(649-50):"这里有一种我用来催眠这个创伤的叶子,能使之温顺柔和。"在这里,他并未将此归功于慷慨的大地。这种植物只是如其所是地存在着,就像这位困苦的英雄发现它的时候那样(*phyllon ti moi parestin*,649)。

就连700行中"滋养万物的土地"也被随后讲述菲罗克忒忒斯真实生活方式的诗节(707-18)所描述:

> 他并不像我们这些土地耕作者那样在那被播种的神圣土地中收获任何食物,除了偶尔用那速射的箭、有翼的矢为他的肚皮赚得些许食物。可怜的灵魂,十年以来从未享用过满杯的酒,只得拖着步子去饮那些经他勘察而发现的常流水池。

菲罗克忒忒斯过着野蛮猎人的生活。农业只是作为这种生活的陪衬而被提及。他的生活物资(*phorbē*,707)并非源自"神圣土地"的一份礼物,而是粗陋的猎物,他的肚皮滋养物(*gastri phorban*,711)。这些猎物被他有翼的箭矢杀死(711),而其捕猎的环境可能会突然转变而使他自己成为他捕猎的野兽腹中的食物(*epherbomēn*,956;参43,1108)。[119]

菲罗克忒忒斯对土地的呼唤意在强调他的孤寂绝望。在上文引用的歌队颂曲之后,他大声呼唤土地,因他感到向他袭来的疼痛,而土地在这里成了坟墓而非生活与养育之源(819-20):"啊,土地(*gaia*),接纳我这个将死之人吧!因为这份痛苦无法让我站立起来。"稍后,当他被夺去弓矢时,他绝望中的呼唤将土地与死亡而非生命关联起来。他说,他将去"与我父亲会面":"在世上何方?"歌队问。"在冥府",菲罗克忒忒斯答道(—*poi gas*,—*es Haidou*,1211)。他声称,他永远不会去特洛伊,"只要我还有土地的这个陡峭基座"(*gēs tod' aipeinon bathron*,1000);而在随后两行里,他将用脑袋撞向这岩石嶙峋的地面(1001-2)。

在1146行及以下,在他第二次呼唤利姆诺斯岛上的野生

---

[119] 另外,请注意在274行与308行中用以指代菲罗克忒忒斯食物的"*bora*",该词恰如其分,因为它也可以指猎人的粗陋饮食或动物的食物,参C. Segal, "Euripides, *Hippolytus*, 108-12: Tragic Irony and Tragic Justice", *Hermes* 97(1969)297-8。

生物后，菲罗克忒忒斯接着说（1160-2）："从哪里我将获得生活的资源（biota）？谁能靠风养活自己，如果他占领（kratynōn）不了任何土地——生命赐予者（biodōros aia）——所产之物？"他此处所用的动词，"武力占领"（kratynōn），透露着一种对土地充满侵略性的态度，一种在必然性、斗争和征服之间的关系。就连这片赐予生命之地的慷慨馈赠指的也是动物的食物，那些他用弓捕猎的猎物，而不是土地自身产出的那些作为礼物的谷物或水果（-dōros，1162）。

利姆诺斯的土地（Lēmnia chthōn，986）并不指歌队在第一合唱曲中所唱的那温柔地滋养万物的神圣土地（770行及以下），而是一种基本的自然力，与那"赫淮斯托斯赋形"之火中"征服一切的强光"——利姆诺斯那神秘的地火——相关。这种火反映着菲罗克忒忒斯灵魂中的野蛮暴力，并指向他那永不妥协的残酷之力的一个更深的来源。当他表达他对奥德修斯的拒斥时，他的语言甚至蔑视了宙斯，"那带火的雷电投掷者"（1197-9），他的夸张修辞令人想起克瑞昂在《安提戈涅》中傲慢的誓言（486-7，1039-41）。但这些修辞也表现出一位英雄的伟大不凡，他重燃那将赫拉克勒斯带到奥林波斯的圣火（"奥塔群峰上有挂铜盾的英雄，与诸神相近，通身闪耀着圣火"，726-9）。在利姆诺斯的野蛮及其暴力之美当中，在其峭壁、海洋、神奇之火当中，利姆诺斯的景致是菲罗克忒忒斯英雄式自我的图景，崎岖险峻、荒芜凄苦，但其凶残的外观也透露着其中的顽强不屈、崇高伟大。

菲罗克忒忒斯神话中火、水及其他对立项

利姆诺斯和菲罗克忒忒斯与火的积极关系及他们和水的消极关系互相平衡。不仅海洋切断了菲罗克忒忒斯与众

人的关联（1-2），而且，如我们所见，那条因其噬咬而导致菲罗克忒忒斯患病的蛇是一条水蛇（*hydros*）。与赫淮斯托斯也即与火存在特殊关联的利姆诺斯的土地治好了菲罗克忒忒斯的腿疾。这条蛇身上的恶臭也同样有名（参尼坎德［Nicander］，《论毒蛇》（*Theriaka*）421-5，429-30，并参421，422，429的古本旁注），因此它与利姆诺斯妇女和菲罗克忒忒斯那流脓伤口一道在利姆诺斯神话中象征着反社会的野蛮元素。

水火的对立尤其体现在 *hydros*（水或水蛇）中。它自然地与湿、冷相近，但当它被与之相对的热所折磨时，它变得尤为危险。尼坎德讲述了最危险的情况，"西里斯（Siris）烤干了水流……然后它回到岸上……在阳光下温暖它那有害的身体"（《论毒蛇》367行及以下；参"蛇"，*RE* II. A.1［1921］556）。当昆图斯（Quintus of Smyrna）在描述菲罗克忒忒斯的创伤时，他说咬他的"*hydros*"尤为致命，"当它爬上干岸让太阳烘烤它时"（9.384-387）。当热力与干燥加剧了其毒性后，这两种特性重现在蛇毒的效果中，即一种"干渴的疯狂"，而这"烘烤着"其受害者（尼坎德，《论毒蛇》428，436）。

如果热与火使这条蛇变得更强大也更危险，作为构成这条蛇真正元素的水同样增强了它导致的疾病。一位古本注者在给《伊利亚特》卷二723行写旁注时提到海水的接触会恶化伤口（*legousi de katechein autou tēn sēpsin prosrainomenēs thalassēs hydōr*）。

第二个关系域将一切关联起来：作为英雄的菲罗克忒忒斯、赫拉克勒斯、赫淮斯托斯以及另一边火压制着的蛇、水和野蛮的凶残性。将菲罗克忒忒斯在利姆诺斯降低到动物式生存的"*hydros*"在词源学的意义上，无论如何，与多头蛇怪许德拉（*hydra*）相近——正是它的毒液沾染在赫拉克勒斯的弓矢上,又通过得阿涅拉的长袍让他虚弱不堪并最终死亡。菲罗克忒忒斯的"hydros"与赫拉克勒斯的许德拉之间的关联出现在尤斯塔修斯的评注中(《伊利亚特》卷二723行的评注,Leipzig 1827,卷一,页267.44)。此外,这两条有毒生物之间还存在一个更具体的关联:在塞尔维乌斯对《埃涅阿斯纪》卷三402行的评注里(见前),为了惩罚菲罗克忒忒斯暴露了赫拉克勒斯在地上的坟茔而非这位英雄在奥林波斯的不朽,他的脚被赫拉克勒斯一支涂有许德拉毒液的箭击中而中毒。许德拉的故事也涉及水与火的对立:许德拉生活在一片沼泽水域中并最终只能被火所消灭(尼坎德用了 *pyraktein* 这个动词,见《论毒蛇》688)。正如他作为赫拉克勒斯临终之际的伙伴,他用火帮助他从人成为神,同样另一位伙伴此前也用火帮助他达成了对野兽最重要的一次胜利:伊俄拉奥斯(Iolaus)灼烧了许德拉那断头的脖子,从而使得它们无法再长出新头。

在利姆诺斯,赫淮斯托斯那文明化的火使菲罗克忒忒斯在被岛上水蛇(hydros)咬后得以存活;在奥塔山上的火以另一种方式使赫拉克勒斯得以战胜许德拉(hydra)的致命毒药;这两种火构成了一组互相关联的主题的一部分,与之相对的是那条水中之蛇(hydros)、其邪恶的庇护神克律塞以及菲罗克忒忒斯在一座(由于水而与人类文明隔绝的)岛屿上奄奄一息的生存境况。综合本剧的主题,以及前面讨论的其他利姆诺斯神话中的主题,我们可整理出如下图表:

野蛮	文明
克律塞	赫淮斯托斯、赫拉克勒斯
大地;水	奥林波斯;火

续表

野蛮	文明
由于水蛇（*hydros*），菲罗克忒斯跛脚而"野蛮"；"心灵野蛮的"克律塞以及"心灵残暴的"水蛇具有的残暴之力（《伊利亚特》2.723）	治疗好菲罗克忒斯的是：（a）利姆诺斯土地，火神赫淮斯托斯曾降临岛上；（b）赫淮斯托斯祭司，他们只会治疗这种蛇的咬伤；（c）赫拉克勒斯从奥林波斯降临进行干预，由于菲罗克忒斯曾帮助他点燃了他的火堆；（d）友情，善意（*eunoia*）
恶臭（*dysosmia*）以及野蛮对文明的摧毁	恰当祭仪的甜美香气
（a）利姆诺斯之罪破坏了家灶、祭坛等地的火	从得洛斯岛带来纯火而更新文明
（b）佩拉斯吉之罪引发了瘟疫与土地贫瘠（希罗多德，《历史》6.87）	
（c）菲罗克忒斯的创伤导致他在利姆诺斯岛上过着凄凉、如死亡般的生活，没有任何仪式（《菲罗克忒斯》8-11）（下降到野兽式生活）	奥塔山上点燃火堆，重建宗教崇敬（《菲罗克忒斯》1440-4）（上达诸神）
（d）在照料或建立圣坛时被咬伤	由于在奥塔山上点燃火堆而被赫拉克勒斯治疗
（e）被赫拉克勒斯涂有许德拉毒液的箭矢所伤	最终战胜野兽许德拉的毒液并在奥林波斯山上成神

续表

野蛮	文明
这支箭矢落到他的腿上	在奥塔山火堆上从野兽到神的上升
由于他指出了赫拉克勒斯在地上的坟墓	在菲罗克忒忒斯的帮助下在奥林波斯山上成神
意味着菲罗克忒忒斯否认了他的不朽	奥林波斯的赫拉克勒斯对利姆诺斯的菲罗克忒忒斯给出关于不朽德能（aretē）以及不朽虔敬的建议（1420，1443–4）

第十章 《菲罗克忒忒斯》：社会、语言、友爱

一

为了再次成为共同体的成员，菲罗克忒忒斯必须从利姆诺斯的野蛮心灵与野蛮环境中离开。然而，这一任务并不是单方面的。共同体也必须被重塑以接纳这位它曾残忍抛弃的英雄。奥德修斯构想的社会秩序是基于成功的原则，旨在达成具体目标，无视个体的反对或受苦。这无法成为这位被痛苦折磨的被逐者的心灵家园，而菲罗克忒忒斯也无法接受在这样一个世界中生活。

奥德修斯的社会概念依赖下属对上级、个体对共同体的服从。他甚至将这种基于权威主义的上下级划分（参15，53）推广到诸神当中，因为他想当然地认为他自己是宙斯的"下属助手"（*hypērētes*，990）。他的态度类似于《埃阿斯》中的阿特柔斯后裔以及《安提戈涅》中的克瑞昂，而这种态度在这些早期剧作中都引发了一系列的冲突。[1] 在奥德修斯的开场白中，奥德修斯承认，当他将患病的菲罗克忒忒斯舍弃在这座岛屿上时，他只是遵命而行。这个所谓正当理由的实质与他对涅奥普托勒摩斯所讲的英雄道理形成鲜明对比（1-7）：

> 这就是四面环海的利姆诺斯的海岸，没有有朽者踏足过，荒无人烟。阿基琉斯之子啊，涅奥普托勒摩斯，

---

[1] 参Renata Scheliha, *Der Philoktet des Sophokles*（Amsterdam 1970）15-6。

你有着希腊人中最高贵的血统！就在这里，我曾抛弃了马里斯的波阿斯之子，因为上司（anassontōn）命令我这样做，因为他的脚上流脓，被那疾病撕咬。

关于遵从命令，菲罗克忒忒斯后来有极为不同的看法，并原谅了涅奥普托勒摩斯，因为"他只是做命令他去做的事情"（to prostachthen，1010）。涅奥普托勒摩斯自己并不接受这种简单解释。当他违抗军命时，他呼求宙斯并发誓"对最高者宙斯有纯洁的尊崇"，其心态与990行中奥德修斯自视甚高的态度截然不同，放弃了奥德修斯式的诡计（dolos，参1288）。

这一系列行动发生在稍后的剧情中。此前，本剧并未提供奥德修斯观点的替代物。在歌队第一首颂曲中，他们接受了这种基于等级制的权威概念。他们重复着某种赫西俄德式见解，宣称王室权威的合法性基于"宙斯神圣权杖的统治（anassetai，参6，26）"（138–40；参赫西俄德，《神谱》80–96）。他们称这种权威为"原生统治"（kratos ōgygion），他们认为这是他们隶属并服从（hypourgein）他们的领导人涅奥普托勒摩斯的基础（141–3）。后来，他们以奥德修斯自己的权威主义前提为他辩护：他与其他人一样，只不过是按领导吩咐办事（tachtheis，1144；参6，1010）。[2] 在本剧最后，当"宙斯的意图"（1415）显示与奥德修斯所说并不完全吻合时，宙斯所赐的王室权杖掌有者在理性建言（gnōmē，139）上的最高权威遭到严重削弱。能够将这位不可或缺的英雄带回特洛伊的理性建言（gnōmē）并不来自支配着权威之象征的统治者（139），而来自朋友（gnōmē philōn，1467）。

---

[2] 关于歌队和奥德修斯对于权威的理解的局限性，更详细的讨论参C. Segal, "Philoctetes and the Imperishable Piety", *Hermes* 105（1977）137–42（以下引用略作"Piety"）。

关于奥德修斯对人际关系的工具化理解，涅奥普托勒摩斯本能地感到厌恶（86行及以下），而这导致了本剧的核心冲突。这逐渐扩大而成为社会客观需要与其个体成员的精神生活及情感生活之间的冲突。就连在对奥德修斯权威的顺从中，涅奥普托勒摩斯也并未在所有事情上同意他的领导。他并不自视为一位下属（15，53），而是一位协作者（synergatēs, 93）。紧接着他又拒绝了奥德修斯以卑鄙为代价寻求胜利的意图（nikan kakōs, 94），尽管他承认他不应当背叛这次行动（92-3）。奥德修斯许诺他能成为特洛伊的征服者；受此引诱，他暂时屈从那极具奥德修斯风格的利益论证（kerdos, 108-20）。不过，张力始终存在。

尽管涅奥普托勒摩斯重复了奥德修斯的谎言，他扩大了奥德修斯关于个人责任的观点（385-8）：

> 比起谴责奥德修斯，我更倾向谴责那些当权者（tous en telei），因为整个城邦和整个军队（sympas stratos）都属于领导者。正是由于老师的言辞，那些行为失当之人（akosmountes）才会变得邪恶（kakoi）。[3]

涅奥普托勒摩斯在此处避开了那些可能会让奥德修斯难辞其咎的责任问题。当他遇到新"老师"，他也遇到了一种对社会秩序的不同理解。当他在对军队的服从和对菲罗克忒忒斯的同情之间挣扎，他说，他无法归还那把弓，"因为正义与利益使我留心那些当权者"（tōn en telei, 925-6；参385）。他的最终决定违背了权威，并蔑视了奥德修斯为证明行动合法性而不断援

---

[3] 可比较 Ant. 736-8 中克瑞昂对城邦统治的僭主式定义（难道城邦不应被视为属于其统治者？738）。

引的整个军队（*sympas stratos*，1243，1250，1257，1294；参387）。菲罗克忒忒斯独立而尖刻的精神以及后来涅奥普托勒摩斯的反抗蔑视迫使奥德修斯以更严酷残暴的方式表达他的权威主义观点。当菲罗克忒忒斯拒绝前往特洛伊时，奥德修斯粗暴地回答："但我说你必须去；这必须要服从。"（994）菲罗克忒忒斯傲慢而严谨地回答说，这不是自由人之间的关系，而是主人和奴隶之间的关系（995-6）。奥德修斯的霸凌语气削弱了他从另一方面给出的论据：菲罗克忒忒斯将在特洛伊与最高贵之人（*aristoi*，997）平起平坐。当他在此幕的最后离开舞台之际，他威胁说他并不需要菲罗克忒忒斯去特洛伊，只需要他的弓；他盛气凌人地强迫其俘虏保持沉默："你不必回答我，因为我要走了。"（1065）这一举动是当年他舍弃菲罗克忒忒斯的缩影，并重复了他最初对菲罗克忒忒斯的受伤——这个创伤剥夺了他与其同胞的文明交往（参180-90，225，686-95）——所应负的责任。

当涅奥普托勒摩斯打算归还那把弓时，奥德修斯同样盛气凌人地对待他。他所援引以论证其行动合法性的首先是整个军队的权威，然后是惩罚带来的惧怕与威胁（1250-1，1258），最后他拔出了他的剑（1254-6）。当最后试图阻止归还那把弓时，他徒劳地重申了他那残暴无情的暴力："但我不允许"，他喊道，又呼告诸神，并再次援引"整个军队"（1293-4）。反讽的是，他在本剧最后威胁说要强迫菲罗克忒忒斯上船前往特洛伊的平原，无论阿基琉斯之子是否愿意（1297-8）。奥德修斯诉诸暴力的方式也出现在此前他威逼涅奥普托勒摩斯的一幕中（1254行及以下），而这同样徒劳无功。这位精于狡计、言辞谨慎、精通说服的人下降为一位怒气冲天、满口暴力之人，而这种暴力威胁无论如何都是徒劳无功的：当菲罗克忒忒斯准备弯弓搭箭时，他精明而迅速地撤退了。

涅奥普托勒摩斯随后的回应与奥德修斯相当不同。当他恳求菲罗克忒忒斯不要出手（1301）时，他呼求诸神，并援引他俩都遵循的关于高贵的原则（"对你我而言，这都不是高贵的行为"，1304）。他对菲罗克忒忒斯赞美他所继承的阿基琉斯式的高贵本性（1310）表示感谢，并心怀善意地（*eunoia*，1322）陈述菲罗克忒忒斯前往特洛伊将收获的好处（1314-47）。涅奥普托勒摩斯的善意（*eunoia*）超出了奥德修斯观点中隐含的一系列范畴：上级–下级、工具–目的、猎人–猎物、欺骗者–受害者，以及理智的运用和操纵他人的言辞。[4]

在两人之间的友爱纽带缓慢形成的过程中，菲罗克忒忒斯和涅奥普托勒摩斯创造的社会纽带是一个更健康也更人道的社会的缩影。在《菲罗克忒忒斯》上演二三十年后，当旧有的社会形式被败坏时，重构一个合理的社会形式，是柏拉图的主要关切之一。瓦尔纳·耶格尔（Werner Jaeger）曾说，柏拉图笔下的友爱与社会同样适用于本剧：

> 当社会因一次庞大的系统性失序或一场大病而备受折磨时，它的恢复只能发端于一个大体健康的小型团体；这个团体中的人有着相似的观念，并能形成一个全新系统的核心。这正是柏拉图笔下友爱（*philia*）的意涵。[5]

---

[4] Pierre Vidal-Naquet, Le *Philoctète* de Sophocle et l'*éphébie*, *MT* 177-8 在讨论奥德修斯与涅奥普托勒摩斯的冲突时看法不同，他认为，涅奥普托勒摩斯（以及菲罗克忒忒斯）将家庭价值置于城邦价值之上。但这些家庭价值也隐含了关于社会的看法，而Vidal-Naquet在此处谈的城邦价值主要是奥德修斯界定的价值，并不必然是本剧所设想的城邦价值的唯一类型。

[5] Werner Jaeger, *Paideia*, trans. G. Highet, II（New York, N.Y., 1944）174; P. E. Easterling, "Philoctetes and Modern Criticism," *Illinois Classical Studies 3*（1978）37, 也触及重构英雄社会的问题。关于友爱（*philia*）作为柏拉图笔下的社会基础，参《普罗塔戈拉》322d以及《会饮》182c。

一个以善意、友爱以及尊重而非暴力与诡计为基础的英雄社会是菲罗克忒忒斯回归的属人前提及赫拉克勒斯神圣干预的必然前提。一个更人道、更能作出回应的社会秩序，尽管只是小规模的，必然先于一个更宽宏、更易理解的神圣秩序显现其迹象。首先菲罗克忒忒斯更新了他对他人的信任，然后他才能再次信任诸神。[6]

和埃阿斯一样，菲罗克忒忒斯的身上体现着一种旧有的英雄主义，而一个更平庸、更务实、更多变的世界很难与此互相融合。[7]两位英雄都拒绝了由在特洛伊的希腊军队、他们的同侪与同胞战士构成的社会。但在《埃阿斯》里，新的共同体只能在这位英雄死后哀悼和纪念他的伟大。这样的英雄主义必然以死亡为结束：埃阿斯的共同体无法容纳他的这种拒不妥协。共同体需要的是妥协互让与适应能力，而非对英雄荣誉不屈不挠的坚持。然而，在《菲罗克忒忒斯》中，这位英雄始终对其社会不可或缺。关于社会组织，新的理解与旧的观念之间仍可进行交流。涅奥普托勒摩斯担任了这一角色，接过奥德修斯在《埃阿斯》中进行居间调解的功能；他的声音代表着同情与和解。

不过，归根结底，就连涅奥普托勒摩斯那赤诚善意也并不足够，最终的说服依赖于那种以赫拉克勒斯为典范的不朽的英雄主义。的确，对本剧而言重要的是，象征着这种英雄主义的并非本剧主角（正如在《埃阿斯》中），而是一位在人类行

---

[6] 关于在菲罗克忒忒斯复归中神与人之间的连锁关系，参Segal, "Piety," 133–58，尤其149页及以下。

[7] Knox, "Ajax," 137以及前文第五章；关于《菲罗克忒忒斯》的一个类似观点，参Charles R. Beye, "Sophocles' *Philoctetes* and the Homeric Embassy," *TAPA* 101（1970）63–75。我并不认为这种理解完全切合对《菲罗克忒忒斯》的解释，理由将在下文给出。

动框架之外的人物：本剧中的人类英雄将能活着实现他的英雄主义。他不由自主地要向他的共同体和他自己证明自己是有用之人。这种观点可能源于《奥狄浦斯王》最后奥狄浦斯的"忍耐"（pherein）。其顶峰则出现在《奥狄浦斯在科洛诺斯》中。在那里，尽管奥狄浦斯疲惫地承受着来自一个充斥着狭隘的、无法消解内部仇恨与冲突的旧世界中难以对付的严酷无情，他能在一个接纳他的城邦中与他真正接纳的儿子忒修斯建立一种基于相互尊重与同情的新关系。同样地，菲罗克忒忒斯对那个象征着他的过去的人物，奥德修斯，发泄出他那残暴的、充满愤恨的旧有英雄主义，在此之后将这古老的、不容妥协的英雄主义舍弃在利姆诺斯岛上。在一个更具接受力的（而在根本上更虔敬或宗教尊崇的）英雄主义里，他得以与他真正接纳的儿子涅奥普托勒摩斯建立一种新的关系。这位英雄的这种创造力量——在索福克勒斯看来，似乎与艺术本身的创造性力量有某种相似性——源于灵魂中黑暗暴力的部分以及一个黑暗暴力的过去，并从中获得力量。但这将经历转变并帮助这位英雄塑造一个新世界。奥狄浦斯将为雅典留下祝福；菲罗克忒忒斯将把那如今在利姆诺斯"死去"的英雄主义带到特洛伊（参331行及以下，412行及以下，446行及以下）。通过杀死帕里斯，这场战争的肇事者（1426），他毫无疑问将终止这场十年的斗争，而在这十年间，希腊被剥夺了高贵，只剩下平庸与低贱之物（412–52）。

　　如果奥德修斯式社会依赖绝对的服从、个人对集体的服从、操纵以及暴力，那么在菲罗克忒忒斯与涅奥普托勒摩斯之间的微型社会就依赖友爱（philia）、信任（pistis）、同情（oiktos, eleos）以及善意（eunoia）。由这些价值构成的说服（peithō）与奥德修斯式的为自身而非被说服者利益着想的狡诈说服截然不同。奥德修斯式的社会包含着一个对文明价值的反讽式颠转——反讽是因为奥德修斯，作为"神圣计划的变态工具",无论如何,始终试图将菲罗克忒忒斯从其利姆诺斯的野蛮复归到人类社会之中。[8] 奥德修斯的手段与其目的互相抵消。当奥德修斯撤回此前将菲罗克忒忒斯从特洛伊贬到利姆诺斯的命令时,他在强迫与说服之间来回改变,或者似乎在不作区分地使用两者(593-4)。起初,他对菲罗克忒忒斯的苦难无动于衷(37-47),[9] 他缺乏涅奥普托勒摩斯那种善意,因而他无法明白神谕意在让菲罗克忒忒斯得益而不只是为了远征的成功。

为了重建种种文明特质中最基本的一种,友爱(*philia*)成了奥德修斯式狡计中的工具。在荒岛上丧朋失友(*aphilos*,1018)的菲罗克忒忒斯张开怀抱热烈欢迎那种他已缺失多年的友爱(509-10,530行及以下,671)。当他回想起那个他所知的在特洛伊的世界,他哀叹他的老友们(*philoi*)、所有那些与他最亲之人都消失无踪了(421行及以下,434)。他与涅奥普托勒摩斯的新友爱(*philia*)不仅最初基于一个谎言,而且还基于友爱的反面,他与涅奥普托勒摩斯(自称)对阿特柔斯后裔以及奥德修斯的共同憎恨(509,585-6,665-6)。这份共同的敌意"清楚地标志"着二人在他们手中受的苦,而这在这两位陌生人之间成了最初的联系(403-4)。临近结尾,菲罗

---

[8] 参Musurillo 127。奥德修斯实施着诸神的意志,但其理据并不正当,关于这点,参考the Gennaro Perrotta, *Sofocle*(Messina and Florence 1935)459-61中的得当评论。Vickers 272贴切地将斯威夫特的比喻用到奥德修斯身上:"宗教难道不是一件外衣……而良心不过是一条裤子,尽管是对淫荡和下流的掩饰,却是一条很容易为这两者而脱落的裤子?"Easterling(见注5)38正确地将奥德修斯这个含混角色视为希腊军队中含混性的象征。

[9] Ivan M. Linforth, Philoctetes: The Play and the Man, *UCPCP* 15.3(1956)106注意到,歌队在161行中小声呼唤那"可怜的人"(*tlēmon*),"就连如此微弱的同情也并未在奥德修斯与涅奥普托勒摩斯的对话中出现过"。

克忒忒斯提出要用他的弓对付希腊军队以帮助涅奥普托勒摩斯（1406行及以下），这是二人友爱（philia）的自我隔绝、极端消极的一面的最终表达。然而，奥林波斯的赫拉克勒斯引述了一段存在于昔日的更豪迈、更具英雄特征的友爱。他让菲罗克忒忒斯想起一种并不植根于共同憎恨而植根于合作的朋侣情谊，这次合作出现在过去那项宏大而具有历史意义的事业中，而（我们必须假定）这是为了整个希腊的共同善好。[10]

在这点被提出之前，菲罗克忒忒斯将经历彻底丧朋失友的零点状态，远离人间那些被败坏的朋友（philotēs），而转向那些动物和那把弓（toxon philon，1128-9；参1004）。奥德修斯不仅利用一场虚假的友爱使菲罗克忒忒斯中计，而且毫不忌讳放弃他与涅奥普托勒摩斯的友爱，"我们将对你而不对特洛伊人开战"，当他准备拔剑指向其此前的盟友时，他如此威胁道（1253-4）。但在此处已准备与奥德修斯开战的涅奥普托勒摩斯将在约五十行后保留这位昔友今敌的性命，当他劝阻菲罗克忒忒斯用那把弓射杀奥德修斯（1300行及以下）。

当涅奥普托勒摩斯归还那把弓时，菲罗克忒忒斯不仅称他为朋友，而且是最亲的孩儿（philtaton teknon，1301）。那适用于血亲的亲密用于表达了这种刚刚实现的精神亲属关系。然而，就连这种友爱（philia）也比他们基于对在特洛伊的希腊人的憎恨所形成的关系要弱（1374-85）。只有赫拉克勒斯那神圣的善意或恩惠（charis），能真正达成这种转变（1413）。[11] 不过菲罗克忒忒斯的结束语表明，那年轻人从假装的友爱到真

---

[10] 不像埃斯库罗斯和欧里庇得斯，索福克勒斯至少从来不在《菲罗克忒忒斯》中质疑希腊对特洛伊远征中根本的合法性、正义以及意图的高贵性。
[11] 赫拉克勒斯在1413行的话，"我已离开我在天上的住处，为了你（sencharin）而来"，也可以理解为"我出于恩惠而来到你身旁"，这种读法更强调charis。

正的友爱的转变并非没有效果：当他表示愿意回到在特洛伊的军队时，他将朋友的建议（gnōmē philōn）放在一个更重要的位置，与伟大命运和那征服一切的神祇的权能相提并论。

信任（pistis）经历了一个相似的毁灭与重生的过程。奥德修斯利用了涅奥普托勒摩斯与菲罗克忒忒斯建立的那种互信的交往（homilia pistē，70-1）。在这过程中，信任逐渐在这两人之间形成并通过一次象征式的手势示意而确立（cheiros pistin, 813）。此刻，涅奥普托勒摩斯与菲罗克忒忒斯的信任关系即将经历一个决定性的转变。当菲罗克忒忒斯受其疾病攻击之后看到这位后生仍然在他身旁，他称之为"一种对我的希望所做的难以置信的照料"（elpidōn apiston oikourēma，867-8）——这个表达难以转译，其中结合了文明交往中的两个基本元素，个人信任（pistis）与家人或家庭（oikos）关系。当他感到自己被背叛后，菲罗克忒忒斯尖刻地当面斥责涅奥普托勒摩斯对信任的破坏："是，你曾是值得信赖的朋友（pistos），不过在暗地里你满脑子邪恶。"（1272）弓的归还重建了信任。当菲罗克忒忒斯在其回归时来到作出悲剧式决定的时刻（1350-1），"信任"、相对完备的语言交流以及善意重归一处："哎呀，我该怎么做？我怎能不信任（apistein）这位心怀善意（eunous）给我建言的人？"

二

正如最后这个段落清楚显示的那样，本剧中的文明问题与语言的使用密切相关。[12]信任与诚信的崩塌会破坏交

---

[12] 参 A. J. Podlecki, "The Power of the Word in Sophocles' *Philoctetes*," *GRBS* 7（1966）233-50。

流,这三者的重建都依赖崭新的基础。当情节从诡诈操纵迈向真正的同情、从冷酷的权威转向高贵的慷慨,它也从一座野蛮岛屿的回响峭壁转向一位能进行说服的朋友的热情友善之音。

序幕中奥德修斯与涅奥普托勒摩斯之间的对话立即引出了语言的问题:涅奥普托勒摩斯不愿被称为(kaleisthai)叛徒(93-5),而这与奥德修斯只求成功不求美名的意愿相冲突(64-5,84-5,119-20)。对奥德修斯而言,语言是一种为了达成具体目的而精心制作的工具。在这个方面,它反映了公元前5世纪晚期某些智者派关于语言的理论:语言是一种为赢得个人官司而无关道德的媒介,一种需要练习的技术(technē)或技巧,与法律或正义无关。[13] 事实上这是一种为个人私利而颠覆正义的手段,正如阿里斯托芬《云》中斯特瑞普西阿得斯(Strepsiades)希望用"强横论理"(Stronger Argument)避开他的债主。

菲罗克忒忒斯对说服的理解相当不同。当他请求涅奥普托勒摩斯听从他并把他带回希腊,他援引与乞援相关的宗教严肃性以表明他请求的合理性(484-5)。与奥德修斯的请求——最极端的辱骂也不会给他带来任何痛苦(algynei,64-6)——相比,菲罗克忒忒斯的请求,"请将我安排在一个我会给同船者带来最少痛苦(algynei)的位置(482)",体现着一种对人际关系更高级的看法。由于他身处野蛮之中,这位被逐者既有进行深入交流的能力也有一种真正的说服力。他的这两方面都比精于机巧的说服者奥德修斯要强大。另一方面,菲罗克忒忒斯疾病的野蛮性部分体现在其对可理解言辞的破坏中。这种野

---

[13] 参 Peter Rose, "Sophocles' *Philoctetes* and the Teachings of the Sophists," *HSCP* 80(1976)83。

蛮语言呈现为野兽式的呼啸(755)以及因无法言说的痛苦引致的呼喊与哀号(752,*iygē*、*stonos*),并在文本中体现为一串重复的元音,"啊啊啊啊"(*a,a,a,a*)或"呼呼"(*pheu pheu*)或"噗唉"(*papai*)。[14]正如埃斯库罗斯的伊俄与卡珊德拉、《特拉基斯少女》中的赫拉克勒斯,备受折磨的英雄所受痛苦的强度将他置于人类言辞与动物呼喊的边界上。[15]当他处在重返利姆诺斯野蛮生活的低谷时,他呼告野兽与野地,只有岩石与群山回荡着他的声音(936行及以下,952行及以下,1080行及以下,1146行及以下;参1458)。音乐的隐喻或比喻描述了剧初使其语言下降到非人境地中孤单沉默的状态(参188行及以下,213-5,405)。因此,仅仅人声就令他激动不已(225,234-5)。菲罗克忒忒斯与语言和交流之间的含混关系大体上反映出这位英雄与文明之间的含混关系。他的疾病剥夺了他人类种种伟大文明成就之一,亦即在《安提戈涅》的"人颂"中与农业、航海和医术一道被赞颂的语言,当然语言在该时期的文化史中有着特殊的位置。[16]菲罗克忒忒斯对赫勒诺斯所讲神谕的反应表现了这种含混性。菲罗克忒忒斯提醒涅奥普托勒摩斯不要被奥德修斯的阴柔之辞所说服(*malthakoi logoi*,629)。尽管这次欺骗涉及奥德修斯对神谕的使用,这个提醒的合理程度

---

[14] 参Knox, *HT* 130-2。

[15] 缺乏人的声音与人的回应同样是阿基乌斯同主题剧作中所描述的菲罗克忒忒斯处境的特点,这位英雄在哀嚎(frag. XI. 549-51 Ribbeck):"我躺在阴湿的岩穴下,无声的穴壁回荡着凄惨泣音,哀号悲叹,痛苦呻吟"(*iaceo in tectoumido/quod eiulatu questu gemitu fremitibus/resonando mutum flebilis voces refert*);西塞罗认为这些诗行值得引用在三个不同的情景中。

[16] 关于语言在公元前5世纪文化史中的角色,参Soph., *Antig*. 353-4; Plato, *Protag*. 322a; Diodorus 1.8.3 (= Democritus 68B5DK);一般的参考,见A. T. Cole, *Democritus and the Sources of Greek Anthropology*, A.P.A. Monographs 25(Cleveland 1967)33, 60ff.。

比他所知的还要高（628–33）：

> 这难道不可怕吗，我的孩儿，如果拉埃尔特斯之子试图用阴柔之辞引我上船，将我（当作俘虏）向希腊人炫耀？不！我宁愿听（klyoimi）那条使我跛脚的毒蛇（对我说的话）。不过，对他而言，什么话都说得出（panta lekta），什么事都是可以大胆尝试的（tolmēta）。

菲罗克忒忒斯对言语（logos）的抵抗在此处与毒蛇、创伤以及因（实际意义上的和隐喻上的）疾病而形成的恶毒憎恨有关，这也部分属于使他与神人隔绝的野蛮性。[17] 然而，矛盾的是，拒绝被说服不仅对真正的人类交流而言有重要意义，而且对奥德修斯的诡辩之辞也具有重要意义。奥德修斯的世界观是基于人与言辞的可塑性。每个人都愿意被说服；一切"都可以说，都可以大胆尝试"。[18] 然而，对菲罗克忒忒斯而言，拒绝被说服对其精神的完整性至关重要。他倔强地拒绝被说服是其野蛮性的一面，是一种次人的品质。这也是其英雄高贵性的一面，也因此有关于那属于奥林波斯神明与不朽荣誉的超人的品质。涅奥普托勒摩斯带着奥德修斯式的花言巧语到来，而菲罗克忒忒斯必须教导他拒绝这种说服的可变性。但他自己必须在这位后生身上明白他应该听何种、何人的言辞（logoi）。语言的危机形成了一个困境，只有赫拉克勒斯那涉及

---

[17] 参 P. W. Harsh, "The Role of the Bow in the *Philoctetes* of Sophocles," *AJP* 81（1960）410–1。

[18] 索福克勒斯此处可能在批评欧里庇得斯对语言的处理以及他对奥德修斯性格的刻画。按照金嘴迪翁 52.14，他拥有"一种极具征服力的超凡的说话能力"。同样在 52.11，迪翁对比了埃斯库罗斯的粗野质朴与欧里庇得斯的技巧，后者"最重视政治与修辞术"（politikotate kai rhetorikotate）。

说与听的庄重陈词才能打破僵局。

双方都导致了言辞（logos）的失败。神谕说要以言辞说服菲罗克忒忒斯（612），奥德修斯却准备使用暴力（594，1297）。[19]另一方面，就算阐明了神谕并归还了弓矢（这否定了奥德修斯言辞中的诡计），菲罗克忒忒斯拒绝听从这些以善意说出的话（1321-2，参1268-9，1350-1，1373-4，1393-6），而这个拒绝体现了其野蛮境况的一个方面（ēgriōsai, 1321）。

野蛮对语言的降低包含着另一个矛盾。那些可怕的野兽式惨叫事实上是迈向真正人类交往的第一步。当他听见菲罗克忒忒斯的痛苦号叫，涅奥普托勒摩斯必须认识到他现在对菲罗克忒忒斯所做的事情并不比这位痛苦扭曲地躺在他脚边的人类同胞更具人性。

这个矛盾已在本剧最初的情景里出现。当奥德修斯看到菲罗克忒忒斯那沾染着其病腿脓血的破烂衣衫时，他以此为据推断他离岩穴不远（40-4，注意40行中那具有法庭论证意味的 saphōs，"清楚地"）。涅奥普托勒摩斯对此的回应是口齿不清的惊呼，"哟、哟"（iou、iou, 38）。接下来，随着他越来越看清菲罗克忒忒斯的疾病，并越发明白疾病强加在他身上的感受、冲突与决定，他将发出一系列类似的叫声（参759，895）。在序幕里，相比起奥德修斯那些具有逻辑缜密的词尾变化、清晰严谨的句子，这种单音节的声音蕴含着一种更深厚的人性。

---

[19] 关于神谕的说服与奥德修斯暴力的冲突，参 Oliver Taplin, "Significant Actions in Sophocles' *Philoctetes*," *GRBS* 12（1971）38; D. B. Robinson, "Topics in Sophocles' *Philoctetes*," *CQ* n.s. 19（1969）46ff.; Easterling（见注5）28-9, 31-2; David Scale, "The Element of Surprise in Sophocles' *Philoctetes*," *BICS* 19（1972）95-7. 关于神谕问题的进一步讨论与参考书目，参 Segal, "Piety," 140 and n19.

这些不连贯的痛苦呼喊最终说服了涅奥普托勒摩斯，而狡猾的奥德修斯所说的那些精细的——的确过于精细的——言辞不仅徒劳无功，而且事实上背离了文明的种种价值。[20] 在本剧稍后的情节里，当涅奥普托勒摩斯在其精神危机中重复这些音节时，他所感受到的痛苦几乎相当于使那有病的被逐者发出号叫的疼痛。

奥德修斯的流畅句法与这些可怕惨叫的对比和智者派的一场关键辩论有关：语言的存在是基于人类的习俗（nomos）还是基于自然（physis）。[21] 奥德修斯的言辞体现了一种关于语言的观点：在语言的缓慢形成过程中，理性强加到原始质料之上，有意为之的清楚表述强加到粗野而不连贯的声流之上。菲罗克忒忒斯的不连贯喊叫意味着一种自然语言下降到动物式嚎叫的层次，但至少摆脱了善于操纵的理性主义。在其质朴粗野之中，它触及一种以本能进行交流的和声，而这已遗失在一个充满无情机巧和残忍诡计的世界之中。年轻的涅奥普托勒摩斯，一位修辞大师的门徒，应当从一位身处荒岛的半野蛮的被逐者身上发现言辞与交流的真正价值；而这个发现是语言一系列颠转的戏剧象征。

当被败坏的语言成为社会领导层的工具，而这个领导层遗忘了它最高的理想，年轻一辈，尤其这位颇具天赋、感情细腻的年轻人，就只能感到迷惑、失去方向、脱离实际。涅奥普托勒摩斯在序幕中对奥德修斯式狡诈的迟疑（86行及以下）暴露了他的不安；若他果真实行奥德修斯的方法，这种不安只会

---

[20] 关于这些反讽，参Rose（见注13）72与83。

[21] 关于语言中的"自然"（physis）与"习俗"（nomos），可参如德谟克里特68B 26DK；柏拉图，《克拉底鲁》各处；一般参考 W. K. C. Guthrie, *A History of Greek Philosophy* II（Cambridge 1965）474–6; Felix Heinimann, *Nomas und Physis*（Basel 1945）156–62。

加深。理性语言无法指明出路，因为它正是语言败坏的祸根。为了摆脱奥德修斯对他的教导并以一种忠于自己性格的方式行事，涅奥普托勒摩斯需要体验一个完全不同的话语层次。他在菲罗克忒忒斯突然的沉默中经历了对语言的否定（730-1，741），然后是那突然爆发的痛楚，"疾病的呼猎声"，这引出了菲罗克忒忒斯对涅奥普托勒摩斯人道同情的一次直率请求，比任何语言都要动人（755-7）：

> 涅奥普托勒摩斯：这是那疾病可怕的呼猎声。
> 菲罗克忒忒斯：是可怕但**无法表达**的。但请可怜我。
> 涅奥普托勒摩斯：我该怎么做？

菲罗克忒忒斯的呼喊引出了年轻旁观者一个无关语言而事关行动的问题："我该怎么做？"（*ti drasō*，757）这个至关重要的问题在本剧的后半部分一次次重现。他继续情感充沛地惊呼："哎呀，哎呀，你这可怜人，可怜啊"（*iōiō dystēnes su, / dystēne*），并以"d"与"p"构成强有力的头韵（759-60）。在这里，言辞与逻辑的疏远关系（这标志着序幕中奥德修斯对疾病外部迹象的反应，40行及以下）让位给那通过身体接触进行的富有情感的回应："那么你是想我靠着你还是怎样靠着你？"（761）这个问题的试探形式（审虑虚拟式小品词，*dēta*，那么，以及那含义微妙而无法转译的 *ti*，字面义是"以某种方式触碰你"，*thigō ti sou*），还有索福克勒斯那令人叹为观止却不着痕迹的所有戏剧手法，意味着在涅奥普托勒摩斯心中一系列新的感受在慢慢形成。与他人并由此与自己建立关联的种种新的可能性开始在他心中涌动。

这一幕在本剧首件大事（*ergon*）中达致顶峰：菲罗克忒忒斯交出那把弓，对此的回应是将它归还给菲罗克忒忒斯的那件"清楚明白之事"。当他发誓弃绝与奥德修斯式语言模式相伴的狡诈言行（*dolos*，1288）时，涅奥普托勒摩斯声称，"眼下这件事将是清楚明白的（*tourgon parestai phaneron*），伸出你的右手并重掌你的武器"（1291-2）。

本剧中最激烈的言辞（*logos*）危机出现在两件事之间。一部分出现在涅奥普托勒摩斯重复着菲罗克忒忒斯那无法道说的痛苦喊叫，"噗唉"（*papai*），以及他自己关于行动的问题，"我该怎么做？"（895；参797）此刻，处于困苦中的菲罗克忒忒斯问，"你的话岔到哪里去了？"对方回答："我不知道我那无路之语（*aporon epos*）该转向何方。"（896-7）他的道说（*logos*），不同于奥德修斯方向确切的言辞，达到了一个困境（*aporia*），的确无路可走，除非它通过一个戏剧性颠转进行自我消解。菲罗克忒忒斯那焦虑不安的问题，"是否我腿疾的丑恶严重已说服了你不把我带上你的船做水手"（900-1），只不过强调了如下矛盾：单是腿疾的粗恶及因强烈痛苦所致的粗野呼喊本身就已说服了涅奥普托勒摩斯。奥德修斯狡诈的修辞无功而返，疾病无须语言的说服而大获成功。

菲罗克忒忒斯在疾病发作时的沉默如今重现在涅奥普托勒摩斯自己因羞耻带来的沉默（934）以及一百行之后的长久无言中（974-1074）。就在他开始运用一种不同的话语形式时，他此前的言辞（*logoi*）老师再度登台，而这时涅奥普托勒摩斯失去了他的话语能力。说和做在此幕中紧密地交缠在一起。歌队用那种引起所有人注意的言辞（*logoi*）提出了关于行动的问题（963-4）："我们该怎么做（*ti drōmen*）？我的王，我们的行动在你，起航抑或转向此人所道（*tois toude proschōrein logois*）。"此后，涅奥普托勒摩斯和菲罗克忒忒斯进行了关于怜悯的短暂交谈（*oiktos deinos...eleēon*，965-8），并在前者的下一个问题中达致顶峰，"我啊，我该怎么做（*oimoi ti drasō*）？"（969）此幕中痛苦的野蛮哭号以及数次的沉默形成了一个语言（logos）的零点；但也由此起，一种以更真实的方式进行有效交流的语言（logos）将得到重建。

　　菲罗克忒忒斯对奥德修斯计谋的描述是"一个狡诈心灵的闪匿之辞"（krypta epē doleras…phrenos，1112）。当他们打破谎言而进行有效交流时，菲罗克忒忒斯和涅奥普托勒摩斯共同破坏了奥德修斯的隐藏。当菲罗克忒忒斯感到疾病即将袭来时，他大声喊道，"我再也无法对你隐藏这种痛苦"（kakon krypsai，742-3）。对隐藏自身痛苦（kakon）的这种揭露对应于涅奥普托勒摩斯的坦白（908-9）："宙斯啊，我该怎么做？我将再次被视为卑鄙的（kakos），隐藏（kryptōn）我无法隐藏的，还要说最可耻的话。"如今他与菲罗克忒忒斯调换了身份，他不再是"抓拿"（labein，101，103，107）的那个，而是"被抓"或"被拿下"（lēphthō）的那个，而他在坦率言辞的全新基础上与菲罗克忒忒斯妥协。"我将不再对你隐瞒任何事情"（ouden se krypsō），他在六行后决定（915），重复了菲罗克忒忒斯在742—743行中的首次坦白承认。在两个地方，当双方正视并诚实交代自身的恶事（kakon）时，双方得以团结一致而非互相疏远。

　　通过舍弃欺骗诡计而重建真正交流，这与《埃勒克特拉》中的骨灰瓮一幕非常类似。奥瑞斯特斯那体现在肉眼可见的空心骨灰瓮中的欺骗性言辞（logos）遇到另一边就在眼前的事实，即台上埃勒克特拉在他面前的憔悴形容。此刻奥瑞斯特斯感受到一种切肤之痛，就像菲罗克忒忒斯那样，这种痛苦破坏了他的语言（logos）。后来，几乎和涅奥普托勒摩斯一样，他丧失了对自身言辞（logoi）的控制（《埃勒克特拉》1174-5）："哎呀，我该怎么说？失语之际，我能往（言辞中的）何处去？因为我再不能控制我的舌头。"我们可以比较《菲罗克忒忒斯》895—897行中的对话：

> 涅奥普托勒摩斯：哎呀，这之后我该怎么做？
> 菲罗克忒忒斯：怎么了，我的孩儿？你的话岔到哪儿了？
> 涅奥普托勒摩斯：我不知道我那无路之语该转向何方。

或许这是两部剧各自的特点：语词的混乱在《菲罗克忒忒斯》中是相互的，而在《埃勒克特拉》中是单方面的。这两个人在这种语言的混乱中结合在一起，尽管这将暂时使他们分开。然而，在《埃勒克特拉》中，混乱的语词（*logoi*）主要是奥瑞斯特斯的责任，他曾使用了狡诈的语词（*logoi*），而说话的欲望与言辞的可能性之间的张力预示了随后的对话。在两部剧中，交流的障碍只能被某种比语言本身更基本的事物清扫干净。

虽然如此，在修补言辞（*logos*）与行动（*ergon*）的破裂关系问题上，《菲罗克忒忒斯》显得更为乐观。涅奥普托勒摩斯不仅清楚明白地（1291）归还了那把弓，而且在最后说出了高贵的话语（*gennaion epos*，1402），实现了他此前要将菲罗克忒忒斯带回马里斯（645）的虚假承诺，并回应了奥德修斯的欺骗性语词（*logoi*，55，1112，"狡诈心灵的闪匿之辞"）。克服了虚假之言，涅奥普托勒摩斯和菲罗克忒忒斯一起重建了一种基于慷慨善行（*eu-ergetein*）的高贵品质与英雄主义的纽带。

赫拉克勒斯的现身确证并完善了本剧主角一直苦苦寻索的全新的话语层次。他的话语关于不朽之物，"不朽的卓越"以及那"永不在有朽之人中消逝的虔敬"（1420，1443-

4);他的话语也是本剧最终的、权威性的言语行动。他所说的蕴含着一种绝对的效力。在涅奥普托勒摩斯的说服与善意失败之处,他的话要求即时的服从。赫拉克勒斯用"神话道说"(*mythoi*)而非"理性道说"(*logoi*)来描述他的讲辞,而这个词只在本剧此处出现。[22] 术语上的转变暗示了语言的这种全新力量。由神襄助的神话道说(*mythos*)解决了由信心缺失与诡诈之言(*logos*)引致的社会与道德秩序的困境。神话道说(*mythos*)在此处比理性道说(*logos*)更真。然而,这种神话道说(*mythos*)仅仅出现在两位人类主角——当他们试图让属人的理性道说(*logos*)再次成为信任、诚实与同情的载体时——已互相表达了对对方互补性力量的承认之后:愿意为了更深入地追求道德价值,为了老派英雄操守的坚忍而舍弃诡诈之言。

涅奥普托勒摩斯从菲罗克忒忒斯那里懂得要毫不妥协地坚持清楚的道德价值,也明白他必须克服此前对奥德修斯诡计(尽管是勉强的)的顺从。不过菲罗克忒忒斯不屈不挠的反抗对人类语言(*logos*)而言仍然是一个问题。赫拉克勒斯的现身对菲罗克忒忒斯而言既是一次胜利也是一次失败。或许,索福克勒斯意在让我们体会不同辈分的不同反应。涅奥普托勒摩斯关于何者才是恰当典范的疑惑能够在人的层面并通过人的语言(*logos*)得到解决。他的高贵本性,当它转入正确的方向时,将舍弃那些低下的教导并显示出其完备的英雄潜质。菲罗克忒忒斯根深蒂固的愤懑则无法如此容易被克服。的确,本剧的结束意味着他的愤懑无法融入社会交往的过程,而只能被赫拉克勒斯医治——他象征着菲罗克忒忒斯自身进行交往、建立完全

---

[22] "神话道说"(*mythos*):1410, 1417, 1447。参 Podlecki(见注12)244–5。

信任、进行交流的能力，只是这种能力被埋葬了；也就是说，他只能被某种深埋于自身之中的事物所医治。

值得注意的是，赫拉克勒斯并非情感冷淡地宣述他的讲辞。尽管他在一个高出其他演员的平台上说话，或"谈论诸神"（*theologeion*），他关心菲罗克忒忒斯能否"听懂"或"明白"他的话。"不要走，"他说，"直到你听完我们的话，波阿斯之子；请相信你正听着（*akoē[i] klyein*）赫拉克勒斯的声音也看着他的样子。"（1408-12）随后他解释了这次降临的个人动机："我为你而来。"（1413）他以另一个关于听的指令结束他的开场白："听我所说的话。"（*mythōn epakouson*，1417）听，就像说，处在相互交流的一个全新层次。

贯穿此剧的"听"都是权威主义式的服从，或是涅奥普托勒摩斯在痛苦地听从一个不配其天性的计谋（86）中的被动性，或是无法接受的妥协（菲罗克忒忒斯说，"我宁愿听毒蛇之语"，631-2）。当菲罗克忒忒斯在长年的沉默之后，听见他长久渴望的人的声音（*phōnēs akousai boulomai*，225）时，这个人声是诡计的一部分。不过，在剧初"啊，最亲爱的声音"（*ō philtaton phōnēma*）的惊呼中，那种不成熟的快乐如今变得合情合理；这重现于他在赫拉克勒斯讲辞结束之际的大声呼喊中，"啊，渴望已久的言说"（*ō phthegma potheinon*，1445）。

曾因出乎意料地听到奥德修斯那充满敌意的声音而两次感到不安（977，1295-6）的菲罗克忒忒斯如今听到了其灵魂所渴求（*pothos*）的声音。言语在进行可靠交流上令人生疑的意义通过直接可见的确定性得以重新确定：赫拉克勒斯如同神显现身（*ouk apithēsō*，1447）。因此，赫拉克勒斯不仅应当为言说（*mythoi*）也应当为倾听寻找新的描述词汇。当他首次让人们聆听其神话道说（*mythoi*）时，他用了"听察"（*aïein*，1410）一词，而非一般的"听"（*akouein*）或"倾听"

（*klyein*）。就像其同源名词一样，这个动词单单出现在本剧此处。赫拉克勒斯说出了菲罗克忒忒斯一直等待着听到的话，而且是全心全意、满心接受地听。赫拉克勒斯身上带着基于英雄情谊与慷慨大度的气质。这种气质存在于菲罗克忒忒斯的过去，因为那时他仍然相信人和共同体。只有赫拉克勒斯才能命令和引诱菲罗克忒忒斯进行聆听，而这将促使他重返特洛伊。

虽然如此，赫拉克勒斯的现身有着超出菲罗克忒忒斯个人处境的意义。它也暗含着悲剧的语言（*logos*）能力：它能抵达某个层面的真理，清楚明晰而不带任何奥德修斯式的修辞和狡诈的含混性与诡辩。当奥德修斯的影响逐渐消散，语言（*logos*）逐渐让位给行动（*ergon*），直到最终，这位最能体现直截了当的英雄行动的人物，这位最能体现那种与人间清楚直白的关系的人物，带着神话道说（*mythoi*）而非理性道说（*logoi*）出现在舞台上。赫拉克勒斯的现身本身是英雄神话中的神圣力量的显露，在一个堕落的世界中仍然具有生命力和权能。说着老派英雄主义的语言（"不朽卓越""苦工""荣耀的声明"，1419-22），赫拉克勒斯是所有在奥德修斯统治着而菲罗克忒忒斯野蛮地在荒岛生活着的那个世界中面临灭绝的事物的典范和象征。他对那把弓的意义的证明也证实了神话必须传达的真相（*mythos*，1410，1417，1447）并重建了精神宇宙的一致性，其中象征式思考与神话式典范具有其权能效力。

赫拉克勒斯的现身在某些方面类似于两三年后《奥狄浦斯在科洛诺斯》中奥狄浦斯的英雄化。这是关于悲剧的拯救能力的宣言：它能重提一种遗失的高贵、伟大的渴求和诚实正直并使之保持生命力，也能让失落的或不在场的神祇回到人间。因此，它部分重申了悲剧本身的文明化能力，而这种能力在菲罗克忒忒斯与涅奥普托勒摩斯的纽带中得到了重新界定和重构。赫拉克勒斯的现身恢复了悲剧式理性道说（*logos*）和神话道说（*mythos*）中绝对价值的可能性。这得以可能，是因为这位英雄的现身证明了纯粹象征（神显本身）的价值，而且是在一个由含混的、变化的和相对的语言（*logos*）构成的领域中进行证明。

在一个堕落的世界中以言辞进行说服的效用也让人将其与《埃阿斯》进行比较。在《埃阿斯》中，当语词上的激辩似乎要结束在暴力之中时，奥德修斯现身了，一位完全不同的奥德修斯有效地促成了一次和解。这位较早的奥德修斯体现了一个民主制城邦中某些最优秀的品质：有同情心、通情达理、能屈能伸、有化解争执的技巧。奥德修斯式说服力与人文理智的胜利赋予已死的埃阿斯某种程度的尊严与荣誉。它至少部分达成了一项和解：一边是光辉灿烂但又毫不妥协的老派英雄主义，另一边是要求灵活变通的公元前5世纪城邦的新式社会。

在精神上（也正如在写作时间上），《埃阿斯》更接近埃斯库罗斯《欧门尼德斯》的结尾。两者都对民主制度、理性论辩、说服的有益效果充满信心。半个世纪后，《菲罗克忒忒斯》反映了对衰落中的民主制不太信任的情绪。人与人之间的理性语言（*logos*）的失败在这里表达了在个人语言与社会语言（*logos*）之间、在陈腐无用的社会形式与基于信任、友爱和交流的纽带的个人需要之间一种更深的裂隙。在规模较大的社会中，与交流的崩塌相对的，一方面是个人友爱关系中的诚实、正直与同情心，另一方面是一个更慷慨的神圣秩序。尽管这种个人友爱关系的建立完全无视手握权威的人物，整个共同体最终将会得益，因为菲罗克忒忒斯的回归确保了特洛伊的陷落以及远征的成功。

虽然如此，两个要点仍悬而未决。首先，菲罗克忒忒斯对帮助其宿敌的深恶痛绝以及他对正义的诉求被无视了。其次，就连涅奥普托勒摩斯的诚实与善意也无法突破短期目标

（菲罗克忒忒斯回归希腊）并克服过去的仇恨。这需要奥林波斯式神话道说（*mythos*）的指令，通过重新开启通往绝对价值与永恒事物的道路，使意见趋于统一。

三

因此，语言本身，尽管是心怀善意（*eunoia*）的说服（1322），也并不充分。行动、通过作出决定对冲突的化解，还有那些涉及变化的风险与努力也同样重要。在"我该怎么做？"（*ti drasō*）这个问题中不断加剧的痛苦尤其指出了这点（757，895，908，962，969，1063，1351）。此外，在涉及关键转变的两幕中，这个问题都出现在作出决定之前：首先是涅奥普托勒摩斯正踌躇是否要将那把弓交给奥德修斯，其次是菲罗克忒忒斯正疑惑如何回应在弓箭归还中证明了的善意（908，962，969，974，1351）。当涅奥普托勒摩斯重复这个问题时，他更清楚地看到道德术语的不充分，而这些术语是他此前从奥德修斯的教导中学会的。尽管他揭露了真相（"我将不再对你隐瞒任何事情"，*kryptein*，915），他仍然发现无法交还那把弓，"因为正义与好处使我留心那些当权者"（925–6）。虽然如此，紧接着再次重复的"我该怎么做？"（962，969，974）表明他融合正义与利益的努力并未解决行动的问题。当这个问题不断催逼时，涅奥普托勒摩斯发现他必须作出选择。他不得不为正义牺牲利益。两者不会像奥德修斯提携的这位年轻人曾经以为的那样轻易统一。在这个决定性时刻，涅奥普托勒摩斯坚持自己的立场，坚决选择正义，而非奥德修斯的机巧聪慧（1246）："有正义在我这边，我不会因你的恐吓威胁而颤抖发软。"其行动的道路（*dran*，1227，1231，1241，1252）不再因语词而模糊不清。对军队的服从不会再让他做那些他明知是错的事情

（参1243，1257）。

涅奥普托勒摩斯能一直向菲罗克忒忒斯表达的这种善意的积极部分意味着提供帮助（ōphelein），而这种品质在奥德修斯的共同体中已经荡然无存。他的随从将跛脚的受苦者抛到岸边，只给了他"一丁点食物的帮助"（ōphelēma smikron，274-5），而涅奥普托勒摩斯面对疾病来袭，"并未离去而出手援助"（syn ōphelounta，871），这既标志着菲罗克忒忒斯赞美过的那种高贵天性（physis，874-5），也是他稍后以全新方式作出决定的基础。在这里，与帮助相伴的是涅奥普托勒摩斯"充满怜悯地忍受"疾病带来的恶臭与喊叫的能力（tlēnai eleinōs，879），而这些是菲罗克忒忒斯军中那些歃血兄弟无法忍受的（etlēsan，872-3）。[23] 这一直接行动暴露了涅奥普托勒摩斯（不像奥德修斯）无法弥合的言与行之间的裂隙。因言行分裂感到不安的菲罗克忒忒斯将注意力集中在帮助的问题上（903-13）：

> 涅奥普托勒摩斯：如果一个人背离自己的天性（physis）而做不适合之事，他就会遇到困难。
>
> 菲罗克忒忒斯：但你至少没有**在做**或在说任何悖逆生养你的父亲的事情或言语，如果你帮助一位高贵者（epōphelōn）的话。
>
> 涅奥普托勒摩斯：我显得无耻（aischros）；这一直是我的痛楚。
>
> 菲罗克忒忒斯：至少不是你**正在做**的。但我对你**正在说**的感到恐惧。
>
> 涅奥普托勒摩斯：宙斯啊，我该怎么**做**？我将再次

---

[23] 另外注意菲罗克忒忒斯的"请可怜我"（1071）与涅奥普托勒摩斯的"我变得过于怜悯"（1074）的相互作用。

被视为是卑鄙的(*kakos*),隐藏着我无法隐藏的,还要说最可耻的话。

菲罗克忒忒斯:这个人,除非我判断失误,很可能背叛我,并起航离开我。

涅奥普托勒摩斯:不是因为离开你;而是担心我将给你带来更大的痛苦,而为此我已痛苦了许久。

从奥德修斯式言辞(*logos*)转到提供真正帮助的行动(*ergon*),从隐藏(*kryptein*,915;参909)到诚实,涅奥普托勒摩斯发现,离开菲罗克忒忒斯(912)和背离他自己的天性(903)其实是一回事儿。在奥德修斯序幕的指导下,他的问题与言辞有关(参54-5),而他的行动(*to dran*,118)包含着言辞的使用:"你还盼咐我(去做)什么,除了说谎(*pseudē legin*,100)?"由于现在他深感怜悯——他几乎觉得怜悯是一个可怕的(*deinos*)存在,"不是第一次而是很久之前就已降临(在他身上)"(965-6)——涅奥普托勒摩斯的问题全部都与行动有关,而他在台上超过一百行的沉默在索福克勒斯笔下最具戏剧性(974-1080)。[24] 重复的单词"很久之前"(*palai*),在这一幕中(806,913,966)为涅奥普托勒摩斯灵魂中的冲突提供了一个时间维度。[25] 它意味着涅奥普托勒摩斯怜悯之心的缓慢增长以及他试图抵抗这种情感,直到它最终击溃了他,并使他提出了那个对灵魂主动进行价值重估的痛苦问题,"我该怎么做?"(895,908,963,969)[26]

---

[24] Adams 153; 以及 Podlecki(见注12)241; Reinhardt 191 and n1。

[25] 关于这些重复参 Wolf Steidle, *Studien zum antiken Drama*(Munich 1968)181; Perrotta(见注8)451。

[26] 关于重复的"我该怎么做"(*ti drasō*),参 Knox, *HT* 132-3; Steidle(见注25)181-4。

在他最后试图说服菲罗克忒忒斯时，涅奥普托勒摩斯使言辞从属于由他的友爱与帮助积极带来的好处（1373-5）："你的论据合情合理，但我希望你听从诸神和我的话，并与我，你的朋友，一起航离此岛。"当菲罗克忒忒斯仍然对那可憎的目的地，特洛伊，颇感踌躇之际（1376-7），涅奥普托勒摩斯提到对他的具体好处：结束他病腿的痛楚并从疾病中解放出来（1378-9）。但菲罗克忒忒斯仍然拒绝被帮助（ōpheloumenos，1383），如果这对阿特柔斯后裔而言意味着助益（ophelos，1384）；[27]这个声明让人想起他在十二行之前关于帮助卑贱之人的警告（kakous epōphelōn，1371）。涅奥普托勒摩斯最后的努力是对友爱的认定（1385）："我像朋友（philos）那样跟你说话，而我所说的也如此。"帮助与友爱的积极特质完整体现在涅奥普托勒摩斯真心实意的提议中，无视军队把他带回希腊（1402行及以下）。只要菲罗克忒忒斯处于丧朋失友的状态（aphilos，1018），他就需要赫拉克勒斯口中的典范式友爱，并由此提醒他摆脱仇恨与疾病，而转向他应得的帮助和拯救。

冲突、决定与行动是如此艰难，完全是因为它们有错误的可能；这也是涅奥普托勒摩斯为自己的行动承担责任时必须面对的。动词"hamartanein"既有中立意义上的"失误"

---

[27] 基于皮尔逊的牛津本，我保留了手稿在1383行中的读法，参 T.B.L. Webster, *Sophocles' Philoctetes*（Cambridge 1970）对该行的评论。Linforth（见注9）146 n27认为这个动词指"诸神在赫勒诺斯的神谕中所允诺的好处"；这个观点站得住脚，但不必如此拘泥地认为这里仅仅指那些来自诸神的好处。菲罗克忒忒斯在1384行中的回应，"你所指的是对阿特柔斯后裔的好处，还是对我的好处"，如杰布认为的，这暗示了在1383行中的"帮助"指的是对阿特柔斯后裔，因此该处文本需要勘正，参 R.C. Jebb, *Sophocles, The Plays and Fragments*, Part IV, *The Philoctetes*（Cambridge 1898）对该处的注释。菲罗克忒忒斯对阿特柔斯后裔的憎恨是他心中最重大的事情，基于此他尖刻地回答了涅奥普托勒摩斯的话。

或"失败",也有道德意义上的"犯错"。[28] 这两种意义可能都已隐含在涅奥普托勒摩斯此前勉强同意去做的事情或行动（dran）之中：在序幕里,他对奥德修斯说,"我宁愿在高贵的行动中（kalōs drōn）失败,也不愿卑贱地（kakōs）成功"。在他遭遇的首个重要危机中,亦即是否将阴谋的真相透露给菲罗克忒忒斯,他必须面对他犯下的错误对这位前辈造成的痛苦影响（1011-2）。稍后,他不仅在他原来的老师面前承认错误（1224-6）,而且通过"补偿我犯下的这羞愧难当的错误"消除这种错误的不良影响（1248-9）。如今涅奥普托勒摩斯愿意接受对奥德修斯而言的失败（94-5）而去赢得一个在道德层面上更重要的胜利。在他最初碰见涅奥普托勒摩斯时,当他不过是一个陌生但受欢迎的声音,菲罗克忒忒斯说道,"请回答！因为我不可能在这点上对你犯错（令你失望）,你也不会"（230-1）。事实上,这位前辈既未对这位后生犯错也未令他失望,因为即便怒火中烧,他也并未弄错他潜在的高贵天性（1004-12）。对内在本质的承认是相互的,因为当涅奥普托勒摩斯试图阻拦菲罗克忒忒斯射杀奥德修斯的时候,当他试图说服他重返特洛伊的时候,"无论你……还是我"这个表述重现在涅奥普托勒摩斯的口中,"无论对你还是对我而言这都并不高贵"（1304）,"我认为这些事情的实现对你还是对我都是最好的"（1381）。对天生高贵的本能承认及对友爱、帮助以及善意的特别强调透露了伯罗奔尼撒战争初期的雅典式乐观主义。在其"葬礼演说"中,伯里克利强调雅典人为赢得友盟而表现出积极进取、有勇有谋的主动

---

[28] 关于这里的"错误",参Knox *HT* 136；另参Suzanne Saïd, *La faute tragique*（Paris 1978）379ff., 很好地强调了"错误"一词深刻的道德意义及其与正义、荣誉和高贵的关联。

性。[29] 德谟克里特在善意（eunoia）与恐惧之间的对比（B268）类似于那种体现在涅奥普托勒摩斯与奥德修斯之间（在对待菲罗克忒忒斯的方式上）的对比。残篇255鼓励强者友善地对待弱者。"如果他们有勇气和胆量（tolmē）这样做，由此产生的将是怜悯（oiktirein），不会离群索居（erēmoi）而有朋侣相伴，互帮互助，邦民间和谐团结，以及如此种种难以尽数的好事。"[30] 同样，柏拉图让普罗塔戈拉在其神话中将那种更温暖的、促进团结的基于友爱（philia）的个人纽带关系与城邦那种更讲究律法的秩序（poleōn kosmoi），作为正义与宗教尊崇带来的好处（《普罗塔戈拉》322d）。在《菲罗克忒忒斯》中，这种精神部分源于那种弥漫本剧初期追忆往昔的情绪（参410行及以下）。

涅奥普托勒摩斯最后对菲罗克忒忒斯表达友爱的姿态反映了雅典人另一种独特品质，能屈能伸的变化适应。改变心意是本剧的核心主题之一。的确，《菲罗克忒忒斯》在现存剧目中相当独特，它再现了一位悲剧英雄改变其心意。[31] 然而，这种在内部发生转变的精神具有重要的意义。尽管奥德修斯请求他进行某种改变，涅奥普托勒摩斯的任务是找到重返自己天性中恒常不变的基本元素的那条道路。尽管他暂时顺从了奥德修

---

[29] Thucydides 2.40.4. 受修昔底德影响的萨鲁斯特如此描述雅典人，"通过更多地给予而非获取恩惠，他们赢得了友盟"（*magis…dandis quam accipiundis beneficiis amicitias parabant, Catiline* 6.5）。

[30] 关于善意（*eunoia*），参 E. A. Havelock, *The Liberal Temper in Greek Politics*（New Haven 1957）232；以及 Rose（见注13）56。在希罗多德《历史》7.237 中，专制的薛西斯无法理解邦民之间互表善意（*eunoia*）的关系，而只能看到嫉妒与怀疑。

[31] 参考 Knox, *HT* 135-41; Vidal-Naquet, *MT* 166：" 《菲罗克忒忒斯》为我们提供了索福克勒斯作品中的一个独特例子，一位悲剧英雄发生突然改变。"

斯的诡诈，但其内心深处某种东西仍然保持未变。[32]眼下的时机并不成熟：涅奥普托勒摩斯暂时无法实现真正的改变，或感受到那种可以影响具体行动的怜悯。在507—518行的歌词中，歌队所主张的转变（metatithemenos）与怜悯其实是对诡计的支持。同样是为诡计服务，当他随后回应歌队时，涅奥普托勒摩斯清楚地表明了真正的内在转变的重要性（519-23）："注意你们现在能逆来顺受（eucherēs），但如果你们与他的疾病亲密共处（synousia）、深入接触，你们就会如你们所说的那样行事。"

当菲罗克忒忒斯害怕因"腿疾的丑恶严重"（dyschereia，901-2）而导致涅奥普托勒摩斯的迟疑时，涅奥普托勒摩斯回答说，"真正严酷无情（dyschereia）的是那些背离自己天性（physis）且行为失当之人"。涅奥普托勒摩斯考虑的是坚定而非转变，但不是对奥德修斯诡计的坚持，而是对其天性的坚持。这里译作"严酷无情"的词（dyschereia）与"逆来顺受"（eucherēs）相反；涅奥普托勒摩斯在519行及以下以此提醒歌队注意自身的轻松处境，那时他还是奥德修斯诡计的执行者。他必须离开一种错误的"逆来顺受"，而回到他那无法改变的或只有牺牲其道德操守才能改变的自身。

---

[32] 在1402行一个稍晚的古本旁注是一个非常弱的证据，难以支持如下看法：涅奥普托勒摩斯在最后欺骗菲罗克忒忒斯时仍未发生改变，例如 W. M. Calder, III., Sophoclean Apologia: *Philoctetes*, *GRBS* 12（1971）153-74。对此观点的反驳主要有如下理由：（1）观众如何能知道涅奥普托勒摩斯在诸如895行及以下或1222行及以下的情境中是在进行欺骗？（2）就连菲罗克忒忒斯并不在场或听不到的时候，例如，在序幕以及839—842行那里，涅奥普托勒摩斯也表达了对奥德修斯式诡计的抗拒；（3）有人认为，1222行及以下的悔过情节是为菲罗克忒忒斯着想而上演；这种说法很没有说服力（Calder 116，抱歉了），因为菲罗克忒忒斯自1217行起身处自己的岩穴中；（4）如果说像1289行中那样的誓言是不敬神的假话，这对一位显得谦卑恭敬且富于同情心的人而言是很古怪的；而且这令人不得不再次追问，观众如何能察觉到这个誓言是虚假的？

索福克勒斯迫使他笔下的人物面对转变与坚定之间的一系列矛盾，而这些矛盾成了精神斗争（agōn）、各种基本价值之间冲突的中心。当发现真相的情节达到其高潮之际，菲罗克忒忒斯以言辞克制了自己对欺骗者的诅咒，"你去死吧！——不过，不，除非我知道你愿意改变心意（gnōmēn metoiseis）；而且，如果不，那祝你不得好死"（961-2）。怜悯他许久（palai, 966）的涅奥普托勒摩斯表明，时间一直在让事物发生变化，但与奥德修斯设想的极为不同。

仍然心怀怜悯（参1074）的涅奥普托勒摩斯无法自己做出决定性的转变，他只能等待，希望另一个人可以改变他的心意（"以更好的心态[phronēsis]对待我们"，1078-9）。这个希望是徒劳的；不久，当歌队向他提出了一个关于改变心意（gnōmē）的问题（1191-2）时，菲罗克忒忒斯给了一个"坚定不移的"（empedon）答复，"永不，永不"（1197行及以下）。涅奥普托勒摩斯改变自己心意的勇气是重要的一步，它将实现一个意味着其力量而非其软弱的转变，而这种力量源自其最深的、最本质的天性中的确定性。"那么，难道再次改变心意就不可能了？"涅奥普托勒摩斯问这位前辈，在他已经归还那把弓之后。他发现这位前辈仍然不信任他的说服之言（1278行及以下）。不过，涅奥普托勒摩斯成了一位基于善意和助益他人（eunoia, euergetein）的灵活变通的典范；这两种品质在当下起到作用，正如菲罗克忒忒斯过去对这些品质的经验通过赫拉克勒斯对现在起到作用。

进行转变的能力与同情和诚实同时出现，而后两者使涅奥普托勒摩斯，就像《埃阿斯》中的奥德修斯，成为真正的人道与文明价值的承载者。[33] 作为构造文明的英雄主义典范，赫

---

[33] 参 *Ajax* 125-6 以及 Knox, "Ajax," 22, 25-8. 对比希罗多德《历史》1.86.6 的居鲁士以及我关于火葬堆上的克洛伊索斯所作的评论："Herodotus and Bacchylides," *WS* 84 N.S. 5（1971）50-1。

拉克勒斯从奥林波斯降临带来的这些价值在菲罗克忒忒斯身上再次生效。奥德修斯，精于转变之人（参1049），荷马笔下那"辗转甚多之人"（polytropos），在本剧中成了最不灵活变通之人。

四

当转变与坚定改变了含义，其他基本的价值词汇也就随之而变："卑贱"与"高贵"，"丑恶"（kakos），"羞耻"（aischros）。[34] 涅奥普托勒摩斯在本剧最后的决定是改变他对奥德修斯式服从的坚持。正如菲罗克忒忒斯所言，舍弃在特洛伊的军队是高贵的（gennaion，1402）。涅奥普托勒摩斯的"败坏"在某种意义上是他在另一方面的"救赎"；这也影响了菲罗克忒忒斯的救赎。[35] 经过独自选择、离群索居和献祭后，涅奥普托勒摩斯在其经历中重复了菲罗克忒忒斯与阿基琉斯的生命道路。这一过程构成了某种进入英雄共同体的入会仪式。[36] 就像老一辈的人一样，他发现，事实的复杂与苦涩使年轻人对未来的光明期待变得暗淡无光。[37] 但通过抛弃他最初的雄心壮

---

[34] 参 Hartmut Erbse, "Neoptolemos und Philoktet bei Sophokles," *Hermes* 94（1966）195 and n1; 以及 Karin Alt, "Schicksal und *Physis* im Philoktet des Sophocles," *Hermes* 89（1961）147-8; H. C. Avery, "Heracles, Philoctetes, Neoptolemus," *Hermes* 93（1965）289。

[35] 参 Beye（见注7）72。

[36] 关于入会仪式的主题，尤参 Vidal-Naquet（见注4）各处。年轻人寻找父亲和老师的主题已被充分讨论，尤其涉及两位主角之间的称谓，参 Avery（见注34）285ff.; Erbse（见注34）180-2; Reinhardt 176ff.; Kitto, *Form* 110, 114; U. Parlavantza-Friedrich, *Täuschungsszenen in den Tragödien des Sophokles*（Berlin 1969）63-5。

[37] Gilbert Norwood, *Greek Tragedy*（London 1920）162评论道："正如他的父亲阿基琉斯发现的，生活无论如何不是战争的光辉焰火，而是肮脏龌龊而又不可避免的种种妥协。"

志，他获得了一种真正的英雄主义，比他本可通过在奥德修斯的带领下在特洛伊实现他渴望已久的成功而获得的英雄主义更真实（114行及以下）。[38]

如果不是为了涅奥普托勒摩斯那尚未被败坏的本性，菲罗克忒忒斯也将像许多已逝的伟大英雄那样死去。涅奥普托勒摩斯无法凭一己之力说服菲罗克忒忒斯，正如他无法在最初反抗奥德修斯。赫拉克勒斯是孤独的粗粝与内在的高贵之间不可或缺的调停者。横跨有朽与不朽、菲罗克忒忒斯过去的善举和不朽的卓越（1420）的两端，赫拉克勒斯使两位主角互补的强力与软弱、不屈不挠与温顺驯服共同协作，而非互相抵消。

在奥德修斯提供的那种成功的表面光彩下，涅奥普托勒摩斯察觉到一种与他自身性格不匹配的龌龊肮脏。在菲罗克忒忒斯的痛苦、恶臭与肮脏之下，他感受到阿基琉斯式英雄主义在这个魑魅魍魉的世界中的最后光辉（946-7，436行及以下，446行及以下）。菲罗克忒忒斯的英雄式坚定所在的旧世界有某些东西要教给那个朝气蓬勃而灵活变通的新世界。但朝气蓬勃的信任、同情以及灵活变通也要为那个怨恨不平的旧时代上一课。"学着（*didaskou*）不要在病中如此严厉"，涅奥普托勒摩斯建议这位老前辈（1387）。[39]学生与老师角色的颠转后来在舞台上重现在赫拉克勒斯的现身

---

[38] 令人惊讶的是，在最后，涅奥普托勒摩斯不再提及荣誉，但一直避开在希腊人中的谴责或罪咎（*aitia*，1404）。参Alt（见注34）171。不过，由于与菲罗克忒忒斯有类似的在目标上发生转变的经历，他获得了一种比奥德修斯在特洛伊向他提供的更深也更真实的英雄主义。

[39] 教导的主题尤其出现在387—8，971行及以下，1010行及以下，1359行及以下。一般参Knox, *HT* 122-4。关于在1387行中暗示的颠转，另参Eilhard Schlesinger, "Die Intrigeim Aufbau von Sophokles' *Philoktet*," *Rh M* 111（1968）146说涅奥普托勒摩斯"心智（*phronein*）的高度……使阿基琉斯的年轻儿子能够以父亲式的语调给前辈提出建议"。

当中。如今，就像是菲罗克忒忒斯自己重返到和涅奥普托勒摩斯相近的那个年纪，一位年轻人正聆听着一位年长且成熟的模范男性说话。

如我们早前所见，赫拉克勒斯并不只是作为神圣意志的使者而来，而是作为一位朋友而来，给相对年轻的朋友提出有用的建议（"我为你而来"，1413）。[40]当他首次与涅奥普托勒摩斯相遇，菲罗克忒忒斯为听到那"长久以来渴望的声音"而无比兴奋（234-5）。这个被渴望的"声音"并非涅奥普托勒摩斯的而应当是赫拉克勒斯的，后者能使其人性得到恢复，而且比首个声音所意味着的人性更完备。[41]尽管剧初对"被渴望之声"的辨认过于仓促，菲罗克忒忒斯如今得到了弥补：他找到了这位智慧顾问（*symboulos*，1321）——他无法接受由那位相对年轻的人担当这个角色——赫拉克勒斯将把宙斯的计划告诉他（1415；参1442-3）。

从灵活变通的观点来看，《菲罗克忒忒斯》呈现出与四五十年前的《埃阿斯》的巨大不同。在那里，英雄的坚忍刚强界定了一种尽管有吸引力但注定失败的价值准则，因其在民主制度的新世界中已变得过时。[42]与其不同，此处愿意与新世界对话的旧世界最终表明它是可被教导而改变的，尽管只能通过一个来自诸神的神迹。

此外，在与过去的英雄式父辈形象的关系上，涅奥普托勒摩斯和菲罗克忒忒斯有着相似的经验。两个人——涅奥普托

---

[40] 关于此处与友谊相关的个人举动的意义，参Linforth（见注9）；Bowra 302-3; Max Pohlenz, *Die griechische Tragödie* 2（Göttingen 1954）I, 331。

[41] 关于这个呼应参Podlecki（见注12）245。

[42] 参Knox, "Ajax,"各处；Beye（见注7）69ff。关于埃阿斯在《菲罗克忒忒斯》中的含义，另参Schlesinger（见注39）129-33以及Erbse（见注34）198。

勒摩斯在他编造的故事中（假设他关于阿基琉斯甲胄被剥夺的故事是一个谎言），菲罗克忒斯在事实上——被剥夺了本应属于他们的英雄甲胄。[43] 尽管如此，涅奥普托勒摩斯的谎言（359-81），包含着一个隐藏的真相：当他成了奥德修斯的门徒时，他已经在某种意义上失去了获得他父亲那神赐甲胄及进入其象征的英雄世界的权利。[44]

关于阿基琉斯甲胄的谎言颇令人惊讶地重现于本剧的尾声。菲罗克忒斯受到涅奥普托勒摩斯关于重返特洛伊的合理请求的影响而一时踌躇，回应说他们两个人都不该回去。他认为，军队的统治者"侮辱了你，剥夺了你父亲荣誉的奖品（geras），而且在阿基琉斯甲胄的评判中让不幸的埃阿斯屈居奥德修斯之下"（1364-7）。为何这无关紧要的细节会在这里出现？或许，索福克勒斯想提醒我们涅奥普托勒摩斯对自己被奥德修斯支配而屈身说谎感到羞耻。如果是这样的话，旧事重提将令人注意到谎言带给英雄主义的创伤，甚至持续到谎言被舍弃之后。涅奥普托勒摩斯起初对菲罗克忒斯欺骗性承诺的忠诚并未完全抹去谎言所致的错误。令涅奥普托勒摩斯更加懊恼的是，就在这段之前，菲罗克忒斯提醒他那些被卑贱之人教导所带来的恶劣后果（1360-1）。

---

[43] 注意Jebb, Introduction xxviii评论道，"涅奥普托勒摩斯会自然地感受到某种鲜活的愧疚与羞耻，当他发觉（自1365行起）他的两面三刀几乎没有被菲罗克忒斯察觉到"。Knox, *HT* 137 & n30, 191很好地反驳了亚当（137）的看法——涅奥普托勒摩斯真的被剥夺了阿基琉斯的甲胄。另参Calder（见注32）150-1; Schlesinger（见注39）129ff.; Perrotta（见注8）419-20; Th. Zielinski, *Tragodoumenon Libri Tres*（Cracow 1925）109; Jens-Uwe Schmidt, *Sophokles, Philoktet: Eine Strukturanalyse*（Heidelberg 1973）84-5。

[44] Schlesinger（见注39）132认为应该将关于甲胄的谎言视为"一种诗的意象而非现实的象征"（eindichterische Bild oder Symbol einer Realität）。另参Whitman 177。

涅奥普托勒摩斯站到菲罗克忒忒斯一边，将自己与埃阿斯和阿基琉斯放在同一阵营，对抗奥德修斯和阿伽门农。他关于甲胄的谎言矛盾地预示了事实上他将会在最后获得的高贵。在他捏造的言辞中，他讲述了他如何起身反抗整个公共集会（367-77）。这一举动令人想起阿基琉斯在《伊利亚特》卷一对整个军队的蔑视。[45]在最后，涅奥普托勒摩斯在舞台上上演了这一举动，蔑视奥德修斯并以荣誉、高贵和真相之名归还了那把弓。就像阿基琉斯，他时刻准备着拔剑对付权贵，如果有必要的话（1255-6；参《伊利亚特》1.188以下）。在蔑视其卑贱的老师以捍卫他找到的新老师时，或许一直认为应当拥有他父亲甲胄的涅奥普托勒摩斯，最终表明他自己配得上继承这些甲胄。[46]

赫拉克勒斯的甲胄让菲罗克忒忒斯经历了相似的考验。他介绍自己为涅奥普托勒摩斯或许有所耳闻的"赫拉克勒斯武器的主人"（261-2）。[47]对他和涅奥普托勒摩斯而言，英雄武器象征着一种隐而未现而两人都必须为之奋斗以实现的身份认同。对菲罗克忒忒斯而言，他的英雄身份将通过武器得以直接恢复；对涅奥普托勒摩斯而言，这种实现是象征性的。双方的武器都标志着各自的高贵品质，但各自的武器都涉及非英雄的谎言。涅奥普托勒摩斯不得不在1365—1367行再次体验他最初关于武器的谎言。虽然如此，现在他弥补了这个谎言并使之成真：他对奥德修斯的拒斥从佯装转变为坚定不移的决定。他既与奥德修斯的精神也与他本人划清了界限。如今他随时准备更勇敢地将另一个谎言转变为事实，履行他对菲罗克忒忒斯的

---

[45] 关于菲罗克忒忒斯与阿基琉斯的相似性，参Beye（见注7）各处；Schlesinger（见注39）103-5, 129-30。
[46] 参Whitman 177；Schlesinger（见注39）134。
[47] 关于这个"或许"（*isōs*）的情感，参Reinhardt 261的细腻评论。关于这些诗行的作用，参Parlavantza-Friedrich（见注36）62。

虚假承诺,把他带回希腊。

在行动期间,菲罗克忒忒斯称这把弓为"多灾多难之物"(*polypona*,777)。在最后,赫拉克勒斯以他自己的苦难(*ponoi*)为例,表明这把弓的真正用途是获得不朽卓越(*aretē*)与荣耀的生活(*eukleēs bios*,1418-22)。赫拉克勒斯的苦难(*ponoi*),在其与这把弓的关系上,不仅是苦难的典范,也是从苦难中解脱的典范。[48] 菲罗克忒忒斯的疾病带来的那些绝望的、残暴的苦难(*ponoi*,508)或因歌队接受奥德修斯诡计而带来的懦弱的苦痛(*ponos*,863-4),让位给这把弓的过去与未来的英雄式苦难(*ponoi*)。

"水手们不会对你抱怨他们的苦难"(*ponos*,887,也可以是"麻烦"或"辛劳"),涅奥普托勒摩斯试图打消菲罗克忒忒斯的疑虑,当他提议将菲罗克忒忒斯带上船的时候。涅奥普托勒摩斯仍然受奥德修斯的支配,正走向对他而言事关重大的决定性时刻,其中苦难(*ponos*)将具有新的意义。他已充满怜悯地见证过,疾病折磨的苦难(*ponos*),而菲罗克忒忒斯才刚刚从疾病的暴发中恢复过来(867行及以下)。当他发现这位后生并未在他昏迷时离去,菲罗克忒忒斯既惊讶又颇感宽慰,但他仍然对水手们有所保留(890-1):"不麻烦他们,以免他们过早地忍受这恶臭的折磨。"他对这种与创伤有关的痛苦(*ponos*)有更实际的考量(891-2):"他们在船上与我同处的痛苦(*ponos*)就够他们受了。"索福克勒斯演绎了"*ponos*"一词的不同含义:把这位病人带上船的身苦体劳,忍受与这位大声尖叫、散发恶臭的伤员做伴的痛苦旅程,伤口的恼人折磨,一位伟大英雄的苦工与辛劳。

---

[48] 关于赫拉克勒斯的净化能力,参 Albert Cook, *Enactment: Greek Tragedy* (Chicago 1971) 54-5。

涅奥普托勒摩斯在此处轻易打发的痛苦（ponos，887）将在后面对他而言有不同的意义。"那么你也参与到那场苦痛（ponos）中了吗？"涅奥普托勒摩斯在本剧开头言不由衷地问菲罗克忒忒斯关于特洛伊远征的情况，那时他正准备将奥德修斯的诡诈之网撒向他的猎物（248）。当他离开舞台时，他将对苦难与分享有更深的理解，因他将注定与菲罗克忒忒斯一起成就事业，而这将使他们在英雄情谊中团结一致（1436）。事实上，这个结局与奥德修斯在序幕中的计谋并无出入（113-5），不过被强调的不是奥德修斯的成功，而是菲罗克忒忒斯的奖赏。菲罗克忒忒斯将重返特洛伊，不在奥德修斯的诡计而在赫拉克勒斯那些成就卓越（aretē）并带来光荣与永恒（1418-24）的苦难（ponoi）的支持下。

赫拉克勒斯不仅象征着菲罗克忒忒斯灵魂的伟大——他的这个部分仍然触及英雄式卓越（aretē）和永恒事物，也是一个更宏大秩序的发言人，其中这种英雄主义必不可少并注定要扮演重要角色。他是菲罗克忒忒斯与自己的内在神圣性[49]以及外部存在的神圣秩序及其命令的联结点。[50]

---

[49] Whitman 187："（赫拉克勒斯）是菲罗克忒忒斯更伟大的自我的原型，是其荣耀的范式。"另见Bowra 301。Vickers 278认为赫拉克勒斯的现身"表征着菲罗克忒忒斯的身份地位。只有一位英雄和一位神能说服他走上那种免受苦难而终得荣耀的生活"。关于赫拉克勒斯，Eugen Dönt, "Zur Deutung des Tragischen bei Sophokles," *A.u.A.* 17（1971）52评论道："他本人已表明，人如何在生活的苦难中尽可能亲近神圣之物并持守虔敬（*eusebeia*）……这样，人就能明白他的存在必然是脆弱和短暂的，但他的苦难是履行永恒神圣之命的方式。"关于菲罗克忒忒斯在本剧尾声的不同理解，认为这种不屈抗命只有神圣干预才能克服，参Knox（见注14）140-1；A. Spira, *Untersuchungenzum Deus ex Machina bei Sophokles und Euripides*（Kallmünz 1960）28。

[50] 关于赫拉克勒斯在结尾的双重功能，参Segal, "Piety,"各处及其所引的进一步参考文献，尤其是135页注10。

本剧的空间不仅包含利姆诺斯和特洛伊的张力，也蕴含着利姆诺斯、特洛伊与马里斯-奥塔的三角紧张。[51]到1409行的时候，菲罗克忒忒斯已确定了他从利姆诺斯到马里斯的旅程，但他要通过在特洛伊的英雄事迹才能重返马里斯。他要重返的不是波阿斯的马里斯而是赫拉克勒斯的奥塔山所在的马里斯。赫拉克勒斯告诉他，他必须把光荣的奖品（aristeia）带给"他的父亲波阿斯、故土的平原和奥塔山"（1428-30），而且他要将军队奖励他的战利品献给"我的火葬堆以纪念我的弓"（toxōn emōn mnēmeia，1432）。在接下来的赫拉克勒斯弓矢的命定之旅中，奥塔—利姆诺斯—特洛伊—奥塔，菲罗克忒忒斯把功成后对其卓越（aretē）的奖励带回本剧中具有象征意义的中心，带回菲罗克忒忒斯身上的英雄式慷慨善举（euergetein）的源头（669-70）。

在本剧的前半部分，奥塔不过是菲罗克忒忒斯的故土（453，479，490，664）。它的意义在他让涅奥普托勒摩斯明白这把弓作为英雄礼物的意义后发生了改变。此时，当歌队提到奥塔，这是为了赞颂那个赫拉克勒斯从人升为神的地方，"一切都闪耀着炽热的圣火"（727-9）。由此起，对菲罗克忒忒斯而言，奥塔不仅仅是他期盼回到的故土，不只是有属人的、偏远的和本地的一面，它意味着在菲罗克忒忒斯的过去有某种更多的东西。他在奥塔山上奉献特洛伊战利品，结束了从奥塔到奥塔的循环，正如奥塔的火葬堆对赫拉克勒斯而言的，这个献祭使他得以从其野蛮孤独的野兽式生活迈向不朽卓越、从利姆诺斯的自然之火抵达赫拉克勒斯成神的神圣之火。赫拉克勒斯关于战利品与荣誉奖品的仔细教导表明，当奥德修斯威胁要把菲罗克忒忒斯留在利姆诺斯时，他犯了一个彻头彻尾的

---

[51] 关于这个三角模式，参Cook（见注48）48。

错误，而且他还异想天开地认为军队将把菲罗克忒忒斯的奖励（geras）颁给他（1060-2）。它同时一劳永逸地证明了涅奥普托勒摩斯关于神谕意义的深刻洞察：桂冠属于菲罗克忒忒斯（839-41）。

在这些教导和预言中，赫拉克勒斯在某种意义上使菲罗克忒忒斯再次获得了这把弓的礼物，正如他再次把他派往奥塔。这把弓的第二次"馈赠"并不体现在物理意义上的赠送行为，而体现在提醒着他这把象征着英雄行动的弓的真正含义。正如奥塔山上的火曾将动物形态与神圣的赫拉克勒斯分离开来，同样，这把弓的馈赠令他忆起那净化之火，而这个记忆将把野蛮的菲罗克忒忒斯与英雄的菲罗克忒忒斯分离开来，把其自身野蛮性与自身高贵性分离开来。

在此处，菲罗克忒忒斯和涅奥普托勒摩斯再次与对方互为补充。两者都被赐予一种关于神圣意志运作的洞察，涅奥普托勒摩斯在839—841行通过对神谕真正意义的领悟，而菲罗克忒忒斯则通过赫拉克勒斯的言辞。在两个地方，这种神赐的声音对应一种更可信、更真实的内在声音，属于二人根本的高贵品质与内在英雄主义的声音。这种声音叙说着一个真相，一个比菲罗克忒忒斯的憎恨与严厉拒绝的真相更伟大的真相。

索福克勒斯并未完全弥合神圣计划与菲罗克忒忒斯厉声呼求的正义、高贵的英雄与使之受害的低贱者之间的鸿沟。[52] 尽管他与涅奥普托勒摩斯已重建那种曾存在于菲罗克忒忒斯与赫拉克勒斯之间的英雄纽带，这种纽带并不必然延伸到特洛伊远征军团的首领身上。这里不存在与阿特柔斯后裔或奥德修斯的和解，此外，关于菲罗克忒忒斯在为其可憎敌人提供帮助与好处时所感到的道德义愤（1383行及以下），也没有最终的回

---

[52] 关于结尾的这个观点，更多讨论参Segal, "*Piety*," 158。

应。在本剧的框架之内，没有任何地方表明阿特柔斯后裔与奥德修斯为他们对菲罗克忒忒斯所做的事受到惩罚。

虽然如此，如果将赫拉克勒斯的现身理解为对菲罗克忒忒斯的嘲讽或他徒劳地对抗压倒一切的神圣力量，将是彻底的错误。[53] 通过强调他获得这把作为礼物的弓、他与作为其朋友和模范的昔日同伴之间的关系以及他向奥塔的回归，索福克勒斯竭力将赫拉克勒斯的预言呈现为这位英雄潜在的高贵品质（在其文明化的方面，而非其野蛮的一面）的实现。论述英雄伟大品质所用的语调使我们忽视了如下这点：完全的正义仍未实现。不过，索福克勒斯这个难解结尾的其中一种含义是，这位中毒的、被野蛮化的菲罗克忒忒斯的种种欲望无法也不应当被满足。他会去特洛伊，但不是因为希腊将军的命令，也不是人类说服的结果。他只会服从那"为他的缘故"（1413）从奥林波斯而来的神圣声音。这是对其英雄身份的完全承认。他带着赫拉克勒斯式不朽卓越的精神前往特洛伊，将不会受到奥德修斯式的或阿特柔斯后裔的卑贱品质的影响。[54] 他可以完成奥德修斯和阿伽门农的目标，但这只是因为所有人都必须实现诸神的意志。这一成就的精神及其奖励仍然是属于菲罗克忒忒斯的；而这也是将这种成就的战利品献给赫拉克勒斯在奥塔山圣坛的意义。

---

[53] 大体上，这是Joe Park Poe的观点，见其 *Heroism and Divine Justice in Sophocles' Philoctetes, Mnemosyne* Supplement 34（Leiden 1974）各处，尤其是49-51。在这种观点看来，赫拉克勒斯的现身继续强调了菲罗克忒忒斯"所受的羞辱及其无助无能"（49），而且"菲罗克忒忒斯的失败成为人类挫折与徒劳的典型"（51）。然而，赫拉克勒斯讲辞与菲罗克忒忒斯讲辞最后数行的语气、所指完全不同并表明这种关于结局的观点并不是索福克勒斯意在让我们理解的观点，尽管在理论上是可能的。

[54] 参Penelope Biggs, "The Disease Theme in Sophocles' *Ajax, Philoctetes,* and *Trachiniae*," *CP* 61（1966）235; Segal, "Piety," 158。

赫拉克勒斯和菲罗克忒忒斯都战胜了一种将英雄从自身人性贬低到自身蛮性的残暴化疾病。这部分归功于菲罗克忒忒斯的参与,赫拉克勒斯在火葬堆中的结局体现了从野兽向神明的上升,而他在此处的现身证明了这把弓的真正意义并由此抵消了创伤中具有毁灭性的人兽混淆。在这把弓恢复了其英雄的与神圣的用法后,菲罗克忒忒斯的创伤就得以治愈,而其疾病的蛮性将被克服。这个在动物秩序与社会秩序的等级次序中得到恢复的秩序和语言秩序与仪式秩序的恢复相对应。语言秩序通过对神谕的恰当理解而得到恢复,而仪式秩序在神圣意志的实现与本剧结尾的祷告中得到恢复。[55]

五

当索福克勒斯让菲罗克忒忒斯拒绝回到特洛伊,并坚持让涅奥普托勒摩斯忠于让菲罗克忒忒斯回到马里斯的誓言时,他不仅考验了菲罗克忒忒斯,也考验了涅奥普托勒摩斯。在最后一幕里,涅奥普托勒摩斯面临最后一次选择:其一是在特洛伊赢得战利品的那种为人熟知的英雄主义,其二是一种相当不明确的英雄主义,它并不带来任何物质奖励,也没有外在的公共赞誉,而是其反面。这是菲罗克忒忒斯必须授予这位后生的最后一次教导,在他自己从赫拉克勒斯那里迎来再次仪式性地进入英雄式卓越(aretē)之前。

最后一幕的语言反映了他对英雄行为看法的转变。在他对菲罗克忒忒斯的谎言中,涅奥普托勒摩斯在本剧早期使用

---

[55] 关于这些关系的一部分,有一个图表式梗概,参考我的"Divino e umano nel *Filottete* di Sofocle," *QUCC* 23(1976)85–6。

了荷马式惯用语，"非凡的奥德修斯"（*dios Odysseus*, 344）。[56]
在最后，当赫拉克勒斯确认了两人之间基于真相、怜悯与忍耐而非虚假、权宜与道德妥协的新关系时，荷马式语言再度重现："你保护他，他保护你，"赫拉克勒斯说，"如两头雄狮，同行同止（*leonte synnomō*, 1436-7）。"[57] 但在最后，由于虚假已被清除，他们的关系是基于力量而非软弱，基于健康而非疾病。菲罗克忒忒斯自己就是那对同行同止的猛兽之一，不再需要一方守护另一方，他们的联合以双数形式来表达，"互相参与"（*syn-*）到对对方的保护中。由一个史诗明喻的比喻性语言表达的这个转变早已在赫拉克勒斯现身之前的对话中出现，如今是菲罗克忒忒斯对涅奥普托勒摩斯提供帮助（*prosōphelēsis*, 1406）。

在序幕中，奥德修斯说涅奥普托勒摩斯与那把弓是互相依存的（"你没有那把弓不行，那把弓没有你也不行"，115），但着重点基本上是关于攻陷特洛伊这个目标以及涅奥普托勒摩斯那独立的、个人的好处（*kerdos*, 112-5）：

涅奥普托勒摩斯：那我有什么好处，如果这人（菲

---

[56] 也请注意343行中的复合修饰语"有华彩船首的船"（*naus poikilostolos*）以及具有荷马风格的"奥德修斯自己"（字面义为奥德修斯的力量。——译者注）（*bia Odysseos*, 314, 321, 592），对此参A.A. Long, *Language and Thought in Sophocles*（London 1968）102 and n138。

[57] 比较在《伊利亚特》10.297中与狄俄墨得斯和奥德修斯相关的狮子比喻，另见5.554。一般参考见P. Rödström, *De Imaginibus Sophocleis a Rerum Natura Sumptis*（Stockholm 1883）40。Avery（见注34）296所论的这个隐喻的消极含义似乎很难与语境契合；对勘Bowra 304-5。虽然如此，有可能的是，欧里庇得斯《奥瑞斯提亚》1401-2以及1555中的双胞狮子是对此处文段的一个严肃回应，对史诗英雄主义的看法更为悲观，参Charles Fuqua, "The World of Myth in Euripides' *Orestes*," *Traditio* 34（1978）22。

罗克忒忒斯）去特洛伊的话？

奥德修斯：单是那把弓就将拿下特洛伊。

涅奥普托勒摩斯：但我不是，正如你一直在说的，那个要洗劫特洛伊的人吗？

奥德修斯：你没有那把弓不行，那把弓没有你也不行。

奥德修斯在这里微妙地从菲罗克忒忒斯变到那把弓上。这个并列结构，"你没有那把弓不行，那把弓没有你也不行"，将涅奥普托勒摩斯和菲罗克忒忒斯一同归入那把弓的客观存在之中。然而，当涅奥普托勒摩斯自己开始行动，并列代词的句法模式指的是菲罗克忒忒斯和涅奥普托勒摩斯，而非涅奥普托勒摩斯和那把弓。这个转变表达了从狡诈到诚实、从操纵到信任、从物质主义到英雄理想主义的变化。

菲罗克忒忒斯将这把弓的英雄式意义对涅奥普托勒摩斯进行的仪式性传授预示了这个转变。"它不会被交给你我之外的人，"当涅奥普托勒摩斯从菲罗克忒忒斯的手中接过这把弓时，他这样承诺（*soi te kamoi*，774-5）。菲罗克忒忒斯把它交出的时候提醒他去平息诸神的嫉妒，"以免它成为你苦难的来源，不会像我和它此前的主人那样"（776-8）。涅奥普托勒摩斯在第二次祷告时用了人称代词的双数形式，"我俩"（779），而这将两人结合到这把弓以及背景中这把弓昔日的伟大主人的象征含义之下（778）。然而，这次结合并不成熟，因为在涅奥普托勒摩斯对这把弓的接收及其在数行后对顺利启航的许诺（779-81）的背后并非赫拉克勒斯的高贵品质而是奥德修斯的阴谋诡计。

疾病的袭击打断了奥德修斯计划的施行。当涅奥普托勒摩斯再次准备起航时，他再次使用了并列人称代词的句式，但这次有着不同的含义。他提议让他的水手帮助把这受伤的人带上船,"因为对你我而言这样做都是最好的"(*soi t' edox' emoi te dran*, 888)。但这次行动其实比它之前看起来的要困难得多。涅奥普托勒摩斯那个"我该怎么做?"的痛苦问题旋即出现(895)。这是他与菲罗克忒忒斯及其弓矢之间关系的关键时刻。当"我和你"的并置再次出现的时候,它就与高贵(kalon)和互助相关。当菲罗克忒忒斯再度拥有他的弓矢,他准备向奥德修斯射出致命一箭;但涅奥普托勒摩斯阻止他说,"但这对你和我而言都不高贵"(1304)。他们此前通过这把弓而形成的仓促联合已变得成熟完善(774-80),但现在涅奥普托勒摩斯在提醒对方这把弓的所有权中暗含的英雄价值。

涅奥普托勒摩斯强调了菲罗克忒忒斯夺取特洛伊以及使二人结合起来的英雄行动的纽带:他将菲罗克忒忒斯的任务定义为"带着这把弓与我一起洗劫特洛伊城堡"(1335)。这一行(1335)令人想起奥德修斯在序幕中的表达(115),但其含义完全相反。在本幕稍后,涅奥普托勒摩斯再次证实了他的看法:他正在说服他的朋友去做在他看来"对你我而言都是最好的"事情(1381)。

1381行之后的急遽转变是基于友爱的说服与心怀愤恨的反抗之间冲突的高潮。在这里,两个人称代词的交织更为紧密也更为关键(1388-9,1393-6):

菲罗克忒忒斯:你,我知道,正在用你的话摧毁我(*oleis me, gignōskō se*)。

涅奥普托勒摩斯:**我**没有,但我说的是**你**拒绝理解……那么我们该怎么做,如果我们无法在言辞上说服你去做我所说的事情?**对我而言**最容易的是住口不说,而**对你而言**最容易的是像你现在生活的那样活着,无人来救。

涅奥普托勒摩斯痛苦但关键的"我们走吧"（1402）最终证明了"我"与"你"结合的价值。菲罗克忒忒斯提议他用这把弓进行帮助，这表达了那种基于友爱而进行积极主动、肯冒风险的帮助（1406）。紧随这种英雄式（尽管根本上是狭隘的）友爱誓约的是赫拉克勒斯的出场，他是英雄式联合的典范，使这两位有朽者在史诗式的战士情谊之中结合（1437-8）："如两头雄狮，他守护你，你守护他。"这些诗行使他们的互惠联结变得高贵，并将之提升到荷马式明喻表达的英雄光辉之中，尽管带着与狮子相关的含混性（详见下文）。并列的指示代词，"你没有他不行，他没有你也不行，当他守护你而你守护他的时候"，如今通过第三方结合到一个措辞更强烈的表达之中，而这第三者以友善而体贴同时又威严而明确的方式监督着两者，让他们在一个众人可见的举动中形成联合。[58]

这种人称代词的并列句式在口头层面上表达了属于视觉层面的舞台形象。二人结合在这把弓的象征含义之下；舞台上的三位行动者，两位有朽者和一位神明，形成了一个三角结构，而其贯穿全剧的顶点是英雄价值的神话式实现。只在语词和早前通过弓而成的联结中出现（667-70，727-9）的赫拉克勒斯如今在具体明白的舞台行动中清楚可见。英雄友爱的光辉象征以及对人的隐秘神圣性的信奉完全胜过了奥德修斯诡计的阴险复杂与掩饰隐瞒。

---

[58] 关于并列代词这一句式在全剧中的含义，参我在"Divino e umano"（见注55）79-80中的简评；Easterling（见注5）35以及Steidle（见注25）187注意到在1436—1437行中互惠观念的重要性，但并未注意到其在全剧中作为一种模式化序列的含义。不过Steidle, 187 n72 细腻地注意到赫拉克勒斯在1436—1437行中暗示的举止形态："这些代词要求——通常是模式化的——指示性的动作（Zeigegebärde），而这进一步加强了表达坚决的措辞"。

在序幕里，正如涅奥普托勒摩斯接受奥德修斯的建议，一个人可以猎捕另一个人（116）。如今，他们将互相守护。1436行表达他们结合的词"同行同止"（synnomos）的字面义是"一同吃草的"，暗示了利姆诺斯岛上野蛮生活的延续，那种常常用吃和被吃的词汇来描述的生活。该词也包含"习俗律法""社会习惯"（nomos）这个词根；在悲剧其他地方，"同吃共食"（synnomos）表达了人在文明制度下的亲密关系，例如夫妻关系（《奥狄浦斯王》340）。[59]在某个层面上，同行雄狮的明喻把菲罗克忒忒斯在利姆诺斯岛上生活中单纯的动物式交往（synousiai，936）带到一个新的阶段，超出了野蛮性而到达存在于他过去的神圣性以及出现在现在和未来的重新恢复的人性。

与此同时，狮子尽管令人想起史诗英雄主义与军武勇气，在荷马以及其他作家笔下也是暴力、凶蛮暴怒以及破坏性的典型。在《奥德赛》里，荷马用山中雄狮的比喻描述凶蛮的库克洛普斯，当他把奥德修斯同伴的生肉、骨头、内脏统统吃掉的时候（《奥德赛》9.292-293）。在《伊利亚特》中，狮子出没在偏僻森林或深山野岭，猎杀牛羊群，攻击或杀害牧人。因此，狮子的比喻可能意味着菲罗克忒忒斯重返希腊军团时某种未被驯服的残酷无情。一个人如何能从十年痛苦流放中回归而没有一丝怨恨？的确，他未来在特洛伊与阿特柔斯后裔和奥德修斯的交往并非本剧的内容，但这里可能暗示了其中的某种复杂情绪，正如涅奥普托勒摩斯未来洗劫特洛伊时的不虔诚中蕴含的复杂性（1440-1）。当他无所顾忌地违抗军队统领之一，当他预计到返乡时会爆发的武装冲突，涅奥普托勒摩斯就已损害了他与希腊军队在未来的关系（1404-8）。通过神圣命令复

---

[59] 另见 Aesch., *Septem.* 354 and Pindar, *Isth.* 3.17。

归到在特洛伊的军队，他及其同伴至少部分仍然是边缘人物，他们关系中的某些东西仍然与野生生物的野蛮性有关，正如狮子之喻所暗示的。

赫拉克勒斯的言辞并未真正告诉我们任何新的事情。涅奥普托勒摩斯已经在前一幕讲出了最核心的部分（1329-47）。评论者觉得此处逻辑不通。但涅奥普托勒摩斯的发言不可能有赫拉克勒斯那样权威。[60] 他所坚持的是"最优秀的预言者"赫勒诺斯的权威（1337-8），而赫拉克勒斯确证了这属于宙斯的意图（1415）。涅奥普托勒摩斯承诺菲罗克忒忒斯将被评为最优秀之人（1345）；赫拉克勒斯说他将在卓越德能（aretē）上被评为第一（1425）。[61] 涅奥普托勒摩斯承诺他将有最高的名声（kleos hypertaton，1347）；赫拉克勒斯说他将会赢得一种荣耀满身的生活（euklea bion，1422）。但赫拉克勒斯声称，这份名声是菲罗克忒忒斯应得的（opheiletai，1421）。更重要的是，赫拉克勒斯援引了自己所受的苦难（ponoi）作为不朽卓越（aretē）之达成的范例（1418-22）。这个在永恒层面上关于受苦的终极意义的理解以及一系列的英雄价值让菲罗克忒忒斯超出了他对自身苦难那种停止不变、永无希望的看法——当他跟涅奥普托勒摩斯说，"让我承受我必须承受的"（1397）。只有赫拉克勒斯在更大的框架视野下讲述痛苦（ponos），只有赫拉克勒斯谈到卓越德能（aretē），涅奥普托勒摩斯从未说过这个词。

[60] 例如Kitto, *Form* 105, 128; Linforth（见注9）150。另见Calder（见注32）169与n89；Beye（见注7）74-5。关于一个相对积极的看法，参Cook（见注48）54-5；Schmidt（见注43）245。

[61] 奥德修斯给菲罗克忒忒斯攻陷特洛伊的奖赏少得可怜，他说他会"与最优秀之人（aristoi）平起平坐，而你必须（dei）与他们一起拿下特洛伊并用暴力将它夷为平地"（997-8），毕竟菲罗克忒忒斯不过一众最优秀之人（aristoi）之一。Kitto, *Form* 122-3对这两行看得太重，因此描述的奥德修斯显得过于积极正面。

涅奥普托勒摩斯给了菲罗克忒忒斯一个好建议:"有朽者应当忍耐诸神赐予的命运"而不要"死守着自己的痛苦"(1316–20)。不过,在凡人同伴和建言者嘲笑其野蛮的地方(ēgriōsai, 1321),神圣的朋友证实了当中存在永恒的事物(1440–4):

> 当你洗劫该地时,牢记这点,对属神之事要心怀虔敬,因为父神宙斯最看重这点。因为虔敬(eusebeia)从未在有朽者中消失。无论他们生或死,它都不会被毁灭。

赫拉克勒斯让菲罗克忒忒斯的苦难及其未来成就向永恒敞开。这些是他最后的抑扬格三音步诗行和本剧最后的抑扬格诗行,但和他讲辞中最初的三音步诗行(1418–22)一样,它们包含了一种对自身生命置于永恒维度之下的理解。他的现身标志着这样一种矛盾:在其野蛮生活、离群索居与痛苦不幸之中,存在着一种隐藏不见的力量,就像《奥狄浦斯在科洛诺斯》中羸弱的奥狄浦斯身上存在的力量,不久将抵达诸神的光辉之中[62],而在苦难之后,将被某种像品达笔下"宙斯所赐的辉华"(《皮托凯歌》8.96–97)那样的光照亮。

赫拉克勒斯不仅在菲罗克忒忒斯的过去及其在特洛伊的未来之间进行调解,也在人与神、属人的诡诈道说(logos)与属神的神话道说(mythos)、幻象与真相之间进行调解。[63]他的现身在心理学和神学双重意义上标志着疾病的治愈以及蛮性的消除。它使菲罗克忒忒斯重新成为自己,不再对英雄同胞再

---

[62] 参Erbse(见注34)178。
[63] 关于本剧中和索福克勒斯作品中真相与表象之间的对抗,参Reinhardt 202–3; Schlesinger(见注39)154。

筑情谊、共铸辉煌心生怨怼和有毒的憎恨。与此同时，它恢复了菲罗克忒忒斯在一个更大的神圣秩序中的位置。让这把弓在特洛伊挥舞出血肉横飞之声是他在一部分历史图景中的角色。就算他在利姆诺斯岛上的生活并不严酷与孤独，他也并未与世隔绝，而是在希腊远征的社会框架以及诸神意志的神学框架中有一席之地。[64] 如我们在别处所见，索福克勒斯笔下英雄的任务是去认识到，他的生活有一个发展方向，在某种他必须实现的宏大秩序中有一席之地。索福克勒斯英雄主义的根本品质之一就在于英雄对自己在这个宏大图景中角色的理解和自由接受。[65]

六

当菲罗克忒忒斯从凶残野蛮的离群索居回归到人类社会，从其对诸神的愤懑回到虔敬时，他也获得了对他曾住过的不毛之地当中的神圣事物新的理解。[66] 当他服从赫拉克勒斯的命令而准备从利姆诺斯迅速离开时（1449-51），菲罗克忒忒斯对他的岛屿作了最后的道别（1453-71）：

---

[64] 菲罗克忒忒斯摆脱蛮性的这两个方面的重要性在我的"Piety"各处有详细讨论。

[65] 参Schlesinger（见注39）156："只有自由地接受那被规定的命运，索福克勒斯式人物的英雄主义才能实现。"另见H. Diller, "Über das Selbstbewusstsein der sophokleischen Personen," *WS* 69（1956）78。我们应当注意，这位英雄的命运包含着来自诸神的恩惠，而在公元前5世纪这并不必然是这个神话：在品达《皮托凯歌》1.52-55中，菲罗克忒忒斯前往特洛伊并毁灭了该城，但并未治好他的疾病。

[66] 关于本剧尾声中自然的其他方面，参Vidal-Naquet, *MT* 179-80; C. Segal, "Nature and the World of Man in Greek Literature," *Arion* 2.1（1963）38-9。

> 菲罗克忒忒斯：再会了，与我守夜的岩室，照管溪水与草地的宁芙仙女，还有海岬雄猛的击打，在（岩穴）深处我的头常常因南风的吹打而湿透。当我在（我痛楚的）风暴中受折磨时，赫尔墨斯山时常向我送来我哭号的回声。但如今，清泉和吕克亚之水，我们现在要离你而去了，离你而去了，此前从未料到！再会，你四面环海的利姆诺斯平原！愿你现在不要抱怨，赐我一趟顺利的旅途，到达那伟大命运、朋友的建议和那位征服一切并已使这些事情统统实现的神明正在将我带往之地。
>
> 歌队：那么，让我们一起出发，祈求海洋的宁芙仙女来守护我们的返航！

菲罗克忒忒斯并未忘记环绕利姆诺斯的大海、狂风暴雨以及嶙峋岩穴中的严酷无情，这是他所寻求的庇护之处以抵挡风吹雨打、暴露在外的危险以及郊野的凄厉之声。尽管如此，他也能感受到弥漫在这座岛屿上的神圣性。他首次呼告此地的宁芙仙女（1455）并以本地的名字称呼一座山与一眼溪泉（赫尔墨斯山、吕克亚泉水）。

我们会想起荷马笔下的奥德修斯通过其泉水、水泽宁芙仙女及其祭祀崇拜而辨认出自己的故乡（《奥德赛》13.355-360，17.204-211）。此前，歌队曾提到在菲罗克忒忒斯故乡马里斯的宁芙仙女（724）。那时他得到了一个返乡的虚假承诺。如今，当他确定要离开利姆诺斯（尽管目的地不同）时，他也认出了利姆诺斯岛上宁芙仙女的存在。由此他承认利姆诺斯不只是一个仅容最低限度的野蛮式生存之地，也是他找到自己伟大命运之路的地方（1466）。正如埃阿斯在其对周遭环境的临别呼告中（《埃阿斯》856-66），他能体会到在这个世上一种既在进行保护救助又残酷无情的基本自然力；不过，和埃阿斯不同，保护救助的力量占了上风，因为诸神进行干预而使这位英雄复归到他如今必有一席之地的世界中。

菲罗克忒忒斯的祷告与奥德修斯在剧初的祷告截然不同。奥德修斯呼求狡诈神（Hermēs dolios）赫尔墨斯、胜利和城邦生活之神雅典娜（Athena Nikē and Polias，133-4）作为他的守护神。当奥德修斯仍然以其目标为藩篱并对其狡诈的操控充满信心时，菲罗克忒忒斯已迈向诸神在自然与人当中呈现的壮丽宏大。

菲罗克忒忒斯对其野蛮生活的内部与外部空间一一作了道别。他呼告岩穴（1453）和嶙峋山野中的神祇。早前那次虚假和仓促地离开时，他只对周遭环境的野蛮特质表示了敬意，这点体现在其居所而非居所（aoikos eisoikēsis）这个矛盾之中（534）。[67] 在此处，菲罗克忒忒斯也对自然中的神祇表达了敬意，当然他并未忘记风之猎猎、水之萧萧（1454-60）。不过，那种暴露在阴湿环境之中的艰苦生活，以及他在岩穴深处（endomychon，1457）忍受的海涛拍岸之声，通过山野泉水及宁芙仙女体现的神圣维度（1454，1470），在某种程度上得到了缓和。

文明化的居住不只是纯粹的生存，也包括通过圣名、仪式与祷告而与当地的神圣力量建立联系。至此，利姆诺斯的空间几乎未被神圣化。"养育一切的地母"是一位遥远的亚细亚女神（391行及以下），而将谷物作为礼物赐予人类的神圣大地被降格为猎人的不毛之地（707-8）。宁芙仙女和神圣泉水属于遥远的、触不可及的马里斯（725，1215）。在他对利姆诺斯最后的呼告中，菲罗克忒忒斯开始对这片土地进行文明化和神圣化，而这些是他在深陷此处的野蛮和他自身的野蛮时无法做到

---

[67] 关于533—534行的读法和理解，见第九章注21。

的。或许，他的道别之语表达了与此岛野蛮特质最后的关联，就像他身上有一部分仍然与之相连。[68]但在呼告利姆诺斯的宁芙仙女和泉水而不只是此前的山林野兽或嶙峋岩石（参936行及以下，1146行及以下）时，他并未提及这个岛切断了他与神人之间关联的野蛮性。[69]他也为特洛伊和魂失魄散的希腊军队带来与这嶙峋岩景相似的决不妥协、坚定不移、坚德守操和坚毅勇猛的精神。

在"伟大命运……以及那位征服一切并已使这些事情统统实现的神明"这个方面（1466-8），荒芜的利姆诺斯显示出其他特质。这位受痛苦折磨之人（202）的孤独脚步或步踏（*ktypos*，201），除了面对海洋的"雄猛击打"（*ktypos*，1455），如今还有宁芙仙女（1454）和那克服了山野回声中荒凉萧索之感（1460；参186行及以下，694-5，938）的"渴望已久的声音"（1455）。雄猛与雌柔的并置（1454行及以下）可能在一个只有男性角色的剧作中有重要意义。在另一个传说中，利姆诺斯的宁芙仙女与丰饶和躲避饥荒有关：美狄亚向仙女们和得墨忒尔祈祷，希望终止科林斯的饥荒。[70]此处，作为草地与泉水的神祇，她们监察并保持着鲜泉活水难得的圣洁状态。[71]流

---

[68] 关于利姆诺斯的周遭景致作为其居民的一种"灵魂景致"（soul scape），参Beye（见注7）67; Schlesinger（见注39）147-8; Lilian Feder, "The Symbol of the Desert Island in Sophocles' *Philoctetes*," *Drama Survey 3*（1963）33-41; Segal, "Piety,"（见注2）153ff.，有进一步的参考文献。Jones 271-2有趣地对比了在埃斯库罗斯《被缚的普罗米修斯》88-91中英雄与自然之间的距离和索福克勒斯笔下这位英雄性格特征与自然之间的关联。

[69] 关于菲罗克忒忒斯对利姆诺斯的爱恨交织，既视之为荒芜岛屿又视之为提供安慰的港湾的这种含混态度，参Feder（见注68）40; Segal, "Piety"（见注2）155。

[70] 参schol. on Pindar, *Ol.* 13.74g; Preller-Robert, *Griechische Mythologie* I^4（Berlin 1894）858, 856 and n4。

[71] 参21，292ff.，716-7, 1214，以及第九章第九节。

水,就像奥塔那圣洁而被深爱的故土(391行及以下,664-5),如今出现在这位英雄对利姆诺斯的最后观看之中,并在惬意热情的气氛中凝为他心中永恒的一幕。

与剧初奥德修斯"四面环海的利姆诺斯"相呼应(参1464与1),菲罗克忒忒斯如今颠转了这个岛对他自己和对奥德修斯的意义:他已在其中发现通向自身内在和外在力量的途径,而这远远超出了奥德修斯的视野。让菲罗克忒忒斯跨洋过海到特洛伊,此前只被视为人类诡计来之不易的成就,如今作为遥远而神秘的神祇的计划得到实现。结尾对海洋宁芙仙女的祷告弥补了贯穿全剧的那个虚假的或未被实现的祈求顺风远航的祷告(464,528行及以下,627,782,1077)。人类试图统治自然的诡计在这里变成对自然的神圣化力量的祷告。这一颠转可能是本剧最终的矛盾:属神秩序而非属人技术(technē),最终让人征服了自然的蛮性并获得了自我保存(sōtēria,1471)。[72] 在人可以这样做之前,他必须克服自身的蛮性。

尾声的祷告也扩大了本剧寻求的保存或拯救(sōtēria)的意义。它要么存在于奥德修斯自信而不讲原则地以阴谋求取的成功中(参134-5与1109,凭借谎言的拯救),要么存在于菲罗克忒忒斯的纯粹生存中(例如,"一直救助我的火",sōzei,297)。[73] 被疾病折磨所征服的菲罗克忒忒斯徒劳地祈祷着诸神和善地前来救助他(738-9)。但在最后诸神真的成了他的救助者(1471)。那被允诺的和在祈祷中寻求的虚假的或不成熟的安全都曾被奥德修斯的欺骗或菲罗克忒忒斯自己的固执所阻挠(919-20,1391,1396)。但如今,当菲罗克忒忒斯再

---

[72] 参Vidal-Naquet, *MT* 180:"正是神圣秩序让人再次成为野蛮自然的主人。这是《菲罗克忒忒斯》最终的颠转。"

[73] 关于与133—134行的呼应以及本剧中的救赎(sōtēria)主题,参M.H. Jameson, "Politics and the *Philoctetes*," *CP* 51(1956)227 and n51。

次回到自身那个被隔离的人性并重新进入诸神的宏大秩序之中时，安全是来自奥林波斯的礼物。

这位英雄向社会和神圣秩序的双重复归在他最后的言辞中得到再次确认，因为他与那驱动他的超自然力量一起重返人间的军队。那个简单的连词"和"（te）连接着"朋友的建议"与"伟大命运"（megalē Moira）以及"那位征服一切并已使这些事情统统实现的神明"（1466-9）。[74] 菲罗克忒忒斯那可恶的命分或命运（Moira，681-92）以及他对诸神或神明（daimones）的愤懑（254，447，116，1187-8）如今被纳入一个更大的视野之中，并与宙斯的谋划（1145）以及结尾所说的那些更隐秘的力量相关。[75] 在祈求此次顺风航行不受责怪（amemptōs，1465）时，菲罗克忒忒斯增加了对道德正直的进一步限定。他最后对宁芙仙女的祈祷暗示了他已准备好听从赫拉克勒斯关于虔敬待神的警语（1441）以及他关于虔敬永不在有朽之人中消失的教导（1443-4）。

七

赫拉克勒斯从奥林波斯降临以及菲罗克忒忒斯对利姆诺

---

[74] U. von Wilamowitz-Moellendorff, *Der Glaube der Hellenen*（Berlin 1931）363 and n2 注意到此处被直接提及的不是宙斯而是"神祇"（daimon）这点的意义。他补充道（363-4）："这并不偶然：神圣意志处在所有发生事情的后面，但我们永远无法对此有更多的理解"。另对比在涅奥普托勒摩斯谎言中阿基琉斯那毁灭性的命运（moira，331）。对品达来说，菲罗克忒忒斯典型地体现了命运（moira）一系列的隐秘运作："希腊人把他带到特洛伊，拖着那虚弱的脚，他夺下这座城池，结束了他们的苦工，但这都是命定的（moiridion）"（《皮托凯歌》1.55）。

[75] 关于菲罗克忒忒斯对诸神态度以及其最后言辞中的转变，进一步的讨论参Segal, "Piety," 148-50, 154-8。

斯的道别暗示的并不是问题的全部解决。伟大命运以及那位征服一切并已使这些事情统统实现的神明仍然保持着索福克勒斯笔下诸神不可思议的特性。[76]在涅奥普托勒摩斯看来（1315-16，1326），那使他承受一系列苦难的神赐之命，也解除了这些苦难并为此进行了补偿，但并未惩罚神意的代行人，奥德修斯和阿特柔斯后裔。赫拉克勒斯进行干预是出于关心和友爱。然而，他的现身标志着诸神的命令中有某种不可违抗的东西，有某种并不与人类正义吻合的事物。菲罗克忒忒斯的拒斥尽管体现了他倔强不屈的蛮性，也反映了他的高贵品质和道德操守，他对正义理想的恒久忠诚。他本能地对参与那些会让恶人走运的行动感到厌恶，尽管他会因此延长自己的苦难。[77]

通过诉诸机械降神作为戏剧冲突的解决，索福克勒斯表明他承认了此处的道德困境。但这项设计并不必然意味着这个神话的"真正"意义是菲罗克忒忒斯的拒斥。[78]如果是欧里庇得斯，他或许会让本剧结束在1408行。但索福克勒斯对赫拉克勒斯现身的描述，如我们所见，是相当不同的。它既实现了那种自菲罗克忒忒斯与涅奥普托勒摩斯首次会面以来就显露的内在潜能，也指明了他的生活在一个更大的秩序中有一席之地。在索福克勒斯笔下，神圣事物进入凡间总令人不安。索福克勒斯笔下的诸神并不为我们的安乐而存在。他们的现身意味着某个人的生活触及某种超出自身的东西，而这从来无法完全从人的角度进行理解。

涅奥普托勒摩斯已然告诉菲罗克忒忒斯，人类"不得不

---

［76］参Dönt（见注49）48；Spira（见注49）32；Perrotta（见注8）422。

［77］参Reinhardt 202；Perrotta（见注8）引用了《奥狄浦斯在科洛诺斯》394，并评论道："这个幽暗的氛围萦绕着菲罗克忒忒斯这个无辜而伟大的灵魂的绝望哭喊。"（471）

［78］正如Robinson（见注19）各处以及Linforth（见注9）151。

承受诸神所赐的命运",而他自己的疾病正来自这种神圣必然性(1315-16,1326)。赫拉克勒斯说,这位英雄必须虔敬待神(1441行及以下)。两种教导的相似性可能暗示了对诸神的讽刺或讥嘲。但我们必须认为赫拉克勒斯关于宙斯谋划所特有的知识(1415)是真的。他的不朽虔敬和涅奥普托勒摩斯的神圣命运之间的差异类似于《特拉基斯少女》中赫拉克勒斯的最终视野与许洛斯的有限理解之间的差别。涅奥普托勒摩斯对其同伴的受苦和神圣意志的调解并未超出习惯看法而流于表面。在赫拉克勒斯的讲辞之后,他表达的只有最简洁的同意(1448)。

当菲罗克忒忒斯承认诸神必然关心正义,因为他们的"神圣鼓动"(kentron theion,1039)迫使阿特柔斯后裔来利姆诺斯寻找他(1035-9),他对神圣正义有一种模糊的不祥预感。[79]但诸神的正义涵盖的范围比菲罗克忒忒斯的视野更广。他从私愤和复仇的角度来理解此处的神圣鼓动。赫拉克勒斯将视野引回第一次洗劫特洛伊(1439-40)以及帕里斯的罪过(1426-7):"凭我的弓,你将夺去帕里斯的生命,那个要为这些罪恶负责(aitios)的人。"[80]诸神的关切并不只是当前的苦难,而是关于罪责及其惩罚的一个更大的模式,而这可回溯至特洛伊战争的开端。帕里斯对菲罗克忒忒斯而言并不重要,但他的过错导致了所有这些苦难,不仅是菲罗克忒忒斯所受的苦难,也是整个希腊所受的苦难。对有朽角色而言,起因或罪责

---

[79] 关于神圣正义的这次显现,参Kitto, *Form* 134-6; Schlesinger(见注39)142。另一方面,Bowra(见注40)305-306过分简单地认为本剧就体现着神圣正义("本剧的结尾表明宙斯的意志获得了实现")。

[80] Schmidt(见注43)247注意到1426—1427行的重要性,但其对此的评论并不完全恰当:"最后,当把杀死那个'为这些罪恶负责的人'(den *aitios tōnde kakōn*,1426)的任务交托给这个'坏人'(dem *kakon*)怀有最大敌意的人时,在我看来,这对于理解赫拉克勒斯所揭示的事物并非没有意义。"

(aitios)的问题由于欺骗(385,590)或威胁(1404)而模糊不清。对神而言,这清楚明白,毫无含糊之处;它要求简单直接的行动,而这正是赫拉克勒斯终其一生所采取的行动类型。将菲罗克忒忒斯过去的苦难与未来的光荣放在永恒事物的角度来看,赫拉克勒斯所引入的一种更宏大的现实正与人类常常受限的视野所形成的幻象相对。[81]在这个更大的视野中,菲罗克忒忒斯重返马里斯尽管是正义的,却将会是一个错误。

对更大的与受限的视野、对真相与幻象、对更大的与私人的正义、对整体与部分进行区分意味着一种悲剧式生命观。通过赫拉克勒斯的双眼,我们既在菲罗克忒忒斯的拒斥中也在其顺从中看到某种正确性。不过,这种能化解其中矛盾也能引导这位英雄获得解决办法的复杂的道德视野并不属于凡人而属于诸神。在事实上和在比喻意义上,菲罗克忒忒斯越过死亡而重返生命,但这种生命只在赫拉克勒斯关于不朽事物的视野中才有其最终的意义。

死亡与衰败标志着由特洛伊代表着的世界。伟大英雄都已逝去;只有小人活着并昌盛繁荣。这点在菲罗克忒忒斯与涅奥普托勒摩斯最初的对话中反复出现(412,417-20,428-9,436-7)。[82]特尔西特斯(Thersites)还活着并非不合情理,"因为卑劣者从不消亡"(446),如菲罗克忒忒斯所说。[83]涅奥普

---

[81] 参Reinhardt 202-3; Bowra 263-4。

[82] 关于利姆诺斯的濒死状态,参Knox, *HT* 129关于621行以下的讨论;一般的讨论,见Segal, "Piety," 156。

[83] George Huxley, "Thersites in Sophokles," *Philoktetes* 445, *GRBS* 8(1967)33-4以及Calder(见注32)159暗示了如下可能性:涅奥普托勒摩斯在445行中关于特尔西特斯所说的可能是假话。即便涅奥普托勒摩斯在此处是邪恶的,生死颠转的模式并未改变。事实上,如果这些事实被奥德修斯式诡计及其揭露所扭曲,涅奥普托勒摩斯对奥德修斯的顺从将会更令人痛心。

托勒摩斯对此表示同意，而且声称他离开特洛伊是因为那里已经成了一个低劣者比优秀者有更大的权能，高贵之物随风而逝，懦弱者进行统治的地方（456-7）。在这个道德崩坏之地，"昌盛繁荣"（*thallein*）的是菲罗克忒忒斯在利姆诺斯岛上的疾病（259）以及那些在特洛伊败坏的统治者（420）。

菲罗克忒忒斯在利姆诺斯的幸存者式生活事实上是一种活着的死亡。如他所说，他"只是尸体、雾影、幽灵，除此外什么也不是"（946-7）。他并未对身边的人而是对岛上的岩石和野兽如此描述自己，正当他愤懑地想到，像他这般强大之人（*andra...ischyron*, 945）竟讽刺地被强迫前往特洛伊。不过，正如索福克勒斯作品的其他地方，这里的强与弱当然不必然是身体上的。后来他接着说，当希腊人抛弃了他，他就成了"丧朋失友、遭弃见逐、无邦无亲的行尸走肉"（1018）。他这种活着的死亡对应他那种低等生活的野蛮性。"为何你要把我抓回去，"他在数行后追问，"既然我什么也不是，而且对你而言在很久之前就已经死去了？"（1030）在事实上和在比喻意义上决心赴死（1001-2，1024行及以下）的菲罗克忒忒斯将在冥府中寻找他的父亲而无法再得见他的故土母邦（1216-7）。失去母邦与失去生命如影相随。拒绝离开利姆诺斯不仅相当于冒饿死之险，也相当于继续野蛮地过着死人般的生活。

在《埃勒克特拉》中，围绕英雄而展开的生与死之颠转不仅涉及个人的生存也涉及宇宙秩序的健康或败坏。正如在《埃勒克特拉》中那样，那位虚弱无力的英雄从死到生的重返或许表达着对那个在伯罗奔尼撒战争最后几年里精神和物质皆贫乏不堪的雅典的某种希望。[84]

---

[84] 关于本剧与当时政治事件之间可能存在的关联，参 Jameson（见注43）以及 Calder（见注32）。

在他因涅奥普托勒摩斯的虚假诺言而错感快乐时，菲罗克忒忒斯告诉他，"只有你赐予我所得见的太阳之光"（663-4；参867-8）。不过，当他后面带着这位受骗者从岩穴的幽暗中走出来（1261-2）时，涅奥普托勒摩斯的勇气与内在的高贵品质让这个夸张说法变成了真实。

当菲罗克忒忒斯感到疾病即将袭来时，他呼告死亡与利姆诺斯之火（796-801）。昏迷中的他"瘫倒在暗夜之中"（nychios，857），"宛如冥府中的一位"（861；参883-5）。"光"是他醒后所说的第一个词（867）。他认为当前的事情可以扭转阿特柔斯后裔对他的背叛（872-3；参276行及以下），但他在后来发现，这不过是一次痛苦的重演，事实上甚至是重返一个更确切、更残酷的死亡之中（1017-8，1084行及以下）。不过，生命的种种力量仍在暗中运作，因为这一如死亡般的昏迷激发了涅奥普托勒摩斯的同情，而这将使他克服奥德修斯诡计中的黑暗之辞（578；参581），就像奥塔山火葬堆中象征着从死到不朽生命的重生火光（727-729）作为光辉灿烂的英雄主义的灯塔照耀着，最终将永恒事物之光照进死亡与败坏的世界。

菲罗克忒忒斯的"重生"依赖于此前涅奥普托勒摩斯的"重生"。这位"出于对死者的渴望"（tou thanontos himerō[i]，350）而来到特洛伊的年轻人，渴望看一眼他未曾见过的伟大父亲的身体（350-1），必须在自身找到真正的阿基琉斯。当他们在特洛伊的军团看到他时，他们发誓看见死去的阿基琉斯又活了过来（357-8）。当涅奥普托勒摩斯以这个欺骗之辞为奥德修斯服务，他反其道而行之，让阿基琉斯复活。当他舍弃了自身的天性，如他逐渐意识到的那样（902-3），他经历了自我的死亡；这好比菲罗克忒忒斯，在他来到利姆诺斯后，他成了"一个纯粹的幽灵"，而就在这个野蛮化的自我中，他昔日的英雄式生命就此死去。

在本剧发生的生死颠转中，菲罗克忒忒斯死亡般的昏迷（参97）开启了涅奥普托勒摩斯身上那已死的阿基琉斯式天性（*physis*）的复活。在他归还了那把弓后，菲罗克忒忒斯对他的赞美的确意味着他使得阿基琉斯复活（1310-3）："你已显现出那个你所由出的高贵天性，我的孩子。你父亲不是西西弗斯，而是阿基琉斯，他在世时在世人中而如今在死人中都有着最高贵的名声。"在他对这种克服了生死之分的英雄名声的赞美中，菲罗克忒忒斯有点像在尾声讲述"不朽卓越"（*aretē*）与"荣耀的生活"的赫拉克勒斯（1418-22）。涅奥普托勒摩斯为阿基琉斯做的，就是菲罗克忒忒斯将为赫拉克勒斯做的：两人都将各自复活与自己过去相关的那位已死的英雄，并由此使自己和新朋友得以"复活"。两人无法独自完成此事。涅奥普托勒摩斯需要菲罗克忒忒斯，菲罗克忒忒斯需要赫拉克勒斯的现身。当涅奥普托勒摩斯提到菲罗克忒忒斯将在特洛伊赢得最高荣誉时（1336），他却使对方痛苦地陷入"死亡"之中（1348-53）："可憎的生活，为何，为何你把我留在上面，而不让我下到冥府？"涅奥普托勒摩斯的善意反而引起他的呼喊，"哎呀，我该怎么做？我要让步吗？可是，苦命的我啊，我要这样做并走进光亮之中吗？我该向谁去说？"[85]

菲罗克忒忒斯所处环境本身清楚地象征着他的死中之生（death-in-life），那个总在布景中的岩穴标示着他的野蛮状

---

[85] 对于1353行"走进光亮之中"（*es phōs*）一语，杰布释读为"进入公众视野"，并参引581行中对黑暗言辞与公开言辞的比较。但此语并不限于这个含义，尤其在数行前提及了冥府与生命（1348ff.）。重返公共领域以及公共言辞（参578-81）对应从死亡到生命、从冥府般的岩穴生存到地上世界、从幽暗野蛮到英雄主义和人性的复归。肉身生活、比喻意义上作为文明人的重生以及语言的更新在此处交织在一起。

态。[86]正如《安提戈涅》中的洞穴以及《埃勒克特拉》中埃勒克特拉被威胁进入的那个洞穴之地,《菲罗克忒忒斯》的岩穴既是肉身死亡之地,也是情感死亡之地。[87]洞穴的穹岩正是菲罗克忒忒斯最初被抛弃之地,在其中他因疾病如死亡一般沉睡(271-3);其后,当他发现自己再次被此前的朋友和盟友背叛时,在极度绝望中爆发愤恨的他以头撞向洞穴的岩石(1001-2)。

菲罗克忒忒斯在象征意义上与英雄世界的生死相隔(1018,1030),与他在这个严酷无情的岛上面临的真实死亡通过洞穴的主题而关联在一起。菲罗克忒忒斯被诡计夺去了他的弓矢,回到他的洞穴中,他预料自己将注定饿死(952-4):"双扇门的岩洞,我要回来了,空着手,没有生活物资(trophē),我将独自在这个居所里枯萎。"后来,与此处呼应的一个文段指出他的象征式死亡(因野蛮状态导致的)与在洞穴中的真实死亡(其野蛮状态的核心)之间一个更清楚的关联。当他独自与歌队一起,菲罗克忒忒斯对着这空心岩穴(1081;参952)低诉他那如歌的悲叹,声情并茂地唱出众人所缺乏的那种感受(1082-5):"哎呀呀,我注定永不离开你,而你将见证我的死亡。"[88]涅奥普托勒摩斯的归来以真实属人的声音和同情取代了对岩石的低诉(1261-4):

---

[86] 关于岩穴的重要性,参Robinson(见注19)34-7; W. Jobst, *Die Höhle im griechischen Theater des 5. und 4. Jahrhunderts*, SB Wien Phil.-Hist. Klasse 268, no. 2(1970)41-3; A.M. Dale, "Seen and Unseen on the Greek Stage," *WS* 69(1956)104-6。进一步参考文献,见Segal, "Piety," 156 n64。

[87] 参Perrotta(见注8)464:"菲罗克忒忒斯回到他的洞穴中,如同把自己关入一个坟墓之中。"

[88] 此处遵循Reiske和皮尔逊的读法,"你将(与我)分享消息"(*syneisei*),而非手稿和古本旁注的读法,"你将(与我)一起忍受"(*synoisei*)。

涅奥普托勒摩斯：波阿斯之子，菲罗克忒忒斯，你向前来，离开这掩蔽的岩洞。

菲罗克忒忒斯：在我岩穴旁响起了什么喊声？为何把我叫向前去？

正如有些人认为的那样，如果赫拉克勒斯从岩穴当中现身，对菲罗克忒忒斯死中之生的状态的最后终结会更生动强烈。[89]如果那样的话，菲罗克忒忒斯的社会死亡与肉身死亡的空间与象征将被一位神所否定，而这位神向他指出了一种最大限度的"生命"，不死的荣耀与不朽的虔敬。无论如何，英雄精神从死到生向永恒事物的复归将"重生"的意义扩展到菲罗克忒忒斯自身之外的那个作为整体的人间，如此前剧情所表明的，在那里，真正的高贵品质已然死去，而只有卑贱者昌盛繁荣。

菲罗克忒忒斯身处一个有两个出口的洞穴中，这令人想起荷马《奥德赛》中的奥德修斯，他努力寻找从濒死状态向生活及其英雄身份回归的道路。[90]伊塔卡宁芙仙女的雾中洞穴标志着他在孤独的漫游后向人类生活和人类社会的神秘过渡。这个洞穴也有两个出口（《奥德赛》13.103-112）。作为自然世界的一部分，这个洞穴却拥有一系列象征着奥德修斯将寻路重返的宫殿中的文明生活与制造生活的石化物品：杯、双耳陶罐、织布机、精绣衣物（《奥德赛》13.105-107）。然而，不像菲罗克忒忒斯的洞穴，这位在考验后重返故土的英雄所在的洞穴处于文明与野蛮、诸神与人之间。当中的种种器皿，就像

---

[89] 参Jobst（见注86）44。

[90] 关于《奥德赛》卷十三中洞穴的意义，参C. Segal, "The Phaeacians and the Symbolism of Odysseus' Return," *Arion* 1.4（1962）48 and n34。

那个神奇的织布机，都由石头做成，因此仍然属于自然的一部分。但正是在这里奥德修斯更新了他与其故土神祇的关系；这些神祇，正如菲罗克忒忒斯的赫拉克勒斯，规定了一种包含人类交往的丰富生活，而这位英雄与这种生活已分隔多年。当他最终回到他的宫殿时，他将再次遇见这些宁芙仙女。在一座树林里，清凉泉水从一块岩石中淙淙流出；在这个地方，有一座宁芙仙女的圣坛，所有往来之人都要向其献祭（《奥德赛》17.208-211）。这可能仅仅是巧合，菲罗克忒忒斯在对其洞穴最后的道别中，同时提到了洞穴与水泽宁芙仙女（1453-4）："再会了，与我守夜的岩室（melathron），照管溪水与草地的宁芙仙女。"正如他能在贫瘠的利姆诺斯岛上察觉到此前无名神祇的在场，同样在这里，在他从野蛮状态向文明状态的回归之际，他给这个只容基本生存的粗陋洞穴一个属于文明化居所的名称，"房室"、"家宅"、"岩穴"（melathron）。回顾前文，这个词再次证明了他在利姆诺斯岛上过着一种原-文明的生活，而非一种彻底非文明的生活。这个洞穴见过他可怕的苦难，当然也构成了低等可悲的生存环境。不过，除了所有这些匮乏之外，这种生存方式的人类特征清晰可辨。菲罗克忒忒斯为生存所做的努力，在最后，已超过了一种单纯活着的野蛮状态。

在序幕里，奥德修斯最初将洞穴描述为"一块双口岩石"（distomos petra，16）。他和涅奥普托勒摩斯很快发现了简陋手艺和技术运用的痕迹，居住者拥有（32-9）那个可怜的"宝库"（thēsaurisma，37）。洞穴初看起来野蛮感非常强，但它，如我们所见，掩蔽着一位高贵者，在某些本质方面比在特洛伊的军事组织更为文明。这点矛盾地以一种文明化的方式体现在菲罗克忒忒斯最后对岩穴所说的话中。凭着坚忍顽强和心灵手巧，他让自己在岩穴中活了下来，未丧失听见另一个人的声音的希望,也未丧失人类交往的能力,并最终从赫拉克勒斯那里明白了其苦难的价值:他所承受的苦难遵循着赫拉克勒斯自身苦难(ponoi)的范式,因而他有理由用文明居所的名字来称呼这个粗陋洞穴。

当他准备好继续像幽灵般活下去(946-7)并承受他必须承受的苦难时(1397),这位英雄在较早的阶段就穿越了死亡和虚无并抵达了其人性的深处,而矛盾的是,这也是他触及神性之处。这种经历类似于安提戈涅、《特拉基斯少女》中的赫拉克勒斯、埃勒克特拉以及奥狄浦斯在两部剧中的经历。尽管《菲罗克忒忒斯》以大团圆结尾,它在段落的苦痛中完整地呈现了其悲剧精神。只有经历过一段没有神的痛苦日子,只有通过漫长地沉浸在那个野兽般野蛮的自我所过的次人生活中,人才能获得不朽的卓越(aretē)和不死的虔敬。

正如至少一位学者所指出的那样,[91]安提戈涅关于永存的不成文法的著名讲辞(《安提戈涅》455-7)与赫拉克勒斯关于在凡人中不死的虔敬的说法存在某种相似性。在两个地方,人与一个超出其人性的生存维度形成了关联,而这个维度使他成为真正的人。没有这种关联,他只会停留在动物式的存在,拥有肉身生存物资但缺乏救赎(sōtēria)——没有这种救赎,生活将是野蛮而无意义的(参1397-8)。多亏涅奥普托勒摩斯的勇气与善意以及诸神让赫拉克勒斯现身,这个可能丧朋失友、遭弃见逐、无邦无家的人(1018)最终得以回到生活、共同体以及诸神当中。克律塞之蛇,作为精心守护着神圣特权并执行隐秘的神圣复仇的代理者,代表着野蛮与残忍;与此相对的是神圣化的赫拉克勒斯,阿斯克勒庇俄斯那几位乐于助人的儿子(他们将在特洛伊为菲罗克忒忒斯进行物理治疗),还有

---

[91] Dönt(见注49)51-4。

较陌远的神圣力量，伟大的命运，以及那征服一切的神明——所有行动最终归属于他的意志。

将眼光从这个充满怨恨愤懑的荒岛转向这些更伟大的力量，这本身就是对诸神的敬奉（1441）。这就是赫拉克勒斯最后教导菲罗克忒忒斯的虔诚。它也包括在最深刻的意义上对个体命运之神（daimon）的承认。在索福克勒斯笔下，当诸神突然闯入个体生命时，这就是诸神让悲剧英雄体认的严酷真知。那些并未获得与这种知识有关的尚不明确的特殊利益（dubious privilege）之人将留在人类视野的半明半暗之中，或在他们能将其苦难转化为知识之前死去。《安提戈涅》中的克瑞昂、《特拉基斯少女》中的许洛斯和得阿涅拉、《奥狄浦斯王》的约卡斯塔，或许还有《埃勒克特拉》中的奥瑞斯特斯都属于后一类人。

《菲罗克忒忒斯》引人注目的是它把这种更大的知识与对诸神的最终服从——人类同情与模糊的神意在最后时刻的和解——结合在一起。我们永远无法知道这位年迈的诗人如何达致这种理解视野。在《菲罗克忒忒斯》数年前写的《埃勒克特拉》中有少量的线索，但我们不应把《菲罗克忒忒斯》的结尾理解得过于乐观。我们应该记起1436行中那个含混的雄狮比喻。如果只有他自己，这位英雄至死都将承受其肉身和精神创伤的痛苦。这就是赫拉克勒斯向不屈不挠的菲罗克忒忒斯开显的光辉灿烂的不朽卓越（aretē）与不死虔敬中相对阴暗的方面。

《菲罗克忒忒斯》无法只被理解为一部关于个体的离群孤立的戏剧或关于社会、心理失调的戏剧。它更是对作为文明存在物的人的自然，把人类结合起来的关系纽带、需求以及责任的深刻反省。它那双重但统一的主题是柏拉图所谓的"使人团结一致的友爱纽带"（desmoi philias synagōgoi，《普罗塔戈拉》

322c），同时也是这些纽带与那神秘难解的神圣秩序的关系，而这种关系在索福克勒斯笔下是人类强弱的最终试金石。

关于菲罗克忒忒斯的创伤以及那把弓在心理、社会和神学上的含义是不可分的整体。它们互相呼应，共同协作去探索如下问题：当一个人在一个并不神圣而凶残自然的世界、在一个只能进行基本生存而人被视为工具的世界里生活，他将会变成何种样子。只需做必要的改变，我们就会轻易地发现，这样一个世界就是我们自己的世界。但与我们现代人所生活的这个无神的自然（entgötterte Natur）不同，索福克勒斯的世界里有不朽的英雄，他们让我们注意到那些在我们自己身上的神圣事物。菲罗克忒忒斯的世界居住着自然神祇和一众神明（daimones），这些神明终究体现了他行走其上的土地（1464）与他可信赖的同伴为实现那神赐的伟大命运而跨越的大海（1470）的神圣性。

第十一章 《奥狄浦斯在科洛诺斯》：视象的终结

一

在索福克勒斯最后的三部作品《埃勒克特拉》、《菲罗克忒忒斯》和《奥狄浦斯在科洛诺斯》中，人与人之间的关系就描绘新的文明图景而言至关重要。[1]《菲罗克忒忒斯》和《奥狄浦斯在科洛诺斯》面对的都是一个流放者如何重新融入社会的问题。菲罗克忒忒斯需要从情感上把自我从旧日的仇恨中分离开来，并接受眼前这份溯及奥德赛之旅和特洛伊战争之前的健康状态的友谊。与之类似的是，奥狄浦斯也要将自我从夹杂着宿怨和诅咒、令人备感苦涩的城邦往事中分离开来，并在新的城邦里收获信任和友谊。尽管奥狄浦斯被迫回到了忒拜这座充满暴力和污秽的旧日城邦，但他最终选择了民风开明而虔敬的雅典城。两座城邦及其呈现出的两种社会图景的对比是理解这部戏剧的关键所在。

《奥狄浦斯在科洛诺斯》某种程度上开始于《菲罗克忒忒斯》结束的地方。奥狄浦斯并不像菲罗克忒忒斯那样与全然掌握其命运的神意做斗争（《菲罗克忒忒斯》1467-8），他从一开始就预知并顺受了自己的命运。[2]虽然他的愤怒也和菲罗克忒

---

[1] 关于公元前5世纪后期戏剧中的友谊和人际关系的重要性，见Bruno Snell, *Poetry and Society*（Bloomington, Ind., 1961）88-90，其中的例子包括了欧里庇得斯《赫拉克勒斯》的结尾和《伊菲革涅亚在陶里克人中》的开场。

[2] 见Knox, *HT* 148："他的开场白让我们看见的似乎是一个置身于结尾而非开场的人。"亦见J. Carrière, "Sur l'essence et l'evolution du tragique chez les Grecs," *REG* 79（1966）22-3.

忒斯一样地激烈，但他最初就拥有的爱（philia）为他铺垫了重返社会的个人与内在的基础。这位流亡者并非孤身一人。在放逐路上，陪伴着奥狄浦斯的是安提戈涅。她既是那段让奥狄浦斯被迫从忒拜流亡的被诅咒的婚姻生下的孩子，也是奥狄浦斯与人类社会尚未割断的纽带的象征。如果说奥狄浦斯的过往致其伤残，那么这段往事也为这些痛处留下了支撑。这份支撑并不是菲罗克忒忒斯那副来自一位遥不可闻、已然成神的英雄的神奇武器，而是一位被他倾注了父爱的脆弱的凡人。安提戈涅是奥狄浦斯部分的自我，是触及他人的外延。因此，她陪伴着他踏上重返社会的艰难旅途，并给出关于聆听和让步（170-3）的攸关劝诫，这恰恰是执拗的菲罗克忒忒斯在没有同伴的情况下无法得到的东西。奥狄浦斯面临的问题与菲罗克忒忒斯不同，后者的问题在于是否能全然地重新融入文明，但前者的问题则在于他能够被什么样的社会所接纳。

奥狄浦斯是一位让人心生敬畏、望而却步的人物。他的外貌唤起人们对于污秽的恐惧，甚至引起人们费心猜测神明是否在秘密地计划着什么。唯有能够接纳他并予之以庇护的城邦才能获得他带来的神秘福祉。

《菲罗克忒忒斯》的故事背景是一座荒岛，它从文明价值的零点开始，两位主角需要为人与人之间的联结重新建立依托于文明价值的基础。《奥狄浦斯在科洛诺斯》的开场则是对高耸城邦的极目远望，在接近这座城邦的过程中又会途经许多庄严肃穆的宏伟古迹。而菲罗克忒忒斯和涅奥普托勒摩斯之间形成的个人化和微观化的英雄社会在这里则发展为贤主治下的成熟城邦生活，这是一个配得上伟大的奥狄浦斯的社会。不同于《特拉基斯少女》结尾处的赫拉克勒斯，奥狄浦斯在剧末所感受到的众神的召唤至少让他多少在城邦的框架之下获得一席之地。

奥狄浦斯的重返社会之旅也浸淫在家宅与家庭的背景中。父子关系作为一种榜样的力量为菲罗克忒忒斯和涅奥普托勒摩斯的关系提供了基础。虽然文中曾提及菲罗克忒忒斯的家在马里斯，但家庭生活对他而言是很陌生的。而《奥狄浦斯在科洛诺斯》则对家宅（oikos）之内的互动和张力进行了直接的讨论——女儿的忠诚，儿子的漠视，父亲的愤怒。儿子的雏形被一分为二，分别变成被诅咒的儿子波吕涅克斯和虔诚的儿子提修斯。他们反过来又揭示出父亲的两个向度：其一是愤怒的父权化的父亲，他召唤神明的怒火降临自己的家宅；其二是慷慨而感恩的父亲，他的祝福带来延续和稳定。

如果说《奥狄浦斯在科洛诺斯》（以下简称《科洛诺斯》）和《菲罗克忒忒斯》在城邦接纳流放者的主题下联系到一起，那么家族诅咒的主题则把它和《埃勒克特拉》相联系。这两部作品在某些方面互为镜像。在《科洛诺斯》一剧中，沾染污秽的漫游者从城邦之外进入城邦并赐予它神秘的力量和祝福，在那一刻，他也让自己摆脱了诅咒。而在《埃勒克特拉》一剧中，从外邦来的人既带来了从罪恶中解脱的希望，也唤醒了从过去持续至今的黑暗的诅咒（《埃勒克特拉》1493行及以下），剧中并没有清晰地承认城邦的文明化力量，而这恰恰又是奥狄浦斯与提修斯的盟约所承认的。相比于《埃勒克特拉》呈现的人与神、城邦与自然之间的调和遭受侵扰的乱象，《科洛诺斯》的主人公本身承担的角色正是城邦与众神、奥林波斯山与冥界众神之间的有力调解者。《埃勒克特拉》中的报仇神一直不祥地隐于背景之中，而《科洛诺斯》剧中地下众神依旧神秘莫测的力量同时带来了福祉和诅咒。《埃勒克特拉》被罪恶的王权所把持，《科洛诺斯》则由一位理想的贤主所主导。埃勒克特拉身在城邦却犹如一位流亡者，她面对着危险重重的未来（《埃勒克特拉》1498），而身为流放者的奥狄浦斯则在城邦中找到了自己光荣的一席之地，这个城邦也在他的助力之下获得安定的未来。《埃勒克特拉》孤立无援的女主人公需要凭一己之力将败坏的道德秩序拨乱反正，而《科洛诺斯》则和《菲罗克忒忒斯》类似，众神在文明重建的过程中所起的作用是直接可见的。

《科洛诺斯》里年迈的主人公和之前悲剧里的奥狄浦斯一样，仍然处在秩序和混乱、文明和蛮荒之间的边界之地。但与年轻时的自己有所不同，如今他进入城邦并不是对文明秩序发出质问，反而是深化和巩固了文明秩序。奥狄浦斯与命神之间的神秘联系已然让他在准备要进入的城邦中获得一席之地，这座城邦也承认并接受他和超自然力量之间的特殊关系。

与埃阿斯不同，本剧的主人公在死前获得了回归社会的欢迎。本剧也并不像《安提戈涅》和《奥狄浦斯王》那样，文明错谬虚伪的表象并不一定要被灾难性的毁灭或突如其来、猝不及防揭露的新的真相所打破。[3]更不同于《特拉基斯少女》中的赫拉克勒斯和菲罗克忒忒斯的是，奥狄浦斯在戏剧行动展开之前就已经掌握了预言的知识。对他来说，回归城邦庇护也意味着超越城邦的庇护。他并不是从孤岛、荒无人迹的山洞或是遥远的山巅，而是从一座神圣的密林重新进入城邦，这正是城邦与郊野的交界。这个地方就像奥狄浦斯本人一样，既是城邦秩序的一部分但又在其之外；它和奥狄浦斯一样结合了既危险又和善的神性，也统合了畏惧和尊敬。

不过，奥狄浦斯重新被城邦接纳却并非理所当然。戏剧的开场就提出了悲剧的中心问题：一个社会的秩序化结构如何面对和融合它们的对立面？奥狄浦斯身上存在着一些与城邦并不相容的东西。他比其他人更多地曝露在众神的奥秘和敌意、

---

[3] 见 E. Schlesinger, Die Intrige im Aufbau von Sophokles Philoktet, *RhM* 111 (1968) 154。

宇宙间的非理性因素、神灵施加于人的光明与黑暗的极端之下。和他之前的英雄们一样，奥狄浦斯站在最本质的两极化端点的交错之上：人与神，上界与下界，人性的弱点与非人的力量，血缘关系的毁灭性与创造性，杀人之罪的污点与内在的纯洁，诅咒与祝福。从技术化的角度讲，他身为英雄的仪式性其实是融合了这些二元对立的宗教表达，因为他拥有本质化的命神的力量，他是一个纯粹的神性的存在（*numen*），这一点既表现为其毁灭性也表现为它赋予生命的能力。[4]

戏剧的前半部分呈现的是无家无国的奥狄浦斯进入城邦的行动过程，他从一个"没有城邦"（*apolis*，208）、"城邦之外"（*apoptolis*，1357）的人变成了一个"身处城邦的人"（*empolis*，637）。前一部戏剧里身负污点的替罪羊（*pharmakos*）如今必须以"神的乞援人"（558）的身份被接纳。当他还是这片土地上不为人知的污秽（《奥狄浦斯王》46-8）时，这位主人公曾一度被称作"救世主"。如今，这位名字让人恐惧（210-36）、身上带有污点的流亡者却会为城邦带来好处、助益和救赎，尽管他之前对于城邦的"帮助"引发了自身的毁灭（参541）。[5]

本剧开篇的情节是奥狄浦斯向当地居民打听他和安提戈涅正在前往的这座城邦（1行及以下）。我们最先清楚看到的景象

---

[4] 见Knox, *HT* 174-175n83；W. Pötscher, Die Oedipus-Gestalt, *Eranos* 71（1973）42-3；David Grene, *Reality and the Heroic Pattern: Last Plays of Ibsen, Shakespeare, and Sophocles*（Chicago 1967）157, 163；Peter Burian, "Suppliant and Savior: Oedipus at Colonus", *Phoenix* 28（1974）410ff.，尤其是418。

[5] 关于"好处"（*kerdos*），参72, 92, 579, 1421；关于"助益"（*onēsis*），见287-8；关于救赎者（*sōtēr*），参84行及以下，457-60, 463, 487。亦参A. J. Festugière, "Tragédie et tombes sacrés," *Rev. de l'Histoire des Religions* 184（1973）16ff.。

是一个从外部视角所见的城邦。远远地眺望着这座城（*prosō*，15），安提戈涅描述了那些"林立于城邦高处的塔楼"（14-5）。这些起始的背景描述将奥狄浦斯的位置锚定在了一个漫游的外部世界与闭合的内部世界的交界点上。戏剧行动的空间设置影射了奥狄浦斯的处境。他站在圣林的边缘，充满了灵性的力量，这种力量本身也在城邦和野外世界之间。约翰·古尔德（John Gould）评论道，"再没有哪部希腊悲剧能像索福克勒斯在《科洛诺斯》的进场歌（*parados*）里展现的那样，让我们如此有力而精准地感受到边界和门槛原始的神秘力量、一种'城邦治外'的神性（特别是117-98）"。[6]这座密林既是雅典城的一部分，但又在它之外："我知道雅典，"安提戈涅说，"但不是这个地方。"（24）奥狄浦斯曾经以城邦的污秽的身份进入禁地，但在此时，他则是以城邦未来拯救者的身份走进了这片本地居民都未敢踏足的地方。歌队一再地高喊，"你越过边界了"（155-6），这句话不仅是指空间上的移动或仪式性的"僭越",[7]其实是这位主人公一生悲剧之旅的概括。

我们随后就会发现，奥狄浦斯的诅咒让他一直停留在忒拜城的界限和边界上（*horoi*, 400）。[8]这是一个处在文明化的地界和神性领域的前沿相接的地方，但它又不太属于以上两者的任何一个的范围之内。况且，在奥狄浦斯过往的经历里，他也曾出于拯救而不是污染城邦的目的主动地朝着危险的力量前进——他在忒拜城外的山上寻找斯芬克斯。奥狄浦斯过去的两个维度——净洗和污染——都在他踏入可怕神女

---

[6] John Gould, "Hiketia", *JHS* 93 (1973) 16ff.
[7] 关于位置在《奥狄浦斯在科洛诺斯》全剧中的重要性，见Jones 214-35，尤其是223ff.。
[8] 亦见744-5、944ff.。

的密林时重新浮现了。

穿过文明化空间边缘地带的奥狄浦斯一再被称作"漫游者"(*alētēs*, *planētēs*)。[9] 在开场的诗行里(9，11，21)，这位漫游者在固定的地方或席位上停驻下来所产生的问题成为整部戏剧的核心：休养生息取代了四处漂泊，安家落户取代了无家可归，与人为伍的权利取代了异乡人或无邦之人的限制（例如，637）。戏剧起首的几句话将流浪的奥狄浦斯和稳定安全的城邦生活（2-3）相并列。他的人生已然走过了漫长而悲惨的路（参20，87行及以下），如今终于走到了宁静的终点，这是众神为他指明的去处，亦是他使命的终点（*chōran termian*, 89），[10] 异乡人（*xenos*）找到了属于异乡人的休憩之所（*xenostasin*, 90）。在这里，他发现自己的"道路"并非飘忽不定而是有其指向，这是神明赋予他的道路。他所说的话传达了索福克勒斯的主人公们往往在他们生命的终结时才会表现出来的力量、确定和自信（96-98）："现在我明白了，正是你们（神明）给出的准确的指点引领我走进这片圣林。"

为了和父亲重逢，伊斯墨涅也必须经历一趟漫长的旅途，地域的意象要素（西西里的马驹、特萨利亚的帽子、晒着太阳，312行及以下）突出了旅程的漂泊和路途的遥远。奥狄浦斯将他的孩子比作远在他方的埃及人，这是因为在埃及女人往往出门务工而男人则待在家中（337行及以下）。他要和自己的女儿在野外的森林游荡（*agria hylē*, 348-9），这可能是在呼应之前的戏剧，因为据传杀害拉伊奥斯的凶手会在荒野的山林中像一头山间的公牛那样游荡不息（*hyp' agrian hylan*,《奥

---

[9] 例如3，50，123-4，165，347行及以下，444，745-6，949，1096，1363。亦见Jones 218。

[10] 关于道路的意象，见Otfried Becker, *Das Bild des Weges*, Hermes Einzelschrift 4 (1937) 210-2。

狄浦斯王》476-7）。他是一名在外（*exō*, 444）的流亡者和乞丐，他的儿子却始终待在室内。而女儿们则像男人一样奉养父亲（*trophē*），这本该是儿子应做的事。[11] 相反，女儿们在外承担着繁重的劳役（*ponos*, 345；参1368），没有获得应分的恰当婚配，她们在无主之地如同过路人的猎物一般（751-2），冒着被强暴的危险从一个家奔波到另一个家。而意料之中的是，反倒是专横的克瑞昂强行带走了其中一个姑娘并提出最后这一点。但伊斯墨涅说到她在寻找奥狄浦斯"享其所养之地"（*katoikein trophēn*, 362）的时候，已经和相互颠倒的内部与外部、家宅与室外、亲人与外人之间建立起了联系。

文中一再提醒我们，奥狄浦斯曝露在野外。就像寻找他的伊斯墨涅在太阳下曝晒那样（314），他自己也正如儿子后来所说，头发在风中变得纷飞蓬乱（1261）。在克瑞昂眼中，奥狄浦斯是一头待捕的猎物（1026）。[12] 对冥思着人类在存在与非存在之间的位置的歌队来说，他就像是被凌冽的狂风四处拍打的岩石海岬一样（1240-50）。这一明喻让人回想起菲罗克忒忒斯艰险的回归之旅中被海浪冲刷的海岬（《菲罗克忒忒斯》1455行及以下）以及在昏暗的海里被拍打的岩石，而岩石在《安提戈涅》的第二合唱歌里象征的是诅咒延续下来的无情命运（586-93）。在以上两种情况下，人与人之间的关系始终离不开人际关系标准之外的荒蛮的意象。

奥狄浦斯和菲罗克忒忒斯一样，没有用老办法重返社会。他不能重新回到之前离开的城邦。忒拜对他来说仍然是一场诅咒。血污让他无法安葬在那片土壤里（406行及以下）。因此，

---

[11] 关于奉养这一主题在全剧中的重要性，见 P. E. Easterling, "Oedipus and Polyneices", *PCPS* 193 n.s. 13（1967）113.

[12] M. G. Shields, "Sight and Blindness in the *Oedipus Coloneus*", *Phoenix* 15（1961）70简略地指出了剧中狩猎的主题。

他必须远离那里的国界(400),因为乱伦和弑父遗留下来的污染会让家宅和城邦变得岌岌可危。[13]第一幕关于跋涉之痛苦的细致描述集中体现了从野外到城邦这一趟重要旅途所经历的种种艰难。歌队主要的担心和恐惧在于奥狄浦斯人在哪里,以及会在哪里落脚(117-9,137)。他们必须要了解的是,他到底是属于这个地方的内部(enchōros,125)还是外部(ektopos,233;参aphormos,234)。

奥狄浦斯重新进入人类社会其实面临着让自己之前的流放历史重演的隐患。失明又无助的他说不定会再一次被赶出来。他要为自己赢回受文明庇护的正当权利的时机已然成熟。他说了这样一句难以转译其丰富内涵的话:圣林是"我命运的图腾"(symphoras synthēm' emēs,46)。这里的意思也可以理解为,圣林是"我祸难的暗号"。复仇女神(Eumenides/Furies)的密林有两个面向,就像奥狄浦斯的处境(symphora)一样,它既是他的命运也是他的灾难。带着syn-这一前缀的两个复合词从一位如特瑞西阿斯一般的老者之口说出,意味着之前的分离与不和转变成一种汇聚与共鸣。

奥狄浦斯知道圣林会是他旅途的终点,所以他很坚定地留守着那个向他示以欢迎的位置。他提到了复仇女神,"让她们大发慈悲地接受我这位乞援人吧,我再也不会从您的座下离开了"(44-5)。这座神秘而茂密的丛林是可怕女神们的领地,是可以举行乞援仪式的神座。乞援本身作为一种仪式,其实是一趟穿越不同地界、不同存在状态与不同生命状态的艰难旅途:这让人想起《奥德赛》中,奥德修斯踏入费阿克斯王的宫

---

[13]这一立场的法律基础显然不关乎奥狄浦斯对自身境况的认识,见T. G. Rosenmeyer, "The Wrath of Oedipus," *Phoenix* 6(1952)102-3及n42。

殿时的乞援姿势。[14]正如约翰·古尔德指出的那样，乞援仪式关系着共同体如何接纳可能来自危险外界的异邦人。它的其中一个作用在于"将一个脱离常规的人带入社会秩序的标准之内，并缓和或消解这个共同体及其代理人在面临'外物'时产生的危机"[15]。因此，奥狄浦斯的矛盾性在于，一方面他是一位无助、虚弱且失明的长者，另一方面他对于共同体来说又是一种不容忽视的威胁。在跨过那道"被禁入的门槛"（157）[16]的那一刻，他对这个社会构成了一种混淆神圣与世俗的威胁。他的存在让不可侵犯的空间和普通凡人也能踏足的领域之间的界限是否成立变成了一种疑义（167-8）："您要是有什么话想和我们说，请先离开这片被禁止踏足（abata）的土地，到了法例允许所有人（pasi nomos）说话的地界再开口，但在此之前，请你保持距离。"

奥狄浦斯与神性之间的关系从一开始就包含了惊奇与恐惧、纯洁与污秽这样的二元对立，这一点在结尾处奥狄浦斯"眼盲却无所不见"（the seeing blindness）的表达里体现得最为强烈。第一幕里他成功地向雅典人乞援，反使儿子在遭到自己无情的拒绝时提出的乞求沦为陪衬。[17]现在，奥狄浦斯将会担起接受乞援的神或国王的角色。拒绝为乞援人提供"座位"的他让自己背运的儿子走上了流放之路，只得重新回到诅咒的污秽中，而这一切正是他在前一幕中身为乞援人的遭遇。波吕涅克斯此刻在城邦中再也没有固定的位置了，他走进了命定的荒野、诅咒和污秽之中。

---

[14] 荷马《奥德赛》7.145 及以下，尤其是 7.165-181；9.271。
[15] J. Gould（见注6）101.
[16] 同上注，100。
[17] 见 Burian（见注4）422ff.。

剧中的首个舞台行动是让奥狄浦斯站着或坐下。[18] 他在剧中的第一个要求便是"如果你看见什么能休息的地方（*thakēsis*），就让我站着或是坐下吧（*stēson, exhidryson*）"（9-11）。数行之后（21）他又请求道，"让我坐下吧"（*kathize me*）。接着他问，"你能告诉我，我们现在站在哪里（*kathestamen*, 23）？"。歌队最在意的事就是让奥狄浦斯换个地方站（*metastathi*, 163; *metanastas*, 175）。将近三十行充斥着痛苦细节的笔墨被用来描述这位失明老人实际的移动（173-201）。正如前文所说，忒拜人宁愿让他站近些（*stēsousi*），也不愿让他踏入忒拜的国界。他强烈地感到自己如同被连根拔起（*anastatos*），"再也不能站在故土之上"（429-30）。《特拉基斯少女》里用了同样的词语来描述被流放的赫拉克勒斯一家。波吕涅克斯承诺他会让父亲"站在"（*stēsō*, 1342）自己的家宅中，但他的本意并不是为了奥狄浦斯好。提修斯的好客之道则截然不同。他表达了自己的同情（556），然后问道："您和站在您身旁（*parastatis*, 558-9）的不幸之人啊，你前来站在我们面前（*epestēs*），是对我或是这座城有什么要求吗？"接着他又说，"你所要说的事也许可怕，但那样我便更不能置身事外（*exaphistaimēn*, 561）了"。

奥狄浦斯从密林走到外界谨慎而踌躇的步履逐渐向更加广阔的空间扩展，他开始审视自己在外流离失所的这一生（444）。这是字面意义上的也是隐喻意义上的发生在内外之间的移动。奥狄浦斯对于内部与外部、纯净与污染的新认识和安全感让他能够强有力地反对克瑞昂提出的可疑要求——他要奥狄浦斯把耻辱藏在自家门里（*oikoi*），留在忒拜这个曾经

---

[18] 注意1160，1163，1166，1179出现的"座位"的主题；相关综述见Easterling（见注11）5-6。

养育过他的地方（trophos，755-60）。在之前的埃及人的比喻里，奥狄浦斯已经将内外空间在奉养意义上产生的颠倒讲得十分明白了。而在《奥狄浦斯王》的结尾，克瑞昂虽然还没有被自己尚未胜任的权力所影响进而变得固执而自负，却也提出了将耻辱和污秽掩藏在家宅之内这样类似的要求（《奥狄浦斯王》1424-31）。但之后克瑞昂的命令就被他自己在内外区域上的越界削弱了。正是雅典而非忒拜将捍卫奥狄浦斯在沐浴着阳光和空气的文明化空间里自由移动的权利。克瑞昂，而非奥狄浦斯，将会被驱逐在外（exō，824；参341），以渎神者的身份离开这片土地（exelan ton asebē，823）。

剧中共有三次企图将奥狄浦斯移开的举动，其中都涉及养育问题，而城邦所提供的养育正是流放的对立面：第一次由科洛诺斯长者们组成的歌队在圣林里提出请求，接着是克瑞昂想要用武力将他强行带走，最后是波吕涅克斯的乞求。波吕涅克斯承认自己没有尽到奉养父亲的本分，这一点便预先决定了他之后在忒拜无法重新获得稳固的一席之地（1263-6）。他在忒拜端坐王位、执掌王权期间的所作所为（1354）破坏了父亲在城邦和家宅（oikos）中应有的权利。奥狄浦斯谴责他道，"你赶走了自己的父亲，让他变得无邦无国（apolis）"（1356-7）。几行之后他又再次强调了这一控诉："你让我饱经（entrophon）不幸……是你把我赶了出来。"（1362-3）他的女儿们提供了本为儿子分内之事的供养（1365，1367；参338行及以下），因而她们将会得到波吕涅克斯的席位（thakēma）和宝座（1380）。让自己变成一个无父之人（apatōr，1383；参1356）的波吕涅克斯自然也象征性地失去了家宅和城邦中的位置，而就实情而言，他也一早失去了那里的位置，这正是他将奥狄浦斯驱离于奉养和城邦（1355-63）之外的报应。儿子会像以前的父亲那样，沾染上家人的鲜血（haimati miantheis，

1373-4)。唯一能让他回到城邦的办法就是颠覆这座城邦，但奥狄浦斯将他这番苦心方方面面都扼杀在了摇篮之中（1371-4）："你没有任何办法能够颠覆这座城邦，你将首先倒在血泊中（*haimati*），然后是你的弟弟（*synhaimos*），他也一样。"[19] 家宅中以"血"构筑的纽带如今导向的是污染、流亡和暴行，而不是安定与城邦/家庭秩序。*haimati...synhaimos* 这一短语在"鲜血造就的污染"和兄弟关系的"血脉"两者上的文字游戏让战争这一外延的暴力和手足相残这一内趋的暴力汇聚到了一起。波吕涅克斯想要重新赢得城邦内部空间的企图将会摧毁这一空间所代表的一切。城邦内战和兄弟阋墙的流血争斗各自在城邦和家宅的语境下是性质相似的毁灭。既没有城邦也没有父亲的波吕涅克斯将会回到年老且身负罪咎的奥狄浦斯的原点。

道路是这部剧唯一且最具主导性的空间意象。[20] 开场，安提戈涅告诉父亲，"对一个老年人来说，你已经走了很长的一段路了"（20）。我们必须对这句话做最完整透彻的理解。这位饱经磨难的英雄所走过的一整条漫长的路如今就快要到终点了。有着许多岔路口的圣林旁的"铜阶梯"（1590-3）将收束这趟始于另一个三岔路口的旅途（《奥狄浦斯王》733）。[21] 奥狄浦斯觉得自己终于在这里找到了属于自己的休憩之地（*paula*, 88）和最终目标（89），"让一生的苦难之路终得圆满"

---

[19] 在Turnebus 1373年的修订版本里，他将手稿中 *kenēn erei tis* 的文字释读为 *keinēn ereipseis*，大多数编者亦认同这种释读，见R. C. Jebb, *Sophocles, The Plays and Fragments*, Part Ⅱ, *The Oedipus Coloneus*（Cambridge 1885）此处相关。

[20] 亦见96，163；以及注10。

[21] 见Bernd Seidensticker, "Beziehungen zwischen den beiden Oidipus dramen des Sophokles," *Hermes* 100（1972）274："他在年轻时曾在岔路口被邪恶的命神带往错误的方向，但现在他在神的指引下，越来越接近正确的目标。"

（91）。提修斯向奥狄浦斯保证这个终点会给予他以庇护，他还下达了关于那个"有着两个路口的道路"的命令，这正是异邦人踏入这片土地的入口（900-1）。奥狄浦斯的女儿们让他不必再过着之前郁郁寡欢、遭人离弃的流浪生活（1113-4），而提修斯将被绑架的她们救回，也彻底终止了奥狄浦斯过去的流亡岁月，让之前流离失所的孤独不再重演。他的旅途不会再和忒拜那段岁月所走过的路有任何交集了，不会再和克瑞昂或波吕涅克斯的"不幸的道路"（1399-400；参1397）相交。

奥狄浦斯漫长的人生之路将他从痛苦导向了净化（参20，91，1551）。与其历程抵触的是波吕涅克斯在字面义和象征义上的命定之路（1397-401，1432-4，1439-40）。[22] 但是，对于提修斯来说，奥狄浦斯会带来一条有着崭新命运的路径（*tychēn hodou*，1506）。在最后的大结局中，这一意象迎来了最激动人心的视觉呈现：失明且无助的人在历经痛苦之后跟着指引来到了这个抚慰和安息的地方（173-201），他自己也在此刻成为道路的引领者（1520-1，1542，1588-9），这条道路连接着人间和冥府、生命和死亡（1590）、三岔路口（1592）被诅咒的过去和被除诅咒的未知的未来。

除了驻点和道路，第三个重要的空间喻体便是边界（*horos*）。整部剧都可以看作一场基于通道的情境展示：在辗转经过几个神秘的转折点后，我们看到了进入雅典这一文明化空间的入口以及走出这个领域的道路——开头的圣林以及结尾破败的门槛（1590-2）。终将向所有雅典人散布福祉的神性的圣地（*chōros hieros*）并不止于复仇女神的树林（54-63）：

> 这整一片地方都是神圣的。尊敬的波塞冬领有它。

---

[22] 见Easterling（见注11）11。

> 这里还有带火的提坦神普罗米修斯。你脚踏的地方被称作这片土地的"铜足门槛",它是雅典的堡垒。附近这一带都把骑马的科洛诺斯看作他们的首领,大家都以他的名字作为自己的姓氏部分。异邦人啊,这里的情形就是这样,它们是以共同的联系而非言辞获得荣光的。

57行铜足的门槛显然是在为结尾发生在铜阶梯上的神奇的一幕(1591)做铺垫,奥狄浦斯在这条铜阶梯驻足等待最后的净化仪式。这些黄铜的台阶不仅让人想起诸如身上铜器作响的阿瑞斯(1046)或是《埃勒克特拉》中铜足的厄里尼厄斯(报仇神)这样的超自然力量,同时也让人想起宇宙间各种要素之间古老神秘的界限:白昼与黑夜,大地和塔尔塔罗斯,大海与天空。索福克勒斯的铜阶梯(1591)和赫西俄德笔下"深深地扎根于大地之下"的黄铜大门(《神谱》748–50,811–3)一样,标示着这些不同空间领域的界限。[23] 绿意无垠的景色背后存在着大海、烈火、土地和青铜如此种种不受时间影响的元素。

托里科斯石、中空的野梨树以及附近的石墓(1595–6)是一些意味不明的细节,但这些事物同样也和生与死的交界点有着莫大的关联。在此之前,报信人提到,提修斯曾经由地面上的一个凹陷前往冥府,想要带回佩里托奥斯(1593–4)。这和佩尔塞福涅的故事一样,是一个关于下历冥府与获得重生的传说,事实上古本注者也推测1593行是一个与之相呼应的例子。在科洛诺斯这个地方,英雄的圣殿同时标志着提修斯下历

---

[23] 相关综述见 O. Gruppe, "Die eherne Schwelle und der Thorikische Stein", *Archiv f. Religionswissenschaft* 15(1912)361–3; Festugière(见注5)11; Carl Robert, *Oidipus*(Berlin 1915)I, 24ff.; U. von Wilamowitz-Moellendorff in Tycho von Wilamowitz-Moellendorff, *Die dramatische Technik des Sophokles*, Philol. Untersuch. 22(Berlin 1917)320–5.

冥府和重返人间的故址所在（泡撒尼阿斯 1.30.4）。[24]1596行的坟墓和死亡相关，托里科斯石和梨树则分别与男性的生殖力及重获失去的雄风有所联系。[25]象征着死亡和生命、贫瘠和丰饶、游历冥府和重返人间的神话符号因而也凸显了这个让奥狄浦斯走完最后一程的地方。他这个既不通往冥府也不走向奥林波斯山的奇怪的人生终点模糊了这些相互对立、相互排斥的范畴的分界。尽管奥狄浦斯被城邦的文明化空间安全地包围着，但他仍然身处城邦所惯有的人间界限之外。

奥狄浦斯既在场又不在场。我们不断地听到坟墓这个词（*taphos*，*tymbos*，*thēkē*）；安提戈涅说他被看不见的命运夺走了（1681-2），伊斯墨涅也喊道奥狄浦斯"没有坟冢"（*ataphos*，1732）。[26]总而言之，除了一人之外，再没有其他活着的人能够看见为这片土地带来祝福的这副身体最终安息的地方了。和罗慕路斯-奎里努斯一样，这位英雄去往坟冢之上的世界的必由之路，并不是死亡，而是凡人看不见的来自众神的神秘召唤。[27]

---

[24] 见 J. G. Frazer, *Pausanias' Description of Greece* II（London 1913）366-7（对1.28.7的解读）及395-6（对1.30.4的解读）；Festugière（见注5）8和14。F. Jacoby, *FGrHist* 对324F62的讨论，vol. III b, Supplement, pt. II（Leiden 1954）154-5。关于树林作为一个地下世界的后方（a place of *katabasis*），亦见古本注者对《奥狄浦斯在科洛诺斯》57行的评注。

[25] 关于托里科斯石和圣梨树，见 Gruppe（见注23）364ff., 357ff.。据古本注者对 Lycophron 766 及品达《皮托凯歌》4.246 的评注，第一匹马的诞生始于波塞冬的一次射精。梨树和白色岩石都与新生、重生、穿越生死的主题有关。托里科斯石和《奥德赛》（24.11）中第二次招魂仪式（*Nekyia*）里的"白色岩石"有相似之处，关于这一点可见 Gregory Nagy, *HSCP* 77（1973）137-77；亦见 Eustath 对《奥德赛》11.292（p.1685.33）的评注。

[26] 关于这一坟墓相关的矛盾，见 Wilamowitz（见注23）327。

[27] 见 Festugière（见注5）11ff.；Robert（见注23）I, 33；Erwin Rohde, *Psyche*, trans. W. B. Hillis（London 1925）430及n112, 455。林福斯对于本剧的世俗化观点，见其"Religion and Drama in *Oedipus at Colonus*," *UCPCP* 14.4（1951）75-192，尤其是75-82的论证，受到了来自 H.-F. Johansen 的批评，见其刊于 *Lustrum* 7（1962）214的文字。

但是，奥狄浦斯和《特拉基斯少女》中的赫拉克勒斯不同，他仍然与大地及其种种奥秘密切相关。他的道路并不是在遥远山巅的超越之路。作为最为完整地体现了索福克勒斯对于悲剧认识的人物，奥狄浦斯其实也重复了克瑞昂在《安提戈涅》中深入黑暗洞穴的行为以及前一部《奥狄浦斯王》中自己进入伊奥卡斯特那个犹如子宫一般的死亡之屋的举动，但这一重复带有不同的意义。身为盲人，奥狄浦斯如今可以用上自己对于黑暗空间的知识，将这些地方徘徊着的阴间神灵变成自己的同盟。他重新进入他们的领地，但仍然与主导着城邦的奥林波斯众神的秩序保持联系。尽管这部剧最终会以奥狄浦斯的英雄化作为结局，它却没有《特拉基斯少女》那种神话传说的疏远感。本剧的主人公完全没有远离人间关系，反而是一个过于人性化的承受者，他正是在家宅与城邦的文明化空间之中展开自己的个人悲剧的。

之前两部以忒拜为背景的悲剧男性主角——《安提戈涅》的克瑞昂和《奥狄浦斯王》的奥狄浦斯——都是以男性为主导的城邦的赢家，但他们却也在土地、家宅和子宫这样的封闭内部空间遭遇个人的毁灭；这些空间暗含着女性生殖力神秘而幽暗的特点，同时也和未知与非理性的事物有所关联。无独有偶，赫拉克勒斯在《特拉基斯少女》中的最终命运和家宅（oikos）内室的暗处紧密相关，得阿涅拉正是在这样的昏暗处藏起了半马人的毒药。《科洛诺斯》中的奥狄浦斯则贯通了奥林波斯山和冥府的知识。在《安提戈涅》一剧中捍卫着冥界尊荣的女性引领着奥狄浦斯，因此他也受到了来自深林和地下世界这些难以捉摸的女性神祇的特殊保护。和年轻时候不同，奥狄浦斯不再是一个扬扬自得于自己的智慧胜过自然奥秘的主动解谜者。他在《科洛诺斯》中展现的知识已经从着眼征服世界的他者的普罗米修斯式知识脱胎换骨，走到了它所能触及的最远的地方。它变成了一种完满的悲剧知识,这种关于自我的认知有着与自然奥秘相协调的潜质,并能调和奥林波斯山与冥界的秩序对立。

奥狄浦斯在这部最后的悲剧里的对手正是克瑞昂,而不是《奥狄浦斯王》里过去的自己。他如今拥有的悲剧知识是从收束本剧的自我认知自然发展而来的。他不光和《安提戈涅》中被家宅和洞穴的女性主宰力压倒的克瑞昂形成了对比,也和《奥狄浦斯王》里采取行动前必须询问阿波罗的神谕、谨小慎微的克瑞昂形成了对比。《科洛诺斯》中的克瑞昂比起他在《安提戈涅》中的表现(那时他尚未面临倒台的教训)来得更加死板,但那过分自信的男性理性主义在《奥狄浦斯王》最后一幕的克瑞昂身上已然可见端倪。忒拜的克瑞昂缺乏敬畏的品质,这种品质按理说正是一种本该能让他变成像雅典的提修斯那样正直的统治者的品质。他本可以是一位明主,但其逐渐僵化的过程铸就了忒拜的命运。在《奥狄浦斯王》的结尾,尚存理智的克瑞昂最后变成了一位自以为是的暴君。他在《科洛诺斯》的狼狈相让我们得以饶有兴致地见证正义的君主如何打败不正义的君主。

二

奥狄浦斯重新回到文明化共同体庇护下的过程同样涉及政治和超自然的界限问题。忒拜人首先考虑的是限制(*kratein*,400)奥狄浦斯的人身自由,他们不会让他住在这片土地实际的边界之内(*gēs horoi*,400)。但是,提修斯再次使用了一个曾用于描述奥狄浦斯被驱逐出忒拜边界的动词,来指出克瑞昂也侵犯了雅典城边界的事实(924)。提修斯随后下令将这样的进犯拨乱反正,继而将奥狄浦斯的女儿们赎回,在此期间，歌队激动地在它们的合唱歌里列举出了阿提卡的神圣边界，其中包括埃琉西斯秘仪的举行之地（1050行及以下）；这个地方和复仇女神的圣林一样，也是一个与大地的奥秘和死亡之外的领域有着神圣联结的地方。奥狄浦斯在供奉得墨忒尔·尤科露斯的圣山附近度过了他生命的最后时刻；而得墨忒尔是所有从大地长出绿苗的作物的保护神[28]，因而他对歌队只是匆匆一提的奥秘有更深刻的认识。

这首合唱歌出现在城邦毅然决然地要给它所接收的乞援人予以庇护的时刻。因此，它重新肯定了雅典身为虔诚与庇护之地所应承担的角色，众神的圣所保护着它的国界。雅典城允许身负污秽的乞援人在报仇神的圣林中获得属于他的位置，这也就意味着自己神圣庇佑的边界延伸至奥狄浦斯的身上，而他最终也会再一次在这片土地的边界亲自构筑一块同样神圣的地方，以回敬雅典城的报答。此处可谓是本剧最具有政治意义的场所了，除了国王提修斯以外，没有人能够看见它。阿提卡的物理边界一度是克瑞昂与奥狄浦斯以及提修斯发生争执的焦点，但它现在已然让位于标志着人间与神性领域交汇的精神边界。

奥狄浦斯借道进入阿提卡的圣林处在城邦的边缘之上，它并不全然是一个荒野之地。它和奥狄浦斯一样，也存在着温和与严酷的面向。[29]圣林既属于上界也属于下界，既与生命相关也和死亡相关。它和奥狄浦斯未来担当的角色一样，也是雅典城的堡垒。就像奥狄浦斯既带来了诅咒也带来了祝福那样，圣林的神祇既被称作厄里尼厄斯（Erinyes，即愤怒的报仇神），

---

[28] 关于奥狄浦斯与得墨忒尔和植物的种种关联中呈现的冥界色彩，见Robert（见注23）I, 21–2, 44–6。Pötscher就这一观点提出批驳（见注4）的12—14页对英雄仪式进行了过于精神化的解读，见下文注30。
[29] 见Kirkwood 197。

也被称作欧门尼德斯（Eumenides，即赐福女神。——译者注），她们既可怕又温柔（39，106），既令人望而生怖又让人觉得"和蔼可亲"（84，144；参126行及以下）。[30]

尽管我们对于阿提卡当地祭祀仪式的历史知之甚少，但索福克勒斯依然很可能为这片地方赋予了超越实际祭祀仪式的重要意义。[31] 他不仅使之象征着奥狄浦斯的矛盾之处，也让它象征了悲剧展现的结构与混乱、熟悉与未知、文明秩序与死亡和众神的无限之地等范围内的神秘空间。这片阳光几乎照不到的寂静树林意味着一种死亡的虚无。但它同时也充满了自然

---

[30] 关于女神们的两面性，见Jebb（见注19）xxvii-xxviii；Knox（见注2）194及注12；R. P. Winnington-Ingram, "A Religious Function of Greek Tragedy: A Study in the *Oedipus Coloneus* and the *Oresteia*," *JHS* 74（1954）18。亦见Linforth（见注27）93-4；P. Sgroi, "Edipo a Colono," *Maia* 14（1962）288；Franz Stoessl, "Der Oedipus auf Kolonos des Sophokles," *Dioniso* 40（1966）14。诸如Adams 165所表达的那种仅把女神们当作厄里尼厄斯而不考虑她们在戏剧中的作用的观点并不成立。关于地下神祇以及与地下世界相关的英雄们的两面性，见U. von Wilamowitz-Moellendorff, *Der Glaube der Hellenen*（Berlin 1931）I, 210ff.；H. J. Rose, "Chthonian Cattle," *Numen* 1（1954）216-7；A. D. Nock, "The Cult of Heroes," *HThR* 37（1944）159-61。

[31] 尽管尚未有确凿证据表明欧门尼德斯的圣林在索福克勒斯写成这部悲剧之前就已然存在，但正如L. S. Colchester的文章 "Justice and Death in Sophocles," *CQ* 36（1942）23所讲，圣林也不可能全然是索福克勒斯的杜撰。现有的历史证据，与当地关于赫拉克勒斯后人、欧律斯透斯（Eurystheus）的遗体等传说的重合点，还有奥狄浦斯坟冢在其他文本中显示的重要性（例如欧里庇得斯《腓尼基妇女》1589ff., 1703ff.），都指向已有的传统，索福克勒斯可能是对这些传统进行了化用和翻新，让当地的文化习俗变成了泛雅典化的文化传统：见Festugière（见注5）各处，尤其是8ff., 20ff.；Robert（见注23）I, 33-41, 44；Rosenmeyer（见注13）99 n30。不过，我们仍然无法确定奥狄浦斯的坟冢和欧门尼德斯的圣林之间的紧密联系先于索福克勒斯的创作。安德罗提昂（Androtion），见 *FGrHist* 324 F62（75, 19ff.），曾在提到欧门尼德斯在科洛诺斯的神殿时并未提及奥狄浦斯的坟冢；但这种证据缺乏的默证（argumentum ex silentio）依旧不是十分具有说服力。见下文，注43。

界的勃勃生机。无论是在物理的意义上还是在比喻的意义上，这个地方都矗立在城邦和不为人知的能量来源之间，正是这股能量赋予雅典以特殊优势，并为之博得了众神的偏爱。

横向上看，圣林是外部的荒野世界和内部的城邦世界的交点。纵向上看，它则是奥林波斯神与冥界神明齐聚迎接奥狄浦斯重返人神共处的社会的地方，而奥狄浦斯带去祝福的这座城邦，它的土地（chōra）所占据的地面世界正处在天上诸神与地下诸神之间。年老的奥狄浦斯和《奥狄浦斯王》中年轻的自己一样，也站在了纵横轴线的交点之上。"地平线上的人们"凭借《安提戈涅》第一合唱歌推崇的理性力量主宰着地面世界的一切活动，而且这些人类的活动也在此处与那些不受人为力量控制的场域相交错，不管是上界还是下界都是如此。

从奥狄浦斯一生的时间维度看，就如我们在一般意义上的宗教维度所看到的那样，圣林是古老的诅咒变为福祉、虚弱变为力量、恐惧变为相迎的地方。它也是从忒拜的悲惨过去转向雅典幸福的未来[32]、从争端之城变为虔敬之城、从替罪羊（pharmakos）的污秽变为英雄的赐福、从罪疚走向赎罪的过渡之地。

尽管一开始是雅典城远方的高塔衬出了圣林的形貌（14-15），但其中鸟鸣处处和葱茏蓊郁的景象意味着这片树林也属于 agros，一片处在城邦之外未经教化的天地。此处及其周围是否有人居住是开场（27-8，39，64行及以下）的主要问题。我们透过安提戈涅的眼睛，能看见这片树林里有橄榄树和葡萄藤，不远处还有一块未经打磨的岩石，上面丝毫没有工具的痕迹（askeparnon，101；参 autopetron，192-3，如果文本无误的话）。住在此地的是不以酒为供品（101）的女神们，但奥狄浦

---

[32] 见 Winnington-Ingram（见注30）18。

斯提到了她们的名字,将她们身上蕴含着的远古的黑暗与帕拉斯·雅典娜及其城邦光辉的一面相提并论(106-10):"来吧,古老的黑暗之神的孩子,来吧,雅典,你以伟大的帕拉斯命名,在所有的城邦里你的尊荣最盛,请可怜可怜形影凄惨的奥狄浦斯吧!"相比之下,《菲罗克忒忒斯》那座空荡荡的荒岛全然处在难以取悦、幽微难测的神力的笼罩之下,而这座树林里女性的危险力量在程度上几乎可以和奥林波斯山上宙斯的女儿们匹敌。因此,属于母亲的骇人的力量,尽管对奥狄浦斯而言尤其致命,却能被城邦的守护女神所中和,雅典娜在埃斯库罗斯的《报仇神》(Eumenides)中的同盟,恰恰是男性以及奥林波斯众神,而非阴曹地府的神祇。[33]

这段话连同14—16行的场景将雅典定性为"最受尊敬的城邦",是人与自然、上界与下界都能和谐一致相处的地方。但对奥狄浦斯来说它却意味着更多。当他听到这片树林属于复仇女神时,他立刻对这个地方产生了亲切感。

在雅典的陌生人自报家门之后,奥狄浦斯讲出了第二个神秘的断言:他必须面见国王,并且承诺"他略施援手将能得到莫大的回报"(72)。当被问及一个盲人能带来什么好处时,奥狄浦斯以一种神秘的内在洞察力庄重地回答:"我们要谈到的一切都有眼睛和看见的能力。"舞台上失明老人的无助感和他言语里的权威感首次视觉化地呈现出了这部戏剧的核心矛盾。

这个地方承载了奥狄浦斯回归文明化世界的秘密,而他

---

[33] 关于奥狄浦斯犯下的乱伦与禁林之间存在的不祥关联,见B. Lefcowitz, "The Inviolate Grove," *Literature and Psychology* 17(1967)78-86; E. Lorenz, "Oidipus auf Kolonos," *Imago* 4(1915)22-40; Helen Bacon, "Women's Two Faces: Sophocles' View of the Tragedy of Oedipus and His Family," *Science and Psychoanalysis*, Decennial Memorial Volume(New York, N.Y., 1966)10-27。

本人也知道这一点。他经由这片无人之地完成进入和离开的动作，这个地方属于黑暗的女儿们，有着铜足的门槛（57，1590-1）。在开场，尽管他凭借着女神们在地下世界黑暗的居处认出了她们（39，106），但他知道，最终召唤他的将会是地震、惊雷或是宙斯的闪电（95）。奥狄浦斯认定这个地方是因为此地包含了种种秩序性的对立，而这一切最终将会以更加激荡的形式汇聚到一起。

奥狄浦斯身上"可怕之处"（*to deinon*）的存在再一次让他面临被排挤出人类聚居之地的风险。但这一可能的孤立并没有发生。安提戈涅在这里的作用非常关键。遵照着她的指引，奥狄浦斯艰难地从树林中走出了一条通往文明化话语之地的路。歌队说道（184-7）："身处异邦的异乡人，不幸的人啊，鼓起勇气（*tolma*）鄙夷这个城邦不以友谊（*aphilon*）奉养的一切，尊重以朋友（*philon*）之礼相待的那些事物吧！""城邦""奉养""友谊"几个词语奏响了希望的号角。奥狄浦斯以虔敬（*eusebia*）的言语报以回答，有来有往地进行交谈和聆听（188-91）。他曾担心被看成目无法纪（*anomos*，142）的人，但现在他终于进入了允许讲话（167-8）的法律之邦（*nomos*）。

安提戈涅在奥狄浦斯的过去和未来、他的孤立和人性之间起到调和缓冲的作用，她将诉诸歌队几乎已然摒弃的品质（参232，249）——尊重、同情、乞援、善意（*charis*）——来重建人与人之间的联系。虽然失明的父亲看不见（244），但她却能注意到这一切。她的请求动情地使用了抒情的格律（237-53），建立起了奥狄浦斯可以仰赖的人与人联系的基础，他如今可以在有所动容的歌队面前（255）用更为冷静的抑扬格谈论罪疚和无辜（258行及以下）为自己申辩。荒蛮和城邦之间的关键转折已经完成，现在我们从令人恐惧的污秽转向了将之容纳并吸收的法律和理性的话语,这是属于文明化的人的语言。第一合唱歌(668-719)是有名的关于科洛诺斯圣林的颂歌,它恰好出现在提修斯庄严地宣布他会接纳奥狄浦斯的时刻,"*chōra（i）d' empolin katoikiō*"(我会让你成为在这片土地安顿的邦民)(637)。尽管树林葱茏蓊郁,它却像一片死寂之地(676-7),风吹不进,光照不及。其中回荡着夜莺啼叫的歌声(671-3;参17-8),但这种鸟在索福克勒斯的作品里一般象征着悲伤和厄运。[34]葡萄藤蕴含着以狄奥尼索斯、金色的阿芙洛狄忒、宙斯、雅典娜为代表的文明化和奥林波斯秩序,这种关联和以酒神、伟大的女神以及水仙花(683)为代表的冥界关联相互制衡。水仙花让人想起佩尔塞福涅从人间消失至地下世界的遭遇,它同时与死亡和贫瘠相关。[35]水仙花一同呈现了天上与冥界的力量、光明与黑暗、丰饶与土地的神秘之处(681-5):"从来就是两位伟大女神冠饰的水仙花,受到天露滋养,天天开着美丽的花簇,此外还有番红花,舒张着金

---

[34] 夜莺的忧伤是索福克勒斯笔下一再出现的主题:《埃阿斯》627;《特拉基斯少女》105,963;《埃勒克特拉》107,147;亦见《安提戈涅》423-5。相关综述见 P. Rödström, *De Imaginibus Sophocleis a Rerum Natura Sumptis*（Stockholm 1883）30-1; A. S. McDevitt, "The Nightingale and the Olive," *WS Beiheft 5 =Antidosis, Festschrift f. Walther Kraus*（Vienna 1972）231。

[35] 关于此处的水仙花和死亡(与698行赋予生命力的橄榄树形成对比),见McDevitt(上文注释)234-5;亦见杰布对683行的评注;Robert(见注23) I, 23; Knox, *HT* 155; Ileana Chirassi, *Elementi di culture precereali nei miti e riti greci*, Incunabula Graeca 30（Rome 1968）143-55; Louise Vinge, *The Narcissus Theme in Western European Literature up to the Early 19th Century*（Lund 1967）33-5。注意674行的 *oinōpan*（酒色模样的)修饰的是"常春藤",而藤蔓上的果实却只是模糊地用676行的 *myriokarpos*（形容数不清的果实的样子)来指代。但17行却十分清楚地提到了葡萄藤和橄榄树以及月桂。见杰布对675—676行的评注。Sgroi(见注30)284对圣林及其周遭环境的看法亦趋于理想化:"四周清新怡人,自由的欢乐女神居住其中,呈现一派生机。"

第十一章 《奥狄浦斯在科洛诺斯》:视象的终结

黄色的花朵。"下面几行中克菲索斯河的泉水（685-91）将我们带回熟悉的阿提卡，以及那片让农民们收获"速生"的庄稼（ōkytokos, 689）的富饶耕地。但这些泉水和奥狄浦斯一样四处流浪（nomades, 687）；速生长也意味着有死的凋零。

合唱歌的第二曲更加鲜明地转向了文明化的秩序和治理。第一曲首节从夜莺之歌开始，结束于酒神和他的"哺育者"；第一曲次节则以缪斯的歌队和手挽金缰的阿芙洛狄忒作结。我们也就由此转向了奥林波斯山被音乐与爱环绕的光明之中。将我们引入第二曲次节架构之中的是阿芙洛狄忒的另一个名字，其中文明的技艺更加显而易见：征服大海、驾驭马匹，还有为宙斯和雅典娜专有的神圣橄榄树。对大海的征服和缰绳的使用让我们想起《安提戈涅》中的"人颂"（《安提戈涅》334-41），它也呼应着这一幕里提修斯在保护奥狄浦斯的承诺中语及的大海的譬喻（661-3）[36]。

但其实这首颂歌中人与自然的关系要来得更为复杂。狄奥尼索斯，是与哺育自己的神女们一同狂欢取乐的酒神（678-80），他既是美酒和植被之神，也是在人与自然的界限消失[37]的山野上放纵快乐的神灵。橄榄树则兀自生长，不经人手栽种（acheirōton, 698）。[38]和《安提戈涅》里的"人颂"一样，此处人之于海洋和马匹的征服与驾驭，并不被归结为人的智慧

---

[36] 关于大海与提修斯之间关联的另一种不同看法，见McDevitt（见注34）236。

[37] P. Vicaire, REG 81（1968）366-7中的论述并不能减轻狄奥尼索斯狂暴的一面，并且只看到了一种体现"酒神和缓的一面"（un Dionysus apaisé）的"田园牧歌式的景象"（tableau idyllique）。678—680行提到的"哺育酒神的神女们"显然是指与酒神有关的狂女们（maenads）（参《伊利亚特》6.132），亦是譬喻植物之神所掌管的季节循环往复。

[38] 波吕杜克斯是认同这一释义的。而杰布则倾向于采纳更见见的词义，解作"未被征服的"，但认为前一种释义也可能成立。"自发挺立的"（autopoion）橄榄树亦让人回想起奥狄浦斯在圣林附近落坐的天然岩石（autopetros, 192）。

而被看作神赐的礼物，"伟大神明（daimōn，709）的礼物"这一短语也让人想起683行得墨忒尔和佩尔塞福涅两位"伟大的女神"。颂歌结尾的桨不是人类的技术装置，而是属于神话世界及其居民的元素：它被称作"海中仙女五十双脚的跟随者"（717-9）。在这个意义上，海洋和大地是神明出没的地方。颂歌所反映的并非人对自然的征服，甚至也不是人与自然的协调，而是人类文明与神灵的神秘力量接触的交点，在这个地方，勾连着人类和不可揣测的上下两界的纵轴将这个被人以农业和航海术治理的"地面"世界一分为二。

城邦让奥狄浦斯融入其中，也就意味着城邦伸手接纳了他身负的"可怕"元素（141，1651）。与此同时，城邦也参与了奥狄浦斯身上从人转变为神的过程。此时的雅典被临近尾声的漫长战事弄得精疲力竭，也许在这一时期写作的索福克勒斯看来，雅典似乎走到了一个要在新旧面貌、物质与精神繁荣之间做出抉择的危险关头。雅典和年迈的奥狄浦斯一样，或者说甚至和年迈的索福克勒斯一样，须摒弃它屡遭打击的外壳，以其内在的精神力量重获新生。[39]它的文明化成就不再是它的强权或支配力，而是它的精神光辉以及它在神性意义上优越的开放性。[40]

奥狄浦斯的圣林和雅典城一样是一个从死亡中生发出新生命的地方。[41]它和奥狄浦斯一样离死亡很近，蕴含着走向重生的神秘生命力。在风吹不进、光照不及的林间歌唱的夜莺，美丽的水仙花，在幽暗的绿叶中闪烁着亮色的番红花，都意味着生与死的交替，这不光对于奥狄浦斯和雅典来说是如此，对

---

[39] 诺克斯的看法亦如是，*HT* 155-6。
[40] 同上，"这座承载了索福克勒斯的青春和壮年的城邦将会不朽，就像这位失明的老人如今已然成为城邦的公民一样"。亦见Whitman 210。
[41] 见McDevitt（见注34）237。

索福克勒斯的技艺亦如是：这是对人类无法控制的重要能量之源的感应，是黑暗中焕发出光辉的希望。

圣林及其守护神的两面性和奥狄浦斯的两面性之间的呼应在戏剧逐渐铺展的过程中变得更加明显。报仇神的密林如同奥狄浦斯一般，是"不可触碰"（*athiktos*，39；参*thigein*，1132-5）的。女神们"面貌可怕"（*deinōpes*，84）；奥狄浦斯则是样子可怕，声音也可怕（*deinos*，141），让看见他的人感到害怕（*deos*，223）。他的名字和女神的名字一样，引起人们的敬畏和恐惧（41，265，301，306）；他的天性和出身也教人害怕（*aina physis*，212）。报仇神是大地和黑暗的女儿（40；参106）；奥狄浦斯终将会"被裹进大地之下永恒的黑暗中"（1701）。她们是无所不见（*panth' horōsas*，42）的欧门尼德斯（Eumenides），而奥狄浦斯虽然失明了，却能说出见识非凡的话（参*panth' horōnta*，73-4）。奥狄浦斯确信神明的指引将他带到了圣林，这让他在组合词句时表达出了与女神们的共情："我这样不喝酒的人碰上了不嗜酒（*nēphōn aoinois*，100）的神"。[42]当他听闻女神的名字之后，他开始意识到自己和她们一样，都是雅典城的依托（72行及以下；参58）。之后他带着更大的自信将自己与女神们的积极属性相对应：身为污秽的他可以宣告自己是圣洁的（*hieros*），就像她们一样（287-8；参15，54）是雅典庇佑的来源。奥狄浦斯不为人知的下葬之地和复仇女神们的密林有着某些相同的特点，甚至有传统认为他的坟冢就在女神们的圣殿之内（泡撒尼阿斯［Pausanias］1.28.7）。[43]在开场和科洛诺斯颂歌中，报仇神与大地和伟大

---

[42] 因为奥狄浦斯所经历的一系列艰难困苦，*nēphōn*此处的含义已经超越了"不饮酒的"意思，见Linforth（见注7）92-3及n12。

[43] 见Frazer（见注24）相关处；Festugière（见注5）6ff.。安德罗提昂（Androtion）*FGrHist* 324F62（=schol. *Od*. 11.271）说奥狄浦斯逝世（转下页）

女神（106，683）仁慈的一面有所联系；而在结尾，奥狄浦斯最终安眠的地方则坐落在守护绿芽的得墨忒尔（Demeter euchloos，1600）的神龛附近。

当奥狄浦斯在戏剧中段对自己的力量和命运愈发肯定之后，他召请女神们成为他的保护神，让自己得以与敌人相抗（864行及以下，1010行及以下，1389行及以下）。他认同自己作为雅典的依托对应着欧门尼德斯慈悲的力量的同时，也在某些时候呈现出类似女神们不祥的一面，变得像是那报仇心切、饮下敌人热血（621-2；参《埃勒克特拉》1420-1）的报仇神一样。[44]他告诉克瑞昂，他的肉体会埋在雅典城的土壤里，并成为邦民们福祉的来源，但他的灵魂则会留在忒拜"那里"（ekei，787）变成复仇的幽灵（alastōr，788）。圣人所拥有的仁慈善举并不属于英雄。[45]奥狄浦斯保护着雅典的大地，但对

（接上页）和埋葬的地方位于希皮欧斯·科洛诺斯（Hippios Colonus）的得墨忒尔和雅典娜（Athena Poliouchos）的圣殿之中，因而使得一部分学者认为奥狄浦斯的坟墓位于复仇女神的圣殿之内的说法是索福克勒斯的杜撰：见Jacoby对Androtion所写文段的评注（见注24）155；Robert（见注23）I, 39ff., 亦见其在 *Griechische Heldensage*（=Preller-Robert, *Griechische Mythologie* II.3⁴ [Berlin 1921]）902及n4的论述。索福克勒斯时代关于奥狄浦斯下葬的地方还有好几个不同的故事版本：见《奥德赛》11.275-276,《伊利亚特》23.679以及《奥狄浦斯在科洛诺斯》91的古本旁注。其中包含了下葬处位于复仇女神的密林的说法。如果这样的设计真是索福克勒斯的自作聪明，那么这位诗人神话诗学的想象力是何其大胆和准确。

[44] Gellie 168认为，"剧中的奥狄浦斯本身其实是一个驯化的厄里尼厄斯（Erinyes）"。关于奥狄浦斯作为 *alastōr*（复仇的幽灵）及其有关的阴暗面（参埃斯库罗斯，《阿伽门农》1501行及以下，《七将攻忒拜》723-5；欧里庇得斯，《请愿妇女》835-6,《腓尼基妇女》1306及1556）见Festugière（见注5）18-20。

[45] 将奥狄浦斯看作基督教圣人的前身这种观点有其固有的危险性，"仿佛被不幸镀上了金光，而完全没有任何过错"，Festugière（见注5）5；参Shield（见注12）73。林福斯对这一观点有极强的警惕性（见注27）100ff., 参考文献见其100页注19；亦见D. A. Hester,（转下页）

于忒拜的儿子们,他"只会给予够他们死后躺下的一方土地"(789-90),这一点呼应着埃斯库罗斯笔下古老的家族诅咒的主题(《七将攻忒拜》785-90)。

奥狄浦斯对于克瑞昂的反抗以及他加诸儿子身上的可怕诅咒,都表现了其逐渐浮现的神性力量的可怕一面,而这种力量与圣林的女神们密不可分。然而,奥狄浦斯也开始通过这些诅咒从污秽的过去脱身,将之澄清为一场与众不同、日渐明朗的人生体验,然后再把它释放出来,将它作为一种城邦的暴力和罪恶的 pharmakos 或替罪品排解出来。[46] 奥狄浦斯拥有和欧门尼德斯一样的赐福和诅咒的能力,两者是无法分割的。当他和雅典的国王一同抵抗克瑞昂时,他便已经在运用义愤的精神力量来帮助雅典人民了;他代表雅典召唤圣林的女神,这样一来克瑞昂"就会明白,是什么样的人在保护着这座城邦"(1010-3)。奥狄浦斯与女神们的密切联系从这片土地的边缘之地转向了这片土地之内。他由此将报仇神可怕的家庭和冥界的诅咒带进了城邦的公共运作之中,使其发挥文明化的作用,并为乞援人以及年老衰弱之人提供庇护。

现在我们已经明白,为何奥狄浦斯会将欧门尼德斯的圣林誉为"我(不幸)命运的图腾"(46)了。奥狄浦斯获准进入这片圣林这一事实不仅恰如其分地象征着他处在介于文明和

(接上页)"To Help One's Friends and Harm One's Enemies: A Study in the *Oedipus at Colonus*", *Antichthon* 11(1977)22-41。亦见 Rohde(见注27)455-6 及注 115;Kirkwood 272;Burian(见注 4)426-7。这也是 Philip Vellacott 未发表的文章 "Oedipus at Colonus: An Alternative View" 所强调的重点。

[46] 见 Rosenmeyer(见注 13)110 及 n75。Stoessl(见注 30)22ff. 有力地强调了奥狄浦斯如何摆脱过去,并将其戏剧行动视作他重回尘世(Disseit)、远离彼岸的召唤所须经受的一系列试炼;但他的解读过分强调了彼世的意味,而没有注意到老奥狄浦斯身上依然存在强烈的暴力与仇恨。

野蛮之间的界限，也预示了他从荒野走进城邦的历程：它从更为宏观的事物秩序的角度出发，为那些阻碍其人生的可怕和不幸遭遇打上意义非凡的神性烙印。

在欧门尼德斯的圣林中，不幸和灾难变成了一种"命运"（这是对于 symphora 另一种可能的翻译），这让奥狄浦斯的命途得以完整，他不再是一位流亡之人，而是索福克勒斯心中的文明化的英雄。奥狄浦斯经由这片树林重新进入文明，这是因为他在欧门尼德斯身上看到的二元对立也正是他自己身上的二元对立。在这片树林中，一切的冲突都会在充满象征意义的传统自然诗歌中汇聚到一起，然后在奥狄浦斯所实现的高于悲剧的宏大命运中等待超越。

三

在科洛诺斯颂歌中，常常到访圣林的缪斯歌队（691-2）实际上暗喻着盛大的公共节日；城邦通过这些节日，表现出它对自身的文明化功能、凝聚力以及城邦与众神的和谐关系的意识，而这些方面也恰恰是城邦的事实存在与精神存在所仰赖的基础。就像安提戈涅在颂歌之后紧接着把雅典称作"受到最多溢美之词的地方"（720）那样，这种表述首先指的是剧中雅典的庆典活动；但这一表述所包含的意义亦延伸至所有的合唱歌，包括悲剧的合唱歌、酒神赞歌的合唱颂歌，以及一直持续地将雅典颂扬为缪斯及其艺术技艺归宿的公共歌谣。[47]当安

---

[47] 关于雅典的光辉灿烂见品达 frag. 64 Bowra = 76 Snell；欧里庇得斯《美狄亚》824-45。然而，虽然这些地方在悲剧里变成了圣林或是缪斯封闭的花园，但另一方面它们却也是对艺术的脆弱无力和不切实以及其他对人生过分理想化的具象表达。参前文第四和第五章讨论过的《特拉基斯少女》144-60行以及《埃阿斯》558-61。对于《奥狄浦斯在科洛诺斯》（转下页）

提戈涅在合唱歌之后高喊"受到最多溢美之词的地方啊，现在该由你来揭示（phainein）那些闪耀的言辞（ta lampra tauta ... epē）"，这句话所表达的含义是指颂歌中的修辞将会以戏剧行动的方式在行动中兑现。在"揭示""展现"（phainein）颂歌"闪耀的言辞"的过程中，本剧既歌颂了对城邦文明化作用予以肯定的祭仪，同时又将洋溢着快乐的歌谣艺术创造融入了仪式性、政治性和审美秩序的架构之中。这部戏剧让人们注意到悲剧本身作为公共艺术形式的功能性，又赞扬了城邦对于自身文明化力量的自我意识，还对城邦起源的奥秘进行了深刻的思考。

剧中下一首合唱歌划出了围绕着阿提卡大地的各个神圣场所的界线所在，从而确保其政治与宗教意义上的一体性（1044行及以下）。第三合唱歌则重新回到死亡、孤独、自然暴力的黑暗意象中。此处的颂歌和《安提戈涅》《奥狄浦斯王》一样，有意游走于人的力量的上限与下限之间，游走于城邦秩序化空间引以为豪的封闭性以及它对于范围之外的未知世界的开放性之间。科洛诺斯颂歌通过引据阴间的狄奥尼索斯和佩尔塞福涅的典故，让死亡和冥府成为失去与新生两者规律性变化的组成部分。在第三合唱歌这首唱出了"人生一切最根本的悲哀"[48]的曲调中，死亡是一片意味着全然否定的黑色，是不再存在于世间的萧索虚无之感。前两首颂歌

（接上页）720，我们仍须谨记在科洛诺斯颂歌和第三合唱歌里，圣林依旧有着不祥的意味。关于神圣花园蕴含的矛盾性，见Pietro Pucci, *The Violence of Pity in Euripides' Medea*, Cornell Studies in Classical Philology 41（Ithaca, N.Y., 1980）116–27，其中有一番极有意思的讨论。

[48] Sgroi（见注30）287–8，"这首颂歌唱出了人生最本质的全部悲剧"。他指出了这首颂歌和第一进场歌即科洛诺斯颂歌之间的反差。关于这首颂歌及其灰暗的基调，亦见Hester（见注45）29及41的参考文献。

中清晰的本土地理形貌（668行及以下，1044行及以下）让位于大地之上的四个偏远方位，它们都以自然元素作为自身的定义：日升日落之地，日至中天时光线照耀之处，还有幽暗的里派山脉所居的北方（ennychiai Rhipai）(1245-8)。在这首颂歌里，熟悉的空间让位于偏远之地，地貌让位于天象，白日让位于黑夜。

和科洛诺斯颂歌之中以及之后缪斯的歌队和称颂雅典的闪耀言辞不同(691-2, 720-1)，第三合唱歌没有音乐，有的只是"不唱颂歌、无琴伴奏、没有合唱的冥府之地"(1221-2)。第一合唱歌里的缪斯歌队既囊括亦超越了死亡：快乐、与宜人的自然相和谐，秩序与共同体是其中的主旋律。但在第三合唱歌中，"在任何一种盘算里，不出生就算是赢了"(1225)。本剧坚守意义与结构，最终否定了这一断言，从而让奥狄浦斯人生的终极意义在戏剧化呈现的行动中得到呼应，让悲惨遭遇的超越意义在神性的光明中获得响应，这种光明却也来自洞悉世事的失明所陷入的黑暗之中。然而，不论是舞台上奥狄浦斯疲惫不堪的身躯，还是第三合唱歌结尾用没有遮蔽、被浪拍击的海岸来有力地比拟不幸遭遇的诗意重现(1239-48)，都让城邦文明化力量的道路始终面临着未知之数，这一未知之数贯穿了整部悲剧及其遭到诅咒的英雄典范。

和《奥瑞斯提亚》里的情形类似，《科洛诺斯》中雅典的文明化力量取决于它对诸神的敬畏。和欧里庇得斯的《赫拉克勒斯的儿女》《请愿妇女》一样，剧中的雅典尤以其敬畏和虔敬而闻名。[49]欧门尼德斯的圣林所享有的卓越地位说明这座城

---

[49] 参260, 279-80, 287, 1006-7, 1125-7。Reinhardt 210认为260行提及的"雅典最敬神"的表述实际上是对赞颂诗歌这一"文类"本身的指涉；亦见204-6, 216。

邦能够容纳神明之力的黑暗一面。

忒修斯作为雅典城最出类拔萃的文明英雄,一直勤勤恳恳地敬奉着奥林波斯诸神。他向波塞冬·希皮奥斯(Poseidon Hippios)进行献祭是剧中反复出现的主题。他也曾下冥界游历,这一点在奥狄浦斯获得净化的地方有一段相关的描述:"在那个地方忒修斯和佩里托奥斯缔结了信守不渝的盟誓。"(1593-4)"盟誓"一词,*synthēmata*,亦是奥狄浦斯在科洛诺斯时讲作"命运的暗号"的那个词(46)。两位英雄的共通点是他们都与神秘的地下世界有过接触,其中一位扎根于城邦的中心,另一位则遭到所有城邦的抛弃,但他们二人都和神灵有神秘的紧密关系。奥狄浦斯也曾像忒修斯一样是一位有作为的统治者,虽然他的虔敬并不那么明显,他的王权在面对不可预知的事件时也没有那么稳固。忒修斯身为雅典的王是忒拜的奥狄浦斯王的快乐的镜像。

虽然忒修斯知道奥狄浦斯身负诅咒(552行及以下,571行及以下),但后者"残忍地损毁了眼睛"的举动(552)更多地引起的是同情而非恐惧(556)。所以他能够以乞援仪式和好客之道(*xenia*,558,565行及以下)来接纳奥狄浦斯。和《埃阿斯》开场的奥德修斯一样,忒修斯强调了人类处境的脆弱性,在这一点上他和奥狄浦斯同为不幸之人(561-8;参《埃阿斯》121-6)。忒修斯的高尚之处(569)在于承认自己与乞援人之间生而为人的共同纽带。他将奥狄浦斯看作和自己一样平等的人,是潜在地对奥狄浦斯一再强调的内在纯洁性(287-8)予以肯定,而这正是回归文明社会所需的外在仪式得以达成的前提。之后,当忒修斯将奥狄浦斯的女儿——她们正是他与外人接触的纽带——救回以后,苦难的共同联结几乎克服了污秽强行带来的分离:他带着感激拥抱忒修斯,"只有经历过这些事(*empeiroi*)的有朽者才能相互分担苦难"(*syntalaipōrein*,

1135–6）。

不过，对于一个为城邦的井然有序感到放心的统治者来说，尽管提修斯和奥狄浦斯因苦难而相识，但奥狄浦斯带来的却恰恰是他所缺乏的关于时间（chronos）的知识，这是全剧中相当重要的一个词（参607行及以下）。[50] 奥狄浦斯不是作为功成名就的国王，而是以悲剧英雄的身份，极为艰险地曝露在时间及其浮沉变迁之中。相比终其一生都直面着终极虚无的奥狄浦斯（参393），提修斯只有在以国王身份谈起自己引以为豪的成就和捍卫自己的乞援人时才谈到虚无："你把我视若无物"，他在奚落狼狈不堪的克瑞昂时这样说道（918）。

四

雅典作为法律与崇敬之邦，和充斥着暴力与流血冲突的忒拜形成了对比。就在忒拜的波吕涅克斯来到提修斯的雅典城这一情节发生之前，歌队就已经列举出了"嫉妒、不和、纷争、争斗、杀戮"（phthonos, stasis, eris, machai, phonoi, 1234–5）。为了权与力（archē, kratos）的恶意纷争（eris kakē）是忒拜的突出特征（372, 400, 405, 408, 448行及以下，等等）。忒拜之所以对奥狄浦斯紧抓不放，是基于kratos（力量，强力）的考虑，并不是出于同理心。

克瑞昂在一切雅典做得毕恭毕敬的方面都表现得厚颜无耻且毫无敬意（anaidēs, 863, 960）。提修斯对于奥狄浦斯身负的污秽充满同情，克瑞昂和忒拜却冷酷地只讲法律（参

---

[50] 关于此处的时间以及它对索福克勒斯之前戏剧暗含的指涉，见Whitman 198–9；亦见Knox, *HT* 146。

368）。[51] 克瑞昂打断了献祭的仪式（887行及以下），还破坏了乞援人应有的权利（922-3）。而提修斯和他的城邦在这两种情况下则审慎正直，令人敬佩。克瑞昂企图利用雅典人的虔诚来为自己牟取私利；提修斯比起形式更看重精神实质，他愿意暂且放下祭祀，前去帮助乞援之人。提修斯在接受波吕涅克斯乞援姿态的同时，视之为与奥狄浦斯缔结了誓约（1178；参1164）。安提戈涅念及血缘关系为她的兄弟提出了个人请求（1181行及以下），但提修斯却一并包揽了父亲所须尽到的宗教和法律义务。正是提修斯让波吕涅克斯得以在合理的步骤下进行讲述和聆听（lexai t' akousai，1288），而这也是奥狄浦斯在戏剧的开头从圣林的庇护下离开时，从歌队那里赢得的权利（190）。

克瑞昂和《菲罗克忒忒斯》中野心勃勃的奥德修斯、《埃阿斯》里肆无忌惮的阿特柔斯后裔颇为相似，他将虔诚这种品质看成人的便利。就像《菲罗克忒忒斯》里的奥德修斯那样，最终证明他是大错特错。但是，《科洛诺斯》又比《菲罗克忒忒斯》更进一步地消除了神明的计划与英雄的欲望之间存在的隔阂。首先二人都努力地想要在两者之间获得一种神性的和谐。而克瑞昂作为他们的对手，却比《菲罗克忒忒斯》的奥德修斯更加处在神明的计划之外，因为后者至少获得了他所想要的，尽管并不是以他所希望的方式达成的。

克瑞昂凭借城邦的名义前来（733-41），却破坏了城邦最

---

[51] 二人的对比见Reinhardt（见注49）221-2；Letters 304；F. M. Wasserman, "Man and God in the *Bacchae* and in the *Oedipus at Colonus*," *Studies Presented to David Moore Robinson*, II（St. Louis 1953）565。关于提修斯此处的理想化形象以及他和欧里庇得斯笔下理想化的提修斯形象之间的关系，见Albin Lesky, "Zwei Sophokles Interpretationen," *Hermes* 80（1952）103-5。

基本的权利，也就是城邦在外部与内部世界、归化与荒蛮之间划出的界限。提修斯依凭法律和正义，即 *nomoi* 与 *dikē*（907-16）捍卫着这个空间。克瑞昂以强力（*bia*，916，922）破坏了法律，那么他在这片遭其进犯的土地上就只能永远地被迫（*bia*）以一名异乡人（933-5）的身份存在。

克瑞昂在领土上的冒犯与其说是针对雅典城的，不如说更多的是在针对奥狄浦斯。他声称有权"奉养"（*trephein*，943）奥狄浦斯，却不允许他在自己的城邦里得到恰当的家庭（*domoi*）供养。他把奥狄浦斯当成 *paraulos*，也就是居住在人群边上或人群之外的人（784-5）。他更不会让奥狄浦斯安葬在故土之下（406-7），这一否定文明化社会基本性质的举动不禁让人回想起《安提戈涅》中的克瑞昂。另一方面，提修斯坚定地为无邦可归的（*apoptolis*, 208）奥狄浦斯提供了家宅与城邦，也就是 *oikos* 与 *polis*，这一点可见于 *chōra(i) d'empolin katoikiō* 一句中："我将会在这片土地的城邦之内建造一所让你安住的家宅（*oikos*）。"（637）[52] 克瑞昂自始至终吝啬得只愿意给予奥狄浦斯一个边缘化的身份，相应的后果则是奥狄浦斯对他来说始终是这片土地上一个复仇的幽灵（*alastōr*）（788；参410），但雅典却会悦纳奥狄浦斯所带来的祝福。

从全剧的视野看，克瑞昂亦表现得像是一个败坏文明价值的人。他是一个猎人，但他狩猎的目标是人。剧中两次描写了他对奥狄浦斯的穷追不舍（950，1026），而这一举动最终被雅典人以召唤"猎手阿波罗"（1091）的方式施以回击，他们采取狩猎一般的伏击挫败了克瑞昂的计划（*eugaros... lochos*，"精彩狩猎的伏击"，1089-90）。"发亮的缰绳"（1067）寓意着雅典城，在此处与科洛诺斯颂歌形成了呼应，马匹的守护女

---

[52] 关于此处的 *empolis* 见 Burian（见注4）416-7。

神希匹亚（即雅典娜。——译者注）和掌管海洋的波塞冬也前来襄助（1070-3）。缰绳、骏马与大海让人想起科洛诺斯颂歌（711-9）中波塞冬赐予的双重礼物，正是这些礼物将雅典城装点成文明化城邦的典范。

克瑞昂与大海以及航海术的联系也充满了负面色彩。奥狄浦斯借由海上战争的暗喻对他发出警告，"别站在落锚之处，别盯着我安顿的地方"（811-2）。我们也许会想起，在那首谈及死亡的颂歌里，曾经用来描述流亡之人孤独生活的狂暴的大海意象（1239-51），这恰恰是波塞冬赐予雅典的那个驯顺且有用的大海（716-9）的反面。[53] 克瑞昂作为器物（mēchanē）的使用者（这个词常用于描述文明的技艺，参《安提戈涅》365-6），他也将人类的智慧败坏为一种与时俯仰的机巧（mēchanēma poikilon，761-2；参1035）。

在《埃阿斯》、《菲罗克忒忒斯》和《埃勒克特拉》里，前两者以正面的形式而后者以反面的形式所共同凸显的是，文明是通过人与人之间建立起来的充满爱与温暖的纽带确立的，也就是柏拉图的神话里普罗塔戈拉所说的"友谊的凝聚力"（《普罗塔戈拉》322c）。《科洛诺斯》一剧的关键词不是《安提戈涅》中的 *philia*（爱），也不是《菲罗克忒忒斯》中的 *eunoia*（善意），而是 *charis*（恩惠），这是一个意涵丰富、情感上富有共鸣的语词，它通常可译作"仁慈""恩典""恩惠"。[54] 它既可以指神明对于人的恩典，也可以指人与人之间的相互信任、慷慨相助和共同的好处。它表示的是奥狄浦斯和他的女儿们之间的爱（参1106）；安提戈涅正是凭借这层家庭纽带，请求父亲

---

[53] 亦注意663行提修斯让奥狄浦斯放心时所说的大海的意象；见注36。
[54] Kirkwood 244-5 及 Burian（见注4）多处提到了 *charis*（恩惠）在《奥狄普斯在科洛诺斯》中的重要意义。

接纳波吕涅克斯的（1182-3）。

不过，从过去家庭纷争的积怨走向如今的 charis 的过程并非一帆风顺。安提戈涅为了自己的兄弟所恳求的 charis 须胜过奥狄浦斯的怨恨，因为对他来说，儿子前来的消息是"父亲最厌恶的话语"（echthiston ... phthegma ... patri，1177）。安提戈涅一直反映的是奥狄浦斯依然包容和慈爱的一面，但他的儿子们却将他拉回到拉伊奥斯家族里充满暴力与杀戮的仇恨之中，尤其是父亲对于儿子的仇恨。即使是在恩情（charis）几乎要战胜拉伊奥斯的诅咒的这一刻，奥狄浦斯还是让仇恨重演并延续了下来。

然而，charis（恩情）不仅仅意味着家庭内可能会出现新的关系，也意味着城邦内部亦有这样的可能。奥狄浦斯进入阿提卡境内并从邦民处获得乞援人的便利取决于恩情（charis）的纽带，而不是靠骗术（apatē，229-33）得来的。安提戈涅以乞援人的身份（247-9）为父亲求取尊重（aidōs）与恩情（charis），从歌队那里赢得了同情（255）；而这一点也鼓舞着奥狄浦斯，让他得以首次为自己的无辜做出完整的辩白，奠定让自己从诅咒以及过去的污秽中解脱的重要一步（258行及以下）。但是，只有城邦的统治者才能赋予奥狄浦斯所请的恩情（charis）（294-5）。尊重与恩典的纽带在提修斯登场之后轻而易举、自然而然就形成了，奥狄浦斯毫无愧色地（这是 aidōs 的负面义）用最简短的话语阐述自己的境况（569-70）。奥狄浦斯提出的葬礼请求遭到了忒拜的拒绝，但提修斯却视之为举手之劳的 charis（此处可解作"援手"，586）。就像提修斯庄重的声明已然清晰传达的那样，这份恩典（charis）中的一条，就是让奥狄浦斯在雅典获得属于自己的位置："我尊重（sebistheis）这些（要求），我决不会将他的恩义（charis）弃之不顾（杰布译作"抛弃他的恩典"），我要把他作为一个邦民安顿在这个地方"(empolin katoikiō, 636-7)。

这与下一幕中的克瑞昂形成了非同小可的对比。克瑞昂一再破坏着奥狄浦斯从提修斯处获得的恩典(charis)。奥狄浦斯说:"当被驱逐出去能让我感到欣慰(terpsis)的时候,你不愿意给我这样的恩典(charis),即使我愿意接受。"(766-7)相反,克瑞昂是在让人高兴不起来的时候施舍了这份好处,也就是"当恩惠(charis)并不值得感恩(charis)的时候"(779)。他的恩惠(charis)在其截然相反的对立面——bia(强力或暴力)的笼罩之下,彻底失去了意义。[55]克瑞昂不可告人的目的让他过分高估了亲缘关系,而这恰恰是他在过去低估了的东西,他会用恩义(charis)具有破坏力的一面,来替换掉由它自身形成的融洽与温和。克瑞昂指责奥狄浦斯总是在自己的愤怒上推波助澜,还对朋友施以暴力(bia philōn, 854-5),但在二十多行以前的交锋中,我们看到的反而是克瑞昂指向自身的愤怒与暴力("我要带走属于我的人", tous emous agō, 832)。克瑞昂反常的恩典(charis)在奥狄浦斯想要出走的时候将他困在了原地(766-7)。这是强行让奥狄浦斯留在了城邦的边缘地带,直到提修斯的恩典(charis)承诺他能够在城邦的中心(empolis, 637)获得安全的容身之所,而这事实上亦是城邦统治者的居处所在(domoi, 643)。

奥狄浦斯对于家宅或城邦的疏离感可见一斑,他更喜欢圣林这样处在统治者宫殿之外的边缘化空间(643-6)。尽管他从提修斯那里得到了恩典(charis),但在某种意义上,他依然留在了克瑞昂为他安排的地方。他幸好得到了提修斯在636—637行给予的帮助,因而以一种完全不同的面貌身处外围的界限,而非城邦安稳的中心。奥狄浦斯会在这里扭转他与忒拜

---

[55]关于克瑞昂的bia(暴力),亦见867,874,903,922。

之前的关系。他选择了圣林而非宫殿,并且先知先觉地宣告,"在这里我就能获得力量(kratos),击溃那些将我流放的人"(646)。这其实预演了他对克瑞昂在766—767行提出自相矛盾的恩惠(charis)时予以拒绝的行为,也暗示了克瑞昂妄图在亲属身上施加的身体暴力必将遭到挫败(832)。

戏剧的最后一场行动见证了提修斯和奥狄浦斯之间缔结的恩典(charis)最终是如何落实的。歌队的视角多少有所限制,他们在惊恐之下向宙斯祈祷,祈愿他们帮助奥狄浦斯的恩情不会付诸东流(akerdē charin, 1484)。而看得更广的奥狄浦斯则允诺这份将会实现的恩典(telesphoron charin, 1489),正像杰布所翻译的那样,是"一份……充满了(我所允诺的)完美的报答"。这个短语隐含着对于最后之物的迷思,也就是涉及"目的"(telos)的事物,而正是这一点突出了奥狄浦斯在全剧中的独特地位。Telesphoros 一般是主动态,但这里的短语也可以解释为"带来成就的恩典","实现成就的助益"。因此,这句话预示了奥狄浦斯拥有赋予 telos 的神秘力量。当歌队在之后几行里将这份恩典(charis)描述为一种正义的助力时——"正义的酬谢以报答所受的恩惠"(1497,杰布译本)[56]——他们将 charis 重新带回熟悉的社会关系之中,共同的需求和尊重让人们走到一起,有来有往地互惠互助。

提修斯在剧中所说的最后几句话意味着他在恩典(charis)的文明化纽带上尽到了属于自己的那一半义务,他许下承诺,会帮助奥狄浦斯的女儿们,会对这位离去的英雄施予恩典(charis)(1773-6)。正如1489行的"telephoros charis"所表达的那样,奥狄浦斯身上所受的这份恩典(charis)已经超越了

---

[56] 关于1489行"兑现恩惠"和1498行"正当的恩惠"两者间的相互作用,见 Burian(见注4)多处。

人与人之间清楚明确的互助往来关系，步入了更为神秘和宽广的世界，在这个世界里，凡人与神明彼此交接。奥狄浦斯在结尾处所分享的恩典（charis）的纽带则披着一层意象性语言的外衣。提修斯安慰奥狄浦斯的女儿们道（1751-3）："孩子们，不要悲伤了。那些地下的恩典（chthonia charis）为（奥狄浦斯和雅典）留下了共同享有的（好处），因此不该再难过了，这会引起神的愤怒的。"[57] 这里说的"地下世界的恩典"（chthonia charis）正是奥狄浦斯馈赠的神秘恩典最完满的形式。他与收留他的城邦所共享的这份恩典呈现了完美的互惠关系：这位刚刚成为泉下之人的英雄所拥有的恩典，成为最终庇护他的城邦的力量之源；而这恰恰也是给予他自身的恩典。这种力量能为曾经施恩于他的人们带来祝福，它和人与人之间最基本的善意一道，弥补了可怕的诅咒带来的苦难，还有那些年在苍白的人性共同体与文明世界之外孤苦无依的生活。

冥府恩典的奥秘仍然离不开围绕着奥狄浦斯的二元对立的张力，它不同于安提戈涅出于对父亲的爱而向歌队请求的简单且温暖的恩典（charis），和提修斯因其高风亮节与怜悯之心而赐给奥狄浦斯的慷慨之恩（charis）也有所不同（569行及以下，636-7）。在戏剧的尾声，提修斯为活人们提供的恩典（charis）与奥狄浦斯为逝者提供的恩惠（1752-3）形成了对比，这让奥狄浦斯的馈赠依旧意味不明地处在诅咒和祝福之间。奥狄浦斯以乞援人身份从异地的城邦那里得到了恩典

---

[57] 这里我依据的是手稿的释读，杰布版本此处亦采信这一释文。皮尔逊在 OCT 中印出马丁的修订版释文，charis hē chthonia nyx apokeitai，"在那里，地下的黑夜如同一种恩惠"，或者是"是地下的恩惠"。尽管这种表述非常有意思，但它的意思显得比较普通，不太符合奥狄浦斯既悖谬又神秘、愤恨与和平一样强烈的结局特点。更多相关讨论见 Jebb 附录295，亦见 Kirkwood 244 n24。

(*charis*),但他反而不愿意将这样的恩典给予身为自己亲生骨肉的儿子。尽管奥狄浦斯一度因为女儿们在提修斯的恩典下被救回而大感喜悦,但紧接着他却不情不愿地勉强同意了安提戈涅为波吕涅克斯请求的恩典(1183)。[58] 乞援人请求恩典这一情节重复了戏剧前半部分的模式,但奥狄浦斯如今却是在赐予恩典而非请求恩典的位置上。

如此反转不仅说明了奥狄浦斯由弱势转为强势、从乞援人变成救助者的转变,[59] 同时也让他与人的关系的复杂性变得更加清晰。即使他在这样一个敬神且充满人情味的城邦重新获得了位置,他仍然与一种超自然的力量脱不开联系,这种力量同时流淌着爱与恨、祝福与诅咒、赋予生命的救赎(*sōtēria*)与具有破坏力的复仇。

剧中与恩典(*charis*)紧密相关的另一个概念是喜悦(*terpsis*)。在766—767行间,奥狄浦斯在抨击克瑞昂的时候将两个词联系到了一起:奥狄浦斯为离开忒拜感到高兴,而克瑞昂不顾其意愿将他强留在那里的所谓帮助实际上是一种败坏的恩惠(*charis*)。克瑞昂的人情并没有带来任何真正的喜悦或快乐(*terpsis*,775;*hēdonē*,780),他软语温言的话术掩盖了粗粝的事实(*sklēra malthakōs legōn*,774)。克瑞昂只能给出一份让接受者不情不愿,也丝毫没有喜悦可言的友谊(参775),而一个文明城邦提供的真正恩典(*charis*)却能让奥狄浦斯重获身为父亲的天伦之乐(*terpsis*,1122,1140)。这份喜悦和陪伴着奥狄浦斯的恩典一样,也同家庭中黑暗的仇恨交织在一起。奥狄浦斯深

---

[58] 1106和1183行中两种"恩惠"(*charis*)的对比对应的正是奥狄浦斯与女儿和儿子关系的对比,见Easterling(见注11)10–1;Rosenmeyer(见注13)109n71;Marie Delcourt, *Oedipe ou. la légende du conquérant*(Paris 1944)chap. 2;U. von Wilamowitz-Moellendorff, *Griechische Tragödie übersetzt* I(Berlin 1899)8。
[59] 关于这些反转见Burian(见注4)410ff.,422–4。

知，这份喜悦会在人的世界里随着时间的推移而逐渐变得苦涩（615）。他把自己不得不顺应安提戈涅的请求从而要对波吕涅克斯的话予以理会的举动看作一种沉重的快慰（*bareia hēdonē*，1204）。安提戈涅徒劳地指望波吕涅克斯向父亲求情能够多少带来一些喜悦（*terpsis*，1281-3）。但这场会面的结果却是奥狄浦斯诅咒了他的儿子，旁观者并没有在他们听见的事情里分享到一丁点儿喜悦（*syn-hēdomai*，1397-8）。

第三合唱歌处在以下两个情节之间：先是奥狄浦斯极不情愿地默许了安提戈涅的请求而感到一种沉重的喜悦（1204），紧接着是波吕涅克斯的登场。这首合唱歌关注的是死亡夺走喜悦的否定性。"没有婚姻，没有弦歌，没有舞蹈"（1221-2）的冥府（Hades）同样是一切带来喜悦的事物（*ta terponta*，1217-8）和文明生活所孕育的各种纽带的对立面。这几句诗行紧密呼应着《埃阿斯》中的颂歌，其中萨拉米斯的水手哀叹首领的死亡使得他们从此失去了快乐（《埃阿斯》1199-1205，1210-22）。在这两部戏剧中，喜悦植根在忠诚与友爱的关系中，而它的消亡则是通过野外世界的意象进行表达的。在以上两种情境中，曝露在自然世界中的危险象征着受难的主角与欢乐的文明社会之间岌岌可危的关系，其中大海的意象尤其表达了这一点（《埃阿斯》1217-22；《奥狄浦斯在科洛诺斯》1240-8）。

五

随着波吕涅克斯的登场，克瑞昂绑架奥狄浦斯的女儿这一情节首先展现的是人的关系受到威胁，而这一威胁逐渐变得复杂而不可控。克瑞昂和波吕涅克斯都想将奥狄浦斯拉回忒拜的过往当中，拉回到暴力、绵延的诅咒以及血亲关系的分崩离析之中。主角想要把自己从这样的往事中解脱出来的种种尝试一开始集中在仪式与政治的范畴上。前者体现在与科洛诺斯长者的对话中，后者则反映在与提修斯的互动上。但在如今他见到儿子的这一刻，它又变成了更为深沉的情感问题。波吕涅克斯作为他的亲生骨肉，他的请求比克瑞昂的蛮不讲理来得更有力量。这种力量既源于祖上的城邦，也源于祖上的家庭。不过，现在的奥狄浦斯已经拥有了抵挡城邦（polis）和家庭（oikos）的力量。他在和自身过往痛苦地进行抗衡的过程中，已然变得比之前更加坚韧，头脑也更加清晰和果断，尽管他的回绝多少显得缺乏人情味和同理心。在此之前，当奥狄浦斯更加有力地对乱伦与弑父的双重污秽予以否认时，他一改激荡的抒情诗体的口吻，转而使用富有逻辑性的辩论形式（207行及以下，265行及以下）。随后，他又在反驳克瑞昂时将残存的罪咎感融入了高明的义愤之中。而在最后面对波吕涅克斯这一过往带来的最终诱惑的时候，他的愤怒本身已经变成了有力的诅咒，已然不需要一个像提修斯那样的人加以渲染了。

奥狄浦斯与波吕涅克斯的碰面和他与克瑞昂那场会面有着紧密的呼应关系。我们在这两个场景都能看到的是，自他方而来的异乡人打断了提修斯的祭祀仪式（887行及以下，1157行及以下）。但两个场景里奥狄浦斯在空间中的处境却有所变化。此时的奥狄浦斯已经被纳入文明的共同体中，不再是一名流亡者，他更加确证了自己的权力，并闪现出新近获得的英雄之力。在之前的一幕里，奥狄浦斯注意到克瑞昂"用甜言蜜语来讲残忍的事"（774）；但此刻就像波吕涅克斯叹惋的那样，轮到奥狄浦斯讲出残酷（sklēra，1406）的话了。

如果说奥狄浦斯与波吕涅克斯的会面和他与克瑞昂的会面相互呼应的话，那么前者和后者其实也形成了对比。[60] 曾

---

[60] 见Burian（见注4）424。

经是无助的乞援人的奥狄浦斯,现在成了聆听乞援请求的人(1309;参1237)。从安提戈涅在这一幕最后说出的话来看,奥狄浦斯的诅咒已经具备了神性预言的力量("他所预言的这些事",*thespizein*,1428)。奥狄浦斯和史诗里的英雄与愤怒的天神类似,也有着深重的愤怒(*mēnis bareia*,1328;参964-5,1274),尽管这种愤怒不近人情,却依然有其正当性。克瑞昂身为一个乞援人,他更多的是在发号施令而非提出恳求,这让乞援仪式变得空洞无用。[61] 而波吕涅克斯的乞援尽管在形式上显得更恭敬一些,却几乎是对奥狄浦斯在戏剧起首的乞援的拙劣模仿。[62] 波吕涅克斯声称自己被故国放逐,因而在苦苦寻觅一个安身立命之地(1292,1296,1330)。他把自己看作和奥狄浦斯一样的乞讨者、流浪者和异乡人,和他的父亲一样有着不幸的命数(1335-7)。然而波吕涅克斯才是那个放逐了自己父亲的人(此处可将1360行与1296行及1330行相比较)。他并非孤立无援的流浪之人,而是背靠着盟军的将领(1310),这支军队正是他引以为傲的无所畏惧的阿尔戈斯军(1325)。他在将七支雄师里的战士各自姓甚名谁不厌其烦地列举出来时(1311-22)就已然大大削弱了乞援的恳切性(1310)以及身为饱受冤屈的受害者的可信度。[63] 这些话不仅让我们想起他在埃斯库罗斯的《七将攻忒拜》里身负的军事荣耀,同样也唤起了

---

[61] Burian 408-29;Vickers 472.

[62] 试将48-9与285-6、428与1273-4、1278-9进行比较,相关综述见Easterling(见注11)7。

[63] 见Wilamowitz(见注23)358-9,他指出言说揭示出"这位无情而野心勃勃的人是如何推进自己的计划的,作为军队首领的他若取得胜利便能性命无虞,他只须赢得父亲即可,否则就会输掉一切"。Max Imhof,"Euripides' Ion und Sophokles' Oedipus auf Kolonos," *MH* 27(1970)83,认为此处是一个仿照《伊利亚特》卷三中"作壁上观"(*teichoskopia*)写作手法的"古典史诗式的样本"。

人们对于忒拜充满暴力与悲剧命运的城邦印象；这座城邦的诅咒如今应验在了相互争斗的儿子们身上。

伊斯墨涅在戏剧早先情节中就已经描述了这些军事准备，要是能取得胜利的话波吕涅克斯还希望能"上达天听"（377-81）。因此，波吕涅克斯这些看似卑微无助实则相当伪善的乞求并不出人意料。他将神明招引为"帮手"的惯用做法（1285-6）和奥狄浦斯承载着神性意志的深刻知识是背道而驰的。波吕涅克斯在满怀怨恨地大吼"要向那个将我放逐、让我无家可归的兄弟复仇"（1329-31）之后援引神谕的行为，与奥狄浦斯身上有关神谕的神秘知识以及不断涌现的预言之力（参1428行及以下）形成了对比。相应地，他与姐妹道别时的自怨自艾，让她们冒着风险也要去埋葬他日后尸首的暗示（1405-10），也和奥狄浦斯对女儿们日后幸福的担忧（1634行及以下）形成了对比。他在最后发出了充满怨怼和绝望的诀别——"你们再也不会见到活着的我了"（1437-8），格局远远比不上奥狄浦斯顺受神示而与女儿们作的那场最后的告别；在这场告别中，奥狄浦斯（1610-9；参1437，1612）在难掩父爱的同时也令人动容地感怀着女儿们的丧亲之痛。

波吕涅克斯出现的这一幕不仅让我们回顾了戏剧开场乞援人与被乞援人的角色互换，同时也让我们重温了奥狄浦斯悲剧生涯的开端。它呼应了《奥狄浦斯王》的开场，当时忒拜的长者们向奥狄浦斯求援的乞援仪式与姿态简直犹如凡人接近神明一般（《奥狄浦斯王》31）。[64] 如今，尽管奥狄浦斯不再是

---

[64] 此处与《奥狄浦斯王》的呼应，见B.M.W. Knox, "Sophokles' Oedipus", *Tragic Themes in Western Literature*, ed. Cleanth Brooks（New Haven 1955）28 及 *HT* 147；亦见Burian（见注4）429n1；R. D. Murray, "Thought and Structure in Sophoclean Tragedy", ed. Thomas Woodard, *Sophocles: A Collection of Critical Essays*（Englewood Cliffs, N.J., 1966）23-8。

处在鼎盛期的高傲的王，不过是一位双目失明、饱受摧残的凡人，但他却比以往更加接近神明，也更有资格接受乞援。奥狄浦斯身上的冷酷和怨恨虽不见得在这场与波吕涅克斯的戏里软化了多少，却也对他在393行提出的尖锐问题——"是不是我不再活着的时候，我才能被称之为人？"——给出了含蓄的回答。

奥狄浦斯与波吕涅克斯一道重现了他与特瑞西阿斯在《奥狄浦斯王》里发生的场景，但现在奥狄浦斯扮演的是盲先知的角色，而波吕涅克斯则成了年轻版的奥狄浦斯。[65]奥狄浦斯不再是被诅咒的人，而成为诅咒者；他开始拥有了庇护或回绝乞援人的力量，而在成篇早于本剧约半个世纪的《埃阿斯》一剧中，主角直到死去才获得这样的力量。

波吕涅克斯登场这冗长的一幕让许多批评家都深感困惑。[66]然而，这一幕对于奥狄浦斯的成长变化以及他回归文明共同体的权力地位这两点来说都至关重要。这是他对于自己新获得的权威和寓于虚弱中的力量建立起完全自信的倒数第二个阶段。当奥狄浦斯说出"我知道"（*eg' oida*，452），并像《特拉基斯少女》里的赫拉克勒斯那样把新旧神谕放到一起说时，他已然更深刻地了解了自己的命运。他提醒提修斯，"你不知道（克瑞昂的）危险之处"（656），结果证明他是对的。奥狄浦斯在早些时候曾凭着直觉向众人宣告自己的新力量："我怀

---

[65] 见 Seidensticker（见注21）268-9，其中将《奥狄浦斯王》300—462行与《奥狄浦斯在科洛诺斯》1254—1446行进行了对比；Adams（见注30）164；Umberto Albini, "L'ultimo atto dell' Edipo a Colono", 收录于 *Interpretazioni teatrali da Eschilo ad Aristofane* Ⅱ（Florence 1976）65（最早发表在*PP* 157, 1974, 225-31）。关于过分强调两部奥狄浦斯戏剧之间可能存在的问题，可见 Hans Strohm 在其文 "Griechische Tragödie...Sophokles," *AnzAlt* 26（1973）45中提出的谨慎评论。

[66] 相关讨论及完整的参考文献，见 Hester（见注45）29-30及40；亦见 Burian（见注4）421ff.；Whiteman 196-7；Letters 301-2。

着神性与虔诚来到此地,要给这里的人民造福。"(287-8)他这样对提修斯说:"我来是想把这副悲惨的身躯当成礼物送给你,它也许看上去不值一提,但它能带来的好处远胜于一个美好的外在。"(576-8)他对强与弱、转瞬即逝的外在与历久弥坚的价值之间的关系有了更深刻的认识,他不再是为表象与真实的矛盾感到困惑的奥狄浦斯。

几行之后奥狄浦斯谈到了时间,他所说的话体现了这样一个矛盾性的反差:虚弱的身体带来了祝福,而强壮的身体或强大的国家却会在时间消磨中逐渐失去力量(609-10)。按照他自己的预言,奥狄浦斯在结尾给出的将会是"不曾经过岁月摧折"(*gērōs alypa*,1519)的礼物。如果说之前他隐约地觉察到自己的躯体(*sōma*)是神明在意的事,并在众神的计划里有着一席之地(354-5,384,389行及以下),那么现在这种意识已经变成了一种具有反抗性的确信,他当着克瑞昂的面表现出这样的确信:他比克瑞昂更清楚地知道(*ameinon phronō*)忒拜的命运,只要他能再把阿波罗和宙斯的声音听得更清楚一些(791-3)。

阿波罗早先给出的神谕(453-4)已不再如《奥狄浦斯王》里那样晦涩难解了,它不再是一种打击,反而给人带来助益。在之前的戏剧里,神谕往往揭示出奥狄浦斯充满力量的外在之下隐藏的弱点。但现在这一切彻底反转了:神谕指出的恰恰是其看似虚弱的外表背后隐藏的力量。[67]如今奥狄浦斯所拥有的是预知能力的阴暗面,这种力量让说出的诅咒都终将应验。在戏剧的最后,奥狄浦斯在神明的感召下所散发的威严气度完满地呈现在他的语言和戏剧行动中,从而印证了戏剧早先情节所昭示的他将得到众神的关怀(385行及以下)。

波吕涅克斯的这幕戏其实也是对奥狄浦斯的一生进行了

---

[67] 见 Rosenmeyer(见注 13)96。

一种小范围的观览性回顾。它展现了一幅汇聚着他悲剧的一生中出现的各色人物的画卷，每一个人物都在其中以一种鲜明的姿态亮相。提修斯尽力地捍卫着乞援人的神圣性以及聆听的义务（1175-80），就像他自己之前聆听奥狄浦斯说的话一样（574-5；参551）。安提戈涅则强调了血缘关系。她说得很简单，"你生下了他"（1189）。在她看来，这样的纽带应当取代正义和复仇那些抽象的原则（1189-91）。她的身上集中重现了索福克勒斯在35年前就写下的由亲缘关系而起的悲剧的来龙去脉。现在，奥狄浦斯已经经历并超脱了这一悲剧，而他的子女依然要面对血缘的诅咒。

六

整部戏剧无论是在实质还是象征意义上都重现了奥狄浦斯的净化仪式。它是阿尔诺德·范·热内普（Arnold Van Gennep）所说的"阈限礼仪"（liminal rites）、进入礼仪（rites of entrance）、重合礼仪（rites of reintegration）和分隔礼仪（rites of seperaton）更为复杂的版本。[68]奥狄浦斯所做的祓除仪式使得圣林没有因为他的闯入而蒙受污染。与此同时，他也通过言语和祭祀行为净化了自己身上的污秽。[69]进入圣林所

---

[68] 见Arnold Van Gennep, *The Rites of Passage*（1908；英译本Chicago，1960）多处，尤其是10ff.；亦见Gould的文章（见注6）。

[69] 言语上的自辩：258行及以下，521行及以下，906行及以下，亦参466行和548行。仪式行为：465行及以下，1598行及以下。Seidensticker（见注21）263强调此处的奥狄浦斯与《奥狄浦斯王》中污秽深重的奥狄浦斯形成的反差。亦见Rosenmeyer（见注13）97，主要讨论的是这场净洗所呈现的反传统精神；Reinhardt 203-4；Thomas Gould, "The Innocence of Oedipus" pt. 3, *Arion* 5（1966）491-4。Linforth（见注27）104-9认为污秽仅以一种"残余的形式"呈现（109）的观点不太成立。

需的净化仪式也是一种象征意义上的净化，毕竟奥狄浦斯进入的这片禁地也是他身负的诅咒的一部分。因此，净洗的仪式本身与道德上的净化密切相关。在拒绝了波吕涅克斯之后，外在可见的预兆说明了奥狄浦斯已经从充满纷争的旧日城邦挣脱出来，并在提修斯治下秩序井然的城邦中确认自己的位置。

奥狄浦斯将自己的手放在女儿们以及提修斯的手上时，他们之间形成了一种信任的纽带（1631-5；参1639），他从而摆脱了克瑞昂之前罔顾虔敬的（856，863）粗暴触碰，也摆脱了自己不愿用带着污秽的双手触碰提修斯的顾忌（1132行以下）。[70] 以洁净的双手完成的神圣浇奠仪式（469-70；参1598行及以下）证明奥狄浦斯一开始宣告自己神圣（*hieros*）而虔敬（*eusebēs*，287-8）的话所言非虚，更重要的是，神明对其内在纯洁性的认可也证明了这一点。

波吕涅克斯请求父亲帮助的动机完全就是错误的。他是这么开腔的："我该先为谁的不幸痛哭呢？先为我自己还是先为我那年迈的父亲？"（1254-6）话里满是自我怜悯的口气。波吕涅克斯向奥狄浦斯承诺，"我会把你带回你的家宅，并把你安顿在那里"（1342-3）；但他紧接着又说，"我自己也会安顿在那里，用武力把其他人驱逐出去"（1343）。[71] 他和克瑞

---

[70] Wilamowitz（见注23）356注意到了此处与《奥狄浦斯王》1413—1414行的对应关系。亦见Thalia Phillies Howe, "Taboo in the Oedipus Theme," *TAPA* 93 (1962) 141; Lesky（见注51）104。

[71] Easterling（见注11）8精彩地评述道，波吕涅克斯的请求中带有讽刺意味的弦外之音颠覆了他本身的诉求，而这亦让人回想起奥狄浦斯曾犯下的过失，尽管她依旧相信波吕涅克斯会赢得一部分读者的同情。亦见Knox, *HT* 159-60; Adams 173-4; Reinhardt 224-8; Vickers 473-5。Linforth（见注27）多处认为奥狄浦斯的诅咒相当残忍；Rosenmeyer（见注13）97ff.; A.J.A. Waldock, *Sophocles the Dramatist*（London 1957）226; Hester（见注45）多处。

昂一样着重强调了武力（bia）和力量（kratos）。奥狄浦斯新的力量（kratos）让他十分在意。按他的话讲，神谕说"你加入的那一方就会获得力量（kratos）"（1332）。而这恰恰是奥狄浦斯最为反感和拒斥的一点，因为忒拜总是试图要"掌控"（kratein）他，把他当成护身符或是赢得胜利的工具加以利用，就像奥德修斯利用菲罗克忒忒斯那样。伊斯墨涅在戏剧的开头就已经告诉过奥狄浦斯："他们说他们的力量（kratē）得指望你。"（392）克瑞昂带着人来的时候，她也说他们是为了"从你身上获得力量（kratein），还要把你放在城邦的边界"（399-400）。"他们想让你在靠近国界的地方加入他们，这样一来你就没法好好地运用自己的力量"（sautou kratein，404-5）；糟糕的是，波吕涅克斯又用回了这个令人厌恶的动词"让你加入我们"，想要将奥狄浦斯"争取过来"（1332）。而奥狄浦斯在之前回答伊斯墨涅的时候就已经发誓，"他们别想一手掌控（kratein）我"（408）。尽管他答应了安提戈涅的请求，但他也重新强调了这一决心；他还让提修斯向他保证，"决不让任何人掌控（kratein）我这条命"（1207）。

在戏剧所呈现的内外力量的颠倒之中，一心想要得到父亲的王座和权杖的儿子们（448；参1354）却只得到了诅咒作为他们的遗产（参425），而作为奥狄浦斯真正的"手杖/权杖"（skēptra，848，1109）的女儿们将会获得继承者的"力量"（kratein）（1380-1）。[72]"王座""权杖"这样贯穿全剧的语词让人回想起被纷争撕裂的忒拜的诅咒（参367-76，392）。但奥狄浦斯的力量或说kratos更多的是精神力量而非身体力量。克瑞昂于是转而剥夺了奥狄浦斯个人亲密的权杖（skēptra），也就是他的女儿们（848）。提修斯能把她们安全地接回来，也就

---

[72] 关于"王座"和"权杖"的重要性，见Easterling（见注11）7-10。

让奥狄浦斯在雅典的安全得到了彻底的保障，从而确保了他会将祝福留给虔诚的而非暴力的城邦。奥狄浦斯既然知道自己一定能在雅典的土地安眠，他也就能够运用神赐的神秘力量（*kratos*）来对付敌人。奥狄浦斯在向提修斯解释自己安葬的请求时这样说道，"在这个地方……我就能获得力量（*kratēsō*），击溃那些将我流放的人"（644，646）。

波吕涅克斯的说法重新唤起了奥狄浦斯想尽办法摆脱的那段充满暴力的苦涩过往。他不惜让至亲流血以赢得王位的举动让人想起奥狄浦斯登上忒拜王座时的阴霾。家族仇恨的积怨在波吕涅克斯大谈流亡、驱逐、独断专行的王权、复仇（1296，1293，1329，1330）的时候接连不断地涌现。他觉得自己的弟弟（1295）剥夺了他的特权（1330），还以僭主的姿态坐镇家宅（1338），这让他感到十分地愤懑不平进而不由自主地大喊"不幸的我啊"（1338）。他两次提及自己被驱逐出境（1296，1330，两次都在同一个韵脚上），因而他也两次将自己拽回被弟弟嘲笑和讥讽的痛苦之中（1339，1423）。和埃阿斯一样，最让波吕涅克斯感到痛苦的是这样的嘲笑来自他的敌人。当他一再强调自己是兄长时，他也就愈发执着于这种孩子气的争执，执着于在这样一个受到敌意与紧张的亲情关系诅咒的家庭里上演如此狭隘又激烈的较量。身为乱伦生下的孩子，波吕涅克斯就这样把他的人生虚掷在兄弟争斗的自我纠缠之中。

波吕涅克斯把所有的能量都倾注在了如何将自己的弟弟赶出他所想占领的地方这件事上，于是他不断地用代表着权力、王位和权杖的符号来发泄自己的愤怒（1293，1354，1380-1）。即使赢得或输掉权力的暴力行径意味着自己的祖国和家庭将毁于一旦，他也依旧陷入这种病态的执迷不悟之中，无法自拔。他讲述了埃特奥克勒斯如何靠着话术而非武力从他手里攻下了城邦的种种细节（1296-8），从而反映出他近乎发狂地渴望着权力和复仇的内心世界。相比之下，提修斯和雅典的众人是多么的不同，他们都是用理性的意见来进行聆听和对话的。我们多少会同情波吕涅克斯这个人以及他的处境；但索福克勒斯不厌其烦地向我们明示，他的性格不可挽回地写就了他的命运。

波吕涅克斯的身上留有忒拜一切最糟糕的价值观以及一切它对人类关系的败坏之处。伊斯墨涅是第一个从这个诅咒的城邦出来的信使，她向我们讲述了其中因争夺权力而起的内部斗争（361行及以下）。她所说的话充满了令人不快的内容，包括恶劣的争斗、僭主的权力、驱逐和流放（367-81），而这一切之后又在波吕涅克斯的身上得到了呼应和确证。尽管奥狄浦斯在波吕涅克斯的面前将自己身负诅咒的方方面面又重新体验了一遍，他却将这个诅咒反过来用在了自己的儿子身上，让他成为新的替罪羊（pharmakos）。他把波吕涅克斯自己大谈权力和仇恨的话扔回到他自己身上："你永远无法用战矛来征服生你养你的至亲土地……你会死在亲人的手里，也会杀死那个驱逐你的人。"（1385-88）"那个驱逐你的人"这句话犀利地切中了他的儿子最为受伤的弱点。

奥狄浦斯虽然无情但正义。波吕涅克斯以"宙斯做任何事都与他分享宝座的崇敬之神"的名义向他提出恳求，奥狄浦斯则回之以"端坐在宙斯古老法令旁边的远古的正义女神"（1381-2）。[73] 波吕涅克斯虽然向在奥林波斯享有崇高宝座的崇敬之神求助，但他心心念念的都是忒拜的世俗王位及其独断

---

[73] 关于这一呼应，见Easterling（见注11）10；Winnington-Ingram（见注30）24，及其文章"Tragedy and Greek Archaic Thought," *Classical Drama, Essays for H.D.F. Kitto*（London 1965）43。

专行的权力（1293），这让他的请求大打折扣。而奥狄浦斯在提请正义女神之前，曾向众人宣布波吕涅克斯觊觎已久的世俗权力的王位和宝座将归安提戈涅和伊斯墨涅所有，这也绝不可能是巧合。奥狄浦斯对于古老的正义女神（*palaiphatos Dikē*，1381-2）的笃信让他确定他掌握了阿波罗之前旧预言（*manteia palaiphata*，453-4）所透露的知识。在上述的两个情形里，奥狄浦斯已然有了神明隐秘而骇人的行事作风。

波吕涅克斯和克瑞昂共同否定了文明的两项核心制度——家庭与城邦。提修斯在介绍波吕涅克斯时，说他是"在城邦中并不享有位分（*empolis*），但拥有血缘亲情（*syngenēs*）"的人（1156-7），这句话呼应了他将无家可归的主角接纳进雅典城庇护（*empolin katoikizein*，637）、为他提供了家宅和城邦的举动。奥狄浦斯指责波吕涅克斯将他赶出了家宅和城邦，让他变得无邦无国（*apolis*，1356-7）。在他最后的诅咒里，他把儿子称作"无父"之人（*apatōr*，1383），并且在预言其下场时将家与国放到了一起：波吕涅克斯会输掉他所属的土地（*gē emphylios*，1385），并且会死在亲人的手里（*cheri syngenei*，1387）。最后的这个短语撕裂了亲缘的纽带，而波吕涅克斯登场时的乞援人身份却是以亲缘关系作为基础的。随后奥狄浦斯又召唤"塔尔塔罗斯阴森得如父亲一般的黑暗"，请它让波吕涅克斯"无家可归"（1390）。他所用的"*apoikizein*"这一动词意为"赶出家门"，恰恰是提修斯在637行所说的"*katoikizein*"（在城邦安顿下来）的反面。

波吕涅克斯和早年的奥狄浦斯一样，之后他会和人类世界相隔绝，不得不被人憎恨着（*apoptystos*，1383，字面义为"唾弃"）一直生活在家族诅咒的可怕阴影下，远离苍白的人类文明。塔尔塔罗斯可恨的黑暗在这里是"属于父辈"（*patrōon*，1390）的，这再一次让波吕涅克斯的命运和这个家族祖传的诅咒联系到了一起。[74] 波吕涅克斯将从父亲那里继承的阶级特权（gera，1396），既包括了家族的特权也包括了皇室的权力，但这一切最终会被在城邦之外丧命于兄弟之手的死亡所替代（1387-96）。

波吕涅克斯首次开口所说的话就已然表现了他与本该给予父亲以庇护的家宅（oikos）之间的吊诡关系（1256-63）：

> （我的父亲）我如今发现他流落异乡，他被驱逐至此地，身着这样的衣服：那让人憎恶（dysphilēs）的污秽长久地贴在这位老人的身上和他一起变老旧，让他的身体变得污损不堪；他的头颅已经没有了双眼，他那没有梳理过的头发在风中飘荡。看样子，他还带着一些与这些东西仿若姐妹（adelpha）的吃食（threptēria）来填他可怜的肚子（nēdys）。

这些话都指出了他在家庭（oikos）中身为人子的失败，因此这个家的毁灭他是脱不开干系的。[75] 污秽即是dysphilēs，是philia之爱的反面。它长久地留在这个流亡的乞丐身上，犹如与他共处同一家宅的屋檐之下（syn-oikizein，1259）一般，而他的儿子恰恰没有让他住在家宅之中。他所吃的食物是threptēria，这个词也指代儿女给年迈的双亲奉养的食物，或是父母养育儿女的吃食。这里用了"adelpha"（姐妹）而非一般形容"相似"的形容词，进一步突出了家庭的意涵。指代"肚子"所用的也不

---

[74] 关于patrōon见杰布对1390行的评注，他注意到"藏起拉伊奥斯"的黑暗与奥狄浦斯失明的黑暗可以通过这个词形成联系。

[75] Easterling（见注1）6，虽然她多少有些同情波吕涅克斯，但她也注意到此处的语言"极其的乏味和造作"，她认为这更多的是一种"尴尬的生硬而非伪善"。

是常见的 gastēr 一词，而是 nēdys（1263），它最标准的释义是"子宫"。"滋养"与"孕育"二者在奥狄浦斯的诅咒中都尤为重要，他在八行里使用这两个词达五次之多（1362-9）。

安提戈涅在奥狄浦斯发出可怕的诅咒之后请求波吕涅克斯（她把他称作"孩子"[76]）不要攻击自己的兄弟，但波吕涅克斯却只在考虑他身为长子的名分（1420-3）：

> 安：孩子呀，你何苦要这样满腔愤怒？把你的祖国毁了，你又能有什么好处呢？
> 波：流亡是一件可耻的事，它让我蒙羞；我身为兄长，却要被我的兄弟这样嘲弄（gelasthai）。

这其中的关键词"祖国"和"兄弟"将政治动机与私人动机纠缠在一起。家宅之内的纷争既处在不同国家的军队冲突之下，又与其形成对应的关系。

此处的语言形式在波吕涅克斯的身上集中体现了世俗权力的诱惑（"王位和权杖"）以及家族诅咒带来的糟糕的污染。在成功地抵御了以上两者之后，奥狄浦斯彻底完成了他的分隔礼仪。在不久之后的净洗仪式中，他脱下的满是脏污的长袍，正是儿子第一次说话时曾引述为父亲的痛苦遭遇与流浪生活（dyspineis stolas，1597；dysphilēs pinos）的象征。当奥狄浦斯确确实实地脱下了这件属于带着诅咒的流放生涯与忒拜城的衣服之后，他也就为英雄化之前的净洗仪式做好了准备。

在奥狄浦斯发出诅咒之后，波吕涅克斯和安提戈涅的对话是索福克勒斯悲剧风格的缩影。我们对这一幕似曾相识：劫数已定的英雄在极强的决心和自我毁灭的激情中一意孤行，而

---

[76] 安提戈涅在1420行说的 ō pai（"啊，孩子"）再次强调了亲情的主题。

满怀柔情的女子则尝试着将他拉回到生活中去。[77]"波吕涅克斯,我求求你,"她哭着说,"让我劝劝你吧。"(1414)但安提戈涅的劝说也就只能做到特克墨萨劝说埃阿斯或伊奥卡斯特劝说奥狄浦斯的程度。波吕涅克斯留下的最后的话是"别再对我作没有必要的劝告了"(1442)。而安提戈涅所回答的,也只能是"如果失去了你,我是多么地痛苦和不幸"(1442-3)。但波吕涅克斯没有就此打住。他以一个悲剧英雄承受命数和神明意志的姿态如此回应:"这事要看命运的旨意(*daimōn*),要么是这样要么是那样。"(1443-4)波吕涅克斯最后的话表现出了一个在劫难逃之人的高贵的冷静,他在直面死亡的同时也带着同情的悲伤回望着那些会为他的死感到心伤的人们(1444-6):"但我向众神祈求,你们二人(他的两位姐妹)不再遭逢不幸。你们不应当在任何事上受罪的。"

奥狄浦斯则远离了这一切。索福克勒斯似乎通过这个既在其中又有所疏离的人物,从一个既涵盖了悲剧又超越了悲剧的角度对悲剧艺术的本质进行了反思。雅典邦民组成的歌队反映的是每一位悲剧观众的处境,他们亲眼见证着人遭逢神意的时刻,也就是在那些"生命中的偶遇以及与命神(*daimones*)相遇的关头"(《奥狄浦斯王》33-4)。因此,终其一生被困厄和不幸的同伴所包围的奥狄浦斯从充满激情的权力高位离开以后,他的位置也反映了诗人自身的处境,后者用知识和正义塑造了悲剧的命运。

虽然波吕涅克斯富有悲剧的感染力,但他依然只能部分地引起我们的同情。他并不是我们关注和关心的焦点,奥狄浦斯才是。对奥狄浦斯来说,这场会面不过是加快了获得属于英雄的神秘力量的节奏。奥狄浦斯步入的是命神(*daimones*)的

---

[77] 关于索福克勒斯这种戏剧程式见Knox, *HT* chap.1。

领地，他们带着可怕的怒气和遥远莫测的神意；这种神意按奥狄浦斯的人生经历来看，往往意味着罚不当罪的报复性惩处，有时甚至模糊了有罪和无辜的界限，如此一来，走进他们领地的奥狄浦斯也就超越了一般意义上的道德评价。[78]他的诅咒拥有神明那般猛烈而可怕的正义性。

　　波吕涅克斯的到来让提修斯的祭祀第二次遭到了打断。第三次打断紧随其后，那时的雷电让奥狄浦斯意识到现在是召唤他的朋友的时候了（1457行及以下）。第三次打断是前两次的高潮，也是奥狄浦斯充分了解他一开始所说的命运的征兆（46）的最后阶段。不过，现在奥狄浦斯是凭着确定的知识才把提修斯叫来的。奥狄浦斯不再是一个倏忽而至的局外人，他自己主动提出了这样的请求。

　　波吕涅克斯出场的这一幕是奥狄浦斯从虚弱的凡人变为英雄的分水岭。在这之前的合唱歌唱的是贫瘠的死亡——"在一切的盘算里，不出生是最好的"（1224-5）。我们所看到的奥狄浦斯犹如裸露的海岸，被汹涌的海水拍击着（1240行及以下）。[79]波吕涅克斯一度把我们带回到混乱与荒芜之地，唯有在最后那股荡涤罪咎的狂乱之中我们才最终得以解脱。奥狄浦斯从颂歌笼罩着的幽暗的里派山的夜空（1248）转向波吕涅

---

[78] 见Burian（见注4）427："奥狄浦斯的诅咒不属于一般的道德判断的范畴"；亦见Winnington-Ingram（见注30）24。

[79] Gellie 176认为，这首荒凉的颂歌旨在展示奥狄浦斯这位老人承受的苦难，从而让下一幕的他更为突出。Hester（见注45）29亦对这几行诗作出了解读，41页则包含了更多参考文献。不过，这首颂歌兴许是展现人类存在的两种绝对状态——"存在与非存在"（being and nonbeing）——在偏僻之地的交会点，这正是奥狄浦斯所处的位置。从这个角度看，他对汲汲于权力的争吵不会有多少耐心。但依然深陷于家庭争端的他多少站在了问题的边缘，而这些问题受到的是最为苛刻严格且不讲人情的审判。

第十一章　《奥狄浦斯在科洛诺斯》：视象的终结

克斯离开时宙斯发出的闪电。兆示着神明显灵的超自然的亮光接替了死亡与拉伊奥斯家族诅咒的黑暗。内心的光明取代了年轻的奥狄浦斯和年轻的波吕涅克斯身上道德的盲目。《安提戈涅》586行及以下的诗行里呈现的诅咒意象和合唱歌中死亡的意象非常相似，同样都是幽暗而狂乱的大海与风暴。《科洛诺斯》剧中的这首合唱歌出现在主角从黑暗走向光明、从诅咒走向祝福的转折关头。他更加接近了最后之物，即存在与非存在（*phynai* 和 *mē phynai*，参1224-5）。在这样一个更为宽广的视角之下，在更加广阔的天空（*largior aether*）之下，奥狄浦斯将家庭不睦的苦涩、王权的尔虞我诈、名利的纷纷扰扰和流亡的深仇大恨统统抛诸脑后。

奥狄浦斯早前已经历了一连串的阈限礼仪，第一次发生在他踏入欧门尼德斯的圣林的时候，之后就是他获得雅典合法身份的时刻。他经历了两个道德净化的阶段，先是在歌队面前净化了乱伦之罪，之后在克瑞昂面前净化了弑父之罪；这些净化仪式带来的益处一直延续到了戏剧的中段。但真正的浇奠净化仪式却因为克瑞昂绑架了正从圣泉取水的伊斯墨涅而被迫中断（469行及以下，495行及以下，818行及以下）。克瑞昂对这场仪式的干扰并不只是在物理行动上设置阻碍：它在实质性和象征性的层面上都妨碍了净化的施行，将奥狄浦斯又拉回到忒拜暴力和污秽的怪圈之中。

波吕涅克斯开始和奥狄浦斯说话时，后者身上肮脏的衣服让波吕涅克斯感到既可怜又震悚。奥狄浦斯没有理会波吕涅克斯看到他那污垢堆积的衣服后流露出的同情，反而认为这样的情绪面目可憎地证明了儿子身染污秽（1357-61）。这些肮脏的衣服与具象为奥狄浦斯身上的臭气的家族诅咒亦有所关联。它们让人意识到，奥狄浦斯对儿子降下致命的诅咒，实际上是对家族诅咒的延续。现在，奥狄浦斯脱下了肮脏的长袍

（1597），仪式已然彻底完成。在举行过涤罪的仪式（*loutra*，1602）以及穿上新衣之后（1603），他便做好了迎接新身份的准备，成为一个从烙印在人生里的可怕污秽中彻底解脱出来的英雄。

净化的仪式曾一度停滞，在多达一千多行的戏剧中心情节才重新出现（465行及以下，1597行及以下；参478，1599），奥狄浦斯在进入圣林之前必不可少的净化仪式最终让圣地的女神们给予的接纳和雅典城邦化的空间给予的接纳交织在了一起。结尾所呈现的是另一场从神圣之门走向另一个世界的神秘过渡（1590行及以下），它回应甚至取代了从野蛮转向文明的变化；这场变化发生在雅典边缘的树林中，为阴间的神灵所掌管。最后，尽管奥狄浦斯庄严地离开了已知的城邦空间，颇为矛盾的是，他在这座城邦的宗教生活中获得了坚实的地位，并且永远地得到了这座城邦物理意义上的庇佑。

对悲剧英雄的存在而言，路途、旅程、道路都是重要的主题。但是这位英雄超越了悲剧，他拥有凡人所能企及的最为深刻的坚定信念。奥狄浦斯之前谈到时间问题的言论（609行及以下）让我们想起半个世纪以前的埃阿斯，但奥狄浦斯的结局却截然不同。在城邦和家宅之外居无定所的漂泊和流浪生活定义了他的一生；他在剧中所有进入和离开的行动尽管存在着这样或那样的悖谬，最终都落脚在科洛诺斯的颂歌所描绘的那个祥和、敬神、美丽、富饶、充满音乐、与众神和大自然和谐相处的空间之中。

圣林是一片禁地。进入这片与土地、女性、母系力量有关的禁忌之地对于现在的奥狄浦斯来说可能是一种危险，因为这一切都曾出现在他过去的人生中。现在，他进入这个地方并不会像他在之前的戏剧里那样进入自己"播种"的秘密之地而染上污秽（miasma），而会消除污秽（miasma）[80]。一开始像女神们（39）一样不可触碰（athiktos）的奥狄浦斯，如今有能力在失明却"无须他人触碰（athiktos，1521）引导"的情况下找到属于自己的安息之所。"不可触碰"的意义从全剧的开头到结束经历了一场彻底的颠覆（39，1521）。一开始担心自己的触碰会污染其他人（thigein，113）的奥狄浦斯现在让大家在古老的誓言下将手彼此相触（1632）。无独有偶，第一幕中失明的老人只能无助地请求女儿搀扶着带路（"牵着我吧——我牵着你啦"，173），但现在他能充满自信地用按头礼向那些曾经支持过他的人赐予祝福和力量。就像《奥狄浦斯王》结尾刚刚失明的奥狄浦斯那样，他现在用那双一度让人抗拒的"盲目的双手"（1639）触碰自己的女儿，劝勉她们要保持坚韧和高贵的品性（to gennaion，1640），因为这正是他一生中最为突出的品质（参 to gennaion，8）。

因为身上不洁的缘故，奥狄浦斯必须在欧门尼德斯的面前用圣洁的双手（hosiai cheires，470）进行神圣的浇奠礼（hierai choai，469）。而在戏剧的最后，他自己又要求举行这样的浇奠仪式（1598），他由此获得了圣洁的品质。他的坟墓是圣地（hieros，1545，1763）。他那看似荒谬、让人惊讶不已的自我宣明——"我就在此地，虔诚而圣洁"（hieros，eusebēs，287）——不仅从事实上证明了他所言非虚，同时也受到了神圣仪式的加持。奥狄浦斯一开始的乞援人身份让他多少算得上

---

[80] 见 Whitman 201："现在奥狄浦斯来到了雅典，这里没有那'不知餍足的铜蹄猎狗'的嗥叫，只有鸟鸣的歌声，仿佛家族过去的罪恶在时间和苦难的神奇力量之下转化为一种宁静怡人的当下和充满希望的未来了。"亦见 Bacon（见注33）18。Lefcowitz（见注33）从另一个角度出发，认为踏入圣林"在象征意义上是对之前禁忌行为的重复，或者用弗洛伊德的话说，是一种'强迫性重复'"。

是圣洁的，而最终他也因为身上的神圣力量证明了自己确实是圣洁的，他的坟墓将会护佑着这具身躯。[81]身为救世主的神圣的力量感替换了身为乞援人的神圣的虚弱感（参460，463，487）。他全然驳回了克瑞昂把他看作渎神和不洁之人的指控（*an-hosios*，946，980，*an-hagnos*，945）。他其实可以结束这场重温那段被诅咒的往事的碰面，就像他结束下一场的碰面那样，他把女神们召唤为他的同盟和帮手，而她们会因波吕涅克斯手染亲人之血而对他穷追不舍（1010-3；参1391）。甚至连"奥狄浦斯"这个让人感到害怕的名字也失去了可怖的力量。以自己的名义保护着奥狄浦斯（667）的提修斯把他唤作"拉伊奥斯之子"，仿佛这样的称呼不会再让人感到恐惧（1507；参220，553）。一百多行之前奥狄浦斯仍然用他的名字发出诅咒（1395）；神明在最后时刻召唤他时，依然用的是这个象征着他的苦难与污秽的名字——"你，那个叫奥狄浦斯的人"（1627）。[82]

七

这部剧和索福克勒斯其他的作品一样，其中文明化的生活的质量是通过人与人之间沟通的能动性来衡量的。言说（*logos*）所指涉的各种形式的语言是最重要的关切所在。奥狄浦斯在本剧经历的第一场考验便是确立言说以及与雅典邦民相

---

[81] 见Festugière（见注5）16。奥狄浦斯的神圣性具有特别的内涵：*hieros*（神圣）的含义，不同于*hagios*，意味着一种从神性中焕发的力量、活力和能量，而没有*hagios*那种将神圣与世俗截然分离、两者的分界不可逾越的意味：见Émile Benveniste, *Le vocabulaire des institutions indo-européennes*（Paris 1969）II，174–207，尤其是192ff.，202ff.。

[82] 见Knox, *Tragic Themes*（见注64）29。

互诉说和聆听的权利（190）。隐身于树林中的奥狄浦斯在了解到科洛诺斯的居民是怎么说话的（115-6）之前一直保持着沉默（113）。欧门尼德斯的圣林是奥狄浦斯与文明共同体建立的最初的联系；言说在这个地方走到了它的极限，所有的经历都变得不可言说。奥狄浦斯在那里遇见的第一个人告知了此地的名字，并告诉他这个地方"不是靠言语（logoi）而是人们之间共享的联系（synousia, 63-4）而获得尊崇的"。歌队随之登场，开始诵唱这些"提及她们都会让人颤抖的"（tremomen legein, 128）女神们，"我们经过她们时不敢抬眼，也不言不语，只是心里想着吉利的话动动嘴巴"（130-2）。圣林本身是"难以言说的"（aphthenktos, 157）。歌队告诉奥狄浦斯，如果要说话，他就必须走到abata（不可涉足之地）之外，走到"法律都允许大家说话"（166-9）的地方。在这片禁止说话的地方，他又一次地扮演了处在社会边缘位置的角色。由于此刻身处这个社会言语沟通的框架之外，他须离开这片无声的树林才能重新回归与人交谈的共同基础。

他和歌队最开始的交谈让他所说的话增添了几分神秘色彩，也让人对他的存在产生了敬畏。就像他跟歌队说的那样，他是借助言语来看见事物的。这种着眼于言语本身功能之外的语言使用形式在言说（logos）的层面上反映了奥狄浦斯所受的折磨。而歌队的回答却是（奥狄浦斯）"看着让人害怕，听着也让人害怕"（141）。整个对话的焦点在听和留心（这一动词重复出现了好几次：169，172，181，190，194）这两个动作上，直到命运一般的言说，也就是139行庄严的phatizomenon（说）出现让我们看到用语言交谈（190）的希望，这一切最终在歌队激动的高喊中达到极致："说出来吧（audason），不快乐的人啊，你是凡人中的哪一位？"（204-5）

这一幕里短促的抒情诗行形成了一种扣人心弦的迫近感，

其中言语的躲闪（208-12）和《奥狄浦斯王》的高潮亦形成了紧密的呼应。于是言语再一次落入了最后之物的范畴之中："说吧，"安提戈涅鼓励着奥狄浦斯，"既然你已经走到尽头了（ep' eschata baineis，217）。"奥狄浦斯在这里又重新呈现了这些"言语的尽头"，也就是老牧人在《奥狄浦斯王》中讲最终线索时那样"可怕言语的节点"（《奥狄浦斯王》1169）。而这里的奥狄浦斯拥有了越过这一节点的勇气："我会说的，因为我已经没有任何隐瞒的办法了。"（《奥狄浦斯在科洛诺斯》218）言说的危急时刻出现在戏剧的开头而非结尾；这是英雄重新融入文明生活的开端，而不是将他驱逐出去的最后一击。

奥狄浦斯在几行之前曾恳求道，"不，不，不，不要问我是谁，也不要再费多余的力气去找出答案"（210-1），这句话在语言上和《奥狄浦斯王》中伊奥卡斯特的请求形成了对应关系，她请求奥狄浦斯不要再追寻更多的真相，因为这时她已经明白无误地意识到，话说得再多就会引发可怕的后果（mē mateuseis，《奥狄浦斯王》1060-1；参 pera mateuōn，意为"进一步追寻"，《奥狄浦斯在科洛诺斯》211）。在之前的戏剧里，"进一步追寻"恰恰是奥狄浦斯一直不愿意做的事。但现在他却成了提出如此要求的人。他接过了前一部剧里那个让人害怕的询问者的角色，从而获得了回答这一问题的知识："我是谁？"（tis eimi，210-1）越过这个可怕言语的节点并不意味着奥狄浦斯会像之前那样与文明化的世界相隔绝，而是重新打开了沟通的渠道，尽管痛苦重重。虽然言辞让他不断地喊 oimoi（"我多不幸"，199，213，216），但他已经能够坦然地正视乱伦与弑父的可怕历史了。言说能够消弭久远的恐惧。

之后的一幕呈现了奥狄浦斯从诅咒沉默的恐惧中解放言说的能力。依然对神明感到害怕而战栗不已的歌队不愿"多说任何别的事，除了我们已经告诉过你的那些"（256-7）。不过，奥狄浦斯之前就已经用相当的篇幅提及了圣林的女神们（84-110），此刻他又发表了第二通演说，洗刷了自己过去一意孤行犯下的恶行和道德罪责的污名（285-91）。歌队直言他们被这番话深深地打动了（293-4）。

伊斯墨涅的到来开启了这位老迈的流亡者另一个人性层次的话语。在她眼里，父亲和姐妹是最亲昵的词语（*hēdista prosphōnēmata*, 325），他们也互相用亲密且亲昵的话来进行交谈（比如"父亲""孩子"，326行及以下）。但是，即使奥狄浦斯用"血缘的种子"（*sperma homaimon*, 330）来称呼自己的女儿们，语言对他来说依然像亲情关系那样模糊不清。这一短语不禁让我们想到，女儿们因乱伦而被生下的出身让父爱和父亲的称谓都蒙上了一层阴影。奥狄浦斯用同样包含乱伦的诅咒的话来称呼自己的儿子们——"流着完全相同的血的年轻人"（*authhomaimoi neaniai*, 335）：语言和亲缘关系在这个被诅咒的家庭里绝望地交织在一起。随后就和儿子断绝关系的奥狄浦斯其实意识到了蕴藏在自己所说的话里的这股力量的阴暗面：他现在所做的延续了这个诅咒，尽管他曾以内心的纯洁性为自己抗辩而从这个诅咒中脱身。奥狄浦斯的这番话里交织着对女儿的爱和对儿子的恨，因而也让他说的话具有慈爱和诅咒的两面性。这种两面性一直持续到了伊斯墨涅出场的那幕戏中（参421行及以下）。

歌队把奥狄浦斯看作使用同一种话语的伙伴，他们不仅给予了同情（461），还向他提供了进行净化仪式的指引，这场仪式将使奥狄浦斯庄严地重新进入人类的共同体（466行及以下）。怜悯先是作为情感反应出现，然后又在净化仪式上得到了一种形式性的确认。人类情感的表达和仪式行为相互呼应地传达了同样的信息：奥狄浦斯从蛮荒步入了文明化的世界。人的恐惧和神的愤怒既将他纳入了人类话语体系中，同时又让他实现了对这一话语的超越。

不过，奥狄浦斯仍然在过往的可怕言语中挣扎。他必须再一次面对把那些令人难受的名字宣之于口的痛苦（参528），好让歌队提出的"听一听确凿的事"（517）的请求得到满足。他得再一次听到和说出那些可恨的词语：那带有罪恶之名的婚床（*dysōnyma lektra*，528）听上去让人"像死一样地难受"（529），从他自己母亲的子宫里孕育出的孩子（533）既是他的女儿也是他的姐妹（535），他的身上疾病交加，还曾手刃生父（542-5）。在这样痛苦而支离破碎的抒情调中，奥狄浦斯让之前戏剧里语言和亲情相互混淆的情形以缩影的形式再度上演。然而，他眼下的状况却为语言和家庭规范两相分化造成的破坏提供了一个解决之道。他可以硬着头皮把这些难受的词汇说出来，但同时也可以说自己是无辜的。他已然获得了自我成长，此刻他又离提修斯的雅典城很近，这一切让他相信人类的理性正义能够削弱诅咒本身难以抑制的非理性。他在这场抒情调的对话的最后坚定地说"我会说的"。紧接着，他用两句清晰且坚定的话重新申明了自己的清白，他在之前大段的自我辩护里已经声明了这一点：他是在不自知和无辜的状态下做了那样的事，所以从法律的角度看他是清白的（*nomō[i] katharos*，546-8）。

怀抱着这样的确信，他得以通过言说获得进入城邦的通路。提修斯登场之后，破碎的抒情调转为对话体的三音步抑扬格意味着言说开始变得轻松。奥狄浦斯十分信任提修斯，认为他拥有与自己相匹敌（参8，569）的高尚品格，因此他觉得没有必要长篇大论（依照皮尔森［Pearson］的修订版，此处亦可解作"无须感到羞耻地［*aideisthai*］长话短说"，569-70）。两人之间的互信让形式上的起誓变得多此一举：提修斯说的话（*logos*）已足够（650-1）。

在紧接着这幕戏的科洛诺斯颂歌中，言说被抬到了前所未有的高度，它承担了赞颂和庆贺的颂歌的角色。当合唱的歌声渐渐消散，安提戈涅说，"这片受到最多颂歌称赞（epainois eulogoume-non）的土地啊"，"现在是时候展现（phainein）你闪耀的言辞了"（lampra epē，720-1）。奥狄浦斯这位异乡人在开场表达对圣林的敬意时（62-3）曾提到的言语和实际行动之间的差异如今面临着考验。与颂歌的溢美之词和安提戈涅的夸奖（720-1）形成对比的是克瑞昂进场时那番口吻刻薄而虚伪的话（参758-9，774）。于是，奥狄浦斯再一次被迫面对这样充满怨怼的话语：他拒绝被说服（802-3）并且斥责了这样巧言令色的言辞（761-2），同时慷慨激昂地为自己的清白作出了辩护（960-1002）。如果提修斯高尚的人格让奥狄浦斯能够省却说话的工夫，那么克瑞昂的卑鄙则产生了相反的效果：它让人不得不开口说话（979），还把我们拉回到奥狄浦斯也擅长的激烈的言辞中去。

与《埃阿斯》中的特克墨萨以及《菲罗克忒忒斯》结尾的涅奥普托勒摩斯类似，安提戈涅代表了奥狄浦斯周旋于苦难中的声音，这种苦难一度让主人公在命定的孤独中与人世隔绝。和早期的戏剧不同的是，本剧的主角一开始已然接受了这一部分的自我。奥狄浦斯在埃阿斯和菲罗克忒忒斯一直固执己见的地方作出了让步。不光是临近结局波吕涅克斯出场的一幕，还有开头那场与科洛诺斯的长者的对手戏里（参217），都是安提戈涅借助言语打破了僵局。她恳求道："听听他说什么，又有什么坏处呢？"（1187）但对波吕涅克斯而言，奥狄浦斯的话可能会比不祥的沉默来得更加可怕（参波吕涅克斯在1271行颇为不自在的那句"你为何默不作声"）。

安提戈涅并不把言说（logos）看作一种法理性的论辩或指控，她将它看作一种能让人"沉醉"其中进而从不完美的天性中解脱出来的疗愈性的咒语（1192-4）："有些人出身不好，或是脾气很急，但如果他们是被朋友富有魅力的话语（*epō[i]dai*）所劝诫的话，他们就会从天性里被点化出来（*exepa[i]dontai physin*）。"安提戈涅把语言看成一种疗愈性的咒语，[83] 她带着这样古老而天真的观念想要说服奥狄浦斯站在父亲的立场和波吕涅克斯进行对话，用言语来对他进行引导、训斥或是教化。提修斯在请求奥狄浦斯听一听波吕涅克斯说什么的时候（1175-6），却遭到了奥狄浦斯拒绝听从（*eikathein*）的回应，这正是悲剧之中英雄决不妥协的典型反应。奥狄浦斯反复地在讲儿子的声音是多么令人厌恶（*echthiston phthegma*，1177）。只有安提戈涅确确实实地在推进对话。讽刺的是，在戏剧开头请求互相交谈与聆听的奥狄浦斯现在却几乎拒绝对另一个无家可归的乞援人施以援手。他在1177行回绝波吕涅克斯的请求说"他的声音最让人厌恶"，这与325行伊斯墨涅形容奥狄浦斯和安提戈涅为"最动听的声音"的说法截然相反。这样的反差再一次在悲剧主角身上呈现出了语言的悖谬性。语言和我们的主人公一样在温和与严酷、祝福与诅咒、开明与刻板之间摇摆不定，这些对立面的共存正是理解剧中奥狄浦斯的人物性格最为关键和困难的所在。

言语上的节制亦是文明的标志。欧门尼德斯"无声的山谷"（57；参128行及以下，489）所要求的寂静是对这群既在文明秩序之内，也在文明秩序之外的女神致以敬意。不仅

---

[83] 言说（*logos*）作为一种疗愈性的咒语的思想在希腊文学中可谓根深蒂固，相关综述见 P. Laín Entralgo, *The Therapy of the Word in Classical Antiquity*, trans. L. J. Rather, J. Sharp（New Haven and London 1970）第1章和第2章，尤其是47—48页。见荷马《奥德赛》19.457-458；品达 *Pyth*. 3.51, *Nem*. 4.15；埃斯库罗斯《被缚的普罗米修斯》172；索福克勒斯《埃阿斯》581-2,《特拉基斯少女》1001ff.。

是这些女神需要神圣的寂静，保持缄默也是埃琉西斯秘教所尊奉的神明的要求。就像之后的颂歌所唱的那样："金钥匙"封住了身为祭司的欧摩尔波斯族人（Eumolpids）的喉舌（1051-3）。

言语的神圣性让我们想起另外一种神圣的"言说"（logos），那就是众神的神谕。当奥狄浦斯成为一个说出真实重要的言语（logoi）的人时，他才获得了真正的自我。他在第一幕中一直迟疑不敢说话，但他变得越来越有权威感，仿佛已然是众神意志的先知（450行及以下，787-94）。[84] 他的诅咒在戏剧的尾声具备了神谕般的力量（1372行及以下，1425，1428）。连身为国王的提修斯也得顺服他那有如神谕一般的指令："你说服了我，"提修斯说道，"因为我看见你口吐神谕（thespizonta），说出了没有差错的预言。"（1516-7）奥狄浦斯自己在询问神谕（388）时也用到了 thespizein 这个动词。此后，其他人物用这个词来描述他讲出的神圣的话语，包括他的诅咒（1428）和他对自我命运的理解（1516）。

在戏剧的起首，奥狄浦斯忍受着言说的痛苦艰难地重新融入文明之中；而在戏剧的结尾，奥狄浦斯走到了城邦的界线之上而非界线之外，由此实现了对人类言说的超越。他不再是人人在言谈中讳莫如深的可恨的污秽（miasma）（参《奥狄浦斯王》238），他如今承载着属于众神的神圣之语（logos），凡人是无法参透的。

神明对奥狄浦斯的召唤让言说进入到了一个力量与奥秘

---

[84] 关于神谕的综述，见 Linforth（见注27）82ff.。关于奥狄浦斯愈发增强的预言之力，见 Knox, *HT* 153-4, 156, 159-60。Hester（见注45）30（以及31n101）一方面准确地告诫道，赋予奥狄浦斯某种"接近神性的正义力量"的解读路径似乎不妥，但他又不太相信奥狄浦斯拥有"超乎自然的预言能力"，而这一点在文本中是相当清晰的。

的新高度。"宙斯抛下的难以言说的"(aphaton,1464)声音轰鸣作响,让人心惊胆战,所有人都为此感到害怕,还把提修斯也引了过去(1500-1)。"凭声而视"的奥狄浦斯曾经"让人害怕得不敢去看、不敢去听"(139,142),现在他却能知道让众人倒抽一口凉气的巨大声响意味着什么——"瞧啊,看啊!"(1463-4,1477-9)感官体验交杂的意象(声音与视觉的结合)在戏剧的开头体现的是奥狄浦斯失去了正常的感知能力,但这一意象在结尾的重现凸显的却是普通凡人所无法触及的感知领域。[85]

奥狄浦斯现在和欧门尼德斯一样掌握着神圣的无声的力量;这样的寂静无声拥有庇护和拯救的力量(1530行及以下)。这和戏剧起首的圣林相互呼应,但奥狄浦斯现在成了这一切神秘之声的中心。和她们诅咒的力量一样,欧门尼德斯的神圣力量与奥狄浦斯的联系愈发紧密。在众人尚迷惑不解时,他依然十分冷静。在他看来,雷霆和闪电所表达的有着令人激动的清晰度(1511-2):"众神亲自给我报信来了,我们面前看到的信号是可靠的。"提修斯在几行之后也认定奥狄浦斯预言一般的表述有着不掺虚假之言的神性(ou pseudophēma,1517;参 pseudontes ouden,1512,ou pseudomantis,1097)。奥狄浦斯要告诉提修斯的事充满了神圣之力,不能对其他人说(1522行及以下)。

奥狄浦斯在最后时刻发生的事难以用语言描述:三言两语的讲述(mythos)是说不清发生了什么事的(1581-2)。神明进入人类世界,让语言和情感获得了新的层次,沉默和言说相得益彰(1623-8):

---

[85] 详见拙文"Synaesthesia in Sophocles", *Illionois Classical Studies* 2(1977)95-6。

> 先是一片寂静。突然之间有一个声音大声喊着他的名字，所有人的头发都因为突如其来的恐惧竖得笔直。这是神在召唤他，它不断重复地用各种音调召唤着他："奥狄浦斯，奥狄浦斯，我们为什么迟迟不走？你已经耽搁得太久了。"

这是整部戏剧的高潮，亦是希腊戏剧史上的高光之一。人们之前还对"奥狄浦斯"这个备受诅咒的名字讳莫如深（207行及以下，尤其是221-2；参 *dysōnyma*，528），但这个名字现在却是这位流亡之人神性的象征。在神明的召唤（*ek theou kalomenos*，1629）之下，人类的言说已经走到了极限。报信人口中所说的风格化的故事叙述形式（*mythos*）几乎无法承载这样的内容（1581-2）。就像《斐多》中苏格拉底玄妙难解的结语那样，在对未知的世界投以冷静而神秘的匆匆一瞥之后，言说的语言形式已经超越了它平日为人熟知的功能。

《科洛诺斯》一剧中人类言说（*logos*）所实现的超越性是之前几部戏剧里言说溃败的反证。[86] 我们之前所看到的是，语言的调和作用在人堕落至人性底线之下或是遭受了如同毁灭一般的神启之后彻底失灵。而在《科洛诺斯》一剧中，虽然言说（*logos*）在狂暴的力量面前也一度变得无力，但它的朝向始终是向上的而不是向下的，它朝向的是神性而非兽性。言说在一个秩序化的城邦里所能实现的调和作用在超越的意义下烟消云散。与这一点在时间和氛围上最为相近的是《菲罗克忒忒斯》结尾处赫拉克勒斯的叙述（*mythoi*）。提修斯这位说话向来直率坦诚的城邦领袖不得不对最后发生的事保持缄默。他

---

[86] 可对比埃阿斯、赫拉克勒斯（见《特拉基斯少女》）、菲罗克忒忒斯的呐喊；关于悲剧以及言说的局限性的综述，见本书第十章第二节。

的城邦一直以理性的言路（*logos*）畅通而闻名，但现在城邦的福祉却取决于他的沉默，他甚至不能将这件事透露给奥狄浦斯曾与之分享过最为亲密和温情的话的人，那些曾听到名为爱（*philein*，1615-9）的"那个字"的人。

言说在最后一幕中呈现的超越性显得尤具说服力，因为在此之前文明的话语遭到了实质性的破坏。在奥狄浦斯和波吕涅克斯相见的一幕里，语言一度接近失灵。父亲几乎拒绝和儿子说话（参1173-4，1177）。当两人确实在和对方说话时，说的却是一套准备好的说辞，其中时不时穿插着尴尬的沉默（参1271）。[87] 那种一字一句相互交叉的轮流对白（*antilabē*）只在安提戈涅和波吕涅克斯之间才有。[88] 奥狄浦斯面对波吕涅克斯长达九十多行的讲话始终一言不发。奥狄浦斯颇为节制地用高傲而铿锵的口吻讲了六句以第三人称为主体的话后（1348-54），最先出口的称呼却是"你这最卑贱的人"（*ōkakiste*，1354）。奥狄浦斯说，他的这番话会让波吕涅克斯一辈子都过得不愉快（1353）。而波吕涅克斯也不会把这些话告诉他的追随者（1402-3）。他只能无言地（*anaudos*，1404；参1429-30）打道回府。"谁听了他发出的预言，"安提戈涅实事求是地发问，"还敢追随你呢？"（1427-8）波吕涅克斯面对安提戈涅的恳求始终不为所动，他在祈求无望和拒绝劝告（1441-2）之后很快就离场了。

这是索福克勒斯笔下最能体现言说（*logos*）的无能为力

---

[87] 见杰布对1271行的评注，他注意到315—318行也有类似比较破碎的诗句。整一段落围绕着言说和沉默的主题。见Reinhardt 225-6。

[88] 这一幕中程式化的言说形式突出了父子之间并未形成真正的沟通的事实。我们很快就可以看后文两兄妹间轮流对白（*antilabai*）的话语形式与之进行对比，见Imhof（见注63）83-4："索福克勒斯的主角们特有的孤独在于他们并没有回应他人的能力。"

的一幕,它一方面从反面衬托了结局里人类试探性的言说变为神性召唤的精彩转变,另一方面也让雅典的语言和忒拜的语言之间的冲突走向了自然而然的结束。穿梭在忒拜和雅典之间的伊斯墨涅把她原生之地的可怕言说也一并带了过来(357,377),她讲了许多关于仇恨、纷争和暴行的事(367行及以下,383-4)。克瑞昂在戏剧中段浅尝辄止的游说(736,740,802-3)很快就演化为蛮力(*bia*)和暴行(*hybris*)。[89] 他粗鲁地命令别人噤声(864),但在另外的世界里,沉默来自神赐的宁静,一如圣林的女神和结尾的神明(1623)所要求的那样。克瑞昂只有恬不知耻的声音(863)和一张不干不净的嘴(981),不管是该说的还是不该说的,什么话都说得出来(*rhēton t' arrhēton t' epos*, 1001)。他嘴里说出的话总是很快就堕落为一种羞辱(*oneidos*, 967, 984, 990)或是破口大骂的威胁(*apeilēmata*, 817, 1038;参659-60)。他和奥狄浦斯你一言我一语地陷入了关于如何正确说话的激烈交锋中(806行及以下)。污言秽语在对骂中不断出现(794-5, 963, 981, 986)。克瑞昂觉得正义和高尚的言辞(762, 1000)是狡猾且伪善的,所以他做好了准备要对提修斯高尚的名声大加奉承(1003)。和《菲罗克忒忒斯》里的奥德修斯一样,他将每一条正义的理据(*logos dikaios*)都变成了一种充满心机的话术(*mēchanēma poikilon*, 762)。

相比之下,尊奉着欧门尼德斯那片肃穆而寂静的圣林的雅典城(128行及以下)把言说和聆听看作属于法律和正义范畴的事(168, 190),因而也反感克瑞昂那气势汹汹的说话方式。尽管克瑞昂强迫奥狄浦斯作大段的自我辩护,还让他不得不用刻薄的诅咒打破自己之前温和的言辞(864行及以下,

---

[89] 见815, 817, 854, 861, 867, 873, 883, 892, 960。

1010行及以下），但提修斯的高风亮节却让冗长的解释变得毫无必要（569-70）。这位雅典领袖所说的话充满智慧（nous，659行及以下，936；gnomē，594），从不夸夸其谈（kompein，1149）或虚情假意（1127，1145）。

言辞和行为之间的正常关系是开场中的雅典敬神精神的重要部分（他们并不以言辞而是以共同的联系表达对圣林的尊重，62-3），但这种关系却在饱受战火折磨的忒拜被彻底颠覆了。按照伊斯墨涅告诉奥狄浦斯的话来说，在忒拜，言说变成了可怕的行为（382-3）。克瑞昂将 logos（言语）和 ergon（行动）反常的颠倒带到了雅典城，他口头上看似向奥狄浦斯承诺了宝贵的事物，但行动上给出的却是卑贱的东西（782）；而当他在言语上落败时他甚至还想要在行动上诉诸暴力（815，817）。奥狄浦斯虽然在行动上受挫，但他用言语捍卫了自己（872）；克瑞昂则恰恰相反：他在言语上占不到便宜，于是以行动作为反击（antidran，953）。以下这段简短的轮流对白（antilabē）可见两人在语言和行动上的交锋（861）：

歌队：你**说**的话着实可怕。
克瑞昂：就像我现在要**做**的事一样。

与忒拜脱离了关系并进入了雅典城的奥狄浦斯建立了一种言语和行动之间的新关系，他所说的"我所做的事是承受苦难而不是制造苦难"是让他笃定地相信自己内心纯洁的一个前提，他借着这种内在的纯洁性来摆脱忒拜充满污秽的过往（266-7；参538行及以下）。他和克瑞昂的碰面是对这一自我辩护的考验（872，953行及以上），尽管奥狄浦斯在行动上暂时失势，但他依然是言语上的赢家。提修斯在言语和行动上提出的积极要求维护了两者在雅典一直以来的健康关系。对于毫无意义的牢骚（1016），提修斯只以一句"话说够了"便作出了简短而有力的回答。当他用行动营救安提戈涅已是既成事实后，他说："给我的一生带来光彩的是实际行动而不是言语。"（1143-4）

奥狄浦斯与女儿们道别时说的"那个字"——爱（*philein*）——洞穿了克瑞昂从忒拜带来的败坏的言辞（*logos*），用他的话说，爱让所有旧日的"苦难得到了解脱"（1615-19）。[90] 这最言简意赅的话语与过去的奥狄浦斯和现在的克瑞昂在忒拜经历的那些颠三倒四的沟通及错综复杂的人际关系形成了鲜明对比。这亦是全剧的主旨所在。奥狄浦斯在剧终把儿子们在忒拜时不愿给他（443-4）的"那一个字"给予了他的女儿们："就因为那样一个字，我成了一个流亡者、一个乞讨之人，长年在外漂泊。"当提修斯宣布奥狄浦斯的大儿子已经到访时——"要说件小事（*logos... smikros eipein*），但这事够让人奇怪的了"（1152）——儿子们的不闻不问终于让他们自食其果。提修斯接着说道（1161-3）：

> 提：我只（*hen*）知道一点，他们告诉我，他只求你回个简单的话（*brachyn mython*），毋须太沉重（*onkos*）。
>
> 奥：要什么话？这可是乞援人的姿态，它不会是小事（"细小的言辞"，*smikrou logou*）。

这样的反转呈现了人生命运和心态的变换，而奥狄浦斯已经从自身的经历中对这一点了解得足够深了（607-15）。不过，现在的情况让人稍微高兴一些，仰赖提修斯的高尚品格，奥狄浦

---

[90] 关于"细微字眼"的问题，见 Kirkwood（见注 29）245；亦见 J. W. MacKail, "Sophocles", *Lectures on Greek Poetry*（London 1910）。

再赘言什么,只要说一个字(smikros logos,569)便足矣。他给提修斯上了世事难料的一课,盟友也许会因为小小的一句话(smikros logos,620)就变为仇敌。而当提修斯经受了这样的变化并且对自己接纳的这位乞援人表明忠诚的态度之后,"短小的话"又标志着奥狄浦斯身为父亲对女儿们的关爱(1115-6):"尽可能简短地告诉我发生了什么,毕竟像你们这个年纪的女孩子,简单讲几句话就够了。"奥狄浦斯用这样崭新而轻松的说话方式询问他的东道主:"要是我因为太激动而拖长了和我孩子的谈话(mēkynō logon,1120-1),请不要见怪,我完全没想到我还能见到她们。"看着对方欢喜的样子(1139-40),带着同情的理解的提修斯自然不会觉得谈话变长(mēkos tōn logōn)会有什么问题。

八

奥狄浦斯在与人类世界道别之际所说的"那个词"——"爱"(philia)——是提修斯的城邦所荫蔽的文明生活的另一个维度。奥狄浦斯曾经被活着或是死去的(《奥狄浦斯王》415-6)亲近之人像敌人一样诅咒,但他在雅典,在他的人生的终点重新获得了爱;这份爱让他和活着的亲人(philoi)以及阴间的力量都达成了和解。

奥狄浦斯回归人类社会的路径与菲罗克忒斯所走的路恰恰相反。因自己身上的伤被神和人共同放逐的菲罗克忒斯必须首先从他年轻的伙伴那里感受到友谊和善意,继而才能实现神的计划并且在特洛伊把自己治好。而奥狄浦斯不仅会和雅典人在"城邦所珍爱的(philon)"和视作"非朋友所为的"(aphilon,184-7)事情上达成共感,还将在朋友随时变成仇敌的无常尘世之中为雅典人带来指引和帮助。

奥狄浦斯离开忒拜来到雅典，最主要的目的就是将爱恨分开。尽管女儿们单纯着眼于如何爱人（philein），但她们同时也是乱伦的婚姻之下双生的诅咒和灾难（atai, 532）。虽然安提戈涅不管有多少艰难困苦都希望能和父亲一起度过自己的一生，她也积攒了不少他们之间爱的难题（1697-1703）：

> 即使是苦难也教人留恋。当我抱着他，把我的父亲、我亲爱的人（philos）抱在怀里，即使没什么可爱（philon）的事也变得让人欢喜，噢，你已经身披地下那永恒的黑暗，但你永远都不会失去我和她的爱（aphilētos），即使你现在已经远去。

与爱（philia）这样可感的人性温暖形成反差的是奥狄浦斯身上谜一般地包含着各种二元对立的统一，以及和文明之间的矛盾关系：光明与黑暗，天空与大地（1456行及以下，1471，1556行及以下），九天之上与阴曹地府，以塔尔塔罗斯为名的诅咒和来自上天的召唤（1389-90，1464-71），下界的宙斯（Zeus chthnios）和"守护绿芽的得墨忒尔"（1600-5），城邦利益以及凡人认知范围以外的世界。[91]

随着不可思议的雷霆闪电和神明令人畏惧的召唤渐渐消散（1621-30），另一个声音立刻出现了，那是熟悉的悼念的悲鸣（1668-9）："她们离得不远，那悲伤的哭泣就是她们的声

---

[91] 注意1380—1390行奥狄浦斯以"塔尔塔罗斯如父般的黑暗"起誓的诅咒和1480行雅典歌队对"大地母亲"的担忧之间形成的对比。关于阴间神灵和奥林波斯诸神之间的对比，可将1462-71与1556-78、1463-4与1606进行比较。详见拙文"Synaesthesia in Sophocles"（见注85）95-6；Reinhardt 234"神性的声音在此处交织共鸣，它们跨越时间和宗教，向获得神启的凡人说话"；Lesky, *TDH* 249, 255；Albini（见注65）58，62-3；Festugière（见注5）15。

音,让人知道那是(他的女儿们)正在奔向此地。"奥狄浦斯并没有在最后时刻悼念自己(*ou stenaktos*,1663,主动语态),但这些悲伤的声音让人想起他的女儿们痛苦的哭喊:她们"哭着匍匐在父亲的脚下,不肯放松地扑打着胸脯,痛苦地长吁短叹"(1607-10)。然而,奥狄浦斯是带着对于自我命运的坚定认识以及那个简单的"爱"字离开人世的(1612-9)。奥狄浦斯拥抱女儿们的动作(1611)在这部身体触碰总是显得充满了悖谬的戏剧里变得尤为重要,它是父爱在视觉和触觉上的明证。不过,身为一位英雄,他并未让自己的个人情感模糊掉清晰的视野和坚定的意志。如果我们将这部戏剧和写于半个世纪以前的《埃阿斯》作比较,会得到有益的启发。两者有着同样坚定清晰的自我选择和不可动摇的信念,但本剧的主人公对于他抛下的人和一直围绕着他的人生的神的态度却体现了更加温和和易于达成和解的性情。

通过描绘活着的人们的躁动不安和离开人世的英雄的镇定自若之间的反差,索福克勒斯将人性和神性知识之间的层次差异表达得淋漓尽致。它既发挥又大大地超越了赫拉克勒斯在《特拉基斯少女》尾声顿悟的那一刹那(1143-78)。报信人极力想要描绘出奥狄浦斯离去时不可思议的场面:尽管没有打雷也没有海上刮来的风暴,"但要么是神派来的信使(带走了他),要么就是大地之根、那个属于下界神明的地方带着善意裂了开来,让他丝毫不带痛苦地离去"(1661-2)。[92]

对于在场认识水平有限的活人来说,他们并不明白那带着善意、未尝夹杂着痛苦且如同分娩一般的地裂意味着什么。

---

[92] 我和杰布一样采用手稿1662行的释文 *alypēton*("没有痛苦"),而不是皮尔逊在 *OCT* 中的释文 *alampeton*("没有闪光"),大多数人并不采纳这一释读。

安提戈涅哀叹道，奥狄浦斯既不是死在战场上也不是死在海上，"是那带着看不见的命运的神秘原野将他捉去了。但对我俩来说，毁灭一切的黑夜已经降临到我们的眼前"（1679-85）。安提戈涅在这里使用了人们所熟悉的神话语言，在她的描述里，死者是被空气中的某种生灵给抓走了（她用的动词是 *marptein*）。她说的确实没错，是那看不见的原野抓走了奥狄浦斯，但她所用的却是讲述古老传说的语言，就像早期希腊艺术和荷马笔下抓走死人的哈尔皮女妖（Harpies）一样，[93] 而不是像报信人那种奇观式的（1665）叙述——大地带着"地下黑暗的善意"为了奥狄浦斯不带丝毫勉强地裂开。安提戈涅只看到了毁灭一切的黑夜，却没有看到报信人所说的光明与黑暗、奥林波斯山的力量和冥界的力量之间的神秘变换。

安提戈涅和伊斯墨涅在最后时刻的出场绝不仅仅是为了使这个传奇变得更加饱满，[94] 而是索福克勒斯不愿意让我们只停留在神性知识的层面，在神圣的奇观里耗尽一切的激情，徒留一种六神无主的虔敬。我们也许会在这里回想起许洛斯（或说歌队）在《特拉基斯少女》结局说出的那番令人不安的话。即使是神明的召唤也带着一种不容分说的冷酷的基调。[95] 我们看见熟悉的、还活着的人们在悲悼中歌唱，而与之形成对照的是那遥远而未知的没有名姓的"声音"，来自神（*theos*）的声音。[96] 活着的人的爱（*philia*）让他们感受到不死的神明已然

---

[93] 例如荷马《奥德赛》1.241，14.371；20.77-78；相关综述见 Rohde（见注27）56-7。

[94] 维拉莫威兹亦持相同看法（见注23）367及363。

[95] Kirkwood 亦持相同看法，272页；Linforth（见注27）115ff.。

[96] Albin Lesky, "Oidipus auf Kolonos v. 1627ff.," *RhM* 103（1960）377-8 注意到此处和1623行一样，是有意的模糊化处理。1627行第一人称复数的问句 *mellomen*（"我们为何还不动身？"）是否意味着奥狄浦斯已经和这些身份不明的超自然力量形成了一个整体或已然和他们相差无几？

摆脱的痛苦。奥狄浦斯的死所带来的公共福祉，和他的死亡本身一样，也带有某种摆脱痛苦（*alypos*，*alypētos*，1519，1662，1765）的性质；不过，神明的召唤很快就湮没在了悲痛不已的家人（*oikos*）未能免于人之常情的恸哭之中。

成为神圣英雄的奥狄浦斯在剧中并没有留下任何遗言。但这依然无法阻止孩子们为死去的父亲哭泣。虽然她们不再有奉养（*trophē*）父亲的负累，也不必再跟着他一起流浪，但安提戈涅却开始哀叹已经降临到眼前的漂泊生活（1685-7），并发问她们如何才能养活自己（*trophē*，1688）。

九

尽管有奥狄浦斯的叮嘱在前（1528-9），安提戈涅还是很想看一看坟墓（1725行及以下）。她虽然遵守了奥狄浦斯不允许探看坟墓的命令（1761行及以下），但她对坟墓的描述"*tan chtonian hestian*"（1727）也点出了她和已然英雄化的父亲之间的距离。这个短语并不只像杰布意译的那样，仅仅意为"地下的安息之所"，它的意思其实是"冥界的祭坛"，是一个属神而非属人的地方。在提修斯看来，奥狄浦斯的坟墓是一个蕴含着神秘力量的场域，是一个神圣的纪念碑（*thēkē hiera*，1763），是雅典的福祉之源（1764-5）。而在安提戈涅看来，那是一个可以宣泄悲伤和释放丧失至亲的激动情绪的地方。提修斯并没有为奥狄浦斯的死感到悲伤，对他而言，他的死是在完成神设定的命运，同时这也成了雅典历史的一部分。两座城邦再次形成了强烈的对比。忒拜的女子只看到了关乎个人和家庭那一面的不幸与丧亲之痛（1668-9）；提修斯则看到了神秘的恩典（*charis*，1752）以及给他的城邦带来的"好运……和一片永无苦难的土地（*aien aiypon*）"（1764-5）。

提修斯对奥狄浦斯遗愿的一番解释让安提戈涅冷静了下来（1768）。但忒拜旧日的冲动和暴力依然将奥狄浦斯的族人推往苦难中去。流浪、大海和荒野的意象（1684行及以下，1764）围绕着悲痛欲绝的安提戈涅，相反，身为权威者的提修斯看见的是神圣事件与神明指令。他谈到地下神祇奇异的恩典（1751-3）的时候，和她们说道，"别再恸哭了"。

两姐妹全然沉浸在有如"毁灭一切的黑夜"的哀痛（1684）之中，在激烈的悲伤里"燃烧"着自己（1695）。安提戈涅一想到父亲模糊莫测的命运，就被毁灭的夜晚遮蔽了双眼（1681-4）。然而，弥留之际的奥狄浦斯却用自己失明的双眼获得了内在的视力。他的女儿们被黑暗所笼罩；而他则始于黑夜，最终在宙斯赐予的光明里走向终点。当奇异的天雷兆示着他的归宿时，歌队大声呼喊着他在之前戏剧里的死敌的名字——时间；现在，时间看到了一切（1454-5），而它所看到的，是这位英雄超自然的视觉里那束"没有光亮的光明"（phōs aphenges，1549；参1481）。

在人生之路走了那么长之后（20，91，96），奥狄浦斯来到了三岔路口上那扇神圣而"破旧不堪的门槛"前，他正是在这个地方开启那趟朝向宁静和力量的神秘之旅的（1590行及以下）。而安提戈涅尽管已经从那条兴许会过早地把她带回忒拜的路上逃了出来（参990行及以下，1506），但她和波吕涅克斯一样，面前也依旧横亘着一条艰难之路（参1397-8，1432）。神向奥狄浦斯派出了护送者（pompos，1661，1664；参1548）。安提戈涅则提出希望能有人护送（pempson，1770）她们回到"之前的忒拜"（Thēbas tas ōgygious，1769-70）。对经历过这场悲剧的活人来说，也许有人会想到《酒神的伴侣》里的阿高埃，或是《希波吕托斯》里的提修斯，或是《特拉基斯少女》

里的许洛斯，人生总是"一场方方面面都比死亡的解脱来得要糟糕的负累"。[97]

雅典国王和科洛诺斯的长老们都力劝两姐妹节哀。他们试图用冥府下界神明的恩典（1752）和神明意旨下达的最终命令（kyros）的说法来安慰她们迅疾而强烈的悲痛："孩子们，别再哭泣了。地下神祇恩典（charis chthonia）的所在给我们留下了共同的好处，我们不该再难过了，否则会惹来神的愤怒（nemesis）的。"（提修斯1751-3）歌队在最后也说："那么就停下吧，别再有更大的悲伤，所有的事最终都会有其定数"（1777-9）。但是，女孩们完全沉湎于自己的不幸在听觉和视觉上形成的冲击，彰显了超越性和内在性之间的张力，也让遥远的安慰和眼前的哀恸（thrēnos，1751，1778）形成了对比。奥狄浦斯获得了自己的坟墓，而雅典收获了它的福祉。安提戈涅和伊斯墨涅则在不属于她们的城邦和在流血牺牲中分崩离析的家庭之间彻底变成了无依无靠的人。

安提戈涅既不能在父亲的弥留之际陪伴在侧，也未能切身地经历他的离世以至于没有任何情绪上的实感，她所能感受到的只有死亡和人已不复存在带来的空虚感，这也许是丧失至亲留下的最痛苦的感受了。甚至没有一具遗体能让她面对着哀悼。本剧的安提戈涅和那部35年前索福克勒斯以她为主角的戏剧里赋予的人物形象是一致的，她想通过感受一下那座坟墓的存在来填补这种空虚感。[98]而这样的自我安慰却是不被允许的。

不让孩子知道自己埋葬的地方（1528-9）的奥狄浦斯走

---

[97] Oliver Taplin, *Greek Tragedy in Action*（Berkeley and Los Angeles 1978）56（与欧里庇得斯的《酒神的伴侣》相关）。

[98] 见Albini（见注65）64-5。

到了家庭和血缘的纽带之外。他将曾经让他以及身边的人痛苦不已的爱恨纠葛统统抛诸身后。他成为家庭之外更宏大的秩序的一部分，这种秩序尽管展现了一个公元前5世纪沐浴着最后的荣耀的城邦，但它依然期待着一种有所不同的城邦生活。奥狄浦斯一方面没有向众人透露出埋葬之地所在，否则人们也许会在那里进行祭祀；另一方面，他的血亲亦为他洒下了许多热泪，这两点构成了他对自己身负的诅咒所进行的最后一场净化。他在戏剧开头为了涤除罪孽所做的种种努力着眼于内在的道德层面，也就是指向弑父和乱伦通婚（525-48）这样的家庭污秽。但如今的净化仪式和着歌队的合唱歌，具有共同体的属性。奥狄浦斯的命运从家宅走向了城邦。从今以后他属于一座城邦（polis）而不再属于一个家庭（oikos）了；他属于雅典，不再属于忒拜了。

奥狄浦斯解决了城邦（polis）与家庭（oikos）之间长久以来的冲突，但他所秉持的精神却是和《安提戈涅》截然相反的。在那部剧里，克瑞昂所代表的以奥林波斯众神为主导和以男性为中心的城邦仍然挣脱不开家族内部的生物性根源，于是这座城邦一再被拉回血缘和子宫与生俱来的羁绊所蕴含的暴力和毁灭之中。而《科洛诺斯》一剧则打破了这些羁绊。没有了葬礼仪式繁文缛节的拘束，也没有一个明确的墓地方位供家人凭吊，奥狄浦斯就像《埃勒克特拉》中的阿伽门农，走到了家庭和血缘关系之外，而这两者恰恰曾是他人生的诅咒。以放弃家庭（oikos）作为代价，他成为城邦（polis）的英雄，只有那位与他毫无血缘关系的男性城邦领袖才知道他的坟墓在哪里。

安提戈涅最后的话里所请求的"让人护送回到最初的忒拜（Thēbas ōgygious）"（1769-70）却多多少少将我们带回奥狄浦斯已经离开的这座纷争之城，回到因家族诅咒而产生的仇恨和冲突中去。雅典和忒拜之间的反差在结尾变得更为鲜明,尽管主角自己已经超脱了这一切。安提戈涅将会回到忒拜的世界。她出于慈悲的心想要挽救生命:她和她的姐妹希望能够"阻止发生在我们血亲身上的屠杀(phonos)"(1771-2)。"屠杀"(phonos)是一个相当残忍的词,它照应了歌队的消极看法,认为人的一生总会经历嫉妒、动乱、倾轧、战争和屠杀(1234-5)。它也照应了奥狄浦斯即将应验的"杀人与被杀"(thanein ktanein te,1388)的诅咒。安提戈涅的话暗含了失败的预感。在剧终的四十多行以前,她的哭喊——"把我带到(奥狄浦斯的坟墓)那里,然后杀了我吧"(1733)——也蕴藏着某种由她的忒拜出身所继承的暴力,而根据我们自从前几部戏剧了解到的,这样的暴力并不会让诅咒走向终结,反而会一直延续下去,直到最后。

作为父子之间的调和者,安提戈涅必须尽一切努力阻止这场灾难的发生(参1193-4)。但作为一个悲剧角色,她一定会遭逢失败。她在之前的一幕里劝说波吕涅克斯的失败已然预示了这样的结果(参1414行及以下)。波吕涅克斯甚至在那时已经预言,安提戈涅也背负着奥狄浦斯的诅咒(1407-10):"如果我父亲的这些诅咒应验了,而你们终将会回到忒拜,看在众神的分上,请别让我蒙受耻辱,用应有的丧葬之礼把我埋到坟墓里吧。"而我们知道,安提戈涅为了成全他的诉求会付出什么样的代价;我们更知道,他离去之际所说的话是多么地讽刺和徒劳(1444-6):"我向众神祈求,你们两位女孩子不再遭逢不幸。你们不应当在任何事上受罪的。"

提修斯能够用城邦回敬奥狄浦斯的恩典的名义(pros charin,1777)为两姐妹提供帮助,这是对奥狄浦斯从冥界神明那里得来的神秘恩典(charis chthonia,1752)的最后一层体现。但全剧并没有在感激众神的仁慈的嘹亮颂歌中结束。奥狄浦斯的恩典(charis)能够祝福雅典,却不能为他那遭受诅咒的城邦及其过去的历史做些什么,而安提戈涅注定要回到最初的忒拜城中去,并为这个家庭的悲剧历史添上最后的一笔。[99]

奥狄浦斯将自我从诅咒中解脱出来的过程经历了三重考验:首先是内在和道德层面的考验,他在面对圣林的守护者时进行了一番自我辩护;其次是身体和政治层面,这一点体现在与克瑞昂的对峙中;最后是情感和家庭层面,这一点表现为他面对波吕涅克斯时的自我防御。他从舞台上的彻底消失也标志着最后的这场解脱没有丝毫的犹豫。一切旧日的闪回都多多少少体现在了安提戈涅身上。她自请回到忒拜的举动又与克瑞昂在戏剧中段一度想将她强行带回忒拜的暴力行径形成了呼应。那一幕预示了她和克瑞昂之间的敌对关系将会在故事的下一个阶段浮现。安提戈涅企图阻止屠杀(1771)的希望如此渺茫,这也让我们意识到,奥狄浦斯一度奇迹般地超脱了的诅咒依然无可避免地抓住这个家庭不放,而他自己也在其中起到了一部分的作用,因为他也向儿子们降下了诅咒。

不过,这些仍然深陷在忒拜旧日诅咒里的人无望的命运对我们来说尚有一定的距离感。站在舞台前景的是作为英雄的奥狄浦斯,而不是身为国王的奥狄浦斯。他成为索福克勒斯笔下对凡人的激情与神明的意志、追寻智慧与无限的未知、文明的法律与众神神秘的正义之间长久以来的冲突给出解答的角色。我们在任何一种意义上都走到了视象的终点,我们也感觉似乎来到了人类认识的极限。

"你所要求的是生命最后之物;那么在这中间发生的一切,你要么是忘了要么是全不在意",提修斯在戏剧开头和奥

---

[99] 我在此处的论述实际上是对Albini(见注65)观点的大幅修正,Albini认为"索福克勒斯并没有苛责众神,他让年迈的受难者在经受了众神的怒火和宽宥之后投入了始作俑者的怀抱,并且成为他们中的一员。索福克勒斯让他笔下的神灵有机会展现出慈悲的一面。"

狄浦斯说的这番话（583-4）并不只关乎下葬一事。奥狄浦斯生命中的最后之物（*ta losthia tou biou*）标志着伟大和虚无的最终融合，也标志着苦难变为力量的索福克勒斯模式的最终呈现。双目的失明变成了内心的光明，引导着那位视力无碍的雅典国王走到光明与黑暗在坟冢之外交汇的神秘之地。我们最终所看到的景象真实地呈现了主人公与城邦之间和悲剧与社会之间充满矛盾的复杂关系。

索福克勒斯那对众神难以捉摸的正义观的想象让奥狄浦斯在经过漫长的跋涉之后回到了文明化和救赎力量的所在，这正是他在《奥狄浦斯王》开场首次亮相时他的臣民所吁请的。他生命中的最后时刻以及这一路走来的玄妙的经历实现了奥林波斯诸神与冥界神祇两种力量的最终调解，而这两种力量不仅是文明所需要的，也是文明创造出来的。[100] 一度在《奥狄浦斯王》中凭着血肉之躯无助地在自我天性的上限和下限、神明与兽性的污秽、阿波罗的神谕和斯芬克斯的谜语之间摇摆不定的英雄，此时此刻成为呈现出人性和神性玄妙统一的象征。

索福克勒斯一再提醒我们，奥狄浦斯同时受到了奥林波斯众神和下界神祇的召唤；提修斯在神迹显现的高潮时刻亦"用同一祷词向大地和众神的奥林波斯山同时致以敬意"（1654-5）。在上界与下界世界并立的这一刻，生命中暗涌的力量与雅典人文主义的文化和智识成就相结合，前逻辑化时代的宗教信仰和信奉奥林波斯众神、英雄崇拜中供奉神圣骸骨的原始巫术相结合，也和个人力量与承受苦难的精神韧性的新体验相结合。[101]

---

[100] 让城邦与地下神祇和奥林波斯神都建立起联系，从而体现出悲剧的"宗教功能"，关于这一点详见 Winnington-Ingram（见注30）各处，尤其是21—22页。

[101] 见 Reinhardt 217, 229。

《科洛诺斯》比任何一部希腊悲剧都更加看重地域的根源性。这一点在主人公举行的仪式里同样得到了体现，他正是以身体存在作为依凭降下福祉的。本剧除了秉持着雅典国土（*chōra*，1765）坚不可摧的爱国情怀，也对科洛诺斯及其圣林的祭祀仪式和地理特点加以运用，让它成为希腊悲剧中最讲究地缘性的悲剧之一。它对于最初的地方观念浓厚的观众来说有着强烈的吸引力。[102] 不过，这部剧也是索福克勒斯悲剧作品中对"地域"这一概念有意处理得最为模糊的一部。围绕奥狄浦斯最终安息之地的未解之谜消弭了开场狭隘的地方主义，并将行动抬升到了一个不受地域和时间限制的普适性高度。奥狄浦斯并不仅仅只是从一个城邦的传奇英雄转变为另一个城邦的守护神：他的最后时刻是对于苦难和意志更为恢弘的胜利。那片圣林和墓地不仅是雅典祭祀文化的特色，同时也是两个世界的过渡地带，在这里，一个经受过考验的崇高灵魂大步迈向了人类体验的极限，并最终超越了这一切。

索福克勒斯的最后两部作品最为突出的一点是，神明的意志变得更加明晰了，它更加清楚可见地参与到人间事务中。提修斯的公告让奥狄浦斯在这个典型的文明化城邦里拥有了自己的位置。在此之前，这位在城邦中居无定所的英雄一路走过了科林斯、德尔斐、忒拜、基泰戎山；现在，他终于在城邦之内（*empolis*，636-7）得到了安置。城邦中这一席之地的奥秘、合法性和重要意义最终却不是由人的法令所确定的，恰恰是神明降下的让人畏惧的惊雷落实了这一切。这也是"端坐在宙斯古老法律之侧的远古正义之神"（1381-2）所掌管的事务的一部分。

和埃斯库罗斯的《报仇神》里的情形一样，雅典成为血

---

[102] 关于结尾呈现的本土风情，见Albini（见注65）63。

亲宿仇被理性和虔诚净化的地方。但奥狄浦斯这位身染污秽的流亡之人和埃斯库罗斯笔下的奥瑞斯特斯却不尽相同，再没有更多的流浪生活在等着他了，他所带来的福祉丝毫不逊色于他当初所获得的祝福。在这里，更加睿智和大度的文明能够接纳这位流亡的英雄；而处在苍白文明之外的英雄也不必以舍弃自己的伟大和非人的激情作为重归文明的代价。在索福克勒斯对终极正义的想象里，奥狄浦斯呈现的文明化英雄形象与他一直以来表现的各方各面别无二致：他是城邦的救世主，他打败了恐吓人民的可怕怪兽，他同时还是一位收获了孩子们最深沉的爱的父亲，他的离世一度让她们陷入极度的悲痛之中。

和埃斯库罗斯的《报仇神》里的情形一样，雅典所体现的是一个调和地下神明和奥林波斯诸神两方势力的文明化秩序。[103]索福克勒斯的雅典城也和埃斯库罗斯笔下的雅典城一样，它在接受奥狄浦斯对于道德清白的自辩的同时依然保持着让城邦秩序一直得以存续的敬畏和尊重。但索福克勒斯的写作比埃斯库罗斯晚了近半个世纪，那时的雅典也处在截然不同的命运节点上，他因而并没有太过强调城邦接纳这位流亡者的能力，而是强调了经年的苦难给这位身染污秽的英雄带来的神秘力量。最终的胜利是属于奥狄浦斯自己的而非城邦的。现在，祝福不再像是埃斯库罗斯笔下的那样来源于报仇神（Eumenides），而是来自这位负罪多年、被所有城邦排斥的英雄，他在这座正义而虔敬的城邦的加冕下成神。正因为是他而不是报仇神降下福祉，所以上一幕的诅咒也就变成了他个人刻薄性情的外化，是他的力量和不幸遭遇的兆示，而不是神性复

---

[103]《奥狄浦斯在科洛诺斯》和《奥瑞斯提亚》之间在宙斯及地下神祇的问题上的联系，见Winnington-Ingram（见注30）21-4。

仇的工具。[104]

十

奥狄浦斯从虚弱的流亡之人变为英雄化的救世主，反转了上一部剧里从国王变成乞丐、从神样的权威变成污秽和受苦之人的戏剧轨迹。索福克勒斯重新回到这个人生充满了极端的悲剧性颠覆的人物身上，似乎是有意识地要对自己已然相当成熟的悲剧程式进行反思和突破。之前的奥狄浦斯是一个"背负了整个世界的苦难的悲惨的国王……他几乎是一个象征性的角色，是具象化的身受苦难的人性"。[105]而在《科洛诺斯》的尾声，奥狄浦斯集中地体现了人生的悲剧，并具象地将它呈现在我们眼前；他经历了悲剧，而后又超越了悲剧，最终以成神的方式走向玄妙难解的终点。这不仅仅是一位悲剧英雄的成神，也是悲剧本身的成神。[106]奥狄浦斯的出现，让希腊的悲剧时代在古老的非理性诅咒和理性的人文主义思想之间相互拉锯摇摆的相持中臻于完满，走向终点。

剧中旁观者的噤声是戏剧虚构的一部分，但同时它也为剧院中看戏的观众们映照出了他们自身的处境和情绪。奥狄浦斯留给雅典的祝福也正是悲剧本身的馈赠。作为文明化力量的悲剧弥合了种种鸿沟：泛希腊历史长河里秘传传统与公共

---

[104] 见Reinhardt 227："他更多的是出于内心的苦涩和伤痛的力量降下诅咒，而不是作为一种拥有全能力量的人类代表降下诅咒。"

[105] W. W. Jaeger, *Paideia*, trans. G. Highet（New York, N.Y., 1939）I, 281。奥狄浦斯作为悲剧英雄的本质，参阿里斯托芬《蛙》1182行及以下；亦见Howe（见注70）134。

[106] Becker（见注10）212认为奥狄浦斯的离场通过"最后的辩护和治愈以及悲剧意义的成圣"展现了一个悲剧英雄终极的人生道路。

传统之间的鸿沟；任何高于或低于人类言说能力的经验与公共节日和公共语言团体性的祭祀形式之间的鸿沟。[107] 整部戏剧彰显了音乐与合唱歌胜过那"毫无弦歌和舞蹈"的死亡之域（1222）的延续性和形塑力。它赞美在奥狄浦斯步入的阴森森的圣林里回荡着的快乐的音乐。但就像《安提戈涅》最后一首颂歌所唱的那样，对于共同经验的总结性反思正是在公共仪式所抵御的无限的不确定性之下展开的。悲剧既蕴含着一种保护也蕴含着一种暴露；其语境和内容所呈现的截然相反的走向将两者之间的巨大张力具象化地呈现了出来。

悲剧像奥狄浦斯一样，它的祝福是通过深入未知的深渊得来的：它将最令人害怕的陌生事物变成了可亲的耳闻目睹之事。就像雅典对古忒拜的弃民表示欢迎那样，无论观众是雅典人还是现代人，他们在戏剧不断展开的过程中也会遇上类似朋友情谊那样熟悉的事，即使是像受到诅咒的忒拜皇家子女、发怒的半神、特洛伊战争中自负的胜利者这样对我们而言有一定距离感的人物，我们也依然能够理解他们。悲剧像奥狄浦斯一样，它穿过了文明边缘不祥之地的层层黑暗，蜕变为一种清晰可懂甚至矛盾地带着愉悦的艺术形式，去面对未知的、非理性的和令人敬畏的可怕力量。悲剧为古老的诅咒以及它们寄居其中的无形的恐惧赋予姓名和形态，并让它们在城邦剧院成型的几何空间里流转。恐惧由此得到了净化——或者按照亚里士多德的说法，得到了洗涤——因为悲剧是面对可怕的未知世界时语言、空间和音乐的自我呈现以及共同体的自我表达。个人的梦魇变成了人类共同承担的苦难。奥狄浦斯的诅咒虽然是十分可怕的，但无论如何包含着观众参与的公民仪式的运作可以将之驱散。

---

[107] 见第三章。

然而英雄的一生中依然弥漫着悲伤的情绪以及悲剧关注的未知世界的不可预知之感；但他也像悲剧本身在这场展现出全部力量的表露之中实现了蜕变。[108]奥狄浦斯和提修斯，一位是典型的悲剧英雄，一位是雅典文明精神的体现，他们在最后的秘密仪式中会合，而这个秘仪正是关乎艺术本身的释放、还原和蜕变的力量。剧中旁观者的敬畏不单单反映出坐在狄奥尼索斯剧场席上的观众们的反应，更是让悲剧艺术的力量发挥出其最为激烈、最具本质性和最令人叹服的效果，审美的参与先是让人们重新体验了一次古老的罪恶，但随之又将它消解了。

奥狄浦斯这位英雄在《奥狄浦斯王》中演绎出了悲剧在面对区别性的消弭以及文明秩序中一切规则的混淆时所展现出来的力量。这些涉及语言本身的含混性、在虚幻与真实的悖谬中丧失的个人身份以及戏剧性的面具揭露出的真相。但他在最后这部戏剧中，又成为悲剧给予城邦暗色的馈赠的象征，或者说，成为悲剧之于全人类的馈赠的象征。

奥狄浦斯所承担的文明化的新作用不仅反映了雅典在遭受外在的侵蚀和破坏时的精神力量，[109]同时也将这种力量用悲剧艺术本身呈现了出来。悲剧英雄和悲剧艺术甚至年迈的悲剧诗人本身都紧密相连。

索福克勒斯在他漫长一生的最后岁月里写作《科洛诺斯》，他和奥狄浦斯一样，也处在一个巨大的转折的节点上。

---

[108]"索福克勒斯是否能在这样的奥狄浦斯中看见一个走向灿烂的结局和诗性的神化的自我？"参Letters 296；亦见Stoessl（见注30）26："古典希腊悲剧几乎从未像在此处一样如此深沉地呈现为诗人的自陈。"亦见Reinhardt 202-3。索福克勒斯在英雄仪式上的参与也许多少让诗人有意识地将自我映入笔下的悲剧角色之中，见Wilamowitz, *Glaube der Hellenen*（见注30）Ⅱ, 224-5，以及他在Tycho一书 *Dramatische Technik*（见注23）371-2中的评论；Knox, *HT* 54-5。

[109]关于这一悖谬见Knox, *HT* 155-6。

对他而言，一如对他笔下的主人公，力量与存在栖息于精神和艺术之中：

> 一个老年人不过是卑微的物品，
> 披在一根拐杖上的破衣裳，除非
> 是他那灵魂拍手来歌吟，
> 为人世衣衫的破烂而大唱……[110]

索福克勒斯的笔调却和叶芝的不同，它充满了宗教和共同体的意味，而不是个人倾向或反抗性质的。

悲剧处在文明与野蛮、生命与死亡、上界与下界力量、人性与神性的交叉口；它和奥狄浦斯一样，生发于在地的人情往来，但又超越了它，朝向一个不再拘泥于人神界限、一切曾受限于生物和社会条件的事物都不再被时间所桎梏的隐秘之地。奥狄浦斯既身在城邦之内，又处在城邦之外，他身上充满矛盾的阈限性亦反映了希腊悲剧矛盾性的地位：它既植根于当地的社会建制和结构，又因为悲剧在根本上对结构发出质疑而超脱于这两者之外。我们在第三章曾经讨论过悲剧在呈现传说时语境和内容往往存在张力，而奥狄浦斯是这一问题最终的例证和答案。

在索福克勒斯的作品中，奥狄浦斯的英雄化（heroization）标志着超越《特拉基斯少女》里赫拉克勒斯疑点丛丛的成神的重要一步。在这部成文更早的戏剧中，赫拉克勒斯的神化充满了悖谬和不确定性，并且它是建立在对于野兽世界的物理征服之上的。而奥狄浦斯的英雄化却毫不含糊，它并不在于用蛮力消灭怪物，而在于其精神力量、内在的洞察力以及与未知世界

---

[110] W. B.叶芝《驶向拜占庭》。别忘了叶芝本人也翻译了《科洛诺斯颂歌》。

建立的神秘联系。索福克勒斯在呈现这一古典悲剧受难者的英雄化的同时，也暗含了对其悲剧技艺的神圣化处理。悲剧诗人由此变成了一位勇于面对生命中黑暗奥秘的文化英雄，同时，他就像奥狄浦斯运用自己神赐的力量一样运用着自己的艺术，将诅咒的历史里的污秽转变成惠及城邦同胞的福祉。英雄和诗人都触及了存在的恐惧，与此同时他们也带来了以神秘的方式降临的福祉，这样的福泽能够惠及共同体内的所有人，既包括地理意义上的共同体，也包括戏剧表演过程中形成的共同体；无论身处其中的是公元前5世纪的城邦公民还是20世纪的观众，都是如此。

这片隐秘之地靠近可怕的女神们经常出没的地带，也是通向地下世界的入口；那位老迈的弃民正是在这里，凭着他一度身染污秽的身躯，将祝福散布并传遍整片阿提卡大地。这个地方本身既是一个场所，也是悲剧艺术表现出净化和再生品质的象征。

悲剧让地下世界和奥林波斯山的神祇携手赋予奥狄浦斯以最后的荣耀，它将恐惧和智慧、人类在宇宙奥秘面前的无助及其对自身独特的内在洞察力的信念统合到了一起。这位年迈的受难者在酒神的阵地（此处应指剧院。——译者注）所度过的最后时刻，将百年以来的种种体验浓缩在了这个不同寻常的空间里，在这个地方，传奇的和虚构的才是最真实的。奥狄浦斯的英雄化同样意味着年迈的诗人体认到了自身艺术技艺的神性之所在，他知道悲剧具有经久不衰的治愈和文明化的力量，即使放在悲剧诞生之初的具体历史背景下，也依旧如此。

缩略语

期刊与参考书

AC: *L'Antiquité Classique*
AJA: *American Journal of Archaeology*
AJP: *American Journal of Philology*
Anz Alt: *Anzeiger für Altertumswissenschaft*
APA: American Philological Association
A.u.A.: *Antike und Abendland*
Austin: Austin, Colin, ed., *Nova Fragmenta Euripidea in Papyris Reperta* (Berlin 1968) = *Kleine Texte für Vorlesungen und Übungen*, vol. 187
BICS: *Bulletin of the Institute of Classical Studies*, University of London
CJ: *Classical Journal*
C&M: *Classica et Mediaevalia*
CP: *Classical Philology*
CQ: *Classical Quarterly*
CR: *Classical Review*
CW: *Classical Weekly, Classical World*
DK: Diels, Hermann and Walter Kranz, eds., *Die Fragmente der Vorsokratiker*, ed. 6 (Berlin 1952), 3 vols.
Edmonds: Edmonds, J.M., ed., *The Fragments of Attic Comedy* (Leiden 1957–1961)
FGrHist.: Jacoby, Felix, ed., *Die Fragmente der griechischen Historiker* (Leiden 1954ff.)
G&R: *Greece and Rome*
GRBS: *Greek, Roman and Byzantine Studies*
HSCP: *Harvard Studies in Classical Philology*
HThR: *Harvard Theological Review*
JHS: *Journal of Hellenic Studies*
K: Kock, Theodor, ed., *Comicorum Atticorum Fragmenta* (Leipzig 1880–1888)
Kaibel: Kaibel, Georg, ed., *Epigrammata Graeca ex lapidibus conlecta* (Berlin 1878)
LEC: *Les Etudes Classiques*
Lesky, TDH: Lesky, Albin, *Die tragische Dichtung der Hellenen*, ed. 3 (Göttingen 1972)
LSJ: Liddell-Scott-Jones-McKenzie, eds., *A Greek-English Lexicon*, ed. 9 (Oxford 1940), with supplement (1968)
MD(A)I: *Mitteilungen des Deutschen Archäologischen Instituts, Athenische Abteilung*
MH: *Museum Helveticum*
MLN: *Modern Language Notes*
M-W: Merkelbach, R. and M. L. West, eds., *Fragmenta Hesiodea* (Oxford 1967)
N, Nauck: Nauck, Augustus, ed., *Tragicorum Graecorum Fragmenta*, ed. 2 (Leipzig 1889); supplement, B. Snell (Hildesheim 1964)

NGG: Nachrichten der Gesellschaft der Wissenschaften zu Göttingen, Philosophisch-historische Klasse
NJbb: Neue Jahrbücher für das klassische Altertum
OCT: Oxford Classical Texts
P, Pearson: A. C. Pearson, ed., *The Fragments of Sophocles* (Cambridge 1917), 3 vols.
Page, *PMG:* Page, Denys, ed., *Poetae Melici Graeci* (Oxford 1962)
PCPS: Proceedings of the Cambridge Philological Society
PMG: see Page, supra
PP: La Parola del Passato
P.Oxy.: Oxyrhynchus Papyri, ed. Grenfell and Hunt et al. (London 1898ff.)
QUCC: Quaderni Urbinati di Cultura Classica
RE: Pauly-Wissowa-Kroll, eds., *Realencylopädie der classischen Altertumswissenschaft* (Stuttgart 1894ff.)
REA: Revue des Etudes Anciennes
REG: Revue des Etudes Grecques
RhM: Rheinisches Museum
RFIC: Rivista di Filologia e di Istruzione Classica
Ribbeck: Ribbeck, Otto, ed., *Tragicorum Romanorum Fragmenta,* ed. 3 (Leipzig 1897) (= *Scaenicae Romanorum Poesis Fragmenta,* vol. I)
Roscher, *Lexicon:* Roscher, W.H., ed., *Ausführliches Lexicon der griechischen und römischen Mythologie* (Leipzig 1884–1937)
SB Wien: Akademie der Wissenschaften, Vienna, Philosophisch-historische Klasse, *Sitzungsberichte*
SMSR: Studi e Materiali di Storia delle Religioni
SO: Symbolae Osloenses
Studia Vollgraff: Studia Varia C.G. Vollgraff a Discipulis Oblata (Amsterdam 1948)
TAPA: Transactions of the American Philological Association
TrGF: Tragicorum Graecorum Fragmenta, vol. I, ed. Bruno Snell (Göttingen 1971); vol. IV, *Sophocles,* ed. Stefan Radt (Göttingen 1977)
UCPCP: University of California Publications in Classical Philology
WS: Wiener Studien
YCS: Yale Classical Studies
ZPE: Zeitschrift für Papyrologie und Epigraphik

引用作品

Adams: S. M. Adams, *Sophocles the Playwright, Phoenix,* supplement 3 (Toronto 1957)
Bowra: C. M. Bowra, *Sophoclean Tragedy* (Oxford 1944)
Gellie: G. H. Gellie, *Sophocles, A Reading* (Melbourne 1972)
Girard: René Girard, *La violence et le sacré* (Paris 1972)
Jones: John Jones, *On Aristotle and Greek Tragedy* (London 1962)
Kirkwood: G. M. Kirkwood, *A Study of Sophoclean Drama,* Cornell Studies in Classical Philology 31 (Ithaca, N.Y., 1958)
Kitto, *Form:* H. D. F. Kitto, *Form and Meaning in Drama* (London 1956)
Knox, "Ajax": B. M. W. Knox, "The *Ajax* of Sophocles," *HSCP* 65 (1961) 1–37
Knox, *HT:* B. M. W. Knox, *The Heroic Temper,* Sather Classical Lectures 35 (Berkeley and Los Angeles 1964)
Knox, *Oedipus:* B. M. W. Knox, *Oedipus at Thebes* (New Haven 1957)
Lattimore, *Poetry:* Richmond Lattimore, *The Poetry of Greek Tragedy* (Baltimore 1958)

Lesky, *TDH:* Albin Lesky, *Die tragische Dichtung der Hellenen*³ (Göttingen 1972)
Letters: F. J. H. Letters, *The Life and Work of Sophocles* (London 1953)
Musurillo: Herbert Musurillo, *The Light and the Darkness* (Leiden 1967)
Reinhardt: Karl Reinhardt, *Sophokles*³ (Frankfurt a.M. 1947)
Rosenmeyer, *Masks:* Thomas G. Rosenmeyer, *The Masks of Tragedy* (Austin 1963)
Vernant, *MP:* Jean-Pierre Vernant, *Mythe et pensée chez les Grecs*² (Paris 1969), here cited in the two volume reissue by Maspero (Paris 1974)
Vernant, *MT:* Jean-Pierre Vernant and Pierre Vidal-Naquet, *Mythe et tragédie* (Paris 1972)
Vickers: Brian Vickers, *Towards Greek Tragedy* (London 1973)
Vidal-Naquet, *MT:* see Vernant, *MT,* supra
Whitman: Cedric H. Whitman, *Sophocles. A Study of Heroic Humanism* (Cambridge, Mass., 1951)

杰布和卡默比克的评论以及其他一些专门著作在各个章节中第一次出现时都是以完整格式呈现的，其后只引了作者的名字。

参考文献

神话、仪式、社会

Benveniste, Émile. *Le vocabulaire des institutions indo-européennes* (Paris 1969), 2 vols.
Brelich, Angelo. *Paides e parthenoi,* Incunabula Graeca 36 (Rome 1969).
Burkert, Walter. "Greek Tragedy and Sacrificial Ritual." *GRBS* 7 (1966) 87–121.
———*Griechische Religion der archaischen und klassischen Epoch,* Die Religionen der Menschheit 15 (Stuttgart 1977).
———*Homo Necans: Interpretationen altgriechischen Opferriten und Mythen,* Religionsgeschichtliche Versuche und Vorarbeiten 32 (Berlin 1972).
———"Jason, Hypsipyle, and New Fire at Lemnos: A Study of Myth and Ritual." *CQ* n.s. 20 (1970) 1–16.
Caldwell, Richard. "Hephaestus: A Psychological Study." *Helios* 6.1 (1978) 43–59.
———"Psychoanalysis, Structuralism, and Greek Mythology." In H. R. Garvin, ed., *Phenomenology, Structuralism, Semiology, Bucknell Review* April 1976 (Lewisburg, Pa., 1976) 209–230.
Cook, Albert. "Lévi-Strauss and Myth: A Review of *Mythologiques.*" *MLN* 91 (1976) 1099–1116.
———*Myth and Language* (Bloomington, Ind., 1980).
Delcourt, Marie. *Oedipe, ou la légende du conquérant,* Bibliothèque de la Faculté de Philosophie et de Lettres de l'Université de Liège (Liège and Paris 1944)
———*Stérilités mystérieuses et naissances maléfiques dans l'antiquité classique,* Bibliothèque de la Faculté de Philosophie et de Lettres de l'Université de Liège, fasc. 83 (Liège and Paris 1938).
———"Tydée et Mélanippe." *SMSR* 37 (1966) 139–188.
Detienne, Marcel, Jean-Pierre Vernant, et al. *La cuisine du sacrifice en pays grec* (Paris 1979).
———*Dionysos mis à mort* (Paris 1977); Eng. ed., *Dionysos Slain,* trans. M. and L. Muellner (Baltimore 1979).
———*Les jardins d'Adonis: La mythologie des aromates en Grèce* (Paris 1972); Eng. ed., *The Gardens of Adonis. Spices in Greek Mythology,* trans. J. Lloyd (London 1977).
———"La mythologie scandaleuse." *Traverses* 12 (Sept. 1978) 3–18.
Dodds, E. R. *The Greeks and the Irrational,* Sather Classical Lectures 25 (Berkeley and Los Angeles 1951).
duBois, Page. "On Horse/Men, Amazons, and Endogamy." *Arethusa* 12 (1979) 35–49.
Dumézil, Georges. *Le Crime des Lemniennes: Rites et Légendes du monde égéen* (Paris 1924).
———*Le problème des Centaures: Étude de mythologie comparée indo-européenne,* Annales du Musée Guimet, Bibliothèque d'études 41 (Paris 1929).
Eckert, Charles W. "The Festival Structure of the Orestes-Hamlet Tradition." *Comparative Literature* 15 (1963) 321–337.

Edmunds, Lowell. "The Oedipus Myth and African Sacred Kingship." *Comparative Civilizations Review* 3 (fall 1979) 1–12.
Eliade, Mircea. *Patterns in Comparative Religion* (Cleveland and New York 1963).
Entralgo, P. Laín. *The Therapy of the Word in Classical Antiquity*, trans. L. J. Rather and J. Sharp (New Haven and London 1970).
Foucault, Michel. *Madness and Civilization*, trans. Richard Howard (1965; reprint New York, N.Y., 1973).
Freud, Sigmund. *Civilization and Its Discontents*, trans. Joan Riviere (Garden City, N.Y., 1958).
Frye, Northrop. *Anatomy of Criticism* (Princeton 1957).
Girard, René. *La violence et le sacré* (Paris 1972); Eng. ed. *Violence and the Sacred*, trans. P. Gregory (Baltimore 1977).
Gould, John. "Hiketeia." *JHS* 93 (1973) 74–103.
Guthrie, W. K. C. *A History of Greek Philosophy* II (Cambridge 1965) and III (1969).
———*In the Beginning* (Ithaca, N.Y., 1957).
Havelock, E. A. *The Liberal Temper in Greek Politics* (New Haven 1957).
Heinimann, Felix. *Nomos und Physis: Herkunft und Bedeutung einer Antithese im griechischen Denken des 5. Jahrhunderts* (Basel 1945).
Hubert, Henri and Marcel Mauss. *Sacrifice: Its Nature and Function* (1898), trans. W. D. Halls (London 1964).
Jaeger, Werner, *Paideia*^{2}, trans. Gilbert Highet (New York, N.Y., 1943–47), 3 vols.
Kirk, G. S. *Myth, Its Meaning and Function*, Sather Classical Lectures 40 (Berkeley and Los Angeles 1970).
———*The Nature of Greek Myths* (Harmondsworth 1974).
Lacey, W. K. *The Family in Classical Greece* (Ithaca, N.Y., 1968).
Leach, Edmund. *Culture and Communication* (Cambridge 1976).
Lévi-Strauss, Claude. *The Raw and the Cooked: Introduction to a Science of Mythology* I, trans. J. and D. Weightman (New York 1970).
———"The Structural Study of Myth." in *Structural Anthropology*, trans. C. Jacobson and B. G. Schoepf (Garden City, N.Y., 1967) 202–228.
Mattes, Josef. *Der Wahnsinn im griechischen Mythos und in der Dichtung bis zum Drama des fünften Jahrhunderts* (Heidelberg 1970).
Nagy, Gregory. "Phaethon, Sappho's Phaon, and the White Rock of Leukas." *HSCP* 77 (1973) 137–178.
———"Six Studies of Sacral Vocabulary Relating to the Fireplace." *HSCP* 78 (1974) 71–106.
Pachet, Pierre. "Le bâtard monstrueux." *Poétique* 12 (1972) 531–543.
Preller, L. and Carl Robert. *Griechische Mythologie*^{4} (Berlin 1894–1924).
Radermacher, Ludwig. "Zur Philoktetssage." In *Pankarpeia: Mélanges Henri Grégoire* (Brussels 1949) 503–509.
Redfield, James. *Nature and Culture in the Iliad: The Tragedy of Hector* (Chicago 1975).
Robert, Carl. *Oidipus* (Berlin 1915), 2 vols.
Rohde, Erwin. *Psyche*^{8}, trans. W. B. Hillis (London 1925).
Rosellini, Michèle and Suzanne Saïd. "Usages des femmes et autres *nomoi* chez les 'sauvages' d'Hérodote: Essai de lecture structurale." *Annali della Scuola Normale Superiore di Pisa*, Classe di Lett. e Filos. 8.3 (1978) 949–1005.
Rudhardt, Jean. *Notions fondamentales de la pensée religieuse et actes constitutifs du culte dans la Grèce classique* (Geneva 1958).

———"Les mythes grecs relatifs à l'instauration du sacrifice: les rôles corrélatifs de Prométhée et de son fils Deucalion." *MH* 27 (1970) 1–15.
Scarpi, Paolo. *Letture sulla religione classica: L'inno omerico a Demeter* (Florence 1976).
Segal, Charles. "The Homeric Hymn to Aphrodite: A Structuralist Approach." *CW* 67 (1973/74) 205–212.
———"Nature and the World of Man in Greek Literature." *Arion* 2.1 (1963) 19–53.
———"The Raw and the Cooked in Greek Literature: Structure, Values, Metaphor." *CJ* (1973/74) 289–308.
———"Tragic Heroism and Sacral Kingship in Five Oedipus Plays and *Hamlet*." *Helios* 5.1 (1977) 1–10.
Slater, Philip. *The Glory of Hera: Greek Mythology and the Greek Family* (Boston 1968).
———"The Greek Family in History and Myth." *Arethusa* 7 (1974) 9–44.
Stoessl, Franz. *Der Tod des Herakles* (Zürich 1945).
Szondi, Peter. *Versuch über das Tragische*² (Frankfurt a.M. 1964).
Turato, Fabio. *La crisi della città e l'ideologia del selvaggio nell' Atene del V secolo a.C.* (Rome 1979).
Turner, Victor. *Dramas, Fields, and Metaphors* (Ithaca, N.Y., 1974).
———*The Forest of Symbols* (Ithaca, N.Y., and London 1973).
———"Metaphors of Anti-Structure in Religious Culture." In Allan W. Eister, ed., *Changing Perspectives in the Scientific Study of Religion* (New York 1974) 63–84.
———*The Ritual Process* (1969; reprint Harmondsworth 1974).
Van Gennep, Arnold. *The Rites of Passage* (1908), trans. M. B. Vizedom and G. L. Caffee (Chicago 1960).
Vernant, J.-P. *Mythe et pensée chez les Grecs*² (Paris 1969), reissued in two volumes by Maspero (Paris 1974).
———*Mythe et société en Grèce ancienne* (Paris 1974).
———and Pierre Vidal-Naquet. *Mythe et tragédie* (Paris 1972).
———"Sacrifice et l'alimentation humaine à propos du *Prométhée* d'Hésiode." *Annali della Scuola Normale Superiore di Pisa*, Classe di Lettere e Filosofia 7 (1977) 905–940.
Vidal-Naquet, Pierre. "The Black Hunter and the Origin of the Athenian Ephebeia." *PCPS* n.s. 14 (1968) 49–64.
———"Les jeunes: Le cru, l'enfant grec et le cuit." In J. Le Goff and P. Nora, eds., *Faire de l'histoire* 3 (Paris 1974) 137–168.
———"Valeurs religieuses et mythiques de la terre et du sacrifice dans l'Odyssée." *Annales. Economies, Sociétés, Civilisation* 25 (1970) 1278–1297.
Wilamowitz-Moellendorff, U. von. *Der Glaube der Hellenen* (Berlin 1931) 2 vols.
Yamaguchi, Masao. "Kingship as a System of Myth: An Essay in Synthesis." *Diogenes* 77 (1972) 43–70.
Zeitlin, Froma I. "The Dynamics of Misogyny: Myth and Mythmaking in the *Oresteia*." *Arethusa* 11 (1978) 149–184.
———"The Motif of the Corrupted Sacrifice in Aeschylus' *Oresteia*." *TAPA* 96 (1965) 463–508.
———"Postscript to Sacrificial Imagery in the *Oresteia*, *Ag.* 1235–1237." *TAPA* 97 (1966) 645–653.

希腊悲剧、埃斯库罗斯、欧里庇得斯

Arrowsmith, William. "The Criticism of Greek Tragedy." *Tulane Drama Review* 3.3 (1959) 31–57.

Becker, Otfried. *Das Bild des Weges und verwandte Vorstellung im frühgriechischen Denken,* Hermes Einzelschrift 4 (Wiesbaden 1937).
Burnett, Anne P. *Catastrophe Survived: Euripides' Plays of Mixed Reversal* (Oxford 1971).
Carrière, Jean. "Sur l'essence et l'évolution du tragique chez les Grecs." *REG* 79 (1966) 6–37.
Cook, Albert. *Enactment: Greek Tragedy* (Chicago 1971).
Festugière, A. J. "Tragédie et tombes sacrées." *Rev. de l'Histoire des Religions* 184 (1973) 3–24.
Finley, John H., Jr. "Politics and Early Attic Tragedy." *HSCP* 71 (1966) 1–13.
Goheen, R. F. "Aspects of Dramatic Symbolism: Three Studies in the *Oresteia.*" *AJP* 76 (1955) 113–137.
Guépin, Jean-Pierre. *The Tragic Paradox: Myth and Ritual in Greek Tragedy* (Amsterdam 1968).
Jones, John. *On Aristotle and Greek Tragedy* (London 1962).
Kitto, H. D. F. *Form and Meaning in Drama* (London 1956).
Knox, B. M. W. "Aeschylus and the Third Actor." *AJP* 93 (1972) 104–124.
Lattimore, Richmond. *The Poetry of Greek Tragedy* (Baltimore 1958).
Lebeck, Anne. *The Oresteia: A Study in Language and Structure* (Washington, D.C., 1971).
Lesky, Albin. *Die tragische Dichtung der Hellenen*³ (Göttingen 1972).
Peradotto, John J. "Cledonomancy in the *Oresteia.*" *AJP* 90 (1969) 1–21.
Romilly, Jaqueline de. *L'évolution du pathétique d'Eschyle à Euripide* (Paris 1961).
———*Time in Greek Tragedy* (Ithaca, N.Y., 1968).
Ronnet, Gilberte. "Le sentiment du tragique chez les Grecs." *REG* 76 (1963) 327–336.
Saïd, Suzanne. *La faute tragique* (Paris 1978).
Schlesinger, A. C. *The Boundaries of Dionysus,* Martin Classical Lectures 17 (Cambridge, Mass., 1963).
Segal, Charles. "Pentheus and Hippolytus on the Couch and on the Grid: Psychoanalytic and Structuralist Readings of Greek Tragedy." *CW* 72 (1978/79) 129–148.
Stanford, W. B. *Ambiguity in Greek Literature* (Oxford 1939).
———*Greek Metaphor: Studies in Theory and Practice* (Oxford 1936).
Taplin, Oliver. *Greek Tragedy in Action* (Berkeley and Los Angeles 1978).
Versényi, Laszlo. *Man's Measure; A Study of the Greek Image of Man from Homer to Sophocles* (Albany, N.Y., 1974).
Vickers, Brian. *Towards Greek Tragedy* (London 1973).
Winnington-Ingram, R. P. *Euripides and Dionysus: An Interpretation of the Bacchae* (Cambridge 1948).
———"Tragedy and Greek Archaic Thought." In M. J. Anderson, ed., *Classical Drama and Its Influence, Studies Presented to H.D.F. Kitto* (New York and London 1965) 31–50.

索福克勒斯

Adams, S. M. "The *Ajax* of Sophocles." *Phoenix* 9 (1955) 93–110.
———*Sophocles the Playwright, Phoenix* suppl. 3 (Toronto 1957).
Albini, Umberto. "L'ultimo atto dell' Edipo a Colono." *PP* 157 (1974) 225–231; reprinted in *Interpretazioni teatrali da Eschilo ad Aristofane* II (Florence 1976) 56–65.
Alexanderson, Bengt. "On Sophocles' *Electra.*" *C & M* 27 (1966) 79–98.

———"Die Stellung des Chors in der Antigone." *Eranos* 64 (1966) 85–105.
Alt, Karin. "Schicksal und *Physis* im Philoktet des Sophokles." *Hermes* 89 (1961) 141–174.
Avery, H. C. "Heracles, Philoctetes, Neoptolemus." *Hermes* 93 (1965) 279–297.
Bacon, Helen. "Women's Two Faces: Sophocles' View of the Tragedy of Oedipus and His Family." *Science and Psychoanalysis,* Decennial Memorial Volume (New York, N.Y., 1966) 10–24, with a discussion by S. H. Fisher, 24–27.
Benardete, Seth. "A Reading of Sophocles' *Antigone.*" *Interpretation: A Journal of Political Philosophy* 4.3 (1975) 148–196; 5.1 (1975) 1–55; 5.2 (1975) 148–184.
Beye, Charles R. "Sophocles' *Philoctetes* and the Homeric Embassy." *TAPA* 101 (1970) 63–75.
Biggs, Penelope. "The Disease Theme in Sophocles' *Ajax, Philoctetes,* and *Trachiniae.*" *CP* 61 (1966) 223–235.
Bona, Giacomo. "*Hypsipolis* e *Apolis* nel primo stasimo dell' Antigone." *RFIC* 99 (1971) 129–148.
Bowra, C. M. *Sophoclean Tragedy* (Oxford 1944).
———"Sophocles on His Own Development." *AJP* 61 (1940) 385–401 = *Problems in Greek Poetry* (Oxford 1953) 108–125.
Burian, Peter. "Suppliant and Savior: Oedipus at Colonus." *Phoenix* 28 (1974) 408–429.
———"Supplication and Hero Cult in Sophocles' *Ajax,*" *GRBS* 13 (1972) 151–156.
Calder, W. M., III. "The End of Sophocles' *Electra.*" *GRBS* 4 (1963) 213–216.
Camerer, Ruth. "Zu Sophokles' Aias." *Gymnasium* 60 (1953) 289–327.
Cameron, Alister. *The Identity of Oedipus the King: Five Essays on the Oedipus Tyrannus* (New York, N.Y. 1968).
Cohen, David. "The Imagery of Sophocles: A Study of Ajax's Suicide." *G & R* 25 (1978) 24–36.
Coleman, Robert. "The Role of the Chorus in Sophocles' *Antigone.*" *PCPS* 198 (1972) 4–27.
Dalfen, Joachim. "Gesetz ist nicht Gesetz und fromm ist nicht fromm: Die Sprache der Personen in der sophokleischen Antigone." *WS* n.s. 11 (1977) 5–26.
Diller, Hans. "Göttliches und menschliches Wissen bei Sophokles." (1950) In Hans Diller, W. Schadewaldt, A. Lesky, *Gottheit und Mensch in der Tragödie des Sophokles* (Darmstadt 1963).
———"Menschendarstellung und Handlungsführung bei Sophokles." *Antike u. Abendland* 6 (1957) 157–169.
———, ed. *Sophokles,* Wege der Forschung 95 (Darmstadt 1967).
———"Über das Selbstbewusstsein der sophokleischen Personen." *WS* 69 (1956) 70–85.
Dimock, G. E., Jr. "The Name of Odysseus." *Hudson Review* 9.1 (1956) 52–70.
Dodds, E. R. "On Misunderstanding the *Oedipus Rex.*" *G & R* 13 (1966) 37–49.
Dönt, Eugen. "Zur Deutung des Tragischen bei Sophokles." *A.u.A.* 17 (1971) 45–55.
Dugas, Charles. "La Mort du Centaure Nessos." *REA* 45 (1943) 18–26.
Easterling, P. E. "Character in Sophocles." *G & R,* ser. 2, 24 (1977) 121–129.
———"Oedipus and Polyneices." *PCPS* 193 (n.s. 13) (1967) 1–13.
———"Philoctetes and Modern Criticism." *Illinois Classical Studies* 3 (1978) 27–39.
———"Sophocles, *Trachiniae.*" *BICS* 15 (1968) 58–69.
Ehrenberg, Victor. *Sophocles and Pericles* (Oxford 1954).
Erbse, Hartmut. "Neoptolemos und Philoktet bei Sophokles." *Hermes* 94 (1966) 177–201.
Errandonea, Ignacio. "Les quatre monologues d'*Ajax* et leur signification dramatique." *LEC* 36 (1958) 21–40.

———"Sophoclei Chori Persona Tragica." *Mnemosyne* n.s. 50.4 (1922) 369–422; 51.2 (1923) 180–201.
Feder, Lilian. "The Symbol of the Desert Island in Sophocles' *Philoctetes*." *Drama Survey* 3 (1963) 33–41.
Ferguson, John. "Ambiguity in *Ajax*." *Dioniso* 44 (1970) 12–29.
Fraenkel, Eduard. "Zwei Aias-Szenen hinter der Bühne," *MH* 24 (1967) 78–86.
Friedländer, Paul. "*Polla ta deina.*" *Hermes* 59 (1934) 54–63.
Fritz, Kurt von. "Haimons Liebe zu Antigone." *Philologus* 89 (1934) 18-33 = *Antike und Moderne Tragödie* (Berlin 1962) 227–240.
———"Zur Interpretation des Aias." *RhM* 83 (1934) 113–128.
Gellie, George. "The Second Stasimon of the *Oedipus Tyrannus*." *AJP* 85 (1964) 113–123.
———*Sophocles: A Reading* (Melbourne 1972).
Goheen, R. F. *The Imagery of Sophocles' Antigone* (Princeton 1951).
Gould, Thomas. "The Innocence of Oedipus: The Philosophers on *Oedipus the King*." *Arion* 4 (1965) 363–386; 582–611; 5 (1966) 478–525.
Grossmann, Gustav. "Das Lachen des Aias." *MH* 25 (1968) 65–85.
Harsh, P. W. "The Role of the Bow in the *Philoctetes* of Sophocles." *AJP* 81 (1960) 408–414.
Hathorn, R. Y. "Sophocles' *Antigone*: Eros in Politics." *CJ* 54 (1958–59) 109–115; reprinted in *Tragedy, Myth, and Mystery* (Bloomington, Ind., 1966) 62–78.
Hay, John. *Oedipus Tyrannus: Lame Knowledge and the Homosporic Womb* (Washington, D.C., 1978).
Hester. D. A. "Sophocles the Unphilosophical: A Study in the *Antigone*." *Mnemosyne*, ser. 4, 24 (1971) 11–59.
———"To Help One's Friends and Harm One's Enemies: A Study in the *Oedipus at Colonus*." *Antichthon* 11 (1977) 22–41.
Hoey, Thomas F. "The Date of the *Trachiniae*." *Phoenix* 33 (1979) 210–232.
———"Inversion in the *Antigone*, A Note." *Arion* 9 (1970) 337–345.
———"On the Theme of Introversion in the *Oedipus Rex*." *CJ* 64 (1968–69) 296–299.
———"Sun Symbolism in the Parodos of the *Trachiniae*." *Arethusa* 5 (1972) 133–154.
———"The *Trachiniae* and the Unity of Hero." *Arethusa* 3 (1970) 1–22.
Howe [Feldman], Thalia Philies. "Taboo in the Oedipus Theme." *TAPA* 93 (1962) 124–143.
Imhof, Max. "Euripides' Ion und Sophokles' Oedipus auf Kolonos." *MH* 27 (1970) 65–89.
Jameson, M. H. "Politics and the *Philoctetes*." *CP* 51 (1956) 217–227.
Johansen, Holger Friis. "Die Elektra des Sophokles: Versuch einer neuen Deutung." *C & M* 25 (1964) 8–32.
———"Sophocles, 1939–1959." *Lustrum* 7 (1962) 94–288.
Kamerbeek, J. C. "Sophocle et Héraclite." *Studia Vollgraff* (Amsterdam 1948) 84–98.
Kapsomenos, S. G. *Sophokles' Trachinierinnen und ihr Vorbild* (Athens 1963).
Kells, J. H. "Problems of Interpretation in the *Antigone*." *BICS* 10 (1963) 47–64.
———, ed. *Sophocles, Electra* (Cambridge 1973).
Kirkwood, Gordon M. "The Dramatic Unity of Sophocles' *Trachiniae*." *TAPA* 72 (1941) 203–211.
———"Homer and Sophocles' *Ajax*." in M. J. Anderson, ed., *Classical Drama and Its Influence, Studies Presented to H.D.F. Kitto* (New York and London 1965) 51–70.
———*A Study of Sophoclean Drama*, Cornell Studies in Class. Philol. 31 (Ithaca, N.Y., 1958).

Kitto, H. D. F. *Poesis: Structure and Thought*, Sather Classical Lectures 36 (Berkeley and Los Angeles 1966).
———*Sophocles: Dramatist and Philosopher* (London 1958).
Knox, B. M. W. "The *Ajax* of Sophocles." *HSCP* 65 (1961) 1–37.
———*The Heroic Temper: Studies in Sophoclean Tragedy*, Sather Classical Lectures 35 (Berkeley and Los Angeles 1964).
———*Oedipus at Thebes* (New Haven 1957).
———"Sophocles' Oedipus." In *Tragic Themes in Western Literature*, ed. Cleanth Brooks (New Haven 1955) 7–29.
Lacarrière, Jacques. *Sophocle dramaturge* (Paris 1960).
Lefcowitz, B. "The Inviolate Grove." *Literature and Psychology* 17 (1967) 78–86.
Lesky, Albin. "Sophokles und das Humane." (1951) In Hans Diller, Wolfgang Schadewaldt, Albin Lesky, *Gottheit und Mensch in der Tragödie des Sophokles* (Darmstadt 1963).
Letters, F. J. H. *The Life and Work of Sophocles* (London and New York 1953).
Linforth, I. M. "Antigone and Creon." *UCPCP* 15. 5 (1961) 183–260.
———"Electra's Day in the Tragedy of Sophocles." *UCPCP* 19.2 (1963) 89–126.
———"Philoctetes: The Play and the Man." *UCPCP* 15.3 (1956) 95–156.
———"Religion and Drama in *Oedipus at Colonus*." *UCPCP* 14.4 (1951) 75–192.
———"Three Scenes in Sophocles' *Ajax*." *UCPCP* 15.1 (1954).
Lloyd-Jones, H. "Notes on Sophocles' *Trachiniae*." *YCS* 22 (1972) 263–270.
———"Tycho von Wilamowitz-Moellendorff on the Dramatic Technique of Sophocles." *CQ* n.s. 22 (1972) 214–228.
Long, A. A. *Language and Thought in Sophocles: A Study in Abstract Nouns and Poetic Technique* (London 1968).
———"Poisonous Growths in *Trachiniae*." *GRBS* 8 (1967) 275–278.
McCall, Marsh. "Divine and Human Action in Sophocles: The Two Burials of the *Antigone*." *YCS* 22 (1972) 103–117.
McDevitt, A. S., "The Nightingale and the Olive." *WS*, Beiheft 5 = *Antidosis, Festschrift für Walther Kraus* (Vienna 1972) 227–237.
MacKay, L. A. "Antigone, Coriolanus, and Hegel." *TAPA* 93 (1962) 166–174.
MacKinnon, J. K. "Heracles' Intention in His Second Request of Hyllus: *Trach.* 1216–51." *CQ* n.s. 21 (1971) 33–41.
Minadeo, Richard W. "Plot, Theme and Meaning in Sophocles' *Electra*." *C & M* 28 (1967) 114–142.
Moore, John. "The Dissembling-speech of Ajax." *YCS* 25 (1977) 47–66.
———*Sophocles and Arete* (Cambridge, Mass., 1938).
Müller, Gerhard. *Sophokles, Antigone* (Heidelberg 1967).
———"Überlegungen zum Chor der Antigone." *Hermes* 89 (1961) 398–422.
Musurillo, Herbert. *The Light and the Darkness: Studies in the Dramatic Poetry of Sophocles* (Leiden 1967).
Nestle, Wilhelm. "Sophokles und die Sophistik." *CP* 5 (1910) 129–157.
Newiger, Hans-Joachim. "Hofmannsthals *Elektra* und die griechische Tragödie." *Arcadia* 4 (1969) 138–163.
Parlavantza-Friederich, Ursula. *Täuschungsszenen in den Tragödien des Sophokles* (Berlin 1969).
Perrotta, G. *Sofocle* (Messina-Florence 1935).

Podlecki, A. J. "The Power of the Word in Sophocles' *Philoctetes*." *GRBS* 7 (1966) 233–250.
Pötscher, W. "Die Oidipus-Gestalt." *Eranos* 71 (1973) 12–44.
Reinhardt, Karl. *Sophokles*³ (Frankfurt a.M. 1947); Eng. ed., trans. H. and D. Harvey (Oxford 1979).
Robinson, D. B. "Topics in Sophocles' *Philoctetes*." *CQ* n.s. 19 (1969) 34–56.
Rödström, P. *De Imaginibus Sophocleis a Rerum Natura Sumptis*, Diss. Uppsala (Stockholm 1883).
Ronnet, Gilberte. *Sophocle: poète tragique* (Paris 1969).
———"Sur le premier stasimon d'*Antigone*," *REG* 80 (1967) 100–105.
Rose, H. J. "Antigone and the Bride of Corinth." *CQ* 19 (1925) 147–151.
Rose, Peter. "Sophocles' *Philoctetes* and the Teachings of the Sophists." *HSCP* 80 (1976) 49–105.
Rosenmeyer, Thomas G. *The Masks of Tragedy: Essays on Six Greek Dramas* (Austin 1963).
———"The Wrath of Oedipus." *Phoenix* 6 (1952) 92–112.
Schiassi, G. *Sofocle, Le Trachinie* (Florence 1953).
Schlesinger, Eilhard. "*Deinotēs*." *Philologus* 91 (1936–37) 59–66.
———"Erhaltung im Untergang: Sophokles' Aias als 'pathetische' Tragödie." *Poetica* 3 (1970) 359–387.
———"Die Intrige im Aufbau von Sophokles' Philoktet." *RhM* 111 (1968) 97–156.
Schmid, Wilhelm. "Problem aus der sophokleischen Antigone." *Philologus* 62 (1903) 1–34.
Schmidt, Jens-Uwe. *Sophokles, Philoktet: Eine Strukturanalyse* (Heidelberg 1973).
Schwinge, E. R. *Die Stellung der Trachinierinnen im Werk des Sophokles*, Hypomnemata 1 (Göttingen 1962).
Seale, David. "The Element of Surprise in Sophocles' *Philoctetes*." *BICS* 19 (1972) 94–102.
Segal, Charles. "Divino e umano nel *Filottete* di Sofocle." *QUCC* 23 (1976) 67–89.
———"The *Electra* of Sophocles." *TAPA* 97 (1966) 473–545.
———"The Hydra's Nursling: Image and Action in the *Trachiniae*." *AC* 44 (1975) 612–617.
———"Mariage et sacrifice dans les *Trachiniennes* de Sophocle." *AC* 44 (1975) 30–53.
———"Philoctetes and the Imperishable Piety." *Hermes* 105 (1977) 133–158.
———"Sophocles' *Antigone*: The House and the Cave." *Miscellanea di Studi in memoria di Marino Barchiesi* (Rome 1978 [publ. 1980]) 1171–88.
———"Sophocles' Praise of Man and the Conflicts of the *Antigone*." (1964) in Thomas Woodard, ed., *Sophocles* (see infra) 62–85.
———"Sophocles' *Trachiniae*: Myth, Poetry, and Heroic Values." *YCS* 25 (1977) 99–158.
———"Synaesthesia in Sophocles." *Illinois Class. Studies* 2 (1977) 88–96.
———Visual Symbolism and Visual Effects in Sophocles." *CW* 74 (1980/81) 125–142.
Seidensticker, Bernd. "Beziehungen zwischen den beiden Oidipusdramen des Sophokles." *Hermes* 100 (1972) 255–274.
Sgroi, P. "Edipo a Colono." *Maia* 14 (1962) 283–298.
Sheppard, J. T. "*Electra*: A Defense of Sophocles." *CR* 41 (1927) 2–9.
———"*Electra* Again." *CR* 41 (1927) 163–165.
———*The Oedipus Tyrannus of Sophocles* (Cambridge 1920).
———"The Tragedy of Electra, According to Sophocles." *CQ* 12 (1918) 80–88.
Shields, M. G. "Sight and Blindness in the *Oedipus Coloneus*." *Phoenix* 15 (1961) 63–73.

Sicherl, Martin. "Die Tragik des Aias." *Hermes* 98 (1970) 14–37; Eng. trans., "The Tragic Issue in Sophocles' *Ajax*." *YCS* 25 (1977) 67–98.
Simpson, Michael. "Sophocles' Ajax: His Madness and Transformation." *Arethusa* 2 (1969) 88–103.
Solmsen, Friedrich. "Electra and Orestes: Three Recognitions in Greek Tragedy." *Meded. der Konikl. Nederlandse Akad. van Wetenschappen*, Afd. Letterkunde n.s. 30.2 (1967) 31–62.
———"Zur Gestaltung des Intrigenmotivs in den Tragödien des Sophokles und Euripides." (1932) in E.-R. Schwinge, ed., *Euripides*, Wege der Forschung 89 (Darmstadt 1968) 326–344.
Spira, A. *Untersuchungen zum Deus ex Machina bei Sophokles und Euripides* (Kallmünz 1960).
Stanford, W. B. "Light and Darkness in Sophocles' *Ajax*." *GRBS* 19 (1978) 189–197.
Steidle, Wolf. *Studien zum Antiken Drama* (Munich 1968).
Stoessl, Franz. "Der Oidipus auf Kolonos des Sophokles." *Dioniso* 40 (1966) 5–26.
Strohm, Hans. "Griechische Tragödie, 9. Fortsetzung: Sophokles." *AnzAlt* 24 (1971) 129–162.
———"Griechische Tragödie, 10. Fortsetzung: Sophokles (Nachtrag)." *AnzAlt* 26 (1973) 1–5.
Taplin, Oliver. "Significant Actions in Sophocles' *Philoctetes*." *GRBS* 12 (1971) 25–44.
Trousson, R. "La philosophie du pouvoir dans l'*Antigone* de Sophocle." *REG* 77 (1964) 23–33.
Vellacott, Philip. *Sophocles and Oedipus: A Study of the Oedipus Tyrannus* (London 1971).
Vicaire, Paul. "Place et figure de Dionysos dans la tragédie de Sophocle." *REG* 81 (1968) 351–373.
Waldock, A.J.A. *Sophocles the Dramatist* (Cambridge 1951).
Welcker, F. G. "Über den Aias des Sophokles." *RhM* 3 (1829) 43–92, 229–364 = *Kleine Schriften* II (Bonn 1845) 264–340.
Wender, Dorothea. "The Will of the Beast: Sexual Imagery in the *Trachiniae*." *Ramus* 3 (1974) 1–17.
Whitman, Cedric H. *Sophocles: A Study of Heroic Humanism* (Cambridge, Mass., 1951).
Wigodsky, Michael. "The 'Salvation' of Ajax." *Hermes* 90 (1962) 149–158.
Wilamowitz-Moellendorff, Tycho von. *Die Dramatische Technik des Sophokles*, Philol. Untersuch. 22 (Berlin 1917).
Wilamowitz-Moellendorff, Ulrich von. "Die beiden Elektren." *Hermes* 18 (1883) 214–263.
Winnington-Ingram, R. P. "The 'Electra' of Sophocles: Prolegomenon to an Interpretation." *PCPS* 183 (1954–55) 20–26.
———"A Religious Function of Greek Tragedy: A Study in the *Oedipus Coloneus* and the *Oresteia*." *JHS* 74 (1954) 16–24.
———*Sophocles: An Interpretation* (Cambridge 1980).
Woodard, Thomas M. "*Electra* by Sophocles: the Dialectical Design." *HSCP* 68 (1964) 163–205 and 70 (1965) 195–233.
———ed., *Sophocles: A Collection of Critical Essays* (Englewood Cliffs, N.J., 1966).

索 引

（所附页码为本书边码）

Achilles，阿基琉斯，32

Acrisius，阿克里西俄斯，36

Adonis，阿多尼斯，31

Aeneas，埃涅阿斯，23-24，31；and Dido，与狄多，79

Aeschylus，埃斯库罗斯，7；*Agamemnon*，《阿伽门农》，11，45；*Eumenides*，《欧门尼德斯》，33；*Oresteia*，《奥瑞斯提亚》，12，15，19，28；*Persian*，《波斯人》，29；*Septem*，《七将攻忒拜》，31

Agamemnon，阿伽门农，16；*Trach.*，《特拉基斯少女》，75

Agave，阿高埃，28

Agriculture，农业，4，25，27，29，31，33，36；*Antig.*，《安提戈涅》，172-173，197-198；*Phil.*，《菲罗克忒忒斯》，300-301，324-325；*Trach.*，《特拉基斯少女》，62-63，75，83，90-91

Agrios，野的，1，32-33，315

Ajax，埃阿斯：and Electra，与埃勒克特拉，266；*Iliad*，《伊利亚特》，112-113，148

Alcestis，阿尔克斯提斯，28

Alcman，cosmogony of，阿尔克曼的宇宙论，第六章注10

Amazons，阿玛宗人，28，30

Anaxagoras，阿那克萨戈拉，5

Anchises，安基塞斯，22-23，31

Antigone，and Electra，安提戈涅与埃勒克特拉，266

Antiphon the Sophist，智者安提丰，5-6，252

Aphrodite，阿芙洛狄忒，22-23

Apollo，阿波罗，26-27，33，218，281；Epikourios，援助者，1；*Trach.*，《特拉基斯少女》，75

Apotheosis，成神：*Trach.*，《特拉基斯少女》，99-102

Ares，阿瑞斯，139，218

Aristophanes，阿里斯托芬，51-52；*Frogs*，《蛙》，53

Aristotle，亚里士多德：and tragedy，与悲剧，8；*Ethics*，《尼各马可伦理学》，13；*Politics*，

807

《政治学》，3，13

Artemis, 阿尔忒弥斯，32，218，281，309

Atalante, 阿塔兰塔，31

Athena, 雅典娜，26-27，33，218；*Phil.*,《菲罗克忒忒斯》，309

auto-compounds, auto-复合词，第六章注103

autochthony, 地生人，142，第六章注155

Bacchylides, 巴克基利得斯，18，239；*Ode XI*,《第十一颂歌》，35-36

Bassae, 巴塞，1

Beast, 野兽：*Ajax*,《埃阿斯》，129-131，139；*Antig.*,《安提戈涅》，157-158；*Elec.*,《埃勒克特拉》，269-270；*OT*,《奥狄浦斯王》，211，216-217，223-224；*Trach.*,《特拉基斯少女》，95-98，104-105

beast-man, 野兽-人，87-88

Bellerophon, 柏勒洛丰，3

Bendis, 本狄斯：*Phil.*,《菲罗克忒忒斯》，309

Bestiality, 兽性：*Trach.*,《特拉基斯少女》，77-79

Birth, 出生：*Trach.*,《特拉基斯少女》，74

Boundary, 界限：*OC*,《奥狄浦斯在科洛诺斯》，369-376

bow, 弓：*Phil.*,《菲罗克忒忒斯》，298-300，318-322，345-346，349

burial, 葬礼：*Ajax*,《埃阿斯》，143-146，149-151；*Antig.*,《安提戈涅》，157-161，173-176；double b in *Antig.*,《安提戈涅》中的二次葬礼，159-160，第六章注25；*Elec.*,《埃勒克特拉》，270-271，272-278

Cabiri, 卡比洛斯众仙：*Phil.*,《菲罗克忒忒斯》，301，310，311，314

Cabirus, 卡比洛斯，308；*Phil.*,《菲罗克忒忒斯》，314

cannibalism, 吃人，29-30，32，34-35，39-40

Cassandra, 卡珊德拉：*Trach.*,《特拉基斯少女》，75

cave, 洞穴：*Phil.*,《菲罗克忒忒斯》，358-360

Centaurs, 肯陶尔、半马人，2-3，30，33，87-88；*Trach.*,《特拉基斯少女》，91-92

Cephalus, 刻法罗斯，31

change, 变化：*Phil.*,《菲罗克忒忒斯》，340-344

character, 性格，8-9，第十章注65；*Phil.*,《菲罗克忒忒斯》，

294, 318

charis, 恩惠：*Ajax*,《埃阿斯》, 136-137；*OC*,《奥狄浦斯在科洛诺斯》, 380-382, 401, 402-403

child, 儿童, 31；*OT*,《奥狄浦斯王》, 221

Choephoroe,《奠酒人》, and *Elec.*, 与《埃勒克特拉》, 273

choral lyric, 合唱歌, 10

Chryse, 克律塞：*Phil.*,《菲罗克忒忒斯》, 296, 308-312

Circe, 克尔克, 61；and Deianeira, 与得阿涅拉, 92；and Odysseus, 与奥德修斯, 79

civilization, 文明, 61-62；*Ajax*,《埃阿斯》, 111, 127, 131-133, 145-148, 150；*Antig.*,《安提戈涅》, 152-155, 158, 160-161, 167, 168, 170, 190, 192, 196, 201-202, 204；definition of, 的定义, 2-4, 60-61；*Elec.*,《埃勒克特拉》, 249-250, 257, 267, 291；and *eros*, 与爱欲, 第六章注121；Greek theories of, 的希腊理论, 4-5, 29-30, 39；*OC*,《奥狄浦斯在科洛诺斯》, 376-378, 379-380, 405, 406-407；*OT*,《奥狄浦斯王》, 207, 218-219, 221-223, 232；*Phil.*,《菲罗克忒忒斯》, 293-294, 297-299, 303-307；relation to violence, 与暴力的关系, 6-7, 42；*Trach.*,《特拉基斯少女》, 89-92, 102-104

Clytaemnestra, 克吕泰墨涅斯特拉, 16；and Antigone, 与安提戈涅, 195；and Deianeira, 与得阿涅拉, 88；and family, 与家庭, 82；*Trach.*,《特拉基斯少女》, 73

Cocteau, Jean, 谷克多, 让, 11

code, 符码, 14-16, 19, 56

Colonus, grove of, 科洛诺斯的圣林, 371-376, 391-392, 第十一章注31, 第十一章注43, 第十一章注47

comedy, 喜剧, 51-52

communication, 表达, see language, 见语言

Corneille, 高乃依：*Oedipe*,《奥狄浦斯王》, 44

Critias, 克里提阿：*Peirithous*,《佩里托奥斯》, 5

Cyclops, 库克洛普斯, 3, 32, 34, 72；and *Phil.*, 与《菲罗克忒忒斯》, 300, 305；in *Odyssey*, 在《奥德赛》中, 72

Cyrus, 居鲁士, and Oedipus, 与奥狄浦斯, 223-224

Danae, 达那厄, and Antigone, 与

安提戈涅，182

darkness，黑暗：*Ajax*，《埃阿斯》，124-126；*Antig.*，《安提戈涅》，181-183，199-200；*OC*，《奥狄浦斯在科洛诺斯》，401

de Saussure, Ferdinand，德·索绪尔，费尔迪南，18

Deianeira，得阿涅拉，and Antigone，与安提戈涅，195

deinos，可怕的：*Antig.*，《安提戈涅》，第六章注4；*Elec.*，《埃勒克特拉》，第八章注40

Demeter，得墨忒尔，2

Democritus，德谟克里特，5

Demophon，得摩丰，25

Detienne, Marcel，德蒂埃纳，马塞尔，14

deus ex machina，机械降神：*Phil.*，《菲罗克忒忒斯》，356

diachronic，历时的，see synchronic，见"共时的"

Dido，狄多，and Aeneas，与埃涅阿斯，79

diet，饮食：*On Ancient Medicine*，《古代医学论》，35；*Trach.*，《特拉基斯少女》，61

differentiation，差异，58-59；*OT*，《奥狄浦斯王》，213，第七章注21

dikē，正义，see justice，见正义

Dionysos，狄奥尼索斯，21，49，218；*Antig.*，《安提戈涅》，199-206，第六章注147，148；*OC*，《奥狄浦斯在科洛诺斯》，374

disease，疾病：*Phil.*，《菲罗克忒忒斯》，303，323，326-327，354-355

doubles，双身：*Ajax*，《埃阿斯》，139；*Elec.*，《埃勒克特拉》，261-262；*Trach.*，《特拉基斯少女》，100

earth，地：*Antig.*，《安提戈涅》，169-171，172-173，194-195；*Phil.*，《菲罗克忒忒斯》，324-326

Eleusis，埃琉西斯：cult，崇拜，24；games，竞技，25

equality，平等：*OT*，《奥狄浦斯王》，213-216

Eriphyle，埃里菲勒：*Electra*，《埃勒克特拉》，256

eros，爱欲：*Antig.*，《安提戈涅》，197-199，200

Euenos，欧厄诺斯，and Lemnos，与利姆诺斯，312

Eumenides，欧门尼德斯：*OC*，《奥狄浦斯在科洛诺斯》，375-376

Euripides，欧里庇得斯，7；*Bacchae*，《酒神的伴侣》，6，29，32，47，49，54；*Electra*，《埃勒

克特拉》, 6; *Hecuba*,《赫卡柏》, 6; *Heracles Mad*,《疯狂的赫拉克勒斯》, 11, 35-37; *Hippolytus*,《希波吕托斯》, 18; *Medea*,《美狄亚》, 5, 47, 54; *Orestes*,《奥瑞斯特斯》, 6, 35; *Suppliants*,《请愿少女》, 5; *Trojan Women*,《特洛伊妇女》, 6

family, 家庭: *Ajax*,《埃阿斯》, 115-116, 123; *Antig.*,《安提戈涅》, 164, 167, 171-172, 177-179, 181, 184-196; *Elec.*,《埃勒克特拉》, 254-262, 289; *OC*,《奥狄浦斯在科洛诺斯》, 363, 370, 379, 387, 388, 402-403; *OT*,《奥狄浦斯王》, 224-226, 245-246; *Philoctetes*,《菲罗克忒忒斯》, 296, 298; *Trach.*,《特拉基斯少女》, 80-87, 102-104, 107

female, 女性, ambiguity in Greek culture, 在希腊文化中的模糊性, 27-28, 32, 36

fire, 火: *Antig.*,《安提戈涅》, 166-167; *Phil.*,《菲罗克忒忒斯》, 295-296, 305-307, 308, 310-314, 326-327, 347

fire and water, 火与水: *Phil.*,《菲罗克忒忒斯》, 326-327

Freud, 弗洛伊德, 6, 第六章注121

friendship, 友爱: *Phil.*,《菲罗克忒忒斯》, 294-295, 330-333

Ganymede, 伽倪墨得斯, 24
Girard, René, 吉拉尔, 勒内, 6-7
Great Mother, 大母神: *Antig.*,《安提戈涅》, 180-181, 194

Hades, 哈得斯: *Antig.*,《安提戈涅》, 177-178, 187, 200, 203, 205
Hamlet, 哈姆雷特, 43, 54
Harrison, Jane, 赫丽生, 简, 13-14
Hauptmann, Gerhart, 霍普特曼, 盖哈特, *Atridentetralogie*,《阿特柔斯家族四联剧》, 54
hearth, 灶: *Trach.*,《特拉基斯少女》, 68, 85
Hector, 赫克托尔, 32
Hector and Andromache, 赫克托尔与安德洛玛刻, 115, 118; and Ajax and Tecmessa, 与埃阿斯和特克墨萨, 134
Hecuba, 赫卡柏, and Antigone, 与安提戈涅, 195
Helen,《海伦》, and *Electra*, 与《埃勒克特拉》, 286-287
Hellanicus, 赫拉尼库斯, Hyperboreans in, 记述的许珀耳

索引 811

玻瑞亚人/极北之地的人，30
Hephaestus，赫菲斯托斯，27；and Lemnos，与利姆诺斯，326-327；*Phil.*，《菲罗克忒斯》，308，310，311
Heracles，赫拉克勒斯，3，34；in comic tradition，在喜剧传统中，61；and Philoctetes，与菲罗克忒斯，326-327；in Pindar，品达笔下，61；in Virgil，维吉尔笔下，61
Heraclitus，赫拉克利特，8，46
Hermes，赫尔墨斯，23，31
hero cult，英雄崇拜：*Ajax*，《埃阿斯》，142-146
hero-king，英雄-王，44-47
Herodotus，希罗多德：cannibals in，笔下的吃人者，29；vegetarians in，笔下的素食者，29
heroism，英雄气概：*Ajax*，《埃阿斯》，109-110，148-149；*Antig.*，《安提戈涅》，200-201；*Elec.*，《埃勒克特拉》，254；*OT*，《奥狄浦斯王》，247-248；*Phil.*，《菲罗克忒斯》，322，331-333，344-345，349
Hesiod，赫西俄德：Prometheus，普罗米修斯，61；races of men，人的种族，62
Hestia，赫斯提娅，第四章注73

Hippocrates，希波克拉底，5；diet，饮食，35
Hippodamus of Miletus，米利都的希波达摩斯，5
Hippolytus，希波吕托斯，31
Homer，荷马，5，10
Homeric formulas，荷马程式，17
homosplanchnos，同子宫的，185
house，家：*Ajax*，《埃阿斯》，115-116；*Antig.*，《安提戈涅》，169，171-172，177-179，186-190，192-194；*Elec.*，《埃勒克特拉》，254-262，278-280；*Odyssey*，《奥德赛》，82；*OC*，《奥狄浦斯在科洛诺斯》，388-392；*OT*，《奥狄浦斯王》，224-227，245；*Trach.*，《特拉基斯少女》，63-65，76，80-83，102-107。See also family，亦参"家庭"
hunting，狩猎，31；*Ajax*，《埃阿斯》，129-130，123-124；*Elec.*，《埃勒克特拉》，270；*OC*，《奥狄浦斯在科洛诺斯》，379；*OT*，《奥狄浦斯王》，220；*Phil.*，《菲罗克忒斯》，300-303
Hydra，许德拉：*Trach.*，《特拉基斯少女》，60
Hymn to Aphrodite，《致阿芙洛狄忒》，22，26，28
Hymn to Apollo，《阿波罗颂》，26
Hymn to Demeter，《得墨忒尔颂》，

24-25

inward and outward movement,内向和外向活动:Ajax,《埃阿斯》,126-127;Antig.,《安提戈涅》,182;Elec.,《埃勒克特拉》,250-251;Trach.,《特拉基斯少女》,64-65,83-87,106-107。See also space,亦参"空间",

Ion, in Euripides,欧里庇得斯笔下的伊昂,and Oedipus,与奥狄浦斯,223-224

isolation,隔离:Phil.,《菲罗克忒忒斯》,322-324

Ixion,伊克西翁,3

Jakobson, Roman,雅各布森,罗曼,18

Jason and Lemnos,伊阿宋与利姆诺斯,312

journey,旅程:OC,《奥狄浦斯在科洛诺斯》,365-367

justice,正义:Antig.,《安提戈涅》,169-170,178;Elec.,《埃勒克特拉》,251-252,275,280;OC,《奥狄浦斯在科洛诺斯》,387,390,405;Phil.,《菲罗克忒忒斯》,341,355-357

kinship,王权:Antig.,《安提戈涅》,183-185,188-190;OC,《奥狄浦斯在科洛诺斯》,383-390。See also family,亦参"家庭"

kinship terminology,王权术语,184

Kirk, Geoffrey,杰弗里·柯克,13

Kore,少女,对佩尔塞福涅的称号,2

Kore-Persephone,少女-佩尔塞福涅:Antig.,《安提戈涅》,179-181,183,186,203

language,语言,52-58;Ajax,《埃阿斯》,113-115,119-120,122-123,132,133-138,147-148;Antig.,《安提戈涅》,153-154,161-166;in comedy,喜剧中,52;Elec.,《埃勒克特拉》,260,281-290,337;in Oresteia,《奥瑞斯提亚》中,15-16,30-31,53,55-58;OC,《奥狄浦斯在科洛诺斯》,392-399;OT,《奥狄浦斯王》,238-239,240,241-245;Oresteia,《奥瑞斯提亚》,15-16,30-31,53,55-58;Phil.,《菲罗克忒忒斯》,333-340;Pindar, Pyth. I,品达,《皮托凯歌第一首》,22;relation to myth,与神话的关系,17;Trach.,《特拉基斯少女》,60,70,78-79,85-86,93-98,104-105;in tragedy,悲剧中,

索引 813

10，52-59

Lapiths，拉庇泰人，2，30

Lemnian women，利姆诺斯妇女：*Phil.*，《菲罗克忒忒斯》，311-312

Lemnos，利姆诺斯，304-305，307-314；*Iliad*，《伊利亚特》，308

Lévi-Strauss，列维-斯特劳斯，13，16，18，第六章注155

light，光亮：*Ajax*，《埃阿斯》，124-126；*Antig.*，《安提戈涅》，197；*Trach.*，《特拉基斯少女》，74，101-102

liminality，阈限，47；*Ajax*，《埃阿斯》，140-141；*Antig.*，《安提戈涅》，177，180；*OC*，《奥狄浦斯在科洛诺斯》，363-364；*Phil.*，《菲罗克忒忒斯》，297

Lycaon，吕卡昂，39

Lycidas，吕基达斯，31

madness，疯狂，35-38；*Ajax*，《埃阿斯》，126，127-128，130，131，133，134-135，138-140；*Antig.*，《安提戈涅》，205

marriage，婚姻：*Antig.*，《安提戈涅》，179，180，182-183，189，192-193；*Elec.*，《埃勒克特拉》，261；*Trach.*，《特拉基斯少女》，62-63，75-77

mask，面具，49-50

Medea，美狄亚，28；and Antigone，与安提戈涅，195；and Deianeira，与得阿涅拉，88，92

mediation，调解：*Elec.*，《埃勒克特拉》，290-291；*OC*，《奥狄浦斯在科洛诺斯》，405；*Phil.*，《菲罗克忒忒斯》，352

medicine，医术：*Ajax*，《埃阿斯》，132；*Phil.*，《菲罗克忒忒斯》，295，305-307，310-312；*Trach.*，《特拉基斯少女》，92-93

Megasthenes，墨伽斯忒涅斯，30

memory，记忆：*Ajax*，《埃阿斯》，111，137，144-145；*Elec.*，《埃勒克特拉》，253；*Phil.*，《菲罗克忒忒斯》，315，347

metallurgy，冶金术：*Ajax*，《埃阿斯》，131-133；*Antig.*，《安提戈涅》，166-167；*Elec.*，《埃勒克特拉》，268

metaphor，隐喻，15-16；*Oresteia*，《奥瑞斯提亚》，16，56-57

Minotaur，弥诺陶洛斯，3

myth，神话：*Antig.*，《安提戈涅》，165-166，179-183；of descent，有关下降的，179-181；*Elec.*，《埃勒克特拉》，252，256，267，284-285，286-287，290；in

Lévi-Strauss，列维-斯特劳斯论述的，18，20；OC，《奥狄浦斯在科洛诺斯》，369，407；Phil.，《菲罗克忒忒斯》，294，307-314，322，326-327，337-339；redundancy in，的冗余，18，24，25；in tragedy，悲剧中，21

name，名字，of Oedipus，奥狄浦斯的，211-212，243

nature，自然：Antig.，《安提戈涅》，154-155，170，182，201-202；Elec.，《埃勒克特拉》，267；OC，《奥狄浦斯在科洛诺斯》，373-374

Niobe，尼奥贝：and Antigone，与安提戈涅，181-182；Elec.，《埃勒克特拉》，267

Nomos，习俗/法，1，4-5，20，39；Antig.，《安提戈涅》，155，168-170，173；Phil.，《菲罗克忒忒斯》，335。See also Physis，亦参"自然"

nurture，养育：Ajax，《埃阿斯》，115-116，123，137；Antig.，《安提戈涅》，178，183；Elec.，《埃勒克特拉》，252-253；OC，《奥狄浦斯在科洛诺斯》，365，368，379，388，401；OT，《奥狄浦斯王》，208-210；Phil.，《菲罗克忒忒斯》，295，299，325-326

Odysseus，奥德修斯，3，32，82；and Circe，与克尔克，79；and name，与名字，212；return，回家，80

Odyssey，《奥德赛》：and Phil.，与《菲罗克忒忒斯》，359-360；and Trach.，与《特拉基斯少女》，60-108各处

Oedipus，奥狄浦斯，3，17，43-44

Oeneus，奥纽斯，in Iliad，《伊利亚特》中，75

Oeta，奥塔山：Phil.，《菲罗克忒忒斯》，347-348

oikos，家，see family，见"家庭"

Olympia，奥林匹亚，Temple of Zeus，宙斯神庙，2

ōmos，生的，34；Antig.，《安提戈涅》，191

oracles，神谕：Ajax，《埃阿斯》，119-120，126-127，135，139，142；Antig.，《安提戈涅》，158，164-165；Elec.，《埃勒克特拉》，280-281，285-286；OC，《奥狄浦斯在科洛诺斯》，383-384，385，388，395-396；OT，《奥狄浦斯王》，223，228，236-241，第七章注39；OT and riddles，《奥狄浦斯王》与谜语，

第七章注74，第七章注95；
Phil.,《菲罗克忒忒斯》，301，
315，317-318，334；*Trach.*,《特
拉基斯少女》，97-98，103，108

Oresteia,《奥瑞斯提亚》，language
in, 中的语言，55-58

Orestes, 奥瑞斯特斯，32

Orion, 奥里昂，31

overdetermination, 多重决定，18

Pandora, 潘多拉，41

Parthenon frieze, 帕台农神庙檐壁，
1-2，5

Parthenopaeus, 帕尔特诺派奥斯，
31

Pelasgus, 佩拉斯戈斯，33

Pelops, 佩洛普斯，3，40，255，
267-268

Penelope, 珀涅罗珀，82

Persephone, 佩尔塞福涅，25

Phaedra, 菲德拉：and Antigone,
与安提戈涅，195；and
Deianeira, 与得阿涅拉，88

pharmakon, 药：*Trach.*,《特拉基
斯少女》，72-73，87-88，92-
94

pharmakos, 净罪者：*Ajax*,《埃阿
斯》，140；*Antig.*,《安提戈涅》，
175；*OT*,《奥狄浦斯王》，208

Pherecrates, 斐若克拉底：*Agrioi*,
《野蛮人》，4

Philia, 友爱：*Antig.*,《安提戈
涅》，185-186；*Elec.*,《埃勒克
特拉》，260，274；*OC*,《奥狄
浦斯在科洛诺斯》，399-401；
OT,《奥狄浦斯王》，362，373，
388；*Phil.*,《菲罗克忒忒斯》，
320-322，330-332，342，349-
351

Philoctetes,《菲罗克忒忒斯》：of
Accius, 阿基乌斯的，310；of
Euripides, 欧里庇得斯的，296，
299

Phineus, 菲纽斯，sons of, 的儿子，
182

Pholus, 弗洛斯，33

Physis, 自然，1，4-5，20，39；
Antig.,《安提戈涅》，154-155；
Phil.,《菲罗克忒忒斯》，335

piety, 虔敬：*Antig.*,《安提戈涅》，
170-172

Pindar, 品达，18，239；*Ol. I*,《第
一首奥林匹亚颂歌》，40；*Pyth.
I*,《皮托凯歌第一首》，22

pistis, 信任，see trust, 见"信任"

Plato, 柏拉图：*Republic*,《理想
国》，7；*Symposium*,《会饮》，
23

polis, 城邦：*Antig.*,《安提戈涅》，
192-194

pollution, 污染：*Antig.*,《安提戈
涅》，174-176

poros，通道，第六章注10

Procne，普罗克涅：in *Electra*，《埃勒克特拉》中，256–257，267

Procris，普洛克里斯，31

Proetides，普罗托斯的女儿们，36–37

Proetus，普罗托斯，36–37

Prometheus，普罗米修斯，41；and Oedipus，与奥狄浦斯，241；and *Phil.*，与《菲罗克忒忒斯》，308

prophecy，预言：*Antig.*，《安提戈涅》，158–159

Protagoras，普罗塔戈拉，5

purification，净化，第八章注76；*Ajax*，《埃阿斯》，138，140–141，144；*Antig.*，《安提戈涅》，174–176，178，189，203；*Elec.*，《埃勒克特拉》，272，274，276；*OC*，《奥狄浦斯在科洛诺斯》，366–367，385–386，389，390–392，394，406；*OT*，《奥狄浦斯王》，217，234–236；*Phil.*，《菲罗克忒忒斯》，311–312

purity，洁净，see purification，见"净化"，

raw，生的，34；*Antig.*，《安提戈涅》，191，449n15；*Phil.*，《菲罗克忒忒斯》，298，308–309，327

reason，理性：*Antig.*，《安提戈涅》，155–157，160–161，172

rebirth，重生：*Phil.*，《菲罗克忒忒斯》，313，358

religion，宗教：origin，起源，in *Antig.*，《安提戈涅》中，170；*Phil.*，《菲罗克忒忒斯》，292，300，315

riddles，谜语：*OT*，《奥狄浦斯王》，207，214–215，230，232–233，238–240，247

ritual，仪式，6–7，16，25，26，35–37，48，50–51；*Ajax*，《埃阿斯》，135，138–146，150–151；*Antig.*，《安提戈涅》，159–160，170–176，178–179，205–206；*Elec.*，《埃勒克特拉》，253，271–278；*OT*，《奥狄浦斯王》，234–36；*Oresteia*，《奥瑞斯提亚》，16；*Phil.*，《菲罗克忒忒斯》，295，307–314，321，327，354

road，道路：*OC*，《奥狄浦斯在科洛诺斯》，368–369

Romulus，罗慕路斯，and Oedipus，与奥狄浦斯，223–224

sacrifice，祭祀，6，16，27，37，38，40–41，45–46，第八章注64；*Ajax*，《埃阿斯》，138，

索引 817

139–141；*Antig.*,《安提戈涅》，159，171；*Elec.*,《埃勒克特拉》，259，261，270，271–272；*OC*,《奥狄浦斯在科洛诺斯》，377–378；*Phil.*,《菲罗克忒忒斯》，306，312，327；*Trach.*,《特拉基斯少女》，61–62，65–73，75–83，98–99，100，104

sailing, 航行，see sea, 见"大海"

Satyrs, 萨提洛斯，21

savagery, 野蛮：*Antig.*,《安提戈涅》，187；*OT*,《奥狄浦斯王》，219–223；*Phil.*,《菲罗克忒忒斯》，292，297，302，306，308–309，314–318，322–323，327，352；*Trach.*,《特拉基斯少女》，72–73

sea, 大海：*Ajax*,《埃阿斯》，121–123，145，147；*Antig.*,《安提戈涅》，163，198–199；*Elec.*,《埃勒克特拉》，267–268；*OC*,《奥狄浦斯在科洛诺斯》，374，379，382，390；*Phil.*,《菲罗克忒忒斯》，303–305，323–324，326–327，354–355

Seneca, 塞涅卡：Oedipus, 奥狄浦斯，44

sexuality, 性：*Elec.*,《埃勒克特拉》，261；*Trach.*,《特拉基斯少女》，61，63–65，73，76–80

shepherd, 牧羊人，31，34；*Ajax*,《埃阿斯》，129–130；*Phil.*,《菲罗克忒忒斯》，324

society, 社会：*Phil.*,《菲罗克忒忒斯》，331–333

Sophists, 智者，9

Sophocles, 索福克勒斯：*Palamedes*,《帕拉墨得斯》，4；*Rhizotomoi*,《采药人》，4；*Triptolemus*,《特里普托勒摩斯》，4

space, 空间：*Ajax*,《埃阿斯》，118，120，122，123，126–127，143，145–146；*Antig.*,《安提戈涅》，164，167–168，177，179，182，205–206；*Elec.*,《埃勒克特拉》，250–251，255–256，258–260，268–269，275；*OC*,《奥狄浦斯在科洛诺斯》，364–367，372，379；*OT*,《奥狄浦斯王》，208–209，234，221–224，227–228；*Phil.*,《菲罗克忒忒斯》，296，347，354

Sphinx, 斯芬克斯，3；in Hesiod, 赫西俄德笔下，238

structuralism, 结构主义，41–42

supplication, 乞援：*Ajax*,《埃阿斯》，143；*Antig.*,《安提戈涅》，178；*OC*,《奥狄浦斯在科洛诺斯》，366–367，378，382，383–384；*OT*,《奥狄浦斯王》，234

sword, 剑：*Ajax*,《埃阿斯》，116–

118

synchronic,共时的,16-17,28-29

Tantalus,坦塔罗斯,3,39-40

technology,技术:*Ajax*,《埃阿斯》,131-133,147;*Antig.*,《安提戈涅》,153-155,160-161,166-167;*Elec.*,《埃勒克特拉》,268;*Phil.*,《菲罗克忒忒斯》,295-296,303-307,310-312;*Trach.*,《特拉基斯少女》,87-90,104-105

Teiresias,特瑞西阿斯,and Calchas,与卡尔卡斯,119

Telchines,特尔奇尼斯:*Phil.*,《菲罗克忒忒斯》,310,311

Telemachus,特勒马科斯,82,104;and family,与家庭,81

Theseus,提修斯,3

Thucydides,修昔底德,5-6

Thyestes,提埃斯特斯,34,39

time,时间:*Ajax*,《埃阿斯》,111-113,115,118,119-121,124-125,136,143,144-145,150;*Antig.*,《安提戈涅》,155-157;*Elec.*,《埃勒克特拉》,262-267,268;*OC*,《奥狄浦斯在科洛诺斯》,378,401;*OT*,《奥狄浦斯王》,228-231,246;*Trach.*,《特拉基斯少女》,105-106

Tithonus,提托诺斯,24

tragedy,悲剧,42,50-51;and choral lyric,与合唱歌,239;*OC*,《奥狄浦斯在科洛诺斯》,406-408;*Trach.*,《特拉基斯少女》,101-102

Triptolemus,特里普托勒摩斯,33

Triptolemus relief,特里普托勒摩斯浮雕,2

trophē,养育,see nurture,见"养育"

Trugrede,诡骗之辞:of Ajax,埃阿斯的,113-115,第五章注9

trust,*pistis*,信任:*Phil.*,《菲罗克忒忒斯》,331-332;*Trach.*,《特拉基斯少女》,95,102

Tydeus,提丢斯,34,39

Typhos,提丰,22,26-27

Underworld,冥界:*Antig.*,《安提戈涅》,180-181,194-196

urn,骨灰瓮:*Elec.*,《埃勒克特拉》,258-259,275-280,282-283,286-290,337

Vernant, Jean-Pierre,韦尔南,让-皮埃尔,9,14

Vickers, Brian,维克斯,布莱恩,13

Vidal-Naquet, Pierre,维达尔-纳凯,皮埃尔,14

violence,暴力:*OC*,《奥狄浦斯在

科洛诺斯》,378-380

water and fire,水与火:*Phil.*,《菲罗克忒忒斯》,326-327

wild,野的:*Antig.*,《安提戈涅》,167-168;*Elec.*,《埃勒克特拉》,257;*OC*,《奥狄浦斯在科洛诺斯》,364-365;*Phil.*,《菲罗克忒忒斯》,292-293,315

womb,子宫:*Antig.*,《安提戈涅》,195-196

wound,伤口:*Phil.*,《菲罗克忒忒斯》,309,316-318

Zeus,宙斯,281;Lykaios,吕克奥斯,狼神,1

"古典与文明"丛书

第一辑

义疏学衰亡史论　乔秀岩　著

文献学读书记　乔秀岩　叶纯芳　著

千古同文：四库总目与东亚古典学　吴国武　著

礼是郑学：汉唐间经典诠释变迁史论稿　华喆　著

唐宋之际礼学思想的转型　冯茜　著

中古的佛教与孝道　陈志远　著

《奥德赛》中的歌手、英雄与诸神　〔美〕查尔斯·西格尔　著

奥瑞斯提亚　〔英〕西蒙·戈德希尔　著

希罗多德的历史方法　〔美〕唐纳德·拉泰纳　著

萨卢斯特　〔新西兰〕罗纳德·塞姆　著

古典学的历史　〔德〕维拉莫威兹　著

母权论：对古代世界母权制宗教性和法权性的探究

　〔瑞士〕巴霍芬　著

"古典与文明"丛书

第二辑

作与不作：早期中国对创新与技艺问题的论辩　〔美〕普　鸣　著

成神：早期中国的宇宙论、祭祀与自我神化　〔美〕普　鸣　著

海妖与圣人：古希腊和古典中国的知识与智慧
　　〔美〕尚冠文　杜润德　著

阅读希腊悲剧　〔英〕西蒙·戈德希尔　著

蘋蘩与歌队：先秦和古希腊的节庆、宴飨及性别关系　周轶群　著

古代中国与罗马的国家权力　〔美〕沃尔特·沙伊德尔　编

学术史读书记　乔秀岩　叶纯芳　著

两汉经师传授文本征微　虞万里　著

推何演董：董仲舒《春秋》学研究　黄　铭　著

周孔制法：古文经学与教化　陈壁生　著

《大学》的古典学阐释　孟　琢　著

参赞化育：惠栋易学考古中的大道微言　谷继明　著

"古典与文明"丛书

第 三 辑

礼以义起:传统礼学的义理探询　吴　飞　著
极高明与道中庸:补正沃格林对中国文明的秩序哲学分析　唐文明　著
牺牲:子学到经学时代的神话与政治　赵丙祥　著
知其所止:中国古代思想典籍绎说　潘星辉　著
从时间来到永恒:《神曲》中的奥古斯丁传统研究　朱振宇　著
"地生人"与雅典民主　颜　荻　著

希腊人与非理性　〔爱尔兰〕E.R.多兹　著
古代创世论及其批评者　〔英〕大卫·塞德利　著
自由意志:古典思想中的起源　〔德〕迈克尔·弗雷德　著
希腊神话和仪式中的结构与历史　〔德〕瓦尔特·伯克特　著
古代思想中的地之边界:地理、探索与虚构　〔美〕詹姆斯·罗姆　著
英雄的习性:索福克勒斯悲剧研究　〔英〕伯纳德·M.W.诺克斯　著
悲剧与文明:解读索福克勒斯　〔美〕查尔斯·西格尔　著